HADES

HADES

ALEXANDRA ADORNETTO

Tradução

Rodrigo Peixoto
Carolina Caires Coelho

AGIR

Título original: Hades

EDITORA NOVA FRONTEIRA PARTICIPAÇÕES S.A.
Rua Nova Jerusalém, 345 — Bonsucesso — CEP 21042-235
Rio de Janeiro — RJ — Brasil
Tel.: (21) 3882-8200 — Fax: (21) 3882-8212/8313

CIP-BRASIL. CATALOGAÇÃO NA FONTE
SINDICATO NACIONAL DOS EDITORES DE LIVROS, RJ

A186h Adornetto, Alexandra
Hades / Alexandra Adornetto ; tradução Rodrigo Peixoto e Carolina Caires Coelho. - Rio de Janeiro : Agir, 2012.
(Halo ; 2)

Tradução de: Hades
Sequência de: Halo
ISBN 978-85-220-1259-6

1. Anjos - Literatura infantojuvenil. 2. Ficção infantojuvenil australiana. I. Peixoto, Rodrigo. II. Coelho, Carolina Caires. III. Título. IV. Série.

CDD: 028.5
CDU: 087.5

A todos os que já estiveram no inferno e voltaram.

Como foi cair do céu, Lúcifer, filho da manhã!
Isaías, 14:12

The Devil went down to Georgia,
he was lookin' for a soul to steal.
He was in a bind, 'cos he was way behind;
he was willin' to make a deal.
— Charlie Daniels, "Devil went down to Georgia"

SUMÁRIO

1

AS CRIANÇAS ESTÃO BEM

Quando o sinal tocou na Bryce Hamilton, eu e Xavier guardamos nossas coisas e corremos para o gramado que se abria do lado sul. A previsão do tempo tinha anunciado uma tarde de tempo aberto, mas o sol travava uma luta no céu, que permanecia triste, cinzento. De vez em quando, um raio fraquinho conseguia vencer o bloqueio e dançar por ali, aquecendo a minha nuca.

— Quer vir jantar hoje? — perguntei a Xavier, dando-lhe o braço. — Gabriel quer tentar fazer uns burritos.

Xavier me olhou e soltou uma risada.

— Qual é a graça?

— Estou pensando uma coisa — respondeu ele. — Por que em todas as pinturas os anjos aparecem protegendo tronos no Paraíso ou tentando vencer os demônios? Por que nunca aparecem na cozinha, preparando burritos?

— Porque temos uma reputação a zelar — respondi, dando uma cotovelada nele. — Você vem ou não?

— Não posso. — Xavier suspirou. — Prometi à minha irmã que ficaria em casa para esculpir carinhas em abóboras.

— Droga. Sempre me esqueço do Dia das Bruxas.

— Você deveria tentar entrar no espírito da festa — sugeriu Xavier. — O pessoal aqui leva isso muito a sério.

Eu sabia que ele não estava exagerando. Abóboras iluminadas e túmulos de plástico decoravam a entrada de todas as casas para marcar a ocasião.

— Eu sei — respondi —, mas a ideia me assusta. Por que todo mundo se fantasia de fantasma e zumbi? É como se os nossos piores pesadelos ganhassem vida!

— Beth — chamou Xavier, parando de caminhar e pousando a mão no meu ombro. — É feriado, anime-se!

Ele estava certo. Eu tinha que deixar de ser chata. A terrível experiência com Jake Thorn acontecera seis meses antes, e as coisas não poderiam estar melhores. A paz retornara a Venus Cove e eu estava mais do que nunca ligada àquele lugar. Aninhada na pitoresca costa da Geórgia, a cidadezinha sonolenta do condado de Sherbrooke tinha se transformado num lar para mim. Com varandas belas e vitrines ornamentadas, a rua principal era um lugar único, uma espécie de cartão-postal. Tudo por ali — do cinema ao velho prédio do Tribunal de Justiça — evocava o charme do Sul e a gentileza de uma era há muito esquecida.

Ao longo do ano anterior, a influência da minha família tinha crescido, transformando Venus Cove numa cidade-modelo. A congregação religiosa triplicou, as missões de caridade tinham voluntários além da conta, e os crimes registrados eram tão poucos e esparsos que o xerife foi obrigado a procurar outra atividade para ocupar o seu tempo. As poucas confusões não tinham muita importância, como, por exemplo, motoristas disputando uma vaga. Mas isso faz parte da natureza humana, que não pode ser modificada nem é obrigação nossa tentar alterá-la.

Mas a melhor novidade de todas era que eu e Xavier tínhamos ficado ainda mais próximos. Olhei para ele, lindo como sempre, de tirar o fôlego, com a gravata frouxa e o blazer jogado sobre um dos ombros, e senti o seu corpo forte roçando o meu enquanto caminhávamos lado a lado, compassados. Às vezes, era fácil pensar que éramos um só.

Desde o violento embate com Jake, no ano anterior, Xavier encarava a malhação com ainda mais afinco, atirando-se aos esportes com todo o vigor. Sei que o objetivo principal era me proteger, mas isso não significa que eu não pudesse me divertir com os resultados. Xavier estava com o peitoral e a barriga tanquinho ainda mais definidos. Era esbelto e muito bem-proporcionado, e eu podia ver os músculos que saltavam de sua camisa de algodão puro. Olhei para as suas feições: o nariz afilado, as bochechas salientes, os lábios carnudos. Sob a luz do sol, os cabelos castanho-claros pareciam dourados, e os olhos amendoados se transformavam em topázios azuis. No dedo anelar, ele usava um anel que eu lhe dera de presente por me ajudar após o ataque de Jake. Era uma aliança de prata larga com os três símbolos da fé: uma estrela de cinco pontas representando a estrela de Belém; um trevo em honra aos três personagens da Santa Trindade; e as iniciais IHS, ou seja, a abreviatura de Ihesus, como Cristo era chamado na Idade Média. Eu tinha um igual, personalizado, e os enxergava como uma espécie de anel de compromisso. Qualquer pessoa que tivesse visto as mesmas coisas que Xavier poderia ter perdido a fé em Nosso Pai por completo, mas ele tinha a mente e o espírito fortes. Havia se comprometido conosco, e eu sabia que nunca nos abandonaria.

Meus pensamentos foram interrompidos quando encontramos um grupo de amigos de Xavier no estacionamento, uns meninos que formavam o time de polo aquático. Alguns eu conhecia de nome e consegui entender alguma coisa da conversa.

— Não acredito que Wilson ficou com Kay Bentley — disse um garoto chamado Lawson. Ele ainda tinha os olhos roxos por causa de uma briga no fim de semana. Por experiência própria, eu sabia que essa briga teria algo a ver com um barril e um obstinado ataque à propriedade privada.

— Vai ser a sua sentença de morte — murmurou alguém. — Todo mundo sabe que ela é mais rodada que o velho Chrysler do meu pai.

— Não estou nem aí, desde que não tenham usado a minha cama. Eu seria obrigado a queimar tudo.

— Não se preocupe, tenho quase certeza de que eles estavam no gramado dos fundos.

— Eu estava tão mal que não me lembro de nada — disse Lawson.

— Pois lembro que você tentou me agarrar — comentou um menino chamado Wesley, com voz afetada, fazendo uma careta.

— E daí... Estava escuro. Você teria feito muito pior.

— Engraçadinho... — retrucou Wesley. — Alguém colocou uma foto no Facebook. O que vou contar a Jess?

— Que não resistiu ao corpo perfeito de Lawson — sugeriu Xavier, dando um tapinha nas costas do amigo. — Ele está tinindo após tantas horas jogando PlayStation.

Eu dava gargalhadas enquanto Xavier abria a porta do seu Chevrolet Bel Air conversível azul-celeste. Entrei, me espreguicei e senti aquele cheiro familiar dos assentos de couro. Adorava aquele carro tanto quanto Xavier. Ele estava conosco desde o princípio, desde o primeiro encontro no Sweethearts ao terrível embate com Jake Thorn no cemitério. Embora nunca admitisse, cheguei a pensar que o Chevy poderia ter personalidade própria. Xavier girou a chave na ignição, e o carro ganhou vida. Os dois pareciam se mover em sincronia, como se estivessem ligados um ao outro.

— Então, já sabe que fantasia vai usar?

— Fantasia? — perguntei, perdida.

Xavier me reprovou balançando a cabeça.

— Para o Dia das Bruxas, lembra?

— Ainda não — admiti. — Mas estou pensando nisso. E você?

— O que você acha de Batman? — Ele piscou o olho. — Sempre quis ser um super-herói.

— O que você quer é fingir que dirige um Batmóvel.

Xavier abriu um sorriso embaraçado, dizendo:

— Droga! Você me conhece bem demais...

Chegamos ao número 15 da rua Byron. Xavier curvou o corpo e beijou os meus lábios. O beijo dele era suave e doce. Para mim, era como se o mundo desabasse e eu me fundisse a ele. Sua pele era macia sob os meus dedos, e o cheiro, fresco e limpo como a maresia, me envolvia. Em tudo aquilo havia um toque mais forte, como baunilha e sândalo misturados. Eu mantinha sob o travesseiro uma das camisetas de Xavier banhada com o seu perfume, pois assim era como se ele estivesse ao meu lado todas as noites. É engraçado como o comportamento mais tolo pode parecer perfeitamente normal quando estamos apaixonados. Sei que algumas pessoas não gostavam de ver Xavier comigo, mas estávamos tão absortos um no outro que nem percebíamos.

Quando o carro de Xavier se afastou do meio-fio, voltei à realidade, como quem desperta de um sono profundo.

— Até amanhã de manhã — gritou ele, com um sorriso lindo. — Na mesma hora de sempre.

Fiquei de pé no jardim, observando, até que o Chevrolet desaparecesse no fim da rua.

Aquela casa era o meu refúgio, e eu adorava descansar nela. Tudo era muito familiar: dos gastos degraus da entrada aos grandes e arejados cômodos do interior. A aparência era a de um casulo seguro, afastado da turbulência do mundo, pois, mesmo amando a vida humana, ela algumas vezes me assustava. A Terra tinha problemas —

problemas muito grandes e complexos para serem entendidos. Pensar neles fazia a minha cabeça girar e me deixava com a sensação de não servir para nada. Aliás, Ivy e Gabriel já tinham me dito que eu deveria parar de perder tempo e focar na missão. Tínhamos visitas agendadas a cidades e vilarejos próximos, para livrá-los de forças malignas. O que não sabíamos é que essas mesmas forças nos encontrariam antes.

O jantar estava quase pronto quando cheguei. Meus irmãos estavam do lado de fora da casa, envolvidos em atividades solitárias. Ivy lia um livro com total atenção, e Gabriel estava profundamente concentrado, compondo ao violão. Seus dedos bem-treinados massageavam as cordas com delicadeza, cordas que pareciam responder aos seus comandos silenciosos. Eu me aproximei e me ajoelhei para acariciar o nosso cachorro, Phantom, que dormia com a cabeça recostada nas patas gigantes e macias. Ele estirou o corpo ao sentir o meu toque e parecia tão forte como sempre. Depois me encarou com os olhos tristes, e sua expressão parecia dizer: "Onde você esteve o dia inteiro?"

Ivy estava reclinada na rede, os cabelos dourados chegando à cintura, e a sua imagem era resplandecente ao pôr do sol. No entanto, minha irmã não sabia como descansar numa rede. Parecia muito agitada, como se fosse uma criatura mítica perdida num mundo que não fazia sentido para ela.

Ivy usava um vestido de musselina azul-claro e se protegia do sol com uma sombrinha cheia de babados. Sem dúvida, encontrara a sombrinha em algum brechó e não conseguira resistir à compra.

— Onde você encontrou isso? — perguntei, sorrindo. — Esse tipo de sombrinha saiu de moda há algum tempo.

— Pois eu acho charmoso — disse ela, deixando o livro de lado.

Dei uma olhada na capa.

— *Jane Eyre*? — Estranhei. — Você sabe que é uma história de amor, certo?

— Claro que sei — respondeu ela, bufando.

— Acho que você está ficando mais parecida comigo — provoquei-a.

— Duvido que um dia consiga ser tão boba quanto você — retrucou Ivy, num tom despreocupado, mas seus olhos demonstravam divertimento.

Gabriel parou de mexer nas cordas do violão e ergueu os olhos.

— Ninguém bateria Bethany nesse departamento — comentou ele, com um sorriso no rosto. Pousou o violão no chão com cuidado para curvar-se contra o parapeito e olhar para o mar. Como sempre, Gabriel mantinha o corpo esguio, com os cabelos loiros claríssimos presos num rabo de cavalo. Os olhos cinzentos e as feições angulosas o deixavam parecido ao guerreiro que era, mas Gabriel vestia roupas comuns: jeans surrado e camiseta solta no corpo. Seu rosto era alegre e amigável. Eu gostava de ver o meu irmão mais tranquilo. Era como se eles dois estivessem menos críticos em relação a mim, como se aceitassem mais as minhas escolhas.

— Como você sempre consegue chegar em casa antes de mim? — perguntei. — E olha que eu volto de carro, e você vem andando!

— Tenho meus truques — respondeu ele, abrindo um sorriso discreto. — Além do mais, não preciso parar a cada dois minutos para uma demonstração de carinho.

— Nós não paramos a cada dois minutos para demonstrar carinho! — respondi.

Gabriel ergueu uma das sobrancelhas, perguntando:

— Então por que o carro de Xavier sempre estaciona a duas quadras do colégio?

— Talvez seja verdade... — respondi, indiferente, odiando o fato de ele estar sempre certo. — Mas a cada dois minutos é exagero!

O rosto em forma de coração de Ivy explodiu num sorriso.

— Fica tranquila, Bethany. Já estamos acostumados a essas demonstrações públicas de amor.

— Que história é essa? — perguntei, pois Ivy não costumava falar sobre esse tipo de coisa. Na verdade, minha irmã era sempre muito formal.

— Ando convivendo muito com gente jovem, e você sabe... — respondeu. — Estou tentando ser mais moderna.

Eu e Gabriel não conseguimos prender o riso.

— Nesse caso, melhor se esforçar muito — avisei.

Gentil, Ivy curvou o corpo para acariciar os meus cabelos e mudou de assunto:

— Espero que não tenha planos para este fim de semana.

— O Xavier pode ir com a gente? — perguntei, ansiosa, antes que ela me contasse o que tinha a fazer.

Há muito tempo Xavier se transformara num complemento do meu corpo. Mesmo separados, não parecia haver distração ou atividade capaz de afastar os meus pensamentos dele.

Gabriel revirou os olhos:

— Se ele quiser...

— Claro que vai querer — respondi, sorrindo. — Qual é o plano?

— Existe uma cidade chamada Black Ridge, a vinte quilômetros daqui — começou ele. — Dizem que estão tendo problemas por lá.

— Problemas com demônios, você quer dizer?

— Três meninas desapareceram no mês passado, e uma ponte em perfeito estado desmoronou enquanto carros passavam por ela.

Estremeci levemente.

— Parece ser o nosso tipo de problema. Quando partimos?

— No sábado — respondeu Ivy. — Acho melhor você descansar um pouco.

2

CODEPENDENTE

No dia seguinte, eu e Molly nos sentamos com as outras meninas no pátio à esquerda do colégio, local que se transformara no nosso novo ponto de encontro preferido. Molly estava diferente desde a perda de sua melhor amiga, no ano anterior. A morte de Taylah, pelas mãos de Jake Thorn, foi um aviso à minha família. Não tínhamos calculado a extensão dos poderes de Jake até o dia em que ele cortou a garganta de Taylah para nos enviar uma mensagem.

Desde então, Molly se afastou do seu velho círculo de amigos e perdeu o sentimento de lealdade. Aliás, eu teria feito o mesmo e não me importei com as mudanças. Sabia que o colégio traria lembranças dolorosas a Molly e resolvi apoiá-la como pudesse. E o nosso grupo era mais ou menos igual ao anterior. Eram meninas com as quais costumávamos sair, mas que nunca foram muito próximas. Elas conheciam as mesmas pessoas e fofocavam sobre as mesmas coisas. Por isso, entrosar-se era muito fácil.

O clima estava tenso no grupo a que Taylah pertencera, e eu sabia que Molly não ficaria tranquila ao lado delas. Qualquer dia, do nada, as conversas poderiam ser interrompidas de forma constrangedora, gerando uma pausa e fazendo com que todas pensassem a mesma coisa: "O que diria Taylah neste momento?" Mas ninguém tinha coragem suficiente de dizer o seu nome em alto e bom som, e eu pressentia que as coisas nunca voltariam a ser como antes para aquelas meninas.

Elas queriam que tudo voltasse ao normal, mas sempre deixavam a impressão de que faziam muita força para isso. Riam alto demais, e as piadas pareciam ensaiadas. Tudo o que diziam ou faziam parecia uma constante lembrança da ausência de Taylah. Ela e Molly eram as principais do grupo, exercendo o papel de autoridades em muitas ocasiões. Mas Taylah não estava mais ali, e Molly parecia perdida.

Conclusão: as outras meninas tinham perdido as mentoras e não sabiam o que fazer.

Era duro vê-las tentando vencer a dor em grupo. Dor que não conseguiam articular por causa do medo ou de emoções incontroláveis. Eu queria pedir que não enxergassem a morte como um fim, mas como um recomeço, e explicar que Taylah só tinha atravessado para um novo plano existencial, que nada tinha a ver com o aspecto físico. Queria explicar que Taylah continuava por ali, mas que se transformara num ser livre. Queria conversar com elas sobre o Céu e sobre a paz que a amiga encontraria lá. Mas, claro, dividir esse tipo de conhecimento seria impossível. Eu estaria simplesmente revelando o nosso segredo mais importante e expondo a nossa presença na Terra. Na verdade, seria chutada do grupo de imediato, considerada uma louca.

As novas amigas se reuniam ao redor de bancos de madeira, sob um arco de pedra que chamavam de seu. Aliás, uma coisa que nunca mudou foi a natureza territorial do grupo. Caso alguém de fora cruzasse a área por acidente, não ficaria muito tempo ali. Os olhares de desaprovação garantiriam que o intruso fosse logo embora. Nuvens cinzentas sempre rolavam sobre as nossas cabeças, mas as meninas nunca buscavam abrigo, exceto em casos excepcionais. Como sempre, sentavam-se perfeitamente penteadas e vestiam saias passadas a ferro, buscando os fracos raios de sol que conseguiam vencer as nuvens e banhar o pátio com uma luz diáfana. Não poderiam perder a oportunidade de melhorar seus bronzeados.

A festa do Dia das Bruxas, marcada para sexta-feira, animava a todos, gerando uma grande excitação. Aconteceria numa casa abandonada na saída da cidade, propriedade que pertencia à família de um veterano do colégio, Austin Knox. O bisavô dele, Thomas Knox, construíra a casa em 1868, anos depois do fim da Guerra Civil. Ele foi um dos fundadores da cidade, e, embora a família não a frequentasse havia anos, as leis de proteção do patrimônio histórico impediam a demolição. Por isso, estava vazia há muito tempo. Era uma velha casa rural cercada de varandas e envolta por campos e uma estradinha deserta. Os locais a chamavam de A Casa do Espanto — ninguém nunca saiu ou entrou lá —, e Austin dizia já ter visto o fantasma do avô numa das janelas do segundo andar. De acordo com Molly, seria perfeita para a festa. Quase ninguém passava por ali, só gente perdida ou caminhoneiros. Além do mais, estava afastada o suficiente da cidade para que ninguém reclamasse do barulho. A ideia surgiu num grupo pequeno, mas de alguma maneira todos na escola ficaram sabendo e conseguiram convite.

Eu me sentei ao lado de Molly, cujos cachos ruivos estavam presos no topo da cabeça, num coque desajeitado. Sem maquiagem, seu rosto era como o de uma boneca chinesa, os olhos azuis da cor do céu e os lábios rosados. No entanto, Molly nunca resistia a um pouco de gloss e sempre fez de tudo para chamar a atenção de Gabriel. Eu imaginava que ela deixaria essa fixação no meu irmão para trás, mas a verdade é que o sentimento parecia cada vez mais forte.

Eu preferia Molly sem maquiagem, pois ficava mais bonita ao natural, e não parecendo dez anos mais velha.

— Vou me vestir de aluna malcriada — disse Abigail.

— Em outras palavras, vai se fantasiar de você mesma? — Molly bufou.

— Por que não nos conta qual é a sua ideia brilhante, Molly?

— Vou de Sininho.

— De quê?

— A fada de *Peter Pan*.

— Não é justo — interrompeu Madison. — Nós combinamos que todas iríamos de Coelhinhas da Playboy!

— É tão antiquado... — comentou Molly, jogando a cabeça para trás. — Sem contar que é meio ridículo.

— Meninas... — interrompi, chamando-as —, acho que as fantasias deveriam ser assustadoras, certo?

— Ah, Bethie — retrucou Savannah, com um suspiro —, será que a gente não lhe ensinou nada?

Eu abri um sorriso amarelo.

— Poderiam refrescar a minha memória?

— Basicamente, a história se resume a um grande... — começou Hallie.

— Vamos dizer apenas que se trata de uma oportunidade de nos reunirmos com representantes do sexo oposto — explicou Molly, interrompendo e encarando Hallie. — Nossas fantasias devem ser assustadoras *e* sexy.

— Vocês sabiam que o Dia das Bruxas costumava ter algo a ver com Samhain? — perguntei. — E sabiam que as pessoas tinham muito medo disso?

— Quem foi Sam Hain? — perguntou Hallie, perdida.

— Não foi uma pessoa, mas uma coisa — respondi. — E essa coisa se manifesta de forma diferente em cada cultura. Mas, em essência, as pessoas acreditam que, numa única noite do ano, o mundo dos mortos se encontra com o mundo dos vivos. Nessa noite, os mortos podem caminhar ao nosso lado e possuir os nossos corpos. E as pessoas se vestem de forma assustadora para afastá-los.

O grupo me observava com profundo respeito.

— Meu Deus, Bethie. — Savannah tremeu. — Que maneira de nos assustar.

— Vocês se lembram daquela sessão espírita no sexto ano? — perguntou Abigail, e as meninas assentiram.

— O quê? — perguntei, incapaz de mascarar a minha descrença.

— Uma sessão espírita é quando...

— Sei o que é uma sessão espírita — respondi. — Mas vocês não deveriam fazer esse tipo de coisa.

— Eu avisei, Abby! — gritou Hallie. — Avisei que seria perigoso. Lembra quando a porta se fechou com força?

— Claro que lembro. Foi a sua mãe — respondeu Madison.

— Não poderia ter sido ela. Minha mãe estava dormindo àquela hora.

— Enfim... Acho que deveríamos repetir na sexta-feira. — disse Abigail, com as sobrancelhas arqueadas — O que vocês acham, meninas? Topam?

— Eu, não — respondi, decidida. — Não quero me envolver com isso.

As meninas trocaram olhares, como se não engolissem bem a minha recusa.

— ELAS SÃO TÃO INFANTIS — comentei com Xavier enquanto caminhávamos juntos para a aula de francês. Ao mesmo tempo, portas eram batidas, avisos dados pelos alto-falantes, conversas nos rodeavam, mas eu e Xavier continuávamos trancados em nosso mundo particular. — Elas querem fazer uma sessão espírita e vestir-se de coelhinhas.

— Que tipo de coelhinhas? — perguntou ele, com malícia.

— Da Playboy, eu acho. Seja lá o que isso signifique.

— Interessante... — disse Xavier, sorrindo. — Mas não deixe que elas obriguem você a fazer coisas que não queira.

— Elas são minhas amigas.

— E daí? — Ele deu de ombros. — Se elas se atirassem de um penhasco, você faria o mesmo?

— Por que elas se atirariam de um penhasco?! — perguntei, assustada. — Elas estão tendo problemas em casa?

— É só uma maneira de dizer — respondeu Xavier, sorrindo.

— Bobo — retruquei. — Você acha que eu deveria me vestir de anjo? Como o anjo do filme *Romeu e Julieta?*

— Seria um pouco irônico — respondeu. — Um anjo que se passa por humano e finge ser anjo. Gostei.

O sr. Collins nos observava enquanto nos aproximávamos das cadeiras. Ele parecia sentir inveja da nossa proximidade, e eu ficava pensando se o histórico de três divórcios dele não o teria transformado num homem avesso ao amor.

— Espero que vocês consigam sair da bolha do amor e aprender algo hoje — disse ele, enquanto os demais se sentavam. Sem saber o que fazer, baixei a cabeça para evitar o contato visual direto com ele.

— Não se preocupe, professor — respondeu Xavier. — A nossa bolha nos permite aprender coisas.

— Muito engraçadinho... Mas a sala de aula não é lugar para romances. Quando essa história terminar, com os corações partidos, vocês pagarão o preço pelas notas baixas. *L'amour est comme un sablier, avec le cœur remplir le vide du cerveau.*

Reconheci a citação do escritor francês Jules Renard. Traduzida, queria dizer: "O amor é como uma ampulheta, com o coração sendo preenchido enquanto a mente é esvaziada." Odiei ouvir aquela certeza de que o nosso relacionamento estava fadado a terminar e abri minha boca para reclamar, mas Xavier tocou minha mão por baixo da mesa e se curvou para murmurar ao meu ouvido:

— Talvez não seja uma boa ideia discutir com professores que vão dar notas às nossas provas.

Ele voltou a olhar para o sr. Collins e com sua melhor voz disse:

— Já entendemos, professor. E obrigado pela sua preocupação.

O sr. Collins parecia satisfeito e voltou a escrever os verbos no subjuntivo no quadro-negro. Não resisti e dei a língua às costas dele.

Hallie e Savannah, que frequentavam a mesma aula de francês, me encontraram do lado de fora. Gentilmente, elas agarraram os meus braços.

— Que aula você tem agora? — perguntou Hallie.

— Matemática — respondi, suspeitando de algo. — Por quê?

— Ótimo — comentou Savannah. — Vem com a gente.

— Aconteceu alguma coisa?

— Só queremos conversar. Um papo de mulher para mulher.

— Tudo bem — concordei, tentando imaginar o que tinha feito para ser interpelada daquela forma. — Mas conversar sobre o quê?

— Sobre você e Xavier — respondeu Hallie. — E acho que você não vai gostar do que vai ouvir, mas somos amigas e estamos preocupadas com você.

— Por que estão preocupadas?

— Porque não é nada saudável para vocês dois passar tanto tempo juntos — respondeu Hallie.

— É isso aí — afirmou Savannah. — Vocês parecem siameses. Nunca estão separados. Onde está o Xavier você está atrás... *o tempo todo.*

— E isso é mesmo um problema? — perguntei. — Ele é meu namorado. Eu *quero* estar ao lado dele.

— Claro, mas isso é demais. Você precisa manter certa *distância* — enfatizou Hallie, dizendo a palavra "distância" como se fosse um termo médico.

— Por quê? — quis saber, encarando-as, perdida, e imaginando se aquilo partira de Molly ou refletia a opinião das duas.

Eu passei o verão inteiro sendo amiga daquelas meninas, mas era um pouco cedo para aquele tipo de conselho. Por outro lado, eu era adolescente havia menos de um ano e de alguma forma me sentia balançada pela experiência das duas. Certo, eu e Xavier éramos muito próximos, qualquer idiota notaria isso. Mas será que éramos *estranhamente* próximos? Para mim, a nossa relação não parecia estranha, já que tínhamos passado por tantas coisas juntos. Mas aquelas meninas não sabiam de nada disso.

— É um fato comprovado — disse Savannah, interrompendo a minha linha de raciocínio. — E posso demonstrar. — Ela pegou a bolsa, tirando dela um exemplar da revista *Seventeen*. — Encontramos um teste que você deveria fazer.

Ela abriu a revista e procurou o teste. A imagem na página mostrava um casal jovem sentado frente a frente, mas amarrados por correntes nos pulsos e nos tornozelos. O teste se chamava: "Seu relacionamento é codependente?"

— Não somos assim — respondi. — O importante é o que sentimos... e não o tempo que passamos juntos. Além do mais, não acredito que um teste de revista possa medir os sentimentos de alguém.

— A *Seventeen* é ótima para dar dicas... — afirmou Savannah.

— Tudo bem, não faça o teste — interrompeu Hallie. — Mas responda algumas perguntas.

— Manda — disse eu.

— Qual o seu time?

— Dallas Cowboys — respondi, sem hesitar.

— E por quê? — perguntou Hallie.

— Porque é o time do Xavier.

— Sei... — disse Hallie. — E quando foi a última vez que você fez alguma coisa sem o Xavier?

Eu não entendia porque ela soava como um juiz num tribunal, mas respondi:

— Faço muita coisa sem ele.

— Sério? E onde ele está neste momento?

— Num treinamento de primeiros-socorros no ginásio — respondi, sem pestanejar. — Estão ensinando reanimação, mas ele já aprendeu isso no projeto de salva-vidas.

— Certo — disse Savannah. — E o que ele vai fazer na hora do almoço?

— Tem um encontro marcado com os amigos do polo aquático — respondi. — Xavier quer treinar um menino novo, que vai jogar na defesa.

— E na hora do jantar?

— Vamos para a minha casa, comer costela grelhada.

— E desde quando você gosta de costela grelhada? — perguntaram, erguendo as sobrancelhas.

— O Xavier gosta...

— Não tenho mais nada a dizer — comentou Hallie, escondendo o rosto com as mãos.

— Você tem razão: a gente passa mesmo muito tempo juntos — respondi. — Mas o que tem de errado nisso?

— Não é normal. Eis o que está errado — respondeu Savannah, pronunciando muito bem cada palavra. — Suas amigas também são importantes. E parece que você não se importa com a gente. Todas as meninas sentem a mesma coisa, até a Molly.

Fiquei calada, pois finalmente entendi o propósito daquela conversa. As meninas estavam se sentindo negligenciadas. É verdade que muitas vezes eu recusava seus convites para ficar com Xavier. Para mim, era uma decisão de estar com a minha família, mas talvez eu tenha sido um pouco insensível. Entendi e jurei ser mais atenciosa.

— Sinto muito. E obrigada por terem sido honestas comigo. Prometo que vou me comportar melhor.

— Ótimo! — comemorou Hallie. — E poderia começar participando de um evento só para meninas que planejamos para o Dia das Bruxas.

— Claro — assenti, louca de vontade de entrar em acordo com elas. — Eu adoraria. O que é?

Antes de terminar a pergunta, porém, tive um pressentimento de que acabara de cair numa armadilha.

— Nós queremos nos comunicar com os mortos, lembra? — começou Savannah. — Nenhum menino será admitido.

— Uma sessão espírita — esclareceu Hallie, animada. — Incrível, não acha?

— Incrível — respondi, perdida. Na verdade, "incrível" não estava na lista das diversas palavras que eu tinha em mente para descrever aquela ideia.

3

NOITE PROFANA

A sexta-feira chegou antes do que eu esperava. E eu não estava ansiosos pela festa do Dia das Bruxas. Preferia poder passar a noite com Xavier, mas não me parecia justo impor aquela exclusividade.

Gabriel, surpreso, balançou a cabeça em negativa ao ver a minha fantasia: um vestido branco de cetim até os joelhos, sandálias de gladiador que peguei emprestadas com Molly e um par de pequenas asas sintéticas que aluguei na loja de fantasias. Eu era uma paródia de mim mesma, e Gabriel, como eu imaginava, não se impressionou. Aos seus olhos, devia parecer uma espécie de sacrilégio.

— É um pouco óbvio, não acha? — perguntou ele, irônico.

— Não! — respondi. — Se algumas pessoas suspeitam que somos algo mais que humanos, isso os deixaria em dúvida.

— Bethany, você é uma mensageira do Senhor, não uma detetive de filme B — disse Gabriel. — Lembre-se disso.

— Quer que eu troque de roupa? — perguntei, suspirando.

— Não, ele não quer... — disse Ivy, segurando a minha mão. — A fantasia é linda. E, no fim das contas, isso não passa de uma festa da escola.

Ela lançou um olhar cortante na direção de Gabriel, que deu de ombros. Embora passasse os seus dias fingindo ser professor de música na Bryce Hamilton, meu irmão não parecia entender muito bem o mundo adolescente.

Xavier, quando chegou, estava fantasiado de caubói, de jeans surrado, botas de couro e camisa xadrez. Na cabeça, usava um chapéu.

— Doces ou travessuras? — perguntou ele, com um sorriso.

— Não quero ofender, mas você não está nem um pouco parecido com o Batman.

— Não vejo razão para tanto sarcasmo, garota — disse Xavier, fingindo um forte sotaque do Texas. — E você, está pronta? Temos um bom caminho pela frente.

Dei uma risada.

— Você vai ficar falando com esse sotaque a noite inteira?

— É provável que sim — respondeu ele. — E vou deixar você louca de desejo.

Meu irmão tossiu para nos lembrar de sua presença. Sempre se sentia deslocado ao ouvir nossas declarações de amor.

— Não volte muito tarde — advertiu Ivy. — Partiremos para Black Ridge amanhã bem cedo.

— Não se preocupe — prometeu Xavier. — Eu a trarei para casa assim que o relógio marcar meia-noite.

Gabriel balançou a cabeça de novo.

— Será que vocês nunca vão conseguir se livrar desses clichês de histórias de amor?

Olhei para Xavier, e sorrimos.

— Sim — respondemos.

A viagem durou meia hora até a velha casa abandonada, e a escuridão da estrada só era cortada pelos faróis dos carros que seguiam para a festa. Ao nosso redor, tudo o que havia eram campos de cultivo. Estávamos exultantes naquela noite. Era uma sensação estranha, como se o mundo pertencesse aos alunos da Bryce Hamilton. A festa marcava o fim de uma era para todos nós, e os sentimentos eram conflitantes. Estávamos a um passo da formatura e de uma grande mudança em nossas vidas, mudança que moldaria os nossos futuros. Era um novo começo, e, embora eu esperasse que ela estivesse cheia de boas surpresas, era impossível não sentir uma pitada de nostalgia por tudo o que deixávamos para trás. A vida universitária, e toda a independência que ela prometia, estava muito perto. Em pouco tempo, as amizades seriam testadas pela distância e alguns relacionamentos não sobreviveriam.

O céu noturno parecia mais amplo que o normal, e uma lua crescente surgia entre as nuvens. Enquanto Xavier dirigia, o observei de soslaio. Parecia muito tranquilo ao volante, sem nenhum traço de ansiedade estampado no rosto. Estávamos numa reta, e ele Xavier dirigia apenas com uma das mãos. A luz da lua atravessava a janela do carro, iluminando o rosto dele. Girou a cabeça para me olhar, com sombras dançando em suas feições.

— No que você está pensando, querida? — perguntou.

— Que eu poderia encontrar algo melhor que um caubói...

— Você está brincando com a sorte. Sou um caubói top de linha!

Sorri, embora sem ter entendido muito bem o que ele queria dizer. Poderia ter pedido uma explicação, mas a única coisa importante era estarmos juntos. E daí se não tivesse entendido uma piada? Talvez a noite ficasse ainda mais intrigante.

Entramos num caminho repleto de árvores, seguindo uma velha picape cheia de veteranos que se autoproclamavam "Os Lobos". Não compreendia muito bem o que eles queriam dizer com isso, mas todos usavam bandanas cáqui e tinham os rostos e peitos pintados com listras negras, como guerreiros.

— Esses aí não perdem uma chance de deixar os peitorais à mostra — comentou Xavier.

Os rapazes estavam na caçamba da picape, fumando um cigarro atrás do outro e esvaziando um barril de cerveja. Quando o carro parou, soltaram um uivo e desceram em direção à casa. Um deles parou para vomitar num arbusto próximo. Após ter expelido o líquido do interior de seu estômago, espreguiçou-se e começou a correr.

A casa era o retrato perfeito do espírito do Dia das Bruxas. Era velha, e uma varanda arrasada percorria toda a sua fachada. Faltava uma boa pintura por ali. A cor original estava destruída, descascando e revelando as entranhas da casa, emprestando um ar de negligência ao cenário.

Austin deve ter tido a ajuda de algumas amigas na decoração, pois a entrada da casa estava repleta de abóboras iluminadas e adesivos brilhantes, mas as janelas do segundo andar permaneciam na escuridão. Não havia nenhum rastro de civilização. Caso existissem vizinhos, estariam bem distante dali. Naquele momento, entendi a escolha do lugar para a festa. Poderíamos fazer quanto barulho quiséssemos, pois ninguém escutaria. Pensar nisso me deixou um pouco desconfortável. A única coisa que separava a casa da estrada era uma cerca decrépita, que já vira dias melhores. Havia um espantalho no meio do jardim, a uns cem metros de onde estávamos, o corpo era flácido e a cabeça assustadoramente tombada para um lado.

— Pavoroso — murmurei, aproximando-me de Xavier. — Parece tão real.

Ele passou os braços fortes ao redor do meu corpo.

— Não se preocupe. Esse espantalho só corre atrás de meninas que desprezam os namorados.

Dei-lhe uma cotovelada.

— Não tem graça! Além do mais, as meninas acham que seria mais saudável para a nossa relação se não passássemos tanto tempo juntos.

— Não concordo — respondeu ele, mais uma vez me abraçando.

— Você diz isso porque é muito carente!

— Cuidado, o espantalho pode ouvir você...

A casa estava ficando cheia de convidados. Ela havia passado tanto tempo vazia que a luz fora cortada, e o local teve de ser iluminado com velas e lanternas. À esquerda, havia uma escadaria em caracol. Era óbvio que os pais de Austin tinham abandonado mesmo a casa, pois as escadas estavam destruídas em alguns pontos. Alguém havia posto uma vela em cada degrau e a cera estava derretendo, deixando a madeira muito escorregadia. Quartos vazios se abriam em todos os lados do amplo corredor. Sabia que casais bêbados poderiam estar dentro deles, mas a escuridão era muito grande. Seguimos descendo o corredor, esbarrando nos mais variados tipos de fantasias. Alguns tinham exagerado na caracterização. Notei dentes de vampiro, chifres de diabo e muito sangue falso. Uma pessoa muito alta e vestida de Dona Morte passou ao nosso lado, com o rosto coberto por um capuz. Vi a Alice do País das Maravilhas em versão zumbi, bonecas de pano, Edward Mãos de Tesoura e máscaras de Hannibal Lecter. Agarrei a mão de Xavier com força. Não queria estragar aquela noite, mas o cenário era muito assustador para o meu gosto. Era como se todos os personagens de histórias de terror ganhassem vida à nossa volta. A única coisa que amainava tal sensação era o falatório constante e as risadas. Alguém conectou um iPod às caixas de som, e a casa foi tomada por uma música tão alta que sacudia os lustres acima das nossas cabeças.

Vencemos a multidão e encontramos Molly e as meninas na sala de estar, sentadas em sofás velhos. A mesa de centro, à frente delas, estava repleta de lixo, cheia de copos e garrafas de vodca. Molly mantivera a sua ideia de se fantasiar de Sininho, com um vestido verde até os joelhos, sapatilhas de balé e um par de asas de fada. Mas escolhera os acessórios com cuidado, para ficar em sintonia com o espírito do

Dia das Bruxas. Nos pulsos e tornozelos, usava correntes prateadas, e o rosto e o corpo estavam tomados de sangue falso e sujeira. Uma adaga de plástico dependurava-se no peito, como se tivesse sido cravada ali. Até Xavier ficou impressionado, erguendo as sobrancelhas, como se aprovasse a produção.

— Uma Sininho gótica. Parabéns, Molly — comentou ele.

Nós nos sentamos no sofá, ao lado de Madison, que também manteve a sua palavra e estava vestida de Coelhinha da Playboy, com corpete preto, rabinho branco e um par de orelhas de coelho. A maquiagem dos olhos já estava manchada, fazendo-os parecer estar roxos. Madison tomou mais um gole de sua bebida e bateu o copo com força contra a mesa.

— Vocês dois são um saco — disse ela. — E as fantasias são as piores!

— Qual o problema com as nossas fantasias? — perguntou Xavier, soando como se não ligasse para a opinião dela, mas quase perdendo a paciência.

— Você parece o Woody de *Toy Story* — começou Madison, sem conseguir controlar um ataque de riso. — E, Beth, o que é isso? Você poderia ao menos ter vindo como um Anjo da Morte! Não estão nada assustadores.

— Mas a sua fantasia também não é muito assustadora — retrucou Molly, nos defendendo.

— Será?... — perguntou Xavier, que nunca gostou muito de Madison. Ela bebia e fumava muito, além de estar sempre disposta a dar a sua opinião, mesmo quando não consultada.

— Cale a boca, Woody! — gritou Madison.

— Algumas pessoas deveriam evitar beber tanto, pelo menos de vez em quando — respondeu Xavier.

— Será que você não tem um rodeio ou algo parecido para organizar?

Xavier se levantou, sem responder, distraído pela entrada do time de polo aquático, que chegou dando gritos de guerra, em uníssono. Eles foram cumprimentar Xavier no hall.

— E aí, cara!

— Que fantasia é essa, cara?

— Foi coisa da Beth?

— Você está deixando-a controlar muito você — disse um dos meninos, que montou nas costas de Xavier como um macaco e o derrubou no chão de brincadeira.

— Parem com isso!

— Uh uh!

Seguiram-se mais algumas risadas e sons de luta entre amigos. Quando Xavier conseguiu se livrar dos golpes, tudo o que restara era a calça jeans. Os cabelos, antes perfeitamente penteados, estavam desgrenhados. Ao olhar para mim, ele deu de ombros como quem diz que não pode ser culpado pelo comportamento dos amigos e acabou vestindo uma camiseta preta atirada por um dos meninos.

— Tudo bem, meu ursinho? — perguntei, arrumando os cabelos dele.

Eu não gostava que os amigos dele brincassem daquela maneira. Mas minha aproximação fez com que algumas sobrancelhas fossem erguidas à nossa volta.

— Beth — começou Xavier, apoiando uma das mãos no meu ombro —, você tem que parar de me chamar assim em público.

— Desculpe — respondi, arrependida.

Xavier sorriu.

— Vamos beber alguma coisa.

Depois de pegar uma cerveja para ele e um refrigerante para mim, fomos para os fundos da casa e nos sentamos num sofá que alguém levara para o lado de fora. Lanternas de papel em rosa e verde estavam penduradas na varanda, lançando uma luz suave no jardim. Mais à frente os campos se transformavam num denso e escuro bosque.

Mesmo com a barulheira que vinha do lado de dentro, a noite era calma e tranquila. Um velho trator abandonado estava parado na grama. Eu pensava em como aquele cenário era pitoresco, como uma pintura representando tempos antigos, quando uma roupa íntima de renda saiu voando por uma das janelas, pousando aos nossos pés. Fiquei corada ao perceber que o casal lá dentro não estava apenas tendo uma conversa. Afastei os olhos da peça e tentei imaginar como aquela casa teria sido antes de a família Knox abandoná-la. Sem dúvida, fora uma casa grandiosa e bonita na época em que as meninas tinham damas de companhia e as danças não passavam de valsas tocadas num piano, bem diferente do que podia ser ouvido naquele momento. Os encontros sociais seriam cheios de estilo e monótonos comparados à confusão que estava sendo armada no interior da velha casa. Imaginei um homem de fraque se curvando diante de uma mulher de vestido rodado, naquela mesma varanda, embora na minha cabeça a varanda estivesse mais bem-cuidada, nova em folha. Vi também uma noite estrelada, e as portas se abrindo, deixando que a música tomasse conta da noite.

— O Dia das Bruxas é uma droga — disse Ben Carter, que estudava literatura comigo, interrompendo os meus pensamentos ao se aproximar de mim e de Xavier.

Eu teria respondido, mas Xavier me abraçou e não deixou que me concentrasse em nada mais além de seus fortes bíceps. Com o canto do olho, notei que a mão dele estava pousada no meu ombro e que ele se concentrava apenas em mim, o que parecia estranho ao tratar-se de um rapaz de 18 anos, bonito e popular. Qualquer pessoa que o visse pela primeira vez ficaria fascinada pelo corpo perfeito, pelos olhos azul-turquesa, pelo sorriso charmoso e pelos cabelos que caíam sobre a testa. Enfim, Xavier era a perfeita imagem de um garoto que poderia estar com a menina que quisesse.

Como qualquer garoto de sua idade, ele poderia estar aproveitando as vantagens de ser jovem e bonito. Porém, as pessoas mais próximas sabiam que ele estava comprometido unicamente comigo. Não era apenas lindo, como também um verdadeiro líder, respeitado por todos. Eu o amava e o admirava, mas ainda não conseguia acreditar que fosse meu. Seria possível eu ter tanta sorte? Às vezes, eu me preocupava, imaginando se aquilo tudo não passaria de um sonho e que, se olhasse direito, ele desapareceria da minha frente. Mas não, Xavier permanecia ao meu lado. E, quando percebeu que me esquecera do comentário de Ben, ele respondeu, sorrindo:

— Calma, Carter. É só uma festa.

— Cadê a sua fantasia? — perguntei, tentando voltar à realidade.

— Não gosto de fantasias — respondeu Ben, cínico. Ele era do tipo que considerava tudo uma bobagem, como se estivesse acima de tudo. E tentava manter a personalidade sem se envolver em nada. Ao mesmo tempo, sempre dava um jeito de estar presente, pois não queria perder um acontecimento importante. — Meu Deus, esse pessoal é doente... — continuou ele, fazendo uma careta ao ver a peça íntima aos nossos pés. — Espero nunca me apaixonar tanto por uma pessoa a ponto de querer transar no meio de uma festa.

— Quanto a isso, não sei... — comentei. — Mas aposto que um dia você se apaixonará e não poderá fazer nada para evitar.

— Sem chance — respondeu ele, com os braços cruzados sobre o peito e os olhos bem fechados. — Sou muito amargo para isso.

— Eu poderia tentar juntar você com uma das minhas amigas — ofereci. Na verdade, sempre gostei de fazer isso e confiava na minha habilidade. — Que tal Abby? Ela é solteira, bonita e não seria muito chata.

— Meu Deus, por favor, não — pediu. — Seríamos o pior casal da história.

— Por quê? — perguntei; a falta de confiança dele na minha habilidade me desapontava.

— Deixa pra lá — respondeu ele. — A minha decisão é essa. Não quero me envolver com uma menina que gosta de tomar drinques e usar salto alto. Não temos nada a dizer um ao outro, exceto adeus.

— Bom saber que você tem uma opinião tão positiva sobre as minhas amigas — comentei. — Será que você pensa o mesmo de mim?

— Não, mas você é diferente.

— Diferente?

— Você é estranha.

— Não sou estranha! — gritei. — O que tenho de estranha? Xavier, você acha que sou estranha?

— Calma, querida — disse Xavier, piscando os olhos, assustado. — Imagino que ele quis dizer "estranha" de uma forma positiva.

— Você também é estranho — devolvi a Ben, notando a petulância no meu tom de voz.

Ele tomou o resto da cerveja e disse:

— Apenas um estranho seria capaz de reconhecer outro.

O som das vozes que vinha do lado de dentro chamou a nossa atenção. A porta foi aberta, e um grupo de meninos do time de polo aquático apareceu na varanda. Era incrível, pensei, como eles se pareciam com filhotes de leão, sempre brigando e se atirando uns em cima dos outros. Xavier balançou a cabeça, lentamente, enquanto eles caíam em cima da gente. Reconheci os rostos de Wesley e Lawson. Era fácil identificá-los: Wesley com seus cabelos escuros e sobrancelhas grossas, e Lawson com seus cabelos loiros muito claros e olhos azuis — mas de um azul pálido, e não brilhantes como os de Xavier. Os dois estavam sem camisa e com pinturas de guerra espalhadas pelo corpo. Eles notaram a minha presença e me deram um rápido aceno, o que me fez pensar na época em que os homens se curvavam diante das mulheres.

Respondi com um sorriso, pois não seria capaz de erguer as sobrancelhas como quem diz "O que foi?", já que esse tipo de reação faria com que eu me sentisse num daqueles vídeos da MTV a que Molly adorava assistir, em que homens com capuz cantavam raps cheios de gírias.

— Anda, Woody— chamou um deles. — Vamos para o lago.

— Vamos! — gritou Xavier.

— Você conhece as regras — lembrou Wesley. — O último vai ter que pular nu na água.

— Meu Deus, esses garotos são mesmo estimulados pela mais profunda inspiração intelectual — murmurou Ben.

Relutante, Xavier se levantou, e eu o encarei, surpresa.

— Você não vai, né?

— A corrida é uma tradição do colégio — respondeu ele, sorrindo. — Fazemos isso todos os anos. Mas não se preocupe, nunca chego por último.

— Tem certeza? — perguntou Lawson, descendo da varanda e andando em direção ao bosque. — Já estou em vantagem! — gritou, e os outros meninos o seguiram, empurrando-se enquanto corriam. Driblavam os arbustos selvagens e iam em direção aos campos abertos, em debandada.

Quando desapareceram, deixei Ben com suas elucubrações filosóficas e entrei na casa, à procura de Molly. Ela e as meninas estavam reunidas num pequeno grupo no sopé da escadaria. Abigail estava com um grande saco de papel sob o braço, e todas pareciam muito sérias.

— Beth! — gritou Molly, segurando o meu braço. — Que bom que você chegou, estamos quase começando.

— Começando o quê? — quis saber, curiosa.

— A sessão espírita, claro.

Elas não tinham esquecido. E eu imaginava que o plano seria deixado de lado quando começassem a se divertir.

— Vocês estão falando sério? — Mas elas me olhavam com total sinceridade, então tentei uma técnica diferente: — Abby, você viu que o Hank Hunt voltou? Ele parece estar procurando companhia.

Abigail era louca por Hank Hunt desde o primário e não parava de falar sobre ele. Naquela noite, porém, nada a distrairia do plano.

— E daí, quem liga para ele? Isso é muito mais importante... Vamos procurar um quarto vazio.

— Não! — respondi, firme, negando com a cabeça. — Meninas, vamos procurar outra coisa para fazer!

— É Dia das Bruxas — disse Hallie, pirracenta como uma criança. — E queremos conversar com fantasmas.

— Os mortos devem permanecer onde estão — retruquei. — Poderíamos fazer a dança da maçã, ou algo parecido.

— Não seja estraga-prazeres — disse Savannah, subindo um degrau e me arrastando para cima. As demais seguiam logo atrás. — O que poderia dar errado?

— A pergunta certa é: o que *não* poderia dar errado?

— Mas você nem acredita em fantasmas, certo, Beth? — perguntou Madison. — E a gente só quer se divertir um pouco.

— Não deveríamos brincar com essas coisas — suspirei.

— Tudo bem. Melhor que não venha, então — disse Hallie. — Fique aí sozinha, esperando por Xavier, como sempre. A gente sabia que você acabaria não vindo, mas podemos nos divertir sem a sua presença.

Ela me lançou um olhar de amiga traída e as demais assentiram, oferecendo-lhe apoio. A verdade é que eu não conseguia fazer com que elas enxergassem o perigo daquilo. Como dizer a crianças que elas estão brincando com fogo se nunca foram queimadas? Queria que Gabriel estivesse ali. Ele irradiava autoridade e saberia exatamente o que dizer para elas mudarem de ideia. Gabriel fazia isso com as pessoas. Mas era *eu* quem estava ali, sem saber o que dizer. Que anjo inútil... Sabia que não tinha poderes para impedi-las, mas não podia deixar que fizessem aquilo sozinhas. Caso algo acontecesse, preferia estar presente para lidar com o que encontrássemos do outro lado. Elas estavam subindo as escadas, agarradas uma no braço da outra, murmurando coisas, ansiosas.

— Meninas — gritei. — Esperem por mim... vou com vocês.

4

ATRAVESSANDO O LIMITE

O andar de cima da casa cheirava a mofo. No corredor, o papel de parede listrado descascava por causa da umidade. Embora pudéssemos ouvir a festa a todo vapor no térreo, o ambiente por ali era tranquilo, como se já estivessemos em uma experiência paranormal. As meninas estavam adorando.

— Eis o cenário perfeito — anunciou Hallie.

— Aposto que este lugar é mal-assombrado — comentou Savannah, com o rosto vermelho, cheia de entusiasmo.

De repente, minha preocupação parecia exagerada diante da situação. Por que sempre pensava que o pior estava prestes a acontecer e acabava estragando a diversão de todos ao meu redor? Na minha cabeça, eu me preparava para tirar conclusões calamitosas: qual seria a probabilidade de aquelas meninas loucas por diversão de fato conseguirem contato com o outro lado? Sim, essas coisas aconteciam, mas precisavam da ajuda de um médium treinado. Os espíritos perdidos não costumam gostar de ser chamados para garantir a diversão de um grupo de adolescentes. No fim das contas, elas talvez perdessem o entusiasmo ao não terem os resultados alcançados.

Segui Molly e as outras em direção ao que antes fora o quarto de hóspedes. As altas janelas estavam opacas por causa de uma fina camada de poeira e fuligem. O quarto estava vazio, exceto por uma instável armação de cama que um dia fora branca, mas que perdera a cor com o passar dos anos. Havia também uma colcha, igualmente sem cor, estampada de rosas. Acho que a família Knox já nem costumava visitar a casa, e por isso nunca havia hóspedes no verão. As molduras das janelas estavam queimadas pelo sol, e não havia cortinas para bloquear a luz da lua. Notei que o quarto estava voltado para oeste, de frente para o bosque, na parte traseira da propriedade. Podia ver o espantalho vigiando os campos, a palha se abanando com o vento.

Sem combinação prévia, as meninas começaram a se organizar, sentadas em círculo e com as pernas cruzadas sobre o puído tapete no chão. Com muito cuidado, Abby abriu a bolsa de papel que carregava e pegou um artefato com extremo cuidado, como se se tratasse de objeto de valor inestimável. Era um tabuleiro Ouija, revelado sob uma capa de feltro verde, e que poderia facilmente ser uma antiguidade.

— Onde você conseguiu isso?

— Minha avó me deu, quando fui visitá-la em Montgomery no mês passado — respondeu Abby.

Com exagerada cerimônia, ela pousou o tabuleiro no centro do círculo. Eu nunca vira ao vivo um tabuleiro daqueles, apenas em livros, e parecia mais decorativo do que eu esperava. Em toda a sua extensão, um alfabeto estava disposto em duas linhas retas, junto a números e outros símbolos que não reconheci. Em cantos opostos e envolvidas por desenhos, estavam escritas as palavras SIM e NÃO. Mesmo quem nunca tivesse visto um tabuleiro Ouija faria associação direta com a magia negra. Em seguida, Abby pegou um frágil e alto copo de vidro envolto em lenço de papel. Desembrulhou com impaciência e pousou o copo sobre o tabuleiro, com a boca para baixo.

— Como isso funciona? — perguntou Madison.

Além de mim, ela era a única pouco entusiasmada no grupo. Mas acho que isso tinha mais a ver com o excesso de álcool do que com preocupações pela nossa segurança.

— Precisamos de um condutor, que pode ser uma peça de madeira ou um copo com a boca para baixo, para nos comunicarmos com o mundo espiritual — explicou Abby, feliz em seu papel de especialista. — Os fortes poderes psíquicos são comuns na minha família, e por isso sei do que estou falando. Precisamos reunir a energia de todas para que funcione. Devemos nos concentrar e pôr os indicadores na base do copo. Não pressionem com força, pois a energia ficaria paralisada e nada funcionaria. Assim que fizermos contato com o espírito, ele falará o que quiser para nós. Certo, vamos começar. Coloquem os dedos sobre o copo, *com calma*.

Fui obrigada a tirar o chapéu para Abby. Ela estava sendo muito convincente, fazendo tudo corretamente. E as meninas seguiram as instruções dela.

— E agora? — quis saber Madison.

— Vamos esperar até que o copo se mova.

— Sério? — Madison revirou os olhos. — Só isso? Mas o que evitaria que nós mesmas disséssemos qualquer coisa?

Abby a encarou.

— Não é difícil reconhecer a diferença entre uma brincadeira e uma mensagem verdadeira. Além do mais, o espírito sabe coisas que ninguém mais poderia saber — explicou ela, atirando os cabelos para longe do rosto. — Não espero que entendam. Sei tudo isso porque tenho muita prática. Então, prontas para começar? — perguntou ela, em tom solene.

Enterrei os meus dedos no velho carpete do quarto, tentando encontrar uma maneira de escapar dali sem ser notada. Quando Molly riscou o fósforo para acender as velas espalhadas pelo chão, dei um salto. Ela aproximou a chama dos pavios, e as velas ganharam vida.

— Tentem não fazer movimentos súbitos durante a sessão — pediu Abby, olhando para mim. — Não queremos assustar o espírito. Ele precisa estar confortável ao nosso lado.

— Você sabe isso por experiência própria ou viu num programa de televisão? — provocou Madison, sarcástica, incapaz de se controlar.

— As mulheres da minha família sempre estiveram conectadas com o *outro lado* — respondeu Abby.

Não gostei da forma que ela enfatizou "outro lado", como se estivesse contando uma história de terror num acampamento escolar.

— Você já viu fantasmas? — perguntou Hallie, assustada.

— Vi — respondeu Abby, em tom sério. — E exatamente por isso devo ser a médium hoje.

Eu não sabia se Abby estava mesmo dizendo a verdade. Algumas pessoas veem imagens de mortos ao viajar entre os mundos. Porém, na maior parte das vezes, isso não passa de imaginação. Um flash, uma sombra ou um pico de luz poderiam facilmente ser confundidos com algo sobrenatural. Para mim era diferente: eu sentia a presença dos espíritos o tempo inteiro — eles estavam em todo canto. Se me concentrasse, poderia dizer quais estavam perdidos, quais tinham acabado de fazer a transição e quais estavam à procura dos entes queridos. Gabriel sempre dizia que eu deveria me desligar, pois eles não eram responsabilidade nossa. Eu lembro quando uma senhora amiga minha, Alice, veio se despedir logo após falecer. Ela estava do lado de fora da janela do meu quarto antes de desaparecer. Mas nem todos os espíritos são tão gentis quanto ela. Os que não conseguem se separar do aspecto terreno ficam cada vez mais loucos, perdidos, por causa da vida que os circula, mas com a qual não podem interagir. Perdem contato com os humanos, ficam ressentidos e costumam agir de forma violenta. Não sei como Abby se comportaria caso conhecesse tudo o que se esconde do *outro lado*. Eu não poderia contar nada, pois seria muito revelador de minha parte.

As meninas balançaram a cabeça concordando, ansiosas por deixar nas mãos de Abby o papel de médium.

— Juntem as mãos — pediu Abby. — E, aconteça o que acontecer, não as soltem. Precisamos desse círculo protetor. Se for rompido, o espírito fica livre.

— Quem ensinou isso a você? — murmurou Savannah. — Se desfizermos o círculo, não estaríamos interrompendo a sessão?

— Sim, e, se o espírito evocado for inofensivo, ele voltará para junto dos seus. Mas, se for um espírito vingativo, é melhor termos cuidado. Nunca se sabe o que podemos evocar.

— Que tal evocarmos apenas fantasmas camaradas? — perguntou Madison para provocar Abby, que a encarou furiosa.

— Quem? Gasparzinho?

Madison não gostava que brincassem com ela, mas sabíamos que Abby tinha razão.

— Melhor não... — disse Madison, enfim.

— A sorte está lançada, então.

Mordi a língua para evitar comentar sobre o plano tolo de Abby. Dirigir uma sessão espírita na noite em que havia maiores chances de êxito era algo extremamente estúpido. Sacudi a cabeça para afastar estes pensamentos, disse a mim mesma que aquilo não passava de uma brincadeira infantil, o tipo de coisa que os adolescentes faziam para se divertir. Quanto antes começasse, mais cedo terminaria. Assim, eu poderia descer as escadas e voltar à festa.

Molly e Savannah, sentadas ao meu lado, tomaram as minhas mãos, agarrando-as com força. As suas palmas estavam suadas, e percebi uma mistura de medo e excitação. Abby curvou a cabeça e fechou os olhos. Os cabelos loiros caíam sobre o rosto, e ela interrompeu a evocação para amarrá-los num rabo de cavalo, usando um elástico preso no seu pulso. Depois pigarreou de forma teatral, lançou um olhar pesado para nós e começou a falar em voz baixa, como um cântico.

— Espíritos que caminham sobre a Terra, apresentem-se entre nós! Não vamos oferecer nenhum perigo. Tudo o que queremos é uma conexão. Não tenham medo. Caso queiram contar alguma história, vamos ouvi-la. E, repito, não faremos mal a vocês. E pedimos que não nos façam mal.

O quarto foi tomado por um silêncio mortal. As meninas se entreolhavam. Eu sabia que algumas delas começavam a se arrepender por terem demonstrado tanto entusiasmo com a ideia de Abby e trocariam tudo para estar lá embaixo, bebendo com os amigos e flertando com os garotos. Trinquei os dentes e tentei não pensar na cerimônia que acontecia na minha frente. Sabia que tirar os mortos da tranquilidade deles não era apenas pouco inteligente, mas também nada sensível, contrário a tudo o que eu tinha aprendido sobre a vida e a morte. Será que elas nunca escutaram a expressão "Descanse em paz"? Eu queria soltar as minhas mãos e sair daquele quarto, mas Abby ficaria furiosa, e eu ganharia a fama de estraga-prazeres pelo resto do ano. Suspirei, esperando que elas se cansassem da falta de resposta e abandonassem a brincadeira. Eu e Molly trocamos olhares hesitantes.

Cinco longos minutos se passaram enquanto ouvíamos o som de nossas respirações e as repetições de Abby. Quando as meninas começavam a perder a paciência e alguém finalmente reclamou da demora, o copo começou a tremer. Todas se sobressaltaram, e a atenção do grupo foi restaurada. O copo sacudiu por mais algum tempo e depois começou a se arrastar pelo tabuleiro, desenhando uma mensagem. Abby, a nossa médium, cantava cada letra que o copo tocava até conseguir formar uma mensagem bem clara:

Parem. Parem. Saiam daqui. Vocês correm perigo.

— Nossa, isso é incrível — comentou Madison, em tom de brincadeira.

As meninas se entreolharam, sem saber o que pensar, tentando descobrir quem de nós estava por trás do truque. Porém, como todas estávamos com os dedos sobre o copo, era impossível descobrir quem o movia. Notei que Molly apertava a minha mão com mais força quando outra mensagem começou a ser escrita.

Parem. Ouçam. O demônio está aqui.

— Por que deveria acreditar em você? — perguntou Abby. — A gente se conhece?

O copo começou a se mover rapidamente, percorrendo toda a tábua até chegar ao local onde estava escrita a palavra SIM.

— Tudo bem, sei que é uma brincadeira — disse Madison. — Mas quem está fazendo isso?

Abby ignorou o protesto.

— Cale a boca, Madison. Ninguém está fazendo nada — repreendeu Hallie. — Você está quebrando a corrente.

— Honestamente, você acha que eu acreditaria...

— Se nós conhecemos você, qual é o seu nome? — perguntou Abby ao espírito.

Durante longos segundos, o copo ficou paralisado.

— Disse que era uma bobagem — reclamou Madison.

No entanto, assim que ela se calou, o copo voltou a passear pelo tabuleiro. Primeiro parecia confuso, passeando por algumas letras, querendo nos enganar. E eu estava um pouco perdida, pois não conhecia muito bem o processo. Mas, afinal, o copo marcou as letras T, A e Y.

Depois parou, como se não soubesse o que fazer.

— Pode confiar na gente — incentivou Abby.

O copo voltou ao centro do tabuleiro e, lentamente, procurou as letras finais: L, A e H.

Foi Molly quem quebrou o desconfortável silêncio.

— Taylah?

A voz dela não passava de um murmúrio. Seus olhos ficaram cheios de lágrimas e ela nos encarou.

— Isso não tem graça. Quem está fazendo isso? O que há de errado com vocês?

A acusação dela gerou uma onda de protestos.

— Não fui eu — diziam todas.

Senti um arrepio na espinha, pois sabia que nenhuma das meninas se atreveria a brincar com o nome de uma colega falecida. A morte de

Taylah era muito recente. E isso só poderia significar uma coisa: Abby estabelecera uma conexão, conseguira atravessar o limite. Estávamos pisando em terreno muito perigoso.

— E se não for uma brincadeira? — indagou Savannah. — Ninguém aqui faria uma coisa dessas. E se realmente for ela?

— Só há uma maneira de descobrir — começou Abby. — Temos que evocá-la e pedir uma prova.

— Mas ela pediu que parássemos — protestou Molly. — E se não quiser ser evocada?

— E se estivesse querendo nos alertar? — supôs Hallie, trêmula.

— Vocês são muito bobas... — Madison revirou os olhos. — Vá em frente, Abby, e vocês vão ver que nada vai acontecer.

Abby curvou o corpo para a frente, em direção ao tabuleiro, dizendo, com voz profunda:

— Nós estamos no comando. Venha. Mostre-se para nós.

Através da janela, eu vi uma nuvem escura cruzando o céu, obscurecendo a lua e apagando por completo a luz prateada que tomava conta do quarto. Por um momento, senti a presença de Taylah, irradiando um calor tão forte quanto o da mão que eu agarrava. Mas ela desapareceu rápido, sem deixar nenhum rastro além do frio vazio no ar.

— Nós estamos no comando — repetiu Abby, com emoção. — Revele-se para nós!

Os painéis da janela começaram a se mover com o vento que soprava do lado de fora. A sala ficou muito fria, e Molly segurava a minha mão com tanta força que quase impedia a circulação do sangue.

— Venha! — gritou Abby. — Venha!

Nesse momento, a janela se abriu, e um vento forte tomou conta do quarto, apagando as velas. Algumas meninas ficaram nervosas, apertando as mãos das colegas. Eu sentia o vento na minha nuca, como se fossem dedos frios, mortos. Tremi e inclinei o corpo para a frente, tentando me proteger. Savannah choramingou, e notei que ela sentia a mesma coisa. As meninas não entendiam o que acontecia, mas acho que todas percebiam uma presença naquele quarto, uma presença nada amigável.

Eu sabia que precisava dizer alguma coisa, antes que fosse tarde demais.

— Vamos parar agora! — gritei. — Isso não é mais uma brincadeira.

— Você não pode desistir agora, Beth. Vai destruir tudo — avisou Abby, com os olhos varrendo o quarto. — Tem alguém aqui? — perguntou ela. — Dê um sinal de que pode me escutar.

Ouvi Hallie engolindo em seco e olhei para baixo, me dando conta de que o copo se movia em silêncio pelo tabuleiro. Ele chegou até a palavra SIM. A mão de Savannah estava completamente suada.

— Quem está fazendo isso? — murmurou Molly.

— Por que você apareceu aqui? — perguntou Abby. — Tem uma mensagem para dar?

O copo circulou pelo tabuleiro até parar na mesma mensagem anterior: SIM.

— Para quem? — perguntou Abby. — Quem você veio ver?

O copo deslizou até encontrar a letra A. Depois parou em várias outras letras, desenhando um nome. Abby parecia confusa ao juntar as letras mentalmente.

— Annabel Lee? — perguntou ela, confusa. — Nenhuma de nós se chama Annabel.

Senti um calafrio no coração. Aquele nome talvez não significasse nada para elas, mas significava muito para mim. Ainda me lembrava de ele estar de pé na sala de aula, lendo o poema sobre ela com voz de veludo: *"Foi há muitos e muitos anos já,/ Num reino ao pé do mar,/ Como sabeis todos, vivia lá/ Aquela que eu soube amar."* Eu me lembro da maneira como ele cravou seus olhos negros nos meus, e senti um calor terrível no interior do corpo. Aquela mesma sensação voltava. Minha boca estava seca e sentia um aperto no peito. Seria ele? Teria uma menina inocente invocado algo tão monstruoso? Não queria acreditar, mas vendo as expressões assustadas ao meu redor era impossível duvidar. Aquela mensagem estava endereçada a mim, e a ninguém mais. Jake Thorn estava de volta, naquele quarto, ao nosso redor.

Eu tinha vontade de fugir, mas relutei. Precisava proteger as outras. Rezei para que ainda tivéssemos tempo de interromper a sessão sem problemas e enviar aquele monstro de volta.

— Diga o que você quer — pediu Abby, engolindo em seco, num tom de voz bem mais agudo do que antes.

O que ela estava fazendo? Não notava o perigo que corríamos? Eu estava prestes a assumir o comando e pedir que Abby interrompesse tudo aquilo quando a maçaneta da porta começou a se mover com violência, como se uma força invisível estivesse tentando sair do quarto. Pensando logicamente, aquela cena seria impossível, pois a porta não estava trancada. Porém, a demonstração de força sobrenatural provou-se forte demais para algumas meninas.

— Tentem ficar calmas — pedi, no tom de voz mais tranquilo possível. Mas era tarde demais. Molly soltou suas mãos e caiu de quatro, chutando o tabuleiro. O copo de vidro saiu voando e pousou bem ao meu lado, partindo-se em caquinhos. Nesse momento, senti um ar gélido contra o meu peito, algo que quase me deixou sem fôlego. A porta do quarto se abriu, as dobradiças rangendo.

— Molly! — gritou Hallie, ao se recuperar do choque. — O que você fez?

— Não quero mais brincar — gritou Molly, muito assustada e abraçando o próprio tronco, como se quisesse manter o calor do seu corpo. — Beth tinha razão, foi uma ideia estúpida. Não deveríamos ter feito isso.

Eu me levantei e procurei o interruptor com um nó no estômago, mas logo me lembrei de que a luz fora cortada naquela casa.

— Está tudo bem, Molly. — E acariciei seus ombros, abraçando-a, tentando não demonstrar o pânico que se instalara no meu corpo.

Alguém precisava manter a calma. Eu notava o corpo de Molly tremendo descontroladamente. Queria dizer a ela que tudo não passara de uma brincadeira estúpida e que, mais tarde, morreríamos de rir disso. Mas, na verdade, sabia que não se tratava de uma simples travessura de adolescentes. Acariciei o braço de Molly e disse as palavras mais tranquilizadoras que consegui encontrar.

— Vamos descer e fingir que nada disso aconteceu.

— Não acho que seja assim tão fácil — disse Abby, com voz suave e agourenta. Ela continuava ajoelhada no chão, recolhendo os cacos de vidro, com os olhos fixos na confusão armada à sua frente.

— Chega, Abby — adverti, nervosa. — Não vê que ela está com medo?

— Não, Beth, você não entendeu. — Abby ergueu o olhar e me encarou. Seus olhos azuis estavam tão arregalados quanto os de Molly. — Ela quebrou o círculo.

— E daí?

— O espírito que invocamos estava preso no interior do círculo — murmurou Abby. — Ele poderia ter sido enviado de volta. Mas agora... — Sua voz era trêmula ao dar uma olhada ao redor do quarto, sem saber o que fazer. — Molly o libertou.

5

ESTRADA PARA O INFERNO

Fiquei parada no corredor vendo as minhas amigas histéricas descerem as escadas de dois em dois degraus. Não demoraria muito para que se espalhasse a notícia de que havia um fantasma naquela festa. E, mesmo que ninguém tivesse visto nada, com certeza a história seria repercutida até o fim da noite, sempre com uma nova versão.

Senti uma tontura repentina e me segurei no corrimão. A noite planejada para ser divertida acabou se transformando em outra coisa. Estava cansada: era hora de ir embora. Tudo o que deveria fazer era procurar Xavier e pedir que me levasse para casa. Quando a tontura passou, fui até a cozinha, onde dei de cara com uma atividade muito mais inocente. Um grupo estava tentando morder uma maçã mergulhada num balde de água, recipiente que tinham encontrado do lado de fora e posto no chão. Uma menina estava de joelhos, com o rosto enfiado na água, e o pessoal que a observava não parava de gritar. Quando ela finalmente se levantou, os seus cabelos negros estavam molhados e colados à nuca e aos ombros, e havia uma maçã vermelha presa aos seus dentes. Fui empurrada e notei que havia entrado na brincadeira sem saber.

— Agora é a sua vez! — gritou alguém.

Resisti, não queria me ajoelhar.

— Não quero. Só estava olhando.

— Vamos! — gritavam.

Percebi que seria mais fácil morder uma maçã do que vencer o entusiasmo daquela gente. Ainda que uma voz na minha cabeça dissesse que eu deveria ir embora dali, acabei de joelhos, vendo o reflexo do meu rosto na água. Fechei os olhos com força, querendo evitar os avisos que me bombardeavam. Quando voltei a abri-los, vi uma coisa na água que fez o meu coração parar de bater. Logo abaixo do reflexo do meu rosto, estava a imagem de outro rosto. Eram feições esqueléticas ocultadas sob um capuz, com algo escondido na mão em forma de garra. Seria uma foice? A outra mão veio na minha direção, e os dedos estranhamente longos se enrolaram como tentáculos ao redor do meu pescoço. Parecia impossível, mas a imagem era muito familiar. Já tinha visto a túnica preta em quadros e sabia que se tratava da representação da morte... Um Ceifador de Almas. Mas o que ele queria de mim? Não posso ser tocada pela morte, ele deveria estar ali por outra razão. Seria um presságio. Mas do quê? Entrei em pânico e corri em direção à porta, afastando todos os que estavam no caminho.

Do lado de fora, ouvi os gritos reclamando da minha fuga. Eu os ignorei e coloquei uma das mãos sobre o peito, tentando controlar os batimentos cardíacos. O ar frio ajudou um pouco, mas eu não conseguia me livrar da sensação que aquele fantasma me causara, pois tudo indicava que ele continuava por perto, esperando uma chance de me encontrar sozinha e me estrangular com as próprias mãos.

— Beth, o que você está fazendo aqui fora? Está tudo bem?

Ouvi um som estranho e percebi que saía de mim. A respiração era pesada, entrecortada. A voz era familiar, mas não era de Xavier, como eu gostaria que fosse. Ben Carter desceu da varanda e ficou de pé ao meu lado, sacudindo o meu corpo de leve, como se eu devesse ser despertada de um transe. O contato humano fez com que me sentisse um pouco melhor.

— Beth, o que aconteceu? Você parecia em choque...

Os cabelos despenteados de Ben caíam sobre seus olhos castanhos, que me encaravam, assustados. Tentei controlar a respiração, mas não consegui, e o meu corpo começou a ficar mole. Se Ben não estivesse por perto, teria caído de cara no chão. Ele parecia acreditar que eu mesma estava causando tudo aquilo.

— O que você está fazendo? — perguntou ele, ao notar que eu não morreria. Depois, se aproximou de mim, e percebi que ele suspeitava de alguma coisa. — Você andou bebendo?

Eu estava prestes a negar aquela alegação, mas logo entendi que seria a maneira mais plausível de justificar o meu estranho comportamento.

— Talvez — respondi, soltando-me de suas mãos e tentando ficar de pé. E me afastei de Ben, querendo evitar as lágrimas. — Obrigada pela ajuda — agradeci, rapidamente. — Estou bem. Sério.

Enquanto me afastava, uma pergunta martelava na minha cabeça em alto e bom som: onde estaria Xavier? Algo estava errado. Eu percebia isso. Todos os instintos celestiais me avisavam que precisávamos dar o fora dali. *Logo.*

Encontrei um salgueiro no jardim, na frente da casa, e me recostei em seu tronco robusto. Ben continuava de pé na varanda, me olhando com uma expressão preocupada e confusa. Não havia tempo para me preocupar, pensando se teria ou não maltratado aquele garoto. Seria verdade que tudo estava voltando? Teriam os demônios retornado a Venus Cove? Tinha certeza de que aquela cidade estava livre deles. Gabriel e Ivy se encarregaram disso. Jake fora banido. Eu mesma vi o corpo dele sendo consumido por línguas de fogo. Ele não voltaria. Mas por que eu estava toda arrepiada? Por que sentia calafrios nas minhas veias, como se fossem pequenas descargas elétricas?

Eu me sentia caçada. Naquele lugar, sozinha, podia ver os campos que se abriam na parte traseira da casa e o denso bosque logo atrás. Via também o espantalho com a cabeça tombada sobre o peito. E rezava para que Xavier estivesse voltando do lago. Sabia que, ao vê-lo, o medo desapareceria como uma maré. Juntos éramos fortes e nos protegíamos. Precisava encontrá-lo.

Naquele exato momento, uma lufada de vento fez a grama seca se mover para todos os lados. A roupa do espantalho voava, a cabeça dele se mexia, e ele passou a olhar diretamente para mim, os olhos feito botões pretos. Meu coração parecia saltar do peito. Deixei escapar um grito. Girei o corpo e voltei correndo para a casa.

Logo depois me choquei com alguém.

— Calma — disse um menino. — O que foi? Você parece morta de medo.

Ele não falava como um demônio, e, quando ergui os olhos, percebi que não se parecia com um deles. Não usava fantasia, e o reconheci vagamente de algum lugar. Meu pânico amainou um pouco quando percebi que era Ryan Robertson, ex-namorado de Molly. Ele estava com um grupo perto da varanda da casa, com um cigarro pela metade entre os dedos. As pessoas me olhavam com desinteresse. Havia um cheiro forte e amargo no ar, algo que eu não conseguia identificar, muito forte.

Toquei minha bochecha, que queimava, e fiquei grata quando o ar frio da noite acariciou meu rosto.

— Estou bem — respondi, tentando soar convincente. A última coisa que queria era levantar alarmes desnecessários com base nas minhas confusões.

— Ótimo — disse Ryan, fechando os olhos. — Não seria legal se você não estivesse, se é que você me entende...

Franzi o cenho. O que ele dizia parecia incoerente. Ou seria coisa minha? Eu estaria completamente louca? Poderia culpar aquela festa bizarra?

Dei um salto quando alguém abriu a porta com força. Molly apareceu na varanda.

— Finalmente, Beth! — Ela parecia aliviada ao descer as escadas. — Você quer me enlouquecer? Não encontrei você em lugar algum! — Ela falava comigo e olhava para Ryan e seus amigos. — O que você estava fazendo com *eles*?

— Ryan estava tentando me ajudar — murmurei.

— Sou uma pessoa muito prestativa — disse Ryan, indignado.

Molly viu o cigarro enrolado entre os dedos dele.

— Você está se drogando? — perguntou ela.

— Drogando, não — respondeu Ryan. — Acho que o termo certo é *viajando*...

— Seu idiota! — gritou Molly. — Você deveria me levar de volta para casa. Não pretendo passar a noite inteira nessa espelunca.

— Calminha que eu dirijo muito melhor assim — disse Ryan. — Fico com os sentidos mais apurados. Aliás, acho que preciso de um balde...

— Se vai vomitar, sai de perto de mim — avisou Molly.

— Acho que deveríamos dar a noite como encerrada — interrompi. — Você me ajuda a procurar o Xavier? — pedi, virando-me para Molly.

A sugestão levantou uma onda de protestos entre Ryan e seus amigos.

— Claro — respondeu ela, revirando os olhos para eles. — Acho que a festa está em franca decadência.

Chegamos aos fundos da casa, procurando Xavier, quando ouvimos o som de uma motocicleta avançando pela grama e giramos o corpo. Havia alguma urgência na maneira que a moto gritava, lançando grama pelo ar. Molly tapou os olhos por causa do farol. O motoqueiro saltou, deixando o motor ligado. Ele usava uma jaqueta de couro estilo aviador e um boné de beisebol virado para trás. Reconheci o garoto alto e forte: era Wesley Cowan. Eu e Xavier passávamos pela casa dele todas as sextas-feiras à tarde quando voltávamos para casa, vindos da escola. Ele estava sempre agachado na entrada polindo o velho Mercedes do pai, preparando-se para um fim de semana de festas. Wesley jogava no time de polo de Xavier e estava entre os seus melhores amigos. Assim como Xavier, era um cara bem difícil de vencer. Pouca coisa seria capaz de abalar o seu ar de confiança, e por isso era estranho vê-lo com aquela expressão preocupada e vestindo uma camiseta manchada de lama.

Instintivamente, Molly agarrou o seu braço.

— O que foi, Wes?

Ele mal conseguia falar por causa da respiração pesada.

— Aconteceu um acidente no lago. Precisamos ligar para uma ambulância!

Ryan e seus amigos ouviram e tiraram os celulares dos bolsos.

— Não temos sinal — disse Ryan, após alguns minutos de tentativa, sacudindo o aparelho e xingando.

— O que aconteceu? — quis saber Molly.

Antes de responder, Wesley me olhou de maneira estranha. Era como se estivesse em busca do meu perdão.

— Nós apostamos se ele teria coragem de se atirar de uma árvore, mas havia pedras na água. Ele bateu com a cabeça e não acordou.

Wesley falava com os olhos fixos em mim. Por que me olhava daquele jeito? Permaneci em silêncio, mas um pânico gelado tomou conta do meu corpo, envolvendo-me como dedos de gelo. Não seria Xavier. Não poderia ser. Xavier era responsável e ficara por lá para manter os demais sob controle, atendendo ao ferido até a chegada de uma ambulância. No entanto, meu coração não ficaria tranquilo até ter a certeza... E então alguém perguntou o que não tive coragem de perguntar.

— Quem se machucou?

Wesley arregalou os olhos e demorou alguns instantes para responder. Porém, mesmo antes de ouvir, eu sabia qual era a resposta.

— O Xavier.

A voz dele me atingiu como a mera constatação de um fato, sem emoção, e a minha cabeça começou a imaginar a cena. Mas, naquele momento, as minhas pernas pareciam não aguentar o peso do meu corpo. E o meu maior medo — um medo muito maior do que qualquer coisa que poderia acontecer comigo — era que algo acontecesse a Xavier, o que naquele momento era a realidade. Por um segundo, a notícia pareceu forte demais e fiquei sem forças ao lado de Ryan, que tentava segurar o meu corpo, embora também estivesse sem muito equilíbrio. Sim, o ferido era Xavier, e eu fora premiada por passar um tempo longe dele. O destino não poderia ser tão cruel. Numa das poucas noites em que os nossos caminhos não se encontraram, ele perdeu a consciência.

Wesley colocou as mãos ao redor da cabeça e desabafou:

— Cara, estamos ferrados.

— Ele estava bêbado? — perguntou Ryan.

— Claro que sim — respondeu Wes. — Como todos nós.

Em todo o tempo em que estivemos juntos, nunca vi Xavier tomar mais do que duas cervejas. Ele nunca bebia destilados. Era algo que considerava irresponsável. Eu não conseguia imaginar Xavier bêbado e afoito. Era estranho...

— Não — discordei. — Xavier não bebe.

— Sério? Mas para tudo existe uma primeira vez.

— Cale a boca e ligue para uma ambulância! — gritou Molly. E notei o seu braço sobre o meu ombro, e os cachos dos seus cabelos roçando a minha bochecha. Molly estava curvada sobre mim. — Está tudo bem, Beth, ele vai ficar bem.

Wesley nos observava. O pânico parecia transformado em perverso prazer diante da minha reação. Os demais formavam um círculo à minha volta e todos davam pitacos sobre como lidar com a situação. As vozes se combinavam, formando uma sinfonia sem sentido.

— Como ele está? Deveríamos tentar chamar um médico?

— Entraremos todos numa fria chamando uma ambulância.

— Ah, boa ideia... — disse alguém, em tom de sarcasmo. — Então vamos esperar e ver se ele se recupera sozinho.

— Como ele está, Wes?

— Não sei muito bem — respondeu ele, perdido. — Ele cortou a cabeça. Havia muito sangue...

— Droga. Precisamos de ajuda.

A imagem de Xavier caído no chão sangrando fez com que eu entrasse em ação.

— Preciso encontrá-lo! — gritei, aproximando-me de Wesley. — Quero que alguém me mostre o caminho para o lago!

De repente, Molly estava ao meu lado, e as mãos dela agarravam os meus ombros, tentando me acalmar.

— Fique calma, Beth. Alguém poderia levá-la até lá?

— Não seja estúpida, Molly, o lago fica no meio do bosque — disse Ben. — Não se chega lá de carro. Alguém precisa ir à cidade e conseguir uma ambulância.

Eu não podia ficar nem mais um segundo esperando as deliberações dele sabendo que Xavier estava ferido. Eu poderia ajudar com os meus poderes curativos.

— Estou indo — avisei, começando a correr.

— Espere! Levo você — disse Wes, de repente. — Vai ser mais rápido do que ir correndo no escuro — completou, ainda sem forças, como se soubesse que me levar até Xavier não o libertaria da responsabilidade pelo acidente.

— Não! — disse Molly, tentando me proteger. — Você deveria ficar aqui enquanto tentamos conseguir um médico.

— E que tal chamar o pai dele? — sugeriu alguém. — Ele é cirurgião, certo?

— Boa ideia. Descubra o número.

— O sr. Woods é um cara legal, ele não nos entregaria.

— Mas como poderíamos entrar em contato com ele se não temos sinal? — perguntou Ben, agitado. — Por telepatia?

Eu fazia força para não liberar as minhas asas e voar em direção a Xavier. Seria a reação natural do meu corpo, e não sabia quanto tempo poderia aguentar. Impaciente, olhei para Wesley.

— O que estamos esperando?

Ele montou na moto de imediato e estendeu o braço para que eu subisse. A moto brilhante uivava na noite como um inseto alienígena.

— Que tal usar um capacete? — perguntou Ben, enquanto Wes acelerava. Ele não gostava dos *bad boys* da escola. Mas, pelo rosto dele, notei que também estava preocupado comigo, com a minha segurança e com o nível questionável de responsabilidade de Wesley. Entendi que Ben apenas estava sendo precavido, mas o meu único objetivo era encontrar Xavier.

— Não temos tempo para isso — respondeu Wes, agarrando os meus dois braços e posicionando-os na sua cintura. — Segure firme — disse. — Aconteça o que acontecer, não solte.

A moto deu um pinote antes de descer em direção ao asfalto escuro.

— O lago não fica do outro lado? — gritei, tentando vencer o barulho do motor.

— Vamos por um atalho — respondeu Wes.

Eu tentava me conectar a Xavier para conhecer a gravidade dos seus ferimentos, mas não conseguia. Isso me deixou assustada. Normalmente, eu percebia o que ele estava sentindo antes mesmo que ele. Gabriel me disse que eu perceberia de imediato se algo ruim acontecesse. Mas daquela vez não. Seria por causa do estresse vivido na sessão espírita?

Wes chegou à estrada e começou a ganhar velocidade quando ouvi uma voz vinda de trás, que me chamava. Mesmo com a barulheira do motor, identifiquei a voz que adorava e que passara a noite querendo escutar. Ela me fez reviver. Wes girou a moto, e vi Xavier de pé, banhado pela luz da lua, na beira da estrada. Meu coração ficou imediatamente mais leve. Ele parecia perfeitamente saudável.

— Beth? — Ele repetia o meu nome, num tom cauteloso.

Xavier estava de pé, a poucos metros da moto, e fiquei tão agitada ao vê-lo inteiro que nem cogitei que algo pudesse estar fora de lugar nem parei para pensar por que Xavier parecia tão surpreso ao nos ver.

— Para onde estão indo? — perguntou ele. — Wes, onde você conseguiu essa moto?

— Xavier! — gritei, aliviada. — Graças a Deus, você despertou! E a sua cabeça, como está? Estávamos muito preocupados. Precisamos voltar e avisar que você está bem.

— A minha cabeça? — perguntou ele, ainda mais intrigado. — Do que você está falando?

— Do acidente! Você pode ter sofrido uma concussão. Wes, quero descer da moto.

— Beth, eu estou bem — disse Xavier, tocando a cabeça. — Não aconteceu nada comigo.

— Mas achei que... — E parei de falar.

Xavier estava bem e não havia nenhuma marca no seu corpo. Ele estava do mesmo jeito de quando me deixou na festa, de calça jeans e camiseta preta justa. Notei que a postura de Xavier era cada vez mais defensiva. Os olhos azuis ficavam mais penetrantes.

— Beth — disse ele, com cuidado —, quero que desça dessa moto.

— Wes? — pedi, batendo de leve no seu ombro, notando que ele não dissera uma única palavra durante a minha conversa com Xavier. A moto continuava vibrando sob mim, e Wesley seguia imóvel, com o olhar fixo na frente.

Xavier tentou dar um passo na nossa direção, mas algo o deteve, e ele ficou parado. Tentou também manter o tom de voz, mas percebi certo desespero.

— Beth, você me escutou? Desça da moto, *agora*!

Coloquei os dois pés no chão para acalmar Xavier, mas, quando tentei soltar os braços da cintura de Wesley, ele deu marcha a ré e a moto se moveu para trás. Tive que me agarrar com mais força ao seu corpo para não cair.

Até aquele momento, imaginava que a situação fosse uma brincadeira de Wesley, o que, aos olhos de Xavier, não era nada engraçado. Mas vi Xavier passando uma das mãos pelos cabelos, nervoso, e percebi que o rosto dele estampava angústia. Seu olhar era o mesmo daquela terrível tarde no cemitério, quando fui capturada na frente dele e não pôde fazer nada. Era o mesmo olhar: um olhar que demonstrava a sua busca urgente por uma saída, embora soubéssemos que estávamos encurralados. Era como se Xavier estivesse encarando uma cobra venenosa que poderia dar o bote a qualquer momento, como se um movimento pudesse ser fatal. Wes movia a moto em círculos, se divertindo com a ansiedade que causava. Xavier gritava e tentava mover o corpo, mas alguma força o detinha. Ele trincou os dentes e lutou contra a barreira invisível imposta diante do seu corpo, mas não conseguiu ultrapassá-la. A moto se movia em todas as direções.

— O que está acontecendo? — gritei, quando a moto finalmente parou, levantando poeira. — Xavier, o que está acontecendo?

Estávamos mais perto dele, e eu podia ver nos seus olhos uma dor profunda, mas também raiva e muita frustração por não poder me ajudar. Sim, eu estava mesmo em perigo. Talvez nós dois estivéssemos.

— Beth... Esse aí não é o Wes.

Essas palavras me deixaram muito nervosa. Tentei me soltar. Estava pronta para me jogar da moto, mas não consegui mover os braços. Pareciam presos por uma força invisível.

— Pare! Quero descer! — gritava.

— Tarde demais — respondeu Wesley, embora não fosse ele. A voz era mais doce e pegajosa, com um sotaque inglês bem forte. Era a mesma voz que tantas vezes me assustara em sonhos, uma voz que eu reconheceria em qualquer lugar. O corpo sob os meus braços começou a ganhar novas formas. O peito musculoso e amplo e os braços bem-definidos ficavam mais finos, mais frios. As grandes mãos de Wesley pareciam mais ossudas, mais pálidas. O boné de beisebol virado para trás saiu voando, deixando à vista os longos fios de cabelos negros e lustrosos, que dançavam ao vento. Pela primeira vez, ele virou o rosto para me encarar. Vê-lo tão perto fez o meu estômago se revirar. O rosto de Jake não tinha mudado nada. Os cabelos à altura dos ombros contrastavam com a palidez da pele. Reconheci aquele nariz afilado que se curvava de leve na ponta e as bochechas entalhadas que certa vez levaram Molly a compará-lo com um modelo da Calvin Klein. Os lábios pálidos se entreabriram, revelando pequenos dentes brancos. Mas os olhos eram diferentes. Pareciam pulsar com uma energia maligna. Quando observei com atenção, vi que não eram verdes nem pretos, como me lembrava, mas sim cor de vinho, cor de sangue coagulado.

— NÃO! — gritou Xavier, com o rosto desfigurado de tanto desespero. Sua voz era engolida pelo vento que assolava a estrada deserta. — AFASTE-SE DELA!

Não lembro muito bem o que aconteceu em seguida. Sei que Xavier se livrou da imobilidade, pois correu na minha direção. Meus braços ficaram livres, e tentei descer da moto, mas a cabeça doía, e percebi que Jake me segurava pelos cabelos ao mesmo tempo que dirigia a moto com apenas uma das mãos. Ignorei a terrível dor e lutei com mais força, mas tudo foi inútil.

— Consegui! — gritou Jake. E a voz dele soava como um predador em luta.

Ele acelerou a moto com força, e o motor ganhava vida, como se fosse uma besta descontrolada. A moto se movia aos tropeções.

— Xavier! — gritei, no momento em que ele nos alcançou. Esticamos os braços, e os dedos quase se tocaram. Mas Jake tombou a moto de forma violenta, atirando-a contra o corpo de Xavier. Ouvi um barulho seco no momento em que o metal o atingiu. Gritei quando ele caiu no chão e começou a rolar em direção à beira da estrada. Eu o perdi de vista. A moto ganhou velocidade, deixando-o envolto numa nuvem de poeira. Com o canto do olho, vi que algumas pessoas se aproximavam da estrada, atraídas pela confusão, e rezei para que chegassem a tempo de socorrer Xavier.

Como um chicote negro, a moto subia a estrada deserta que serpeava à nossa frente. Jake dirigia a tanta velocidade que, ao virar numa curva, quase tocamos o chão. Meu corpo gritava para voltar para perto de Xavier. Meu único amor verdadeiro. A luz da minha vida. Meu peito ficou pesado, não conseguia respirar, só pensava nele, imóvel e envolto em poeira. A dor era tão grande que nem ligava para onde Jake me levaria ou para os horrores que me esperavam. Tudo o que desejava era saber se Xavier estava bem. Tentei não pensar no pior, embora a palavra "morto" não saísse dos meus ouvidos, sendo repetida em alto e bom som, como um sino de igreja. Demorei um pouco para perceber que estava chorando. Meu corpo se curvava em soluços pesados, meus olhos queimavam por causa das lágrimas escaldantes.

Não havia nada mais a fazer além de implorar ao Criador, rezando, pedindo, implorando, negociando — eu faria qualquer coisa para proteger o Xavier. Ele não poderia ser afastado de mim daquela maneira. Eu seria capaz de sobreviver a um furacão, a intensas torturas físicas, ao Armagedom e a uma chuva de fogo, mas não o conseguiria longe de Xavier. Um pensamento estranho tomou conta da minha cabeça: se Jake de fato tivesse matado o meu namorado, ele pagaria por isso. E daí se isso era contrário às leis divinas? Eu vingaria a minha perda. Seria capaz de perdoar qualquer crime, desde que não fosse contra Xavier. Que Deus me perdoasse, mas Jake teria o troco. Queria destruir aquele corpo à minha frente — queria puni-lo mais uma vez por infectar a minha vida com a sua terrível presença. Eu me sentia contaminada simplesmente por estar perto dele. Pensei em jogar o peso do meu corpo para um dos lados e desestabilizar a moto, embora soubesse que, na velocidade em que viajávamos, provavelmente os dois seriam esfolados contra o asfalto. Estava desesperada.

Antes que eu perdesse o controle dos meus pensamentos, algo aconteceu — algo que nunca imaginaria possível, nem mesmo nos meus piores pesadelos. Em qualquer outro momento, teria ficado horrorizada só de pensar nisso. Mas estava tão perdida que não senti nada além de uma forte tensão no corpo, como se tivesse sido invadida por um jorro de veneno. A estrada desafiava a gravidade e se erguia à nossa frente. Uma grande cratera se abriu em seu centro. Sim, a estrada se abriu, e a cratera era cada vez maior, como uma boca faminta, cavernosa, esperando para nos engolir. O vento que batia contra o meu rosto era quente, e uma fumaça começou a erguer-se do asfalto. Instintivamente, sabia que tudo aquilo emanava de um sentimento de profundo vazio, estávamos seguindo em linha reta em direção aos portões do Inferno.

E o Inferno logo surgiu à nossa frente.

Gritei quando a moto ficou parada no ar por alguns instantes, e Jake desligou o motor pouco antes de entrarmos no vazio, em completo silêncio. Virei o rosto para ver a abertura logo atrás se fechando, afastando-nos da luz da lua, das árvores, da Terra que eu tanto amava.

Era impossível dizer quando eu voltaria a ver tudo aquilo. A última coisa que percebi foi que caía ouvindo o som dos meus próprios gritos, antes de sermos consumidos pela escuridão.

6

BEM-VINDA AO MEU MUNDO

Dei uma olhada ao redor, desorientada, e o meu corpo tremeu dentro daquele fino vestido de seda. Não lembrava como chegara ali. Meus cabelos estavam banhados em suor, e as asas de mentira da minha fantasia tinham desaparecido. Devem ter ficado frouxas e sido arrancadas durante a turbulenta viagem.

Não havia nada por ali que fosse vagamente familiar. Eu estava de pé num beco escuro e pavimentado. Uma névoa envolvia meus pés, e o ar estava tomado de um cheiro forte e estranho. Parecia um ponto abandonado de uma cidade qualquer, pois podia ver a sombra esfumaçada de edifícios e topos a distância. Mas nada parecia real — era como um arranha-céu de uma foto antiga, sem detalhes, borrado. Tudo o que havia onde eu estava eram muros de tijolos cobertos de pichações. A argamassa estava destruída, caindo aos pedaços, abrindo buracos cobertos com jornais. Ouvi (ou imaginei ter ouvido) o barulho de ratos por trás deles. Caçambas que transbordavam de lixo e estavam dispostas em vários lugares, e as paredes não tinham janelas, exceto uma ou duas, mas estavam tapadas. Quando ergui os olhos, percebi que não havia céu, apenas uma estranha escuridão, um pouco aquosa em alguns pontos e muito espessa em outros. Essa escuridão parecia respirar e ia muito além da simples ausência de luz.

Um velho poste lançava uma luz leitosa que me permitia identificar a motocicleta preta parada alguns metros à frente. O motociclista não estava por ali. Ver a moto fez com que minha mente girasse e me forçasse a focar no perigo que eu corria. Tentei pensar no que havia acontecido, mas a memória não me ajudava. Imagens soltas tomaram conta da minha mente, mas sem uma sequência lógica. Lembrei-me de uma casa próxima a uma estrada, de uma abóbora com uma vela dentro e também das risadas de um bando de adolescentes. Depois me lembrei do som de um motor sendo acelerado e de alguém me chamando. Mas essas imagens eram um quebra-cabeça que eu apenas começava a montar. Era como se a minha mente tivesse acesso negado às minhas próprias memórias por medo de que eu não conseguir lidar com elas. De repente, uma imagem vívida conseguiu vencer a barreira e fez com que eu soluçasse. Enfim, percebi que estava de volta ao mundo subterrâneo, imobilizada pelo medo, e que fora levada até ali por uma motocicleta dirigida por um garoto de cabelos esvoaçantes que atravessou um buraco aberto no asfalto. Como isso fora possível?

Eu estava de pé num beco deserto, mas não saberia dizer quanto tempo tinha passado. Meus pensamentos ficaram confusos, e tentar decifrá-los era impossível. Esfreguei a testa e gritei. O que quer que tenha acontecido me enfraqueceu fisicamente, e minhas pernas começaram a tremer, como se eu tivesse acabado de correr uma maratona.

— É preciso um ou dois dias para se acostumar — disse uma voz doce, e Jake Thorn se materializou em meio às sombras, surgindo de pé ao meu lado. Falava como se nos conhecêssemos há tanto tempo que podíamos dispensar as formalidades. Sua aparição repentina me deixou em alerta. — Até lá, você sentirá a garganta seca, ou certa desorientação. — O tom casual dele era incrível. Mesmo confusa, eu queria gritar, mas a garganta parecia recém-chegada de um passeio no deserto.

— O que você fez? — consegui perguntar. — Onde estou?

— Não se desespere — respondeu ele. Fiquei imaginando se ele não estaria tentando me acalmar, mas para Jake não seria fácil manter o papel de condescendente. Olhei para ele e não escondi o ceticismo. — Fique tranquila, Beth. Você não está em perigo.

— O que estou fazendo aqui, Jake?

Minha voz ganhou o tom mais de uma exigência que de uma pergunta.

— Não é óbvio? Você está aqui como minha convidada, Beth. Cuidei de tudo para que a sua estadia seja a mais prazerosa possível.

O rosto dele estampava uma imagem estranhamente alegre, tanto que fiquei um momento sem saber o que responder. Fitei-o com os olhos arregalados.

— Não se preocupe, Beth. Este lugar pode ser muito divertido quando estamos com a pessoa certa.

Como se quisesse ilustrar a fala, o chão começou a tremer. Uma música que conheci no verão anterior começou a tocar e num volume tão alto que reverberava nas paredes. Parecia vir de trás de umas portas sólidas de aço no fim do beco, cujo aspecto lembrava uma entrada de uma prisão de segurança máxima. Mas aquilo não era uma prisão e, sim, uma espécie de bar, cujo nome estava indicado num letreiro em neon que piscava acima das portas: ORGULHO. O primeiro O se desdobrava num fio de neon que fazia desenhos formando uma pluma de pavão.

— Esta é uma das nossas boates mais populares — disse Jake. — É a única entrada. Vamos? — Com um movimento floreado de braços, ele indicou que eu deveria entrar na sua frente, mas minhas pernas pareciam presas ao chão e se recusavam a cooperar. Jake foi obrigado a tomar meu braço e a me carregar. A névoa ficou menos densa, e um jovem e uma mulher se revelaram parados na porta. A mulher era muito magra, pálida, e não vestia nada além de um short preto, um sutiã de couro e os sapatos de plataforma mais altos que eu já tinha visto. Finas correntes de prata pendiam do sutiã até o umbigo, criando uma cortina metálica à frente do seu torso. Os cabelos loiros platinados estavam cortados curtos, e um cigarro pendia dos seus lábios pintados de preto. Fiquei surpresa ao ver que o jovem estava ainda mais "produzido" que a companheira. Seus olhos estavam pintados de preto, e as unhas tinham um esmalte da mesma cor. Ele usava um colete de couro sobre o peito nu e calça xadrez até os tornozelos. Havia piercings em todos os pontos visíveis do seu corpo. A mulher traçou o contorno da boca com a língua, onde pude ver um piercing prateado. Seus olhos destilavam desejo ao passear por toda a extensão do meu corpo.

— Nossa... — disse ela, enquanto nos aproximávamos da entrada. — Olha só o que ele trouxe até aqui. Uma boneca que brilha no escuro.

— Boa noite, Larissa, Elliott — disse Jake, cumprimentando-os e sendo correspondido com silenciosas e simultâneas inclinações de cabeça.

Elliott abriu um sorriso afetado e lançou um olhar de aprovação a Jake.

— Parece que alguém pegou algo que não lhe pertence.

O rosto de Jake estampava um sorriso aberto.

— Na verdade, acho que ela me pertence.

— Agora sim, certamente — disse Larissa, sorrindo e lançando no ar um som gutural, surdo. O lápis nos olhos dela terminava com uma curva para cima, deixando-a com um ar felino.

Eles falavam de mim como se eu não estivesse ali, e isso me deixou sem ação. Estava me sentindo uma espécie de troféu. Se não estivesse tão desorientada, teria levantado a voz. Mas perguntei apenas o que veio à minha cabeça, e a voz soou infantil, como se eu fosse uma criança abandonada.

— Quem são vocês?

Elliott fez um barulho com a língua, um som de desaprovação.

— Ela obviamente não sai muito.

Isso me deixou nervosa.

— Você não tem nada a ver com isso! — retruquei, fazendo com que os dois começassem a rir.

— Mas ela é divertida — comentou Larissa. Os dois inclinaram a cabeça e continuaram a me observar, com uma intensidade perturbadora. — O que mais ela sabe fazer?

— Ah... o de sempre — respondi, nervosa. — Dou saltos mortais, posso engolir fogo, esse tipo de coisa.

Jake suspirou, demonstrando um repentino acesso de tédio.

— Podemos entrar, por favor?

Larissa deu de ombros e curvou o corpo para me olhar diretamente.

— Você quer saber quem somos, bonequinha? Somos as *door bitches*.

— O quê? — retruquei, assustada.

— Controlamos a entrada. Ninguém entra ou sai daqui sem a nossa aprovação.

— Mas, como você é uma VIP, pode entrar — disse Jake. — Embora talvez fosse melhor dizer "pode descer", certo?

E os dois começaram a rir.

— E se eu não quiser? — desafiei.

Elliott ergueu uma das sobrancelhas e fez um aceno na minha direção.

— Querida, você está vendo algum outro lugar para onde poderia ir?

Tive que admitir que ele tinha razão. Os arredores do beco não passavam de uma escuridão opressora, do tipo que parece pronta a nos devorar. Havia apenas um caminho, com uma porta no final. Apenas uma direção que todos poderíamos tomar. E, embora a mera ideia de ultrapassar aquelas portas fizesse com que me sentisse mal, sabia que não poderia ser algo tão perigoso quanto caminhar sozinha em meio à escuridão. Não sabia o que ou quem poderia encontrar por lá. E continuava sem saber onde estava quando senti o hálito quente de Jake na minha nuca.

— Está tudo bem — murmurou. — Vou cuidar de você.

Era estranho, mas todos esperavam para ver o que eu faria — como se eu tivesse alguma escolha.

Estiquei as costas e dei um passo à frente, com uma decisão que nem eu mesma entendia.

Larissa abriu um largo sorriso antes de agarrar o meu pulso e girá-lo. A mão dela era fria e forte como uma garra, mas tentei não tremer. Ela mantinha o meu pulso firme enquanto Elliott pressionava algo contra a minha pele. Imaginei que fosse sentir dor, mas ao olhar para baixo vi que ele apenas deixara uma marca de tinta. Era um selo de admissão à boate em forma de sorriso.

Ela tocou uma campainha, e as pesadas portas se abriram. Jake me levou a um espaçoso hall acarpetado, de onde saíam estreitos degraus que se bifurcavam em várias direções, sempre levando para baixo, como um labirinto. Não tive tempo para inspecionar nada enquanto ele me levava gentilmente à escadaria central. A música ficava mais alta a cada degrau que descíamos. O som era tão pesado que, hesitante, dei uma olhada na porta aberta às minhas costas. Larissa parecia tentar ler a minha mente.

— Tarde demais para mudar de ideia, querida. Bem-vinda ao nosso mundo.

E as pesadas portas se fecharam.

SEGUI JAKE PELAS estreitas escadarias até chegarmos a uma pista de dança onde vários corpos se pressionavam uns contra os outros, com os punhos no ar e as cabeças balançando, seguindo o ritmo da batida. O piso da pista era um tabuleiro de luzes coloridas que acendiam e apagavam. Fiquei surpresa ao ver que pessoas de diversas faixas etárias dançavam juntas por ali. As pernas tortas e envoltas em couro dos mais velhos contrastavam com as carnes firmes e expostas dos jovens. No entanto, chocante mesmo foi ver algumas crianças. Elas limpavam as mesas e serviam as bebidas. A única coisa que os unificava — jovens e velhos — era a expressão vazia em seus rostos. Era como se estivessem presentes apenas fisicamente, como se algo de sua força vital não estivesse junto a eles. Era como se estivessem sonâmbulos, ou fossem seres consumidos por movimentos mecânicos, interrompidos apenas para tomar novas doses de bebidas.

De vez em quando, sob aqueles rostos mascarados, eu detectava um olhar nervoso ou uma piscadela, como se algo calamitoso estivesse prestes a acontecer. A música que tocava era um *dance* remixado, com apenas uma estrofe cantada e que se repetia infinitamente: "Estou em Miami, *bitch*!" As luzes piscavam sob o piso de concreto polido, lançando sombras entre os corpos que dançavam em sincronia com a batida rítmica. O cheiro de cigarro, bebida e perfume era insuportável.

Eu nunca havia entrado numa boate antes e não poderia compará-la com outra coisa, mas aquilo tudo parecia muito surreal. O teto estava iluminado por uma miríade de pequenas luzes, e as paredes revestidas de veludo vermelho, como se fossem sofás na vertical. Espalhados ao redor da sala, cubos brancos serviam como mesas, junto a poltronas baixas, também de veludo e com aparência de gastas. As mesas tinham lâmpadas brilhantes, em forma de cone, e o bar, situado num dos cantos da boate, imitava lava derretida. Por todo o lugar havia seguranças vestindo ternos pretos que nunca paravam de vigiar as bebidas. Atrás do balcão, uma mulher com olhar desafiador fazia malabarismos com copos e garrafas, como se estivesse num circo. Os cabelos cacheados, com fios dourados, emolduravam o rosto dela como uma juba, e ela usava um vestido vermelho tomara que caia com pulseiras de latão nos braços. Uma tatuagem de cobra subia pela pele morena do seu pescoço. Ela nos observava e não desviava o olhar nem quando alguém lhe pedia uma bebida.

Eu e Jake abríamos caminho entre a massa de corpos. Eles não paravam de dançar, mas seus olhos nos acompanhavam o tempo inteiro. Quando alguém tentava me tocar, Jake soltava um som baixo e assustador, além de um olhar mortífero, e a curiosidade, vinda de quem fosse, logo desaparecia. Jake cumprimentou a mulher do bar com um aceno de cabeça formal, e ela respondeu da mesma maneira.

— Quer beber alguma coisa? — perguntou, gritando para que eu o entendesse.

— Não. Só quero saber onde estou.

— Você não está mais no Kansas — respondeu, rindo da própria piada. E senti uma vontade louca de fazer com que ele me ouvisse, que enxergasse o meu medo.

— Jake — insisti, agarrando os seus braços. — Não gostei deste lugar. Quero ir embora. Por favor, me leve para casa.

Ele pareceu ter ficado tão assustado com o toque que não respondeu de imediato.

— Você deve estar muito cansada — disse, finalmente. — Deveria ter notado. Sou um insensível. Claro que vou levá-la para casa.

E fez um sinal para dois seguranças parados perto do bar. Eles vestiam ternos negros e óculos escuros, o que era absurdo, já que estávamos numa boate escura no subsolo.

— Essa jovem é minha convidada. Levem-na ao hotel Ambrosia — disse Jake. — E certifiquem-se de que seja acomodada na ala executiva, na cobertura. Estarão esperando por ela.

— O que você está fazendo? — perguntei.

Jake me encarou e abriu um sorriso, parecia gostar da minha dependência.

— Tenho alguns negócios a resolver. Mas não se preocupe, eles cuidarão de você. — E deu uma olhada nos guardas. — A vida dos dois depende disso.

Os seguranças não alteraram a expressão vaga, mas assentiram, ainda que timidamente. E me vi envolta por dois corpos musculosos que me levavam para fora da boate, abrindo caminho de qualquer maneira entre os dançarinos à nossa volta.

No hall, dei uma olhada ao meu redor e observei que a Orgulho era apenas uma das várias boates que se abriam lá embaixo, como se fossem catacumbas. Das profundezas de uma das escadarias ouvi gemidos surdos, e dois homens de terno subiram arrastando uma menina descabelada cuja maquiagem estava borrada de tanto chorar. Ela vestia um corpete rendado e uma saia jeans que mal cobria a parte superior das suas coxas. A luta para livrar-se dos seguranças era inútil. Quando os olhos dela encontraram os meus, vi o horror estampado no seu rosto. Por instinto, dei um passo à frente, mas fui interceptada por um dos seguranças.

— O que aconteceu com ela? — perguntei, tentando soar casual.

Sabia que, quanto mais assustada parecesse, menos informações eles me dariam.

— Diria que ela está sem sorte — respondeu um dos guardas, enquanto o outro digitava alguns números no celular e murmurava a nossa localização ao interlocutor.

— Sem sorte? — repeti.

— No jogo — respondeu ele, como se a resposta à minha pergunta fosse óbvia.

— E para onde está sendo levada?

Dessa vez, ele só balançou a cabeça de um lado para o outro, parecendo não acreditar na minha ignorância, e me levou em direção a um carro espaçoso e com vidros escuros que parara na porta da boate. Era estranho ver um carro naquele beco, mas notei que os túneis eram muito largos, podendo abrigar dois veículos ao mesmo tempo, e que provavelmente serviam de ruas. A porta traseira do carro foi aberta para mim, e os guardas também entraram, cada um de um lado, e sentei-me entre eles. Os dois estavam impregnados de cheiro de cigarro.

O carro rodou por algum tempo no interior de um túnel que parecia contorcer-se em direção ao nada. Pessoas bêbadas abriam caminho ao ver que nos aproximávamos. Enquanto nos afastávamos das redondezas da boate, percebi que as pessoas não eram tão festivas. Caminhavam aparentemente sem rumo, com olhares e expressões vazios, como zumbis. Ao observá-las de perto, constatei que a pele delas era cinzenta.

Chegando ao fim de um túnel íngreme, nos aproximamos de um edifício enorme que algum dia devia ter sido branco, mas que ganhara uma pátina amarelada com o tempo. O prédio, de estilo arquitetônico clássico, tinha pelo menos vinte andares.

Portas giratórias revelaram o interior opulento. O hotel estava projetado de forma que todos os quartos, de todos os andares, dessem para a recepção. O efeito era como olhar para um labirinto. O que mais chamava a atenção ali era uma cortina de pequenas luzes claras. Ela pendia do teto ao chão, iluminando um chafariz de mármore adornado com ninfas de pedra no centro do hall. Ao lado do balcão da recepção havia um elevador de vidro em forma de cápsula gigante. A equipe do hotel usava uniformes claros, e o clima era o oposto do que eu encontrara na boate. Quando entrei, todos ficaram paralisados por algum tempo, me encarando fixamente, antes de voltar aos seus afazeres. Mesmo de aparência normal, eu sentia algo estranho naqueles olhares, algo que me fazia tremer por dentro. Naquele instante, agradeci a escolta dos dois seguranças, pois não queria estar sozinha ali.

— Seja bem-vinda ao Ambrosia — disse a mulher atrás do balcão, num tom de voz agradável e tranquilo. Com o terno ajustado ao corpo e os cabelos loiros presos num cuidadoso coque, ela era a imagem perfeita da eficiência. A única coisa que destoava era o olhar fixo, olhos que não piscavam. — Estávamos esperando por você. O quarto está pronto. — Mas aquela recepção calorosa não combinava com o olhar pesado. E as unhas longas e pintadas com perfeição faziam um barulho suave ao se moverem pelo teclado. — A cobertura foi reservada para a senhorita.

— Obrigada — agradeci. — O hotel é lindo, mas a senhora poderia me dizer onde estou?

A mulher ficou paralisada, deixando o profissionalismo de lado por um momento.

— Jake não contou nada a ela? — perguntou a recepcionista aos seguranças, que trocaram olhares como quem diz "Não me pergunte nada". Não estava conseguindo conter a ansiedade que crescia em meu peito. Ela crescia como um câncer. — Bem, minha querida — disse a recepcionista, com olhos profundos e brilhantes —, estamos em Hades. Sinta-se em casa.

E me entregou um cartão de plástico que seria a chave do quarto.

— O quê? — perguntei. — Hades... Você não está querendo dizer que...

Eu tropeçava nas palavras, pois logo entendi o que ela queria dizer. Sabia que a tradução literal para o nome daquele lugar era "Reino dos Mortos". Mas a minha mente se recusava a processar a informação. Até que finalmente ouvi a palavra sendo dita em alto e bom som.

— Também conhecido como Inferno — disse a recepcionista, com tranquilidade. — Mas não diga essa palavra na frente do sr. Thorn.

Ele prefere o nome clássico. E a senhorita sabe como os príncipes demoníacos podem ser pedantes.

Só entendi parte do que ela disse, pois havia parado de escutar. Meus joelhos tremiam, e a última coisa que vi foram os guardas se aproximando no exato momento em que o chão de mármore preto parecia cada vez mais próximo do meu rosto.

7

MUNDO SUBTERRÂNEO

Despertei em meio a um silêncio ensurdecedor. Uma luz fraca banhava o quarto. Esfreguei os olhos para enxergar melhor o que me rodeava. A primeira coisa que vi foram uns sofás e uma lareira, onde as últimas brasas eram consumidas, lançando fagulhas suaves e deixando o quarto entre sombras, e os móveis com seus contornos menos marcados. O quarto era ricamente decorado com madeiras escuras, e um candelabro de cristal pendia de um teto também bastante decorado.

Eu estava deitada numa cama de carvalho com lençóis de seda dourados e manta cor de vinho, usando uma camisola à moda antiga, com punhos rendados. Fiquei imaginando onde estaria a minha roupa. Não me lembrava de ter me despido. Dei uma olhada em volta, do carpete macio às pesadas cortinas de veludo, e percebi a cesta de boas-vindas sobre a mesa de centro, que tinha tampo de vidro e pernas imitando garras de animais. Um enorme tapete de pele de leopardo ficava aos pés da cama, e a própria cama estava repleta de travesseiros macios e almofadas decoradas. Senti algo frio e cheiroso sob as minhas bochechas, e percebi que sobre os travesseiros havia pétalas de rosas vermelhas.

Uma enorme penteadeira de mármore estava encostada em uma das paredes. O espelho tinha pedras preciosas incrustadas. Sobre a penteadeira, havia uma escova de cabelo de madrepérola e um espelho de mão, junto a diversos perfumes caros e loções em vidros azulados. Um roupão de seda cor de marfim estava dobrado aos pés da cama. Havia duas poltronas reclináveis ao lado da lareira. A porta do banheiro estava aberta, e pude ver as torneiras douradas e uma banheira antiga. A decoração não parecia seguir um só tema. Era como se alguém tivesse aberto uma revista e escolhido coisas avulsas. Tudo o que pudesse sugerir opulência estava reunido naquele quarto.

Uma bandeja de café da manhã com chá fumegante e doces fora deixada na mesa de centro. Quando tentei abrir a porta, percebi que estava trancada. Minha garganta ficou seca, e resolvi tomar um pouco de chá, sentada no carpete macio, tentando organizar os pensamentos. Mesmo com todo o luxo à minha volta, sabia que era uma prisioneira.

Alguém escondeu o cartão que abria a porta, não havia como sair dali. Porém, mesmo que conseguisse escapar e descesse até a recepção, lá estaria repleto de aliados de Jake. Poderia tentar passar escondida entre eles e depois sair correndo, mas até onde conseguiria chegar sem ser capturada?

Só havia uma certeza: pelo frio na barriga, estava claro que eu perdera tudo o que amava. E, sim, estava ali por culpa de Jake Thorn, mas o que ele queria? Seria uma revanche? Então por que não me matou quando teve chance? Queria prolongar o sofrimento? Ou havia algo mais por trás de tudo aquilo, como sempre acontecia em relação a Jake? Ele parecia sincero ao dizer que gostaria que eu ficasse à vontade.

Meu conhecimento sobre o Inferno era muito básico, pois meus irmãos nunca tinham se aventurado numa viagem até aqui. Vasculhei a minha mente, tentando encontrar informações que Gabriel pudesse ter dividido comigo, mas não encontrei nada. Tudo o que eu sabia era que, no mundo subterrâneo, bem lá no fundo, havia uma fogueira com criaturas tão obscuras que nunca seríamos capazes de decifrar. Jake devia ter me trazido até aqui para me punir por ter sido humilhado. A menos que... Fui atingida por uma nova possibilidade. Ele não parecia muito vingativo. Na verdade, havia uma agitação estranha em seus olhos. Será que acreditava mesmo que eu poderia ser feliz ali? Um anjo no Inferno? Isso só provaria o quanto ele era limitado. Meu único objetivo era voltar para casa, para a companhia dos meus entes queridos. Aquele não era o meu mundo, e nunca seria. Quanto mais tempo ficasse por lá, mais complicado seria tomar o caminho de volta. Estava certa de uma coisa: aquilo nunca havia acontecido antes. Um anjo nunca fora capturado, arrancado da Terra e atirado numa prisão de fogo. Talvez aquilo significasse mais do que uma simples e louca atração de Jake por mim. Algo terrível poderia vir a acontecer.

Uma das paredes estava tomada por altas janelas, mas o que se via do lado de fora era uma espessa névoa cinzenta. Não havia nascer do sol por ali, o dia começava com uma luz fraquinha que parecia filtrada por um pequeno buraco na terra. Só de pensar em não ver a luz do sol por um bom tempo lágrimas surgiram nos meus olhos. Engoli o choro e peguei o roupão de seda, enrolando-o no corpo. Fui ao banheiro lavar o rosto e escovar os dentes, depois penteei os cabelos para soltar os nós que tinham se formado. A suíte do hotel estava imersa num silêncio sufocante. Todos os barulhos que eu fazia pareciam extremamente altos. Com uma ponta de saudade, me lembrei de como era a sensação de acordar em Venus Cove. Associei tudo isso a uma cacofonia sonora: música, canto de pássaros e Phantom subindo as escadas. E me lembrei do meu quarto, as tábuas esburacadas e a escrivaninha bamba. Se fechasse os olhos, conseguiria me lembrar da sensação do lençol branco e macio sobre a minha pele e também de como me sentia na cama, como se ela fosse um ninho. Em Venus Cove, as manhãs eram banhadas por uma luz prateada logo vencida pelos primeiros raios de sol. E esses raios banhavam os telhados e dançavam sob as águas do oceano, despertando toda a cidade. Eu me lembrava de acordar ao som dos pássaros, de sentir a brisa batendo contra a janela da varanda, como se quisesse me tirar da cama. Mesmo quando a casa estava vazia, o mar não saía dali, continuava me chamando, avisando que eu não estava sozinha. Certas manhãs eu descia e ouvia o som dos dedos de Gabriel nas cordas do violão, tocando uma melodia suave, e sentia o cheiro de *waffle* no ar. Eu não lembrava a última vez que vira a minha família nem como tínhamos sido separados. Quando pensava em Venus Cove, sentia um sopro de esperança no meu peito, como se pudesse me transportar ao passado. Mas essa sensação não durava mais que alguns segundos e se transformava em desespero, em algo muito pesado, algo que oprimia meu coração.

Abri os olhos, vi o reflexo no espelho e notei que algo estava diferente. Nada mudara nas minhas feições, lá estavam os mesmos olhos grandes e castanhos de sempre, as mesmas orelhas pequenas e a mesma pele rosada de porcelana. Mas a expressão nos olhos era estranha. Antes tomados por uma centelha de curiosidade, agora estavam sem vida. A menina que via refletida no espelho parecia perdida.

O cômodo era mantido numa temperatura agradável, mas eu tremia. Fui direto ao closet e peguei a primeira peça de roupa que vi. Era um vestido de noite preto com mangas bufantes. Suspirei e procurei algo mais apropriado, mas não encontrei nada prático e simples, nada além de vestidos longos e terninhos Chanel com blusas de seda. Peguei o modelo mais simples que encontrei — um vestido de veludo verde-musgo até os joelhos, com mangas compridas — e calcei sapatos rasteiros. Depois me sentei na cama.

Eu me lembrava com nitidez de Venus Cove e dos meus irmãos, mas sabia que algo ou alguém me fugia da mente. Isso me deixou inquieta, com uma eterna pulga atrás da orelha, e tentar lembrar era cansativo. Deitei-me na cama e fiquei olhando para os detalhes do teto. Sentia uma dor crescente dentro de mim, mas não conseguia identificar a fonte. Cheguei a desejar que Jake aparecesse por ali, esperançosa de que, conversando com ele, pudesse desvendar tal mistério. As lembranças perdidas pareciam rondar a minha memória, mas, sempre que tentava agarrá-las, elas escapavam.

O clique do cartão que abria a porta me chamou a atenção e uma menina de rosto redondo entrou no quarto. Ela vestia uniforme típico de arrumadeira: um vestido liso e cinzento com a logo do hotel Ambrosia no bolso. Nos pés, meias bege e confortáveis sapatos Oxford. Os cabelos cor de mel estavam presos num rabo de cavalo.

— Desculpe, senhorita, posso arrumar o quarto ou é melhor eu voltar mais tarde?

Tinha modos reservados e mantinha os olhos pregados no chão, evitando qualquer contato visual. Atrás dela havia um carrinho cheio de produtos de limpeza e pilhas de toalhas limpas.

— Ah, não será necessário — respondi, tentando ser gentil, mas minha sugestão a deixou desconfortável. Ela parecia perdida, esperando novas instruções. — O quarto está em perfeitas condições — disse, aproximando-me de uma das poltronas. A menina parecia aliviada. Movia-se por ali com extrema eficiência, arrumando a roupa de cama e trocando a água do vaso de flores. No entanto, não deveria ter mais que 16 anos. A presença dela era estranhamente tranquilizadora, talvez por causa da candura do seu rosto, que não combinava com aquele ambiente bizarro.

— Posso perguntar qual é o seu nome?

— Meu nome é Hanna — respondeu logo. Notei que o inglês dela era meio limitado, como se não fosse a língua materna.

— E trabalha neste hotel?

— Sim, senhorita. Fui destacada para servi-la. — Meu rosto deve ter estampado uma grande confusão, pois ela completou: — Sou a sua criada.

— Minha criada? — repeti. — Mas não preciso de uma criada.

A menina não entendeu a minha irritação, pensando ser dirigida a ela.

— Vou trabalhar duro.

— Tenho certeza de que sim — respondi. — Mas não preciso de uma criada, pois não planejo ficar muito tempo por aqui.

Hanna me olhou de forma estranha e depois balançou a cabeça, veemente.

— A senhorita não pode ir embora. O sr. Thorn nunca deixa ninguém sair.

E então tapou a boca com a mão, pois se deu conta de que havia falado demais.

— Está tudo bem, Hanna. — Tentei tranquilizá-la. — Pode me dizer tudo o que quiser. Não vou contar para ninguém.

— Não devo conversar com a senhorita. Se o príncipe descobrir...

— Jake, você quer dizer? — perguntei. — Ele não é um príncipe.

— A senhorita não deveria dizer essas coisas em voz alta — murmurou Hanna. — Ele é o príncipe do Terceiro Círculo, e a traição é um pecado mortal.

Devo ter feito uma expressão de uma pessoa completamente perdida, pois ela começou a explicar:

— São nove os círculos do mundo subterrâneo, cada um governado por um príncipe diferente. O sr. Thorn preside este distrito.

— E quem foi o idiota que deu tanto poder a ele? — perguntei, nervosa. E, vendo que Hanna se alarmou, rapidamente mudei o tom de voz. — Quero dizer... Como isso aconteceu?

— Ele era um dos Originais — respondeu Hanna, dando de ombros, como se isso explicasse tudo.

— Já ouvi falar neles — disse, certa de que Gabriel tinha mencionado esta palavra, e sabia que a expressão vinha do início dos tempos, da Criação.

— Quando o Grande Pai caiu do Céu... — disse Hanna, olhando furtivamente para a porta.

— O quê? — interrompi. — O que foi que você disse?

— É assim que nós o chamamos por aqui.

— É assim que chamam quem?

— Imagino que você o conheça por Satã ou Lúcifer.

O quebra-cabeça começava a se formar na minha mente.

— Quando Lúcifer caiu do Céu, oito anjos juraram lealdade a ele... — continuei a história da menina.

— Exato — confirmou ela.

— Miguel reuniu todos junto ao líder rebelde, e eles se transformaram nos primeiros demônios. Desde então, lançam mão de tudo o que for necessário para atingir a Terra, em retaliação à expulsão que sofreram.

E parei de falar, tentando absorver tudo. Imediatamente, uma imagem paradoxal tomou conta da minha mente e franzi o cenho.

— O que foi, senhorita? — perguntou Hanna, notando a minha expressão.

— Nada, só é difícil acreditar que Jake já foi um anjo — respondi.

— Isso me parece *impossível* — comentou Hanna, tão decidida que fui obrigada a sorrir.

Ainda assim, não conseguia tirar aquela imagem da cabeça. Eu e Jake compartilhávamos uma genealogia. Tínhamos sido criados pela mesma pessoa. Porém, ele se transformara em algo muito distante do que originalmente fora. A verdade é que sempre soube disso, mas acho que a vontade de bani-lo da mente impedia que pensasse no assunto com clareza. Era impossível acreditar que o Jake que eu conhecia, o Jake que tentou destruir a cidade e o povo que eu amava, fora um dia como eu. Eu conhecia a história dos Originais. Eram os servos mais fiéis a Lúcifer, os que estiveram ao seu lado desde os primeiros tempos. Durante toda a história da humanidade, ocuparam as posições mais altas nos escalões da sociedade. Eles se reuniram em comunidades na Terra, o que permitiu influenciar os homens. Conseguiram se infiltrar na política e na justiça, as quais puderam destruir sem medir as consequências. A influência que exerciam era venenosa. Satisfaziam a vontade dos homens, aproveitando-se de suas fraquezas e usando-os em benefício próprio. Pensei em algo terrível. Se Jake trabalhava para um poder maior, quem deveria ser o culpado por tudo o que havia acontecido até então?

— O que será que Jake quer dessa vez? — murmurei.

— Isso é fácil — respondeu Hanna, com seu inglês engraçado e entrecortado. Ela parecia feliz ao me oferecer informações que eu não tinha. — Ele só quer que a senhorita seja feliz. Afinal de contas, a senhorita será a noiva dele.

Num primeiro momento, soltei uma risada, achando que ela fizera uma brincadeira de mau gosto. Mas, quando olhei para Hanna, vendo seu rosto infantil e seus grandes olhos castanhos, notei que simplesmente repetiu algo que ouvira.

— Acho que preciso falar com Jake — comentei, tentando esconder a minha crise de pânico. — Agora mesmo. Você sabe como me levar até ele?

— Sei, sim, senhorita — respondeu prontamente. — O príncipe também gostaria de vê-la.

Hanna me guiou pelos corredores mal-iluminados do hotel Ambrosia, movendo-se como um fantasma sobre os grossos carpetes. Tudo estava completamente tranquilo por ali. Os demais hóspedes, se existiam, não deixavam transparecer nenhum sinal de presença. Tomamos o elevador de vidro, suspenso no ar como uma bolha. Lá de dentro, podíamos ver tudo, até o chafariz da recepção.

— Para onde estamos indo? — perguntei. — Jake tem uma masmorra especial onde administra os seus negócios?

— Não, mas temos uma sala de reunião no térreo.

Percebi que Hanna levava tudo o que eu dizia ao pé da letra. Portanto, o sarcasmo não surtiria nenhum efeito.

Paramos em frente a uma imponente porta dupla. A relutância de Hanna em seguir em frente era clara.

— Será mais seguro a senhorita entrar sozinha — disse. — Sei que ele não lhe fará mal.

Não discuti. Não queria expô-la ao temperamento explosivo de Jake. Mas não me sentia assustada, mesmo prestes a encará-lo de novo. Na verdade, eu queria a confrontação, ainda que fosse apenas para lhe dizer o que pensava dele e dos seus terríveis planos. Ele fora até o fundo, não poderia me ferir mais do que já ferira.

Jake parecia irascível quando entrei, como se estivesse me esperando há muito tempo. Havia uma lareira no recinto, e ele estava de pé, de costas para ela. Sua roupa era mais formal que a de costume, com calças bem-cortadas, uma camisa aberta no colarinho e paletó roxo-escuro. A luz dançava sobre a pele tão branca. Ele estava idêntico ao que me lembrava, os cabelos negros e longos caindo sobre os olhos opacos, algo parecido aos olhos de um tubarão. Quando me viu, ele começou a caminhar pela sala, parando para examinar um detalhe ou outro. Havia um grande ramo de rosas no centro da mesa. Jake pegou uma delas e a cheirou, depois a amassou sem pena entre as mãos. Parecia não ligar para os espinhos e para o sangue que começara a escorrer entre os dedos, como se não sentisse dor. E não devia sentir mesmo. Provavelmente, suas feridas se curavam muito rápido.

Uma mesa grandiosa tomava conta da sala de reunião, tão polida que refletia o teto. Cadeiras de espaldar alto estavam posicionadas a toda volta. Um enorme monitor ocupava toda uma parede. Nele, podíamos ver imagens das boates. Fiquei observando, fascinada, as imagens de corpos sem vida dançando freneticamente, e tão colados uns aos outros que pareciam formar uma única entidade. Embora fosse apenas uma tela, a cena me deixou hipnotizada. Logo, a imagem foi substituída por outra de estatísticas e números. Depois voltou aos dançarinos implacáveis. Parecia aproximar-se de alguns deles e tabular informações pessoais.

— O que você acha dos meus ratos de boate? — perguntou Jake. — Eles estão condenados a beber e dançar eternamente! A ideia foi minha.

Ele segurava um copo do qual tomava repetidos goles de um líquido âmbar. Um cigarro pela metade pendia no canto de um cinzeiro.

Alguém tossiu e girei o corpo, notando que não estava sozinha. Um jovem não muito mais velho que eu estava sentado num canto da sala de reunião, acariciando um gato que dormia. Ele usava camisa xadrez e uma calça tão larga que precisava de suspensórios para não cair. Seus cabelos castanhos eram pontiagudos na testa, como se tivessem sido cortados com tesoura de jardinagem. Seus pés apontavam para dentro, como os de uma criança quando se senta.

— Beth, este é Tucker. Ele é um dos meus assistentes e estará de olho em você. Tucker, levante-se e aperte a mão de Beth — gritou Jake, antes de virar as costas para mim. — Sinto muito pelos maus modos.

Jake parecia tratá-lo como um bicho de estimação sendo adestrado. Quando Tucker se levantou e caminhou na minha direção, percebi que mancava e arrastava a perna direita. Ele esticou uma das mãos, grandes e calorosas, para me cumprimentar. Observei uma cicatriz profunda que corria do seu lábio superior à base do nariz. A cicatriz erguia ligeiramente uma das narinas, e ele parecia estar sempre cheirando algo. Mesmo grande, parecia vulnerável aos meus olhos. Tentei sorrir, mas ele fez uma careta e desviou o olhar.

O movimento de Tucker despertou o gato siamês pouco amigável, que crispou as costas e silvou na minha direção, ferozmente.

— Acho que ele não gosta de concorrência — comentou Jake, com voz aveludada. — Mas pare com isso, Faustus. Como você está, Bethany? Sinto muito que a sua chegada tenha sido tão *dramática*, mas não havia outra maneira.

— Sério? — retruquei. — Imaginei que você preferisse dessa maneira, já que é um homem tão dramático.

Tentei ser o mais ofensiva possível, pois não queria lidar com seus joguinhos.

Jake abriu a boca, como se estivesse surpreso, e pousou os dedos sobre ela.

— Nossa... Vejo que andamos aprendendo coisas por aí... Que bom. Não podemos viver eternamente como uma Barbie.

Sempre achei que Jake tinha algo de camaleão, pois era enorme sua capacidade de modificar a aparência para confundir-se com o que o rodeava. No entanto, no seu ambiente, ele era muito diferente do Jake que conheci no colégio. Na Bryce Hamilton era também muito seguro, mas não socializava. Tinha um clã de adoradores, mas seu maior poder de atração era a subcultura que representava. Sabia que não pertencia àquele local e não fazia esforço para pertencer a nada. Na verdade, parecia sempre muito atento, e, quando conseguia impor a sua influência sedutora a um aluno, ficava tomado de satisfação. No entanto, estava sempre em alerta, preparado para qualquer eventualidade. No seu território, porém, Jake estava completamente tranquilo, os ombros relaxados e um sorriso leve. Naquele local, ele tinha todo o tempo do mundo, e sua autoridade era inquestionável.

Impaciente, ele curvou a cabeça para o lado, dirigindo-se a Tucker.

— Vai oferecer vinho à minha convidada ou pretende ficar parado aí o dia inteiro, como se fosse um poste inútil?

Tucker correu em direção a uma mesa de centro, pegou um copo de vidro com suas mãos trêmulas e encheu-o com o líquido carmesim que havia num decantador. Depois deixou o copo na minha frente.

— Não quero beber — respondi, afastando o copo. — Quero saber o que você fez comigo. Quero me lembrar de algumas coisas, mas minhas memórias estão bloqueadas. Quero que você desbloqueie o acesso à minha mente!

— E de que servirá lembrar-se do passado? — questionou Jake, sorrindo. — Tudo o que você precisa saber é que foi um anjo, e que agora é o *meu* anjo.

— Sério, você acha que vai conseguir me manter aqui sem sofrer as consequências? Sem uma contrapartida divina?

— Até agora, acho que não me saí tão mal — respondeu ele. — E já estava mais do que na hora de você ir embora daquela cidade provinciana. Ela estava atrasando a sua vida...

— Tenho nojo de você.

— Por favor, não vamos estragar o seu primeiro dia aqui — pediu Jake, num tom convidativo, como se aquela fosse uma conversa entre dois amigos que não se viam havia muito tempo. — Temos muito o que conversar.

8

SEM SAÍDA

— Não vou falar com você até conseguir a minha memória de volta — avisei entre dentes. — Elas não pertencem a você, e preciso me lembrar de algumas coisas.

— Não sequestrei suas memórias, Beth — revidou Jake. — Ainda assim, é ótimo saber que você acredita que eu seria capaz de fazer isso. Talvez as tenha enterrado bem fundo, mas você as encontrará. Mas, se eu fosse você, deixaria para lá, começaria do zero.

— Você poderia me mostrar como recuperá-las? Não consigo fazer isso sozinha.

— Por que não me dá uma razão para isso? — pediu Jake, recostando-se na cadeira. — Tenho certeza de que você distorcerá as coisas para que eu pareça uma pessoa má.

— Estou falando sério: chega de joguinhos!

— Bethany, você já pensou que talvez eu esteja fazendo isso para o seu bem? Talvez seja melhor viver assim.

— Jake, por favor — implorei, em tom suave. — Já não sou a mesma pessoa, não me reconheço. E de que vale me ter aqui se nem eu mesma sei quem sou?

Jake suspirou longamente, como se o meu pedido fosse uma grande imposição.

— Tudo bem — cedeu ele e, com um movimento sutil, atravessou a sala, aproximando-se do ponto onde eu estava. — Vamos ver o que posso fazer.

Jake pressionou firmemente dois dedos frios na minha têmpora direita. Pronto. As memórias reprimidas voltaram como uma avalanche. Tive que me segurar na ponta da mesa para não cair. Ainda me lembrava da vida tranquila em Venus Cove, mas as peças perdidas do quebra-cabeça estavam de volta. E me lembrei da raiz e do centro de todas as coisas. Vi a noite da festa do Dia das Bruxas, mas eu não estava sozinha ali. Alguém de olhos azuis, cabelos cor de mel e um sorriso maravilhoso, que fazia os meus joelhos tremerem, estava ao meu lado. Ao me lembrar do rosto de Xavier senti um indescritível jorro de felicidade pelo corpo.

Mas isso não durou muito. Segundos mais tarde, outra lembrança tomou a dianteira: era a figura de Xavier caída à beira de uma estrada empoeirada enquanto uma moto corria pela escuridão. Essa lembrança me deixou tão mal que senti vontade de extirpá-la da minha mente. Meu corpo foi tomado pela dor da separação e pela visão do corpo sem vida. Não poderia viver sabendo que talvez ele estivesse morto. No entanto, caso soubesse que Xavier estava vivo, e bem, talvez pudesse aguentar o meu exílio naquela terra miserável distante de Deus. Sem ele, não teria forças para sobreviver. Naquele instante, notei que, para o bem ou para o mal, a minha felicidade vinha de uma única fonte. E, caso essa fonte fosse cortada, eu não poderia funcionar, não queria funcionar.

— Xavier... — murmurei. Era como se todo o ar tivesse sido arrancado daquela sala. Por que tudo havia ficado tão sufocante? Aquela imagem não saía da minha mente. — Por favor, diga que está tudo bem.

Jake revirou os olhos.

— Claro... Eu deveria saber que os seus pensamentos correriam diretamente para ele.

Eu lutava contra as lágrimas.

— Não seria suficiente me abduzir, Jake? Como ousou machucá-lo? Você é um covarde sem coração.

De repente, a raiva superou minha angústia. Comecei a bater no peito de Jake. Ele não tentou me deter, apenas esperou que a raiva aplacasse.

— Está se sentindo melhor agora? — perguntou ele. Mas não me sentia melhor, e sim um pouco aliviada. — Vamos dispensar tanto melodrama. O bonitinho não está morto... só um pouco abatido.

— O quê? — retruquei, com o coração a mil.

— O impacto não o matou — respondeu Jake. — Ele só está fora de combate.

O alívio que senti foi arrebatador. Fiz uma oração silenciosa para a força maior que quisesse me ouvir. Xavier estava vivo! Respirava e caminhava pela Terra, embora talvez um pouco mais abatido do que da última vez que o vi.

— Acho que as coisas estão melhores assim — disse Jake, com um sorriso amarelo. — A morte de Xavier poderia estragar tudo entre nós.

— Você promete que nunca o machucará? — perguntei.

— *Nunca* é tempo demais. Mas vamos dizer que ele está seguro por enquanto.

Eu não gostei daquele "por enquanto", mas resolvi não testar a minha sorte.

— E Ivy e Gabriel também estão em segurança?

— Juntos, eles são uma força implacável — comentou Jake. — Mas nunca estiveram nos meus planos. Só estava interessado em trazer você para cá, e isso está feito. Ainda que, por um tempo, tenha duvidado que eu fosse capaz. Para um demônio, não é fácil arrastar um anjo para o Inferno, você sabe... Na verdade, acho que isso nunca foi feito antes — disse Jake, satisfeito com a sua façanha.

— Aos meus olhos, pareceu fácil.

— Bem... — Jake sorriu, exagerado. — Cheguei a pensar que não seria capaz de me erguer outra vez quando o seu querido irmão me enviou de volta para cá. Mas as bobas das suas amiguinhas resolveram invocar alguns espíritos em Venus Cove... Que sorte a minha! — Os olhos de Jake queimavam como carvão em brasa, e ele continuou: — O que aquela menina disse não foram palavras muito poderosas, despertando apenas alguns espíritos perturbados, ansiosos por ultrapassar a barreira.

— Elas não estavam querendo invocar demônios — respondi, na defensiva. — As sessões espíritas são feitas para conjurar *espíritos*.

Não conseguia me livrar da sensação de responsabilidade. Era duro constatar que me abstive quando deveria ter sido mais incisiva. Poderia ter destruído o tabuleiro e atirá-lo janela afora.

— Na verdade, trata-se de um lance de sorte — disse Jake. — É impossível saber o que surgirá, certo?

Eu o encarei, com olhos profundos.

— Não me olhe assim — pediu —, a culpa não é toda minha. Não teria conseguido arrastá-la até aqui se você não tivesse aceitado o meu convite.

— Que convite? — perguntei, em tom sarcástico. — Não me lembro de você ter perguntado se eu queria dar uma passadinha no Inferno.

— Ofereci carona e você aceitou — disse Jake.

— Mas isso não conta, fui enganada... Imaginei que você fosse outra pessoa.

— Problema seu. Regras são regras. Além do mais, você é muito ingênua, sabe? Não era estranho o sr. Responsabilidade ter se atirado de cabeça num rio? Você acha mesmo que ele se envolveria nessas brincadeiras idiotas? Nunca imaginei que você engoliria essa... Mas, passado apenas um segundo, você selou o seu destino aceitando a minha carona. Na verdade, acho que isso não tem nada a ver comigo.

As palavras de Jake me atingiam como bolas de fogo. Enquanto digeria a minha estupidez, ele começou a rir. Nunca ouvi alguém rir daquela maneira. Ele se aproximou e tomou as minhas mãos.

— Não se preocupe, Beth. Não vou permitir que um pequeno erro altere minha opinião sobre você.

— Quero ir para casa — implorei.

Em algum ponto escuro da mente de Jake, imaginei que poderia haver um resquício de decência, algo que o fizesse sentir uma pontada de remorso, de culpa, qualquer coisa que fosse capaz de fazê-lo escutar o meu pedido, a minha súplica. Mas não, eu estava errada.

— Você está em casa — disse ele, em tom suave, pressionando as minhas mãos contra o peito. A carne dele era uma massa maleável, e, por alguns instantes, imaginei que os meus dedos fossem mergulhar em direção à cavidade reservada ao seu coração.

— Sinto muito, mas não posso me transformar em ser humano... — disse, com voz embargada. — No entanto, você também tem algumas irregularidades, e acho que não está em condições de me julgar.

Jake soltou uma das mãos e tocou as minhas asas, que estavam fechadas.

— Pelo menos tenho um coração, o mesmo não pode ser dito de você — retruquei. — Aliás, deve ser por isso que você não sente nada.

— Aí é que você se engana. Sinto coisas por você, Beth. E é por isso que você ficará aqui. O Inferno é um lugar com muito mais brilho graças à sua presença.

Finalmente, consegui soltar a outra mão.

— Não sou obrigada a fazer nada. Talvez seja sua prisioneira, mas você não tem nenhum poder sobre o meu coração. Mais cedo ou mais tarde, Jake, você aceitará isso.

E girei o corpo para ir embora.

— Aonde você pensa que vai? — perguntou ele. — Não pode sair daqui desacompanhada. Não seria seguro.

— Veremos...

— Espero que reconsidere.

— Me deixe em paz! — gritei, sem olhar para trás. — Não estou nem aí para você.

— Mas não diga que não avisei.

No corredor, encontrei Hanna, que me esperava.

— Vou embora deste buraco infernal — anunciei, seguindo em direção às portas giratórias. A recepção parecia estar vazia, ninguém me deteria.

— Espere, senhorita! — gritou Hanna, correndo ao meu lado. — O príncipe tem razão, é melhor não sair daqui!

Eu a ignorei e saí pelas portas giratórias em direção ao nada. Para a minha surpresa, ninguém tentou me deter. Não sabia o que fazer, mas isso não importava. Queria ficar o mais longe possível de Jake. Havia portais naquele local, e algum deles deveria ser uma saída. Tudo o que precisava fazer era encontrar uma delas. No entanto, quanto mais corria naqueles túneis esfumaçados, as palavras de Hanna reverberavam com mais força no meu peito. *Não há saída.*

Fora do hotel Ambrosia, os túneis eram profundos e escuros, cheios de garrafas de cerveja e carcaças de carros velhos queimados. As pessoas com quem cruzava pareciam não notar minha presença. Pelos olhares delas, imaginei que seriam almas condenadas. Se eu conseguisse encontrar o caminho que tomamos para chegar ao hotel, talvez fosse capaz de persuadir as *door bitches* da boate a me deixarem sair.

Quanto mais me aprofundava nos túneis, melhor percebia as coisas, como a estranha névoa e o cheiro de cabelo em chamas, um cheiro tão forte que me obrigou a tapar a boca com uma das mãos. A névoa me rodeava, fazendo com que sentisse vontade de seguir em frente. Quando amainou, percebi que não estava perto da boate Orgulho. Na verdade, não sabia onde estava e senti um frio que invadia as minhas veias. Estranhos me cercavam, e não sabia como defini-los, mas com certeza todos tinham sido seres humanos um dia. Porém, naquele momento, era impossível defini-los assim. Pareciam assombrações e caminhavam sem rumo, saindo e entrando de buracos escuros. A energia daquela gente estava presente, embora os olhos parecessem vazios e as mãos vagassem soltas no ar. Observei o que estava mais perto de mim, tentando entender o que acontecia. Era um homem bem-vestido, de terno. Os cabelos eram curtos, e ele usava óculos de aro de metal. Pouco depois, uma mulher se materializou à sua frente, num cenário doméstico, uma cozinha. A cena parecia uma miragem, mas eu notava que era algo muito mais real para os envolvidos nela. Uma discussão calorosa surgiu entre o casal. Eu me sentia mal em observá-los, como se fosse uma intrusa num momento muito privado.

— Chega de mentiras. Eu sei de tudo — disse a mulher.

— Você não sabe do que está falando — respondeu o homem, com voz trêmula.

— Sei, sim, e estou indo embora.

— Não diga isso...

— Vou ficar um tempo com minha irmã. Até as coisas se resolverem.

— Resolverem? — perguntou o homem, cada vez mais agitado.

— Quero o divórcio — respondeu ela, decidida.

— *Cale-se* — murmurou ele.

— Cansei de ser tratada como lixo. Vou ser feliz longe de você.

— Você não vai a lugar nenhum.

A linguagem corporal do homem era ameaçadora, mas a mulher parecia não entender aquilo.

— Saia da minha frente!

Quando ela tentou abrir caminho, ele pegou uma faca na bancada da cozinha. Mesmo não sendo real, a lâmina brilhava e parecia cortante. Ele pressionou a esposa contra a bancada. Não vi a faca sendo erguida, mas, no minuto seguinte, ela estava cravada entre as costelas da mulher. O marido não parava de golpeá-la, e o sangue jorrava com força. Quando a ferida já era bem grande, ele deixou a faca de lado, e o corpo sem vida da mulher escorregou do seu braço. Os olhos dela estavam esbugalhados, as bochechas tomadas pelo próprio sangue. Ao cair contra os azulejos do chão, ela sumiu, e a cozinha desapareceu junto com ela.

Curvei o corpo num canto, sem fôlego, tentando fazer as mãos pararem de tremer. Não me esqueceria daquela cena com facilidade.

O homem parecia perdido, girando em círculos, e, por um segundo, imaginei que tivesse se dado conta da minha presença. Mas então a mulher reapareceu à sua frente, inteira, intocada.

— Chega de mentiras. Eu sei de tudo — disse ela.

Era como se alguém tivesse posto um filme em eterna repetição. Notei que a terrível cena se repetiria na frente dos meus olhos. Os envolvidos estavam condenados a repeti-la para sempre. As demais figuras ao meu redor também reviviam as próprias cenas de crimes do passado: assassinatos, estupros, roubos, adultérios, traições. A lista era infinita.

Sempre interagi com o conceito do Mal num nível filosófico. Mas, naquele momento, era como se tudo estivesse ao meu redor, palpável e real. Corri para o ponto de onde viera, sem parar. Algumas vezes notava certas coisas roçando o meu corpo ou puxando o meu vestido, mas me soltava e saía correndo. Só parei ao notar que, caso desse mais um passo, minhas pernas desmoronariam.

Eu sabia que estava perdida, pois os túneis tinham desaparecido. Estava de pé num grande espaço aberto. À minha frente, no chão, havia uma espécie de cratera fumegante. Não conseguia enxergar o interior, mas ouvia gritos e prantos torturados. Nunca vira nada parecido, mas ainda assim aquilo era estranhamente familiar. Por quê? *O lago de fogo aguarda a minha senhora.* Seria aquele o local descrito no bilhete que encontrei no meu armário do colégio, tantos meses atrás? Sabia que não devia me aproximar. Sabia que deveria voltar correndo ao hotel Ambrosia, mesmo que fosse a minha prisão. Seja lá o que houvesse ali diante de mim, com certeza seria algo que não estava preparada para testemunhar. Até então, Hades se demonstrara um local cheio de túneis subterrâneos, boates sombrias e um hotel vazio. No entanto, resolvi dar os meus primeiros e vacilantes passos em direção à cratera fumegante, mesmo sabendo que tudo se transformaria.

O indescritível lamento dos seus ocupantes me atingiu antes de eu me aproximar muito. A minha mente sempre esteve povoada das descrições medievais do Inferno, com corpos desconjuntados e instrumentos de tortura desenhados para assustar ou controlar uma multidão ignorante, e, naquele momento, percebi que essas histórias eram verdadeiras.

Não era fácil entender o que acontecia além daquele brilho avermelhado que emanava da cratera, mas claramente havia dois grupos por ali: os atormentados e os atormentadores. Os atormentadores vestiam uma armadura de couro e calçavam botas. Alguns estavam encapuzados, como executores. Os atormentados estavam nus ou vestiam farrapos. Nas paredes de terra estavam dependurados diversos artifícios de metal criados para causar dor. Meus olhos se alternavam entre as serras, os ferros em brasa e os alicates enferrujados. No fundo da cratera, havia tonéis de óleo fervendo e carvão em brasa. Avistei corpos acorrentados a postes, dependurados em vigas e amarrados em aparelhos cruéis. As almas gritavam e uivavam, mas os torturadores seguiam com o trabalho incessante. Observei enquanto arrastavam um homem nu pelo chão, metendo-o num caixão de lata, que foi tapado. Depois enfiaram o caixão num forno e, lentamente, a lata era aquecida, ficando laranja, depois vermelha. Do lado de dentro, vinham gritos de agonia, o que parecia divertir os demônios. Outro homem foi atado a um poste, e seus olhos estavam voltados para o alto, em súplica. Num primeiro momento, não notei que aquela coisa amarela que pendia da sua coxa era a própria pele. Ele estava sendo esfolado vivo.

As imagens que surgiam à minha frente envolviam sangue, carne arrancada e feridas profundas. Era só observar por alguns segundos para dar ânsia de vômito. Atirei o corpo contra o chão seco e cheio de fissuras e cobri os olhos. O cheiro e os sons eram terríveis. Comecei a engatinhar, os joelhos e as mãos presos ao chão, pois tinha medo de cair ao me levantar.

Eu me arrastei por alguns metros em meio à poeira quando uma bota surgiu à minha frente. Ergui os olhos e percebi que estava cercada de atormentadores com chicotes nas mãos, homens que notaram a minha presença. Não havia nada de humano naqueles rostos desprovidos de piedade. Ouvi um arrastar de correntes enquanto eles se moviam. Porém, ao observá-los melhor, constatei que não passavam de garotinhos. Era incongruente ver tanta crueldade em seus rostos perfeitos.

— Parece que temos visita — disse um deles, apontando para mim. A voz era musical e com sotaque hispânico. Ele moveu um dos pés e levantou a barra do meu vestido, deixando minhas pernas expostas.

A ponta da sua bota continuou levantando a minha roupa, de uma forma nada confortável.

— Ela é gostosa — comentou um dos companheiros.

— Gostosa ou não, a verdade é que não é educado ficar passeando por áreas restritas sem ser convidada — disse um terceiro menino, outro demônio. — Acho que deveríamos lhe dar uma lição. — Seus olhos brilhavam como bolas de gude. A boca dele era proeminente, e falava de forma lenta, estranha, sacudindo os cabelos que lhe caíam sobre os olhos e feições bem marcadas.

— Vou ser o primeiro — disse o outro. — Quando eu terminar, vocês poderão ensinar tudo o que quiserem a ela. — E abriu um sorriso rápido na minha direção. Ele era mais forte que os demais e cheio de sardas no nariz.

— Esqueça, Yeats — avisou o primeiro menino, de cachos escuros. — Não vamos fazer nada até descobrirmos quem a enviou aqui.

Yeats aproximou a sua cabeça da minha. Seus dentes pequenos eram como os dentes de uma piranha.

— O que uma menina tão linda está fazendo sozinha por aqui?

— Estou perdida — respondi, trêmula. — Vim do hotel Ambrosia, sou hóspede de Jake.

Tentei fazer com que isso soasse importante, mas não ousei encará-lo.

— Droga — praguejou o loiro, chateado. — Ela está com Jake. Acho melhor não fazermos nada muito ruim.

— Não entendo, Nash — soltou Yeats. — Caso ela realmente estivesse com Jake, não deveria estar aqui fora.

De repente, minha mente começou a girar. Imaginei que o meu corpo não aguentaria mais nada. Mas Yeats não parecia impressionado.

— Se quer vomitar... vire para lá. Acabei de polir as minhas botas.

Meu peito estava pesado, não conseguia respirar.

— Ande, levante-se! — gritou Yeats, olhando triunfante para os demais ao passar um dos braços ao redor da minha cintura. — Poderíamos usá-la para uma causa justa. Que tal uma audiência?

As mãos dele eram ásperas ao roçar os botões do meu corpete.

— Se ela pertence mesmo a Jake, e se ele descobrir... quem sabe o que poderia fazer? — perguntou o menino chamado Nash, nervoso.

— Cale a boca — gritou Yeats, dirigindo-se ao primeiro: — Diego, me ajude a segurá-la.

— Tire essas mãos sujas de cima dela — disse uma voz tão ameaçadora que parecia afiada como aço.

Jake se materializou em meio às sombras. Os cabelos escuros estavam soltos, e, furioso, ele parecia um animal selvagem. Sua aparência era bem mais ameaçadora que a dos demais. Na verdade, ao seu lado, os três meninos pareciam amadores ou jovens arruaceiros surpreendidos fazendo bobagens. Na presença de Jake, eles perderam a valentia e ficaram paralisados de medo. Jake parecia esmagar todos eles, exalando um ar de autoridade que os obrigou a reverenciá-lo. Se houvesse escalões de poder no Inferno, aquele trio ocuparia uma das camadas mais baixas.

— Não sabíamos que... — começou Diego, tentando pedir desculpas. — Caso contrário, não teríamos tocado nela.

— Tentei avisar que... — continuou Nash, mas Diego o encarou, pedindo silêncio.

— Vocês têm sorte de eu estar de bom humor — disse Jake. — Mas desapareçam da minha frente antes que mude de ideia.

Com o rabo entre as pernas, eles voltaram à cratera de onde saíram. Jake me ofereceu o braço. Era a primeira vez que me alegrava com a sua presença.

— Então... o que você viu por aí? — Ele quis saber.

— Tudo.

— Tentei avisar — disse Jake, parecendo sentir pena de verdade de mim. — Gostaria que eu tentasse apagar essas memórias? Prometo não tocar nas demais.

— Não, obrigada — respondi, ainda trêmula. — Precisava ver todas essas coisas.

9

O LAGO DOS SONHOS

Minha tristeza aumentava a cada novo dia sem notícias de Venus Cove.

Não conseguia pensar em mais nada, apenas no que estava perdendo da vida das pessoas que amava. Sabia que estariam loucos de preocupação. No entanto, será que imaginavam para onde Jake tinha me levado ou estavam prestes a denunciar meu desaparecimento? Eu sabia que, se virasse refém em qualquer lugar da Terra, os poderes divinos dos meus irmãos me rastreariam. Mas o que não sabia era se os radares me encontrariam no centro da Terra. Quando pensava na minha família, me lembrava das coisas mais simples: meu irmão fazendo experiências na cozinha, tratando a comida como uma obra de arte; a forma como minha irmã trançava os meus cabelos, usando uma técnica só dela. Eu me lembrava também das mãos de Gabriel, capazes de fazer qualquer instrumento soar como ele quisesse, e dos lindos fios dourados de Ivy. Mas, acima de tudo, pensava em Xavier. Pensava em como os cantos dos seus olhos ganhavam leves rugas sempre que ele sorria e pensava no cheiro que tomava conta do seu carro quando comíamos hambúrguer e batata frita, olhando para o oceano. Embora estivesse longe por apenas alguns dias, sonhava com aqueles momentos do passado. O pior é que sabia que Xavier estaria culpando a si mesmo, sem poder fazer nada para reverter a situação.

Em Hades, o tempo era o maior inimigo. Na Terra, era algo precioso, pois era impossível saber quando se esgotaria. Mas, no Inferno, o tempo era interminável, cansativo. A coisa mais difícil de suportar era o tédio. Eu não era apenas uma prisioneira do mundo desalmado de Jake, mas também um anjo no Inferno, tratada com desdém ou mórbida curiosidade pela elite. Durante grande parte do tempo me sentia uma palhaça, uma estranha. Algo naquele lugar parecia me devorar por dentro, como um câncer. Entregar-se a tudo isso era fácil — pare de pensar, pare de lutar —, e eu sentia que já estava acontecendo comigo. Era horripilante a ideia de um dia acordar e deixar de pensar no sofrimento humano ou no fato de eu estar viva ou morta.

Após dias tropeçando em lagos de fogo e horrores similares, caí em profunda depressão. Quase não sentia fome, mas Hanna era paciente comigo. Tucker, o assistente de Jake, estava sempre por perto, mas raramente conversávamos. Os dois se transformaram nas minhas companhias mais constantes.

Aquela noite, como sempre, eles estavam no meu quarto, Hanna me obrigando a tomar uma ou duas colheradas da sopa que preparara e Tucker fazendo bolinhas de papel que atirava na lareira e depois ficava observando enquanto se queimavam. Não aceitei a sobremesa oferecida por Hanna e percebi em seu rosto uma expressão de cansaço. Tucker ergueu os olhos para ela e balançou a cabeça em negativa. Os dois desenvolveram uma capacidade de comunicação muda. Hanna soltou um pesado suspiro e deixou a bandeja do jantar de lado, enquanto Tucker voltou a jogar suas bolinhas no fogo da lareira. Na ponta da cama, curvei meu corpo. A velha Bethany estava morta e enterrada, e eu sabia que teria que aguentar os horrores que me rodeavam por toda a eternidade.

Ficamos em alerta quando ouvimos o suave barulho de um cartão abrindo a porta. Logo depois, Jake entrou no quarto. Ele estava tão seguro de sua autoridade que nunca pensava em bater na porta antes de entrar, ferindo a minha privacidade. Era como se tivesse o direito de estar ao meu lado a qualquer hora do dia. Notei que Tucker se levantou e arrumou as roupas, como quem quer se mostrar à disposição, mas Jake o ignorou e começou a caminhar na minha direção, observando-me com cuidado. Ao contrário de Tucker, não me levantei nem olhei para Jake.

— Odeio ter que dizer isso, mas você está com uma aparência terrível.

— Não quero ver você — respondi, seca.

— Achei que você já soubesse que existem coisas bem piores por aqui do que me ver. Mas não me culpe pelo que viu. Não criei este lugar, embora tenha algum controle sobre ele.

— Você gosta de fazer as pessoas sofrerem? — perguntei, com voz rascante e encarando-o.

— Fique calma — disse ele, como se estivesse ofendido. — Não torturo ninguém com as minhas próprias mãos. Tenho coisas mais importantes a fazer.

— Mas você sabe o que está acontecendo — insisti. — E não faz nada para impedir.

Jake dividiu um olhar de espanto com Tucker, que franzia o cenho, como se me classificasse de idiota.

— E por que eu deveria impedir? — indagou.

— Porque são seres humanos — respondi, sem forças.

Era sempre muito cansativo conversar com Jake. Era como andar em círculos, sem chegar a lugar algum.

— Não. Na verdade, são almas de seres humanos que foram pessoas muito ruins em vida — explicou ele, paciente.

— Ninguém merece isso... E não importa que crime tenham cometido.

— Sério? — perguntou Jake, cruzando os braços. — Então você não tem ideia do que a humanidade é capaz. Aliás, essa gente teve todas as chances do mundo para se arrepender e não o fez. É assim que o sistema funciona.

— O seu sistema é nojento. Transforma pessoas boas em monstros.

— Ah, claro... — Jake estava com um dedo sobre a boca, pensativo. — Eis a diferença entre nós: você insiste em enxergar os homens como criaturas inerentemente nobres, mesmo que todas as evidências demonstrem o contrário. Os humanos... que nojo! — Jake deu de ombros. — O que existe de nobre neles? Comem, procriam, dormem, brigam... não passam de organismos básicos. Veja o que bilhões deles fizeram ao planeta. A existência dessas pessoas está poluindo a Terra, e você nos culpa por isso. Se os humanos são a mais perfeita criação de Deus, Ele precisa repensar as estratégias. Veja o Tucker, por exemplo: por que você acha que o mantenho sempre por perto? Faço isso para não me esquecer da fraqueza de Deus.

O rosto de Tucker ficou vermelho, mas Jake não pareceu notar.

— As pessoas são muito mais do que isso — respondi, em parte para combater a humilhação de Tucker. — Elas são capazes de sonhar, de ter esperança e de amar. Será que isso não conta?

— Essas coisas costumam ser negativas, pois logo se demonstram ilusórias. Deixe de lado a compaixão, Bethany. Ela não servirá de nada por aqui.

— Prefiro morrer a me transformar em alguém como você — retruquei.

— Infelizmente, acho que isso não será possível. Você *não* poderá morrer por aqui. Essas noções ridículas de vida e morte só existem na Terra, são mais uma das bobagens do seu Pai.

Fui dispensada de desafiá-lo novamente quando ouvimos vozes no corredor e uma mulher entrou no quarto, como se fosse uma celebridade.

— Este é o meu quarto — murmurei. — Por que as pessoas acham que podem entrar aqui e...

Parei de falar ao observá-la com cuidado, ao perceber que era aquela mulher tatuada que trabalhava no bar da Orgulho. Nunca conseguiria esquecer a forma como ela me encarou naquele dia. E voltava a me olhar como se eu fosse insignificante diante de seu problema. Pela expressão da sua boca e pela forma como tentou se livrar de Tucker, notei que estava irritada.

— Então é aqui que você se esconde? — perguntou ela a Jake.

— Estava imaginando quanto tempo você demoraria para descobrir — respondeu ele, aparentemente sem dar importância ao que ela dizia. — Aliás, sabe que você está começando a ser chamada de grudenta?

— As más reputações não significam nada por aqui — replicou ela.

O tom escolhido por Jake para falar com ela era um pouco jocoso, mas ela não parecia muito surpresa com isso.

— Beth, esta é Asia, a minha... minha muito pessoal... minha assistente pessoal. Ela fica chateada quando não sabe onde estou.

Eu me levantei para vê-la melhor. Asia era alta e parecia uma amazona. Usava uma roupa provocante: um top dourado e uma minissaia de couro. Os cabelos pretos emolduravam um rosto de feições felinas. Os lábios eram fartos, pintados com gloss e permanentemente entreabertos. A forma como ela ficava de pé, com os ombros caídos para trás, lembrava a de um boxeador. A pele cor de café brilhava, como se estivesse banhada em óleo. Os sapatos eram extraordinários, verdadeiras obras de arte: botas castanho-claras de cano curto, abertas no calcanhar e presas com cadarços. Os saltos pareciam picadores de gelo, de tão finos.

— São Jimmy Choo — disse ela, como se lesse meu pensamento. — Lindos, não acha? O próprio Jake encomenda uma edição especial para mim a cada temporada.

Eu conhecia aquela expressão nos olhos dela. Era a mesma que as meninas do colégio estampavam no rosto quando queriam dizer "Tire as suas mãos de cima dele!". Asia nem precisou dizer nada. O olhar dizia tudo. Como amante de Jake, me enviou uma mensagem clara: eu deveria manter distância se prezasse pela minha vida. E para me deixar bem ciente sobre o tipo de relacionamento que havia entre os dois, ela pressionou o corpo contra o de Jake, que passou uma das mãos pelas coxas dela, embora seu olhar demonstrasse tédio. Asia me olhou dos pés à cabeça e não parecia muito impressionada.

— Então é sobre essa menina que todos estão falando? Ela é um tanto... *pequena*, não acha?

Jake fez um som com a língua.

— Asia... seja gentil.

— Não entendo o motivo de tanto falatório — comentou ela, dando voltas ao meu redor. — Se alguém me perguntasse, diria tratar-se de uma adolescente.

— Mas ninguém perguntou nada — respondeu Jake, lançando um olhar duro para cima dela. — Aliás, já conversamos sobre isso. Beth é *especial.*

— E eu, não sou especial? — questionou Asia, as mãos na cintura e as sobrancelhas arqueadas.

— Você é muito especial — respondeu Jake. — Mas de um jeito diferente. Você acha que seus talentos não foram apreciados?

— E essa roupinha de boa moça? — Asia apontou para as mangas bufantes do meu vestido. — Você tem fetiche por isso? É muito casto... Mas precisa mesmo vesti-la como se tivesse 12 anos?

— Ninguém me vestiu — respondi.

— Ah, que linda! — Asia me encarou. — Ela fala.

— Só estava explicando à nossa hóspede como as coisas funcionam por aqui — disse Jake, tentando mudar o rumo da conversa. — Eu lhe dizia que a vida e a morte não significam nada... Aliás, aceitam uma demonstração?

— Com todo prazer — respondeu Asia. Ela ficou bem na frente dele e jogou a cabeça para trás, baixando o seu top de forma sedutora, até ficar apenas com o sutiã preto, revelando o torso cor de chocolate. Os olhos de Jake viajaram pelo corpo dela por alguns instantes, até que ele se afastou para pegar um bastão de revirar brasas pousado ao lado da lareira. Demorei para entender o que ele pretendia, e um grito ficou preso na minha garganta. Jake enterrou o bastão no peito de Asia. Esperei ouvir gritos de dor e ver sangue jorrar, mas não. Asia apenas engoliu em seco, deu de ombros e fechou os olhos, em êxtase. Quando voltou a abri-los, viu a minha expressão de horror e caiu na gargalhada. O bastão fora enterrado em seu peito, e nada parecia incomodá-la. Era como se aquele objeto tivesse sido feito à sua medida, como se fosse parte integrante de seu corpo. Quando ela o agarrou com as duas mãos e o arrancou de seu corpo, o bastão fez um som surdo. Segundos mais tarde, sua pele estava recuperada outra vez, perfeita.

— Viu? — perguntou Asia. — O Ceifador não pode fazer nada contra nós. Ele é nosso aliado.

— Mas não estou morta — respondi de imediato, sem pensar.

Asia pegou o bastão atirado ao chão.

— Quer experimentar?

E correu na minha direção, mas Jake foi mais ágil e a deteve, agarrando o bastão. Depois atirou Asia no sofá e sentou-se ao lado dela, com a ponta do bastão contra sua garganta. Os olhos de Asia brilhavam. Ela trincava os dentes e passava os dedos na cintura de Jake.

— Bethany não é um brinquedo — disse Jake, como se estivesse falando com uma menina travessa. — Pense nela como se fosse a sua irmã mais nova.

Asia ergueu as mãos, se rendendo, mas não conseguiu esconder uma expressão de desapontamento.

— Você costumava ser mais divertido.

— Não ligue para ela — disse Jake, olhando para mim. — Com o tempo, Asia se acostumará.

Se eu sobreviver, pensei, mas acabei perguntando:

— Isso não faz sentido: como é possível torturar almas se elas não sentem dor?

— Eu *nunca* disse que elas não sentem dor — explicou Jake. — Só os demônios são imunes. As almas, por sua vez, sentem tudo, e com muita intensidade. Mas a beleza de Hades é que tudo se regenera, para poder seguir em frente.

— O ciclo da tortura é infinito — disse Asia, com um olhar de louca. — Podemos destruir uma alma, mas ao pôr do sol ela está novinha em folha. E os coitados ficam sempre tão aliviados ao imaginar que estão perto do fim... Você precisa ver a cara deles quando acordam sem um arranhão e tudo recomeça.

Sem dúvida, meu rosto deve ter refletido a dor de cabeça que, de repente, comecei a sentir. Eu me sentei numa cadeira e pousei a cabeça num dos seus braços. Jake tirou as mãos de Asia de cima do seu peitoral e caminhou até mim. Ele ergueu o meu queixo com seus dedos gélidos.

— O que há de errado? — perguntou ele, num tom livre de qualquer sarcasmo.

— Não estou me sentindo bem — respondi.

— A pobrezinha está passando mal — desdenhou Asia.

— O que posso fazer para ajudar você? — perguntou ele.

Olhei diretamente para Asia. Sabia que não seria inteligente tomá-la como inimiga, mas a mera presença dela não me fazia bem. Jake a encarou.

— Vá embora.

— O quê? — perguntou ela, surpresa, sem saber exatamente a quem ele se referiu.

— AGORA!

Asia nunca esteve na posição de ser preterida por Jake. E não gostava nada disso. Ela me lançou um olhar venenoso antes de sair. Mas comecei a respirar melhor com ela longe dali. A malícia que Asia projetava era debilitante, como se sugasse a minha fonte vital.

— Tucker, traga um drinque para nós — pediu Jake.

E Tucker ganhou vida, correndo para servir um pouco do uísque que restava num decantador. Ele entregou a bebida a Jake com uma expressão que sugeria um misto de medo e relutância. Jake me ofereceu o copo.

— Beba isso — disse ele.

Tomei uns goles daquela bebida quente e logo me senti surpreendentemente melhor. O uísque queimou o interior do meu corpo, mas de alguma forma tinha um efeito entorpecedor.

— Você precisa se manter firme — disse ele, pousando um dos braços ao redor do meu ombro, mas me soltei no mesmo instante. — Não precisa estar sempre na defensiva.

Ele girou o corpo, apoiado num dos mastros da cama, e se sentou ao meu lado tão rápido que não tive tempo para reagir. Mesmo com aquele toque sombrio e estranho, o rosto de Jake era bonito sob a luz baixa. Seus lábios se abriram num pequeno sorriso, e percebi que os batimentos cardíacos dele se aceleravam. Seus olhos negros viajavam pelo meu rosto. Jake sempre soube como me fazer sentir exposta e vulnerável.

— Você precisa se esforçar para ser feliz — murmurou, passando um dos dedos na parte interna do meu braço.

— Como, se estou mais triste do que nunca? — perguntei. Dissimular os meus sentimentos seria bobagem.

— Entendo que esteja triste pela perda de um amor — disse ele, num tom que parecia quase sincero. — Mas aquele humano não poderia fazer você feliz, pois ele nunca soube de verdade quem você é.

Eu me afastei dele, mas Jake segurou meu braço com força e começou a traçar o contorno das minhas veias sob a pele translúcida. E eu, lembrando que, no passado, o toque dele era sempre acompanhado de uma desconfortável sensação de queimação, tremi. Mas naquela vez foi diferente, o toque era quase tranquilizador, pois Jake estava no seu território, onde poderia manipular as coisas como bem entendesse.

Quando foi embora, não consegui me acalmar. E com Tucker parado ao lado da porta era mesmo impossível me tranquilizar. Em vez de voltar para junto da lareira, ele pegou um aparelho eletrônico do bolso e começou a jogar compulsivamente, como se quisesse passar o tempo.

— Pode se sentar — sugeri, pensando em sua perna machucada, que devia estar doendo, já que ele não parava de mover o peso do corpo de um pé para o outro.

Ele ergueu os olhos, assustado com a minha proposta amigável.

— Não vou contar para ninguém — disse eu, com um sorriso.

Tucker hesitou, mas logo relaxou, escorregou o corpo contra a parede e sentou-se de costas para a porta.

— Você devia tentar dormir um pouco — disse ele. Era a primeira vez que falava diretamente comigo. Sua voz não era como eu imaginava. Soava mais doce, mais melosa. O tom, no entanto, era surpreendentemente decidido para alguém da sua idade. — Você está preocupada com Asia, mas ela não poderá fazer nada enquanto eu estiver por aqui. — Ele parecia orgulhoso de sua capacidade como vigilante. — Asia pode ser durona, mas não sou fácil de enganar, embora muita gente pense o contrário.

— Não estou preocupada — respondi. — Confio em você, Tucker.

— Pode me chamar de Tuck.

— Tudo bem.

Tucker hesitou, depois me encarou, demonstrando interesse.

— Por que você está sempre tão triste?

— É tão óbvio? — perguntei, abrindo um sorriso tímido.

— Vejo nos seus olhos — respondeu, dando de ombros.

— Estou apenas pensando nas pessoas que amo... e em quando voltarei a vê-las.

Uma expressão de dor tomou conta do rosto dele por alguns instantes, dor que parecia instigada pelas minhas palavras.

— Você poderá vê-las de novo, se quiser — disse ele, num murmúrio.

Eu teria escutado direito? Todas as minhas esperanças se avivaram outra vez, mas tentei não deixar isso transparecer na minha voz.

— O quê? — perguntei.

— Você me ouviu bem... — murmurou.

— Está dizendo que conhece uma maneira de fugir daqui?

— Não disse isso — respondeu ele. — Disse que você poderia *vê-las* novamente.

Ele soou irritado ao ter que explicar o que antes deixara bem claro. Fiquei assustada ao ver que aquele rapaz estranho, com seu estranho corte de cabelo, poderia saber mais do que parecia. Seria falsa a sua lealdade a Jake? Seria ele a única pessoa com um vestígio de consciência em Hades? Estaria avisando que poderia me ajudar? Só havia uma maneira de descobrir.

— O que você quer dizer, Tuck? — perguntei, louca de ansiedade.

— Há uma maneira — disse, simplesmente.

— E você poderia me dizer qual é?

— Não — respondeu. — Mas posso mostrar. — E levou um dos dedos à boca, como se quisesse me alertar. — No entanto, vamos ter que tomar cuidado. Se formos pegos...

— Farei tudo o que for preciso — afirmei, decidida.

— Há cinco rios em Hades. Um é para esquecer a vida passada, mas existe outro para voltar. Pelo menos por algum tempo — explicou Tucker. — Beba desse rio e poderá visitar seus entes queridos sempre que quiser.

— Visitá-los? Como?

— Você poderá se projetar — respondeu.

Quanto mais ele falava, menos eu entendia. Olhei para ele, assustada, cada vez mais desapontada. Talvez Tucker fosse meio louco. E o fato de eu ter demonstrado tanta esperança no que ele tinha a dizer poderia ser um atestado de desespero.

— Existem coisas que não podemos ler nos livros, mas beber do Lago dos Sonhos gera um estado de transe que permite ao nosso espírito distanciar-se do físico. É um pouco demorado, mas alguém como você conseguiria isso rapidamente. Assim que aprender, poderá viajar para onde quiser.

— E como sei que você não está mentindo?

Tucker não entendia a minha desconfiança.

— Por que eu mentiria? Jake me atiraria na fogueira caso descobrisse.

— E por que me ajudar? Por que arriscar sua segurança?

— Digamos que estou tentando marcar alguns pontos... Além do mais, acho que uma visita à sua família seria útil para você — respondeu, e o tom divertido me arrancou um sorriso.

— Você já conseguiu? Ir para casa, quero dizer...

Os olhos dele ficaram mais tristes.

— Quando descobri como fazer isso, já não valia mais a pena. Todos que eu conhecia já tinham morrido... Mas o seu caso é diferente, as pessoas que você ama continuam vivas.

O potencial do tal lago me encheu de esperança.

— Vamos agora! — pedi.

— Não tenha tanta pressa — respondeu. — Pode ser perigoso.

— Perigoso?

— É complicado... Você poderia não acordar.

— E isso seria ruim? — perguntei, sem pensar no que estava dizendo.

— Não, a menos que você não se importe em passar o resto da vida em coma, observando a família dia e noite como se fossem personagens de um filme, mas sem poder conversar com eles nem tocá-los. É isso o que você quer?

Balancei a cabeça negativamente, embora tivesse que admitir ter soado um destino bem melhor do que a vida que teria ali.

— Tudo bem — disse. — Caberá a você dosar o tempo. Mas quero ver esse lago!

10

FESTA DIABÓLICA

Tucker e eu estávamos quase chegando à porta quando ela se abriu com um clique seco, e, de repente, Jake entrou no quarto. Nós o encaramos e tentamos disfarçar a surpresa andando em direções opostas. Jake arqueou uma sobrancelha e olhou para nós. Vestia um terno sofisticado, com gravata vermelha de seda.

— Que bom que ainda está acordada, querida — disse ele, naquele tom formal irritante, como um personagem de um filme dos anos 1950. — Espero que esteja com fome. Vou levar você para jantar. Acho que é disso que precisamos para aliviar a tensão.

— Na verdade, estou bem cansada — repliquei. — Estava pensando em ir para a cama.

— Sério? Mas você parece tão desperta — disse, analisando o meu rosto bem de perto. — Mais do que isso... Diria que você está animada. Suas bochechas estão rosadas.

— É porque está muito quente aqui dentro. Sério, Jake, quero dormir cedo...

Tentei usar um tom agressivo, mas Jake me cortou, sacudindo a mão de forma irritante.

— Chega de desculpas. Não vou aceitar um não como resposta. Corra. Vá se arrumar. — A sua capacidade de alterar o humor tão rápido sempre me surpreendeu. Num momento poderia estar ameaçador, obscuro, e, no momento seguinte, tão animado quanto um garotinho. De repente, seu tom ficou mais alegre, e ele sorriu. — Além do mais, quero exibi-la.

Lancei um olhar de súplica a Tucker, mas ele voltara a estampar aquela expressão ilegível no rosto. Não poderia fazer ou dizer nada sem nos colocar numa fria.

— Só quero ficar sozinha — disse a Jake.

— Bethany, entenda, sua nova posição acarreta algumas obrigações. Pessoas importantes querem conhecê-la. Então... voltarei em vinte minutos, e você estará pronta. — Não era um pedido. Já na porta, ele parou, pois tinha acabado de ter uma ideia. — Aliás — continuou ele, sem girar o corpo, apenas olhando para trás —, quero que se vista de rosa esta noite. Eles vão adorar.

O jantar aconteceria num salão ricamente decorado e iluminado por uma lareira. Em vez de quadros, as paredes estavam cobertas de armamentos, incluindo escudos romanos, bastões e longas estacas sem ponta — do tipo que o conde Drácula deveria ter expostos no seu castelo do século XIV, na Romênia.

Como fomos os primeiros a chegar, ficamos de pé na entrada enquanto garçons serviam canapés em bandejas de prata e champanhe francês em taças altas. Risadas frívolas anunciaram a chegada dos convidados. Dei uma olhada e notei que seriam basicamente os membros da corte de Jake. Todos os que se aproximavam para cumprimentá-lo me olhavam com desvelada fascinação. Grande parte vestia roupas de couro e pele. Eu, de vestido rosa com gola em forma de concha e saia até os joelhos, me sentia um pouco deslocada. No entanto, fiquei aliviada ao perceber que Asia não estava presente e imaginei que talvez não tivesse sido convidada, o que com certeza aumentaria seu ressentimento para comigo.

Logo depois, um gongo marcou o início do jantar, e tomamos os lugares na longa mesa de carvalho do salão. Como anfitrião, Jake sentou-se no centro. Com o rosto carrancudo, segui em direção ao meu assento, ao lado dele. À nossa frente estavam Diego, Nash e Yeats, personagens que eu havia conhecido ao lado da cratera. Estavam acompanhados de mulheres muito bem-vestidas. Na verdade, todos os convidados, homens e mulheres, eram bonitos, mas bonitos de uma forma estranha, assustadora. As feições eram perfeitas, mas não tinham nada a ver com Gabriel e Ivy. Senti um nó na garganta ao pensar no meu irmão e na minha irmã e tive que lutar contra as lágrimas. Mordi o lábio inferior para contê-las. Poderia ser muito inocente, mas sabia que chorar na frente de toda aquela gente seria uma demonstração de vulnerabilidade.

Estudei os rostos ao meu redor. Eram convencidos, astutos, donos de olhares afiados. Seus sentidos pareciam aguçados, como se pudessem ouvir sons e sentir cheiros da mesma forma que os animais selvagens programados para a caça. Aliás, sabia que eles poderiam se mostrar muito sedutores ao correrem atrás de uma presa humana. Embora a beleza de todos fosse inegável, em certos momentos eu notava uma sombra veloz e sutil, algo que revelava as verdadeiras feições por trás das máscaras de perfeição que usavam. E fiquei assustada. Seria impossível esconder o choque de saber que suas aparências humanas não passavam de disfarces.

Na sua forma real, os demônios estavam longe da perfeição. Os rostos deles eram mais do que aterrorizantes. Eu me peguei observando uma mulher com feições de estátua grega, cabelos cor de chocolate, pele leitosa e olhos de um azul elétrico. O nariz delicado e os ombros redondos eram de uma verdadeira deusa da Antiguidade. No entanto, por baixo do glamour externo, ela era a verdadeira imagem da putrefação. O crânio era malformado, com uma testa proeminente e um queixo tão pontudo quanto uma adaga. A pele estava repleta de manchas e feridas, como se tivesse sido espancada, e seu rosto estava coberto de marcas e feridas. O nariz parecia um focinho. Aliás, ela seria completamente careca caso não restassem alguns poucos e finos fios que dançavam ao redor do seu rosto. Os olhos dela eram opacos e avermelhados, e a boca não passava de um buraco por onde era possível entrever restos de dentes e gengiva quando ela atirava a cabeça para trás para rir. Vi coisas similares em todos os lados da mesa e senti o estômago revirar.

— Tente não olhar —murmurou Jake no meu ouvido. — Relaxe e não foque tanto.

Aceitei sua dica e percebi que as imagens desapareciam, e os rostos presentes no jantar voltavam a estampar suas belas máscaras. No entanto, minha falta de entusiasmo chamou a atenção de alguns deles, que a confundiam com indelicadeza.

— Qual o problema, princesa? — perguntou Diego, do outro lado da mesa. — Nossa hospitalidade não é suficiente para você?

O grupo mantinha o suspense, mas a pergunta de Diego desatou uma torrente de vozes, que começaram a expressar seus pensamentos.

— Nossa... um anjo no Inferno — disse uma ruiva que Jake chamara de Eloise. — Quem imaginaria que algum dia veríamos isso?

— Ela vai ficar muito tempo aqui? — perguntou o dono de uma barba perfeitamente aparada. — Não tem virtude nenhuma, e está me deixando com dor de cabeça.

— O que você esperava, Randall? — perguntou outro convidado. — Não vejo um desses por aqui há muito tempo. Podemos nos divertir com ela, Jake?

— Ah, claro, vamos compartilhá-la!

— Ou sacrificá-la... Ouvi dizer que sangue de virgem é ótimo para a pele.

— Ela ainda tem asas?

— Claro que sim, seu idiota, vai demorar até perdê-las.

Eu me ajeitei na cadeira, assustada com a ideia de perder as asas, mas Jake tocou meu cotovelo para me acalmar. Depois me encarou, dizendo com o olhar que me explicaria tudo aquilo mais tarde.

— Você se superou dessa vez, Majestade — disse outro convidado.

As vozes se ergueram em uníssono, num murmúrio orquestral. Era como um grupo de crianças competindo para ver quem conseguia atrair mais atenção. Jake tolerou as ânsias deles por algum tempo, mas logo bateu forte com o punho na mesa, e a balburdia cessou.

— Chega! — gritou ele. — Bethany não está disponível para aluguel e não a trouxe aqui para enfrentar a Inquisição. Gostaria de lembrá-los que ela é minha convidada.

Alguns demônios pareceram aterrorizados com a ideia de ter desagradado o anfitrião, mesmo sem querer.

— Exato — disse Nash, erguendo a taça. — Permitam-me que seja o primeiro a brindar.

Pela primeira vez, minha atenção foi atraída à mesa, cheia de pratos aparentemente deliciosos. Toda a comida era cara e preparada de forma extravagante. Alguém chegou ao extremo de arrumar a mesa de forma a alinhar guardanapos de linho, pratarias e cristais. Havia faisão assado, patês e terrinas, queijos suaves em pratos de madeira e bandejas de frutas exóticas. As empoeiradas garrafas de vinho pareciam entorpecer os presentes. Os demônios, é claro, não acreditavam nos pecados capitais, e a gula seria bem-vista por ali.

Não fiz nenhum esforço para tocar a taça, embora eles me esperassem, atentos. Sob a mesa, Jake pisou de leve no meu pé. O rosto dele parecia dizer: "Não me envergonhe mais." Mas eu não tinha interesse nenhum em melhorar sua imagem.

— Vamos fazer um brinde a Jake e à sua nova e charmosa aquisição — disse Nash, cansado de me esperar.

— E também à nossa eterna fonte de inspiração e guia — continuou Diego, lançando um olhar fumegante na minha direção. — Lúcifer, o deus do mundo subterrâneo.

Não sei por que escolhi aquele momento para falar. Não me sentia tão corajosa — o mais provável é que estivesse sendo guiada por pura indignação. Porém, em tom decidido, respondi:

— Não o chamaria de deus, exatamente...

Seguiu-se um silêncio assustador, e Jake me encarou, assustado com a minha estupidez. Sua habilidade de me proteger em Hades teria um limite, que eu talvez tenha ultrapassado. Mas Yeats quebrou a tensão batendo palmas e soltando uma gargalhada, e os demais o imitaram. Yeats me encarou, seus olhos pareciam não acreditar no que viam, mas a ameaça no tom de voz era certeira.

— Espero que se encontre com o Grande Pai logo. Ele vai adorar conhecer você.

— Grande Pai? — perguntei, lembrando que Hanna pronunciara o mesmo nome absurdo, que soava tirado de um filme de gângsteres. — É assim que vocês o chamam?

— Você descobrirá que não somos muito ligados a formalidades por aqui — respondeu Yeats. — Somos uma única família, grande e feliz.

— Às vezes o chamamos de Papa Luce — disse Eloise, bebendo da taça de vinho. — Talvez ele permita que você o chame assim quando conhecê-la melhor.

— Não tenho intenção de chamá-lo de nada — respondi.

— Que pena! — disse Yeats. — E justo você, que está aqui por ordem direta dele.

O que aquilo significava? Olhei para Jake, como quem exige uma explicação. Ele sorriu para mim e tomou um gole de vinho. Depois me ofereceu uma taça, indicando que eu deveria fazer o mesmo.

— Por que não conversamos sobre isso mais tarde, querida? — disse ele, com um suspiro exagerado, passando um braço sobre os meus ombros e prendendo uma mecha de cabelo atrás da minha orelha. — Vamos nos divertir agora. Os negócios podem esperar.

Os demônios acabaram perdendo o interesse em mim e focaram na comida e na bebida, com estupor. Pareciam ter um apetite voraz, embora fossem esbeltos. Após um intervalo de horas, alguns convidados se levantaram, pedindo desculpas por ter que sair da mesa. Eu os observei enquanto cambaleavam, desaparecendo atrás de uma divisão de pedra, em direção a uma área reservada. Ouvi barulho de ânsias de vômito e depois de água corrente, mas ninguém parecia notar nada. Logo depois, os convidados voltaram à mesa, limpando os cantos da boca com o guardanapo, e recomeçaram a comer.

— Para onde eles foram? — perguntei a Jake.

Diego me escutou e respondeu:

— Ao vomitório, claro. Hoje as melhores salas de jantar têm vomitórios.

— Isso é nojento — retruquei, afastando o olhar.

Jake deu de ombros.

— Muitas práticas culturais parecem nojentas aos olhos de estrangeiros. Mas, Beth, você não tocou na comida. Espero que essa história de vomitório não tenha tirado o seu apetite.

— Não estou com fome.

Rejeitar a comida era um ato simbólico, mas eu sabia que não poderia continuar fazendo aquilo para sempre. Estava me sentindo fraca, e, mais cedo ou mais tarde, precisaria de sustância, caso planejasse sobreviver. Jake franziu o cenho, com desgosto.

— Você deveria experimentar. Tem certeza de que não quer nada? — Ele ergueu uma bandeja de frutas e colocou-a na minha frente. As frutas pareciam deliciosas, como se tivessem sido colhidas poucas horas antes. Algumas ainda tinham orvalho na superfície. — Que tal uma cereja? — Ele balançou uma na minha frente, e meu estômago uivou. — Ou um caqui. Você já provou? — Ele abriu um caqui com a faca, expondo a carne úmida e vermelha da polpa. Depois prendeu um pedaço na ponta da faca e me ofereceu.

Eu quis virar o rosto, mas o cheiro daquela fruta era inebriante. Com certeza, as comidas normais não são tão tentadoras. O cheiro parecia entrar na minha mente. E uma mordida não ia doer, certo? Senti algum alívio ao pensar nisso. Mas não era normal. A comida deve ser servida como um combustível para o corpo. Pelo menos era o que Gabriel sempre dizia. Na Terra, eu já havia experimentado muitas vezes a sensação de fome física, mas ali era uma espécie de desejo. Com fome ou não, a verdade é que não compartilharia comida com Jake Thorn, e afastei o prato.

— Com o tempo — disse ele. — Você é forte, Beth, mas não a ponto de me vencer.

Quando a comilança terminou, seguimos para um espaço aberto, iluminado à luz de velas, com almofadas e espreguiçadeiras dispostas pelo chão. O humor parecia menos lânguido com os convidados acariciando-se com cada vez mais urgência. Eles não copulavam, apenas pressionavam os corpos uns contra os outros, com a única intenção de buscar gratificação nesse gesto. Um dos homens lançou um olhar lascivo na direção de Eloise, que respondeu rasgando a camisa dele com os dentes. Afastei o olhar quando ela começou a lambê-lo no peito, e ele soltava murmúrios de excitação. Eu e Jake éramos os únicos sentados.

— Você não quer se unir a eles? — perguntei.

— A libertinagem fica meio ultrapassada quando estamos aqui há mais de duzentos anos.

— E você escolheu o celibato, então? — perguntei, num tom que não poderia ser mais cáustico.

— Não. Estou só à procura de algo mais — respondeu ele, me encarando de forma desconcertante e até um pouco triste.

— Mas não vai encontrar ao meu lado — comentei, firme.

— Hoje não, talvez. Mas quem sabe um dia eu ganhe a sua confiança? Sou paciente... Afinal, tenho toda a eternidade à minha frente.

No fim das contas, minha cabeça dura foi demais para ele, que permitiu que eu voltasse à relativa segurança do hotel Ambrosia, de limusine. Ao chegar, Tucker me esperava na recepção, preparado para me levar ao quarto.

— Como você aguenta? — perguntei, bufando, ao entrar no elevador. — Como alguém pode aguentar ficar aqui? Este lugar é horrível, e vazio.

Tucker me olhou de forma estranha e apertou um botão que não parecia nos levar à cobertura.

— Venha comigo — disse.

Saímos do elevador e caminhamos em silêncio por um corredor deserto, até chegarmos a uma parede ornamentada com um tapete dependurado. Os fios de seda coloridos tinham sido entremeados para formar a imagem de demônios alados com garras que se aproximavam de um homem acorrentado a uma pedra. Alguns lhe rasgavam a pele, outros o arrancavam de sua aparência física. Gravada naquele tecido, a expressão do homem era tão vívida que tremi. Tucker afastou o tapete para o lado, revelando alguns degraus cravados na pedra. Pareciam levar a um ponto bem inferior ao que estávamos, no centro do hotel. O cheiro no ar era diferente por ali, um cheiro de mofo e umidade, se comparado à perfumada recepção. Não havia luzes, e eu não via mais do que um palmo à minha frente.

— Fique perto de mim — disse Tucker.

Comecei a descer logo atrás dele, agarrada à sua camisa, para ter certeza de que não o perderia de vista naquela escuridão sufocante. A escadaria era estreita e tortuosa, mas conseguimos chegar ao fim. Quando Tucker parou, um braseiro junto à parede ganhou vida. Parecíamos estar num canal subterrâneo, tomado de águas verdes, turvas. Uma brisa envolveu os meus pés, e agucei os ouvidos para escutar. A sensação era de que vozes gritavam o meu nome. O musgo tomava conta das paredes de terra, e água pingava do teto do túnel. Notei um barco de madeira preso a uma plataforma próxima aos degraus. Tucker soltou as amarras e jogou a corda para o lado.

— Suba — disse. — E tente não fazer barulho. Melhor não assustarmos nada.

Não gostei da forma como ele pronunciou a palavra "nada", especialmente quando deveria ter dito "ninguém".

— E o que poderíamos assustar, por exemplo? — perguntei, mas Tucker tinha a atenção focada na condução do barco e não disse nada. Enquanto seguíamos em silêncio pelas águas turvas do canal, sentei-me com o corpo rígido. Os nós dos meus dedos estavam brancos de tanto que me agarrava às laterais do barco de madeira. Senti um movimento embaixo do barco. De repente, a superfície do canal ondulou, como se alguém atirasse pedras na embarcação.

— O que é isso? — murmurei, assustada.

— Fique em silêncio — disse. — Não diga nada.

Obedeci, mas voltei os olhos para as águas, onde borbulhas surgiram sob a superfície. Consegui ver algo inchado, e luzes pálidas como o luar nos cercavam em forma de discos, flutuando como boias na superfície da água. Curvei o corpo para fora do barco, querendo saber o que eram aquelas formas. Tapei a boca para conter um grito quando notei que não eram boias, mas cabeças sem corpos. À nossa volta havia frios rostos mortos boiando na água, seus cabelos dançavam como algas marinhas e os olhos sem vida nos encaravam. A cabeça mais próxima de mim era a de uma mulher, mas a pele dela estava enrugada e cinzenta, como se tivesse passado muito tempo na banheira. As cabeças batiam contra o barco. Engoli de volta as perguntas que me subiram pela garganta, pois Tucker me encarou, lançando um olhar de aviso.

Depois de o barco próximo ser amarrado a uma pedra, desci, aliviada. Estávamos de pé numa alcova do tamanho de uma pequena enseada. No centro dela, a água brilhava como se estivesse coberta de diamantes, depois se abria em vários afluentes com destinos desconhecidos. A água era tão límpida que eu conseguia ver o fundo. No local onde estávamos, as pedras eram lisas como seda. Olhei para Tucker, mas não disse nada, pois não sabia se seria seguro.

— Eis o lugar sobre o qual lhe falei — disse. — Este é o Lago dos Sonhos.

— Aquele que vai me levar de volta para casa? — perguntei, lembrando a última conversa, interrompida pela chegada de Jake.

— Sim — respondeu. — Não na sua forma física, claro. No entanto, você poderá viajar até lá na sua mente.

— E agora?

— Se beber um pouco dessa água, você poderá ver o que o seu coração mais deseja. A água age como uma droga e ficará no sangue por muito tempo. Você poderá projetar-se em qualquer lugar, sempre que quiser.

Não precisei de outro encorajamento. Corri até a margem do lago e peguei um pouco da água cristalina na palma da mão. Sem hesitar, bebi.

Um zumbido hipnótico tomou conta do ar, como de uma cigarra. Eu me aproximei ainda mais da superfície da água, procurando por um sinal.

Olhar para o lago me fez sentir desconectada do meu corpo, como se fosse envolvida num encanto. De repente, notei uma sensação estranha, como se um saco de pancadas, desses de boxe, tivesse batido contra o meu peito. Expirei e percebi que o ar saía do corpo como um globo crescente; pairava à minha frente, a centímetros da água. Dentro dele, centenas de pequenas bolinhas brancas iluminadas dançavam num ritmo frenético. O globo desceu lentamente até desaparecer.

— Não se preocupe — murmurou Tucker. — O lago está lendo suas memórias para saber aonde deve levar você.

Por um momento, nada aconteceu. Tudo o que eu ouvia era o som das nossas respirações. Tucker conversava comigo, mas eu não entendia o que ele dizia. Depois não ouvi mais nada e entendi o motivo: eu estava pairando acima dele. O lago e seus arredores desapareceram, embora eu soubesse que ainda estavam lá.

Um pânico crescente se instalou enquanto um novo cenário se formava ao meu redor. Primeiro, a imagem era entrecortada, como uma fotografia ampliada, mas, aos poucos, entrou em foco. Nesse momento, já não sentia medo.

Na verdade, senti um poderoso jorro de emoção, como se tivesse sido lançada num redemoinho. Estava indo para casa.

11

REUNIÃO

A cozinha da minha casa era exatamente como me lembrava: grande e arejada, com vista para o mar por todos os lados. Eu me encontrava de pé no centro dela, com todos os meus sentidos em perfeito estado, mas ainda assim sabia que era apenas uma espectadora. Podia me mover para todos os lados livremente, mas não era parte integrante do cenário. Era mais ou menos como observar o lançamento de um filme de dentro da tela. Tinha acabado de amanhecer. Podia ouvir o som dos pássaros cantando e da água sendo fervida para o café. As janelas estavam abertas, e alguém cortava a grama na casa de Dolly Henderson, a vizinha. Por ali, havia um prato com um bolo que Ivy preparara poucos dias antes do meu desaparecimento. O bolo não tinha sido tocado e parecia estragado. Havia um jarro de flores silvestres murchas sobre uma banqueta, e o que eu via não passava de uma lembrança do que aquela cozinha fora até uns dias atrás.

Pouco depois, a cena ganhou vida. Xavier estava sentado à mesa, com a cabeça entre as mãos, poucos metros à minha frente. Sua postura me atraiu a atenção, pois nunca o vira assim. Ele vestia uma camisa cinza e justa que eu conhecia muito bem e uma calça de moletom, mas a expressão no rosto dele deixava transparecer que não havia dormido bem.

Senti vontade de me aproximar dele, e fiquei assustada ao notar que podia fazer isso com rapidez, sem muito esforço. A proximidade era inebriante. Queria tocá-lo, mas não podia: minha condição de fantasma não tinha substância, e as mãos vazavam o corpo dele. Xavier estava diferente. Não conseguia ver seu rosto, mas os ombros e os músculos da testa estavam tensos. O clima na cozinha era de tristeza.

O cheiro da frésia chegava às minhas narinas — um cheiro, aliás, que eu conhecia muito bem. Minha irmã apareceu na porta e olhou preocupada para Xavier. Ivy estava perfeita e angelical como sempre, mas a sobrancelha arqueada a traía. Estava mesmo muito preocupada.

— Quer alguma coisa? — perguntou ela a Xavier.

— Não, obrigado — respondeu ele, distraído, como se a mente estivesse muito longe dali, e mal levantou a cabeça.

— Gabriel foi à casa dos Knox — disse Ivy. — Vai tentar conseguir algumas pistas por lá.

Xavier estava perdido demais em seus pensamentos para responder. Ivy ficou atrás dele, de pé, e pousou uma das mãos no braço dele. Xavier se afastou, não queria ser consolado.

— Não podemos perder as esperanças. Vamos encontrá-la.

Xavier ergueu a cabeça e olhou para ela. Ele estava mais pálido do que nunca e tinha olheiras profundas. Os dentes estavam trincados. Parecia desamparado, consumido pela dor. Quis tocá-lo, tomar o seu rosto nas mãos, dizer a ele que estava tudo bem — sim, eu estava presa, sozinha e muito triste, mas não estava ferida. Talvez não estivesse nos braços dele, como nós dois queríamos, mas conseguia sobreviver.

— Como? — indagou ele, após um longo intervalo, lutando para manter o tom de voz. — A gente não tem nem ideia de para onde ele a levou... nem o que está fazendo com ela.

Ao pronunciar a última frase, tão dura, sua voz falhou.

Senti um nó na garganta. Se eles não tinham ideia de onde eu estava, como poderiam ter esperança de um dia me encontrar? Gabriel e Ivy não tinham visto nada, só sabiam que Jake me levara de motocicleta — cena presenciada por Xavier. O máximo que poderiam saber era que eu deveria estar em algum ponto remoto do planeta, mantida prisioneira.

— Gabriel está procurando uma saída — disse Ivy, tentando soar confiante. — E ele é bom nisso.

— Mas eu não deveria estar com ele? — perguntou Xavier.

— Ele sabe o que fazer, que pistas buscar.

A conversa foi tomada por um silêncio, e tudo o que se ouvia eram as batidas do relógio na parede do corredor.

— A culpa é minha — disse Xavier, afinal. E dizer isso em voz alta pareceu aliviá-lo. — Deveria ter protegido... — Seus olhos se encheram de lágrimas, mas ele as secou antes que Ivy notasse.

— Nenhum humano poderia se interpor a tal poder — disse minha irmã. — Não se culpe, Xavier. Não havia nada que você pudesse ter feito.

Xavier balançava a cabeça em negativa, sentindo-se inútil.

— Havia, sim — disse ele, com os dentes trincados. — Poderia ter ficado ao lado dela. Se não tivesse sido tão tolo e descido ao lago, nada disso teria acontecido. — Ele fechou as mãos em punhos e engoliu em seco. — Você não percebe? Prometi que cuidaria dela e no fim a decepcionei.

— Você não sabia. Como poderia? No entanto, manter a calma agora poderá ajudá-la. Seja forte, pelo bem de Bethany.

Xavier fechou os olhos com força e assentiu.

— Gabriel voltou — avisou Ivy, ainda antes que ele tivesse girado a chave na porta de entrada.

Xavier se levantou da cadeira. Pouco depois, Gabriel surgiu na cozinha. Embora fosse meu irmão, e eu o conhecesse muito bem, sua exuberância ainda me deixava sem fôlego. Mas sua expressão era severa, e os olhos cinzentos estavam solenes.

— Alguma novidade? — perguntou Ivy.

— Acho que descobri alguma coisa — respondeu ele, hesitante. — *Talvez* seja um portal. Senti um cheiro de enxofre na estrada, perto da casa dos Knox.

— Ah, não... — murmurou Ivy, sentando-se na cadeira mais próxima.

— E daí? Um portal? O que é um portal? Um portal para onde? — perguntou Xavier, numa sucessão interminável de palavras.

Mas Gabriel respondeu com voz comedida:

— Há algumas aberturas neste mundo. Portais que levam a outros reinos. Eles podem ser aleatórios ou podem ser conjurados por algo poderoso.

— Que tipo de reinos? Onde está a Beth?

Sua voz demonstrava um pânico crescente.

Estou aqui, tentei gritar, mas a voz falhou.

— O asfalto da estrada está queimado — continuou Gabriel, sem responder às perguntas de Xavier. — E tudo ao seu redor, chamuscado. Só há uma coisa capaz de deixar estas marcas.

Xavier respirou fundo, como se quisesse manter o equilíbrio. Notei quando foi tocado pela verdade que havia por trás das palavras de Gabriel.

— Não, isso não pode ser verdade — disse ele, sem forças, ainda tentando organizar os pensamentos sobre tudo aquilo.

— É verdade, Xavier — confirmou Gabriel, que também girou a cabeça para o lado, pois não queria testemunhar o efeito das suas palavras. — Jake levou Bethany para o Inferno.

Para Xavier, era como se o pior dos seus pesadelos ganhasse vida. A novidade o atingiu como um tapa na cara. Ele ficou de boca aberta, e seus olhos estavam fixos no meu irmão, como se esperasse que ele finalmente caísse na gargalhada, revelando que tudo não havia passado de uma brincadeira de mau gosto. Ele ficou nesta posição durante muito tempo, como se fosse feito de pedra. Depois, de repente, o corpo dele começou a tremer de angústia. Eu, na minha versão fantasma, estava tão chocada quanto ele. Formávamos um casal de dar pena: o garoto humano e a aparição que ele não podia ver, mas que o amava mais do que qualquer outra coisa no mundo.

Na minha ausência, todos pareciam alterados. Gabriel fez algo que nunca o vi fazer antes. Atravessou a cozinha e se ajoelhou na frente de Xavier, com uma das mãos pousadas no seu braço. Eis uma cena para relembrar: um arcanjo ajoelhado na frente de um humano, com humildade.

— Não vou mentir para você — disse Gabriel, encarando-o. — Não tenho certeza de onde Bethany está neste momento.

Estas palavras foram as mais duras, mas Gabriel nunca se desviava da verdade. Ele não poderia fazer isso. Preferia preparar todos para o pior.

— Do que você está falando? — gritou Xavier. — Temos que fazer alguma coisa! Beth não queria isso. Ela foi sequestrada, lembra? No meu mundo, isso é um crime. Você está querendo dizer que no seu mundo não significa nada?

Gabriel suspirou e respondeu o mais pacientemente.

— Existem leis que governam o Céu e o Inferno, leis que existem desde o princípio dos tempos.

— E o que isso significa?

— Acho que Gabriel está tentando dizer que não fabricamos regras. Temos que esperar instruções — disse Ivy.

— Esperar? — repetiu Xavier, cada vez mais frustrado. — Se vocês quiserem, podem ficar esperando, mas não vou ficar sentado.

— Não temos escolha — disse Gabriel.

Os dois não podiam ser mais diferentes, anjo e mortal, polarizados por suas visões de mundo. Gabriel, eu notava, estava perdendo a paciência. As incessantes perguntas de Xavier o consumiam, mas ele esperava instruções vindas de poderes superiores. E Xavier, por outro lado, não se sentiria melhor até o momento em que tivesse um plano de ação nas mãos. Para ele, cada problema tem uma solução. Ivy, que entendia melhor do que Gabriel o estado de Xavier, dirigiu um olhar para o meu irmão como quem diz que deveria ser mais cuidadoso.

— Sem dúvida, se houver um caminho, nós o encontraremos — disse Ivy, mais encorajadora.

— Não vai ser fácil — comentou Gabriel.

— Nem impossível, certo? — perguntou Xavier, que tentava agarrar-se às mínimas esperanças.

— Não. Impossível, não — respondeu minha irmã, com um sorriso tímido nos lábios.

— Quero ajudar — disse Xavier.

— E poderá, mas neste momento precisamos pensar muito bem no próximo passo a tomar.

— Agir sem planejamento poderia piorar a situação de Bethany — completou Gabriel.

— Piorar como? — perguntou Xavier.

Quanto mais eu escutava, mais frustrada ficava. Queria participar das discussões, queria ajudá-los. É estranho ouvir falarem sobre você na terceira pessoa. Se eu pudesse revelar tudo o que sabia, talvez conseguissem desenhar um bom plano. Estar presente e não poder atuar era terrível. A sensação era a de que eu poderia explodir a qualquer momento. Tinha que haver uma forma de demonstrar-lhes a minha presença. Por que eles não sentiam a minha proximidade? As pessoas que eu amava estavam ao alcance das minhas mãos, mas ainda assim totalmente inacessíveis.

— Não podemos agir sem instruções — disse Ivy.

— E quanto tempo isso vai demorar?

— A Aliança conhece o problema. Eles entrarão em contato conosco quando pensarem em alguma saída — informou Gabriel, sem querer revelar nada mais.

— E o que faremos até lá?

— Sugiro rezar.

De repente, fiquei preocupada. Claro que eles não poderiam agir sem antes pedir conselho. Não se tratava apenas de uma prática comum, mas sim da coisa mais sensata a fazer. Eu sabia disso. Mas e quanto à resolução da Aliança? Gabriel soava muito confiante, mas nem ele teria poder suficiente para contrapor-se às decisões tomadas. E se a sabedoria infinita dos conselheiros decidisse que seria melhor não agir? Afinal de contas, não havia provas de que eu estava no mundo subterrâneo. Eu previa mais problemas do que instruções. A obediência não é um dos meus pontos fortes. No entanto, embora a rebeldia possa ser valorizada num ser humano, num anjo ela é indesculpável. Será que eu estaria a ponto de enfrentar o meu afastamento, de perder o meu valor no Céu por completo?

Ainda que a Aliança estivesse de bom humor e aceitasse o pedido de resgate, entrar no Inferno seria o maior desafio que meus irmãos enfrentariam na vida. Eles poderiam morrer na tentativa. Valeria a pena arriscar? Não queria brincar com as vidas deles, mas a tentação de estar de volta com eles era enorme. Quanto a Xavier, não aguentaria pensar que algo de mal lhe fosse feito por minha culpa. Preferia enfrentar os terrores da fogueira do Inferno. Olhei para os seus braços lindos e bronzeados sobre o tampo da mesa, notando a pulseira de couro que sempre levava presa ao pulso e o anel de prata que eu lhe dera no dedo indicador.

Eu me aproximei dele e queria tocar seus dedos.

— Xavier! — gritei. — Xavier, estou aqui!

Para a minha surpresa, ouvi um eco quase imperceptível na cozinha. Gabriel, Ivy e Xavier giraram as cabeças na minha direção, como satélites procurando sinais de rádio. Uma expressão de descrença tomou conta do rosto de Xavier, como se ele colocasse em cheque sua própria saúde mental.

— Estou ficando louco ou vocês também ouviram?

Meus irmãos se entreolharam, sem saber o que dizer.

— Nós também ouvimos — respondeu Gabriel, e a mente dele já dava voltas tentando entender o que acontecera. Eu só esperava que não confundissem com mensagens enganosas do demônio.

Ivy fechou os olhos e senti a sua energia passeando pela cozinha, procurando por mim. Quando chegou ao ponto onde eu estava, passou direto, e notei que qualquer tentativa de conexão seria inútil.

— Não há nada por aqui — disse a minha irmã, mas percebi que Ivy estava um pouco perdida.

Xavier não se convencia.

— Não, ouvi a voz dela... Ela estava aqui.

— Talvez Bethany esteja mais perto do que pensamos — supôs Gabriel.

Os olhos de Xavier varreram a cozinha, observando o espaço vazio. Foquei e tentei desesperadamente transmitir meus pensamentos a ele. No entanto, aconteceu o oposto, e a minha presença se diluiu. Notei que minha consciência se afastava dali. Lutei, tentei me agarrar a uma cadeira, mas a cozinha desaparecia ao meu redor.

Tudo ficou preto, e, ao clarear, enxerguei o meu corpo deitado ao lado do Lago dos Sonhos, no mesmo local onde eu o deixara. Tucker estava ali, sacudindo os meus ombros.

— Volte, Beth. É hora de voltar.

E retornei ao meu corpo com um solavanco. O calor da minha casa desaparecera, sendo substituído pelo frio e pela umidade do canal.

— Por que você fez isso? — gritei. — Queria ficar mais tempo.

— Não podemos ficar tanto tempo por aqui. Seria arriscado. Mas não se preocupe, a magia ficará ao seu lado.

— Isso quer dizer que vou poder me projetar sempre que quiser?

— Sim — respondeu Tucker, orgulhoso. — Quando bebemos do Lago dos Sonhos, o poder fica dentro de nós. A única forma de revertê-lo é bebendo água do rio Lethes.

— Esse rio existe de verdade? — perguntei, curiosa.

— Claro que sim — respondeu. — E literalmente quer dizer "esquecimento". Por isso algumas pessoas o chamam de Rio do Esquecimento, pois ele faz com que a gente se esqueça de quem somos.

— Que horror... É uma espécie de maldição?

— Não necessariamente. Algumas pessoas fazem coisas na vida que preferem esquecer. Quando bebemos do rio Lethes, todas as nossas lembranças ficam depositadas no seu fundo.

Eu me aproximei.

— Você parece muito seguro do que diz. Conhece alguém que tenha bebido?

— Conheço — respondeu, olhando para baixo. — Eu.

— E do que queria escapar? — perguntei, sem pensar, e ele sorriu.

— Acho que não estamos no local adequado para essa pergunta, certo?

— Não... — concordei, tomando-lhe o braço. — Fico feliz que esse rio tenha ajudado você.

Tucker apertou a minha mão, mas não parecia muito convencido.

Voltamos ao hotel numa velocidade duas vezes superior à da vinda, com medo de sermos descobertos. Só conseguia pensar nas mãos de Xavier... Mas não nas que acabara de ver, e sim nas que costumavam acariciar o meu rosto, certas de que nada no mundo poderia destruir a nossa felicidade.

Como éramos inocentes, pensei, ao descobrir que a escuridão pode ser muito letal. No entanto, eu seria o mais corajosa possível, lutaria com todas as forças, mesmo não gostando nada de algumas alternativas que nos esperavam.

12

A HISTÓRIA DE HANNA

Após a experiência com o que Tucker chamava de projeção, era complicado pensar em qualquer outra coisa. Ao sentir o gostinho de casa, o hotel Ambrosia parecia mais vazio do que nunca. Com o passar dos dias, notei que eu tinha uma posição passiva e que apenas procurava uma nova oportunidade de voltar a Venus Cove para saber o que estava acontecendo por lá. Então, enquanto Hanna penteava os meus cabelos, eu só pensava numa coisa: voltar a ver Xavier. Contava os minutos até Tucker ir finalmente dormir e eu poder voltar mais uma vez ao local a que pertencia, ainda que apenas como uma entidade invisível.

Nunca imaginei que ele pudesse ser tão bom em ler pensamentos.

— Isso vicia, certo? — perguntou. — Num primeiro momento, nunca parece suficiente.

Não poderia negar. Ser transportada de volta fora a coisa mais incrível que experimentara.

— É tão real. Estava tão perto. Podia sentir o cheiro deles.

Tucker me observou bem.

— Você precisa ver o seu rosto. Fica iluminado quando fala neles.

— Eles são tudo para mim.

— Eu sei, mas você precisa ter uma coisa sempre em mente: a cada vez que voltar, a vida deles terá avançado um pouco. Quando a dor que hoje sentem amainar, você será uma lembrança cada vez menor. No fim, será apenas um fantasma visitando estranhos.

— Para mim, nunca será assim — respondi. E só de pensar em Xavier seguindo com a vida longe de mim fiquei arrasada. — Além do mais, você está se esquecendo de uma coisa: não sou um fantasma, estou viva. Viu? — perguntei, pegando o meu braço e beliscando-o, para que surgisse uma marca avermelhada.

Tucker sorriu, dizendo:

— Você quer voltar agora, certo?

— Claro. Você não ia querer a mesma coisa?

— Você sempre foi tão impaciente?

— Não — respondi. — Só depois que me tornei humana.

Tucker franziu a testa, e notei que ele duvidava da minha capacidade de administrar de forma responsável o meu novo dom. Resolvi tranquilizá-lo.

— Mais uma vez, obrigada por me ajudar. Precisava de algo que me desse forças para sobreviver por aqui, e foi muito importante rever a minha família.

Tucker, nada acostumado a agradecimentos, parecia sem graça e olhou para os próprios pés.

— De nada — murmurou. Depois o seu rosto ficou ilegível. — Por favor, tenha cuidado. Não sei o que Jake faria caso descobrisse.

— Vou tomar cuidado — respondi. — Mas encontrarei uma maneira de sairmos daqui.

— Nós dois?

— Claro. Agora, somos uma equipe.

TUCKER ENTENDERA muito bem. Eu planejava mesmo voltar naquela noite. O gostinho de casa só aumentou meu apetite, sem satisfazê-lo. Não mentia quando lhe dissera que queria tentar livrar-nos dali, mas aquela não era a minha maior preocupação no momento. Meu impulso era mais egoísta. Só queria rever Xavier e fingir que nada havia acontecido. Seja lá o que ele estivesse fazendo, queria estar ao lado dele. Queria absorver a sua presença o máximo possível e levá-la de volta comigo. Dessa forma eu teria um talismã que me ajudaria a atravessar os longos dias e noites que teria pela frente.

Então, quando Hanna apareceu na porta do quarto com meu jantar numa bandeja, meu primeiro impulso foi enviá-la de volta. Estava ansiosa para deitar na cama enorme e começar o processo que me levaria de volta para casa. Hanna me encarou como sempre fazia, demonstrando vontade de poder me ajudar mais e mais. Embora fosse mais jovem do que eu, adotara uma atitude maternal, como se eu precisasse ser protegida e alimentada para ganhar forças. Comi só um pouco do que ela havia preparado para satisfazê-la. Era um pão crocante, uma espécie de cozido encorpado e torta de fruta. Quando terminei, ela não foi embora de imediato, e notei que tinha algo em mente.

— Senhorita — disse ela, afinal —, como era a sua vida antes de vir para cá?

— Eu estava no último ano do colégio e morava numa pequena cidade onde todo mundo se conhece.

— Mas a senhorita não é desse lugar.

Fiquei surpresa ao ver que Hanna fazia referência à minha antiga casa. Estava tão acostumada a proteger o meu segredo na Terra que esqueci que a minha verdadeira identidade é bem conhecida.

— Talvez eu não seja de Venus Cove — admiti —, mas esse lugar se transformou no meu lar. Eu frequentava uma escola chamada Bryce Hamilton, e a minha melhor amiga se chamava Molly.

— Meus pais trabalhavam numa fábrica — disse Hanna, de repente. — Éramos muito pobres, e não pude frequentar a escola.

— E vocês tinham livros em casa?

— Nunca aprendi a ler.

— Nunca é tarde demais — respondi, encorajando-a. — Posso ensinar a você, se quiser.

Porém, em vez de animá-la, como eu planejava, as palavras pareceram ter o efeito oposto sobre Hanna. Ela olhou para o chão, e o sorriso desapareceu.

— Agora isso não importa muito, senhorita.

— Hanna — respondi, escolhendo as palavras com cuidado —, posso lhe perguntar uma coisa?

Ela me encarou, assustada, depois assentiu.

— Há quanto tempo você está aqui?

— Mais de setenta anos — respondeu, resignada.

— E como uma pessoa tão gentil e amigável como você veio parar aqui?

— É uma longa história.

— Gostaria de escutá-la.

Hanna deu de ombros.

— Não há muito o que contar. Eu era jovem. Queria salvar a vida de uma pessoa mais do que a minha própria vida. Então fiz um pacto e me vendi... Quando percebi o meu erro, era tarde demais.

— E faria algo diferente se pudesse voltar no tempo?

— Acho que tentaria chegar ao mesmo resultado, mas de forma diferente — respondeu, com os olhos embaçados, desviando o olhar, perdida em suas próprias lembranças.

— Isso significa que você se arrepende... Mas a verdade é que, na época, você era jovem demais para saber o que fazia. Quando minha família vier me buscar, vou levar você comigo. Não vou deixar você aqui.

— Não perca o seu tempo se preocupando comigo, senhorita. Tomei essa decisão livremente, e não há volta para esse tipo de coisa.

— Não sei... Todos os acordos estão abertos a renegociações.

Hanna sorriu, esquecendo-se da prudência por um momento.

— Gostaria de receber o perdão, mas ninguém por aqui poderá me oferecê-lo.

— Talvez, caso me conte a história, você se sinta melhor.

Estava ansiosa para voltar para perto de Xavier, mas não podia ignorar o pedido de ajuda de Hanna. Ela cuidava de mim e me fazia companhia nas horas mais difíceis, e eu lhe devia essa. Além do mais, eu só estaria mais algumas semanas em Hades. Seja lá o que Hanna estivesse guardando para si, era algo que ela arrastava havia décadas. O mínimo que poderia fazer era deixá-la mais tranquila, caso fosse possível. Mudei de posição, abrindo espaço para ela, e pousei uma das mãos na cama, como se dissesse que poderia se sentar ao meu lado. Caso um desconhecido nos visse, juraria que éramos duas adolescentes trocando confidências.

Hanna hesitou e olhou para a porta antes de se sentar ali. Percebi que não se sentia confortável, pois ela baixou os olhos, e os dedos, vermelhos de tanto lavar roupa, tremiam entre os botões do seu uniforme. Ela estava pesando se deveria ou não confiar em mim. O que era compreensível, pois vivia sozinha no mundo subterrâneo de Jake. Não tinha ninguém em quem confiar, nenhum ombro amigo. Aprendeu a agradecer por cada comida e cada noite de sono. Notei que, caso alguém quisesse feri-la, Hanna aguentaria como uma mártir, pois não acreditava merecer nada melhor.

Ela curvou o corpo para trás e suspirou.

— Não sei nem por onde começar. Há muito tempo não falo sobre a minha vida anterior.

— Pode começar como quiser — respondi.

— Vou começar com Buchenwald — disse, em tom suave.

Hanna falava com distanciamento. O rosto dela não demonstrava nenhum sentimento. Era uma espécie de contadora de histórias oferecendo um relato em primeira mão.

— O campo de concentração? — perguntei, incrédula. — Você esteve lá? Eu não sabia! — Logo me arrependi de ter dito tudo aquilo, pois aquela reação interrompera o fluxo de pensamentos de Hanna. — Por favor, continue.

— Em vida, o meu nome era Hanna Schwartz. Em 1933, fiz 16 anos. A Grande Depressão atingiu os trabalhadores com muita força. Tínhamos pouco dinheiro, e eu não tinha grandes habilidades, por isso entrei na Juventude Hitlerista, e, quando Buchenwald foi aberto, me enviaram para trabalhar lá. — Ela fez uma pausa, respirando fundo. — Sabia que as coisas que aconteciam por lá eram erradas. Não apenas erradas. Sabia que eles estavam sendo guiados pelo Mal, mas não me sentia com poderes para fazer nada e não queria decepcionar a minha família. Todos à minha volta me perguntavam: "Onde está Deus?" e "Como Ele deixou que isso acontecesse?" Eu tentava não pensar em nada, mas no fundo fiquei muito chateada com Deus, e O culpei. Pensei em pedir transferência, deixar o campo e voltar para a casa dos meus pais, mas nesse momento uma menina que eu conhecia acabou indo para lá. A gente tinha brincado juntas quando crianças. Ela morava na minha rua. O pai era médico. Ele curou meu irmão quando sofria de sarampo, sem pedir nada em troca. O nome dela era Esther. Ela dividia os livros da escola comigo, pois sabia que eu queria aprender. Mas eu era muito jovem para entender a distância que havia entre nós. Sabia que a vida dela era igual à minha, mas que ela era mais rica, frequentava a escola e era judia. Certo dia, soube que a SS mudara a família de onde moravam, e não voltei a vê-la até o dia em que Esther apareceu em Buchenwald. Ela estava com a mãe, e fiz de tudo para que não me vissem. Não queria que me encontrassem ali. Esther não estava bem ao chegar, e sua situação só piorava. Havia algo de errado em seus pulmões, ela não conseguia respirar direito. Estava muito fraca para trabalhar, e eu sabia qual seria o destino dela. Era questão de tempo. Porém, de alguma maneira, percebi que não poderia deixar isso acontecer.

"Foi então que conheci Jake. Ele era um dos jovens oficiais que tomavam conta do campo, mas não se parecia nada com a pessoa de hoje. Tinha os cabelos menos fartos e, de uniforme, não chamava tanto a atenção. Sabia que ele gostava de mim. Estava sempre sorrindo e tentava puxar conversa enquanto eu servia comida aos oficiais. Certo dia, eu estava triste, pensando em Esther, e ele parou para perguntar o que havia de errado. Cometi o erro de confiar nele e aproveitar para contar que temia pela vida da minha amiga de infância. Quando ele me disse que poderia me ajudar, nem acreditei. Imaginei que, se a ajudasse de alguma maneira, poderia recuperar o respeito por mim mesma. Karl, como Jake era conhecido por lá, era muito bonito e hipnotizador. O fato de alguém como ele reconhecer a minha existência e demonstrar interesse pelos meus problemas era uma honra. Ele me perguntou se eu acreditava em Deus, e respondi que, da forma como a minha vida seguia, se houvesse um Deus, Ele deveria ter deixado a gente para trás. Karl me contou que gostaria de dividir um segredo comigo, pois sentia que podia confiar em mim. Ele disse que servia a um grande senhor, alguém a quem respeitava. E disse que eu poderia ajudar Esther caso jurasse fidelidade ao mesmo senhor. Karl me avisou que não havia motivo para sentir medo e que eu seria recompensada pelo sacrifício com a vida eterna. Pensando nisso agora, não sei porque ele se preocupou comigo. Devia estar entediado, procurando alguém para brincar."

Hanna fez outra pausa, viajando ao passado na própria mente.

— Na época, parecia muito simples — disse depois.

— E o que aconteceu? — perguntei, mesmo sabendo que a resposta era óbvia.

— Esther foi curada, e Jake a levou à enfermaria, para que os guardas não a machucassem, e entrei na escuridão. Mas não tive certeza se Jake mantivera a sua palavra no acordo...

— E ele manteve? — perguntei, sem fôlego.

— Ele a curou — respondeu Hanna, buscando os meus olhos. — Mas isso não a livrou de, duas semanas mais tarde, ir para a câmara de gás.

— Ele traiu você! — gritei, sem acreditar no que estava ouvindo. — Trapaceou para ganhar a sua vida. Isso é nojento, até mesmo para alguém como Jake.

— Poderia ter sido pior — disse Hanna. — Quando fui atirada em Hades, de alguma forma consegui evitar a fogueira. Fui posta aqui no hotel, onde estou até hoje. Mas eu mesma busquei este destino, senhorita, e não posso reclamar.

— Mas suas intenções eram boas, Hanna. Acho que todo mundo tem direito à esperança.

— Lá na Terra, sim... Mas aqui chegamos ao destino final. Não espero nada e não acredito em milagres.

— Você testemunhou as forças do Mal trabalhando. Por que não acreditar também no poder do Céu?

— O Céu não perdoa pessoas como eu. Fiz um pacto e pertenço ao Inferno. Nem os anjos poderiam reverter isso.

Franzi o cenho e me sentei na beira da cama. Estaria Hanna certa? As leis do Céu e do Inferno a deixariam presa naquele lugar para sempre? Na minha cabeça, o sacrifício dela deveria valer para alguma coisa. Mas talvez as coisas não funcionassem assim. Rezei para que a promessa que acabara de lhe fazer não fosse em vão. Hanna resolveu arrumar as coisas que eu tinha na penteadeira. Eram perfumes, a maioria franceses, loções e maquiagem — o tipo de coisa que, segundo Jake, me faria feliz. De fato, ele não me conhecia.

Olhei para Hanna, que dava voltas pelo quarto, evitando me encarar.

— Você acha que eles não vão me encontrar, certo? — perguntei, falando baixinho.

Ela não respondeu, mas me encarou, com ainda maior tensão nos olhos, e senti uma necessidade enorme de agarrá-la pelos ombros e sacudir o seu corpo. Pois, convencendo Hanna, poderia me convencer de que não seria prisioneira durante toda a eternidade.

— Será que você não entende? — gritei, surpresa comigo mesma. — Você não sabe quem eu sou. Neste momento, um grupo de arcanjos e um serafim estão procurando por mim e encontrarão uma maneira de me tirar daqui.

— Se você está dizendo, senhorita... — respondeu Hanna.

— Não fale assim comigo — reclamei, encarando-a. — Quero que você me diga o que está pensando de verdade.

— Certo. Vou dizer o que estou pensando: se entrar nesta prisão fosse fácil para os anjos, eles já não estariam por aqui? Se têm o poder de libertar as almas atormentadas, por que ainda não fizeram isso? Deus não teria feito algo? Como podemos ver, senhorita, o Céu e o Inferno estão presos a regras que vêm dos tempos mais remotos. Nenhum anjo poderia entrar aqui sem ser convidado, pense nisso... Aliás, um demônio poderia entrar no Céu?

— Não — respondi, tentando seguir a linha de pensamento dela. — Nunca. Mas isso é diferente, certo?

— A única coisa positiva na sua história é que Jake trapaceou para que a senhorita viesse com ele. Os anjos vão ter que encontrar uma brecha, assim como Jake fez. Isso não é impossível, mas é muito complicado. As entradas para o Inferno são muito bem-guardadas.

— Não acredito em você — respondi o mais alto que pude, como se estivesse me dirigindo a uma plateia. — Quando existe vontade tudo é possível. E Xavier tem a mais poderosa força de vontade que conheço.

— Ah, claro... O humano da sua cidade — comentou ela. — Já ouvi falar sobre ele.

— O que você ouviu? — perguntei, nervosa ao notar que ela mencionara Xavier.

— O príncipe tem muita inveja dele — disse Hanna. — Ele é tudo o que os humanos gostariam de ser: bonito, forte e corajoso. Não tem medo da morte e é amigo de anjos. Além do mais, tem uma das coisas que Jake mais deseja.

— O quê?

— A chave do seu coração. E isso faz de Xavier uma ameaça.

— Está vendo, Hanna? Se Jake se sente ameaçado por nós, existe uma esperança. Xavier virá nos salvar.

— Virá salvar a senhorita — corrigiu Hanna. — Ainda assim, ele não passa de um garoto de coração valente. E como a força de um homem poderia vencer um exército de demônios?

— Ele conseguirá — respondi. — Estará com o poder do Céu ao seu lado. Afinal de contas, Cristo era um homem.

— E Filho de Deus, o que faz toda a diferença.

— Você acha que O teriam crucificado, caso não fosse humano? — perguntei. — Ele era de carne e osso, como Xavier. Você está aqui há tanto tempo que já subestima o poder dos humanos. Eles são a força da natureza.

— Peço que me desculpe, senhorita, mas não tenho tanta esperança. Não quero sonhar para depois ter uma decepção. A senhorita me entende?

— Claro que entendo, Hanna — respondi, finalmente. — Mas, se você não se importa, prefiro ter esperança por nós duas.

Quando Hanna foi embora, fiquei um bom tempo pensando na história dela. Queria voltar a Venus Cove, mas não conseguia ficar calma. Fiquei presa às palavras e às dificuldades que ela passara na vida. Pensei em quão pouco entendia o sofrimento humano. O que sabia dos episódios mais obscuros da história da humanidade não passava de fatos frios, gerais. A experiência humana é muito mais complexa. Com Hanna, poderia aprender mais do que imaginava.

No entanto, de uma coisa já sabia: ela havia cometido um erro, mas se arrependeu das suas ações; e, se estava destinada a viver o resto da eternidade ali, havia algo de errado no sistema. O Céu não poderia permitir que esse tipo de coisa continuasse acontecendo sem punição. "A mim pertence a vingança; eu retribuirei, diz o Senhor." Hanna estava equivocada. O Céu buscaria justiça. Só precisávamos ser pacientes.

13

FALA DO DIABO...

Eu não sabia que horas seriam em Venus Cove, mas continuava imaginando um Xavier entediado, com as parafernálias de esporte e livros do colégio espalhados pelo chão. Por alguma razão, era para lá que eu queria ir. Só de pensar em estar no seu quarto, cercada pelas suas coisas, meu coração acelerava. Onde estaria Xavier naquele exato momento? Estaria feliz ou triste? Estaria pensando em mim? De uma coisa estava certa: Xavier tinha o poder de transformar-se em herói, o que é reservado apenas aos mortais mais fiéis. Ele nunca abandonou os amigos em tempos de crise e não me abandonaria.

Estava com frio e percebi que as chamas se apagavam na lareira. Por isso me enrolei na manta cor de vinho aos pés da minha cama. As velas estavam quase chegando ao fim e lançavam estranhas sombras alongadas nas paredes.

Fiquei um pouco mais calma ao me convencer de que não seria esquecida para sempre no reino de Jake. Quando comecei a sentir sono, foquei a minha energia na tentativa de voltar a entrar em contato mental com Xavier. Meu corpo ficou mais pesado, mas eu sentia uma leveza indescritível. Não saberia distinguir o momento da separação, quando matéria e espírito começaram a tomar rumos diferentes, mas percebi que isso estava acontecendo ao notar que o meu quarto desaparecia e o teto começava a se aproximar do meu nariz. Tudo o que deveria fazer era me deixar levar.

Enquanto viajava, como se estivesse a bordo de uma vibração, passeei pelo tempo e pelo espaço, atravessando a água, até atingir o objetivo. Estava de pé no quarto de Xavier. Mas não pousei exatamente, só entrei, como um vento passando por baixo da porta. Xavier estava deitado na cama, de costas, com o rosto enfiado no travesseiro. Não havia tirado os sapatos. No chão, estava jogado um exemplar do *As 371 melhores faculdades, segundo Princeton*. Sua mãe, Bernie, conseguira outra cópia para mim e insistiu que deveríamos fazer uma lista das nossas dez primeiras escolhas. Sorri ao me lembrar disso e da conversa que eu e Xavier tivemos poucos dias antes da festa do Dia das Bruxas. Estávamos deitados no pátio do colégio, lendo em voz alta as estatísticas sobre as faculdades escolhidas por nós.

— Vamos para a mesma faculdade, certo? — perguntou ele, embora soasse mais como uma certeza do que como uma pergunta.

— Espero que sim — respondi. — Mas vamos ver se não me mandam para outro lugar.

— Chega disso, Beth. Vamos dizer a eles o que queremos. A gente já se esforçou muito, merecemos isso.

— Tudo bem — concordei, convencida, pegando o livro de suas mãos e abrindo numa página qualquer.

— Que tal a Penn State? — perguntei, passando os dedos pelo índice.

— Você está brincando? Meus pais odiariam.

— Por quê? O que há de errado com ela?

— É conhecida como a faculdade das festas.

— Imaginei que a escolha fosse sua...

— Sim, mas isso não quer dizer que eles não prefiram que eu vá para a Ivy League ou para a Vanderbilt.

— Universidade do Alabama? — perguntei. — Molly e as outras meninas vão tentar por lá. Querem estudar juntas.

— Mais três anos com Molly? — perguntou Xavier, fazendo uma careta.

— Gosto desse nome: Universidade do Mississipi — disse, pensativa. — O que você acha? Seria como estar aqui, o nosso pequeno mundo.

Xavier sorriu.

— Acho que gosto da ideia. E fica mais perto de casa. Coloque na lista.

A conversa toda voltou à minha cabeça, como se tivesse acontecido no dia anterior. Mas lá estava Xavier, deitado na cama, com todos os planos de futuro abandonados. Ele girou o corpo, e seus olhos estavam vidrados no teto, sem expressão. Parecia perdido em seus pensamentos, e seu rosto dava sinais de cansaço. Eu o conhecia muito bem. Estaria pensando: E agora? O que fazer? O que mais eu poderia fazer? O lado racional de Xavier era muito forte. Por isso tanta gente lhe contava seus problemas. Até mesmo alunos que ele mal conhecia o procuravam em busca de conselhos. E quase nunca se desapontavam. Xavier tinha essa rara habilidade de analisar os problemas de todos os ângulos possíveis. Na verdade, quanto mais complicado o problema, mais determinado ele ficava para resolvê-lo. Mas daquela vez era diferente, não havia resposta possível independentemente de quantos ângulos diferentes o tomasse, e eu sabia que isso o estava matando. Xavier não estava nada acostumado a se sentir sem saída.

Pensei em todas as coisas que tanto queria murmurar no seu ouvido. *Não se preocupe. Vamos resolver tudo isso. Como sempre resolvemos. Somos invencíveis, lembra?* Era estranho que nossos papéis tivessem sido invertidos. Dessa vez, era eu quem deveria tentar animar Xavier. E me aproximei, ficando muito perto do rosto dele. Os olhos de Xavier estavam entreabertos, mas melancólicos, sem o brilho costumeiro. Seus cabelos castanhos se espalhavam pelo travesseiro, seus cílios brilhavam, tomados de lágrimas não contidas. A onda de emoção que me atingiu foi tão forte que quase afastei o olhar. Xavier nunca foi assim. Seus olhos sempre exalaram brilho, mesmo quando falava sério. Ele era capaz de iluminar uma sala com a sua presença. Era o melhor representante de turma do último ano da Bryce Hamilton, respeitado e amados por todos. Ninguém nunca falava mal dele. Era horrível vê-lo tão abatido.

Seguiu-se uma batida na porta de Xavier, o que me fez correr para o outro canto do quarto, gerando uma rajada de vento que quase derrubou uma cadeira, mas Xavier aparentemente nem notou. Pouco depois, a porta se abriu, e Bernie enfiou a cabeça para dentro. Ela parecia sem graça ao interromper a privacidade de Xavier, mas ao ver o filho atirado na cama seu rosto ficou vermelho de preocupação. Algo que tentou esconder com falsa alegria. A expressão de Bernie estampava amor por Xavier e o intenso desejo de protegê-lo. Ele era tão bonito que poderia ser um anjo, mas estava tão triste que me assustava.

— Quer alguma coisa? — perguntou ela. — Você mal comeu na hora do jantar.

— Não. Obrigado, mãe — respondeu, com voz sem brilho. — Só quero dormir um pouco.

— O que está acontecendo com você, querido? — perguntou Bernie, aproximando-se e sentando-se na beirada da cama. Ela não sabia se invadir o espaço do filho adolescente seria boa ideia. E a indiferença de Xavier deixou claro que ele queria ficar sozinho. — Nunca vi você assim antes. Está tendo problemas com alguma menina?

Percebi que ela não sabia de nada. Ele não havia lhe contado que eu estava desaparecida. Talvez porque ela resolveria dar queixa ao delegado, reclamando da demora na investigação do meu caso.

— Mais ou menos — respondeu Xavier.

— Essas coisas sempre se resolvem, de uma maneira ou de outra — disse ela, tocando gentilmente no seu ombro. — E você sabe que eu e o seu pai estaremos sempre aqui, para o que for preciso.

— Eu sei, mãe. Mas não se preocupe comigo. Vou ficar bem.

— Não fique tão preocupado. Quando somos jovens, tudo parece cem vezes pior do que de fato é. Não sei o que aconteceu entre vocês dois, mas não deve ter sido tão ruim.

Xavier deixou escapar uma risada de nervoso, curta, e eu podia imaginar o que ele estaria pensando. Ele diria: "Sabe, mãe, a minha namorada foi abduzida por um demônio, um ex-aluno da Bryce Hamilton, que a levou para o Inferno montada numa motocicleta. E a verdade é que não temos ideia de como trazê-la de volta. Então, sim, a situação é grave."

Mas o que ele fez foi olhar para a mãe e dizer:

— Não se preocupe, mãe. É um problema meu. Vou ficar bem.

Notei em seus olhos que ele não queria preocupá-la. Minha família já estava envolvida no caso, seria uma bobagem alertar Bernie. Quanto menos soubesse, melhor para todos. Meu desaparecimento não seria fácil de explicar, muito menos para uma família despreparada para a novidade, e pouco antes da difícil escolha de que universidade cursar.

— Tudo bem — cedeu Bernie, curvando-se para beijar a testa do filho. — Mas, Xavier, meu querido...

— O quê? — perguntou, sem conseguir fixar os olhos na mãe.

— Ela vai voltar — respondeu, com um sorriso confiante. — Tudo terminará bem.

Bernie se levantou, saiu do quarto e fechou a porta com cuidado, sem fazer barulho.

Sem a mãe por perto, Xavier finalmente permitiu que o cansaço tomasse conta do seu corpo. Tirou os sapatos e rolou na cama. Fiquei feliz ao ver que estava prestes a dormir, pois, assim, pelo menos por algumas horas, aquela sensação de inutilidade desapareceria. Pouco antes de ser invadido pelo sono, percebi que ele mexia debaixo do travesseiro, de onde tirou um suéter que eu costumava usar nas noites frescas de verão. Era azul-claro, com margaridas desenhadas no colarinho. Ele dizia gostar da maneira como aquele casaquinho realçava os fios avermelhados dos meus cabelos. Xavier deixou o travesseiro de lado e mergulhou o rosto no suéter, respirando fundo. Ficou um bom tempo assim, até que sua respiração ganhou outro ritmo, mais pausado e profundo. Ele dormira. Eu me sentei na cama, de pernas cruzadas, observando-o, como uma mãe observa um filho doente. Fiquei parada até notar que os primeiros raios do amanhecer tingiam os lençóis de Xavier, e seus olhos começaram a se mover sob as pálpebras.

— Hora de acordar para a vida, belezura!

De quem seria aquela voz? Xavier não estava acordado, não se mexia nem falava dormindo. Dei uma olhada em volta, mas, fora nós dois, o quarto estava vazio. Um som metálico, como alguém abrindo uma porta, fez com que eu desse um salto, e uma porta se materializou no quarto, com uma figura obscura recostada na moldura. Logo entendi o que estava acontecendo. Meus dois mundos estavam se interpondo, um sinal de que eu deveria agir rapidamente. Tinha de voltar ou Jake estranharia o fato de eu não despertar. Mas por que era tão difícil ir embora dali?

— Durma bem, meu amor — murmurei para Xavier, curvando o corpo para beijar a sua testa. Não poderia dizer se ele sentiu alguma coisa ou não, mas Xavier esticou o corpo e murmurou o meu nome. Percebi que o rosto dele ficara mais calmo, com uma expressão mais tranquila. — Voltarei assim que puder.

Fiz força para retornar ao meu corpo e notei que Jake me observava com atenção. Ele vestia um paletó ajustado ao corpo, com calça jeans também ajustada, e a sua aparência era um pouco amarrotada. Sempre me sentia desapontada ao voltar a Hades, mas, ao lado de Jake, a sensação era ainda pior. Era impossível reunir forças para levantar da cama e enfrentar mais um dia tão terrível quanto os anteriores.

Por isso, resolvi permanecer debaixo dos cobertores pelo menos até que Hanna viesse me acordar, e Jake parecia chateado com a minha teimosia.

— Não sabia que você ainda estava dormindo. Só passei por aqui para deixar uma pequena prova do meu amor.

Deixei escapar um grunhido e rolei na cama.

Jake atirou uma rosa comprida na cama.

— Você é sempre tão previsível.

— Você não deveria me insultar, não deveria falar assim com a sua cara-metade.

— Você não é minha cara-metade! Não somos nada além de inimigos.

Jake pousou a mão no coração.

— Isso dói...

— Você quer alguma coisa? — perguntei, raivosa, pois ainda não acreditava que ele havia interrompido a minha curta visita a Xavier para isso.

— Parece que alguém está de mau humor por aqui — comentou Jake.

— E você quer saber por quê? — perguntei, pois era impossível evitar o sarcasmo naquele momento.

Jake soltou uma gargalhada rápida, e seus olhos brilhantes pousaram no meu corpo. Logo depois, sem que eu pudesse notar o movimento, ele surgiu curvado em cima de mim, os cabelos escuros caindo sobre os ombros. Seu rosto ficava belo sob aquela luz fraca, as feições, refinadas. Fiquei surpresa ao me dar conta de que apreciava a sua beleza ao mesmo tempo que o odiava com toda a força que ainda me restava. Os lábios esbranquiçados se entreabriram, e percebi que ele respirava avidamente. Os olhos negros passeavam pelo meu corpo, mas não lançavam um olhar lascivo, e sim preocupado. Ele franziu a testa, murmurando:

— Não gosto de ver você assim tão triste. Por que não deixa eu fazer você feliz?

Olhei para ele, surpresa. Além de continuar invadindo meu espaço sempre que queria, sua insistência em nos descrever como um casal estava ficando cada vez mais enervante.

— Sei que você ainda não desenvolveu nenhum laço emocional comigo, mas acho que poderíamos trabalhar... Talvez seja interessante levar a nossa relação ao nível seguinte... Afinal de contas, temos as nossas necessidades.

— Nem pense nisso — avisei, sentando-me na cama e encarando-o. — Não ouse...

— Por que não? É algo perfeitamente natural. Além do mais, talvez ajude a melhorar o seu humor. — Ele moveu os polegares em círculos pelos meus braços. — Minha habilidade é lendária. Você não vai precisar fazer nada, serei cuidadoso.

— Ficou louco? Não vou fazer sexo com você — respondi, com nojo. — Aliás, por que você quer isso de mim? Não tem as suas meninas sempre dispostas?

— Bethany, minha querida, não estou pedindo para fazer sexo com você. Não é sobre isso que estou falando. Posso conseguir sexo quando quiser. Quero fazer amor com você.

— Pare de falar essas coisas e se afaste de mim.

— Sei que você me acha atraente. Eu me lembro disso.

— Isso foi há muito tempo, antes de descobrir quem você é de verdade — respondi, afastando os olhos de Jake, incapaz de esconder o meu desprezo.

Mas ele esticou o corpo e me encarou.

— Espero que a gente possa chegar a um acordo, mas acho que você vai precisar de um incentivo para mudar de ideia.

— O que você quer dizer?

— Quero dizer que vou encontrar maneiras mais criativas de aproximação.

Sua voz carregava um tom de ameaça que me assustava, mas eu não deixaria o meu medo transparecer.

— Não vale a pena. Não fará nenhuma diferença.

— Veremos...

Minhas conversas com Jake sempre pareciam seguir o mesmo caminho. Ele começava me propondo algo, eu negava, e ele se mostrava vingativo. Parecíamos andar em círculos. Havia chegado a hora de uma estratégia diferente.

— Muita coisa teria que mudar dentro de mim para que eu sequer pensasse no assunto — respondi, entrando com raiva nos seus jogos, mas sem alternativa.

O rosto de Jake se iluminou.

— O quê, por exemplo?

— Para começar, gostaria que você respeitasse a minha privacidade. Odeio a maneira como você costuma entrar aqui sempre que sente vontade sem se anunciar. Quero a chave do meu quarto. Quando quiser me ver, vai ter que avisar antes.

— Tudo bem. Combinado. O que mais?

— Quero poder caminhar livremente por aqui.

— Beth, você não entende como é perigoso? Mas, sim, eu poderia dizer ao pessoal do hotel que não se aproxime de você. Viu? Sou um homem de palavra — disse, traçando o lábio inferior com o dedo, feliz com os avanços.

— E tem mais uma coisa: quero voltar... por uma hora, nada mais. Preciso contar à minha família e ao Xavier que estou bem.

Jake deu uma gargalhada.

— Você acha que sou idiota?

— Isso quer dizer que você não confia em mim, certo?

— Nada de joguinhos, Bethany. A gente se conhece muito bem, e você não sabe mentir.

Percebi uma alteração na fisionomia de Jake e percebi que não deveria ter tocado no nome de Xavier. Isso sempre mexia com ele.

— Você já se deu conta de que o tempo está passando e nada aconteceu? — perguntou. — Não vejo nenhuma equipe de resgate se aproximando. E você quer saber por quê? Porque é uma missão impossível. Eles poderiam passar séculos procurando um portal. Isso *se* começarem a procurar. E quando isso acontecer, Xavier terá virado pó. Está vendo, Beth? Você não tem escolha. Se eu fosse você, aproveitaria o que tenho pela frente. Tudo o que existe aqui poderia ser seu. Estou oferecendo uma chance para que você se transforme na rainha de Hades. Todos se curvariam à sua frente. Pense nisso. É tudo o que peço.

Senti um nó no estômago. Ele havia passado muito tempo me perseguindo, não desistiria. Tudo o que eu tinha que fazer era garantir que não se infiltrasse na minha mente. Era a minha única arma. Tinha que permanecer fiel a mim mesma e espiritualmente mais forte que ele. Fechei os olhos e foquei em pensamentos positivos.

Tentei visualizar como seria a minha libertação de Hades. Imaginei Gabriel e eu voando através dos portões do Inferno, em direção a nossa casa. As asas quentes do meu irmão, suaves como a seda, mas ainda assim poderosas o suficiente para atravessar muros grossos, me protegeriam. Imaginei Xavier junto aos meus irmãos, mas transformado em anjo, para que tivesse suas próprias asas. Eles receberiam a vibração do seu poder. Xavier, como imortal, seria glorioso. Qualquer um que o visse juraria lealdade. A visão deles três, daqueles brilhantes agentes do Céu chegando para me salvar, era a única coisa capaz de acalmar os meus medos.

Por outro lado, era duro olhar para as minhas próprias asas, presas sob as roupas. Mas eu estivera tão imersa nos meus pensamentos que nem pensara nelas. Queria liberá-las, mas Jake me observava, com olhar suspeito.

— Você sucumbirá a mim, Beth — disse ele, seguindo em direção à porta. — Será uma questão de tempo.

14

MENSAGEIRO

Quando consegui me projetar novamente, chovia forte na minha rua. O barulho da chuva no telhado abafava todos os ruídos. O beiral da casa encheu de água, que caía em enxurradas, arrasando a grama do jardim, como se alguém a tivesse cortado com uma barra de ferro. O barulho arrancou Phantom de seu sono e o levou às janelas, para ver o que estava acontecendo. Ao perceber que não era nada que precisasse de sua intervenção, voltou à sua caminha e se deitou com um longo suspiro.

Acontecia algum tipo de reunião. Gabriel, Ivy e Xavier estavam sentados ao redor da mesa de jantar, cheia de caixas de pizza e latas de refrigerante — algo que raramente víamos na nossa casa. Não devia haver guardanapos, pois usavam um rolo de papel-toalha. Algo me dizia que a rotina habitual da casa fora alterada, pois não cozinharam nem fizeram compras. Gabriel e Xavier estavam sentados um de frente para o outro, os dois imóveis como pedras. De repente, Ivy se levantou da mesa e começou a tirar os pratos, colocando água para ferver. Ao caminhar da cozinha para a sala de jantar, seus cachos dourados balançaram. Seja lá o que estivessem discutindo, tinham chegado a um impasse. Buscavam uma inspiração, alguma ideia nova. Mas suas mentes estavam tão exaustas quanto eles, o que complicava as coisas. Pouco depois, Gabriel abriu a boca, pois tivera uma ideia. Mas desistiu, não disse nada, e seu rosto voltou a ficar distante.

Todos ficaram paralisados quando a campainha soou, quebrando o silêncio. Phantom levantou as orelhas e teria ido à porta caso Gabriel não tivesse olhado para ele, fazendo um gesto de silêncio. Phantom ficou parado, mas não sem antes soltar um leve murmúrio de reclamação. Mas ninguém se moveu, e quem estava à porta tocou novamente a campainha, dessa vez por mais tempo, mais impaciente. Gabriel curvou a cabeça e suspirou ao ter uma visão de quem era a visita.

— Deveríamos atender — disse.

— Mas tínhamos combinado: nada de visitas — respondeu Ivy.

Gabriel franziu o cenho.

— Acho que não temos escolha. Ela não irá embora sem uma explicação.

Ivy não parecia concordar com Gabriel, preferia refletir sobre o assunto mais tarde. No entanto, a tensão na sala era muito grande, e ela foi abrir a porta. Minha irmã continuava caminhando de forma graciosa, os pés mal tocando o chão. Molly, por sua vez, entrou na sala com o rosto vermelho e os cachos movendo-se agitados sobre os ombros. Quando falou, notei que mantinha seu costumeiro tom direto.

— Finalmente — disse, nervosa. — Onde vocês estavam?

Fiquei feliz ao ver que Molly não mudara em nada, mas, ao vê-la, fui tomada pela tristeza. Até aquele momento, não havia percebido o quanto sentia a sua falta. Molly era a minha melhor amiga, um dos meus laços mais fortes com o mundo dos humanos. E, naquele momento, ela estava muito perto e muito longe ao mesmo tempo. Observei as suaves pintas na ponta do seu nariz, a pele cor de pêssego, os cílios longos, que quase tocavam as bochechas. Fiquei horrorizada com a ideia de começar a perder minhas lembranças da vida na Terra e agradeci o presente que Tucker me dera. Seria terrível lembrar-se apenas dos cachos e do sorriso de Molly. Graças àquele novo dom, poderia observá-la quando quisesse. Naquele momento, seus olhos azuis brilhavam, acusatórios, e ela pousou uma das mãos sobre os lábios ao observar meus irmãos e Xavier, como se os desafiasse.

— Que bom ver você, Molly — disse Gabriel, tentando fazer de conta que falava sério e querendo quebrar o gelo. — Por favor, junte-se a nós.

— Aceita um chá? — perguntou Ivy.

— Não vim aqui para bater papo. Cadê ela? — perguntou Molly. — Na escola disseram que está doente, mas há quanto tempo?

— Molly — começou Gabriel, falando lentamente. — O assunto é complicado... difícil de explicar.

— Só quero saber onde ela está e o que aconteceu — disse Molly, com voz trêmula, revelando toda a emoção que lutava para conter. — Não vou embora sem essas respostas.

Ivy ficou parada, de pé, com seus longos dedos traçando os desenhos da toalha de mesa.

— Bethany ficará fora por um tempo — disse minha irmã, que era tão ruim quanto eu contando mentiras. A honestidade a traía. A voz soava muito artificial, e o rosto não mentia. — Ela recebeu um convite para estudar fora e resolveu aceitar.

— Claro... E foi embora sem avisar aos amigos?

— Foi tudo muito em cima da hora — respondeu Ivy. — Tenho certeza de que ela teria avisado se tivesse tempo.

— Deixa de bobagem! — respondeu Molly, interrompendo-a. — Não acredito em nada disso. Já perdi uma das minhas melhores amigas, não quero perder outra. Chega de mentiras!

Xavier se levantou, respirando fundo e expirando bem alto, e Molly girou a cabeça na direção dele.

— Não pense que você está livre dessa. — Molly aproximou-se. Xavier nem levantou a cabeça, mas ela continuou: — Por meses foi impossível arrancar Beth do seu lado, e agora ela desapareceu da face da Terra, e você está aqui, tamborilando os dedos na mesa, sem fazer nada.

Não gostei do tom de Molly, que com certeza soou como um tapa na cara para Xavier, que já estava sofrendo muito para aguentar novas críticas.

— Talvez eu não seja campeã olímpica de matemática, mas não sou uma completa idiota — disse. — Sei que algo está acontecendo. Se Beth fosse apenas passar um tempo fora, vocês não estariam reunidos aqui. Teriam ido com ela.

— Bem que eu gostaria... — respondeu Xavier, com voz embargada, mas mantendo os olhos fixos no chão.

— O que isso quer dizer? — perguntou Molly, ficando pálida ao pensar no pior.

Com medo de ter revelado coisas demais, Xavier se afastou. Ele parecia tão consternado pela situação que Gabriel tomou a frente.

— Bethany não está mais em Venus Cove — explicou, calmo. — Nem na Geórgia... Mas ela não teve escolha.

— Isso não faz sentido. Pedi que não mentissem para mim!

— Molly... — disse Gabriel, atravessando a sala e tocando firme nos ombros dela. Ela o encarou da forma como encaramos alguém que acabou de fazer uma coisa estranha. Eu estava tão perto que quase senti o seu tremor. Gabriel nunca a tocara antes, e ela notava em seus olhos que ele estava transtornado. — Acreditamos saber onde Bethany está, mas não temos certeza. É isso que estamos tentando descobrir.

— Você quer dizer que ela desapareceu? — perguntou Molly, sem fôlego.

— Desapareceu, não... — respondeu Gabriel, hesitante. — Eu diria que ela foi sequestrada.

Molly tapou a boca com as mãos, e seus olhos se arregalaram, alarmada. Xavier ergueu a cabeça, observando sua reação.

— O que foi? — perguntou Ivy, posicionando-se entre Gabriel e Molly. Gabriel soltou-a.

— Não há motivo para mentir — disse ele, decidido. — Ela é tão próxima de Bethany quanto nós. E não chegaremos a lugar algum sozinhos. Molly poderá nos ajudar.

— Como? — perguntou Ivy, a voz afiada e os olhos cortantes como gelo. — Ela não poderá fazer nada.

— Não? — interrompeu Molly, feroz. — Se um louco sequestrou Beth, o que poderíamos fazer?

— Viu o que você arrumou? — murmurou Ivy. — Os humanos não poderão nos ajudar neste momento. — E olhou resignada para Xavier. — Sobretudo os envolvidos emocionalmente.

— Nós não estávamos lá naquela noite — disse Gabriel. — Os humanos são as únicas testemunhas que temos.

— O quê? — perguntou Molly, encarando-os. — Vocês estão me chamando de humana? Eu não sou a única humana nesta sala.

Gabriel a ignorou e seguiu a sua linha de pensamento.

— Qual foi a última coisa de que você se lembra de Bethany ter dito ou feito na noite do Dia das Bruxas?

O ar ao nosso redor trepidava. Ivy tentava conter sua desaprovação. Obviamente, ela não concordava com a decisão de Gabriel de envolver Molly. Minha irmã fechou os olhos e suspirou entre os dentes trincados. Eu podia ler a expressão estampada em seu rosto. Era como se estivesse se preparando para algo que, ela sabia, terminaria em desastre.

— Bem, ela estava... chateada — disse Molly, ficando muda.

— Por quê?

— A gente resolveu fazer uma sessão espírita durante a festa. Queríamos nos divertir, só isso. Mas, desde o início, Beth não gostou da ideia e não parava de dizer que deveríamos deixar essa história para lá. Mas não desistimos. No entanto, as coisas começaram a ficar estranhas, e acabamos perdendo o controle.

Molly falava sem parar para respirar, tentando soar casual. Escutando-a, Ivy ficou com os olhos arregalados. Suas mãos pálidas, instintivamente, se fecharam em punhos.

— O que você está dizendo? — perguntou ela, baixinho.

— Nós perdemos a cabeça e...

— Não, antes disso... Você disse que fizeram uma sessão espírita?

— É, mas estávamos brincando. Era Dia das Bruxas.

— Que menina mais tola — retrucou Ivy. — Seus pais nunca disseram que não devemos brincar com o que não conhecemos?

Molly ficou assustada, mas respondeu:

— Era apenas uma brincadeira, Ivy. Qual o problema? O que uma sessão espírita idiota tem a ver com o que aconteceu?

— Tem tudo a ver — respondeu Ivy, como se falasse consigo mesma. — Na verdade, poderia jurar que o problema começou nessa sessão. — Ivy e Gabriel se entreolharam. Ela passou a falar diretamente com o irmão: — Isso deve ter aberto um portal. Caso contrário, ele não teria como voltar a Venus Cove. Nós o banimos daqui.

— O quê? — perguntou Molly, confusa.

Eu podia ver os parafusos girando em sua cabeça enquanto ela lutava para colocar as informações em ordem. Queria que eles parassem de falar, estavam revelando coisas demais. O Céu poderia não gostar, o que acabaria gerando novos problemas.

De repente, Xavier pareceu ganhar vida. Ele girou o rosto, encarando Ivy, ao mesmo tempo que lançava um olhar mortífero a Molly.

— Você acha que ele voltou por causa da sessão? — perguntou Xavier.

— Ele quem? — gritou Molly, interrompendo-o.

— Eles podem ser muito mais poderosos do que a maioria das pessoas imaginam — respondeu minha irmã. — Gabriel, você acha que pode ser uma pista?

— Acho que deveríamos considerar todas as informações. Temos que encontrar um jeito de entrar lá.

— Entrar onde? — perguntou Molly, nervosa.

Ela não gostava nada de ter sido excluída da conversa. Meus irmãos se esqueciam da educação. Em condições normais, nunca agiriam assim. No entanto, eu sabia que, na cabeça deles, tudo o que importava era me encontrar. Por isso se esqueceram de Molly e mantiveram as discussões.

— Mas como poderíamos encontrar um portal? — murmurou Ivy. — Você acha que deveríamos fazer outra sessão espírita? Não, isso seria muito perigoso. Não sabemos quem poderia se levantar da cratera.

— Cratera? Que cratera? Onde? — perguntou Molly, cada vez mais alto.

— Cale a boca! — gritou Xavier, nervoso como eu nunca o vira antes. — Fique calada por dois segundos, por favor!

Molly parecia ofendida, mas baixou os olhos, num gesto hostil, depois gritou:

— Cale a boca você!

— Você é sempre tão imatura? — perguntou Xavier.

— Acho que, neste exato momento, sou a única pessoa lúcida por aqui — respondeu Molly. — Vocês estão loucos.

— Você não sabe do que está falando — revidou Xavier, soturno. — E não deveria estar correndo atrás do capitão de um time qualquer neste momento?

— Como você ousa... — gritou ela. — Tara contou alguma coisa? Não liguem para o que ela fala. Tara está chateada porque...

— Chega! — gritou Xavier, batendo forte com as mãos na mesa, frustrado. — Não estamos nem aí para as brigas adolescentes entre você e Tara. Beth *desapareceu*, e você não está ajudando em nada... Por que não vai embora?

Molly cruzou os braços.

— Não vou a lugar algum.

— Vai sim...

— Você vai me obrigar?

— Não duvide...

— *Chega!* — gritou Gabriel, num tom cortante, decidido. — Isso não vai nos ajudar. — E olhou para Ivy. — Está vendo? Molly sabe coisas que não sabemos.

— É verdade — confirmou Molly. — E não vou contar mais nada até descobrir o que está acontecendo de verdade.

Xavier a encarou. Ivy murmurou alguma coisa e pousou a cabeça entre as mãos. Molly era complicada.

— Sendo ou não amiga de Bethany, essa menina é cansativa.

— Acho que deveríamos tentar explicar a Molly o que aconteceu — sugeriu Gabriel, num tom mais gentil.

Xavier ergueu os olhos.

— Vá em frente, isso pode ser muito interessante.

— Sente-se, Molly — pediu Gabriel. — Tente escutar sem me interromper. Caso tenha perguntas, responderei mais tarde.

Obediente, Molly se sentou no sofá, enquanto Gabriel caminhava para a frente e para trás, sem saber por onde começar.

— Nós não somos quem parecemos ser — disse ele, finalmente, escolhendo as palavras com cuidado. — Explicar tudo isso é complicado, mas preciso que você confie em mim. Você confia em mim, Molly?

Molly o observou com atenção, dos pés à cabeça. Ele era tão bonito que notei o rosto de Molly se iluminando, e fiquei em dúvida se ela conseguiria se concentrar. O rosto bem-talhado do meu irmão era emoldurado por cabelos loiros, e seus olhos cinzentos a encaravam. Um aro de luz dourado parecia irradiar do seu corpo, deixando um rastro misterioso por onde ele passava.

— Claro que confio — murmurou ela. E entendi que Molly gostava de ser o centro das atenções, e queria perpetuar o momento. — Mas, se vocês não são quem parecem ser, quem são vocês?

— Isso não posso dizer — respondeu Gabriel.

— Caso contrário, você teria que me matar? — perguntou ela, rolando os olhos.

— Não — respondeu Gabriel, baixinho. — Mas a verdade poderia comprometer a nossa segurança.

— E *ele* sabe a verdade? — perguntou Molly, apontando para Xavier.

Percebi que o relacionamento dos dois descia ladeira abaixo, e gostaria de estar por perto para curar as feridas.

— Ele é uma exceção — respondeu Ivy, de imediato.

— Sério? Mas por que não posso ser uma exceção também?

— Você não acreditaria na verdade, se eu contasse — respondeu Gabriel, tentando acalmá-la.

Mas Molly gostava de desafios.

— Por que não tenta?

— O que você me diz do sobrenatural?

— Encaro numa boa — respondeu Molly, fria. — Sempre gostei de assistir a *Charmed*, *Buffy*, esse tipo de coisa.

— Não é exatamente a mesma coisa — comentou Gabriel, suspirando de leve.

— Certo. Mas escute uma coisa: semana passada, meu horóscopo na *Cosmopolitan* disse que eu encontraria um desconhecido encantador num ônibus e que esse cara pediria o meu telefone. Desde então, resolvi acreditar em tudo.

— Parece que você realmente enxergou a luz, Molly — comentou Xavier, agitado.

— Você sabia que os sagitarianos têm problemas com o sarcasmo? — perguntou Molly.

— Isso explicaria tudo, mas sou leonino.

— Claro, e todo mundo sabe que os leoninos são um bando de idiotas!

— Meu Deus, conversar com você é como discutir com uma pedra.

— Uma pedra é *você*!

Cansado das respostas de Molly, Xavier se afastou dela, sentando--se no sofá mais distante. Lentamente, Ivy balançava a cabeça, como se não acreditasse que estivessem perdendo tanto tempo com aqueles assuntos triviais. Eu não sabia o que pensar... Gabriel de fato contaria a verdade a Molly? Era improvável que meu irmão, tão resistente na hora de incluir Xavier na nossa família, aceitasse mais um membro. Devia estar desesperado.

Gabriel olhou para Xavier, como se avisasse que provocar Molly não resolveria a situação.

— Molly, vamos conversar na cozinha.

Ao passar por Xavier, ela lhe lançou um olhar de triunfo na sua direção. Mas foi muito educada com meu irmão.

— Como quiser.

Mas algo aconteceu, abalando a decisão de Gabriel. A sala começou a tremer. O chão se movia, a luz tremulava. Mesmo em espírito, senti uma enorme pressão atingindo a sala.

Ivy e Gabriel se aproximaram. Não estavam assustados, mas não entendiam o que acontecia. Xavier se levantou do sofá, passando os olhos pela sala, buscando a fonte do perigo. Ele queria lutar, todos os músculos do seu corpo estavam preparados, e seus pés prontos para saltar. Deu uma olhada nos vidros das janelas, depois examinou o ponto onde Molly estava parada, de pé, no centro de uma rachadura. Xavier correu na direção dela, calculando os riscos. Seu instinto protetor fez com que agarrasse Molly, atirando-a ao chão, o corpo dele servindo de escudo. Pouco depois, as janelas explodiram, lançando cacos de vidro nas suas costas. Molly gritou, mas os meus irmãos não se aproximaram deles. Ficaram parados feito pedras, enquanto atraíam os estilhaços de vidro, que caíam como chuva sobre eles, mas sem feri-los. Pareciam tão indestrutíveis que imaginei que nem um incêndio ou uma chuva de enxofre fariam com que se movessem. Seja lá o que estivesse por vir, não demonstravam medo.

— Protejam os olhos! — gritou Gabriel para Molly e Xavier, que continuavam estirados no chão.

Primeiro surgiram raios e trovões. Depois uma luz branca tomou conta do ambiente, envolvendo os ocupantes. Era como se a sala tivesse se transformado numa fornalha quente e branca, mas, na verdade, a temperatura caíra pelo menos uns dez graus. Senti frio, mesmo não estando ali em carne e osso. Procurei um lugar para me esconder e me postei atrás do sofá. Um zumbido alto tomou conta do cômodo, como se fosse um canal de televisão fora do ar, porém tão intenso que invadia todos os cantos da nossa mente. Quando o anjo enfim apareceu, ele ficou de pé no centro da sala, com a cabeça baixa e as asas completamente abertas, ocupando todo o espaço disponível, de parede a parede. Suas asas lançavam uma sombra que atingia toda a sala. Uma luz irradiava de sua pele, emanando do seu corpo, escorrendo pelo chão, como um rio, onde se dissolvia. Quando ele ergueu a cabeça, vi que seu rosto era lindo, um rosto de querubim, infantil. No entanto, era possível notar algo mais perigoso, impositivo. Em sua forma verdadeira, os anjos são bem mais altos que os mais altos dos humanos, e o corpo grande e poderoso daquele anjo ficava evidente sob o manto metálico que vestia. Não parecia humano, era impossível não ficar boquiaberto. Era como se, num piscar de olhos, ele pudesse transformar tudo o que havia naquela sala em pó.

A beleza infantil contrastava com a força do seu corpo, que parecia esculpido em mármore. Os olhos brilhavam, e o rosto não demonstrava nenhuma expressão, embora parecesse estar sonhando acordado, e não frente a uma plateia embasbacada. Ele moveu a cabeça, mas parecia rígido, pois não estava acostumado à atmosfera. Seus olhos apavorantes observaram a sala, fixando-se em algo que os demais não podiam ver.

Ele me encarava, diretamente. Não precisei olhar duas vezes para saber de quem se tratava. Eu o reconheci de imediato: era o arcanjo Miguel.

15

VOCÊ CONSEGUE GUARDAR UM SEGREDO?

Demorou, mas a terrível luz amainou.

— Estamos em segurança agora — disse Gabriel.

Logo Xavier se levantou, mas, ao ver o arcanjo, deu alguns passos para trás, pressionando o corpo contra a parede. Era como se precisasse de apoio. Mas logo endireitou o corpo, confrontando a figura à sua frente, sem desviar o olhar.

A beleza angelical costuma ser forte demais para os humanos, mas Xavier tinha certa experiência no assunto. Percebi que ele parecia estar tentando controlar a respiração, como se os pulmões não pudessem, ou não quisessem, funcionar perfeitamente. Diante de tal majestade, respirar parecia uma atividade supérflua. Molly, porém, teve uma reação um pouco mais dramática. Seus olhos ficaram arregalados, parecendo estar prestes a pular das órbitas, e suas mãos estavam coladas ao corpo. Ela deixou escapar um murmúrio estranho e caiu de joelhos, com o torso inclinado na direção de Miguel, como se estivesse sendo puxada por uma corrente invisível. Ficou algum tempo olhando para o anjo, mas, pouco depois, os olhos dela rolaram no interior das órbitas, e ela caiu no chão, desmaiada. Miguel curvou a cabeça e a observou, calmamente.

— Humanos — disse ele, por fim, numa voz que parecia reunir centenas de coros de igreja cantando em uníssono. — Sempre com a tendência a reações exageradas.

— Meu irmão — disse Gabriel, dando um passo à frente. No entanto, mesmo em sua forma humana perfeita, ele parecia insignificante ao lado de Miguel. — Que bom que você chegou!

— Surgiu uma situação estranha por aqui — respondeu Miguel. — Um dos nossos foi capturado. E tal transgressão deve ser registrada.

— Estávamos analisando todas as possibilidades. Mas, como você sabe, os portões do Inferno são muito bem-guardados — disse

Gabriel. — A Aliança já chegou a alguma conclusão sobre como entrar lá?

— Não podemos dar essa informação. Os únicos que conhecem a resposta são os demônios que rastejam sob nós.

Ao ouvir isso, a raiva de Xavier parecia ainda maior. Ele deu um passo à frente.

— Organizem um exército. Vocês são fortes o suficiente para fazer isso. Vamos entrar e resgatá-la. Não pode ser tão difícil.

— O que você propõe com certeza está dentro das nossas possibilidades — respondeu o anjo.

— Então o que estão esperando?

Os olhos de Miguel repousaram sobre o rosto de Xavier. Encará-lo era assustador. Aquele anjo parecia construído de várias partes diferentes, não conectadas, mas que ainda assim funcionavam como um todo. Os olhos, por exemplo, pareciam vazios, completamente livres de emoção. Não gostei da forma como ele olhou para Xavier, como se fosse um animal, e não um ser humano.

— Os humanos parecem não temer o Apocalipse — comentou.

— Não o culpe — interveio Gabriel, rapidamente. — Ele não conhece as consequências de uma emboscada e tem laços emocionais com Bethany.

Miguel voltou a encarar Xavier.

— Ouvi falar nisso... As emoções humanas são uma força irracional.

Xavier fez cara feia, e eu sabia que ele estava ressentido ao ouvir falarem dele como se fosse uma criança, alguém incapaz de enxergar as coisas de forma lógica.

— Não sabia que isso resultaria no Apocalipse — disse ele, secamente. — Seria um terrível efeito colateral.

Miguel ergueu uma de suas delicadas e brilhantes sobrancelhas ao ouvir o tom de voz dele. Ivy, que não dissera nada até então, aproximou-se de Xavier, como se quisesse apoiá-lo.

— Quais foram as instruções da Aliança? — perguntou ela.

— Localizamos uma fonte que poderia ser útil — respondeu, num tom distante. — O nome dela é irmã Mary Clare. Vocês a encontrarão na abadia de Maria Imaculada, no condado de Farihope, no Tennessee.

— E como ela poderá nos ajudar? — perguntou Xavier.

— É tudo o que podemos dizer neste momento... e desejamos sorte — respondeu Miguel, olhando para Xavier. — Aliás, se vocês querem um conselho, seria interessante ser um pouco moderado, caso queiram ser líderes entre os homens.

— Tenho outra pergunta — disse Xavier, ignorando os olhares de censura de Ivy e Gabriel.

— Diga — respondeu Miguel.

— Você acha que Beth está bem?

Miguel encarava Gabriel com uma expressão estranha. Poucos homens seriam capazes de dirigir-se diretamente a um arcanjo, muito menos fazer perguntas.

— Para o demônio, não foi nada fácil levá-la até lá. E ele nunca faria isso caso não zelasse pela vida de Bethany.

Miguel cruzou os braços sobre o peito, inclinou a cabeça e, lançando uma luz fortíssima e um estrondo, como um trovão, desapareceu. Imaginei que deixaria algo destruído pelo caminho, mas, quando a luz foi se apagando, notei que a sala fora restaurada ao seu aspecto original, exceto por um chamuscado no chão, bem no local onde o arcanjo pisara. Com Miguel longe dali, todos pareciam aliviados e respiravam mais calmos. Embora Miguel estivesse no nosso time, sua impressionante aparência impossibilitava a calma. Gabriel se aproximou da mesa de centro para erguer o corpo de Molly do chão, tomando-o nos braços, e o deixou sobre um sofá, com delicadeza. Ivy foi buscar um pedaço de pano úmido para pôr sobre a testa da menina. Molly estava com a boca aberta, por causa do choque, mas sua respiração voltava ao normal. Gabriel pousou dois dedos em seu pulso, para verificar a pressão arterial. Convencido de que sobreviveria, ele se afastou e passou os dedos entre os próprios cabelos, pensando no conselho de Miguel.

— Uma freira? — perguntou Xavier, em tom calmo. — Como ela poderia nos ajudar? O que ela poderia nos dizer que a Aliança não pode?

— Se Miguel pediu para a procurarmos, deve haver uma razão — respondeu Gabriel. — Os humanos são muito mais conectados com o mundo subterrâneo do que nós. Os demônios vivem tentando seduzir as pessoas que moram na Terra, especialmente aquelas cuja fé está abalada. Isso é um hobby para eles. É possível que essa tal freira tenha se encontrado com forças obscuras. Devemos procurá-la e descobrir o que ela sabe.

Ivy parecia decidida.

— Isso significa que temos que ir ao Tennessee.

Nesse momento, eu estava ficando com sono. Muita coisa ocorrera, e grande parte dos acontecimentos tinha sido bem estressante. Passar tanto tempo longe da minha dimensão física estava provocando efeitos estranhos. Queria sentir o meu corpo outra vez, voltar à carne, curvar-me sobre os lençóis, mas, ao mesmo tempo, queria esperar até Molly despertar. Queria saber como ela reagiria ao que acabara de testemunhar. Ivy e Gabriel seriam obrigados a contar-lhe toda a verdade? Ela se lembraria da visita daquele glorioso desconhecido ou os meus irmãos teriam que inventar uma história, dizendo que ela havia caído e batido com a cabeça?

Ivy e Gabriel desapareceram na casa, reunindo algumas poucas coisas que levariam na viagem. E Xavier, que ficara tomando conta de Molly, sentou-se diante dela, num daqueles sofás, perdido nos próprios pensamentos, e às vezes dando uma olhada para ver como ela estava. Notei que ele suspirou e se levantou para jogar uma manta ao redor dos ombros de Molly. Sua eterna atenção e cuidado, mesmo após a recente discussão, era tocante, e senti ainda mais falta dele ao ver tudo aquilo. Xavier não guardava ressentimentos. Proteger os mais vulneráveis era algo inerente ao meu namorado e uma das características da sua personalidade que eu mais admirava.

Molly murmurou e pousou uma das mãos na cabeça. Enquanto ela acordava, Xavier a observava, atento. Ele se levantou, mantendo distância, sem querer alarmá-la. Molly abriu os olhos e esfregou-os.

— O que foi... — murmurou ela, em tom baixo, forçando o corpo a despertar e piscando os olhos. O rosto ficou sem cor quando viu a marca deixada por Miguel no chão. Quase senti o momento em que foi tomada pela lembrança. O choque estampou-se no seu rosto, e seu queixo caiu novamente.

— Como você está? — perguntou Xavier.

— Estou bem, eu acho. O que aconteceu?

— Você desmaiou — respondeu, dizendo a verdade. — Deve ter sido por causa do estresse. Sinto muito pelo que aconteceu antes, não quero discutir com você.

Molly ficou olhando para ele.

— Você precisa me contar o que aconteceu — pediu ela. — Mesmo de olhos fechados, pude ver a luz...

Os olhos de Xavier não traíram o menor sinal de emoção. Ele observava Molly friamente.

— Acho que você devia procurar um médico. Deve ter batido com a cabeça.

Molly endireitou o corpo e olhou para ele.

— Não me faça de boba. Sei o que vi.

— Sério? — perguntou Xavier, mantendo o tom calmo. — E o que foi?

— Um homem — respondeu ela, procurando as palavras, e finalmente dizendo: — Pelo menos acho que era um homem. Era grande, muito brilhante. Estava banhado em luz e a voz dele soava como centenas de vozes, e ele tinha asas... asas enormes, como uma águia.

Com o olhar que Xavier lançara a Molly, até a mais convencida das testemunhas duvidaria. Ele trincou os dentes, ergueu ligeiramente as sobrancelhas e afastou um pouco o corpo, como se Molly estivesse mesmo louca. Era um ótimo ator, sem dúvida, mas ela não engoliria fácil.

— Não me olhe assim! — gritou ela. — Você também viu. Sei que viu.

— Não sei do que você está falando — respondeu Xavier, de imediato.

— Tinha um anjo de pé bem ali — disse Molly, apontando para o local onde Miguel esteve parado. — Eu vi! E pare de dizer que estou ficando louca.

Xavier desistiu. Ele estava de pé, os braços cruzados sobre o peito e no rosto uma expressão de descrença. De repente, ficou exasperado.

— Gabriel — gritou. — Por que não vem aqui?

Pouco depois, meu irmão surgiu na porta.

— Molly, bem-vinda de volta. Como você está?

— Por que você não conta o que viu a Gabriel? — perguntou Xavier.

Molly duvidou por alguns instantes. Não ligava para o que Xavier pensaria dela, mas a opinião de Gabriel era importante, e não queria arriscar. No entanto, a hesitação foi momentânea e desapareceu tão rápido quanto surgiu.

— Eu vi um anjo — disse, convicta. — Não sei por que veio nem o que disse, mas sei que estava aqui.

Gabriel ficou em silêncio. Não desafiou Molly nem desmentiu a sua história. Tudo o que fez foi observá-la, erguendo a sobrancelha de leve. Embora não fosse fácil dizer o que o meu irmão pensava só olhando para o rosto sempre controlado dele, eu sabia que Gabriel tentava descobrir uma maneira de amenizar os riscos. A descoberta de Molly poderia gerar um desastre para a minha família, que já tinha conseguido carta branca para contar o segredo a um humano, pois, na época, não havia alternativa. Afinal de contas, eu revelaria o meu segredo a Xavier mesmo sem o consentimento deles. Porém, numa cidade pequena, o fato de duas pessoas conhecerem a verdade poderia gerar muitos problemas. Mas o que fazer? Molly havia visto Miguel com os próprios olhos.

Eu gostaria de estar lá naquele momento, para confortar o meu irmão, que lutava com todas as suas forças. Por isso, abracei Gabriel, mesmo em espírito, tentando transmitir apoio. Queria que ele soubesse que eu estaria ao seu lado, idependente da decisão que tomasse. A culpa não era dele, mas Gabriel assumiria a responsabilidade. Miguel aparecera sem nenhum aviso, e não houve tempo para afastar Molly. Quando os arcanjos estão envolvidos numa missão, eles não se preocupam com a fragilidade dos humanos. Servem a Deus cegamente, levando a Sua palavra e a Sua vontade aos que estão na Terra. Muitos milênios antes, quando a esposa de Lot desobedeceu seu comando, foi logo reduzida a um pilar de sal. A verdade é que os arcanjos agem com total determinação, sem parar para pensar no que se interpõe em seu caminho. E Molly não foi uma ameaça para Miguel, que a encarou diretamente, e caberia a Gabriel lidar com o problema.

Fiquei pensando se, assim como eu, meu irmão estaria mudado. Viver entre humanos complica a manutenção da neutralidade divina. Sim, Gabriel continuava sendo leal ao Reino, mas tivera provas do comprometimento de Xavier e conhecia o nível da sua lealdade. Eu sabia que ele nunca trairia os Sete Sagrados, os arcanjos, mas já não era o mesmo Gabriel da época em que chegamos a Venus Cove. Antes, era um representante do Senhor e observava o mundo na perspectiva de quem vem de fora. No entanto, com o passar do tempo, começou a entender as engrenagens da Terra.

Gabriel caminhava pela sala e, antes que eu pudesse notar, seguia na minha direção. Ele parou ab-ruptamente e percebi, pelo brilho nos seus olhos, que sentia uma vibração no ar. Queria que ele contasse aos demais que sentia a minha presença, mas conhecia o meu irmão, sabia como a sua mente funcionava. De que serviria contar a Xavier e a Molly que eu estava ali? Eles não poderiam me ver, tocar ou falar comigo. Isso só complicaria a situação. O rosto de Gabriel voltou ao normal e ele seguiu para onde Molly estava sentada, pousando um dos braços no sofá, bem ao lado dela. Molly, instintivamente, aproximou-se dele, mas Gabriel não a tocou.

— Tem certeza de que poderá aguentar a verdade? — perguntou. — Por favor, quero que saiba que isso pode afetar a sua vida para sempre.

Molly fez que sim, encarando-o fixamente.

— Certo... O que você viu foi um anjo. Na verdade, era o arcanjo Miguel. Ele veio oferecer ajuda. Você não deve ter medo dele.

— Então foi real? — perguntou ela, num murmúrio, hipnotizada pela ideia. — Os anjos são reais?

— Tão reais quanto você.

Molly franziu a testa, refletindo sobre a informação incrível que Gabriel acabara de lhe dar.

— Por que sou a única achando tudo o que acontece por aqui estranho?

Gabriel respirou fundo. Notei a hesitação em seus olhos, mas era tarde para voltar atrás.

— Miguel é meu irmão — disse ele, em tom calmo. — Somos um mesmo ser.

— Mas vocês... — disse Molly. — Vocês não... Será?... Não estou entendendo nada.

A verdade é que Molly estava frustrada com a própria confusão.

— Molly, você se lembra de quando era pequena e seus pais contaram a você a história do Natal?

— Claro. Todo mundo se lembra disso, certo?

— Lembra-se da história da Anunciação? Poderia me contar?

— Eu... eu acho que sim — murmurou ela. — Um anjo apareceu para a Virgem Maria, em Nazaré, com uma novidade: ela teria um filho, o nome dele seria Jesus, e ele seria o Filho de Deus.

— Ótimo — disse Gabriel, assentindo e se aproximando dela. — E você se lembra do nome desse anjo, Molly?

— O nome dele? — perguntou ela, confusa. — Ele não tinha nome. Ah, espera, tinha sim... Era... era... o anjo... — Ela respirou fundo, parecia prestes a desmaiar outra vez. — O Anjo Gabriel.

— Que sou eu — disse ele.

— Não se preocupe, demorei muito para processar tudo isso — disse Xavier. Mas Molly não o escutava, apenas olhava para Gabriel, sem palavras. — Gabriel, Ivy e Beth são anjos — explicou Xavier. — Existe um mundo além do nosso, algo que grande parte dos humanos não percebe.

— Preciso ter certeza de que você entendeu — disse Gabriel. — Se for uma carga muito pesada, posso pedir a Ivy que apague as suas memórias. Mas, se quiser fazer parte disso, deverá manter a cabeça equilibrada. E nós não somos as únicas criaturas sobrenaturais. Existem outros seres muito mais obscuros do que você imagina, e eles sequestraram Beth. Se quisermos trazê-la de volta, devemos permanecer unidos.

— Está tudo bem, Molly — disse Xavier, notando o medo estampado no rosto daquela menina. — Gabriel e Ivy não vão permitir que nada de mal aconteça a você. Além do mais, os demônios não estão interessados na gente.

Isso atraiu a atenção de Molly.

— Demônios? O que você está querendo dizer? — perguntou ela, levantando-se do sofá. — Ninguém falou em demônios por aqui!

Gabriel olhou para Xavier e balançou a cabeça.

— Isso não está dando certo. Acho melhor chamar a Ivy.

— Não, esperem — disse Molly. — Desculpem, mas preciso de um minuto. Quero ajudá-los. Mas quem você disse que sequestrou a Beth?

— Ela foi abduzida no Dia das Bruxas por um demônio que já esteve aqui antes — respondeu Gabriel. — Achamos que ele reapareceu na sessão espírita que vocês fizeram. Talvez você se lembre... era Jake Thorn, que frequentou a Bryce Hamilton por um tempo no ano passado.

— O australiano? — perguntou Molly, coçando a cabeça, tentando se lembrar de coisas que Ivy arrancara de sua memória, como se fossem arquivos de computador.

— Britânico — corrigiu Xavier.

— Acredite em mim, você não gostaria nada de tê-lo na sua frente... — comentou Gabriel.

— Meu Deus — murmurou Molly. — Beth tinha razão sobre a sessão espírita. Por que não a escutamos? A culpa foi toda minha.

— Não há motivo para que você se culpe neste momento — disse Gabriel. — Não vai ajudar em nada. Precisamos estar concentrados, focados.

— Certo, mas o que devemos fazer? — perguntou Molly.

— Viajaremos para o Tennessee em poucas horas. Você deve ficar por aqui, sem contar nada a ninguém.

— Espere — disse Molly, outra vez se levantando do sofá. — Vocês vão viajar sem mim?

— Vamos — respondeu Xavier, e notei que ele voltava a estampar animosidade nos olhos.

— Será mais seguro que você fique por aqui — enfatizou Gabriel.

— Não — insistiu Molly. — Vocês não podem soltar uma bomba dessas e depois me deixar para trás.

— Não podemos esperar — retrucou Gabriel. — Você teria que conversar com seus pais, avisar na escola...

— E quem liga para a escola? Sempre mato aula, sabiam? — perguntou Molly, tirando o celular do bolso da calça. — Vou dizer à minha mãe que passarei uns dias na casa de Tara.

Antes que pudessem detê-la, Molly discava os números e entrava na cozinha. Escutei enquanto ela contava à mãe uma história familiar sobre Tara ter brigado com o namorado, estar triste e precisando do apoio das amigas.

— É uma péssima ideia — disse Xavier. — Estamos falando de Molly.... Ela é a maior fofoqueira da cidade. Como conseguirá guardar segredo?

Mas eu confiava cegamente no meu irmão. Mesmo preocupada ao ver Molly envolvida na história, sabia que ela poderia ser útil na hora certa.

Ivy não parecia compartilhar a minha opinião, e, pela primeira vez, testemunhei um verdadeiro racha entre ela e Gabriel. Uma porta bateu em algum ponto do corredor, e ela apareceu na sala, de repente, com uma expressão terrível no rosto. Deixou cair no chão as duas bolsas de lona que preparara. Seus olhos azuis passearam pela cozinha, depois pousaram em Gabriel. O estresse da situação parecia ter revelado um novo lado de Ivy. Minha gentil e paciente irmã fora substituída por um soldado do Reino, um serafim preparado para a batalha. Sabia que os serafins raramente ficam zangados e que é preciso muito para despertar a ira deles. E o comportamento de Ivy talvez revelasse que o meu sequestro era mais sério do que eu imaginava.

— Essa é uma quebra de regras importante — disse Ivy, soturna, olhando para Gabriel. — Não podemos abrir espaço para novos problemas.

— Que regras? — perguntou Xavier. — Não vejo nenhuma regra por aqui...

— Os demônios nunca nos tiveram como alvo — respondeu ela. — Eles corriam atrás dos humanos, não espiavam o Céu. Mas dessa vez levaram um dos nossos, sabendo que poderíamos retaliar. Talvez estejam buscando exatamente isso: uma guerra. — E olhou para Molly. — Não será seguro para ela.

— Como já disse — respondeu Gabriel —, acho que não temos escolha.

— O fato de Molly e Bethany serem amigas de colégio não significa que podemos abandonar os procedimentos normais.

— Nada é normal nesta situação — disse Gabriel. — A Aliança não está preocupada se mais um ser humano poderia ou não descobrir a nossa identidade. Se estivessem, Miguel teria tido mais cuidado ao aparecer. Aliás, talvez você tenha razão ao dizer que algo maior está acontecendo aqui.

Ivy permaneceu cética.

— Se tenho razão, pense no que estamos fazendo. Ela será mais um peso.

— Ela é muito insistente. Não sou capaz de argumentar.

— Ela é uma adolescente e você um arcanjo — respondeu Ivy, ácida. — Imagino que tenha lidado com coisas bem piores no seu tempo.

Gabriel simplesmente deu de ombros.

— Precisamos de todos os aliados possíveis.

— Tudo bem, mas não assumo nenhuma responsabilidade por ela. Molly é problema seu.

— Por que perder tempo discutindo com Molly? — perguntou Xavier, de repente. — Não temos coisas mais importantes a fazer? Como colocar o pé na estrada e procurar essa freira?

— Xavier tem razão — disse Gabriel. — É hora de deixar nossas diferenças de lado e lidar com o presente. Só espero que não seja tarde demais.

Ao terminar de dizer isso, Gabriel pareceu arrependido. Uma expressão de dor tomou conta do seu rosto e também do rosto de Xavier.

— Você soa como quem já desistiu.

— Não disse isso — retrucou Gabriel. — Mas é uma situação singular. Não sabemos com o que estamos lidando. Os únicos anjos que já estiveram no Inferno foram até lá por livre e espontânea vontade, virando as costas ao Nosso Pai, escolhendo seguir o caminho de Lúcifer.

— O que você está dizendo? — quis saber Xavier. — Você acha que Beth fez isso de propósito? Ela não escolheu esse caminho, Gabriel! Você esqueceu que testemunhei tudo?

Naquele momento quis dar um chute no meu irmão. Ele acreditava mesmo que eu escolhera um caminho de escuridão?

Ivy atravessou a sala rapidamente e pousou uma das mãos nas costas de Gabriel.

— O que estamos tentando dizer é que Jake não deveria ter conseguido levar um anjo para o Inferno. E, se Bethany não foi por vontade própria, devemos estar prestes a alcançar o Armagedom.

16

UM SÓ CORAÇÃO

Estava ficando difícil aguentar. Minha forma espiritual parecia se desintegrar, ansiosa para voltar ao meu corpo. Mas as palavras de Ivy me faziam titubear. Seria a minha captura um sinal real de que algo terrível estava para acontecer?

Ao contrário de Xavier, não culpei Gabriel por ter dito tudo aquilo. Ele estava apenas verbalizando o que via. Era verdade, eu aceitara o convite de Jake. Sem querer, claro, mas isso não parecia relevante. Sabia que Gabriel esperava que tudo terminasse bem, mas também era parte do seu trabalho considerar todas as possibilidades. Só achava que pudesse ser mais compreensível, pelo bem de Xavier. Mas meu irmão nunca se afastava da verdade. Estava muito comprometido com ela. Xavier não entendia isso, e notei que se frustrava, pois estava acostumado a sempre ouvir uma resposta das bocas de Ivy e Gabriel, não importando qual fosse a questão. Mas daquela vez tudo era diferente, e a indecisão dos meus irmãos o assustou.

Xavier estava ficando inquieto. Sentou-se e logo voltou a se levantar. Seu corpo estava tenso, e a energia que estava contida era palpável.

— Eu a vi — disse, após uma longa pausa, falando com calma intensidade. — Vocês não estavam lá, não viram a expressão no rosto de Bethany ao perceber com quem estava. Ficou horrorizada ao ver o que acontecia. Eu queria ajudar, mas era tarde demais. Tentei salvá-la...

E a voz de Xavier falhou, embora ele continuasse agitando as mãos.

— Claro que sim — respondeu Ivy, sempre mais atenta que Gabriel ao que dizia Xavier. — Nós conhecemos Bethany. Confiamos nela. Sabemos que Jake empregou suas mais perversas táticas. Mas isso não importa agora. Jake ganhou... Ela está ao seu lado. A situação é delicada e a verdade é que não há maneira fácil de trazê-la de volta.

Gabriel estava menos inclinado a adoçar os fatos.

— Se existe uma maneira de entrar na dimensão conhecida como Inferno, não conheço. Nenhum anjo voltou desse lugar desde que Lúcifer foi preso por lá.

— Mas você comentou que deveríamos procurar um portal — disse Xavier, falando com dificuldade, tentando controlar suas emoções.

Vê-lo daquela maneira fez os meus olhos arderem. Queria abraçá-lo, murmurar que estava viva e que nem debaixo da Terra me esqueceria dele.

— Sim, eu disse isso — respondeu Gabriel. — No entanto, é mais fácil falar do que fazer.

O olhar de Gabriel era distante, e percebi que ele já não estava presente. Estava preso em seu próprio mundo de contemplação. Mesmo ouvindo-o expressar todas as suas dúvidas, eu confiava no meu irmão. Se havia uma maneira de me resgatar, ele a encontraria.

— Não entendo. Se Jake quebrou as regras, por que nós não podemos quebrar também? — insistiu Xavier.

— Se Jake enganou Bethany, levando-a consigo, nenhuma regra foi quebrada — respondeu Ivy. — Os demônios levam séculos manipulando almas e carregando-as ao Inferno.

— Por isso temos que jogar sujo — disse Xavier.

— Exatamente — respondeu Ivy, pousando uma das mãos no seu ombro. — Mas por que você não para de se preocupar um pouco? Talvez essa viagem ao Tennessee nos dê alguma luz. O que aconteceu com Bethany, uma criatura do Senhor sendo levada ao Inferno, é algo inédito. Não temos nenhuma regra escrita sobre o assunto. Está entendendo o que quero dizer?

— Acho que poderia ser um sinal — disse Gabriel, voltando à realidade.

— Que tipo de sinal? — perguntou Xavier.

— Os poderes de Lúcifer podem estar aumentando. Isso poderia ser o indício de uma força crescente, manifestada por meio de Jake. Temos que pensar com calma. Se nos apressarmos, as coisas podem piorar. Foi por isso que Miguel pediu que procurássemos essa fonte.

— Vejam bem. Ficar sentado tomando chá não vai resolver o problema de Beth. Vocês dois podem pensar no que quiserem, mas vou fazer o que for preciso para trazê-la de volta. Se não quiserem vir comigo, posso resolver sozinho.

Xavier se levantou, e fiquei em pânico, imaginando que ele poderia fazer algo sem sentido. Mas Gabriel se moveu rapidamente, bloqueando o caminho.

— Você não vai resolver nada sozinho — advertiu Gabriel, num tom assustador. — Está entendido? Controle a testosterona por um momento e escute. Sei que você quer trazer Beth de volta, todos nós queremos, mas agir como um super-herói de história em quadrinhos não vai ajudar em nada.

— E ficar sentado como se não pudéssemos fazer nada também não. Certa vez, Beth me disse que "Gabriel" significa "Guerreiro de Deus". Por que não honra o seu nome?

— Cuidado com o que diz — avisou Gabriel, com olhos fumegantes.

— Caso contrário...? — provocou Xavier, nervoso.

A qualquer momento, ele poderia fazer algo de que se arrependeria. Queria poder me aproximar de Xavier para dizer-lhe que Gabriel tinha razão. Por mais que eu adorasse sua lealdade e determinação, a verdade era que aquela situação não poderia ser resolvida apenas com bravura. Bem no fundo, sabia que Gabriel estava arquitetando um plano. Ou pelo menos era o que eu esperava. Tudo o que Xavier tinha que fazer era dar-lhe um pouco de tempo para pensar. Gabriel continuava bloqueando a passagem de Xavier, e seus olhos se encontraram, tensos. Foi Xavier quem deu o braço a torcer primeiro.

— Preciso sair daqui e refrescar a minha cabeça — disse, passando por Gabriel.

— Tudo bem — concordou Ivy. — Vamos esperar por você.

Eu o segui, descendo os degraus que levavam à praia. Tentei enviar raios de energia tranquilizadora, esperando que ele os sentisse, e Xavier parecia um pouco mais relaxado ao chegar à praia. Ele respirou fundo algumas vezes, aliviando a tensão. Depois caminhou até o ponto em que as águas lambiam a areia, ficando de pé, com as mãos nos bolsos, olhando para o mar. Observei cada passo que ele deu, lutando para se acalmar. Caso Xavier conseguisse se concentrar um pouco, eu talvez tivesse uma chance de demonstrar-lhe a minha presença. Tudo o que ele tinha que fazer era parar de pensar no meu desaparecimento e deixar a mente tranquila.

Como se pudesse ler os meus pensamentos, Xavier tirou o suéter, deixando que caísse no chão. Depois tirou os sapatos, que deixou na areia, ficando de pé, vestindo bermuda e camiseta branca. Ele olhou para a praia deserta antes de começar a correr. Corri ao seu lado, animada por seu coração palpitante e respiração acelerada. Era o mais perto que me sentia dele desde a separação. Os movimentos de Xavier eram perfeitos, como os de um verdadeiro atleta. Ele sempre gostou de esportes, e soube que conseguiria aliviar a tensão ao correr. De repente, a sua mente começou a focar em outra coisa, esquecendo-se de mim. O exercício ajudava. A expressão em seu rosto era mais leve e seu corpo se movia num ritmo próprio. Observei seus músculos bem-definidos e seus ombros largos. Quase podia sentir os movimentos ágeis e seu peso sobre a areia. Não poderia dizer toda a extensão que ele percorreu, mas a Byron era apenas um ponto distante no horizonte, Xavier parou. Ele curvou o corpo, abraçando as coxas com os braços. O sol se punha, tingindo o oceano de vermelho. O peito de Xavier arfava. Ele tentava respirar com mais calma. Eu sabia que ele não estava pensando em nada naquele momento — talvez fosse a primeira vez em semanas que sua mente estava livre. Não havia tempo a perder. Tinha que agarrar aquela oportunidade. Não estávamos longe do local onde eu lhe revelara minha real identidade, abrindo as asas e saltando do penhasco. Naquele momento, compliquei sua vida para sempre. Atei a sua existência à minha, enchendo-o de problemas contra os quais ele nunca teria que lutar.

Estudei o rosto de Xavier, muito perto do meu. Podia ver sua expressão ficando mais tensa enquanto seu corpo se tranquilizava. O exercício físico abrira a possibilidade de um descanso mental para ele. Mas logo voltaria a agonia. Não podia esperar. Afastei-me um pouco. Fechei os olhos com força e me concentrei, canalizando a minha energia, tentando conjurar a minha forma física. Imaginei que a minha energia seria uma bola de fogo. Uma bola que contivesse todo o meu amor, todos os meus pensamentos, todo o meu ser. E corri. Corri em direção a Xavier, que estava olhando para o mar, com os pés semienterrados na areia. Quando o alcancei, foi como se uma onda de energia o atingisse com força cósmica, como se o seu corpo ganhasse forma líquida e eu o pudesse atravessar. Por um milésimo de segundo, senti que as nossas essências se fundiam. Éramos um único coração, um único corpo. Mas aquele momento passou. Xavier parecia assustado ao tentar entender o que havia acontecido e instintivamente levou uma das mãos ao coração. Quase conseguia ler os pensamentos dele estampados no rosto e esperava que ele tivesse entendido bem o recado, e não imaginado tratar-se de um infarto. Ele demorou alguns minutos para processar o ocorrido, mas sua expressão finalmente se transformou: de confusão, passou a estampar a mais pura felicidade. Quando entendi que ele procurava por mim, senti que agira corretamente. Estava orgulhosa de mim mesma por ter conseguido acertar na primeira tentativa! Eram passos pequenos, mas eu conseguira — tinha feito contato.

Xavier olhou para a frente, para onde eu estava, fisicamente invisível, mas espiritualmente mais presente do que nunca. Seus olhos azul-turquesa pareciam encontrar os meus, e um sorriso começou a se formar nos cantos de sua boca.

— Beth — murmurou —, por que você demorou tanto?

17

CÚMPLICE

As coisas mudaram para mim depois do encontro com Xavier na praia. O que havia acontecido entre nós dois era melhor do que beijá-lo, melhor do que tê-lo ao meu lado na cama. Eu me envolvi em seu coração pulsante, entrei em sua corrente sanguínea, senti os impulsos elétricos do seu cérebro. Sabia o que era uma ligação de verdade. E tinha que lutar por ela.

Até aquele momento, eu estava bem, esperando com paciência pela chegada da minha equipe de resgate. Não acreditava ter muito a fazer. Mas, como Xavier, não podia apenas esperar. Precisava tomar as rédeas da situação. Meu desejo de reencontrá-lo era forte demais. Já estava cansada de bancar a vítima. Já estava cansada de me sentir impotente. Jake me assustava, sem dúvida, mas ficar longe de Xavier para sempre me assustava ainda mais.

Por um lado, acreditava tê-lo decepcionado. Afinal, eu passava boa parte do dia na suíte da minha cobertura, comunicando-me apenas com Hanna e Tucker e fingindo estar doente para minimizar o contato com Jake, enquanto Xavier fazia tudo sozinho.

Ele pensava e planejava sem parar, deixando todo o resto de lado enquanto eu esperava, como uma donzela indefesa. Eu era forte. Era capaz de resolver os meus problemas, e era exatamente isso o que faria. Mas não conseguiria sozinha.

— Tuck, mudança de planos — informei assim que ele entrou. — Preciso de sua ajuda.

Tucker remexeu os pés, desconfortável.

— Não estou gostando do seu tom de voz...

Eu não tinha certeza absoluta de que podia confiar nele tão cedo, mas não me restou escolha.

— Quero procurar um portal.

Tucker suspirou.

— Acho que sabia que era isso o que você ia me pedir. Mas, Beth, é quase impossível encontrar um portal. Apenas alguns demônios de primeiro escalão sabem onde eles estão localizados.

— Sou um anjo, Tuck — insisti. — Pode ser que eu tenha um detector embutido ou algo que possa nos ajudar. Nunca se sabe.

— Admiro a sua autoconfiança — disse Tucker, fazendo uma pausa antes de concluir —, mas quero que saiba que já saí umas mil vezes à procura de portais e nunca encontrei nenhum.

— Talvez tenhamos sorte dessa vez. — Sorri.

— Gostaria de ajudá-la — Tucker contorceu-se. — Mas se formos pegos, não é o seu couro que eles vão arrancar.

— Então, não seremos pegos.

— Não é tão simples assim.

— É, sim — insisti. — E, se der errado, vou dizer que foi tudo ideia minha, que forcei você a me acompanhar.

Tucker suspirou.

— Acho que podemos tentar.

— Ótimo. Agora me diga onde esses demônios de primeiro escalão ficam.

— Sei que vou me ferrar caindo na sua conversa — disse Tucker. — Mas, tudo bem, vamos nessa. Só quero saber como vamos sair sem sermos vistos. O hotel inteiro está sendo vigiado, e eles estão em cima de nós como gaviões.

— Tenho uma ideia.

Deitei de bruços na cama e estiquei o braço para pegar o telefone de serviço do criado-mudo. Nunca o utilizara antes, por isso a pessoa do outro lado pareceu um pouco surpresa.

— Boa noite, senhora — disse a mulher da recepção. — Em que posso ajudá-la?

— Por favor, gostaria de ligar para o quarto do sr. Thorn — pedi com educação. — Preciso conversar com ele.

Ouvi um breve farfalhar de papéis.

— Sinto muito, mas o sr. Thorn está numa reunião — disse a mulher sem alterar o tom de voz. — E pediu para não ser incomodado.

— Diga a ele que é Bethany Church na linha, por favor — disse.

— Espere um minuto, por gentileza.

O tom da atendente mudou completamente quando ela voltou. Dessa vez, ela me tratou como se eu fosse uma celebridade.

— Peço desculpas, srta. Church — disse ela de modo adulador e ofegante. — Vou transferir a ligação agora mesmo.

O telefone tocou duas vezes, e escutei a voz ronronante e sedosa de Jake.

— Olá, querida. Já está com saudade?

— Talvez — disse com bom humor. — Mas não foi por isso que liguei. Quero pedir permissão para fazer uma coisa. — Não era só Jake que sabia jogar charme.

— Está brincando, Beth? Desde quando você me pede permissão para alguma coisa? Até onde sei, você sempre faz o que quer.

Tentei fazer uma voz meiga e suplicante.

— Percebi que o clima está ruim entre nós. Não quero deixar as coisas piores.

— Sei. — Jake parecia desconfiado. — Do que você precisa?

— Estava pensando em visitar as boates — disse da maneira mais despretensiosa que consegui. — Sabe, queria conhecer os frequentadores e o local.

— Quer ir para a balada? — Jake estava surpreso. Eu sabia que o pedido o pegaria desprevenido.

— Não é bem isso. Só acho que estou dentro deste quarto de hotel há muito tempo. Preciso fazer alguma coisa para não enlouquecer.

Jake ficou em silêncio enquanto analisava o meu pedido.

— Tudo bem. Mas não vá sozinha — disse ele por fim. — E estou fazendo algo importante agora. Posso passar aí daqui a algumas horas?

— Na verdade, Tucker se ofereceu para ir comigo.

— Tucker? — Jake riu alto. — Ele não vai ter grande serventia a você na pista de dança.

— Eu sei — respondi. — Mas ele pode ser uma companhia. — Abaixei o tom de voz, tornando-a familiar e certeira. — Só quero saber se você acha que eu... sabe como é... se estarei segura com ele. Não o conheço muito bem, não somos amigos. — Lancei um olhar penitente a Tucker. — Você acha que ele vai cuidar de mim? Que não vai me machucar?

Jake riu baixo, como uma ameaça.

— Você não corre risco algum com Tucker. Ele não vai permitir que nada lhe aconteça, porque sabe que, se alguma coisa acontecer, acabarei com ele.

— Tudo bem — disse, tentando esconder a raiva. — Se você confia nele, então também confio.

Jake pensou um pouco.

— Espero que você não esteja pensando em fazer nada idiota.

— E, se eu estivesse, pediria permissão antes? — suspirei longamente, esperando que parecesse uma expressão de decepção. — Olha, não se preocupe com isso, vou ficar aqui. Não estou mais a fim de sair, mesmo.

— Não, você deveria ir — insistiu Jake, tentando não me irritar. — Você precisa conhecer esse lugar se um dia pretende chamá-lo de lar. Vou avisar aos seguranças que você vai sair.

— Obrigada. Não vou voltar tarde.

— Acho melhor que não demore mesmo. Nunca se sabe quem se pode encontrar.

— Vou ficar bem — disse rapidamente. — Todo mundo já sabe que sou sua.

— Que bom escutar você dizer isso, finalmente.

— Não há motivos para negar.

— Fico feliz por ver que você está cedendo. Sabia que faria isso com o tempo.

A voz dele estava baixa, e ele parecia satisfeito de verdade. Assustava a maneira como ele havia construído o nosso relacionamento em sua mente — ele criava ilusões o tempo todo. Quase tinha vontade de ajudá-lo, mas sabia que já era tarde demais.

— Não vou prometer nada, Jake. — Deixei claro. — Só vou sair um pouco.

— Entendi. Divirta-se.

— Vou tentar. Ah, e a propósito, gostaria de ir a algum lugar mais *apresentável* do que o da última vez. Alguma sugestão?

— Bethany, você sempre me surpreende... vá à Maldição. Avisarei que está indo para lá.

Desliguei o telefone e lancei um sorriso de satisfação a Tucker. Não poderia estar mais satisfeita com meu desempenho nem se tivesse acabado de escalar o Everest.

— Ele caiu na história? — Tucker estava surpreso.

— Mordeu a isca direitinho.

— Tenho que admitir: você mente melhor do que pensei.

— Eu me saí bem, né? — Levantei da cama e fui direto para a porta, louca para sair daquela suíte sufocante.

— Hum... Beth... — Tucker me deteve e analisou as minhas roupas. — É melhor você não ir a uma boate vestida desse jeito.

Olhei para o meu vestido de flores e suspirei. Tucker tinha razão. Precisava vestir algo adequado. Procurei entre os outros itens do meu guarda-roupa. Não havia nada que chegasse perto do que precisava.

Estava começando a me sentir frustrada quando alguém bateu à porta. Tucker a abriu, e ali estava Asia segurando um cabide com uma roupa e um kit de maquiagem. Ela entrou no quarto, sorrindo de orelha a orelha e não procurou disfarçar o fato de estar sendo coagida. Trajava um minivestido de couro com um corpete de renda e botas vermelhas até a coxa. Sua pele tinha cor de café com leite, e ela usava uma camada de maquiagem que a tornava brilhante.

— Jake me mandou vir — informou ela com a voz rouca. — Ele achou que você precisaria de ajuda para se aprontar. Acho que estava certo. — Ela jogou a roupa em cima da cadeira mais próxima. — Isto deve ser do seu tamanho. Vista, e daremos um jeito no resto. — Ela olhou para mim como se eu fosse um caso perdido. Antes de eu conseguir dizer alguma coisa, Asia já estava me levando ao banheiro. De costas para ela, rapidamente vesti o vestido-bandagem preto e branco que ela me entregou e calcei os saltos com pedrinhas de cristal e laços na parte de trás. Franzi o cenho quando Asia enfileirou os pós compactos e as escovas gigantes em cima do balcão de mármore. Sabia que ela não perderia seu tempo comigo se Jake não tivesse dado ordens expressas.

— Oh, querida — gemeu ela. — Se quer ir às boates, precisa se vestir direito. Não pode aparecer lá como uma escoteira.

— Vamos acabar logo com isso — resmunguei.

— Por mim, tudo bem — Asia sorriu e apontou um curvex para mim como se fosse uma arma letal.

Quando saí do banheiro, estava irreconhecível. Todas as ondas e cachos naturais dos meus cabelos tinham sido alisados, minha boca ostentava um batom cor de cereja e as pálpebras estavam cobertas por sombra azul-cintilante. O pó cor de bronze cobria a minha face, dando à pele naturalmente pálida uma aparência bronzeada. Nas orelhas, usava brincos em formato de leques gigantes, e os cílios postiços que Asia havia colado sobre os meus faziam cócegas quando eu fechava os olhos. Ela até mesmo maquiou as minhas pernas com um bronzeador instantâneo, e fiquei com o cheiro de um coco gigante.

Minha transformação deixou Tucker sem fala.

— Beth, é você aí embaixo? — perguntou ele. — Você está... hum... muito...

— Pare de babar, caipira — repreendeu Asia. — Vamos.

— Você vai? — perguntou ele.

— Claro. Por que não? Algum problema para você? — Os olhos de Asia se estreitaram com suspeita.

— Problema algum — disse Tucker. Ele olhou para mim como se quisesse dizer que aquela só podia ser ideia de Jake para se garantir.

Quando nós três saímos da suíte da cobertura e descemos ao lobby, todos pararam para nos observar.

Minha roupa nova podia não ser adequada para um anjo, mas fez com que me sentisse mais bem-preparada para lidar com os perigos que podiam estar me esperando nos túneis escuros de Hades. Estava ansiosa para chegar logo e começar a busca por portais obscuros. Conhecia os riscos, mas não estava com medo. Parecia que ficara no escuro, literal e metaforicamente, durante semanas.

Ignorei os sorrisos de aprovação dos funcionários do hotel quando saímos pela porta giratória. Estava aprendendo com rapidez que bons modos e simpatia não eram o caminho a seguir se quisesse ganhar respeito em Hades. Do lado de fora, um porteiro uniformizado tirou o chapéu e fez sinal para uma limusine preta e comprida que chegou silenciosamente para nos pegar.

— O sr. Thorn mandou que um carro viesse buscar vocês — anunciou o porteiro.

— Muito delicado da parte dele — comentei, com má vontade, ao me acomodar no banco de trás com Tucker. Mesmo quando não estava presente, Jake gostava de manter o controle da situação.

Asia sentou-se na frente. Aparentemente, ela e o motorista se conheciam e conversaram brevemente sobre conhecidos em comum.

Por trás da separação de vidro fumê, Tucker e eu escutamos partes abafadas da conversa.

— Fique por perto na Maldição — aconselhou Tucker. — Soube que os frequentadores do local são bem interessantes. — Não pedi a ele que definisse interessante. Descobriria sozinha.

O bairro das boates de Hades era bem diferente de onde o hotel Ambrosia estava localizado. O hotel parecia estar numa área mais distante, e o bairro das boates era um labirinto de túneis com portas de metal em paredes de concreto. Os leões de chácara pareciam clones uns dos outros, com o corte de cabelo estilo militar e rostos sem expressão. A maneira como a música se espalhava com seu ritmo marcado dava a sensação de que o lugar tinha batimentos cardíacos. O efeito era claustrofóbico.

A boate Maldição ficava a certa distância das outras, acessível por meio de um túnel separado. Quando Asia mostrou o ingresso, percebi que a entrada era apenas para convidados. Lá dentro, entendi o motivo. A primeira coisa que notei foi o cheiro de cigarro caro no ar. A Maldição estava mais para uma casa de jogos do que para uma boate, onde a elite de Hades podia gastar seu tempo. Os principais clientes eram demônios de primeiro escalão de ambos os sexos.

Todos se moviam com a agilidade de panteras e pareciam se preocupar com coisas fúteis, o que ficava evidenciado pelas roupas glamorosas. Nem todos eram demônios. Pude ver que alguns eram seres humanos — não almas, mas de carne e osso, como Hanna e Tucker. Compreendi, sem ter que perguntar, que eles estavam ali pelo simples propósito de agradar a seus mestres. A decoração da boate, com um toque barroco, era drástica e sugeria a opulência de uma era havia muito terminada: estátuas clássicas, pilares de mármore, cadeiras muito bem-revestidas com veludo preto, cortinas de seda e espelhos entalhados e decorados em todas as paredes. Reconheci a música que tocava nos alto-falantes do teto. Já a havia escutado no carro de Xavier, apesar de parecer bem mais adequada na boate: *I see the bad moon arising/ I see trouble on the way/ I see earthquakes and lightnin'/ I see bad times today.*

Alguns convidados se sentaram em pequenas mesas com abajures com franja, bebericando coquetéis e assistindo a dançarinas de *pole dance* vestindo o que pareciam peças de lingerie com contas. Na mesa do centro, os mais abastados entretinham-se com diversos jogos. Reconheci os jogos mais famosos, como pôquer e roleta, mas outro, chamado de Roda da Sorte, me deixou curiosa, a princípio. Cerca de meia dúzia de jogadores estava sentada ao redor de uma mesa olhando para pequenas telas de computadores. As telas mostravam muitas pessoas numa pista de dança. Cada dançarina parecia estar representada por um ícone diferente na roda. O funcionário girava a roleta, e o jogador ganhava se ela parasse no ícone escolhido. Aquilo teria passado despercebido se eu não tivesse visto a tortura que aguardava as dançarinas no salão.

Não havia nada de secreto nem clandestino a respeito dos clientes da Maldição. Comportamentos que poderiam ser considerados questionáveis na Terra eram abertamente ostentados ali. Casais exibiam-se no que poderia ser descrito como preliminares e despudoradamente aspiravam carreiras de pó branco sobre balcões e tomavam pílulas como se fossem balas. Alguns demônios eram grosseiros ao lidar com os humanos, e o assustador era que as pessoas pareciam gostar de ser maltratadas. A ausência total de parâmetros morais era de dar nojo.

Comecei a me questionar se deveria ficar ali ou se deveria procurar informações a respeito dos portais. A autoconfiança do começo estava desaparecendo.

— Agora já não sei se foi uma boa ideia — comentei, tremendo. Tucker respondeu algo que não consegui escutar com o som da música. Todos se viraram para mim quando entrei, apesar da tentativa de passar despercebida e ser discreta. Alguns demônios chegaram até a farejar o ar, como se conseguissem sentir que eu não pertencia àquele local. Os que estavam mais próximos se aproximaram ainda mais, com os olhos de predadores brilhando. Tucker passou o braço pelos meus ombros e me guiou na direção do bar, onde me sentei num banquinho, agradecida pela presença protetora dele.

Asia pediu doses de vodca. Ela bebeu a dela num instante e bateu o copo no balcão enquanto eu tomava pequenos goles da minha bebida.

— Isso não é muito educado, amiga — disse ela. — Está *tentando* chamar atenção ou o quê?

Lancei a ela um olhar desafiador e joguei a cabeça para trás, engolindo de uma vez só o líquido do copo. A vodca não tinha gosto, mas passou pela garganta como fogo líquido. Segui o exemplo dela e bati o copo vazio de modo triunfante, percebendo então que aquilo era um sinal para que o barman voltasse a enchê-lo. Não toquei no segundo copo. Já estava alterada, e Tucker olhava fixamente para mim. E então Asia, do nada, disse algo que nos pegou de surpresa.

— Acho que posso ajudá-los a encontrar o que procuram.

— Estamos aqui apenas para nos divertirmos — disse Tucker quando se recuperou.

— Claro que sim. Dá para ver na cara de vocês — Asia riu. — Corta essa, Tucker, você está falando comigo. Sei o que querem e talvez tenha um contato que possa dar alguns conselhos a vocês.

— Você está nos ajudando? — perguntei com sinceridade. — Por quê?

O tom de Asia na resposta foi condescendente.

— Bem, preferiria não ajudar vocês, mas Sua Majestade parece estar apaixonado como um menininho, o que alguns considerariam uma vergonha total. Acredito que é minha tarefa, como leal súdita, fazer o que puder para ajudá-lo a se recuperar. E acho que a melhor maneira de fazer isso...

— É tirar Beth daqui de uma vez — Tucker terminou a frase para ela, como se fizesse perfeito sentido.

— Exatamente. — Asia se voltou para mim: — Pode acreditar: nunca faço nada que não me beneficie e, neste momento, adoraria ver você bem longe. De preferência, antes que um dano de verdade seja causado ao Terceiro Círculo.

Eu lembrei que Hanna havia mencionado o Terceiro Círculo quando cheguei, mas não entendi por que ele corria riscos.

— Do que você está falando? — perguntei.

— Asia está se referindo à facção rebelde que quer derrubar Jake — explicou Tucker. — Eles acreditam que ele está negligenciando suas tarefas, ultimamente.

— Não acredito — comentei. — Como uma facção de demônios pode armar contra seu líder?

Asia revirou os olhos.

— Jake não é apenas um demônio, ele é um anjo caído. É um dos Originais, aqueles que caíram com o Grande Pai desde o começo. Há oito deles, os Oito Príncipes dos Oito Círculos. E, claro, o próprio Lúcifer preside o nono... o círculo mais quente do Inferno.

— Então, só existiam oito demônios originais — concluí lentamente —, e todos os outros devem ter sido criados por eles.

— Uau! — disse Asia, com ironia. — Você não é só um rostinho bonito, afinal. Sim, os Originais são os donos do espetáculo. Os outros demônios não têm controle de fato, são dispensáveis, nada além de abelhas operárias. Os preferidos são escalados para as câmaras de tortura ou são convidados para dormirem com os detentores do poder. Às vezes eles se unem para tentar destronar um dos Originais. É claro que sempre fracassam.

— E se eles fossem descobertos? — perguntei.

— Jake mataria todos eles.

— Não há nada que os Originais não fariam para protegerem a si mesmos — completou Tucker. — Jake, principalmente.

— Então, como essa facção rebelde planeja destituí-lo? — perguntei.

— Eles não fazem muita coisa — Asia deu de ombros. — São idiotas, em grande parte, esperando uma chance de prejudicar o poder dele.

— Pensei que você fosse a maior incentivadora de Jake — comentei, tentando manter o tom de voz normal. Talvez pudéssemos negociar com Asia, afinal. — Por que não contou a ele sobre isso?

— É sempre bom omitir certas coisas.

— Os rebeldes estão irritados com Jake por minha causa? — perguntei.

— Sim. — Asia levantou as mãos. — Eles expressaram preocupação, mas Jake não quer escutar. — Ela sorriu para mim. — Acho que gosto não se discute.

— Você não está correndo perigo tentando nos ajudar?

— Nunca ouviu falar que "nem o Diabo aguenta uma mulher rejeitada"? Digamos que meu ego esteja ferido.

— Pode nos contar o que sabe sobre os portais? — perguntou Tucker.

— Não disse que sabia alguma coisa. Mas há alguém que pode saber. O nome dele é Asher.

Uma cortina pesada numa parede dos fundos levava a um caminho onde um demônio trajando um terno italiano esperava por nós. Asher tinha trinta e poucos anos. Era alto, tinha cabelos pretos bem curtos e o rosto de um imperador romano. Tinha um redemoinho que fazia uma mecha cair-lhe sobre a testa e havia marcas nas bochechas. Mastigava um palito de dente, sem saber que parecia um gângster de filmes do gênero. Seu nariz era levemente curvo e tinha os mesmos olhos de predador que o identificava como um demônio.

Estava recostado na parede, mas deu um passo para a frente quando nos viu. Olhou para mim de cima a baixo, com a curiosidade logo substituída pela reprovação.

— Essa roupa não engana ninguém, querida — disse ele. — Você não é daqui.

— Bem, pelo menos concordamos em algo — respondi. — Você está com os rebeldes?

— Pode apostar que sim — disse Asher. — E tenho exatos dois minutos para escutar vocês. O que você procura não vai encontrar neste bairro. Os portais assumem muitas formas, mas aquela sobre a qual mais escuto falarem fica nas Terras Miseráveis, do outro lado dos túneis.

— Não sabia que havia algo além dos túneis.

— É claro que há — continuou Asher. — Nada vivo, é claro. Apenas almas perdidas vagando até os perseguidores as arrastarem de volta.

— Como vamos reconhecê-lo?

— O portal? Procure pelo tufo de galhos e folhas secas que balança de um lado para o outro pelas Terras Miseráveis. Ao saírem daqui, sigam na direção sul e continuem. Saberão quando encontrarem... se chegarem até lá.

— Como poderemos saber se você é confiável? — perguntei.

— Quero ver Jake ferrado assim como vocês. Ele nos trata como lixo, e estamos cansados disso. Se ele perder sua conquista logo, seus poderes serão desafiados, e talvez tenhamos uma chance de destituí-lo.

Vi Asia revirar os olhos atrás de Asher e tentei imaginar se o plano funcionaria. Não parecia que a autoridade de Jake seria questionada logo. Tucker assentiu em agradecimento e segurou o meu braço, guiando-me de volta pela boate. Acreditei que ele sabia como encontrar as Terras Miseráveis e o segui obediente.

Antes de sairmos da Maldição, avistei Asher de novo. Ele estava no bar conversando com Asia e inclinando-se para a frente. Vi quando ele passou a língua na orelha dela e a mão na sua coxa e entendi como ela havia conseguido a informação.

Percebi a falta de confiança ou lealdade daquele lugar. Tudo era construído em cima de mentiras e decepção. Era impossível saber quem trabalhava com quem, dormia com quem ou manipulava quem.

Naquele momento, concluí que, mesmo que vivesse uma vida de luxo como rainha de Jake, nunca sobreviveria ali.

18

PORTAL

— Você deveria voltar — disse a Tucker enquanto caminhávamos pelos túneis escuros. — Foi ideia minha. Não deveria metê-lo nisso. Pode dizer ao Jake que desapareci. Asia vai confirmar a história.

Quando disse aquilo, eu já sabia que era tarde demais para Tucker voltar. Se chegasse ao hotel Ambrosia sem mim, Jake lançaria sua fúria sobre ele.

Ele também devia saber disso.

— Você não vai para lá sozinha — disse simplesmente.

— Não permitirei que Jake machuque você. Aconteça o que acontecer.

— Não vamos pensar nisso agora.

Tucker começou a caminhar na minha frente. Não pude fazer nada além de segui-lo.

Não nos afastáramos muito do bairro da boate quando o terreno começou a mudar drasticamente. O ar, de repente, tornou-se abafado, e a paisagem ficou erma como a de um deserto. Era como se a cor e a vida tivessem sido sugadas dali, deixando apenas uma casca vazia. A névoa pairava acima de nossas cabeças, bloqueando o que ali era considerado o céu. Já havíamos saído dos túneis apertados, mas ainda estávamos presos numa estranha dimensão sem começo nem fim. A pior parte era o som constante: ao nosso redor, a atmosfera era tomada pelos uivos abafados de almas perdidas e andarilhas. Consegui sentir a presença delas, que passavam por nós, como uma onda de calor no ambiente já aquecido. Não as via de fato, pois não passavam de um tremeluzir passageiro no ar, mas sabia que existiam e que nada podia pôr fim a seus gritos sobrenaturais. Uma sensação horrível e sufocante de desolação tomou conta de mim, como se minha alma estivesse sendo puxada para fora do corpo. O coração passou a bater mais depressa e senti um desejo enorme de parar. Tucker segurou a minha mão e apressou o passo.

— Estou cansada, Tuck.

— Não pare agora — sussurrou ele. — O local tem esse efeito nas pessoas. Precisamos continuar andando.

As Terras Miseráveis não pareciam afetar Tucker da mesma maneira que afetavam a mim. Talvez porque o tempo passado em Hades tivesse dado imunidade a ele. Ou talvez porque eu era um anjo e conseguia sentir o desespero de todas as almas ao meu redor.

— Se demorarmos, os perseguidores terão mais chance de sentir o seu cheiro — completou ele.

Eu me esquecera totalmente deles. Sabia que, como anjo, emanava o odor forte de chuva, que podia ser camuflado na atmosfera brumosa das boates, mas que seria inconfundível ao ar livre.

— Você vai me contar quem são os perseguidores? — Ainda estava tendo dificuldades para regularizar a respiração. Tucker olhou para mim e balançou a cabeça.

— Não agora.

— Por favor — pedi. Parecia que Tucker assumira a liderança desde a saída do hotel, e não queria abandoná-la. — Ficarei melhor se souber.

Ele suspirou.

— Os perseguidores caçam almas que perambulam nas Terras Miseráveis. — Ele foi sucinto na explicação, como se já estivesse ocupado demais para conversar.

— As almas voltam para as boates? — perguntei com ingenuidade.

— Não é bem isso.

— Elas são lançadas à cratera, não é? Tudo bem, Tucker, eu já vi. — Estava prestes a continuar, pedindo a ele que parasse de tentar me poupar da realidade cruel, mas Tucker parou na minha frente e tapou a minha boca com a mão.

— Escutou isso? — perguntou ele.

— O quê?

— Escute.

Ficamos em silêncio por um momento até eu conseguir escutar o som que fizera Tucker parar. Era uma voz, ofegante e estridente, como se pertencesse a uma menina. Estava chamando o meu nome.

— Bethany! — chamava. — Bethany, sou eu. — A voz infantil ficou mais próxima.

Esperei com a respiração entrecortada quando uma rajada de vento quente passou por mim. Tucker abaixou o braço.

— Quem é você? — perguntei assustada. Senti uma presença no vento acariciando-me com dedos afilados.

— Você não se lembra de mim? — A voz soou lastimosa e ainda assim havia um tom estranhamente familiar nela.

— Não conseguimos ver você — disse Tucker, com coragem. — Saia das sombras.

— Está tudo bem — incentivei. — Não vamos feri-la. Estamos do seu lado.

Observei, boquiaberta, quando uma menina surgiu da névoa serpeante e começou a tomar forma diante de mim. A princípio, ela era apenas um contorno, como o rascunho apressado de um artista que ainda não tinha sido finalizado, mas, conforme foi ganhando foco, e eu observei mais de perto, percebi logo quem era. Os cabelos finos e loiros, o nariz arrebitado, os lábios formando um biquinho eram muito familiares. Os cabelos estavam oleosos e o rosto magro, mas não havia como não reconhecê-la. Os olhos azuis continuavam luminosos, e o brilho deles contrastava com a sujeira em seu rosto. Ela olhou para mim com tanto desespero que senti a tristeza entrar no meu corpo e pensei que morreria de pesar.

— Taylah — sussurrei. — É você? O que está fazendo aqui?

— Posso fazer a mesma pergunta. — Ela sorriu sem perceber.

Taylah estava vestida de modo muito parecido com o estilo que adotava em vida, uma blusinha e shorts jeans justos. Estava descalça e, pela poeira, consegui ver as unhas dos pés com esmalte descascado.

— Você também foi sequestrada? — perguntei. — Jake trouxe você para cá?

Taylah negou com um movimento de cabeça.

— Fui julgada, Beth — disse ela com delicadeza. — E minha alma foi mandada para cá.

— Mas como? — perguntei num sussurro rouco. Era difícil entender o que ela dizia.

— Quando morri no chão do banheiro das meninas, escutei vozes ao meu redor. Elas estavam analisando os meus pecados, calculando as minhas boas ações. E então eu estava caindo.

Quis perguntar o que havia acontecido no passado para ser atirada no Inferno, mas não consegui articular as palavras. Teria sido uma falta de tato extrema. Mas sabia que devia ser um erro. Taylah era apenas uma menina. Podia ser fútil, traiçoeira e competitiva às vezes, mas não eram crimes hediondos. Conseguia ser cruel com quem não vivia em seu mundo purpurinado de bronzeamento e pilates, mas eu também já testemunhara sua bondade. Não conseguia imaginá-la fazendo algo muito imoral.

— Sei o que você está pensando — disse ela, com vergonha. — Está tentando entender o que fiz para vir para cá.

— Você não precisa me dizer nada, Tay.

— Não, tudo bem — disse ela. — Estou aqui porque nunca me ensinaram a acreditar em nada. Não sabia o que era importante na vida. — Ela hesitou, com os olhos azuis inquietos. — Só me importava em me divertir; nunca me importei com nada real. Pequei e nunca me arrependi.

Fitei-a esperando ouvir mais, porém ela precisou de alguns minutos para ter coragem de falar de novo.

— Fiz algo terrível. Bem, não fiz, de fato, mas fiquei observando acontecer.

— O que você deixou acontecer? — perguntei.

— Há alguns anos, houve um atropelamento em Venus Cove, e o pequeno Tommy Fincher morreu, e o culpado não prestou socorro. O menino estava brincando de pega-pega na rua. Todos os jornais noticiaram, mas não encontraram o motorista culpado. Tommy tinha só dez anos. Os pais dele nunca superaram a perda.

— E o que tudo isso tem a ver com você?

— Eu estava lá quando aconteceu.

— Como? Por que você não contou o que viu? — Eu estava confusa.

— Porque o motorista era meu namorado, na época. Ele estava bêbado. Não devia ter permitido que ele assumisse o volante... — contou de modo triste.

— Você escondeu isso por ele. Por quê?

— Ele estava no último ano da escola, e eu tinha 15 anos. Ele dizia que me amava. Todas as meninas da escola sentiam inveja. Era tão obcecada por ele que não sabia distinguir o certo do errado.

Não soube o que lhe dizer. O pecado da omissão era um crime grave. Algumas pessoas acreditavam que uma testemunha que encobria uma injustiça era tão culpada quanto o infrator em si. A única desculpa de Taylah era a imaturidade e inexperiência. É claro que isso não fora suficiente para livrá-la da punição.

— O que aconteceu com o cara?

— Toby e eu terminamos alguns meses depois, quando a família dele se mudou para o Arkansas.

— Por que você não contou depois?

— Pensei em fazer isso, mas perdi a coragem. E o menino não ia voltar mesmo. Fiquei mais preocupada com a minha reputação.

— Oh, Taylah. Que pena que você não teve ninguém para ajudá-la com isso. Você deve ter se sentido muito sozinha.

Ela estava muito diferente da menina que eu havia conhecido. A Taylah de antes se preocupava demais com os cabelos para dar atenção ao que era certo ou errado. Quando ela encontrou a luz, já era tarde demais.

— Você quer saber como me dei conta de que estava no Inferno, ou em Hades, como o idiota real gosta de dizer? — continuou ela. — Não foi por causa das chamas nem da tortura. Percebi onde estava por causa da ausência total de amor. Você não pode ficar aqui, Beth. Este local é repleto de ódio. Você acaba odiando a todos, mas, acima de tudo, odeia a si mesma. O lugar consome qualquer um.

— Você não tem medo de ficar aqui sozinha? — perguntou Tucker.

— Acho que tenho — Taylah deu de ombros. — Mas precisei enfrentar e fugir. Não aguentava mais as boates... ser atacada pelos demônios como um pedaço de carne.

As palavras dela serviram de lembrete a Tucker, que demonstrava nervosismo, olhando para os lados.

— Precisamos continuar.

— Venha conosco — chamei, sem querer me despedir dela de novo tão rápido.

Passamos pelas ermas Terras Miseráveis. Taylah caminhava ao nosso lado, desaparecendo às vezes e reaparecendo atrás de uma parede de névoa.

Enquanto caminhávamos, eu me lembrei de um trecho da Bíblia:

Também da fumaça saíram gafanhotos para a terra (...)
e foi-lhes dito que não causassem dano à erva da terra,
nem a qualquer coisa verde, nem a árvore alguma,
e tão somente aos homens que não têm o selo de Deus sobre a fronte.

A ira divina agia rapidamente. A juventude e a falta de compreensão não isentavam uma pessoa do juízo. De repente, meu propósito na Terra ficou muito claro.

— Então você é um anjo, não é? — perguntou Taylah. — Deveria ter imaginado, com toda essa pureza.

— Como soube? — perguntei.

— Não sabia quando estava viva. Mas consigo sentir a sua presença agora. E, além disso, dá para perceber pelo seu brilho.

— Você não parece surpresa.

— Nada mais me surpreende.

Não soube o que dizer, por isso, mudei de assunto.

— Molly sente a sua falta. — Taylah sorriu com tristeza.

— Como ela está? Também sinto falta dela.

— Está bem. Era mesmo você na noite do Dia das Bruxas?

— Era — assentiu Taylah. — Estava tentando alertar você. Mas não deu muito certo. Você está aqui agora.

— Sabia o que ia acontecer? — perguntei.

— Não sabia muito bem, mas sabia que estavam preparando algo de ruim na sessão espírita — disse ela. — A Abby é uma idiota, ela não sabia onde estava se metendo.

— Não seja tão dura com ela. Abby se arrependeu assim que percebeu. Como soube que tinha que vir?

— Escutei boatos de que um portal havia sido aberto em Venus Cove. Sabia que isso só podia ser problema, por isso tentei alertar você. Acho que estraguei as coisas.

— Não estragou, não — afirmei. — Você tentou.

— Qualquer pessoa pensaria que um anjo não mexeria com coisas assim — resmungou ela, mais parecida com a Taylah de antes.

— Você tem razão. Eu deveria ter insistido mais.

— Oh, não seja tão sentimental. Você sabe que é considerada uma espécie de lenda aqui. Todos ficamos sabendo do lance de você ter arrasado o Jake e de seu irmão tê-lo banido para o submundo. Desde então, ele está esperando por uma chance de voltar.

— Alguém conhece o fim dessa história? — perguntei com a voz rouca.

— Não — respondeu Taylah. — Isso é o que todos estamos esperando descobrir. Espero que você volte para o Xavier.

— Eu também — respondi.

A área de terra rachada diante de nós parecia não ter fim. Apenas alguns pedregulhos ou cactos solitários mudavam a paisagem.

— Não há nada aqui — disse Tucker, desistindo. — Acho que deveríamos voltar.

— Não podemos — protestei. — Asher disse que existe um portal aqui. Precisamos continuar procurando.

— Não precisamos encontrá-lo hoje. Perdemos só uma batalha, não a guerra inteira.

— Não seja tolo — repreendeu Taylah, com a sinceridade de sempre. — Quero que vocês desapareçam daqui.

— Quando terei outra chance? — perguntei num lamento.

— Não sei. — Tucker parecia chateado. — Mas estamos aqui há muito tempo, estamos dando sorte para o azar.

O gosto da derrota era amargo. Chegamos tão perto, mas ao mesmo tempo não chegamos a lugar algum. Arriscamos tudo sem conseguir nada. Apenas por estar preocupada com Tucker, deixei que ele me convencesse a voltar. Jake podia estar bravo comigo, mas o pior que faria seria reforçar a segurança para que eu nunca mais colocasse o pé para fora da cobertura. Com Tucker, a história seria diferente. Jake o mantinha por perto para se divertir com crueldade, mas eu sabia que ele considerava Tucker descartável. Já tínhamos dado meia-volta quando percebi que algo no ar havia mudado.

— Esperem! — gritei, esticando o braço para segurar a manga da blusa de Tucker.

— O que foi agora? — perguntou ele. Estava ficando cada vez mais preocupado. Talvez ele tivesse concluído que estávamos num beco sem saída.

— Tem alguma coisa diferente. — Eu me virei devagar. — Na verdade, sinto um cheiro diferente. Consegui chamar a atenção dele.

— Descreva isso — pediu ele.

— Acho que é sal — disse, parando de pensar e permitindo que meus sentidos assumissem o controle. Conhecia aquele cheiro. Era tão familiar quanto a minha própria pele. Era o cheiro inconfundível do mar e passou por mim como um velho amigo recebendo-me em casa.

— O portal deve estar perto — disse, separando-me deles para seguir adiante. — Acho que estou... estou sentindo o cheiro do mar!

Escutei alguém respirar profundamente atrás de mim e não tive certeza de quem fizera aquilo: Tucker, Taylah ou os dois.

— Ali em cima! — Tucker estava animado. — Tem que ser ali. Não acredito que você encontrou!

Eu me virei e vi vários tufos de folhas secas passando de um lado para o outro na terra vermelha, a poucos metros de onde estávamos. Pareciam entortados pela jornada sem fim de serem arrastados pelo vento por todo o Inferno, mas não havia como não perceber do que se tratava.

Corri, meio que esperando que eles fugissem do meu alcance, mas consegui segurar um deles. Estava seco e rígido, mas emitia uma energia forte. Eu me senti atraída por ele como uma força magnética. Sua abertura o transformava no disfarce perfeito para um portal. Era grande o suficiente para que eu passasse por ele e, no outro lado, consegui ver o feixe amarelo de luz do sol recendendo na areia branca.

Tucker e Taylah surgiram ao meu lado, observando com atenção. Tucker parecia ansioso, e a alma de Taylah quase vibrava de animação. Estiquei o braço fazendo-o passar no meio do tufo e senti os galhos secos o arranharem. No centro, a consistência era de massinha de modelar, maleável, porém difícil de atravessar. Permitia acesso apenas até um ponto, a partir dali mostrava resistência.

— Ele não me deixa avançar — reclamei.

Comecei a forçar o braço com mais determinação pela abertura. Havia me obrigado a passar pelo túnel até chegar ao ombro, onde senti uma leve sucção na mão. O pânico tomou conta de mim. E se tudo fosse uma ilusão? E se o tufo fosse uma piada à nossa custa? Parecia uma ideia distante da realidade, mas e se Asia e Asher estivessem rindo de nós? Afinal, eles eram demônios. Enganar almas era o que faziam. E se, do outro lado, eu não encontrasse a minha cidade, na Geórgia, mas, sim, um canto ainda mais sombrio do Inferno? Se isso acontecesse, estaria totalmente sozinha, nem mesmo Tucker conseguiria me encontrar. Eu me forcei a abandonar aquele pensamento.

Pensei na sensação de me misturar a Xavier em minha forma espírita. Lembrei como me sentia completa e segura. A lembrança me deixou forte. Xavier não gostaria que o abandonasse depois de chegar até ali. Ficaria orgulhoso se eu conseguisse sair? Assim, ele conseguiria me ver pessoalmente, não apenas como uma vibração no ar. Essa ideia era muito atraente. Estava contando os segundos para sentir meus pés tocarem a areia sedosa.

— Deixe-me tentar — escutei Taylah dizer com impaciência. Observei enquanto ela se esforçava para passar por cima de mim, uma massa fina flutuando pelo tufo de folhas secas, até ela nos chamar do outro lado.

— Como ela fez isso? — perguntei, retirando o braço e espiando, vendo o rosto embaçado dela do outro lado.

Taylah fez sinal de positivo e analisou o ambiente novo.

— Claro! — Tucker deu um tapa na própria testa. — Uma alma consegue se dividir com facilidade!

— Conheço este lugar! — exclamou Taylah, com a voz trêmula de animação. — Beth, você não vai acreditar quando descobrir onde estou! — Começou a chorar. Vi lágrimas de felicidade rolarem pelo seu rosto.

— Você está em Venus Cove, não é? — adivinhei naquele mesmo momento. — No Precipício?

— Sim, Beth — disse ela. — Estou em casa.

19

SACRIFÍCIO

— Estou vendo o seu jardim daqui! — gritou Taylah, triunfante. — Você precisa aparar a grama com urgência.

— Tem alguém aí?

— Não, a praia está vazia. Mas o dia está ensolarado e não há nuvens no céu. Tem alguém velejando e... está tudo lindo aqui. O que está esperando? Venha, Beth.

Hesitei. Taylah havia atravessado o portal, mas o que aconteceria agora?

— Taylah — perguntei com desconfiança. — Você acha que consegue ficar aí? Você ainda está...

— Morta — completou a minha frase com animação. — Sei que estou. Mas não me importa. Prefiro ser um fantasma, livre para vagar pela Terra para sempre a passar mais um minuto que seja nesse esgoto. — De repente, ela demonstrou pânico. — Ai, meu Deus. Tem alguém aqui. Estou escutando.

— Acalme-se. — Tucker a acalmou. O rosto dele também estava tomado pela animação da nossa descoberta. — Talvez seja só alguém na praia. Estamos do outro lado, lembre-se!

— É verdade. — E então ela demonstrou preocupação. — Não posso ser vista assim. E se for um cara gatinho?

— Ainda que seja, ele não vai conseguir ver você — lembrei a ela.

— É mesmo — Taylah pareceu desapontada. Não consegui conter um sorriso. Nem mesmo o Inferno e todos os seus terrores haviam conseguido mudar por completo a personalidade da Taylah que eu conhecia.

Quando ela passou, relaxei um pouco. Havia menos urgência quando me ajoelhei diante do portal, pronta para tentar de novo. Queria me unir a ela para poder olhar o mar e sentir o vento em meus cabelos. A primeira coisa que faria depois daquilo seria correr para casa diretamente para os braços dos meus irmãos. Entusiasmada, tirei os sapatos de salto e me joguei de cabeça no portal. De repente, estava dentro dele, com meu corpo meio no Inferno e meio dentro de uma concha, olhando para a areia branca e delicada. Estiquei o braço. Quase senti o calor do sol nas mãos e quase escutei as ondas quebrando nas rochas.

Eu não era uma assombração como Taylah e, ali dentro, o Portal pareceu me apertar, como se eu não devesse estar ali. A força magnética que havia me atraído para a frente agora me puxava para trás, mas me mantive firme. Logo escutei o som que havia alertado Taylah para a presença de alguém. Dava para ouvir uma respiração forte, mais curiosa do que ameaçadora. De repente, senti um cheiro ainda mais familiar. Foi o incentivo de que precisava. Soube quem era antes mesmo de ver o pelo sedoso, dourado. Vi um olho brilhante e um focinho úmido.

— Phantom! — gritei, animada. Só conseguia vê-lo em fragmentos... mas ainda assim era o meu amado cachorro. Escutei Taylah levar um susto com o entusiasmo de Phantom. Ela nunca gostara de cachorros, mas a emoção que senti ao vê-lo foi quase insuportável. Estiquei o braço, e minha mão atravessou o portal. Phantom a cheirou, feliz por me reconhecer. Fiz carinho atrás da orelha macia dele e senti um nó na garganta. Precisei me controlar para falar de novo.

— Oi, menino — murmurei. — Senti saudades. — Minha emoção era compartilhada por Phantom, que agora já começava a choramingar e a arranhar o portal sem parar, tentando entrar. E então, de repente, lembrei que Phantom não podia estar na praia sozinho. Alguém tinha que estar com ele.

Alguém a quem amava podia estar a poucos metros dali ou andando na nossa direção! Talvez fosse Gabriel, que sempre levava Phantom consigo quando saía para correr na praia. Imaginei escutar as pisadas dele na areia. Logo ele poderia me abraçar com aqueles braços fortes e reconfortantes. Quando isso acontecesse, todas as lembranças ruins desapareceriam. Gabriel saberia exatamente o que dizer para tudo ficar bem de novo. Controlei a vontade de gritar por ele, para evitar que alguma coisa desse errado. Era como se estivesse me equilibrando numa corda bamba, tomando cuidado para não cair.

— Tuck — chamei com urgência. — Como faço isso?

— Lentamente — disse ele, com um olhar de determinação. — Um pouquinho por vez, sem pressa.

Meu coração batia tão alto que pensei que todos estivessem ouvindo.

— Continue — incentivou Tucker. — Devagar.

Eu me esforcei para passar pelo portal, atravessando para o outro lado bem devagar. Quando minhas mãos passaram, Phantom começou a lambê-las sem parar e precisei me segurar para não rir. O barulho agradável do mar em Venus Cove e a respiração ofegante e familiar de Phantom encheram meus ouvidos.

Forcei minha passagem, sentindo o portal resistir e depois relaxar, permitindo que o atravessasse. Foi uma tarefa lenta, mas eu estava chegando lá.

E então escutei os rosnados.

O som foi tão aterrorizador que pensei que meu coração fosse parar de bater. Os rosnados baixos e guturais se uniram ao som de patas raspando a terra. Um pouco mais para a frente, estava o rosto de Taylah, agora pálido, e as mãos de Tucker pararam moles em minhas costas.

Antes mesmo de compreender o que estava acontecendo, percebi que tinha que tomar uma decisão. Tucker ainda estava preso no Inferno.

— Continue! — repetiu, desesperado. — Você está quase lá. Não volte. — Ele não conseguiu esconder o terror em sua voz. Mas eu podia tanto continuar quanto parar de respirar.

Tucker fora um irmão para mim em Hades, e eu nunca o abandonaria. Logo depois, eu me livrei da pressão do tufo de folhas secas e fiquei em pé ao lado dele. Ele se surpreendeu, arrasado com a minha decisão. Olhei para a área seca que só tinha alguns galhos para mudar a paisagem. O som que escutara estava vindo de algum lugar próximo e se tornava mais insistente a cada segundo.

O terror fez com que eu procurasse me proteger, mas também me fez perder o equilíbrio, e acabei escorregando e caindo de joelhos. Tucker me ajudou a ficar em pé, coberto por terra vermelha daquela paisagem surreal.

— Não se mexa — disse ele.

Nós nos seguramos um ao outro quando as criaturas se aproximaram. Por fim, consegui vê-las com clareza; seis enormes cães pretos na nossa frente, prontos para atacar. Eram grandes como lobos, a saliva pingando das presas e o olhar feroz. Eles tinham cicatrizes pela cara toda, mas seus corpos eram robustos e fortes e as garras afiadas como facas. Tinham o focinho manchado de sangue, e o fedor do pelo desgrenhado era forte demais.

Tucker e eu ficamos paralisados, e o portal foi abandonado.

— Beth... — disse ele com a voz trêmula. — Você se lembra dos perseguidores sobre os quais falei?

— Lembro. — Eu me esforcei para não demonstrar fraqueza na voz.

— Eles estão aqui.

— Cães do Inferno — suspirei. — Perfeito.

As criaturas sabiam que nos tinham prendido e nos rodearam com diversão, curtindo o poder que exerciam. Quando saltaram, eu sabia que agiriam com tanta rapidez que pareceriam apenas um borrão.

A matilha se aproximou rosnando, feroz. Vi o pelo duro e manchado, os olhos amarelados. Rajadas de vento espalhavam o fedor deles.

Não havia muito o que fazer. Se tentássemos correr, eles nos pegariam num instante. Não tínhamos armas nem defesa, nenhum lugar onde pudéssemos nos esconder. Senti vontade de abrir as asas e nos colocar em segurança, mas elas pareciam um peso morto nas costas: o Inferno tirava a força delas.

Fechei os olhos quando os cães se abaixaram e se lançaram em nossa direção. Ao mesmo tempo, escutamos um grito vindo de trás e, um momento depois, Taylah apareceu, colocando-se entre nós e os cães, que ficaram confusos e acabaram parando.

— O que está fazendo? — gritei, tentando segurar seu corpo sem matéria. — Volte!

Para o meu desespero, vi o portal se fechar atrás dela, imagens de Venus Cove sendo substituídas por nada além de uma confusão de ervas. Taylah olhou para trás e para mim, com os olhos azuis marejados. Ela era muito pequena em comparação aos cães, os membros eram frágeis e os cabelos, que já tinham sido bem-cuidados, estavam cobrindo seu rosto. Deu um sorriso breve e triste e balançou a cabeça.

— Taylah, é sério! — gritei. — Não faça isso. Você tem uma chance de se libertar. Aproveite.

— Quero fazer as coisas direito — retrucou ela.

— Não. — Sacudi a cabeça veemente. — Não dessa maneira.

— Por favor — pediu ela —, permita que eu, pela primeira vez na vida, faça a coisa certa.

Os cães mostraram os dentes, a saliva formava poças no chão. Eles se esqueceram de mim e de Tucker enquanto se concentravam no novo alvo. Afinal, foram treinados para procurar almas que tinham fugido para as Terras Miseráveis, esperando alcançar a liberdade.

O instinto natural os levou a Taylah.

Ela foi rápida. Não havia muito tempo.

— Se eu voltar, apenas vagarei na Terra pela eternidade. Mas vocês... — Ela olhou para mim com intensidade. — Vocês podem fazer a diferença, e o mundo precisa de toda a ajuda que conseguir. Preciso fazer a minha parte. Além disso — continuou, rindo —, o que eles podem fazer comigo?

Não consegui dizer mais nada, porque Taylah se virou para encarar as criaturas.

— Ei, vocês! — Os cães se viraram para ela, com as presas brilhantes sob a luz fraca. — Sim, vocês mesmos, seus vira-latas — continuou ela. — Peguem-me se forem capazes!

E então ela partiu. Era o sinal que os cães selvagens estavam esperando. Os seis correram atrás dela, esquecendo-se totalmente de nós. Observei horrorizada quando um deles segurou o bolso do short dela com a boca e a arrastou pela terra como uma boneca de pano. Taylah não tinha massa, mas isso não os impediu de morder seu corpo sem vida, como urubus. E então, o líder da matilha a prendeu com os dentes antes de jogá-la de novo, e os cabelos loiros de Taylah foram arrastados pela terra. A matilha continuou logo atrás.

Comecei a chorar, quase soluçando. Taylah partiu, e o portal já estava desaparecendo, sem qualquer utilidade.

E então Tucker segurou o meu braço com tanta força que doeu.

— Corra! — comandou ele, desviando o olhar dos restos ensanguentados no chão. — Precisamos correr.

E então corremos.

Quando voltamos à boate Maldição, estávamos tão desalinhados e ofegantes que o leão de chácara olhou para nós e impediu a nossa entrada. Tivemos de chamar Asia para nos liberar. Quando chegou à porta, não conseguiu esconder o choque por nos ver de volta.

— Que diabos estão fazendo aqui? — resmungou ela com os dentes cerrados. O leão de chácara olhou para Asia com desconfiança, e ela rapidamente nos levou para dentro. Quando a escuridão e as batidas da música nos envolveram, ela se virou de novo.

— Os cães selvagens deveriam ter estraçalhado vocês.

Olhei com atenção para ela, vi a ferocidade em seus olhos pretos, os ombros erguidos e hostis, e me dei conta do que ela quisera o tempo todo. Ela nos mandara para as Terras Miseráveis sabendo que os cães arrastariam Tucker para o buraco e me desmembrariam. Mas não esperava que Taylah aparecesse e salvasse a nossa pele.

— Você devia ter falado sobre eles — comentei da maneira mais suave possível. Só queria chorar, mas me recusei a dar esse gostinho a ela. — Encontrar os cães nos atrapalhou.

— Por que você não morreu? — Asia deu um passo à frente como se quisesse cortar o meu pescoço.

— Acho que tive sorte — respondi de modo desafiador.

— Parem com isso — interrompeu Tucker, abalado demais com o que havia acontecido para se lembrar de qual era o seu lugar. — Vou levar Beth para casa.

— Não — Asia segurou o meu braço, afundando as unhas parecidas com as de gavião em mim. — Quero que você morra.

— Não toque nela. — Tucker me livrou das garras do demônio e olhou para Asia com raiva. Ela estreitou os olhos.

— Com quem acha que está falando, rapaz? — disse ela. — Acho que deveria contar ao Jake sobre o passeio que você acabou de fazer.

— Pode contar — Tucker deu de ombros. — Ele vai ficar meio bravo quando descobrir que você nos ajudou. Sou apenas um caipira, mas ele achou que podia confiar em você.

Asia recuou um passo, com a fúria exposta em seus traços felinos.

— Venha, Beth — disse Tucker. — Vamos embora.

— Não pensem que não vou encontrar outra maneira de me livrar de vocês — disse Asia enquanto nos afastávamos. — Ainda não acabou!

Eu não me preocupei com a inveja nem com a antipatia dela comigo. Não conseguia esquecer a imagem da alma de Taylah entre as presas daqueles cães. Ela estava em algum lugar da cratera, enfrentando horrores inimagináveis por minha causa.

Independente do que acontecesse a partir daquele momento, teria que me esforçar para fazer com que o sacrifício de Taylah valesse a pena.

Quando voltamos ao hotel Ambrosia, eu tinha um único objetivo: ir para o quarto e conversar com Tucker a respeito do próximo passo. Se Asia estivera preparada para nos ajudar uma vez, pode ser que conseguíssemos convencê-la a nos ajudar de novo. Sabia que ela queria muito que eu desaparecesse de cena e estaria disposta a fazer de tudo para que isso acontecesse. Asia tinha bons contatos e era guiada pelos próprios interesses.

Na recepção, olhei para um dos corredores acarpetados e vi a sala de reunião. A porta estava entreaberta e fiquei tentando imaginar o que podia estar acontecendo de tão importante para Jake não conseguir escapar para me ver. Em geral, ele aproveitava todas as oportunidades para ficar comigo. Espiei mais de perto, apesar da apreensão de Tucker.

Pela abertura, consegui ver as sombras de cerca de seis demônios, iluminados pelo fogo aceso na lareira.

Eles estavam sentados ao redor de uma mesa comprida com um decantador de uísque e copos vazios espalhados. Todos seguravam blocos de anotações, exceto um, que estava em pé, presidindo a reunião. Uma apresentação estava sendo realizada; as imagens passavam os acontecimentos mais catastróficos da história da humanidade. Só consegui ver alguns: Hiroshima, Adolf Hitler num palanque, tanques de guerra, pessoas chorando, casas reduzidas a montes de entulhos após desastres naturais.

Vi apenas uma parte do palestrante, mas foi o suficiente para perceber como ele era diferente dos outros. Para começar, era muito mais velho e usava um terno branco de linho, enquanto os outros vestiam peças pretas. Calçava botas de caubói, daquelas com costuras decorativas. Não enxerguei o rosto dele com clareza, mas escutei algumas coisas que ele dizia ao grupo. Sua voz era grave e parecia preencher todos os espaços da sala.

— O mundo está vulnerável — dizia ele. — As pessoas nunca estiveram tão perdidas em relação à fé, nunca demonstraram tanta incerteza a respeito da existência de Deus. — Ele gesticulava para enfatizar suas ideias. — Agora é a nossa hora. Quero ver multidões caindo no Buraco. Lembrem-se de que a fraqueza humana é seu maior bem: a ambição, o amor ao dinheiro, os prazeres físicos... são suas melhores armas. Quero que pensem grande. Não se concentrem em presas fáceis. Ultrapassem as próprias expectativas... Quero ver um número de mortos como nunca antes foi visto. Quero que derrubem bispos, cardeais, generais, presidentes! Fiquem tranquilos, pois vocês serão ricamente recompensados.

E então Tucker me puxou pela manga, levando-me de novo ao salão.

— Já chega — disse ele, baixinho. — Já vimos o suficiente.

20

A QUERIDINHA DO INFERNO

Esperava poder conversar com Tucker, mas, quando voltamos ao hotel, não parecia haver muito a ser dito. Estávamos abalados demais para entender o que acontecera. Desperdiçamos a chance de escapar, e Taylah pagara caro por isso.

Eu me revirei na cama quando Tucker foi embora. Em pouco tempo, meu travesseiro estava molhado de lágrimas, e me lembrei do barulho dos cães selvagens rasgando a minha amiga antes de arrastá-la ao abismo. Para piorar as coisas, estivemos muito perto de casa. Gabriel estava do outro lado do portal, e eu ainda conseguia me lembrar do toque do focinho macio de Phantom na minha mão.

Talvez devesse tê-lo chamado — talvez Gabe pudesse fazer alguma coisa. Mas não adiantava tentar imaginar o que poderia ter acontecido. As palavras que eu escutara o palestrante carismático dizer na sala de reunião continuavam em minha mente: "As pessoas nunca estiveram tão perdidas em relação à fé." Chorei ainda mais e não apenas por causa de Taylah. Chorei porque sabia que era verdade. A humanidade nunca esteve tão vulnerável, e não havia nada que eu pudesse fazer a respeito dali debaixo, onde me encontrava. Por fim, as lágrimas secaram, e caí num sono profundo e sem sonhos.

Acordei com alguém sussurrando depressa. Demorei para abrir os olhos, recusando-me a acreditar que já era manhã. Parecia fazer minutos que eu havia deitado a cabeça no travesseiro. Aos poucos, consegui focalizar os olhos castanhos e grandes de Hanna. Ela estava olhando para mim do modo ansioso de sempre e me chacoalhava pelos ombros para me acordar. Seus cabelos cor de mel estavam presos num coque frouxo na altura da nuca, mas algumas mechas haviam se soltado. Sob a luz da lâmpada, pareciam fios de ouro. Hanna não podia ser considerada uma pessoa otimista, mas, de certa forma, sua presença sempre tinha um efeito positivo em mim. Sua afeição era verdadeira, entre toda a escuridão que me cercava, sabia que sua lealdade era algo com que podia contar. Eu me sentei e tentei parecer mais alerta do que de fato estava.

— Você precisa acordar, senhorita! — disse Hanna, tentando afastar os cobertores. Resisti à tentativa, cobrindo os ombros com a manta. — O sr. Thorn está esperando por você no andar de baixo. Ele quer que você se prepare para um evento importante.

— Não estou interessada nos eventos dele — resmunguei. — Pode dizer a ele que não vou a lugar algum. Diga que estou doente, qualquer coisa.

Hanna balançou a cabeça vigorosamente.

— Ele foi muito claro, senhorita. Chegou até a dizer o que a senhorita deve vestir.

Hanna pegou uma caixa rasa e brilhante no chão e colocou-a sobre o meu colo. Rasguei o laço dourado e retirei com impaciência as camadas de papel até encontrar uma roupa diferente de todas as que havia no armário. Hanna ficou boquiaberta de admiração quando a viu. Era um vestido cor de cereja feito do veludo mais macio. Com grandes mangas boca de sino e faixas de brocado, era uma roupa que uma donzela da era vitoriana usaria. Com ele, vinha um cinto delicado feito de elos de latão batido.

— É lindo — suspirou ela, esquecendo-se por um momento de onde o vestido saíra. Não me deixei seduzir tão rápido.

— O que Jake está aprontando agora?

— É para o desfile — respondeu Hanna. Ela desviou o olhar, e tive a impressão de que queria dizer mais alguma coisa. Cruzei os braços e olhei para ela tentando entender.

— O príncipe deseja apresentá-la ao povo hoje — revelou ela, por fim.

— Que povo? — revirei os olhos. — Não estamos num reino medieval.

— O povo *dele* — explicou Hanna baixinho.

— Por que você não me contou sobre isso antes?

— Porque sabia que você ficaria irritada. É um acontecimento importante, você não pode se recusar a comparecer.

Eu me aconcheguei com determinação sob as cobertas.

— Veremos — disse.

— Não seja tola, senhorita. — Hanna se inclinou na minha direção. — Se não for por bem, ele vai arrastá-la para lá. O dia de hoje é muito importante para ele.

Olhei para Hanna e vi como tinha medo de contrariar Jake. Ela ficaria horrorizada se ficasse sabendo da viagem às Terras Miseráveis. Como sempre, aquilo me fez pensar na consequência que minha desobediência teria. Sem dúvida, ela teria que pagar. Afastei os cobertores, saí da cama e me arrastei para o banho. Quando saí, vi que Hanna havia arrumado a cama e deixado o vestido ao lado dos sapatos de cetim pretos que combinavam com ele.

— Ele não espera que eu vista isso, certo? — perguntei. — É uma festa à fantasia?

Hanna me ignorou. Ela ainda olhava com nervosismo para a porta enquanto me ajudava a me vestir e fechava o zíper nas costas. Apesar de ser feito de veludo, ele era delicado e leve, parecia uma segunda pele. Hanna me fez ficar parada enquanto prendia os meus cabelos para fazer uma trança lateral bastante complexa, passando fitas de cetim entre as mechas com maestria, e depois aplicou um pouco de pó em meu rosto e uma sombra azul-escura em minhas pálpebras.

— Estou ridícula — disse com irritação, examinando meu reflexo no espelho cheval.

— Que bobagem! — respondeu ela rapidamente. — Você parece uma rainha.

Não queria sair do quarto do hotel para participar do que parecia ser mais um dos eventos espalhafatosos de Jake. Meu quarto era o único local onde me sentia um pouco à vontade e segura, mas Hanna, nervosa, me levou pelo braço porta afora.

Na recepção, um pequeno grupo esperava por nós, reconheci a maior parte deles da noite do banquete. Quando saí do elevador de vidro, o grupo de pessoas que esperava de repente se calou enquanto me analisavam. Olhei ao redor, procurando por Tucker, mas não consegui encontrá-lo. Jake, que andava com agitação de um lado para o outro do corredor, partiu em minha direção, demonstrando alívio e aprovação ao mesmo tempo. Olhou para Hanna com raiva, sem dúvida culpando-a por nossa demora em chegar.

Jake segurou minhas mãos enquanto analisava minha aparência. Um sorriso de satisfação tomou conta de seu rosto sempre tão sério.

— Perfeito — murmurou ele. Não me esforcei para agradecer ao elogio. O próprio Jake vestia roupas muito formais, com luvas e fraque, como se tivesse saído de um porta-retratos do século XVIII. Os cabelos estavam imaculadamente penteados para trás, e os olhos escuros brilhavam.

— Não está usando jaqueta de motoqueiro hoje? — perguntei secamente.

— Devemos escolher roupas que combinem com a ocasião — respondeu ele, amigável. Estava relaxado de novo, por me ver ali. — Você se esquece de quantas coisas do mundo já vi. Posso escolher o que vestir dos últimos dois mil anos, mas acho que qualquer coisa mais antiga do que o século passado é meio antiquada.

Avistei Asia na recepção, olhando para mim com raiva. Ela usava um vestido longo cor de cobre com o decote profundo e fendas que chegavam ao alto de suas coxas bem-torneadas. Seus lábios perolados brilhavam como espelhos quando ela se aproximou de Jake, com cara de poucos amigos.

— Está na hora de ir — informou. — Está pronta, princesa? — Sabia que ela não nos entregaria a Jake com medo de expor a si mesma, mas ainda assim me senti desconfortável quando ela se dirigiu diretamente a mim.

Uma limusine rosa conversível esperava por nós do lado de fora. O motorista saiu e, como um robô, abriu a porta para nós. Quando nos sentamos, Jake lhe disse algo num idioma que não entendi, e ele ligou o carro.

Dirigimos até sairmos numa estrada. Era a primeira vez que Jake, por vontade própria, me permitia andar pelos túneis subterrâneos. A princípio, tudo o que vi foi um céu azul-escuro, iluminado por labaredas de fogo. Uma massa agitada se espalhava por ele, manchando o horizonte. Parecia quase viva, brilhando e piscando, e percebi que não se tratava de uma sombra como pensei, mas, sim, de uma nuvem de gafanhotos. Nunca vira nada como aquilo antes.

Seguimos o caminho como se estivéssemos em câmara lenta, com vapor subindo do asfalto. Depois do que pareceu uma eternidade, o carro enfim entrou noutra estrada, flanqueada por diversos carros em ruínas. Era uma paisagem desoladora que fazia lembrar o cenário de um filme de ficção científica, no qual o herói se vê forçado a sobreviver depois de uma guerra nuclear.

Não sabia bem onde estávamos. Além de minha breve visita às Terras Miseráveis, nunca atravessara os túneis. Tentava descobrir onde estávamos quando, por meio da névoa, comecei a ver figuras enlameadas na beira da estrada. E então vi a multidão: centenas, milhares deles, esperando por nós, envolvidos em fumaça e cinzas. Um mar de rostos de repente se virou, procurando algo. Observaram com olhos vagos e esperaram.

Tentei imaginar pelo que podiam estar esperando. Por um tipo de sinal, mas de quê? Percebi que deviam vestir as mesmas roupas com as quais morreram. Alguns usavam aventais de hospital ou camisetas manchadas de sangue e sujeira. Outros estavam bem-vestidos, em ternos bem-feitos ou vestidos de festa, mas todos tinham aquele olhar murcho e vago dos zumbis.

Poucos segundos depois, a multidão ganhou vida, e todos começaram a se empurrar para ter uma visão melhor. Os olhos fundos deles me observavam com curiosidade. Como se reagissem a um sinal invisível, começaram a gritar e a bater palmas, esticando os membros esqueléticos na nossa direção. Eu me retraí de medo, mas grata, pela primeira vez, por Jake estar comigo. Apesar de me ressentir e de saber que aquele desfile horrendo era coisa dele, me flagrei mais perto dele. Ironicamente, Jake era o mais próximo de segurança naquele local, e sua presença era a única coisa que mantinha minha sanidade.

Conforme a limusine passava pela rua, as pessoas se reuniam ao redor dela. Não sabia aonde estávamos indo ou o que aquelas almas queriam testemunhar, mas percebi muito bem que Jake estava desfilando comigo, como se eu fosse um troféu. Sabia que representava um triunfo sobre as forças do Céu. Minha captura era uma vitória para ele, e dava para ver em seu rosto como estava curtindo cada minuto.

De repente, Jake ficou em pé dentro da limusine, puxando-me para ficar ao seu lado. Tentei me livrar, mas ele me segurava com tanta força que, quando me soltou, vi dois vergões. A multidão ficou enlouquecida, num empurra-empurra para poder subir nos capôs dos carros ou assistir pelas janelas chamuscadas.

— Você deveria acenar — disse Jake. — Treine um pouco.

— Pode, pelo menos, dizer para onde está me levando? — perguntei.

Jake lançou-me um de seus olhares característicos, sorrindo com desdém.

— E estragar a surpresa?

O motorista saiu à esquerda da estrada principal e estacionou diante do que parecia ser um ferro-velho com montes de metal retorcido. Uma área fora esvaziada para erigir um palco improvisado com microfones e alto-falantes. Os guarda-costas de Jake, prontos para se comunicarem uns com os outros, patrulhavam a região. Jake me ofereceu o braço, e fiquei tão surpresa com a comoção ao redor que acabei aceitando o apoio. Ele pareceu contente, mas eu estava nervosa demais para me importar. Juntos, subimos as escadas de tapetes vermelhos como se fôssemos convidados VIP de alguma festa hollywoodiana. À nossa espera sobre um palco que ficava embaixo de um dossel de rosas pretas retorcidas, havia dois tronos prateados, cobertos com pele de marta preto. Talvez, num ambiente diferente, aquilo chamasse a atenção, mas, naquele momento, parecia um peso morto, algemas de ferro que me prendiam àquele mundo subterrâneo. Não estava me sentindo muito firme, por isso, quando Jake me levou ao assento, com uma grande demonstração de cavalheirismo, me afundei ali, aliviada. Uma onda de ansiedade tomava conta da amorfa multidão enquanto esperavam pelo discurso de Jake. Até mesmo os morcegos que eu vira nos sobrevoando pararam de voar.

— Sejam todos bem-vindos — começou Jake. Ele não precisava de microfone. Sua voz forte reverberava pela multidão. — Hoje é um dia importante, não apenas para mim, mas para todo o reino de Hades.

Os gritos aumentaram e só diminuíram de novo quando Jake ergueu as mãos, pedindo silêncio. Abaixo de nós, vi a elite de Hades sentada em ordem hierárquica. Todos tinham a mesma expressão condescendente e meio sádica, mas, ao mesmo tempo, pareciam atônitos. As almas pareciam aterrorizadas e ainda assim não conseguiam desviar o olhar. Senti um ar quente em meu rosto e desejei estar na cobertura de novo; presa, mas longe dos olhos observadores dos malditos.

Jake se impôs erguendo a mão, num gesto exagerado e abrangente, e, como peças de dominó, as almas se ajoelharam, uma a uma. Tentei manter o foco no céu vermelho, sem olhar diretamente para ninguém na multidão. Estava com muito medo do que podia ver naqueles olhos. A sensação terrível de que algo péssimo estava para acontecer me envolvia. Vi um velho barbudo e curvado subir as escadas com a ajuda de um funcionário e se aproximar do microfone. Ele vestia as roupas comuns de um padre, uma batina preta com gola branca. Seu rosto era enrugado e envelhecido. Os olhos estavam vermelhos, com bolsas sob eles; sacos moles de carne arroxeada que me faziam lembrar saquinhos de chá usados.

— Por favor, recebam o padre Benedict — anunciou Jake, parecendo um apresentador de programa de entrevistas. — Ele realizará a cerimônia hoje.

Jake sorriu com simpatia quando o senhor abaixou a cabeça em reverência. Fiquei boquiaberta ao ver tamanho sacrilégio: um homem de Deus reverenciando um demônio como Jake.

— Não se assuste tanto — comentou Jake com casualidade, voltando ao seu assento. — Até mesmo os mais devotos podem cair.

— Você é desprezível — foi tudo o que eu disse.

Jake olhou para mim surpreso.

— Por que eu? — Ele fez um meneio de cabeça na direção do padre Benedict. — Se quer apontar um dedo a alguém, que seja a ele.

— O que ele está fazendo aqui?

— Digamos que ele fracassou em proteger os inocentes. Agora trabalha para nós. Com certeza você consegue perceber a ironia. — Olhei para ele com fúria. — Ou não.

Percebi que Jake estava sendo cuidadoso de propósito. Apesar do calor, senti meu sangue gelar, como se alguém tivesse injetado gelo na minha corrente sanguínea. Tinha consciência de que era uma conquista de Jake, um souvenir de sua vitória sobre os agentes do Céu. Mas o que mais estava acontecendo ali?

— Não vou fazer nada que você quiser que eu faça — avisei.

— Acalme-se. Só preciso de sua presença — respondeu ele. De repente, todas as peças se encaixaram. O vestido, o desfile e agora a cerimônia... Tudo começava a fazer sentido.

— Não vou me casar com você — afirmei, segurando com força os braços do trono. — Nem agora nem daqui a milhões de anos.

— Não é um casamento, querida — disse Jake, rindo baixinho. — Essa parte vem depois. Como cavalheiro que sou, nunca a forçaria a fazer algo para o qual não estivesse preparada.

— Ah, é? Mas pode me sequestrar? — perguntei com sarcasmo.

— Precisava chamar a sua atenção — respondeu Jake num tom *blasé*.

— Você quer mesmo ficar com alguém que não suporta olhar para a sua cara? — perguntei. — Não tem amor-próprio?

— O que acha de lavarmos a roupa suja em casa? Agora, você é a queridinha de todos. Aproveite o momento.

Jake fez um gesto na direção da plateia, que esperava com ansiedade para que algo acontecesse.

— Eles fizeram uma longa viagem para dar as boas-vindas à nova princesa.

E então, rápido como um raio, empurrou a cadeira para trás e ficou atrás de mim, para que eu ficasse no meio do palco. Isso aumentou a animação, e milhares de olhos me observaram com fanatismo.

— Isto — sussurrou Jake sedutoramente pelas minhas costas — é uma indução. Veja, Bethany. Este é o seu reino, e *este* é o seu povo.

— Não sou a princesa deles. E nunca serei!

— Mas eles querem você, Beth. Precisam de você. Estão esperando por isso há muito tempo. Pense na diferença que você poderia fazer aqui.

— Não posso ajudá-los — retruquei com fraqueza.

— Não pode ou não quer?

A conversa foi interrompida por alguém pigarreando alto. Era a ruiva chamada Eloise, a do banquete.

— Por favor, podemos continuar? — perguntou Jake, apressando o padre Benedict.

— Vamos começar.

Eu não fazia a menor ideia de como era a “indução”, mas sabia que não conseguiria passar por ela. Precisava sair dali. Parti para a escada e até consegui derrubar um casal, mas fui contida pelos seguidores de Jake, mais adiante. Logo, eles me cercaram. As mãos quentes me tocaram, vindas de todas as direções. O rosto deles estava contorcido de prazer, alternando expressões de beleza e suas formas grotescas reais. Jake ficou sentado ao meu lado, com a aparência serena. O padre colocou uma coroa prateada de folhas de videira na cabeça de Jake, que brilhava em contraste com seus cabelos pretos macios.

Nas mãos ásperas, o padre Benedict segurava uma coroa idêntica para mim. Quando falou, sua voz rouca ressoou pelo espaço.

— Estamos aqui hoje para recepcionar um novo membro da nossa família. O príncipe tem procurado por ela há muitos séculos, e dividimos com ele nossa felicidade agora que a encontrou, finalmente. Ela não é uma simples mortal sucumbida à atração do poder e da imortalidade. Ela vem de um lugar muito superior... um lugar chamado Reino do Céu. — A multidão se surpreendeu. Tentei imaginar se eles, com suas mentes atormentadas, conseguiam se lembrar de um lugar como o Céu. Duvidei de que conseguissem. — Vocês devem adorá-la — entoou o padre Benedict, erguendo a voz em fervor. — Devem servi-la e reverenciá-la. — Senti vontade de me levantar e negar tudo o que ele estava dizendo, mas sabia que seria silenciada. O padre Benedict concluiu: — Apresento a vocês a nova Princesa do Terceiro Círculo, Bethany!

Depois de dizer isso, ele se virou e colocou a coroa na minha cabeça. Quando fez isso, um raio iluminou o céu vermelho e uma tempestade de cinzas surgiu ao nosso redor, obrigando as almas a correrem para encontrar abrigo e proteger o rosto. Os demônios pareciam se divertir com a reação da plateia.

E então, com a mesma rapidez com que começou, a cerimônia terminou, aparentemente. O padre desceu do palco e todos começaram a se dispersar. Quando estávamos voltando para o carro, uma criança esfarrapada atravessou a multidão e partiu em nossa direção. Era um menino pequeno e frágil, o rosto de moleque. Ele se voltou para mim, com os braços esticados em súplica. Diego o viu antes. Saiu da procissão e agarrou o menino, com os dedos cruéis no pescoço dele. Assisti horrorizada enquanto a criança lutava para respirar, com os olhos arregalados de medo, debatendo as mãozinhas ao lado do corpo. E então Diego, de repente, pareceu entediado e o jogou para o lado, como quem amassa uma folha de papel e a descarta. O menino emitiu um gargarejo esquisito. Meu instinto foi correr para ajudá-lo. Tentei me mexer, mas Jake me puxou de volta.

— Mostre um pouco de dignidade! — rosnou ele.

E então, sem pensar, dei um chute no tornozelo dele para me livrar. Isso o distraiu o bastante para que eu corresse para o lado do menino. Levantei o pequeno corpo caído, arrastando a cauda do meu vestido na poeira. O menino fechou os olhos e tirei a poeira de seu rosto abatido, pousei a mão em seu peito e apliquei toda a energia curativa que tinha para restaurar a vida que lhe havia sido roubada. Quando os lábios dele voltaram a ter cor e ele abriu os olhos, sorri de modo a acalmá-lo. Só então percebi como tudo havia ficado silencioso. Todos olhavam para mim. Vi Jake em pé a alguns metros, mas seu rosto estava fixo numa expressão de surpresa. Não consegui me mover, pois o grupo de Jake me envolveu, guiando-me de modo protetor de volta ao carro. Quando me sentei perto dele, senti a respiração quente de Jake na minha orelha.

— Nunca mais faça isso — advertiu. — O que está pensando? Somos filhos de Lúcifer. Nosso propósito é causar sofrimento, não aliviá-lo.

— Fale por si mesmo — respondi, com coragem.

— Escute aqui. — Jake segurou meu braço. — As Sete Virtudes no Céu são os Sete Pecados no Inferno. Um ato de gentileza aqui é um pecado capital. Nem mesmo eu serei capaz de proteger você.

Não estava mais ouvindo o que ele dizia. De repente, me senti muito calma. Agora sabia que tinha o potencial de fazer a diferença, até mesmo no Inferno. Meu corpo todo ficou em alerta. Eu só fizera o que me era natural, tentei dar conforto ao ver alguém sofrer. Concentrei meus poderes de cura, senti quando eles se acumularam sob a minha pele. Minhas asas estremeceram, mas contive o desejo de abri-las. A luz começou a emanar de mim. Ela saiu do carro, para dentro da clareira e passou por cima da multidão. Subiu e transformou o vermelho do céu num branco leitoso. Durante todo o tempo, consegui escutar a voz de Jake ao fundo...

— O que está fazendo? Pare com isso agora mesmo! Eu a proíbo!

Ele não parecia irritado, apenas assustado. E então a luz vazou e desapareceu por fim, deixando em seu lugar uma bela borboleta solitária. Ela sobrevoou a multidão, um pequeno fragmento de esperança num mar de desespero. Alguns tentaram segurá-la, mas todos olhavam para cima, surpresos ou horrorizados. Jake ficou tenso como pedra. Com ele temporariamente incapacitado, Asia resolveu assumir o controle da situação.

— Mate o inseto — disse ela rispidamente. — E tire-a daqui.

21

O GRANDE PAI

De volta ao hotel Ambrosia, os demônios de Jake se reuniram para uma reunião de emergência. Recusaram a oferta de usar a sala de reunião e ficaram na recepção discutindo como criancinhas no parquinho. Eles me ignoraram, mas escutei meu nome sendo dito em frases que incluíam "besteira sem tamanho" e "estamos ferrados". A briga aumentou até eu sentir Jake me levar pelo cotovelo na direção de Hanna, que assistia a tudo ali perto e retorcia as mãos com nervosismo.

— Leve Beth para o andar de cima — disse Jake, empurrando-me para ela. — Não pare e não fale com ninguém.

— Não queria causar tanto problema — gaguejei. Não consegui pedir desculpas... Não era verdade. Apenas não havia esperado aquele tipo de pandemônio. — Simplesmente aconteceu.

Jake me ignorou.

— Agora, Hanna! — gritou ele.

— Não consigo entender o porquê de tanto exagero — comentei, resistindo às tentativas de Hanna de me afastar. — Pelo menos diga o que está acontecendo.

Jake baixou a voz e fixou em mim seu olhar de raiva.

— As coisas estão prestes a ficar feias. Estou tentando livrar a sua pele, e as chances de fazer isso serão muito maiores se você sair do caminho.

Olhando ao redor, vi os olhos negros de todos os demônios presentes brilhando de interesse. Minha presença não estava mais sendo vista com o divertimento ou com a curiosidade de sempre. Pareciam pessoas malucas, que só queriam me esquartejar. Observei quando Jake se virou para meus jurados. Ele era alto e estava lindo de fraque preto e os cabelos soltos caindo pelos ombros. Consegui ver na agressividade de seu olhar que ele estava se preparando para uma briga.

— Vamos, senhorita. — Hanna estava ficando agitada. Dessa vez, não discuti e corri atrás dela. Mesmo dentro do elevador, conseguíamos escutar partes da discussão.

— Ela é uma farsa! — gritou alguém. — Você nunca deveria tê-la trazido para dentro do Terceiro Círculo.

— Ela é jovem — escutei Jake responder na defensiva. Eu me senti meio culpada por deixá-lo enfrentar a situação sozinho. O próprio povo estava se virando contra ele por minha causa. — Ela é nova nesta vida. Precisa de mais tempo para se adaptar.

— Quanto tempo? Ela está perturbando o equilíbrio aqui — argumentou outro. — Você queria um gatinho para brincar... agora ensine as regras da casa.

— Ela não é um animal a quem posso ensinar truques. — Jake estava fervendo de raiva.

— O que você quer com ela, afinal? — perguntaram. — Vale a pena ter a sua reputação manchada por um pouco de divertimento? Os outros círculos estão rindo de nós.

— Não tenho que me explicar a você. — A voz de Jake estava baixa e rouca.

— Talvez não, mas você não é a autoridade máxima aqui.

— Você quer mesmo perturbá-Lo? Por causa *disso*?

— Não, mas é o que farei se você não conseguir manter a sua cadelinha sob controle.

O salão parecia morto. Vi Hanna apertar o botão do quarto andar freneticamente quando o elevador parou.

— O que você acabou de dizer?

— Você ouviu.

— Talvez você queira retirar o comentário — sugeriu Jake. Não havia como não perceber a ameaça velada em sua voz.

— Vamos lá, mandão. Vamos ver o que você vai fazer.

Tucker já estava esperando por nós quando Hanna nos deixou entrar no salão. Ele fechou a trava cromada de segurança, apesar de sabermos que ela não ajudaria a manter os demônios lá fora.

Sentei-me de pernas cruzadas sobre a cama, abraçando um travesseiro para me acalmar.

— O que você acha que está acontecendo lá embaixo?

— Você não deve se preocupar, senhorita — Hanna respondeu com presteza. — O sr. Thorn vai convencê-los. Sempre consegue.

— Espero que esteja certa — disse. — Não pensei que eles fossem se irritar tanto.

— Eles são demônios, sempre exageram nas reações. — Tucker deu de ombros, tentando fazer com que me sentisse melhor.

Jake ficou discutindo na recepção por muito tempo. Por fim, logo depois da meia-noite, Tucker e Hanna foram dormir. Eu estava ficando com sono e quase tirando o vestido de veludo quando escutei Jake atrás da porta, me chamando. Era a primeira vez que ele batia à porta e não entrava de uma vez.

— Que bom que você ainda está acordada — disse ele, assim que permiti que entrasse. — Precisamos ir.

Aquilo mais pareceu um pedido de desculpas do que uma ordem, e ele segurava uma roupa embaixo do braço. Tinha um olhar estranho, e, se não o conhecesse, poderia dizer que era medo. Ele não havia feito aquela cara nem quando Gabriel o envolveu em labaredas e mandou a Terra engoli-lo vivo. Na derrota, ele adotava uma postura desafiadora. O que poderia ter acontecido para abalá-lo daquela forma?

— Aonde vamos?

Jake contraiu os lábios e tentou conter a ansiedade.

— Eles convocaram uma audiência.

— O quê? Por quê? — Eu estava totalmente desperta.

— Não pensei que chegaria a esse ponto. Vou explicar no caminho.

— Posso trocar de roupa antes?

— Não temos tempo.

Do lado de fora da recepção, a moto de Jake esperava por nós, ligada.

— Por que a moto? — perguntei.

— Quero evitar chamar muita atenção — disse ele. — Coloque isto. — Ele jogou para mim a capa marrom que estava carregando.

— Achei que você quisesse chamar atenção — disse, relembrando o desfile humilhante de horas antes.

— Dessa vez, não.

— Por que tenho que obedecer ao que você diz? — perguntei.

— Beth. — Jake suspirou como se sentisse dor. — Pode me odiar o quanto quiser, mas pode acreditar... hoje estou do seu lado.

Por algum motivo, acreditei no que ele disse. Vesti a capa e coloquei o capuz na cabeça. Jake me ajudou a subir na moto e atravessamos sem fazer barulho os túneis que surgiam e se entrelaçavam à nossa frente, intrincados como uma teia de aranha.

Pressionei o rosto contra as costas dele para me esconder dos horrores que se escondiam no escuro.

Depois de um tempo, Jake parou ab-ruptamente diante do que parecia um galpão abandonado ao fim de uma rua estreita. Descemos e ficamos olhando as ruínas de um prédio que tinha diversos andares, apesar de subterrâneo.

Vândalos estouraram a maioria dos vidros das janelas, que tinham sido cobertas com papelão. Havia pichações no lado de fora das paredes. Jake hesitou uma fração de segundo antes de avançar. Pelo olhar dele, percebi que tentava arquitetar um plano.

— Pronto — disse ele, olhando para mim com uma seriedade incomum. — Você conseguiu uma audiência com o Grande Pai em pessoa. Poucos mortos e poucos vivos têm essa honra.

— Epa, como é que é? — perguntei. — Você me trouxe para falar com Lúcifer? Ficou maluco? Não vou entrar!

— Não temos escolha — afirmou Jake. — Fomos convocados.

— Por quê? Isso tem a ver com a borboleta? — perguntei, desesperada. — Não vou fazer isso de novo, juro. — A autoconfiança que havia recuperado no fim do desfile me abandonou bem naquela hora.

— Ninguém está bravo com você — avisou Jake. — Eles se reuniram para me julgar e para decidir que castigo será aplicado a mim por tê-la trazido aqui.

— Que bom. Você cometeu um *erro* ao me trazer aqui. Bem feito para você quando eles me mandarem de volta.

— Espero que seja simples assim — murmurou Jake com o olhar distante. — Seria um castigo leve.

— Como assim?

— Esqueça, vamos entrar. — Jake se endireitou. — Já O deixamos esperando por muito tempo. Lembre-se de que você não deve falar, a menos que se dirijam a você. Entendeu? Não é hora de criar problemas.

Jake tinha acabado de dizer isso quando um leão de chácara de terno preto, muito parecido com os que eu vira nas boates subterrâneas, abriu as portas pesadas. Escutei o som de metal raspando em metal quando ele fez um gesto para que entrássemos.

— Entrem — escutamos uma voz forte vinda do lado de dentro. — Eu não mordo.

O espaço interno do galpão fora montado para parecer um tribunal improvisado. Sete figuras escuras e sombrias estavam sentadas num semicírculo sobre o que pareciam caixas de cabeça para baixo. Alguns mantinham os braços cruzados como se estivessem esperando por tempo demais. Instintivamente, percebi que eles eram os Originais, os semelhantes de Jake. Ao observar os rostos, vi Diego, Nash, Yeats e Asia sob a luz fraca. Concluí que também tinham se reunido — talvez como testemunhas.

Quando meus olhos se adaptaram à penumbra, vi que alguém mais alto presidia o grupo. Ele estava sentado numa cadeira de encosto alto em estilo Tudor, desgastada. Trajava um terno branco de linho com uma gravata vermelha de seda e calçava botas brancas de caubói. Apesar do rosto dele ainda estar na sombra, tive certeza de que era quem eu havia escutado na sala de reunião. Segurava um cajado com ponta de marfim que batia de leve no chão de cimento, como se já estivesse entediado. Quando Jake e eu entramos, todos se calaram e, por alguns minutos, o local permaneceu em total silêncio. Tive uma breve oportunidade de avaliar o espaço abandonado e seus ocupantes.

Além dos vidros quebrados, havia muitas teias de aranha grudadas a maquinários cobertos de poeira. O bater de asas acima de nós sugeria que morcegos haviam feito casas nas vigas de madeira. Assim como Jake, os anjos caídos ao meu redor eram imagens de beleza apagada. O sexo de alguns era indeterminado, mas todos tinham os mesmos traços: lábios finos da cor de pêssego, nariz levemente recurvo e mandíbulas fortes. Tinham o mesmo olhar vago daqueles que dedicavam a vida a buscas sem sentido. Eram incapazes de se surpreender, mas percebi que minha presença os surpreendia. Havia algo de diferente em como se portavam, e o ar de superioridade que irradiavam os distinguia como os Originais. Eram o equivalente à realeza naquele mundo. E agora se dirigiam a Jake com frieza, como se ele não fosse mais parte do grupo, mas, sim, um pária afastado do bando.

Quando o rosto do homem vestido de branco apareceu, vi que ele era mais velho do que os outros. A pele dele era bronzeada e grossa, e os olhos de um azul translúcido, mas sem qualquer expressão. Estava muito bem-vestido e mantinha os cabelos grisalhos penteados para trás, e com uma mecha presa por uma presilha dourada. Tive que admitir que ele era extremamente belo. Os anjos não envelhecem, mas pensei que a constante propagação do mal causasse desgastes. Apesar de envelhecido, Lúcifer tinha um expressão radiante, os olhos vivos e todos os ângulos esculpidos com perfeição. Suas sobrancelhas eram grossas e os olhos tão intensos que chegavam a me arrepiar. Sabia que no Céu ele fora um dos mais reverenciados de nossa espécie, com rara beleza e inteligência. Quando ele falava, sua voz reverberava, lenta e musical.

— Olá, anjinho — disse ele. — O que acha desta reunião em família? — Alguns Originais riram baixinho.

— Pai. — Jake deu um passo à frente de modo formal. — Tudo isso é um grande mal-entendido. Se puder me dar a oportunidade de explicar...

— Oh, Arakiel, meu menino querido — disse Lúcifer num tom paternal. — Você tem muito pelo que responder.

Precisei de um momento para perceber que ele chamara Jake por seu nome angelical. Como sempre, me assustei ao lembrar a antiga vida de Jake. Era muito estranho pensar que, muito tempo atrás, antes mesmo de eu existir, todos eles tinham vivido no Céu. Gabriel se lembrava com clareza e para ele não parecia que havia passado tanto tempo assim. Eu sabia que ele testemunhara a insurreição dos anjos rebeldes e a grande expulsão do Reino. Sabia do mal que eles espalharam desde então, mas ainda assim uma palavra continuava soando em minha mente: *irmãos*. E veja o que aconteceu com eles. Por um momento, todos os meus medos e raivas se desfizeram e senti apenas uma tristeza profunda. A voz de Lúcifer me levou de volta à realidade.

— Você deve uma explicação a este tribunal, Arakiel — disse ele. — Esse pequeno deslize causou muito transtorno no grupo. Alguns temem que isso possa destruir tudo o que lutamos para construir. Devemos, a todo custo, preservar o que é nosso.

— Pai. — Jake fez uma reverência. — Não pretendo desrespeitá-lo, mas foi o senhor que sancionou essa tarefa.

— É verdade — concordou Lúcifer. — Reconheci sua coragem em trazê-la aqui, mas parece que suas emoções tomaram conta da situação. Receio que isso não seja mais apenas negócios para você. — Ele semicerrou os olhos com malícia. — Na verdade, suspeito que nunca tenha sido.

— Com licença, tenho uma pergunta... — Dei um passo adiante, e os olhos dos demônios brilharam ao mesmo tempo, todos se viraram para mim. Cerrei os punhos para não tremer e continuei. Estava mais do que encrencada, mas também precisava de respostas e, ironicamente, tinha a sensação de que Lúcifer diria a verdade. — Estou um pouco confusa. Compreendo o fato de o Senhor querer que eu viesse para cá, mas não entendo o motivo.

Lúcifer abriu um sorriso.

— Sim — disse ele. — Foi com o meu consentimento que Arakiel trouxe você para nós.

— Mas não sou importante. Por que eu?

Lúcifer tamborilou os dedos no cajado.

— Você é um peão, minha cara — disse ele. — Como sabe, o Céu lançou mais um de seus esquemas de cura do mundo — Lúcifer revirou os olhos. — Tudo foi muito entediante: fazemos uma bagunça, eles limpam tudo, e assim por diante. Estamos cansados disso, e é aí que você entra. — Ele me observou com os olhos claros. — Usei você para enviar uma mensagem.

— Que mensagem?

Diego, o rapaz moreno, se levantou de repente, para esclarecer.

— Isso mesmo, o jogo começou.

— O que isso quer dizer? — perguntei baixinho, lutando contra o pânico que só aumentava dentro de mim.

— Bem, acho seguro contar o segredo agora que você está aqui — disse Lúcifer. — Digamos apenas que já era hora de essa disputa familiar acabar.

Jake, que até então se mantivera calado, resolveu falar.

— Arrastar um anjo para o Inferno contra a vontade dele é um sinal — disse. — Marca o começo da guerra.

— Haverá uma guerra?

— Sempre estivemos prestes a ter uma guerra — disse Lúcifer. — Desde o dia em que meu irmão virtuoso me expulsou.

— Estamos esperando por isso há muito tempo — acrescentou Diego com seu forte sotaque hispânico. — Para mostrar a eles quem manda, para mostrar a eles como o planetinha precioso é frágil.

Eu hesitei e balancei a cabeça.

— Não. Não é verdade.

— Oh, sim — disse Nash, entusiasmado pela mudança no tom da audiência. — Estamos falando sobre o confronto final, o encontro do seu Pai com o nosso.

— É melhor acreditar nisso, anjinho — acrescentou Lúcifer. — Estamos nos direcionando ao Armagedom. E promete ser um belo espetáculo.

Fiquei paralisada, não me atrevi a respirar. Por um lado, esperava que os demônios de repente começassem a rir e revelassem que eu era o motivo de uma piada cruel. Mas, no fundo, sabia que não era piada. Eles estavam falando sério, e o mundo estava encrencado. Não acreditei no que estava ouvindo. Eles achavam que minha captura funcionaria como um catalisador, a cartada final que colocaria os anjos em pânico. Será que era isso mesmo? O Inferno atacou, então o Céu agora teria outra escolha, além de rebater? Lúcifer planejara o meu sequestro para entrar em conflito com o Meu Pai, abalar as estruturas e causar o confronto mais sangrento de todos. Sabia ser um passo grande demais, mas era o que pretendia. Apostara suas fichas e torcia para que o Céu aceitasse o desafio. Estava abrindo os portões para a guerra.

A audiência parecia ter sido esquecida. Jake retomou o assunto com o que mais importava a ele.

— Então, vocês nos deixarão livres? — perguntou. — Pai, o anjo cumpriu seu propósito e não representa ameaça. Peço que ela seja confiada a mim.

— Ah! — disse Lúcifer com um suspiro exagerado. — Acho que não vou poder fazer isso. — Ele ergueu o cajado e o apontou para mim. — Não depois do showzinho que a srta. Church deu ontem.

— Ela me pertence! — A voz de Jake soou muito estridente no galpão. Eu não tinha muita noção de estratégia, mas percebi que ele estava perdendo a linha. Precisava controlar as emoções se quisesse chegar a algum lugar.

Lúcifer ajeitou-se, e Jake abaixou a cabeça com submissão, demonstrando arrependimento pela falta de controle.

— Quando o tornei responsável pelo projeto, não sabia que você havia *investido emocionalmente* nele. — Lúcifer disse as últimas palavras com certa repulsa.

— Eu... eu não fiz isso — retrucou Jake. — Sabia que ela seria um prêmio, e achei que poderia apenas aumentar nossas conquistas...

— Não minta para mim, rapaz! — vociferou Lúcifer tão ríspido que os presentes se assustaram. — Você a cobiçou desde o início. Eu nunca lhe teria confiado a missão se soubesse dessa grande obsessão.

Jake fitou o Pai diretamente. Seu maxilar tremia.

— Foi o que o Senhor me ensinou a fazer: pegar o que eu quero.

Lúcifer riu e suavisou o tom.

— *Querer* é diferente de *precisar* — disse ele. — Você *queria* o menino de perna manca e a chata de Buchenwald. Mas quanto a Bethany... você *precisa* dela, e esse apego só o enfraquece, acaba com sua força. É perturbador ver um dos mais fortes que tenho caindo desse jeito.

— Vou me redimir, Pai.

— Vai mesmo — respondeu Lúcifer. — Vou cuidar pessoalmente para que isso aconteça.

— O que posso fazer? — Jake abaixou a cabeça, e Lúcifer estalou a língua.

— Você é meu filho, um dos meus filhos mais bem-sucedidos. Não se preocupe. — Ele sorriu com simpatia. — Papai consertará tudo.

— Ele não é um de seus filhos — interrompi, incapaz de me controlar. Minha boca parecia ter tomado uma decisão sem me consultar e continuou a falar, apesar de eu saber com todas as fibras do meu ser que deveria me calar. — Se consegue se lembrar, foi o *Meu* Pai quem o criou... e quem criou *o senhor* também, aliás.

Jake virou-se e me lançou um olhar mortal.

Lúcifer só inclinou a cabeça e olhou para mim com um leve sorriso.

— Olhe ao redor, anjinho — disse ele. — O mundo está ruindo, e você está no Inferno. Onde está o seu pai agora? Por que ele não vem salvá-la? Ou ele não se importa, ou não é tão poderoso quanto você pensa.

— Ele teve o poder de expulsar o senhor do Céu — retruquei com coragem.

— E por que acha que ele fez isso? — Lúcifer me abriu um largo sorriso. — Por que acha que ele construiu esta jaula subterrânea para me prender? Porque ele estava assustado. Não é preciso trancar numa jaula uma criatura que não é perigosa.

— Se é tão perigoso, por que não sai daqui? — desafiei.

— Não posso. — Lúcifer deu de ombros e apresentou os demônios ao seu redor. — Mas posso reunir um exército e mandá-lo em meu lugar. É um mero detalhe técnico, querida. — Ele se voltou a Jake. — Entendi por que você se sentiu atraído. Ela é bem espirituosa, não é?

— Sinto muito, Pai — implorou Jake. — Ela não sabe o que está dizendo, não se ofenda.

— Não me ofendi — disse Lúcifer. — Mas acho mesmo que você não vai poder ficar com ela.

Os olhos de Jake se encheram de medo, apesar dos esforços para manter a compostura.

— É verdade o que seus irmãos me disseram... que ela invocou a vida? — perguntou Lúcifer.

— Sim, mas foi um acidente. Não vai acontecer de novo, cuidarei para que não se repita — insistiu Jake.

— Você não está me entendendo, rapaz. A presença dela gerou esperança. Com a esperança no Inferno, tudo o que construímos vira fumaça.

— Vou mantê-la sob controle. Farei o que for preciso. Tem a minha palavra.

— Consigo sentir a moralidade abundante nela. Dá náuseas. Sou só eu que sinto ou mais alguém? Ela já infectou nosso mundo com a compaixão e as atitudes amorosas. A simples presença dela aqui é uma aberração.

— Mas, Pai, pense nos ganhos.

Lúcifer olhou para Jake, mas não lhe deu muita atenção. Percebi que ele logo encerraria a audiência.

— Dei a você permissão para trazê-la aqui. Não disse que ela poderia ficar.

— Não pode tirá-la de mim! — Jake parecia uma criança mimada e chegou a bater o pé.

Lúcifer inclinou-se para a frente e repousou os cotovelos nos joelhos.

— Não há nada que eu não possa fazer se assim quiser — respondeu ele. — Você está à minha mercê aqui e não deve se esquecer disso. Eu poderia retirar os seus poderes por isso. Para sua sorte, não gosto de humilhar meus filhos. — Ele suspirou com exagero. — Não consigo controlar meus instintos de pai.

— Então, o senhor vai mandá-la de volta? — Jake parecia arrasado.

— Mandá-la de volta? — Lúcifer ergueu uma sobrancelha. — Isto aqui não é um conto de fadas, rapaz. As coisas não funcionam assim, não. Você, mais do que ninguém, já deveria saber. — Ele balançou a cabeça, desanimado. — Veja o dano que ela já lhe causou.

Jake olhou para mim completamente em pânico.

— *Faça alguma coisa* — murmurou desesperado.

Fiquei paralisada, confusa e com medo. Primeiro, ele me instruiu a não falar nada e agora queria que eu reagisse. O que ele achava que eu podia fazer?

Lúcifer se levantou de repente.

— Sinto muito, Arakiel, mas seu plano foi muito mal-elaborado. Assim que ela chegou a Hades, você sabia que isso aconteceria. Nunca ame aquilo que você não pode ter. Seu anjo sempre esteve condenado a morrer.

De repente, uma ideia me ocorreu.

— Não vai dar certo — gaguejei. — Não posso morrer aqui. São as regras. Se me matarem, voltarei ao Céu.

— Não, minha cara — disse Lúcifer, balançando a cabeça. — Sua morte na Terra mandaria você de volta ao Céu. Mas aqui embaixo a situação é outra. O fogo do Inferno é forte o bastante para acabar com um anjo para sempre.

— Mas e se ela concordar em se converter? — perguntou Jake, desesperado. — E se ela se tornar um de nós?

— Muito improvável. — disse Lúcifer de modo lânguido, analisando as unhas bem-feitas. Ficou claro que ele estava entediado com toda a discussão. — Ela está no outro time, pelo que vejo.

— Ao menos dê a ela a chance de escolher.

Lúcifer suspirou com força.

— Minha cara Bethany, você aceitaria a chance de renunciar ao Céu e usar seus poderes para nos ajudar?

— Não — disse. — Mil vezes não.

— Satisfeito? — perguntou Lúcifer a Jake.

— Pai. — Um dos Originais desconhecidos deu um passo à frente. Era uma mulher com cachos de cabelos castanhos brilhantes que chegavam à cintura, lábios vermelhos e olhos castanhos reluzentes. Parecia uma boneca de porcelana e tinha a pele tão branca que parecia nunca ter visto o sol. Talvez não tivesse, mesmo, pensei. Não entendi por que não estava amedrontada, por que não estava chorando nem implorando por misericórdia. Parecia que o tempo havia parado, que os segundos se arrastavam e que minhas emoções tinham sido desconectadas, como se alguém tivesse puxado uma tomada. O demônio prosseguiu: — Acho que podemos usá-la como exemplo.

— Como assim, minha adorável Sorath? — perguntou Lúcifer.

— Se queremos acabar com a influência dela e restaurar o equilíbrio do poder, devemos mostrar às pessoas que estamos falando sério — Sorath virou o pescoço comprido para olhar em meus olhos. — Devemos castigá-la publicamente.

Lúcifer levou a mão ao queixo e fez cara de pensativo.

— Uma ideia interessante. O que sugere? — Ele sorriu para os sete demônios como um pai bonzinho. — Permitirei que vocês decidam o método.

Observei com silêncio e surpresa enquanto os Originais deixavam seus assentos e se reuniam como urubus num bando. Eles conversaram, falando baixinho. Diego e Nash olharam furtivamente para mim, e Asia parecia mais contente do que um gato diante de um balde de peixe. Lúcifer esperou com paciência enquanto Jake caminhava de um lado para o outro sem parar, dando a impressão de que queria dizer alguma coisa. Ficou abrindo e fechando a boca, sem encontrar o argumento perfeito. Por fim, Sorath saiu do círculo.

— Decidimos. — Ela sorria com satisfação.

— Vocês estão todos de acordo? — Lúcifer parecia meio desapontado. — Não precisaremos discutir mais abertamente?

— Não, Pai — respondeu ela.

— Então, declarem o veredicto!

Sorath se virou para mim, e os outros se posicionaram atrás dela. Seus olhos brilhavam como espadas, e ela abriu um sorriso de prazer.

— Vamos queimá-la — ronronou ela.

Lúcifer aplaudiu, aprovando. Atrás de mim, escutei Jake gemer com agonia.

22

VIGÍLIA

Fiquei ali, impassível, enquanto os demônios saíam do galpão. Agora que meu destino fora decidido, eles não estavam tão interessados em mim. Apenas Asia fez uma pausa, longa o suficiente para me soprar um beijo antes de continuar.

— Arakiel, durante a madrugada, você entregará o seu anjo a nós — anunciou Lúcifer olhando para trás. — Vocês têm o que resta desta noite para as despedidas. Não digam que não tenho um bom coração.

Sabia que a dimensão do que acabara de acontecer não tinha sido assimilada porque eu estava muito calma. Jake estava me dizendo algo reconfortante, mas eu mal escutava.

— Você está em choque — disse ele, levando-me para a cadeira que Lúcifer havia ocupado. — Sente-se aqui. Vou procurar o Meu Pai para tentar convencê-lo a esquecer essa maluquice.

Sabia que Jake estava perdendo o seu tempo. A decisão era irrevogável, e nada que ele dissesse mudaria isso. Não queria perder o meu tempo pedindo ou discutindo. Só havia um pensamento em minha mente. Se Lúcifer estivesse certo — e não havia por que duvidar dele —, eu tinha apenas mais algumas horas de existência e não queria passá-las com Jake. O egoísmo dele me colocara nessa situação, para começo de conversa. Eu precisava voltar a Venus Cove mais uma vez para me despedir de Xavier e da minha família.

Se visse Xavier de novo, eu conseguiria enfrentar com mais facilidade o que quer que me acontecesse ao amanhecer. Mas não queria voltar apenas por mim. Precisava dizer a Xavier que ele podia continuar com sua vida, lhe dar a minha aprovação para seguir adiante. Eu não diria a ele o que me esperava de jeito algum. Nunca lhe causaria tanta dor. Queria que Xavier aceitasse o fato de que eu não voltaria para casa e parasse de procurar respostas. Sabia, pelo tempo passado no Reino, que as pessoas nunca superam de verdade a perda de um ente querido, mas a vida continua, e por fim elas acabam vivendo novas alegrias para compensar as perdas.

Não sabia quanto tempo Jake demoraria, mas concluí que negociar com Lúcifer devia ser algo demorado. Eu nunca havia tentado de nenhum lugar que não fosse o meu quarto antes, mas foi mais fácil do que pensei, porque dessa vez não me importava com o fato de ser vista.

Encontrei Xavier em seu quarto, sentado à beira da cama. Parecia distraído e um pouco abatido por não dormir. Uma mochila meio cheia estava aberta ao lado dele. Ele olhava fixamente para a pena em cima do criado-mudo. Era a pena que ele havia encontrado no assento do carro depois do nosso primeiro encontro. Ele a pegou, passou os dedos sobre ela de leve e sentiu seu cheiro. Eu o observei colocando-a dentro de uma camiseta dobrada, na mochila. Mas ele voltou atrás e a colocou de novo em cima da Bíblia de couro no criado-mudo. Eu me ajoelhei diante dele e percebi que ele estremeceu. Seus braços ficaram arrepiados, mas ele continuou sentado ali, parado.

— Xavier? — Eu sabia que ele não conseguia me ouvir, mas agora parecia concentrado. Será que ele sentia a minha presença? Será que também conseguia sentir como as coisas estavam erradas?

Ele se inclinou para a frente como se para escutar melhor. Pensei em fazer contato como naquele dia na praia, mas de certa forma não me pareceu correto. E também não tinha certeza de que conseguiria em meu estado mental atual.

— Ei, querido — comecei um pouco hesitante. — Vim me despedir. Aconteceu uma coisa, e tenho certeza de que não poderei vir vê-lo de novo. Por isso, decidi vir mais uma vez para pedir a você que não se preocupe mais comigo. Você parece muito cansado. Não vá ao Tennessee... não há motivo para isso agora. Procure esquecer que me conheceu. Quero que você tenha uma vida incrível. Precisa se concentrar no que o futuro reserva e deixar o passado para trás. Não me arrependo de nenhum segundo do tempo que passamos juntos, mas...

— Beth — disse Xavier de repente, interrompendo meu raciocínio. — Sei que você está aqui, consigo senti-la. O que está tentando me dizer? — Ele esperou um momento e acrescentou: — Pode me dar um sinal, como da última vez?

Ele estava tão esperançoso que tive uma ideia. Tinha uma maneira de dizer a Xavier exatamente o que queria que ele soubesse sem usar palavras. O quarto estava à meia-luz. Concentrei minha energia para abrir as cortinas e vi Xavier fechar os olhos quando o quarto foi iluminado.

— Bacana, Beth — disse ele. Eu me aproximei da janela e soprei com força, e uma parte do vidro ficou embaçada. Então, estiquei um dedo fantasmagórico e o usei para desenhar um coração no vidro. Ali, simplesmente escrevi X + B.

Xavier sorriu ao ver aquilo.

— Eu também amo você — disse ele. — E nunca deixarei de amá-la.

Comecei a chorar muito, sem conseguir conter as lágrimas. Se ao menos soubesse que poderia vê-lo na vida seguinte, talvez conseguisse tolerar. Mas não voltaria ao Céu. Não sabia para onde iria. Só sabia que uma eternidade de vazio estava à minha espera.

— Você precisa deixar de me amar — disse soluçando. Meu corpo todo doía pela dor de ter que deixá-lo. — Você precisa seguir adiante. Se houver um jeito de voltar depois da morte prometo que descobrirei. Mas apenas para ver como você está e conferir a vida maravilhosa que terá construído.

— Você está aqui! — Eu me sobressaltei ao ouvir a voz, mas era apenas Molly entrando no quarto. — Gabriel e Ivy estão esperando do lado de fora. Eles querem ir. Por que está aqui ainda?

Xavier fechou as cortinas para proteger o meu rabisco.

— Estou indo — disse ele. — Só mais um minuto. — Molly não se mexeu para sair.

— Antes de irmos, podemos conversar? Preciso de um conselho.

Xavier se virou para a janela onde eu continuava esperando. Percebi que ele não queria que eu fosse embora.

— Estou um pouco ocupado agora, Molly. Dá para esperar?

— Um pouco ocupado olhando para o nada? Não, não dá para esperar. Minha vida toda está ruindo, e você é a única pessoa com quem posso conversar.

— Pensei que estivéssemos brigados.

— Esqueça um pouco isso — pediu Molly. — Preciso de conselhos, e ninguém mais vai entender.

— É sobre o Gabriel, não é? — Percebi, então, que o rosto de Molly estava molhado de lágrimas. Ela também tinha chorado. Os cantos de seus lábios tremiam e seus ombros chacoalharam quando Xavier tocou no nome do meu irmão.

Converse com ela, Xavier, pensei. Molly precisa de você e é sua amiga. Você vai precisar de seus amigos. Não sei se Xavier recebeu a minha mensagem ou se as lágrimas de Molly o amoleceram, mas ele se sentou na cama e deu um tapinha no colchão ao seu lado.

— Então, venha aqui — chamou ele. — Fale, mas seja rápida. Não temos muito tempo.

— Não sei o que fazer. Sei que esse lance com o Gabriel não é o ideal para mim, mas não consigo me afastar.

— O que impede você de se afastar?

— Sei que seria maravilhoso se ficássemos juntos. Só não entendo por que ele não percebe isso.

— Então você ainda sente a mesma coisa? — perguntou Xavier. — Apesar de saber que ele não é um ser humano?

— Sempre soube que ele era especial, de alguma forma — suspirou Molly. — E agora sei por quê. Ele não é como os outros caras que conheci, porque ele não é só mais um cara... É um arcanjo!

— Molly, há tantos caras correndo atrás de você que devem até brigar por uma chance.

— Sim, mas esses caras não são como ele. Não quero mais ninguém, e ele não me quer. Às vezes, acho que ele sente alguma coisa, mas aí ele se fecha.

— Você precisa aprender a fazer a mesma coisa. Sei que é difícil, mas você precisa cuidar de si mesma. Pense no que quer a longo prazo. Se Gabe não quer fazer parte de sua vida, não quer dizer que ela tenha terminado.

— Como vou conseguir substituir um cara tão perfeito? Ninguém nunca vai chegar aos pés dele, e isso quer dizer que a minha vida está terminada aos 17 anos. Vou acabar como a sra. Kratz da escola: uma solteirona ressentida que lê romances e supervisiona a sala de estudo.

— Não acho que seu fim será como o dela... É preciso terminar a faculdade para fazer o que ela faz.

— Você é péssimo dando conselhos! — O rosto de Molly ficou mais animado quando ela riu. Mas, logo em seguida, ficou séria. — Acha que encontraremos a Beth?

— Sim — Xavier não pestanejou.

— Como pode ter certeza?

— Porque não vou parar de procurar até encontrá-la. Bem, vamos ao Tennessee ou não?

Antes de seguir Molly porta afora, Xavier se aproximou da janela e pousou a palma da mão sobre o desenho do coração que envolvia as iniciais de nossos nomes.

— Estou indo, Beth — murmurou ele. — Sei que você está se sentindo perdida agora, mas quero que seja forte por nós dois. Apenas se lembre de quem é e do que foi criada para fazer. Ninguém pode tirar isso de você, independente de onde estiver. Sinto sua presença comigo o tempo todo, por isso não desista agora. Não ficarei aqui sem você de jeito algum. Se o Céu não pôde nos separar, não é o Inferno que vai conseguir. Aguente firme. Vamos nos ver em breve.

Quando Jake voltou, percebi que a minha última esperança de não ser morta não existia mais. Olhei para o rosto dele quando se recostou no batente da porta e vi que estava muito pálido. Levou as mãos à cabeça, frustrado. Esperei sentir algo como raiva, medo ou até desespero, mas não senti nada disso. Talvez por que a ideia de não existir ainda não fizesse sentido em minha mente. Uma parte de mim nem sequer acreditava que fosse verdade. Eu sempre existira, senão como ser humano na Terra, então como uma essência no Céu. Continuava existindo, apesar de não saber como me definir. Não conseguia imaginar que não mais conseguiria pensar, sentir ou querer a minha família. Seria mesmo possível que, ao amanhecer, eu desapareceria para sempre, não apenas para as pessoas ao meu redor, mas também para mim? Para onde iria? Estava longe da Terra, sem permissão para retornar ao Céu e não era aceita no Inferno. Simplesmente deixaria de existir, e seria como se nunca tivesse existido.

Rápido como um tigre, Jake se colocou ao meu lado.

— Acho que pedir desculpas não ajuda muito — começou ele, olhando para mim com pesar em seus olhos negros. Se havia uma qualidade nele, era o fato de se preocupar comigo.

— Agi como era o meu papel — disse. — E usei meus poderes no lugar errado.

— Eu deveria saber que você reagiria dessa maneira, deveria tê-la alertado! — Jake bateu o punho num pilar de madeira com tanta força que poeira e fragmentos de madeira caíram em cima de nós. Ele afastou a sujeira dos meus cabelos, e não me retraí porque não conseguia reagir a nada. Não conseguia me mexer; foi como se tivesse me esquecido de como fazer isso.

— Acho que nós dois fomos mal-interpretados — comentei forçando um sorriso. — Erro bobo, não é?

Um carro me levou de volta ao hotel Ambrosia, e Jake acelerou à nossa frente de moto. Ele dirigia sem cuidado, quase tombando o veículo diversas vezes. Imaginei que estava pensando em muitas coisas, preso em seu mundo de estratégias. Não discuti quando me acompanhou até o quarto. Tudo aquilo podia ser culpa dele, mas não queria passar as minhas últimas horas de vida sozinha.

Hanna esperava por mim com a bandeja da ceia. Pela primeira vez, não empurrei a bandeja nem pedi para ela deixá-la ali para mais tarde. Pela primeira vez em Hades, analisei os alimentos oferecidos a mim: fatias finas de pão de centeio, queijo de cabra, salmão defumado enrolado, azeitonas brilhantes e vinho tinto com gosto de cereja. Comi lentamente, degustando cada mordida. Para mim, os alimentos seriam as últimas lembranças de minha existência na Terra. Eram coisas que nunca experimentaria de novo, e queria que aquele momento durasse.

Hanna nunca me vira comer com tanta concentração ou tolerar a presença de Jake sem reclamar. Ela me observou com o rosto tomado de dor. Não havia como me ajudar, e sabia disso.

— Tudo ficará bem, senhorita — disse ela, por fim. — Talvez as coisas mudem de manhã.

— Sim — murmurei distraidamente. — Tudo ficará melhor de manhã.

Hanna deu alguns passos vacilantes na minha direção, consciente de que Jake observava todos os seus movimentos.

— Posso fazer alguma coisa por você?

— Apenas descanse um pouco, Hanna. Não se preocupe comigo.

— Mas...

— Você ouviu o que ela disse — disse Jake com uma voz ameaçadora. — Leve isto e nos deixe em paz.

Hanna assentiu submissa e logo tirou os pratos, virando-se para mim com uma expressão sofredora.

— Boa noite, Hanna — disse baixinho enquanto ela saía. — Obrigada... por tudo.

Quando ela partiu, lavei o rosto e escovei os dentes. Fiz tudo com muita atenção. Tudo parecia diferente para mim naquele momento. Prestei total atenção à água quente que escorria pelo meu corpo, o toque das toalhas limpas de algodão contra a minha pele. Todos os movimentos pareciam novos, como se os estivesse sentindo pela primeira vez. Pensei que podia estar no Inferno, mas ainda estava viva. Ainda era uma pessoa que tinha vida, que respirava e falava. Por pouco tempo.

Saí do banheiro e encontrei Jake meio sentado, meio jogado no sofá, olhando para o nada, com o queixo apoiado na mão. O fraque preto estava jogado ao chão, assim como a gravata-borboleta branca. As mangas da camisa estavam enroladas até os cotovelos, como se ele estivesse se preparando para um trabalho muito cansativo. O quarto tinha um cheiro forte de cigarro. Jake se servira de um copo grande de uísque, e parecia mais calmo. Ergueu a garrafa para saber se eu queria beber com ele, mas recusei, balançando a cabeça. Não queria meus pensamentos afetados pelo álcool. Caminhei ao redor dele, ajeitei as almofadas no sofá, esvaziei o cinzeiro e reorganizei os itens em cima da cômoda. Por fim, não tinha mais nada com que me distrair e nada mais a fazer além de subir na cama grande, encolher-me num canto e esperar pela manhã.

Claro que nenhum de nós conseguiria dormir. Jake não tentou conversar comigo; ele parecia uma estátua, preso em seu mundo. Encolhi as pernas, abracei os joelhos e esperei pelo terror que tomaria conta de mim como um maremoto. Mas ele não veio. Não fazia ideia de que horas eram. Havia um relógio digital ao lado do telefone, e tentei não olhar para ele. Mas uma vez não consegui me controlar e vi que eram 3h45 da madrugada. Os minutos pareciam se arrastar, porque olhei de novo e pouco tempo tinha se passado. Jake e eu ficamos presos em nossos pensamentos.

Queria ter pensado em Xavier antes de perder a consciência. Tentei imaginar um final de conto de fadas para ele com uma esposa adorável e cinco filhos. Phantom moraria com eles, e a casa seria repleta de música e riso. Aos domingos, ele seria o treinador da equipe de beisebol. Xavier pensaria em mim de vez em quando, em momentos de solidão. Mas, para ele, eu seria apenas uma lembrança distante, como a namorada da adolescência que marcara a sua vida, mas que não se tornara parte de seu futuro.

— Você está pensando nele, não é? — A voz de Jake atravessou meus pensamentos como uma faca. — Não posso culpá-la por isso. Ele nunca teria feito algo tão idiota... Pelo menos ele protegia você. Você deve me odiar agora mais do que nunca.

— Não quero passar as minhas últimas horas de vida com ódio, Jake. O que passou, passou. Não faz sentido culpar você agora.

— Prometo que vou consertar isso, Bethany — disse ele, decidido. — Não permitirei que eles a machuquem. — A maneira como ele se recusava a aceitar a realidade era irritante.

— Olha, sei que você está acostumado a sempre mandar — comecei. — Mas, dessa vez, nem você pode mudar as coisas.

— Podemos fugir — sussurrou Jake, falando depressa enquanto buscava soluções. — Mas todas as saídas aqui estão protegidas. Mesmo se conseguíssemos enganar os guardas, não iríamos muito longe. Talvez eu pudesse subornar um deles para que nos deixem entrar nas Terras Miseráveis.

Eu não estava mais prestando atenção. Não queria escutar aquelas ideias absurdas e desejei que ele ficasse calado por um tempo.

— Ainda temos até o amanhecer — continuou Jake, falando sozinho agora. — Vou pensar em alguma coisa.

23

ATITUDES SANGRENTAS

Quando amanheceu em Hades, eu não estava preparada, e Jake também não. Vozes do corredor quebravam o silêncio e nos tiravam de nosso estado, parecido com um transe. Fiquei surpresa ao ver que não tinha pregado os olhos a noite toda. Ainda estava sentada sob os cobertores, tensa, os joelhos flexionados contra o peito. Jake levantou-se do sofá, olhando para a porta com uma expressão ameaçadora.

— Eles chegaram — disse com um tom de voz sombrio.

Quando a porta se abriu, vimos Diego, Asia e outros demônios que reconheci vagamente. Nada menos do que quatro guarda-costas enormes os acompanhavam.

— Vocês trouxeram reforços, não é? — disse Jake, com os olhos brilhando de fúria.

— O Grande Pai imaginou que vocês pudessem resistir. — Diego lhe deu um sorriso amarelo e se virou em minha direção.

— Levem-na!

Os guardas enormes entraram no quarto, e logo senti suas mãos grandes em meus braços, arrancando-me da cama com facilidade, como se eu fosse uma boneca de pano. Ainda estava descalça e de camisola. Lutei quando eles amarraram meus braços com uma corda e a usaram para me arrastar quarto afora.

— Não a machuquem! — Jake deu um passo em minha direção, e os outros demônios atacaram, segurando-o de imediato. Foi assustador ver os próprios irmãos e irmãs se voltando contra ele com tamanha rapidez. No caos, Jake desapareceu de vista, e só consegui escutar um coro de gritos. O medo estava começando a me dominar, e eu não conseguia parar de tremer.

— Beth! — Escutei Jake me chamando, a voz tomada de desespero. — Beth, não permitirei que eles façam isso! — Mas eu não acreditava naquilo e senti que ele também não. Não havia convicção em sua voz.

Os guardas me arrastaram de qualquer jeito pelo corredor e foram para a recepção. Os outros nos seguiram, conversando casualmente. Quando olhei para Asia, ela piscou para mim. Na recepção, Tucker apareceu de repente, com o rosto abatido. Percebi, pelo seu olhar assombrado, que ele já havia recebido a notícia. Tentei não olhar para ele quando passamos. Não queria fazer com que ficasse ainda pior.

— Beth! — gritou, quando a procissão passou por ele. Saltou, tentando passar pelo grupo de demônios para chegar até mim. Nash estalou os dedos, e, com um barulho forte, as pernas de Tucker se encolheram. Ele gritou, e escutei seus ossos se quebrando quando ele caiu no chão. Tentei me virar para olhar para ele enquanto me levavam pelas portas giratórias de vidro.

— Tudo bem, Tuck — disse. — Ficarei bem! — Olhei com fúria para Nash, que caminhava ao meu lado. — Cure-o — pedi com a voz fraca. — Sua vingança contra mim nada tem a ver com ele.

— Você não está em condições de fazer exigências — respondeu Nash, animado.

Uma frota de Escalades pretos esperava por nós no túnel fora do hotel. Fui empurrada bruscamente para dentro de um deles, o da frente, e caí sentada entre Asia e Diego. De perto, eles cheiravam a fumaça de cigarro, bebida alcoólica e perfume forte. Tentei acalmar a respiração, dizendo a mim mesma que não ia morrer. Alguma coisa aconteceria, alguém viria me salvar. Isso tinha que acontecer.

— Leve-nos ao Nono Círculo — disse Diego ao motorista. — E pegue a estrada de trás.

— Pelo menos você vai conseguir ver a casa do Grande Pai — disse Asia. — Que tratamento VIP, não é?

Mordi o lábio e não respondi. Tentei me concentrar no deslizar do carro enquanto ele passava pelos túneis subterrâneos cheios de buracos de Hades. O medo havia subido da barriga para meu peito e passava pela garganta, interrompendo o fluxo de ar. Engoli em seco, determinada a não lhes dar a satisfação de me verem descontrolada.

Para chegar ao Nono Círculo, tivemos que viajar mais a fundo e, quando os carros pararam, vi que estávamos num grande e antigo anfiteatro no centro da Terra, onde havia areia vermelha. O local estava preparado como se toda a população de Hades tivesse sido convidada para testemunhar aquele acontecimento importante. Lúcifer e os outros sete Originais ocupavam o camarote na fileira mais alta, onde assistiam aos movimentos com atenção, como se esperassem por um show. Empregados humanos enchiam as taças deles e lhes ofereciam pratos de comida. Numa plataforma elevada no meio da arena, havia uma estaca comprida de madeira. Sua base fora fincada no chão. Um monte de gravetos secos e palha foram organizados numa pirâmide ao redor da estaca. O material inflamável chegava à metade, onde calculei que ficaria a minha cintura.

O executor não era uma figura medieval encapuzada como eu esperava, mas um homem de terno, as roupas tão antiquadas que poderia se passar por caixa de banco. Apenas o rosto pálido e encovado e os lábios sem cor faziam com que ele parecesse a morte em pessoa. Quando suas mãos magricelas me pegaram, senti arrepios, pois estavam geladas. Apesar de parecer fraco, eu não era páreo para a força que ele tinha. Desamarrou os meus braços e prendeu as minhas mãos para trás, de modo que fiquei presa à estaca. Fiquei imóvel enquanto ele amarrava cordas ainda mais grossas nos braços, na cintura e nos pés. Amarrava tudo com tanta força que as cordas marcavam e cortavam a minha pele.

Os gravetos e a palha tocavam meus pés descalços e meus tornozelos, e eu não conseguia me mexer nem um centímetro. A multidão observava os preparativos com uma ansiedade crescente. Tentei olhar para cima para evitar ver o que acontecia com o corpo. Mesmo assim meus pensamentos seguiram um rumo assustador. Quanto tempo levava para alguém morrer carbonizado? Minutos ou horas? O corpo queimava por partes, dos pés para cima? Será que eu desmaiaria de dor antes de minha pele começar a derreter? A causa mortis seria queimadura ou asfixia?

Quando se convenceu de que eu estava bem-amarrada, o executor recuou um passo para analisar o trabalho. Alguém na multidão entregou-lhe uma lata enferrujada de gasolina, e ele começou a despejar o líquido na palha. Senti o cheiro cáustico subir e fazer arder as narinas. Meu coração batia com tanta pressa que pensei que ele fosse explodir dentro do peito. O gosto metálico do medo encheu a minha boca, mas não gritei, chorei nem implorei por misericórdia. Minha mente e meu corpo estavam inquietos, mas não me permiti expressar o terror.

O executor sussurrou no meu ouvido:

— Isto é o que acontece a quem serve o mestre errado. O Céu faliu, você não soube? — Ele saltou da plataforma.

Lúcifer ficou em pé, e a multidão calou-se no mesmo instante. Ele olhou ao redor por um momento, absorvendo tudo com os olhos, até os mínimos detalhes. Não disse nada, apenas ergueu a mão devagar, um sinal para que a execução começasse. Foi o gesto mais simples e casual, mas com ele a multidão gritou em polvorosa. O poder dele sobre aquelas pessoas era absoluto. Era assustador ver como todos o temiam e o adoravam. Quando pedia silêncio com um gesto, o resultado era instantâneo: qualquer som desaparecia, como se alguém tivesse apertado um botão. O ápice da ansiedade da multidão se deu quando o executor acendeu um palito de fósforo comprido, segurou-o por um segundo e soltou-o com um gesto teatral em cima do monte cheio de gasolina. As chamas se espalharam com rapidez. Em seu assento, vi um sorriso de satisfação no rosto de Lúcifer, enquanto Jake se debatia para fugir dos demônios que o seguravam. Asia mordia o lábio, apenas para controlar a animação.

As chamas cresceram ao meu redor como centenas de bocas iradas, rapidamente devorando os gravetos e a palha na base da estaca. Fechei os olhos com força, esperando pelo calor, pelo começo da agonia inevitável. Orei a Meu Pai não na esperança de ser salva, mas pedindo perdão por todos os meus erros. E então esperei que as chamas fizessem seu trabalho.

Não senti nada. A tortura teria começado, mas eu estava chocada demais para perceber? Muitos minutos se passaram sem nenhuma mudança. Olhei ao redor e vi as chamas lambendo tudo em todas as direções... mas elas não me tocavam. As labaredas subiam dos dois lados de meu corpo. Eu, no entanto, não estava sendo incendiada. Nem mesmo um fio de cabelo estava chamuscado. Só havia uma sensação quente enquanto o fogo tomava o espaço ao meu redor.

Minha carne deveria estar derretendo, mas o fogo se recusava a me prejudicar. Quando tentava me tocar, parecia quicar e arder em outra direção. Era como se eu usasse uma armadura invisível. Por um momento, pensei ter escutado um coral de anjos cantando. O som desapareceu num instante, mas foi tempo suficiente para eu saber que não fora abandonada.

Foi preciso um tempo até os espectadores perceberem o que estava acontecendo. Então, os gritos de animação se transformaram em vaias de decepção. Alguns chacoalhavam os punhos para mostrar como se sentiam enganados. Na área VIP, Jake havia parado de se debater e olhava para mim com surpresa. Lúcifer pareceu confuso por um momento e se levantou lentamente, seus olhos brilhando.

Dentro do anfiteatro, todos começaram a cochichar.

Não consegui acreditar naquilo. O Céu estaria me protegendo? Alguém domara as chamas ou meus próprios poderes me protegiam? Não fazia ideia, mas agradeci aos poderes superiores por salvarem a minha vida. Olhei para Lúcifer e percebi como ele se sentia humilhado diante de todos os reunidos. Ele queria demonstrar poder com a minha morte, mas, sem querer, eu acabei por colocá-lo numa situação difícil. As chamas pareciam diminuir ao meu redor.

— Solte-a — ordenou ele, com uma voz grave.

O executor obedeceu, subindo na plataforma, e usou um machado para cortar as cordas, quentes demais para serem tocadas.

Quando me libertei, saí de perto do fogo totalmente ilesa. Ao me afastar, as chamas devoraram a estrutura de madeira, que logo virou cinzas.

— Que diabos está acontecendo? — Asia deu um passo adiante, mais irritada do que nunca. Ela se virou para olhar para Jake. — Ela deveria ter virado churrasquinho! O que você fez?

— Nada... — Acreditei ter percebido um tremor na voz de Jake. — Eu... não sei o que houve.

— Mentiroso! — gritou ela.

— Silêncio! — Lúcifer ergueu um dedo cheio de anéis. — Arakiel não participou disso. Parece que o anjo está escondendo informações. Seus poderes são maiores do que pensamos.

— E agora? — perguntou alguém.

Os olhos azuis impassíveis de Lúcifer encontraram os meus, e dessa vez não desviei o olhar.

— Arakiel — disse ele, sem nenhuma expressão. — Faça a gentileza de acompanhar a srta. Church às câmaras até decidirmos o que fazer com ela.

Aparentemente, as "câmaras" eram a versão do Inferno de uma cela de prisão, e, em comparação a elas, o hotel Ambrosia parecia o paraíso. Os guarda-costas me levaram para fora da arena e me colocaram dentro de um carro. Quando percebi, estava sendo empurrada para um espaço na parede, onde só eu cabia. Era feito de pedras rachadas, e barras de ferro enferrujadas guardavam a entrada.

Quando me sentei, ralei os cotovelos na parede, e minhas pernas começaram a tremer cinco minutos depois. As câmaras eram totalmente escuras, mas eu conseguia escutar sons estranhos, como passos e cadeados de metal, além de gritos abafados de desespero. O cheiro de mofo era muito forte.

Quando os guarda-costas saíram, escutei a voz de Jake pelas barras. Apesar de mal conseguir vê-lo, percebi uma mistura de alívio e confusão na voz dele.

— Como você fez isso? — perguntou ele, sorrateiramente. Escutei o tilintar dos anéis quando ele envolveu as barras com as mãos. — Conte-me a verdade.

— Acho que não fui eu.

— Bem, não admita isso a ninguém, entendeu? — disse Jake. — É a única cartada que nos resta.

— O que você vai fazer?

— Não sei ainda, mas falarei com meu Pai... vou tentar convencê-lo a soltar você. Talvez as coisas sejam diferentes, agora que ele viu como você é especial.

Não respondi. Estava cansada demais pela confusão daquele dia.

— Deixe comigo — completou.

Alguns instantes depois, escutei quando ele se afastou e fiquei sozinha na escuridão.

24

TÉDIO NO TENNESSEE

Sem Jake para me fazer companhia, só havia um jeito de esquecer o desconforto físico. Arranquei da mente todas as preocupações e me concentrei na projeção. Fechei os olhos com força, para meus pensamentos saírem daquele pesadelo. A transição ocorreu com facilidade, como mudar de canal. Senti uma rajada de vento e então tive a sensação de que meu corpo estava caindo como uma pedra quando surgi na forma de espectro. Antes de a escuridão dar lugar à luz, escutei uma voz, distante a princípio, mas cada vez mais próxima. Consegui ouvir o som familiar de um motor embaixo de mim e sentir o cheiro de couro misturado a sândalo. Teria reconhecido isso em qualquer lugar: era de um certo Chevy Bel Air conversível, de 1956. A tensão em meu peito se desfez de imediato, e respirei fundo, aliviada. Estava no carro de Xavier.

Quando assumi minha forma astral, percebi que estava sobrevoando o banco de trás do carro, no espaço entre Xavier e Molly. Eles estavam o mais distante possível um do outro, olhavam a paisagem em silêncio pela janela. A tentativa de reconciliação de algumas horas antes fora apenas temporária. Ivy e Gabriel sentavam na parte da frente, calados, aliviados por se afastarem de quaisquer conflitos.

Ao observar a estrada do lado de fora, percebi que estávamos em território desconhecido. Eles já deviam ter saído de Venus Cove. Com certeza não estavam perdendo tempo.

— Estamos quase chegando — avisou Gabriel. Parecia um pai tentando acalmar os filhos excitados. Sua voz, grave e ressonante, parecia ter o tom de um acorde baixo do violão.

Escutar a voz dele trouxe uma onda de nostalgia pela vida que eu tinha antes de Jake aparecer e estragar tudo.

— Estamos quase atravessando a fronteira do Tennessee.

— Não sei por que não pudemos vir de avião como qualquer pessoa normal — resmungou Molly.

— Não íamos atravessar um estado de avião — respondeu Ivy com calma, apesar de eu achar que sua paciência estava chegando ao fim. Molly se remexeu e cutucou a minha costela com o cotovelo. Foi meio desconfortável. Acreditei se tratar da força de seu corpo humano vivo colidindo em minha forma de espectro. Automaticamente, me afastei dela.

— Ai, sabia que não deveria comer todas aquelas balas no caminho — reclamou Molly, passando a mão na barriga. Ela vestia uma calça de moletom cor-de-rosa e uma blusa com capuz combinando. Os cachos ruivos estavam presos num rabo de cavalo no topo da cabeça, e uma mala rosa-shocking fora enfiada embaixo do banco diante dela. Não consegui conter um sorriso, já que Molly diria ter se vestido adequadamente para a ocasião. Ninguém respondeu ao comentário dela. Acho que não havia muito a dizer a respeito de balas com a mente tomada de preocupação por sequestros demoníacos e sinais apocalípticos. O carro continuou pela estrada, e Xavier encostou a testa na janela. Parecia ansioso, como se precisasse de algo além de esperar no banco de trás de um carro.

Olhei pela janela e observei a zona rural da Geórgia. Fiquei surpresa com sua beleza. A Terra parecia ter vida própria, e uma vegetação rica se espalhava diante de nós como um manto. Havia bordos vermelho-vivo em crescimento, formando dosséis que ofereciam sombra nos pontos em que seus galhos se uniam.

Avistei asclépias e trevos-do-campo lilases pontilhando o veludo verde. Conforme viajávamos, vi a terra ser coberta por galhos de sicômoro.

O céu acima de nós estava limpo, apenas algumas nuvens espalhadas, como lírios sobre a superfície de um lago azul. As coisas pareciam mais simples na estrada, e me senti mais perto da natureza. Lembrei meu antigo lar no Reino. Algo naquele lugar me fazia ficar mais conectada a ele, como não me sentia havia muito tempo. Suspirei profundamente e Xavier, que se distraía com a paisagem, endireitou-se e olhou para Molly.

— O que foi? — perguntou Molly enquanto ele a fitava.

— Por favor, não faça isso — pediu Xavier.

— O quê?

— Não respire no meu ouvido desse jeito.

Molly mostrou-se ofendida.

— Você acha que eu sou maluca? Por que sopraria no seu ouvido?

— Eu disse *respirar*.

— Ah, entendi. Quer dizer que não posso mais respirar?

— Não foi isso o que eu disse.

— Espero que saiba que morrerei sufocada se não puder respirar.

Xavier inclinou-se para a frente.

— Pessoal, por favor, quero dirigir — implorou. — Um de vocês pode ficar sentado aqui atrás para ser torturado.

— Nem estou falando! — protestou Molly, com raiva.

— Está falando agora — resmungou Xavier.

— Se tivéssemos ido de avião, já estaríamos lá.

— O piloto teria derrubado o avião cinco minutos depois de você começar a falar.

— Ainda assim seria mais seguro do que ficar dentro desta bomba.

— Ei! — Xavier não ficaria tão bravo se alguém ofendesse sua masculinidade. Ele sempre se irritava quando as pessoas criticavam o carro. — Ele é vintage.

— É um monte de ferro-velho vintage. Não sei por que não pegamos o jipe.

Eu estava me perguntando a mesma coisa. Acho que pegar o Chevy tinha sido ideia de Xavier. Talvez isso o conectasse mais a mim. Tínhamos muitas lembranças daquele carro, e talvez ele quisesse levá-las consigo ao sair da cidade para deixar sua vida para trás. Mas Xavier não contaria isso a Molly. Então...

— Você não saberia o que é um carro clássico nem se caísse em cima de um.

— Babaca — murmurou ela.

— Cabeça de vento.

Ivy se virou e olhou para os dois.

— Vocês acordaram de mau humor hoje? Parem com isso.

Molly ficou envergonhada, e Xavier suspirou alto e afundou-se outra vez no banco de trás. Alguns minutos de paz transcorreram até Gabriel parar num posto de gasolina. Xavier saiu correndo para dentro da loja, antes mesmo de meu irmão desligar o motor. Pensei em segui-lo, mas sabia que ele só passaria o tempo livre analisando chicletes e revistas antigas até ter que voltar para o carro. Molly lhe lançou um olhar zangado quando saiu para procurar o banheiro.

Acompanhei meus irmãos quando se aproximaram de um homem, cujo avental estava manchado de óleo, que olhava dentro do capô de um caminhão enferrujado. Percebi que, apesar das manchas de óleo no rosto, possuía também olhos brilhantes e atitude alegre. Mastigava tabaco, e uma canção antiga de Hank Williams tocava num rádio portátil ali perto.

— Olá — Ivy tentou se apresentar. — Que belo dia hoje.

— Olá — respondeu o homem, que largou as ferramentas para dar atenção total a Ivy. — Com certeza. — Ele pensou em apertar a mão dela, mas voltou atrás quando viu suas unhas bem-feitas. De perto, vi seus olhos azuis bondosos e seu sorriso meio torto. — Prazer em conhecê-la. — A voz grossa se tornava melódica com o sotaque sulista. Era delicioso de escutar, e de todas as vozes do mundo a dele era a mais musical.

— Qual é o seu nome? — perguntou Gabriel, e Ivy lançou-lhe um olhar. A mania que ele tinha de pular as amenidades às vezes tornava a conversa meio sem pé nem cabeça.

— Earl — respondeu o homem, passando a mão pela sobrancelha. — Em que posso ajudar?

— Estamos procurando a abadia de Maria Imaculada no condado de Fairhope — disse Ivy. — Você sabe onde fica?

— Com certeza, moça. Fica a mais ou menos 120 quilômetros daqui.

Xavier, que veio da loja participar da conversa, fez um rápido cálculo mental e suspirou.

— Que ótimo — murmurou ele. — Mais uma hora de estrada.

Ivy olhou para ele sem dar muita atenção.

— Tem algum lugar onde podemos nos hospedar perto da abadia? — perguntou ela.

— Tem um hotel na estrada — respondeu Earl. Ele olhou para Ivy de cima a baixo, de seu *trench coat* e botas de montaria até os cabelos loiros bem-arrumados. — Mas não é muito chique, não.

— Sem problemas — disse minha irmã. — Pode nos falar sobre a abadia?

Earl pigarreou de leve e desviou o olhar, o que logo chamou a atenção de Gabriel.

— Ficaríamos muito agradecidos se você puder nos contar o que sabe — disse meu irmão numa voz cheia de charme. Ele sempre conseguia um efeito hipnótico com ela.

— Sim, sei uma coisa ou outra sobre o local — disse Earl, hesitante. — Mas não tenho certeza se vocês querem mesmo saber.

Meus irmãos se inclinaram para a frente, curiosos.

— Pode confiar. — Ivy o incentivou, sorrindo para o homem de modo a deixá-lo com as pernas bambas. — Ficaríamos felizes com qualquer informação que puder nos dar. Não conseguimos descobrir muito sozinhos.

— Não conseguiram porque tudo foi trancado por um feitiço — disse Earl, secando a sobrancelha de novo.

— Como assim? — perguntou Ivy, franzindo o cenho.

— Trabalhando num posto de gasolina, acabo escutando certas coisas. — Earl continuou a falar num tom de conspiração: — Muitas pessoas vêm aqui e falam. Não que eu escute escondido, mas às vezes ouço coisas sem querer. Essa abadia sobre a qual vocês estão falando... tenho uma sensação ruim em relação a ela. Há alguma coisa errada ali.

— Por que diz isso? — Gabriel o pressionou com a voz baixa e intensa.

— Costumava ser um local muito bacana — continuou ele. — Víamos as irmãs pela cidade o tempo todo, visitando pessoas e dando aulas de catecismo. Mas, uns dois meses atrás, houve uma tempestade de raios, a pior que já vimos. Depois disso, as irmãs não saíram mais. Dizem que uma delas ficou doente por causa da tempestade e não podia ser perturbada, por isso elas se trancaram dentro da abadia. Desde então, nenhuma alma nem entra nem sai dali.

— Como uma tempestade de raios poderia fazer alguém adoecer? — perguntou Xavier. — Não é possível, a menos que a mulher tenha sido atingida.

— Sim, não faz o menor sentido — respondeu Earl, balançando a cabeça com tristeza. — Mas passei pela abadia uma noite quando fui fazer uma entrega perto dali. Posso dizer que não havia nada de normal no que vi.

— Pode nos dizer o que viu? — Gabriel ficou tenso, e vi na expressão dele que já sabia a resposta e não gostava nem um pouco dela.

— Bem — Earl franziu o cenho e pareceu envergonhado, como se os outros fossem questionar sua sanidade. — Estava voltando para a cidade quando passei pelo lugar e pensei ter ouvido alguém gritar, mas não parecia um ser humano. Parecia um uivo de animal selvagem. Então, saí do carro, tentando decidir se deveria chamar a polícia, e vi que todas as janelas do andar de cima da abadia tinham sido cobertas e havia arranhões na varanda da frente, como se algo tivesse tentado entrar... ou sair.

Ivy virou a cabeça para olhar para Gabriel.

— Ele poderia ter nos alertado — sussurou ela, e percebi que se referia a Miguel. — Estamos despreparados para isso. — Vi quando ela olhou para Molly, que passava gloss nos lábios, usando a janela do carro como espelho.

— Sinto muito, moça, não quis assustá-la. — disse Earl depois de pensar um pouco. — Não sei onde estou com a cabeça.

— Não, fico feliz por ter contado — disse Ivy. — Pelo menos sabemos o que esperar.

— Talvez você possa nos ajudar com mais uma coisa — pediu Gabriel com tom sério. — A irmã que ficou doente na noite da tempestade... como se chamava?

— Acredito que seja a irmã Mary Clare — respondeu Earl com seriedade. — Uma pena. Ela era uma pessoa legal.

O resto da viagem foi mais tranquilo, enquanto Gabriel partia em direção ao hotel. Até mesmo eu sabia que eles não poderiam entrar na abadia sem uma estratégia. Para Ivy e Gabriel, a fonte do problema na abadia era muito clara, mas a confusão de Molly e Xavier estampava em seus rostos.

O hotel se chamava Easy Stay Inn e ficava à beira da estrada principal, longe demais do centro da cidade para atrair turistas. Por isso, era decadente e precisava muito de uma reforma. Não havia carros no estacionamento e a placa de neon brilhava por alguns minutos e depois emitia apenas um ruído estático. Os tijolos marrons foram pintados de branco, mas a exposição ao tempo fez com que descascassem. O lado de dentro era um pouco melhor, com paredes escuras e carpete marrom. Num dos cantos do cômodo, havia uma TV ligada enquanto uma mulher pintava as unhas atrás da mesa da recepção, espiando uma reprise do *Jerry Springer Show*. Ficou tão surpresa com a chegada do grupo que derramou o esmalte, mas se recuperou depressa e levantou-se para receber os visitantes. Usava uma calça jeans e uma blusa justas. Tinha os cabelos ruivos ondulados e presos por uma tiara de flores. De perto, era mais velha do que aparentara a princípio. Num crachá torto, lia-se Denise.

— Posso ajudá-los? — perguntou, insegura, pensando que eles deviam estar perdidos e querendo informações. Meus irmãos deram um passo para fazer as formalidades. Eles aparentavam, para a mulher, um casal lindo, perfeito demais para ser de verdade. Admito que os quatro pareciam fora de contexto ali. Encontravam-se próximos uns dos outros, como um grupo de proteção, uma muralha contra o resto do mundo. Xavier agia cada vez mais como um de nós. Costumava ser mais relaxado com outras pessoas, interagia naturalmente com elas, encantando-as. Naquele momento, parecia distante e reservado; de vez em quando, franzia a testa como se reprovasse algo que não conseguíamos ver. Meus irmãos tomaram o cuidado de se vestir como viajantes comuns: Gabriel e Xavier trajavam calça jeans escura e camiseta preta, e Ivy, seu *trench coat* mostarda. Todos eles usavam óculos escuros para não chamar a atenção. Infelizmente, o efeito foi contrário. A recepcionista olhou para eles como se de repente estivesse diante de celebridades.

— Precisamos de dois quartos duplos para pernoitar — disse Gabriel, tenso, entregando à mulher um cartão de crédito dourado e brilhante.

— Aqui? — perguntou Denise, sem acreditar, mas logo reparou não ser muito profissional questionar. Ela riu com nervosismo. — É que não recebemos muitos hóspedes nesta época do ano. Estão aqui a trabalho?

— Estamos viajando de carro — explicou Gabriel de pronto.

— Pretendemos visitar a abadia de Maria Imaculada — disse Ivy. — Fica perto daqui?

Denise entortou o nariz.

— Aquele lugar acabado? — perguntou com desdém. — Aquilo me dá arrepios. Ninguém vai lá há muito tempo. Mas não fica longe, é do outro lado da rodovia, descendo uma estrada de terra. Vocês não têm como vê-la daqui por causa das árvores.

Enquanto falava, olhava para Ivy com inveja, e tentei enxergar tudo do ponto de vista dela.

Os cabelos dourados de Ivy chegavam ao meio de suas costas, e seu rosto era brilhante e radiante, apesar da expressão séria. A pele era clara e os traços perfeitamente esculpidos, quase não se mexiam enquanto ela falava. Parecia uma miragem na qual se temia cair se chegasse muito perto. Denise se virou para Gabriel, com um leve toque de amargura na voz. — Então, você quer uma suíte de lua de mel para você e sua esposa?

Escutei Molly reclamar no sofá verde de vinil e sabia que ela estava tentando imaginar o que aquele hotel de beira de estrada — uma espelunca sem nenhum glamour — chamava de "suíte de lua de mel".

— Na verdade, não somos... — começou Gabriel, mas se interrompeu ao ver a esperança brilhando nos olhos de Denise. A última coisa de que ele precisava era perder tempo fugindo de outra mulher apaixonada. — Não somos exigentes demais — completou com cuidado. — Um quarto simples será o suficiente.

— E para vocês dois? — perguntou Denise, inclinando a cabeça na direção de Xavier e Molly.

— Credo! — reclamou Molly. — De jeito nenhum vou dividir um quarto com ele.

Denise olhou com simpatia para Xavier.

— Briguinha de namorados? — perguntou ela. — Não se preocupe, querido, são os hormônios. Vai passar.

— Ele é o cara dos hormônios — replicou Molly. — Humor totalmente instável.

— Vocês precisam de itens extras? — perguntou Denise. — Toalhas, xampu, acesso à internet?

— Que tal uma mordaça? — perguntou Xavier, baixinho, olhando para Molly.

— Puxa, que maturidade da sua parte — disse ela, irritada.

— Não vou falar sobre maturidade com uma menina que acha que a *África* é um *país* — disse Xavier.

— E é, sim — insistiu Molly. — Assim como a Austrália.

— A palavra certa é *continente*.

— Se eu escutar mais um pio de vocês dois... — avisou Ivy.

Denise balançou a cabeça, divertindo-se.

— Não voltaria a ser adolescente nem por todo o dinheiro do mundo. — Sua tentativa de melhorar o clima foi ignorada pelos dois. Ela esperou que a tensão se desfizesse ou que alguém expressasse alguma frustração, cansaço ou irritação. No entanto, eles só ficaram olhando para ela, envolvidos demais nas próprias preocupações para dar atenção. — Bem, aproveitem a estadia — completou, hesitante.

Gabriel inclinou-se para a frente para pegar as chaves e o cartão de crédito que Denise lhe entregava. Os dedos dele tocaram a mão dela por acidente, e o corpo dela reagiu ao toque. Pareceu inclinar-se involuntariamente na direção dele e levou a mão à boca. Então se recostou na cadeira, como se um raio de energia intoxicante a tivesse deixado totalmente exausta. Ela fitou os olhos brilhantes dele e estremeceu. Gabriel afastou os cabelos loiros que lhe tinham caído no rosto e deu um passo para trás.

— Obrigado — disse, com educação, e saiu da recepção. Ivy caminhou ao lado dele com a leveza de uma fada. Xavier e Molly acompanharam sem dizer nada.

Havia um restaurante ao lado do hotel, e, como estava quase anoitecendo, eles foram para lá. O local estava vazio, exceto por um caminhoneiro solitário sentado no canto mais distante e uma garçonete séria, que mascava um chiclete enquanto limpava os balcões preguiçosamente. Os dois olharam surpresos quando a porta se abriu e Gabriel e os outros entraram. O caminhoneiro não demonstrou curiosidade, cansado demais para observá-los em detalhes, e a garçonete a princípio pareceu chocada e, depois, irritada por ter que atender mais clientes. Assim como Denise, ela não estava acostumada a trabalhar muito.

Eu me demorei olhando ao redor: era simples, mas limpo e confortável. Havia um balcão que se estendia por uma parede, com banquinhos de estofado redondo e vermelho organizados em fila. O chão era de linóleo preto e branco, e as cabines revestidas de vinil vermelho. Havia um velho pôster de Elvis Presley na parede acima do balcão: ele sorria para nós, a jaqueta com a gola levantada e os olhos brilhantes. Recortes de jornal com notícias de Fairhope cobriam a parede mais distante do lugar. Os quatro escolheram a mesa mais afastada de ouvidos curiosos e se sentaram.

— Vocês vão me dizer o que está acontecendo? — perguntou Xavier, sem perder tempo.

— Miguel não nos contou muito — suspirou Ivy. — Estamos entrando nisso sem saber muita coisa, por isso precisamos nos concentrar agora.

— Tem alguma coisa naquele convento... — comentou Gabriel como se pensasse alto. — Algo que ele quer que encontremos. Ele não nos mandaria até aqui se não fosse uma pista quente.

— Está dizendo que pode existir um... — Xavier hesitou e abaixou a voz — ...um portal sobre o qual não sabemos?

— Mesmo que exista, não há como abri-lo sem um demô... — Gabriel se interrompeu ao olhar para o estabelecimento vazio. A garçonete estava ocupada conversando com um amigo ao telefone — ...sem um demônio. Eles são os únicos que sabem abrir.

— Mas vamos à abadia esta noite? — perguntou Molly, com voz de personagem de filme de espionagem. Ela se sentia rejeitada e queria contribuir de alguma forma. Xavier revirou os olhos para as palavras que ela escolhera, mas não fez nenhum comentário. Percebi que ele queria evitar conflitos.

— Vamos quando escurecer — respondeu Ivy. — Não queremos que nos vejam.

— Não vai ser meio assustador à noite?

— Pode ficar no hotel — respondeu minha irmã com calma. — Mas o convento talvez seja menos assustador.

— Por favor, não mudem de assunto. — Xavier estava ficando irritado. — Vocês ainda não me contaram o que o cara do posto de gasolina disse. — Ele se inclinou para a frente e apoiou os cotovelos em cima da mesa. — O que ele falou a respeito da tempestade de raios?

Ivy e Gabriel se entreolharam.

— Talvez não seja o melhor momento para tratar desse assunto — respondeu Ivy, olhando de relance para Molly. — Na verdade, acho melhor vocês dois ficarem no hotel. Gabriel e eu saberemos lidar com a situação.

— Até parece que vou ficar no hotel — retrucou Xavier. — O que eles estão escondendo?

— Vocês não precisam se preocupar comigo — disse Molly num tom prático que eu nunca escutara antes. — Já vi muitas coisas sobrenaturais e esquisitas. Consigo enfrentar.

Gabriel colocou as mãos sobre a mesa e olhou para eles com atenção.

— Com certeza vocês nunca viram o que verão hoje.

— Gabe... — disse Xavier. — Sei que está preocupado, mas estamos juntos nisso agora. Estou mais envolvido do que vocês pensam. Precisam confiar em mim... — Ele olhou para Molly do outro lado da mesa e corrigiu-se: — Precisam confiar em *nós*.

— Tudo bem — cedeu Gabriel. — A tempestade de raios, o uivo, os arranhões na varanda... tudo isso aponta para uma coisa.

— Nenhum humano poderia causar esse tipo de prejuízo sozinho — acrescentou Ivy. — Estamos falando sobre freiras, irmãs que dedicaram a vida a servir a Deus. Pensem nisso o que poderia fazer com que essas mulheres se trancassem e ficassem distantes do mundo? O que poderia ser a pior coisa para elas?

Molly parecia distante, mas Xavier pensava sem parar. Seus olhos azuis se arregalaram quando finalmente juntou as peças.

— Não! — exclamou ele. — É sério?

— É o que parece — respondeu Gabriel.

— Então, nós *lidamos* com isso antes — disse Xavier. — Não foi exatamente o que Jake fez ano passado?

Gabriel balançou a cabeça.

— Aquilo foi leve se comparado a isto. Eles eram apenas espíritos mobilizados por um tempo para causar danos. O que acontece agora é o lance real e cem vezes mais forte... e mais perigoso.

— Por favor, alguém pode me explicar sobre o que vocês estão falando? — Molly quis saber, irritada por tantas vezes ser ignorada.

Gabriel suspirou fundo.

— Estamos lidando aqui com um caso de possessão demoníaca. Espero que estejam prontos.

O silêncio que se deu a seguir foi interrompido apenas pelo bater de um lápis contra um bloquinho de papel, enquanto a garçonete esperava para anotar o pedido.

— Em que posso ajudá-los? — perguntou. Ela era de uma beleza incomum, loira e com corretivo facial em excesso. Sonhava com uma vida muito mais glamorosa do que trabalhar num restaurante de fim de mundo sem nada para fazer além de observar os carros na estrada.

Minha família continuou séria, e a garçonete ergueu uma sobrancelha, com impaciência.

Molly foi a primeira a voltar à normalidade e abrir um sorriso amarelo.

— Vou querer um frango frito e uma Coca-Cola — pediu ela, com meiguice. — Pode trazer o ketchup?

25

VAI, SEGUE PRO CONVENTO

Fiquei surpresa quando Gabriel e Ivy decidiram trocar de roupa e ir direto para a abadia depois do jantar, levando Xavier e Molly. Já eram quase dez horas, e pensei que eles dariam a noite por encerrada e esperariam até o dia seguinte. Mas algo deve tê-los apressado.

Do lado de fora, o vento era frio, e o céu parecia um pedaço de veludo azul cheio de estrelas e nuvens. Não fosse a ameaça embrenhada na floresta do outro lado da estrada, me sentiria totalmente em paz. O som das cigarras tomava conta do ambiente e uma brisa suave despenteou Ivy para, em seguida, revoltar as copas das árvores. Havia algo de diferente naquele local, uma dignidade silenciosa e a graça de uma época esquecida. Mantinha o ar misterioso, como se os salgueiros soubessem mais do que nós.

Molly estremeceu quando atravessaram a estrada e se misturaram às sombras dançantes das árvores. Escondeu-se ainda mais no casaco que vestia e, por instinto, se aproximou mais de Xavier. Ele a abraçou forte para confortá-la. Fiquei aliviada ao ver que ele continuava o mesmo. O estresse o deixava mais impaciente a cada dia, minando sua atitude simpática de sempre. Isso, em parte, era o motivo pelo qual ele e Molly viviam discutindo. Ele não estava bem consigo mesmo. Por um lado, via em Molly um elo comigo e, ao mesmo tempo, se lembrava da nossa vida de antes, na Bryce Hamilton. Por outro, não tinha como evitar que a preocupação com a minha segurança o irritasse. Nesses momentos, ele culpava Molly pela sessão espírita e a si mesmo por não ter como ajudar.

— Você vai ficar bem — disse a Molly. — Todos vamos ficar bem. — Sua expressão distante declarava que estava pensando em mim. Precisava acreditar que eu ficaria bem para poder continuar. Eu também precisava que ele acreditasse. A fé dele mantinha a minha viva.

Pensei se deveria fazer com que ele percebesse a minha presença, mas estava cansada demais por causa dos acontecimentos recentes e preferi apenas observar passivamente.

A floresta ia ficando cada vez mais densa, mas Gabriel, com seus sentidos apurados, conseguiu localizar a estrada de terra que Denise mencionara. Era larga o suficiente para permitir a passagem dos carros, mas, abandonada nos últimos meses, os arbustos já invadiam o espaço. Os galhos das árvores eram baixos, ficavam perto da estrada, e montes de folhas caídas abafavam os passos dos visitantes. O luar atravessava as árvores e iluminava o caminho com um tom cinza leitoso. A lua crescente desaparecia às vezes, escurecendo o caminho. Era bom que Gabriel e Ivy irradiassem luz da pele. Era um brilho fraco, como o de um celular numa sala escura, mas melhor do que nada. Quando uma coruja piou, Molly se sobressaltou e disse um palavrão. Quase sem querer, Gabriel começou a caminhar mais devagar para ficar mais perto dela. Apesar de ele não ter dito nada, Molly pareceu mais calma com a aproximação do meu irmão.

Logo as árvores se tornaram mais escassas e pudemos ver a sombra do velho convento. A abadia de Maria Imaculada era uma construção de três andares, de paredes brancas, em estilo neogótico. Havia uma capela adjacente com pináculos tão altos que tocavam o céu da noite, um lembrete da presença constante de Deus.

Havia fileiras de janelas de arco gótico em todos os andares, portões de ferro forjado e um caminho de pedras que levava à porta de entrada. Um poste iluminava o jardim cuja gruta abrigava uma estátua de Nossa Senhora, além de santos posicionados de joelhos na grama alta. O mais assustador era o abandono do local: o mato crescera e tampara a entrada da capela, as folhas se acumulavam pelo caminho e as janelas foram cobertas por tábuas no sótão.

— Gostaria de saber quantas freiras vivem aqui — murmurou Xavier.

Gabriel fechou os olhos, e eu sabia que estava tentando encontrar a história do local, de como era a vida antes daqueles acontecimentos. Sempre tomava cuidado para não invadir demais os pensamentos ou os sentimentos das pessoas; analisava superficialmente para conhecer a identidade delas.

— Há doze irmãs, no total — disse ele, por fim. — Incluindo a que está adoentada.

— Como soube? — perguntou Molly. — Parece que ninguém vive aqui.

— Não é hora de fazer perguntas — disse Ivy com paciência. — Vocês verão muitas coisas inexplicáveis esta noite.

— Acho mais fácil você não pensar muito — aconselhou Xavier.

— E como vou fazer isso? — reclamou Molly. — Parece que alguém vai chegar e dizer que estou numa pegadinha.

— Acho que as pegadinhas são feitas apenas com pessoas famosas — disse Xavier baixinho.

Molly irritou-se.

— Isso não ajuda em nada!

— Olha. — Xavier se virou para ela. — Deixe-me tentar ajudá-la aqui. Sabe quando você está assistindo a um filme de terror e o personagem sempre decide entrar na sala escura onde o assassino está à espreita?

— Sei — respondeu Molly sem saber a finalidade daquilo.

— Você já se perguntou por que o personagem é idiota o suficiente para entrar ali?

— Bem, não, porque é um filme. Você simplesmente entra no clima.

— Exato — disse Xavier. — Pense nisto como um filme e não faça perguntas. Se fizer, só vai dificultar as coisas.

Molly quis discutir, mas logo mordeu o lábio e concordou, hesitante.

Os portões trancados se abriram com facilidade quando Gabriel deu a ordem, e o grupo se aproximou lentamente dos degraus da varanda da abadia. A preocupação de Ivy aumentou: havia marcas desiguais nas portas de madeira, com pelo menos 2,5cm de profundidade. Elas se espalhavam pela frente e viravam para a janela, como se alguém tivesse sido arrastado de volta para dentro depois de lutar muito. Logo pensei no pobre ser humano que fora possuído para agir desse modo. Os arranhões na varanda eram profundos o suficiente para lascas de madeira terem sido arrancadas com as unhas. Estremeci ao pensar nos males causados à irmã afligida.

A varanda que contornava a construção era comprida e protegida por belos toldos e pilares brancos. Havia duas cadeiras de balanço ao lado de uma mesa arrumada para o café da tarde. Os insetos tomaram conta dos biscoitos, e o chá se tornara lodoso. Um terço estava no chão, como se o tivessem largado ao fugir com pressa. A porta de tela parecia arranhada e estragada, como se tivessem tentado arrancá-la. Xavier e Gabriel trocaram olhares inquietos.

— Aqui vamos nós — anunciou Xavier antes de respirar profundamente. Ele esticou o braço e apertou de leve a campainha de latão. Logo os sinos ecoaram dali de dentro um som abafado. Por um bom tempo, não houve nada além do silêncio.

— Elas não podem nos ignorar para sempre. — Ivy cruzou os braços. — Toque de novo.

Xavier obedeceu e apertou a campainha por mais tempo. Os sinos reverberaram mais alto, como se anunciassem um desastre iminente. Se ao menos as irmãs soubessem que a ajuda estava ali do lado de fora. Ouviu-se um som na saleta, mas a porta continuou fechada.

Ivy ou Gabriel poderiam tê-la derrubado num piscar de olhos, mas acredito que não seria a maneira mais simpática de chegar se quisessem convencer uma freira nervosa de que eles estavam do mesmo lado.

— Por favor, abram a porta. — Gabriel recostou-se contra a portinhola. — Viemos ajudar. — Entreabriram a porta, com a corrente de segurança ainda presa. Um rosto apareceu e analisou meu irmão com cuidado.

— Meu nome é Gabriel, esta é minha irmã e estes são nossos amigos — continuou ele, com delicadeza. — Pode me dizer o seu nome?

— Sou a irmã Faith — respondeu a freira. — Por que estão aqui?

Ela falava devagar, mas era possível perceber que sua voz estava distorcida de medo. Ivy decidiu dar um passo à frente e declarar suas intenções.

— Sabemos a respeito da irmã Mary Clare e da causa da doença dela — disse, com a voz tomada de compaixão. — Vocês não precisam mais se esconder. A criatura que tomou conta dela... Podemos mandá-la embora.

— Podem mesmo? — A esperança dominou a voz da freira, mas por apenas um segundo; logo ela ficou desconfiada de novo. — Desculpe por não acreditar em vocês. Já chamamos todos os padres e ministros do condado. Eles não têm poderes para lidar com a situação. Por que seria diferente com vocês?

— A senhora precisa confiar em nós — disse Ivy solenemente.

— Confiança é algo raro ultimamente. — A freira se retraiu.

— Sabemos de coisas — continuou Ivy. — Temos conhecimentos que outros não têm.

— Como terei certeza de que vocês não estão do lado *deles*?

— Creio que a senhora acredita em Deus, irmã — disse Gabriel.

— Já vi coisas... — A voz dela falhou, como se não soubesse mais em que acreditar. E então, corrigiu a si mesma. — Claro que sim.

— Então creia que Ele está aqui agora — disse Gabriel. — Sei que sua fé tem sido testada ao extremo, mas não foi em vão. Vocês foram tocadas pela escuridão, mas não destruídas. Agora devem ser tocadas pela luz. Bem-aventurados os puros de coração, porque eles verão a Deus. Bem-aventurados os que sofrem perseguição por causa da justiça, pois deles é o Reino dos Céus. Permita-nos entrar, irmã; permita que Deus retorne à sua casa. Se não permitirem, sucumbirão às trevas.

Molly olhou para o meu irmão boquiaberta, e fez-se um silêncio mortal dentro da casa. E então, devagar, a corrente de segurança foi solta e a porta de entrada da abadia foi aberta. A irmã Faith estava ali, com os olhos marejados.

— Oh, minhas estrelas — sussurrou ela. — Ele não nos abandonou.

Ela era uma mulher robusta, com cerca de sessenta anos, pele clara e rosto simpático. Havia leves rugas em volta dos olhos e da boca, e tentei imaginar quantas delas acumularam-se ali nos últimos meses. Um abajur em cima da mesa de centro iluminava a saleta e a escada em espiral, mas havia um odor metálico no ar.

Enquanto Gabriel e os outros se apresentavam, afastei-me para ver as fotografias em preto e branco com molduras na parede. O vidro dos quadros estava rachado, e as imagens ficaram borradas, mas deu para ver, ali, a data de abertura oficial do convento, em 1863. Originalmente, a abadia fora construída para abrigar um grupo de freiras irlandesas que ficaram ali por meio século quando serviu de orfanato e refúgio para jovens expulsas de suas casas.

A irmã Faith nos levou em silêncio por uma sala onde colchonetes tinham sido colocados em fileiras no chão — as irmãs sentiam mesmo muito medo de dormir no andar de cima. Ao subirmos a escada, olhei para dentro das salas de arquivo, para a enfermaria e a cozinha de aparência rústica, todos localizados no térreo. O lugar já devia ter sido bonito; confortável no inverno, claro e arejado no verão. Mas agora era uma casa em ruínas. O chão da cozinha estava coberto por peças quebradas, como se as tivessem espalhado. Havia cadeiras destruídas empilhadas num canto, e toalhas de linho rasgadas se amontoavam perto da porta. Imaginei, ao ver aquilo, que as irmãs tentaram expulsar o demônio elas mesmas, sem sucesso. Desviei o olhar das páginas rasgadas de uma Bíblia. Aquilo me incomodou muito. Era estranho visitar um local terreno tão prejudicado pela atividade demoníaca. Algo forte e terrível abalara a estrutura da casa, derrubara vasos de cerâmica e revirara móveis. Também estava muito quente, e até mesmo em espírito senti o calor me atravessar como se estivesse viva. Molly logo tirou o casaco, mas os outros não se mexeram, apesar do desconforto.

No segundo andar, passamos por alas de descanso com fileiras de quartos do tamanho de celas, agora sem os colchões, e pelos banheiros comunitários. Por fim, paramos diante de uma enorme escada de mogno que levava ao sótão onde a irmã Mary Clare fora isolada para a própria segurança e para a das outras freiras. A irmã Faith parou, inquieta.

— Vocês podem mesmo devolver a irmã Mary Clare às mãos de Deus? — perguntou.

— Teremos que avaliar as condições dela antes de responder à pergunta — respondeu Gabriel. — Mas com certeza tentaremos.

Ivy tocou a irmã com cuidado, no braço.

— Vai nos levar a ela?

A freira olhou com preocupação para Xavier e Molly.

— Todos vocês? — perguntou baixinho. — Têm certeza?

Gabriel sorriu.

— Eles são mais fortes do que aparentam.

No topo da escada, havia uma única porta trancada. Senti o mal pulsando por trás dela, mesmo em minha forma astral. Era como uma força física que tentava repelir a presença de Ivy e Gabriel. Além do cheiro de mofo, outro odor passava por debaixo da porta: o apodrecimento das frutas, de quando a polpa se torna mole e cinza e os insetos começam a se enfiar ali. Xavier fez uma careta; Molly tossiu e tampou o nariz com a mão; meus irmãos não reagiram. Ficaram juntos, lado a lado, num gesto de completa união.

— Peço desculpas pelo mau cheiro — disse a irmã Faith meio que para si mesma. — O purificador de ar não consegue vencê-lo.

Do lado de fora, apenas uma vela iluminava o pequeno espaço. Estava em cima de uma cômoda antiga e pingava cera em seu suporte de prata.

A irmã Faith procurou fundo nos bolsos e encontrou uma chave antiga de latão. Do outro lado da porta, ouviam-se batidas abafadas, respiração acelerada e móveis sendo arrastados pelas tábuas de madeira do chão. Em seguida, escutamos o barulho de dentes rangendo e um som agudo, como ossos sendo quebrados. A irmã Faith se benzeu e olhou com desespero para Gabriel.

— E se não conseguirem ajudá-la? — sussurrou ela. — E se o Senhor enviou Seus mensageiros e eles também fracassarem?

— Os mensageiros Dele não fracassam — disse Ivy com calma. Tirou um laço de fita preta do bolso e metodicamente prendeu as mechas loiras num rabo de cavalo. Um gesto simples que significava que ela estava se preparando para uma luta violenta.

— Há muita escuridão por aqui. — O rosto da irmã Faith estava marcado pela dor. — Uma opressora e palpável escuridão. Não quero ser responsável pela perda de uma vida...

— Ninguém morrerá esta noite — disse Gabriel. — Não em nossa presença.

— Como posso ter certeza? — A irmã Faith balançou a cabeça. — Já vi coisas demais... Não posso confiar... Não sei como vou...

Para minha surpresa, Xavier deu um passo à frente.

— Com todo o respeito, senhora, não temos tempo a perder. — Sua voz era gentil, mas firme. — Há um demônio prejudicando uma de suas irmãs, e estamos à beira de uma guerra apocalíptica. Estas pessoas farão o que estiver ao alcance para ajudá-las, mas é preciso que as deixem trabalhar.

O olhar de Xavier ficou inexpressivo por um momento, como se estivesse tentando se lembrar de algo. Então, ele se concentrou de novo e colocou uma das mãos sobre o ombro da irmã Faith.

— Algumas coisas estão além da compreensão humana.

Se meu corpo espiritual tivesse permitido, teria gritado naquele momento. Reconheci aquelas palavras: eram minhas. Eu as dissera a

Xavier naquela noite na praia, quando tomei uma atitude de fé e me lancei de um penhasco, sabendo que minhas asas não me deixariam cair e revelando minha verdadeira identidade. Depois de convencê-lo de que as coisas não eram uma piada sem graça, ele me fez muitas perguntas. Quis saber por que eu estava ali, qual era o meu propósito e se Deus existia, de fato. Eu lhe disse: "Algumas coisas estão além da compreensão humana." Xavier não se esquecera.

Eu me lembrava daquela noite como se fosse ontem. Quando fechei os olhos, tudo me ocorreu como uma onda. Vi o grupo de adolescentes ao redor da fogueira, com as brasas crepitando e as chamas pareciam joias brilhantes que morreriam na areia. O cheiro forte do mar, do tecido da blusa azul-clara de Xavier sob meus dedos. Lembrava como os penhascos escuros pareciam enormes peças de quebra-cabeça contra o céu cor de malva. Eu me lembrava do exato momento em que inclinara o meu corpo para a frente e deixara a gravidade para trás. Aquela noite fora o começo de tudo. Xavier me aceitara em seu mundo, e eu não era mais a menina isolada em um aquário que observava um mundo do qual nunca poderia fazer parte. Lembrar tudo isso me fez sentir muita saudade. Pensávamos que encarar Gabriel e Ivy depois de revelar o nosso segredo fosse um desafio. Se ao menos soubéssemos o que nos aguardava...

A chave sendo virada na fechadura chamou a minha atenção de volta ao presente. As palavras de Xavier incentivaram a irmã Faith a revelar o conteúdo do quarto. Todos pareceram prender a respiração quando o cheiro de fruta podre ficou mais forte e um rosnado alto cortou o silêncio. Foi como se o tempo tivesse parado enquanto a porta se abria lentamente.

O quarto era comum: pouca mobília e um pouco maior do que os cubículos do segundo andar. Mas o que vimos encolhido lá dentro não era nada comum.

26

NÃO VEJA O MAL, NÃO OUÇA O MAL

A princípio, ela parecia uma mulher comum, tensa e assustada com os desconhecidos à porta, mas, mesmo assim, apenas uma mulher. Vestia uma camisola de algodão que chegava aos joelhos e seria bela se não estivesse rasgada, encardida e manchada de sangue. Os cabelos longos e escuros estavam despenteados sobre os ombros, e ela se encontrava agachada ao lado da grade da lareira, pegando punhados de cinzas e espalhando-as sobre as tábuas lisas. Os joelhos estavam marcados e cortados, como se tivesse se arrastado pelo chão. Se eu estivesse na minha forma física, meu primeiro impulso teria sido ir em seu auxílio, ajudá-la a se levantar, reconfortá-la. Apenas olhei para Ivy e Gabriel. Os dois não se mexeram. Entendi o motivo quando me concentrei nos olhos que nos observavam e percebi que eles não mais pertenciam à irmã Mary Clare. Os outros também notaram, e Molly soltou um grito abafado e se escondeu atrás de Xavier, cujo rosto refletia diversas emoções. Sua expressão mudou, passando da pena para a descrença e para o nojo e voltando para o início numa questão de segundos. Aquilo era algo com que ele nunca tivera que lidar antes e não sabia que reação era a correta.

A jovem freira, que não passava dos vinte anos, estava agachada no chão, mais parecendo um animal do que um ser humano. Seu rosto estava retorcido, os olhos arregalados, escuros e não piscavam, seus lábios estavam rachados e inchados, e consegui enxergar os pontos onde os dentes perfuraram a carne. Símbolos complexos haviam sido marcados na pele dos braços e das pernas. O quarto em si não tinha melhor condição. O colchão e os lençóis foram rasgados, e arranhões cobriam o chão e o teto. Havia palavras rabiscadas nas paredes num idioma arcaico que não consegui identificar. Por um momento, tentei imaginar como as paredes tinham sido sujas com café, até perceber que aquelas manchas eram de sangue. O demônio inclinou a cabeça para o lado como um cão curioso e analisou os visitantes demoradamente.

Seguiu-se um longo e profundo silêncio, até o demônio rosnar de novo, mostrando os dentes. A cabeça dele se virava com agilidade de um lado para o outro, à procura de um meio de escapar.

Ivy e Gabriel se movimentaram juntos, afastando os outros para trás e atravessando o quarto. Os olhos do demônio se arregalaram quando ele cuspiu na direção deles. A saliva era avermelhada, pois ele mordera a língua. Não precisava piscar e conseguia se concentrar com uma precisão assustadora. Ivy e Gabriel se deram as mãos, e o demônio gritou como se o gesto lhe causasse forte dor.

— Seu tempo na Terra acabou. — Gabriel lançou-lhe um olhar fixo, cheio de autoridade e desejo de justiça. O demônio o fitou por um minuto antes de perceber quem meu irmão era. E sorriu assustadoramente. Os dentes da irmã Mary Clare se tornaram pedaços irregulares.

— O que você vai fazer? — vociferou o demônio, a voz estranhamente aguda e rouca. — Vai me matar com água benta e crucifixos?

Ivy não vacilou.

— Acha mesmo que precisamos de objetos para destruir você? — perguntou ela com a voz rascante, como a água de um rio que flui sobre as pedras. — O Espírito Santo está vivo dentro de nós. Logo, logo vai tomar este quarto. Você será lançado de volta ao abismo do qual surgiu.

Se era para assustar o demônio, não funcionou. Com habilidade, mudou de assunto. — Sei quem são. Um de vocês pertence a nós agora. A pequena...

Xavier parecia pronto para tomar uma atitude e atacar a criatura, mas Molly o segurou pelo braço, e, com esforço, ele virou o rosto.

— O demônio sabe quais são as nossas fraquezas. — Escutei quando ele repetiu isso a si mesmo, como um mantra. — Ele joga com elas. — Xavier podia não ter tido nenhuma experiência direta com possessão, mas aprendera o suficiente no catecismo para entender como o demônio agia.

— Engraçado você dizer isso — disse Gabriel ao demônio. — É exatamente sobre esse assunto que queremos conversar.

— Está achando que vai dar as cartas aqui? — perguntou o demônio.

— Você dará — respondeu Ivy com satisfação.

O demônio olhou por cima do ombro dela, e seus olhos brilharam. De repente, uma rajada de vento ergueu Xavier e o jogou contra uma parede. Ele escorregou até o chão, e, para o meu horror, uma força invisível começou a arrastá-lo.

— Pare com isso! — gritou Molly, partindo para cima dele.

— Não, Molly! — gritou Xavier, e rangeu os dentes ao ser jogado contra a cabeceira de aço da cama. — Fique quieta.

— Você ameaça, eu ameaço — disse o demônio enquanto Xavier lutava para se livrar.

— Já chega. — Gabriel mostrou a palma da mão, e o demônio gritou e retraiu-se de dor. Ficou claro de quem era o poder dominante. — Não estamos interessados em joguinhos — avisou com seriedade. — Queremos encontrar um portal.

— Estão malucos? — perguntou o demônio. — Querem morrer?

— Viemos buscar a nossa irmã — disse Ivy. — E você vai nos dizer como encontrá-la.

— Quero ver vocês me obrigarem — respondeu o demônio.

— Se insiste... — Ouviu-se um barulho parecido com fogos de artifício abafados e então raios de luz branca saíram das pontas dos dedos de Ivy. Enquanto ela flexionava e torcia os dedos, os feixes de luz penetravam no corpo do demônio como choques elétricos. Ele soltou um gemido gutural e se encolheu.

— Pare! — gritou. — Pare! Pare!

— Vai dizer o que queremos? — perguntou Ivy. Ela virou a palma da mão lentamente de um lado a outro, de modo que os feixes se retorceram dentro do demônio, que gritou ainda mais. Ivy escolheu os métodos com cuidado. A Luz Santa machucaria o demônio, mas manteria o corpo da irmã Mary Clare intacto.

— Sim! — berrou ele. — Vou ajudá-los! Parem!

Ivy cerrou o punho, e a luz desapareceu. O demônio caiu no chão, exausto.

— Bem fácil convencê-lo, não? — murmurou Gabriel.

— Não tem senso de lealdade — respondeu minha irmã com desdém, antes de voltar-se para a criatura. — Onde fica o portal mais próximo? — perguntou ela.

— Não importa — disse o demônio. — Vocês nunca conseguirão passar por ele.

— Responda à pergunta — ordenou Gabriel. — Como você chegou aqui?

— Por que não me mandam de volta logo de uma vez? — O demônio tentou negociar. — Foi para isso que vieram, não foi? Vocês estão mesmo dispostos a me deixar dentro desta pobre moça para cumprir seus compromissos? — Ele estalou a língua para demonstrar decepção. — Anjos maus.

Gabriel lentamente fez o Sinal da Cruz de propósito e, quando terminou, pareceu segurar algo. Lançou o braço para trás e jogou o que segurava no demônio. Apesar de invisível, a coisa colidiu com a criatura com uma força incrível, e ela gritou, espalhando a espuma que saía de sua boca pelo chão.

— Há um lugar chamado Broken Hill no Alabama — começou. — Há uma estação de trem ali. Anos atrás, aconteceu um acidente de trem. Sessenta pessoas morreram. O portal mais próximo fica ali.

— Não deveria haver um portal em Venus Cove? — perguntou Xavier. — Aquele pelo qual Jake levou Beth?

— Demônios poderosos conseguem criar portais onde desejam — respondeu Gabriel. — Aquele foi temporário para servir ao propósito de Jake.

Xavier olhou para o demônio no chão.

— Mas como sabemos se ele está dizendo a verdade?

— Se houve um acidente de trem em Broken Hill, pode ser verdade — disse Ivy. — Acontecimentos traumáticos com perda de vidas inocentes podem resultar na formação de um portal. — Ela hesitou. — Ainda assim, ele pode estar mentindo. Gabe, você consegue entrar na mente dele... para saber se está dizendo a verdade?

Gabriel demonstrou repulsa ao considerar a ideia de entrar na mente de uma criatura daquelas. Ele me dissera uma vez que a mente de um demônio era densa e repleta de uma substância pegajosa como asfalto. Por isso os exorcismos eram tão cansativos para os humanos afligidos. Quando aquela coisa entra em você, gruda como cola, infectando e espalhando-se como fungo até todas as células do possuído se tornarem dela. Alguns humanos não conseguiam sobreviver à separação. Era como separar duas almas, sendo que uma delas não queria ser separada. O corpo humano fazia o papel da corda num cabo de guerra terrível. Assim que o demônio revelasse a informação requerida, eles teriam que arrancá-lo da irmã Mary Clare. Não queria ver, mas, ao mesmo tempo, não consegui deixar de olhar. Gabriel fechou os olhos, e o demônio levou as mãos às têmporas como se uma enxaqueca repentina o afetasse. Alguns momentos depois, meu irmão se afastou, tomado pelo nojo.

— Ele está falando a verdade — disse ele.

— Então, se encontrarmos o portal, conseguiremos trazer Beth de volta? — quis saber Xavier.

— Se fosse fácil assim... — disse o demônio. — Vocês nunca passarão por ele.

— Sempre existe um jeito. — Ivy levantou a voz.

— Oh, sim — respondeu o demônio. — Mas eu não tentaria encontrá-lo. Pode ser que não consigam sair.

— Não precisamos de conselhos — disse Gabriel.

— Vocês podem negociar a volta dela — sugeriu a criatura, com os lábios tortos num sorriso malicioso ao encarar Xavier com os olhos vazios e pretos. — Troque ele por ela. E você faria isso, não é, menino? Dá para ver em seus olhos. Você sacrificaria a sua alma para salvá-la. É um preço alto a ser pago por algo que nem mesmo é humano. Como você sabe que ela tem alma? Ela é como eu... apenas trabalha numa empresa rival.

— Se eu fosse você, calaria a boca. — Xavier afastou os cabelos castanhos do rosto, e vi o brilho do meu anel de compromisso na mão dele. De camisa preta e calça jeans, ele não parecia celestial como meus irmãos, mas era alto, forte e estava bem irritado. Queria tirar aquele sorrisinho da cara do demônio, mas ele nunca seria capaz de bater numa mulher, mesmo que esta estivesse possuída.

— Toquei no ponto fraco, não foi? — perguntou o demônio.

Pensei que Xavier perderia a cabeça, mas ficou mais relaxado e recostou-se na parede, observando a criatura com olhos frios.

— Sinto pena de você — disse ele, devagar. — Acho que você não sabe como é ser amado por alguém. Mas tem razão. Beth não é humana, porque os humanos têm uma alma com a qual eles se esforçam para manter contato o tempo todo. Todos os dias travam uma batalha para escutar a própria consciência e fazer a coisa certa.

Se você conhecesse Beth, saberia que ela não tem alma porque ela é *só* alma. É tomada de alma, mais do que outro ser humano poderia. Você não tem como saber disso porque só conhece o vazio e o ódio. Mas não vai vencer no final. Você vai ver.

— Você é muito metido para um mero humano — respondeu o demônio. — Como sabe que o destino não tentará a sua alma para que se torne tão obscuro e perdido quanto eu?

— Ah, não acho que isso vá acontecer — disse Ivy sorrindo. — A alma dele já está marcada como uma das nossas. Xavier tem um lugar reservado no Céu.

— Agora, se não se importa — interrompeu meu irmão. — Estamos cansados de trocar amenidades.

O demônio parecia saber o que estava prestes a acontecer e deu um salto, arqueando as costas como um gato e mostrando os dentes com fúria. Molly, que estava perto da porta, abaixou-se como se esperasse que objetos voassem pelo quarto.

— Essa é a parte na qual você começa a cantar em latim? — perguntou ela, tremendo.

Gabriel olhou para ela.

— Fique embaixo da cama, Molly. Você não precisa testemunhar isso.

— Tudo bem — Molly balançou a cabeça. — Já vi *O exorcista*.

Meu irmão riu, achando graça.

— Aqui é um pouco diferente — disse ele. — Os humanos precisam de orações e rituais para mandar um demônio de volta ao Inferno. Mas somos mais fortes do que isso.

Ele esticou o braço, e Ivy entrelaçou os dedos delicados aos dele. No mesmo momento, as asas deles se abriram, estendendo-se pelo quarto e lançando sombras compridas nas paredes. Os outros observaram surpresos quando a luz começou a ser irradiada das asas esticadas e formou uma nuvem ao redor deles. Eles pareciam vibrar e então passaram a levitar levemente. Gabriel começou a falar:

— Em nome de Cristo, Nosso Senhor e de tudo que é Sagrado, exijo que você desapareça. Devolva este corpo terreno às mãos de Deus e volte para o buraco de fogo de onde veio.

A cabeça do demônio se virava de um lado para o outro, como se um chicote o atingisse, num ataque de agonia. A nuvem de luz dourada sobrevoou o local, bonita para quem via, mas uma marca de morte para aquele agente da escuridão. O demônio tentou passar por meus irmãos, mas a luz agiu como um campo de força imobilizando-o. Relutou violentamente, mas não adiantou. A névoa estava quase chegando a ele, e o demônio se lançou ao chão. Quando a luz o cercou, descendo como uma névoa, o corpo da irmã Mary Clare começou a soltar fumaça pelo nariz, e um som parecido ao de carne sendo frita tomou o ar ao redor. Molly abriu a boca, horrorizada, e se afastou da cena, cobrindo as orelhas para não escutar os gritos do demônio. Xavier também ficou pálido e engoliu em seco, observando tudo com cara de sofrimento. O corpo no chão ficara rígido, o torso tomado por convulsões. Vi uma saliência aparecer no abdome da irmã Mary Clare. Parecia estar saindo, pelo peito dela, em forma de tubo. Xavier se retraiu ao ouvir a quebra de uma das costelas em meio a gemidos e gritos. A saliência distorceu a garganta da mulher até ela abrir de repente a boca e começar a engasgar e a gargarejar. Meus irmãos se concentraram mais, a luz envolvendo o pescoço da freira, e, como era esperado, uma substância preta e densa saiu de sua boca aberta e caiu no chão como um peixe morto.

Ivy abaixou a cabeça, retraiu as asas e caiu de joelhos, exausta, enquanto Gabriel se ajoelhou ao seu lado no chão. Livre da criatura venenosa que vinha tomando conta de seu corpo, a irmã Mary Clare pareceu muito diferente. A expressão de maldade fora substituída por outra de libertação, apesar da dor que devia estar sentindo. O rosto dela ainda tinha marcas de feridas, mas ela abriu os olhos e vi que eram azul-claros. A jovem pareceu suspirar de alívio e rolou a cabeça para um lado.

Gabriel demonstrou preocupação e se inclinou sobre ela, pressionando de leve os dedos em seu pescoço, para verificar a pulsação. Ele olhou para Ivy.

— Ela não está bem.

Minha irmã se aproximou para se unir a ele, e juntos começaram a cuidar da irmã Mary Clare. Gabriel parecia curar as feridas físicas enquanto Ivy ia mais fundo, tentando chegar à alma da freira para restaurá-la com saúde e para Deus. Não conseguia imaginar o estado em que devia estar a alma dela depois de dividir um corpo com um demônio durante meses. Devia estar totalmente destruída, mas, se havia alguém para ajudá-la, esse alguém era um serafim. Observei Gabriel tocar o rosto dela, e os ferimentos e o inchaço começaram a desaparecer. Os dedos dele passaram pelos lábios dela, que ficaram curados. A irmã Faith apressou-se em buscar um pano úmido e rapidamente limpou o sangue seco grudado na boca e no queixo. Quando Gabriel mexeu as mãos, vi que os dentes da irmã Mary Clare também tinham sido restaurados. Meu irmão a deixara sem nenhum vestígio físico do sofrimento enfrentado. Apesar de o corpo estar são de novo, ela continuava sem respirar. Ivy permaneceu inclinada sobre ela, com os olhos bem fechados. O corpo de minha irmã tremia pelo esforço, e Gabriel colocou as mãos em seus ombros para dar-lhe firmeza. Trazer uma alma da beira da morte era cansativo até mesmo para um anjo tão forte quanto Ivy, e percebi que não havia muito como ajudar a irmã Mary Clare. Uma alma já tomada pela Morte quase nunca voltava; pertencia a ela até ser tomada pelo Céu ou pelo Inferno. Se nenhum dos dois a quisesse, ela seria lançada ao Limbo, como lixo.

Ivy tinha que percorrer o túnel do subconsciente da irmã e ajudá-la a voltar antes que escapasse para sempre. A mente dela deveria estar muito confusa, contaminada pelo Mal que habitara seu corpo por tanto tempo. A morte estava próxima, qualquer um podia ver isso. Ela estava por um fio, sem vontade de voltar para a vida, com medo de que estivesse repleta do sofrimento do qual se lembrava. O túnel da morte suga a vida de você, quer que você desista, quer que você se entregue. É claro, a escuridão não podia tocar a minha irmã, mas podia retirar sua força, e estar dentro da mente infectada da irmã Mary Clare lhe causaria prejuízos.

Por fim, depois do que pareceu uma eternidade, Ivy soltou a mão da freira e observou-a piscar e então abrir os olhos. Ela respirou profundamente, como alguém que fica embaixo d'água por muito tempo.

— Oh, louvado seja Deus! — exclamou a irmã Faith. — Obrigada, que Deus os abençoe. — Ela abraçou a irmã Mary Clare, que olhava ao redor, confusa. Eu a observei com atenção e percebi que era muito jovem... Não tinha mais que vinte anos, o rosto claro e algumas sardas em cima do nariz.

— O que... o que aconteceu? — gaguejou a irmã Mary Clare, levando a mão aos cabelos embaraçados, grudados pelo sangue. A irmã Faith ficou boquiaberta.

— Ela não lembra?

— Ela está em choque — respondeu Gabriel. — Ao longo dos próximos dias, as lembranças voltarão por meio de flashes e pesadelos. Ela vai precisar de seu apoio.

— Claro que sim — assentiu a irmã Faith. — O que ela precisar.

— No momento, ela precisa de um banho — disse meu irmão. — Depois, ela deve dormir. — Ele olhou para o quarto destruído. — Há algum lugar onde ela possa ficar até tudo isto ser arrumado?

— Sim, sim — a irmã Faith murmurava para si. — Vou pedir a Adele que arrume uma cama. — Ela olhou para Gabriel e Ivy. — Não sei como agradecer a vocês — disse ela, com os olhos marejados de novo. — Pensei que a tivéssemos perdido para sempre, mas vocês a devolveram a nós e reafirmaram a nossa fé como não esperava que pudesse acontecer nesta vida. Terão nossa eterna gratidão.

Gabriel apenas sorriu.

— Foi um prazer — disse simplesmente. — Agora, cuidem dela. Vamos sair.

A irmã Faith lançou um olhar carinhoso aos meus irmãos e então apressou a frágil Mary Clare a sair do quarto. Escutei quando ela chamou as outras irmãs. Tentei imaginar se elas acreditariam na história dos visitantes misteriosos e na retribuição celestial que eles ofereceram.

Quando saíram, Ivy, que ficara calada, suspirou longamente e, por um momento, ficou inquieta.

— Calma — disse Xavier, caminhando na direção dela. — Você está bem?

Com um zunido, as asas de Gabriel se retraíram, dobrando-se em suas costas musculosas. Ele abraçou Ivy pela cintura para lhe dar suporte, e ela se recostou em seu ombro, reunindo forças.

Um instante depois, as asas dela também se retraíram, mas ela teve que fazer um esforço maior. Suspirou profundamente e deu um breve sorriso para Xavier.

— Estou exausta — disse ela. — Estarei melhor num minuto.

Gabriel começou a direcionar o pequeno grupo à porta.

— Venha — disse ele. — Nossa tarefa aqui está concluída. Precisamos partir.

No lado de fora, Gabriel viu Molly. O impacto do que ela vira a abalara. Ela segurava uma coluna da varanda, com as mãos trêmulas.

Parecia não mais aguentar o próprio peso e deu um passo desajeitado para a frente, estendendo as mãos para retomar o equilíbrio. Gabriel a envolveu pela cintura para ajudá-la a descer a escada e, quando chegaram ao chão, ele ficou ao lado dela quando Molly se ajoelhou e vomitou num canteiro de flores. Com uma das mãos ainda em seu ombro, ele afastou os cabelos dela do rosto e os puxou para trás — sem falar nada, apenas esperando pacientemente até ela terminar.

27

MAL ME QUER

Já era madrugada quando os quatro voltaram ao hotel Easy Stay. Apesar de Molly estar menos pálida, parecia tomada pelo cansaço. Xavier também estava exausto e carente de sono. Apenas meus irmãos pareciam tranquilos e calmos como sempre. O único sinal do estresse pelo qual haviam acabado de passar eram as roupas amassadas. A força de Ivy havia se regenerado quando eles voltaram, mas eu sabia que a noite fora difícil para ela. Devia ser frustrante, pensei. A força e o poder dela no Reino eram enormes. Mas, pelo que percebi, quanto mais os anjos permaneciam na Terra e se misturavam aos seres humanos, mais finitos seus poderes pareciam se tornar.

Na primeira oportunidade, Xavier correu para o quarto sem dizer nada a ninguém. Quis segui-lo para ficarmos a sós por um momento. Eu me imaginei deitada ao lado dele na cama, com a cabeça recostada em seu peito, como costumávamos fazer. Concentraria toda a minha energia para que ele soubesse da minha presença; ofereceria a ele algum conforto assim como o deixaria me confortar. Mas Ivy e Gabriel iam planejar o próximo passo, e eu precisava me preparar se quisesse continuar com eles.

— O que houve com ele? — perguntou Molly assim que Xavier fechou a porta.

— Deve estar abalado pelos acontecimentos de hoje — disse Ivy ao colocar a chave na fechadura. — Precisa de um tempo para absorver tudo isso. — A ingenuidade de Molly a irritava de vez em quando. Por algum motivo, Molly ainda estava perto dos meus irmãos. Os dois escolheram não perguntar o que ela queria. Talvez quisesse sair daquela missão de salvamento. Talvez tivesse assumido mais do que o combinado e estivesse pronta para voltar para casa.

A porta do quarto era marrom. Com um suspiro pesado, Gabriel a abriu e acendeu os interruptores do corredor. Uma luz forte e o zunido do ventilador de teto tomaram o quarto. As duas camas de solteiro eram cobertas com edredons finos de flores, com criados-mudos e abajures de franjas combinando. O carpete tinha um tom salmão desbotado, e as cortinas no varão de metal cobriam uma única janela retangular.

— Tem seu charme — disse Ivy com um sorriso irônico.

Apesar de meus irmãos estarem acostumados ao luxo de Byron, o ambiente que os cercava não era relevante. Podiam estar numa suíte do hotel Waldorf Astoria que não faria diferença.

— Vou tomar um banho — disse Ivy, pegando uma nécessaire e indo em direção ao banheiro. Molly a observou se afastar, mordendo o lábio e remexendo-se com ansiedade. Gabriel a observava com olhos penetrantes. Eles lembravam uma nevasca — claros, intensos e tão profundos que seria fácil se perder dentro deles. Ele tirou a jaqueta e a pendurou nas costas de uma cadeira. A camiseta branca e justa acentuava seu corpo perfeito. Molly não conseguia desviar o olhar do corpo dele, com o tecido grudado em seu peito definido. Parecia sobre-humano, capaz de segurar um carro nos ombros quase sem esforço — isso porque era o que ele faria, caso a situação exigisse.

O som da água correndo pelos canos velhos foi ouvido no banheiro, e Molly aproveitou a chance para conversar.

— Será que Ivy ficará bem? — perguntou ela de modo estranho. É claro que ela não estava ali para falar sobre Ivy, mas se iludiu puxando outro assunto.

— Ivy é um serafim — respondeu Gabriel como se fosse o bastante para encerrar a conversa.

— Sim — disse Molly. — Eu me lembro. E isso é bem bacana, não é?

— Sim — respondeu Gabriel com frieza. — Isso é *bacana*.

Usando aquilo como incentivo, Molly entrou no quarto e se sentou na beira da cama, fingindo examinar as unhas. Gabriel se recostou no batente da porta do outro lado de onde ela estava. Se ele fosse humano, se sentiria estranho ou desconfortável, mas sua compostura se alterou como sempre. Independente do ambiente, meu irmão transmitia autocontrole, como se tivesse sido assim a vida toda. Ficou em pé com as mãos nas costas e a cabeça ligeiramente inclinada para o lado, como se escutasse uma música silenciosa interna. Não prestava atenção em Molly, apesar de estar esperando a iniciativa dela. Provavelmente conseguia escutar o coração dela batendo no peito, sentir o cheiro do suor em suas mãos... até ler a sua mente, se quisesse.

Molly olhou para ele com nervosismo.

— Você foi incrível hoje.

Gabriel devolveu o olhar, surpreso com o elogio.

— Estava cumprindo o meu dever — respondeu ele com a voz baixa.

Pela expressão de Molly, a voz dele a afetava de maneiras que eu não compreendia. Tudo o que ele falava a penetrava fisicamente.

Molly estremeceu de leve e cruzou os braços.

— Está com frio? — perguntou meu irmão. Sem esperar pela resposta, ele tirou a jaqueta do encosto da cadeira e a colocou sobre os ombros dela. A gentileza pareceu mexer com Molly, a ponto de ela ter que se esforçar para não ficar emocionada.

— Estou falando sério — insistiu ela. — Sempre soube que você era maravilhoso, mas hoje foi diferente. Parecia um ser de outro mundo.

— Mas eu sou de outro mundo, Molly — respondeu Gabriel sem se alterar.

— Mas ainda está conectado ao meu mundo, certo? — perguntou Molly. — Quero dizer, às pessoas. Como a Xavier e a mim?

— Meu dever é proteger pessoas como você e Xavier. Desejo a vocês apenas saúde e felicidade...

— Não é isso o que estou dizendo — interrompeu Molly.

— O que está querendo dizer? — Ele a fitou com a intensidade pungente de alguém determinado a entender um raciocínio diferente.

— Acho que você poderia querer mais. Nesses últimos dias, tenho sentido que... talvez... você pode ter sentido...

Saí da cama e me ajoelhei ao lado de Molly. Tentei lhe enviar uma mensagem de alerta, mas ela estava absorta demais pela presença de Gabriel para perceber a minha presença.

Não, Molly, não faça isso. Você é esperta. Pense bem. Gabriel não é o que você gostaria que fosse. Está prestes a cometer um erro enorme. Você só acha que o conhece. Você imagina que existe mais do que existe de fato. Se está fe-

rida agora, saiba que só vai piorar. Vá conversar com Xavier primeiro. Espere um pouco... Você está cansada. Molly, escute!

Gabriel virou a cabeça devagar na direção dela. O movimento foi quase robótico. O rosto dele estava encoberto pelas sombras da luz fraca do hotel, mas os cabelos ainda brilhavam ao cair em seu rosto como labaredas e os olhos tinham um brilho inconstante, prateado e azul.

— Talvez sinta o quê? — perguntou ele com curiosidade.

Molly suspirou, já estava cansada de jogar verde. Levantou-se de modo a se colocar bem na frente dele. Com os cachos de sereia, os olhos azuis e a pele brilhante, ela estava mais linda do que nunca. A maioria dos homens não resistiria a ela.

— Você age como se não tivesse sentimentos, mas sei que tem! — disse ela com confiança. — Você sente muito mais do que demonstra. Você pode amar alguém, até apaixonar-se se quiser.

— Não sei o que está tentando dizer, Molly. Valorizo a vida das pessoas — disse Gabriel. — Quero defender e proteger os filhos de Meu Pai. Mas o amor sobre o qual você fala... não sei nada sobre ele.

— Pare de mentir para si mesmo. Consigo ver além de você.

— E o que exatamente você consegue ver? — Gabriel ergueu uma sobrancelha, já sabendo o rumo que a conversa tomaria.

— Alguém como eu! — exclamou Molly. — Alguém que quer se apaixonar, mas que tem medo de deixar acontecer. Você gosta de mim, Gabriel... Admita!

— Nunca neguei isso — disse Gabriel com delicadeza. — Seu bem-estar é importante para mim.

— É mais do que isso — insistiu Molly. — Tem que ser! Sinto algo incrível entre nós e sei que você também sente.

Gabriel se inclinou para a frente.

— Ouça com atenção. Você, de alguma forma, entendeu errado. Não estou aqui para...

Antes que Gabriel pudesse terminar, Molly saltou para a frente e quase colou seu corpo no dele. Os braços dela o envolveram pela cintura, e seus dedos seguraram a camiseta dele. Molly estava na ponta dos pés, tentando alcançá-lo. Os olhos dela se fecharam num instante de puro êxtase quando seus lábios se tocaram. Ela o beijou com fervor, longamente, intoxicada por ele. Desejava que ele a tocasse e pressionou seu corpo contra o dele. Estremeceu com a intensidade do gesto, o corpo todo se esforçando para se aproximar ainda mais.

O quarto ficou sobrecarregado de uma energia estranha, e, por um momento, pensei que algo entre eles explodiria as paredes do quarto do hotel. E então vi o rosto de Gabriel.

Apesar de não ter se afastado de Molly, ele não estava retribuindo o beijo. Mantinha os braços rígidos ao redor do corpo, os lábios sem reação, recusando-se a entregar-se. Era como se Molly beijasse um boneco de cera. Gabriel permitiu que ela prosseguisse por um momento, mas logo se livrou de suas garras. Ela relutou e então recuou e se jogou na cama.

— Não, Molly. Isso não pode acontecer.

Gabriel ficou triste com a demonstração de afeto. Franziu o cenho, pensativo, olhando para Molly do mesmo jeito que analisava dilemas mortais. Usara a mesma expressão quando conversou com Earl no posto de gasolina e, outra vez, ao analisar as marcas na varanda da abadia. Seus olhos claros estavam sérios enquanto ele pensava numa solução para um problema antes inexistente. Molly assumiu um olhar estranho quando entendeu a indiferença dele. Gabriel franziu o cenho enquanto tentava entender aquela forte atração que era unilateral. Molly não compreendeu a situação, e vi o exato momento em que a humilhação tomou o lugar da paixão. Ela corou e se retraiu diante do olhar inquisitivo de Gabriel.

— Não acredito que entendi tudo tão errado — murmurou ela. — Nunca faço isso.

— Sinto muito, Molly. Peço desculpas se disse ou fiz algo para confundi-la.

— Você não sente nada? — perguntou ela com mais raiva. — Você precisa sentir alguma coisa!

— Não tenho sentimentos humanos — respondeu Gabriel. Então pensou um pouco antes de dizer: — Nem Ivy. — Talvez ele esperasse que Molly se sentiria melhor se soubesse que aquele tipo de investida também não seria retribuído por sua irmã. Se sim, não teve o efeito desejado.

— Pare de agir como se fosse um robô ou coisa assim — rebateu ela.

— Se é o que prefere pensar sobre mim...

— Não é! Prefiro pensar que você é real, não um homem de lata sem coração!

— Meu coração não passa de um órgão vital que bombeia sangue por este corpo — explicou Gabriel. — Não sou capaz de dar o amor que você quer.

— Mas e a Beth? — perguntou Molly. — Ela ama o Xavier e é uma de vocês.

— Bethany é uma exceção. Uma exceção bem rara.

— Por que você não pode ser uma exceção também? — insistiu Molly.

— Porque não sou como a Bethany — explicou ele de modo sério. — Não sou jovem e inexperiente. Existe algo na constituição de Bethany, uma falha ou um ponto forte, que permite que tenha sentimentos humanos. Eu não. — Estava envolvida demais naquela tensão, por isso não sabia se deveria me sentir ofendida ou não.

— Mas estou apaixonada por você — choramingou Molly.

— Se você acha que me ama, então não sabe o que é amor — disse Gabriel. — O amor precisa ser retribuído para ser real.

— Não entendi. Não sou atraente o suficiente, é isso?

— Bem, com isso, você apenas confirma a minha opinião — suspirou Gabriel. — Um corpo não passa de um veículo. As emoções mais profundas são sentidas pela alma.

— Então é a minha alma que não satisfaz as suas expectativas?

— Não seja ridícula.

— O que há com você? — Molly estava revoltada. — Por que não me quer?

— Por favor, tente aceitar o que estou dizendo.

— Está dizendo que não importa o que eu faça, o quanto tente, você nunca vai sentir o mesmo por mim?

— Estou dizendo que você está se comportando como uma criança, porque é isso o que você é.

— Então é porque você acha que sou nova demais — tentou ela desesperadamente. — Posso esperar. Posso esperar até você se sentir pronto. Farei o que for preciso.

— Pare com isso — disse Gabriel. — Esta discussão terminou. Não posso dar a você a resposta que quer escutar.

— Diga-me por quê. — A histeria de Molly só crescia. — Diga-me o que tenho de errado a ponto de você nem querer me dar uma chance!

— Você deveria sair agora. — A voz de Gabriel estava séria. Já não tentava mais consolá-la.

— Não! — gritou Molly. — Diga o que eu fiz!

— Não é o que você fez. — Gabriel começava a ficar irritado. — Mas, sim, o que você é.

— O que isso quer dizer? — Molly tinha a voz embargada.

— Você é um ser humano. — Os olhos do meu irmão brilhavam. — É natural sentir desejo, vontade, orgulho. Durante toda a sua vida, você vai lutar contra esses instintos. Meu Pai lhes deu o livre-arbítrio. Ele os escolheu para comandar a Terra, e veja o que vocês fizeram com ela. Este mundo está em ruínas, e estou aqui apenas para restaurar a glória Dele. Não tenho nenhum outro propósito ou interesse. Você acha que sou tão fraco para ser seduzido por um humano de olhos apaixonados que não passa de uma criança? Nós somos diferentes em todos os aspectos. Posso tentar entender sua maneira de ser, mas nunca, em tempo algum, você vai conseguir compreender a minha. Por isso é que seus esforços aqui são inúteis, Molly.

Gabriel observou impassível enquanto as lágrimas começaram a rolar, borrando a maquiagem e sujando o rosto de Molly. Ela as secou furiosamente com as costas das mãos.

— Eu... — Seus soluços a fizeram gaguejar. — Eu odeio você.

Molly se mostrou tão vulnerável que desejei ter feito algo para mostrar que ela não estava sozinha. Se estivesse ali na forma física, também gostaria de dar um chute na canela do meu irmão por sua falta de sensibilidade.

— Pelo seu bem — disse Gabriel de modo distante —, talvez o ódio seja melhor do que o amor.

— Não importa para você, de qualquer modo — soluçou Molly. — *Eu* não importo.

— Isso não é verdade — disse Gabriel. — Se a sua vida estiver ameaçada, é uma preocupação minha. Se corre perigo, se alguém a prejudica, você pode contar comigo para protegê-la. Mas, nas questões amorosas, não posso ajudá-la.

— Você podia pelo menos tentar. Poderia desafiar a sua *programação* como Beth fez e ver o que acontece! Como pode saber se vai dar certo ou não?

Ela estava se demonstrando tão convicta que quase torci para o coração de Gabriel derreter. Mas ele apenas abaixou o olhar como se tivesse cometido um grave pecado.

— Para a sua informação, Deus quer que as pessoas sejam felizes. — Molly continuou a desafiar. Tive a sensação de que ela estava tentando criar um caso, como vira nos debates da escola. — Crescer e multiplicar, não é? Eu me lembro muito bem disso das aulas de catecismo.

— Essas instruções foram dadas ao homem — disse Gabriel com a voz baixa.

— Então você não pode ser feliz? Não pode querer uma vida?

— Não é uma questão de querer. É uma questão de desígnio — respondeu Gabriel, e Molly parecia derrotada. — Você precisa de alguém que a ame como você merece. Prometo cuidar de você todos os dias de sua vida. — A voz dele estava suave. — Vou cuidar para que você sempre esteja em segurança.

— Não! — Molly estava gritando como uma menina mimada. — Não é o que eu quero. — Ela balançou a cabeça com veemência, soltando algumas mechas em seu rosto pálido. Molly envolveu-se demais em seu turbilhão de emoções para perceber que a expressão de Gabriel mudou quando ele olhava para ela. Em seu rosto, vi um desejo forte de alcançá-la: uma criatura estranha e problemática que ele não compreendia. Ele ergueu a mão lentamente, como se estivesse prestes a secar as lágrimas dela.

E então Ivy entrou no quarto usando um roupão de banho. Ficou surpresa com a comoção, e Gabriel logo abaixou a mão, com o rosto voltando a ser a máscara impassível de sempre. Um instante depois, Molly saiu do quarto, chorando em silêncio.

Ivy lançou a ele um olhar de compreensão.

— Fiquei tentando imaginar quanto tempo demoraria para essa conversa acontecer.

— Você sabia? Por que não me disse nada? Talvez eu tivesse lidado melhor com a situação.

— Duvido — disse Ivy pensativa. Se havia alguém que podia entender Gabriel, esse alguém era ela. Quando ele permanecia complexo e incompreensível para as pessoas e para os anjos, Ivy sempre era capaz de ler seus pensamentos.

— O que devo fazer agora? — Era raro Gabriel pedir conselhos sobre qualquer assunto, mas a natureza do amor adolescente era um mistério total para ele.

— Nada — respondeu Ivy. — Essas coisas acontecem. Ela vai superar.

— Espero que sim — respondeu meu irmão, cuja voz me deixou em dúvida se ele pensava só em Molly, mesmo.

Ivy se deitou e apagou a luz. Gabriel sentou-se na beira da cama, com o queixo apoiado na mão, olhando para a escuridão. Ficou ali, sem se mexer, muito tempo depois de Ivy ter adormecido.

28

TRISTEZA GOSTA DE COMPANHIA

Voltar às limitações do meu corpo físico foi um choque para mim. Estar com minha família e sentir-me parte da vida deles de novo fizeram com que me esquecesse da minha situação atual. Agora, estava de volta à cela apertada nas câmaras de Hades, onde o espaço era tão exíguo que mal conseguia ficar em pé. Como se para aumentar o meu sofrimento, o ar ao meu redor estava tomado pelo cheiro forte de enxofre, além de lamentações constantes e pedidos de ajuda. Não fazia ideia de quanto tempo vinha projetando, mas sabia que já devia estar há muito, porque todas as minhas articulações estavam rígidas e meus músculos doíam quando me movia. Alguém lançara cascas secas e colocara uma lata pequena de água na minha cela. Vestia a minha camisola, tão manchada de lodo que quase não dava para ver a cor original. Tentei acalmar a respiração para diminuir o pânico que só crescia dentro de mim. Fiquei recolhida no canto com a cabeça baixa. Um capataz sombrio às vezes caminhava por ali para aumentar ainda mais o tormento às almas presas. Era identificável apenas pelos olhos amarelos e pelas hastes de metal que ele passava pelas barras. Por algum motivo, ele não parou na minha cela. Quando tive certeza de que ele se afastara, me aproximei da lata e bebi um gole-d'água, que tinha um gosto metálico desagradável. Meu corpo todo estava dolorido, mas a dor mais pungente vinha das costas, na altura dos ombros. Agora que já não podia mais me esticar, minhas asas doíam demais. Se não as soltasse em breve, ficaria maluca.

Para me distrair, pensei em Molly e Gabriel. Meu coração estava apertado pelos dois. A conexão esquisita que existia entre eles não tinha chance de se desenvolver. Molly não entendia nada do conceito de amor divino. Aquilo era amor em sua forma mais pura, não alterado pela interpretação humana, e envolvia todas as criaturas vivas. Era uma celebração da Criação.

Apesar de Gabriel estar confuso pela intensidade das emoções de Molly, eu sabia que ele ficaria bem. Não se desviaria de seu propósito. Não teria nem mesmo que pensar nisso. Molly, por outro lado, sofreria muito pela rejeição. Desejei que Xavier a ajudasse a passar por aquele momento. Ele havia crescido numa família cheia de irmãs... saberia o que dizer.

Jake logo apareceria, e, como previsto, sua silhueta surgiu em seguida, na escuridão. Seu rosto apareceu atrás das barras, iluminado pela tocha que ele carregava. Senti o cheiro de perfume forte e percebi que a presença dele já não me assustava tanto quanto antes. Na verdade, era a primeira vez em que me sentia aliviada por vê-lo.

Eu me arrastei para a frente, raspando a pele no chão de concreto da pequena cela. Adoraria tê-lo mandado embora, mas não podia. Adoraria expressar a minha raiva, mas não estava forte o bastante. Sabíamos que eu precisava da ajuda dele se não quisesse morrer naquele buraco da parede, enterrada viva até meu corpo apodrecer e meu espírito ser arrasado.

— Isso é um absurdo — disse ele, baixinho, quando a luz da tocha revelou a minha situação. — Nunca vou perdoá-lo por ter feito isto.

— Pode me tirar daqui? — perguntei, detestando a mim mesma pela falta de coragem. Mas ao me lembrar de como havia sobrevivido à fogueira no pilar, pensei que talvez não estivesse fadada a ser um mártir.

— Por que você acha que eu vim? — perguntou ele, parecendo feliz consigo mesmo. Tocou o cadeado da cela, que queimou e caiu no chão.

— Será que o Grande Pai não vai descobrir isso? — perguntei, surpresa por me referir a Lúcifer desse jeito.

— É só uma questão de tempo. — Jake não parecia preocupado. — Há mais espiões aqui do que almas.

— E depois? — Precisava saber o que o futuro me guardava. Será que Jake oferecia apenas um alívio temporário? Ele pareceu ler meus pensamentos.

— Vamos nos preocupar com isso mais tarde.

Ele segurou a porta da cela e a abriu um pouco, o suficiente para que eu passasse.

— Vamos — Jake me chamou, mas não me mexi. Mover-me em qualquer direção era difícil.

— Há quanto tempo estou aqui?

— Dois dias, mas fiquei sabendo que você dormiu a maior parte do tempo. Venha, dê-me a sua mão. Sinto muito por as coisas terem ficado desse jeito.

O pedido de desculpas me pegou desprevenida. Jake não costumava aceitar responsabilidade pelos problemas que causava. Ele olhou para mim com atenção, e percebi que estava pensando em alguma coisa. Sua sobrancelha estava levantada e um olhar de preocupação substituíra a ironia de sempre. Mas continuava com os olhos de águia em mim.

— Você não está bem — observou ele. Tentei imaginar como ele podia pensar que, naquelas circunstâncias, eu pudesse estar bem. Jake era como um camaleão: conseguia mudar suas atitudes de acordo com a situação. Naquele momento, seu comportamento solícito estava me deixando confusa, e não resisti em fazer um comentário sarcástico.

— Ficar dentro de uma jaula não deixa a pele muito bonita — murmurei.

— Estou tentando ajudar você aqui... Poderia pelo menos demonstrar um pouco de gratidão.

— Será que já não me ajudou o suficiente? — perguntei, mas, quando me ofereceu apoio, segurei sua mão.

Lentamente, e usando o braço dele para apoiar meu peso, saí do compartimento. Descobri que, apesar de ter ficado de pé, não conseguia dar mais de um ou dois passos sem que as pernas ameaçassem ceder. Jake olhou para mim antes de me entregar a tocha e de me segurar em seus braços. Saiu das câmaras com confiança e, apesar de eu ter certeza de que vira olhos intensos nos observarem sob a luz, ninguém tentou nos parar.

A moto de Jake se encontrava do lado de fora. Ele me colocou na garupa com cuidado, subiu e ligou o motor. Segundos depois, eu estava segurando nele enquanto as câmaras sufocantes de Hades desapareciam atrás de mim.

— Aonde estamos indo? — perguntei, vendo o ambiente desconhecido.

— Tenho uma ideia que acho que poderá fazer você se sentir melhor.

Jake dirigiu sem parar até chegarmos à entrada de um desfiladeiro profundo com paredes íngremes e água preta corrente que parecia entrar num canal subterrâneo. Jake desceu, observando-me com maior agitação.

— Você está com dor?

Assenti sem nada dizer. Não havia motivos para esconder informações dele agora. Não havia nada que ele pudesse fazer com isso que piorasse a situação. Jake parecia ter previsto o que estava acontecendo comigo e parecia mais bem-informado do que eu.

— Conte-me — pediu. — Como estão as suas asas?

A pergunta me pegou desprevenida e me senti corar. Havia algo ali que eu considerava questionável. Minhas asas definiam a minha existência. Eu me esforçara muito para impedi-las de serem vistas por seres humanos. Elas faziam parte de mim e não sabia se queria discutir a condição delas com Jake Thorn, o Príncipe de Hades.

— Não dou muita atenção a elas — disse de modo evasivo.

— Bem, então dê atenção agora.

Quando Jake chamou a minha atenção para elas, percebi como estavam latejando em meus ombros, precisando ser soltas. De vez em quando, uma dor forte percorria as minhas costas. Eu me irritei com ele por chamar a minha atenção para o problema. Havia decidido ignorar a questão das minhas asas. Qual era o sentido em me preocupar com elas em Hades?

— Precisamos fazer alguma coisa com elas — disse Jake de modo decidido. — Isso se quiser mantê-las.

Eu não gostava do uso do plural *nós* em vez de *você*. Dava a impressão de que estávamos atuando em equipe, como se tivéssemos problemas que poderíamos resolver juntos. Olhei para ele de modo inexpressivo.

— Talvez o que estou tentando dizer possa ser demonstrado.

Quando me dei conta da situação, Jake estava tirando a jaqueta preta de couro e jogando-a no chão. Ficou de costas para mim e tirou a camiseta. E então, ficou em pé, as costas eretas e a cabeça levemente abaixada, uma posição de submissão que ficava muito estranha nele.

— O que você está vendo? — perguntou ele, baixinho. Observei o contorno de suas costas. Os ombros de Jake eram magros, mas bem-formados. Não tinha músculos protuberantes, mas eles ficavam visíveis no corpo em forma quando ele se movia. Ele parecia bem-preparado e perigoso.

— Não estou vendo nada — respondi, desviando os olhos.

— Olhe com atenção — pediu Jake, dando um passo para trás para poder ficar mais perto, as costas curvadas diante de mim num arco claro.

Algo chamou a minha atenção naquele momento, e observei curiosa. A pele de suas costas era lisa e não tinha manchas, apenas duas fileiras de nódulos do tamanho de ervilhas que corriam como um conjunto extra de vértebras sob cada omoplata. As fileiras de bolinhas sob sua pele, separadas por um ou dois centímetros, pareciam marcas de ferimentos que não tinham sido cicatrizados adequadamente.

Não precisei perguntar o que era aquilo.

— O que aconteceu com elas? — perguntei com a voz rouca, entendendo o sentido do que ele estava me mostrando.

— Elas se desgastaram com o tempo e acabaram caindo — disse ele ab-ruptamente.

— Por falta de uso? — perguntei, incrédula.

— Sim, mas mais por retaliação — disse ele. — A questão é que já as tive, e, pode acreditar, elas eram espetaculares.

Será que tinha mesmo escutado algum arrependimento em sua voz?

— Por que está me dizendo isso?

— Porque quero evitar que a mesma coisa aconteça com você.

— Mas como pode impedir isso? — perguntei com meus olhos marejados. — Estou sempre presa. A menos que... vai me deixar voar?

— Não exatamente — disse Jake antes de eu começar a imaginar um pensamento incompreensível. — Seria mais como uma atividade supervisionada.

— O que isso quer dizer?

— Eu *vou* deixar você voar, mas com duas condições. Preciso ter certeza de que você está segura... e que não seja vista. — De repente, percebi por que estávamos ali: o desfiladeiro era perfeito para o voo.

— Não confia em mim? — perguntei.

— Não se trata de confiar. Você não poderia ir longe nem se tentasse escapar. É mais uma questão do que pode encontrar sozinha por aí.

— Então, como você vai garantir a minha segurança? — perguntei. — Você não pode voar comigo.

— É onde entra a minha ideia — disse Jake. — Pode parecer estranho para você a princípio, mas procure abrir a mente. É a única maneira que você tem de sobreviver como um anjo.

— Qual é a sua ideia? — Eu estava curiosa. Minhas asas pareciam saber que falávamos sobre elas e se esforçaram para se abrir. Precisei de todo o meu autocontrole. Não sabia se conseguiria mantê-las daquela maneira por muito tempo.

— Não tem nada demais — respondeu Jake. — Você só terá que usar um equipamento de controle.

— Você quer que eu use uma coleira! — Fiquei ofendida quando entendi o que ele queria.

— Para a sua própria segurança — contra-argumentou ele.

— Você só pode estar de brincadeira! Não vou permitir que você voe montado em mim como se eu fosse um animal! Que coisa absurda. Obrigada, mas a resposta é não.

Recusei a ideia dele bem decidida, mas, ao mesmo tempo, tinha consciência de minhas asas, loucas para serem libertas. A dor em minhas costas começava a ficar mais forte.

— Então, você prefere deixá-las sem uso? Você sabe que não tem muito tempo antes que elas comecem a apodrecer e caiam como gesso velho. Tem certeza de que é o que quer? — perguntou Jake.

— Por que está tão disposto a me ajudar?

— Digamos apenas que estou protegendo meu investimento. Pense bem, Beth. Não precisa decidir agora, apesar de estarmos na posição ideal.

— Se eu concordar, não vou querer fazer nada diante de outras pessoas. — De repente, eu já estava pensando em como seria.

— Só estamos nós dois aqui. Não há mais ninguém. Não quero vê-la perder as asas, e você não quer perdê-las. É uma situação favorável para nós dois, não acha?

— Se eu fizer isso — avisei —, será apenas para poder cumprir o propósito que Deus me deu.

— Sempre otimista — sorriu ele.

— Isso se chama fé — rebati.

— Independente do nome, acho que devemos fazer o possível para manter sua essência angelical intacta, não acha?

A oferta de Jake era ofensiva e tentadora também. Se ele estivesse certo e eu corresse o risco de perder uma parte essencial de quem eu era, será que eu tinha opção? Minhas asas eram uma das coisas que me distinguiam dele e das criaturas de sua raça. Minhas asas eram um presente abençoado dado pelo meu Pai. Se saísse de Hades, o que faria sem elas? E como Xavier se sentiria se eu voltasse sem uma parte essencial de mim? Afastei as lágrimas que já rolavam pelo meu rosto e respirei profundamente.

— Tudo bem — disse. — Aceito.

Jake ergueu o meu queixo com o polegar, com seus olhos estranhos, porém bonitos, analisando o meu rosto.

— Boa decisão — disse ele antes de nos levar a uma rocha próxima dali. — Coloque o pé direito aqui — instruiu antes de aprumar o conteúdo de uma caixa pequena que ele tirou de debaixo da moto. Uma corrente brilhante composta por elos prateados, presa a uma manilha numa rocha. Parecia um objeto mágico de um mundo mitológico. Queria perguntar qual era a origem, mas me contive.

Jake enrolou uma das pontas da corrente no pulso e envolveu a manilha em meu tornozelo. Por ser feita de malha, ela era muito flexível, envolvendo a minha carne como se fizesse parte de mim.

Olhei ao redor na pedra onde podia levantar voo. A face da rocha ficava muito íngreme dos dois lados e terminava numa profunda escuridão. A queda-d'água preta fluía silenciosamente. Era como uma abertura na pedra, um abismo estranho e fantasmagórico iluminado apenas pelos faróis da moto de Jake, que lançava uma luz opaca ao nosso redor.

— Você deve se soltar — disse Jake.

Apesar de relutante em mostrar minhas asas a Jake, elas agora pareciam ter vontade própria. Estavam tão desesperadas para serem soltas, que não tiveram de esperar por um sinal meu. Não tentei impedi-las, e, um instante depois, minha camisola de linho estava rasgada nas costas. Pensar em voar havia me dado energia e minhas asas pareceram ranger pela falta de uso ao serem erguidas. Emitiram uma luz prateada, e senti que elas tremiam com a força. Meus outros músculos também retomavam vida agora que minha circulação estava normal.

Jake observou-me fascinado, mas em silêncio. Havia quanto tempo ele não via asas de anjo de perto? Ainda se lembraria da sensação contagiante? Não tinha tempo para pensar nisso. Minhas asas se ergueram como um dossel de penas acima de nós. Jake olhava para elas com nostalgia, e me senti orgulhosa. As asas eram o único traço físico que nos separava apesar de nossa origem comum. Elas me lembravam de quem eu era e de onde eu vinha. Sempre seria diferente de Jake. Meu voo pela escuridão seria uma lembrança de tudo o que ele e sua raça haviam perdido escolhendo o orgulho e a cobiça.

Girei o tornozelo de um lado para o outro, testando a amarra. E então, encostei o queixo no peito, corri alguns passos e deixei as asas me erguerem. Assim que meus pés deixaram de tocar o chão, senti um alívio imediato, como se algo seco e velho dentro de mim tivesse ganhado vida de novo. Eu me lancei contra a escuridão envolvente sem graça e sem ritmo. Mergulhei, batendo as asas, e a escuridão pareceu abrir passagem para mim. Quando um puxão no tornozelo indicara que eu fora alto demais, não despenquei sobre meu captor, apenas me abaixei, permanecendo assim. Deixei meus pensamentos se desligarem e permiti que meu corpo assumisse o comando. Não senti a mesma emoção de quando voei com minha família em Venus Cove, mas a profunda libertação física valeu a pena. Jake estava em pé na pedra abaixo, olhando para cima e segurando a corrente ao redor do pulso.

De onde eu estava, ele parecia muito pequeno e irrelevante. Naquele momento, apenas eu existia... não havia preocupações ou medos nem meu amor por Xavier. Estava de volta à minha essência, nada além de energia, voando pelo espaço.

Voei até que minhas asas começassem a relaxar e depois não parei mais. Quando finalmente pousei, Jake olhava para mim encantado. Sem dizer nada, ele me entregou um capacete e virou-se na motocicleta.

— Vamos — disse ele. — Você pode passar a noite no Ambrosia... segredo nosso.

— Não há como esconder algo de Lúcifer — falei. — Saiba que haverá repercussão.

— É verdade. — Jake deu de ombros. — Mas, neste momento, não me importo.

29

DOCE VINGANÇA

No dia seguinte, acordei muito bem, como não acontecia havia algum tempo. Eu me espreguicei e arqueei as costas, feliz porque os músculos estavam leves e relaxados, e não pesados como concreto. Era um alívio voltar ao ambiente luxuoso do hotel Ambrosia, apesar de saber que seria apenas temporário.

Eu já havia afastado os cobertores e saído da cama quando escutei o som de um cartão-chave na porta da suíte. Fiquei tensa por um segundo esperando problemas, mas eram apenas Hanna e Tucker espiando pela porta. Eles deviam ser os únicos com permissão para saber sobre a minha volta. Jake solicitara um bom café da manhã, e Hanna quase derrubou a bandeja tão entusiasmada que estava ao correr para o meu lado.

— Estou muito feliz por ver você — disse ela, abraçando-me com força. — Não acredito que está viva. — Senti o odor, agora familiar, de pão recém-saído do forno.

Tucker, mais reservado em suas emoções, atravessou o quarto para me dar um tapinha fraternal no ombro.

— Você nos deixou preocupados por um tempo — disse ele. — O que aconteceu lá na arena?

— Não sei ao certo — respondi, aceitando o copo de suco de laranja que Hanna me oferecia. — Não fiz nada de propósito, o fogo queimou e não me tocou.

— Você conseguiu sair das câmaras?

— Jake chegou ontem à noite e me soltou. Acho que teremos problemas.

— Ele desafiou as ordens de seu Pai? — Hanna arregalou os olhos. — Isso é novidade.

— Eu sei — disse. — Espero que ele saiba o que está fazendo.

— Todo mundo tem falado sobre você e seus poderes — disse Tucker. — Apostam que o Grande Pai vai deixá-la livre, para ver se consegue um acordo.

— Talvez quando o Inferno congelar — disse baixinho, mas não consegui evitar uma pontinha de esperança. Se Lúcifer propusesse um acordo com o qual eu concordasse, talvez houvesse a chance de eu não voltar à minha prisão na Terra. Por outro lado, se a minha libertação por Jake irritasse Lúcifer, eu poderia acabar em apuros maiores.

— Preciso encontrar algo para vestir — disse, olhando para as roupas sujas no chão. Ainda usava o pijama de seda perolada que encontrara dobrado sobre a cama quando cheguei.

Comecei a procurar dentro do armário, disposta a vestir roupas limpas. Jake acrescentara uma calça jeans e uma blusa de lã entre os vestidos chamativos e as camisas de seda. Talvez ele finalmente tivesse entendido a importância de me manter discreta. Eu havia acabado de vestir a blusa e estava prendendo o cabelo num rabo de cavalo quando a porta emitiu mais um som e Jake entrou, esquecendo-se de bater.

— Sua mãe não lhe ensinou bons modos? — perguntei. Pensei que ele estaria ansioso depois da fuga da noite anterior, mas parecia despreocupado, e eu fiquei imaginando que tipo de acordo ele teria feito com Lúcifer.

— Não tive mãe — respondeu ele, distraído e acenou, dispensando Hanna e Tucker. — Saiam.

— Quero que eles fiquem — protestei.

Jake suspirou irritado.

— Voltem em meia hora — Ele deu a instrução com um tom mais agradável antes de voltar sua atenção para mim. — E então, como está se sentindo?

— Muito melhor — respondi com sinceridade.

— Então eu estava certo. A solução estava bem na nossa cara.

— Acho que sim — concordei. — O que vai acontecer agora? Devo me preocupar?

— Relaxe, estou cuidando disso. Meu Pai se orgulha por tomar boas decisões de negócios e, neste momento, estou usando você como um bem e não como uma garantia. E ele está pensando.

Jake olhou para mim, à espera de uma reação, mas me mantive calada.

— Você pode agradecer assim que se sentir pronta.

— O fato de eu não ter que voltar para aquele buraco nojento não quer dizer que esteja feliz — expliquei.

— Que exagero! — rebateu ele.

— Não é, não — retruquei, irritada com a atitude dele. — Posso não sentir mais dor, mas este local continua sendo meu pior pesadelo.

Jake se virou de repente, com os olhos intensos.

— O que quer, Bethany? — perguntou ele, quase sussurrando. — Parece que nada do que faço é bom o suficiente para você. Estou ficando sem ideias.

— O que você esperava?

— Um pouco de gratidão não faria mal.

— Gratidão pelo quê? Você achou mesmo que me resgatar e me controlar como quem empina uma pipa mudaria alguma coisa? Ainda estou aqui e ainda quero ir para casa.

— Supere isso — pediu ele.

— Nunca.

— Bem, isso prova que você é uma idiota porque sei que o cara bonitinho já a esqueceu.

— Não é verdade! — respondi irritada. Jake podia falar o que quisesse, e na maior parte do tempo eu não me deixava afetar, mas não podia falar sobre Xavier. Jake não tinha o direito de pronunciar o nome dele, muito menos de tentar adivinhar o que estava acontecendo em sua vida.

— Isso mostra que você não sabe de nada. — Jake estava me testando. — Os adolescentes cheios de hormônios não esperam para sempre. Na verdade, eles pensam muito pouco. Ninguém nunca lhe ensinou isso nas aulas de educação sexual? Para os meninos, o que os olhos não veem o coração não sente.

— Você não sabe nada sobre Xavier — disse, determinada a não deixar que ele me atingisse. — Não tem ideia do que está dizendo.

— E se eu disser que consigo atualizações constantes a respeito da vida na Terra? E se seus irmãos tiverem desistido de procurá-la, e se Xavier estiver em outra? Ele está com outra menina agora, enquanto conversamos... Uma bela ruiva, na verdade. Como ela se chama mesmo? *Acho* que você sabe quem ela é...

Minha raiva só aumentava. Jake acreditava de fato que podia me enganar para que eu duvidasse das pessoas a quem amava? Será que me considerava tão ingênua assim?

— Estou dizendo a verdade — continuou ele. — Eles se conformaram com o fato de não poderem ajudá-la. Tentaram e falharam e agora, infelizmente, precisam seguir em frente.

— Então por que eles estão indo para o Alabama para tentar encontrar um... — Engoli as palavras imediatamente, percebendo meu erro com segundos de atraso. Mordi o lábio, e Jake enrugou as sobrancelhas, os olhos brilhando de raiva.

— Como sabe disso? — perguntou ele.

Torci para que o meu rosto não revelasse a verdade enquanto tentei desesperadamente consertar o erro.

— Não sei, é só um palpite.

— Você mente muito mal — disse ele, aproximando-se de mim com o andar lento de uma pantera. — Acabou de falar com muita convicção. Aposto que você os viu... talvez até tenha se comunicado com eles.

— Não... não fiz isso...

— Diga-me a verdade! Quem ensinou você a fazer isso? — Jake bateu num vaso de cristal sobre a mesa e o lançou ao chão, espalhando as rosas de caules compridos. Queria que ele se acalmasse. Queria que ele não tivesse dispensado Tucker e Hanna. Não gostava de ficar sozinha com ele tão nervoso daquele jeito.

— Ninguém me mostrou nada. Descobri sozinha.

— Quantas vezes já fez isso?

— Não muitas. Poucas.

— E em todas as vezes você esteve com *ele*, não é? É como se você nunca tivesse ido embora! Eu deveria imaginar que você estava aprontando alguma. Fui muito tolo em confiar em você! — Ele ergueu as mãos e segurou a lateral da cabeça como alguém cheio de ódio.

— É impagável escutar você falando sobre confiança. — Mas Jake não estava mais escutando.

— Você tem brincado comigo, me fazendo pensar que estamos nos aproximando, tentando esconder de mim o que de fato está acontecendo. Pensei que, se desse espaço e se a tratasse como uma rainha, você pudesse esquecê-lo. Mas não esqueceu, não é?

— É como pedir que me esqueça de quem sou.

— Você continua pensando como uma menininha de escola. Pensei que Hades pudesse ajudá-la a amadurecer um pouco, mas vejo que a experiência foi uma perda de tempo.

— É uma experiência pela qual nunca pedi para passar.

— Você teve seu último encontro feliz... Pode ter certeza disso. — Ele retomou o tom cínico, mas a ameaça foi real. Eu sabia que deveria dizer algo para diminuir a tensão entre nós, em vez de piorá-la.

— Por que sempre brigamos? — perguntei. — Será que não podemos, pelo menos uma vez, tentar entender mais um ao outro?

Jake balançou a cabeça e riu.

— Muito bem, Bethany. Você é uma atriz incrível, mas pode parar agora. O jogo terminou. Você me levou no papo por um tempo. Quase acreditei que você estava fazendo um esforço. Deveria ter pensado melhor. Deveria ter deixado você apodrecer nas câmaras. Meu bom humor acabou.

— Não me importo — disse. — Faça o que quiser comigo, pode me mandar de volta para Lúcifer.

— Oh, você não me entendeu. Não vou tocar em nenhum fio de cabelo seu — disse ele. — Mas vou fazer você se arrepender por ter me tratado com tão pouco respeito.

A implicação por trás das palavras dele me arrepiou.

— O que quer dizer com isso?

— Quer dizer que estou planejando viajar. Acho que está na hora de eu ver de perto do que você está sentindo tanta falta.

Apesar de Jake ter sido vago a respeito das intenções que tinha, eu o conhecia bem o suficiente para saber que ele não fazia ameaças à toa. Ele estava indo ao Tennessee para ficar quite comigo. Não sabia o que ele planejava fazer quando chegasse lá, mas sabia que só pararia quando atingisse o objetivo. Ser trocado por Xavier quando pensava ter uma chance deve ter sido difícil de engolir. Qualquer outra pessoa teria aceitado isso com mais dignidade. Mas a vingança era a melhor solução para Jake, e que melhor maneira de fazer isso além de atingir as pessoas a quem eu amava? A força demoníaca de Jake não era páreo para os meus irmãos poderosos, e não havia motivos para ele ir atrás de Molly. Então, só restava Xavier. Meu ponto fraco. Exposto e vulnerável. Principalmente se Jake o pegasse sozinho. E isso seria fácil de acontecer.

Se Xavier estava em perigo, não havia tempo a perder. Eu precisava voltar à Terra e avisá-lo antes de Jake chegar.

Não consegui me projetar naquele momento porque minha mente estava cheia de imagens de Xavier em apuros, e a agitação tirou o meu foco. Por fim, entrei no banheiro e abri o chuveiro de água fria no máximo. O choque da temperatura clareou a minha mente e colocou os meus pensamentos em ordem para que eu concentrasse as minhas energias. A projeção aconteceu sem esforço depois disso.

No momento seguinte, eu estava diante do quarto de Xavier e de Molly, na Easy Stay Inn. A janela estava entreaberta, por isso escorreguei ali como fumaça e fiquei sobrevoando as camas. Tudo estava tão silencioso, e só se ouviam a respiração deles e o vento que empurrava as folhas mortas pelo estacionamento, do lado de fora. Molly dormia profundamente, e o drama da noite anterior não aparecia mais em seu rosto. Sua resiliência sempre me surpreendia. Já Xavier estava tendo um sono muito menos tranquilo. Não parava de se mexer e até sentou-se uma vez para afofar o travesseiro. Antes de se deitar de novo, ele se apoiou nos cotovelos para ver a hora no relógio digital. Eram 5h10. Xavier olhou ao redor, com os olhos azul-turquesa brilhando na escuridão. Quando finalmente adormeceu, seu rosto permaneceu preocupado, como se enfrentasse batalhas em seus sonhos.

Desejei poder confortá-lo, apesar de saber a causa principal de seu desconforto. Eu virara sua vida de cabeça para baixo, e agora sua segurança estava sendo ameaçada. Até aquele momento, Jake não os havia perturbado e, por uma fração de segundo, mantive a esperança de que ele pudesse estar blefando para me abalar. Mas eu vira em seus olhos que a ameaça era real.

O quarto ficou frio de repente, e Molly puxou os cobertores para cobrir a cabeça. Consegui escutar a respiração de lobos. E então vi uma sombra entrar no quarto conosco. Passou por cima do corpo adormecido de Molly embaixo do cobertor e demorou-se sobre os traços de Xavier.

Sentindo a presença, Xavier abriu os olhos e saiu da cama. Seu corpo estava preparado para a briga. Uma veia latejava em seu pescoço e seu coração acelerou.

— Quem é você? — perguntou ele com raiva quando a figura começou a tomar forma diante dele. Reconheci os cabelos encaracolados e o rosto de bebê antes mesmo de ele aparecer totalmente. Era Diego, vestido com um terno preto e uma gravata, como se estivesse indo a um velório.

— Apenas um conhecido — respondeu Diego com a voz lenta. — Jake tinha dito que você era bonito... Ele não mentiu.

— O que você quer?

— Você não é nada educado para alguém a quem eu poderia matar com o mindinho — comentou Diego com um tom um pouco afeminado.

— Acho que você sabe que, no quarto ao lado, há um serafim e um arcanjo, certo? — respondeu Xavier. — Já pensou que eles podem matar você?

Diego riu.

— Eles estavam certos a seu respeito. Você parece um filhote de leão. Matá-lo seria fácil demais.

— Então tente — desafiou Xavier, e senti o meu estômago revirar.

Diego inclinou a cabeça.

— Oh, não estou aqui para isso. Só trouxe uma mensagem para você.

— É mesmo? — perguntou Xavier sem nenhum sinal de medo. — Pode dar.

— Nossas fontes nos informaram de que você e seu esquadrão de anjos estão tentando realizar uma missão de resgate — disse Diego, divertindo-se. — Estou aqui para avisar que vocês não devem perder seu tempo. Podem pôr fim a isso. O anjo que vocês querem resgatar está morto.

Fez-se um longo silêncio. O coração de Xavier, que estava acelerado minutos antes, começou a perder o ritmo e passou a bater como um bloco de concreto em seu peito. Mas, quando abriu a boca para falar, não demonstrou nenhuma emoção.

— Não acredito em você — disse ele com a voz normal.

— Imaginei que você diria isso — respondeu Diego, seu rosto sorridente emoldurado pelos cachos escuros. Ele pegou um saco de estopa preso às costas. — Por isso trouxe provas.

De dentro do saco, ele tirou algo cheio de penas e dobrado. Quando abriu o objeto, vi que era um pedaço de asa manchada de sangue e quebrada. *Minha asa.*

— Pode ficar com isto de lembrança se quiser — disse. O que ele segurava era um pedaço retorcido e curvado, e o sangue havia secado em algumas partes, fazendo as penas grudarem. Diego chacoalhou o amontoado como um leque e gotas de sangue se espalharam pelo chão. Vi Xavier inspirar com força e inclinar-se para a frente como se alguém tivesse dado um soco em seu estômago, tirando-lhe o ar. Seus olhos azul-turquesa ficaram mais escuros, como nuvens rolando pelo céu e bloqueando o sol.

— Que coisa... — Diego balançou a cabeça com comoção. — Pelo menos, foi uma morte rápida.

— Não acredite nele! — gritei, mas minhas palavras se perderam no abismo que nos separava. O desejo de estar com ele me tomou com tanta força que pensei que explodiria dentro de minha forma espectral.

Naquele momento, a porta se abriu, e meus irmãos apareceram. Pela primeira vez, o medo estampou o rosto de Diego. Ele não esperava encontrá-los.

— Você achou que não sentiríamos o seu cheiro? — perguntou Gabriel, a voz tomada pela raiva. Ele olhou para o rosto de Xavier e então para as asas quebradas e ensanguentadas que Diego derrubara no chão. Ivy também as viu e fez cara de nojo.

— Vocês são mesmo os mais baixos de todos — disse ela.

— Faço o que posso — disse Diego, sorrindo.

— Diga-me que não é verdade — disse Xavier com a voz embargada.

— São apenas truques baratos — respondeu Gabriel, chutando as asas para longe, como se fossem uma peça de cenário.

Xavier gemeu aliviado e recostou-se na parede. Eu sabia como ele estava se sentindo. Quando pensei que Jake o tivesse atropelado com sua moto, o medo foi forte e o alívio me deixou rindo à toa.

— O que está fazendo aqui? — exigiu saber Gabriel.

Diego fez um bico.

— Estou apenas tentando me divertir um tantinho. Os seres humanos são tão bobos... animais idiotas.

— Não tão idiotas quanto você — disse Ivy, enquanto Gabriel se mexia para se posicionar no lado direito de Diego, prendendo-o entre a parede e a porta. — Parece que você está preso.

— Assim como o seu anjo — respondeu Diego, apesar de eu saber, pela maneira que seus dedos se curvavam, que ele estava nervoso. — Ela está no buraco em chamas neste exato momento, e não há nada que você possa fazer em relação a isso.

— Isso é o que veremos — disse Gabriel.

— Sabemos que vocês estão tentando encontrar um portal. — Diego não conseguia dissimular as tentantivas de assustá-los. — Nunca vão conseguir encontrar um e, se conseguirem, desejo sorte para abri-lo.

— Não subestime o poder do Céu — alertou Ivy.

— Oh, acho que o Céu já abandonou Bethany. Já pensaram que o nosso Pai pode ser mais forte do que o seu?

Ivy olhou para cima, e um fogo azul flamejante pareceu arder em seus olhos frios. Ergueu o queixo para olhar seu inimigo. Quando abriu a boca, as palavras saíram como centenas de crianças cantando ou sinos de vento na brisa de verão. O ar ao redor dela começou a se revoltar, como calor surgindo da calçada. E então, sem nada dizer, ela esticou a mão na direção dele. Para meu choque, sua mão desapareceu dentro do peito dele, como se fosse feito de argila. Diego pareceu tão surpreso quanto eu e gemeu alto. Algo começou a brilhar em seu peito e percebi que Ivy estava, literalmente, segurando seu coração. A luz ficou mais forte, tornando a pele dele fina e transparente. Consegui ver o contorno de suas costelas e a mão de Ivy envolvendo seu coração numa prisão de luz. Diego parecia paralisado, mas conseguiu abrir a boca e gritar. Pela tela que seu peito havia se tornado, consegui ver seu coração começar a inchar e a pulsar na mão de Ivy, como se fosse se romper. E então, com um *pop*, como um balão estourando, ele se desintegrou, e Diego desapareceu num raio de luz.

Ivy suspirou profundamente e esfregou as mãos uma na outra, como se tivesse tocado em algo contaminado.

— Demônios — murmurou ela.

O som da explosão acordou Molly, que se sentou na cama, alisando os cabelos com as mãos.

— Hum... o que... o que está havendo? — perguntou com a voz rouca. Fiquei surpresa por ela ter conseguido dormir durante todo o tempo.

— Nada — disse Gabriel rapidamente. — Volte a dormir. Só viemos ver como você está.

— Oh! — Molly olhou para ele com esperança por um momento e então se lembrou dos acontecimentos da noite anterior. Seu rosto ficou sério, e ela se virou de costas, ajeitando-se sob os cobertores.

Gabriel suspirou e deu de ombros ao olhar para Ivy enquanto Xavier pegava as chaves do carro sobre o criado-mudo.

— Hum... obrigado por me livrar daquilo — disse. — Se não for um problema, gostaria de sair de carro. Preciso esfriar a cabeça.

Eu o segui, disposta a passar um tempo a sós com ele, mesmo que não sentisse a minha presença.

— E aí, cara? — Ele deu um tapinha no capô do Chevy parado no estacionamento e sorriu com tristeza. — As coisas estão ficando bem doidas, não é?

Eu me acomodei no banco do passageiro enquanto Xavier ligava o motor e seguia para a estrada. Seu corpo parecia relaxar no carro. Ele ficava tão lindo sem tanta preocupação no rosto. Poderia passar horas olhando para ele, para seus braços fortes, para o contorno de seu peito esculpido, para os cabelos caindo-lhe sobre os olhos, com mechas douradas brilhando sob a luz da quase madrugada. Semicerrou os olhos azuis enquanto o carro permitia que ele liberasse a tensão de seu corpo. Pisou no acelerador e o carro respondeu com um ronco obediente. Xavier nunca dirigia depressa quando eu estava dentro do carro; preocupava-se demais com minha segurança. Mas, naquele momento, ele estava totalmente livre e precisava de um tempo para se recuperar. O carro fez uma curva na estrada, sendo encoberto pelos cedros que pontuavam o caminho. Mais à frente, o lado esquerdo não tinha nada além de penhascos abaixo. Ganhando velocidade na estrada aberta, Xavier baixou o vidro e ligou o rádio. Tocava os maiores sucessos dos anos 1980, e o refrão de "Livin' on a Prayer" tomou conta do carro. A canção a respeito de um casal cuja luta para sobreviver aos tempos difíceis era especialmente relevante para nós.

We've got to hold on ready or not
You live for the fight when that's all that you've got

O humor de Xavier pareceu melhorar um pouco enquanto ele cantava e batucava no volante no ritmo da música. Mas, do lado de fora, um vento estranho soprava, espalhando folhas pela estrada e penhasco abaixo, do lado oposto. Havia algo de errado... A presença do Mal havia nos seguido. Precisava alertar Xavier para que ele voltasse. Não era seguro ficar ali, sozinho. Precisava ficar perto de Ivy e de Gabriel para que eles o protegessem. Mas como eu poderia dizer isso a ele?

Quando a música terminou, tive uma ideia. Concentrei minha energia e a utilizei para interferir na frequência do rádio. O som se tornou apenas um zumbido irritante. Xavier franziu o cenho e mexeu nos botões, tentando sintonizar a estação. Eu me concentrei em reunir minha força e chamei seu nome. E então, do nada, ele escutou a minha voz.

— *Volte, Xavier! Você não está seguro aqui. Encontre Ivy e Gabriel. Fique com eles. Jake está vindo.*

O choque ao escutar a minha voz quase fez Xavier jogar o carro para fora da estrada. Ele se recuperou a tempo e pisou nos freios. O carro cantou pneu até parar no meio de uma estrada deserta.

— Beth? É você? Onde você está? Consegue me escutar?

— *Sim, sou eu. Quero que você volte.* — insisti. — *Você precisa confiar em mim.*

— Tudo bem — respondeu Xavier. — Eu confio. Mas continue falando.

Xavier engatou a marcha do carro e fez o retorno. Respirei com um pouco mais de facilidade, sentada no banco do passageiro com os joelhos flexionados. Quando ele chegasse ao hotel, daria a minha mensagem a Ivy e a Gabriel, e eles saberiam como agir.

Enquanto Xavier dirigia, vi as embalagens de chiclete e a lata de refrigerante vazia no chão do carro. Aquilo não combinava com ele, tão obcecado em manter o carro limpo. Lembro que, certa vez, o novo GPS deixara uma marca redonda no para-brisa. Aquilo o incomodou tanto, que ele nos levou à oficina para encontrar um apoio de plástico para prender no painel. A lembrança me fez sorrir.

— Beth, você ainda está aí? — Interferir nas ondas do rádio me deixara exausta, mas reuni o resto de energia para criar fricção em meus dedos; passei pelo rosto dele, um carinho suave. Os pelos de seus braços se arrepiaram.

— Faça isso de novo. — Ele sorriu.

Não estávamos longe da Easy Stay Inn. A paisagem era mais familiar, e quase deixamos os penhascos para trás. Eu estava começando a respirar normalmente quando algo inesperado aconteceu: o carro se virou e então partiu em disparada, afastando-se do hotel.

— O que está acontecendo? — Xavier olhou ao redor. — Beth, o que está acontecendo?

O carro pareceu ganhar vida. Xavier pisava nos freios, que não respondiam. O volante estava travado. Passei para o lado do motorista para ajudá-lo, mas minhas tentativas de parar o carro foram inúteis. De repente, olhei para cima, e no espelho retrovisor dois olhos brilhavam e olhavam do banco de trás.

— Não faça isso, Jake! — pedi. O carro agora ziguezagueava pela estrada. Os esforços de Xavier para colocá-lo de novo na estrada de nada adiantaram. O carro continuou seguindo em frente, os galhos se quebravam no para-brisa e os pneus passavam por cima das pedras.

Meu coração parou quando vi para onde estávamos indo.

Jake estava manobrando o carro para longe da mata e em direção às rochas. Por duas vezes, o carro se aproximou tanto da beirada que tive certeza de que ele cairia desfiladeiro abaixo. A poeira subiu em nuvens prejudicando a visão de Xavier, mas não havia muito a fazer além de se recostar no assento e lutar para controlar o volante.

Eu me virei e vi Jake sentado calmamente no banco de trás. Ele estava fumando um cigarro francês e soprando anéis de fumaça pela janela.

Estava jogando conosco.

30

ANJOS DA GUARDA

— Pare! — implorei a Jake. — Por favor, pare!

O acelerador estava no máximo, e o carro ia de um lado para o outro, como se fosse guiado por um homem cego. O penhasco estava à direita, e não havia nada além de fracas barras de metal separando a estrada da queda arrasadora. Precisava me manifestar... mesmo que fosse apenas para dizer a Xavier o que estava acontecendo, para ver se conseguia tirá-lo do carro com segurança. Mas o medo atrapalhou a minha concentração. Precisaria de toda a energia que restava para aparecer para ele e, mesmo assim, não tinha certeza de que conseguiria.

De repente, vi as mãos dele apertando o volante. Vi o anel de compromisso e a pulseira de couro que ele sempre usava. Conhecia os dois de cor. Aquelas mãos haviam segurado as minhas muitas vezes. Tinham me confortado, lutado por mim, me protegido e me mantido no mundo dos vivos. Lembrei quando o vi pela primeira vez, sentado no píer. Ele me olhara, com a luz do pôr do sol iluminando as mechas de seus cabelos castanho-claros. Pensara como seus olhos eram intensos. Naquele momento, tentei imaginar quem ele podia ser e como era, sem esperar vê-lo de novo. As lembranças me invadiam. Nós dois dividindo um bolo de chocolate no Sweethearts — ele olhava para mim como se eu fosse um quebra-cabeça que ele estivesse determinado a decifrar. Lembrei como sua voz ficava mais grave quando ele acordava, a sensação de seus lábios na nuca. Eu me lembrei de seu cheiro, parecido com o cheiro da mata num dia de verão. Lembrei como o crucifixo que ele usava no pescoço brilhava quando o luar recendia. Sabia tudo sobre ele, e todos aqueles detalhes eram sagrados para mim. Percebi, ali, que nossa conexão subliminar podia transcender qualquer barreira física. De repente, eu me manifestei ali no banco do passageiro. Xavier quase gritou de susto, e seus olhos azuis se arregalaram enquanto Jake nos observava entre os dois assentos da frente.

— Olá, querida — disse ele de modo assustador. — Pensei que poderia encontrá-la aqui. Estão com um probleminha no carro, pelo que posso ver.

— Beth — sussurrou Xavier. — O que está acontecendo?

Ele não conseguia ver Jake. Não fazia ideia do que estava acontecendo.

— Tudo bem — disse eu a ele. — Não permitirei que nada aconteça a você.

— Beth, não vou aguentar muito. — Sua voz quase falhou. — Onde você está? Não sei mais no que acreditar e preciso salvar você.

— Ah, coitadinho... — resmungou Jake do assento traseiro. — Ela é minha agora, se vira.

— Cale a boca! — gritei, e Xavier se assustou. — Não estou falando com você — expliquei depressa. — Jake está aqui conosco.

— O quê? — Xavier se virou, mas, para ele, o banco de trás estava vazio.

— Apenas confie em mim — pedi quando o carro se aproximou perigosamente da beira do penhasco. Xavier se assustou e ergueu um dos braços para proteger o rosto, esperando a colisão, mas o carro voltou para a estrada no último segundo.

— Xavier — disse. — Olhe para mim.

Não sabia quanto tempo ainda tínhamos juntos, mas precisava mostrar que ele não estava sozinho. Um verso conhecido da Bíblia surgiu em minha mente. Era um dos meus favoritos e era de Gênesis 31. Falava sobre Mispá, o Ponto de Encontro. Era um local que podia estar em todos os lugares e em nenhum lugar ao mesmo tempo. Um local que não existia nesta dimensão, mas que tinha mais força do que as pessoas imaginavam. Era um local onde uma reunião de espíritos poderia ocorrer sem presença física.

Lembrei o dia na Bryce Hamilton em que corri para os braços de Xavier, com medo de que nós dois nos separássemos. As palavras daquela tarde voltaram para mim com a mesma clareza daquela lembrança: "Vamos criar um lugar. Um lugar só nosso, um lugar onde a gente possa sempre se encontrar se as coisas derem errado um dia."

— Você se lembra do ponto branco? — sussurrei com urgência.

O corpo de Xavier ficou tenso quando ele olhou diretamente para mim.

— Claro que sim — murmurou.

— Então feche os olhos e vá para lá. Estarei à sua espera. E não se esqueça... é só o espaço que nos separa.

Xavier respirou fundo e em seu olhar vi uma compreensão antes inexistente. Ele fechou os olhos, soltou o volante e ficou muito parado.

Escutei a voz grossa de Jake do banco de trás.

— Já cansei dessa bobagem sentimental por hoje.

— Olha... — Eu me virei para tentar conversar com ele, mas era tarde demais. Senti um aperto no estômago quando o carro escorregou para a lateral da estrada, bateu nas barras de ferro como se fossem palitos de dente e ficou pendurado na borda.

— Não! — gritei.

Xavier não reagiu. Ele ainda estava no ponto branco, indiferente ao fato de morrer ou viver.

O CARRO ESCORREGOU pelo desfiladeiro, em câmara lenta. Escutei o som metálico quando a parte debaixo do carro raspou na borda. Pareceu vacilar por um momento; o carro inclinou-se. E então a gravidade venceu e, com um baque e uma nuvem de poeira, o carro caiu. Ao vê-lo, os pássaros ali perto piaram e fugiram das árvores, desaparecendo no céu. O corpo de Xavier foi lançado para a frente e bateu no volante. O momento pareceu durar muito tempo. Minha visão ficou restrita, e vi as coisas mais esquisitas. A luz do sol pelo para-brisa iluminou os cabelos de Xavier, fazendo as mechas brilharem num tom de cobre e dourado. Os cabelos dele sempre tiveram um tom castanho-claro, como mel ou castanhas, mas hoje, naquele momento, poderia jurar que ele tinha uma auréola de luz dourada.

Xavier não se esforçou para se proteger. Qualquer outra pessoa teria erguido as mãos, mas ele se mantivera estranhamente calmo e parado. Não demonstrou nenhum sinal de pânico, como se estivesse conformado com seu destino. Quando seus cabelos saíram da frente do rosto, olhei para ele e fiquei surpresa com sua aparência jovem. Consegui ver nele o menino que talvez fora poucos anos antes. Tinha uma pele lisa e sem marcas, sem uma ruga sequer que assinalasse seus anos na Terra. Ele viveu pouco, pensei. Havia muitas coisas que ele poderia ter sido, e agora nunca teria a chance de crescer de fato... ser marido... ser pai... fazer diferença no mundo.

Naquele momento, eu estava gritando, gritando alto o suficiente para que toda a cidade me ouvisse, mas ninguém me ouviu. O carro ainda mergulhava de bico, em direção às rochas abaixo, onde se arrebentaria e ficaria amassado como uma folha de papel-alumínio. Nunca me sentira tão fraca. Meu corpo físico ainda estava preso no subterrâneo em Hades, e a alma, entre as dimensões. Mas, quando vi o rosto sorridente de Jake pelo espelho retrovisor, percebi que não era tão fraca quanto pensava. Eu me virei e o segurei pelos dois punhos. Ele pareceu surpreso, mas não me afastou.

— Não o machuque — pedi. — Farei o que você quiser. Pode ditar as regras.

— É mesmo? — Jake sorriu. — Uma troca... Que interessante.

— Não é hora para brincadeiras! — implorei. O carro estava a poucos segundos de bater nas rochas e virar pó lá embaixo. — Se Xavier morrer, nunca o perdoarei! Por favor... Vamos fazer um acordo.

— Tudo bem — concordou Jake. — Pouparei a vida dele se você me conceder apenas um desejo.

— Fechado! — gritei. — Agora, pare o carro!

— Você me dá a sua palavra?

— Juro pela minha vida.

O carro parou no ar, completamente congelado. Foi uma imagem forte, e tive sorte de não haver seres humanos por perto para testemunhar.

— Vejo você em casa, Bethany.

— Espere... Você não pode simplesmente deixá-lo aqui!

— Cuidarão dele — avisou Jake e, estalando os dedos, desapareceu do banco de trás. Depois de alguns segundos, tomei consciência da presença de Ivy e de Gabriel. Eles foram até a beira do penhasco numa Ranger Rover emprestada e saíram. Ao verem o carro suspenso no ar, Gabriel não hesitou, correu até a beira do penhasco e saltou, as asas se abrindo para mantê-lo no ar enquanto ele descia em direção às rochas abaixo. Havia me esquecido de como as asas de Gabriel eram majestosas e vê-las me tirou o fôlego. Elas tinham uma envergadura de cerca de três metros, brancas e poderosas, incríveis. Eram pesadas e cheias de penas e ainda assim pareciam ter vida própria. Ivy o acompanhou, graciosa como um cisne, pisando na beira do abismo antes de soltar-se. As asas dela eram diferentes das de Gabriel: as dele tinham cor de gelo, com alguns pontos prateados e dourados; as de Ivy, por outro lado, eram mais cinza-peroladas, como as de uma pomba, e alguns tons de rosa. Xavier abriu os olhos e olhava incrédulo para os anjos que agora sobrevoavam o capô do carro. Ele piscou, sem saber se deveria acreditar no que via.

— Mas o que... — começou.

— Está tudo bem — disse a ele. — Você está bem.

Mas Xavier não estava mais me escutando. Ele apenas observou, surpreso, quando Gabriel enfiou os braços pela janela da frente, segurando o teto do carro. Do outro lado, Ivy fez a mesma coisa. E então, eles começaram, lentamente, a levar o automóvel de volta à estrada. Os músculos de seus braços sequer pareciam fazer esforço, apenas se flexionaram um pouco enquanto guiavam o veículo de volta à terra firme.

O carro pousou tão suave que Xavier nem chegou a mudar de posição no assento. As asas de Ivy e de Gabriel, que batiam ritmicamente para mantê-los no ar, se retraíram de repente assim que encostaram os pés no chão.

Xavier abriu a porta e saiu assim que pôde. Ele se recostou no capô e suspirou alto.

— Não acredito nisso — murmurou ele.

— Nem nós. — disse minha irmã — O que você fez?

— Espere. — Xavier fez cara de surpreso. — Vocês acham que fiz isso de propósito?

Gabriel lançou-lhe um olhar penetrante.

— Um carro não cai sozinho de um penhasco.

— Pessoal. — Xavier ergueu as mãos. — Jake estava controlando o carro. Vocês acham que sou idiota?

— Você também o viu? — Ivy arregalou os olhos. — Percebemos a presença dele, mas não achamos que teria a ousadia de aparecer.

— Ele não apareceu, exatamente — Xavier franziu o cenho. — Não consegui vê-lo. Mas Beth me disse que ele estava ali.

— Beth? — Gabriel achava que Xavier estava enlouquecendo.

— Ela falou comigo pelo rádio... e então apareceu quando achei que eu fosse morrer. — Xavier retorceu o rosto numa careta, sabendo que sua história era muito maluca. — É verdade, juro.

— Tudo bem — respondeu Ivy, severa. — Independente do que aconteceu, precisamos nos lembrar de que Jake está jogando sujo. Pelo menos chegamos aqui a tempo.

— É essa a questão — disse Xavier, cruzando os braços. — O carro ia cair, sei que ia. E então, de repente, ele parou, e Beth e Jake desapareceram.

— O que quer dizer com isso? — perguntou Gabriel.

— Não sei bem... mas Jake estava tentando me matar. Algo ou alguém o impediu.

Ivy e Gabriel se entreolharam com preocupação.

— Devemos ficar felizes por você estar bem — disse minha irmã.

— Sim. — Xavier assentiu, mas ainda parecia preocupado. — Obrigado por me ajudarem. Caramba, espero que ninguém tenha visto vocês.

Gabriel esboçou um sorriso e colocou para trás a mecha de cabelos loiros que havia se soltado do rabo de cavalo.

— Olhe ao redor. Está vendo alguém? — perguntou meu irmão.

Xavier olhou e franziu o cenho. Ele viu uma cobra no mato alto que parecia ter parado enquanto rastejava: estava paralisada. Olhou para cima e ficou boquiaberto ao ver os pássaros paralisados no céu, como se o mundo todo tivesse ficado preso dentro de um quadro. Naquele momento, o silêncio mortal se tornou aparente. Todos os sons do mundo tinham parado. Não havia o cri-cri dos grilos nem o som de veículos na rua. Nem mesmo o vento conseguia atravessar o silêncio.

— Espere... — Xavier passou uma das mãos sobre os olhos. — Vocês fizeram isso? Não é possível.

— Você, de todas as pessoas, deveria saber que nada é impossível — disse minha irmã.

Os olhos brilhantes de Xavier encontraram o olhar frio e sério de Ivy.

— Diga-me que vocês não pararam o tempo.

— Não o paramos, exatamente — disse Gabriel de modo casual, inspecionando o carro, procurando sinais de danos. — Talvez o tenhamos colocado em espera por alguns minutos.

— Estão falando sério? — perguntou Xavier. Ele estava tendo dificuldades para processar o que ouvia. — Vocês têm permissão de fazer isso?

— Isso não vem ao caso — disse Gabriel. — Fizemos o que tínhamos que fazer. Não podemos permitir que pessoas vejam dois anjos carregarem um carro no ar.

Meu irmão fechou os olhos por um momento e ergueu as palmas. Um instante depois, sinais de vida surgiram ao nosso redor. Eu me sobressaltei, percebendo pela primeira vez como a vida era barulhenta, uma vez que não ouvia mais nenhum som. Era estranhamente reconfortante ver a brisa balançar as árvores e observar um besouro atravessar a terra seca.

Xavier estremeceu e sacudiu a cabeça como se quisesse clareá-la.

— Será que as pessoas não perceberão o que acabou de acontecer?

— Você ficaria surpreso se soubesse o que as pessoas não veem — disse Ivy. — Acontecem todos os dias as coisas mais estranhas, e ninguém presta atenção. As pessoas sempre veem o sobrenatural, mas fingem não ver, colocam a culpa no excesso de café ou no sono insuficiente. Há centenas de desculpas para disfarçar a verdade.

— Se você está dizendo... — foi o que Xavier conseguiu dizer.

— Mas e a Bethany? — perguntou Ivy. — Você disse que ela estava presente?

— Eu a vi. — Xavier esfregou a sola do sapato no chão. — Eu... me comuniquei com ela algumas vezes.

Ivy contraiu os lábios.

— Obrigada por passar essa informação — disse ela, franzindo o cenho. — Não pensei que fosse possível.

Gabriel franziu o cenho também.

— Projeção astral? — perguntou em dúvida. — Do Inferno?

— Talvez Bethany seja mais poderosa do que os demônios percebem... mais até do que ela sabe.

— O que eles não sabem é como Bethany está ligada à Terra — disse Gabriel. — Ele olhou para Xavier. — *Você* a prende a este lugar com mais força do que qualquer outra coisa compreensível a eles. — Ele tamborilou os dedos no capô do carro e pareceu refletir.

— Até onde sabemos, é como uma força magnética atraindo os dois. O elo é tão forte que Bethany consegue alcançar você até de onde ela está.

Apesar de meu coração continuar acelerado pelo choque do que havia acontecido, fiquei orgulhosa da relação com Xavier. Se consegui alcançá-lo, mesmo da prisão subterrânea, se meu amor por ele pôde romper uma barreira do mal, isso realmente dizia algo a respeito da força de nossa ligação. Somos demais, pensei, e sorri, imaginando que seria um bom momento para cumprimentá-lo com um toque de mão.

As palavras de Gabriel pareciam ter atingido Xavier de um modo diferente.

— Isso é bobagem — disse ele, por fim. — Jake está brincando conosco, e estamos permitindo. — Ele passou a mão no rosto, e o anel de compromisso no dedo anular dele brilhou com a luz da manhã. — Ele acha que vamos apenas ficar esperando até morrer?

Ele estava tão tenso que pude ver raios em seus olhos azuis. Passou a mão pelos cabelos e olhou para o horizonte.

— Bem, chega. Quero Beth de volta e cansei desses joguinhos. Seja lá o que acontecer, vou encontrá-la. Escutou isso, Jake? — Xavier abriu os braços e gritou para o céu. — Sei que você está aqui em algum lugar, e é melhor que acredite em mim. Ainda não terminou.

Gabriel e Ivy permaneceram calados. Ficaram juntos como se fossem um, os olhos claros sérios, e o sol que nascia iluminava seus cabelos, tornando-os parecidos com labaredas. Vi algo diferente em seus olhos e, surpresa, percebi se tratar de raiva. Não apenas raiva; mas uma fúria profunda pelas forças demoníacas que haviam levado um deles.

Quando Gabriel falou, sua voz mais pareceu um trovão.

— Você está certo, Xavier. Já estamos cansados de obedecer às regras deles.

— Precisamos agir agora.

— O que precisamos fazer é voltar para o hotel e guardar nossas coisas — disse Gabriel. — Vamos partir para Broken Hill dentro de uma hora.

31

PACTO COM O DIABO

Eu não estava otimista. Apesar de saber que minha família encontraria a estação de trem no Alabama onde ocorrera a colisão fatal, não fazia ideia de como eles abririam o portal. Os portais eram feitos para repelir a energia angelical, só os agentes das trevas sabiam como usá-los. Gabriel era muito poderoso no Céu, mas nem mesmo ele detinha o conhecimento para isso. Até onde eu sabia, os anjos nunca tiveram motivo algum para invadir o Inferno. Não se preocupavam com o que acontecia no subterrâneo... Ali, o domínio era de Lúcifer. Só intervinham quando os habitantes de lá se metiam a causar transtornos na Terra. Por um lado, eu queria acreditar que o estoicismo de Xavier seria suficiente para me salvar, mas resolvi apagar a pequena chama da esperança que surgia dentro de mim. Se me deixasse levar, não conseguiria sobreviver ao baque caso eles fracassassem.

Estava tão distraída pensando no plano de Gabriel que quase me esqueci do que os fizera tomar uma atitude tão extrema. Xavier quase tinha morrido. Não fosse pelo acordo que estabeleci com Jake, ele já estaria morto, unindo-se a milhões de almas no Céu, onde talvez nunca mais o veria. Jake tentara matar Xavier: mandara Diego como isca para confundi-lo e levá-lo à beira da morte. A esperança transformou-se em algo mais intenso, irado e obscuro: o ódio que sentia por Jake era diferente de tudo o que já sentira na vida. Ele me prendera totalmente, como bem quis, e me separara das pessoas que eu amava sem ter como voltar para elas... e ainda assim não estava satisfeito.

Abri a porta do quarto do hotel e corri pela passagem em direção à sala VIP, onde Jake passava a maior parte do tempo quando não estava me atormentando. Precisava descobrir o que ele queria em troca da vida de Xavier. Encontrei-o reclinado num sofá de couro, conversando com Asia, que deu um sorriso irônico ao me ver.

— Sua malcriada está aqui — disse ela, bebendo o conteúdo do copo e levantando-se. — Estou de saída.

— Você — disse quando estava a poucos centímetros de Jake — é o ser mais nojento e repugnante que já saiu da Terra! — Eu tremia de ódio, literalmente. Jake se sentou e me observou, divertindo-se. Queria dar um soco na cara dele, mas sabia que não serviria para nada, pois só eu me machucaria.

— Olá, docinho — disse ele. — Você parece chateada.

— Não acredito que tentou feri-lo! — gritei. — As coisas tinham que ser resolvidas entre você e mim. Por que sempre tem que ultrapassar os limites?

— Não houve feridos, então esqueça o ressentimento, sim? — Jake acenou como se nada tivesse acontecido. — Agora, se me lembro bem, sou um ser nojento e repugnante com quem *você* fez um acordo.

— Porque não tive escolha!

— As circunstâncias não importam — rebateu ele. Rangi os dentes e olhei para ele.

— Então, o que você quer, Jake? O que quer em troca de poupar a vida de Xavier?

Jake olhou para mim com demora, um olhar frio e intenso. Seus olhos negros vazios me faziam pensar num poço profundo, do tipo em que se joga uma pedra e não se escuta quando ela cai no fundo. Mas, ao olhar para mim, seus olhos brilharam com uma intensidade tão desconfortável que me arrepiou. Ele entrelaçou os dedos brancos e franziu o cenho, fazendo menção de dizer algo, sem encontrar as palavras certas.

— Fale logo.

Ele me olhou por muito tempo antes de se inclinar para a frente e colocar as mãos sobre a mesa diante dele.

— Ah, sei exatamente o que quero de você.

— Continue — incentivei com coragem. — Quero saber.

Jake suspirou.

— Já passei um tempo analisando a melhor maneira de usar a minha vantagem para que fiquemos mais próximos.

Estreitei os olhos.

— Continue...

— Acho que encontrei o acordo perfeito. — Ele se levantou e se aproximou de mim. — O que você mais quer é proteger seu bonitinho de camisa polo e mantê-lo vivo. O que mais quero é simples. Quero você... ainda que, infelizmente, você não tenha retribuído meus sentimentos apesar da prova de minha devoção.

Eu contive o desejo de rir da palavra "devoção".

— Certo... — respondi. Não gostava nem um pouco do rumo daquela conversa. Não sabia exatamente o que ele tinha em mente, mas, conhecendo Jake, não podia ser nada justo ou razoável.

— Prometo que não vou feri-la. Prometo até que não vou interferir em suas aventuras de projeção. Mas quero que você entregue algo a mim em troca.

— Não sei o que tenho que você possa querer. — Eu estava confusa.

— Talvez você não esteja pensando direito — respondeu ele, rindo. — Há algo que quero muito. Pense nisso como um presente para recompensar a minha clemência.

— Pare de enrolar e diga logo o que quer — pedi, impaciente, tentando controlar as minhas emoções.

— Quero que você se entregue a mim — disse ele, os olhos escuros brilhando.

Entendi sobre o que ele estava falando, mas não queria aceitar. Precisava que ele dissesse em alto e bom som para confirmar minhas suspeitas.

— Você vai precisar ser mais claro — retruquei de modo desafiador.

— Oh, você é adoravelmente ingênua. Eu já disse de modo claro. Nunca chegarei perto de seu príncipe encantado de novo se você concordar em se entregar a mim apenas por uma noite. Quero a sua virgindade.

— Espere... você quer que eu... — titubeei ao entender o que ele estava dizendo e olhei para ele com nojo. — Quer que eu faça sexo com você?

— Puxa, assim parece uma transação. Prefiro que use a expressão "fazer amor".

Fitei-o, tentando encontrar uma resposta adequada. Havia muitas coisas a dizer, muitas maneiras de expressar meu nojo por ele e minha recusa total em tocá-lo.

— Você tem sérios problemas — Foi a primeira coisa que saiu.

— Não precisa ser malcriada — replicou Jake de modo agradável. — Se meu ego não fosse do tamanho do hemisfério norte, eu poderia estar magoado agora. Muitas mulheres são loucas por uma chance de dormir comigo. Considere-se privilegiada.

— Você tem noção do que está me pedindo?

— É sexo, a satisfação de um desejo carnal. Nada de mais — respondeu Jake.

— É, sim, de mais! — gritei. — Eu deveria fazer amor com quem amo, com quem tenho confiança, a pessoa que espero que um dia seja o pai dos meus filhos.

— É verdade — concordou ele. — O sexo às vezes pode ter efeitos colaterais ruins na forma de crianças pequenas, mas cuidarei de tudo para que não haja complicações. Você estará nas mãos de um especialista.

— Você está escutando? Isso é tão ruim quanto vender a minha alma.

— Não seja ridícula. O propósito do sexo é o prazer, não a procriação. Você só precisa relaxar e me deixar fazer o que sei fazer de melhor. Lembre-se: todo compromisso tem seu preço.

— O propósito do sexo é criar vida — corrigi-o. — Ao dormir com você, estaria me comprometendo, afirmando que confio em você, que *quero* criar vida com você. *Com* você... — repeti para dar ênfase. — É um mentiroso, enganador e assassino. Nunca me entregaria a você!

Jake não pareceu ofendido.

— Fizemos um acordo — disse ele de modo inexpressivo. — Você concordou em fazer qualquer coisa que eu pedisse. Se você se recusar agora, cuidarei, pessoalmente, para que Xavier não viva mais nem um dia.

— Fique longe dele.

— Ei. — Jake estalou os dedos para mim. — Não lide com o Diabo se não consegue aguentar.

Balancei a cabeça. Não conseguia acreditar. Ele escolhera a única coisa que eu não podia entregar. Seria como permitir que a escuridão entrasse no meu corpo físico, deixando que duas almas totalmente opostas se misturassem.

— Acho que Xavier não é muito importante para você, no fim das contas — comentou Jake. — Afinal, você está disposta a permitir que algo tão insignificante ameace a vida dele.

Fitei-o enquanto tentava entender o que acabara de ouvir. O que aconteceria: a maior traição ou o maior sacrifício?

— É que sempre imaginei que seria com ele — disse baixinho.

— Eu sei. — Jake tinha a voz repleta de compreensão. — E eu até aceitaria a ideia de uma relação a três, mas, nas circunstâncias atuais, acho que pode ser meio *estranho*.

Não respondi. Estava enojada. Jake tinha o poder de matar Xavier — provara isso de manhã. Se eu voltasse atrás, ele o mataria. Sabia que Ivy e Gabriel estavam em alerta, mas Jake só teria que encontrar Xavier sozinho e num momento de fraqueza. Ele não se importaria se demorasse dias ou semanas, mas encontraria uma maneira. Sabia o que teria que fazer antes mesmo de entender tudo. Lembrei o que Xavier me dissera uma vez: "Beth, um relacionamento não se baseia só em sexo. Amo você pelo que você é, não pelo que pode me oferecer." Isso significava que eu poderia aceitar a oferta de Jake? Eu não sabia e gostaria de ter alguém para me guiar. A ideia de dormir com Jake, por mais horrível que fosse, era mais fácil de imaginar do que perder Xavier. A verdade é que faria o que fosse preciso para mantê-lo seguro.

— Tudo bem — concordei, com os olhos marejados. — Você venceu. Serei sua.

— Que bom! Você tomou a decisão certa. Mandarei Hanna para ajudá-la a se preparar. Quero fazer tudo direito esta noite... para o caso de você mudar de ideia.

Quando Hanna chegou, seu rosto estava pálido e ela segurava uma bolsa com roupas embaixo do braço.

— Oh, Beth... — disse ela suavemente. Era a primeira vez que ela me chamava pelo nome, e fiquei surpresa. — Gostaria muito que as coisas não tivessem chegado a esse ponto.

— Como você descobriu? — perguntei sem ânimo.

— As notícias se espalham depressa aqui. Sinto muito.

— Tudo bem, Hanna — disse, engolindo em seco. — É mais do que eu esperava do Jake.

— Espero que depois de tudo isso... um dia... você possa ficar com Xavier — disse ela. — Ele deve ser muito especial.

— Sim, ele é.

Pensar em Xavier era a única maneira de conseguir passar por aquele sofrimento sem enlouquecer. Se ele morresse por minha causa, seria pior do que passar a eternidade no Inferno.

— Venha — disse Hanna, me conduzindo com gentileza com a mão pousada nas minhas costas. — Jake está esperando você em uma hora. — Ela abriu o zíper do saco de roupas e tirou dali o que parecia um vestido de noiva longo.

— Preciso mesmo usar essa roupa? — perguntei com nojo. Não queria nenhum transtorno. Aquilo já seria ruim o suficiente sem a encenação toda.

— O príncipe escolheu este vestido especialmente para hoje — respondeu Hanna. — Sabe como ele é. Vai ficar ofendido se não o vestir.

— Você acha que estou fazendo a coisa certa, Hanna? — perguntei de repente, alisando os vincos do edredom. Já estava decidida, mas queria a confirmação de alguém para não me sentir muito sozinha.

— O que importa o que penso? — Hanna se ocupou, procurando fios no vestido para tentar fugir da pergunta. Ela detestava dar a sua opinião, com medo de entrar em apuros.

— Por favor? Quero muito saber.

Hanna suspirou e parou o que estava fazendo. Quando olhou para mim, seus olhos castanhos estavam tomados de tristeza.

— Também já fiz um acordo com Jake certa vez — disse ela. — E ele me traiu. Os demônios dizem qualquer coisa para conseguir o que querem.

— Então você acha que ele está mentindo? Que ele vai ferir Xavier de qualquer jeito?

— Não importa — respondeu. — O que está prestes a acontecer vai assombrá-la para sempre... mas você nunca vai se perdoar se não o fizer. Precisa saber que fez o possível para manter Xavier em segurança.

— Obrigada, Hanna.

Ela assentiu e me ajudou a pôr o vestido branco virginal e os sapatos de cetim. Então, colocou pequenas pérolas em meus cabelos. Jake fizera aquilo de propósito, era a sua maneira louca de ser irônico. Em sua mente, talvez já tivesse idealizado um encontro de amor, e não a reunião de negócios que realmente era. O vestido era justo como um corpete em meu quadril e continuava em ondas até o chão. Tinha um decote que revelava a brancura da minha pele. Bem, pensei com amargura, era o vestido certo para a ocasião... no lugar errado, com a pessoa errada.

Quando Hanna prendia um colar de pérolas em meu pescoço, Tucker entrou no quarto e ficou surpreso ao ver o que eu estava vestindo.

— Então é verdade — disse ele, baixinho. — Tem certeza de que sabe o que está fazendo?

— Não tenho escolha, Tuck.

— Olha, Beth. — Ele se sentou com hesitação na beira da cama. — Sei que as coisas parecem bem ruins no momento, mas nunca a admirei tanto quanto a admiro agora.

— Por quê? Não há muito o que admirar, na minha opinião.

— Não. — Tucker balançou a cabeça. — Pode ser que não veja agora, mas você é forte. Quando Jake trouxe você aqui, ninguém pensou que você duraria um dia. Mas você é mais forte do que parece. Apesar de tudo o que tem visto, apesar de tudo o que eles lhe fizeram... você ainda tem fé.

— Mas estou deixando Jake vencer — disse. — Estou dando o que ele quer.

— Não... — rebateu Tucker com a voz rouca. — Dar o que ele quer seria recusar... colocar-se em primeiro lugar. Está abrindo mão de algo muito especial, e Jake sabe que você faz isso por amor. Você o detesta acima de tudo e ainda assim está se entregando a ele para proteger a pessoa que ama. Isso deve estar corroendo-o.

— Obrigada, Tuck. — Eu o abracei e enterrei meu rosto em seu pescoço, que tinha cheiro de grama. — Nunca havia pensado assim.

Ao ver o meu reflexo no espelho, pensei que talvez Tucker estivesse certo. Talvez devesse parar de pensar nisso como um ato de traição sórdida, mas, sim, como um ato de amor.

32

A ESPADA DE MIGUEL

Eu ainda tinha alguns minutos antes de sair. Hanna e Tucker me deixaram sozinha, compreendendo que eu precisava de um tempo para organizar meus pensamentos. Não consegui me controlar e comecei a me projetar quase antes de eles fecharem a porta. Queria ver Xavier uma vez mais; queria que o rosto dele fosse a última coisa que eu visse antes de entregar uma parte preciosa de mim mesma. Sabia que se conseguisse manter a lembrança dele em minha mente, conseguiria passar por isso.

Minha família já havia chegado ao Alabama. Era um trajeto de apenas uma ou duas horas, mas me surpreendi ao saber que eles chegaram ali tão depressa. Até onde eu sabia, Broken Hill era uma cidade calma muito parecida com Venus Cove. A estação de trem fora desativada. Os bancos de madeira pontuando as paredes de tijolos aparentes estavam repletos de lixo, e a antiga bilheteria estava vazia. Havia ervas daninhas entre os trilhos e corvos espalhados pelo solo seco. Aquele local devia ter sido charmoso, repleto de vida. Estava claro que, desde o acidente de trem que tirara tantas vidas, os moradores já tinham partido, e agora o local não passava de uma sombra do que já tinha sido. O carro parou ao lado dos trilhos enferrujados, e minha família saiu. Ivy farejou o ar, e tentei imaginar se ela conseguia sentir o cheiro de enxofre emitido pelo portal que ficaria perto dali.

— Este lugar me dá arrepios — comentou Molly, ainda dentro do carro.

— Fique onde está — pediu Gabriel, e ela não reclamou.

— E agora? — perguntou Xavier. — Alguma ideia do que estamos procurando?

— Pode ser qualquer coisa — respondeu Gabriel, inclinando-se e mantendo a palma da mão direita acima da terra. — Mas acho que deve estar nos trilhos.

— Como você sabe disso?

— A terra é sempre mais quente em cima de um portal para o Inferno.

— Entendi — suspirou Xavier. — Então, agora precisamos encontrar um jeito de abri-lo.

— Esse é o problema — disse Ivy. — Nosso poder combinado não é suficiente. Precisamos de reforço.

— Droga. — Xavier chutou o chão com a ponta da bota, e pedregulhos se espalharam. — Para que viemos aqui?

— Miguel não nos teria mandado para cá por nada — murmurou Ivy. — Deve haver algo que ele quer que façamos.

— Ou talvez ele seja apenas um idiota — respondeu Xavier.

— Isso mesmo — disse alguém atrás deles. Todos se viraram a tempo de ver um arcanjo se materializar, com sua forma imponente cobrindo os trilhos.

Ele tinha a mesma aparência da primeira vez em que o vimos: cabelos loiros e brilhantes, os membros muito maiores do que os de um ser humano normal. Suas asas estavam retraídas.

— De novo, não — escutei Molly resmungar no carro e se encolher.

Gabriel e Miguel se entreolharam como guerreiros, abaixando a cabeça em reverência.

— Seguimos as suas orientações, irmão — disse Gabriel. — O que quer que façamos agora?

— Vim oferecer minha ajuda — respondeu Miguel. — Trago comigo a arma mais poderosa do Céu e do Inferno. Ela pode abrir o portal com a mesma facilidade com que se abre uma garrafa.

— Obrigado por ter nos dado essa informação essencial tão cedo — disse Xavier, com bom humor.

— Eu deveria decidir quando seria a hora certa — respondeu Miguel, olhando para Xavier. — O grupo se reuniu para discutir essa questão imprevista. Lúcifer conhece o poder do anjo refém e pretende usá-lo para alcançar seus objetivos.

As palavras de Miguel me alertaram. O fato de ele saber disso significava que, durante todo o tempo, eu não estava sozinha. O Céu me observava o tempo todo. Poderia ainda ter esperança?

— Como ele planeja fazer isso? Bethany não é uma marionete — protestou Ivy.

— Não sabemos como — disse Miguel. — Mas é perigoso deixar a essência divina nas mãos de qualquer demônio. O objetivo de Lúcifer é causar um Armagedom, uma batalha final, e ele espera usar o anjo como vantagem. As forças do Céu devem agir.

— Como Beth se encaixa nisso? — quis saber Xavier.

— Ela é um catalisador, se quer saber — explicou Miguel. — Os demônios querem dar início a uma guerra em grande escala, mas nunca nos rebaixaremos a esse nível. Vamos mostrar a eles o poder do Céu sem derramamento de sangue.

— Você ia nos ajudar, não ia? — disse Xavier, de repente. — Por que não fez isso desde o começo?

Miguel inclinou a cabeça de leve.

— Quando uma criança quebra um brinquedo e os pais dela logo compram um novo, que lição ela aprende?

— Beth não é um brinquedo — Xavier começou a dizer, mas Gabriel pousou uma das mãos no ombro dele.

— Não interrompa um anjo do Senhor.

— O Céu sempre pode intervir — continuou Miguel. — Mas Ele escolhe o momento certo. Somos apenas Seus mensageiros. Se Nosso Pai corrigisse todas as coisas erradas do mundo, ninguém aprenderia com seus erros. Recompensamos a fé e a lealdade, e vocês demonstraram os dois. Além disso, a missão ainda não terminou. O Céu tem planos para você.

— Planos para mim? — repetiu Xavier, mas Miguel o olhou intensamente.

— Não vamos estragar a surpresa.

Foi um choque escutar o que Miguel tinha a dizer. Ele conhecia os chefões do Reino, e eu duvidara que meu resgate fosse prioridade para ele. Mas, pelo visto, Lúcifer estava jogando um jogo mais perigoso do que eu percebera. Miguel parecia pensar que estávamos à beira da guerra e que o Céu precisava reafirmar seu domínio. Eu ainda não tinha ideia de como ele planejara entrar pelo portal, mas ele parecia confiante em suas habilidades.

— O portal? — lembrou Ivy, ansiosa para não perder mais tempo. — Estamos aqui por um motivo.

— Muito bem — disse Miguel, e de debaixo de sua túnica ele retirou um objeto tão claro e glorioso que Xavier virou o rosto.

A espada longa e flamejante pulsou na mão de Miguel, pronta para agir. Ela refletia azul nas extremidades e parecia elegante demais para seu propósito de destruição. Ao longo do cabo dourado, havia letras entalhadas num idioma que nenhum ser humano conseguia entender. As letras brilhavam com uma luz azul-clara. A espada estava viva... como abençoada por um espírito.

— A Espada de Miguel — disse Gabriel num tom estranhamente reverente que eu nunca o vira usar. — Há muito tempo não a via.

— Ela existe de verdade? — perguntou Xavier.

— É mais real do que você pensa — respondeu Gabriel. — Miguel já se revoltou contra eles antes.

Xavier pensou por um momento.

— É claro — disse ele, por fim. — Está no livro do Apocalipse. "Então houve guerra no Céu: Miguel e os seus anjos batalhavam contra o dragão, e o dragão e os seus anjos batalhavam." Foi Miguel quem o jogou no Inferno pela orientação de Nosso Pai.

— Bom trabalho — disse Xavier, e Miguel ergueu uma sobrancelha. Sorri ao ver como ele agia informalmente em relação a meus irmãos.

— E você acha que pode voltar?

— Vamos ver, não é? — Foi o que Miguel disse.

Ele se levantou no meio dos trilhos. A espada em sua mão vibrou tão alto que quase fez as aves próximas voarem.

— Ei, cara — disse Xavier, aparentando desconforto. — Desculpe por tê-lo chamado idiota. Foi mal.

Miguel assentiu com delicadeza para indicar que não havia mágoas. Ergueu a espada acima da cabeça de modo que a luz do sol refletiu em sua superfície prateada.

— Em nome de Deus, exijo que você...

A voz dele saiu reverberante, mas logo começou a ficar mais fraca. Eu estava desaparecendo, voltando a Hades. Tentei permanecer por mais tempo. Precisava desesperadamente ficar e ver se a espada de Miguel abriria o portal. Mas o toque do telefone puxou-me de volta ao meu corpo físico.

— Alô? — atendi, com dificuldade para segurar o telefone e quase o derrubei.

— O sr. Thorn a espera na recepção — informou a recepcionista.

Percebi que o tom de voz dela havia mudado desde a última vez em que conversamos. Naquele momento, fora respeitoso. Agora, tinha sido presunçoso.

— Diga-lhe que já estou descendo.

Desliguei e voltei para a cama, suspirando alto. Não sabia o que pensar. Miguel estaria realmente prestes a invadir o portal e me salvar?

Não ousei acreditar naquilo. Hesitei por alguns minutos, pensando no que fazer. De uma coisa eu tinha certeza: não podia deixar Jake descobrir o que eu acabara de testemunhar. Precisava ir adiante com o acordo como se nada tivesse acontecido. Torci para que minhas habilidades como atriz fossem boas.

Encontrei-o na recepção do hotel Ambrosia. Ele retirara a jaqueta de motoqueiro usual e a trocara por um fraque com abotoaduras prateadas, numa tentativa de bancar o herói romântico. Mas sabíamos que, apesar das belas roupas, não havia nada de romântico no acordo. Tucker e Hanna ficaram do lado de dentro do hotel, atrás das portas giratórias, com a expressão séria enquanto eu me acomodava no banco traseiro da limusine de Jake, e atravessamos os túneis de Hades. Acenei para eles pela janela de trás, tentando passar a mesma mensagem de esperança que eles haviam me dado.

O carro finalmente parou na entrada do que parecia ser uma caverna. Saí e olhei ao redor.

— Essa é a sua ideia de encontro romântico? — perguntei. — Por que não escolheu me ver no armário de vassouras?

— Espere. — Jake sorriu brevemente. — Você ainda não viu nada. Vamos? — Ele estendeu o braço e me levou para a escuridão. Dei-lhe o braço enquanto me levava por um túnel curto que se abria como mágica para uma câmara ampla de pedra. O local fora organizado especialmente para a ocasião. Por um momento, só consegui pensar que era um espaço estranhamento belo. Parei e olhei.

— Você organizou tudo isso?

— Eu mesmo. Quero lhe proporcionar uma noite inesquecível.

Olhei ao redor, surpresa. O andar da caverna subterrânea estava repleto de água rasa da cor de opala. Pétalas de rosa e velas flutuavam na superfície, lançando uma luz brilhante contra a parede de pedras cheia de fissuras que levava à terra seca.

No centro, havia uma grande cama coberta por cetim dourado e travesseiros de franjas. As peças de pedra estavam decoradas com tapeçaria e imagens de um mundo esquecido. Espelhos de molduras douradas cobriam todos os espaços vazios, refletindo a luz numa pirâmide brilhante espetacular. As notas de uma ária eram emitidas por alto-falantes ocultos. Jake transformara o local sombrio e úmido num mundo subterrâneo fantástico. É claro, o ambiente não mudava nada.

Havia algo meio escondido pela água. Era uma estátua de mármore da Vênus de Milo sem braço. Pela neblina, um líquido escuro descia por suas faces de pedra e pousava com uma gota rítmica na água abaixo. Demorei um pouco para perceber que a estátua chorava lágrimas de sangue.

Antes que eu pudesse dizer alguma coisa, Jake estalou os dedos, e uma gôndola decorada apareceu diante de nós.

— Você primeiro — disse ele, oferecendo-me o braço para me dar apoio. Andei com cuidado pelo cais, e Jake me acompanhou. A gôndola passou pela água brilhante até chegar a uma plataforma de pedra. Saí, sem me importar em segurar a barra do vestido, que se arrastava pelos degraus. Jake caminhou até a cama e passou os dedos sobre a manta. Ele me chamou para ficar ao seu lado.

Ficamos um diante do outro em silêncio. O desejo no rosto de Jake me fez estremecer. Não senti nada além de um grande vazio. Minhas emoções se retraíram totalmente; meu corpo funcionava no piloto automático. Precisava permanecer calma e alheia enquanto a salvação chegava... se viesse mesmo. Não me permiti pensar no que aconteceria se o plano de Miguel não desse certo. Se o fizesse, gritaria ou tentaria afastar Jake. Então, fiquei parada e esperei. Jake estendeu os braços e passou os dedos compridos e finos pelos meus braços. Eram dedos habilidosos, e, alguns minutos depois, a alça do vestido caiu e deixou meu ombro à mostra. Ele se inclinou para a frente e pressionou os lábios quentes contra a minha pele, passando pela clavícula e pelo pescoço. Segurou-me pela cintura, puxando-me contra seu corpo. Ao encostar os lábios nos meus, o beijo foi intenso. Tentei não pensar em como Xavier me beijava — suave e lentamente, como se o beijo fosse o prêmio em si, não o prelúdio para algo mais. Senti a língua de Jake forçando a abertura dos meus lábios e fazendo pressão para entrar na minha boca. Seu hálito quente era sufocante. Quando as mãos começaram a percorrer o meu corpo, ele não pareceu perceber que eu não reagia muito. Então, num movimento fluido, ele esticou o braço e desceu o zíper da parte de trás do meu vestido, que caiu no chão quando menos esperei, e fiquei diante dele vestindo nada além de minha roupa íntima transparente.

Jake se afastou por um momento, ofegante como se tivesse corrido numa maratona, e então me deitou na cama e se inclinou, observando-me com uma expressão curiosa.

Abaixou-se e escorregou a mão na parte interna da minha coxa, traçando círculos lentos com o polegar. Começou a me beijar num trajeto que ia do pescoço até os seios e o estômago enquanto abaixava o corpo para se aproximar do meu.

Onde estavam Miguel e os outros? Um pensamento ruim me ocorreu. A sua espada pode não ter conseguido abrir o portal, ou talvez Miguel tivesse mudado de ideia. Apenas alguns minutos eram necessários para mudar o destino; qualquer coisa poderia ter acontecido no tempo que perdi. Senti meu coração começar a bater mais depressa e comecei a transpirar. Jake correu um dedo pelo suor e sorriu com satisfação. Levou um dos meus dedos aos seus lábios e chupou-o de leve.

— Está se divertindo, afinal? — perguntou ele. Minha boca estava seca demais para que eu conseguisse falar, mas forcei-me a responder.

— Podemos acabar logo com isso?

Eu tinha quase certeza de que Jake desejaria prolongar a experiência o máximo possível, mas sua resposta me surpreendeu.

— Podemos fazer como você quiser. — Ele tirou a camisa e a jogou no chão, de modo que seu peito nu ficou diante de mim, os cabelos escuros caindo sobre os olhos brilhantes. Ele abaixou a cabeça e senti seus dentes mordiscarem minha orelha. — Estamos apenas começando — sussurrou, indo para baixo e passando a língua sobre minhas costelas. — Você está achando intenso? Espere para ver, vou levá-la à loucura. Você ficará prestes a explodir.

Tremi de medo quando ele me tocou. Havia uma centena de coisas que queria dizer, mas forcei-me a ficar calada.

Em minha mente, uma voz berrava: *E se eles não vierem?* Conforme os minutos foram passando, ficou cada vez mais claro que não viriam. Tentei me desligar.

Estiquei o braço e deixei um dedo descer pelo peito de Jake. Ele estremeceu e se apertou contra mim.

— Estou nervosa — sussurrei, tornando a minha voz a mais inocente que consegui. — Nunca fiz nada assim antes.

— Porque você estava com um amador — disse Jake. — Não se preocupe, vou cuidar de você.

Não consegui pensar em mais nada para atrasar o inevitável. Não havia sinal de Xavier nem de minha família. Era tarde demais; não havia mais o que fazer. Eu me deitei e fechei os olhos, aceitando o meu destino.

— Estou pronta.

— Estou pronto há muito tempo — respondeu Jake e senti suas mãos subirem pelas minhas pernas.

De repente, escutei um som parecido com um ronco forte do fundo da caverna. Era como se a rocha em si estivesse sendo aberta. O som ecoou pelas paredes, fazendo Jake sentar-se ereto, de repente em alerta, os olhos escuros analisando o ambiente ao redor. Parecia que o teto acima de nós estava prestes a ruir. Eu me sentei, esforçando-me para tentar escutar um som confortante.

Jake disse vários palavrões um pouco antes de a parede mais distante explodir numa torrente ensurdecedora de pó e pedras, e um conversível Chevrolet Bel Air 1956 passar pelo buraco aberto. O carro pareceu voar quase em câmara lenta ao entrar na caverna e parar a metros de onde estávamos, com o barulho de um trovão. O corpo do carro era comprido, como eu me lembrava, com os faróis acesos e a pintura azul-clara arranhada pelo mergulho que acabara de dar.

— Xavier? — sussurrei.

O para-brisa estava coberto de poeira, mas, um momento depois, a porta do motorista se abriu e uma pessoa saiu dali. Ele era exatamente como eu me lembrava: alto, ombros largos e olhos azul-claros. As mechas loiras que caíam em sua testa ainda tinham partes mais douradas e, em seu pescoço, vi o crucifixo brilhando.

Atrás dele, Ivy e Gabriel saíram do carro, parecendo pilares dourados na câmara escura. A expressão deles era séria, e olhos acinzentados estavam fixos em Jake. Um vento soprou e seus cabelos dourados esvoaçaram. Demorei um pouco para perceber que as asas deles estavam abertas, como sempre acontecia antes de um conflito. Estavam eriçadas, como as asas de uma águia, formando sombras de três metros nas paredes de pedra. Estavam fortes e majestosos como sempre, mas senti que o fato de estarem no Inferno enfraquecia-os. Não tinham nada a ver com o lugar, e logo seus poderes começariam a diminuir. Não havia sinal de Miguel... Supus que ele tivesse aberto o portal e desaparecido. Mas a espada dele brilhava na mão de Gabriel. Também não vi Molly. Provavelmente a deixaram no Alabama — aquela parte da missão seria perigosa demais para ela.

O rosto de Xavier estava tomado de alívio. Ele deu um passo à frente e estendeu o braço na minha direção, mas parou ao ver como eu estava vestida. Analisou a cama, as flores e os lençóis desarrumados. Nós nos entreolhamos, e sua expressão de dor me fez sentir como se me dessem um tapa na cara. A princípio, ele se mostrou confuso, e então irado, e depois estranhamente impassível, como se a montanha-russa de emoções que o invadia fosse forte demais para ele aguentar.

Foi Jake quem interrompeu o silêncio primeiro.

— Não! — Ele saltou em minha direção e me pegou com tanta força que gritei de dor. Isso pareceu colocar Xavier em ação.

— Tire as mãos imundas dela! — rosnou ele. Tentou correr, mas Ivy e Gabriel o contiveram. Jake olhou para eles como um animal feroz, os olhos escuros arregalados de ódio e pânico.

Gabriel contraiu os lábios numa expressão de zombaria que eu já vira antes.

— Você achou, de fato, que sairia ileso? — perguntou com a voz suave, tornando-o ainda mais ameaçador.

— Vocês não deveriam estar aqui — disse Jake. — Como entraram?

Gabriel deu um passo à frente e girou a espada num arco, testando seu peso nas mãos.

— Digamos apenas que tivemos reforços inesperados.

Jake silvou como uma serpente, espalhando perdigotos pelo ar.

— Você não entenderia, mas cuidamos de nossos semelhantes — disse Gabriel.

Senti os dedos de Jake apertarem meu ombro.

— Ela é *minha* — disse ele. — Não podem tirá-la de mim. Eu a ganhei.

— Você enganou e mentiu — disse Gabriel. — Ela é nossa, e viemos buscá-la. Solte-a antes que tenhamos que forçá-lo.

Por um momento, Jake ficou totalmente parado. Então, de repente, me senti sendo erguida, com os dedos dele ao redor de meu pescoço. Estava pendurada, e a pressão na minha garganta era quase insuportável. Meus pés se debatiam sem parar, e me esforcei para puxar todo o ar que conseguia.

— Eu poderia quebrar o pescoço dela num instante — avisou Jake.

— Pare com isso — disse Xavier e, antes que pudessem detê-lo, ele se lançou para a frente e atacou Jake com o ombro direito, como se estivesse num campo de futebol. Surpreendido, Jake me soltou e me joguei na cama, ofegante. Os dois caíram de costas na água. Jake parecia não acreditar na intensidade do ataque. Xavier se virou, acertando um soco certeiro na mandíbula de Jake. Eles se atracaram de novo, rolando pelas rochas nas sombras enquanto tentavam conseguir o controle. Escutei Jake gemer diversas vezes com os golpes. Era evidente quem era fisicamente superior. Mas Jake não jogava limpo e, assim que ele se recuperou por um momento, passou uma das mãos pelos cabelos, e Xavier correu pela caverna e pulou na cama ao meu lado. Jake estalou os dedos e correntes de ferro se materializaram, prendendo-nos ali. Jake se aproximou como um predador esperando pela caça. Ficou perto de nós por um momento e deu um soco no olho esquerdo de Xavier, que virou a cabeça para o lado. Eu o vi fazer uma careta, mas ele não deu a Jake a satisfação de saber que estava ferido. Gritei e tentei me livrar das correntes quando Jake acertou um soco na mandíbula de Xavier, e o sangue escorreu de seu lábio cortado.

Então, uma força ergueu Jake e o jogou no chão da caverna. As correntes que nos prendiam desapareceram. Xavier gemeu e rolou para o lado, encarando-me.

— Sinto muito — disse ele. — Sinto muito por ter deixado isso acontecer. Jurei que sempre protegeria você e a decepcionei.

Olhei para ele por um momento antes de abraçá-lo e enterrar o rosto em seu pescoço.

— Você está aqui — sussurrei. — Você está aqui de verdade. Meu Deus, como senti saudades.

Ficamos abraçados por muito tempo, até vermos meu irmão e minha irmã confrontando Jake. Ele deixara de ser um rapaz garboso e transformara-se em algo que mal lembrava um ser humano. Seus cabelos escuros estavam despenteados, seu nariz sangrava e seus olhos brilhavam de raiva.

Ivy e Gabriel, juntos, pareciam oponentes inatacáveis.

— Solte Bethany, Arakiel — avisou Gabriel em voz baixa —, antes que isso fuja do controle.

— Você terá que me matar — disse Jake. — E fizeram um trabalho muito ruim na primeira vez.

Gabriel apontou a espada de Miguel diretamente a Jake.

— Não viemos despreparados.

— Acham que não sei o que este lugar faz a vocês? — perguntou Jake. — Cada segundo que passam aqui ficam mais fracos.

— Somos quatro — disse Gabriel.

— Incluindo um ser humano e um anjo tão fácil que estava prestes a se entregar a um demônio.

Xavier saiu da cama e encarou Jake com olhar intenso.

— Não fale assim dela.

— O que foi? — perguntou Jake. — Não tolera saber que sua namoradinha estava prestes a permitir que outro homem a usasse? Que desse a ela algo que você nunca conseguiu dar?

Xavier balançou a cabeça.

— Isso não é verdade.

— Pergunte a ela — disse Jake, divertindo-se.

Xavier virou a cabeça de leve para olhar para mim.

— Beth?

Não soube o que dizer. Como poderia lhe contar que estivera prestes a cometer uma traição imperdoável? Abri a boca e a fechei de novo, torcendo os lençóis.

— Acho que quem cala consente — disse Jake, feliz consigo mesmo.

Xavier fez uma careta e se afastou.

— Então é verdade. — Ele fez um movimento com a mão ao seu redor. — Tudo isto era para ele?

— Você não entende — disse. — Estava fazendo isso por você.

— Por mim? Como assim?

Jake uniu as mãos, animado.

— Oh, por favor, não é hora de discutir a relação.

— Fizemos um acordo — expliquei. — Se dormisse com ele, ele não tentaria ferir você de novo.

Os olhos prateados de Gabriel se voltaram para Jake.

— Você é, mesmo, o maior verme da Terra — disse ele, com nojo. — Não culpe Bethany, Xavier... Ela não sabia que ele mentia.

— Você estava mentindo? — gritei. — Ia me entregar, e você estava mentindo o tempo todo!

— Claro que sim — disse Jake. — Não se pode confiar num demônio, querida. Você, mais do que qualquer pessoa, deveria saber disso.

Antes de eu responder, Xavier se descontrolou e começou a dizer palavrões. Nunca o ouvira xingar antes, e até Gabriel ergueu as sobrancelhas, surpreso.

— Veja só... quem diria... parece que o menino bonito tem sangue correndo nas veias — debochou Jake.

— Quando vai parar de nos perturbar? — perguntou Xavier. — É a única maneira de se divertir na vida? Você é realmente tão patético?

Aproveitei que Jake estava distraído para sair da cama e correr até meus irmãos, colocando-me atrás deles em segurança.

— Pode se esconder, Bethany — disse Jake lentamente. — Mas não vai conseguir sair.

— Na verdade, irmão — disse Gabriel com intensidade. — É você que não vai.

De repente, as asas de Gabriel o ergueram, e rapidamente ele sobrevoou Jake... com a espada de Miguel em punho. Tudo aconteceu muito depressa, praticamente um borrão. Escutei o som do metal cortando o ar, e, quando os pés de Gabriel tocaram a terra firme, a espada estava dentro do peito de Jake. Xavier ficou boquiaberto pelo choque e correu em minha direção, segurando-me pelos ombros.

Jake gritou e segurou o cabo, arrancando a espada de seu corpo e jogando-a no chão. O sangue que manchava a lâmina era mais denso do que o normal e preto como a noite. Jorrava do ferimento e formava uma poça ao redor dele, o poder demoníaco saindo dele. De repente, o sangue espumou na boca de Jake. Um espasmo tomou conta de seu corpo, e ele caiu no chão.

Antes de Jake perder os sentidos, ergueu a cabeça e esticou o braço na minha direção. Seus olhos imploravam enquanto ele tentava dizer algo, mas sem emitir som. A princípio, não consegui entender as palavras, mas consegui assimilar algumas sílabas em sua respiração ofegante.

— Bethany, perdoe-me.

A pena fez com que me aproximasse dele. Fui guiada por um desejo de oferecer o conforto que pudesse.

— O que está fazendo? — Escutei a voz de Xavier atrás de mim, mas estava distraída demais com a tristeza dos olhos escuros de Jake. Ele podia ter me atormentado em Hades, mas eu sabia que tudo aquilo surgia do desejo de ganhar meu afeto. Talvez, no fundo, Jake só quisesse ser amado. No mínimo, não deveria morrer sozinho. Estranhamente, uma parte de mim queria ter a chance de se despedir.

— Bethany, não!

Meus dedos quase tocaram a mão de Jake quando de repente fui puxada para trás. Caí no chão e vi duas asas brilhantes batendo sobre a minha cabeça.

Gabriel, percebendo o que eu estava prestes a fazer, havia atravessado a caverna para me impedir.

— Fique para trás. Se você tocá-lo agora, ele vai levá-la para a morte.

Fechei o punho e o pressionei contra o peito. Então havia entendido errado de novo. Pelo jeito, Jake continuava mentindo até o fim.

Ele ainda me olhava fixamente quando seu corpo se remexeu mais uma vez e então ficou parado. Observamos a luz desaparecer de seus olhos até ficarem estáticos olhando para o espaço.

— Acabou — sussurrei, precisando dizer as palavras em voz alta para acreditar nelas. Ivy e Gabriel me envolveram num abraço apertado. — Obrigada por virem me salvar.

— Somos uma família — respondeu Gabriel como se fosse a única explicação necessária.

Olhei para Xavier e segurei seu rosto com as mãos. Seus olhos estavam marejados e, quando ele me tocou no rosto, percebi que eu estava chorando em silêncio.

— Eu amo você — disse apenas, afirmando um fato inegável.

Poderia ter dito muito mais coisas, mas, naquele momento, aquilo era suficiente. Era só o que importava.

— Amo você também, Beth — disse Xavier. — Mais do que pode imaginar.

— Precisamos sair depressa — alertou Gabriel, orientando todos nós em direção ao carro. — O portal não permanecerá aberto por muito tempo.

— Espere. — Resisti enquanto eles tentavam me levar ao carro. — E Hanna e Tuck?

— Quem? — perguntou Ivy, confusa.

— Meus amigos, eles cuidaram de mim enquanto estava aqui. Não posso simplesmente deixá-los.

— Sinto muito, Bethany. — Os olhos de minha irmã estavam repletos de pesar verdadeiro. — Não podemos fazer nada por eles.

— Não é justo — gritei. — Todo mundo merece uma segunda chance.

— Os demônios estão vindo. — Gabriel segurou a minha mão. — Eles sabem que estamos aqui e que o portal está começando a se fechar. Devemos sair ou ficaremos presos.

Assenti em silêncio e os segui, com lágrimas quentes escorrendo pelo rosto. Gabriel assumiu o volante e me recostei em Xavier no banco de trás. Olhei para trás mais uma vez e vi o corpo de Jake boiando na água. As coisas pelas quais me havia feito passar provavelmente me assombrariam pelo resto da vida, mas ele não podia mais me afetar. Queria sentir raiva, mas apenas sentia pena dele, que morreu como vivera, sozinho e sem ter conhecido o amor.

— Adeus, Jake — sussurrei e virei o rosto, escondendo-o no peito de Xavier. Senti quando ele beijou o topo da minha cabeça e seus braços fortes me apertaram quando Gabriel deu partida no Chevy e correu em direção ao buraco na caverna que já estava começando a se fechar.

Só estava pensando numa coisa quando a escuridão desapareceu e voltei para a minha amada Terra. Estava voltando para a vida que conhecia, a vida da qual sentia falta e para a qual desejava voltar... mas ali nos braços de Xavier eu já estava em casa.

EPÍLOGO

Nos gramados bem-aparados da Bryce Hamilton, os alunos do último ano se esticavam sob o sol forte de junho com seus bonés e vestidos azul royal, os rostos iluminados de ansiedade. De certa forma, não pareciam mais adolescentes em busca de orientação: eram jovens prontos para trilharem seus caminhos no mundo. Começariam a faculdade meses depois, e todos estavam ansiosos pelas férias de verão. Eu sabia que Xavier recebera ofertas de diversas faculdades dispostas a tê-lo em seu time, especialmente as que tinham os times de futebol com mais astros.

Apesar de saber que a formatura não teria tanto impacto no meu futuro, não consegui evitar certo nervosismo. Esperávamos pelo sinal para que o desfile começasse. Do lado de fora do auditório, vi Gabriel com os coristas da escola aquecendo-se para a última apresentação de "Amigos para sempre", uma música já conhecida nas colações.

Entre os formandos, o sentimento positivo era contagiante.

As meninas ajustavam suas becas e prendiam os cabelos umas das outras para que as mechas não caíssem sobre os olhos e estragassem as fotografias. Os meninos se preocupavam menos com a aparência, concentrando-se em trocar apertos de mão e tapas nas costas. Todos usávamos anéis entregues poucos dias antes. Eram anéis simples de prata com o lema da escola gravado: "Viver. Amar. Aprender."

Bryce Hamilton adorava pompa e requinte. Dentro do auditório, os convidados e os pais se sentaram e se abanavam com cópias douradas do programa.

Ivy estava sentada ao lado de Dolly Henderson, a vizinha, fingindo interesse nas fofocas do bairro. Esperando na coxia estavam o dr. Chester e o corpo decente com roupas de gala para acadêmicos, e a cor de seus chapéus indicava seu ramo de especialidade. O diretor faria o discurso de abertura e então o representante da turma, Xavier, faria um discurso motivador com apenas algumas anotações com as quais se guiar. Do lado de fora, vi Bernie na plateia, tentando impedir seus pequenos de subirem uns nas cabeças dos outros e repreendendo Nicola por ficar jogando no seu iPhone.

Após a cerimônia, um *brunch* seria servido no refeitório, que havia sido transformado com toalhas de mesa brancas e arranjos de flores para combinar com a ocasião. Um fotógrafo profissional já fazia seus cliques, e observei Abby e as meninas aplicarem camadas novas de brilho labial e ajeitarem seus capelos. Estava ansiosa à espera do momento em que todos jogaríamos nossos capelos para cima — já vira a cena em diversos filmes e queria viver a experiência. Ivy colocara um adesivo com meu nome na parte interna do capelo, para eu encontrá-lo depois.

A escola toda estava animada com uma energia estranha. Mas, no meio de toda aquela animação, havia certa melancolia disfarçada. Molly e suas amigas nunca mais se sentariam no pátio; aquela posição seria passada ao grupo de alunas do último ano, que não poderiam ser como elas. Os dias de matar aula, de estudar para as provas em cima da hora e de paquerar os meninos nos corredores haviam terminado. A escola unira todos nós, mas agora tínhamos que correr atrás do futuro, e era possível que nunca mais ficássemos todos reunidos no mesmo lugar.

Queria que a cerimônia começasse logo. Estava tão animada que quase me esqueci de que era apenas uma observadora. Eu me sentia totalmente humana, como se devesse me preocupar com a entrada na faculdade e com as opções de carreiras. Precisei me lembrar de que aquela vida não era para mim. O melhor que podia fazer era participar da experiência por meio de Xavier e de meus amigos.

Molly apareceu do meu lado e me abraçou.

— Meu Deus, é tão triste! — exclamou ela. — Passei os últimos quatro anos reclamando deste lugar, mas agora não quero ir embora.

— Oh, Molly, vai dar tudo certo — disse, colocando uma mecha cacheada dos seus cabelos atrás da orelha. — Vai demorar muito até a faculdade começar.

— Mas passei treze anos da minha vida nesta escola — disse ela. — É estranho pensar que nunca mais vou voltar. Conheço todo mundo nesta cidade: é a minha casa.

— E sempre será. A faculdade também será uma aventura incrível, mas Venus Cove ainda estará aqui quando você voltar.

— Mas estarei tão longe! — resmungou.

— Molly... — Eu ri e a abracei. — Você vai para a Alabama... Fica logo ali, no estado vizinho!

Ela riu e fungou.

— Acho que sim, obrigada, Beth.

Senti uma mão em minha cintura, e os lábios de Xavier em minha orelha.

— Posso conversar com você? — perguntou ele. Eu me virei e o encarei. O azul da beca destacava a cor dos seus olhos, e os cabelos sedosos e castanhos não foram despenteados pelo capelo.

— Claro que pode, o que houve? — perguntei. — Está nervoso?

— Não — respondeu Xavier.

— Seu discurso está pronto? Não vi nada dele ainda!

— Não vamos ficar — Xavier deu a notícia bombástica com uma calma surpreendente.

— Como é? Por que não?

— Porque não significa mais nada para mim.

— Não diga isso.

— Estou falando muito sério.

Ainda assim, não consegui acreditar.

— Acho que o dia de hoje está deixando todo mundo meio estranho. Você não quer se formar?

— Vou me formar participando da cerimônia ou não.

Naquele momento, vi que seus olhos brilhavam, e um sorriso iluminava seu rosto. Ele estava falando sério sobre ir embora.

— Mas você é o orador da turma!

— Já cuidei disso, Wes vai me substituir. Mas não foi fácil.

Olhei para ele. Como podia fazer piadas prestes a deixar um dos acontecimentos mais importantes de sua vida? Todo mundo esperava que ele liderasse a cerimônia... que não seria a mesma sem ele.

— Seus pais nunca o perdoarão. Por que não quer ficar? Não está se sentindo bem?

— Estou bem, Beth.

— Então, por quê?

— Porque há algo muito mais importante a fazer.

— O que pode ser mais importante do que se formar?

— Venha comigo e vai descobrir.

— Não vou se você não me disser aonde vamos.

— Não confia em mim?

— É claro que confio. — Assenti com vigor. — Mas nunca vi você fazer algo assim... tão... imprudente.

— Engraçado, não me considero imprudente — disse ele. — Nunca me senti tão no controle quanto agora.

A banda da Bryce começou a subir pelo caminho, e os alunos começaram a entrar no auditório para se posicionarem sobre o palco. Uma professora estava contando os presentes de dez em dez. Vi Molly à minha procura na multidão, pois planejávamos nos sentar juntas. Os representantes da escola sempre entravam por último, porque seus assentos ficavam na fileira da frente. Olhei para Gabriel. Ele estava levando o coral para trás do palco, mas deve ter pressentido algo, porque olhou com curiosidade para trás. Sorri e acenei rapidamente para ele, esperando dar um sinal de que tudo estava bem. Xavier olhava para mim com ansiedade.

— Venha se sentar comigo sob o grande carvalho por cinco minutos e explicarei tudo. Se você não gostar do plano, vamos voltar e entrar juntos. Combinado?

— Cinco minutos? — perguntei.

— É só o que peço.

Fiquei em pé sob o velho carvalho que ficava no meio do pátio circular da escola, sabendo que aquele seria o nosso último momento juntos ali. Uma onda de nostalgia tomou conta de mim. O carvalho fora um amigo fiel durante o tempo que passamos na Bryce Hamilton, com seus galhos retorcidos oferecendo abrigo e servindo como nosso local de encontro secreto sempre que o desejo de estarmos juntos era maior do que o senso de responsabilidade. Abracei o tronco de modo brincalhão, e Xavier continuava sério, como se tivesse feito a descoberta do século.

— Certo — disse. — Seu tempo começa agora. Qual é a grande ideia pela qual vale a pena fugir da formatura?

Xavier tirou o capelo e a beca e as colocou sobre a grama ao nosso lado. Por baixo, ele vestia camisa branca, gravata e calça social. Ver seu peito atlético sob o algodão fino fez nascer em mim o desejo profundo de sempre.

Xavier olhava para mim de modo apaixonado. Ele se inclinou e beijou a minha mão.

— Tenho pensado em nós dois.

— Coisas boas ou ruins? — perguntei imediatamente, o desejo dando espaço ao medo.

— Boas, é claro.

Consegui voltar a respirar de novo.

— Então, pode dizer.

— Acho que descobri a resposta.

— Que ótimo — disse. — Qual é a pergunta?

Mas Xavier estava falando muito sério.

— A pergunta é como podemos garantir que ninguém nos atrapalhe de novo.

— Xavier, sobre o que está falando? Precisa relaxar. Estamos juntos agora. Eu voltei. Jake não vai nos incomodar durante um bom tempo.

— Se não for o Jake, será alguém ou outra coisa. Não dá para viver assim, Beth. Sempre preocupados, tentando descobrir quanto tempo nos resta.

— Então não vamos fazer isso. Vamos apenas nos concentrar no que temos aqui e agora.

— Não posso. Quero que dure para sempre.

— Não podemos ter essa expectativa. Você sabe.

— Acho que podemos. — Olhei em seus olhos brilhantes e vi algo que nunca vira antes. Não sabia o que era de fato, mas algo havia mudado.

E então, no minuto seguinte, Xavier segurou minhas mãos com firmeza e se abaixou, apoiando um dos joelhos na base do carvalho e amassando as folhas secas no chão. Meu coração começou a bater na frequência de um trem-bala. Um conflito interno começou entre a alegria e o que ele estava prestes a fazer.

— Beth — disse apenas, seu rosto perfeito iluminado pela ansiedade. — Não tenho a menor dúvida de que somos feitos um para o outro, mas passar o resto da minha vida com você seria uma honra e um compromisso que adoraria ter. — Ele parou, com os olhos azuis bem claros. Fiquei sem fôlego, mas Xavier apenas sorriu. — Beth — repetiu ele. — Quer se casar comigo?

A expressão dele era de pura alegria.

Fiquei boquiaberta. Podia dizer que Xavier era um livro aberto para mim, mas com certeza não esperava aquilo. Involuntariamente, olhei para o céu à procura de orientação, mas não encontrei nada. Aquilo era algo com que eu teria que lidar. Pensei em diversas respostas, uma mais racional do que a outra.

Xavier, está delirando? Perdeu totalmente a razão? Você não tem nem 19 anos e não tem condições de se casar. Não acha que precisamos pensar bem? Não posso permitir que você jogue todos os seus sonhos fora... Depois da faculdade, talvez possamos falar sobre isso. Não temos autoridade para tomar uma decisão dessas sozinhos. Seus pais vão deserdá-lo. Como acha que Ivy e Gabriel receberão essa notícia?

Mas apenas a resposta menos racional saiu de minha boca:

— Sim.

Nós nos afastamos depressa do velho carvalho, com receio de que alguém fosse nos procurar. Assim que lhe dei a resposta, ele me levou no colo em direção aos portões da escola, sem parar até chegar à rua onde o Chevy estava estacionado. Xavier me colocou com cuidado na calçada para abrir a porta do carona, e então assumiu o volante e seguiu para a cidade.

— Aonde estamos indo agora? — perguntei ofegante por causa da emoção.

— Temos que fazer algo para comemorar.

Alguns minutos depois, o carro parou diante do Sweethearts, na rua principal. O café estava quase vazio. Imaginei que a maioria dos clientes devia estar na formatura na Bryce. Dei uma olhada rápida para o relógio de pulso quando Xavier não estava olhando. Já estávamos afastados havia meia hora.

Nossa ausência teria sido notada. O diretor já devia estar na metade do discurso de abertura. Os professores, nos bastidores, certamente comentariam sobre o nosso sumiço, procurando quem nos tivesse visto pela última vez e onde, e para onde podíamos ter ido. Alguém se ofereceria para procurar pelo pátio.

Ivy e Gabriel perceberiam nossos assentos vazios e saberiam que algo estava acontecendo, e os pais de Xavier ficariam confusos com o desaparecimento do filho exemplar. Pensar nisso tudo me trazia de volta à realidade e estragava um pouco o encanto do momento. Precisei pelo menos confirmar que Xavier havia tomado a decisão de modo consciente.

— Xavier — comecei.

— Puxa, Beth, não me diga que já mudou de ideia?

— Não, é claro que não. Preciso dizer só uma coisa.

— Certo. Pode falar.

— Você precisa pensar no seu futuro.

— Pensei. Ele está sentado bem na minha frente.

— Mas o que seus pais acharão sobre isso?

— Pensei que você queria dizer só uma coisa.

— Por favor, Xavier, vamos falar sério.

— Não sei o que eles pensarão. Não pretendo perguntar. Isto *é* o mais certo a se fazer. Já pensei muito em tudo. É o que quero e sei que você também quer. Se as circunstâncias fossem normais, podíamos abordar as coisas de outro modo, mas não podemos nos dar esse luxo. É a única maneira de proteger o que temos.

— E se as coisas ficarem piores?

— Não importa, porque vamos conseguir encarar juntos.

— Já pensou sobre *como* faremos isso?

— Já cuidei de tudo. O padre Mel concordou em nos ajudar. Na verdade, ele está esperando por nós agora mesmo, na capela.

— Agora? — Fiquei boquiaberta. — Não devemos contar a alguém primeiro?

— Tentarão nos fazer desistir da ideia. Podemos contar à cidade toda depois. Quando nossas famílias superarem o susto inicial, vamos sair e comemorar. Você vai ver.

— Você faz parecer tão fácil.

— Porque é. O casamento é um sacramento. Até mesmo Deus ficará satisfeito.

— Estava pensando na sua mãe.

— Do que ela pode reclamar? Pelo menos, vamos nos casar numa igreja!

— Verdade.

Xavier ergueu o milk-shake para propor um brinde.

— A nós — disse ele quando nossos copos tilintaram. — Que o que Deus unir o homem não separe.

O que podia fazer além de retribuir o sorriso otimista dele? Não havia nada que quisesse mais do que ser dele para sempre. Como dizer que não temia a interferência dos homens?

Eu me lembrei do sofrimento enfrentado por Xavier durante o tempo que fiquei em Hades. Agora a crise havia passado, o rapaz que eu amava estava de volta, pronto para anunciar o nosso compromisso ao mundo. Estava preparado para arriscar tudo pela felicidade. O velho Xavier voltara para mim, talvez ainda mais forte do que antes. Não podia correr o risco de perdê-lo de novo, mesmo que isso causasse ira no Céu.

Xavier deve ter percebido a incerteza em meu rosto.

— Você pode voltar atrás — disse ele, baixinho. — Vou entender.

Hesitei por um momento, pensando em todas as consequências possíveis. Mas, quando Xavier segurou a minha mão, tudo ficou claro, e soube exatamente o que queria.

— De jeito algum — respondi. — Mal posso esperar para ser a sra. Xavier Woods.

Ele bateu a mão na mesa, momentaneamente frustrado.

Eu me sobressaltei.

— O que foi que eu disse?

— Droga! Eu me esqueci da aliança!

— Podemos nos preocupar com isso depois — respondi.

— Não, não precisamos — disse ele com um sorriso.

Ele enfiou a mão no bolso da calça e tirou de dentro dele a mão fechada. Quando a abriu, havia ali uma caixinha redonda e antiga.

— Abra — sugeriu ele.

Fiquei surpresa ao erguer o fecho de metal e abrir a tampa. Dentro da caixinha, havia uma aliança de diamante tão perfeita que me deixou boquiaberta. Assim que a vi, sabia que era a minha aliança e que nunca mais me separaria dela. Nunca sentira uma ligação tão forte com algo material antes. A aliança parecia ter sido feita para mim. Nem parei para pensar que podia precisar ser ajustada. Simplesmente sabia que serviria. Não havia nada de extravagante nem ostentoso nela. Já tinha ido com Molly e as outras meninas admirar as vitrines da joalheria da cidade. Sempre fingi interesse para ser educada, mas as modernas alianças de diamante pelas quais elas babavam não me atraíam. Elas eram muito coloridas e grosseiras. Minha aliança era delicada como uma flor. Seu design era perfeito. A pedra central multifacetada estava presa a um aro de platina e tinha uma ponta, parecida com a de um pequeno domo. Ao redor dela, havia diamantes menores que desciam pela lateral.

— É perfeita para você — disse Xavier.

— É tão elegante — suspirei. — Onde você a encontrou? Nunca vi algo assim antes.

— Minha avó a deixou para mim em seu testamento. Minhas irmãs ficaram irritadas com o fato de ela querer deixá-la comigo. É uma aliança feita para um anjo. Não vai experimentá-la?

Assenti e peguei a aliança com hesitação, ainda me esforçando para acreditar que algo tão lindo e precioso seria meu. Mas não consegui experimentá-la. Quando Xavier terminou de falar, a terra sob nossos pés começou a chacoalhar como se o Céu estivesse em guerra.

A aliança escorregou da mesa e caiu no chão estremecido.

AGRADECIMENTOS

Obrigada, mamãe... por tudo. Não sei nem por onde começar.

Obrigada, Liz Kerins, por ser minha irmã mais velha postiça e querida amiga. Nossa viagem de carro pelo Texas foi épica.

Obrigada, Janna, Gail e todas as meninas de Memphis, por fazerem me apaixonar pelo Sul.

Obrigada, Christopher, por entender que "criativa" é um código para "maluca".

Obrigada a cada um de meus fãs. Sem vocês, nada disto teria sido possível. Amo todos vocês!

Obrigada a todos da Feiwel and Friends pelo compromisso e dedicação a esta série.

Obrigada a meus queridos agentes, Jill e Matthew, por acreditarem em mim.

Obrigada a minha querida amiga Lisa Berryman: sua inteligência, sua graça e seu conhecimento ajudaram-me a me moldar como pessoa e também como escritora.

Finalmente, obrigada a meus ídolos da música country: Hank Williams, Johnny Cash, Willie Nelson, Kitty Wells e Alan Jackson, por serem minha inspiração constante.

Produção
Adriana Torres
Ana Carla Sousa

Produção editorial
Luana Luz

REVISÃO DE TRADUÇÃO
Luciana Bastos Figueiredo

Revisão
Eni Valentin Torres
Flávia Midori

Diagramação
Leandro B. Liporage

Este livro foi impresso no Rio de Janeiro, em 2014,
pela Edigráfica, para a Editora Agir.
A fonte usada no miolo é Iowan Old Style, corpo 10,5/14,5.
O papel do miolo é Avena 70g/m², e o da capa é cartão 250g/m².

HALO

HALO

ALEXANDRA ADORNETTO

Um amor que ultrapassa as barreiras do Céu e do Inferno

Tradução

Adalgisa Campos da Silva
Regina Lyra

AGIR

Título original
Halo

Editora responsável
Gabriela Nascimento

Produção editorial
Ana Carla Sousa e Ângelo Lessa

Revisão de tradução
Lucas Vieira Nunes

Revisão
Flávia Midori, Gabriel Machado e Guilherme Bernardo

Diagramação
Filigrana

O poema intitulado "Annabel Lee", que aparece nas páginas 258-9, foi traduzido por Fernando Pessoa e extraído de *Fernando Pessoa: obra poética*, da Editora Nova Aguilar.

O trecho da peça de William Shakespeare intitulada *Romeu e Julieta* que consta na epígrafe foi extraído do livro *Tragédias e comédias sombrias*, traduzido por Barbara Heliodora, da Editora Nova Aguilar.

CIP-Brasil. Catalogação na Fonte
Sindicato Nacional dos Editores de Livros, RJ

A186h Adornetto, Alexandra
Halo : um amor que ultrapassa as barreiras do Céu e do Inferno/ Alexandra Adornetto ; [tradução Adalgisa Campos da Silva e Regina Lyra]. - Rio de Janeiro : Agir, 2010.

Tradução de: Halo
ISBN 978-85-220-1221-3

1. Anjos - Literatura infantojuvenil. 2. Relações humanas - Literatura infantojuvenil. 3. Literatura infantojuvenil australiana. I. Silva, Adalgisa Campos da II. Lyra, Regina. III. Título. IV. Título: um amor que ultrapassa as barreiras do Céu e do Inferno.

CDD: 028.5
CDU: 087.5

Texto estabelecido segundo o Acordo Ortográfico da Língua Portuguesa de 1990, em vigor no Brasil desde 2009.

Rua Nova Jerusalém, 345 — Bonsucesso
Rio de Janeiro — RJ — CEP: 21042-235
Tel.: (21) 3882-8200 — Fax: (21) 3882-8212/8313
www.ediouro.com.br

Fale, anjo, outra vez, pois você brilha
Na glória desta noite, sobre minha cabeça,
Como um celeste mensageiro alado
Sobre os olhos mortais que, deslumbrados,
Se voltam para o alto, para olhá-lo.

— William Shakespeare, *Romeu e Julieta*

Baby, I can see your halo
You know you're my saving grace

— Beyoncé, "Halo"

1
A DESCIDA

Nossa chegada não saiu exatamente como o planejado. Lembro-me de ainda não ter amanhecido quando pousamos, porque as luzes das ruas estavam acesas. Esperávamos que nossa descida passasse despercebida, e quase passou, a não ser por um garoto de 13 anos que entregava jornais.

Vinha de bicicleta com os jornais enrolados como canudos em sacos plásticos. O ar estava enevoado, e o garoto usava uma jaqueta com capuz. Parecia entretido em calcular o ponto exato onde queria jogar cada jornal. Os canudos caíam nas entradas e varandas com um baque, e o garoto sorria todo cheio de si sempre que acertava o alvo. Um *terrier* Jack Russel latindo atrás de um portão fez com que ele olhasse para cima, alertando-o da nossa chegada.

O menino ergueu a cabeça bem a tempo de ver uma coluna de luz branca atravessar as nuvens e deixar três estranhos indivíduos no meio da rua. Apesar da nossa forma humana, algo em nós o assustou — talvez o fato de nossa pele ser luminosa como a lua ou de nossas roupas largas e brancas de viagem estarem esfarrapadas devido à descida turbulenta. Talvez fosse a maneira como olhávamos para nossos braços e pernas, como se não tivéssemos ideia do que fazer com eles, ou o vapor d'água ainda no nosso cabelo. Seja lá o que o tenha assustado, fez o garoto se desequilibrar na bicicleta, dar uma guinada e tombar na calçada. Ele conseguiu se levantar e ficou ali parado por alguns segundos, estarrecido, meio alarmado, meio curioso. Estendemos as mãos para ele simultaneamente, no que esperávamos ser um gesto tranquilizador. Mas esquecemos de como fazer para sorrir. Quando lembramos, já era tarde: enquanto contorcíamos nossas bocas tentando fazer o movimento certo, o garoto se virou e deu no pé. Ter um corpo físico ainda era estranho para nós — havia muitas peças diferentes que precisavam funcionar em sincronia, como uma máquina complexa. Os músculos da minha face e do meu corpo estavam rígidos, minhas pernas tremiam como as de uma criança dando os primeiros passos, e minha vista ainda não havia se adaptado à claridade suave da Terra. Como vínhamos de um lugar de luz resplandecente, as sombras eram novidade para nós.

Gabriel se aproximou da bicicleta com a roda dianteira ainda girando e a endireitou. Encostou-a na cerca mais próxima sabendo que o menino voltaria para pegá-la.

Imaginei-o irrompendo casa adentro e relatando a história a seus pais estupefatos. A mãe lhe afastaria o cabelo da testa para verificar se ele tinha febre. O pai, com olhos sonolentos, comentaria sobre as peças que uma mente ociosa é capaz de pregar.

Encontramos a rua Byron e fomos andando sobre a calçada irregular procurando o número 15. Nossos sentidos já recebiam estímulos de todos os lados. As cores do mundo eram muito vivas e muito variadas. Tínhamos saído de um mundo branco imaculado para chegar a uma rua que mais parecia a paleta de um artista. Fora a cor, tudo tinha sua própria textura e sua própria forma. O vento roçava em meus dedos e me dava a sensação de ser tão vivo que eu me perguntava se poderia apanhá-lo. Abri a boca e provei o ar tonificante e seco. Eu sentia um cheiro de gasolina e pão queimado misturado com o odor de pinho e o perfume intenso do oceano. A pior parte era o barulho. O vento parecia uivar, e o rugido do mar batendo nos rochedos era um tropel na minha cabeça. Eu ouvia tudo que acontecia a meu redor: a ignição de um carro, uma porta de tela batendo, uma criança chorando, um balanço de varanda rangendo ao vento.

— Vocês vão aprender a ignorar os ruídos — disse Gabriel.

O som da voz dele me sobressaltou. Em casa, não precisávamos falar para nos comunicar. Descobri que a voz humana de Gabriel era grave e suave.

— Quanto tempo vai levar?

Contraí-me com o grito estridente de uma gaivota no alto. Podia ouvir minha própria voz, que era melodiosa como uma flauta.

— Não muito — respondeu Gabriel. — Fica mais fácil se você deixa de resistir a eles.

A rua Byron tinha uma subida que culminava na metade de sua extensão, onde se erguia nossa nova casa. Ivy ficou encantada assim que a viu.

— Ih, olhem! — exclamou. — Tem até nome!

A casa recebera o nome da rua e tinha uma placa de cobre com "Byron" gravado numa caligrafia elegante. Mais tarde descobriríamos que as ruas adjacentes haviam recebido o nome de outros poetas românticos ingleses: bosque Keats, rua Coleridge, avenida Blake. A Byron seria a nossa casa e o nosso refúgio enquanto estivéssemos na Terra. Era uma casa de arenito coberta de hera com a porta de entrada ao centro, dividindo os dois lados simetricamente. Erguia-se a uma boa distância da rua, atrás de uma cerca de ferro fundido e um portão de duas folhas, e tinha uma fachada georgiana elegante com um caminho de cascalho levando à porta principal descascada. O jardim da frente era dominado por um olmo majestoso envolvido por um emaranhado de hera. Ao longo da cerca lateral, uma profusão de hortênsias de tom pastel cobertas pela geada matinal. Gostei da casa — parecia ter sido construída para enfrentar qualquer adversidade.

— Bethany, me dê a chave — disse Gabriel.

Cuidar da chave da casa era a única tarefa que me fora confiada. Tateei os bolsos fundos do meu vestido.

— Está aqui em algum lugar — assegurei-lhe.

— Por favor, não me diga que já a perdeu.

— A gente caiu do céu, sabe? — disse eu, indignada. — É fácil as coisas se perderem.

De repente, Ivy deu uma risada.

— Você está com ela pendurada no pescoço.

Dei um suspiro de alívio ao tirá-la da corrente e entregá-la a Gabriel. Quando entramos no hall, vimos que a casa fora organizada especialmente para nós. Os agentes divinos tinham prestado atenção a cada detalhe e não haviam poupado despesas.

Tudo na casa era favorável à luz. Os pés-direitos eram altos, as salas, arejadas. Saindo do hall central, havia uma sala de música à esquerda e uma sala de estar à direita. Mais adiante, um estúdio dava para um pátio pavimentado. Os fundos eram um acréscimo modernizado e consistia em uma ampla cozinha em mármore e aço inoxidável que se estendia até um grande gabinete com tapetes persas e sofás rechonchudos. Portas dobráveis davam para um vasto deque de pau-rosa. No andar de cima ficavam os quartos e o banheiro principal, com bancadas de mármore e uma banheira embutida. Enquanto andávamos pela casa, o assoalho de madeira rangia como se nos desse as boas-vindas. Começou a chuviscar, e o tamborilar da chuva no telhado de ardósia soava como dedos nas teclas de um piano.

Passamos aquelas primeiras semanas hibernando e nos orientando. Fizemos um balanço dos acontecimentos, esperamos pacientemente enquanto nos adaptávamos a nossa forma física, e mergulhamos nos rituais da vida cotidiana. Havia muito que aprender e certamente não seria fácil. A princípio, dávamos um passo e ficávamos surpresos de estar pisando em terra firme. Sabíamos que tudo na terra era constituído de moléculas agrupadas para formar diferentes substâncias: ar, rocha, madeira, animais. Mas a experiência era algo muito diferente. Barreiras físicas nos rodeavam. Tínhamos que contorná-las e tentar evitar a consequente sensação de claustrofobia. Toda vez que pegava um objeto, eu parava para me maravilhar com sua função. A vida humana era tão complicada que havia aparelhos para ferver água, tomadas de parede que canalizavam correntes elétricas e todo tipo de utensílios domésticos na cozinha e no banheiro planejados para poupar tempo e proporcionar mais conforto. Tudo tinha uma textura própria, um cheiro próprio — era como um circo para os sentidos. Eu via que Ivy e Gabriel queriam bloquear tudo e voltar ao silêncio estático, mas eu desfrutava cada momento, ainda que fosse sufocante.

Algumas noites, recebíamos a visita de um mentor de vestes brancas e sem rosto que simplesmente aparecia sentado numa poltrona na sala de estar. Sua identidade nunca foi revelada, embora soubéssemos que ele agia como mensageiro entre os anjos na Terra e os poderes no Céu. Em geral se seguia um momento em que podíamos discutir os desafios da encarnação e obter respostas para nossas perguntas.

— O proprietário solicitou documentos relativos à nossa residência anterior — disse Ivy em nossa primeira reunião.

— Pedimos desculpas pelo descuido. Considerem isso resolvido — respondeu o mentor.

Sua face ficava encoberta, mas, quando ele falava, dava para ver pequenas baforadas de névoa vindo de baixo de seu capuz.

— Dentro de quanto tempo se espera que possamos entender completamente nossos corpos? — quis saber Gabriel.

— Depende — respondeu o mentor. — Não mais do que algumas semanas, a menos que resistam à mudança.

— Como os outros emissários estão se saindo? — indagou Ivy, preocupada.

— Uns estão se adaptando à vida humana, como vocês, e outros foram lançados direto à batalha — respondeu o mentor. — Há alguns recantos da Terra infestados de agentes das trevas.

— Por que pasta de dente me dá dor de cabeça? — perguntei.

Meus irmãos me lançaram olhares repreensivos, mas o mentor ficou impassível.

— A pasta de dente contém ingredientes químicos fortes para matar bactérias — disse. — Espere uma semana, as dores de cabeça passarão.

Terminadas as conversas com o mentor, Gabriel e Ivy sempre ficavam discutindo algum assunto particular, e eu me perguntava o que tinham para dizer que eu não podia ouvir.

O primeiro grande desafio foi cuidar dos nossos corpos. Eles eram frágeis. Precisavam ser nutridos e protegidos dos elementos — o meu mais do que o dos meus irmãos, porque eu era jovem; era minha primeira visita e eu não tivera tempo de desenvolver qualquer resistência. Gabriel era um guerreiro desde a aurora dos tempos, e Ivy era abençoada com poderes de cura. Eu, por outro lado, era muito mais vulnerável. Nas primeiras vezes que me aventurei a sair para passear, voltei tremendo de frio, percebendo que não estava vestida adequadamente. Gabriel e Ivy não sentiam frio, mas seus corpos ainda assim precisavam de manutenção. Nós nos perguntávamos por que nos sentíamos fracos ao meio-dia, e então percebemos que nossos corpos necessitavam de refeições regulares. A preparação da comida era uma tarefa tediosa, e, por fim, nosso irmão, Gabriel, ofereceu-se magnanimamente para se encarregar dela. Havia uma vasta coleção de livros de culinária na biblioteca da casa, e ele adquiriu o hábito de mergulhar neles à noite.

Procurávamos ter o mínimo de contato humano. Fazíamos compras depois do horário convencional em Kingston, uma cidade maior e vizinha à nossa, e não atendíamos à porta nem ao telefone, se este por acaso tocasse. Fazíamos longas caminhadas em horas em que os humanos estavam ocupados dentro de casa. Às vezes íamos à cidade e sentávamos juntos em cafés com mesas na calçada para observar os passantes, tentando parecer absortos na companhia uns dos outros a fim de não chamar atenção. A única pessoa a quem nos apresentamos foi o padre Mel, que era o pároco da Saint Mark, uma capela de arenito azulado à beira-mar.

— Minha nossa — disse ele quando nos viu. — Vocês finalmente vieram.

Gostávamos do padre Mel porque ele não fazia perguntas nem exigia nada de nós; simplesmente juntava-se a nós nas orações. Torcíamos para que, com o tempo, graças à nossa influência sutil sobre a cidade, as pessoas se voltassem para a própria espiritualidade. Não esperávamos que elas prestassem atenção aos preceitos e fossem à igreja todos os domingos, mas queríamos recuperar sua fé e ensiná-las a acreditar em milagres. Mesmo se elas passassem na igreja a caminho do supermercado e apenas acendessem uma vela, ficaríamos felizes.

Venus Cove era uma sonolenta cidade praiana, o tipo de lugar onde nada mudava. Gostávamos do sossego e adquirimos o hábito de caminhar junto ao mar, em geral na hora do jantar, quando a praia estava quase sempre deserta. Certa noite, fomos ao píer ver os barcos ancorados. Eles eram tão coloridos que pareciam barcos de cartão-postal. Chegamos ao fim do píer e só então notamos o garoto solitário sentado lá. Ele não poderia ter mais de 17 anos, mas era possível enxergar nele o homem que um dia se tornaria. Usava bermudas cargo até os joelhos e uma camiseta branca larga com as mangas cortadas. Suas pernas musculosas pendiam da beirada do píer. Ele pescava e tinha uma sacola de tela cheia de iscas e molinetes sortidos ao lado. Paramos de súbito assim que o avistamos e teríamos dado meia-volta, se ele já não nos tivesse visto.

— Oi — disse ele com um sorriso aberto. — Noite gostosa para passear.

Meus irmãos só concordaram com a cabeça e não se mexeram. Achei indelicado não responder e dei um passo à frente.

— É mesmo — disse eu. Acho que este foi o primeiro sinal da minha fraqueza: deixei-me levar por minha curiosidade terrena. Deveríamos interagir com os humanos, mas nunca fazer amizade com eles nem acolhê-los em nossas vidas. Eu já estava desrespeitando as regras da nossa missão. Sabia que deveria ficar calada, afastar-me, mas, em vez disso, apontei para os molinetes do garoto. — Teve alguma sorte?

— Faço isso por diversão — disse ele, virando um balde para eu ver que estava vazio. — Quando pesco algum peixe, devolvo-o ao mar.

Dei outro passo à frente para olhar mais de perto. Seu cabelo castanho-claro era da cor da noz. Cobria-lhe as sobrancelhas e era luzidio sob aquela luz mortiça. Seus olhos tinham o formato de amêndoas e eram de um tom de azul-turquesa impressionante. Seu sorriso era absolutamente hipnotizador. Então era assim que se fazia, pensei; sem nenhum esforço, instintivamente, e de modo absolutamente humano. Enquanto olhava, sentia-me atraída por ele, quase que por uma força magnética. Ignorando o olhar repreensivo de Ivy, dei outro passo adiante.

— Quer tentar? — perguntou ele, percebendo minha curiosidade e me estendendo a vara de pescar.

Enquanto me esforçava para pensar numa resposta adequada, Gabriel se antecipou e respondeu por mim.

— Agora vamos, Bethany. Temos que ir para casa.

Reparei quão formal era o discurso de Gabriel em comparação à do garoto. As palavras de Gabriel soavam ensaiadas, como se ele estivesse atuando numa peça teatral. Provavelmente era assim que se sentia. Parecia um personagem de um dos filmes antigos de Hollywood a que eu assistira como parte da nossa pesquisa.

— Deixa para a próxima, então — disse o garoto, percebendo a tensão de Gabriel. Vi como os cantos dos olhos dele franziram ligeiramente quando ele sorriu. Algo na expressão dele me fez pensar que ele estivesse caçoando da gente. Afastei-me meio a contragosto.

— Foi muita grosseria da sua parte — disse eu ao meu irmão, quando já não podíamos ser ouvidos. Fiquei surpresa com minhas próprias palavras. Desde quando um anjo temia dar a impressão de ser ligeiramente arredio? Desde quando eu confundira o jeito distante de Gabriel com indelicadeza? Ele fora criado daquela maneira, não se sentia em sintonia com a humanidade, não entendia o jeito dos homens. Ainda assim, eu o recriminava por lhe faltarem características humanas.

— Temos que ter cuidado, Bethany — explicou ele, como se falasse com uma filha travessa.

— Gabriel está certo — acrescentou Ivy, a aliada com quem nosso irmão podia contar sempre. — Ainda não estamos prontos para ter contato com os humanos.

— Eu acho que estou — discordei.

Virei-me para olhar pela última vez para o garoto. Ele continuava nos observando e sorrindo.

2
A CARNE

Quando acordei na manhã seguinte, a luz do sol entrava pelas janelas altas e se derramava sobre as tábuas de pinho nuas do meu quarto. Nas réstias de luz, partículas de poeira rodopiavam numa dança frenética. Eu sentia o cheiro de maresia; reconhecia os guinchos das gaivotas e as ondas espumosas quebrando nas pedras. Eu via os objetos familiares no quarto que passara a ser meu. Quem quer que tivesse decorado o meu quarto o fizera tendo alguma ideia de seu futuro ocupante. O quarto tinha um charme feminino, com mobília branca, cama de ferro com dossel e papel de parede de botões de rosa. Havia uma penteadeira branca com um estêncil floral nas gavetas, e uma cadeira de balanço num canto. Encostada na parede ao lado da cama, havia uma delicada escrivaninha.

Espreguicei-me e senti na pele os lençóis enrugados cuja textura ainda era uma novidade. De onde vínhamos, não havia textura, não havia objetos. Como não precisávamos de nada físico para nos sustentar, não havia nada. O Céu não é fácil de descrever. Vez ou outra, alguns humanos captam um vislumbre dele no recôndito dos seus inconscientes e se perguntam rapidamente o que aquilo significa. Tente imaginar uma vastidão branca, uma cidade invisível, sem nada material à vista, mas, ainda assim, a cena mais bela que se poderia imaginar. Um céu como que feito de ouro líquido e quartzo rosa, uma sensação de força, de leveza, aparentemente vazio, mas mais majestoso do que o palácio mais imponente da Terra. Isso é o melhor que eu consigo fazer quando tento descrever algo tão inefável quanto meu antigo lar. Eu não estava lá muito impressionada com a linguagem humana; ela parecia extremamente limitada. Havia tanta coisa que não se podia pôr em palavras... Essa era uma das maiores tristezas em relação às pessoas — muitas vezes não há como exprimir seus pensamentos e sentimentos mais importantes, e eles acabam não sendo ditos.

Uma das palavras mais frustrantes da linguagem humana, até onde sei, é *amor*. Tanto significado atribuído a essa única palavrinha... As pessoas falam nela livremente e a todo tempo, usando-a para descrever seu apego a bens materiais, bichos de estimação, destinos de férias e comidas preferidas. Às vezes, numa mesma frase, empregam essa palavra também para a pessoa que consideram mais importante em suas vidas. Isso não é absurdo? Não deveria haver outro termo para descrever uma emoção tão profunda? Os humanos são muito preocupados com o amor. Todos estão sempre desesperados para formar um vínculo com uma pessoa a quem possam se referir como sua "alma gêmea". De acordo com o que lia na literatura, parecia-me que estar apaixonado significava ser o mundo inteiro da pessoa amada. O resto do Universo era insignificante comparado aos amantes. Quando estavam separados, cada um entrava num estado melancólico, e apenas quando se reuniam seus corações tornavam a bater. Só estando juntos poderiam realmente ver as cores do mundo. Uma vez separados, aquela cor sumia, deixando tudo cinzento e nebuloso. Eu ficava na cama me perguntando sobre a intensidade dessa emoção que era tão irracional e tão irrefutavelmente humana. E se a fisionomia de uma pessoa fosse tão sagrada para você a ponto de se inscrever permanentemente em sua memória? E se o cheiro e o toque dela tivessem mais valor do que sua própria vida? Claro, eu não sabia nada sobre o amor humano, mas a ideia sempre me intrigou. Os seres celestiais nunca fingiram entender a intensidade das relações humanas; mas eu achava espantoso como os humanos podiam permitir que outra pessoa se apoderasse de seu coração e sua mente. Era irônico como o amor podia despertá-los para os milagres do Universo e, ao mesmo tempo, fazer com que toda a sua atenção se voltasse de um para o outro.

O ruído dos meus irmãos andando na cozinha lá embaixo interrompeu meu devaneio e me fez sair da cama. Que importavam minhas ruminações afinal, quando o amor humano era vedado aos anjos?

Joguei uma manta de caxemira sobre os ombros para me aquecer e desci a escada descalça. Na cozinha, fui recebida pelo cheiro convidativo de torrada com café. Gostei de ver que me adaptava à vida humana — algumas semanas atrás esses cheiros teriam me causado dor de cabeça ou náuseas. Mas eu começava a gostar da experiência. Encolhia os dedos dos pés, desfrutando o contato macio das tábuas do assoalho. Nem liguei quando, ainda sonolenta e distraída, dei uma topada na geladeira. A dor lancinante só serviu para me lembrar de que eu era de carne e osso e podia sentir.

— Boa *tarde*, Bethany — disse meu irmão num tom jocoso, me entregando uma caneca de chá fumegante.

Fiquei com a xícara por uma fração de segundo a mais na mão antes de largá-la sobre a mesa, e ela queimou meus dedos. Gabriel reparou que eu me contraía e vi sua testa franzir. Isso me lembrava de que, diferentemente dos meus dois irmãos, eu não era imune à dor.

Minha forma física tinha todas as vulnerabilidades de um corpo humano, embora eu fosse capaz de me curar de lesões mais simples, como cortes e ossos quebrados. Esta fora uma das preocupações de Gabriel quando fui escolhida. Eu sabia que ele me via como vulnerável e achava que a missão poderia se revelar muito perigosa para mim. Eu fora escolhida por estar mais sintonizada com a condição humana do que outros anjos — eu zelava pelos humanos, me identificava com eles e tentava entendê-los. Tinha fé neles e chorava por eles. Talvez fosse porque eu era jovem — eu fora criada havia apenas 17 anos mortais, o que equivalia à primeira infância em termos celestes. Gabriel e Ivy já circulavam havia séculos; haviam batalhado e assistido a atrocidades humanas que eu nem podia imaginar. Tiveram todo o tempo de adquirir força e poder para se protegerem na Terra. Ambos haviam visitado a Terra em várias missões, tiveram tempo de se adaptar a ela e estavam cientes dos seus riscos e perigos. Mas eu era um anjo na forma mais pura e mais vulnerável. Eu era ingênua e crédula, jovem e frágil. Sentia dor, porque não tinha anos de sabedoria e experiência para me proteger disso. Era por esse motivo que Gabriel desejava que eu não tivesse sido escolhida, e era por esse motivo que eu fora.

Mas a decisão não ficara a cargo dele; ficara a cargo de outra pessoa, alguém tão superior que nem Gabriel se atreveu a questionar. Teve que se contentar com o fato de que devia haver uma razão divina por trás da minha seleção, uma razão que ultrapassava seu entendimento.

Beberiquei timidamente meu chá e sorri para meu irmão. Sua expressão se desanuviou e ele pegou uma caixa de cereal, examinando-a.

— O que vai ser? Torrada ou algo chamado Flocos de Trigo com Mel?

— Vou querer torrada — disse eu, torcendo o nariz para o cereal.

Ivy estava sentada à mesa passando manteiga preguiçosamente numa torrada. Minha irmã ainda tentava desenvolver gosto pela comida, e eu a observava cortar o pão em quadrados exatos, deixar os pedacinhos aleatoriamente em volta do prato e depois uni-los novamente como um quebra-cabeça. Fui sentar ao lado dela, inspirando o perfume embriagante de frésia que sempre parecia impregnar o ar à sua volta.

— Você está um pouco pálida — observou ela com sua calma costumeira, afastando uma mecha do cabelo louro-claro que caíra sobre seus olhos cinza-chuva.

Ivy se autodesignara a mãe da nossa pequena família.

— Não é nada — respondi tranquilamente, e hesitei antes de acrescentar: — Só um sonho ruim.

Vi os dois se contraírem ligeiramente e trocar olhares preocupados.

— Eu não chamaria isso de *nada* — disse Ivy. — Você sabe que, em tese, nós não sonhamos.

Gabriel saiu do seu posto junto à janela para estudar meu rosto mais de perto. Levantou meu queixo com a ponta do dedo. Vi que tornava a franzir o cenho, ofuscando a beleza séria do seu rosto.

— Cuidado, Bethany — aconselhou ele, com aquele tom já familiar de irmão mais velho. — Tente não se apegar a experiências físicas. Por mais empolgante que isso pareça, lembre-se de que somos apenas visitantes aqui. Tudo isso é temporário, e cedo ou tarde teremos que voltar... — Ao ver a expressão infeliz em meu rosto, ele parou de falar. Quando continuou, foi com uma voz mais leve. — Bem, como ainda falta muito para isso acontecer, podemos discutir o assunto mais tarde.

Era estranho visitar a Terra com Ivy e Gabriel. Eles chamavam atenção aonde quer que fôssemos. Em sua forma física, Gabriel poderia muito bem ser considerado uma escultura clássica trazida à vida. Seu corpo tinha proporções perfeitas, e cada músculo parecia ter sido esculpido no mármore mais puro. Seu cabelo na altura dos ombros era cor de areia, e ele muitas vezes o usava preso num rabo de cavalo frouxo. Sua expressão era marcante, e, seu nariz, reto como uma flecha. Ele vestia uma calça jeans desbotada puída nos joelhos e uma camisa de linho amassada que davam a ele uma espécie de beleza desalinhada. Gabriel era um arcanjo e membro dos Sete

Sagrados. Embora seu grupo viesse em segundo lugar na hierarquia celeste, eles tinham certos privilégios, além do maior nível de interação com os seres humanos. Na verdade, foram criados para estabelecer a ligação entre o Senhor e os mortais. Mas, no fundo, Gabriel era um guerreiro — seu nome celestial significa "Herói de Deus" — e foi ele quem viu Sodoma e Gomorra arderem.

Ivy, por outro lado, era uma das mais sábias e anciãs da nossa espécie, embora não aparentasse ter mais de vinte anos. Era um serafim, a ordem de anjos mais próxima ao Senhor. No Reino, os serafins tinham seis asas para representar os seis dias da criação. Havia uma serpente dourada tatuada no pulso de Ivy como marca do seu escalão. Dizia-se que, em combate, os serafins vinham à frente para cuspir fogo na Terra, mas ela era uma das criaturas mais delicadas que eu já conhecera. Em sua forma física, Ivy parecia uma Madona renascentista com um pescoço de cisne e um rosto oval pálido. Como Gabriel, tinha olhos penetrantes cinza-chuva. Nessa manhã, ela usava um vestido branco esvoaçante e sandálias douradas.

Eu, por outro lado, não tinha nada de especial, apenas um simples e velho anjo de transição, do escalão mais baixo. Eu não me importava; isso significava que eu era capaz de interagir com os espíritos humanos que entravam no Reino. Em minha forma física, eu tinha uma aparência etérea como a da minha família, à exceção dos meus olhos, que eram castanhos como seixos de rio, e do meu cabelo cor de chocolate, que caía ondulado nas costas. Eu pensara que, se fosse convocada para um posto na Terra, poderia escolher minha própria forma, mas não era assim que as coisas funcionavam. Fui criada com uma forma miúda, de ossos finos, não muito alta, com o rosto em formato de coração, orelhas de duende e pele de um branco leitoso. Sempre que me via no espelho, notava uma ansiedade que não se via no semblante dos meus irmãos. Mesmo tentando, não conseguia parecer tão distante como

Gabe e Ivy. A expressão de seriedade e compostura deles raramente se alterava, independentemente do drama que se desenrolasse à sua volta. Já eu vivia com um semblante inquieto e curioso, por mais que tentasse parecer desse mundo.

Ivy seguiu em direção à pia segurando o prato, andando como se estivesse dançando, como sempre fazia. Meus irmãos caminhavam com uma graciosidade espontânea que eu não conseguia imitar. Mais de uma vez, eu fora acusada de ter a mão pesada demais e de andar como um rinoceronte.

Quando se livrou da torrada comida pela metade, Ivy se espreguiçou no assento da janela, com o jornal aberto à frente.

— Quais as novidades? — perguntei.

Em resposta, ela me mostrou a primeira página. Li as manchetes: bombardeios, desastres naturais e colapso econômico. Imediatamente me senti derrotada.

— Será de espantar que as pessoas não se sintam seguras? — perguntou Ivy com um suspiro. — Elas não confiam umas nas outras.

— Se isso é verdade, então o que podemos fazer por elas? — perguntei, hesitante.

— Não vamos criar muitas expectativas tão cedo — disse Gabriel. — Eles dizem que mudanças levam tempo.

— Além disso, não cabe a nós tentar salvar o mundo — disse Ivy. — Precisamos focar em nossa pequena parte dele.

— Você quer dizer esta cidade?

— Claro. — Minha irmã fez que sim com a cabeça. — Esta cidade foi listada como alvo das Forças das Trevas. É estranha a escolha que fazem dos lugares.

— Imagino que eles começam aos poucos e vão ganhando terreno — disse Gabriel com desgosto. — Se conseguirem conquistar um povoado, conquistam uma cidade, depois um estado, depois um país.

— Como saberemos o tamanho do estrago que eles já causaram? — perguntei.

— Isso só saberemos com o tempo — disse Gabriel. — Mas, se Deus quiser, vamos pôr um fim ao trabalho destrutivo deles. Não vamos falhar em nossa missão, e, antes de partirmos, este lugar vai estar de novo nas mãos do Senhor.

— Enquanto isso, vamos simplesmente tentar nos integrar — disse Ivy, talvez num esforço para não deixar o clima tão carregado.

Quase dei uma risada e fiquei tentada a sugerir que ela se olhasse no espelho. Ivy podia ser velha como o tempo, mas às vezes era bem ingênua. Até eu sabia que *nos integrar* seria um desafio.

Qualquer um podia ver que éramos diferentes — e não diferentes como um estudante de arte com o cabelo pintado e meias malucas. Éramos diferentes *mesmo* — de outro mundo. Acho que isso não era de se admirar, considerando quem éramos, ou melhor, o que éramos. Muitas coisas chamavam atenção a nosso respeito. Para começar, os seres humanos tinham falhas, e nós, não. Quem nos via em meio à multidão notava logo a nossa pele. Era tão translúcida que dava a impressão de conter partículas de luz de verdade. Essa característica ficava ainda mais evidente depois que escurecia, quando qualquer parte exposta da nossa pele emitia um brilho que parecia vir de uma fonte interna de energia. E não deixávamos pegadas, nem quando pisávamos em superfícies modeláveis, como grama e areia. E nunca seríamos flagrados de camiseta regata — sempre usávamos roupas fechadas nas costas para disfarçar nosso pequeno problema cosmético.

Quando começamos a nos integrar à vida da cidade, os habitantes locais não podiam deixar de se perguntar o que estávamos fazendo num lugar ermo como Venus Cove. Às vezes achavam que éramos turistas numa estada prolongada; às vezes éramos confundidos com celebridades, e as pessoas nos perguntavam sobre programas de televisão de que nunca tínhamos ouvido falar. Ninguém adivinhava que estávamos ali a trabalho; que tínhamos sido recrutados para ajudar um mundo à beira do colapso. Bastava abrir um jornal ou ligar a televisão para ver por que havíamos sido enviados: assassinatos, sequestros, ataques terroristas, guerras, assaltos a idosos... a lista negra era interminável. Havia tantas almas em perigo que os agentes das trevas estavam aproveitando a oportunidade para unir forças. Gabriel, Ivy e eu havíamos sido enviados aqui para contrabalançar a influência deles. Outros agentes da luz tinham sido enviados para diversos locais ao redor do mundo, e em algum momento todos seríamos chamados para que nossas descobertas fossem avaliadas. Eu sabia que a situação era crítica, mas estava certa de que não podíamos falhar. Na verdade, achei que seria fácil — que nossa presença seria a solução divina. Eu estava prestes a descobrir quão errada estava.

Tivemos a sorte de ter ido parar em Venus Cove. Era uma cidade incrível de contrastes impressionantes. Partes do litoral eram marcadas por ventos fortes e terreno acidentado, e, da nossa casa, víamos assomarem os penhascos voltados para o oceano escuro e agitado e ouvíamos o vento uivando nas árvores. Mas um pouco mais para o interior, havia cenas bucólicas de colinas onduladas com vacas pastando e belos moinhos de vento.

Quase todas as casas em Venus Cove eram modestos chalés de madeira, mas, mais perto da orla, havia uma série de ruas arborizadas com casas maiores e mais imponentes. Nossa casa, a Byron, era uma destas. Gabriel não estava muito empolgado com nossa acomodação — o clérigo que havia nele a achava exagerada, e ele sem dúvida se sentiria mais à vontade em um lugar menos luxuoso, mas Ivy e eu adoramos a casa. E se as autoridades constituídas não viam mal algum no fato de nos divertirmos na Terra, por que nós deveríamos ver? Achei que a casa poderia nos impedir de atingir o objetivo de nos integrar, mas fiquei quieta. Não queria me queixar quando já me sentia um estorvo nessa missão.

Venus Cove tinha cerca de três mil habitantes, embora esse número dobrasse nas férias de verão, quando a cidade ficava apinhada de gente. Independentemente da época do ano, os locais eram abertos e simpáticos. Eu gostava do clima da cidade: não havia o corre-corre de executivos de terno a caminho de reuniões importantíssimas; ninguém tinha pressa. As pessoas pareciam não ligar se jantavam no restaurante mais elegante da cidade ou no bar à beira da praia. Eram simplesmente tranquilas demais para se preocupar com esse tipo de escolha.

— Concorda, Bethany? — O rico timbre da voz de Gabriel me trouxe de volta ao presente.

Tentei me lembrar do fio da conversa, mas me deu um branco total.

— Desculpe, estava a quilômetros de distância! O que estavam dizendo?

— Eu estava apenas estabelecendo algumas regras básicas. De hoje em diante, tudo vai ser diferente.

Gabriel franziu o cenho de novo, um tanto irritado com minha falta de atenção. Nós dois começávamos na Escola Bryce Hamilton naquela manhã, eu como aluna e Gabriel como o novo professor de música. Fora decidido que uma escola seria o lugar ideal para começarmos nosso trabalho de contrabalançar os emissários das trevas, uma vez que era um estabelecimento cheio de jovens cujos valores ainda estavam em formação. Como Ivy era muito sobrenatural para ser mandada para o ensino médio, ficou combinado que ela seria a mentora que iria garantir a nossa segurança, ou melhor, a *minha*, já que Gabriel sabia tomar conta de si.

— O importante é não perder de vista o motivo pelo qual estamos aqui — disse Ivy. — Nossa missão é clara: executar boas ações, atos de caridade e bondade; liderar pelo exemplo. Não queremos nenhum milagre por enquanto, até podermos prever como seriam recebidos. Ao mesmo tempo, queremos observar e aprender o máximo que pudermos sobre as pessoas. A cultura humana é muito complexa e diferente de tudo mais que existe no Universo.

Desconfiei de que essas regras básicas tinham sido estabelecidas tendo em vista, principalmente, o meu benefício. Gabriel jamais tivera dificuldade em lidar com qualquer situação.

— Vai ser divertido — disse eu, talvez entusiasmada demais.

— Não se trata de diversão — retrucou Gabriel. — Não ouviu nada do que falei?

— Essencialmente, estamos tentando expulsar as más influências e fazer as pessoas acreditarem novamente umas nas outras — disse Ivy num tom conciliador. — Não se preocupe com Bethany, Gabe, ela vai ficar bem.

— Resumindo, estamos aqui para abençoar a comunidade — prosseguiu meu irmão. — Mas não devemos chamar muita atenção. Nossa prioridade número um é continuar passando despercebidos. Bethany, por favor, tente não dizer nada que... *aflija* os alunos.

Era a minha vez de me ofender.

— Tipo o quê? — perguntei. — Eu não sou tão assustadora assim.

— Você sabe o que o Gabriel quer dizer — disse Ivy. — Ele só quer que você pense antes de falar. Nada de conversas pessoais sobre a nossa casa, nada de "Deus considera..." ou "Deus me disse...", eles podem pensar que você *tomou* algo.

— Ótimo — respondi, num tom ofendido. — Mas espero que pelo menos eu tenha permissão de voar pelos corredores na hora do intervalo.

Gabriel me lançou um olhar severo. Esperei que ele percebesse minha piada, mas seus olhos continuaram sérios. Suspirei. Por mais que eu o amasse, às vezes Gabriel podia ser completamente destituído de senso de humor.

— Não se preocupe, vou me comportar. Prometo.

— O autocontrole é de suma importância — disse Ivy.

Suspirei de novo. Eu sabia que só eu precisava me preocupar com autocontrole. Ivy e Gabriel tinham experiência suficiente com esse tipo de situação para que aquilo fosse natural para eles — eles conheciam as regras de trás para frente. Não era justo. A personalidade deles também era mais constante que a minha. Eles poderiam até se chamar de o Rei e a Rainha da Frieza. Nada os abalava, nada os perturbava e, mais importante, nada os desequilibrava. Eles pareciam atores ensaiados cujas falas lhes vinham sem esforço. Comigo era diferente; eu me esforçara desde o início. Por alguma razão, virar humana realmente me deixou confusa. Eu não estava preparada para a intensidade disso. Era como de uma só vez passar de um vazio estático a uma montanha-russa de sensações. Às vezes, essas sensações se cruzavam e mudavam a todo tempo, e o resultado era uma completa confusão. Eu sabia que devia me distanciar de tudo que fosse emocional, mas ainda não tinha descoberto como. Eu me maravilhava com a capacidade dos humanos de viver com tanto tumulto borbulhando abaixo da superfície o tempo todo — era exaustivo. Eu tentava esconder de Gabriel minhas dificuldades; não queria demonstrar que ele estava certo nem levá-lo a me menosprezar devido a meus esforços. Se algum dia experimentaram algo semelhante, meus irmãos eram especialistas em reprimir suas emoções.

Ivy se prontificou a arrumar meu uniforme e a encontrar uma camisa e calças limpas para Gabe. Como era membro do corpo docente, exigia-se que Gabriel usasse camisa e gravata, e a ideia não o agradava nem um pouco. Ele sempre vestia jeans folgados e suéteres sem gola. Qualquer coisa apertada fazia com que nos sentíssemos muito presos. Roupas em geral nos davam essa sensação estranha de aprisionamento, e compreendi o que Gabriel sentia quando desceu se contorcendo naquela camisa branca passada que envolvia seu peitoral definido e puxando a gravata até que o nó fosse suficientemente afrouxado.

As roupas não eram a única diferença; também tínhamos que aprender a executar rituais de asseio como tomar banho, escovar os dentes e pentear o cabelo. Nunca tivemos que pensar em tais coisas no Reino, onde a existência era livre de manutenção. A vida como entidade física significava ter um número muito maior de detalhes para lembrar.

— Tem certeza de que existe um código de vestimenta de professor? — perguntou Gabriel.

— Acho que sim — respondeu Ivy —, mas mesmo que eu esteja errada, vocês querem se arriscar logo no primeiro dia?

— O que havia de errado com a roupa que eu estava vestindo? — resmungou ele, arregaçando as mangas da camisa e tentando libertar os braços. — Pelo menos era confortável.

Ivy estalou a língua para ele e se virou para conferir se eu tinha vestido o uniforme direito.

Eu tinha que admitir: meu uniforme era bastante estiloso. O vestido era de um tom azul-claro favorável, com a frente pregueada e uma gola branca estilo Peter Pan. Além dele, exigia-se que usássemos meias três-quartos de algodão, sapatos marrons de fivela e um blazer azul-marinho com o escudo da escola estampado em ouro no bolso do peito. Ivy me comprara fitas azul-claras e brancas, que ela entremeava com destreza em minhas tranças.

— Pronto — disse ela, com um sorriso satisfeito. — Da embaixadora celeste para a estudante local.

Desejei que ela não tivesse usado a palavra *embaixadora* — era inquietante. Carregava um peso muito grande, além de muitas expectativas. E não do tipo que os humanos tinham em relação aos filhos para que limpassem seus quartos, tomassem conta dos irmãos ou fizessem os deveres de casa. Estas eram expectativas que tinham de se concretizar, e se não fossem... bem, eu não sabia o que aconteceria se não fossem.

Eu tinha a sensação de que os meus joelhos envergariam sob o meu peso a qualquer momento.

— Não estou muito segura disso, Gabe — disse eu, percebendo ao mesmo tempo quão imprevisível eu devia estar soando. — E se eu não estiver pronta?

— A escolha não é nossa — respondeu Gabriel com uma calma inabalável. — Temos um único objetivo: cumprir nossas obrigações para com o Criador.

— Quero fazer isso, mas estamos falando do *ensino médio*. Uma coisa é observar a vida de fora, mas aqui vamos ser jogados no olho do furacão.

— Essa é a questão — disse Gabriel. — Não se pode esperar que façamos a diferença atuando de fora.

— Mas e se algo der errado?

— Estarei lá para consertar.

— É que a Terra parece um lugar muito perigoso para os anjos.

— Por isso estou aqui.

Os perigos que eu imaginava não eram meramente físicos. Estaríamos bem-equipados para lidar com estes. O que me preocupava era a sedução de tudo que era humano. Eu desconfiava de mim mesma e sabia que essa desconfiança poderia me levar a perder de vista o meu objetivo principal. Afinal, isso já acontecera antes, e as consequências foram funestas — todos já tínhamos ouvido as lendas pavorosas dos anjos caídos, seduzidos pelas indulgências do homem, e todos sabíamos o que era feito deles.

Ivy e Gabriel observavam o mundo à sua volta com um olho treinado, cientes dos perigos, mas, para uma novata como eu, as ameaças eram enormes.

3
VENUS COVE

A Escola Bryce Hamilton ficava na periferia da cidade, erguendo-se sobranceira no alto de uma ladeira. Onde quer que se estivesse no prédio, tinha-se uma vista: ou de vinhedos e colinas verdejantes com uma ou outra vaca pastando, ou dos penhascos acidentados da Costa do Naufrágio, assim batizada devido aos muitos navios que tinham afundado em suas águas traiçoeiras no século anterior. A escola, uma mansão de calcário com janelas em arco, vastos gramados e um campanário, era um dos prédios originais da cidade. Já havia sido um convento antes de ser transformada em escola nos anos 1960.

Um lance de degraus de pedra levava à porta dupla da entrada principal, que era sombreada por uma arcada coberta de trepadeiras. Anexa ao prédio principal havia uma capela de pedra, onde, como fomos informados, de vez em quando ainda se realizavam cerimônias religiosas, mas que, principalmente, era o local para onde iam os estudantes quando precisavam de refúgio. O terreno era cercado por um muro de pedra alto, e os portões de ferro terminando em pontas de lança ficavam abertos para permitir o acesso de automóveis ao caminho de cascalho.

Apesar da aparência arcaica, a Bryce Hamilton era conhecida por se adaptar aos novos tempos. Era famosa por seu espírito de consciência social e tinha a preferência de pais que evitavam sujeitar os filhos a qualquer espécie de repressão.

A maioria dos alunos tinha uma ligação de longa data com a escola por meio de pais e avós que haviam sido alunos.

Ivy, Gabriel e eu ficamos parados do lado de fora do portão vendo os estudantes chegarem. Eu me concentrava em tentar controlar o frio na barriga. A sensação era desconfortável e, no entanto, estranhamente divertida. Ainda estava me acostumando à forma como as emoções podiam afetar o corpo humano. Respirei fundo. Era engraçado como o fato de ser anjo não me deixava mais preparada para o nervosismo dos primeiros dias em um lugar novo. Eu não precisava ser humana para saber que as primeiras impressões podiam fazer toda a diferença entre a aceitação e o isolamento. Eu escutara as preces que as adolescentes faziam, quase todas pedindo para serem aceitas pelo grupo "popular" e arranjar um namorado que jogasse no time de rúgbi. Já eu me limitava a torcer para arranjar um amigo.

Os alunos chegavam em grupos de três ou quatro: as meninas vestidas exatamente como eu, e os meninos de calça cinza, camisa branca e gravata listrada de azul e verde. Mesmo com o uniforme, era fácil distinguir os grupos sociais específicos que eu tinha observado do Reino. A galera da música era constituída de garotos com cabelos na altura dos ombros, com mechas desalinhadas caindo nos olhos. Carregavam sempre estojos de instrumentos, tinham acordes musicais rabiscados nos braços e andavam num passo tranquilo, com a camisa para fora da calça. Havia também uma pequena minoria de góticos, que se diferenciavam pela maquiagem pesada nos olhos e pelos penteados espetados. Eu me perguntava como era permitido que eles usassem esse visual, que certamente infringia as regras da escola. Os que se viam como artistas incrementavam o uniforme com boinas ou chapéus e lenços coloridos. Algumas garotas andavam em bandos, como um grupo de louras platinadas que atravessava a rua de braços dados. Os intelectuais eram facilmente identificáveis: usavam uniformes impecáveis sem alterações e tinham a mochila oficial da escola. Geralmente caminhavam com um zelo missionário, de cabeça baixa, ansiosos para chegar à sacralidade da biblioteca. Um grupo de garotos com a camisa para fora da calça, gravata frouxa e tênis estava à toa, à sombra de umas palmeiras, tomando refrigerante em lata ou achocolatado de caixinha. Eles não demonstravam a menor pressa de passar pelo portão da escola, e, em vez disso, se revezavam dando socos, pulando carniça e caindo no chão, rindo e gemendo de dor ao mesmo tempo. Vi um garoto jogar uma lata vazia na cabeça do amigo. A lata repicou e caiu na calçada. O garoto primeiro pareceu aturdido, e depois caiu na gargalhada.

Observávamos tudo aquilo cada vez mais consternados e ainda sem nos distanciar muito do portão de entrada. Um garoto passou por nós e olhou para trás com curiosidade. Usava um boné de beisebol virado ao contrário e as calças tão frouxas nos quadris que deixavam a etiqueta da cueca aparente.

— Confesso que não me dou muito bem com algumas dessas tendências da moda. — Gabriel contraiu os lábios.

Ivy riu.

— Estamos no século XXI — disse ela. — Tente não soar tão crítico.

— Não é assim que são os professores?

— Acho que sim, mas não pense que será popular. — Ivy olhou decidida para a entrada e se empertigou mais um pouco, embora já tivesse uma postura perfeita. Apertou o ombro de Gabriel e me entregou uma pasta com o horário das aulas, um mapa da escola e outras informações que colhera para mim no início da semana. — Está pronta?

— Mais pronta impossível — respondi, tentando me munir de coragem. Eu me sentia como se estivesse prestes a entrar numa batalha. — Vamos lá.

Ivy ficou em pé no portão acenando, como uma mãe se despedindo dos filhos no primeiro dia de aula.

— Vai dar tudo certo, Bethany — prometeu Gabriel. — Lembre-se de onde viemos.

Já sabíamos que nossa chegada impressionaria, mas não esperávamos que as pessoas olhassem escancaradamente em nossa direção, nem que abrissem caminho como se recebessem membros da realeza. Evitei fazer contato visual e acompanhei Gabriel à secretaria. Dentro, havia um tapete verde-escuro e uma fileira de cadeiras estofadas. Por uma divisória de vidro, víamos um gabinete com um ventilador de pé e estantes quase até o teto. Uma mulher baixa e gorda com um suéter cor-de-rosa e uma empáfia exagerada veio toda alvoroçada ao nosso encontro. Um telefone tocou numa mesa próxima, e ela olhou com expressão de fúria para uma auxiliar do escritório, indicando que era serviço dela atender. Sua expressão se suavizou um pouco quando ela chegou a uma distância que lhe permitiu ver os nossos rostos.

— Olá, gente! — exclamou alegremente nos olhando de cima a baixo. — Sou a sra. Jordan, chefe da secretaria. Você deve ser a Bethany, e você — ela abaixou um pouco o tom de voz quando examinou com agrado o rosto impecável de Gabriel — deve ser o sr. Church, nosso novo professor de música.

Ela saiu de trás da divisória de vidro e passou a pasta que trazia para debaixo do braço, a fim de apertar nossas mãos com entusiasmo.

— Sejam bem-vindos à Bryce Hamilton! Já aloquei um armário para a Bethany no terceiro andar; podemos seguir para lá agora, e depois acompanho o sr. Church à sala do corpo docente. As reuniões de professores são às terças e quintas. Espero que aproveitem sua temporada aqui. Verão que esta é uma escola muito animada. Com toda a sinceridade, posso dizer que nunca me entediei nos vinte anos de serviços prestados a esta instituição.

Gabriel e eu trocamos olhares e nos perguntamos se aquele era o jeito sutil da sra. Jordan de nos avisar sobre o que esperar da escola.

Com o andar alvoroçado, ela nos mostrou o caminho passando pelas quadras de basquete, onde um grupo de garotos suados treinava duro fazendo arremessos.

— Há um grande jogo hoje à tarde — confidenciou a sra. Jordan, virando-se para trás com uma piscadela. Olhou em direção às nuvens que surgiam e franziu o cenho. — Espero que essa chuva não resolva cair. Nossos garotos ficarão muito desapontados se tivermos que cancelar a partida.

Enquanto ela tagarelava, vi Gabriel olhar para o Céu. Num movimento discreto, ele virou as palmas das mãos para cima e fechou os olhos. Os anéis de prata cinzelada que ele usava faiscaram ao sol. Imediatamente, como se em resposta ao seu comando silencioso, raios solares atravessaram as nuvens e inundaram as quadras de luz dourada.

— Mas olhem isso! — exclamou a sra. Jordan. — O tempo está mudando... vocês devem ter nos trazido sorte.

Na ala principal, os corredores tinham carpetes bordô-escuros e portas de carvalho com painéis de vidro que conduziam a salas de aula de aspecto antiquado. O pé-direito era alto, e algumas das luminárias antigas exageradamente enfeitadas continuavam lá. Faziam um contraste gritante com os armários revestidos de grafite dos dois lados do corredor, o odor ligeiramente enjoativo de desodorante aliado a agentes de limpeza e o cheiro gorduroso de hambúrgueres vindo da cantina. A sra. Jordan nos acompanhou num tour rápido e intenso, mostrando as principais instalações (pátio com cobertura de lona, departamento de arte e multimídia, bloco de ciências, sala de reuniões, ginásio e pistas, campos esportivos e o centro de artes performáticas, também conhecido como CAP). Estava visivelmente apressada, porque, depois de mostrar meu armário, explicou-me rapidamente como chegar à enfermaria, disse-me que não hesitasse se tivesse quaisquer perguntas. Então pegou Gabriel pelo braço e o levou embora rapidamente. Ele olhou para mim apreensivo.

— Vai ficar bem? — perguntou baixinho.

Dei um sorriso como resposta, esperando parecer mais confiante do que me sentia. Tudo o que eu não queria era Gabriel se preocupando comigo quando ele tinha os próprios assuntos para tratar. Naquele exato momento, uma sineta tocou, reverberando pelo prédio e sinalizando o início da primeira aula. De repente, me vi em pé sozinha num corredor cheio de estranhos. Eles passavam por mim com indiferença a caminho das várias salas de aula. Por um momento, senti-me invisível, como se não fizesse sentido eu estar ali. Chequei meu horário, e a confusão de números e letras parecia estar numa língua estrangeira, dado o sentido que fazia para mim. V.*QUIS11* — como se esperava que eu soubesse decifrar aquilo? Até cogitei passar agachada pelo meio da multidão e voltar à rua Byron.

— Com licença. — Chamei a atenção de uma garota com uma cascata de cachos ruivo-dourados que passava por mim. Ela parou e me examinou com interesse. — Sou nova — expliquei desamparada, mostrando meu horário. — Pode me dizer o que isto significa?

— Significa que você tem aula de química com o sr. Velt na sala S-11. É neste corredor. Se quiser, te acompanho; estamos na mesma turma.

— Obrigada — disse eu, deixando transparecer meu alívio.

— Tem uma folga depois de química? Se tiver, posso te mostrar a escola.

— Uma o quê? — perguntei, cada vez mais confusa.

— Uma folga, tipo um tempo livre... A menina me lançou um olhar intrigado. — Como chamavam isso na sua antiga escola? — Sua expressão mudou quando ela cogitou uma possibilidade mais perturbadora. — Ou vocês não tinham nenhum?

— Não — respondi, com uma risada nervosa. — Não tínhamos.

— Devia ser um saco. Eu me chamo Molly, aliás.

A garota era bonita, com uma pele viçosa, feições equilibradas e olhar inteligente. Sua tez rosada me fez lembrar da garota de um quadro que eu vira, uma pastora num cenário bucólico.

— Bethany — disse, com um sorriso. — Prazer em conhecê-la.

Molly aguardou pacientemente diante do meu armário enquanto eu catava na bolsa o livro de química, um caderno de espiral e um punhado de canetas. Parte de mim queria chamar Gabriel e lhe pedir que me levasse para casa. Eu quase sentia seus braços fortes me envolvendo, me escondendo de tudo, e me conduzindo de volta à Byron. Gabriel tinha um jeito de me transmitir segurança, quaisquer que fossem as circunstâncias. Mas eu não sabia como encontrá-lo naquela escola enorme; ele poderia estar atrás de qualquer uma das portas sem número, em qualquer daqueles corredores idênticos; eu não fazia a menor ideia de como encontrar o departamento de música. Repreendi a mim mesma em silêncio pela dependência de Gabriel. Eu precisava sobreviver aqui diariamente sem a proteção dele e estava decidida a lhe mostrar ser capaz disso. Molly abriu a porta da sala, e então entramos. Claro, estávamos atrasadas.

O sr. Velt era um homem careca e baixinho e tinha uma testa brilhosa. Usava um suéter estampado com formas geométricas que parecia desbotado por excesso de lavagem. Quando Molly e eu entramos, ele estava tentando explicar uma fórmula rabiscada no quadro para um grupo de alunos, cujas expressões vazias indicavam que eles desejavam estar em qualquer lugar, menos naquela sala.

— Ainda bem que conseguiu se unir a nós, srta. Harrison — disse ele a Molly, que logo seguiu de fininho para o fundo da sala.

Já tendo verificado a lista de chamada, ele parecia saber quem eu era.

— Atrasada no seu primeiro dia, srta. Church — disse, estalando a língua e erguendo uma sobrancelha em sinal de reprovação. — Não é exatamente um bom começo. Ande logo e sente-se.

De repente, ele percebeu que se esquecera de me apresentar. Parou de escrever apenas pelo tempo de que precisava para fazer uma apresentação superficial, meio que por obrigação.

— Gente, esta é Bethany Church. Como ela é nova na Bryce Hamilton, por favor, façam o possível para que ela se sinta acolhida.

Quase todos os pares de olhos da sala me viram ocupar o último lugar disponível, que era no fundo, ao lado de Molly. Quando o sr. Velt parou de falar e nos disse para resolver o conjunto de questões seguinte, pude estudá-la com mais atenção. Percebi que ela não abotoava o último botão do uniforme e usava argolas grandes de prata nas orelhas. Sacara uma lixa do bolso e lixava as unhas por baixo da mesa, ignorando ostensivamente as instruções do professor.

— Não ligue para o sr. Velt — sussurrou ela, vendo meu olhar de surpresa. — Ele é um quadradão, e entrou em parafuso depois que a mulher pediu o divórcio. A única coisa que o faz ir tocando a vida atualmente é aquele conversível novo, que ele dirige como um paspalho. — Ela riu e vi que tinha um sorriso largo e dentes brancos. Usava muito rímel, mas sua pele tinha um brilho natural. — Bethany é um nome bonito — prosseguiu ela. — Apesar de meio antiquado. Mas olha, calhei de ser chamada logo de Molly, como um personagem de um livro infantil ilustrado.

Sorri sem jeito para ela, não inteiramente certa de como responder a alguém tão seguro e direto.

— Acho que temos que carregar os nomes que nossos pais escolheram para nós — disse eu, sabendo que era uma tentativa fraca de prosseguir com a conversa.

Vi que não devia ter falado nada, já que estávamos em aula e toda ajuda era bem-vinda para o pobre sr. Velt. Falar aquilo também fez com que eu me sentisse uma fraude, já que anjos não têm pais. Por um momento, achei que Molly ia perceber que eu estava mentindo. Mas ela não percebeu.

— Então, de onde você é? — perguntou ela, soprando as unhas de uma das mãos e agitando um vidro de esmalte rosa fluorescente.

— Passamos um tempo morando em outro país — respondi, me perguntando qual poderia ser a reação dela se eu lhe dissesse que eu era do Reino dos Céus. — Nossos pais ainda estão fora.

— É mesmo? — Molly parecia impressionada. — Onde?

Hesitei.

— Em lugares diferentes. Eles se mudam muito.

Molly pareceu aceitar isto como se fosse bastante comum.

— O que eles fazem? — perguntou.

Atrapalhei-me procurando uma resposta. Eu sabia que havíamos discutido isso, mas me deu branco. Seria típico de mim cometer um erro crucial no primeiro dia como estudante. Então, lembrei o que devia dizer.

— Eles são diplomatas. Viemos para cá com nosso irmão mais velho. Ele acabou de começar a dar aula aqui. Nossos pais virão assim que puderem.

Tentei dar o máximo possível de informações para satisfazer a curiosidade dela e evitar outras perguntas. Não é da natureza dos anjos saber mentir. Torci para que minha história convencesse Molly. Tecnicamente, tudo aquilo era verdade.

— Legal — foi tudo o que ela disse. — Nunca viajei para o exterior, mas já fui algumas vezes à cidade grande. É bom você se preparar para uma mudança de estilo de vida em Venus Cove. Costuma ser bem frio por aqui, mas as coisas andam meio esquisitas ultimamente.

— Como assim?

— Bem, morei aqui minha vida inteira; meus avós também, e eles tinham uma empresa local. E, nesse tempo todo, nunca aconteceu nada de muito ruim; uma ou outra fábrica pegou fogo, e houve alguns acidentes de barco. Mas agora... — Molly baixou o tom. — há assaltos e acidentes estranhos em todo canto. Houve uma epidemia de gripe ano passado que matou seis crianças.

— Que horror — disse eu num fio de voz. Eu começava a ter noção do tamanho dos danos causados pelos agentes das trevas, e aquilo não soava nada bem. — Isso foi tudo o que aconteceu?

— Há mais uma coisa — disse Molly. — Mas é preciso ter cuidado ao tocar neste assunto na escola. Muitos garotos ainda estão bem traumatizados com isso.

— Não se preocupe, vou prestar atenção no que falo — assegurei-lhe.

— Bem, uns seis meses atrás, um dos garotos do último ano, Henry Taylor, subiu no telhado para pegar uma bola de basquete que tinha caído lá. Ele não estava matando aula nem nada, só queria pegar a bola. Ninguém viu como aconteceu, mas ele escorregou e caiu. Caiu bem no meio da quadra. Os amigos dele viram tudo. Como nunca conseguiram fazer a mancha de sangue desaparecer completamente, ninguém joga mais naquela quadra.

Antes que eu pudesse responder, o sr. Velt pigarreou e nos lançou um olhar fuzilante.

— Srta. Harrison, presumo que esteja explicando à nossa aluna nova o conceito de ligação covalente.

— Hum, não exatamente, sr. Velt — respondeu Molly. — Não quero matá-la de tédio no primeiro dia.

Vi uma veia pulsar na testa do sr. Velt e percebi que talvez eu devesse intervir. Canalizei uma energia apaziguadora para ele e observei com satisfação enquanto ele ia ficando menos irritado. Seus ombros pareceram relaxar, e sua face perdeu aquela lividez, recuperando um tom mais natural. Ele olhou para Molly e deu uma risada tolerante, quase paternal.

— Seu senso de humor é infalível, srta. Harrison.

Molly pareceu confusa, mas era esperta o suficiente para se abster de fazer outros comentários.

— Minha teoria é que ele está tendo uma crise de meia-idade — sussurrou-me ela.

O sr. Velt não fez caso de nós e se ocupou de montar o projetor de slides. Gelei por dentro e tentei sufocar uma onda crescente de pânico. Nós, anjos, éramos bastante radiosos à luz do dia. No escuro era pior, mas dava para disfarçar. Contudo, na luz halógena de um projetor de teto, quem sabia o que poderia acontecer? Decidi que era melhor não arriscar. Pedi licença para ir ao banheiro e saí de fininho. Fiquei do lado de fora, esperando o sr. Velt terminar a apresentação e acender as luzes. Dava para ouvir com perfeição o clique dos slides sendo trocados, e, pelo painel de vidro da porta da sala, eu via que demonstravam uma descrição simplificada da teoria de ligação de valência. Ainda bem que eu não teria de estudar coisas básicas assim para sempre.

— Está perdida?

A voz veio de trás de mim, sobressaltando-me. Virei e vi um garoto encostado nos armários em frente à porta. Embora parecesse mais formal com aquela camisa abotoada, a gravata com um nó bem-feito e o blazer da escola, não dava para confundir aquele rosto nem o cabelo cor de noz caído nos olhos extremamente azuis. Eu não esperara topar com ele de novo, mas o garoto do píer estava parado bem na minha frente, com o mesmo sorriso maroto.

— Estou bem, obrigada — disse eu, afastando-me o mais rápido que pude. Se me reconhecera, não estava demonstrando. Esperei que o fato de eu lhe virar as costas, com toda a grosseria que há nisso, cortasse a conversa. Ele me pegara desprevenida, e algo nele me deixava sem saber para onde olhar e o que fazer com as mãos. Mas ele não parecia ter pressa.

— Sabe, a maneira mais convencional de aprender é dentro da sala de aula.

Fui obrigada a me virar e então acusar a presença dele. Tentei transmitir minha relutância em conversar com um olhar frio, mas, quando meus olhos encontraram os dele, algo completamente diferente aconteceu. Tive uma reação física instantânea, sentindo um frio na barriga e a sensação de que o mundo estava fugindo dos meus pés e que eu tinha que me equilibrar para não cair com ele.

Devo ter ficado com uma expressão de quem estava prestes a desmaiar, porque num ato involuntário ele estendeu o braço para me apanhar. Vi a tira de couro trançado que ele usava no pulso, o único item que destoava da sua vestimenta, que, afora isso, era tradicional.

A lembrança que eu tinha dele não lhe fazia jus. Ele tinha a beleza impressionante de um ator, mas sem qualquer vestígio de vaidade. Sua boca se contraía num meio sorriso, e seus olhos límpidos tinham uma profundidade que eu não percebera da primeira vez. Ele era esguio, mas, por baixo do uniforme, dava para ver os ombros de um nadador. Ele me olhava como se quisesse me ajudar mas não soubesse bem como, e, quando olhei fixamente para ele, percebi que seu poder de atração estava ligado tanto à sua postura quanto a suas feições regulares e pele macia. Desejei que me ocorresse uma resposta à altura da confiança que ele transmitia, mas não consegui pensar em nada.

— Só estou um pouco tonta, não é nada de mais — murmurei.

Ele chegou mais perto, ainda com um ar preocupado.

— Quer se sentar?

— Não, agora estou bem. — Balancei a cabeça de modo decidido.

Convencido de que eu não ia desmaiar, ele estendeu a mão e me abriu um sorriso deslumbrante.

— Não tive chance de me apresentar da última vez que nos vimos. Sou o Xavier.

Então ele não esquecera.

Sua mão era larga e quente. Ele segurou a minha por uma fração de segundo a mais. Lembrei-me do que Gabriel dissera a respeito de evitar interações humanas arriscadas. Sinos de alerta soaram na minha cabeça enquanto eu franzia o cenho e puxava a mão de volta. Não seria exatamente uma decisão sábia fazer amizade com um garoto com essa beleza absurda e esse sorriso de cem watts. A palpitação no meu peito quando eu olhava para ele me dizia que eu já estava em maus lençóis. Eu estava aprendendo a ler os sinais enviados pelo meu corpo e sabia que esse garoto estava me deixando tensa. Mas havia o sinal de outro sentimento, um que eu não conseguia identificar. Afastei-me dele, recuando em direção à porta da sala, onde vi a luz acabar de ser acesa. Eu sabia que estava sendo indelicada, mas estava muito nervosa para me importar. Xavier não pareceu ofendido, apenas intrigado com meu comportamento.

— Sou a Bethany — consegui dizer, já passando pela porta.

— A gente se vê, Bethany.

Fiquei vermelha como um pimentão quando voltei para o laboratório de química, e o sr. Velt me lançou um olhar incriminatório por ter demorado tanto no banheiro.

Na hora do almoço, percebi que a Bryce Hamilton era um campo minado de projetores de slides e outras armadilhas planejadas para flagrar anjos disfarçados como eu. Na aula de ginástica, tive um pequeno ataque de pânico quando percebi que deveria ser normal eu trocar de roupa na frente das outras meninas. Elas se despiam sem pensar duas vezes e jogavam a roupa nos armários ou no chão. Molly embaraçou as alças do sutiã e me pediu ajuda, o que eu fiz nervosamente, esperando que ela não notasse a maciez sobrenatural das minhas mãos.

— Uau, você deve passar litros de hidratante — disse ela.

— Toda noite — retruquei, sem dar muita importância.

— Então, o que está achando do pessoal da Bryce Hamilton? Os garotos são quentes o suficiente para você?

— Eu não diria *quentes,* diria intrigada. A maioria deles parece ter uma temperatura corporal normal.

Molly ficou me olhando. Parecia prestes a rir de mim, mas minha expressão a convenceu de que eu não estava tentando ser engraçada.

— Quente significa bonito — explicou ela. — É sério que você nunca ouviu isso antes? Onde ficava a sua última escola? Em Marte?

Corei assim que entendi o significado da pergunta original que ela havia feito.

— Ainda não cheguei a conhecer nenhum garoto — disse eu encolhendo os ombros. — Apenas dei de cara com um chamado Xavier.

Torci para que conseguisse soar descontraída quando mencionasse o nome dele na conversa.

— Que Xavier? — indagou Molly, agora toda ouvidos. — É o louro? O Xavier Laro é louro e joga no time de lacrosse. Ele é bem quente. Eu não censuraria você por gostar dele, mas acho que talvez ele já tenha namorada. Ou será que eles terminaram? Não tenho certeza. Eu poderia tentar descobrir.

— Esse tinha cabelo castanho — cortei-a — e olhos azuis.

— Ah. — A expressão de Molly mudou. — Esse deve ser o Xavier Woods. Ele é o aluno representante da escola.

— Bem, ele pareceu simpático.

— Eu não ficaria atrás dele se fosse você — aconselhou ela.

Ela assumiu uma expressão preocupadíssima, mas senti que ela esperava que eu aceitasse seu conselho a qualquer custo. Talvez esta fosse uma das regras no mundo das adolescentes: as amigas sempre têm razão.

— Eu não estou *atrás* de ninguém, Molly — disse, mas não resisti a perguntar. — Mas por quê? O que há de errado com ele?

Parecia impossível que o garoto que eu conhecera pudesse ser qualquer outra coisa senão perfeito.

— Ah, ele é bem bonzinho — respondeu Molly —, mas digamos apenas que tem uma bagagem.

— O que significa isso?

— Bem, um monte de garotas anda há séculos tentando chamar a atenção dele, mas ele está emocionalmente indisponível.

— Quer dizer que ele já tem namorada?

— Teve. O nome dela era Emily. Mas ninguém conseguiu consolá-lo desde que... — Ela deixou a frase no ar.

— Eles terminaram?

— Não. — Molly baixou o tom de voz e torceu os dedos, incomodada. — Ela morreu num incêndio há pouco mais de um ano. Antes disso, eles eram inseparáveis, as pessoas falavam que eles iam se casar e tudo. Ninguém conseguiu estar à altura dela. Acho que até hoje ele não superou isso.

— Que coisa terrível! — exclamei. — Ele devia ter apenas...

— Dezesseis anos — terminou Molly. — Ele era muito amigo do Henry Taylor também. Falou nos funerais. Acabava de se recuperar da Emily quando aconteceu. Todo mundo meio que esperava que ele desmoronasse, mas ele só se fechou emocionalmente e foi levando.

Eu não sabia mais o que dizer. Olhando para a expressão de Xavier, era impossível adivinhar a dor que ele deve ter suportado, embora me lembrasse de que havia um ar ligeiramente cauteloso em seus olhos.

— Ele está bem agora — disse Molly. — Ainda é amigo de todo mundo, ainda joga no time de rúgbi e treina os nadadores da primeira série. Não é que não seja capaz de sorrir, mas relacionamentos são um pouco demais para ele. Acho que ele não quer se envolver de novo depois do azar que teve.

— Acho que não se pode censurá-lo — disse eu.

Molly de repente notou que eu continuava de uniforme, e seu tom sério se desanuviou.

— Vá logo trocar de roupa — apressou-me. — Você é tímida, por acaso?

— Só um pouquinho.

Sorri para ela e entrei num boxe de chuveiro.

Meus pensamentos sobre Xavier Woods foram interrompidos assim que vi o uniforme esportivo que teria que usar. Cheguei a cogitar pular a janela e fugir. O uniforme não ajudava em nada; o short era muito curto, e a parte de cima subia tanto que eu mal conseguia me mexer sem mostrar a barriga. Seria um problema durante os jogos ver que nós anjos não tínhamos umbigo — só uma pele macia, sem sardas nem celulite. Felizmente, minhas asas (de plumas, mas finas como folhas de papel) dobravam-se e ficavam achatadas nas minhas costas de modo que eu não precisava me preocupar com a possibilidade de elas ficarem à vista, mas começavam a me dar cãibra por falta de exercício. Eu mal podia esperar o voo da pré-aurora nas montanhas que Gabriel nos prometera para breve.

Puxei o top para baixo o máximo que pude e fui juntar-me a Molly, que estava diante do espelho aplicando uma camada generosa de brilho nos lábios. Eu não sabia ao certo por que ela precisava pôr brilho nos lábios para a aula de ginástica, mas quando ela me ofereceu o pincel aceitei, não querendo parecer indelicada. Eu não sabia muito bem como usar o aplicador, mas consegui passar uma camada bastante irregular. Presumi que fosse algo que exigisse prática. Diferentemente das outras garotas, eu não andara experimentando os cosméticos da minha mãe desde os cinco anos. Eu sequer sabia como era o meu rosto humano até pouco tempo.

— Esfregue um lábio no outro — disse Molly. — Assim...

Imitei-a e vi que o movimento suavizava o brilho, me deixando com menos cara de palhaço.

— Está melhor — disse ela num tom de aprovação.

— Obrigada.

— Acho que você quase nunca usa maquiagem.

Balancei a cabeça confirmando que não.

— Bem, não é que você precise. Mas essa cor vai bem em você.

— Tem um cheiro incrível.

— É sorvete de melão.

Molly pareceu satisfeita consigo mesma, depois se distraiu com alguma coisa e começou a farejar o ar.

— Está sentindo esse cheiro? — perguntou.

Contraí-me, numa onda súbita de insegurança. Será que era eu? Seria possível que tivéssemos um cheiro horrível para as pessoas na Terra? Será que Ivy pulverizara minhas roupas com uma espécie de perfume que era inaceitável socialmente no mundo de Molly?

— É um cheiro de... chuva ou algo assim — disse ela.

Relaxei imediatamente. O cheiro que ela sentia era só o cheiro característico dos anjos, e chuva era uma boa descrição da parte dela.

— Não seja boba, Molly — disse uma de suas amigas. Taylah, acho que era o nome dela, pelo que me lembava de apresentações apressadas anteriores. — Não está chovendo aqui, ora.

Molly deu de ombros e puxou minha manga, conduzindo-me do vestiário ao ginásio, onde uma loura já na casa dos cinquenta com um rosto devastado pelo sol e bermuda de Lycra dava pulinhos e gritava para que nos deitássemos e fizéssemos vinte flexões.

— Professores de ginástica não são simplesmente figuras irritantes? — perguntou Molly revirando os olhos. — Eles são tão... *pra cima* o tempo todo...

Não respondi, mas, considerando o olhar inflexível da professora e a minha falta de entusiasmo atlético, provavelmente não iríamos nos dar muito bem.

Meia hora depois, tínhamos dado dez voltas na quadra, feito uma série de cinquenta flexões de braço, de perna, abdominais e agachamentos, e aquilo era só o aquecimento. Fiquei com pena das outras alunas, andando cambaleantes com o peito arfando e camisas molhadas de suor. Os anjos não se cansavam; nossa energia era ilimitada, portanto não precisava ser conservada. Não transpirávamos, também; podíamos correr uma maratona sem produzir uma gota de suor. Molly de repente se deu conta disso.

— Você não está nem ofegando! — disse ela num tom de acusação. — Nossa, você deve realmente estar em ótima forma física.

— Ou usar um desodorante muito bom — acrescentou Taylah, virando sua garrafa d'água no decote. O gesto chamou a atenção de um bando de meninos próximos, que ficaram olhando embasbacados para ela. — Está ficando quente aqui — provocou, desfilando diante dos garotos com a blusa transparente até a professora de ginástica ver o espetáculo e partir para cima de nós como um touro enraivecido.

O resto do dia passou sem maiores incidentes, a não ser pelo fato de que me vi andando pelos corredores na esperança de deparar novamente com o aluno representante da escola, o menino chamado Xavier Woods. Em vista do que eu ficara sabendo sobre ele por Molly, estava envaidecida por ele ter prestado alguma atenção em mim.

Pensei em nosso encontro no píer e me lembrei de ter ficado maravilhada com os olhos dele — um azul tão brilhante e tão espantoso. Eram do tipo que não dava para fitar por muito tempo sem sentir as pernas ficarem bambas. Eu me perguntava o que poderia ter acontecido caso tivesse aceitado seu convite e me sentado ao lado dele. Será que teríamos conversado enquanto eu tentava pescar? O que teríamos dito?

Sacudi meus pensamentos. Não foi por isso que eu fora enviada à Terra. Prometi a mim mesma que, daquele dia em diante, não pensaria mais em Xavier. Se eu o visse por acaso, o ignoraria. Se ele tentasse falar comigo, daria respostas superficiais e me afastaria. Resumindo: eu não permitiria que ele tivesse qualquer efeito sobre mim.

Nem preciso dizer que o plano foi um completo fracasso.

4
NA TERRA

Quando a última sineta tocou, peguei meus livros e dei no pé, ansiosa para evitar os corredores infestados de gente. Já tinha sido empurrada, interrogada e examinada o suficiente por um dia. Apesar dos meus esforços, eu não conseguira ter um só momento de silêncio; nos intervalos, Molly me arrastara para conhecer suas amigas, que me dispararam todo tipo de perguntas como rajadas de metralhadora. Apesar disso, consegui chegar ao final do dia sem nenhum contratempo sério e estava feliz com esse feito.

Fiquei esperando por Gabriel embaixo das palmeiras em frente à escola, com a cabeça encostada no tronco frio e rugoso. Estava impressionada com a variedade da vegetação da Terra. As palmeiras, por exemplo, chamavam atenção por serem criações de aspecto estranho. Faziam-me lembrar de sentinelas, com aqueles troncos esguios e retos e aquela copa explosiva igual aos capacetes de guardas reais. Ali parada, eu observava os estudantes jogando as mochilas dentro dos carros e tirando os blazers, visivelmente mais relaxados. Alguns iam em direção à cidade para se reunir em cafés locais ou em seus lugares prediletos.

Eu não conseguia me sentir relaxada; sofria de excesso de informação. Minha cabeça zumbia enquanto eu tentava entender tudo o que acontecera no espaço de algumas horas. Nem a energia ilimitada com que fôramos criados conseguia evitar a exaustão que aos poucos tomava conta de mim. Eu não queria mais nada senão o conforto de casa.

Vi Gabriel descendo a escada principal seguido de perto por um pequeno bando de admiradores, em sua maioria garotas. Meu irmão devia ter se tornado uma celebridade, dada a atenção que ele atraía. As garotas ficavam vários metros atrás, tentando disfarçar. A julgar pela aparência, Gabe tinha conseguido manter a pose e a compostura o dia inteiro, mas eu via pela tensão da sua mandíbula e pelo ligeiro desalinho do seu cabelo que ele estava com muita vontade de ir para casa. As garotas pararam de falar no meio da frase quando ele olhou na direção delas. Eu conhecia meu irmão e desconfiava que, apesar do seu controle aparente, ele jamais receberia de bom grado esse tipo de atenção. Parecia mais constrangido do que envaidecido.

Gabriel estava próximo ao portão quando uma menina morena e esbelta tropeçou na frente dele numa tentativa fajuta de encenar um tombo. Num único movimento suave, Gabe a aparou antes que ela chegasse ao chão. Deu para ouvir os suspiros de admiração em meio às estudantes que assistiam à cena, e vi algumas das garotas se revoltarem consigo mesmas por não terem tido aquela ideia primeiro. Mas não havia muito para justificar a inveja delas: Gabriel simplesmente equilibrou a garota, repôs os artigos que haviam caído da bolsa dela, pegou sua pasta surrada sem dizer nada e continuou andando. Não estava sendo antipático; apenas não vira necessidade de nenhuma troca de palavras. A garota olhava para ele como que hipnotizada, e as amigas fizeram uma rodinha à sua volta, esperando que um pouco do glamour do momento passasse para elas.

— Coitado, você já tem um fã-clube — disse eu compreensiva, dando-lhe tapinhas no braço enquanto tomávamos o caminho de volta para casa.

— Eu não sou o único — respondeu Gabriel. — Você também chamou a atenção.

— Sim, mas ninguém chegou a realmente tentar falar comigo. — Não mencionei meu encontro com Xavier Woods. Algo me dizia que Gabriel não o aprovaria.

— Dê graças pelas coisas não terem sido piores — disse Gabriel secamente.

Relatei o dia tim-tim por tim-tim a Ivy quando chegamos em casa. Gabriel permaneceu calado, não se empolgara com os detalhes. Ivy conteve um sorriso quando lhe contei a história das garotas extasiadas.

— As adolescentes às vezes não têm a menor sutileza — refletiu Ivy. — Os garotos, em compensação, são muito mais difíceis de interpretar. É tudo muito interessante, não acham?

— Todos me parecem simplesmente perdidos — disse Gabe. — Eu me pergunto se algum deles sabe realmente o que é a vida. Não me dei conta de que começaríamos do zero. Isso vai ser mais difícil do que pensei.

Ele se calou, e fomos todos lembrados da tarefa épica que tínhamos pela frente.

— Sempre soubemos que seria difícil — disse Ivy baixinho.

— Sabe o que eu reparei? Parece que muitas coisas aconteceram nesta cidade nos últimos meses. Ouvi umas histórias medonhas.

— Como o quê? — perguntou Ivy.

— Dois colegiais morreram em acidentes estranhos no ano passado. E houve surtos de doenças e incêndios e todo tipo de coisa suspeita. As pessoas começam a notar que há algo errado.

— Parece que chegamos aqui bem a tempo — disse Ivy.

— Mas como vamos encontrar quem quer... ou o que quer que seja responsável por isso? — perguntei.

— Ainda não há como encontrar — disse Gabriel. — É nosso trabalho deixar tudo em ordem e esperar que eles apareçam de novo. Confiem em mim, eles não vão ser derrubados sem resistir.

Ficamos todos calados enquanto pensávamos em enfrentar os seres que estavam por trás daquela destruição.

— Fiz uma amiga hoje — anunciei, tentando diminuir o pessimismo que se abatia sobre nós

Aquilo soou como um feito importante, e os dois me olharam com aquela expressão já familiar que era um misto de preocupação e reprovação.

— Há algo de errado com isso? — perguntei na defensiva. — Eu não estou autorizada a ter amigos? Achei que a ideia toda era a gente se misturar.

— Se misturar é uma coisa; mas você se dá conta de que amigos exigem tempo e energia? — retrucou Gabriel. — Vão querer *criar laços*.

— Tipo se enlaçarem fisicamente na gente? — Eu estava confusa.

— Quero dizer que vão buscar um envolvimento emocional — explicou meu irmão. — As relações humanas às vezes têm um grau de intimidade que não é normal. Nunca vou entender isso.

— Elas podem também ser uma distração — acrescentou Ivy por algum motivo. — Sem falar que as amizades trazem consigo expectativas; portanto, escolha com cuidado.

— Que tipo de expectativas?

— As amizades humanas são baseadas na confiança. Os amigos compartilham problemas, trocam confidências e... — Ela foi parando de falar com um movimento de sua cabeça dourada, em seguida lançando um olhar súplice para Gabriel.

— O que a Ivy quer dizer é que quem se tornar seu amigo vai começar a fazer perguntas e esperar respostas — disse Gabe. — As pessoas ficam querendo se envolver na sua vida, e isso é perigoso.

— Bem, obrigada pelo voto de confiança — respondi indignada. — Você sabe que eu nunca faria nada que pudesse pôr em risco a missão. Acha que sou tão burra a esse ponto?

Gostei de ver os dois trocando olhares culpados. Eu podia ser mais jovem e menos experiente que eles, mas isso não era motivo para ser tratada como idiota.

— Não achamos isso — disse Gabriel num tom mais conciliador. — Claro que confiamos em você; é só que queremos evitar que as coisas se compliquem.

— Não vão se complicar — retruquei. — Mas mesmo assim quero experimentar a vida como adolescente.

— Temos apenas que ter cuidado. — Gabriel estendeu o braço para me dar um aperto na mão. — Fomos incumbidos de uma tarefa que é muito mais importante do que nossos desejos individuais.

Dito dessa maneira, ele tinha razão. Por que ele era tão irritantemente sábio? E por que era impossível ficar com raiva dele?

Fiquei muito mais relaxada em casa. Em pouco tempo, já tínhamos transformado aquele num lugar nosso. Estávamos manifestando uma característica tipicamente humana — personalizar um espaço e nos identificar com ele —, e a nossa casa era como um refúgio depois do dia que tivéramos. Até Gabriel, embora lhe custasse muito admitir, começava a gostar de morar lá. Raramente éramos incomodados pela campainha (a fachada imponente parecia afugentar visitantes) e, uma vez dentro, estávamos livres para cuidar dos nossos próprios interesses.

Eu tinha ficado ansiosa para chegar em casa, mas não sabia como ocupar meu tempo. Gabriel e Ivy não tinham esse problema. Estavam sempre lendo um livro, tocando piano, ou com farinha até os cotovelos na cozinha. Como não tinha um hobby, eu ficava à toa zanzando pela casa. Decidi me concentrar um pouco em tarefas domésticas. Trouxe um cesto de roupa lavada e dobrei tudo antes de ligar a chaleira. Como a casa cheirava um pouco a mofo por ter passado o dia inteiro fechada, abri algumas janelas e tirei a bagunça que estava amontoada sobre a mesa de jantar. Colhi uns galhos de pinheiro no jardim e arrumei-os num vaso esguio. Vi que havia correspondência indesejada na caixa de correio e me lembrei de comprar um dos adesivos de Nada de Lixo Postal que eu vira colados em algumas das outras caixas de correio da vizinhança. Dei uma olhada num dos folhetos antes de jogá-lo no lixo e vi que uma nova loja de esportes abrira na cidade. Tinha o nome — nada original, pensei — de Armazém do Esporte, e anunciava sua liquidação inaugural.

Era estranho fazer tarefas corriqueiras, quando minha existência estava muito longe de ser assim. Eu queria saber o que outras garotas de 17 anos estariam fazendo naquela hora — limpando seus quartos por ordem de pais frustrados, ouvindo suas bandas favoritas em iPods, trocando mensagens de texto para planejar o fim de semana, verificando a caixa de e-mail quando deveriam estar estudando?

Havia dever de casa de pelo menos três matérias, e eu anotara tudo em meu diário escolar, diferentemente de muitos dos meus colegas que pareciam felizes em confiar na memória. Eu disse a mim mesma que deveria começar a fazer o dever naquele instante para estar preparada para o dia seguinte, mas sabia que não seria nenhum desafio intelectual e que eu terminaria tudo rapidinho. Resumindo, seria facílimo. Como eu sabia todas as respostas de cada exercício, fazer o dever mecanicamente me parecia um tédio e uma perda de tempo. Ainda assim, levei a mochila da escola para o quarto, que ficava no sótão no alto da escada, de frente para o mar. Mesmo com as janelas fechadas, dava para ouvir o barulho rítmico das ondas quebrando nas pedras. Havia uma sacada estreita de treliça com uma cadeira de vime e uma mesa, de onde se via o mar com os barcos subindo e descendo no balanço das ondas. Fiquei sentada ali um pouco, com uma caneta marca-texto em punho e o livro de psicologia aberto numa página intitulada "Resposta galvânica da pele".

Eu precisava desesperadamente manter a mente ocupada, nem que fosse apenas para tirar da cabeça o meu encontro com o aluno representante da Escola Bryce Hamilton. Não conseguia me desligar de um detalhe sequer — seus olhos penetrantes e sua gravata ligeiramente torta. As palavras de Molly continuavam ecoando na minha mente: *Eu não ficaria atrás dele se fosse você... Ele tem uma bagagem.* Mas por que eu estava tão intrigada? Por mais que quisesse tirá-lo da cabeça, eu não conseguia. Eu me obrigava a pensar em outras coisas, mas logo lá estava ele de novo, seu rosto flutuando na página que eu tentava ler, a imagem de uma mão macia usando uma pulseira de couro atravessando meus pensamentos. Eu me perguntava como era Emily; qual era a sensação de perder uma pessoa amada.

Fingi arrumar meu quarto antes de vagar até a cozinha para oferecer ajuda a Gabriel com o jantar. Ele continuava surpreendendo Ivy e a mim mergulhando de cabeça na tarefa de cozinhar para todos nós. Parte desta motivação era o nosso bem-estar, mas ele também achava fascinante o manuseio e o preparo dos alimentos. Como a música, isso lhe proporcionava uma válvula de escape criativa. Quando entrei na cozinha, ele estava em pé diante da bancada de mármore branca limpando cogumelos de vários tipos com um pano de prato xadrez e às vezes franzindo o cenho quando consultava um livro de culinária aberto num atril de metal. De molho numa pequena tigela, havia o que pareciam pedaços de casca de árvore pretos. Por cima do ombro dele, li o título da receita: "Risoto de cogumelos". Parecia ambicioso para um principiante, mas lembrei que se tratava de Gabriel. O arcanjo. Ele tinha talento em tudo sem precisar de prática.

— Espero que goste de cogumelos — disse, vendo minha expressão de curiosidade.

— Acho que já vamos descobrir — respondi, sentando à mesa.

Eu gostava de ver Gabriel trabalhar e sempre ficava impressionada com a destreza e a precisão dos seus movimentos. Com seu toque, coisas comuns se transformavam completamente. A transição de anjo em humano fora muito mais suave para Gabe e Ivy; eles pareciam alheios às trivialidades da vida, mas ao mesmo tempo pareciam saber exatamente o que faziam. Estavam acostumados a ler e sentir um ao outro no Reino, uma habilidade que os acompanhara em nossa missão. Achavam que eu era mais difícil de ler, e isso os preocupava.

— Gostaria de um chazinho? — perguntei, querendo contribuir de alguma forma. — Cadê a Ivy?

Ela entrou naquele exato momento, usando calças de linho e uma camiseta regata, com o cabelo molhado vindo do banho. Minha irmã já estava um pouco diferente. Perdera o ar sonhador e ganhara uma expressão determinada que eu nunca tinha visto. Parecia ter outras coisas em mente, porque assim que servi o chá ela pediu licença e se retirou. Eu também a vira escrevendo páginas e páginas num caderno recentemente.

— Ivy está bem? — perguntei a Gabriel depois que ela saiu.

— Ela só está querendo pôr a mão na massa — disse ele.

Eu não sabia nem perguntei como Ivy pretendia fazer isso, mas invejava sua determinação. Quando eu descobriria a minha? Quando eu teria a satisfação de saber que fizera algo que realmente tinha valido a pena?

— Pôr a mão na massa como?

— Você sabe que nunca faltam ideias para sua irmã. Ela vai pensar em alguma coisa.

Será que Gabriel estava fazendo mistério de propósito? Será que não percebia o quanto eu me sentia no escuro?

— O que devo fazer? — perguntei, odiando o tom petulante da minha voz.

— Na hora certa você saberá — disse meu irmão. — Espere um pouco.

— E enquanto isso?

— Você não disse que queria experimentar ser uma adolescente?

Ele me deu um sorriso encorajador, e, como sempre, minha inquietação se dissolveu.

Olhei para a tigela com as tiras pretas boiando numa água escura.

— Essa casca faz parte da receita?

— São cogumelos porcini, precisam ficar de molho antes de serem usados.

— Mmm... têm uma cara deliciosa — menti.

— São considerados uma iguaria. Não se preocupe, você vai adorar.

Passei uma caneca de chá para Gabriel e continuei a observá-lo para me entreter. Sufoquei um grito quando a faca afiada que ele usava lhe escorregou da mão, cortando a ponta do seu dedo indicador. Ver sangue bem na minha frente me chocou — um aviso assustador do quão vulneráveis eram nossos corpos. O sangue quente e rubro era muito humano, e a visão dele escorrendo do dedo do meu irmão era bastante estranha. Mas Gabriel ficara impassível. Simplesmente levou o dedo que sangrava à boca e, quando o retirou, não havia mais sinal do ferimento. Ele lavou as mãos com o dosador de sabão na pia e voltou ao seu fatiar metódico.

Peguei um talo de aipo separado para a salada e mastiguei-o distraidamente. Decidi que o aipo deve envolver mais textura que gosto, já que não tinha muito sabor, mas sem dúvida era crocante. Não conseguia entender por que alguém comeria aquilo de livre e espontânea vontade, a não ser por seu valor nutritivo. Boa nutrição significava um corpo mais saudável e uma vida mais longa. Os humanos tinham um medo desenfreado da morte, mas eu achava que não poderíamos esperar nada diferente deles, considerando sua ignorância sobre o que havia além. Eles descobririam no devido tempo que nada havia a temer.

O jantar de Gabriel foi o sucesso de sempre. Até Ivy, que não ligava muito para comida, ficou impressionada.

— Mais um triunfo culinário — elogiou, depois da primeira garfada.

— Sabores incríveis — acrescentei.

A comida era só mais uma maravilha que a Terra tinha a oferecer. Eu não conseguia deixar de admirar como cada alimento podia ter uma textura e um sabor tão diferentes — amargo, azedo, salgado, cremoso, ácido, doce, picante — às vezes, mais de um ao mesmo tempo. Alguns deles me agradavam, já outros me davam vontade de lavar a boca, mas tudo era uma experiência única.

Gabriel modestamente não ligou para nossos elogios, e a conversa se voltou mais uma vez para os acontecimentos do dia.

— Bem, já é menos um dia. Acho que correu tudo bem, apesar de eu não ter esperado encontrar tantos alunos de música.

— Acho que vai descobrir que muitos deles desenvolveram um interesse pela música quando viram você. — Ivy sorriu.

— Bem, pelo menos isso me dá algo em que trabalhar — retrucou Gabriel. — Se podem ver beleza na música, podem ver beleza uns nos outros e no mundo também.

— Mas você não fica entediado na aula? — perguntei a Gabe. — Quer dizer, você já tem acesso a todo o conhecimento humano.

— Espero que ele não esteja se concentrando muito no conteúdo — disse Ivy. — Ele deveria dar conta de outras coisas.

Às vezes minha irmã tinha um jeito bastante irritante de falar por enigmas que ela simplesmente esperava que todo mundo pudesse entender.

— Bem, fiquei entediada — insisti. — Especialmente em química. Já percebi que química não é realmente a *minha*.

Gabriel deu uma risadinha diante da minha escolha de palavras.

— Bem, você simplesmente terá que descobrir qual é a *sua*. Experimente as coisas e veja do que gosta mais.

— Gosto de literatura — disse eu. — Começamos a assistir à versão cinematográfica de *Romeu e Julieta*.

Eu não lhes disse isso, mas a história de amor me fascinou. A maneira como os amantes se apaixonaram tão profunda e perdidamente depois do primeiro encontro acendeu em mim uma curiosidade ardente sobre como seria o amor humano.

— O que está achando? — perguntou Ivy.

— É muito forte, mas a professora ficou uma fera quando um dos garotos disse alguma coisa sobre a sra. Capuleto.

— O que ele disse?

— Que ela era uma MQQB, o que deve ser muito ofensivo, porque a srta. Castle disse que ele era um pivete e o expulsou da sala. Gabe, o que é MQQB?

Ivy abafou o sorriso atrás de um guardanapo enquanto Gabriel reagiu de uma forma que eu nunca tinha visto. Corou e se mexeu constrangido na cadeira.

— Uma sigla para alguma obscenidade adolescente, imagino — resmungou.

— Sim, mas sabe o que significa?

Ele fez uma pausa, tentando encontrar as palavras certas.

— É um termo usado por adolescentes do sexo masculino para descrever uma mulher que é atraente e é mãe.

Ele pigarreou e se levantou rapidamente para encher a jarra d'água.

— Tenho certeza de que as letras significam alguma coisa — insisti.

— Significam — disse Gabriel. — Ivy, você se lembra do quê?

— Acho que quer dizer "mãe que eu quero... beijar" — respondeu minha irmã.

— Só isso? — perguntei. — Quanto alvoroço por nada... Realmente acho que a srta. Castle precisa *ficar fria*.

5
PEQUENOS MILAGRES

Com o jantar terminado e a louça lavada, Gabriel levou um livro para a varanda embora a luz do dia já estivesse se esvaindo, enquanto Ivy continuava a limpar a casa, passando pano em superfícies já imaculadas. Ela começava a ficar obsessiva em sua mania de limpeza, mas isso poderia ser simplesmente o jeito que ela encontrara de se sentir mais perto de casa. Olhei em volta da cozinha procurando algo que eu pudesse fazer. No Reino, o tempo não existia, e portanto não precisava ser preenchido. Encontrar coisas para fazer era muito importante na Terra. Era o que dava sentido à vida.

Gabriel deve ter notado minha inquietação, porque pareceu mudar de ideia quanto à leitura e sua cabeça apareceu pela porta.

— Por que não saímos todos para dar uma volta e ver o pôr do sol? — sugeriu.

— Grande ideia. — Na mesma hora fiquei mais animada. — Você vem, Ivy?

— Não antes de ir lá em cima pegar algo mais quente para vestirmos — disse ela. — Fica muito frio à noite.

Revirei os olhos por sua demonstração de cautela. Eu era a única que sentia frio e já tinha vestido o casaco. Ivy e Gabriel tinham treinado seus corpos para manter a temperatura normal em visitas anteriores, mas eu ainda tinha um longo caminho a percorrer.

— Você nem vai sentir o frio — contestei.

— A questão não é essa. Podemos ser vistos não sentindo frio e chamar atenção.

— A Ivy está certa — disse Gabe. — É melhor não arriscar.

Ele subiu e voltou com dois casacos pesados.

Nossa casa ficava no alto da colina, e tínhamos que descer serpeando uma série de degraus de madeira cheios de areia antes de chegar à praia. Os degraus eram tão estreitos que era preciso andar em fila indiana. Não pude evitar pensar quão mais conveniente seria se pudéssemos simplesmente abrir as asas e num voo rasante descer na areia. Não articulei meu pensamento para Gabriel nem para Ivy, certa do sermão que se seguiria se eu o fizesse. Eu sabia quão perigoso era voar naquelas circunstâncias, um modo certo de acabar com nosso disfarce. Então descemos todos aqueles 107 degraus mortais antes de chegar à praia.

Tirei os sapatos para apreciar a sensação dos grãos macios sob meus pés. Havia tantas coisas para perceber na Terra... Até a areia era complexa, de cor e textura variáveis e bastante iridescente onde o sol batia. Além da areia, vi que a praia guardava outros pequenos tesouros, conchas peroladas, cacos de vidro arredondados pelo movimento da água, uma ou outra sandália meio enterrada ou uma pá abandonada, e minúsculos sirizinhos brancos que corriam para dentro e para fora de buracos do tamanho de uma ervilha nas piscinas formadas pelas pedras. Estar tão perto do oceano era um prato cheio para os sentidos — o mar parecia rugir como algo vivo enchendo minha mente com o barulho que diminuía e tornava a aumentar inesperadamente. O ruído feria meus ouvidos, e o ar penetrante e salgado irritava minha garganta e meu nariz. O atrito do vento deixava meu rosto rosado e ardendo. Mas por fim eu estava amando cada momento da experiência de ser humana. Em cada parte dessa experiência havia uma novidade.

Caminhamos pela praia, perseguidos pelas ondas espumosas da maré crescente. Apesar da minha decisão recente de manter o autocontrole, não consegui resistir ao impulso súbito de jogar água em Ivy com o pé. Prestei atenção para ver se ela ficara irritada, mas ela apenas se certificou de que Gabriel estava distante de nós o suficiente para não notar antes de retaliar com um chute na minha direção, levantando um arco de água que se dispersou como joias acima da minha cabeça. Nossa risada chamou a atenção de Gabriel, e ele balançou a cabeça admirado com nossas palhaçadas. Ivy piscou para mim e apontou para ele. Eu sabia o que ela tinha em mente e estava felicíssima de obedecer. Gabriel mal notou o peso extra quando pulei nas suas costas e abracei seu pescoço. Aguentando meu peso com facilidade, ele começou a correr pela praia tão depressa que o vento assobiava no meu ouvido. Nas costas dele, eu me sentia mais próxima de como eu era antes. Sentia-me mais perto do Céu e quase conseguia acreditar que estivesse voando.

Gabriel parou bruscamente, e eu o larguei, caindo com um baque na areia molhada. Ele pegou umas tiras pegajosas de algas e atirou-as em Ivy, acertando-a em cheio no rosto. Ela cuspiu quando sentiu o gosto amargo e salgado dos sargaços na boca.

— Espere só — cuspiu ela. — Você vai se arrepender disso!

— Acho que não — provocou Gabriel. — Primeiro você teria que me pegar.

Durante o pôr do sol, ainda havia algumas pessoas na praia principal, aproveitando o restinho da luz do dia antes que o vento gelado chegasse, exatamente como Ivy previra, ou calmamente curtindo um piquenique. Ali perto, mãe e filha guardavam suas coisas. A menina, que tinha no máximo cinco ou seis anos, correu toda chorosa para a mãe. Tinha um calombo no bracinho gorducho, provavelmente em consequência de uma picada de inseto, que ficara ainda mais irritado depois que ela coçara. A menina chorava cada vez mais, enquanto a mãe procurava uma pomada na bolsa, sem poder acudir a filha. Pegou um tubo de gel de babosa, mas não conseguiu acalmar a menina. Ela se contorcia tanto que não deixava a mãe aplicar o gel.

A mãe pareceu agradecida quando Ivy se abaixou para consolar a menina.

— É uma picada feia — disse baixinho.

A voz de Ivy na mesma hora acalmou a menina, que ficou olhando para ela como se uma velha conhecida estivesse à sua frente. Ivy destampou o tubo e passou o gel na pele irritada.

— Isso deve ajudar — disse.

A menina olhava para ela assombrada, e vi seus olhos piscarem para o espaço acima da cabeça de Ivy, onde estava o halo. Normalmente, só nós conseguíamos ver o halo. Seria possível que a garotinha, com uma consciência infantil mais desenvolvida, tivesse pressentido a aura de Ivy?

— Melhorou? — perguntou Ivy.

— Bastante — respondeu a menina. — Você usou alguma mágica?

Ivy riu.

— Eu tenho um toque mágico.

— Obrigada pela ajuda — disse a jovem mãe, observando confusa enquanto a vermelhidão e o inchaço no braço da filha sumiam diante dos seus olhos, até não haver mais nada senão a pele macia e perfeita. — Esse gel é realmente bom.

— Não tem de quê — disse Ivy. — Incrível o que a ciência é capaz de fazer hoje em dia.

Sem perder tempo, prosseguimos pela praia em direção à cidade.

Quando chegamos à rua principal, já eram nove horas, mas ainda havia gente circulando, embora fosse um dia de semana. O centro da cidade era um lugar pitoresco, cheio de lojas antigas e cafés que serviam chá e bolos confeitados em peças de porcelana descombinadas. As lojas estavam todas fechadas, exceto pelo único pub que havia ali e pela sorveteria. Mal tínhamos caminhado alguns metros quando ouvi uma voz estridente chamando, por sobre os acordes da cantora que tocava banjo na esquina.

— Beth! Aqui!

A princípio, eu sequer me dera conta de que a pessoa estava me chamando. Ninguém jamais me chamara de Beth. O nome que eu recebera no Reino nunca fora modificado; sempre foi Bethany. Havia uma intimidade em "Beth" que me agradou. Ivy e Gabriel pararam simultaneamente. Quando me virei, vi Molly com um grupo de amigos sentada num banco em frente à sorveteria. Ela usava um vestido de frente única que era completamente inadequado para o clima, e estava no colo de um garoto de cabelo queimado pelo sol e bermuda tropical. As mãos largas do garoto afagavam as costas nuas dela com movimentos longos e ritmados. Molly acenava freneticamente, me chamando. Olhei insegura para Ivy e Gabriel. Eles não pareciam felizes. Este era exatamente o tipo de interação que queriam evitar, e vi Ivy se contrair diante do alvoroço que Molly estava fazendo. Mas tanto ela quanto Gabriel sabiam que ignorar Molly dessa forma seria um desrespeito às regras da cortesia.

— Não vai nos apresentar à sua amiga, Bethany? — disse Ivy.

Ela pôs a mão no meu ombro e me guiou até onde Molly e seus amigos estavam sentados. O surfista pareceu irritado quando Molly se desvencilhou dele, mas logo se distraiu olhando descaradamente boquiaberto para Ivy, reparando na simetria do seu corpo. Quando Molly viu meus irmãos de perto, seu rosto assumiu exatamente a mesma expressão de assombro que eu vira o dia inteiro na escola. Esperei que ela dissesse algo, mas ela não disse. Em vez disso, abria e fechava a boca como um peixe, antes de se controlar o suficiente para me dar um sorriso amarelo.

— Molly, essa é Ivy, minha irmã, e esse é o meu irmão, Gabriel — disse eu depressa.

Os olhos de Molly iam do rosto de Gabriel ao de Ivy, e ela só conseguiu gaguejar um "oi" antes de desviar o olhar envergonhada. Aquilo me surpreendeu bastante. Eu a observara o dia inteiro falando livremente com os garotos na escola, jogando charme para atraí-los e depois se afastando como uma borboleta exótica.

Gabriel cumprimentou Molly da mesma maneira que cumprimentava todas as pessoas que lhe eram apresentadas — com uma polidez impecável e uma expressão que era simpática, mas ao mesmo tempo distante.

— Prazer em conhecê-la — disse, abaixando ligeiramente a cabeça em reverência.

Ivy foi mais calorosa e abriu um sorriso simpático para Molly. A pobre menina parecia ter acabado de ser atingida por uma tonelada de tijolos.

Gritos estridentes vindos de fora da nossa roda puseram fim ao constrangimento. A confusão era causada por um grupo de rapazes corpulentos saindo do pub, tão embriagados que ou não tinham consciência do barulho que faziam, ou simplesmente não ligavam. Dois andavam em círculos encarando um ao outro com os punhos cerrados e os rostos contraídos, e ficou claro que uma briga estava prestes a começar. Algumas pessoas que curtiam um café ao ar livre entraram no pub em busca de segurança. Gabriel deu um passo à frente, de modo que Molly, Ivy e eu ficássemos protegidas atrás dele. Um dos homens, barbado e com uma cabeleira preta desgrenhada, tentou acertar o outro. Ouviu-se um estalo quando um punho acertou uma mandíbula. O outro investiu, derrubando o adversário, enquanto o resto da roda lhes dava gritos de apoio.

Uma expressão de repulsa passou pelo semblante, em geral impassível, de Gabriel. Alguns curiosos estavam confusos, perguntando-se o que ele estava fazendo no meio da briga. Gabriel agarrou o homem de cabelos pretos e o fez ficar em pé sem dificuldade, apesar do peso dele. Levantou o outro, cujo lábio já estava inchado e sangrando, e ficou entre os dois. Um deles tentou bater em Gabriel, que interceptou o soco no ar com uma expressão impassível. Irritados com a intromissão, os dois uniram forças e dirigiram sua raiva combinada contra Gabriel. Tentaram furiosamente bater nele, mas nenhum soco atingia o alvo. Ainda assim, Gabriel mal se mexera. Por fim, os dois se cansaram e desabaram no chão, com o peito arfando devido ao esforço.

— Vão para casa — disse Gabriel, com a voz ecoando como um trovão. Era a primeira vez que ele falava com eles, e a autoridade em sua voz fez com que adquirissem rapidamente uma postura mais sóbria. Eles continuaram ali por mais um instante, como se estivessem avaliando as opções, depois saíram cambaleando, amparados pelos amigos e ainda resmungando e xingando baixinho.

— Uau, isso foi incrível! — exclamou Molly, entusiasmada quando Gabriel voltou para perto de nós. — Como fez isso? Você é faixa preta em caratê ou algo assim?

Gabriel dispensou a atenção.

— Sou um pacifista. Não há honra alguma na violência.

Molly tentou encontrar uma resposta adequada.

— Bem... quer ficar aqui com a gente? — perguntou afinal. — O sorvete de menta com flocos daqui é uma loucura de tão bom. Toma, Beth, prova...

Antes que eu pudesse recusar, ela se debruçou e meteu a colher na minha boca. Imediatamente algo frio e escorregadio começou a se dissolver na minha língua. Parecia estar mudando de forma — passando de uma consistência sólida aveludada para uma líquida que ia escorrendo pela garganta. O frio me deu dor de cabeça, e engoli o mais depressa que pude.

— É ótimo — admiti.

— Eu disse. Deixa eu pegar um para você...

— Acho que temos que ir para casa — interrompeu Gabriel bruscamente.

— Ah... certo, claro — disse Molly.

Vi que ela tentava esconder o desapontamento e senti pena.

— Talvez uma outra hora — sugeri.

— Claro — disse ela mais otimista, dando as costas para os amigos. — Vejo você amanhã, Beth. Ei, espere, já ia me esquecendo. Eu trouxe uma coisa para você. — Ela tateou o interior da bolsa e sacou um tubo de brilho para os lábios Sorvete de Melão, igual ao que eu experimentara na escola. — Você disse que tinha gostado, então comprei um.

— O-obrigada, Molly — gaguejei. Eu acabara de receber meu primeiro presente terreno e estava comovida com a consideração dela. — Você foi um amor.

— Não foi nada. Espero que goste.

Não houve um comentário sequer sobre a minha nova amizade com Molly na volta para casa, embora visse Ivy e Gabriel trocarem olhares expressivos algumas vezes. Estava cansada demais para tentar decifrar o que queriam dizer.

Quando me preparei para deitar naquela noite, me olhei no espelho que ia de um lado ao outro da parede do banheiro. Precisei me acostumar a ver minha própria imagem. No Reino, víamos os outros, mas nunca a nós mesmos. Às vezes, víamos nosso reflexo nos olhos de alguém, mas ainda assim era uma imagem indistinta, como o esboço rudimentar de um artista que ainda carece de cor e detalhes.

Adquirir a forma humana significava dar uma forma de carne e osso ao esboço. Eu via cada fio de cabelo, cada poro com toda a clareza. Comparada às outras garotas de Venus Cove, eu sabia que devia parecer estranha. Tinha a pele branca como alabastro, enquanto elas exibiam um bronzeado. Meus olhos eram grandes e castanhos; minhas pupilas, muito dilatadas. Molly e suas amigas pareciam nunca se cansar de mexer e experimentar com os cabelos, mas eu usava os meus simplesmente repartidos no meio, caindo em ondas castanhas naturais. Eu tinha uma boca carnuda em um tom coral que, mais tarde ficaria sabendo, podia dar a impressão de que eu estava emburrada.

Suspirei, dei um nó no cabelo no alto da cabeça e vesti meu pijama de flanela com estampa em preto e branco de vacas dançando. Mesmo com uma experiência limitada do mundo, eu tinha sérias dúvidas de que qualquer outra garota em Venus Cove pudesse ser flagrada usando algo tão brega. Ivy o comprara para mim, e era a roupa mais confortável que eu possuía. Gabe ganhara um semelhante, com uma estampa de barcos a vela, mas eu ainda não o vira vestido com ele.

Fui para o meu quarto, satisfeita com sua elegância simples. Eu gostava especialmente das porta-janelas estreitas que davam para a pequena sacada, de abri-las um pouco e me deitar embaixo do toldo de musselina, ouvindo os barulhos do mar. Era sossegado ali, com o cheiro de maresia e o som do piano que Gabriel tocava lá embaixo. Eu sempre adormecia ouvindo ou os acordes de Mozart, ou o rumor da voz dos meus irmãos.

Espreguicei-me, deleitada com a textura dos lençóis novos. Fiquei surpresa ao descobrir quão convidativa era a perspectiva do sono, já que não tínhamos muita necessidade de dormir. Eu sabia que Ivy e Gabriel só iam para a cama de madrugada. Mas eu achara o dia exaustivo e cheio de interações novas e desconhecidas. Bocejei e me encolhi de lado, com a cabeça ainda rodando, cheia de ideias e perguntas que meu corpo exausto optou por ignorar.

Enquanto tentava pegar no sono, imaginei um estranho entrando de mansinho no meu quarto. Senti seu peso quando ele sentou na beira da cama, calado. Estava certa de que ele me observava dormir, mas não me atrevia a abrir os olhos porque sabia que ele demonstraria ser um produto da minha imaginação, e eu queria que a ilusão continuasse mais um pouco. O garoto esticou a mão para tirar uma mecha de cabelo dos meus olhos e depois se inclinou para beijar minha testa. O beijo dele era como ser tocada pelas asas de uma borboleta. Não me alarmei; eu sabia que poderia confiar minha vida a esse estranho. Ouvi-o se levantar para fechar as portas da sacada antes de se virar para sair.

— Boa noite, Bethany — sussurrou a voz de Xavier Woods. — Tenha bons sonhos.

— Boa noite, Xavier — disse eu com a voz sonhadora, mas, quando abri os olhos, vi que o quarto estava vazio. A essa altura minhas pálpebras estavam muito pesadas para se abrirem, e a luz fraca do abajur e o barulho do mar se desvaneceram quando um sono profundo e tranquilo me venceu.

6
A AULA DE FRANCÊS

Alguém chamava meu nome. Mesmo tentando fingir que não ouvia, a voz persistia, e fui obrigada a emergir das profundezas cálidas e sombreadas do sono.

— Acorde, dorminhoca!

Abri os olhos e vi a luz da manhã se derramando no quarto como ouro líquido. Sentei na cama, apertei os olhos e em seguida os esfreguei para afastar o sono. Ivy estava parada no pé da cama com uma xícara na mão.

— Experimente isso. É horrível, mas vai te despertar.

— O que é?

— Café. Muitos humanos acham que não são capazes de funcionar direito sem essa bebida.

Sentada, dei um gole na bebida preta e amarga, resistindo ao impulso de cuspi-la. Perguntei a mim mesma como as pessoas podiam pagar para beber aquilo, mas não demorou muito para a cafeína bater na minha corrente sanguínea, e tive que confessar que realmente me senti mais alerta.

— Que horas são? — perguntei.

— Hora de você já ter se levantado.

— Cadê o Gabe?

— Acho que foi correr. Estava de pé às cinco da manhã.

— O que há de errado com ele? — gemi, empurrando as cobertas com relutância e falando como uma verdadeira adolescente.

Passei um pente no cabelo e o prendi num coque frouxo, lavei o rosto e desci para a cozinha. Gabriel, de volta da corrida, preparava o café da manhã. Tinha acabado de tomar uma chuveirada e penteara o cabelo molhado para trás, o que lhe dava um aspecto leonino. Usava apenas uma toalha enrolada na cintura, e seu corpo rijo cintilava ao sol da manhã. Suas asas estavam contraídas e não pareciam mais que uma linha ondulada entre os ombros. Ele estava parado ao lado do fogão, segurando uma espátula de aço inoxidável.

— Panquecas ou waffles? — perguntou. Não precisou se virar para saber quem tinha entrado na cozinha.

— Não estou com muita fome, na verdade — disse eu, me desculpando. — Acho que vou pular o café da manhã e comer alguma coisa mais tarde.

— Ninguém sai dessa casa de estômago vazio. — Ele parecia implacável. — Então, o que vai ser?

— É muito cedo, Gabe! Não me obrigue, vou ficar enjoada! — Eu falava como uma criança tentando não comer meu brócolis.

Ele pareceu ofendido.

— Quer dizer que a minha comida é enjoativa?

Ops. Tentei consertar meu erro.

— Claro que não. Eu só...

Meu irmão pôs as mãos nos meus ombros e me olhou com atenção.

— Bethany, sabe o que acontece quando o corpo humano não é abastecido corretamente?

Balancei a cabeça com irritação, sabendo que ele estava prestes a expor fatos que eu não seria capaz de contestar.

— Ele não consegue funcionar. Você não será capaz de se concentrar e poderá até se sentir tonta. — Fez uma pausa para permitir que o impacto de suas palavras ficasse registrado. — Acho que você não quer desmaiar no segundo dia de aula, quer?

A pergunta teve o efeito que ele esperava. Desabei sem cerimônia numa cadeira, já me imaginando caindo de joelhos por inanição com um monte de rostos preocupados olhando para mim. Talvez até o rosto de Xavier Woods, que de repente não desejaria ter o menor vínculo comigo.

— Vou querer as panquecas — disse eu, desanimada, enquanto Gabriel virava para o fogão todo satisfeito.

O café da manhã foi interrompido pela campainha, e eu me perguntei quem a estaria tocando a uma hora tão inconveniente. Havíamos tido o cuidado de evitar os vizinhos. Ivy e eu olhamos ansiosas para Gabriel. Ele conseguia sentir os pensamentos das pessoas em volta dele, um talento útil em muitas circunstâncias. O dom celestial de Ivy eram suas mãos curativas. Meu dom ainda estava para ser determinado — aparentemente emergiria na hora certa.

— Quem é? — disse Ivy baixinho.

— A vizinha ao lado — disse Gabriel. — Vamos fingir que não a ouvimos, e talvez ela vá embora.

Ficamos sentados imóveis e em silêncio, mas nossa vizinha não era do tipo que desistia facilmente. Alguns minutos depois, ficamos surpresos ao ouvir o portão lateral abrindo, e logo depois vimos que ela estava na janela, acenando para nós com entusiasmo. Fiquei escandalizada com a intrusão, mas meus irmãos mantiveram a compostura.

Gabriel foi abrir a porta e voltou acompanhado de uma cinquentona com cabelo louro platinado e um rosto bronzeado. Ela usava várias joias de ouro, batom de tom vivo e um conjunto de *plush* para corrida. Enfiada embaixo do seu braço havia uma grande sacola de papel. Ela pareceu aturdida por um momento quando viu a nós três juntos. Não era para menos; deve ter sido uma cena intimidante.

— Oi! — cumprimentou-nos alegremente, debruçando-se sobre a mesa para apertar nossas mãos. — Eu daria uma olhada na campainha se fosse vocês. Parece que não está funcionando. Sou Beryl Henderson, da casa ao lado.

Gabriel cuidou das apresentações, e Ivy, sempre a anfitriã perfeita, ofereceu-lhe uma xícara de chá ou café e pôs um prato de muffins sobre a mesa. Vi a sra. Henderson olhando Gabriel mais ou menos como as garotas da escola haviam olhado.

— Ah, não, obrigada — disse ela em resposta à oferta de comida. — Eu só queria dar uma passadinha para cumprimentar vocês, agora que já estão instalados. — Pôs a sacola de papel na bancada. — Achei que poderiam gostar de umas geleias feitas em casa. Trouxe de damasco, figo e morango. Não sabia ao certo de qual vocês gostariam.

— É muita gentileza sua, sra. Henderson.

Ivy transbordava cortesia, mas eu via Gabriel contraído de impaciência.

— Ah, me chamem de Beryl. Vocês vão ver que somos todos assim por aqui. Muito bons vizinhos.

— Que bom saber disso — disse Ivy.

Fiquei admirada de ver como Ivy parecia ter uma resposta pronta para todas as situações. Quanto a mim, minutos depois já tinha esquecido o nome da mulher.

— Você é o novo professor de música da Bryce Hamilton, não é? — insistiu a sra. Henderson. — Tenho uma sobrinha que gosta muito de música e está louca para começar a tocar violino. É o seu instrumento, não é?

— Um deles — respondeu Gabriel, com um ar distante.

— Gabriel toca vários instrumentos — disse Ivy, lançando um olhar exasperado para ele.

— Vários! Nossa, como você deve ser talentoso! — exclamou a sra. Henderson. — Ouço você tocando quase toda noite da minha varanda. Vocês duas também se interessam por música? Que bom irmão você é para tomar conta das irmãs na ausência dos pais.

Ivy suspirou; a notícia da nossa chegada e nossa história pessoal pareciam não ter demorado a virar o assunto da cidade.

— Seus pais já vêm se juntar a vocês? — perguntou a sra. Henderson, olhando em volta com curiosidade, como se esperasse ver um casal de pais pular do armário ou cair do teto.

— Esperamos que seja logo — disse Gabriel, olhando para o relógio da cozinha.

Beryl ficou ansiosamente aguardando que ele prosseguisse, e, quando ele não o fez, ela seguiu outra linha interrogativa.

— Vocês conhecem alguém na cidade?

Achei graça de ver que, quanto mais ela tentava sacar informações de Gabriel, mais ele se fechava.

— Não temos muito tempo para sair — disse Ivy. — Temos andado muito ocupados.

— Não têm tempo para sair! — exclamou Beryl. — Jovens bonitos como vocês! Vamos ter que dar um jeito nisso. Há umas boates muito *descoladas* na cidade. Vou ter que levar vocês.

— Acho uma ótima ideia — disse Gabriel com um tom monótono.

— Olha, sra. Henderson... — começou Ivy, percebendo que a conversa não acabaria tão cedo.

— Beryl.

— Sinto muito, *Beryl*, mas estamos com um pouco de pressa para ir à escola.

— Claro. Que tolice a minha ficar tagarelando. Agora, se precisarem de alguma coisa, não hesitem em pedir. Vão ver que somos uma pequena comunidade muito unida.

POR CAUSA DA "PASSADINHA" DE BERYL, perdi a primeira metade de um trabalho de inglês, e Gabe encontrou sua turma da sétima série jogando papel no ventilador de teto para se entreter. Como em seguida eu tinha um tempo livre, fui me encontrar com Molly perto dos armários. Ela encostou o rosto no meu como forma de cumprimentar, depois me fez um resumo das aventuras da noite passada no Facebook enquanto eu tirava os livros da pasta. Aparentemente, um garoto chamado Chris se despediu com mais beijos e abraços que o normal antes de ficar off-line, e Molly estava teorizando se isso marcava ou não uma nova fase no relacionamento deles. Como os agentes da luz haviam esvaziado nossa casa de quaisquer tecnologias que "impedissem a concentração", eu não sabia muito bem do que Molly estava falando. Mas tive o cuidado de fazer que sim com a cabeça a intervalos regulares, e ela pareceu não notar minha ignorância.

— Como você pode saber o que uma pessoa realmente sente on-line? — perguntei.

— É por isso que temos *emoticons*, boba — explicou Molly. — Mas mesmo assim não é nada bom você ficar tentando interpretar muito as coisas. Sabe que dia é hoje? — Eu via que Molly tinha o hábito desconcertante de pular de um assunto para outro sem avisar.

— Seis de março — respondi.

Molly sacou um diário de bolso cor-de-rosa e uma caneta com pluma na ponta.

— Faltam apenas 72 dias — disse ela, o rosto corado de tanta animação.

— Para quê?

Ela me olhou incrédula.

— Para o baile de formatura, sua tonta! Nunca esperei alguma coisa com tanta ansiedade.

Normalmente, eu teria me ofendido por ela ter me chamado de *tonta,* mas não demorei muito a perceber que as garotas daqui usavam insultos como uma forma de carinho.

— Não é um pouco cedo para pensar nisso? — sugeri. — Ainda faltam mais de dois meses.

— É, eu sei, mas esse é *o* evento do ano. As pessoas começam cedo a fazer planos para a festa.

— Por quê?

— Você existe mesmo? — Molly arregalou os olhos. — É um rito de passagem, o único acontecimento de que você se lembrará pelo resto da vida, além talvez do seu casamento. É o pacote completo: limusines, roupas, garotos quentes, dança. É a única noite que a gente tem para agir como uma princesa.

Ocorreu-me que algumas daquelas meninas já agiam assim diariamente, mas preferi me manter em silêncio e me abstive de comentar.

— Parece divertido.

Na verdade, a coisa toda parecia ridícula, e resolvi naquele instante que iria evitá-la a qualquer custo. Eu já imaginava o quanto Gabriel desaprovaria um evento como esse, com tanta ênfase na vaidade e em todas aquelas coisas superficiais.

— Já tem ideia de com quem você quer ir? — Molly me cutucou sugestivamente.

— Ainda não — me esquivei. — E você?

— Bem — Molly falou mais baixo —, Casey disse à Taylah que entreouviu Josh Crosby dizer a Aaron Whiteman que Ryan Robertson está pensando em me convidar!

— Uau! — exclamei, tentando fingir que tinha entendido tudo que ela havia dito. — Que máximo!

— Eu sei! — guinchou Molly. — Mas não conte a ninguém. Não quero estragar a surpresa.

Ela riu e circulou uma data em meados de abril na minha agenda escolar, desenhando um coração vermelho enorme em volta antes que eu pudesse impedi-la. Devolveu-me a agenda e jogou a dela na bagunça do seu armário. Havia livros empilhados de qualquer maneira, pôsteres de bandas famosas colados nas paredes internas, embalagens de lanche vazias, uma garrafa de refrigerante diet pela metade e todo tipo de brilho para os lábios e latas de balas de menta jogados no fundo. Num contraste gritante com tudo isso, meus livros estavam enfileirados na mais perfeita ordem, meu blazer estava pendurado no gancho próprio para este fim, e o horário das minhas aulas codificado por cores estava afixado na parte interna da porta do meu armário. Eu não sabia como ser bagunceira como um humano; todos os meus instintos gritavam por ordem. O provérbio que dizia que "a pureza caminha com a santidade" não poderia ser mais exato.

Acompanhei Molly à cantina, onde ficamos fazendo hora até ela ter que ir para a aula de matemática e eu, para a de francês. Mas primeiro eu precisava voltar ao meu armário para pegar os livros de francês, que eram uns trambolhos. Empilhei-os em cima da pasta enquanto me abaixava para pegar o dicionário de inglês/francês, que estava no fundo.

— Ei, sumida — disse uma voz atrás de mim. Levei um susto e me pus de pé num pulo tão rápido que bati com a cabeça na parte de cima do meu armário. — Cuidado!

Virei e dei de cara com Xavier Woods, parado ali com o mesmo meio sorriso de que eu me lembrava, do nosso primeiro encontro. Ele estava vestido com um uniforme esportivo — calças azuis de corrida, camisa polo branca e uma jaqueta de náilon com as cores da escola pendurada no ombro. Esfreguei o topo da cabeça e fiquei olhando para ele, me perguntando por que ele estava falando comigo.

— Desculpe por ter te assustado. Você está bem?

— Estou ótima — respondi, admirada de me ver mais uma vez deslumbrada com a beleza impressionante dele. Seus olhos azuis-turquesa estavam grudados em mim, as sobrancelhas semierguidas. Dessa vez, ele estava perto o suficiente para eu reparar que havia pontinhos prateados e acobreados em seus olhos. Ele passou a mão pelo cabelo que lhe caía na testa, como que emoldurando o rosto.

— Você é nova na Bryce Hamilton, não é? Não tivemos muita chance de conversar ontem.

Não conseguindo pensar em nada para dizer em resposta, fiz que sim com a cabeça e me concentrei nos meus sapatos.

Erguer os olhos era um erro terrível. Cruzar com o olhar dele me causou a mesma reação física intensa que eu tivera da última vez. Tive a sensação de estar caindo de um lugar muito alto.

— Ouvi dizer que você morou fora — continuou ele, sem desanimar com o meu silêncio. — O que uma garota viajada como você está fazendo num fim de mundo como Venus Cove?

— Estou aqui com os meus irmãos — murmurei.

— É, já os vi por aí — disse ele.

— Difícil não notá-los, não é? — Ele hesitou por um momento.

— Assim como você.

Pude sentir meu rosto enrubescendo e dei alguns passos para trás. Sentia a temperatura do meu corpo tão alta que tinha certeza de que eu estava emanando calor.

— Estou atrasada para a aula de francês — disse eu, pegando depressa os livros mais próximos que pude encontrar e seguindo pelo corredor aos tropeços.

— O centro de línguas é para o outro lado — gritou ele para mim, mas não me virei.

Quando finalmente achei a sala certa, fiquei aliviada de ver que o nosso professor também tinha acabado de chegar. O sr. Collins, que não tinha cara nem jeito de francês, era um homem alto e magro de barba. Vestia um paletó de *tweed* e um fular.

A sala de aula era pequena e estava quase lotada. Olhei em volta à procura da carteira vazia mais próxima e sufoquei um grito quando vi quem estava sentado bem ao lado dela. Meu coração disparou enquanto eu ia andando em direção a ele. Respirei fundo e me acalmei. Afinal, ele era só um garoto.

Xavier Woods pareceu achar graça quando me sentei ao seu lado. Fiz o possível para ignorá-lo e me concentrei em abrir o livro na página que o sr. Collins escrevera no quadro.

— Vai ser um pouco difícil você aprender francês lendo isso — ouvi Xavier murmurar no meu ouvido. Vi constrangida que, na confusão, eu pegara o livro errado. Diante de mim, não estava a gramática francesa, mas sim um livro sobre a Revolução Francesa. Senti meu rosto corar pela segunda vez em menos de cinco minutos e inclinei a cabeça para a frente, tentando esconder o rosto com o cabelo.

— Srta. Church — chamou o sr. Collins —, leia por favor em voz alta a passagem na página 96 intitulada *À la bibliothèque*.

Gelei. Eu não podia acreditar que teria que anunciar para todo mundo que havia trazido os livros errados logo na primeira aula. Quão incompetente eu pareceria? Abri a boca para dar uma desculpa bem na hora que Xavier empurrou o livro dele disfarçadamente para cima da minha mesa.

Lancei-lhe um olhar agradecido e comecei a ler a passagem com facilidade, embora nunca tivesse lido nem falado a língua antes. Conosco era exatamente assim: bastava começarmos alguma coisa para sermos bons nela. Quando terminei, o sr. Collins estava parado ao lado da nossa mesa. Minha leitura tinha sido fluente — fluente demais. Vi que era para eu ter pronunciado mal algumas palavras, ou pelo menos gaguejado uma ou duas vezes, mas isso não me ocorrera. Talvez eu estivesse inconscientemente tentando me exibir para Xavier Woods para compensar as trapalhadas de antes.

— Você é fluente como uma falante nativa, srta. Church. Já morou na França?

— Não, senhor.

— Já esteve lá, talvez?

— Infelizmente, não.

Olhei para Xavier, cujas sobrancelhas erguidas indicavam que ele estava impressionado.

— Então pode-se dizer que se trata de um dom natural. Você vai se sentir melhor na turma avançada — sugeriu o sr. Collins.

— Não! — disse eu, sem querer chamar mais atenção e desejando que o sr. Collins deixasse aquele assunto morrer. Jurei ser menos perfeita da próxima vez. — Ainda tenho muito o que aprender — garanti. — A pronúncia é o meu forte, mas me atrapalho muito com a gramática.

O sr. Collins pareceu satisfeito com aquela explicação.

— Woods, continue a partir de onde a srta. Church parou — disse, depois olhou para Xavier e contraiu os lábios. — Onde está seu livro, Woods?

Rapidamente passei o livro de volta para ele, mas Xavier não fez nenhum movimento para pegá-lo.

— Sinto muito, professor, esqueci meus livros hoje; fui dormir tarde ontem. Obrigado por me emprestar, Beth.

Quis protestar, mas o olhar de advertência de Xavier me calou. O sr. Collins fuzilou-o com os olhos, escreveu alguma coisa no seu caderno e voltou resmungando para a sua mesa.

— Não está dando um exemplo muito bom como aluno representante da escola. Venha falar comigo depois da aula.

Quando a aula acabou, fiquei no corredor esperando Xavier terminar de falar com o sr. Collins. Achei que pelo menos eu lhe devia um agradecimento por ter me poupado o embaraço.

Quando a porta abriu, Xavier saiu com a displicência de quem dava um passeio na praia. Olhou para mim e sorriu, feliz por eu ter esperado por ele. Lembrei-me de ter combinado de encontrar Molly no intervalo da manhã, mas na mesma hora a ideia me fugiu. Quando ele olhava para mim, era fácil esquecer até de respirar.

— De nada, e não foi nada de mais — disse ele, antes que eu pudesse sequer abrir a boca.

— Como sabia o que eu ia dizer? — perguntei, irritada. — E se eu quisesse lhe dar uma bronca por ter se metido em encrenca?

Ele me olhou com um ar irônico.

— Está zangada?

Havia de novo aquele meio-sorriso, brincando nos lábios dele, como se estivesse decidindo se a situação era engraçada o suficiente para merecer um sorriso inteiro.

Duas meninas passaram e me fulminaram com o olhar. A mais alta acenou com o dedo para Xavier.

— Oi, Xavier — disse com uma voz melosa.

— Oi, Lana — respondeu ele, com um tom simpático, mas neutro.

Para mim, estava na cara que ele não tinha interesse em falar com ela, mas Lana aparentemente não percebeu isso.

— Como você foi no teste de matemática? — insistiu ela. — Achei dificílimo. Acho que talvez eu precise de um professor particular.

Não pude deixar de notar o jeito como Xavier olhou para ela — um olhar inexpressivo, do tipo que se daria a uma tela de computador. Lana não parava de falar e arqueava as costas para que Xavier pudesse ver bem todas as suas curvas. Qualquer outro garoto não conseguiria resistir a dar uma olhada e apreciar o corpo dela, mas Xavier continuou olhando fixo para o seu rosto.

— Acho que fui bem — disse. — O Marcus Mitchell dá aula particular; você poderia pedir a ele, se achar mesmo que precisa.

Lana franziu os olhos irritada por ter dado tanto e recebido tão pouco.

— Obrigada — disse secamente antes de sair rebolando.

Xavier pareceu não notar que a ofendera ou, se notou, não se incomodou com isso. Tornou a se virar para mim com uma expressão muito diferente. Tinha o semblante mais sério, como se estivesse tentando resolver algum enigma. Tentei não sentir uma onda de prazer diante disso; ele provavelmente olhava para um monte de garotas do mesmo modo, e Lana era só uma exceção infeliz. Lembrei-me do que tinham me dito sobre Emily e me repreendi por ser tão vaidosa a ponto de achar que ele estava demonstrando interesse por mim.

Antes que pudéssemos retomar a conversa, Molly nos viu e pareceu espantada. Aproximou-se com cautela, com uma expressão meio preocupada, como se receasse interromper algo.

— Oi, Molly — disse Xavier, quando ficou óbvio que ela não iria iniciar a conversa.

— Oi — respondeu ela, puxando minha manga como se fosse dona de mim.

Quando falou, foi com uma voz infantil de adulação.

— Beth, venha comigo para a cantina. Estou morrendo de fome! E depois da escola na sexta-feira, quero que vá lá em casa. Vamos todas ganhar tratamentos faciais da irmã de Taylah, que é esteticista. Vai ser incrível. Ela sempre traz um monte de amostras para a gente poder fazer o nosso próprio tratamento em casa.

— Parece incrível mesmo — disse Xavier, com um entusiasmo fingido que me fez rir. — A que horas devo ir?

Molly fingiu que não o ouviu.

— Você vem, Beth?

— Vou ter que perguntar ao Gabriel, e então lhe dou a resposta.

Vi uma expressão de surpresa no rosto de Xavier. Seria a ideia de passar uma noite fazendo tratamentos faciais ou a necessidade de pedir permissão ao meu irmão o que o intrigava?

— A Ivy e o Gabriel são bem-vindos — disse Molly, com uma voz mais animada.

— Não sei se seria a praia deles. — Vi a expressão de Molly e acrescentei rapidamente: — Mas vou perguntar, de qualquer jeito.

Ela abriu um sorriso para mim.

— Obrigada. Ei, posso te perguntar uma coisa? — Olhou furiosa para Xavier, que continuava ali parado. — Em particular?

Ele ergueu as mãos fingindo-se derrotado e foi embora. Resisti ao impulso de chamá-lo de volta. Molly passou a falar aos sussurros.

— O Gabriel... hã... falou alguma coisa sobre mim?

Gabriel e Ivy não haviam mencionado Molly desde o nosso encontro na sorveteria, a não ser para repetir a advertência de praxe sobre os perigos de fazer amigos. Mas percebi em seu tom de voz que ela estava encantada com Gabriel, e eu não queria desapontá-la.

— Na verdade, sim — respondi, esperando soar convincente.

Só havia uma circunstância em que era permitido mentir: para evitar causar um sofrimento desnecessário. Mesmo assim a mentira não veio com facilidade.

— É mesmo? — O rosto de Molly se iluminou.

— Claro — disse eu, pensando que, tecnicamente, não estava de fato mentindo. Gabriel mencionara Molly, só que não no contexto que ela esperava. — Ele disse que era bom ver que eu tinha encontrado uma amiga tão simpática.

— Ele disse isso? Não posso acreditar que ele sequer tenha reparado em mim. Ele é tão deslumbrante! Beth, desculpe, sei que ele é seu irmão e tudo, mas ele é quentérrimo.

Eufórica, Molly pegou meu braço e me puxou na direção da cantina. Xavier estava lá, sentado numa mesa de atletas. Dessa vez, quando nossos olhos se encontraram, não desviei. Enquanto olhava para ele, senti minha mente ficar inteiramente vazia e não consegui pensar em nada senão no seu sorriso — aquele sorriso perfeito e carinhoso que fazia seus olhos franzirem muito de leve nos cantos.

7
A FESTINHA CARETA

Molly não deixara de notar meu interesse por Xavier Woods e, mesmo sem ser consultada, decidira me oferecer um conselho.

— Para dizer a verdade, não acho que ele seja o seu tipo — disse, enrolando os cachos nos dedos enquanto estávamos na fila para o almoço.

Eu estava parada perto dela para evitar ser empurrada por alunos ansiosos para chegar ao balcão. Os dois professores esgotados que estavam em serviço tentavam fazer vista grossa para o pandemônio em volta deles. Olhavam disfarçadamente para o relógio da sala, contando os minutos para regressar ao refúgio da sala dos professores.

Tentei ouvir o que Molly dizia e ignorar as cotoveladas que me davam e as manchas pegajosas de bebidas derramadas.

— De quem você está falando? — perguntei.

Ela me lançou um olhar astuto que dizia que a minha atitude ingênua não a convencera.

— Confesso que o Xavier é um dos caras mais quentes da escola, mas todo mundo sabe que ele é encrenca. As garotas que tentam alguma coisa sempre acabam desiludidas. Não diga que não avisei.

— Ele não parece ser cruel de propósito — comentei, tomada por um desejo de defendê-lo, mesmo sem saber quase nada sobre ele.

— Olhe, Beth, gostar do Xavier só vai fazer você sofrer. Essa é a mais pura verdade.

— Desde quando você é uma especialista nele? — perguntei. — O seu coração foi um dos que se partiram?

Eu tinha feito a pergunta brincando, mas Molly de repente ficou séria.

— Pode-se dizer que sim.

— Sinto muito. Eu não sabia. O que aconteceu?

— Bem, eu já gostava dele há séculos e finalmente cansei de dar indiretas e perguntei se ele queria sair comigo.

Ela disse isso com indiferença, como se tivesse acontecido muito tempo atrás e não tivesse mais importância.

— E?

— E nada. — Ela deu de ombros. — Ele me rejeitou. Foi educado, disse que me via como amiga. Mas foi o momento mais humilhante da minha vida.

Eu não podia dizer a Molly que o que ela descrevera não me parecia tão ruim. Na verdade, a conduta de Xavier podia ser considerada honesta, ou mesmo digna. Quando falara de desilusões, Molly fizera com que ele parecesse o vilão da história. Tudo que ele fizera fora declinar um convite da melhor forma que pôde. Mas a essa altura eu já aprendera o suficiente sobre amizade feminina para saber que solidariedade era a única resposta aceitável.

— Isso não está certo — continuou Molly num tom acusador. — Ele anda por aí lindo daquele jeito, sendo simpático com todo mundo, mas não deixa ninguém se aproximar dele.

— Mas ele induz as garotas a pensarem que ele quer mais do que amizade? — perguntei.

— Não — admitiu ela —, mas mesmo assim não é justo. Como alguém pode ser tão ocupado para ter uma namorada? Sei que parece duro, mas ele tem que deixar Emily para trás algum dia. Afinal, ela não vai voltar. Enfim, chega do sr. Perfeito. Espero que você possa ir lá em casa na sexta. Vamos nos divertir e tirar esses garotos irritantes da cabeça.

— Não estamos aqui para ter vida social — disse Gabriel, quando lhe pedi permissão para ir à casa de Molly na sexta-feira.

— Mas seria indelicadeza minha não ir — contestei. — Além disso, é sexta-feira à noite. Não tenho aula no dia seguinte.

— Se quiser, então vá, Bethany — disse meu irmão com um suspiro. — Eu diria que há formas mais proveitosas de passar uma noite, mas não cabe a mim impedi-la.

— É só dessa vez — disse eu. — Não vou fazer disso um hábito.

— Espero que não.

Não gostei do que havia implícito nas palavras dele e da insinuação sutil de que eu já estava perdendo o foco. Mas não deixei isso estragar meu humor — eu queria experimentar todas as facetas da vida humana. Afinal, assim poderia compreender melhor nossa missão.

Às sete horas, eu já tinha tomado banho e posto um vestido de lã verde. Para combinar com o vestido, calcei botas até o tornozelo e meia-calça preta, e passei nos lábios um pouco do brilho que Molly me dera. Fiquei satisfeita com o resultado; eu me parecia um pouquinho menos com aquela imagem pálida de sempre.

— Não há necessidade de se produzir toda, você não vai a um baile — disse Gabriel quando me viu.

— As garotas sempre devem se esforçar para se embelezar o máximo possível — disse Ivy me defendendo e me dando uma piscadela. Ela poderia não estar satisfeita com meus planos de andar com Molly e sua turma, mas não era do tipo de guardar rancor. Sabia quando relevar as coisas para manter a paz.

Dei um beijo de despedida nos dois e segui para a porta da frente. Gabriel se oferecera para me levar de carro à casa de Molly no jipe preto que havíamos encontrado na garagem, mas Ivy conseguira demovê-lo da ideia, dizendo que ainda faltava muito para escurecer e que era totalmente seguro eu ir a pé, pois a casa de Molly ficava a poucas ruas da nossa. Mas aceitei a oferta dele de me buscar, e concordei em ligar quando estivesse pronta para voltar para casa.

Senti um grande prazer em ir caminhando para a casa de Molly naquela noite. O inverno estava quase no fim, mas a brisa agitando o meu vestido ainda era gelada. Senti o cheiro do mar junto com o perfume de árvores de folhas perenes. Considerei-me privilegiada por estar ali, andando na Terra, um ser capaz de respirar e ter sensações. Era tão mais excitante do que observar a vida de outro plano. Olhar do Céu para a vida fervilhante cá embaixo era como assistir a um espetáculo da plateia. Estar no palco de verdade poderia ser mais assustador, mas era também mais emocionante.

Meu estado de espírito mudou assim que cheguei ao número oito da Sycamore Grove. Olhei para a casa achando que eu devia estar no endereço errado. A porta da frente estava escancarada e parecia que todas as luzes estavam acesas. Uma música de batida pulsante vinha da sala da frente, e adolescentes com roupas leves saíam para se exibir na varanda. Não podia ser essa casa. Verifiquei de novo o endereço que a própria Molly escrevera num pedaço de papel e vi que eu não tinha me enganado. Em seguida reconheci umas pessoas da escola, e algumas delas acenaram para mim. Subi os degraus da casa em estilo bangalô e quase esbarrei num garoto tendo ânsias de vômito debruçado na lateral da varanda.

Pensei em dar meia-volta e ir direto para casa, inventando uma dor de cabeça como desculpa para Ivy e Gabriel. Eu sabia que eles nunca teriam me deixado ir se soubessem o que a noite para "meninas" de Molly realmente significava. Mas minha curiosidade prevaleceu e decidi entrar só para cumprimentar Molly e me desculpar antes de sair depressa.

Havia uma multidão no hall de entrada, que recendia a fumaça e água-de-colônia. A música estava tão alta que as pessoas tinham que gritar no ouvido umas das outras se quisessem conversar. O chão tremendo com a música e as pessoas tontas tentando dançar me deram a sensação de estar presa num terremoto. A batida era tão alta que reverberava nos meus tímpanos, fazendo com que eu me encolhesse. Eu sentia o bafo quente das pessoas no rosto, e o cheiro de cerveja e bile do ar. A cena toda me oprimiu de tal forma que quase perdi o equilíbrio. Mas aquilo era a vida humana, pensei com meus botões, e estava determinada a experimentá-la em primeira mão ainda que isso significasse me sentir prestes a sofrer um colapso. Então respirei fundo e fui em frente.

Havia jovens por todo canto, alguns fumando, alguns bebendo e outros simplesmente pendurados uns por cima dos outros. Fui ziguezagueando em meio às pessoas e vi impressionada um grupo participando de um jogo que ouvi alguém chamar de Caça ao Tesouro. Envolvia garotas paradas em fila enquanto garotos miravam marshmallows nos seus decotes de uma distância fácil. Quando acertavam o alvo, tinham que recuperar os doces com a boca. As garotas riam e soltavam gritinhos enquanto os garotos enfiavam a cabeça no colo delas.

Eu não via os pais de Molly em lugar nenhum. Talvez tivessem ido passar o fim de semana fora. Perguntava-me como reagiriam ao ver a casa deles naquele estado caótico. Na sala de estar dos fundos, havia casais embriagados se agarrando nos sofás de couro marrom. Garrafas de cerveja vazias estavam espalhadas pelo chão, e os salgadinhos de milho e os M&Ms que Molly tinha posto em tigelas de vidro estavam esmigalhados no tapete. Vi o rosto familiar de Leah Green, uma das garotas da turma de Molly, e fui até ela. Ela estava parada ao lado de uma porta de vidro que dava para a área ampla onde ficavam o deque e a piscina.

— Beth! Você veio! — gritou mais alto que a música. — Grande festa!

— Já viu a Molly? — gritei de volta.

— Na banheira de hidromassagem.

Desvencilhei-me das mãos de um garoto embriagado que tentava me arrastar para a confusão de pessoas dançando e me esquivei de outro que me chamou de "gata" e tentou me agarrar. Uma garota o puxou de cima de mim se desculpando.

— Desculpe pelo Stefan — berrou ela. — Ele já está de porre.

Fiz que sim com a cabeça e saí de fininho para o deque, lembrando-me de acrescentar as palavras novas ao glossário que eu estava compilando.

Mais garrafas e latas vazias cobriam o chão do lado de fora, e tive que tomar cuidado para não pisar em nenhuma. Apesar do frio, havia adolescentes de biquíni e shorts de banho recostados à beira da piscina e apinhados na banheira de hidromassagem. As luzes projetavam um brilho azul medonho em seus corpos agitados. De repente, um garoto nu passou chispando por mim e mergulhou na piscina. Emergiu tremendo de frio, mas parecendo satisfeito com o festival de gritos que recebeu dos outros. Tentei disfarçar para não parecer tão horrorizada quanto me sentia.

Fiquei aliviada quando finalmente localizei Molly entre dois garotos na banheira quente. Quando me viu, ela se esticou para fora da banheira, alongando-se como uma gata e demorando o suficiente para que os garotos pudessem admirar seu corpo molhado e vigoroso.

— Beth, a que horas você chegou aqui? — disse ela como se estivesse cantando.

— Agora mesmo — respondi. — Os planos mudaram? O que aconteceu com os tratamentos faciais?

— Ah, querida, desistimos dessa ideia! — Molly falou como se aquilo fosse um detalhe sem importância. — Minha tia está doente, e mamãe e papai foram passar o fim de semana fora. Eu não podia perder a oportunidade de dar uma festinha careta!

— Só entrei para dar um beijo. Não posso ficar. Meu irmão acha que estamos testando máscaras de beleza.

— Bem, ele não está aqui, está? — Molly sorriu com malícia. — E o que os olhos do irmão Gabriel não veem o coração não sente. Vamos, tome só um drinque antes de sair. Não quero que você se meta em encrenca por minha causa.

Na cozinha, encontramos Taylah, que estava em pé atrás da bancada misturando alguma coisa num liquidificador. Havia uma quantidade impressionante de garrafas espalhadas em volta dela. Li alguns dos rótulos: rum branco do Caribe, uísque escocês *single malt*, uísque, tequila, absinto, Midori, bourbon, champanhe. Os nomes não faziam muito sentido para mim. O álcool fora omitido do meu treinamento — uma falha na minha educação.

— Posso pegar dois Especiais da Taylah para a Beth e para mim? — perguntou Molly, pendurando os braços em volta da amiga e balançando o quadril no ritmo da música.

— Saindo! — disse Taylah, enchendo dois copos de coquetel quase até a borda com uma mistura verde.

Molly pôs uma das bebidas na minha mão e deu um gole generoso na dela. Entramos na sala de estar. A música saía tão alta dos dois alto-falantes colossais nos cantos da sala que o chão chegava a vibrar. Cheirei minha bebida com cautela.

— O que tem nisso? — perguntei a Molly, tentando me fazer ouvir naquela barulheira.

— É um coquetel — disse ela. — Tim-tim!

Dei um gole por educação e me arrependi imediatamente. Era enjoativo, melado de tão doce, mas ao mesmo tempo me queimava a garganta. Determinada a não ser rotulada de desmancha-prazeres, continuei bebericando a mistura. Molly estava se divertindo e me levou para dentro da massa de pessoas dançando. Por alguns minutos, dançamos juntas, e depois a perdi de vista e me vi no meio de uma multidão de estranhos. Tentei encontrar uma brecha por onde me esgueirar e escapulir, mas, assim que uma surgia, na mesma hora ela se fechava. Por várias vezes, notei que, assim que meu copo esvaziava, ele era enchido novamente, como se por garçons invisíveis.

A essa altura, eu me sentia tonta e com as pernas bambas. Atribuí isso ao fato de não estar acostumada à música alta nem a aglomerações. Bebi um pouco mais do meu drinque, esperando que ele me revigorasse. Afinal, Gabriel vivia falando sobre a importância de mantermos nossos corpos hidratados.

Eu estava terminando o terceiro coquetel quando senti um desejo avassalador de me deitar no chão. Mas não cheguei a esse ponto. Em vez disso, senti uma mão forte me segurar e me levar para longe da multidão. A pressão em volta do meu braço aumentou quando tropecei. Deixei meu peso ser suportado e permiti que o estranho me guiasse para fora da casa. Então fui ajudada a chegar a um banco de jardim, onde me sentei com o copo pendurado para a frente, ainda segurando o copo vazio.

— É melhor pegar leve com esse negócio.

O rosto de Xavier Woods entrou em foco lentamente. Ele usava jeans desbotados e uma camisa cinza social de mangas compridas que fazia seu peito parecer mais largo do que quando ele estava com o uniforme da escola. Tirei o cabelo dos olhos e senti a testa molhada de suor.

— Pegar leve com quê?

— Hã... com o que você está bebendo... porque é bem forte — disse ele, como se afirmando algo óbvio.

O líquido começava a chacoalhar no meu estômago, e minha cabeça latejava. Eu sabia que queria dizer algo, mas as palavras não se formavam, interrompidas por ondas de náusea. Em vez disso, me encostei sem forças em Xavier, quase chorando.

— Sua família sabe onde você está? — perguntou ele.

Balancei a cabeça dizendo que não, o que fez com que o jardim girasse perigosamente.

— Quanto você bebeu dessa coisa?

— Não sei — murmurei atordoada. — Mas parece que ela não combina comigo.

— Você bebe com frequência?

— Essa é a primeira vez.

— Caramba. — Xavier balançou a cabeça. — Isso explica a sua fraqueza para bebida.

— O quê... — Cambaleei para a frente, quase caindo no chão.

— Uau — Xavier me apanhou. — Acho melhor eu levar você para casa.

— Já vou ficar bem.

— Não vai, não. Você está tremendo.

Para minha surpresa, percebi que ele estava certo. Xavier entrou para pegar seu casaco, que ele pôs nos meus ombros. O casaco tinha o cheiro dele, e aquilo foi reconfortante.

Molly veio trôpega ao nosso encontro.

— Como vão as coisas? — perguntou, alegre demais para se incomodar com a presença de Xavier.

— O que a Beth estava bebendo? — perguntou ele com autoridade.

— Só um coquetel — respondeu Molly. — A maior parte era vodca. Não está se sentindo bem, Beth?

— Não, ela não está — disse Xavier, categórico.

— O que posso dar a ela? — perguntou Molly, parecendo confusa.

— Vou garantir que ela chegue em casa sã e salva — disse ele, e, mesmo no meu estado, não pude deixar de notar o tom acusador.

— Obrigada, Xavier, te devo essa. Ah, tente não falar muita coisa para o irmão dela, ele não parece ser do tipo compreensivo.

O cheiro de couro dos bancos do carro de Xavier era tranquilizador, mas eu ainda tinha a sensação de ter uma fornalha ardendo dentro de mim. Tive a vaga noção de um percurso cheio de solavancos e de ter sido carregada até a porta. Estava consciente o bastante para ouvir o que acontecia ao meu redor, mas muito sonolenta para manter os olhos abertos. Eles pareciam se fechar por vontade própria.

Por estar de olhos fechados, não vi o rosto de Gabriel quando ele abriu a porta. Mas era impossível não notar o tom assustado da sua voz.

— O que aconteceu? Ela está machucada?

Senti que ele segurou minha cabeça com as duas mãos.

— Ela está bem — disse Xavier. — Só bebeu um pouco demais.

— Onde ela estava?

— Na festa da Molly.

— Festa? — repetiu Gabriel. — Não nos disseram nada a respeito de uma festa.

— Não foi culpa da Beth. Acho que ela também não sabia.

Senti meu corpo ser transferido para os braços capazes do meu irmão.

— Obrigado por trazê-la em casa — disse Gabriel, num tom que visava encurtar a discussão.

— Tudo bem — disse Xavier. — Teve uma hora em que ela apagou; talvez precise ser examinada.

Houve uma pausa enquanto Gabriel considerava o que dizer. Eu sabia que não havia necessidade de chamar um médico. Além disso, um exame médico revelaria algumas anomalias que não poderiam ser explicadas. Mas, como não sabia disso, Xavier esperou pela resposta de Gabriel.

— Vamos cuidar dela.

A afirmação soou um tanto estranha, como se ele estivesse tentando esconder alguma coisa. Desejei que ele pelo menos tivesse falado num tom mais agradecido. Afinal, Xavier me socorrera. Se ele não tivesse visto que eu estava passando mal, eu ainda estaria na casa de Molly, e sabe-se lá o que poderia ter acontecido.

— Está bem. — Notei o tom de voz desconfiado de Xavier e senti que ele relutava em ir embora. Mas não havia por que ele ficar. — Diga à Beth que espero que ela fique boa logo.

Ouvi os passos de Xavier voltando pelo caminho de cascalho e o barulho do seu carro saindo. A última coisa de que me lembro é das mãos frias de Ivy acariciando a minha testa e da sua energia curativa inundando meu corpo.

8
PHANTOM

Eu não tinha ideia de que horas eram quando acordei. Só me dei conta do latejar incessante na minha cabeça e da aspereza da minha língua, que parecia uma lixa. Custei a pôr os acontecimentos da noite anterior em ordem, mas depois me arrependi de tê-lo feito. Fiquei superenvergonhada quando me lembrei do meu atordoamento, da minha fala ininteligível, de não conseguir ficar em pé. Lembrei-me de Gabriel me pegando nos braços e da preocupação do desapontamento em sua voz. Lembrei-me de ter precisado ser despida e da expressão consternada de Ivy ao me pôr na cama como se eu fosse uma criança pequena. Enquanto Ivy me cobria, eu ouvia Gabriel reiterar seus agradecimentos a alguém na porta.

Então, comecei a me lembrar de ter passado a maior parte do tempo da festa de Molly caída inerme nos braços reconfortantes de um estranho. Soltei um gemido ao visualizar nitidamente o seu rosto. De todos os cavaleiros galantes que poderiam vir me socorrer, por que tinha que ser logo Xavier Woods o encarregado? O que estava pensando Nosso Pai em Sua infinita sabedoria? Tentei com toda força recordar os fragmentos da nossa breve conversa, mas a memória se recusava a oferecer tais detalhes voluntariamente.

Fui tomada por um misto de arrependimento e humilhação. Escondi o rosto ardendo embaixo das cobertas e me encolhi toda, desejando ficar naquela posição para sempre. O que

Xavier Woods, o aluno representante da Bryce Hamilton, ia pensar de mim? O que todo mundo devia pensar de mim? Não fazia nem uma semana que eu estava na escola e já desonrara minha família e proclamara ao mundo que eu era uma principiante na vida. Como não me dei conta de como aqueles coquetéis eram fortes? Como se não bastasse, eu ainda provara aos meus irmãos ser incapaz de me virar sozinha.

Ouvi vozes abafadas no andar de baixo. Gabriel e Ivy discutiam alguma coisa aos sussurros. A queimação voltou ao meu rosto quando pensei na posição em que os havia deixado. Quão egoísta eu fora para não pensar que meus atos também teriam um impacto neles! A reputação deles estava em jogo assim como a minha, e a minha sem dúvida estava em frangalhos. Considerei a possibilidade de fazermos as malas e começar do zero em outro lugar. Com certeza Gabriel e Ivy não esperariam que eu ficasse em Venus Cove após esse espetáculo. Parte de mim esperava que, num instante, eles entrassem para dar a notícia, e então faríamos as malas em silêncio e nos mudaríamos para um lugar novo. Não haveria tempo para despedidas; os vínculos que eu tinha formado ali se reduziriam a nada mais que boas lembranças.

Mas ninguém veio ao meu quarto, e acabei não tendo outra escolha senão me aventurar a descer e enfrentar as consequências do que fizera. Vi de relance o meu reflexo num espelho do corredor. Eu estava com olheiras e uma aparência frágil. O relógio me disse que era quase meio-dia.

Lá embaixo, Ivy trabalhava com habilidade num bordado na mesa da cozinha e Gabriel estava em pé junto à janela, empertigado como um pastor no púlpito. Tinha as mãos juntas atrás das costas e lançava um olhar pensativo na direção do mar. Fui até a geladeira e me servi de um copo de suco de laranja, que bebi depressa para matar aquela sede violenta.

Gabriel não se virou, embora eu soubesse que ele estava ciente da minha presença. Tremi — uma bronca enfurecida teria sido melhor do que esse silêncio recriminatório. Eu prezava muito a estima de Gabriel para perdê-la. Quanto mais não fosse, sua raiva pelo menos teria ajudado a diminuir a minha culpa. Desejei que ele se virasse para eu poder pelo menos ver seu rosto.

Ivy largou o bordado e olhou para mim.

— Como se sente? — perguntou.

Não parecia zangada ou desapontada, e isso me deixou confusa.

Num ato involuntário, levei as mãos às têmporas, que ainda latejavam.

— Já estive melhor.

O silêncio pairava no ar como uma mortalha.

— Sinto muito mesmo — continuei mansamente. — Não sei como isso foi acontecer. Sinto-me muito infantil.

Gabriel se virou para olhar na minha direção, os olhos cor de trovão. Mas neles só vi a profunda afeição que tinha por mim.

— Não há necessidade de ficar aflita, Bethany — disse ele com a calma de sempre. — Agora que somos humanos, estamos fadados a cometer alguns erros.

— Vocês não estão zangados? — perguntei, olhando de um para o outro. A pele nacarada deles tinha um aspecto luminoso e tranquilizador.

— Claro que não estamos zangados — disse Ivy. — Como poderíamos culpá-la por algo que estava além do seu controle?

— A questão é exatamente essa — disse eu. — Eu deveria saber. Isso não teria acontecido com nenhum de vocês. Por que só eu cometo erros?

— Não seja tão dura consigo mesma — aconselhou Gabriel. — Lembre-se de que é sua primeira visita aqui. Você vai melhorar com o tempo.

— É fácil esquecer que as pessoas são de carne e osso, e não indestrutíveis — acrescentou Ivy.

— Vou tentar me lembrar disso — retruquei, mais animada.

— Tenho exatamente o que você precisa para se livrar dessa britadeira na sua cabeça — disse Gabriel.

Ainda com meu pijama de *plush*, fui até perto dele e o observei pegar uns ingredientes na geladeira. Ele os mediu e os virou dentro de um liquidificador com a precisão de um cientista. Finalmente, me entregou um copo de um líquido vermelho e turvo.

— O que é isso? — perguntei.

— Suco de tomate, gema de ovo e uma pitada de pimenta — respondeu ele. — Segundo a enciclopédia médica que li ontem à noite, é um dos melhores remédios para ressaca.

A mistura tinha aspecto e cheiro repulsivos, mas o latejar na minha cabeça não iria passar sozinho. Depois me ocorreu que Ivy poderia ter me curado da ressaca tocando nas minhas têmporas, mas talvez meus irmãos estivessem tentando me ensinar a aceitar as consequências humanas dos meus atos.

— Acho que deveríamos todos ficar em casa hoje, não acham? — sugeriu Ivy. — Aproveitar o tempo para refletir um pouco.

Eu nunca ficara tão impressionada com meus irmãos como naquele momento. A tolerância que demonstravam só podia ser descrita como sobre-humana, o que obviamente era.

Em comparação com o resto da sociedade, vivíamos como verdadeiros quacres: sem televisão, computador ou telefone celular. Nossa única concessão a viver na Terra no século XXI era o telefone fixo, que fora ligado logo depois que nos mudamos. Achávamos que a tecnologia era como uma espécie de influência corruptora, promovendo um comportamento antissocial e diminuindo a importância dos valores familiares. Nossa casa era um lugar onde ficávamos juntos, sem matar o tempo na internet nem assistir a programas de televisão sem conteúdo.

Gabriel particularmente odiava a influência da televisão. Durante a preparação para a nossa missão, ele nos mostrara o início de um programa para enfatizar seu argumento. O programa envolvia pessoas que lutavam contra a obesidade sendo divididas em grupos aos quais eram apresentados alimentos tentadores para testar resistência. As que desistiam eram repreendidas e evitadas. Era revoltante, disse Gabriel, brincar com as emoções dos outros e se aproveitar das suas fraquezas. Era mais revoltante ainda que o público considerasse tamanha crueldade um *entretenimento*.

Portanto, naquela tarde, não recorremos à tecnologia atrás de entretenimento; em vez disso, passamos o tempo lendo no deque, jogando mexe-mexe ou simplesmente mergulhados em nossos próprios pensamentos. Aproveitar o tempo para refletir não significava que não pudéssemos fazer outras coisas; significava apenas que as fazíamos em silêncio e tentávamos passar algum tempo avaliando nossos êxitos e fracassos. Ou melhor, Ivy e Gabriel avaliavam seus êxitos, e eu contemplava meus fracassos. Eu olhava para o Céu e mordiscava fatias de melão. Frutas, eu decidira, eram o meu alimento preferido. O frescor limpo e doce das frutas me lembrava de casa. Enquanto olhava, vi que o sol aparecia como uma bola branca abrasadora no céu — fitá-lo ofuscava e feria meus olhos. Lembro-me da brandura do sol no Reino — nossa casa era inundada por uma luz suave e dourada que era palpável e nos escorria pelos dedos como mel quente. Aqui as coisas eram muito mais duras, mas de certa forma mais reais.

— Já viu isso? — Ivy saiu de casa com um prato de frutas e queijos e jogou um jornal na mesa com repugnância.

— Hã-rã — Gabriel fez que sim com a cabeça.

— O que é?

Sentei-me, esticando o pescoço para ver a manchete. Vi de relance a fotografia estampada na página. Pessoas corriam para todo lado; homens tentando em vão proteger as mulheres, e mães tentando alcançar os filhos que tinham caído no chão. Alguns apertavam os olhos numa expressão piedosa;

outros tinham a boca aberta em gritos mudos. Atrás deles, chamas se erguiam para o céu e nuvens de fumaça encobriam o sol.

— Bombardeios no Oriente Médio — disse meu irmão, virando o jornal rapidamente com um movimento do punho. Não adiantava mais: a imagem já estava gravada no meu cérebro.

— Mais de trezentos mortos. Sabem o que isso significa, não?

— Nossos agentes por lá não estão fazendo o trabalho direito? — Minha voz saiu trêmula.

— Não *podem* fazer o trabalho direito — corrigiu Ivy.

— Qual poderia ser o empecilho? — perguntei.

— As forças das trevas estão superando as forças da luz — disse Gabriel, sério. — Isso está acontecendo com cada vez mais frequência.

— O que faz você pensar que o Céu é o único lugar que está enviando representantes? — Ivy parecia um pouco impaciente com a minha falta de compreensão. — Temos companhia.

— Não há nada que possamos fazer? — perguntei.

Gabriel fez que não com a cabeça.

— Não cabe a nós agir sem autorização.

— Mas há trezentos mortos! — protestei. — Isso deve importar.

— Claro que importa — disse Gabriel. — Mas nossos serviços não foram solicitados. Nos designaram este posto, e não podemos abandoná-lo porque algo ruim aconteceu em outra parte do mundo. Fomos instruídos a ficar aqui e a velar por Venus Cove. Deve haver uma razão para isso.

— E aquelas pessoas? — perguntei, lembrando-me novamente de suas expressões aterrorizadas.

— Tudo que podemos fazer é rezar por uma intervenção divina.

No meio da tarde, percebemos que os mantimentos estavam acabando. Embora continuasse me sentindo exausta, me ofereci para ir à cidade comprá-los. Esperava que a incumbência apagasse as imagens perturbadoras da minha mente e desviasse minha atenção das calamidades humanas.

— O que devo trazer? — perguntei, pegando um envelope e pronta para fazer uma lista no verso.

— Frutas, ovos e pão daquela padaria francesa que acabou de ser inaugurada — disse Ivy.

— Quer uma carona? — ofereceu Gabriel.

— Não, obrigada, vou de bicicleta. Preciso me exercitar.

Deixei Gabriel voltar para sua leitura e peguei minha bicicleta na garagem, enfiando uma sacola de lona no guidom. Ivy tinha começado a podar as rosas do jardim da frente e acenou quando passei por ela.

O percurso de dez minutos até a cidade foi revigorante, depois do meu sono de zumbi. O ar trazia uma sensação saudável com o cheiro de pinho, o que ajudou a dissipar meu abatimento. Recusei-me a pensar em Xavier Woods e bloqueei quaisquer lembranças da noite anterior. Obviamente, minha mente tinha seus próprios planos, e estremeci ao me lembrar dos braços fortes de Xavier me segurando, do tecido da sua camisa encostado no meu rosto, do toque da sua mão me afastando o cabelo dos olhos, exatamente como ele fizera no meu sonho.

Deixei a bicicleta acorrentada no bicicletário em frente à agência dos correios e me encaminhei para o armazém. Ao chegar, diminuí o passo para dar passagem a duas senhoras, uma idosa e com o corpo arcado, e a outra forte e de meia-idade. A mais jovem levou a outra a um banco de praça, depois voltou para a loja e prendeu um aviso na janela. Sentado obedientemente ao lado da mais velha estava um cão cinza-claro. Era a criatura mais estranha que eu já tinha visto, com uma expressão tão pensativa que poderia ser considerada humana. Mesmo sentado, o bicho mantinha o corpo ereto e tinha um ar majestoso. Tinha as bochechas ligeiramente caídas, o pelo sedoso e os olhos sem cor como o luar.

A mais velha tinha um ar abatido que me chamou a atenção. Quando olhei para o anúncio na vitrine da loja, pude determinar a causa de sua infelicidade. Era um cartaz oferecendo o cão "de graça para um bom lar".

— É para o bem dele, Alice, você vai ver — disse a mais jovem, num tom prático e enérgico. — Quer que o Phantom seja feliz, não quer? Ele não poderá ficar com você quando você se mudar. Você conhece as regras.

A mais velha balançou a cabeça negativamente com um ar de tristeza.

— Mas ele estará numa casa estranha e não saberá o que se passa. Já temos nossa rotina em casa.

— Cachorro é um bicho muito adaptável. Agora me deixe levá-la para casa a tempo para o jantar. Garanto que o telefone vai começar a tocar assim que a gente entrar.

A mulher chamada Alice não parecia ter a mesma confiança da companheira. Vi seus dedos nodosos torcerem a guia do cão com ansiedade e então irem até seu cabelo fino, preso em um coque atrás da cabeça. Ela parecia não ter pressa de sair, como se o gesto de se levantar indicasse que ela estava selando um acordo sobre o qual não tivera tempo de pensar muito bem.

— Mas como vou saber que ele está sendo bem-tratado? — perguntou.

— Vamos nos certificar de que quem ficar com ele concorde em levá-lo para te visitar na nova casa.

Um tom impaciente se insinuara na voz da mais jovem. Também notei que ela falava cada vez mais alto à medida que a conversa prosseguia. Seu peito arfava, e gotas de suor começavam a lhe brotar nas têmporas empoadas. Ela não parava de olhar para seu relógio de pulso.

— E se eles esquecerem? — perguntou Alice, com um tom petulante na voz.

— Não vão esquecer — disse a outra com desdém. — Bom, precisa comprar algo antes que eu leve você para casa?

— Só um saco de biscoitos caninos para o Phantom, mas não daqueles de sabor frango, porque ele não gosta.

— Bem, por que não espera aí enquanto vou lá dentro um instantinho pegar?

Alice fez que sim com a cabeça, depois ficou olhando o horizonte com uma expressão resignada. Abaixou-se para coçar Phantom atrás das orelhas. Ele a olhou intrigado. Parecia haver um entendimento tácito entre a dona e o animal.

— Que cachorro lindo — disse eu, como forma de puxar assunto. — Qual é a raça dele?

— Weimaraner — respondeu Alice. — Mas, infelizmente, não vai continuar comigo.

— É, não pude deixar de ouvir.

— Coitado do Phantom. — Alice suspirou e se abaixou para falar com o cão. — Você sabe exatamente o que está acontecendo, não sabe? Mas está sendo muito corajoso com tudo isso.

Ajoelhei-me para fazer carinho na cabeça de Phantom, e ele me farejou com cautela antes de me oferecer sua pata enorme.

— Que estranho. Ele costuma ser muito mais reservado com estranhos. Você deve ter jeito com cachorros.

— Ah, eu adoro animais. Desculpe por perguntar, mas para onde a senhora vai que ele não pode ir?

— Vou me mudar para o lar de idosos da cidade, Fairhaven. Já ouviu falar? Não aceitam cachorros.

— Que pena — disse eu. — Mas não se preocupe. Garanto que um cachorro como o Phantom vai ser adotado rapidinho. Está ansiosa para a mudança?

Ela pareceu um pouco desconcertada com a pergunta.

— Sabe, você é a primeira pessoa que me pergunta isso. Acho que para mim tanto faz ir ou não. Vou ficar melhor quando souber que o Phantom já tem um lar. Eu esperava que a minha filha ficasse com ele, mas ela mora em apartamento e não vai ser possível.

Quando Phantom esfregou o nariz esponjoso na minha mão, tive uma ideia. Talvez esse encontro fosse a Providência me oferecendo uma chance de compensar minha falta de responsabilidade. Afinal, não era esse o meu papel — fazer a diferença para as pessoas onde quer que eu pudesse em vez de me concentrar em minhas próprias obsessões egoístas? Não havia muito que eu pudesse fazer em relação a uma crise do outro lado do mundo, mas havia uma situação ali perto de mim em que podia ser útil.

— Quem sabe eu não possa ficar com ele? — sugeri num impulso.

Sabia que se pensasse muito eu perderia a coragem. A expressão de Alice se iluminou instantaneamente.

— Você pode? Tem certeza? — disse ela. — Seria maravilhoso. Você nunca vai encontrar um amigo mais fiel, posso lhe prometer. Ora, vocês já ficaram amigos. Mas o que os seus pais vão dizer?

— Eles não vão se importar — respondi, esperando que meus irmãos enxergassem a decisão do mesmo modo que eu. — Então está combinado?

— Aqui está Felicity — disse Alice, com um sorriso de orelha a orelha. — É melhor darmos a ela a boa notícia.

Phantom e eu vimos as duas partirem de carro, uma enxugando os olhos, a outra com uma expressão visivelmente aliviada. A não ser por um latido de dar dó para sua dona e um olhar comovente, Phantom parecia tranquilo de repente ao se ver sob a minha guarda. Parecia entender instintivamente que a nova situação era a melhor que podia esperar naquelas circunstâncias. Aguardou pacientemente do lado de fora enquanto eu fazia as compras. Depois, pendurei a sacola de um lado do guidom, amarrei a guia no outro e empurrei a bicicleta para casa.

— Conseguiu achar a loja sem problemas? — perguntou Gabriel quando me ouviu entrar.

— Desculpe, esqueci o pão — disse eu, entrando na cozinha com Phanton ao meu lado. — Mas fiz um ótimo negócio em vez disso.

— Bethany! — exclamou Ivy. — Onde achou esse cachorro?

— É uma longa história — respondi. — Alguém precisava de uma mãozinha. — Fiz um resumo do meu encontro com Alice. Ivy afagou a cabeça de Phantom, e ele pôs o focinho em sua mão. Havia algo de sobrenatural em seus olhos claros e tristes que fazia parecer que o lugar dele era conosco. — Espero que a gente possa ficar com ele — terminei.

— Claro — disse Gabriel sem mais discussão. — Todo mundo precisa de um lar.

Ivy e eu nos distraímos improvisando uma cama para Phantom e decidindo qual tigela deveria ser a dele. Gabriel nos observava, os cantos da boca se contraindo com o esboço de um sorriso. Era tão raro ele sorrir que, quando o fazia, era como o sol atravessando uma nuvem.

Era óbvio que Phantom seria meu. Ele me olhava como sua mãe adotiva e vinha trotando atrás de mim aonde quer que eu fosse na casa. Quando me deitei no sofá, ele se enroscou nos meus pés como uma vasilha de água quente e adormeceu roncando baixinho. Apesar do tamanho, Phantom tinha uma natureza indiferente, e não demorou muito para ele estar completamente integrado na nossa pequena família.

Depois do jantar, tomei uma chuveirada e fiquei no sofá, com a cabeça de Phantom no colo. A afeição dele teve um efeito terapêutico, e eu me sentia tão relaxada que quase esqueci os acontecimentos da noite anterior.

Foi então que bateram à porta.

9
MENINO NÃO ENTRA

Phantom deu um grunhido mostrando quem era o dono do território e saiu da sala, farejando furiosamente embaixo e em volta da porta da frente.

— O que *ele* está fazendo aqui? — resmungou Gabriel.

— Quem é? — sussurramos Ivy e eu em uníssono.

— Nosso heroico representante da escola. — Gabriel estava descontando seu sarcasmo em mim.

— Xavier Woods está lá fora? — perguntei incrédula, me olhando furtivamente no espelho que fica em cima da lareira. Embora fosse cedo, eu já estava com meu pijama estampado de vaquinhas, o cabelo preso para cima com uma piranha. Ivy reparou e pareceu achar graça da minha demonstração de vaidade. — Por favor, não deixem ele entrar. Estou horrorosa — implorei.

Eu não parava de me mexer, constrangida, enquanto meus irmãos pensavam no que fazer. Após a cena que eu tinha feito na festa de Molly, Xavier Woods era a última pessoa que eu queria ver. Na verdade, ele era exatamente quem eu mais queria evitar.

— Ele já foi embora? — perguntei, passado um minuto.

— Não — disse Gabriel. — E parece não ter a intenção de ir.

Acenei furiosamente para que Phantom se afastasse da porta.

— Venha cá, garoto! — murmurei, tentando assobiar baixinho entre os dentes. — Pare com isso, Phantom!

Phantom fingiu que não me ouviu e enfiou o nariz mais embaixo da porta.

— O que ele quer? — perguntei a Gabriel.

Meu irmão parou um instante, com o rosto assumindo uma expressão fechada.

— Bem, acho que é muita presunção.

— O quê?

— Há quanto tempo conhece esse rapaz?

— Pare com isso, Gabe. Isso é invasão de privacidade! — respondi secamente.

— Francamente… — Ivy se levantou, fazendo que não com a cabeça. — Acho que ele já deve ter nos ouvido falar. E, além disso, não podemos simplesmente ignorá-lo. Ele ajudou muito a Bethany ontem à noite, lembra?

— Pelo menos espere eu subir — sibilei, mas ela já estava à porta, puxando Phantom e ordenando que ele sossegasse. Quando Ivy voltou para a sala, veio acompanhada de Xavier, que estava com a mesma cara de sempre, a não ser pelo cabelo, ligeiramente despenteado pelo vento. Satisfeito com o fato de Xavier não ser uma ameaça, Phantom voltou à posição recostada no sofá com um suspiro fundo. Gabriel acusou a presença de Xavier com um mero movimento de cabeça.

— Eu só queria ver se a Beth está se sentindo bem — disse Xavier, sem ligar para a recepção fria de Gabriel.

Reconheci que esta era minha deixa para dizer alguma coisa, mas as palavras me escapavam.

— Obrigada mais uma vez por trazer a minha irmã para casa — disse Ivy entrando na conversa, a única de nós que se lembrara das boas maneiras. — Gostaria de beber alguma coisa? Eu já estava indo fazer um chocolate quente.

— Obrigado, mas não posso demorar — disse Xavier.

— Bem, pelo menos sente um pouquinho — disse Ivy. — Gabriel, pode me dar uma mãozinha na cozinha?

Gabriel a seguiu com relutância.

Deixada sozinha com Xavier, eu estava consciente do quão absurdamente parados devíamos parecer, sem televisão à vista, meus irmãos fazendo chocolate quente e eu pronta para ir me deitar às oito horas.

— Belo cachorro — disse Xavier.

Fez menção de tocar em Phantom, que farejou cautelosamente sua mão antes de esfregar o nariz nela com entusiasmo. Parte de mim tinha a esperança de que Phantom grunhisse, assim eu teria pelo menos um motivo para encontrar algum defeito em Xavier. Mas ele parecia passar por todos os testes sem nenhum arranhão.

— Eu o achei hoje — disse eu.

— Achou? — Xavier ergueu uma sobrancelha. — Tem o hábito de adotar animais abandonados?

— Não — disse eu indignada. — A dona dele ia se mudar para um lar de idosos.

— Ah, ele deve ser o cachorro de Alice Butler.

— Como você sabe?

— Cidade pequena. — Xavier deu de ombros. — Fiquei preocupado com você ontem à noite.

Ele fitava o meu rosto com atenção.

— Agora estou bem — respondi trêmula. Tentei encontrar seus olhos, mas fiquei tonta e desviei o olhar.

— Você poderia ser mais cuidadosa com as pessoas que considera suas amigas.

Havia uma intimidade na maneira que ele falava comigo que fazia parecer que nos conhecíamos há muito tempo. Era inquietante e empolgante ao mesmo tempo.

— Não foi culpa da Molly — disse eu. — Eu devia saber das consequências.

— Você é muito diferente das garotas daqui — prosseguiu ele.

— Como assim?

— Você não sai muito, sai?

— Pode-se dizer que sou uma pessoa caseira.

— Acho que é uma boa mudança.

— Eu queria ser como todo mundo.

— Por que diz isso? Não faz sentido fingir ser alguém que você não é. Você poderia ter entrado numa fria ontem. — Ele sorriu. — Por sorte, eu estava lá para te socorrer.

Eu não sabia se ele estava falando sério ou fazendo uma piada.

— Como posso retribuir sua gentileza? — disse eu, no que esperava que soasse ligeiramente como um flerte.

— Tem uma coisa que você poderia fazer...

Ele deixou as palavras no ar sugestivamente.

— O quê?

— Sair comigo. Que tal no fim de semana que vem? Poderíamos ir ao cinema, se quiser.

Eu estava muito aturdida para responder. Será que eu tinha ouvido direito? Estaria Xavier Woods, o garoto mais inacessível da Bryce Hamilton, me convidando para sair? Qual era a resposta adequada? Onde estava Molly quando eu mais precisava dela? Minha hesitação durou uma fração de segundo a mais, fazendo com que ele interpretasse a demora como relutância.

— Tudo bem, se não estiver a fim.

— Não, eu gostaria de ir!

— Ótimo. Bem, que tal me dar seu telefone, e ponho você na agenda do meu celular? Podemos combinar os detalhes depois.

Ele tirou um aparelho preto lustroso do bolso do casaco de náilon. O aparelho ficou piscando na palma da sua mão. Eu ouvia barulho de louça na cozinha e sabia que não tinha tempo a perder.

— É mais fácil você me dar o seu e eu ligar — respondi rapidamente.

Ele não discutiu. Vi um jornal na mesa de centro, rasguei um pedaço do canto e entreguei a ele.

— Eu precisava de uma caneta.

Encontrei uma marcando a página de um livro com encadernação de couro que um dos meus irmãos andara lendo. Xavier escreveu os números e um bonequinho rindo no papel, que eu coloquei no bolso bem a tempo de sorrir para Gabriel e Ivy quando eles entraram trazendo uma bandeja com canecas.

Acompanhei Xavier à porta, onde seus olhos pararam um pouco no que eu estava vestindo. A intensidade desaparecera do seu rosto e aquele meio sorriso característico voltara.

— Por sinal, pijaminha simpático — comentou, e continuou me olhando com um ar de curiosidade.

Fui incapaz de desviar o olhar. Poderia facilmente olhar para o rosto dele o dia inteiro sem me entediar, pensei. Os humanos supostamente tinham defeitos físicos, mas não parecia ser o caso de Xavier. Reparei nas feições dele — sua boca em forma de arco, sua pele macia, a covinha no seu queixo — e me esforcei para acreditar que ele era real. Ele usava uma camisa esporte por baixo da jaqueta, e vi no seu pescoço um crucifixo de prata pendurado num cordão de couro que eu não tinha notado antes.

— Que bom que gostou — disse eu, me sentindo mais segura.

Ele riu, e sua risada era como o sino de uma igreja repicando.

Gabriel e Ivy tentaram não demonstrar o susto que levaram quando contei a eles sobre minha intenção de sair com Xavier no fim de semana seguinte.

— Acha realmente que é uma boa ideia? — perguntou Gabriel.

— Por que não seria? — desafiei.

Eu estava me deleitando com a ideia de tomar minhas próprias decisões, e não gostei que podassem minha independência tão depressa.

— Bethany, por favor, pense nas repercussões de uma atitude dessas — disse Ivy calmamente, mas estava franzindo o cenho com uma expressão apreensiva, o que era raro.

— Não há o que pensar. Vocês dois sempre exageram.

Eu mesma não estava convencida com o meu argumento inconsistente, mas me recusei a aceitar que havia razão para cautela.

— Acontece que *sair com o namorado* não é nem nunca foi parte da nossa missão.

A voz de Gabriel era cortante, e seu olhar, severo. Eu sabia que só estava alimentando suas dúvidas quanto a ser adequada para essa missão. Eu era muito suscetível aos caprichos e às fantasias dos humanos. Uma voz lá no fundo me dizia que eu devia dar um passo atrás e refletir — aceitar que uma ligação com Xavier era perigosa e egoísta, dadas as circunstâncias. Mas havia uma voz mais alta que abafava todos os outros pensamentos e exigia vê-lo de novo.

— Talvez não aparecer muito por uns tempos fosse mais sábio — sugeriu Ivy, num tom menos severo. — Por que não colaboramos com algumas ideias voltadas para o aumento da consciência social na cidade?

Ela soava como uma professora tentando conquistar os alunos para um projeto da escola.

— Essas ideias são suas, não minhas.

— Elas podem se tornar suas — insistiu Ivy.

— Quero encontrar o meu próprio caminho.

— Vamos discutir isto quando você estiver pensando com mais clareza — disse Gabriel.

— Não quero ser tratada como criança — disse eu secamente, me afastando com ar desafiador e estalando a língua para Phantom me acompanhar.

Juntos, sentamos no alto da escada, eu furiosa e Phantom esfregando o focinho no meu colo. Achando que eu estava muito longe para ouvi-los, meus irmãos continuaram a discussão na cozinha.

— Não consigo acreditar que ela seria capaz de estragar tudo por um capricho — dizia Gabriel. Eu o ouvia andando de um lado para o outro.

— Você sabe que a Bethany jamais teria a intenção de fazer isso.

Ivy tentava apaziguar as coisas. Ela odiava qualquer espécie de atrito entre nós.

— Pois então o que ela está fazendo? Será que ela tem alguma ideia do motivo de estarmos aqui? Sei que precisamos levar em conta a falta de experiência de Bethany, mas ela está sendo deliberadamente rebelde e teimosa, e eu não a reconheço mais. As tentações estão aí para nos testar. Estamos aqui só há algumas semanas, e ela não consegue achar forças para resistir aos encantos de um garoto bonitinho!

— Seja paciente, Gabriel. Isso ainda vai piorar.

— Ela põe minha paciência à prova! — disse ele, mas logo se controlou. — O que você sugere?

— Se não colocarmos obstáculos no caminho dela, esse interesse com certeza morrerá naturalmente; agora, se criarmos empecilhos, a situação ganhará uma importância pela qual vale a pena brigar.

O silêncio de Gabriel levou a crer que ele estava avaliando a sabedoria das palavras de Ivy.

— Com o tempo, ela vai entender que o que busca é impossível.

— Espero que você esteja certa — disse Gabriel. — Vê agora por que a participação dela nesta missão me preocupou?

— Ela não tem a intenção de nos desafiar — disse Ivy.

— Não, mas a profundidade da emoção dela não é comum para um de nós — retrucou Gabriel. — Nosso amor pela humanidade deve ser desapegado. Amamos a humanidade, não formamos vínculos individuais. Bethany parece amar profunda e incondicionalmente, como um humano.

— Já notei isso — disse minha irmã. — O que significa que o amor dela é mais forte que o nosso, mas também mais perigoso.

— Exatamente — concordou Gabriel. — Tamanha emoção muitas vezes não pode ser contida. Se deixarmos que se desenvolva, em breve ela pode estar fora do nosso controle.

Não esperei para ouvir mais e fui de fininho para o quarto, onde me atirei na cama quase chorando. Uma reação tão forte como aquela me surpreendeu, e a emoção contida me deixou com falta de ar. Eu sabia o que estava acontecendo. Estava deixando a carne falar mais alto e também os sentimentos que vinham com ela. Isso provocava uma sensação de incerteza e instabilidade como uma montanha-russa. Sentia o sangue correndo nas veias, os pensamentos ricocheteando na cabeça, o estômago se contraindo de frustração. Ressentia-me profundamente de ser discutida como se não fosse mais que uma experiência de laboratório. E a insinuação deles de que eu estava fazendo algo errado, sem falar na sua falta de confiança em mim, era perturbadora... Por que estavam tão determinados a me proibir a interação humana que eu tanto desejava? E o que exatamente Ivy queria dizer com "impossível"? Eles estavam agindo como se Xavier fosse um pretendente que não satisfizesse aos seus critérios. Quem eram eles para julgar algo que sequer tinha começado? Xavier Woods gostava de mim. Seja lá por que fosse, ele me considerava digna da sua atenção, e eu não ia deixar os temores paranoicos da minha família me afastarem dele. Estava espantada com minha disposição de aceitar a atração humana que sentia por Xavier. Meus sentimentos por ele aumentavam numa velocidade perigosa, e eu permitia que isso acontecesse. Deveria estar assustada com tudo aquilo, mas, em vez disso, fiquei intrigada com a dor no coração que eu sentia quando pensava em deixá-lo ir e com a contração de todos os músculos do meu corpo quando recordava as palavras do meu irmão. O que estava acontecendo comigo? Será que eu estava perdendo a divindade? Será que eu estava me tornando humana?

Dormi mal aquela noite e tive meu primeiro pesadelo. Já tinha me acostumado à experiência humana de sonhar, mas isso era diferente. Dessa vez, me vi levada perante um Tribunal Celeste, com um júri formado por figuras sem rosto e com vestes pesadas. Não conseguia distinguir uma da outra. Suas expressões eram impassíveis. Olhavam à frente e não se viravam para mim, embora eu as chamasse aos gritos. Eu aguardava o anúncio do veredicto e então percebi que já havia acontecido. Não havia ninguém para falar por mim, ninguém para me defender.

A próxima coisa de que tive consciência foi a queda. À minha volta, tudo que era familiar virava pó, as colunas do tribunal, as figuras togadas e, finalmente, os rostos de Gabriel e Ivy. E mesmo assim eu caía, despencando numa viagem sem fim para lugar nenhum. Então, tudo se imobilizou e fiquei presa num vácuo. Eu caíra de joelhos, a cabeça abaixada, as asas quebradas e sangrando. Não conseguia me levantar do chão. A luz começou a ficar fraca até uma escuridão sufocante me envolver, tão densa que eu não enxergava minhas próprias mãos diante do rosto. Nesse mundo sepulcral, fui deixada sozinha. Via a mim mesma como o suprassumo da vergonha, um anjo caído em desgraça.

Uma figura sombria com feições indistintas se aproximava. A princípio, meu coração palpitou esperançoso diante da possibilidade de ser Xavier. Mas qualquer esperança foi por água abaixo quando senti instintivamente que, o que quer que fosse, devia ser temido. Apesar da dor em minhas pernas e braços, arrastei-me para o mais longe possível. Suas feições se materializaram o suficiente para eu ver que o sorriso naquele rosto era um sorriso dominador. Nada mais restava a fazer, a não ser me deixar ser consumida pelas sombras. Isso era perdição. Eu estava perdida.

PELA MANHÃ, AS COISAS PARECIAM DIFERENTES, como geralmente acontece. Uma nova sensação de estabilidade me inundava.

Ivy entrou no quarto para me acordar, o perfume de frésia acompanhando-a como amas em seu encalço.

— Achei que você poderia querer um café — ofereceu.

— Estou aprendendo a gostar de café — disse, e dei um gole na xícara sem fazer careta. Ela sentou-se com rigidez na beira da cama.

— Nunca vi Gabriel tão zangado — comentei, ansiosa para resolver as coisas com ela. — Sempre achei que ele era meio que... infalível.

— Já pensou alguma vez que ele pode estar estressado por motivos próprios? Se as coisas não forem bem, ele e eu seremos os responsáveis pelo fracasso.

As palavras dela bateram em mim como um golpe físico, e senti meus olhos se encherem de lágrimas.

— Não quero perder o bom conceito de vocês.

— Não perdeu — disse tranquilizando-me. — Gabriel apenas quer te proteger. Ele só deseja poupar você de qualquer coisa que possa lhe causar sofrimento.

— Não consigo ver como sair com o Xavier poderia ser uma coisa ruim. O que você acha... honestamente?

Ivy não era hostil como Gabe, e, quando veio me dar a mão, vi que ela já havia perdoado minha transgressão. Mas sua postura rígida e a boca contraída me diziam que sua posição não mudara.

— O que eu acho é que precisamos ter cuidado para não começar o que não podemos continuar. Não seria muito justo, seria?

As lágrimas que eu andara contendo então jorraram. Fiquei ali sentada sendo dominada pela angústia enquanto Ivy me envolvia nos braços e afagava minha cabeça.

— Fui uma idiota, não fui?

Deixei a voz da razão falar mais alto. Eu mal conhecia Xavier Woods e duvidava que ele reagisse com um mar de lágrimas se descobrisse que não poderia me ver por uma razão qualquer. Eu estava agindo como se tivéssemos feito um pacto um com o outro, e de repente tudo aquilo me pareceu meio absurdo. Talvez estivesse sendo influenciada por *Romeu e Julieta*. Eu tinha a sensação de que havia uma ligação profunda e insondável entre mim e Xavier, mas talvez eu estivesse errada. Seria possível que tudo fosse fruto da minha imaginação?

Estava em meu poder esquecer Xavier. A questão era: será que eu queria? Não havia como negar que Ivy estava certa. Não éramos desse mundo e nada do que ele tinha ou podia oferecer dizia respeito a nós. Eu não tinha direito de me meter na vida de Xavier. Nosso papel era ser mensageiros, arautos da esperança e nada mais.

Quando Ivy foi embora, tirei o número do telefone de Xavier do bolso, onde tinha ficado a noite inteira. Abri o rolinho de papel e lentamente o rasguei em pedacinhos do tamanho de confetes. Fui até a minha estreita sacada e joguei os fragmentos ao vento. Fiquei observando com tristeza enquanto eram levados embora.

10
O REBELDE

Ignorar o convite de Xavier se mostrou uma tarefa mais fácil do que eu esperava, já que ele passou a semana seguinte inteira sem aparecer na escola. Após fazer algumas indagações discretas, descobri que ele estava numa colônia de remo. Sem correr o risco de topar com ele, fiquei mais relaxada. Não sabia ao certo se teria coragem de desistir do encontro se ele estivesse bem na minha frente, o cabelo castanho caído sobre aqueles límpidos olhos azuis. Para dizer a verdade, não sabia se seria capaz sequer de dizer muita coisa, tendo em vista minhas tentativas passadas de conversa.

Na hora do almoço, eu sentava com Molly e suas amigas no pátio, ouvindo sem muito entusiasmo aquela ladainha de reclamações sobre a escola, os garotos e os pais. As conversas em geral eram sempre iguais, e eu achava que já sabia as falas de cor. Hoje o baile de formatura era o tema da discussão — nenhuma surpresa.

— Ai, meu Deus, tanta coisa para resolver... — disse Molly, alongando-se no chão como uma gata. Suas amigas estavam espalhadas em volta dela, umas também no chão e outras nos bancos do jardim, as saias levantadas para maximizar o impacto do sol do início da primavera. Eu estava sentada de pernas cruzadas ao lado de Molly, puxando a saia timidamente para cobrir os joelhos.

— Ai, meu Deus, eu sei! — concordou Megan Judd. Ela tornou a deitar a cabeça no colo de Hayley e puxou a blusa para cima a fim de expor a barriga ao sol. — Ontem à noite, comecei a fazer uma lista de coisas a fazer. — Ainda deitada, ela abriu a agenda, onde colara etiquetas de estilistas como enfeite. — Vejam isso — prosseguiu ela, lendo uma página com o canto dobrado. — Marcar unhas à francesa. Procurar sapatos sexy. Comprar bolsa. Decidir que joias usar. Descobrir penteado de uma celebridade para copiar. Decidir entre bronzeador Crepúsculo Havaiano e Champanhe. Reservar limusine. E a lista continua...

— Você esqueceu a coisa mais importante: o vestido — disse Hayley.

As outras riram da omissão.

Eu não entendia bem como elas podiam discutir com tantos detalhes um evento que estava tão longe, mas achei melhor não comentar. Duvidava que minha contribuição seria apreciada.

— Vai custar os tubos — suspirou Taylah. — Vou acabar estourando meu orçamento e gastando cada dólar que ganhei naquela porcaria de padaria.

— Eu tenho a grana — disse Molly com orgulho. — Andei economizando o que ganho na loja desde o ano passado.

— Meus pais vão pagar tudo — gabou-se Megan. — Eles concordaram em pagar tudinho desde que eu passasse em todas as provas. Até um ônibus para a festa eles prometeram se a gente quiser.

As garotas estavam visivelmente impressionadas.

— Seja lá o que você faça, não leve bomba em nenhuma matéria — disse Molly.

— Ei, ela não faz milagres. — Hayley riu.

— Alguém já tem par? — perguntou uma outra.

Algumas das garotas tinham, e as que tinham namorado não precisavam se preocupar quanto a isso. As demais continuavam esperando desesperadamente que alguém as convidasse.

— Me pergunto se Gabriel vai — refletiu Molly, virando-se para mim. — Todos os professores estão convidados.

— Não tenho certeza — disse eu. — Ele costuma evitar esse tipo de coisa.

— Você devia convidar Ryan — sugeriu Hayley a Molly — antes que ele se comprometa com alguém.

— É, os bons são sempre os primeiros a conseguir um par — concordou Taylah.

Molly pareceu ofendida.

— A norma é essa, Hayley — disse. — O cara tem que fazer o convite.

Taylah bufou.

— Boa sorte com isso.

— Molly, você às vezes é muito burra — suspirou Hayley. — Ryan tem um metro e noventa, é imponente, louro e joga lacrosse. Ele pode até não ser a última bolacha do pacote, mas, mesmo assim, o que está esperando?

— Quero que ele me convide — disse Molly amuada.

— Talvez ele seja tímido — sugeriu Megan.

— Você sabe mesmo de quem estamos falando? — Taylah revirou os olhos. — Duvido que ele tenha problemas de autoestima.

Um debate sobre vestidos compridos *versus* vestidos passeio completo se seguiu. A conversa ficou tão banal que eu precisava encontrar uma forma de sair dali. Resmunguei alguma coisa em relação a ir à biblioteca para ver se um livro havia chegado.

— Ihhh, Beth, só o pessoal caído frequenta a biblioteca — disse Taylah. — Alguém pode te ver.

— E já temos que passar o quinto tempo lá para terminar aquela pesquisa idiota — gemeu Megan.

— Sobre o que era mesmo? — perguntou Hayley. — Algo a ver com política no Oriente Médio?

— Onde fica o Oriente Médio? — perguntou uma menina chamada Zoe, que sempre usava o cabelo louro amontoado no alto da cabeça como uma coroa.

— É uma região inteira perto do Golfo Pérsico — disse eu. — Pega o sudoeste da Ásia.

— Acho que não, Bethie — riu Taylah. — Todo mundo sabe que o Oriente Médio é na África.

Desejei encontrar Ivy, mas ela estava ocupada trabalhando na cidade. Tinha entrado para um grupo da igreja e já recrutava novos membros. Fizera emblemas promovendo o comércio justo e imprimira panfletos que pregavam sobre a injustiça das condições de trabalho no Terceiro Mundo. Dada a sua posição de deusa em Venus Cove, os números do grupo da igreja estavam aumentando. Os rapazes da cidade adquiriram o hábito de procurá-la e comprar muito mais emblemas do que qualquer um poderia usar na esperança de serem recompensados com o número de telefone dela ou apenas um tapinha agradecido nas costas. Ivy assumira a missão de fazer o papel de Mãe Terra em Venus Cove — queria trazer as pessoas de volta para a natureza. Acho que podíamos chamar isso de mentalidade ambientalista — comida orgânica, espírito comunitário e a força do mundo natural sobre as coisas materiais.

Portanto, me encaminhei para o prédio de música, à procura de Gabriel.

A ala de música ficava na parte mais antiga da escola. Ouvi uma cantoria vindo do salão principal, então abri suas pesadas portas de painel. O salão era amplo, com um pé-direito alto e paredes cobertas de retratos de diretores com expressões taciturnas. Gabriel estava diante de um atril regendo o coro do terceiro ano. Todos os coros tinham ganhado popularidade desde a chegada de Gabriel; na verdade, havia tantas novatas no coro do terceiro ano que o ensaio tinha que ser no auditório.

Gabriel estava ensinando um de seus hinos preferidos com uma harmonia quartal, acompanhado pela aluna representante de música, Lucy McCrae, ao piano. Minha entrada interrompeu o canto. Gabriel virou-se para saber o motivo da distração, e quando o fez, a luz passando pelo vitral se fundiu com seu cabelo dourado e por um momento ele pareceu estar em chamas.

Acenei para ele e fiquei ouvindo o coro recomeçar a cantar.

Aqui estou, Senhor. Sou eu, Senhor?
Ouvi-O chamando na noite.
Irei, Senhor, se me conduzir.
Levarei Seu povo em meu coração.

Mesmo com alguns dos cantores desafinando e a acompanhante num tom um pouco elevado, a pureza das vozes era extasiante. Fiquei até a sineta sinalizar o fim do almoço. A essa altura, eu sentia que, em boa hora, era como se aquilo fosse um lembrete da situação geral das coisas.

Os dias seguintes foram se emendando uns nos outros, e, quando vi, já era sexta-feira, e mais uma semana terminava. Segundo o que se falava pela escola, os remadores tinham voltado depois do almoço, mas eu não vira nenhum sinal deles e presumira que foram direto para casa. Fiquei me perguntando se Xavier teria entendido que eu me desinteressara dele, já que não o procurara. Ou será que ele ainda aguardava minha ligação? A ideia de que ele pudesse estar aguardando uma ligação que não viria me incomodava. E eu nem teria chance de me explicar, já que não via sinal dos remadores pelo colégio.

Enquanto arrumava a mochila, vi que alguém tinha encaixado um rolinho de papel numa das frestas de ventilação metálicas que ficavam no alto do meu armário. O rolinho caiu no chão quando abri a porta. Peguei-o e li a mensagem, escrita com uma letra irregular típica de um menino.

Caso mude de ideia, estarei no Cinema Mercury sábado às 9h.
Beijo.

Li aquilo várias vezes. Até por meio de um pedaço de papel, Xavier conseguia ter o mesmo efeito atordoante sobre mim. Manuseei o bilhete com todo cuidado, como se fosse uma relíquia antiga. Ele não desistia facilmente; eu gostava disso nele. Então essa é a sensação de ser perseguida, pensei. Queria pular por ali de tão empolgada, mas consegui manter a calma. No entanto, eu continuava com um sorriso no rosto quando encontrei Gabriel e Ivy. Parece que eu não conseguia obrigar os músculos da face a adotar uma máscara de serenidade.

— Você parece satisfeita consigo mesma — disse Ivy quando me viu.

— Me dei bem num teste de francês — menti.

— Esperava outra coisa?

— Não, mas mesmo assim é bom ver o resultado por escrito.

Surpreendeu-me a facilidade com que eu podia mentir. Eu devia estar melhorando nisso, o que não era bom.

Gabriel pareceu satisfeito de ver que eu estava mais animada. Eu sabia que ele andara se sentindo culpado. Odiava ver tristeza, que dirá ser a causa dela. Eu não o censurava por sua severidade; ele não tinha culpa de não conseguir entender o que eu estava vivendo. Estava focado em supervisionar nossa missão, e eu não conseguia imaginar a tensão que deve acompanhar uma tarefa como essa. Ivy e eu dependíamos dele, e os poderes do Reino confiavam em sua sabedoria. Era natural ele tentar evitar complicações, e isso era exatamente o que ele temia que o contato com Xavier pudesse trazer.

A euforia por ter recebido o bilhete de Xavier durou o resto da tarde e a noite. Mas, quando chegou sábado, eu já estava em conflito com minha própria consciência em relação ao que fazer. Queria desesperadamente ver Xavier, mas sabia que era um desejo imprudente e egoísta. Gabriel e Ivy eram a minha família e confiavam em mim. Eu não podia intencionalmente fazer nada que pudesse comprometer a posição deles.

A manhã de sábado foi relativamente tranquila. Fiz algumas tarefas domésticas e levei Phantom para correr na praia. Quando cheguei em casa e olhei para o relógio, vi que já estava quase no meio da tarde e comecei a ficar nervosa. Consegui esconder minha agitação durante o jantar, e depois Ivy cantou para nós com sua voz melodiosa, acompanhada por Gabriel num violão antigo. A voz de Ivy poderia levar às lágrimas o criminoso mais cruel. Quanto a Gabriel, cada nota que ele tocava era macia e cantarolada como se tivesse vida.

Por volta das oito e meia, subi para o meu quarto e tirei tudo de dentro do armário para fazer uma arrumação. Por mais que tentasse, não conseguia tirar Xavier da cabeça, e sua imagem tinha o impacto de um trem desgovernado nos meus pensamentos. Às cinco para as nove, tudo o que eu conseguia pensar era nele à minha espera, com os minutos se passando. Visualizei o momento em que ele percebia que eu não ia chegar. Imaginei-o dando de ombros, saindo do cinema e tocando a vida para a frente. A dor desse pensamento era difícil de aguentar, e, quando dei por mim, já tinha pegado a bolsa, aberto as portas da sacada e descido pela treliça em direção ao jardim. Fui vencida por um desejo ardente de ver Xavier, ainda que não falasse com ele.

Segui aos tropeções pela rua escura, virei à esquerda e continuei andando, na direção das luzes da cidade. Algumas pessoas viravam-se dentro dos carros que passavam para me olhar: uma garota pálida, com um ar fantasmagórico, correndo pela rua, os cabelos ao vento como flâmulas. Julguei ter visto a sra. Henderson olhando pelas venezianas da sua sala de estar, mas não fiquei pensando nisso.

Levei dez minutos para encontrar o Cinema Mercury. Passei por um café chamado The Fat Cat, que parecia lotado de estudantes. A música saía de uma *jukebox* e havia uma garotada sentada em sofás acolchoados, bebendo milk-shake ou dividindo tigelas de nachos. Alguns dançavam na pista quadriculada.

Passei pelo The Terrace, um dos restaurantes mais luxuosos da cidade, localizado no primeiro andar de um velho hotel vitoriano. As melhores mesas ficavam na varanda que pegava toda a frente do prédio, e eu avistei velas cintilando nos castiçais. Passei depressa pela padaria nova e pelo armazém onde encontrara Alice e Phantom havia poucas semanas. Quando cheguei ao cinema, eu ia tão depressa que passei a entrada e tive que voltar quando vi que tinha chegado ao fim da rua.

O cinema datava dos anos 1950 e fora reformado recentemente, sendo mantida a moda da época. Era cheio de móveis e objetos retrô. Os pisos eram de linóleo preto e branco encerado; havia sofás de vinil em tons de laranja queimado com pés de cromo, e luminárias que se pareciam com discos voadores. Eu me vi no espelho que ficava atrás do balcão das balas. Mal conseguia respirar de tanta empolgação e tinha uma expressão agitada devido à corrida.

O vestíbulo estava vazio quando cheguei, e não havia ninguém circulando perto do bar. Os cartazes dos filmes anunciavam uma maratona Hitchcock. Já devia ter começado. Ou Xavier tinha entrado sozinho, ou já tinha ido embora.

Ouvi pigarrearem forçadamente atrás de mim, como se faz para chamar atenção. Virei-me.

— Quando a gente perde o filme, já não é mais um atraso elegante. — Xavier estava usando seu sorriso irônico, bermuda de brim azul-marinho e uma camisa polo creme.

— Não posso ficar — disse eu ofegante. — Só vim para lhe dizer isso.

— Não precisava ter vindo correndo até aqui para me dar essa notícia. Podia ter ligado.

Xavier tinha um olhar brincalhão. Fiz força para pensar numa resposta que não parecesse ridícula. Meu primeiro impulso foi dizer que tinha perdido seu telefone, mas não quis mentir para ele.

— Já que está aqui — continuou —, que tal um café?

— E o filme?

— Posso assistir depois.

— Tudo bem, mas não posso ficar muito tempo. Ninguém sabe que saí — confessei.

— Tem um lugar a apenas dois quarteirões daqui, se não se incomodar de andar.

O CAFÉ SE CHAMAVA SWEETHEARTS. Xavier encostou nas minhas costas para me fazer entrar, e senti o calor da mão dele passar para a minha pele. Uma quentura estranha borbulhava dentro de mim até me dar conta de que sua mão estava bem no lugar onde minhas asas ficavam cuidadosamente dobradas. Afastei-me rapidamente com uma risada nervosa.

— Você é uma garota estranha — disse ele, parecendo desconcertado.

Fiquei agradecida quando ele pediu um reservado, pois eu não queria ficar exposta a olhares curiosos. Tínhamos chamado bastante atenção simplesmente ao andar juntos na rua. Dentro do café, havia alguns rostos que reconheci da escola, mas, como eu não conhecia os alunos pessoalmente, não se exigia que eu cumprimentasse ninguém. Vi Xavier acenando com a cabeça em várias direções antes de nos sentarmos. Seriam amigos dele? Eu me perguntava se nossa saída alimentaria os boatos na segunda-feira.

O lugar era acolhedor, e comecei a me sentir mais relaxada. A iluminação era fraca, e as paredes, cobertas de cartazes de filmes antigos. O cardápio oferecia uma variedade de milk-shakes, cafés, bolos e sundaes. Uma garçonete usando um par de tênis preto e branco anotou nosso pedido. Pedi um chocolate quente, e Xavier pediu um *latte*. A garçonete lhe deu um sorriso sedutor enquanto escrevia no bloco.

— Espero que tenha gostado do lugar — disse ele, quando a moça foi embora. — Venho sempre aqui depois dos treinos.

— É simpático. Você treina muito?

— Por duas tardes e em quase todos os fins de semana. E você? Já se envolveu em mais alguma coisa?

— Não, ainda estou decidindo.

Xavier respondeu com um gesto de cabeça.

— Essas coisas demoram. — Cruzou os braços confortavelmente no peito e recostou-se na cadeira. — Então, me fale de você.

Era o momento que eu temia.

— O que gostaria de saber? — perguntei com cautela.

— Primeiro, por que escolheu Venus Cove? Não é exatamente uma cidade em evidência.

— Exatamente por isso — respondi. — Pode-se dizer que foi uma decisão de estilo de vida. Estávamos cansados de viver para lá e para cá, queríamos nos instalar em algum lugar sossegado. — Eu sabia que aquela era uma resposta aceitável; não faltavam famílias que tinham se mudado por motivos semelhantes. — Agora me fale de você.

Acho que ele percebeu que eu tentava evitar mais perguntas, mas não tinha importância. Xavier se sentia bem falando e não precisava de estímulo. Diferentemente de mim, ele não via problema em mencionar informações pessoais. Contou anedotas sobre familiares e me deu uma versão abreviada da história da família Woods.

— Venho de uma família de seis irmãos e sou o segundo mais velho. Meu pai e minha mãe são médicos. Ela é clínica geral, e ele, anestesista. Claire, a mais velha, segue os passos dos meus pais e está no segundo ano de medicina. Mora na faculdade, mas vem para casa todos os fins de semana. Acabou de ficar noiva do namorado, Luke. Eles já estão juntos há quatro anos. Depois vêm as três irmãs mais novas: Nicola, com 15 anos, Jasmine, de oito, e Madeline, que acabou de fazer seis. O caçula é Michael, com quatro anos. Já está entediada?

— Não, é fascinante. Por favor, continue — insisti.

Achei os detalhes de uma família humana normal intrigantes e estava louca para ouvir mais. Será que eu estava com inveja da vida dele?

— Bem, estou na Bryce Hamilton desde o jardim de infância porque minha mãe insistiu em me pôr numa escola católica. Ela é conservadora. Está com meu pai desde que tinham 15 anos. Pode acreditar nisso? Eles praticamente cresceram juntos.

— Devem ter uma relação muito forte.

— Já tiveram seus altos e baixos, mas nunca houve nada que eles não conseguissem enfrentar.

— Parece uma família unida.

— É, nós somos, embora minha mãe possa ser um pouco superprotetora.

Imaginei que os pais de Xavier deviam ter grandes aspirações para o filho mais velho.

— Vai fazer medicina também?

— Provavelmente. — Ele deu de ombros.

— Não parece muito entusiasmado com isso.

— Bem, eu cheguei a me interessar por design por uns tempos, mas isso foi, digamos, *desencorajado*.

— Por quê?

— Não é considerada uma carreira séria, é? A ideia de ter investido tanto dinheiro na minha educação para eu acabar desempregado não empolga os meus pais.

— E quanto ao que você quer?

— Às vezes os pais sabem mais das coisas.

Ele parecia aceitar de bom grado as decisões dos pais, feliz em ser guiado por suas esperanças. Sua vida parecia já ter sido mapeada, e eu não o imaginava se desviando do curso estabelecido. Em relação a isso, nossas histórias eram parecidas: minha experiência humana vinha com limites e diretrizes estritos, e sair da linha não seria visto com bons olhos. Felizmente para Xavier, seus erros não provocariam a ira dos Céus. Em vez disso, seriam assumidos como experiência positiva.

Quando estávamos na metade das bebidas, Xavier decidiu que precisávamos de uma "injeção de açúcar" e pediu bolo de chocolate, que veio em uma fatia grossa com camadas de creme de chantilly e frutas vermelhas num prato branco e grande, com duas colheres compridas. Apesar da sua insistência para eu "avançar", fui comendo com delicadeza pelas beiradas. Quando terminamos, Xavier fez questão de pagar a conta e pareceu ofendido quando tentei pagar minha parte. Afastou minha mão e deixou uma nota dentro de um vidro com um rótulo em que estava escrito BOM CARMA antes de sairmos.

Só quando estávamos na rua me dei conta da hora.

— Eu sei, é tarde — disse Xavier, entendendo a minha expressão —, mas que tal uma pequena caminhada? Ainda não quero levá-la para casa.

— Já estou mais do que em apuros.

— Nesse caso, mais dez minutinhos não vão fazer diferença.

Eu sabia que devia encerrar a noite; Ivy e Gabriel certamente perceberam que eu tinha saído e deviam estar preocupados comigo. Não que eu não ligasse — eu simplesmente não conseguia me separar de Xavier um segundo antes do que eu era obrigada a fazê-lo. Quando eu estava perto dele, minha felicidade era tão intensa que o resto do mundo passava a não ser mais que um ruído de fundo. Era como se estivéssemos trancados dentro de uma bolha particular que só um terremoto seria capaz de romper.

Eu queria que a noite durasse para sempre.

Caminhamos até o fim da pista em direção à água. Quando chegamos, vi uma quermesse sendo montada numa passarela de madeira — uma atividade popular para famílias com crianças agitadas que precisavam variar um pouco as coisas depois de um inverno confinadas em casa. Uma roda-gigante girava ao vento, e víamos carrinhos de bate-bate espalhados em volta da pista. Um pula-pula amarelo em forma de castelo brilhava à luz do crepúsculo.

— Vamos dar uma olhada — disse Xavier com entusiasmo infantil.

— Acho que ainda nem abriu — retruquei. — Não vamos conseguir entrar. — Havia uma espécie de atmosfera cansada naquela quermesse que me fez relutar em explorá-la mais. — Além disso, já está quase escuro.

— Cadê o seu senso de aventura? Sempre podemos pular a grade.

— Não me importo em dar uma olhadinha, mas não vou pular grade nenhuma.

Como logo descobrimos, não havia grade alguma para pular, e entramos direto. Não havia muito o que ver. Alguns homens arrastando cordas e máquinas nos ignoraram. Uma mulher bronzeada fumava sentada nos degraus de um reboque. Usava um vestido colorido e pulseiras que chacoalhavam até os cotovelos, tinha rugas fundas em volta dos olhos e da boca, e seu cabelo preto era grisalho nas têmporas.

— Ah, amor jovem — disse ela ao nos ver. — Sinto muito, mocinhos, mas estamos fechados.

— Nos enganamos — disse Xavier delicadamente. — Já vamos embora.

A mulher deu uma longa tragada no cigarro.

— Gostariam que eu lesse a sorte de vocês? — perguntou. — Já estão aqui mesmo...

— A senhora é vidente? — perguntei.

Eu não sabia se me intrigava com aquilo ou se ficava cética. Era verdade que alguns humanos tinham uma consciência mais desenvolvida e eram capazes de ter o que poderíamos chamar de premonições, mas não passava disso. Alguns humanos podiam ver espíritos ou sentir a presença deles, mas o termo *vidente* me parecia um pouco presunçoso.

— Com certeza — disse a mulher. — Angela Messenger a seu dispor. — O nome dela me desconcertou um pouco. A semelhança com *anjo* era inquietante. — Vamos entrando, é de graça — acrescentou. — Pode ser que isso anime um pouco noite.

O trailer recendia a comida comprada pronta. Havia velas cintilando nas mesas e tapeçarias franjadas penduradas nas paredes. Angela fez sinal para que sentássemos.

— Você primeiro — disse a Xavier, pegando a mão dele e começando a estudá-la atentamente. A cara dele me dizia que ele estava achando aquilo tudo uma piada. — Bem, sua linha do coração é curva, o que significa que você é romântico. A linha curta da cabeça significa que você é objetivo e diz o que pensa. Estou sentindo uma forte energia azul vindo de você, o que indica que o heroísmo está no seu sangue, mas também que você está destinado a passar por um grande sofrimento. De que tipo, não posso ter certeza. Mas você deve ficar preparado para isso, porque não está muito distante.

Xavier tentou dar a impressão de que levava a sério o conselho dela.

— Obrigado — agradeceu. — Foi muito revelador. Sua vez, Beth.

— Não, prefiro não tentar.

— O futuro não é para ser temido, mas, sim, enfrentado — disse Angela.

O jeito como ela falou fez aquilo soar quase como um desafio.

Estendi a mão com relutância em sua direção. Apesar dos dedos ásperos e calejados, ela não tinha um toque desagradável. No instante em que abriu a minha mão, pareceu se contrair ligeiramente.

— Vejo branco — disse ela, os olhos fechados como se em transe. — Sinto uma felicidade indescritível. — Ela abriu os olhos. — Que aura incrível você tem. Deixe-me ver suas linhas. Aqui temos uma linha do coração forte e inteira, o que indica que você só vai amar uma vez na vida... Depois, vamos ver. Meu Deus! — Ela endireitou meus dedos e empurrou-os para trás para esticar a pele.

— O quê? — perguntei alarmada.

— É a sua linha da vida — disse a mulher, arregalando os olhos assustada. — Nunca vi nada parecido antes.

— O que tem a minha linha da vida? — perguntei impacientemente.

— Minha querida — o tom de voz da mulher virou um mero sussurro —, você não tem.

VOLTAMOS PARA O CARRO DE XAVIER calados e constrangidos.

— Bem, foi estranho — disse ele finalmente, quando abriu a porta e eu entrei.

— Foi mesmo — concordei, tentando soar alegre. — Mas quem acredita em videntes?

Xavier tinha acabado de tirar carteira de motorista e dirigia o seu presente de Natal, um conversível azul-celeste de 1956 reformado. Ligou o motor e engrenou o carro antes de sintonizar numa estação de rádio comercial. Os tons melodiosos do locutor davam as boas-vindas aos ouvintes do seu programa, *Jazz após o anoitecer*. Vi que o carro de Xavier tinha um cheiro gostoso — uma combinação de bancos de couro e um perfume de madeira seco que devia ser da colônia dele.

Como só andara rapidamente em nosso jipe híbrido, não estava preparada para o ronco do motor antigo dando partida e me espremi contra o banco do carona. Xavier olhou para mim e ergueu as sobrancelhas.

— Tudo bem aí?

— Tem certeza de que esse carro é seguro?

— Acha que eu sou barbeiro? — Ele deu uma risadinha.

— Confio em você. Só não sei se confio nos carros.

— Se estiver preocupada com segurança, talvez queira seguir o meu exemplo e colocar o cinto.

— Colocar o quê?

Xavier balançou a cabeça incrédulo.

— Você me preocupa — murmurou.

— Você vai ter problemas? — perguntou ele quando paramos em frente à minha rua.

Vi que tinham deixado a luz da varanda acesa e deviam ter notado minha fuga.

— Não me importo muito — respondi. — Eu me diverti.

— Eu também.

O crucifixo no pescoço dele reluziu rapidamente ao luar.

— Xavier... — comecei hesitante. — Posso lhe perguntar uma coisa?

— Claro.

— Bem, eu só estava pensando... por que você me convidou para sair? É que Molly me contou sobre... bem... sobre...

— A Emily? — suspirou Xavier. — O que ela disse? — Um tom defensivo tinha se insinuado na voz dele. — As pessoas simplesmente não conseguem deixar isso para lá, não é? Esse é o problema das cidades pequenas. Todo mundo adora uma fofoca.

Achei difícil encarar o olhar dele. Senti que tinha atravessado uma fronteira e que não podia voltar atrás.

— Ela disse que você nunca quis muito sair com nenhuma outra garota. Então acho que só estou curiosa... por que eu?

— A Emily não era só minha namorada — disse Xavier. — Era a minha melhor amiga. A gente se entendia, e é difícil explicar isso. Nunca conseguirei substituí-la. Mas quando conheci você... — Ele deixou a frase no ar.

— Sou parecida com ela?

Ele riu.

— Não, em nada. Mas com você tenho a mesma sensação que tinha com ela.

— Que tipo de sensação?

— Às vezes a gente conhece uma pessoa e simplesmente encaixa. A gente se sente bem com ela, como se a conhecesse a vida inteira, e não precisa fingir ser o que não é.

— Acha que a Emily se importaria? — perguntei. — Que você se sinta assim comigo?

Xavier sorriu.

— Onde quer que esteja, ela gostaria de me ver feliz.

Eu sabia exatamente onde ela estava, mas achei melhor não dividir essa informação com Xavier naquela hora. Já tinha sido esquisito o suficiente eu ter tido dificuldade com o cinto de segurança e a minha mão não ter a linha da vida. Achei que essas surpresas talvez já fossem o bastante por uma noite.

Ficamos em silêncio por alguns minutos, nenhum de nós querendo quebrar o clima.

— Você acredita em Deus? — acabei perguntando.

— Você é a primeira pessoa que me pergunta isso — disse Xavier. — Quase todo mundo acha que religião é uma questão de estilo.

— Então acredita?

— Acredito numa força superior, numa energia espiritual. Acho a vida muito complexa para ser um mero acaso, não concorda?

— Totalmente.

Saí do carro de Xavier naquela noite com a certeza de que o mundo tal como eu o conhecia mudara irrevogavelmente. Tudo no que eu conseguia pensar enquanto subia os degraus para a porta de entrada não era o sermão que me aguardava, mas quanto tempo faltava para eu tornar a vê-lo. Havia muito o que conversar com ele.

11
DE CABEÇA PARA BAIXO

Nem foi preciso eu bater para a porta abrir. Ivy estava ali parada, com cara de preocupação. Gabriel estava sentado na sala com uma expressão glacial. Poderia ser uma figura num quadro, de tão imóvel que estava. Normalmente, isso provocaria um remorso avassalador em mim, mas eu continuava ouvindo a voz de Xavier e me lembrando da mão forte dele nas minhas costas enquanto entrávamos no Sweethearts e do cheiro fresco da colônia dele.

No fundo, quando desci da sacada, sabia que Gabriel sentiria a minha ausência quase imediatamente. Ele também adivinharia onde eu fora e com quem eu estava. Eu sabia que a ideia de ir me procurar lhe teria passado pela cabeça, só para ser descartada logo em seguida. Nem ele, nem Ivy iam querer chamar atenção sobre nós tão publicamente.

— Vocês não deviam ter esperado acordados, eu não corria perigo nenhum — disse eu. Sem querer falei num tom frio, mais agressivo do que arrependido. — Sinto muito se preocupei vocês — acrescentei, pensando melhor.

— Não, não sente, Bethany — disse Gabriel brandamente. Ele ainda não tinha levantado a cabeça. — Se sentisse, não teria feito o que fez.

Odiei o fato de ele não olhar para mim.

— Gabe, por favor — comecei, mas ele me calou erguendo a mão em protesto.

— Eu estava apreensivo quanto a você vir conosco nessa missão, e você demonstrou ser totalmente inconstante. — Pela expressão dele, parecia que as palavras tinham lhe deixado um gosto ruim na boca. — Você é jovem e inexperiente. Sua aura é mais quente e mais humana do que a de qualquer outro anjo que já conheci, e mesmo assim você foi escolhida. Senti que teríamos problemas com você, mas os outros acharam que tudo daria certo. Mas vejo que já tomou a sua decisão. Optou por dar prioridade a um capricho em detrimento da sua família.

Ele se levantou bruscamente.

— Será que não podemos pelo menos conversar sobre isso? — perguntei.

Aquilo tudo estava soando muito dramático, e eu tinha certeza de que, se eu conseguisse fazer com que Gabriel compreendesse, não precisava ser assim.

— Agora não. É tarde. O que quer que você queira dizer pode esperar até amanhã de manhã.

E, com isso, ele nos deixou.

Ivy me olhou, com os olhos arregalados e tristes. Odiei terminar a noite com aquele tom azedo, especialmente levando em conta que, minutos antes, eu estava explodindo de felicidade.

— Gostaria que Gabriel não fizesse esse discurso de profeta do apocalipse — disse eu.

Ivy de repente pareceu cansada.

— Ah, Bethany, não fale assim! O que você fez hoje foi errado, mesmo que ainda não consiga ver isso. Talvez não entenda o nosso conselho agora, mas o mínimo que pode fazer é analisar o seu comportamento antes que as coisas fujam do controle. Você vai se dar conta de que isso não passa de uma paixonite. Seus sentimentos por esse menino vão passar.

Ivy e Gabriel falavam em enigmas. Como esperavam que eu enxergasse um problema, se eles mal conseguiam articulá-lo? Eu sabia que minha saída com Xavier era um pequeno desvio dos planos, mas que mal havia naquilo? O que adiantava estar na Terra e ter experiências humanas se fôssemos fingir que elas não importavam? Independentemente do que meus irmãos julgassem melhor, eu não queria que meus sentimentos por Xavier *passassem*. Isso dava a impressão de que ele era um resfriado ou um vírus que acabaria saindo do meu organismo. Eu nunca experimentara um desejo tão ardente pela presença de alguém. Um dizer que lera em algum lugar me passou pela cabeça: "O coração quer o que o coração deseja." Não me lembrava de onde vinha essa máxima, mas quem quer que a tivesse escrito estava certo. Se Xavier era uma doença, eu não queria ficar boa. Se a minha atração por ele constituía uma ofensa que poderia provocar uma represália divina, que assim fosse. Que o Céu caísse na minha cabeça. Eu não me importava.

Ivy subiu para o quarto e fiquei sozinha com Phantom, que parecia saber instintivamente do que eu precisava. Chegou perto de mim e meteu o focinho atrás dos meus joelhos, sabendo que isso me obrigaria a abaixar para afagá-lo. Pelo menos um habitante da casa não me odiava.

Subi e me despi, largando as roupas amontoadas no chão. Não tinha sono; em vez disso, estava abatida, me sentindo presa numa armadilha. Entrei no chuveiro e deixei a água quente massagear meus ombros e relaxar os músculos contraídos. Embora tivéssemos concordado em nunca fazer isso em casa pensando na hipótese de podermos ser vistos, soltei um pouco as asas até elas colarem no vidro do boxe. Elas estavam dormentes depois de tanto tempo fechadas, e senti seu peso dobrar à medida que absorviam água. Inclinei a cabeça para trás, deixando a água escorrer pelo rosto. Ivy me pedira para pensar no que eu estava fazendo, mas, pela primeira vez, eu não queria pensar, só queria *ser*.

Sequei-me apressadamente e, com as asas ainda molhadas, me joguei na cama. A última coisa que eu queria era magoar meus irmãos, mas meu coração parecia virar pedra sempre que eu pensava em nunca mais tornar a ver Xavier. Desejei que ele estivesse no meu quarto naquele momento. Eu sabia o que eu lhe pediria: me acompanhar na saída da minha prisão. E sabia que ele não hesitaria. Na minha imaginação, eu era a donzela amarrada aos trilhos do trem, e o rosto do meu algoz ora era o do meu irmão, ora o da minha irmã. Percebi que eu estava sendo irracional, transformando a situação num melodrama, mas era mais forte que eu. Como poderia explicar à minha família que Xavier era muito mais que um garoto de quem eu estava gostando? Tivéramos apenas alguns encontros rápidos e tínhamos saído juntos uma vez, mas isso era irrelevante. Como eu podia fazê-los enxergar que um encontro semelhante era improvável mesmo se eu passasse mil vidas na Terra? Eu ainda tinha a minha sabedoria celestial e sabia disso com a mesma certeza que sabia serem numerados os meus dias nesse planeta verdejante.

O que eu não conseguia prever, e não ousava perguntar, era o que aconteceria quando os poderes do Reino ficassem cientes da minha transgressão. Não imaginava que a reação fosse branda. Mas será que era pedir demais um pouco de compaixão e compreensão? Eu não merecia isso tanto quanto qualquer ser humano, que seria perdoado sem se pensar duas vezes? Perguntava-me o que aconteceria depois. Será que eu seria chamada de volta em desgraça? Senti um arrepio passar pelo corpo só de pensar nisso, mas então a lembrança do rosto de Xavier me aqueceu mais uma vez.

A questão não foi levantada na manhã seguinte nem durante o resto do fim de semana. Na segunda-feira de manhã, Gabriel executou o ritual de preparar o café em silêncio. E o silêncio continuou até chegarmos aos portões da Bryce Hamilton e nos separarmos.

Molly e suas amigas foram uma distração bem-vinda. Deixei a conversa delas entrar por um ouvido e sair pelo outro;

assim eu não pensava. Hoje a diversão delas era dissecar os últimos deslizes na moda dos professores menos apreciados. Segundo as meninas, o cabelo do sr. Phillips parecia ter sido cortado com uma máquina de cortar grama; a srta. Pace usava umas saias que funcionariam melhor como tapete; e a sra. Weaver, com o cós das calças de alfaiataria metido embaixo dos peitos, fora apelidada de "Harry Calça-Alta". Quase todas elas viam os professores como alienígenas, que não mereciam ser tratados com educação, mas, apesar das risadas delas, eu sabia que suas brincadeiras não tinham maldade; elas só estavam entediadas.

Logo a conversa se voltou para questões mais importantes.

— Animem-se, porque vamos fazer compras em breve! — disse Hayley. — Estamos pensando em ir de trem à cidade olhar as butiques na Punch Lane. Molly, você vem?

— Conte comigo — respondeu Molly. — E você, Beth?

— Eu nem sei se vou ao baile — respondi.

— Por que você sequer pensaria em perder esse baile?

Molly parecia horrorizada, como se só o apocalipse fosse uma desculpa plausível para não ir.

— Bem, em primeiro lugar, não tenho ninguém para ir comigo.

Não confessei isso a Molly, mas vários garotos já tinham tocado no assunto quando me encontravam sozinha no intervalo das aulas. Esquivara-me de todos eles com respostas evasivas. Disse a todos os que me convidaram que não tinha certeza se iria, o que não era de todo mentira. Estava tentando ganhar tempo e, no fundo, torcendo para que Xavier me convidasse.

Uma garota chamada Montana revirou os olhos.

— Não se preocupe com isso. O vestido é muito mais importante. Na hora do desespero, você sempre encontra alguém.

Estava prestes a dizer alguma coisa sobre verificar minha agenda quando senti um braço forte envolver meus ombros.

O grupo ficou petrificado, os olhares fixos no espaço acima da minha cabeça.

— Oi, meninas, não se importam se eu roubar a Beth um minuto, se importam? — perguntou Xavier.

— Bem, a gente estava no meio de uma conversa importante — retrucou Molly.

Apertou os olhos desconfiada e me lançou um olhar de expectativa.

— Vou trazê-la de volta já, já — disse Xavier.

Havia uma certa intimidade na maneira como ele me tratava que elas não deixaram de perceber. Apesar de ter gostado, fiquei ao mesmo tempo constrangida por ser de repente o centro das atenções. Xavier me conduziu a uma mesa vazia.

— O que está fazendo? — murmurei.

— Parece que estou adquirindo o hábito de socorrer você — respondeu ele. — Ou queria passar o resto do almoço falando de bronzeadores e aplique de cílios?

— Como você sabe dessas coisas?

— Irmãs — respondeu ele.

Ele se sentou confortavelmente à mesa, ignorando os olhares de rabo de olho que vinham de todos os lados da cantina em nossa direção. Alguns pareciam sentir inveja, outros estavam simplesmente curiosos. Xavier escolhera sentar-se comigo quando quase todas ali o teriam recebido de braços abertos e cobiçado sua companhia.

— Parece que estamos chamando atenção — comentei, dando uma risadinha.

— As pessoas gostam de fofocar, não podemos evitar isso.

— Por que não está com os seus amigos?

— Você é mais interessante.

— Não tenho nada de interessante — disse eu, um tom de pânico se insinuando em minha voz.

— Discordo. Até sua reação ao ser chamada de interessante é interessante.

Fomos interrompidos por dois meninos mais novos se aproximando da nossa mesa.

— Oi, Xavier. — O mais alto deles o cumprimentou com um respeitoso movimento de cabeça. — O torneio de natação foi incrível. Ganhei quatro de seis eliminatórias.

— Boa, Parker — disse Xavier, assumindo com facilidade seu papel de representante e mentor da escola. — Sabia que íamos dar um pé na bunda da Westwood.

O garoto riu orgulhoso.

— Acha que consigo entrar no nacional? — perguntou ansioso.

— Não me espantaria. O treinador estava bem satisfeito. Só não perca o treino da semana que vem.

— Deixa comigo, cara — disse o garoto. — Vejo você quarta-feira!

Xavier fez que sim com a cabeça e um tocou o punho do outro.

— A gente se vê, garoto.

Vi imediatamente que Xavier sabia lidar com as pessoas; era afável sem alimentar intimidade. Quando o garoto foi embora, ele tornou a ficar com uma expressão concentrada, como se o que eu tinha a dizer fosse muito importante. Aquilo me deixou arrepiada, com os cantos da boca se contraindo num sorriso. Sentia um rubor me subindo no peito e se espalhando até meu rosto...

— Como você faz isso? — perguntei para disfarçar meu constrangimento.

— O quê?

— Falar com as pessoas com tanta facilidade.

Xavier deu de ombros.

— É o que se espera. Ei, quase esqueci, arrastei você até aqui para devolver uma coisa. — Ele puxou do bolso do blazer uma pluma branca comprida e iridescente com pontinhos cor-de-rosa. — Achei isso no meu carro ontem à noite depois que levei você em casa.

Peguei rapidamente a pluma da mão dele e deslizei-a para dentro da minha agenda. Não tinha ideia de como ela fora parar no carro de Xavier. Minhas asas estavam devidamente guardadas.

— Amuleto de sorte? — perguntou Xavier, os olhos turquesa observando meu rosto com curiosidade.

— Mais ou menos isso — respondi com cautela.

— Você parece preocupada; algum problema?

Fiz que não com a cabeça rapidamente e desviei o olhar.

— Sabe que pode confiar em mim.

— Na verdade, ainda não sei.

— Você vai ver à medida que passarmos mais tempo juntos — disse ele. — Sou um cara bastante leal.

Eu não o escutava. Estava muito ocupada examinando os rostos no amontoado de gente que nos observava, pensando na hipótese de algum deles pertencer a Gabriel. Os temores do meu irmão não pareciam tão infundados agora.

— Não me assombre com seu entusiasmo.

Xavier riu. As palavras dele me trouxeram de volta à realidade com um sobressalto.

— Sinto muito — disse eu. — Estou um pouco preocupada hoje.

— Posso ajudar em alguma coisa?

— Acho que não, mas obrigada por perguntar.

— Guardar segredo não é saudável para um relacionamento sério, sabia?

Xavier cruzou os braços confortavelmente no peito e se recostou na cadeira.

— Quem falou em relacionamento? Além disso, a gente não tem que dividir tudo; não é como se fôssemos casados.

— Quer casar comigo? — perguntou Xavier, fazendo alguns rostos curiosos se virarem para nós. — Tinha pensado que começaríamos devagar para vermos como as coisas iam acontecer, mas caramba!

Revirei os olhos.

— Fale baixo, ou serei obrigada a lhe dar um peteleco.

— Ah — caçoou ele. — A pior ameaça. Acho que nunca levei um peteleco antes.

— Está sugerindo que não consigo machucar você?

— Pelo contrário, acho que você tem o poder para fazer um grande estrago.

Olhei para ele confusa e depois corei profundamente quando a ficha caiu.

— Muito engraçado — disse eu secamente.

O braço dele pousado na mesa encostou no meu. Algo dentro de mim despertou.

Não havia nada que eu pudesse fazer quanto a isso. Minha ligação com Xavier foi instantânea e abrasadora. De repente, minha vida antiga parecia distante. Eu estava certa de que não almejava o Céu como sabia que faziam Gabriel e Ivy. Para eles, a vida na Terra era um lembrete diário das limitações da carne. Para mim, era um lembrete das maravilhas de ser humana.

Fiquei craque em disfarçar meus sentimentos por Xavier na frente dos meus irmãos. Sabia que eles estavam cientes do que eu sentia, mas, se desaprovavam isso, deviam ter feito um pacto para manter a desaprovação entre eles. Por isso, eu estava agradecida. Sentia uma distância entre nós que não existia antes. Nossa relação parecia mais frágil, e havia silêncios desconfortáveis à mesa de jantar. Toda noite, eu adormecia enquanto eles conversavam em voz baixa e eu tinha certeza de que minha desobediência era o tema da discussão. Optei por não fazer nada em relação à distância crescente entre nós, mesmo sabendo que poderia me arrepender depois.

Por ora, eu tinha outras coisas para pensar. De repente, aguardava com ansiedade a hora de me levantar de manhã e pular da cama, sem precisar que Ivy me despertasse. Ficava na frente do espelho, fazendo experiências diferentes com o cabelo, tentando analisar minha aparência com os olhos de Xavier. Mentalmente, eu repassava trechos de conversa, tentando determinar a impressão que eu causara. Por vezes, ficava satisfeita com um comentário espirituoso que eu fizera; em outras, eu me censurava por ter dito ou feito algo desajeitado. Inventei o passatempo de pensar em ditados afiados e os memorizava para uso futuro.

Eu invejava Molly e sua turma. O que elas consideravam natural eu nunca poderia ter: um futuro neste planeta. Elas teriam suas próprias famílias, suas carreiras para explorar e uma vida de lembranças para dividir com os parceiros que escolhessem. Eu era apenas uma turista vivendo um tempo emprestado. Isso por si só me dava a consciência de que deveria conter meus sentimentos por Xavier ao invés de deixá-los aflorar ainda mais. Mas se eu havia aprendido algo sobre romance adolescente, era que a duração não ditava a intensidade. Três meses eram a norma, seis meses marcavam um ponto de virada, e, se chegasse a um ano, o casal estava praticamente noivo. Não sabia quanto tempo eu tinha na Terra, mas, quer fosse um mês ou um ano, não estava disposta a desperdiçar um único dia. Afinal, cada minuto passado com Xavier formaria a base de recordações de que eu precisaria para me sustentar pela eternidade.

Colecionar tais recordações não se mostrou uma tarefa difícil porque logo não se passava um dia sem que eu tivesse alguma forma de interação com ele. Sempre procurávamos um ao outro na escola quando tínhamos um tempo livre. Às vezes, nosso contato não passava de uma conversa rápida perto dos armários ou de um almoço em que sentávamos juntos. Quando não estava em aula, ficava em estado de alerta, olhando para trás, tentando vê-lo saindo do vestiário, aguardando o momento em que ele subia ao palco nas assembleias ou apertando os olhos para identificá-lo entre os jogadores no campo de futebol. Molly sarcasticamente sugeriu que eu poderia precisar de óculos.

Nas tardes em que não tinha treino, Xavier me acompanhava até em casa, insistindo em levar minha mochila. Não perdíamos a chance de prolongar a caminhada pegando um desvio pela cidade e parando no Sweethearts, que logo passou a ser o "nosso lugar".

Às vezes, conversávamos sobre o nosso dia; às vezes, ficávamos confortavelmente calados. Eu me satisfazia só de olhar para ele, coisa que eu nunca cansava de fazer. Era capaz de ficar hipnotizada por seu cabelo macio, seus olhos da cor do oceano, seu hábito de erguer uma sobrancelha. Seu rosto era tão encantador quanto uma peça de arte. Com meus sentidos aguçados, aprendi a identificá-lo por seu cheiro característico. Sempre sabia quando ele estava perto, antes mesmo de enxergá-lo, pelo perfume puro de madeira no ar.

Às vezes, em tardes ensolaradas, eu olhava em volta furtivamente, esperando uma represália celestial. Imaginava que olhos ocultos me observavam, reunindo provas da minha má conduta. Mas nada acontecia.

Foi principalmente por causa de Xavier que, de forasteira, passei a fazer parte da vida da Bryce Hamilton. Devido à minha ligação com ele, descobri que a popularidade era contagiosa. Se as pessoas podiam ser culpadas por associação, também por associação podiam ganhar reconhecimento. Quase da noite para o dia, passei a ser aceita simplesmente por estar entre os amigos de Xavier Woods. Até Molly, que no início havia desencorajado meu interesse por ele, parecia ter aceitado a ideia. Quando estávamos juntos, Xavier e eu sempre recebíamos olhares, mas agora as pessoas olhavam mais por admiração do que por surpresa. Eu notava a diferença mesmo quando estava sozinha. As pessoas acenavam simpaticamente para mim quando passava por elas no corredor, batiam papo comigo na sala de aula enquanto o professor não chegava e perguntavam como eu tinha me saído no último teste.

Meu convívio com Xavier na escola era limitado pelo fato de que, em geral, fazíamos matérias diferentes. Do contrário, eu correria o risco de andar atrás dele como um cachorrinho. Além da aula de francês, que fazíamos juntos, o forte dele era matemática e ciência, enquanto eu era atraída pelas artes.

— Literatura é minha matéria preferida — anunciei-lhe um dia na cantina, como se aquela fosse uma descoberta vital. Estava com meu manual de termos literários e o abri aleatoriamente numa página. — Aposto que você não sabe o que é *enjambement*.

— Não sei, mas deve doer — disse Xavier.

— É quando a frase de um verso corre para o verso seguinte.

— Não seria mais fácil seguir se a gente simplesmente colocasse pontos?

Esta era uma das coisas de que eu gostava em Xavier, sua visão do mundo tão prática. Achei engraçado.

— Talvez, mas poderia não ser tão interessante.

— Honestamente, do que você gosta tanto em literatura? — perguntou ele com um interesse genuíno. — Odeio o fato de não haver resposta certa ou errada. Tudo é aberto à interpretação.

— Bem, gosto do modo como cada pessoa pode ter uma compreensão completamente diferente da mesma palavra ou da mesma frase — disse eu. — A gente pode passar horas discutindo o significado por trás de um poema e no fim não chegar a nenhuma conclusão.

— E isso não frustra você? Não quer saber a resposta?

— Às vezes é melhor parar de tentar entender o sentido das coisas. A vida não é totalmente nítida, sempre há áreas um pouco turvas.

— Minha vida é nítida — disse Xavier. — A sua não?

— Não — disse eu com um suspiro, pensando no conflito contínuo com meus irmãos. — Meu mundo é confuso. Fica cansativo às vezes.

— Talvez eu tenha que mudar o seu mundo — retrucou Xavier.

Entreolhamo-nos em silêncio por alguns momentos e tive a sensação de que seus olhos azuis brilhantes podiam enxergar o que estava na minha cabeça e arrancar meus pensamentos e sentimentos mais íntimos.

— Sempre dá para identificar os alunos de literatura — prosseguiu ele rindo.

— É mesmo? Como?

— São os que andam de boina com aquela cara de sei-uma-coisa-que-você-não-sabe.

— Isso não é justo! — contestei. — Eu não sou assim.

— Não, você é muito autêntica para isso. Não mude nunca, e sob hipótese alguma comece a usar boina.

— Vou fazer o possível — disse eu, rindo.

A sineta tocou, sinalizando o início da próxima aula.

— O que você tem agora? — perguntou Xavier.

Acenei alegremente com meu glossário de termos literários bem diante de seu nariz como resposta.

Sempre gostava de ir para a aula de literatura com a srta. Castle. Era uma turma eclética, embora fôssemos apenas 12 alunos. Havia duas garotas góticas de cara emburrada, que usavam delineador preto e com os rostos tão empoados de branco que parecia que elas nunca tinham visto o sol. Havia um grupo de garotas estudiosas de fita no cabelo e com estojos de lápis bem-equipados que eram obcecadas por notas e, como não paravam de fazer anotações, não conseguiam contribuir para as discussões em sala. Havia apenas dois garotos: Ben Carter, que era pretensioso mas astuto, usava um corte de cabelo alternativo e adorava uma discussão; e Tyler Jensen, um jogador de rúgbi musculoso, que invariavelmente chegava atrasado e passava a aula toda sentado com uma expressão atordoada sem dizer uma palavra. Sua presença na turma era um mistério para todos.

Devido ao tamanho da turma, tínhamos sido relegados a uma sala de aula apertada na parte antiga da escola junto às salas da administração. Como a sala não era usada para nenhum outro fim, tínhamos autorização para mudar os móveis de lugar e pregar cartazes. Meu preferido era um de Shakespeare retratado como pirata usando um brinco. A única vantagem da sala era a vista do gramado da frente e da rua ladeada de palmeiras. Diferentemente de outras matérias, o clima na aula de literatura nunca poderia ser descrito como monótono. Em vez disso, o próprio ar parecia repleto de ideias competindo para serem ouvidas.

Eu sentava ao lado de Ben e o observava procurar suas bandas preferidas no laptop, um hábito que ele mantinha mesmo depois de começada a aula. A srta. Carter chegava trazendo uma caneca de café e braçadas de folhas. Era uma mulher alta e esguia de uns quarenta e poucos anos, com uma basta cabeleira escura e cacheada e olhos sonhadores. Sempre usava óculos de aro pesado pendurados num fino cordão vermelho no pescoço e blusas em tons pastéis. A julgar por sua postura e por sua maneira de falar, ela se sentiria melhor num romance de Jane Austen, em que as mulheres andavam de carruagem e os comentários espirituosos atravessavam os salões como fagulhas. Ela era apaixonada pela linguagem e, independentemente do texto que estivéssemos estudando, sempre se identificava com a heroína. Sua aula era tão animada que as pessoas às vezes paravam para olhar a nossa sala, onde viam a srta. Castle esmurrando a mesa, disparando perguntas ou gesticulando loucamente para ilustrar um argumento. Não me surpreenderia se entrasse na sala um dia e a encontrasse de pé em cima da mesa ou se balançando nas luminárias.

Começamos o semestre estudando *Romeu e Julieta*, em conjunto com os sonetos de amor de Shakespeare. Depois ficamos encarregados da tarefa de escrever nossos próprios poemas de amor, que seriam recitados para a turma. As garotas estudiosas, que nunca tinham precisado usar a imaginação antes, entraram em pânico. Isso era algo que elas não podiam procurar na internet.

— Não sabemos sobre o que escrever! — gemeram. — É muito difícil.

— Limitem-se a pensar um pouco no assunto — disse a srta. Castle, com seu tom de voz tipicamente otimista.

— Nada de interessante acontece conosco.

— Não tem que ser pessoal — induziu ela. — Pode ser algo totalmente fictício.

As garotas continuavam sem inspiração.

— Pode nos dar um exemplo? — insistiram.

— Passamos o semestre inteiro vendo exemplos — disse a srta. Castle num tom abatido. Então teve a ideia para um bom ponto de partida. — Pensem nas qualidades que acham atraentes num garoto.

— Bem, acho que inteligência é muito importante — disse uma menina chamada Bianca.

— Obviamente, ele deve gostar de dar presentes — disse sua amiga, Hannah, com uma voz aflautada.

A srta. Castle parecia não saber o que dizer. A contribuição de um grupo diferente poupou-lhe a obrigação de comentar.

— As pessoas só são interessantes se são sinistras e perturbadas — disse Alicia, uma das góticas.

— A menina não deve falar demais — disse Tyler, do fundo da sala.

Era a primeira coisa que o ouvíamos dizer em todo o semestre, e a srta. Castle estava magnanimamente preparada para não levar em conta sua natureza depreciativa.

— Obrigada, Tyler — agradeceu com um sarcasmo subjacente. — Você acaba de provar que a busca por um parceiro é algo muito individual. Alguns dizem que não podemos escolher por quem nos apaixonamos; que o amor nos escolhe. Às vezes as pessoas se apaixonam pela antítese completa de tudo o que julgam estar procurando. Mais algumas ideias?

Ben Carter, que passara a discussão inteira revirando os olhos com cara de mártir, apoiou o rosto nas mãos.

— As grandes histórias de amor têm que ser trágicas — disse eu de repente.

— Continue — encorajou a srta. Castle.

— Bem, vamos tomar Romeu e Julieta como exemplo: é o fato de terem sido separados que torna o amor deles mais forte.

— Grande coisa. Eles acabam mortos — bufou Ben.

— Eles acabariam divorciados se continuassem vivos — anunciou Bianca. — Alguém mais notou que Romeu levou cinco minutos para trocar Rosalina por Julieta?

— Isso é porque ele sabia que Julieta era *a pessoa certa* desde o momento em que a conheceu — respondi.

— Faça-me o favor — retrucou Bianca. — Não dá para saber que você ama alguém depois de dois minutos. Ele só queria levá-la para a cama. Romeu é igualzinho a qualquer outro adolescente com tesão.

— Ele não sabia nada sobre ela — disse Ben. — Só elogia os atributos da moça: "Julieta é o sol" e blá-blá-blá. Ele simplesmente a acha uma gata.

— Acho que é porque, depois que ele conheceu Julieta, todas as outras pessoas passaram a ser insignificantes — disse eu. — Ele soube na mesma hora que ela seria tudo para ele.

— Ah, meu Deus — gemeu Ben.

A srta. Castle me deu um sorriso expressivo. Sendo uma romântica incurável, ela não podia deixar de ficar do lado de Romeu. Diferentemente da maioria dos professores da Bryce Hamilton, que competiam para ver quem chegava primeiro no estacionamento depois do toque do último sino, ela não era *blasée*. Era uma sonhadora. Eu desconfiava que, se lhe contasse que era um ser celestial numa missão para salvar o mundo, ela sequer ficaria chocada.

12
ESTADO DE GRAÇA

Eu nunca tinha visto Deus. Já sentira Sua presença e ouvira Sua voz, mas nunca realmente me defrontara com Ele. Sua voz não era o que as pessoas imaginavam, forte e reverberante como retratada nos filmes épicos de Hollywood. Era, na verdade, sutil como um sussurro e atravessava nossos pensamentos com a suavidade de uma brisa nos juncos altos. Ivy o vira. Havia uma audiência na corte de Nosso Pai reservada só para os serafins. Na qualidade de arcanjo, Gabriel tinha o nível máximo de interação humana. Ele via todos os maiores sofrimentos, do tipo que era mostrado no noticiário: guerras, desastres naturais, doenças. Ele era guiado por Nosso Pai e trabalhava com o resto da sua aliança para colocar a Terra no rumo certo. Embora Ivy tivesse uma linha de comunicação direta com Nosso Criador, nunca conseguimos induzi-la a falar sobre o assunto. Gabriel e eu havíamos tentado várias vezes sacar informações dela, mas fora em vão. Acabei estranhamente imaginando Deus quase da mesma maneira que Michelangelo imaginara: um velho sábio de barba, sentado num trono no Céu. Minha imagem mental devia ser imprecisa, mas uma coisa era indiscutível: independentemente de sua aparência, Nosso Pai era a personificação completa do amor.

Por mais que eu saboreasse cada dia passado na Terra, havia uma coisa do Céu de que às vezes eu sentia falta. Não havia conflitos nem divergências, afora aquele levante histórico que resultou na primeira e única expulsão do Reino. Embora essa expulsão tivesse alterado para sempre o destino da humanidade, raramente se falava nela.

No Céu, eu tinha uma vaga ideia da existência de um mundo mais sombrio, mas esse lugar era distante de nós, e normalmente estávamos muito ocupados trabalhando para pensar nele. A cada um de nós, anjos, eram atribuídos papéis e responsabilidades: alguns de nós davam as boas-vindas às novas almas chegando ao Reino, ajudando a facilitar a transição; alguns apareciam em leitos de morte para oferecer conforto às almas que partiam; e outros ainda eram guardiães designados para os seres humanos. No Reino, eu tomava conta das almas das crianças que chegavam. Era meu trabalho consolá-las, dizer-lhes que no devido tempo elas tornariam a ver seus pais se abandonassem as dúvidas. Eu era uma espécie de recepcionista celestial para pré-escolares.

Ainda bem que eu não era anjo da guarda; em geral, eles são extremamente sobrecarregados. Era função deles ouvir as preces dos muitos humanos sob seus cuidados e afastá-los do caminho da perdição. O ritmo ficava frenético com bastante facilidade — uma vez eu vira um anjo da guarda tentar socorrer uma criança doente, uma mulher passando por um divórcio confuso, um homem que acabara de ser demitido e uma vítima de acidente de carro, todos ao mesmo tempo. Havia muito trabalho a fazer, e nunca estávamos em número suficiente para dar conta de tudo.

XAVIER E EU ESTÁVAMOS SENTADOS ALMOÇANDO à sombra de um bordo no pátio. Não podia deixar de reparar na sua mão pousada a milímetros da minha. Era fina, mas máscula. Ele usava uma aliança de prata simples no dedo indicador. Estava tão absorta olhando para ele que mal notei quando ele falou comigo.

— Posso pedir um favor?

— O quê? Ah, claro. Do que você precisa?

— Será que você poderia corrigir esse discurso que escrevi? Já reli duas vezes, mas tenho certeza de que deixei passar algumas coisas.

— Claro. Para que é?

— Uma conferência sobre liderança na semana que vem — disse ele com indiferença, como se fosse algo que fizesse todo dia. — Não precisa ser agora. Pode levar para casa se quiser.

— Não, está bem.

Estava lisonjeada por ele valorizar minha opinião a ponto de me pedir para ler seu discurso. Espalhei as folhas na grama e as li. O discurso de Xavier era eloquente, mas ele deixara passar uns errinhos gramaticais que detectei facilmente.

— Você é uma boa revisora — comentou ele. — Obrigado por fazer isso.

— Não tem problema.

— Sério, fico devendo essa. Se eu puder fazer alguma coisa por você, é só dizer.

— Você não me deve nada — disse eu.

— Devo, sim. Por sinal, quando é seu aniversário?

A pergunta me pegou de surpresa.

— Eu não gosto de presentes — fui dizendo logo, para o caso de ele ter ideias.

— Quem falou em presente? Só estou perguntando em que dia você nasceu.

— Trinta de fevereiro — disse eu, chutando a primeira data que me veio à cabeça.

Xavier ergueu a sobrancelha.

— Tem certeza?

Entrei em pânico. O que eu dissera de errado? Recapitulei mentalmente os meses e percebi meu erro. Epa — fevereiro tinha só 28 dias!

— Quer dizer, trinta de abril — corrigi, sorrindo timidamente.

Xavier riu.

— Você é a primeira pessoa que conheço a esquecer o próprio aniversário.

Mesmo quando eu fazia papel de boba, minhas conversas com Xavier eram sempre encantadoras.

Ele era capaz de falar das coisas mais corriqueiras e, ainda assim, conseguir torná-las fascinantes. Adorava o som da sua voz e ficaria feliz até de ouvi-lo ler os nomes de um catálogo telefônico. Eu me perguntava se seria este um sintoma de paixão.

Enquanto Xavier fazia anotações nas margens do discurso, dei uma mordida na minha *focaccia* de legumes e fiz uma careta quando um gosto estranhamente amargo atacou minhas papilas gustativas. Gabriel nos apresentara à maioria dos produtos alimentícios, mas ainda havia muitas coisas que eu não tinha provado. Levantei o pão com cuidado e olhei a substância passada embaixo dos vegetais.

— O que é isso? — perguntei a Xavier.

— Acho que o nome é berinjela — respondeu ele. — Às vezes chamam de *aubergine* em restaurantes elegantes.

— Não, a outra coisa.

Apontei para a camada de pasta verde empelotada.

— Sei lá, passe para cá. — Observei-o dar uma mordida hesitante e mastigar pensativamente. — *Pesto* — anunciou.

— Por que tudo tem que ser tão complicado — disse eu, irritada —, inclusive o sanduíche?

— Tem toda razão — refletiu Xavier. — *Pesto* realmente torna a vida muito mais complicada.

Ele riu e deu outra mordida, empurrando sua salada intocada para mim.

— Não seja bobo — disse eu. — Coma o seu almoço, posso enfrentar o *pesto*.

Mas ele se recusou a me devolver o sanduíche, embora eu insistisse lamuriosamente. Desisti e comi o dele em vez do meu, aproveitando a intimidade entre nós.

— Está tudo bem — disse ele. — Sou homem, como qualquer coisa.

Enquanto seguíamos para a aula depois do almoço, deparamos com uma comoção no corredor. As pessoas falavam com nervosismo sobre o que parecia ser um acidente. Ninguém tinha muita certeza de quem estava envolvido, mas havia uma massa de alunos se dirigindo para os portões principais, onde uma aglomeração se formara em torno de algo ou alguém. Podia sentir que havia dor humana envolvida, e uma onda de pânico me subiu no peito.

Acompanhei Xavier pelo meio da multidão, que pareceu se dividir instintivamente para dar passagem ao representante da escola. Uma vez na rua, meus olhos bateram logo nos cacos de vidro no chão, e segui o rastro dos cacos até um carro com o capô completamente amassado e o motor fumegando. Tinha havido uma colisão frontal entre dois alunos do último ano. Um dos motoristas estava parado ao lado do carro com uma aparência atordoada e desorientada. Felizmente, parecia ter sofrido apenas alguns arranhões. Mudei o foco do Volkswagen destroçado para o carro engatado nele. Vi com um sobressalto que a outra motorista continuava caída no banco, a cabeça encostada no volante. Mesmo da posição em que me encontrava, dava para ver que ela estava seriamente ferida.

As pessoas observavam boquiabertas, sem saber que atitude deviam tomar. Só Xavier conseguiu pensar com clareza. Sumiu de perto de mim para pedir ajuda e alertar os professores.

Sem ter muita certeza do que eu deveria fazer, agindo mais por impulso do que por qualquer outra coisa, fui me aproximando do carro, tossindo com a fumaça densa que me tomava a garganta. A porta do motorista tinha sido amassada com o impacto e estava quase solta do corpo do veículo. Ignorando o aço quente que feria minhas mãos, arranquei a porta e fiquei paralisada ao ver a garota de perto. Com um corte na testa sangrando aos borbotões, ela estava inerte, a boca aberta e os olhos fechados.

Mesmo no Céu, eu sempre ficava tonta quando via cenas envolvendo sangue se desenrolarem na Terra, mas, naquela hora, nem pensei nisso. Passei os braços em volta do corpo da garota e, com todo o cuidado possível, comecei a puxá-la das ferragens. Como ela era mais pesada do que eu, fiquei agradecida quando dois garotos fortes, ainda com roupa de academia, correram para ajudar. Deitamos a garota no chão a uma distância segura do carro fumegante.

Percebi que a ajuda que os garotos poderiam dar não passaria daquilo. Ambos ficavam olhando nervosamente para trás, esperando o socorro chegar. Mas não havia tempo a perder.

— Mantenham as pessoas afastadas — instruí-os, e voltei a atenção para a menina. Ajoelhei no chão e encostei dois dedos no seu pescoço, como Gabriel uma vez me ensinara. Não encontrava o pulso. Se ela ainda respirava, não havia nenhum indício visível disso. Mentalmente, chamei Gabriel para vir me ajudar. Não havia a menor chance de eu poder resolver aquilo sozinha. Eu já estava perdendo a batalha. O sangue quente escorrendo do talho na sua testa coagulara no seu cabelo. Havia olheiras roxas embaixo dos seus olhos, e ela estava pálida como se estivesse sem vida. Desconfiei de lesões internas, mas não conseguia identificar exatamente quais eram.

— Aguente firme — sussurrei perto do ouvido dela — O socorro já vem.

Apoiei sua cabeça com as mãos, manchando-as de sangue, e concentrei-me em lhe passar minha energia curativa. Sabia que tinha apenas minutos para ajudá-la. Seu corpo já tinha quase desistido de lutar, e eu sentia sua alma tentando sair. Logo ela olharia seu corpo inerte de fora.

Minha concentração foi tamanha que achei que também poderia perder a consciência. Lutei contra a tonteira e me concentrei mais ainda. Imaginei uma fonte de energia brotando de dentro de mim, conduzida por meu sangue e minhas artérias para carregar as pontas dos meus dedos e fluir para o corpo no chão. Enquanto sentia a energia saindo de mim, achei que talvez, apenas talvez, a menina pudesse sobreviver.

Ouvi Gabriel antes de vê-lo; vinha pela multidão pedindo passagem com insistência. Na presença de uma autoridade, os alunos suspiraram aliviados. Tinham sido isentados de outras responsabilidades. O que quer que acontecesse não estava mais em suas mãos.

Enquanto Xavier foi socorrer o outro motorista, Gabriel ajoelhou ao meu lado e usou sua força para fechar os ferimentos da garota. Trabalhou depressa e em silêncio, sentindo e localizando com o pensamento as costelas quebradas, o pulmão perfurado e o punho torcido que quebrara como se fosse um graveto. Quando os paramédicos chegaram, a respiração da menina já tinha se normalizado, embora ela ainda não tivesse recobrado a consciência. Vi que Gabriel não fechara os cortes menores, provavelmente para não levantar suspeitas.

Enquanto os paramédicos colocavam a menina numa maca, um grupo histérico de amigas veio correndo em nossa direção.

— Grace! — gritou uma delas. — Ai, meu Deus, ela está bem?

— Gracie! O que aconteceu? Consegue nos ouvir?

— Ela está inconsciente — disse Gabriel —, mas vai ficar boa.

Embora as garotas continuassem soluçando agarradas umas às outras, eu via que Gabriel as acalmara.

Após orientar os alunos a voltarem para a aula, Gabriel me pegou pelo braço e me conduziu à escada da frente, onde Ivy nos esperava. Xavier, que não entrara junto com o resto do pessoal, veio correndo quando viu meu estado.

— Beth, você está bem? — Seu cabelo castanho-claro estava arrepiado pelo vento, e sua tensão era aparente nas veias que pulsavam em seu pescoço.

Quis responder, mas o ar me faltava e o mundo começava a girar. Senti que Gabriel estava ansioso para que ficássemos a sós.

— É melhor você ir para a aula — disse ele a Xavier, adotando um tom de professor.

— Vou esperar a Beth — respondeu Xavier.

Olhava para o meu cabelo despenteado, as mangas ensanguentadas da minha camisa e os meus dedos apertando o braço de Gabriel.

— Ela só precisa de um minuto — disse Gabriel mais friamente. — Pode vê-la depois.

Xavier fincou pé.

— Só vou se a Beth falar para eu ir.

Imaginei que tipo de expressão teria se estampado no rosto de Gabriel, mas quando virei a cabeça para ver, os degraus onde eu pisava pareceram prestes a ceder. Ou seriam meus joelhos que estavam cedendo? Pontos pretos apareceram no meu campo de visão, e me apoiei mais pesadamente em Gabriel.

A última coisa de que me lembro foi de dizer o nome de Xavier e vê-lo dar um passo na minha direção antes que eu desmaiasse em silêncio nos braços do meu irmão.

ACORDEI NO AMBIENTE FAMILIAR DO MEU QUARTO. Estava encolhida debaixo da colcha de retalhos da minha cama e sabia que as portas da sacada não estavam completamente fechadas, porque dava para sentir uma brisa trazendo o cheiro de maresia. Levantei a cabeça e fixei o olhar em detalhes reconfortantes, como a tinta descascada no parapeito da janela e o assoalho esburacado suavizado pelo brilho âmbar do crepúsculo. Meu travesseiro era macio e recendia a lavanda. Enterrei o rosto nele, sem querer me mexer. Então vi a hora no despertador — sete da noite! Estava dormindo há horas. Minhas pernas e meus braços pareciam chumbo. Fiquei em pânico quando percebi que não conseguia mexer as pernas, mas logo percebi que Phantom estava deitado em cima delas.

Ele bocejou e se espreguiçou quando viu que eu estava acordada. Afaguei o pelo sedoso da sua cabeça, e ele me olhou com aqueles olhos tristes e sem cor.

— Vamos — murmurei. — Ainda não é hora de você dormir.

Devo ter me sentado muito rápido, porque uma onda de cansaço me atingiu como uma avalanche, e quase caí para trás de novo. Passei as pernas pelo lado da cama e tentei fazer o esforço necessário para ficar de pé. Não foi fácil, mas consegui me enfiar no robe e ir trôpega para baixo, onde tocava "Ave Maria", de Schubert, como fundo musical. Afundei-me na cadeira mais próxima. Gabriel e Ivy deviam estar na cozinha. A sala cheirava a alho e gengibre. Eles pararam o que faziam para virem falar comigo. Ivy secava as mãos num pano de prato, e os dois estavam sorrindo. Isso me surpreendeu, pois parecia já fazer muito tempo que só nos relacionávamos com uma educação distante e civilizada.

— Como está se sentindo? — Os dedos frios e esguios de Ivy afagaram minha cabeça.

— Como se eu tivesse sido atropelada por um ônibus — respondi honestamente. — Realmente não sei o que aconteceu. Eu me sentia bem.

— Certamente você sabe por que desmaiou, Bethany — disse Gabriel.

Lancei-lhe um olhar vazio.

— Ando comendo direito e seguindo todos os seus conselhos.

— Não tem nada a ver com isso — disse ele. — É porque você salvou a vida daquela menina.

— Esse tipo de coisa pode realmente exaurir o praticante — acrescentou Ivy.

Quase dei uma risada.

— Mas, Gabe, *você* salvou a vida daquela garota — disse eu.

Ivy olhou para nosso irmão indicando que ele devia explicar aquilo melhor e saiu discretamente para botar a mesa do jantar.

— Eu só curei os ferimentos físicos — disse Gabriel.

Olhei estupefata para ele, me perguntando se ele estava brincando.

— O que você quer dizer com *só*? É isso que salva alguém. Se uma pessoa é baleada e você retira a bala e fecha o ferimento, você salvou essa pessoa.

— Não, Bethany, aquela garota ia morrer. Se você não tivesse dado a ela sua força vital, nada do que eu pudesse ter feito a teria salvado. Uma vez que se chega àquele ponto, mesmo que a gente feche os ferimentos, não dá para a pessoa voltar. Você falou com ela; ela voltou porque você a chamou e sua força não deixou a alma dela sair do corpo.

Não conseguia acreditar no que ele me dizia. *Eu* salvara uma vida humana? Eu sequer sabia que tinha o poder de fazer isso. Achava que meus poderes na Terra só bastavam para acalmar o mau humor das pessoas ou ajudar a recuperar pertences perdidos. Como era possível eu ter encontrado forças para salvar uma garota à beira da morte? Poder sobre o mar, sobre o Céu, sobre a vida humana, este era o dom de Gabriel. Nunca me ocorrera que meus poderes pudessem ser maiores do que eu imaginava.

Ivy olhou para mim, os olhos brilhando de orgulho.

— Parabéns — disse ela. — É um grande passo para você.

— Mas por que me sinto tão mal agora? — perguntei, de repente percebendo o meu corpo dolorido.

— O esforço de trazer alguém de volta à vida pode ser muito debilitante — explicou Ivy —, especialmente nas primeiras vezes. Provoca um abalo em sua forma humana. Mas não vai ser sempre assim; você vai se acostumar com isso e vai acabar conseguindo se recuperar mais depressa.

— Você quer dizer que vou ser capaz de fazer isso de novo? — perguntei. — Não foi um golpe de sorte?

— Se fez uma vez, pode fazer de novo — respondeu Gabriel. — Todos os anjos têm essa habilidade, mas ela se desenvolve com a prática.

Apesar do cansaço, de repente fiquei alegre e jantei com apetite. Em seguida, Gabriel e Ivy recusaram minha oferta para ajudar a lavar a louça. Em vez disso, Ivy me levou para o deque e me fez deitar na rede.

— Você teve um dia muito cansativo — disse.

— Mas detesto não ser útil.

— Você vai poder me ajudar já, já. Tenho um lote inteiro de chapéus e cachecóis para tricotar para o bazar. — Ivy sempre arranjava tempo para se relacionar com a comunidade por meio de pequenas tarefas terrenas. — Às vezes as coisas pequenas são as que mais contam.

— A ideia desses lugares é que a pessoa doe roupas velhas, não que confeccione novas — provoquei.

— Bem, pelo tempo que estamos aqui, ainda não temos coisas velhas — retrucou Ivy. — E tenho que dar alguma coisa a eles; eu me sentiria péssima se não desse. Além disso, posso fazer tudo rapidinho.

Fiquei sentada na rede com uma manta de *mohair* enrolada nos ombros, tentando processar os acontecimentos da tarde. Por um lado, achava que entendia o objetivo da nossa missão melhor do que antes; por outro, nunca estivera mais confusa. Hoje fora um exemplo gritante do que se esperava que eu fizesse — proteger a santidade da vida. Em vez disso, eu andara gastando meu tempo absorta numa obsessão adolescente por um garoto que na verdade não sabia nada sobre mim. Pobre Xavier, pensei. Ele jamais conseguiria me entender, por mais que tentasse. Não era culpa dele. Ele só podia saber o que eu permitia que ele soubesse. Estava tão ocupada tentando manter minha fachada que não tinha pensado que mais cedo ou mais tarde tudo teria que ser desfeito. Xavier estava atado a uma vida humana e a uma existência da qual eu nunca poderia participar. A satisfação que senti com meu êxito aquela tarde se desvaneceu, e fiquei me sentindo estranhamente dormente.

13
O BEIJO DELE

A missa de domingo era a única ocasião em que eu realmente era capaz de me religar com o meu lar. Ajoelhar nos bancos e ouvir os acordes do "Agnus Dei" me trazia de volta ao meu antigo eu. Havia uma tranquilidade etérea no interior da igreja que não se encontrava em nenhum outro lugar. Era fresco e sossegado, como o fundo do mar e, quando entrava ali, eu sempre me sentia num lugar seguro. Ivy e eu éramos acólitas aos domingos, e Gabriel ajudava o padre Mel a distribuir a Santa Comunhão. Após a missa, sempre esperávamos para conversar com ele.

— A congregação está crescendo — observou ele um dia. — Toda semana vejo caras novas.

— Talvez as pessoas estejam começando a perceber o que é importante na vida — disse Ivy.

— Ou talvez estejam seguindo o seu exemplo. — O padre Mel sorriu.

— A igreja não devia precisar de advogados — disse Gabriel. — Deveria falar por si mesma.

— Não importa o que traz as pessoas aqui — disse o padre Mel. — O que elas encontram aqui é mais importante.

— Tudo o que podemos fazer é guiá-las na direção certa — concordou Ivy.

— De fato, não podemos forçá-las a ter fé — disse o padre Mel. — Mas podemos demonstrar o grande poder dessa virtude.

— E podemos rezar pelos outros — acrescentei.

— Claro — piscou o padre Mel para mim. — E algo me diz que o Senhor ouve quando você chama.

— Ouve a nós da mesma forma que ouve qualquer um — disse Gabriel. Dava para perceber que ele temia estar revelando demais. Embora nunca tivéssemos sequer sugerido ao padre Mel de onde vínhamos, havia um entendimento tácito entre nós. Era natural, pensei. Ele era sacerdote; passava o tempo todo tentando se ligar às forças divinas. — Só podemos esperar que Ele abençoe esta cidade.

— Os olhos azuis do padre Mel piscaram para nós.

— Acho que Ele já fez isso.

No dia seguinte, como Xavier tinha uma reunião de esportes pela manhã, passei o tempo ouvindo Molly e Taylah falarem animadas sobre um *outlet* de roupas que ficava nas cercanias da cidade. Lá podiam comprar falsificações tão perfeitas de artigos de grife que ninguém notaria que eram cópias. Quando me convidaram para ir com elas, eu estava tão preocupada que concordei sem hesitar. Mesmo quando me convidaram para um luau na praia no sábado à noite, aceitei com um gesto de cabeça sem prestar atenção nos detalhes do convite.

Fiquei feliz quando finalmente chegou o quinto tempo, e Xavier e eu tivemos aula de francês juntos. Foi um alívio estar na mesma sala que ele, embora eu mal conseguisse me concentrar. Precisava desesperadamente falar com ele, mesmo que ainda não soubesse o que dizer. Eu só sabia que não podia esperar.

Ele estava a menos de um palmo de mim, e tive que sentar em cima dos dedos para segurar o impulso de tocá-lo. Em parte porque eu queria me convencer de que ele não era fruto da minha imaginação, mas também porque eu tinha a sensação de que uma força magnética nos atraía um para o outro; resistir era mais doloroso que sucumbir. Os minutos se arrastavam e parecia que o tempo andava mais devagar de propósito, só para zombar de mim.

Xavier percebeu meu estranho estado de espírito e permaneceu sentado depois que a sineta tocou, vendo as demais pessoas passarem. Enquanto eu fingia que guardava os livros e lápis, ele não se mexia. Alguns curiosos olhavam em nossa direção, provavelmente esperando ouvir alguns trechos da conversa para então passar adiante para os amigos como uma fofoca das boas.

— Tentei ligar para você ontem à noite, mas ninguém atendeu — disse ele, vendo que eu não sabia como começar. — Fiquei preocupado.

Brinquei nervosamente com o zíper do meu estojo de lápis, que parecia enguiçado. Eu devia estar com uma expressão aflita, porque Xavier se levantou e pôs as mãos nos meus ombros.

— O que está acontecendo, Beth?

Havia uma dobra familiar entre as suas sobrancelhas, que sempre aparecia quando ele estava preocupado.

— Acho que o acidente de ontem simplesmente me esgotou — respondi. — Mas já estou melhor.

— Ótimo. Mas alguma coisa me diz que não é só isso.

Mesmo me conhecendo há tão pouco tempo, Xavier sempre percebia o meu estado de espírito, e seus próprios olhos não escondiam nada do que ele pudesse estar sentindo. Ele não desviava o olhar; seus olhos turquesa pareciam um laser me perfurando.

— Minha vida é bem complicada — comecei com hesitação.

— Por que não tenta explicá-la? Pode ser que eu surpreenda você.

— Essa situação, de a gente sair juntos, está sendo mais difícil do que pensei... — Fiz uma pausa. — É melhor do que eu pudesse imaginar, mas tenho outras responsabilidades, outras obrigações que não posso ignorar.

Subi o tom e o volume da voz sentindo uma onda de emoção explodir em meu peito. Parei e respirei fundo.

— Tudo bem, Beth — disse Xavier. — Sei que você tem um segredo.

Senti um medo gelado repentino tomar conta de mim, mas, ao mesmo tempo, senti-me aliviada. Se Xavier já sabia que eu era uma fraude e uma mentirosa, isso significava que eu falhara totalmente em todos os aspectos da nossa missão. A regra número um para todos os agentes da luz era não revelar nossa identidade enquanto trabalhássemos para consertar o mundo — a exposição podia resultar em todo tipo de caos. Mas também podia significar que Xavier me aceitaria assim mesmo e a verdade talvez não o afastasse.

— Sabe? — sussurrei.

Ele deu de ombros.

— É óbvio que você está escondendo alguma coisa, não sei o que é, mas sei que isso incomoda.

Não respondi de imediato. Mais do que qualquer coisa, eu queria lhe contar tudo, despejar todos os meus segredos e meus medos, como o vinho se derramando de uma garrafa, manchando tudo no caminho.

— Entendo que, por alguma razão, você não pode ou não quer falar a respeito — disse Xavier. — Mas não precisa. Posso respeitar sua privacidade.

— Isso não é justo com você — disse eu, mais dividida que nunca.

A ideia de me afastar dele me causava uma dor física no peito como se meu coração estivesse lentamente se partindo em dois.

— Não sou eu quem teria de se importar com isso?

— Não dificulte ainda mais a situação. Estou tentando proteger você!

— Me proteger? — Xavier riu. — De quê?

— De mim — disse eu baixinho, percebendo quão absurda devia soar a afirmação.

— Você não me parece muito perigosa. A não ser que se transforme em lobisomem à noite...

— Simplesmente não sou o que pareço.

Afastei-me dele, como se estivesse tentando me esconder da verdade. Eu sentia o corpo muito fraco, sem energia. Encostei-me na parede, incapaz de olhar em seus olhos.

— Ninguém é. Escute, você acha que não percebi que tem algo diferente em você? Basta olhar.

— O que é? — perguntei curiosa.

— Não sei ao certo — disse ele. — Mas sei que é o que me agrada em você.

— O que estou tentando dizer é que não é só porque você gosta de mim que sou a pessoa que você quer ou de que precisa.

— Acha que preciso de quê?

— De alguém com quem possa ter uma relação honesta. Senão, de que adianta?

— Está tentando me dizer que essa pessoa não pode ser você?

A expressão de Xavier era indecifrável. Estava com uma expressão totalmente impassível, destituída de qualquer emoção. Achei que depois de tudo por que passara, ele não devia ser o tipo que demonstra o que sente com facilidade.

Eu sabia que ele estava tentando facilitar as coisas para mim, mas a franqueza da pergunta produziu o efeito contrário. Agora que tinha vindo à tona, a ideia parecia muito definitiva. Eu continuava tentando encontrar as palavras certas e receava que meu silêncio pudesse ser interpretado como indiferença.

— Tudo bem — continuou Xavier. — Sei que pode não ser fácil para você e não quero tornar as coisas ainda mais difíceis. Ajudaria se eu me afastasse por algum tempo?

Quão instáveis e contraditórias eram as emoções humanas! Eu passara aqueles últimos minutos tentando sugerir isso, mas estava arrasada com o fato de ele estar disposto a manter distância, ainda que sua motivação fosse o meu bem-estar. Eu não sabia ao certo que reação esperar, mas não era essa. Será que eu queria vê-lo se ajoelhar e declarar seu amor eterno? Claro que ele não iria fazer isso, mas não podia deixá-lo ir embora. Acho que eu não suportaria.

— Então é isso? — disse, engasgada. — Não vou mais ver você?

Xavier pareceu confuso.

— Espere. Não é o que você quer?

— É *só* isso que você vai dizer? — perguntei categoricamente. — Nem vai tentar me fazer mudar de ideia?

— Quer que eu tente fazer você mudar de ideia? — Seu sorriso maroto e afetuoso estava de volta.

Parei para pensar. Eu sabia o que deveria dizer. Um simples "não" terminaria tudo e faria as coisas voltarem a ser como antes do instante em que nos encontramos no corredor em frente ao laboratório de química, quando eu tentava evitar brilhar no escuro. Mas eu não conseguia me forçar a dizer aquilo. Seria mentira.

— Talvez seja exatamente isso o que quero que você faça — disse eu lentamente.

— Beth, me parece que você não sabe o que quer — retrucou Xavier num tom carinhoso.

Levantou a mão e usou o polegar para afastar uma lágrima que escorria no meu rosto.

— Não quero complicar sua vida — funguei, percebendo quão irracional eu devia estar parecendo. — Foi você que disse que preferia que as coisas fossem feitas às claras.

— Eu me referia a coisas, não a pessoas. Talvez eu não me importe com um pouco de complicação — disse ele. — Relacionamentos muito claros não são essa maravilha toda que se pensa.

Soltei um gemido de frustração.

— Você tem mesmo resposta para tudo.

— O que posso dizer? É um dom.

Ele segurou minha mão entre as dele.

— Tenho uma ideia. Que tal eu lhe dar uma coisa para facilitar a sua decisão?

— Tudo bem — concordei. — Se acha que vai ajudar.

Antes que eu percebesse o que estava acontecendo, Xavier segurava meu rosto com as duas mãos e inclinava meu queixo em sua direção. Seus lábios deslizaram por cima dos meus tão de leve como uma pluma, mas aquilo foi o suficiente para me fazer estremecer. Gostei do jeito que ele me segurou; como se eu fosse frágil e propensa a quebrar se ele apertasse muito. Encostou a testa na minha como se tivéssemos todo o tempo do mundo. Um calor delicioso começou a se espalhar pelo meu corpo e cheguei mais junto dele, procurando seus lábios de novo. Retribuí seu beijo com uma urgência apaixonada, agarrando-me a ele. Deixei-me fundir no seu abraço e colei o corpo no dele. Seu calor atravessava minha blusa fina, e eu sentia seu coração batendo acelerado.

— Vamos com calma — murmurou ele no meu ouvido, mas não se afastou. Ficamos abraçados até Xavier delicadamente, mas com firmeza, se separar. Pôs para trás da minha orelha a mecha de cabelo que tinha se soltado e deu aquele meio sorriso sonhador. — Então? — perguntou, cruzando os braços no peito.

Minha mente estava completamente confusa.

— Então o quê?

— Isso te ajudou a se decidir?

Como resposta, enrolei o dedo em seu cabelo castanho e o puxei para perto de mim.

— Acho que sim — disse ele sem disfarçar a satisfação.

Aquele dia me ensinou que eu queria mais que a companhia dele; eu desejava o seu toque. Não havia dúvida em minha mente. Meu rosto ardia onde ele tinha me tocado, e tudo o que eu queria era que ele fizesse isso de novo. Poucas horas antes, achara que não havia opção senão desligar-me dele porque não via como fazê-lo entender quem eu realmente era. Vi que havia outro jeito. Seria considerado uma transgressão séria, e punível por sabe-se lá quem, mas seria menos assustador do que me separar dele. Se essa transgressão significasse nos poupar a dor da separação, eu estava disposta a enfrentar as consequências.

Tudo o que se exigia de mim era baixar a guarda e acolher Xavier.

— Quero que a gente fique junto. Acho que nunca quis tanto alguma coisa.

Xavier afagou a palma da minha mão, e nossos dedos se entrelaçaram. O rosto dele estava tão perto que a ponta dos nossos narizes se tocavam. Ele se inclinou para sussurrar no meu ouvido.

— Se me quer... já sou seu.

Não consegui deixar de suspirar alto quando ele foi me beijando da orelha até o pescoço. A sala de aula à nossa volta derreteu como neve ao sol.

— Só tem uma coisa — disse eu, empurrando-o com certa dificuldade. Ele me observava com aqueles olhos azuis penetrantes e quase perdi o raciocínio. — Isso não vai dar certo a menos que você saiba a verdade.

Se eu gostava de Xavier tanto quanto meu coração palpitante me dizia, ele merecia saber a verdade. Se a verdade acabasse sendo demais para ele, talvez fosse um indício de que meus sentimentos não eram retribuídos, e eu teria que aceitar isso. De um modo ou de outro, era hora de acabar com a farsa. Xavier tinha que conhecer meu verdadeiro eu, não a versão idealizada na cabeça dele. Em outras palavras, ele tinha que conhecer a versão não censurada, ou, como os humanos diziam, com o lado bom e o lado ruim.

— Sou todo ouvidos — disse ele, me olhando com expectativa.

— Agora não. Isso não vai ser fácil, e preciso de mais espaço do que temos aqui.

— Então onde? — perguntou ele, espantado.

— Você vai ao luau na praia este fim de semana? — perguntei rapidamente, quando começaram a chegar os alunos da próxima aula.

— Eu ia perguntar se você queria ir comigo.

— Tudo bem — concordei. — Então conto tudo lá.

Xavier me beijou rapidamente e saiu da sala. Agarrei a beira da mesa mais próxima com falta de ar, como se tivesse acabado de correr uma maratona.

14
O DESAFIO À LEI DA GRAVIDADE

Passei a semana inteira pensando no luau. Tinha medo do que eu planejava fazer, mas ao mesmo tempo era estranho como eu estava empolgada. Quando a decisão foi tomada, foi como se tirassem um peso enorme das minhas costas. Depois de passar tanto tempo remoendo o assunto, me senti surpreendentemente segura de mim. Várias vezes ensaiei mentalmente as palavras que eu usaria para contar a verdade a Xavier, fazendo ajustes sutis a cada repetição.

Xavier agia como se fôssemos namorados, o que eu estava adorando. Isso fazia com que tivéssemos nosso mundinho exclusivo a que ninguém mais tinha acesso. Significava que levávamos a sério a nossa relação e achávamos que tínhamos um futuro. Não era uma paixonite que provavelmente iríamos esquecer. Assumíamos um compromisso um com o outro. Toda vez que pensava nisso, eu não conseguia deixar de abrir um sorriso. Obviamente, eu me lembrava do aviso de Ivy e Gabriel e da convicção deles de que não havia chance de um futuro para nós, mas de certa maneira isso não importava mais. Sentia-me como se nem mesmo o fim do mundo fosse capaz de apagar o sorriso do meu rosto. Esse era o efeito que ele provocava em mim: uma explosão de felicidade no meu peito que se espalhava como pequenas borbulhas, fazendo meu corpo todo estremecer e formigar.

Uma vida com Xavier era cheia de esperanças. Mas será que ele ainda ia me querer quando lhe revelasse minha identidade?

Tentei esconder minha euforia de Ivy e Gabriel. Eles tinham demorado bastante a se recuperar da minha última aventura com Xavier, e eu achava que não conseguiriam enfrentar mais uma. Sempre que me sentava com eles, sentia-me como um agente duplo e ficava me perguntando se meu rosto poderia me trair. Mas só porque meus irmãos conseguiam decifrar as mentes humanas não significava que conseguiam decifrar a minha. E minhas habilidades de atriz devem ter melhorado, porque meu entusiasmo passou sem comentários dessa vez. Fiquei impressionada por ter finalmente entendido a expressão "calmaria antes da tempestade". Tudo parecia ir às mil maravilhas, mas eu sabia que as aparências às vezes enganavam. Havia uma explosão prestes a acontecer. Tensão, raiva e culpa borbulhavam sob a superfície de nossa representação de família feliz, apenas esperando o momento em que Ivy e Gabriel descobrissem minha traição para irromper.

— Um dos meus alunos me perguntou hoje se o limbo existia — disse Gabriel certa noite, na hora do jantar.

Achei irônico que a conversa tivesse se voltado para a punição de pecados.

Ivy pousou o garfo.

— E o que você disse?

— Disse que ninguém sabe.

— Por que não disse que sim? — perguntei.

— Porque as boas ações têm que ser espontâneas — explicou meu irmão. — Se uma pessoa tiver certeza de que será julgada, ela vai agir de acordo com isso.

Não tinha como contestar aquilo.

— O que é o limbo, afinal?

Eu sabia bastante sobre o Céu e o inferno, mas ninguém jamais me contara sobre o eterno ponto intermediário.

— Ele aparece de várias formas diferentes — disse Ivy. — Pode ser uma sala de espera, uma estação de trem...

— Algumas almas dizem que é pior que o inferno — acrescentou Gabriel.

— Que afirmação ridícula — caçoei. — O que pode ser pior?

— O vazio eterno — respondeu Ivy. — Ano após ano de espera por um trem que nunca chega, aguardando alguém chamar o seu nome. As pessoas começam a perder a noção do tempo. O tempo se funde numa extensão sem fim. As almas imploram para ir para o Céu, tentam se jogar no inferno, mas não há saída. Elas vagam sem rumo. E isso não acaba nunca, Bethany. Podem se passar séculos na Terra e elas ainda estarão lá.

— Ah — foi tudo o que me ocorreu dizer.

Queria saber se um anjo podia ser exilado no limbo.

Terça-feira, na hora do almoço, fiquei pegando sol com Molly e as garotas sentada no gramado. À nossa volta, brotos verdes começavam a aparecer nas pontas dos galhos das árvores, trazendo tudo de volta à vida. O imponente prédio principal da Bryce Hamilton assomava atrás de nós, fazendo sombra nos bancos dispostos em círculo ao redor de um carvalho antigo com hera enroscada no tronco, lhe dando um abraço amoroso. Se olhássemos para o oeste, tínhamos uma vista do oceano ao longe estendendo-se até o horizonte, com nuvens passando preguiçosamente no Céu. As garotas se espreguiçavam na grama bem-cuidada, deixando o sol aquecer seus rostos. Sentia-me um pouco ousada e me aventurei a puxar a saia acima dos joelhos.

— É isso aí, querida!

As garotas aplaudiram meu progresso, comentando que eu estava me tornando "uma delas", e em seguida caindo na rotina de sempre de fofocar sobre amigas e professores ausentes.

— A srta. Lucas é uma chata — queixou-se Megan. — Me obrigou a refazer meu trabalho sobre a Revolução Russa porque achou que estava muito fraco. O que isso quer dizer?

— Acho que quer dizer que você fez o trabalho meia hora antes do prazo — disse Hayley. — O que esperava? Um dez?

Megan deu de ombros.

— Acho que ela simplesmente está com inveja porque é peluda como um macaco.

— Você devia escrever uma carta de reclamação — disse uma garota chamada Tara, num tom sério. — Não há dúvida de que ela está de marcação com a sua cara.

— Concordo que ela implica demais com você — começou Molly, calando-se de repente, vidrada numa figura atravessando o gramado.

Virei-me para identificar a fonte de sua fixação e vi Gabriel indo em direção ao centro de música, mais ou menos perto de onde estávamos. Tinha um aspecto solitário com o olhar distante e um estojo de violão pendurado no ombro. Já fazia algum tempo que vinha ignorando o que dizia o protocolo da escola sobre o traje dos professores, e hoje estava com um jeans rasgado e camiseta branca por baixo de um colete listrado. Nenhuma autoridade da escola se atrevera a questionar aquilo. Não eram loucos. Gabriel era tão popular que causaria um alvoroço entre os alunos se pedisse demissão. Vi que Gabe parecia muito à vontade com o ambiente à sua volta. Andava com desenvoltura, e seus movimentos eram fluidos. Parecia estar vindo em nossa direção, o que fez Molly corrigir a postura e ajeitar freneticamente os cachos revoltos. Mas de repente Gabriel tomou outra direção. Absorto em seus pensamentos, ele sequer olhara para o nosso lado. Molly pareceu abatida.

— O que podemos dizer do sr. Church? — especulou Taylah quando o viu, ansiosa para retomar aquele que já era o esporte favorito delas. Eu tinha passado tanto tempo calada, concentrada na minha fantasia de estar numa ilha isolada em algum lugar do Caribe ou presa num navio pirata, aguardando Xavier vir me resgatar, que parecia que elas tinham se esquecido temporariamente da minha presença. Do contrário, poderiam ter pensado melhor antes de discutir Gabriel na minha frente.

— Nada — disse Molly na defensiva. — Ele é uma lenda.

Quase dava para ver coraçõezinhos piscando na cabeça dela. Eu sabia que seu fascínio por Gabriel crescera ultimamente, alimentado pela indiferença dele. Não queria que Molly sofresse a rejeição que, mais cedo ou mais tarde, decorreria dessa paixonite. Gabriel era feito de pedra; os sentimentos dela nunca seriam correspondidos. Ele era desligado da vida humana assim como o Céu é desligado da Terra. Quando olhava para a humanidade, só via almas em perigo, nem ao menos fazendo distinção entre homens e mulheres. Eu via que Molly tinha a ilusão de que Gabriel era como os outros rapazes que ela conhecia: cheio de hormônios e incapaz de resistir aos encantos femininos se a garota em questão fizesse a coisa certa. Mas Molly não tinha a menor ideia do que era Gabriel. Ele podia até ter assumido a forma humana, mas, diferentemente de mim, estava a quilômetros de distância de tudo que era humano. No Céu, era conhecido como o Anjo da Justiça.

— Ele é meio certinho — disse Clara.

— Não é! — disse Molly secamente. — Você nem conhece o Gabriel.

— E você conhece?

— Bem que eu queria

— E vai continuar querendo.

— Ele é professor — interrompeu Megan —, e está na faixa dos vinte.

— Os professores de música vivem meio à margem — disse Molly com otimismo.

— Sim, à margem *do corpo docente* — disse Taylah. — Esquece, Molly, ele não é para nós.

Molly apertou o olhar como se lhe tivesse sido lançado um desafio.

— Não acho isso, não — disse. — Prefiro pensar que ele é apenas diferente.

De repente, elas se lembraram da minha presença e houve um silêncio desconcertante. O assunto foi rapidamente abandonado.

— Então — disse Megan, num tom forçadamente alegre. — Sobre o baile...

Quando Xavier me deixou em casa naquela tarde, encontrei Ivy assando bolinhos. Estava com o nariz sujo de farinha e os olhos brilhando como se estivesse encantada com todo o processo. Tinha enfileirado os ingredientes em xícaras de medidas sortidas e estava confeitando cada bolinho de modo a formar desenhos perfeitamente simétricos. Era algo que a mão humana não seria capaz de conseguir. Os bolinhos pareciam antes miniobras de arte do que algo destinado a ser comido. Ela me mostrou um assim que entrei.

— Estão com uma cara maravilhosa — opinei. — Posso falar com você sobre uma coisa?

— Claro.

— Acha que há alguma chance de Gabriel me deixar ir ao baile da escola?

Ivy parou o que estava fazendo e ergueu os olhos.

— Xavier convidou você, não foi?

— E se tiver convidado? — De repente fiquei na defensiva.

— Calma, Bethany — disse minha irmã. — Ele ficaria muito bonito de smoking.

— Quer dizer que não vê problema nisso?

— Não, acho que vocês formariam um lindo par.

— Pode ser, se eu conseguir ir.

— Não seja tão negativa — repreendeu Ivy. — Teremos que ver o que Gabriel acha, mas é um evento escolar, e seria uma pena perder.

Eu estava impaciente para ouvir o veredicto. Arrastei Ivy para fora de casa, e procuramos Gabriel na praia, onde ele estava caminhando. De um lado, a linha costeira seguia fazendo uma curva até a praia principal, onde ficavam os surfistas pegando onda e vans de sorvete estacionadas embaixo das palmeiras. Do outro, se sua vista alcançasse, ficavam os penhascos acidentados da Costa do Naufrágio, onde o mar era muito mais agitado e havia uma pedreira conhecida como o Precipício. A região era famosa por seus ventos violentos, pelo mar revolto e pelas armadilhas traiçoeiras. De vez em quando a área atraía mergulhadores à procura de destroços dos muitos navios que haviam afundado ali ao longo dos anos, mas em geral os únicos visitantes eram as gaivotas, voando baixo e tocando inofensivamente a água.

Vimos Gabriel sentado numa rocha proeminente, olhando o mar. Com o sol refletido na camiseta branca, ele parecia envolto numa aura de luz. Estava muito longe para que eu visse seu rosto, mas imaginei-o com uma cara de quem desejava muito algo. Às vezes havia uma tristeza inexprimível em Gabriel que ele tentava esconder. Pensei que talvez fosse devido ao peso do conhecimento que não podia ser dividido. Ele era mais sábio que Ivy e eu, e esse fardo não devia ser fácil de carregar sozinho. Conhecia todos os horrores do passado, e eu imaginava que ele podia ver tragédias que ainda estavam para acontecer. Não é de se admirar que fosse taciturno. Não havia ninguém em quem ele pudesse confiar. Seu serviço ao Criador do Universo resultava no próprio isolamento. Isso lhe dava um jeito austero que incomodava quem não o conhecia. Os jovens o adoravam, mas os adultos sempre tinham a sensação de que estavam sendo julgados.

Percebendo que estava sendo observado, Gabriel virou o rosto na nossa direção. Dei um passo para trás, sentindo que estávamos invadindo seu momento de solidão, mas tão logo nos viu, a expressão carregada sumiu de seu rosto e ele fez sinal para irmos ao seu encontro.

Quando o alcançamos, ele nos ajudou a subir nas pedras e ficamos ali sentados por alguns momentos. Parecia estar à vontade de uma forma que não se sentia há muito tempo.

— Por que sinto que estão aqui numa emboscada? — brincou Gabriel.

— Por favor, posso ir ao baile de formatura? — pedi.

Gabriel balançou negativamente a cabeça achando graça.

— Não percebi que você queria ir. Achei que não se interessaria.

— É que todo mundo vai — disse eu. — As meninas só falam nisso há meses. Ficariam muito desapontadas se eu faltasse. Isso significa muito para elas. — Dei uns tapinhas de leve no braço dele. — Não me diga que está planejando não ir.

— Adoraria, mas me pediram para ir e supervisionar — respondeu ele, não parecendo muito satisfeito com a ideia. — Não sei como inventam essas coisas. Acho tudo isso uma extravagância e um desperdício de tempo e dinheiro.

— Mas faz parte da vida escolar — disse Ivy. — Por que a gente não considera a coisa toda como uma pesquisa?

— Exatamente — acrescentei. — Vamos estar onde as coisas acontecem. Se quiséssemos observar de fora, seria melhor termos ficado no Reino.

— Isso não quer dizer que eu vou *ter que me aprontar todo,* quer? — perguntou Gabriel.

— De jeito nenhum! — disse eu com uma voz chocada. — Bem, talvez só um pouquinho.

Ele suspirou.

— Bem, é só por uma noite.

— E você estará lá observando tudo — acrescentei.

— Ivy, eu esperava que você me acompanhasse — disse Gabriel.

— Claro. — Minha irmã bateu palmas. Ela sempre ficava empolgada quando se chegava a um consenso. — Vai ser ótimo!

A NOITE DE SÁBADO ESTAVA CLARA E AGRADÁVEL, perfeita para um luau. O céu parecia um veludo azul, e uma brisa suave do sul balançava as árvores, como se estivessem reverenciando umas às outras. Eu deveria estar uma pilha de nervos, mas, na minha cabeça, tudo fazia sentido. Estava prestes a consolidar minha ligação com Xavier unindo os nossos mundos opostos.

Dei atenção especial ao que deveria vestir naquela noite e escolhi uma saia fluida e uma blusa de camponesa bordada na gola. Gabriel e Ivy estavam na sala de estar quando desci. Gabe lia as letrinhas minúsculas de um texto religioso com a ajuda de uma lupa. Era uma cena tão inusitada dado o seu físico jovem que tive que conter o riso. Ivy tentava em vão treinar Phantom a obedecer comandos básicos.

— Senta, Phantom — disse com aquela voz melosa que as pessoas geralmente usam com os bebês. — Senta para a mamãe.

Eu sabia que Phantom não obedeceria enquanto ela falasse naquele tom. Era um cão muito inteligente e não gostava de ser tratado como bobo. Para mim, a expressão dele era de desdém.

— Não demore muito — advertiu Gabriel.

Ele sabia que eu ia tirar uma noite para caminhar na praia com Molly e uns amigos e também sabia que Xavier estaria entre eles. Não fizera objeção a isso, e achei que ele devia estar ficando mais tranquilo com relação à minha vida social. O peso da nossa missão significava que, às vezes, cada um de nós simplesmente precisava dar uma fugidinha. Ninguém protestava quando ele saía sozinho para correr nem quando Ivy se trancava na casa de hóspedes só com seu caderno de desenho. Portanto, não havia por que eu não ter direito à mesma regalia quando precisava de um tempo para mim.

Eles confiavam em mim o suficiente para não fazer muitas perguntas, e eu me odiava por estar prestes a trair essa confiança. Mas não havia possibilidade de voltar atrás — eu queria convidar Xavier para entrar no meu mundo secreto, eu desejava essa intimidade. Aliado à minha determinação estava um medo persistente de que uma contravenção dessas resultasse num castigo sério. Mas tirei a preocupação da cabeça e coloquei a imagem do rosto de Xavier em seu lugar. Depois dessa noite, enfrentaríamos tudo juntos.

Não pretendia ficar muito tempo fora de casa, só o suficiente para contar meu segredo a Xavier e enfrentar a reação dele, fosse ela qual fosse. Por várias vezes já tinha considerado mentalmente os possíveis desfechos e, por fim, eles se resumiam a três. Ele poderia ficar encantado, chocado ou assustado. Será que pensaria que meu lugar era num museu? Será que sequer acreditaria na verdade quando eu finalmente tomasse coragem para dizê-la em voz alta ou acharia que era uma grande gozação? Eu já ia descobrir.

— A Bethany é bastante capaz de tomar conta de si mesma — disse Ivy. — Senta, Phantom! Senta!

— Não é com a Bethany que me preocupo. É com o resto do mundo — disse Gabriel. — Já vimos algumas das tolices que acontecem. Tenha cuidado e abra o olho.

— Vou fazer isso! — disse eu, batendo continência para ele e ignorando a culpa que apertava meu peito.

Gabriel custaria a perdoar esta.

— Senta, Phantom! — sussurrou Ivy. — Sentado!

— Ah, francamente! — Gabriel largou o livro e apontou o dedo para Phantom. — Senta — ordenou com uma voz grave.

Phantom pareceu envergonhado e sentou-se sem pensar duas vezes.

Ivy franziu o cenho frustrada.

— Fiquei o dia inteiro tentando fazê-lo me obedecer! Qual é o segredo por trás de cachorros e a autoridade masculina?

Desci correndo os degraus estreitos até a trilha cheia de mato que levava à praia. Às vezes havia rastros de cobra na areia, e um ou outro lagarto atravessava o caminho chispando. Gravetos quebravam debaixo dos meus pés, e as árvores cresciam tão cerradas que em alguns pontos as copas se encontravam, formando uma cobertura que só as réstias do sol poente conseguiam atravessar. Uma orquestra de cigarras abafava todos os outros sons, exceto o do oceano. Sabia que, se me perdesse, poderia seguir o barulho do mar.

Cheguei à areia branca e macia da praia, que fazia ruído enquanto eu caminhava. O local escolhido para o luau era perto dos penhascos, porque todo mundo sabia que estaria deserto. Fui andando pela praia pensando em quão mais acidentada a paisagem parecia à noite. Não havia ninguém por ali a não ser um pescador solitário jogando sua linha ao mar. Observei-o puxar a linha e inspecionar a presa se debatendo no anzol antes de devolvê-la às ondas. Reparei que o mar variava de cor: anil no ponto mais profundo, onde se encontrava com o horizonte; um tom quase água-marinha no meio; e um verde-claro cristalino próximo das ondas que quebravam na praia. Ao longe, havia um cabo se projetando com um farol branco no topo. De onde eu estava, tinha a impressão de que era do tamanho de um dedal.

Já estava escurecendo. Mais à frente, ouvi vozes e depois vi vultos amontoando papéis e outros materiais inflamáveis para acender a fogueira. Não havia música alta nem um formigueiro de gente como na festa de Molly. Em vez disso, havia uma rodinha de pessoas sentadas na areia, tomando cerveja no gargalo e dividindo cigarros amassados. Molly e suas amigas ainda não haviam chegado.

Xavier estava sentado num tronco de madeira parcialmente enterrado na areia. Usava jeans, um moletom largo azul-claro e o crucifixo de prata em volta do pescoço. Segurava uma garrafa meio vazia e ria de um garoto que imitava alguém. A luz do fogo dançando no seu rosto deixava-o mais encantador que nunca.

— Ei, Beth — chamou alguém, e os outros me receberam com acenos e movimentos de cabeça.

Será que as pessoas finalmente tinham parado de nos tratar como "notícia" e simplesmente aceitado que onde um estava o outro vinha como parte do pacote? Sorri timidamente para todos, e entrei logo na roda sentando ao lado de Xavier, onde me sentia segura.

— Você está com um cheiro muito bom — disse Xavier quando abaixou para beijar o alto da minha cabeça.

Alguns de seus amigos assoviavam e o cutucavam ou reviravam os olhos.

— Vamos. — Ele me ajudou a levantar.

— Já vão embora? — brincou um deles.

— Só vamos dar uma volta — disse Xavier bem-humorado. — Se vocês permitirem, claro.

Alguns assovios nos seguiram enquanto nos afastávamos do grupo e do calor da fogueira que começava a queimar. Como vinham dos amigos mais próximos de Xavier, eu sabia que não tinham intenção de ofender. Logo suas vozes viraram apenas um murmúrio distante.

— Xavier, não posso demorar muito.

— Já imaginava.

Ele passou o braço em volta dos meus ombros despreocupadamente, enquanto subíamos a praia em silêncio na direção dos penhascos acidentados, àquela hora nada mais que vultos pontiagudos contra o céu da meia-noite. A pressão quente do braço de Xavier me dava uma sensação de segurança, como se estivesse protegida de tudo. Sabia que, assim que o deixasse, voltaria a me sentir gélida e insegura.

Cortei o pé numa concha afiada, e Xavier insistiu em me carregar no colo. Ainda bem que, no escuro, ele não pôde ver o corte fechar sozinho. Embora a dor no meu pé tivesse passado, continuei agarrada a ele, curtindo sua atenção. Relaxei o corpo, permitindo que praticamente nos fundíssemos. No entusiasmo de chegar perto dele, sem querer, esbarrei o cotovelo no seu olho. Sentia-me estabanada como uma colegial inexperiente, quando devia ser graciosa e elegante como um anjo. Não parava de pedir desculpas.

— Tudo bem, eu tenho outro — brincou ele, com o olho lacrimejando por causa da cotovelada.

Ele piscava e apertava o olho, tentando se recuperar do impacto.

Ele me pôs no chão quando chegamos numa enseada à sombra do penhasco. As rochas recortadas formavam um arco, como um portal para outro mundo, e o luar dava à areia uma tonalidade azul-perolada. Um caminho íngreme com degraus levava ao alto do penhasco, que oferecia a melhor vista do farol. Na água, formações rochosas esparsas erguiam-se como monólitos. As pessoas não costumavam se aventurar para esse lado, exceto um ou outro grupo de turistas. A maioria se contentava em ficar em torno da praia principal, a alguns passos dos cafés e das lojas de suvenir. O ponto onde estávamos era completamente isolado — não havia nada nem ninguém à vista. O único som era o do mar batendo, que parecia com vozes falando uma língua misteriosa.

Xavier sentou-se apoiando as costas na rocha fria. Fiquei rondando em volta dele, sem querer adiar mais o inevitável, mas sem a menor ideia de como começar. Ambos sabíamos por que tínhamos vindo; eu tinha algo para desabafar. Imaginei que Xavier tinha pensado naquilo assim como eu, mas ele não sabia o que o aguardava.

Ficou esperando que eu falasse, mas eu tinha a boca seca. Devia ser o meu momento. Tinha planejado lhe revelar minha verdadeira identidade naquela noite. Tinha passado a semana com a sensação de que o tempo se arrastava, as horas rastejando como lesmas. Mas, chegado o momento, a sensação era de que eu estava tentando ganhar tempo. Eu parecia um ator que esquece a fala, apesar de o ensaio ter sido impecável. Sabia o que devia dizer, mas esquecera como, que gestos usar, a hora certa de falar. Fiquei andando de um lado para o outro na areia, torcendo as mãos e me perguntando por onde começar. Apesar da temperatura agradável da noite, eu tremia. Minha hesitação começava a incomodar Xavier.

— Seja o que for, Beth, fale logo. Eu enfrento.

— Obrigada, mas é um pouco mais complicado que isso.

Eu tinha repetido a cena mentalmente mais de cem vezes, mas as palavras murchavam na minha língua.

Xavier se levantou e pôs as duas mãos nos meus ombros tentando me tranquilizar.

— O que quer que você tenha para me contar não vai mudar minha opinião sobre você. Isso é impossível.

— Por quê?

— Não sei se você reparou, mas sou louco por você.

— É mesmo? — disse eu, feliz com a declaração, que me desviou do assunto.

— Vai me dizer que você não tinha notado? Isso não é bom. Vou ter que ser mais explícito no futuro.

— Isso se você ainda quiser que a gente tenha um futuro depois dessa noite.

— Quando me conhecer melhor você vai saber que não sou de fugir. Custo a me decidir sobre alguém, mas, quando me decido, não desgrudo mais.

— Mesmo quando percebe que tomou a decisão errada?

— Não acho que eu esteja errado em relação a você.

— Como pode dizer isso quando não sabe o que estou para lhe contar? — murmurei.

Xavier abriu os braços, como se me convidando a dizer a verdade.

— Então deixa eu provar para você.

— Não posso — disse eu com a voz embargada. — Estou com medo. E se você nunca mais quiser me ver?

— Isso não vai acontecer, Beth — disse ele com mais contundência. Baixou o tom de voz e falou num tom sério. — Sei que é difícil para você, mas vai ter que confiar em mim.

Olhei nos olhos dele, que mais pareciam dois lagos azuis, e vi que ele estava certo. Confiei nele.

— Primeiro me diga uma coisa. Qual foi a situação mais assustadora pela qual você já passou?

Xavier pensou um pouco.

— Bem, estar no alto de uma descida de rapel de trinta metros foi bem apavorante, e, numa viagem com o time oficial sub-14 de polo aquático, quebrei uma das regras, e o treinador Benson me tirou da piscina. Ele é um cara bastante assustador quando quer, e me deu a maior bronca. Fiquei suspenso do jogo contra Creswell no dia seguinte.

Pela primeira vez, fiquei impressionada com a inocência humana de Xavier. Se essa era sua definição de experiência assustadora, quais eram as chances de ele sobreviver à bomba que eu estava prestes a jogar?

— Só isso? — perguntei. As palavras saíram num tom mais áspero do que eu pretendia. — Esse foi o seu momento mais apavorante?

Ele me olhou nos olhos.

— Bem, acho que posso incluir a noite em que recebi um telefonema dizendo que minha namorada tinha morrido num incêndio. Mas não estou muito a fim de falar nisso...

— Sinto muito.

Olhei para o chão. Não podia acreditar que tinha sido tão burra a ponto de me esquecer de Emily. A perda, o luto e a dor que Xavier conhecia eram totalmente desconhecidos para mim.

— Não sinta. — Ele pegou minha mão. — Apenas me escute. Vi a família dela depois do acontecido; estavam todos em pé parados na rua, e por um momento achei que estava tudo bem. Esperei ver a Emily com eles. Estava pronto para consolá-la. Mas quando vi a expressão da mãe dela, como se ela já não tivesse razão para viver, percebi. Não era só a casa deles que tinha ido embora: Emily também tinha.

— Que coisa terrível — murmurei, sentindo os olhos cheios d'água.

Xavier afastou as lágrimas com o polegar.

— Não estou contando isso para angustiar você — disse. — Estou contando porque quero que saiba que você não vai me assustar. Pode me contar qualquer coisa. Não vou fugir.

Então respirei fundo e comecei o discurso que mudaria nossas vidas para sempre.

— Quero que saiba que, se ainda me quiser depois dessa noite, nada vai me deixar mais feliz. — Xavier sorriu e fez menção de se aproximar de mim, mas eu o detive. — Deixe primeiro eu terminar. Vou tentar explicar da melhor maneira possível.

Ele fez que sim com a cabeça, cruzou os braços e prestou total atenção. Por uma fração de segundo, eu o vi como um aluno aplicado na primeira carteira, aguardando as instruções e ansioso por agradar o professor.

— Sei que isso pode parecer loucura — disse eu —, mas quero que você me observe enquanto ando.

Vi que ele ficou um pouco confuso, mas não questionou.

— Tudo bem.

— Mas não olhe para mim, olhe para a areia sob os meus pés.

Sem tirar os olhos do seu rosto, andei devagar descrevendo um círculo em volta dele.

— O que notou? — perguntei.

— Você não deixa pegadas — respondeu Xavier, como se fosse a coisa mais óbvia do mundo. — Legal esse truque, mas você provavelmente precisa comer mais.

— Por enquanto, tudo bem — ele não se surpreendia com facilidade. Dei um sorriso sombrio e sentei-me ao seu lado, virando o pé para ele poder ver a sola. A pele macia cor de pêssego estava intacta.

— Cortei o pé ainda há pouco...

— Mas não tem nenhum corte — disse Xavier, franzindo a testa. — Como isso...

Antes que ele pudesse terminar, peguei sua mão e a coloquei na minha barriga.

— Percebe a diferença? — perguntei, num tom levemente brusco.

Os dedos dele percorreram delicadamente o meu abdome. Sua mão parou quando chegou ao centro, e ele apertou de leve, o polegar procurando o meu umbigo.

— Você não vai achar — disse eu, antes que ele pudesse falar. — Eu não tenho.

— O que aconteceu com você? — perguntou Xavier. Ele deve ter imaginado que eu sofrera algum acidente do qual nunca me recuperara por completo.

— Nada aconteceu comigo; essa é quem eu sou.

Quase dava para vê-lo tentando encaixar as peças na sua cabeça.

— E quem é você? — Falou quase num sussurro.

— Já vou lhe mostrar. Se importa de fechar os olhos? E só abra quando eu disser.

Quando tive certeza de que ele estava com os olhos bem fechados, subi de três em três os degraus íngremes da face do penhasco. Fui andando na ponta dos pés até chegar à borda do precipício, com Xavier lá embaixo. O chão era acidentado e irregular, mas consegui me equilibrar. Era um salto de mais ou menos trinta metros, mas a altura não me intimidou. Só torcia para conseguir executar meu plano. Sentia o coração palpitando, quase dando cambalhotas no meu peito. Ouvia duas vozes gritando uma com a outra na minha cabeça. "O que está fazendo?", gritava uma. "Perdeu a cabeça? Desça já e vá para casa! Não é tarde demais para fazer a coisa certa!" A outra voz tinha ideias diferentes. "Já chegou aqui", dizia, "não pode recuar agora. Sabe o quanto quer — você nunca ficará com ele se não fizer isso. Ótimo, seja covarde e vá embora, deixe que ele siga em frente e a esqueça de uma vez. Espero que curta a solidão eterna."

Tapei a boca com a mão para me impedir de gritar de frustração. Não adiantava estender aquilo ainda mais. Já tinha tomado minha decisão.

— Pode abrir os olhos — gritei para Xavier.

Quando abriu, olhou em volta surpreso de não me achar, e então virou o pescoço para cima. Acenei quando ele me viu.

— O que está fazendo aí em cima? — Ouvi um tom de pânico na sua voz. — Beth, isso não tem graça. Desça já, antes que se machuque.

— Não se preocupe, vou descer — disse eu. — Do meu jeito.

Dei um passo à frente, de modo a ficar na beiradinha do precipício, e me equilibrei na ponta dos pés. A rocha irregular arranhava minha pele, mas eu mal podia notar. Já tinha a sensação de estar voando e, mais que tudo, queria sentir o vento nos cabelos novamente.

— Pare com isso, Beth! Não se mexa, vou aí pegar você! — ouvi Xavier gritar, mas já não prestava atenção ao que ele dizia. Quando o vento agitou minhas roupas, abri os braços e deixei meu corpo cair do penhasco. Se fosse humana, sentiria o estômago subir até a garganta, mas a queda só fez meu coração disparar e meu corpo vibrar de euforia. Mergulhei rumo ao chão, me deleitando com o ar batendo no rosto. Xavier gritou e correu para me apanhar, mas seus esforços foram em vão. Esta era uma hora em que eu não precisava ser socorrida. A meio caminho do chão, abaixei os braços e deixei a transformação ocorrer. Uma luz ofuscante disparou de dentro de mim, iluminando todos os meus poros e fazendo meu corpo brilhar como metal em brasa. Vi Xavier proteger os olhos e recuar. Senti as asas irromperem de trás dos meus ombros. Elas atravessaram minha blusa, arrebentando o tecido leve. Totalmente abertas, lançavam uma longa sombra na areia, como se eu fosse uma espécie de pássaro majestoso.

Xavier se agachara, e eu sabia que a luz pulsante o estava cegando. Senti-me exposta e nua pairando ali, com as asas batendo para me segurar, mas ao mesmo tempo estava estranhamente eufórica. Sentia os tendões que ligavam as asas ao meu corpo se esticarem, pedindo para serem exercitados. Elas tinham passado muito tempo apertadas debaixo das minhas roupas. Resisti ao impulso de voar mais alto e mergulhar nas nuvens. Fiquei pairando um pouco antes de pousar delicadamente na areia. A incandescência ardente que me rodeava diminuiu no momento em que meus pés tocaram novamente a terra firme.

Xavier esfregou os olhos e piscou, tentando recuperar a visão. Finalmente, me viu. Deu um passo para trás, aturdido, com as mãos caídas ao longo do corpo como se não soubesse o que fazer com elas. Fiquei parada na frente dele, a pele ainda brilhando. Os vestígios da minha camisa pendiam como tentáculos, e das minhas costas saía um par de asas altas, leves como uma pluma, mas que insinuavam um poder enorme. Meu cabelo ondulava atrás de mim, e sabia que a auréola luminosa acima da minha cabeça estava mais brilhante do que nunca.

— Deus do Céu, o que foi isso?! — exclamou Xavier.

— Será que dá para não dizer nome santo em vão? — pedi com delicadeza. Ele ficou me olhando, tentando achar as palavras certas. — Eu sei. — Suspirei. — Aposto que por essa você não esperava. — Fiz um sinal com a mão na direção da praia. — Pode ir embora agora se quiser.

Xavier ficou imóvel, me lançando um olhar esbugalhado. Então me rodeou lentamente, e senti seus dedos tocarem muito de leve as minhas asas. Embora parecessem pesadas, elas eram finas como pergaminho e não pesavam quase nada.

Dava para ver pela expressão dele que ele estava maravilhado com as plumas brancas e as minúsculas membranas frágeis que eram visíveis por baixo da pele translúcida.

— Uau! — exclamou ele, sem saber o que dizer. — Isso é tão...

— Estranho?

— Incrível — disse ele. — Mas o que você é? — Não pode ser...

— Um anjo? — disse eu. — Acertou em cheio.

Xavier esfregou o nariz como se tentando processar a informação.

— Isso não pode ser real — acabou dizendo. — Não entendo.

— Claro que não — confirmei. — Entre o seu mundo e o meu há uma distância incomensurável.

— Seu mundo? — perguntou ele incrédulo. — Isso é loucura.

— O quê?

— Isso é tudo fantasia. Simplesmente não acontece na vida real!

— Isso *é* real. Eu sou real.

— Eu sei — retrucou ele. — A parte mais assustadora é que acredito em você. Desculpe, preciso de um minuto...

Ele sentou na areia, o rosto contraído como se estivesse tentando solucionar um enigma impossível. Tentei imaginar o que estaria se passando em sua cabeça. Devia ser caótico. Ele devia ter muitas perguntas.

— Está zangado? — perguntei.

— Zangado? — repetiu ele. — Por que deveria estar zangado?

— Porque não lhe contei antes.

— Só estou tentando entender tudo isso — disse ele.

— Eu sei que não é fácil. Leve o tempo que precisar.

Ele ficou um bom tempo calado. O movimento convulsivo do seu peito subindo e descendo levava a crer que ele estava travando uma luta interna. Ele levantou e então passou lentamente a mão acima da minha cabeça. Sabia que seus dedos sentiriam o calor emitido pelo meu halo.

— Tudo bem, então anjos existem — cedeu ele, por fim, falando devagar, como se tentasse explicar as coisas para si. — Mas o que você está fazendo aqui na Terra?

— Neste momento, há milhares de nós com o aspecto humano espalhados por todo o mundo — respondi. — Fomos enviados numa missão.

— Uma missão para alcançar o quê?

— É difícil explicar. Estamos aqui para ajudar as pessoas a se ligarem umas às outras, a se amarem. — Como Xavier pareceu confuso, tentei aprofundar a explicação. — Há muita raiva no mundo, muito ódio. Isso está despertando e agitando as forças das trevas. Quando elas se desencadeiam, é quase impossível controlá-las. É nosso trabalho tentar neutralizar essa negatividade e evitar que um desastre maior aconteça. Este lugar já foi bastante afetado.

— Então você está dizendo que as coisas ruins que aconteceram aqui são decorrentes das forças das trevas?

— Em grande parte.

— E por forças das trevas você se refere ao diabo?

— Bem, aos representantes dele, pelo menos.

Xavier fez menção de que ia rir, mas depois se conteve.

— Isso é loucura. Quem enviou você nessa missão?

— Achei que essa parte era óbvia.

Xavier me olhou incrédulo.

— Você não quer dizer...

— Quero.

Xavier parecia abalado, como se o vento o tivesse levado pelos ares e jogado de novo contra o chão. Seus dedos coçavam o cabelo da nuca.

— Está me dizendo que Deus existe mesmo?

— Não sou autorizada a falar sobre isso — respondi, achando melhor cortar a conversa antes que ela fosse adiante.

— Algumas coisas estão além da compreensão humana. Eu teria muitos problemas se tentasse explicar isso. Não devíamos sequer pronunciar o nome Dele.

Xavier fez que sim com a cabeça.

— Mas existe vida após a morte? — perguntou. — Um paraíso?

— Sem dúvida.

— Então... — Ele esfregou o queixo pensativamente. — Se existe um paraíso, pela lógica... deve também existir...

Terminei o raciocínio dele.

— Sim, isso existe também. Mas, por favor, chega de perguntas por ora.

Xavier massageou as têmporas como se tentasse imaginar a melhor maneira de processar aquelas informações.

— Sinto muito — disse eu. — Sei que isso deve ser massacrante.

Ele ignorou minha preocupação, mais concentrado em organizar as ideias de forma mais convincente.

— Veja se entendi direito — disse ele. — Vocês são anjos numa missão para ajudar a humanidade e foram incumbidos de vir para Venus Cove?

— Na verdade Gabriel é um arcanjo — corrigi. — Mas, sim.

— Bem, isso explica por que ele é tão difícil de impressionar — disse Xavier com desenvoltura.

— Você é a única pessoa que sabe disso. Não pode pensar em dizer uma palavra sequer para ninguém.

— Para quem eu contaria? — perguntou ele. — Quem acreditaria em mim, afinal?

— Boa pergunta.

Ele riu.

— Minha namorada é um anjo — disse ele, depois repetindo isso mais alto, mudando a ênfase e testando o som das palavras. — Minha *namorada* é um *anjo*.

— Xavier, fale baixo — alertei.

Dito em voz alta, aquilo parecia tão chocante e, no entanto, ao mesmo tempo, tão simples que eu não pude deixar de rir também. Para qualquer outra pessoa, o emprego da palavra *anjo* soaria como nada mais do que a manifestação de carinho de um adolescente apaixonado. Só nós dois entendíamos de outra forma, e agora ambos tínhamos um segredo — um segredo perigoso que nos aproximava mais do que nunca. Era como se tivéssemos acabado de selar o laço entre nós, como se tivéssemos eliminado a distância e tornado nosso vínculo definitivo.

— Estava com muito medo de que você não quisesse me conhecer quando descobrisse. — Suspirei, aliviada.

— Está brincando? — Xavier pegou uma mecha do meu cabelo e a enrolou no dedo. — Devo ser o cara mais sortudo do mundo.

— Por quê?

— Não é óbvio? Tenho meu próprio pedacinho do Céu aqui mesmo.

Ele me envolveu nos braços, me puxando mais para perto dele. Encostei o nariz no seu peito, sentindo seu cheiro.

— Pode me prometer não fazer muitas perguntas?

— Se você responder a pelo menos uma — respondeu Xavier. — Acho que isso faz de nós um grande...

Terminou a frase agitando o dedo e estalando a língua. Fiquei feliz de ver que o choque passara e ele estava agindo de modo um pouco mais natural.

— Não só grande — disse eu. — O maior.

— Não se preocupe, Beth. Adoro um desafio.

15
A ALIANÇA

— Então, o que acontece agora? — perguntou Xavier.

— Como assim?

— Agora que sei sobre você?

— Honestamente, não sei. Nunca tivemos uma situação assim antes — admiti.

— Então ser anjo não significa... — Ele hesitou.

— Não significa que eu tenha resposta para tudo — concluí por ele.

— Só presumi que isso poderia ser uma das vantagens.

— Infelizmente não.

— Bem, me parece que, desde que ninguém saiba, você não corre perigo. E quando se trata de segredos, sou um túmulo. Pergunte aos meus amigos.

— Sei que posso confiar em você. Mas tem mais uma coisa que você precisa saber. — Fiz uma pausa.

Esta era a parte mais difícil — mais difícil do que tudo o que eu acabara de fazer.

— Tudo bem...

Xavier pareceu estar se preparando dessa vez.

— Você tem que entender que, mais cedo ou mais tarde, essa missão vai terminar, e vamos voltar para casa.

— Por casa você quer dizer... — Ele olhou para o céu.

— Exatamente.

Embora ele já devesse esperar a resposta, seu rosto de repente ficou tenso. Seus olhos azuis escureceram, e sua boca se contraiu como se estivesse zangado.

— Se for embora, você volta algum dia? — perguntou ele com a voz embargada.

— Acho que não — respondi calmamente. — Mas, se voltar, não é provável que seja logo e nem para o mesmo lugar.

Seu corpo inteiro se contraiu ao meu lado.

— Então você não tem escolha? — disse ele com uma voz incrédula. — O que aconteceu com o livre-arbítrio?

— Esse direito foi concedido à humanidade, lembra? Não vale para nós. Escute, se tem um jeito de eu ficar, ainda não descobri qual é. Quando vim para cá, sabia que não seria definitivo, que um dia teríamos que ir embora. Mas não esperava encontrar você, e agora que encontrei...

— Bem, você não pode ir — disse Xavier simplesmente.

Pelo seu tom ele poderia estar dando a previsão do tempo: *Hoje haverá pancadas de chuva ao fim do dia.* Falava com uma confiança que desafiava qualquer um que contestasse a decisão.

— Sinto a mesma coisa — disse eu, pressionando os dedos nos seus ombros numa tentativa de aliviar sua visível tensão —, mas não depende de mim.

— É a sua vida — argumentou Xavier.

— Não, isso não é totalmente verdade. Estou mais ou menos emprestada.

— Então só teremos que renegociar os termos do empréstimo.

— E como acha que dá para fazer isso? Não é como dar um telefonema.

— Deixe eu pensar no assunto.

Tinha que admitir que a determinação dele era impressionante e tipicamente humana. Cheguei mais perto para me aconchegar nos seus braços.

— Não vamos falar mais nisso esta noite — sugeri, tentando não estragar o momento discutindo coisas que não podíamos mudar. Por ora, era suficiente ele querer que eu ficasse e se preparar para desenvolver poderes que não tinha para fazer isso acontecer. — Estamos aqui juntos, agora, não vamos nos preocupar com o futuro. Certo?

Xavier fez que sim com a cabeça e correspondeu quando encostei os lábios nos dele. Pouco depois, a tensão pareceu se desvanecer e nos deitamos na areia. Eu sentia os contornos dos nossos corpos se encaixando perfeitamente. Os braços dele envolviam minha cintura enquanto eu corria os dedos por seu cabelo macio e afagava seu rosto. Nunca tinha beijado ninguém antes dele, e era como se outro ser tivesse se apossado do meu corpo — um ser que sabia exatamente o que fazia. Inclinei a cabeça para cobri-lo de beijos, da mandíbula, passando pela nuca e indo até seu ombro. Ele parou de respirar um instante. Suas mãos vieram segurar meu rosto, acariciando meu cabelo e colocando-o atrás das minhas orelhas.

Eu não sabia ao certo quanto tempo ficamos daquele jeito, enroscados na areia, ora abraçados, ora olhando a lua ou os penhascos. Tudo o que eu sabia era que, quando me dei conta da hora, havia passado mais tempo do que eu pensara. Levantei-me, limpando a areia da roupa e do corpo.

— Está ficando tarde — disse eu. — Tenho que ir para casa.

A pose de Xavier, esparramado na areia, com o cabelo castanho despenteado e um meio sorriso sonhador nos lábios, era tão encantadora que fiquei tentada a deitar ao lado dele novamente. Mas consegui me conter e virar para voltar pelo mesmo caminho pelo qual tínhamos vindo.

— Ei, Beth — disse Xavier se levantando. — Talvez você queira, hã... se cobrir.

Custei um pouco a perceber que as asas ainda estavam aparecendo por baixo da blusa rasgada.

— Ah, certo, obrigada!

Ele me jogou seu moletom, que enfiei pela cabeça. Era grande demais para mim, batia nas coxas, mas era quente, confortável e tinha o cheiro delicioso dele. Quando afinal nos separamos, fui correndo pelo resto do caminho até em casa, como se ele continuasse ao meu lado. Eu sabia que dormiria com o moletom naquela noite e ficaria com o cheiro na memória.

Quando cheguei ao quintal invadido pelo mato da Byron, passei os dedos apressadamente pelo cabelo e endireitei a roupa, tentando dar mais a impressão de ter feito um passeio inocente com amigos do que tendo um encontro amoroso secreto ao luar. Então, joguei-me no pesado balanço de madeira, que rangeu com meu peso. Encostei o rosto na corda áspera presa no galho nodoso do carvalho e olhei para a casa. Pela janela, dava para ver a sala, onde meus irmãos estavam sentados com a luz acesa, Ivy tricotando um par de luvas e Gabriel dedilhando o violão. Olhando para eles, senti o gelo da culpa tomar meu peito.

Era lua cheia, e uma luz azulada inundava o jardim, iluminando uma estátua caindo aos pedaços que havia no meio da grama crescida. Era de um anjo severo, olhando para o céu, as mãos juntas no peito num gesto de devoção. Gabriel a considerava uma réplica medíocre e um tanto ofensiva, mas Ivy dizia que era simpática. Particularmente, eu sempre a achara meio sinistra. Não sabia ao certo se era a luz me pregando uma peça ou apenas minha imaginação, mas, quando olhei para a estátua no escuro, julguei ter visto seus dedos se contraírem num gesto de acusação e seus olhos se virarem para mim.

A ilusão durou só um segundo, o suficiente para eu saltar do balanço, que bateu no tronco da árvore fazendo barulho. Antes que pudesse tornar a examinar o anjo para avaliar meu estado de sanidade, fui distraída pelo barulho das portas de vidro se abrindo. Ivy saiu para o deque parecendo um fantasma. O luar iluminava sua pele alva, destacando as veias azuladas dos seus braços e do seu peito.

— Bethany, é você? — A voz dela era doce, e a expressão no seu rosto, dolorosamente confiante. Meu estômago se contorceu, e fiquei enjoada. Ela viu metade do meu corpo coberto pela sombra da árvore. — O que está fazendo aí? Venha para dentro.

Tudo era tranquilizadoramente familiar na casa: a luz amarela do abajur refletia no assoalho, a cama de Phantom com estampa de patas estava no lugar de sempre, ao lado do sofá, e a seleção de livros de arte clássica e revistas de decoração cuidadosamente organizada por Ivy estava sobre a mesa de centro.

Gabriel ergueu os olhos quando entrei.

— A noite foi boa? — perguntou com um sorriso.

Tentei sorrir de volta, mas estava com os músculos da face paralisados. Tinha a sensação de que o peso do que eu fizera me pressionava, como uma onda quebrando em cima de mim, forçando minha cabeça a mergulhar na água e não me deixando respirar. Quando estava com Xavier, era fácil esquecer que havia qualquer outro lugar no mundo, que devia fidelidade a qualquer outra pessoa.

Não me arrependi de revelar a verdade a ele, mas odiava subterfúgios, especialmente envolvendo minha família. Tinha medo da reação dos meus irmãos quando descobrissem o que eu havia feito. Será que teriam a capacidade de entender por que eu fizera aquilo? Mas, acima de tudo, eu temia que os poderes no Céu encerrassem nossa missão ou ordenassem a minha volta imediata. De uma forma ou de outra, eu seria afastada da Terra, afastada da pessoa que mais importava para mim.

Gabriel deve ter reparado que eu usava o moletom de Xavier, mas não fez nenhum comentário. Embora parte de mim quisesse confessar tudo no ato, me forcei a ficar calada. Pedi desculpas pelo atraso, disse que estava cansada e pedi licença para ir deitar, recusando o leite com chocolate e os biscoitos que Ivy fizera naquela tarde.

Quando cheguei ao pé da escada, Gabriel me chamou, e esperei enquanto ele vinha a mim. Meu coração palpitava no peito. Meu irmão era assustadoramente observador, e eu tinha certeza de que ele notara que eu estava diferente. Esperava que ele examinasse o meu rosto, fizesse perguntas constrangedoras ou alguma acusação, mas tudo o que ele fez foi pôr a mão com os anéis frios de metal na minha bochecha e me dar um beijo na testa. Seu rosto perfeito parecia tranquilo naquela noite. Seu cabelo louro escapava do elástico em que ele às vezes o prendia. Seus olhos cor de chuva tinham perdido um pouco da severidade, e ele me olhava com amor fraternal.

— Estou orgulhoso de você, Bethany — disse. — Você progrediu em pouquíssimo tempo e está aprendendo a tomar decisões melhores. Leve Phantom para cima com você. Ele estava nervoso com a sua ausência.

Usei toda a minha determinação para conter as lágrimas.

Já deitada com o corpo quente de Phantom ao meu lado, deixei as lágrimas rolarem. Jurava que podia sentir as mentiras deslizando pelo corpo como cobras, se enroscando em mim e me apertando. Senti que espremiam o ar para fora dos meus pulmões, e apertavam meu coração. Além da culpa que corria em minha corrente sanguínea como um veneno, havia também um medo terrível. Será que, quando acordasse, continuaria na Terra? Não sabia. Quis rezar, mas não consegui. Estava muito envergonhada para falar com Nosso Pai após os pecados que eu cometera. Só tinha guardado o segredo por algumas horas e já estava esgotada.

Junto com a culpa e a vergonha, eu sentia uma raiva latente da ideia de não ser dona do meu próprio destino. Xavier pusera isso na minha cabeça. Alguém decidiria minha relação com ele, e o pior era que eu não sabia quando isso aconteceria. Meu tempo na Terra vinha com data de validade desconhecida. E se nem ao menos eu conseguisse me despedir dele? Joguei longe as cobertas, mesmo me sentindo gelada. Não conseguiria imaginar uma existência sem Xavier. Não queria imaginar.

Horas depois, minha cabeça ainda fervilhava com pensamentos, e tudo continuava na mesma, a não ser por meu travesseiro encharcado de lágrimas. Meu sono ia e voltava. Às vezes, me sentava na cama, procurando no escuro pelo sinal de algo ou de alguém que tivesse vindo infligir meu castigo. *A mim pertence a vingança; eu retribuirei, diz o Senhor.* Houve um momento em que acordei e vi uma figura encapuzada que imaginei ter vindo em busca de vingança, mas depois vi que era só meu casaco pendurado num cabide ao lado da porta. Fiquei com medo de fechar os olhos depois disso, como se fosse ficar mais vulnerável se o fizesse. Era irracional me sentir daquele jeito. Sabia que, se viessem me buscar, não faria a menor diferença eu estar dormindo ou acordada. Eu continuaria absolutamente impotente.

Quando amanheceu, vi que, psicologicamente, eu estava em frangalhos. Quando lavei o rosto e me olhei no espelho, constatei que fisicamente também. Minha pele pálida estava ainda mais branca, e minhas olheiras, mais fundas. Naquele estado, eu até me parecia, em parte, com um anjo caído em desgraça.

Quando encontrei a cozinha vazia, vi logo que havia alguma coisa errada. Não me lembrava de uma manhã sequer em que Gabriel não estivesse à minha espera com o café já sendo preparado. Eu lhe dissera várias vezes que podia prepará-lo eu mesma, mas, como um irmão coruja, ele insistia que gostava de fazer isso. Hoje a mesa estava vazia, e a cozinha, em silêncio. Eu disse a mim mesma que aquilo nada mais era senão um pequeno desvio da rotina. Fui à geladeira para pegar um copo de suco de laranja, mas minhas mãos tremiam tanto que derramei metade na bancada. Peguei uma toalha de papel e limpei a bagunça, lutando contra o medo que apertava minha garganta.

Senti a presença de Ivy e Gabriel antes de ouvi-los entrar. Os dois estavam juntos parados no portal, unidos numa condenação silenciosa, com os rostos imóveis e sem expressão. Eu não precisava que eles dissessem as palavras em voz alta. Eles *sabiam*. Teria sido minha agitação que me traíra? Eu já devia ter esperado aquela reação, mas ainda assim ela doía como um tapa no rosto. Por vários minutos, não consegui dizer uma palavra. Queria correr e esconder o rosto na camisa de Gabriel, implorar por perdão e sentir seus braços em volta de mim; mas sabia que não encontraria consolo ali. Embora os anjos fossem vistos como infinitamente amorosos e misericordiosos, eu sabia que havia outro lado, que podia ser severo e implacável. O perdão era reservado aos humanos. Eles sempre eram isentos das responsabilidades. Tínhamos propensão a infantilizá-los, a concluir que os "pobres coitados" não sabiam o que faziam. Mas de mim se esperava mais. Eu não era humana, era um deles, e não havia desculpa.

Não se ouvia nenhum ruído, a não ser os pingos da torneira na pia e minha respiração descompassada. Não conseguia aguentar o silêncio. Teria sido mais fácil se eles tivessem esbravejado diretamente, me censurado ou me expulsado de casa; qualquer coisa, menos aquele silêncio ensurdecedor.

— Sei como isso deve parecer para vocês, mas tive que contar a ele! — desabafei.

A expressão de Ivy se congelou numa máscara de horror, mas a de Gabriel estava impassível.

— Sinto muito — continuei. — Não posso evitar sentir o que sinto por ele. Ele significa muito para mim.

Ninguém disse nada.

— Por favor, digam alguma coisa — implorei. — O que vai acontecer agora? Vamos ser chamados de volta ao Reino? Nunca mais vou vê-lo.

Desatei a soluçar sem derramar lágrimas e me agarrei à bancada para me apoiar. Nenhum dos meus irmãos fez menção de me consolar. Eu não os culpava. Foi Gabriel quem quebrou o silêncio. Voltou aqueles olhos cor de aço, incandescentes, em minha direção. Quando falou, dava para ouvir a raiva que inundava sua voz.

— Tem alguma ideia do que você fez? — perguntou. — Percebe o perigo em que nos colocou?

A raiva dele estava aumentando, os sinais eram evidentes. Lá fora, um vento forte começou a soprar, chacoalhando as vidraças das janelas e derrubando um copo da bancada, fazendo-o quebrar em pedacinhos. Ivy pôs as mãos nos ombros de Gabriel. Seu toque fez Gabriel voltar um pouco a si, e ele deixou que ela o conduzisse para a mesa, onde se sentou de costas para mim. Seus ombros subiam e desciam enquanto ele tentava controlar a raiva. Onde estava sua paciência infinita?

— Por favor — disse eu, num tom pouco acima de um sussurro. — Isso não justifica, mas acho...

— Não diga isso. — Ivy virou-se para mim com uma expressão de advertência. — Não diga que o ama.

— Quer que eu minta para vocês? — perguntei. — Já tentei não me sentir assim, tentei mesmo, mas ele não é igual aos outros humanos. É diferente... ele entende.

— Entende? — Gabriel tinha a voz trêmula, muito diferente de sua calma habitual. Eu sempre achara que nada poderia tirá-lo do sério. — Pouquíssimos mortais ao longo da história chegaram *perto* de entender o divino. Está sugerindo que seu amigo de escola é um deles?

Eu me encolhi. Nunca ouvira Gabriel falar naquele tom antes.

— O que posso fazer? — perguntei baixinho, as lágrimas correndo soltas pelo rosto. — Estou apaixonada por ele.

— Pode até estar, mas seu amor é inútil — disse Gabriel, inflexível. — É seu dever mostrar compreensão e compaixão por toda a humanidade, mas seu carinho exclusivo por esse garoto é errado. Vocês são de mundos diferentes. É inadmissível. Você pôs em risco a sua vida e a dele.

— A dele? — perguntei, em pânico. — Como assim?

— Calma, Gabriel — disse Ivy. Ela apertou seu ombro. — Essa situação surgiu e tem que ser enfrentada.

— Preciso saber o que vai acontecer! — exclamei. — Será que vão nos chamar de volta ao Reino? Por favor, tenho o direito de saber.

Eu odiava ser vista tão desesperada, tão completamente fora de controle, mas sabia que, se quisesse evitar que meu mundo desmoronasse, Xavier teria que continuar nele.

— Me parece que você renunciou a quaisquer direitos que tivesse. Só há uma coisa que pode ser feita — disse Gabriel.

— O quê? — perguntei, tentando conter a histeria.

— Preciso falar com a Aliança.

Eu sabia que ele se referia ao círculo de arcanjos que eram chamados para intervir só nas situações mais extremas. Eles eram os mais sábios e mais poderosos da nossa espécie, abaixo apenas do Nosso Criador. Gabriel obviamente sentia que precisava de reforços.

— Vai explicar como aconteceu? — perguntei.

— Não vai ser preciso — respondeu Gabriel. — Eles já vão saber.

— Então, o que vai acontecer?

— Eles darão o veredicto, e nós obedeceremos.

Sem dizer mais nada, Gabriel saiu imponentemente da cozinha, e, pouco depois, ouvimos a porta de entrada se fechar atrás dele.

A ESPERA FOI EXCRUCIANTE. Ivy preparou xícaras de chá de camomila e sentou-se comigo na sala, mas parecia que uma nuvem negra tinha descido sobre nós. Estávamos na mesma sala, mas um oceano nos separava. Phantom também ficou incomodado, sentindo que as coisas não estavam certas, e enterrou o focinho no meu colo. Tentei bloquear a ideia de que, dependendo do veredicto, também poderia nunca mais vê-lo.

Não sabíamos aonde Gabriel tinha ido, mas Ivy disse que o mais provável é que fosse algum lugar desolado e ermo onde pudesse se comunicar com os arcanjos sem interferência humana. Era quase como usar internet sem fio — a gente tinha que encontrar o melhor lugar para se conectar e, quanto menor o número de humanos em volta, melhor a conexão. Gabriel precisava de algum canto onde pudesse meditar facilmente e entrar em contato com as forças no Universo.

Eu não sabia muito sobre os outros seis no arco de Gabriel. Só os conhecia de nome e pela reputação que tinham. Perguntei-me se algum deles simpatizaria com a minha causa.

Miguel era o líder do arco. Era o Príncipe da Luz, o anjo da virtude, da honestidade e da salvação. Diferentemente dos outros, Miguel era o único que fazia serviços como Anjo da Morte. Rafael era conhecido como a Medicina de Deus, porque era um curador e seu dever era supervisionar o bem-estar físico daqueles sob seus cuidados na Terra. Era tido como o mais carinhoso dos arcanjos. Uriel era considerado o Fogo do Senhor, uma vez que era o anjo da punição, e foi um dos convocados para devastar Sodoma e Gomorra. Raguel tinha a função de velar sobre os outros no arco e assegurar que eles agissem de acordo com o código estabelecido pelo Senhor. Anjo do sol, Zeraquiel mantinha vigilância constante sobre o Céu e a Terra. Ramiel tinha que inspecionar as visões divinas concedidas aos eleitos na Terra. Era também seu dever levar as almas a julgamento quando a hora delas chegasse.

E, naturalmente, havia Gabriel. Ele era conhecido como o Herói de Deus, guerreiro-chefe do Reino, e dizia-se que se sentava à esquerda do Pai. Mas, diferentemente dos outros, que eram distantes, eu via Gabriel como meu irmão, meu protetor e amigo. Um ditado sobre a força dos laços de sangue me vinha à cabeça. Era assim que me sentia em relação a Gabe e Ivy — éramos do mesmo espírito. Esperava não ter destruído esse laço com um único ato imprudente.

— O que acha que eles vão dizer? — perguntei a Ivy pela quinta vez suspirando.

— Honestamente não sei, Bethany. — A voz dela soava distante. — Recebemos instruções claras de não nos expor. Como ninguém esperava que essa regra fosse quebrada, as consequências nunca foram discutidas.

— Você deve me odiar — disse eu baixinho.

Ela olhou para mim.

— Não posso fingir entender o que você estava pensando — retrucou ela. — Mas você ainda é minha irmã.

— Sei que não posso justificar o que fiz.

— Sua encarnação é diferente da nossa. Você sente tudo com muito afinco. Para nós, Xavier é como qualquer outro ser humano; para você, é uma coisa completamente diferente.

— Ele é tudo.

— Isso é errado.

— Eu sei.

— Fazer de uma pessoa o centro do seu mundo sempre acaba em desastre. Há muitos fatores que não podem ser controlados.

— Eu sei — repeti com um suspiro.

— Há alguma chance de você renunciar aos seus sentimentos? — perguntou Ivy. — Ou isso está fora de questão?

Fiz que não com a cabeça.

— É tarde demais.

— É o que achei que você diria.

— Por que sou tão diferente? — perguntei um instante depois. — Por que tenho esses *sentimentos*? Você e Gabe podem mandar no que sentem. Já eu pareço não ter o menor controle.

— Você é jovem — disse Ivy lentamente.

— Não é isso. — Torci as mãos. — Deve haver mais alguma coisa.

— Sim — concordou minha irmã. — Você é mais humana que qualquer anjo que já tenha conhecido. Se identificou muito com a Terra. Seu irmão e eu sentimos falta do nosso mundo. Este lugar é estranho para nós. Mas você... você se encaixa nele. É como se seu lugar sempre tivesse sido aqui.

— Por quê? — perguntei.

Minha irmã balançou a cabeça.

— Não sei.

Por um momento, captei um olhar nostálgico em seu rosto, e me perguntei se, no fundo, ela desejava poder entender meu amor ardente por Xavier. Mas o olhar desapareceu antes que eu pudesse me fixar nele.

— Acha que Gabriel algum dia vai me perdoar?

— Nosso irmão habita um plano de existência diferente — explicou Ivy. — Não está acostumado a lidar com o erro. Acha que as falhas que você cometeu se tornam as dele. Vai considerar isso um fracasso dele, não seu. Consegue entender isso?

Assenti com a cabeça e não me dei ao trabalho de fazer outras perguntas. Não havia nada a fazer senão aguardar, e isso podíamos fazer em silêncio.

Os segundos passavam lentamente, e os minutos viravam horas. Meu medo aumentava e desaparecia em intervalos variados, como ondas num oceano. Eu sabia que, se voltasse ao Reino, estaria novamente com meus irmãos, mas ao mesmo tempo sozinha, com o resto da eternidade para desejar o que tivera na Terra. Isso se eu fosse readmitida no Reino. Nosso Criador, apesar de generoso e amoroso, não reagia bem a desafios. Havia uma chance de eu ser excomungada. Recusava-me a imaginar como poderia ser o Inferno. Já tinha ouvido histórias, e isso era o suficiente. Dizia a lenda que os pecadores eram pendurados pelas pálpebras, queimados, torturados, esquartejados e costurados novamente. Diziam que o lugar fedia a carne tostada e cabelo chamuscado e que os rios eram de sangue. Obviamente, eu não acreditava em nada daquilo, mas a ideia me dava arrepios.

Eu sabia que muita gente na Terra não acreditava que existisse um lugar como o Inferno, mas essas pessoas não tinham noção de como estavam enganadas. Anjos como eu não faziam ideia de como era o Inferno, mas eu sabia que não queria descobrir. Um arcanjo como Gabriel saberia mais sobre o reino das trevas, mas era proibido de tocar no assunto.

Dei um pulo quando ouvi a porta da frente bater, e meu coração disparou. Dentro de instantes Gabriel estava parado diante de nós, com os braços cruzados no peito e o rosto aflito, mas impenetrável como sempre. Ivy se levantou e foi para o seu lado, não demonstrando estar ansiosa para ouvir o veredicto.

— O que foi decidido? — perguntei, não suportando mais o suspense.

— A Aliança lamenta ter indicado Bethany para essa missão na Terra — disse Gabriel, com os olhos penetrantes focados em mim. — Esperava-se mais de um anjo desse escalão.

Comecei a tremer. Pronto: estava tudo acabado. Eu ia voltar para o lugar de onde viera. Considerei sair correndo, mas era inútil. Não havia um canto sequer da Terra em que pudesse me esconder. Fiquei de pé, inclinei a cabeça e segui em direção à escada.

Gabriel apertou o olhar.

— Aonde pensa que vai?

— Vou me preparar para partir — respondi, tentando encontrar forças para olhá-lo nos olhos.

— Partir para *onde*?

— Para casa.

— Bethany, você não vai para casa. Nenhum de nós vai — disse ele. — Você não me deixou terminar. O desapontamento com seus atos é grande, mas a sugestão da Aliança de abortar a missão foi recusada.

Fiquei perplexa.

— Por quem?

— Por um poder superior.

Agarrei-me com toda força a esse raio de esperança.

— Quer dizer que vamos ficar? Não vão me levar embora?

— Parece que o investimento nessa missão foi muito grande para permitir que ela seja encerrada devido a um contratempo menor. Portanto, a resposta é sim, vamos ficar.

— E Xavier? — perguntei. — Estou autorizada a vê-lo?

Gabriel pareceu irritado, como se a decisão tomada a esse respeito fosse absolutamente irrelevante.

— Está autorizada a continuar saindo com o garoto enquanto estivermos aqui. Como ele já sabe da nossa identidade, proibir você de vê-lo poderia complicar ainda mais as coisas.

— Ah, obrigada! — comecei, mas Gabriel me interrompeu.

— A decisão não foi minha, então não mereço nenhum agradecimento.

Ficamos calados por vários minutos, até que me aventurei a quebrar o silêncio.

— Por favor, não fique zangado comigo, Gabriel. Na verdade, você tem todo o direito de estar zangado, mas pelo menos entenda que não fiz isso por mal.

— Não estou interessado em ouvir o que você tem a dizer, Bethany. Você tem o *seu namorado*, se dê por satisfeita.

Ele virou as costas para mim. Em seguida, senti o toque reconfortante de Ivy em meus ombros. Em instantes, passei de um estado de espírito cataclísmico a outro nada mais que rotineiro, o que confirmava, mais categoricamente do que qualquer coisa que Gabriel pudesse dizer, que continuaríamos na Terra.

— Preciso ir ao supermercado — disse Ivy. — Uma ajudinha seria boa.

Olhei para Gabriel esperando a aprovação.

— Vá ajudar Ivy — disse ele num tom mais agradável, com uma ideia vindo à cabeça. — Vamos ser quatro para jantar hoje.

16
LAÇOS DE FAMÍLIA

A declaração de Gabriel de que Xavier teria a honra de ser o nosso primeiro convidado para jantar me deixou desconfiada. Eu não podia deixar de questionar o motivo por trás do convite. Até então, os únicos sentimentos que Gabriel tinha manifestado em relação a Xavier oscilavam entre o desdém e a indiferença.

— Por que está convidando o Xavier para jantar? — perguntei.

— Por que não? — retrucou Gabriel. — Ele sabe a nosso respeito, portanto não vejo mal nenhum nisso. Além do mais, há algumas regras básicas que precisamos deixar claras.

— Por exemplo...?

— Por exemplo, a importância da confidencialidade, para início de conversa.

— Você não conhece o Xavier. Ele é tão discreto quanto eu — garanti, percebendo a ironia assim que terminei de falar.

— Bem, isso não inspira muita confiança, inspira? — comentou Gabriel.

— Não se preocupe, Bethany, só queremos conhecê-lo — disse Ivy, me dando um tapinha maternal no braço. Olhou deliberadamente para Gabe. — Queremos que ele se sinta à vontade. Se vamos confiar nele, ele tem que ser capaz de confiar em nós.

— E se ele estiver ocupado hoje à noite? — me esquivei.

— Não vamos saber se você não o convidar — retrucou Gabriel.

— Nem tenho mais o telefone dele.

Gabriel foi a um armário no hall e voltou com um catálogo pesado, que jogou sem cerimônia em cima da mesa.

— Garanto que é possível encontrá-lo aqui — afirmou num tom sinistro.

Como estava evidente que Gabriel não seria dissuadido da ideia, não discuti mais e fui me arrastando ligar para Xavier. O único protesto que fiz foi me certificar de subir a escada batendo o pé e fazendo o máximo de barulho possível. Nunca tinha ligado para a casa de Xavier, e uma voz desconhecida atendeu.

— Alô, Claire falando.

A voz era segura e extremamente educada. No fundo, estava torcendo para que ninguém atendesse. Se havia uma coisa que eu achava que poderia afugentar Xavier, era uma noite com a minha família bizarra. Cogitei desligar o telefone e dizer a Gabriel que eu não conseguira falar, mas sabia que isso pouco adiantaria. Ele saberia que eu estava mentindo e me faria ligar de novo. Ou pior, poderia dizer que ele mesmo ia ligar.

— Alô, aqui é Bethany Church — disse eu, com uma voz tão mansa que quase não me reconheci. — Posso falar com o Xavier?

— Claro — respondeu a menina. — Já vou chamar. — Ouvi o fone sendo apoiado em uma superfície, depois a voz dela chamando pela casa. — Xavier! Telefone!

Escutei um farfalhar e depois crianças brigando. Finalmente, ouvi passos e a voz sonhadora de Xavier ecoou na linha.

— Alô.

— Oi, sou eu.

— Oi, eu. — O tom da voz dele subiu um pouco. — Está tudo bem?

— Bem, depende do ponto de vista — respondi.

— O que aconteceu, Beth? — Sua voz de repente ficou séria.

— Minha família sabe que você sabe. Não precisei contar.

— Puxa, isso foi rápido. Como eles reagiram?

— Mal — admiti. — Mas Gabriel se reuniu com a Aliança e...

— Desculpe. Aliança?

— É um círculo de poderes. É muito complicado para explicar agora, mas eles são consultados quando as coisas, hã, saem dos trilhos.

— Certo... e o que eles decidiram fazer?

— Bem... nada.

— Como assim *nada*?

— Eles disseram que por ora as coisas podem continuar como estão.

— E a gente? O que acontece com a gente?

— Aparentemente estou autorizada a continuar saindo com você.

— Bem, essa é uma boa notícia, não?

— Acho que sim, mas não tenho certeza. Escute, o Gabe está agindo de maneira estranha. Ele quer que você venha *jantar* aqui em casa hoje.

— Bem, parece uma coisa boa. — Fiquei calada, sem partilhar do seu otimismo. — Relaxe, Beth, acho que consigo enfrentar isso.

— Não tenho certeza se *eu* consigo.

— Vamos enfrentar juntos — disse Xavier. — A que horas quer que eu esteja aí?

— Às sete, pode ser?

— Pode. Até mais tarde.

— Xavier... — disse eu, roendo as unhas. — Estou preocupada. Estamos numa situação complicada aqui. E se isso der errado? E se ele tiver más notícias? Acha que vamos ter más notícias?

— Não, não acho; agora pare de se estressar. Por favor. Por mim.

— Tudo bem. Desculpe. É só que a nossa relação está por um fio, e eles foram indulgentes até esse momento, mas esse jantar pode ou arrumar as coisas, ou acabar com tudo, e não sei bem por que Gabe...

— Ihh — gemeu Xavier. — Está vendo o que você fez? Estou assustado.

— Não! Você é o estável!

Xavier riu, e percebi que tinha fingido a aflição para tentar me convencer. Ele não estava nada preocupado.

— Relaxe. Vá tomar um banho quente ou uma dose de conhaque.

— Tudo bem.

— A segunda parte foi brincadeira. Nós dois sabemos que você não aguenta bebida.

— Você parece muito tranquilo em relação a tudo isso.

— É que estou mesmo. Beth, a calma não devia ser a sua *qualidade*? Você se preocupa demais. Estou sendo sincero, vou me sentir bem. Vou me aprontar para a ocasião especial.

— Não, venha como você é! — implorei ao telefone, mas ele já tinha desligado.

Xavier chegou pontualmente, usando um terno cinza de risca de giz e uma gravata de seda vermelha. Passara alguma coisa no cabelo, que estava penteado para trás e não caía no rosto. Embaixo do braço, trazia um buquê de rosas amarelas de caule comprido embrulhado em celofane verde e amarrado com ráfia. Demorei um instante para reagir depois de abrir a porta. Xavier riu quando me viu.

— Exagerei? — perguntou.

— Não, está ótimo! — disse eu, genuinamente satisfeita com seu esforço.

Mas logo fiquei de novo apreensiva.

— Então por que está com essa cara tão apavorada? — Ele me deu uma piscadela segura. — Eles vão me adorar.

— Só não faça nenhuma piada. Eles não entendem muito. — Eu estava histérica e começava a ficar com as pernas bambas.

— Tudo bem, nenhuma piada. Será que devo me oferecer para fazer a oração antes do jantar?

Tive que rir; não consegui me controlar.

Embora eu devesse ter feito o papel de anfitriã e o acompanhado à sala, ficamos na porta como dois cúmplices conspirando. Sem saber o que a noite nos reservava, meu instinto foi adiá-la ao máximo. Além disso, naquele momento, só conseguia pensar que Xavier era meu e que pertencíamos um ao outro. Ele podia estar com uma roupa formal demais para um jantar informal improvisado, mas fazia uma bela figura com aqueles ombros largos, os olhos azuis insondáveis e aquele cabelo penteado para trás. Ele era o meu próprio príncipe de contos de fada. E, como um príncipe de contos de fada, eu sabia que podia contar com o fato de que ele não fugiria da raia quando as coisas apertassem. Xavier manteria sua posição, e qualquer decisão que tomasse seria da cabeça dele. Em todo caso, eu sabia que podia contar com ele.

Ivy adotou com naturalidade o papel de anfitriã. Ficou encantada com as flores e conversou sobre trivialidades, além de se empenhar ao máximo em fazer com que Xavier se sentisse à vontade durante o jantar. Ivy não era de fazer julgamentos, e seu coração amolecia quando achava que uma pessoa era sincera. E a sinceridade de Xavier era autêntica. Foi essa autenticidade que lhe deu o papel de representante da escola e a grande aceitação entre os alunos. Gabriel, por outro lado, observava Xavier com cautela.

Minha irmã se esmerara muito no cardápio: fizera uma sopa aromática de batata com alho-poró seguida de truta assada e uma travessa de legumes ao forno. Eu sabia que a sobremesa seria *crème brulé*, pois tinha visto os potinhos na geladeira. Ivy até mandara Gabe à cidade para procurar um maçarico próprio para caramelizar a crosta de açúcar. Também pusera a mesa com nossa prataria e nossa melhor louça. O vinho no decantador tinha sabor de frutas vermelhas, e havia água com gás numa garrafa de cristal.

As velas na mesa iluminavam nossos rostos. Comemos em silêncio a princípio, e a tensão era palpável. Ivy olhava de mim para Xavier e sorria exageradamente, enquanto Gabriel partia a comida com raiva, como se imaginasse que as batatas em seu prato fossem a cabeça de Xavier.

— O jantar está ótimo — disse Xavier por fim, afrouxando a gravata, as bochechas coradas por causa do vinho.

— Obrigada. — Ivy sorria de orelha a orelha. — Não sabia do que você poderia gostar.

— Não tenho um paladar difícil, mas o cardápio está de altíssimo nível — disse Xavier, ganhando mais um sorriso largo da minha irmã.

Já eu continuava tentando entender o objetivo daquela reunião nada ortodoxa. Seguramente os planos de Gabriel incluíam mais do que uma simples social. Será que estava tentando entender a personalidade de Xavier? Será que continuava não confiando nele? Não sabia o que pensar, e Gabriel não tinha trocado mais que duas palavras com qualquer um de nós.

Por fim, até Ivy perdeu a animação, e a conversa morreu completamente. Percebi que Xavier lançava um olhar fixo para o prato, como se os legumes que ainda restavam pudessem revelar o significado dos mistérios do Universo. Tentei cutucar Ivy por baixo da mesa com o pé, esperando incitar mais comentários da sua parte, mas, sem querer, acertei a canela de Xavier. Ele reagiu com um sobressalto, dando um pulo na cadeira e quase derramando a bebida. Retirei o pé com um sorriso de desculpas e fiquei quieta.

— Então, Xavier — disse Ivy, pousando o garfo embora ainda estivesse com o prato cheio. — Por que tipo de coisas você se interessa?

Xavier engoliu sem jeito.

— Hã... coisas normais... — Pigarreou. — Esportes, estudos, música.

— Que tipo de esporte você pratica? — perguntou Ivy, um pouco interessada demais.

— Polo aquático, rúgbi, beisebol e futebol — disse Xavier de uma só vez.

— Ele é muito bom — tentei ser útil. — Você devia vê-lo jogar. Na verdade, ele é o capitão do time de polo aquático. — Não conseguia parar de tagarelar. — Também é o representante da escola... mas você já sabia disso.

Ivy optou por um tema mais seguro.

— Há quanto tempo mora aqui em Venus Cove?

— Desde que nasci. Nunca morei em outro lugar.

— Tem irmãos?

— Ao todo, somos seis.

— Deve ser divertido ter uma família grande.

— Às vezes, sim — concordou Xavier. — Mas às vezes é um pouco barulhento e nunca há muita privacidade.

Gabriel aproveitou este momento para intervir fazendo um corte brusco e nada cortês.

— Por falar em privacidade, acho que recentemente você fez uma descoberta interessante.

— Interessante não é bem a palavra que eu usaria — respondeu Xavier, de modo algum pego desprevenido pela pergunta repentina.

— Que palavra usaria?

— Algo próximo de surpreendente.

— Seja lá como queira descrever, precisamos esclarecer um ponto.

— Não vou contar a ninguém, se é com isso que está preocupado — respondeu Xavier imediatamente. — Quero proteger Beth tanto quanto você.

— Bethany tem você em altíssimo conceito — disse Gabriel. — Espero que a afeição dela não seja infundada.

— Tudo que posso dizer é que a Beth é muito importante para mim, e pretendo tomar conta dela.

— De onde viemos, as pessoas não são julgadas por suas palavras — disse Gabriel.

Xavier não se abalou.

— Então terá que esperar e me julgar pelos meus atos.

Embora não tivesse tentado descontrair o clima, vi pela expressão nos olhos de Gabriel que ele estava admirado com a maneira como Xavier enfrentava a situação. Não se deixou intimidar, e seu maior trunfo era a honestidade. Qualquer um podia ver que Xavier era movido por sua ética. Até Gabe tinha que admitir isso.

— Está vendo, você e eu temos uma coisa vital em comum — prosseguiu Xavier. — *Ambos* amamos a Beth.

Um silêncio impenetrável se instalou na sala. Gabriel e Ivy não estavam esperando uma declaração dessas e ficaram perplexos. Talvez, no fundo, tivessem subestimado a intensidade dos sentimentos que Xavier tinha por mim. Nem eu conseguia acreditar direito que ele falara aquilo em voz alta. Tentei manter o controle e continuar comendo calmamente, mas não consegui evitar que um sorriso se abrisse em meu rosto e estiquei o braço para pegar a mão de Xavier. Gabriel olhou fixamente para o outro lado, mas eu só apertei com mais força a mão que eu segurava. A palavra *amor* ecoava em minha mente, reverberando como se a tivessem gritado num alto-falante. Ele *me amava*. Xavier Woods não ligava que eu fosse branca como um fantasma, que eu não entendesse quase nada do seu mundo e que eu tivesse uma tendência a soltar plumas brancas. Ele ainda me queria. Ele *me amava*. Estava tão feliz que, se não estivesse presa à mão dele, era capaz de sair por ali flutuando.

— Nesse caso, podemos passar rapidamente ao segundo assunto da pauta de hoje — disse Gabriel, estranhamente pouco à vontade. — Bethany tende a se meter em problemas, e, no momento, só tem a nós para tomar conta dela.

Estava irritada com o fato de ele estar falando de mim na terceira pessoa, como se eu não estivesse presente, mas achei que não era hora de interromper.

— Se vão passar mais tempo juntos, precisamos saber que será capaz de protegê-la — prosseguiu Gabriel.

— Xavier já não provou isso? — perguntei impaciente. Estava ansiosa para terminar com o interrogatório do jantar. — Ele me socorreu na festa da Molly, e as coisas nunca dão errado quando ele está por perto.

— Bethany não entende muito bem este mundo — disse Gabriel, como se eu não tivesse falado nada. — Ainda tem muito a aprender, e isso faz dela uma pessoa vulnerável.

— Você precisa falar como se eu precisasse de uma babá 24 horas? — perguntei secamente.

— Por acaso tenho experiência como babá — brincou Xavier. — Posso lhes mostrar meu currículo, se quiserem.

Ivy foi obrigada a rir por trás do guardanapo ao ouvir isso, mas, quando olhei para o rosto de Gabriel à procura de uma mudança de expressão, não vi nada.

— Tem certeza de que sabe onde está se metendo? — perguntou Ivy, encarando Xavier.

— Não — admitiu ele. — Mas estou disposto a descobrir.

— Você não pode voltar atrás uma vez que nos prometeu sua lealdade.

— Não tem ninguém indo para a guerra — murmurei baixinho.

Todos me ignoraram.

— Entendo — disse Xavier, retribuindo o olhar de Ivy.

— Acho que não — disse Gabriel com delicadeza. — Mas entenderá.

— Mais alguma coisa que acha que eu deva saber? — perguntou Xavier.

— Tudo no seu devido tempo — disse Gabriel.

Após algum tempo, fiquei a sós com Xavier. Ele estava sentado na beirada da banheira enquanto eu escovava os dentes. Eu os escovava depois de cada refeição; um hábito que adquiri.

— Não foi tão ruim. — Xavier recostou o corpo na parede. — Esperava algo pior.

— Quer dizer que eles não o assustaram?

— Não — disse Xavier com naturalidade. — Seu irmão é um pouco sério, mas a comida da sua irmã compensa.

Dei uma risada.

— Não se preocupe com o Gabe. Ele é sempre assim.

— Não estou preocupado. Ele meio que lembra a minha mãe.

— Não diga isso a ele — disse eu, rindo.

— Pensei que você não usasse maquiagem — comentou Xavier, pegando um lápis delineador na bancada.

— Comprei isso para deixar a Molly feliz — justifiquei, tateando para pegar o enxaguante bucal. — Ela resolveu dar um jeito em mim.

— Sério? — disse Xavier. — Bem, gosto de você do jeito que você é.

— Obrigada. Mas acho que *você* bem que está precisando de um retoque.

Sorri e acenei com o delineador para ele.

— Nada disso — disse Xavier, se esquivando de mim. — De jeito nenhum.

— Por quê? — perguntei, fazendo bico.

— Porque sou homem — disse Xavier. — E homem não usa maquiagem, a menos que seja *emo* ou membro de uma *boy band*.

— Por favor? — pedi, tentando usar meu charme.

Seus olhos azuis brilhantes e amendoados pareciam cintilar.

— Tudo bem...

— Sério? — me animei.

— Não! Não sou de me deixar levar facilmente.

— Tudo bem — lamentei. — Só vou ter que deixar você com cheiro de menina...

Antes que ele pudesse me impedir, eu já tinha pegado um vidro de perfume e esguichado o líquido no peito dele. Ele cheirou a camisa com curiosidade.

— Frutado — concluiu —, com um toque de almíscar.

Caí na gargalhada.

— Você é ridículo.

— Acho que quis dizer irresistível — corrigiu Xavier.

— Sim — concordei —, ridiculamente irresistível.

Inclinei-me para dar um beijo nele e, bem nessa hora, bateram à porta. Ivy apareceu com a cabeça dentro do banheiro, e Xavier e eu nos separamos às pressas.

— Seu irmão me mandou dar uma olhada em vocês — disse ela, erguendo uma sobrancelha. — Para garantir que não estivessem fazendo nenhuma besteira.

— Na verdade — comecei indignada —, só estávamos...

— De saída — terminou Xavier. Abri a boca para falar, mas ele me lançou um olhar penetrante. — É a casa deles; eles ditam as regras, e nós obedecemos — murmurou.

Enquanto ele me dirigia para fora dali, notei que Ivy o olhava respeitando-o.

No quintal, sentamos abraçados no balanço. Xavier me soltou um instante para arregaçar as mangas e depois jogar a bola de tênis desfiada de Phantom do outro lado do gramado. Phantom sempre ia buscá-la, mas depois não a largava, e a bola babada tinha que ser arrancada dos seus dentes. Xavier tomou impulso para atirar novamente a bola e depois limpou a mão na grama. Senti o cheiro da sua colônia com notas de madeira. Tudo em que eu conseguia pensar era que tínhamos sobrevivido ao nosso primeiro teste relativamente ilesos. Xavier cumprira sua palavra e não se deixara intimidar. Pelo contrário, mantivera-se firme com uma convicção inabalável. Além de admirá-lo mais do que nunca, também estava encantada com a presença dele na minha casa, desta vez como um convidado legítimo, e não como um intruso.

— Poderia passar a noite toda aqui — murmurei, encostada nele.

— Sabe algo que é muito estranho? — perguntou ele.

— O quê?

— O quanto isso parece normal.

Ele enrolou meu cabelo no dedo, e vi nesse gesto o reflexo das nossas vidas entrelaçadas.

— Ivy estava sendo dramática quando disse que não tinha como voltar atrás — disse eu.

— Tudo bem, Beth. Não quero que a minha vida volte a ser o que era antes de conhecer você. Achei que tivesse tudo, mas realmente me faltava alguma coisa. Sinto-me outra pessoa agora. Pode parecer piegas, mas me sinto como se tivesse passado muito tempo dormindo e você simplesmente tivesse me acordado... — Ele fez uma pausa. — Não acredito que eu disse isso. O que você está fazendo comigo?

— Transformando você em um poeta — provoquei.

— Eu? — perguntou, se fingindo de revoltado. — Poesia é coisa para mulher.

— Você foi maravilhoso no jantar. Estou muito orgulhosa de como se portou.

— Obrigado. Quem sabe, daqui a algumas décadas, seus irmãos talvez realmente gostem de mim.

— Queria que a gente tivesse esse tempo todo — suspirei, e na mesma hora me arrependi do que disse. As palavras simplesmente escaparam. Seria capaz de me esbofetear de tão burra que era; que maneira perfeita de estragar o clima!

Xavier estava tão calado que me perguntei se ele tinha sequer me ouvido. Então senti seus dedos quentes embaixo do meu queixo e ele levantou minha cabeça para olharmos olho no olho. Ele se abaixou e me beijou suavemente, com a doçura dos seus lábios persistindo em minha boca mesmo depois de ele ter se afastado. Chegou perto do meu ouvido e murmurou.

— Vamos encontrar um jeito. Prometo.

— Você não pode fazer isso. É diferente...

— Beth. — Xavier encostou um dedo nos meus lábios. — Não quebro as minhas promessas.

— Mas...

— Nada de mas... apenas confie em mim.

Quando Xavier foi embora, ninguém queria ir se deitar, apesar de já passar da meia-noite. Gabriel, como sabíamos, sofria de insônia. Não era raro ele e Ivy ficarem acordados até de madrugada. Mas, dessa vez, nós três estávamos agitados e alertas. Ivy sugeriu uma bebida quente e já estava pegando leite na geladeira quando Gabriel interveio.

— Tenho uma ideia melhor — disse. — Acho que todos nós merecemos relaxar.

Ivy e eu adivinhamos logo o que ele queria dizer, e não nos demos ao trabalho de esconder a empolgação.

— Você diz... agora? — espantou-se Ivy, a caixa de leite quase escorregando da sua mão.

— Claro, agora mesmo. Mas temos que nos apressar; em algumas horas vai estar claro.

Ivy deixou escapar um gritinho.

— Só dê um tempinho para a gente se arrumar! Já voltamos.

Eu também mal conseguia conter a ansiedade. Essa seria a maneira perfeita de expressar a euforia que eu sentia depois do rumo que a minha relação com Xavier tinha tomado. Já fazia muito tempo que eu não tinha a chance de realmente abrir as asas. Minha encenação no penhasco para Xavier mal podia ser considerada um exercício. Quando muito, só servira para atiçar minha vontade e me lembrar do quão enferrujadas elas estavam. Já tinha tentado abri-las e voar pelo quarto com as cortinas fechadas, mas tudo o que consegui foi bater no ventilador de teto e trombar com as pernas nos móveis. Quando vesti uma camiseta folgada, senti uma descarga de adrenalina percorrer o meu corpo. Ia realmente saborear esse voo na calada da noite. Desci, e seguimos os três para o jipe preto estacionado na garagem.

Era uma experiência diferente dirigir pela estrada litorânea completamente vazia de madrugada. O ar recendia a pinho, e as árvores tinham as pontas verdes. O mar parecia liso, como um manto de veludo que tivesse sido jogado sobre parte da Terra. Nas regiões residenciais, as venezianas estavam todas fechadas, e as ruas, desertas, como se seus ocupantes tivessem subitamente feito as malas e ido embora. A cidade, quando a atravessamos, também se encontrava deserta. Nunca vira Venus Cove adormecida. Estava acostumada a ver gente em toda parte: andando de bicicleta, comendo batata frita no píer, colocando contas no cabelo ou comprando joias de uma artista local que montava sua banca num pedaço de calçada quase todo o fim de semana. Mas, àquela hora da madrugada, havia um silêncio que me fez imaginar que éramos os únicos seres vivos do mundo. Perguntei-me por que as pessoas se referiam às primeiras horas do dia como "macabras" quando, na verdade, esta era a melhor hora para se ligar às forças divinas.

Gabriel dirigiu por cerca de uma hora por um trecho de estrada reto, depois entrou numa trilha acidentada pelo meio do mato, que parecia subir serpeando como um saca-rolha. Eu sabia onde estávamos. Gabriel estava pegando o caminho para a montanha Branca, que tinha esse nome porque, embora fosse próxima à costa, às vezes ficava com o pico coberto de neve. Dava para ver o contorno da montanha de Venus Cove, como um monólito cinza-claro contra o Céu noturno estrelado.

Havia névoa no cume, e, quanto mais subíamos, mais densa ficava a cerração. Quando já não conseguia enxergar a estrada à sua frente, Gabriel estacionou e saltamos do carro. Estávamos parados numa estrada estreita e sinuosa que continuava subindo. Abetos altos nos cercavam de todos os lados como soldados, bloqueando quase completamente a visão do céu. As pontas das árvores estavam cravejadas de gotas de orvalho, e dava para ver o vapor saindo de nossas bocas no ar frio. O chão era como um tapete de folhas e cascas de árvore, abafando nossos passos. Galhos cobertos de musgo e gavinhas de samambaias roçavam nosso rosto. Saímos da estrada e entramos na floresta fechada. Raios de luar atravessavam o teto de folhas em alguns pontos, como pequenas luminárias clareando nosso caminho. As árvores sussurravam baixinho umas para as outras, e ouvíamos o farfalhar delicado e a correria de pequenas patas. Apesar da escuridão, nenhum de nós tinha medo. Sabíamos que a montanha era completamente isolada. Ninguém nos encontraria ali.

Ivy foi a primeira a tirar a jaqueta e fazer aquilo por que tanto ansiávamos. Ficou parada de frente para nós, as costas retas e a cabeça jogada para trás de modo que seu cabelo claro caía ondulado como um halo dourado em volta de seu rosto e seus ombros. Ela brilhava ao luar como uma lâmpada, e seu corpo escultural parecia de mármore, branco e imaculado. Tinha curvas perfeitas, os membros compridos e elegantes como árvores jovens.

— Vejo vocês lá em cima — disse ela, como uma criança excitada.

Fechou os olhos rapidamente, respirou fundo e saiu em disparada. Corria com agilidade pelo meio das árvores, os pés mal tocando o chão, tomando velocidade até virar quase um vulto indistinto. Então, subitamente, estava no ar. Fazia aquilo com uma destreza espantosa — Ivy parecia um cisne alçando voo. Suas asas, esguias mas poderosas, atravessaram a camiseta folgada que ela usava e assomaram em direção ao céu como entidades vivas. As asas, que pareciam duras como pedra quando paradas, brilhavam como cetim no céu noturno.

Tomei impulso e, enquanto corria, senti as asas começarem a pulsar e depois romperem o pano que as aprisionava. Uma vez liberadas, bateram mais depressa, e também alcei voo para ir ao encontro de Ivy. Voamos em sincronia por algum tempo, deslizando devagarinho para o alto, depois baixando de repente e por fim pousando com as solas dos pés nos galhos de uma árvore próxima. Olhamos radiantes para Gabriel lá de cima. Ivy se abaixou e deixou seu corpo cair da árvore. A envergadura das suas asas interrompeu a queda, e ela tornou a subir com um suspiro de prazer.

— O que está esperando? — gritou para Gabriel, antes de entrar numa nuvem e sumir.

Gabriel, que nunca fazia nada às pressas, se livrou de algumas peças de roupa e descalçou as botas metodicamente. Tirou a camiseta pela cabeça, e ficamos vendo suas asas se desfraldarem até que o respeitável professor de música tivesse sumido e dado lugar ao majestoso guerreiro celestial que fora criado para ser. Este era o anjo que, séculos atrás, reduzira sozinho uma cidade inteira a cinzas e pedra. Ele brilhava como metal polido. Mesmo voando, seu estilo era diferente do nosso, sem movimentos bruscos, mais estruturado e meditativo.

Acima da copa das árvores, fui envolvida por névoa e nuvens. Gotículas de água se acumulavam nas minhas costas, e senti seu contato frio. Minhas asas batiam furiosamente e me levavam mais alto. Abandonei o pensamento e subi, deixando o corpo oscilar de um lado para o outro, rodeando as árvores. Senti a liberação da energia que passara tanto tempo reprimida. Vi Gabriel parar no ar em um momento para se assegurar de que eu não perdera o controle. Ivy, eu só via de vez em quando, como um brilho em meio à névoa.

No geral, a interação foi mínima. Esta era a hora pessoal que cada um tinha para se sentir pleno de novo e aproveitar o tipo de liberdade que só podia verdadeiramente ser sentida no Reino dos Céus. Nossa união estava além do poder de expressão das palavras. A humanidade que havia em nós diminuía quando experimentávamos nossa verdadeira forma.

Voamos por várias horas, até Gabriel emitir um zumbido grave e melódico, como a nota de um oboé, que sabíamos ser o sinal para descer.

Quando subimos no jipe, achei que não havia a menor chance de eu adormecer quando chegasse em casa. Estava muito eufórica, e levaria horas até sair daquele estado. Mas estava errada. A viagem de volta pela estrada sinuosa foi tão rítmica que adormeci encolhida no banco traseiro como um gatinho muito antes de chegar à Byron.

17
CALMARIA ANTES DA TEMPESTADE

Meu relacionamento com Xavier pareceu ter ficado mais profundo após o jantar com a minha família. Sentimos que havíamos recebido autorização para expressar nossas emoções sem medo de retaliações. Começamos a pensar e a agir em sincronia, como uma única entidade ocupando corpos distintos. Apesar do esforço consciente de não nos afastarmos de todos à nossa volta, às vezes isso era inevitável. Chegamos a tentar determinar períodos específicos para passar com outras pessoas, mas, quando fazíamos, as horas se arrastavam e nosso comportamento parecia tão artificial que em menos de uma hora já estávamos juntos de novo.

Xavier e eu adotamos o hábito de almoçar juntos na nossa mesa particular, nos fundos da cantina. De vez em quando, alguém aparecia para contar uma piada ou pedir informações sobre uma regata de barcos a remo, mas raramente esboçavam uma tentativa de partilhar a nossa mesa ou comentar nosso relacionamento. Em vez disso, as pessoas orbitavam à nossa volta, mantendo uma distância respeitosa. Se acaso sentiam que havia segredos entre nós, ao menos se mostravam educados o suficiente para não se intrometerem.

— Vamos sair daqui — disse Xavier, juntando seus livros.

— Não até você acabar seu trabalho.

— Já acabei.

— Você escreveu três linhas.

— Cuidadosamente ponderadas — argumentou Xavier. — Qualidade conta mais que quantidade, sabia?

— Só estou tentando fazer você não perder o foco. Não quero ser responsável por distraí-lo e desviá-lo dos seus objetivos.

— É meio tarde para isso — brincou Xavier. — Você é uma baita distração e uma péssima influência.

— Que absurdo! — brinquei. — É impossível para mim ser má influência para alguém.

— Não diga! Por quê?

— Porque sou a personificação da bondade. Sou tão boa que dói!

Xavier franziu as sobrancelhas enquanto refletia sobre a minha declaração.

— Humm... — acrescentou, passado um momento. — Vamos ter que tomar alguma providência quanto a isso.

— Qualquer desculpa vale para escapar do dever de casa! — concordei.

— Talvez seja porque tenho o resto da vida para correr atrás dos meus objetivos. Quem sabe quanto tempo terei com você?

Senti o clima leve abandonar a conversa tão logo foram ditas essas palavras. Em geral driblávamos o assunto — que quase sempre provocava confusão, como acontece com as coisas que escapam à nossa esfera de controle.

— Não vamos pensar nisso.

— Como posso evitar pensar nisso? Você não fica acordada matutando?

A conversa ia tomando um rumo que não me agradou.

— Claro que penso nisso — respondi. — Mas não vejo motivo para estragar o tempo que passamos juntos.

— Acho que devíamos estar fazendo alguma coisa a respeito disso — disse ele com raiva. Sabia que essa raiva não era dirigida a mim, e ela rapidamente se transformava em tristeza. — Devíamos ao menos tentar.

— Não há nada a fazer — emendei baixinho. — Acho que você ainda não entendeu com o que estamos lidando. Não dá para brincar com as forças do Universo!

— E onde fica o livre-arbítrio? Ou será que é só um mito?

— Não está se esquecendo de um detalhe? Não sou como você; por isso essas regras não valem para mim.

— Talvez devessem valer.

— Talvez... Mas o que vamos fazer? Um abaixo-assinado?

— Não tem graça, Beth. Você quer ir para casa? — indagou Xavier, os olhos fixos nos meus.

Sabia que ele não estava se referindo à Byron.

— Não acredito que está me fazendo essa pergunta.

— Então por que o assunto não incomoda você tanto quanto incomoda a mim?

— Se eu soubesse um jeito de poder ficar aqui, acha que eu pensaria duas vezes? — perguntei, alterando um pouco a voz. — Acha que eu estaria disposta a abandonar a coisa mais importante da minha vida?

Xavier se virou para me olhar, os olhos azul-turquesa faiscando, os lábios cerrados.

— Eles, sejam lá quem forem, não deveriam ter controle sobre a nossa vida — respondeu. — Não estou a fim de perder você. Já passei por isso antes e farei o que for preciso para evitar que aconteça de novo.

— Xavier... — comecei, mas ele pôs os dedos sobre os meus lábios.

— Responda a uma pergunta apenas. Se quisermos lutar, quais são as nossas opções?

— Não sei!

— Mas existem opções, alguém para pedir ajuda, algo que a gente possa tentar, mesmo que seja um tiro no escuro? — insistiu ele.

Olhei dentro dos seus olhos e vi uma urgência que jamais estivera ali. Xavier era sempre tão calmo e bem-humorado...

— Beth, preciso saber. Existe uma chance, ainda que pequena?

— Talvez — disse eu. — Mas tenho medo de descobrir.

— Também tenho, mas não podemos pensar assim. Precisamos ter fé.

— Ainda que não dê em nada?

— Você mesma disse que havia uma chance — respondeu Xavier, entrelaçando seus dedos nos meus. — É tudo de que precisamos.

Ao longo das últimas semanas, vinha me sentindo meio culpada por ter me afastado de Molly, mas ela não via problemas em se encontrar comigo apenas quando Xavier estivesse ocupado com outra coisa. Sabia que ela não devia gostar do fato de Xavier estar monopolizando meu tempo e minha atenção, mas Molly era realista e achava que as amizades deviam ficar em segundo plano quando um relacionamento começava — sobretudo se o relacionamento fosse tão intenso quanto o meu com Xavier. Aparentemente, ela tinha superado a irritação que Xavier lhe despertara no início, e embora estivesse longe de aceitá-lo como seu amigo, parecia disposta a vê-lo como amigo meu.

Uma tarde, Xavier e eu estávamos a caminho da cidade quando vimos Ivy à sombra de um carvalho com um aluno do terceiro ano da Bryce Hamilton, um rapaz de cabelo escuro. Ele usava um boné de beisebol ao contrário e as mangas da camisa arregaçadas para exibir os braços musculosos. Não parava de sorrir de modo sugestivo enquanto falava. Nunca vi minha irmã tão sem graça. Estava imprensada pelo rapaz e segurava uma sacola de compras com uma das mãos, enquanto com a outra prendia, nervosamente, uma mecha de cabelo atrás da orelha, dando a nítida impressão de que procurava um jeito de escapar dali.

Cutuquei Xavier.

— O que está havendo ali?

— Acho que Chris Bucknall finalmente tomou coragem para convidá-la para sair — respondeu Xavier.

— Você o conhece?

— Está no meu time de polo aquático.

— Não é o tipo de pessoa com quem Ivy conversaria.

— Bem, não é de se admirar — concordou Xavier. — Ele é um completo idiota.

— O que podemos fazer?

— Ei, Bucknall — chamou Xavier. — Posso falar com você?

— Estou meio ocupado, cara — respondeu o rapaz.

— Já soube da novidade? — indagou Xavier. — O treinador quer todo mundo na sala dele hoje à noite depois do jogo.

— Ah, é? Para quê? — perguntou Chris, sem se virar.

— Não sei ao certo. Alguma coisa sobre a escalação para as eliminatórias da próxima temporada. Quem não se apresentar será cortado.

Chris Bucknall pareceu assustado.

— Preciso ir agora — disse ele. — Mas não se preocupe, gatinha, a gente se vê depois.

Ivy abriu um sorriso agradecido para Xavier quando o garoto se afastou.

GABRIEL E IVY PARECIAM TER ACEITADO XAVIER. Ele não invadiu nosso espaço, mas acabou se tornando um elemento constante nele. Comecei a desconfiar de que meus irmãos realmente apreciavam sua companhia, primeiro porque confiavam nele para ficar de olho em mim e, segundo, porque Xavier era útil quando se tratava de lidar com aparelhos eletrônicos. Gabriel reparara que seus alunos vinham lhe lançando olhares estranhos toda vez que demonstrava não saber ligar o DVD, e Ivy queria divulgar seu programa de serviço social por meio do sistema de e-mail da escola. Ambos pediram ajuda a Xavier. Mesmo com todo o conhecimento que tinham, a tecnologia era um campo minado para os irmãos porque mudava o tempo todo. Gabriel também deixou, a contragosto, que Xavier lhe mostrasse como enviar e-mails para seus colegas professores na Bryce Hamilton e lhe ensinasse como funcionava um iPod. Às vezes tinha a impressão de que Xavier falava uma língua completamente diferente, usando termos estranhos como *bluetooth*, *gigabyte* e *wi-fi*. Se fosse outra pessoa, eu simplesmente ignoraria, mas eu adorava o som da sua voz, independentemente do que ele estivesse falando. Podia passar horas observando seu jeito de andar, ouvindo-o falar, registrando tudo aquilo na memória.

Além de nosso anjo da guarda tecnológico, Xavier assumiu tão seriamente a função de meu guarda-costas que me vi precisando lhe recordar que não era feita de vidro e que tinha me virado bastante bem antes da sua chegada. Encarregado por Gabriel e Ivy de cuidar de mim, Xavier estava decidido a manter sua palavra e convencê-los da sua integridade moral. Era ele quem me lembrava de beber muita água e quem afastava as perguntas sobre a minha família vindas dos meus colegas de turma. Chegou a responder por mim um dia, quando o sr. Collins perguntou por que eu não tinha conseguido terminar meu dever de casa no prazo estipulado.

— A Beth está com uma série de compromissos no momento — explicou. — Ela vai entregar o trabalho até o fim da semana.

Eu sabia que, se me esquecesse, Xavier terminaria o trabalho para mim e o entregaria sem que eu soubesse.

Tornava-se ferozmente protetor quando alguém que não aprovava chegava a uma distância de meio metro de mim.

— Não e não — respondeu, balançando a cabeça, quando um garoto chamado Tom Snooks perguntou se eu queria "dar uma volta" com ele e os amigos uma tarde.

— Por que não? — indaguei de mau humor. — Ele parece bem legal.

— Não é o tipo de pessoa para ter contato com você.

— Por quê?

— Você faz muitas perguntas, sabia?

— Sabia. Agora me responde.

— Ora, porque ele vive se encontrando com a fada verde.

Encarei-o tão perplexa que ele foi obrigado a explicar.

— Ele é muito amigo do dragão que solta fumaça. — Tendo dado a dica, Xavier esperou que eu entendesse, revirando os olhos quando viu que isso não aconteceu. — Você é muito bobinha mesmo...

Se Xavier não agisse como um escudo, minha vida na Bryce Hamilton seria bem mais difícil. Tinha tendência a me meter em situações delicadas. As encrencas aparentemente me perseguiam, embora eu fizesse o possível para evitá-las. Foi o que aconteceu um dia, quando eu atravessava o estacionamento para ir à aula de inglês.

— E aí, gatinha!

Virei-me num pulo quando ouvi a voz atrás de mim. Era um aluno magricela do terceiro ano, de cabelo louro oleoso e pele cheia de espinhas. Estava na minha turma de biologia, mas raramente aparecia. Já o tinha visto atrás das caçambas de lixo, fumando e dando cavalo de pau em seu carro, na companhia de três outros garotos, todos exibindo amplos sorrisos maldosos.

— Oi — respondi, nervosa.

— Acho que não fomos devidamente apresentados — disse ele, com um sorriso forçado. — Meu nome é Kirk.

— Muito prazer — respondi, sem encará-lo. Alguma coisa na sua atitude me deixou sem graça.

— Alguém já lhe disse que você tem belas prateleiras? — perguntou Kirk. Os garotos atrás dele lutaram para conter o riso.

— O quê? — indaguei, sem saber o que ele queria dizer.

— A gente podia se conhecer melhor, o que acha? — disse Kirk, dando um passo na minha direção. Imediatamente me afastei dele. — Não seja tímida, gracinha.

— Preciso ir para a aula.

— Garanto que tem uns minutinhos — disse ele, com um sorriso malicioso. — Só quero uma rapidinha — completou, segurando meu ombro.

— Não toque em mim!

— Uau! Mais difícil do que parece! — exclamou ele, rindo e apertando meu ombro com mais força.

— Tire as mãos dela.

Soltei um suspiro de alívio quando Xavier surgiu à minha frente, alto, forte e protetor. Instintivamente, me aproximei dele, agradecida pela segurança da sua presença. O cabelo cor de noz-moscada estava penteado para trás, e os olhos azuis-turquesa, tão conhecidos meus, faiscavam de raiva.

— Não falei com você — disse Kirk, tirando a mão do meu ombro. — Isto não é da sua conta.

— O que é da conta dela *é* da minha conta.

— Sério? Acha que pode me fazer parar?

— Encoste nela de novo e vai ver — avisou Xavier.

— Quer criar confusão só por isso?

— Foi você que pediu — disse Xavier tirando o blazer e arregaçando as mangas. A gravata do uniforme estava frouxa, e vi o crucifixo que pendia do seu pescoço. O tecido da camisa delineava os músculos esculpidos dos braços. Seu peito era muito mais largo que o de Kirk, que fazia uma rápida avaliação da força do adversário.

— Esqueça, cara — aconselhou um dos amigos de Kirk, em seguida baixando a voz. — Este é o Xavier Woods.

Ao que parece, a informação o intimidou.

— Dane-se — concluiu Kirk, cuspindo no chão e me lançando um olhar infame antes de se afastar.

Xavier envolveu meus ombros com um braço, e eu cheguei mais perto dele, sentindo seu cheiro puro e fresco.

— Tem gente que realmente precisa levar umas lições de boas maneiras — comentou com desprezo. Olhei para ele.

— Você teria mesmo entrado numa briga por minha causa?

— Claro — respondeu sem hesitar.

— Mas eles eram quatro.

— Beth, eu enfrentaria o exército do Megatron para proteger você.

— Quem?

Xavier balançou a cabeça e riu.

— Sempre me esqueço de que nossas referências são diferentes. Digamos que não tenho medo de enfrentar quatro pivetes.

Xavier não sabia muita coisa sobre anjos, mas sabia um bocado sobre gente. Sabia identificar a intenção dos outros muito melhor que eu, e por isso era capaz de julgar melhor em quem confiar e de quem manter distância. Eu sabia que Ivy e Gabriel ainda se preocupavam com os desdobramentos do nosso relacionamento, mas sentiam que Xavier me dava uma força e uma autoconfiança que me deixavam mais preparada independentemente do papel que eu tivesse que desempenhar em nossa missão. Embora não entendesse totalmente qual era o nosso objetivo na Terra, de repente ele se deu conta de que não podia me desviar dele. Além disso, sua preocupação com o meu bem-estar beirava a obsessão, já que as menores coisas o afligiam, como a minha reserva de energia.

— Não precisa se preocupar comigo — lembrei a ele um dia na cantina. — Embora Gabriel ache que não, sei me virar sozinha.

— Só estou fazendo o que me cabe — respondeu Xavier. — A propósito, você já almoçou?

— Não estou com fome. Gabriel sempre prepara um baita café da manhã.

— Tome, coma isto — ordenou, jogando uma barrinha de cereal no meu colo. Por ser atleta, ele sempre carregava um estoque delas. O rótulo me informou que a barrinha continha castanhas de caju, coco, damasco e sementes.

— Não posso comer isto. Tem alpiste!

— São sementes de gergelim, ricas em energia. Não quero que você apague.

— E por que apagaria?

— Porque sua glicose deve estar baixa. Não discuta.

Às vezes era mais fácil não discutir com Xavier quando o que ele queria era cuidar de mim.

— Certo, mamãe — concordei, dando uma mordida na barrinha. — Por sinal, isto tem gosto de papelão.

Deitei a cabeça nos braços fortes e bronzeados dele, sentindo, como sempre, sua solidez me tranquilizar.

— Com sono? — perguntou Xavier.

— O Phantom roncou a noite toda e não tive coragem de botá-lo para fora.

Xavier suspirou e afagou minha cabeça.

— Você tem o coração tão bom que acaba no prejuízo. E não pense que não reparei que só deu uma mordida na barrinha de cereal. Trate de comer tudo.

— Xavier, que vergonha, alguém pode ouvir!

Ele pegou a barrinha e a ergueu no ar fazendo um ruído com a boca.

— Vai ser bem mais vergonhoso se começarmos a brincar de aviãozinho.

— O que é isso?

— Uma brincadeira que as mães fazem para obrigar crianças teimosas a comerem.

Soltei uma gargalhada e, aproveitando a oportunidade, Xavier enfiou a barrinha direto na minha boca.

Ele adorava contar histórias da sua família, e eu adorava ouvi-las. Sempre que ele falava, eu ficava praticamente hipnotizada prestando atenção. Ultimamente suas histórias giravam em torno do casamento da irmã mais velha, o qual se aproximava. Muitas vezes eu o interrompia com perguntas, louca para saber detalhes omitidos. De que cor eram os vestidos das damas? Qual o nome do priminho escolhido para levar as alianças? Quem preferia uma orquestra em lugar de um quarteto de cordas? Os sapatos da noiva seriam de cetim branco? Quando não sabia a resposta, ele prometia investigar.

Enquanto eu comia, Xavier explicou que a mãe e a irmã batiam de frente naquele momento quanto aos preparativos do casamento. Claire, a irmã, queria uma cerimônia no jardim botânico local, mas a mãe achava isso "primitivo" demais. A família Woods era assídua da paróquia de Saint Mark, com a qual tinha uma relação de longa data. A sra. Woods queria que o casamento fosse lá. Na última briga, ameaçara não comparecer à cerimônia se ela não acontecesse na Casa de Deus. Segundo ela, os votos não seriam válidos se não fossem feitos em um lugar santificado. Por isso, as duas acabaram cedendo — a cerimônia aconteceria na igreja, e a recepção, num salão à beira-mar. Xavier riu quando me contou a história, achando graça nas maluquices das mulheres da sua família. Não pude deixar de pensar em como a mãe dele se daria bem com Gabriel.

Às vezes me sentia muito distante desse lado da vida de Xavier. Era como se ele levasse uma vida dupla: uma parte que partilhava com a família e os amigos, e a outra que era basicamente seu profundo envolvimento comigo.

— Você já pensou que não servimos um para o outro? — perguntei, apoiando o queixo nas mãos e tentando interpretar a expressão no rosto dele.

— Não, não penso nisso — respondeu Xavier sem um segundo de hesitação. — Você pensa?

— Bem, sei que não era para isto acontecer. Alguém lá em cima pisou feio na bola.

— *Não somos* um erro — insistiu Xavier.

— Não, mas burlamos o destino. Não foi isso que planejaram para nós.

— Fico feliz com a escorregadela, você não?

— Por mim, sim...

— Mas...?

— Mas não quero me tornar um fardo para você.

— Você não é um fardo. Às vezes é irritante e nunca ouve conselhos, mas fardo, jamais!

— *Não sou* irritante.

— Esqueci de dizer que também não é muito boa em avaliar o caráter das pessoas, inclusive o próprio.

Despenteei o cabelo dele, sentindo a maciez dos fios em meus dedos.

— Você acha que a sua família gostaria de mim? — indaguei.

— Claro. Eles confiam, quase sempre, nas minhas escolhas.

— Sim, mas e se me acharem esquisita?

— Eles não são assim, mas por que não descobre isso você mesma? Apareça lá em casa para conhecê-los este fim de semana. Eu ia mesmo convidar você.

— Não sei — me esquivei. — Não me sinto à vontade com gente desconhecida.

— Eles não são desconhecidos — retrucou. — Eu os conheço a vida toda.

— Desconhecidos para mim.

— Eles são parte da minha vida, Beth. É muito importante para mim que eles conheçam você. Já ouviram um bocado a seu respeito.

— O que contou a eles?

— Como você é legal.

— Não sou tão legal assim. Se fosse, não estaríamos nesta situação.

— Garotas legais demais nunca me atraíram. E aí, você vai?

— Vou pensar no assunto.

Eu tinha esperado esse convite e estava disposta a aceitar, mas parte de mim temia se sentir diferente deles. Depois do que ouvi sobre sua mãe conservadora, estava com medo de ser avaliada. Xavier percebeu a expressão em meu rosto.

— Qual é o problema? — perguntou.

— Se sua mãe é religiosa, talvez reconheça um anjo caído quando vir um.

Depois que as palavras saíram da minha boca, me dei conta de como soavam idiotas em voz alta.

— Você não é um anjo caído. Precisa ser tão melodramática?

— Sou um anjo caído, sim, comparada a Ivy e Gabriel.

— Bem, acho difícil minha mãe notar. Tive que enfrentar o pelotão de Deus, lembra? E não fugi da raia.

— Nisso você tem razão.

— Combinado, então. Pego você no sábado por volta das cinco. Sua aula de literatura já vai começar. Vou andando com você até a sala.

Enquanto eu recolhia os livros, o barulho de um trovão ecoou pela cantina, e a luminosidade que penetrava pelas janelas se foi. O céu escureceu, prenunciando chuva. Não era novidade para ninguém que o bem-vindo calorzinho da primavera estava com os dias contados, mas ainda assim a mudança era decepcionante. O período chuvoso era implacável nessa parte do litoral.

— Tem chuva vindo — observou Xavier, olhando para o céu.

— Adeus, sol — suspirei.

Nem bem falei e as primeiras gotas grossas começaram a cair. As nuvens pesadas tomaram todo o céu, e a chuva despencava em pancadas constantes, martelando o telhado da cantina. Vi os alunos correndo pelo pátio, protegendo os rostos com as pastas. Uma dupla de alunas da primeira série ficou do lado de fora, deixando-se ensopar e gargalhando histericamente. Teriam problemas quando finalmente fossem para a aula, ensopadas. Vi Gabriel a caminho do centro de música, com uma expressão preocupada. O guarda-chuva que segurava tinha sido vergado pela ventania.

— Você vem? — indagou Xavier.

— Vamos apreciar um pouquinho a chuva. Não tem grande coisa acontecendo na aula de literatura no momento.

— Essa é a Beth malvada falando?

— Acho que precisamos rever sua definição de malvada. Qual o problema de faltar a esta aula para ficar com você?

— Para depois seu irmão me acusar de ser uma influência ruim? Nem pensar. Aliás, ouvi dizer que chegou um aluno novo. Veio da Inglaterra pelo programa de intercâmbio. Acho que está na sua sala. Não está curiosa?

— Não muito. Tudo de que preciso está bem aqui — completei, passeando com o dedo por seu rosto, sentindo cada contorno.

Xavier afastou meu dedo, beijando a pontinha antes de devolvê-lo, decidido, ao meu colo.

— Talvez esse garoto seja dos *seus*. Dizem que já foi expulso de três escolas e mandado para cá a fim de *se encontrar*. Talvez porque não há nada por aqui que possa metê-lo em confusão. O pai é um magnata da mídia, ou algo no gênero. Está interessada agora?

— Talvez... Só um pouquinho.

— Então, vá para a aula de literatura e veja com seus próprios olhos.

— Está bem, Xavier, mas já tenho uma consciência, e ela já me dá um bocado de trabalho. Não preciso de outra.

— Também te amo, Beth.

MAIS TARDE, REPASSANDO OS ACONTECIMENTOS DESSE DIA, via a chuva e o rosto de Xavier. Aquela mudança no tempo também marcou uma mudança em nossas vidas, uma mudança que nenhum de nós poderia prever. Até então, minha vida na Terra envolvia pequenos dramas e a angústia da juventude, mas eu estava prestes a aprender que aqueles eram problemas infantis comparados ao que nos aguardava. Acredito que aquilo por que passamos serviu para nos ensinar um bocado a respeito do que é importante na vida. Acho que não poderíamos ter evitado, pois fazia parte da nossa história desde o início. Afinal, as coisas vinham correndo bastante bem, e era de se esperar que houvesse alguma pedra no caminho. Só não contávamos que ela fosse tão grande.

A pedra veio da Inglaterra e tinha nome: Jake Thorn.

18
O PRÍNCIPE NEGRO

Embora fosse, de longe, a matéria mais interessante na minha grade, eu não estava a fim de assistir à aula de literatura. Queria passar mais tempo com Xavier. Ficar longe dele sempre me causava uma dor física, uma espécie de cãibra no peito. Quando chegamos à porta da sala, apertei sua mão na minha e o puxei para perto. Por mais tempo que passássemos juntos, nunca estava satisfeita — queria sempre mais. Quando se tratava de Xavier, meu apetite era absolutamente insaciável.

— Não faz mal eu chegar uns minutinhos atrasada — insisti.

— Nada disso — teimou Xavier, afastando meus dedos, que agarravam a manga da sua camisa. — Você vai ser pontual.

— Você virou uma mãe perfeita — chiei. Ele ignorou meu comentário e depositou os livros em meus braços. Ultimamente, ele quase nunca me permitia carregar alguma coisa por mais tempo que o necessário. Eu devia parecer uma preguiçosa, sempre com Xavier ao lado carregando meu material. — Quer saber? Posso carregar minhas coisas, Xavier, não sou uma inválida.

— Sei disso — respondeu ele, fazendo cintilar aquele adorável meio sorriso. — Mas adoro ficar à sua disposição.

Antes que ele pudesse me deter, passei os braços em volta do seu pescoço e o puxei para um cantinho entre os armários. Na verdade, a culpa foi dele, por ficar ali parado com o cabelo macio caindo nos olhos, a camisa do uniforme meio para fora da calça e a pulseira de couro trançado apertando o pulso bronzeado, como se fizesse parte do seu corpo. Se não queria ser assediado, não devia ter ficado no caminho.

Xavier largou os próprios livros e me beijou intensamente, com as mãos no meu pescoço e o corpo grudado ao meu. Os poucos alunos que corriam para as aulas nos encararam abertamente.

— Arrumem um quarto — sugeriu alguém, mas eu ignorei. Naquele momento, o tempo e o espaço não existiam. Havia apenas nós dois em nossa dimensão particular, e eu sequer me lembrava de onde estava ou de quem era. Não conseguia distinguir o ponto em que o meu ser acabava e o dele começava. Isso me fez lembrar um trecho de *Jane Eyre*, em que Rochester diz a Jane que a ama como se fosse sua própria carne. Era exatamente assim que eu me sentia em relação a Xavier.

Então ele se afastou.

— É uma jovenzinha muito malvada, srta. Church — censurou ele, meio ofegante, com um sorriso querendo tomar os lábios. Mudando o tom de voz, concluiu: — Não resisto ao seu charme. Agora acho que estamos *ambos* atrasados para a aula.

A minha sorte era que a srta. Castle não era o tipo de professora que se importava com pontualidade. Entregou-me um folheto quando entrei, e me sentei numa das carteiras da frente.

— Oi, Beth — cumprimentou. — Estávamos falando sobre o início do terceiro trimestre. Resolvi dar a vocês uma tarefa de redação em dupla. Juntos, vocês terão que compor um poema para ser lido para a turma. O tema é amor, para servir como uma prévia ao estudo dos grandes poetas românticos: Wordsworth, Shelley, Keats e Byron. Alguém tem um poema preferido que gostaria de declamar para nós antes de começarmos?

— Eu tenho — respondeu uma voz desinibida no fundo da sala.

Varri a sala com o olhar tentando identificar o aluno com típico sotaque inglês. Um silêncio admirado pairou sobre a turma. Era o novato. Quanta coragem, pensei, se expor daquela maneira logo no primeiro dia. Mas vai ver não passava de um exibido.

— Obrigada, Jake! — agradeceu, entusiasmada, a srta. Castle. — Quer vir aqui na frente recitá-lo?

— Claro.

O garoto que se aproximou da professora não era o que eu esperava. Alguma coisa em sua aparência fez meu coração afundar no estômago. Alto e esguio, tinha o cabelo escuro e liso na altura dos ombros. As maçãs do rosto eram salientes, dando ao rosto uma expressão emaciada, cavernosa. O nariz era encurvado ligeiramente na ponta, e os olhos escuros nos observavam obstinados sob sobrancelhas espessas.

Vestia um jeans preto e uma camiseta preta e tinha uma tatuagem escura de uma serpente se enroscando no antebraço. Mostrava-se totalmente à vontade com o fato de não estar usando o uniforme da escola. Na verdade, tinha um andar confiante, como alguém que se considera acima das regras. Não havia como negar: ele era lindo. Mas sua imagem sugeria mais que beleza. Seria graça, elegância, charme ou algo mais perigoso?

O olhar incandescente de Jake percorreu a sala. Antes que eu pudesse baixar a cabeça, seus olhos encontraram os meus e ali pararam por um tempo. Ele abriu um sorriso confiante antes de começar.

— "Annabel Lee", uma balada de Edgar Allan Poe — anunciou tranquilamente. — Talvez interesse a vocês saber que Poe se casou com a sobrinha de 13 anos, Virginia, quando tinha 27. Ela morreu dois anos depois, de tuberculose.

A classe o contemplou, hipnotizada. Quando se fez ouvir, a voz dele parecia escorrer como mel, inundando a sala.

Foi há muitos e muitos anos já,
Num reino de ao pé do mar,
Como sabeis todos, vivia lá
Aquela que eu soube amar;
E vivia sem outro pensamento
Que amar-me e eu a adorar.

Eu era criança e ela era criança,
Neste reino ao pé do mar;
Mas o nosso amor era mais que amor —
O meu e o dela a amar;
Um amor que os anjos do Céu vieram
A ambos nos invejar.

E foi esta a razão por que, há muitos anos,
Neste reino ao pé do mar,
Um vento saiu duma nuvem, gelando
A linda que eu soube amar;
E o seu parente fidalgo veio
De longe a me a tirar,
Para a fechar num sepulcro
Neste reino ao pé do mar.

E os anjos, menos felizes no Céu,
Ainda a nos invejar...
Sim, foi essa a razão (como sabem todos,
Neste reino ao pé do mar)
Que o vento saiu da nuvem de noite
Gelando e matando a que eu soube amar.

Mas o nosso amor era mais que o amor
De muitos mais velhos a amar,
De muitos de mais meditar,
E nem os anjos do Céu lá em cima,

Nem demônios debaixo do mar
Poderão separar a minha alma da alma
Da linda que eu soube amar.

Porque os luares tristonhos só me trazem sonhos
Da linda que eu soube amar;
E as estrelas nos ares só me lembram olhares
Da linda que eu soube amar;
E assim 'stou deitado toda a noite ao lado
Do meu anjo, meu anjo, meu sonho e meu fado,
No sepulcro ao pé do mar,
Ao pé do murmúrio do mar.

Quando Jake terminou, não pude deixar de notar que todas as mulheres na sala, inclusive a srta. Castle, estavam extasiadas, admirando-o como se o príncipe encantado em seu cavalo branco tivesse acabado de chegar para resgatá-las. Até eu, admito, me impressionei. A declamação do poema foi emocionante, dando a impressão de que Annabel Lee realmente tinha sido o amor da vida dele. Algumas garotas, a julgar pela expressão em seus rostos, estavam prontas para correr e consolá-lo pela perda.

— Foi uma atuação muito expressiva — murmurou a srta. Castle. — Não podemos nos esquecer de você quando nos prepararmos para a noite de jazz e poesia. Muito bem, gente. Garanto que isso serviu de inspiração para suas próprias ideias. Gostaria que escolhessem seus pares e discutissem sugestões para o poema que vão compor. A forma fica totalmente a critério de cada um. Soltem as rédeas, vocês têm completa licença poética!

A turma começou a se reagrupar de modo a todos se sentarem aos pares e em círculo. A caminho do seu lugar, Jake parou diante da minha carteira.

— Quer ser meu par? — ronronou. — Soube que também é nova aqui.

— Já estou aqui faz algum tempo — respondi, sem gostar da comparação.

Jake interpretou minha resposta como um "sim" e, sem cerimônia, ocupou o lugar ao meu lado. Recostou-se na cadeira, com as mãos confortavelmente entrelaçadas na nuca.

— Meu nome é Jake Thorn — acrescentou, me olhando com aqueles olhos escuros velados. Então, estendeu a mão, o próprio modelo de cordialidade.

— Bethany Church — retribuí, oferecendo cautelosamente a minha.

Em vez de apertá-la, como seria de se esperar, ele a virou e levou-a aos lábios, num gesto galanteador absolutamente ridículo.

— Encantado em conhecê-la.

Quase soltei uma gargalhada. Será que ele pretendia ser levado a sério? Onde supunha estar? Eu *teria* rido, caso não me pegasse olhando nos seus olhos. Eram verde-escuros e tinham uma intensidade penetrante, embora seu rosto estampasse uma expressão cansada que sugeria que ele já tinha visto muito mais do mundo do que a maioria dos jovens da mesma idade. Seu olhar me escaneou, e tive a impressão de que não deixou passar nadinha. Usava um cordão no pescoço, e preso a ele havia um pingete de prata: uma meia-lua em que se encontravam gravados símbolos estranhos.

— E aí? — perguntou, enquanto tamborilava na mesa. — Alguma ideia?

Olhei para ele sem entender.

— Para o poema — disse ele, erguendo uma sobrancelha.

— Você começa — respondi. — Ainda estou pensando.

— Muito bem. Tem preferência por alguma metáfora específica? Florestas tropicais e arco-íris, que tal? — indagou, rindo da própria gracinha. — Eu, por exemplo, tenho uma queda por répteis.

— O que quer dizer com isso? — perguntei, curiosa.

— Ter uma queda por alguma coisa significa gostar dela.

— Eu sei o que quer dizer *ter uma queda*. Mas por que répteis?

— São resistentes e têm sangue frio — respondeu Jake, abrindo um sorriso.

De repente, ele me deu as costas, rabiscou um recado num pedaço de papel, amassou-o até virar uma bola e jogou-o na direção das duas meninas góticas, Alicia e Alexandra, que estavam sentadas à nossa frente, inclinadas sobre os cadernos escrevendo apressadas. As duas ergueram os olhos irritadas, mas a irritação passou assim que notaram quem tinha jogado o papel. Na mesma hora leram o conteúdo do bilhete, sussurrando excitadamente uma para a outra. Alicia olhou de soslaio para Jake por debaixo da franja espessa e fez que sim com a cabeça num movimento quase que imperceptível. Jake piscou e, aparentando satisfação com o resultado da empreitada, acomodou-se de novo na cadeira.

— Então, o tema é o amor — disse ele, voltando a falar comigo.

— O quê? — perguntei tolamente.

— O tema do nosso poema. — Seu olhar deslizou sobre mim. — Esqueceu outra vez?

— Estava distraída, só isso.

— Imaginando o que eu disse àquelas garotas? — perguntou com malícia.

— Não! — exclamei, um pouco rápido demais.

— Estou só tentando fazer amizades — emendou ele, assumindo, repentinamente, uma expressão franca e honesta. — É duro ser o novato.

Senti uma onda de solidariedade.

— Garanto que logo vai fazer amigos. Todos foram muito receptivos quando cheguei. E estou às ordens se precisar de alguém para lhe mostrar a cidade.

Seus lábios esboçaram um sorriso.

— Obrigado, Bethany. Pode apostar que vou aceitar a oferta.

Ficamos em silêncio ponderando algumas ideias até que Jake voltou a falar.

— E para se divertir, rola o quê?

— A maioria do pessoal sai em grupo para ir à praia e coisas assim — respondi.

— Não. Quero saber o que *você* faz.

— Bom... Passo a maior parte do tempo com a minha família... e com meu namorado.

— Ah, existe um namorado? Que caretice — disse Jake, com um sorriso. — Não que me espante. Claro que você tem namorado. Com um rostinho desses... Quem é o felizardo?

— Xavier Woods — respondi, envergonhada com o elogio.

— Ele está pensando em entrar para o seminário?

Fechei a cara.

— É um nome bonito — acrescentei, na defensiva. — Significa luz. Já ouviu falar de são Francisco Xavier?

Jake riu.

— Não é aquele que pirou e se mudou para uma caverna?

— Na verdade, acho que foi uma decisão consciente de levar uma vida simples e renunciar aos confortos materiais — corrigi.

— Entendi — disse Jake. — Falha minha.

Me remexi, desconfortável, na carteira.

— Está gostando do seu novo lar? — perguntou ele, por fim.

— Venus Cove é um lugar legal para morar, e as pessoas são autênticas — respondi —, mas alguém como você talvez considere a cidade monótona.

— Acho que não — disse ele, me encarando. — Não agora, não com gente como você morando aqui.

O sinal tocou, e rapidamente recolhi meus livros, ansiosa para sair e me encontrar com Xavier.

— A gente se vê, Bethany. Talvez o trabalho seja mais produtivo da próxima vez.

Fui tomada por uma súbita onda de insegurança quando encontrei com Xavier junto aos armários. Por algum motivo, me senti perturbada, e tudo que eu queria era que ele pusesse seus braços protetores à minha volta, embora já passassem a maior parte do dia nessa posição. Quando ele guardou os livros, me joguei nos seus braços e grudei nele como um carrapato.

— Uau! — exclamou Xavier, me envolvendo num abraço. — É bom ver você também. Está tudo bem?

— Está — respondi, enterrando o rosto em sua camisa e sentindo aquele cheiro tão conhecido. — Estava com saudade, só isso.

— Ficamos separados durante uma hora — comentou Xavier, rindo. — Vamos embora.

Caminhamos juntos até o estacionamento. Gabriel e Ivy tinham autorizado Xavier a me levar de carro para casa de vez em quando, o que ele considerava um grande avanço. Seu carro estava estacionado na vaga de sempre, sob a sombra de uma fileira de carvalhos, e ele fez questão de abrir a porta para mim. Não sei o que ele achava que pudesse acontecer se me deixasse abrir a porta sozinha. Talvez temesse que ela se soltasse e me esmagasse ou que eu torcesse o pulso durante tentativa. Ou talvez isso se devesse apenas ao fato de ter recebido uma educação à moda antiga.

Xavier deixou minha bolsa no banco traseiro e esperou que eu colocasse o cinto de segurança para dar partida. Gabriel lhe avisara que, dos três, eu era a única suscetível a sentir dor e sofrer ferimentos. Minha forma humana podia ser danificada. Xavier estava levando tudo ao pé da letra e saiu do estacionamento com uma expressão de profunda concentração.

Mas nem todo o seu cuidado foi capaz de evitar o que aconteceu em seguida. Quando íamos entrar na rua principal, uma moto negra e lustrosa saiu aparentemente do nada e nos fechou. Xavier pisou no freio, fazendo o carro dar um impulso para frente, evitando por pouco uma batida. Derrapamos para a direita, batendo no meio-fio. Fui jogada para a frente, sendo aparada pelo cinto de segurança, que me atirou de volta com força de encontro ao encosto do banco. A moto desceu a rua fazendo barulho, deixando para trás uma nuvem de fumaça. Xavier ficou olhando, atônito, e depois se virou rapidamente para mim a fim de se assegurar de que eu saíra ilesa. Só quando se convenceu disso conseguiu extravasar sua raiva.

— Que diabos foi isso? — indagou, enfurecido. — Que idiota! Conseguiu ver quem estava dirigindo? Se eu descobrir quem era, que Deus me perdoe, vou apresentar a cabeça dele a um poste.

— Não deu para ver direito o rosto por causa do capacete — respondi baixinho.

— Logo vamos descobrir — rosnou Xavier. — Não se veem muitas Kawasaki Ninja ZX-14 por aqui.

— Como você sabe de que modelo é a moto? — perguntei.

— Sou homem. Gostamos de veículos.

Xavier me levou em casa, observando de cara amarrada o tráfego e os motoristas dos outros carros, como se fosse provável a repetição do incidente. Quando paramos em frente à Byron, já parecia um pouco mais calmo.

— Fiz limonada — disse Ivy, ao abrir a porta da frente. Tinha uma aparência tão doméstica em seu avental que não conseguimos não abrir um sorriso. — Por que não entra, Xavier? Vocês podem fazer o dever de casa juntos.

— Ah, não, obrigado. Prometi fazer umas coisas para minha mãe — esquivou-se Xavier.

— O Gabriel saiu.

— Nesse caso, aceito, claro. Obrigado.

Minha irmã nos fez entrar e fechou a porta. Phantom veio correndo da cozinha ao ouvir nossas vozes e se chocou contra nossas pernas como forma de cumprimento.

— Primeiro o dever, depois o passeio — disse eu.

Espalhamos nossos livros na mesa da sala de jantar. Xavier precisava terminar um relatório de psicologia, e eu tinha de analisar uma charge política para a aula de história. A charge mostrava o rei Luís XVI de pé ao lado de um trono, parecendo muito satisfeito consigo mesmo. O trabalho pedia para interpretar o significado dos objetos à sua volta.

— Como se chama isso que ele está segurando? — perguntei. — Não consigo ver direito.

— Para mim, parece um atiçador de lareira — respondeu Xavier.

— Duvido muito que Luís XVI atiçasse a própria lareira. Acho que é um cetro. E o que ele está vestindo?

— Hummm... Um xale? — sugeriu Xavier.

Revirei os olhos.

— Vou tirar dez com a sua ajuda.

Na verdade, o dever de casa, bem como as notas que eu receberia pelo meu esforço, não me interessava em nada. As coisas que eu queria aprender não estavam em livros didáticos, mas resultavam de experiências e interações. Mas Xavier se concentrou no relatório de psicologia, e, para não distraí-lo, baixei a cabeça e examinei a charge. Minha concentração durou pouco tempo.

— Se você pudesse desfazer uma única coisa na sua vida, o que seria? — indaguei, fazendo cócegas no focinho de Phantom com a minha caneta com enfeite felpudo. Ele abocanhou a caneta, achando que se tratava de algum animal, e foi embora triunfante.

Xavier parou de escrever e me olhou com uma expressão indagadora.

— Será que você não quis dizer "qual é a variável independente no Experimento da Prisão de Stanford?"

— Não!

— Lamento dizer que alguns de nós não têm o dom do conhecimento divino.

Suspirei.

— Não acredito que esse troço realmente interesse a você!

— Não interessa, mas não tenho escolha, Beth. Preciso entrar na faculdade e arrumar um emprego se quiser progredir. É a realidade — disse ele, rindo. — Bem, acho que não é a sua, mas sem dúvida é a minha.

Não soube o que responder. A ideia de Xavier envelhecer, ter de trabalhar no mesmo emprego todos os dias e sustentar uma família até morrer me deu vontade de chorar. Queria que sua vida fosse fácil e queria que a passasse ao meu lado.

— Sinto muito — me desculpei baixinho.

Ele aproximou sua cadeira da minha.

— Não precisa — disse ele. — Prefiro mil vezes fazer isto... — completou, inclinando-se e beijando meu cabelo. Seus lábios continuaram o caminho até encontrarem meu queixo e, finalmente, a minha boca. — Eu preferia mil vezes passar o tempo todo falando com você, junto de você, descobrindo você — prosseguiu. — Mas só porque entrei nessa fantasia louca não quer dizer que posso abandonar meus outros planos, por mais que queira. Meus pais esperam que eu entre para uma universidade conceituada — explicou ele, franzindo o cenho. — É importante para eles.

— É importante para você?

— Acho que sim. Que outra opção eu teria?

Assenti. Sabia o que significava ter que estar à altura das expectativas da família.

— Você precisa fazer o que gosta também — argumentei.

— Por isso tenho você.

— Como acha que vou conseguir estudar com você dizendo essas coisas? — reclamei.

— O estoque delas é enorme — brincou Xavier.

— É isso que você faz no seu tempo livre?

— Acertou. Passo o tempo escrevendo elogios para impressionar as mulheres.

— Mulheres?

— Desculpe. Uma mulher. Uma mulher que vale por mil.

— Ah, pare com isso. Não adianta tentar consertar.

— Tão gentil — comentou Xavier, balançando a cabeça. — Sempre pronta a perdoar, a ser generosa...

— É melhor parar — avisei, adotando um tom ameaçador.

Xavier baixou a cabeça.

— Peço desculpas... Caramba, me lasquei.

Continuei a fazer o dever de história enquanto Xavier terminava seu relatório. Ele ainda tinha um bocado de deveres, mas eu sempre acabava distraindo o coitado. Mal tinha completado o terceiro problema de trigonometria, senti sua mão deslizar para o meu colo. Dei um tapinha carinhoso nela.

— Continue estudando — insisti, quando ele ergueu os olhos do caderno. — Ninguém autorizou o intervalo.

Ele sorriu e rabiscou qualquer coisa no pé da folha. A resposta era:

Encontre x, sendo $(x) = 2\,sen\,3x$, sobre o domínio $-2\pi<x<2\pi$

x = Beth

— Chega de palhaçada — reclamei.

— Não estou fazendo palhaçada, estou reconhecendo uma verdade. Você é a minha solução para tudo — declarou Xavier. — O resultado final é sempre você. X é sempre igual a Beth.

19
A VISITA AOS WOOD

Estava nervosa com a ideia de conhecer a família de Xavier no sábado. Ele já tinha me convidado várias vezes e não dava mais para recusar, ou ele acharia que não estava interessada. Além disso, ele não aceitaria um "não" como resposta.

Não que eu não quisesse conhecê-los, mas estava morrendo de medo da reação deles quando me vissem.

Na escola, depois que o nervosismo dos primeiros dias evaporou, deixei de me preocupar tanto com a opinião dos outros. A família de Xavier, porém, era diferente. Realmente me importava com ela. Queria que gostassem de mim e que se convencessem de que eu era um ponto positivo na vida do filho. Resumindo, eu queria a aprovação deles. Molly me contou um monte de histórias sobre o ex-namorado, Kyle, que seus pais desaprovavam por completo, chegando a proibi-lo de frequentar a casa dela. Eu tinha certeza de que o clã Woods não seria tão rigoroso comigo, mas, se eu não agradasse, talvez sua influência afetasse os sentimentos de Xavier por mim.

Quando o sábado chegou, o carro de Xavier parou na porta da nossa casa pontualmente dois minutos antes das cinco, conforme o combinado. Seguimos para a casa dele, que ficava do outro lado da cidade, a cerca de dez minutos. À medida que nos aproximávamos, centenas de pensamentos negativos começaram a formigar na minha cabeça. E se achassem que a minha palidez se devia a alguma doença ou uso de drogas? E se julgassem que eu não era boa o bastante para Xavier e que ele podia encontrar coisa melhor? E se, sem querer, eu dissesse ou fizesse algo constrangedor, como em geral acontecia quando estava nervosa? E se seus pais, que eram médicos, percebessem que havia algo de diferente em mim? Não era isso que eles faziam para ganhar a vida, afinal? E se Claire ou Nicola achassem que a minha roupa estava fora de moda? Nesse item, ao menos, eu me sentia segura, porque Ivy me ajudara a escolher o que usar: um vestido de crepe azul-marinho de gola redonda, fechado na frente com botões creme. Como diria Molly, um visual clássico e francês. Mas tudo o mais continuava a ser um grande ponto de interrogação.

— Dá para ficar calma? — disse Xavier, quando passei a mão no cabelo e alisei o vestido pela décima vez. — Posso ouvir o seu coração daqui. Eles não passam de boas pessoas que vão à igreja todo domingo. Vão gostar de você. Mesmo que não gostem, o que é impossível, você nem vai notar. Mas eles vão adorá-la. Já adoram.

— Como assim?

— Contei a eles tudo sobre você, e há séculos eles estão loucos para conhecê-la. Então não precisa agir como se fosse encontrar seus carrascos.

— Você podia ser um pouco mais solidário — desabafei, irritada. — Tenho muito com o que me preocupar. Você é abominável às vezes!

Xavier desatou a rir.

— Você me chamou de abominável?

— Chamei. Não dá a mínima se estou nervosa!

— Claro que dou — disse ele, paciente. — Mas estou lhe garantindo que não há nada com que se preocupar. Minha mãe já é sua maior fã, e os outros estão ansiosos para conhecê-la. No início, eles acharam que você era invenção minha. Estou lhe contando para que se sinta melhor, porque *me importo*. Agora, exijo que retire a ofensa. Não vou conviver com o estigma de ser rotulado de *abominável*.

— Eu retiro — concordei, rindo. — Mas você é um chato.

— Minha autoestima está levando uma surra hoje — disse ele, balançando a cabeça. — Primeiro, sou abominável, depois um chato... Acho que isso faz de mim um chato abominável.

— Só estou preocupada — resumi, incapaz de continuar sorrindo. — E se eles me compararem com a Emily? Se acharem que não chego aos pés dela?

— Beth — disse Xavier, segurando meu rosto com as mãos e me obrigando a encará-lo —, você é incrível. Eles verão isso de cara. Além disso, minha mãe não gostava da Emily.

— Por quê?

— Ela era impulsiva demais.

— Como assim, impulsiva? — indaguei, confusa.

— Ela tinha uns problemas — respondeu Xavier. — Os pais eram divorciados, ela não se dava com o pai e às vezes fazia coisas sem pensar. Eu sempre estava lá para protegê-la, graças a Deus, mas isso não ajudava muito a melhorar o conceito dela com a minha família.

— Se você pudesse mudar as coisas e tê-la de volta, faria isso?

— Emily está morta — disse Xavier. — Foi assim que a vida quis. Então você apareceu. Eu podia estar apaixonado por ela naquela época, mas agora estou apaixonado por *você*. E se ela voltasse hoje, ainda seria minha amiga mais antiga, mas você continuaria sendo a minha namorada.

— Desculpe, Xavier. É que às vezes acho que você está comigo só porque perdeu a pessoa com quem devia ficar.

— Mas, Beth, você não está vendo? — insistiu Xavier. — Não era para eu ficar com a Emily. Eu estava fadado a amá-la e depois perdê-la. É com você que devo ficar.

— Acho que agora entendo — concordei, pegando sua mão e apertando-a de leve. — Obrigada por me explicar. Sei que pareço um bebezinho.

Xavier piscou.

— Um bebezinho adorável.

Tudo na casa de Xavier era ligado à ideia de conforto. Era uma casa grande e recém-construída, em estilo neogeorgiano, com cercas vivas bem-cuidadas e colunas ladeando a lustrosa porta principal. No lado de dentro, as paredes eram brancas, e o assoalho, de madeira desenhada. A parte da frente, com uma sala de estar luxuosa, destinava-se a receber visitas, enquanto a área aberta, que dava para o deque e a piscina, servia, na maior parte do tempo, de espaço de lazer para os oito membros. Sofás amplos, cobertos de almofadas fofas, ficavam de frente para uma televisão de plasma pendurada na parede. Sobre a mesa de jantar havia uma montanha de objetos típicos de meninas; num canto estava uma cesta de roupa lavada; e vários pares de tênis se enfileiravam junto à porta dos fundos. Do lado oposto à televisão, ficava um cantinho de brinquedos, com uma variedade de bonecas Barbie, caminhões e quebra-cabeças para entreter as crianças mais novas. Um gato de pelo castanho dormia enroscado numa cesta.

Talvez devido ao aroma de quitutes sendo preparados ou, quem sabe, ao som de vozes por toda a casa, o lugar transmitia uma sensação de aconchego, apesar do tamanho.

Xavier me levou à enorme cozinha, onde a mãe tentava, a todo custo, terminar o almoço e arrumar a casa ao mesmo tempo. Ela parecia trabalhar num ritmo frenético, mas, mesmo assim, conseguiu me lançar um sorriso caloroso quando entrei. Dava para identificar, de cara, os traços de Xavier em seu rosto. Tinham o mesmo nariz retilíneo e os mesmos vívidos olhos azuis.

— Você deve ser a Beth! — exclamou ela, pousando uma panela no fogão e se aproximando para me abraçar. — Ouvimos muito a seu respeito! Meu nome é Bernadette, mas pode me chamar de Bernie, como todo mundo.

— É um prazer conhecê-la, Bernie. Está precisando de ajuda? — indaguei imediatamente.

— Essa é uma oferta que não costumo ouvir com frequência por aqui — respondeu Bernie.

Pegando meu braço, ela me mostrou uma pilha de guardanapos para dobrar e travessas para enxugar. O pai de Xavier entrou na cozinha, vindo do deque onde acabara de acender a churrasqueira, à sombra de barcos ancorados de velas brancas e triangulares. Era alto e magro, tinha cabelos castanhos e usava óculos redondos como os de um professor. Pude ver de quem Xavier herdara a estatura.

— Já botaram você para fazer o trabalho doméstico? — disse ele com uma risadinha. Apertou minha mão e se apresentou como Peter.

Depois de dar um aperto em meu ombro tentando me tranquilizar, Xavier foi ajudar o pai com o churrasco. Enquanto punha a mesa com Bernie, dei uma olhada em volta para apreciar a maravilhosa desordem doméstica da casa. Na televisão passava um jogo de beisebol. Dava para ouvir o barulho de pés correndo no andar de cima, ao mesmo tempo que alguém ensaiava um trecho bastante básico no clarinete. Bernie andava de um lado para o outro afobada, levando os pratos para a mesa. Tudo era gloriosamente normal.

— Desculpe a bagunça — disse Bernie. — O aniversário de Jasmine foi outro dia, e o caos se instaurou por aqui.

Sorri. Não me importava se havia ou não bagunça — sentia-me curiosamente em casa.

— Já disse a você para não pegar minha gilete — gritou alguém que descia a escada fazendo barulho.

Xavier, que havia entrado para pegar alguns pratos, soltou um suspiro exagerado.

— Este seria um bom momento para você escapar — sussurrou para mim.

— Pelo amor de Deus, você tem um pacote cheio. Pare de reclamar — respondeu outra voz.

— Era a minha última, e agora está cheia das suas células epiteliais nojentas.

Uma porta bateu, e surgiu uma garota de cabelos castanhos, com os cachos presos por uma faixa. Vestia um short de Lycra, como se tivesse acabado de fazer ginástica, e um top vermelho.

— Mãe, dá para falar para a Claire não entrar no meu quarto? — pediu.

— Por que você não se muda logo e vai morar com o Luke? — gritou a irmã.

— Se pudesse eu ia, acredite.

— Eu odeio você! Isso não é justo.

A garota de repente percebeu a minha presença e parou de gritar para me lançar um olhar de cima a baixo.

— Quem é essa? — indagou num tom rude.

— Nicola! — repreendeu Bernie. — Cadê sua educação? Esta é Beth. Beth, minha filha de 15 anos, Nicola.

— Muito prazer — disse a garota, de má vontade. — Não sei que graça você pode achar em sair com *ele* — acrescentou, apontando com a cabeça na direção de Xavier. — Ele é um retardado, e as piadas dele são um horror.

— Nicola está em plena crise de adolescência e perdeu toda a capacidade de achar graça das coisas — explicou Xavier. — Do contrário, adoraria meu senso de humor afiado.

Nicola olhou furiosa para o irmão. Fui poupada de esboçar qualquer tipo de reação pela entrada da irmã mais velha de Xavier, Claire. Seu cabelo era liso como o dele e caía solto nos ombros. Vestia um cardigã preto de tricô e botas de cano alto. A despeito do concurso de gritos, notei que sua expressão era amistosa.

— Uau, Xavier, você não falou que a Beth era tão deslumbrante! — observou Claire, se aproximando e me dando um abraço.

— Na verdade, falei, sim — respondeu Xavier.

— Bem, eu não acreditei — confessou Claire, rindo. — Oi, Beth, bem-vinda ao zoológico.

— Parabéns pelo noivado — cumprimentei.

— Obrigada, mas é tudo tão estressante... Não sei se Xavier lhe contou. Ontem, por exemplo, ligaram do bufê dizendo...

Xavier sorriu e nos deixou conversando. Eu não tinha muito a dizer, mas Claire falou dos preparativos para o casamento, e eu estava mais que satisfeita em ouvi-la. Fiquei pensando por que uma ocasião tão feliz tinha de ser tão turbulenta. Segundo Claire, tudo que podia dar errado estava dando, e ela se perguntava se havia quebrado um espelho ou algo do gênero para atrair tanta má sorte.

Bernie voltou à cozinha para procurar Xavier, que surgiu na porta dos fundos, segurando um espeto.

— Xavier, querido, corra e traga os pequenos para conhecer Beth. Estão assistindo ao *Rei Leão* — pediu Bernie, antes de virar-se para mim e acrescentar: — É o único jeito de ficarem quietos nem que seja por meia hora.

Xavier piscou para mim e sumiu no corredor. Uns minutinhos depois, ouvi seus passos descendo a escada, seguidos por pezinhos descalços batendo no chão.

Jasmine, Madeline e Michael irromperam na sala. Congelaram a meio passo quando me viram e me encararam abertamente, do jeito que só as crianças pequenas podem fazer sem parecer falta de educação. Madeline e Michael eram os caçulas e ambos tinham cabelo louro, enormes olhos castanhos e os rostinhos sujos de chocolate. Jasmine, que acabara de fazer nove anos, era uma menina de expressão séria com grandes olhos azuis. Seu cabelo comprido, estilo Alice no País das Maravilhas, estava preso com uma fita de cetim.

— Beth! — gritaram Michael e Madeline em uníssono, superando a timidez inicial.

Depois de correrem até onde eu estava, cada um me puxou por uma das mãos para me levar ao cantinho dos brinquedos. Bernie pareceu meio preocupada, mas não estavam incomodando. Gostava das almas infantis, e aquilo não era muito diferente, apenas mais confuso.

— Quer brincar com a gente? — imploraram os dois.

— Agora não — disse Bernie. — Esperem o fim do jantar para perturbar a pobre da Beth.

— Vou me sentar ao lado dela na mesa — anunciou Michael.

— Não, eu é que vou — contestou Madeline, empurrando o irmão. — Vi a Beth primeiro.

— Não viu, não!

— Vi, sim!

— Ei, os dois podem se sentar perto da Beth — interveio Claire, envolvendo ambos em um abraço e lhes fazendo cócegas.

De repente, me dei conta de uma figurinha ao meu lado. Jasmine tinha os olhos grandes e claros fixos em mim.

— Eles são muito barulhentos — disse ela, baixinho. — Gosto mais do silêncio.

Xavier, em pé ao meu lado, riu e fez um cafuné carinhoso na irmã.

— Esta aqui é muito pensativa — comentou. — Está sempre longe, com as fadas.

— Acredito em fadas — emendou Jasmine. — Você também?

— Com certeza — respondi, ajoelhando-me ao lado dela. — Acredito em todas essas coisas, em fadas, sereias, anjos.

— Sério?

— Sério. E, cá entre nós, já vi alguns deles.

Os olhos de Jasmine se esbugalharam, e a boquinha de botão se abriu de surpresa.

— Já viu? Eu também queria poder ver.

— Ora, você pode — garanti. — É só olhar com atenção. Às vezes eles estão onde a gente menos espera.

Quando chegou a hora de comer, vi que Bernie e Peter haviam preparado um banquete. Olhei para as travessas de carne de porco, linguiça e costelas assadas na churrasqueira e fiquei seriamente preocupada. Xavier devia ter se esquecido de avisar que não como carne. Não apenas por uma questão de princípio, mas porque nosso organismo não aceita bem esse tipo de comida. É difícil de digerir e nos deixa zonzos. Mas, mesmo se não fosse esse o caso, não me apeteceria comer carne. Só de pensar nisso, meu estômago ficava embrulhado. Mas os donos da casa tinham se esforçado tanto que não tive coragem de dizer nada. Felizmente, não foi preciso.

— A Beth não come carne — disse Xavier com naturalidade. — Não contei para vocês?

— Por que não? — perguntou Nicola.

— Procure a palavra *vegetariano* no dicionário — respondeu Xavier com sarcasmo.

— Tudo bem, querida — disse Bernie, pegando meu prato e enchendo-o de batatas assadas, legumes grelhados e salada de arroz. — Não tem problema algum — acrescentou, continuando a me servir, embora o prato já estivesse cheio.

— Mãe! — exclamou Xavier, tirando o prato prestes a transbordar da mão dela e pondo-o diante de mim. — Acho que já está bom.

Quando todos já tinham sido servidos, Nicola pegou o garfo e preparou-se para levar à boca um punhado de arroz. Bernie, então, lançou-lhe um olhar repreendedor.

— Xavier, querido, quer fazer a oração de agradecimento?

Nicola, de propósito, colocou ruidosamente o garfo de volta na mesa.

— Shhh — comandou Jasmine, e a família toda inclinou a cabeça. Claire se encarregou de manter Madeline e Michael quietos, segurando a mão dos dois para tentar acalmá-los.

Xavier fez o sinal da cruz.

— Que o Senhor nos faça ser genuinamente gratos pelo alimento que vamos receber e que estejamos sempre atentos às necessidades do próximo, por Jesus Cristo, amém.

Ele terminou e ergueu os olhos, encontrando os meus por uma fração de segundo, antes de desviá-los e tomar um gole de refrigerante. Pude ver tanta compreensão entre nós em seu olhar, tamanha conexão na fé, que naquele momento não poderia tê-lo amado mais.

— E então, Beth — disse Peter. — Xavier nos contou que você se mudou para cá com seus irmãos.

— Isso mesmo — concordei, sentindo a comida entalar na garganta enquanto me preparava para a famigerada pergunta "E seus pais?", mas ela não veio.

— Adoraria conhecer seus irmãos — foi tudo o que disse Bernie. — Também são vegetarianos?

Sorri.

— Somos todos.

— Que coisa esquisita! — exclamou Nicola.

Bernie lançou-lhe um olhar furioso, mas Xavier apenas riu.

— Você ficaria surpresa com a quantidade de vegetarianos que existe no mundo, Nic — disse ele.

— Você é a namorada do Xavier? — interrompeu Michael, espalhando os feijões no prato e cutucando-os com o garfo.

— Não brinque com a comida — advertiu Bernie, mas Michael não a ouviu. Em vez disso, olhou para mim, à espera de uma resposta.

Virei-me para Xavier, indecisa sobre o que devia dizer diante da sua família.

— Não sou um cara de sorte? — brincou Xavier com o irmãozinho.

— Por favor, me poupe — começou Nicola, mas Claire calou-a com um cutucão.

— Também vou arrumar uma namorada — disse Michael num tom sério, e todos riram.

— Você tem tempo de sobra para isso, meu filho — emendou o pai. — Não precisa se apressar.

— Bom, pai, eu não quero um namorado — disse Madeline. — Os meninos são sujos e fazem muita bagunça quando comem.

— Principalmente os de seis anos — concordou Xavier, com um risinho. — Mas não se preocupe, eles melhoram com a idade.

— Mesmo assim, não quero um namorado — insistiu Madeline.

— Estou com você — disse Nicola.

— Que papo é esse? Você tem um namorado — interveio Xavier. — Embora se comporte como se não tivesse.

— Cale a boca — rebateu Nicola. — Faz duas horas que não tenho mais.

Ninguém, à exceção de mim, pareceu se preocupar ao ouvir o que ela disse.

— Que pena! — exclamei. — Você está bem?

Claire riu.

— Ela e Hamish terminam o namoro no mínimo uma vez por semana — explicou. — Sempre fazem as pazes no fim de semana seguinte.

Nicola armou um bico.

— Desta vez é definitivo. E estou bem, Beth. Obrigada por perguntar — disse ela, fulminando os demais com os olhos.

— Nic vai acabar uma velha solteirona — disse Michael, com uma risadinha.

— O quê? — perguntou Nicola, zangada. — Aliás, como é que você sabe o que é isso? Você só tem quatro anos.

— Foi a mamãe que falou — respondeu Michael.

Bernie tossiu, quase engasgando com a comida, enquanto Peter e Xavier esconderam o riso com o guardanapo.

— Obrigada, Michael — disse Bernie. — O que eu quis dizer foi que *talvez* você devesse pensar melhor na maneira como trata as pessoas se não quiser afastá-las. Não há necessidade de se irritar tanto com tudo.

— Eu nunca me irrito! — revoltou-se Nicola, batendo o copo com força na mesa e derramando parte do conteúdo.

— Você atirou uma bola de tênis na cabeça do Hamish — discordou Claire.

— Ele falou que o meu vestido era curto demais! — gritou Nicola.

— E daí? — quis saber Xavier.

— Ele devia ter ficado quieto, guardado o comentário para si.

— E, como não guardou, merecia ter os miolos esmagados por uma bola de tênis? — emendou Xavier, fazendo que sim com a cabeça. — Faz todo sentido.

— Acho ótimo receber, finalmente, uma menina para jantar conosco — comentou Bernie, tentando encerrar a discussão. — Luke e Hamish estão sempre aqui, mas a visita da Beth é muito especial.

— Obrigada — agradeci. — Estou muito feliz de estar aqui.

O celular de Claire tocou, e ela se desculpou antes de levantar da mesa para atendê-lo. Segundos depois, voltou, com a mão cobrindo o bocal.

— É o Luke. Está atrasado, mas não demora — explicou, fazendo uma pausa. — Seria tão mais fácil se ele pudesse dormir aqui.

— Você sabe o que seu pai e eu achamos disso. Já conversamos com você a respeito.

Claire voltou-se com uma expressão suplicante para o pai, que fingiu estar concentrado na comida.

— Não depende de mim — murmurou ele, sem graça.

— Será que já não está na hora de facilitar um pouco as coisas? — perguntou Xavier à mãe. — Eles já têm data e tudo.

Bernie não se deixou convencer.

— Não é certo. Pense no exemplo que ela daria.

Xavier afundou a cabeça nas mãos.

— Ele podia dormir no quarto de hóspedes.

— Você se candidata a montar vigília a noite toda? Não, acho que não. Enquanto vocês morarem debaixo deste teto, terão que seguir as nossas regras.

Xavier gemeu como se já tivesse ouvido aquele discurso antes.

— Não precisa reagir assim — disse Bernie. — Criei meus filhos para viverem de acordo com certos princípios, e sexo antes do casamento não é algo que esta família aprove. Espero que não tenha mudado sua postura em relação a isso, certo, Xavier?

— Longe de mim! — respondeu Xavier, com uma seriedade zombeteira. — Só a ideia me dá arrepios.

As irmãs não conseguiram se conter e caíram na gargalhada, amenizando o clima. Imediatamente foram seguidas pelos irmãos mais novos, que não faziam ideia do motivo de tanto riso, mas não queriam ser deixados de fora.

— Desculpe, Beth — disse Claire, quando recuperou o fôlego. — A mamãe gosta de um sermão de vez em quando, e ele não tem hora certa para acontecer.

— Não precisa se desculpar, querida. Garanto que a Beth entende o que eu disse. Ela parece uma pessoa muito responsável. Sua família é religiosa?

— Muito — respondi com um sorriso. — Acho que você se daria bem com eles.

Passamos o restante da noite falando de assuntos menos delicados. Bernie fez uma série de perguntas inofensivas sobre os meus interesses acadêmicos e meus sonhos para o futuro. Xavier havia previsto o rumo da conversa, e por isso eu ensaiara minhas respostas de antemão. Claire trouxe para a mesa um grosso exemplar da revista *Noivas* e pediu minha opinião sobre inúmeros vestidos e bolos. Nicola ficou de cara amarrada e fez observações sarcásticas sempre que era incluída na conversa. Os mais novos vieram sentar-se no meu colo quando chegou a hora da sobremesa, e Peter contou o que Jasmine rotulou de "piadas do papai". Xavier simplesmente sentou-se ao meu lado, com o braço envolvendo meus ombros, parecendo muito contente e contribuindo para a conversa com comentários a intervalos irregulares.

Aquela noite foi a experiência mais próxima da realidade terrena que já tive, e adorei cada momento. A família de Xavier, apesar dos conflitos típicos, era muito unida, muito amorosa, muito humana, e desejei mais que tudo compartilhar daquilo. Conheciam a força e a fraqueza uns dos outros e aceitavam-se a despeito disso. Achei incrível que fossem tão abertos e o quanto sabiam uns sobre os outros — até coisas triviais, como o sabor predileto de sorvete e os filmes de que mais gostavam.

— Vocês acham que devo assistir ao filme novo do James Bond? — indagou Nicola a certa altura.

— Acho que não, Nic — respondeu Xavier. — Tem ação demais para o seu gosto.

Gabriel, Ivy e eu tínhamos um laço de confiança, mas não nos conhecíamos tanto assim. A maioria de nossas reflexões se dava interiormente e jamais era verbalizada. Talvez por não precisarmos de personalidades exclusivamente nossas, não perdíamos tempo desenvolvendo-as. Sendo apenas espectadores, não havia decisões a tomar, dilemas morais a resolver. Alcançar a unidade com o Universo significava poder dispensar conexões pessoais. O único amor que nos cabia experimentar era um amor genérico, que abrangia todas as coisas vivas.

Percebi com certo choque que estava começando a me identificar mais com os humanos do que com a minha própria espécie. Pelo visto, os humanos tinham uma necessidade de se conectarem profundamente entre si. Ansiavam pela intimidade ao mesmo tempo que a temiam. Numa família, era impossível guardar segredos. Se Nicola estava de mau humor, todo mundo sabia. Se a mãe se decepcionava, bastava olhar para o seu rosto para saber. Fingir alguma coisa era o mesmo que desperdiçar tempo e energia.

No final da noite, senti-me imensamente grata a Xavier. Permitir que eu conhecesse sua família foi um dos maiores presentes que ele podia ter me dado.

— E então, como está se sentindo? — perguntou ele ao me deixar em casa.

— Exausta — admiti. — Mas feliz.

Naquela noite pensei em algo que nunca me ocorrera antes. O comentário de Bernie a respeito de sexo antes do casamento me deixou intrigada. Sabia que Xavier e eu podíamos fazer sexo, porque eu havia assumido a forma humana e estava apta a interagir fisicamente como um humano. Mas quais seriam as consequências de um ato desses?

Decidi abordar o assunto com Ivy — mas não naquela noite. Não queria estragar minha satisfação.

20
SINAL DE ALERTA

Abri a porta da sala para a aula de literatura e encontrei Jake Thorn sentado, muito à vontade, na beirada da mesa da srta. Castle, com os olhos fixos no rosto enrubescido da professora. Percebi que não tinham notado a minha presença, pois entrei e nenhum dos dois olhou na minha direção. O cabelo escuro e sedoso de Jake estava penteado para trás, deixando suas feições totalmente descobertas. As maçãs do rosto se destacavam, proeminentes, e os olhos verdes de gato observavam intensamente a srta. Castle com a expressão hipnotizadora de uma cobra prestes a dar o bote. Havia uma rosa vermelha sobre a mesa, e vi que as mãos longas e magras de Jake estavam levemente pousadas sobre as da professora. O único som na sala vinha da respiração ofegante da srta. Castle.

— Isto é inadequado — sussurrou ela.

— Segundo que leis? — indagou Jake numa voz grave e confiante.

— Para começar, as da escola. Você é meu aluno!

Jake deu uma risadinha.

— Sou um adulto. Tenho idade suficiente para tomar minhas próprias decisões.

— E se formos pegos? Posso perder meu emprego, nunca mais conseguir trabalhar como professora, eu...

Percebi seu suspiro abafado quando Jake pôs o dedo em seus lábios e depois o fez escorregar até pousá-lo na base do pescoço.

— Podemos ser discretos.

No momento em que ele se inclinou sobre a srta. Castle e ela fechou os olhos, ouviu-se um pequeno estrondo atrás de mim, seguido por uma série de palavrões. Ben tinha acabado de chegar e sem querer bateu com a mochila na porta. Jake pulou da mesa com uma graciosidade felina, enquanto a srta. Castle, com o rosto vermelho de vergonha, mexia os papéis à sua frente e tentava arrumar o cabelo.

— Oi — grunhiu Ben, passando por mim e se dirigindo à própria carteira, indiferente à cena que tinha acabado de interromper. Atirou-se na cadeira e fez uma careta para o relógio. — Ora, nem estou atrasado.

Ocupei o lugar que ficava atrás de Ben, à medida que os outros alunos chegavam e olhavam com curiosidade para a minha carteira. Alguém rabiscara no tampo: *Inglês é a morte. A morte é uma merda.* Não queria olhar para Jake, pois continuava chocada com o que tinha visto. Mas sabia que não tinha esse direito. Jake, aos 18 anos, podia paquerar quem quisesse. E o pior, isso não era da minha conta.

Eu devia ter previsto que ele não iria permitir que eu o ignorasse. Sentou-se ao meu lado.

— Oi — cumprimentou numa voz conquistadora. Os olhos eram ainda mais cativantes que a voz. Quando olhei para dentro deles, foi difícil olhar em outra direção.

As coisas começavam a mudar na Bryce Hamilton. Não dava para identificar o que exatamente tinha mudado nem quando, mas a escola parecia diferente. Havia união onde antes só existia disparidade. A participação nas atividades escolares nunca tinha sido tão grande e, a julgar por alguns dos cartazes nos corredores, uma nova consciência a respeito dos problemas globais vinha surgindo. Eu não podia reivindicar o mérito por nenhum desses avanços, já que estava demasiado preocupada em me ambientar e em conhecer melhor Xavier para pensar em qualquer outra coisa. Sabia que a mudança se devia inteiramente à influência de Gabriel e Ivy.

Os moradores de Venus Cove perceberam de imediato a intenção de Ivy de ajudar os outros. Embora não frequentasse a escola, ela fazia questão de conseguir apoio a várias causas, do bem-estar dos animais às questões do meio ambiente. Defendia essas causas com a sua habitual meiguice — não precisava ser agressiva para convencer ninguém. A Bryce Hamilton a convidara para falar em assembleias no intuito de informar aos alunos sobre campanhas de caridade e eventos para levantar fundos programados na cidade. Se havia um mutirão para angariar recursos em prol de uma boa causa, seja lavando carros, preparando bolos ou mesmo organizando um concurso Miss Venus Cove, Ivy em geral era a idealizadora. Ela criara um programa de serviço social na cidade, e um número pequeno, porém crescente, de voluntários se dispôs a ajudá-la nas tardes de quarta-feira. A escola chegou mesmo a elaborar um programa de participação voluntária como alternativa para os esportes vespertinos, que abrangia a atuação em grupos de caridade locais, ajuda a idosos nas compras e trabalho no sopão para os pobres em Port Circe. Alguns admitiam que o interesse pelas atividades era na verdade uma desculpa para se aproximarem de Ivy, mas a maioria se dedicava porque realmente via a importância das causas.

Entretanto, faltando apenas duas semanas para a formatura das turmas de terceiro ano, todos os projetos sociais foram temporariamente abandonados. As garotas da escola estavam praticamente obcecadas. Era difícil acreditar que o tempo passara tão rápido. Parecia ter sido ontem que Molly marcara a data do baile na minha agenda, reprovando a minha falta de entusiasmo. Com surpresa, me vi tão ansiosa quanto todas as outras com relação ao grande evento. Ficava agitada e um tanto histérica como as demais meninas sempre que o assunto surgia, sem me importar de parecer infantil.

Na sexta-feira, encontrei-me com Molly e as garotas depois da aula para a nossa tão esperada excursão de compras a Port Circe, uma cidade grande a apenas meia hora de trem de Venus Cove. Com cerca de duzentos mil habitantes, superava em muito o tamanho de Venus Cove, e vários moradores da nossa monótona cidade empreendiam essa jornada diariamente para trabalhar, enquanto os adolescentes iam lá para fazer compras ou tentar entrar nas boates com suas identidades falsificadas.

Gabriel me dera um cartão de crédito acompanhado de instruções para que eu fosse moderada e me lembrasse da irrelevância dos bens materiais. Ele estava ciente dos perigos de deixar um bando de garotas à solta com um cartão de crédito na mão, mas não precisava se preocupar, já que as minhas chances de encontrar algo de que eu gostasse pareciam remotas. Eu era extremamente exigente quando se tratava de roupas e tinha uma ideia muito clara de como queria me vestir para a noite da formatura. Criara uma expectativa exagerada. Nessa noite, eu não queria só me sentir, mas também parecer um anjo na Terra.

Bateu-me um nervosismo enquanto nos dirigíamos pela rua principal à estação ferroviária. Seria a minha primeira experiência com o transporte público. Por mais que ansiasse por ela, não pude evitar um leve receio. Quando chegamos à estação, segui as outras meninas por uma passagem subterrânea até uma plataforma em estilo antigo. Fizemos fila no guichê e compramos as passagens com um homem de bigode grisalho. Ele balançou a cabeça, reprovando a algazarra das garotas, mas eu lhe dei um amplo sorriso e em seguida enfiei o bilhete dentro da carteira.

Fomos nos sentar nos bancos de madeira da plataforma e aguardamos o expresso das 16h15. As meninas continuavam a tagarelar e a enviar torpedos na velocidade da luz, combinando de encontrar os garotos da Saint Dominique em Port Circe. Molly anunciou que estava com sede e comprou uma lata de refrigerante diet numa máquina. Já eu estava tranquila e relaxada, até que a chegada do trem me causou um choque.

Começou como nada mais que um ronco a distância, como um trovão, mas o barulho cresceu, e logo a plataforma passou a vibrar sob meus pés. Então, aparentemente de lugar nenhum, surgiu o trem deslizando sobre os trilhos numa velocidade tamanha que me perguntei como o maquinista conseguiria parar. Dei um salto e me encostei à parede do saguão de espera enquanto os vagões do trem, que pareciam pouco seguros, paravam ruidosamente. As meninas me encararam.

— O que você está fazendo? — indagou Taylah, olhando em volta envergonhada para se assegurar de que ninguém tinha visto meu show.

Observei o trem desconfiada.

— É normal fazer tanto barulho?

As portas de metal se abriram, e uma onda de pessoas foi despejada. Vi as portas de um vagão voltarem a se fechar, prendendo a barra do paletó de um homem. Engoli em seco, e as garotas caíram na gargalhada. O homem bateu furiosamente nas portas do trem, e elas se abriram de novo. Ele saiu a toda, lançando um olhar zangado em nossa direção.

— Nossa, Beth! — exclamou Molly, segurando o estômago enquanto tremia de tanto rir. — Parece até que você nunca viu um trem.

A pesada fileira de caixas de metal interligadas parecia mais uma arma de destruição em massa do que qualquer meio de transporte confiável.

— Não me parece nada seguro — disse eu.

— Não seja infantil! — censurou Molly, me pegando pelo braço e me empurrando para uma das portas abertas. — Vamos perdê-lo!

O interior do trem não era tão ruim. Molly e as amigas desabaram num banco, ignorando os olhares irritados dos passageiros cujo espaço fora invadido. Enquanto sacolejávamos a caminho de Port Circe, acomodada na pontinha do meu assento, observei as pessoas à volta. Fiquei surpresa com o leque de figuras que o transporte de massa atraía, de executivos em ternos formais a estudantes suarentos, passando por uma mendiga idosa calçando mocassins forrados de pele. Não me senti muito à vontade cercada por toda essa gente e correndo o risco de ser atirada para a frente toda vez que o trem parava com um solavanco, mas disse a mim mesma que devia agradecer cada experiência humana que tinha a oportunidade de vivenciar. Em breve tudo isso acabaria.

Quando chegamos ao destino, descemos com a multidão que se espremia para sair do trem e alcançar a praça principal de Port Circe, a qual, sem dúvida, não lembrava em nada a sonífera Venus Cove. As ruas eram amplas, retangulares e margeadas de árvores, e torres de igreja e arranha-céus se destacavam no horizonte. Molly insistiu para atravessarmos as ruas em meio ao tráfego congestionado, em vez de usar as faixas para pedestres. Por todo lado havia gente com sacolas de compras na mão. Passamos por um sem-teto de barba branca sentado na escadaria da catedral. As rugas em torno de seus olhos caídos eram fundas como fendas. Ele tinha um cobertor cinza do Exército em volta dos ombros e sacudia uma latinha com algumas moedas dentro. Procurei por algum trocado no bolso, mas Molly me impediu.

— Você não pode se aproximar de estranhos assim — advertiu. — É perigoso. Ele provavelmente é um viciado ou algo do gênero.

— Ele parece um viciado? — argumentei.

Molly deu de ombros e seguiu em frente, mas eu voltei para enfiar uma nota de dez dólares na mão do sujeito, que agarrou meu braço e me disse "Deus a abençoe". Quando olhei diretamente para ele, percebi que era cego.

As garotas decidiram que devíamos nos separar. Umas foram para uma pequena butique numa rua de paralelepípedos fechada ao tráfego, enquanto Molly, Taylah e eu partimos para uma grande loja de departamentos com portas automáticas e chão de mármore quadriculado. Fiquei satisfeita por me afastar da agitação das ruas e ergui o rosto para sentir o vento frio vindo das saídas do ar-condicionado no teto.

— Estamos na Madisons — explicou Molly, como se falasse com um marciano. — Aqui você encontra todo tipo de produtos espalhados por diferentes andares.

— Obrigada, Molly, acho que peguei o espírito da coisa. Em que andar ficam as roupas femininas?

— Não vamos nem passar perto de lá. Só tem roupa brega. Vamos direto para a Mademoiselle, no terceiro andar. Tem coisas ótimas e é mais barato do que aquelas butiques chiques. Só porque Megan nada em dinheiro...

Somente depois de duas horas de garimpagem nas araras com a ajuda de vendedoras muito pacientes, Molly e Taylah finalmente encontraram vestidos que as satisfizessem. Examinaram arara após arara, descartando modelos que pareciam frescos demais, vulgares demais, madura demais, sem graça demais ou pouco sexy. Esquecendo-se de que já tinham discutido o assunto, entraram numa polêmica acerca do comprimento perfeito. Pelo que entendi, logo acima do joelho era muito adolescente; abaixo do joelho, geriátrico; e no meio da canela, apenas para quem comprava roupa em brechó. Sobravam, assim, apenas duas opções aceitáveis: mini ou longo. Essa questão foi abordada como um problema de importância nacional, até que passaram a discutir se a roupa devia ser com ou sem babadinhos, tomara que caia ou não, de cetim ou de seda. Eu as seguia como uma sonâmbula, me esforçando ao máximo para acompanhá-las e não deixar transparecer o cansaço.

Depois do que me pareceram horas de indecisão, Taylah optou por um vestido curto de tafetá, de frente única e cor de pêssego que arrebitava na barra. Cumpria perfeitamente o objetivo de exibir as pernas bem-torneadas, ainda que, na minha opinião, isso a fizesse parecer um profiterole sem calda de chocolate.

Vislumbrei algo que me pareceu combinar muito bem com o tom de pele de Molly e mostrei a ela. A vendedora concordou comigo na mesma hora.

— Essa cor vai ficar ótima em você — garantiu a vendedora.

— É lindo — disse Molly.

— E então? Vá logo experimentar — insistiu Taylah.

Quando Molly saiu do provador, foi como se tivesse sofrido uma transformação, indo de adolescente desengonçada a deusa. Até os outros clientes pararam para admirá-la. Nós a fizemos girar para avaliar o figurino de todos os ângulos. O vestido era de um ombro só, em estilo grego, com uma delicada alça dourada no ombro nu. O tecido caía sobre o corpo curvilíneo de Molly em camadas suaves, chegando ao chão como se fosse líquido. O mais incrível, porém, era a cor, um bronze estonteante que cintilava sob a luz. Enfatizava o tom avermelhado dos cachos de Molly e destacava o rosa-pêssego da sua pele.

— Uau! — exclamou Taylah. — Acho que encontramos o seu vestido. Você e Ryan vão formar um casal deslumbrante.

— Espere aí. Ele convidou você? — perguntei.

Molly fez que sim com a cabeça.

— Demorou, mas convidou.

— Por que não me contou?

— Não chega a ser uma notícia bombástica.

— Está brincando? — gritou Taylah. — Você vem correndo atrás disso há semanas. Deu certo, você conseguiu o que queria.

— Acho que sim — concordou Molly, mas seu rosto não mostrava o entusiasmo habitual.

Estaria pensando em Gabriel? Talvez Molly tivesse mudado, e Ryan Robertson, com toda a sua beleza e seus músculos definidos, já não bastasse para ela.

Para Taylah e Molly a busca angustiante tinha chegado ao fim, e a expressão de ambas mostrava alívio. Sapatos e acessórios podiam esperar. As duas haviam encontrado vestidos que lhes caíam como luvas. Em compensação, eu não vira nada remotamente empolgante. Os vestidos eram mais ou menos os mesmos — ou excessivamente trabalhados, cheios de bordados e laços, ou sem graça. Queria algo simples, porém arrasador, algo que me destacasse na multidão e deixasse Xavier sem fala. Sabia que aquilo era pedir demais e que as chances de encontrá-lo eram pequenas. Parte de mim tinha vergonha dessa vaidade recém-descoberta, mas meu desejo de impressionar Xavier falava mais alto.

— Vamos lá, Beth! — disse Molly, cruzando os braços resoluta. — Deve haver alguma coisa que lhe agrade! Não vamos embora até você encontrar.

Tentei protestar, mas, agora que já tinha encontrado seu figurino, Molly estava inteiramente disposta a me ajudar. Por insistência dela, experimentei vestido após vestido, sem que nenhum deles parecesse o certo.

— Você é doida — disse ela, passada uma hora. — Tudo fica maravilhoso em você.

— É mesmo. Você é tão magrinha... — emendou Taylah, cerrando os dentes.

— Este aqui! — gritou Molly, tirando da arara um vestido de cetim branco plissado que se abria como um leque. — Uma réplica de Marilyn Monroe. Experimente!

— É lindo — concordei. — Mas não é o que procuro.

Molly soltou um suspiro e devolveu o vestido à arara.

Saí da Madisons com as modestas compras de um vidro de esmalte chamado Whisper Pink e um par de brincos de argola de prata. Não tinham chegado nem perto de valer o tempo e o esforço.

Encontramos as outras meninas na Starbucks. Várias sacolas de grife espalhavam-se a seus pés, e dois rapazes de blazers listrados com as camisas para fora das calças as acompanhavam.

— Estou morta de fome — anunciou Molly. — Daria tudo por um daqueles cookies gigantes.

Taylah balançou o dedo diante dela.

— Até o baile, só salada.

— Tem razão — gemeu Molly. — Café está liberado?

— Com leite desnatado e sem açúcar.

Quando cheguei em casa, o desânimo era difícil de disfarçar. A excursão de compras falhara, e eu não sabia onde encontrar um vestido. Percorrera as lojas de Venus Cove semanas antes e restavam apenas dois ou três brechós.

— Não deu sorte? — perguntou Ivy, sem parecer surpresa. — Ao menos se divertiu?

— Não muito. Foi uma perda de tempo. Depois de experimentar vários vestidos, todos começam a parecer iguais.

— Não se preocupe, vai achar alguma coisa. Ainda há tempo.

— Não adianta. O que eu quero não existe. Nem devia me dar ao trabalho de ir.

— Ora, Beth — disse Ivy. — Você não pode fazer isso com Xavier. Tenho uma ideia. Por que não me diz que tipo de vestido deseja e eu mesma costuro?

— Não posso lhe pedir isso! Você tem coisas mais importantes com que se ocupar.

— Quero fazer isso por você. Além disso, não vai me tomar tanto tempo, e você sabe que posso criar exatamente o que você procura.

Eu sabia que ela estava certa. Ivy podia se transformar numa exímia costureira em questão de horas. Não havia nada que ela e Gabriel não fossem capazes de fazer caso estivessem dispostos a isso.

— Por que não tiramos umas horinhas hoje à tarde para olhar revistas e ver se gosta de alguma ideia? — perguntou Ivy.

— Não preciso olhar revistas. Já tenho o vestido na cabeça.

Minha irmã sorriu.

— Ótimo. Feche os olhos, então, e mande o vestido para mim.

Fechei os olhos e imaginei a noite da festa. Vi a mim e Xavier em pé, de braços dados, sob uma cobertura iluminada, ele de smoking, cheiroso, com uma mecha de cabelo caindo nos olhos. A seu lado, me vi usando o modelo dos meus sonhos, um vestido marfim cintilante feito a partir de uma combinação de seda creme e uma veste de renda antiga. O corpete era bordado com pérolas, e as mangas eram justas e arrematadas com botões de cetim. Uma gola em leque, arrematada por uma barra de delicados botões de rosa dourados, completava o conjunto. O tecido dava a impressão de entrelaçar pequenos fragmentos de luz e emitia um brilho perolado. Meus pés calçavam incríveis sapatilhas de cetim bordadas com contas.

Olhei sem graça para Ivy. Não era propriamente um pedido simples.

— Mamão com açúcar — comentou minha irmã. — Dou conta dele rapidinho.

SEGUNDA-FEIRA, NA HORA DO ALMOÇO, sentei-me sozinha na cantina. Xavier estava no treino de polo aquático, e Molly e as garotas, numa reunião da comissão de formatura, discutindo os últimos detalhes da decoração e a distribuição de pessoas nas mesas. Sentada ali, espalhando folhas murchas de alface no prato, fui alvo de olhares curiosos, provavelmente por estar desacompanhada, mas nem dei atenção. Como sempre, Xavier ocupava meus pensamentos, ainda mais quando estávamos fisicamente distantes. Quando me peguei calculando quantos minutos mais teria que aguentar até poder vê-lo novamente, resolvi aproveitar melhor o meu tempo e me dirigi à biblioteca. A biblioteca do terceiro ano era o único espaço onde a atividade solitária não causava estranheza. Decidi preencher o restante do horário de almoço pesquisando as causas da Revolução Francesa.

Tinha acabado de pegar meus livros no armário e estava atravessando a passarela de pedestres que encurtava o caminho quando escutei uma voz atrás de mim.

— Olá.

Virei-me e vi Jake Thorn encostado na parede, os braços cruzados sobre o peito. O cabelo escuro emoldurava o rosto pálido, e os lábios esboçavam um sorriso sarcástico. Dessa vez estava vestindo o uniforme da Bryce Hamilton, mas com seu estilo peculiar: sem gravata, com o colarinho da camisa levantado e, em vez de blazer, um casaco cinza com capuz. A calça lhe caía folgada sobre os quadris estreitos. Em vez do sapato imposto pela escola, calçava sapatos Oxford brancos. Percebi pela primeira vez o brinco de brilhante que usava na orelha esquerda e voltei a ver o pingente misterioso preso ao cordão que levava no pescoço. Dando uma longa tragada no cigarro, ele soprou um anel de fumaça no ar.

— Você não devia fumar aqui — alertei-o, imaginando como alguém era capaz de infringir tão abertamente as regras da escola. — Vai arrumar problemas.

— Será? — indagou Jake, fingindo preocupação. — Por acaso aqui é o canto dos fumantes.

— Mesmo assim, os professores vigiam.

— Já vi que eles nunca vêm aqui. Costumam ficar por perto da sala dos professores contando os minutos que faltam para voltarem ao cafezinho e às palavras cruzadas.

— Acho que é melhor você apagar isso antes que alguém veja — insisti.

— Se você faz questão...

Ele esmagou a guimba com o calcanhar e depois chutou-a para a jardineira segundos antes de a srta. Pace, a bibliotecária velha e ranzinza, passar, lançando um olhar desconfiado para nós.

— Obrigado, Beth — disse ele, quando ela já não podia mais ouvir. — Acho que acabou de salvar a minha pele.

— De nada — respondi, enrubescendo diante da sua dramática demonstração de gratidão. — É difícil quando ainda somos novos em algum lugar. Você devia ter um bocado de liberdade na sua outra escola.

— Digamos que eu gostava de correr riscos. Alguns não valeram a pena, por isso meu exílio aqui. Os antigos romanos preferiam a morte ao exílio, sabia? Pelo menos, o meu não é permanente.

— Quanto tempo vai ficar por aqui?

— O tempo necessário para meu caráter ser regenerado.

Achei graça.

— Existe alguma chance?

— Eu diria que toda a chance do mundo, desde que sob a influência das pessoas certas — respondeu Jake sugestivamente.

Apertou de repente os olhos, como se algo acabasse de lhe ocorrer.

— Não costumo ver você sozinha. Por onde anda o seu asfixiante Príncipe Encantado? Espero que não esteja doente.

— *Xavier* está treinando — respondi depressa.

— Ah, os esportes, a invenção dos pedagogos para tentar neutralizar os efeitos dos hormônios em ebulição.

— O quê?

— Esqueça — disse Jake, coçando a barba por fazer, pensativo. — Me diga uma coisa: sei que seu namorado é um atleta, mas ele é bom em poesia?

— Xavier é bom em quase tudo — me gabei.

— Sério? Sorte sua — disse Jake, erguendo uma sobrancelha.

Seu comportamento me deixava confusa, mas certamente não iria deixá-lo perceber isso. Resolvi que o mais seguro era mudar de assunto.

— Então, você está morando onde? Perto da escola?

— No momento, moro em cima do estúdio de tatuagem — respondeu. — Até que eu consiga uma acomodação melhor.

— Achei que estava hospedado com uma família — comentei, surpresa.

— Bom, isso equivaleria a me hospedar com parentes chatos, não é mesmo? Prefiro a minha própria companhia.

— E seus pais aprovam?

A ideia de Jake morar sozinho não me deixava à vontade. Embora parecesse maduro e experiente, ele não passava de um adolescente.

— Eu falo dos meus pais se você falar dos seus — disse ele. Seus olhos escuros acertaram os meus como lasers. — Acho que temos muito mais em comum do que imaginamos. Por falar nisso, o que você vai fazer domingo de manhã? Achei que podíamos trabalhar na nossa obra-prima.

— Vou à igreja domingo de manhã.

— Ah, é.

— Você pode ir também, se quiser.

— Obrigado pelo convite, mas sou alérgico a incenso.

— Que pena.

— É um veneno para mim.

— Bom, preciso estudar — disse eu, passando por ele, consciente de que os minutos corriam.

Como quem não quer nada, ele bloqueou minha passagem.

— Antes de ir embora, quero lhe mostrar o primeiro verso do nosso poema.

Ele pescou uma bola de papel amassado no bolso e a atirou com delicadeza para mim.

— Não seja dura demais comigo. É apenas o começo. Podemos tomar qualquer direção a partir daí.

Abriu um sorriso para mim e se afastou despreocupado. Aproximei-me do banco mais próximo e desamassei o papel. A caligrafia de Jake era elegante e delicada, com letras alongadas. Não lembrava nem um pouco a escrita infantil de Xavier. Xavier odiava letras cursivas; dizia que davam trabalho demais e pareciam excessivamente enfeitadas. A letra de Jake lembrava a de um calígrafo, enroscando-se sobre o papel como se dançasse. Mas foram as sete palavras escritas ali que fizeram a minha cabeça rodar:

Ela tinha o rosto de um anjo.

21
QUASE AFOGADA

O que Jake queria dizer com *Ela tinha o rosto de um anjo?* Senti que as palavras tinham sido marcadas a ferro em meu cérebro, como se, em uma fração de segundo, Jake tivesse me despido e me deixado exposta e trêmula. Será que ele adivinhara o meu segredo? Seria essa a sua ideia de uma piada de mau gosto?

Então, algo tomou conta de mim. Senti uma raiva repentina me dominar. Esquecendo-me de que tinha planejado pesquisar sobre a Revolução Francesa, voltei correndo ao prédio principal para procurar Jake. Saí em disparada por corredores vazios e voltei à cantina, onde observei atentamente os alunos reunidos em grupinhos. Mas ele não estava em nenhum deles. Um tremor de medo brotou no meu peito, e vi logo que a sensação ia aumentar se eu não fizesse algo para impedir. Precisava localizar Jake e lhe perguntar sobre o poema antes do início da aula seguinte, ou esse medo acabaria comigo.

Encontrei-o junto ao seu armário.

— O que significa isso? — indaguei, aproximando-me dele e balançando o papel diante do seu nariz.

— Como assim?

— Não tem graça nenhuma.

— Não era para ter.

— Não estou a fim de joguinhos. Diga logo o que significa isso.

— Humm... Acho que você não gostou — disse ele. — Não se preocupe, podemos começar de outra forma, não precisa ficar nervosa.

— No que você estava pensando quando escreveu?

— Apenas que seria um bom início — respondeu Jake, dando de ombros. — Ofendi você ou algo assim?

Respirei fundo e me obriguei a lembrar como a srta. Castle havia apresentado o trabalho à turma. Ela nos deu um rápido resumo da tradição do amor cortejador e leu alguns trechos de Petrarca, bem como alguns sonetos de Shakespeare. Falou sobre a idealização da mulher de lugares longínquos e a tendência a venerá-la. Estaria Jake apenas seguindo o tema à risca? Minha fúria então se voltou contra mim mesma por ter tirado conclusões precipitadas.

— Não estou ofendida — respondi, sentindo-me ridícula.

Tanto meu ódio quanto meu medo sumiram com a mesma rapidez com que tinham brotado. Não era culpa de Jake ter pensado na palavra *anjo* no contexto de um poema de amor. Estava paranoica em relação a todas as referências celestiais. O uso da palavra por Jake devia ter sido inocente. Nem mesmo era original. Quantos poetas ao longo do tempo fizeram comparações similares?

— Tudo bem — acrescentei. — Trabalharemos mais no poema durante a aula. Desculpe se me excedi.

— Sem problema. Todos nós temos nossos momentos de excentricidades.

Ele me deu um sorriso, um sorriso adequado dessa vez, sem malícia ou arrogância. Estendeu a mão e tocou meu braço, num gesto tranquilizador.

— Obrigada por não fazer drama — agradeci, repetindo o que Molly teria dito numa situação parecida.

— Esse é o meu jeito — completou ele.

Observei-o se afastar e se juntar a um pequeno grupo que incluía Alicia, Alexandra e Ben, da nossa turma de literatura, além de alguns outros que identifiquei como alunos de música devido ao cabelo despenteado e às gravatas frouxas. Os jovens o cercaram como devotos e aparentemente mergulharam de imediato numa discussão profunda. Fiquei satisfeita por ele ter descoberto um grupo em que se incluir.

Segui em direção a meu armário, ainda com a sensação de que algo estava errado. Somente depois de pegar os livros, quando já esperava por Xavier, me dei conta de que meu desconforto era físico. Concentrei-me um instante e localizei a sensação. Não se tratava realmente de uma dor; era mais como uma queimadura de sol. A pele do meu braço, logo abaixo do cotovelo, ardia precisamente no lugar em que Jake me tocara. Mas como era possível que seu toque tivesse me machucado? Ele apenas passara a mão, delicadamente, no meu braço, e na hora não senti nada de estranho.

— Você parece distraída — comentou Xavier enquanto caminhávamos juntos para a aula de francês. Ele me conhecia tão bem que não perdia um detalhe.

— Estou pensando na formatura, só isso — justifiquei.

— E isso a deixa triste?

Decidi tirar Jake Thorn da cabeça. A dor no meu braço provavelmente não tinha a ver com ele. Devia ter esbarrado em um armário ou numa mesa sem perceber. Precisava parar de ter reações exageradas.

— Não estou triste — falei num tom leve. — Esta é a minha expressão pensativa. Francamente, Xavier, você ainda não me conhece?

— Foi um deslize.

— Que desculpa mais esfarrapada...

— Sei disso. Sinta-se à vontade para me castigar como quiser.

— Já mencionei que finalmente escolhi um apelido para você?

— Eu nem sabia que você estava procurando um.

— Bem, venho pensando seriamente no assunto.

— E qual foi a sua ideia?

— Biscoito — anunciei, orgulhosa.

Xavier fez uma careta.

— Nem pensar.

— Não gostou? Que tal Dengoso?

— Pior ainda.

— Fofinho?

— Tem cianureto aí para me emprestar?

— Tem gente que é difícil de agradar.

Cruzamos com algumas garotas admirando vestidos de celebridades numa revista, e me lembrei da minha outra novidade.

— Já contei que Ivy vai fazer o meu vestido? Espero não estar dando trabalho demais a ela.

— Para que servem as irmãs?

— Estou tão feliz porque vamos juntos... — disse eu com um suspiro. — Vai ser perfeito.

— Você está feliz? — sussurrou Xavier. — Sou eu que vou com um anjo.

— Shhh! — exclamei, pondo a mão sobre sua boca. — Lembre-se do que prometemos a Gabe.

— Tudo bem, Beth. Não tem ninguém por aqui com ouvido biônico — garantiu ele, me beijando no rosto. — E a formatura vai ser o máximo. Me fale do vestido.

Franzi os lábios e me recusei a fornecer qualquer detalhe.

— Ah, qual é!

— Não. Você vai ter que esperar.

— Posso ao menos saber de que cor é?

— Não.

— As mulheres são muito cruéis.

— Xavier?

— Sim, meu bem.

— Você faria um poema para mim se eu pedisse?

Xavier me olhou, curioso.

— Estamos falando de poemas de amor?

— Acho que sim.

— Bom, eu não diria que é meu forte, mas terei algo para você até o final do dia.

— Não precisa fazer isso — disse eu, rindo. — Perguntei por curiosidade.

Sempre me surpreendia a disposição de Xavier para me agradar. Haveria alguma coisa que ele não fizesse por mim se eu pedisse?

Xavier e eu estávamos escalados para apresentar um trabalho na aula de francês e tínhamos escolhido falar de Paris, a cidade do amor. Na verdade, não tínhamos sequer feito uma pesquisa. Gabriel nos deu todas as informações necessárias, sem que tivéssemos que recorrer a um único livro ou página na internet. Quando o sr. Collins chamou nossos nomes, Xavier falou primeiro e notei que as alunas da classe o observavam. Tentei me imaginar no lugar delas, observando-o, encantadas, de longe, sem conhecê-lo de verdade. Olhei para a sua pele morena e macia, os olhos azuis sedutores, seu meio sorriso, os braços fortes e o cabelo castanho-claro lhe caindo no rosto. Ele ainda usava o crucifixo de prata pendurado no cordão de couro em volta do pescoço. Era tão bonito... E todo meu.

Estava tão concentrada em admirá-lo que perdi a deixa para começar a falar. Xavier pigarreou, me trazendo de volta ao presente, e rapidamente mergulhei na minha parte da apresentação, sobre os passeios românticos e a maravilhosa cozinha parisiense. Enquanto falava, percebi que, em vez de olhar para os demais alunos e tentar impressioná-los, eu lançava olhares de esguelha para Xavier. Aparentemente, não conseguia tirar os olhos dele um minuto sequer.

Quando terminei, Xavier, num ato espontâneo, me tomou nos braços.

— Eca, dá para vocês dois arrumarem logo um quarto? — comentou Taylah. — Isso é *très* nojento.

— Já chega — disse o sr. Collins, desfazendo nosso abraço.

— Desculpe, sr. Collins — disse Xavier com um sorriso. — Estávamos apenas tentando tornar a nossa apresentação mais autêntica.

O sr. Collins nos lançou um olhar fulminante, mas o resto da classe riu.

Notícias da nossa performance em francês circularam pela escola, e Molly me imprensou na parede na primeira oportunidade.

— Então você e Xavier estão mesmo se curtindo? — indagou com inveja.

— Estamos — respondi, tentando não parecer empolgada demais, como em geral acontecia quando eu pensava nele.

— Ainda não acredito que você esteja namorando Xavier Woods — disse Molly, balançando a cabeça. — Quer dizer, não me entenda mal, você é linda, mas as garotas o perseguem há séculos e ele nem pisca. O pessoal achava que ele jamais esqueceria Emily, mas aí você apareceu e...

— Às vezes nem eu acredito — concordei com modéstia.

— Admita que é um bocado romântico o jeito como ele cuida de você, parecendo um cavaleiro galante em seu cavalo branco — emendou Molly, com um suspiro. — Quem dera um cara me tratasse assim.

— Tem um monte de garotos loucamente apaixonados por você, abanando o rabo que nem cachorrinhos.

— É, mas não é a mesma coisa — discordou Molly. — Vocês dois parecem ligados. Os outros só querem aquilo. Quer dizer, é claro que você e Xavier estão curtindo um bocado de coisas boas, mas parece que é mais que isso.

— Que tipo de coisa boa? — indaguei, curiosa.

— Tipo... que se faz no quarto — respondeu Molly rindo. — Não precisa ficar com vergonha de me contar, também já fiz tudo isso. Quer dizer, quase tudo.

— Não estou com vergonha. É que realmente não fizemos nada de mais.

Os olhos de Molly se esbugalharam.

— Você e Xavier não...?

— Shhh! — Abanei as mãos diante dela quando os garotos da mesa ao lado se viraram para nos encarar. — Claro que não!

— Desculpe — disse Molly. — Fiquei surpresa, só isso. Quer dizer... Bom, achei que já tinham... Mas já fizeram outras coisas, certo?

— Claro. Passeamos, andamos de mãos dadas, dividimos o almoço...

— Credo, Beth, quantos anos você tem? — gemeu Molly. — Preciso desenhar tudo para você? Espere aí, você ao menos já viu?

— Vi o quê? — explodi.

— Você *sabe* — disse ela, enfaticamente. — *Aquilo*! — completou Molly, apontando para a região entre as pernas. Finalmente, entendi.

— Nossa! — exclamei. — Jamais faria isso!

— Ora, ele nunca sugeriu que quer mais?

— Não — respondi, indignada. — Xavier não dá bola para esse tipo de coisa.

— É o que todos dizem no começo — afirmou Molly com cinismo. — Dê tempo ao tempo. Por melhor que Xavier seja, todos os caras querem a mesma coisa.

— É mesmo?

— Claro, meu bem — confirmou Molly, com uma palmadinha no meu braço. — Acho que você deve ficar preparada.

Calei a boca. Quando se tratava de rapazes, eu confiava totalmente na opinião de Molly. Era a sua especialidade, e ela tinha experiência suficiente para saber do que falava. De repente, me senti desconfortável. Tinha suposto que Xavier não se incomodava com a minha incapacidade de satisfazer todos os aspectos do nosso relacionamento. Afinal, ele jamais abordara esse assunto, sequer sugerira expectativas a esse respeito. Será que estava me escondendo seus verdadeiros desejos? O fato de nunca ter falado nada não queria dizer que não pensava no assunto. Ele me amava porque eu era diferente, mas os seres humanos têm certas necessidades, algumas delas impossíveis de ignorar por muito tempo.

— Ai, meu Deus. Você já viu o novato?

Molly interrompeu minhas divagações, e ergui os olhos a tempo de ver Jake Thorn passar por nós. Sem olhar para mim, ele atravessou a cantina para ocupar um lugar na cabeceira de uma mesa onde estavam uns quinze terceiranistas, que o encararam com uma estranha mistura de adoração e respeito.

— Ele não demorou para recrutar amigos — comentei.

— Está surpresa? — indagou Molly. — O cara é quente.

— Você acha?

— Claro. De um jeito sinistro, fechadão. Com aquele rosto podia até ser modelo.

Os seguidores de Jake se pareciam com ele. Estavam sempre com olheiras, em geral mantinham a cabeça baixa e não olhavam nos olhos de quem não fizesse parte do grupo. Observei a forma como Jake os encarava, com um sorriso satisfeito, como um gato diante de um prato de leite.

— Ele está na minha turma de literatura — comentei num tom indiferente.

— Ai, que sorte você tem! — gemeu Molly. — E aí, como ele é? Parece um rebelde para mim.

— Na verdade, é bem inteligente.

— Droga — disse Molly, aborrecida. — Esses caras nunca se interessam por mim. Só conquisto os babacas. Mas, afinal, não custa tentar, não é?

— Não sei se é uma boa ideia — avisei.

— Você diz isso porque tem o Xavier.

De repente fomos distraídas por um grito vindo da cozinha, seguido pelo som de vozes em pânico e pessoas correndo.

Os alunos trocaram olhares nervosos, e alguns se levantaram hesitantes para investigar o ocorrido. Um deles, Simon Laurence, congelou na entrada da cozinha e levou a mão à boca. Ele recuou com o rosto ficando cinza, dando a impressão de que ia vomitar.

— Ei, o que houve? — perguntou Molly, parando Simon quando ele passou por nós.

— Uma das cozinheiras... A fritadeira com óleo fervendo virou. Queimou as pernas dela. Estão chamando uma ambulância.

Simon saiu meio zonzo, chocado.

Olhei para o meu prato e tentei me concentrar em enviar energia curativa na direção da cozinha ou pelo menos algo que anestesiasse a dor. Seria mais eficaz se eu visse a pessoa ferida ou a tocasse, mas sabia que despertaria suspeitas e provavelmente acabaria expulsa da cozinha antes de chegar perto da cozinheira. Por isso, fiquei onde estava e me esforcei ao máximo. Mas havia algo de errado: não consegui me conectar corretamente. Toda vez que tentava, sentia um bloqueio, e minha energia ricocheteava, como se outra força interceptasse a minha, uma força tão impenetrável quanto uma parede de concreto e capaz de rechaçar a energia curativa. Talvez eu estivesse cansada. Esforcei-me mais, porém a resistência foi ainda maior.

— Beth? O que deu em você? Está com cara de quem está com prisão de ventre — disse Molly, me arrancando do transe.

Sacudi a cabeça para voltar à realidade e dei um sorriso forçado.

— É que está quente aqui.

— Tem razão, vamos embora. Não podemos fazer grande coisa mesmo — sugeriu, chegando a cadeira para trás e levantando-se.

Eu a segui sem dizer uma palavra.

Quando passamos pela mesa em que Jake Thorn e os amigos estavam, ele olhou para mim. Nossos olhos se encontraram, e por uma fração de segundo senti que me afogava nas profundezas daquele olhar.

22
A PALAVRA COM S

No fim de semana, Molly foi pela primeira vez à Byron. Há algum tempo ela vinha fazendo insinuações disfarçadas de que queria aparecer por lá, então finalmente cedi e a convidei. Não demorou para Molly se sentir à vontade. Desabou no sofá macio, apoiando os pés na mesinha de centro.

— Este lugar é o máximo — comentou. — Você podia dar uma festa e tanto aqui.

— Acho difícil isso acontecer — discordei.

Ignorando a minha falta de entusiasmo, Molly levantou-se de um salto para examinar mais de perto uma obra de arte pendurada sobre a lareira. Era um quadro abstrato, retratando uma imensidão branca com um símbolo circular no meio. Círculos azuis concêntricos ampliavam-se à volta, esmaecendo à medida que se aproximavam das extremidades da tela.

— O que é isso? — indagou Molly, em dúvida.

Olhei para os círculos azuis contra o fundo branco, e uma série de ideias sobre o significado daquele quadro me veio à cabeça. Tive a impressão de que a imagem expressava uma realidade maior, que retratava o papel do Nosso Criador no Universo, a fonte e o núcleo de todas as coisas. Dele partia a teia da vida, mas tudo se ligava de forma absoluta a Ele. Os círculos podiam representar a extensão da Sua soberania, e o branco podia ser uma alegoria do tempo e do espaço. Seu poder, Seu próprio, ser ampliado até as extremidades da tela, num indício de que ia além, preenchendo todos os espaços. Não apenas o mundo Lhe pertencia, mas também o Universo. Tratava-se da representação do infinito e do que ficava além dele. A única verdadeira realidade impossível de negar era Ele.

Claro que eu não tentaria explicar nada disso a Molly. Não que me sentisse superior e achasse que a compreensão humana não seria capaz de captar tal explicação, mas a verdade é que os humanos temiam a vida fora do seu próprio mundo e, embora alguns questionassem o que existia fora dele, jamais chegavam sequer perto de entender esse conceito. A vida humana acabaria, e um dia a própria Terra chegaria ao fim. A existência, porém, continuaria.

Molly perdeu o interesse pelo quadro e então pegou o violão, que estava encostado numa cadeira, segurando-o com cuidado.

— É do Gabriel?

— É, e ele adora esse negócio — esclareci, na esperança de que ela o largasse.

Olhei furtivamente à volta, para me assegurar de que Gabriel e Ivy não estivessem à espreita, mas ambos tinham sido delicados o suficiente para nos dar um pouco de privacidade. Molly passou os dedos, cautelosamente, pelas cordas esticadas, com uma expressão de absoluto fascínio.

— Como eu queria ter talento para música. Toquei piano quando pequena, mas jamais tive disciplina para praticar. Parecia trabalhoso demais. Adoraria ouvir seu irmão tocar.

— Ora, a gente pode pedir a ele quando voltar. Quer fazer um lanche?

A ideia da comida a distraiu, e levei-a à cozinha, onde Ivy havia deixado para nós uma variedade de bolinhos e um prato de frutas. Meus irmãos finalmente tinham se recuperado do incidente da festa e aceitado Molly como minha amiga. Na verdade, não lhes restavam muitas alternativas, pois aparentemente eu vinha desenvolvendo uma vontade própria.

— Uau! — exclamou Molly, dando uma mordida em um bolinho de amora e revirando os olhos para enfatizar sua admiração pelo talento culinário de Ivy. De repente, ela congelou e fez uma expressão preocupada.

— Isso não conta como salada, conta?

Naquele exato momento, Gabriel surgiu na porta dos fundos carregando uma prancha de surfe, com a camiseta úmida grudada ao corpo perfeito. Fazia algumas semanas que tinha adotado o surfe como passatempo para descarregar a tensão. Obviamente, não precisara ter aulas. Qual a necessidade delas, já que as próprias ondas cumpriam suas ordens? Gabriel era muito ativo em sua forma humana. Necessitava de atividade física, como natação, corrida ou levantamento de peso a fim de relaxar e ficar menos inquieto.

Quando viu Gabriel, Molly discretamente largou no prato o bolinho comido pela metade.

— Oi, Molly — saudou meu irmão.

Nada jamais lhe escapava, e sua atenção foi atraída pelo resto do bolinho deixado no prato. Deve ter se perguntado o que tinha feito para tirar o apetite de Molly.

— Bethany, será que Molly não prefere comer outra coisa? — indagou com a maior educação. — Parece que ela não gostou muito dos bolinhos de Ivy.

— Imagine! Estão deliciosos — interveio Molly.

— Não se preocupe, Gabe — respondi, rindo. — Molly está fazendo regime para a festa de formatura.

Gabriel balançou a cabeça.

— Regimes radicais são ruins para a saúde de garotas da idade de vocês — alertou. — Além disso, no seu caso, Molly, eu não recomendaria que emagrecesse. É totalmente desnecessário.

Molly encarou-o durante um momento, antes de responder.

— Você só está sendo gentil. Eu bem que podia perder uns quilinhos — insistiu ela, segurando a pele na região da cintura para enfatizar o que dizia.

Gabriel encostou-se à bancada da cozinha e a estudou.

— Molly — disse ele, afinal —, o corpo humano é bonito, independentemente do tamanho ou da forma que tenha, e um dia você vai entender isso.

— Mas algumas formas são mais bonitas que outras, não? — indagou ela. — Como as das modelos, por exemplo?

— Nada é mais encantador do que uma jovem com uma admiração saudável por comida — disse Gabriel.

O comentário me surpreendeu, pois jamais ouvira meu irmão expressar qualquer opinião sobre o que era atraente nas mulheres. Ele costumava ser totalmente imune a qualquer tipo de encanto feminino, não prestando a mínima atenção nisso.

— Concordo plenamente! — disse Molly, voltando a mordiscar seu bolinho.

Gabriel deu a impressão de ficar satisfeito com o fato de tê-la convencido e se virou para sair da cozinha.

— Espere! Você vai à festa de formatura? — perguntou Molly enquanto ele saía.

Gabriel olhou-a com uma expressão quase que de divertimento cintilando em seus olhos cor de prata.

— Vou. Infelizmente, meu cargo exige.

— Talvez você se divirta — sugeriu Molly, sem graça.

— Veremos.

A despeito da natureza indiferente da resposta de Gabe, Molly se mostrou imensamente satisfeita.

— A gente se vê lá, então — concluiu ela.

Passamos o restante da tarde folheando revistas e pesquisando no Google do laptop de Molly ideias para penteados. Ela resolvera usar o cabelo preso, ou num coque banana ou como uma coroa de cachos. Eu ainda não sabia o que queria, mas com certeza Ivy teria alguma ideia.

— Andei pensando no que você falou sobre Xavier e... hã... A parte física do nosso relacionamento — desembuchei de repente, enquanto Molly imprimia uma foto da Gwyneth Paltrow como Emma Woodhouse.

— Meu Deus! — gritou Molly. — Conte-me tudo. Como foi? Você curtiu? Se não gostou, não faz mal. Nem sempre a primeira vez é boa. Melhora com a prática.

— Não. Não aconteceu nada — respondi. — Fiquei pensando se devo tocar no assunto com Xavier.

— Tocar no assunto? Para quê?

— Para saber o que ele acha.

— Se estivesse insatisfeito, ele já teria falado com você. Para que se estressar?

— Bom, quero saber o que ele quer, o que espera, o que o deixaria feliz...

— Beth, você não tem que fazer coisa alguma só para satisfazer um garoto — disse Molly. — Se não está pronta, deve esperar. Bem que eu queria ter esperado.

— Mas quero falar disso com ele. Não quero parecer uma criancinha.

— Beth — insistiu Molly, saindo do site que estava visitando e se virando para me olhar com uma expressão séria de amiga conselheira. — Esse é um assunto que os casais acabam tendo que conversar mais certo ou mais tarde. O melhor é agir com honestidade, não fingir ser quem a gente não é. Ele sabe que você não tem experiência, certo?

Assenti, calada.

— Então, isso é bom, não vai haver nenhuma surpresa. Você só precisa dizer que anda pensando nisso e gostaria de saber como ele se sente. Aí, os dois vão descobrir em que pé estão.

— Obrigada — agradeci com um sorriso. — Você é o máximo.

Molly riu.

— Sei disso. Por falar nesse assunto, cheguei a mencionar que bolei um plano incrível?

— Não. Plano para quê?

— Chamar a atenção de Gabriel.

Gemi por dentro.

— Ai, Molly, de novo? Já falamos sobre isso.

— Eu sei, mas nunca conheci ninguém como ele. E as coisas estão diferentes... Eu estou diferente.

— Como assim?

— Bom, percebi uma coisa — respondeu ela, sorrindo. — O único jeito de conseguir fazer Gabriel gostar de mim é me transformar numa pessoa melhor. Por isso... Resolvi adotar uma consciência social, sabe, mostrar mais *participação comunitária*.

— Como, exatamente, planeja fazer isso?

— Sendo voluntária no lar para idosos. Você tem que admitir que é uma ótima estratégia.

— A maioria das pessoas não faz trabalho voluntário por uma questão estratégica, sabia? Você não deveria fazer isso por puro interesse. Gabe não gostaria nem um pouco.

— Ora, ele não sabe, sabe? De todo jeito, estou agindo pelos motivos certos. Sei que, agora, ele não me vê do jeito que eu o vejo, mas, um dia, quem sabe? Não posso esperar que do nada ele mude de ideia. Preciso mostrar que mereço.

— Mas como vai mostrar isso a ele fingindo? — perguntei.

— Talvez eu queira mudar de verdade.

— Molls...

Ela me interrompeu.

— Não tente me fazer desistir. Quero ir até o fim e ver no que dá. Preciso tentar.

"Não vai dar em nada. Não pode dar em nada", pensei, recordando os avisos que recebera não muito tempo antes.

— Você não sabe nadinha sobre o Gabriel — insisti. — Ele não é o que parece. Tem tanto sentimento quanto aquele anjo de pedra no jardim.

— Como você pode falar assim? — exclamou Molly. — Todo mundo tem sentimento, mas algumas pessoas demoram mais para serem conquistadas. Não me incomodo de esperar.

— Está perdendo seu tempo com Gabriel. Ele não sente as coisas como as outras pessoas.

— Se você tem certeza disso, então vou deixar para lá.

— Desculpe. Não estou querendo te deixar chateada, mas também não quero que se iluda para mais tarde se magoar.

— Sei que é arriscado gostar dele — reconheceu Molly —, mas esse é um risco que me disponho a correr. Além disso, é tarde demais para voltar atrás agora. Como vou gostar de alguém depois dele?

Olhei para ela com atenção. Seu rosto transmitia tamanha franqueza que não me restou outra coisa senão acreditar. Seus olhos brilhavam de desejo.

— Ele não deu nenhum motivo para você achar que alguma coisa pode acontecer, deu?

— Ainda não — concordou Molly. — Continuo esperando um sinal.

— Por que você gosta tanto assim dele? É porque ele é bonito?

— No princípio, era — admitiu Molly. — Mas tem algo mais. Sempre que encontro com ele, tenho essa sensação estranha de já ter estado com ele antes. É meio assustador, mas ao mesmo tempo incrível. Às vezes parece que eu sei o que ele vai dizer ou fazer.

Ela balançou os cachos, decidida.

— Então, vai me ajudar?

— O que mais eu posso fazer? — perguntei.

— Me ajudar com o plano. Me levar da próxima vez que for a Fairhaven.

Será que o interesse de Molly pelo lar de idosos fazia parte do plano divino? Estávamos tentando estimular um espírito caridoso, ainda que a motivação fosse questionável.

— Acho que isso eu posso fazer, mas prometa que não vai criar expectativas exageradas.

Quando chegou a hora de Molly ir embora, já estava escurecendo. Gabriel, educadamente, ofereceu-se para levá-la de carro.

— Não precisa — disse ela, não querendo ser um estorvo. — Vou a pé mesmo. Não é longe.

— Não posso permitir isso — respondeu Gabriel, pegando a chave do jipe. — A rua não é lugar para uma jovem a esta hora da noite.

Gabriel não o era do tipo de pessoa com quem dava para discutir, então Molly apenas piscou e me deu um beijo de despedida.

— Um sinal! — sussurrou no meu ouvido, antes de seguir Gabriel até o carro, caminhando da maneira mais recatada possível em se tratando de Molly.

Lá em cima, no meu quarto, tentei continuar me dedicando ao poema da aula de literatura, mas descobri que estava sofrendo de um grave bloqueio. Não surgia uma única ideia na minha cabeça. Rabisquei algumas coisas, mas tudo parecia tão banal que acabava indo parar na lata de lixo. Como Jake tinha começado, eu me sentia como se o poema não fosse meu, e nada do que vinha à cabeça combinava com ele. Acabei desistindo e desci para ligar para Xavier.

No fim das contas, minha falta de criatividade não foi um problema.

— Tomei a liberdade de redigir o restante da primeira estrofe — anunciou Jake, quando nos sentamos juntos no fundo da classe de literatura no dia seguinte. — Espero que não se importe.

— Não, até agradeço. Posso ouvir?

Num floreio, ele abriu a agenda na página certa. Com uma voz líquida, começou a ler:

Ela tinha o rosto de um anjo
Em seus olhos vi espelhos
Éramos um único e mesmo ser, ela e eu,
Que da mentira nasceu.

Ergui lentamente os olhos, incerta sobre o que eu mesma esperava. A expressão de Jake continuava amigável.

— Muito ruim? — indagou.

Seus olhos percorreram meu rosto em busca de uma reação. Podia jurar que eram verdes da última vez que os vi, mas hoje estavam negros como carvão.

— Está bom — respondi debilmente. — Você tem jeito para a coisa.

— Obrigado. Tentei me imaginar como Heathcliff escrevendo sobre Cathy. Ninguém jamais foi tão importante para ele quanto ela. Ele a amou tanto que não sobrou para mais ninguém.

— É, um amor avassalador — concordei.

Baixei os olhos, mas Jake pegou minha mão e, com o dedo, começou a desenhar espirais em torno do meu pulso. Seus dedos eram quentes, e os senti queimarem minha pele. Era como se ele estivesse tentando me enviar uma mensagem sem precisar falar comigo.

— Você é linda — murmurou. — Nunca vi pele tão delicada, como uma flor. Mas suponho que você ouve isso o tempo todo.

Puxei minha mão.

— Não. Nunca ouvi isso antes.

— Gostaria de falar muito mais, se você me desse a oportunidade — disse Jake, quase em transe. — Podia lhe mostrar o que realmente é estar apaixonado.

— Eu *estou* apaixonada. Não preciso da *sua* ajuda.

— Podia fazer você sentir coisas que jamais sentiu.

— Xavier me dá tudo o que quero — rebati.

— Eu podia lhe dar prazer numa escala que você jamais imaginou — persistiu Jake, num tom hipnotizador.

— Acho que Xavier não gostaria disso — observei com frieza.

— Pense no que *você* gostaria, Bethany. Parece que você conta coisas demais a Xavier. Se fosse você, passaria apenas as informações necessárias.

Fiquei chocada com a intromissão dele.

— Só que *não sou* você, e não é assim que eu faço as coisas. Meu relacionamento com Xavier se baseia na confiança, algo que aparentemente você desconhece — retruquei, na tentativa de enfatizar o abismo que nos separava em termos de moral.

Afastei minha cadeira e me levantei. Um punhado de outros alunos virou-se para me encarar num misto de curiosidade e expectativa. Até a srta. Castle ergueu os olhos da pilha de trabalhos que corrigia.

— Não se zangue comigo, Beth — disse Jake, de repente suplicante. — Por favor, sente-se.

Com relutância, voltei a me sentar, mas apenas porque não queria chamar atenção e alimentar as fofocas da Bryce Hamilton.

— Acho que não quero continuar a fazer este trabalho com você — falei. — Aposto que a srta. Castle irá entender.

— Não faça isso. Sinto muito. Não podemos simplesmente esquecer o que eu disse?

Bufei, irritada, e cruzei os braços, mas a inocência estampada no rosto de Jake não era páreo para mim.

— Preciso que você seja minha amiga — disse ele. — Me dê mais uma chance.

— Só se você prometer nunca mais me dizer nada parecido.

— Tudo bem, tudo bem — concordou Jake, erguendo as mãos e admitindo a derrota. — Prometo. Nem mais uma palavra.

Quando encontrei Xavier depois da aula, não mencionei a conversa com Jake. Imaginei que isso só o deixaria zangado e acabaria gerando uma discussão. Além disso, Xavier e eu já tínhamos muito em que pensar. Por que adicionar Jake à pauta? Ainda assim, esconder alguma coisa dele me causava desconforto. Mais tarde, olhando em retrospecto, percebi que esse era precisamente o efeito desejado por Jake Thorn.

— Posso conversar com você sobre uma coisa? — perguntei a Xavier, enquanto estávamos deitados na areia depois da aula.

Pretendíamos ir direto para casa a fim de estudar para as provas do penúltimo trimestre, mas acabamos sendo desviados pela ideia tentadora de tomar sorvete. Compramos casquinhas e pegamos o caminho mais longo para casa, margeando a praia, andando de mãos dadas. Como era de se esperar, quis molhar os pés no mar, e, quando nos demos conta, já estávamos correndo um atrás do outro, até que Xavier me pegou e desabamos na areia.

Xavier rolou de lado para me encarar, limpando os grãos de areia do meu nariz.

— Você pode conversar comigo sobre o que quiser.

— Bom... — comecei sem graça. — Não sei como abordar este assunto... E não quero que soe mal...

Xavier sentou-se e afastou o cabelo dos olhos, assumindo uma expressão séria.

— Você está pensando em terminar comigo? — indagou.

— O quê? — perguntei. — Claro que não. Pelo contrário.

— Ah, bom — disse ele, voltando a deitar-se e abrindo um sorriso preguiçoso. — Então, deve estar pensando em me pedir em casamento. Sabe, não estamos num ano bissexto...

— Você não está facilitando as coisas — queixei-me.

— Desculpe — disse ele, me olhando atentamente. — Do que você quer falar?

— Quero saber o que você acha... Como se sente com relação a...

Fiz uma pausa e baixei a voz.

— À palavra que começa com *S*.

Xavier apoiou o queixo na mão.

— Sou péssimo com adivinhações. Você precisa ser mais clara.

Mudei de posição, constrangida, sem querer me expressar em voz alta.

— Qual é a segunda letra? — perguntou Xavier, rindo e tentando me ajudar a prosseguir.

— *E* — respondi —, seguido de *X*.

— Você quer falar de sexo?

— Falar, não. Só quero saber se... Bom, se você pensa nisso.

— De onde saiu essa ideia? — perguntou Xavier com delicadeza. — Não parece coisa sua.

— Andei falando com a Molly, e ela achou estranho a gente nunca ter... Você sabe, nunca ter feito nada.

Xavier fez cara feia.

— Você acha mesmo necessário contar a Molly todos os detalhes do nosso relacionamento?

— Você não pensa em mim desse jeito? — perguntei, sentindo, de repente, uma tensão no peito. Essa possibilidade não tinha passado pela minha cabeça. — Tem algo de errado comigo?

— Ora, claro que não! — exclamou Xavier, estendendo o braço e pegando a minha mão. — Beth, para muitos caras sexo é a única coisa que segura um relacionamento, mas não somos assim. Temos muito mais. Nunca toquei no assunto com você porque nunca achei necessário — disse ele, me encarando. — Garanto que você vai se surpreender, mas amo você pelo que você é, não pelo que pode me oferecer.

— Você e Emily tinham um relacionamento físico? — perguntei, mal tendo ouvido o que ele disse.

— Meu Deus! — exclamou Xavier, desabando novamente na areia. — De novo não.

— Tinham ou não?

— Isso importa?

— Responda!

— Sim, tínhamos. Satisfeita?

— Está vendo? Essa é outra coisa que ela podia dar a você e eu não posso.

— Beth, um relacionamento não se baseia só nisso — respondeu ele, calmamente.

— Mas a parte física faz parte dele — protestei.

— Claro, mas não é o que mantém duas pessoas juntas ou separadas.

— Você é homem, será que não tem... *necessidades*? — indaguei em voz baixa.

Xavier riu.

— Quando conhecemos uma família de mensageiros celestiais, em geral nos esquecemos das nossas *necessidades* e nos concentramos no contexto mais amplo.

— E se eu lhe dissesse que tenho vontade? — perguntei, subitamente, surpresa de ouvir as palavras saírem da minha boca.

O que eu tinha na cabeça? Será que fazia ideia de onde estava me metendo? Tudo o que eu sabia era que amava Xavier mais do que qualquer coisa neste mundo, e ficar longe dele me causava dor física. Odiava a ideia de que houvesse alguma parte dele desconhecida para mim, uma parte dele a que eu não tivesse acesso. Queria conhecê-lo do direito e do avesso, memorizar seu corpo e gravá-lo na memória. Queria me aproximar dele o máximo possível fisicamente, me fundir a ele de corpo e alma.

— E então? — perguntei baixinho. — Você concordaria?

— De jeito nenhum.

— Por quê?

— Porque acho que você não está preparada.

— Não acha que essa decisão cabe a mim? — insisti, teimosa. — Você não pode me impedir.

— Acho que você vai descobrir que uma andorinha só não faz verão — argumentou Xavier, afagando meu rosto. — Beth, eu adoro você e nada me faz mais feliz do que estar a seu lado. Você é inebriante.

— Então...?

— Então, se quiser mesmo ir em frente, sou mais do que a favor, mas não antes de pensarmos no assunto com muito cuidado.

— Quando?

— Quando você estiver realmente pronta para refletir e quando não estiver sob a influência da Molly.

Soltei um suspiro.

— Isso não tem nada a ver com a Molly.

— Beth, você já pensou nas consequências de uma coisa dessas?

— Acho que sim...

— E não mudou de ideia? Isso é loucura.

— Você não entende? — perguntei baixinho. — Não me importo mais.

Ergui a cabeça para o Céu.

— Meu lar não é mais lá. Meu lar é você.

Xavier me envolveu nos braços e me puxou para perto de si.

— E o meu é você. Mas eu jamais faria alguma coisa que pudesse magoá-la. Temos que obedecer às regras.

— Não é justo. Não quero que eles governem a minha vida.

— Sei disso, mas no momento não há nada a fazer.

— Podíamos fazer o que tivermos vontade.

Tentei me refrear, mas as palavras saíam descontroladas, palavras que, me dei conta, eu vinha reprimindo há muito tempo.

— Podíamos nos mudar, podíamos esquecer que os outros existem. Podíamos nos esconder, e ninguém jamais nos encontraria.

— Eles nos encontrariam, *sim*, e não estou disposto a perder você, Beth — disse Xavier, decidido. — E se isso significa obedecer às regras deles, paciência. Sei que você está zangada, mas quero que reflita sobre o que sugeriu. *Pense* um pouquinho.

— Tipo uns dois dias?

— Uns dois meses.

Suspirei, mas Xavier se mostrou irredutível.

— Não vou permitir que você faça, sem pensar, alguma coisa de que se arrependa depois. Vá com calma. Precisamos ter paciência e juízo. Pode fazer isso por mim?

Encostei a cabeça em seu peito e senti a raiva reprimida abandonar meu corpo.

— Por você, posso fazer qualquer coisa.

— O QUE ACONTECERIA SE UM ANJO e um humano fizessem amor? — perguntei a Ivy naquela noite enquanto me servia de uma caneca de leite.

Ela me olhou atentamente.

— Por que está me perguntando isso, Bethany? Não me diga que você...

— Claro que não — interrompi. — Só estou curiosa.

— Bem... — começou minha irmã, pensativa. — A finalidade da nossa existência é servir a Deus ajudando os homens, não nos misturando a eles.

— Já aconteceu alguma vez?

— Já, com consequências desastrosas.

— Como assim?

— Humano e divino não devem se fundir. Se acontece, creio que o anjo perde sua divindade. Não poderia haver redenção depois de uma transgressão como essa.

— E o humano?

— O humano jamais poderia voltar a ter uma existência normal.

— Por quê?

— Porque o ato superaria todas as experiências humanas — explicou Ivy.

— Ele ficaria prejudicado para toda a vida?

— Isso mesmo. Diria que essa é uma das maneiras de interpretar a questão. Acho que seria uma crueldade, como dar a um humano um vislumbre de uma outra dimensão e depois negar-lhe acesso a ela. Os anjos existem fora do tempo e do espaço e podem viajar livremente entre os mundos. Nossa existência é praticamente incompreensível para os humanos.

Embora o conceito fosse complexo e estivesse pouco claro para mim, de uma coisa eu sabia: não poderia me apressar em fazer nada com Xavier, por mais que tivesse vontade. Uma união dessas era perigosa e proibida. Faria com que o Céu e a Terra se unissem de forma antinatural, provocando uma colisão de dois mundos. E pelo que Ivy dissera, o impacto poderia ser potencialmente devastador.

— Xavier e eu decidimos esperar — contei a Molly quando ela me encheu de perguntas na cantina da escola.

Às vezes me dava a impressão de que ela tinha um interesse doentio pela minha vida amorosa. Eu não podia explicar o que Ivy dissera, razão pela qual lhe dei o melhor motivo que me ocorreu.

— Não precisamos fazer coisa alguma para provar o que sentimos um pelo outro.

— Mas você não tem vontade? — perguntou Molly. — Não está curiosa?

— Acho que sim, mas não estamos com pressa.

— Cara, vocês realmente vivem em outra época — observou Molly, rindo. — Não tem quem não queira fazer isso sempre que aparece a oportunidade.

— Fazer o quê? — indagou Taylah, surgindo por trás de Molly chupando um pirulito. Balancei a cabeça para indicar que devíamos mudar de assunto, mas Molly me ignorou.

— Partir para o rala e rola — disse ela.

— Nossa, está querendo perder o lacre? — perguntou Taylah, sentando-se ao nosso lado. Devo ter ficado com uma cara assustada, porque Molly desatou a rir.

— Relaxe, meu bem, Taylah é confiável. Talvez possa ajudar você.

— Se tiver alguma dúvida sobre sexo, sou a pessoa certa para esclarecer — garantiu Taylah.

Hesitei. Eu confiava em Molly, mas as amigas dela tinham uma língua comprida e eram pouco discretas.

— Tudo bem — disse eu —, não é nada de mais.

— Quer um conselho? — indagou Taylah, aparentemente não se importando em saber se seu conselho era ou não bem-vindo. — Não faça isso com alguém que você ame.

— O quê? — perguntei, encarando-a. Ela havia jogado por água abaixo todas as minhas crenças com meras palavrinhas. — Você não quis dizer justo o oposto?

— Ai, Tay, não vá dizer aquilo a ela — interveio Molly.

— É sério — disse Taylah, balançando um dedo diante do meu nariz. — Se você perder a virgindade com alguém que ama, vai tudo para o espaço.

— Por quê?

— Porque, quando acabar, você terá dado a ele algo realmente especial e não vai poder pedir de volta. Se você tiver dado sua virgindade a alguém que não signifique nada, vai ficar menos magoada.

— E se não acabar? — perguntei, sentindo um bolo desagradável se formar na minha garganta.

— Acredite em mim, Beth — disse Taylah num tom solene. — Tudo acaba.

Nesse momento fui tomada de súbito por uma vontade incontrolável de sair dali e ficar o mais afastada delas quanto fosse possível.

— Beth, não dê atenção a ela — disse Molly, quando me levantei. — Viu? Você assustou a garota!

— Não estou assustada — menti, tentando manter a voz firme. — Tenho um compromisso. Vejo vocês mais tarde. Obrigada pelo conselho, Taylah.

Apressei o passo assim que saí da cantina. Precisava encontrar Xavier. Precisava que ele me abraçasse para conseguir respirar de novo e para que seu perfume e seu toque me livrassem das violentas ondas de náusea que irrompiam dentro de mim. Encontrei-o junto ao seu armário prestes a seguir para o treino de polo aquático e trombei com ele, tamanha a minha ansiedade por conforto.

— Não vai acabar, vai? Afundei o rosto em seu peito. — Prometa que você não vai deixar que a gente acabe.

— Beth, o que houve? — indagou Xavier, me afastando com firmeza, porém carinhosamente, e me fazendo olhar nos seus olhos. — O que aconteceu?

— Nada — respondi com uma voz hesitante. — É que Taylah disse...

— Beth — murmurou Xavier —, quando você vai parar de dar ouvidos a essas garotas?

— Ela disse que tudo acaba — sussurrei, sentindo os braços de Xavier ficarem tensos em torno de mim e percebendo que a ideia era tão dolorosa para ele quanto para mim. — Eu não aguentaria se isso acontecesse conosco. Tudo viria abaixo, não haveria motivo para viver. Se nós terminarmos, será o meu fim.

— Não fale desse jeito — disse Xavier. — Estou aqui, e você também. Nenhum de nós vai a lugar algum.

— E você nunca vai me abandonar?

— Não enquanto eu estiver vivo.

— Como vou saber se isso é verdade?

— Porque, quando olho para você, vejo meu mundo. Não pretendo ir embora, não sobraria nada para mim.

— Mas por que você me escolheu? — perguntei. Eu conhecia a resposta, sabia o quanto ele me amava, mas precisava ouvir da sua boca.

— Porque você me deixa mais próximo de Deus e de mim mesmo — respondeu Xavier. — Quando estou com você, entendo coisas que jamais imaginei entender, e meus sentimentos por você parecem dominar tudo. O mundo podia desabar na minha cabeça, e eu não daria a mínima, se ainda tivesse você.

— Quer ouvir uma coisa maluca? — sussurrei. — Às vezes, de noite, consigo sentir sua alma ao meu lado.

— Isso não tem nada de maluco — disse ele, sorrindo.

— Vamos criar um lugar — sugeri, colando meu corpo ao dele. — Um lugar só nosso, um lugar onde a gente possa sempre se encontrar, se as coisas derem errado um dia.

— Como nos penhascos da Costa do Naufrágio?

— Não. Um lugar em nossas mentes — respondi. — Que a gente possa visitar, caso estejamos perdidos ou distantes ou simplesmente se precisarmos entrar em contato um com o outro. Será o único lugar onde ninguém irá nos procurar.

— Acho ótimo — disse Xavier. — Por que não o batizamos de Ponto Branco?

— Perfeito.

23
DESCANSE EM PAZ

Segundo as crenças da maioria dos humanos, há apenas duas dimensões: a dos vivos e a dos mortos. Eles não percebem que existem muitas outras. As pessoas na Terra vivem paralelamente a outros seres que estão ao alcance das mãos, mas são invisíveis ao olho não treinado. Alguns são chamados de Seres do Arco-Íris, imortais capazes de viajar entre os mundos, feitos unicamente de sabedoria e compreensão. Às vezes, os humanos os vislumbram, na passagem entre um domínio e outro. Parecem-se com um raio de luz branca e cintilante ou com o brilho pálido de um arco-íris suspenso no ar. A maioria dos humanos supõe estar testemunhando um efeito luminoso. Poucos podem sentir uma presença divina. Agradava-me pensar que Xavier era um desses privilegiados.

Encontrei Xavier na cantina, sentei-me a seu lado e peguei alguns nachos do saquinho que ele me ofereceu. Quando ele mudou de posição na cadeira e sua coxa se arrastou na minha, senti um calafrio percorrer meu corpo. Não pude aproveitar a sensação durante muito tempo, pois o som de vozes alteradas chegou a nós vindo do balcão. Dois adolescentes bem jovens brigavam por um lugar na fila.

— Cara, você furou a fila!

— Furei nada, estava aqui o tempo todo.

— Mentira! Pergunte a quem quiser!

Sem nenhum professor à vista, a discussão evoluiu para empurrões e troca de palavrões. Algumas meninas do primeiro ano logo atrás dos dois começaram a ficar preocupadas quando um deles agarrou o outro pelo pescoço.

Xavier se levantou em um salto para intervir, porém voltou a sentar-se quando alguém se antecipou a ele. Era Lachlan Merton, um garoto de cabelo descolorido que passava o tempo todo de iPod no ouvido e não entregara um único trabalho ao longo de todo o ano. Em geral, não tomava o menor conhecimento do que acontecia à sua volta. Naquele momento, porém, se interpôs entre os dois brigões para apartá-los. Não dava para ouvir o que ele dizia, mas os garotos relutantemente se afastaram, chegando a acatar a instrução de Lachlan para apertarem as mãos um do outro.

Xavier e eu trocamos olhares.

— Lachlan Merton agindo com bom senso? Isso é novidade — observou Xavier.

Ocorreu-me que tínhamos assistido a um exemplo de peso da sutil transformação na maneira de pensar na Bryce Hamilton. Na mesma hora, concluí que Ivy e Gabriel adorariam saber que seu esforço estava sendo recompensado. Obviamente, existiam lugares mais necessitados no mundo do que Venus Cove, mas eles não faziam parte da nossa missão, estavam entregues a outros vigilantes. Em segredo, sentia-me grata por não ter sido enviada a uma parte do mundo destroçada pela guerra, pela pobreza ou por catástrofes naturais. As imagens desses lugares nos noticiários já eram suficientemente desafiadoras. Eu evitava assistir aos telejornais, pois em geral me causavam uma sensação de desespero. Era impossível para mim ver na tela crianças vítimas da fome e das doenças provocadas pela falta de água potável. Quando pensava no tipo de coisas que os humanos eram capazes de encarar com indiferença, me dava vontade de chorar. O que fazia uma pessoa ser mais ou menos merecedora que outra? Ninguém deveria sentir fome, solidão ou desejar a morte. Embora rezasse pedindo a intervenção divina, às vezes essa noção me deixava com raiva.

Quando conversava a respeito com Gabriel, ele dizia que eu ainda não estava pronta para entender, mas que um dia estaria.

— Lide com o que você é capaz de lidar — era seu conselho.

Na manhã seguinte, nós três tomamos o caminho de Fairhaven, o asilo local. Eu visitara Alice uma ou duas vezes conforme prometera, mas as visitas tinham ficado mais escassas desde que passei a dedicar a maior parte do meu tempo livre a Xavier. Porém, Gabriel e Ivy iam lá com frequência, e sempre levavam Phantom. Segundo ambos, sempre ia direto a Alice sem precisar que lhe mostrassem onde ela estava.

Como Molly também tinha se oferecido para o trabalho voluntário, fizemos um desvio para apanhá-la, e a encontramos pronta, apesar de serem nove horas da manhã de um sábado, dia em que eu sabia que ela raramente saía da cama antes do meio-dia. Ficamos surpresos ao reparar que ela estava produzida como se estivesse indo para uma sessão de fotos, de minissaia jeans, salto alto e blusa quadriculada. Taylah dormira na casa dela e parecia chocada com a disposição da amiga de perder uma maratona de *Gossip Girl* na televisão para cuidar de idosos.

— O que você vai fazer num asilo? — ouvi-a perguntar quando abri a porta do carro para Molly.

— Todo mundo acaba indo parar lá um dia — respondeu Molly com um sorriso, enquanto checava o brilho labial na janela do carro.

— Eu não — protestou Taylah. — Esses lugares fedem.

— Ligo para você depois — prometeu Molly antes de se sentar ao meu lado.

— Mas Molly — insistiu Taylah —, Adam e Chris iam se encontrar conosco agora de manhã.

— Diga a eles que eu mandei um "oi".

Taylah ficou olhando enquanto nosso carro se afastava, obviamente imaginando quem havia sequestrado sua melhor amiga e deixado em seu lugar aquela impostora.

Quando chegamos a Fairhaven, os funcionários nos receberam com satisfação. Estavam habituados às visitas de Gabriel e Ivy, mas a presença de Molly surpreendeu a todos.

— Esta é Molly — disse Gabriel —, que gentilmente se ofereceu para nos ajudar hoje.

— Ficamos sempre agradecidos por qualquer ajuda extra — disse Helen, uma das enfermeiras daquela ala —, principalmente quando estamos tão desfalcados como hoje. — Ela parecia exausta.

— Ficou feliz de poder ajudar — disse Molly, articulando as palavras lentamente, como se Helen tivesse problemas de audição. — É muito importante retribuir à comunidade de alguma forma.

Molly lançou um olhar de esguelha para Gabriel, mas ele estava ocupado abrindo a capa do violão e não reparou.

— Vocês chegaram bem a tempo para o café da manhã — disse Helen.

— Obrigada, mas já tomei o meu — agradeceu Molly.

O rosto de Helen estampou uma expressão confusa.

— Eu quis dizer o café dos residentes. Você pode nos ajudar, se quiser.

Nós a seguimos por um corredor lúgubre até o refeitório, que estava em péssimo estado e tinha um ar desolador, apesar da música de Vivaldi que preenchia o ambiente vinda de um antigo aparelho de CD. O carpete floral estava gasto, e a estampa de flores das cortinas, desbotada. Os residentes ocupavam cadeiras de plástico distribuídas ao redor de mesas de fórmica. Os incapazes de se manter eretos sentavam em fundas cadeiras de couro chamadas de banheiras. A despeito dos purificadores de ar conectados às tomadas nas paredes, sentia-se claramente um odor de amônia misturado ao cheiro de legumes cozidos. Uma televisão portátil, ligada num dos cantos, transmitia um documentário sobre a vida selvagem. Os funcionários, em sua maioria do sexo feminino, ocupavam-se com a tarefa rotineira de dobrar guardanapos, servir as mesas e prender babadores nos residentes incapazes de cuidar de si. Alguns rostos demonstraram expectativa quando entramos, já outros pareciam mal saber onde se encontravam.

As bandejas de café da manhã se encontravam empilhadas em um carrinho e as refeições estavam em pratos de papel de alumínio lacrados. Na parte inferior viam-se fileiras de canecas de plástico.

Não vi Alice por ali, então passei a meia hora seguinte dando de comer a uma mulher chamada Dora, sentada numa cadeira de rodas com uma manta multicolorida sobre as pernas, o corpo esparramado, a boca aberta e os olhos inexpressivos. Sua pele tinha um aspecto amarelado, e as mãos eram cheias de manchas escuras. No rosto, pequenos vasos rompidos transpareciam sob a pele fina como papel. Eu não sabia ao certo o que tinha no "café da manhã" em Fairhaven, mas a aparência era de uma pasta grudenta amarelo-clara. Eu sabia que alguns residentes ingeriam comida pastosa para evitar o risco de engasgar.

— O que é isso? — perguntei a Helen.

— Ovos mexidos — respondeu ela, antes de se afastar com o carrinho.

Um senhor idoso tentou ingerir o conteúdo de uma colher, mas suas mãos tremiam tanto que ele acabou derramando tudo no colo. Em um instante, Gabriel já estava a seu lado.

— Pode deixar comigo — disse ele, recolhendo a comida com uma toalha de papel. Molly ficou tão deslumbrada com a cena que se esqueceu da senhora que estava ajudando, que manteve a boca aberta à espera de ser alimentada.

Depois de ajudar Dora, passei para Mabel, que tinha a fama de ser a residente mais truculenta de Fairhaven. Ela empurrou a colher que lhe ofereci e fechou a boca resolutamente.

— Não está com fome? — indaguei.

— Ora, não se preocupe com Mabel — disse Helen. — Ela está esperando por Gabriel. Quando ele está, ela não aceita comer com mais ninguém.

— Tudo bem — respondi. — Não vi Alice hoje.

— Ela foi transferida para um quarto particular — respondeu Helen. — Infelizmente, seu estado piorou desde que você a viu pela última vez. Está enxergando muito mal e se recuperando de uma infecção pulmonar. O quarto fica ali naquele corredor, a primeira porta à direita. Tenho certeza de que a sua visita vai lhe fazer muito bem.

Por que Gabriel e Ivy não tinham me contado nada? Será que acharam que eu estava tão entretida no meu próprio mundo que não iria me importar? Atravessei o corredor a caminho do quarto de Alice com uma crescente sensação de medo.

Phantom se antecipou e chegou antes de mim, postando-se, vigilante, à porta. Quando a abri e ambos entramos, quase não reconheci a mulher deitada na cama. Não se parecia em nada com a Alice de que eu me lembrava. A doença devastara seu rosto e a transformara. O corpo parecia frágil como o de um passarinho, e o cabelo ralo estava despenteado. Não usava mais os casaquinhos coloridos, substituídos por uma camisola branca comum.

Não abriu os olhos quando a chamei pelo nome, mas estendeu a mão para mim. Phantom afagou-a com o focinho antes que eu pudesse apanhá-la.

— É você, Phantom? — perguntou Alice numa voz rouca.

— Phantom e Bethany — respondi. — Viemos fazer uma visita.

— Bethany... — repetiu Alice. — Que bom que você veio. Senti saudades suas.

Seus olhos continuavam fechados, como se o esforço de abri-los fosse grande demais.

— Como você está? — perguntei. — Quer que eu pegue algo?

— Não, querida, obrigada.

— Desculpe ter passado tanto tempo sem aparecer. É que...

Eu não sabia que justificativa oferecer para explicar meu comportamento negligente.

— Eu sei — disse ela. — A vida atrapalha. Não precisa se desculpar. Você está aqui, e isso é o que importa. Espero que Phantom esteja se comportando bem.

Phantom reagiu com um breve latido ao ouvir o próprio nome.

— Ele é o companheiro perfeito.

— Bom garoto — elogiou Alice.

— Que história é essa de você estar doente? — perguntei num tom animado. — Vamos ter que botar você em pé rapidinho!

— Não sei ao certo se é isso o que quero. Acho que talvez já esteja na hora...

— Não diga isso. Você só precisa de um pouco de repouso e...

A cabeça de Alice de repente se inclinou e seus olhos se abriram, embora sem focalizar coisa alguma, encarando apenas o nada.

— Eu sei quem você é — disse ela, numa voz rouca.

— Que ótimo — respondi, sentindo um aperto de medo no peito. — Ainda bem que não me esqueceu.

— Você veio para me levar — disse ela. — Não agora, mas em breve.

— Para onde vamos? — perguntei. Eu não queria aceitar o que ela estava dizendo.

— Para o Céu — respondeu Alice. — Não posso ver seu rosto, Bethany, mas vejo sua luz.

Encarei-a, sem fala.

— Você vai me mostrar o caminho, não vai?

Toquei seu pulso e chequei os batimentos cardíacos. Parecia uma vela consumida quase até o fim. Eu sabia que não devia permitir que a ligação existente entre nós me impedisse de cumprir a missão que me cabia. Fechei os olhos e me lembrei da entidade que eu era no Reino: um guia, um mentor de almas em transição. Minha função consistia em consolar as almas das crianças ao fazerem a transição.

— Quando chegar a hora, você não estará sozinha.

— Estou com medo. Bethany, haverá escuridão?

— Não, Alice, só luz.

— E os meus pecados? Nem sempre fui um modelo de bondade — confessou, com um toque do seu velho jeito destemido vindo à tona.

— O Pai que conheço perdoa tudo.

— Vou ver novamente aqueles que amo?

— Você vai entrar para uma família muito maior. Será como uma só em conjunto com todas as criaturas deste mundo e além.

Alice afundou novamente a cabeça nos travesseiros, parecendo satisfeita, mas cansada. As pálpebras estremeceram.

— Tente dormir um pouco agora — sugeri.

Fechei os dedos em torno daquela mãozinha frágil, e Phantom encostou a cabeça no braço da sua dona. Juntos, ficamos observando ela adormecer.

A caminho de casa, continuei a pensar em Alice e no que ela dissera. Observar a morte de cima era triste, mas vivenciá-la na Terra partia o coração. Era uma dor física para a qual não havia remédio. Senti uma pontada de culpa no peito por me permitir ficar obcecada por meu amor por Xavier a ponto de negligenciar minhas outras responsabilidades. O Céu aprovava o nosso relacionamento, ao menos por enquanto, e eu não podia permitir que ele me consumisse. Ao mesmo tempo, tudo o que eu queria era encontrá-lo e sentir seu cheiro reconfortante. Nenhuma outra pessoa que conheci jamais foi capaz de me fazer sentir tão viva.

No dia seguinte soubemos que Alice falecera dormindo. Não me surpreendi, já que eu despertara durante a noite com a chuva batendo na janela e vira seu espírito pairando lá fora. Ela sorria e parecia totalmente em paz. Alice tivera uma existência plena e rica e estava pronta para seguir em frente. A perda seria mais dolorosa para a família, que não aproveitara ao máximo a convivência com ela. Eles ainda não sabiam, mas um dia teriam uma segunda chance.

Senti seu espírito quando ele deixou este mundo, empolgado com a expectativa do desconhecido. Alice já não sentia medo, apenas ansiedade pelo que haveria depois. Aproximei-me dela mentalmente num último gesto de despedida.

24
APENAS HUMANO

O tempo nublou no dia do enterro de Alice. O céu estava cinza, e a grama amanhecera molhada por causa da leve garoa que caíra durante a noite. Apenas um punhado de pessoas compareceu ao funeral, entre elas funcionários de Fairhaven e o padre Mel, que oficiou a cerimônia. O túmulo ficava numa colina gramada à sombra de uma árvore, e imaginei que ela gostaria de saber que sua última morada tinha uma bela vista.

O falecimento de Alice mexeu comigo. Fez com que me focasse novamente no propósito da nossa missão, incentivando-me a aumentar a quantidade de horas dedicadas ao serviço comunitário. Foi um gesto bem pequeno diante do contexto maior das coisas, e me senti meio tola com ele, visto que nosso objetivo era salvar a Terra das forças das trevas e dos decaídos, mas a decisão me convenceu de estar contribuindo para a nossa causa e me concentrando no que realmente importava. Xavier me acompanhava com frequência. Sua família prestava serviço voluntário na igreja há anos, e nada disso era novidade para ele.

— Você não precisa vir sempre comigo — disse a ele uma noite, enquanto esperávamos o trem que nos levaria ao sopão dos necessitados em Point Circe.

— Sei disso. Eu quero ir. Fui criado acreditando na importância da comunidade.

— Mas você já tem muita coisa para se preocupar. Não quero acrescentar mais pressão.

— Não se preocupe. Sei administrar o meu tempo.

— Você não tem prova oral de francês amanhã?

— Não. *Nós* temos prova oral de francês amanhã. Por isso, eu trouxe isto aqui — disse ele, tirando um livro da mochila. — Podemos estudar no caminho.

Aos poucos eu vinha me habituando aos trens, e a companhia de Xavier ajudava muito. Encontramos lugares num vagão vazio, salvo por um senhor encarquilhado que cochilava babando na camisa. Havia uma garrafa num saco de papel entre seus pés. Abrimos o livro, e, logo após começarmos a ler, Xavier ergueu os olhos.

— O Céu deve ser bem grande — disse ele, em voz baixa, razão pela qual não lhe pedi que evitasse aquele assunto, já que estávamos em público. — Quanto espaço seria necessário para acomodar todas essas almas? Acho que a minha cabeça não consegue entender o conceito de infinito.

— Na verdade, existem sete reinos no Céu — retruquei de repente, querendo partilhar meu conhecimento com Xavier, embora soubesse que isso era contra as nossas regras.

Xavier deu um suspiro e afundou no assento.

— Logo agora que achei que estava começando a entender! Como assim, sete?

— No primeiro Céu há apenas um trono. E os anjos que pregam a palavra do Senhor. O Pai, o Filho e o Espírito Santo habitam o sétimo Céu, que é o Reino máximo.

— Mas por que isso?

— Cada reino tem uma função. É como se você se esforçasse para subir até o nível do presidente da empresa.

Xavier massageou as têmporas.

— Tenho muito que aprender, não é?

— É que existem inúmeras regras para memorizar — respondi. — O segundo Céu é tão distante da terra quanto o primeiro, e os anjos da direita são sempre mais gloriosos que os da esquerda. A entrada do sexto Céu é bastante complicada, e sei que tudo isso parece confuso, mas você vai acabar sabendo diferenciar por que os Céus inferiores são mais escuros se comparados ao brilho do sétimo...

— Chega — pediu Xavier. — Pare antes que meu cérebro exploda.

— Desculpe — disse eu, percebendo o quão rápido tinha ido. — Acho que é muita coisa para registrar.

Xavier sorriu para mim.

— Tente lembrar que sou apenas humano.

Xavier me convidou para assistir a seu time de rúgbi jogar a última partida da temporada. Eu sabia que era importante para ele, então combinei de ir com Molly e suas amigas, as líderes de torcida habituais da Bryce Hamilton. O que elas chamavam de espírito de equipe para mim mais parecia uma desculpa para admirar os garotos de short correndo suados em volta de um campo. As meninas sempre faziam questão de estar a postos para oferecer bebidas geladas nos intervalos, na esperança de serem recompensadas com um elogio ou, melhor ainda, um convite para sair.

Era um jogo em casa, por isso me dirigi para o campo com Molly e as outras meninas. O time já estava lá quando chegamos, fazendo aquecimento e usando os uniformes listrados de preto e vermelho. O adversário, a equipe da Escola Preparatória Middleton, ocupava o outro lado do campo e vestia as cores verde e amarela. Ouviam atentamente o treinador já vermelho como um pimentão, mais parecendo à beira de um derrame. Xavier fez um breve aceno quando me viu e continuou se aquecendo. Antes do início do jogo, o time da Bryce Hamilton fez uma roda e entoou uma espécie de mantra motivador sobre o *poderoso exército vermelho e preto*. Correram sem sair do lugar e se abraçaram enquanto aguardavam o apito do árbitro.

— Impressionante... — murmurou Molly. — Nada como o esporte para arrancar alguma emoção deles.

Assim que a partida começou, me dei conta de que nunca seria uma fã de rúgbi. Era um esporte agressivo demais, que consistia, basicamente, de jogadores trombando uns nos outros na tentativa de arrancar a bola das mãos do adversário. Vi um dos companheiros de Xavier correr pelo campo com a bola debaixo do braço. Escapou de dois jogadores da Middleton que o perseguiam obstinados e, quando estava a poucos metros do gol, atirou-se no chão, com os braços esticados acima da cabeça. As mãos, segurando com força a bola, ultrapassavam um tantinho a linha. Um dos jogadores da Middleton, que tinha se jogado na esperança de detê-lo, aterrissou sobre ele. O time da Bryce Hamilton irrompeu em gritos e aplausos, ajudando seu jogador a ficar de pé e lhe dando tapinhas nas costas enquanto ele cambaleava de volta ao centro do campo.

Eu estava com os olhos tapados para evitar ver a trombada de dois jogadores, quando Molly me cutucou.

— Quem é aquele cara? — perguntou, apontando para uma figura em pé do lado oposto. Era um jovem com um casaco de couro comprido. Não dava para ver seu rosto, em boa parte coberto por um chapéu de feltro e um longo cachecol.

— Não sei — respondi. — Talvez seja o pai de alguém.

— Um pai muito esquisito, não? — perguntou Molly. — Por que ficar ali sozinho?

Logo esquecemos o sujeito estranho e voltamos a assistir ao jogo. Meu nervosismo aumentava à medida que a partida prosseguia. Os rapazes da Middleton eram impiedosos e quase todos pareciam uns tanques. Meu coração e a minha respiração se aceleravam toda vez que um deles se aproximava de Xavier, o que, devido à natureza do jogo, acontecia com frequência, e não era do feitio de Xavier ficar parado. Ele queria estar sempre no calor da ação, competitivo como o restante da equipe. Tive de admitir que, apesar de eu não gostar do esporte, Xavier era um jogador talentoso. Rápido, forte e, o mais importante, jogava limpo. Vi quando disparou na direção do gol e bateu com a bola no chão. Sempre que um dos outros o agarrava e derrubava, Xavier se punha de pé em questão de segundos. Nada tirava sua garra. Acabei relaxando e perdendo o medo de eventuais arranhões e hematomas, parando de temer por sua segurança. Comecei a sentir orgulho dele e a gritar e sacudir no ar os pompons de Molly toda vez que a bola estava em suas mãos.

No intervalo, a Bryce Hamilton liderava por três pontos. Xavier correu até a lateral, e fui até lá para encontrá-lo.

— Obrigado por ter vindo — agradeceu, ofegante. — Sei que essa não é a sua praia — reconheceu, me dando seu encantador meio sorriso enquanto despejava uma garrafa de água na cabeça.

— Você foi fantástico em campo — elogiei, afastando do seu rosto o cabelo molhado que grudara em sua testa. — Mas você precisa ter cuidado. Os caras da Middleton são enormes.

— Talento conta mais que tamanho — disse ele.

Olhei, agoniada, para o corte comprido que Xavier tinha no braço.

— Como isso aconteceu?

— É só um arranhão — respondeu ele, rindo da minha preocupação.

— Para você, pode ser um arranhão, mas é um arranhão no *meu braço*, que, por acaso, não quero ver danificado.

— Quer dizer que tudo está tomado como propriedade de Bethany Church, ou só o braço?

— Cada centímetro seu. Por isso, é bom ter cuidado.

— Entendido, treinadora.

— Estou falando sério. Espero que você se dê conta de que nunca mais vai poder pegar no meu pé por eu não ser cuidadosa — disse eu.

— Benzinho, os ferimentos são inevitáveis. Faz parte do jogo. Você pode dar uma de enfermeira depois, se quiser — completou, piscando para mim por cima do ombro, ao mesmo tempo que soava o sinal para o reinício do jogo. — Não se preocupe, sou invencível.

Observei-o caminhar apressado ao encontro dos companheiros e percebi que o rapaz do casaco de couro continuava de pé na lateral oposta, com as mãos enfiadas nos bolsos. Ainda não dava para ver seu rosto.

Faltando dez minutos para o final da partida, a vitória parecia certa para os jogadores da Bryce Hamilton. O treinador adversário não parava de balançar a cabeça e enxugar o suor da testa, enquanto seus comandados se mostravam furiosos e desesperados. Não demorou para que começassem a apelar para táticas desonestas. Xavier segurava a bola e corria pelo campo, quando dois jogadores da Middleton investiram contra ele como trens de carga, pelos dois lados. Xavier desviou, tentando evitar a colisão, mas os outros desviaram também e chegaram mais perto. Gritei quando um deles esticou a perna e pegou Xavier pelo tornozelo. O choque o lançou à frente, cambaleante, com a bola escapando de suas mãos. Vi sua cabeça bater no chão e os olhos se fecharem de dor. Os companheiros da Bryce Hamilton protestaram enfurecidos, e o juiz apitou marcando a falta, mas já era tarde demais.

Dois jogadores correram para ajudar Xavier, que ainda estava prostrado. Ele tentou se levantar, mas o tornozelo esquerdo se projetava num ângulo estranho, e, ao apoiar o peso do corpo sobre o pé, Xavier fez uma careta de dor e escorregou. Os companheiros o levaram a um banco, e o enfermeiro se aproximou para examinar o tamanho do estrago. Xavier parecia zonzo, como se estivesse prestes a desmaiar.

De onde eu estava, não conseguia ouvir o que diziam. Vi o enfermeiro olhar com uma lanterninha dentro dos olhos de

Xavier e balançar a cabeça para o treinador. Xavier cerrou os dentes e baixou a cabeça, frustrado. Tentei passar pelas garotas para chegar até ele, mas Molly me impediu.

— Não, Beth, eles sabem o que estão fazendo. Você só vai atrapalhar.

Antes que eu pudesse discutir, Xavier foi posto numa maca e levado para a ambulância, que estava de prontidão na lateral para o caso de um acidente. Permaneci ali, congelada, vendo o jogo recomeçar, passado o momento de crise. A ambulância partiu. Percebi vagamente, em meio ao meu pânico, que o rapaz na lateral do campo não estava mais lá.

— Para onde vão levá-lo? — indaguei.

— Para o hospital, é claro — respondeu Molly, a expressão se suavizando ao ver meus olhos se encherem de lágrimas. — Olha, não parecia muito sério, provavelmente é só uma torção. Vão enfaixar o tornozelo e mandá-lo para casa. Veja; — exclamou, apontando para o placar —, mesmo assim vamos ganhar por seis pontos!

Mas eu não tinha coisa alguma para comemorar, então me desculpei e parti para casa ao encontro de Gabriel e Ivy para lhes pedir que me levassem ao hospital. Fiz contato mental enquanto corria, para o caso de não estarem em casa. Estava tão preocupada com Xavier que acabei dando um encontrão em Jake Thorn no estacionamento.

— Nossa, alguém aqui está com pressa! — exclamou ele, me ajudando a levantar e limpando a terra do meu casaco. — O que aconteceu?

— Xavier sofreu um acidente durante o jogo de rúgbi — expliquei, esfregando os olhos com os punhos, como uma criança. Àquela altura, eu não estava nem aí para a minha aparência. Precisava ver se Xavier estava bem.

— Sério? Que pena. É grave?

— Não sei — respondi, com a voz embargada. — Foi levado para o hospital para ser examinado.

— Entendi. Garanto que vai dar tudo certo. Faz parte do jogo.

— Eu devia ter adivinhado... — murmurei zangada, mais para mim mesma que para ele.

— Adivinhado o quê? — indagou Jake, observando meu rosto de perto. — Não é culpa sua. Não chore...

Deu um passo à frente e me apertou nos braços. Seu abraço não se parecia nem um pouco com o de Xavier. Ele era muito magro para ter um abraço reconfortante, mas solucei com o rosto colado em sua camisa assim mesmo e deixei que me abraçasse. Quando tentei me afastar, percebi que seus braços me apertavam forte e tive dificuldade para me soltar deles.

— Desculpe — disse Jake, com um olhar estranho. — Só quero ter certeza de que você está bem.

— Obrigada, Jake, mas realmente preciso ir — insisti, as lágrimas me ardendo nos olhos e as palavras se atropelando.

Subi correndo a escadaria principal da escola e atravessei o corredor central, agora deserto, onde avistei com enorme alívio Ivy e Gabriel vindo na minha direção.

— Ouvimos você chamar — disse Ivy, quando abri a boca para lhe contar a história. — Sabemos o que houve.

— Preciso ir agora para o hospital. Posso ajudá-lo! — gritei.

Gabriel impediu que eu passasse e me segurou pelos ombros.

— Bethany, acalme-se! Você não pode fazer isso agora. Ele já está sendo atendido.

— Por que não?

— *Pense*, Bethany! — exclamou Ivy, exasperada. — Ele já foi levado para o hospital, os pais dele já foram chamados. Se o ferimento sarar miraculosamente, que reação você acha que as pessoas vão ter?

— Mas ele precisa de mim!

— Ele precisa que você tenha juízo e aja com bom senso — disse Gabriel. — Xavier é jovem e saudável. Seu ferimento será curado naturalmente, sem levantar suspeitas. Se você quiser apressar o processo depois, tudo bem, mas no momento tente manter a cabeça fria. Ele não corre perigo.

— Posso ao menos ir vê-lo? — indaguei, odiando o fato de eles terem razão, o que significava que a recuperação de Xavier levaria mais tempo.

— Pode. Iremos os três.

Não gostei do hospital da cidade. Era cinzento e inóspito, e os sapatos das enfermeiras rangiam no chão de linóleo. Pude sentir o sofrimento e o sentimento de perda no ar assim que atravessei as portas automáticas. Sabia que havia aqueles que não se recuperariam, vítimas de acidentes de carro ou de doenças incuráveis. A todo momento, alguém poderia perder a mãe ou o pai, o marido, o irmão ou o filho. Dava para sentir a dor aprisionada entre aquelas paredes como se fosse um tapa no rosto. Esse era o lugar de onde muitos embarcavam na viagem para o Céu. Lembrei-me das várias almas cuja transição fui capaz de amenizar. É impressionante o número de pessoas que recuperam a fé em seus últimos dias na Terra. Existem muitas almas com uma necessidade desesperada de orientação, de conforto, e é meu dever atendê-las. Porém, como de hábito, no momento em que vislumbrei mentalmente o rosto de Xavier, quaisquer noções de responsabilidade ou culpa sumiram, e só conseguia pensar em encontrá-lo.

Segui Ivy e Gabriel a passos largos pelo amplo corredor com iluminação fluorescente e mobília hospitalar. Xavier ocupava um quarto no quinto andar. Quando chegamos, toda a sua família estava de saída, enchendo o corredor.

— Beth! — exclamou Bernie ao me ver.

Imediatamente fui cercada pelos membros da família de Xavier, todos eles fornecendo informações sobre seu estado de saúde. Gabriel e Ivy observavam, curiosos.

— Obrigada por ter vindo, querida — disse Bernie. — Saiam de cima dela! Xavier está bem, Beth, não se preocupe tanto. Um pouco de ânimo vai fazer bem a ele.

Lançando um olhar inquiridor para Gabriel e Ivy, Bernie comentou.

— Estes devem ser seu irmão e sua irmã.

Estendeu-lhes a mão, e meus irmãos retribuíram o cumprimento.

— Estamos de saída. Entre, Beth. Ele vai gostar de vê-la — completou ela.

Uma cama estava vazia e a outra tinha as cortinas fechadas.

— Toc, toc — disse baixinho.

— Beth? — indagou Xavier lá de dentro. — Entre!

Ele estava recostado em travesseiros, usando uma pulseirinha azul em volta do pulso.

— Por que demorou tanto? — perguntou, os olhos se iluminando ao me verem.

Corri até a cama, segurei seu rosto nas mãos e o examinei. Gabe e Ivy esperavam lá fora, sem querer se intrometer.

— Invencível, hein? Como está seu tornozelo?

Ele ergueu uma bolsa de gelo para mostrar o tornozelo extremamente inchado.

— Tiraram radiografias e viram que está quebrado. Vão ter que engessar assim que o inchaço passar. Parece que vou andar de muleta durante algum tempo.

— Bom, isso é ruim, mas não o fim do mundo. Vou ter a oportunidade de cuidar de você, para variar.

— Vou ficar bom — disse Xavier. — Vou ter que passar a noite aqui em observação, mas terei alta pela manhã. Só não posso pôr o pé no chão durante algumas semanas...

— Que ótimo! — comentei, radiante.

— Tem mais uma coisa.

Xavier fez uma expressão constrangida, quase envergonhado de admitir uma fraqueza.

— O que é?

— *Aparentemente*, tenho uma concussão — disse ele, enfatizando a palavra “aparentemente”, como se não levasse a coisa a sério. — Disse que estou bem, mas eles não quiseram me ouvir. Preciso ficar na cama alguns dias por ordem médica.

— Parece sério — comentei. — Você está bem?

— Estou ótimo, a não ser por uma dor de cabeça bem forte.

— Tudo bem, eu cuido de você. Não me importo.

— Beth, você está se esquecendo de uma coisa.

— Eu sei, eu sei. Você não gosta de se sentir um inválido. Mas esse é o resultado quando se entra num jogo violento como...

— Não, Beth, você não está entendendo — interveio Xavier, balançando a cabeça, frustrado. — A festa de formatura é na sexta-feira.

Senti um aperto no estômago.

— Não ligo a mínima! — exclamei, com uma falsa animação. — Eu não vou.

— Você tem que ir. Está esperando essa festa há semanas, Ivy fez o seu vestido, as limusines foram alugadas, e todo mundo espera que você vá.

— Mas só quero ir se for com você. Do contrário, a festa não tem graça nenhuma.

— Lamento que isso tenha acontecido — disse Xavier, cerrando o punho. — Sou um idiota.

— Xavier, a culpa não foi sua.

— Eu devia ter sido mais cuidadoso.

A raiva desapareceu do seu rosto, e sua expressão se suavizou.

— Por favor, não deixe de ir. Para eu não me sentir tão culpado. Não quero que você perca a festa por minha causa. Embora não estejamos juntos, ao menos você vai poder se divertir. Esse é o acontecimento do ano, e quero que você me conte cada detalhe depois.

— Não sei...

— Por favor, faça isso por mim.

Revirei os olhos.

— Bom, com essa chantagem emocional, não posso me recusar.

Eu sabia que Xavier se sentiria culpado pelos próximos cinco anos se eu faltasse à festa de formatura por sua causa.

— Então, estamos combinados?

— Tudo bem, mas saiba que vou pensar em você a noite toda.

Ele sorriu.

— Não se esqueça de tirar fotos.

— Promete passar lá em casa no dia, antes da festa? Para me ver com o vestido?

— Eu não perderia isso por nada no mundo.

— Detesto largar você aqui, sem ninguém para lhe fazer companhia — queixei-me, afundando na cadeira ao lado da cama.

— Vou ficar bem sozinho — tranquilizou-me. — E se conheço a minha mãe, ela provavelmente vai trazer um colchonete e passar a noite aqui.

— Mas você tem que se ocupar com alguma coisa.

Xavier apontou com a cabeça para a mesinha de cabeceira, onde um livro grosso de capa preta com letras douradas se encontrava aberto.

— Posso ler a Bíblia e saber mais sobre a danação eterna.

— Essa é a sua ideia de diversão? — perguntei com sarcasmo.

— É uma história um bocado dramática. O bom e velho Lúcifer apimentando um pouquinho as coisas.

— Você conhece a história toda? — indaguei.

— Sei que Lúcifer era um arcanjo — respondeu ele, enquanto eu erguia uma sobrancelha, surpresa. — Ele saiu feio da linha.

— Isso quer dizer que você prestou atenção ao catecismo — comentei, brincando. — O nome dele significa "doador da luz". No Reino, era o favorito do Nosso Pai. Foi criado para ser o máximo da beleza e da inteligência; era consultado quando havia problemas e adorado pelos outros anjos.

— Mas não estava satisfeito — acrescentou Xavier.

— Não. Tornou-se arrogante e ressentido com os humanos, não entendia por que Nosso Pai achava que eles eram Sua maior criação. Acreditava que apenas os anjos deviam ser exaltados e começou a achar que podia desbancar Deus.

— Foi aí que levou um chute.

— Isso. Nosso Pai ouviu seus pensamentos e o expulsou, juntamente com seus seguidores, que se tornaram demônios. Lúcifer conseguiu o que queria e tornou-se a contraparte do Nosso Pai, governante do Mundo Inferior, e todos os outros anjos caídos viraram demônios.

— Você sabe como é lá embaixo? — indagou Xavier.

— Não, mas Gabriel sabe. Ele conheceu Lúcifer. Eram irmãos, todos os arcanjos eram irmãos. Mas jamais toca no assunto.

A conversa foi ab-ruptamente interrompida quando Gabriel e Ivy puxaram a cortina para ver como o paciente estava.

— Você está falando sério? — perguntou Molly, horrorizada. — Achei que a ida dele para o hospital fosse só por precaução. Ele tem mesmo uma concussão? Isso é uma catástrofe! Você vai ter que ir à festa de formatura sozinha!

Comecei a me arrepender de ter dado a notícia. A reação de Molly não era animadora. A festa de formatura deveria ser uma noite mágica, partilhada com Xavier e planejada por mim para jamais ser esquecida. Agora, estava arruinada.

— Eu não queria ir. Só vou porque Xavier me pediu.

Ela deu um suspiro.

— Que gracinha.

— Também acho, e por isso não ligo de ir desacompanhada.

— Vamos pensar em alguma solução — disse Molly para me tranquilizar. — Deve haver alguém para substituí-lo de última hora. Deixe comigo.

Captei o que ela estava pensando. No começo da festa, quando os casais entrassem juntos, seriam fotografados por profissionais. Chegar sozinha, para ela, seria o equivalente a um suicídio social.

Na verdade, Molly não precisava ter se preocupado em encontrar uma solução, pois ela se apresentou naquela mesma tarde.

Eu estava sentada com Jake Thorn em nosso lugar habitual, no fundo da classe de literatura. Ele rabiscava em sua agenda, calado, enquanto eu tentava me concentrar na estrofe final do nosso poema.

— Isso é um bocado difícil, já que você escreveu do ponto de vista masculino — queixei-me.

— Minhas sinceras desculpas — respondeu Jake com o exagero de costume. — Mas sinta-se livre para adotar uma certa licença criativa. A primeira estrofe pode ser de um homem para uma mulher, mas a seguinte poderia muito bem ser o oposto. Não leve uma eternidade, Beth. Nem estou ligando para essa tarefa. Vamos acabar logo para poder falar de assuntos mais interessantes.

— Não posso ser pressionada — repliquei num tom rude. — Não sei quanto a você, mas eu quero me sair bem neste trabalho.

— Por quê? Você não está precisando de nota.

— Como assim? Por que não?

— Sair-se bem é um dom. A srta. Castle gosta de mim — disse ele, com um sorriso superior e ignorando a minha pergunta, antes de voltar a escrever em sua agenda. Não perguntei o que estava escrevendo, e ele não se ofereceu para dar qualquer informação.

A sugestão feita por ele libertou minha imaginação, e foi bem mais fácil compor o verso seguinte, já que podia escrever sobre Xavier. Bastou fazer um retrato mental do seu rosto, e as palavras fluíram como se a caneta tivesse vida própria. Na verdade, a estrofe de quatro versos que me cabia acabou parecendo pouco. Senti como se pudesse encher todos os cadernos do mundo com meus pensamentos sobre Xavier. Poderia preencher páginas e mais páginas descrevendo sua voz, seu toque, seu cheiro e todos os outros detalhes. Assim, antes que pudesse perceber, meu texto fluente já enchia a folha logo abaixo da caligrafia rebuscada de Jake:

Ela tinha o rosto de um anjo
Em seus olhos vi espelhos
Éramos um único e mesmo ser, ela e eu,
Que da mentira nasceu.

Nele vi meu futuro
Nele vi um amigo
Nele vi meu destino
Vi meu início e meu fim.

— Funciona — disse Jake. — Talvez haja um lado poeta em você no fim das contas.

— Obrigada — agradeci. — O que você anda tão ocupado escrevendo?

— Comentários... Observações — respondeu Jake.

— O que observou até agora?

— Que as pessoas são *muito* ingênuas e *muito* previsíveis.

— Isso é uma crítica?

— Acho patético — disse ele, de um jeito tão amargo que cheguei a me encolher. — Avaliá-las é tão fácil que sequer é um desafio.

— As pessoas não existem para diverti-lo — protestei. — Elas não são um passatempo.

— Para mim, são. A maioria é um livro aberto... Menos você. Você me confunde.

— Eu? — indaguei, fingindo rir. — Não há nada em mim para confundi-lo. Sou exatamente igual a todo mundo.

— Não exatamente.

Lá estava Jake sendo enigmático de novo. Começava a ficar perturbador.

— Não sei do que você está falando — insisti, mas tive que virar o rosto para que ele não visse minhas bochechas ficarem vermelhas.

— Se você pensa assim... — concluiu Jake, deixando o assunto morrer.

Alicia e Alexandra se aproximaram e esperaram que ele as cumprimentasse.

— O que foi? — perguntou Jake, ao perceber que as duas não faziam menção de ir embora. Eu nunca o vira usar um tom tão ríspido.

— A gente vai se ver hoje à noite? — sussurrou Alicia.

Jake fitou-a, exasperado.

— Vocês não viram a minha mensagem?

— Vimos.

— Então, qual é o problema?

— Nenhum — respondeu Alicia, com uma expressão mortificada.

— Então encontro as duas mais tarde — disse ele calmamente.

As meninas trocaram sorrisos velados e voltaram a seus lugares. Jake deu de ombros em resposta ao meu olhar inquisidor, como se dissesse que estava tão atônito quanto eu com a atenção das duas.

— Ansiosa para sexta-feira? — perguntou, mudando de assunto. — Soube que, devido a um pequeno percalço esportivo, você perdeu sua companhia. É uma pena ele deixar você na mão.

Seus olhos escuros brilharam, e ele arreganhou levemente os dentes, sarcástico.

— As notícias correm rápido por aqui — comentei num tom neutro, optando por ignorar sua gozação. Agora que eu estava mais preocupada do que animada com a festa, o lembrete não era bem-vindo. — Quem você vai levar? — perguntei por educação.

— Também vou fazer um voo solo.

— Por quê? E o seu fã-clube?

— Fãs são aceitáveis apenas em pequenas doses.

Inconscientemente, suspirei fundo.

— A vida é injusta, não é?

Estava me esforçando ao máximo para encarar a situação de forma positiva, mas aparentemente não ia funcionar.

— Não precisa ser desse jeito — disse Jake. — Sei que todo mundo espera comparecer a uma festa dessas de braço dado com a pessoa amada, mas às vezes é preciso ser pragmático, principalmente quando a pessoa amada pertence a outra pessoa.

Seu discurso exagerado conseguiu me fazer sorrir.

— Assim está melhor — disse ele. — Tristeza não lhe cai bem — comentou, ajeitando-se na cadeira. — Bethany, sei que não sou sua primeira opção, mas você me daria a honra de ser seu acompanhante na festa de modo a ajudá-la a contornar seu infortúnio momentâneo?

Talvez fosse uma generosidade genuína, mas não me senti bem em aceitar.

— Não sei — respondi. — Obrigada por se prontificar, mas preciso conversar sobre isso com Xavier.

Jake assentiu.

— Claro. Mas saiba que o convite está de pé, caso decida aceitá-lo.

Quando abordei o assunto com Xavier, ele não hesitou.

— É claro que você deve ir com outra pessoa.

Ele estava recostado no sofá, de frente para a televisão. Seu tédio era visível. Para alguém tão ativo, assistir à televisão de tarde era uma alternativa muito ruim. Vestia um moletom cinza e estava com o tornozelo apoiado numa almofada. Parecia inquieto e não parava de mudar de posição. Não se queixava, mas eu sabia que sua cabeça ainda latejava devido ao impacto da trombada.

— É um baile. As pessoas vão para dançar — prosseguiu, com um sorrido animador. — Você vai precisar de um par, já que estou inutilizado.

— Está bem — concordei, falando devagar. — E o que você acha de o meu par ser Jake Thorn?

— Sério? — indagou, deixando de sorrir e apertando o olhar quase imperceptivelmente. — Algo não me agrada naquele cara.

— Bem, foi ele quem me convidou.

Xavier deu um suspiro.

— Beth, qualquer um agarraria a chance de acompanhar você.

— Mas Jake é meu amigo.

— Tem certeza? — perguntou Xavier.

— O que quer dizer com isso?

— Nada, é que você o conhece há pouco tempo. Alguma coisa nele não cheira bem.

— Xavier... — Peguei a mão dele e a encostei no meu rosto. — É só uma noite.

— Sei disso, Beth. E quero que você aproveite ao máximo a festa de formatura. Só preferia que fosse com outro garoto... *qualquer* outro.

— Não importa com quem eu vá. Vou pensar em você o tempo todo.

— Muito bem, me convença com elogios — disse Xavier, sorrindo novamente. — Se tem certeza sobre Jake, vá com ele. Só não se comporte como se estivesse comigo.

— Como se alguém pudesse se comparar a você!

Ele se inclinou para me beijar, e, como sempre, um beijo não foi o bastante. Desabamos no sofá, deslizei minhas mãos em seus cabelos, e ele me envolveu pela cintura. Nossos corpos se colaram. Na mesma hora, nós dois percebemos o tornozelo engessado projetando-se num ângulo estranho e caímos na gargalhada.

25
O SUBSTITUTO

— Excelente! — exclamou Jake quando lhe contei a novidade. — Vamos formar um casal deslumbrante.

— Hã-rã — concordei.

No fundo, ainda havia uma dúvida insistente que me incomodava, uma espécie de pressentimento que provocava um leve arrepio na minha espinha. Quando estava segura nos braços de Xavier, a ideia não me parecia tão ruim; porém, pensando melhor, já começava a me arrepender de ter aceitado. Mas não podia explicar esse desconforto e optei por ignorá-lo. Além disso, não dava para fugir da raia e desapontar Jake.

— Você não vai se arrepender — disse ele, numa voz sedosa, como se lesse meus pensamentos. — Vou fazer você se divertir. Passo para pegá-la às sete?

Hesitei um instante antes de responder.

— Sete e meia é melhor.

O QUEIXO DE MOLLY CAIU QUANDO ela soube da mudança de planos.

— O que você tem, afinal? — indagou, erguendo os braços, exasperada. — Parece um ímã para os caras mais quentes da escola. Não acredito que pensou em recusar o convite dele.

— Ele não é o Xavier — contestei, amuada. — Não vai ser a mesma coisa.

Eu sabia que começava a soar como um disco arranhado, mas a minha decepção era avassaladora.

— Mas Jake não é um mau substituto!

Lancei um olhar duro para Molly e dei um suspiro.

— Acho que ele vai ter que quebrar o galho — emendou ela. — Você vai ter que sofrer em silêncio com um modelo a seu lado... Que peninha.

— Pare com isso, Molly.

— Sério, Beth. O Jake é bacana. Metade das garotas da escola está apaixonada por ele. Ele vai fazer Xavier abrir o olho e valorizar você ainda mais.

Bufei, exasperada.

— Tudo bem, sei que para você ninguém chega aos pés de Xavier Woods, mas ele ficaria chateado se você não tentasse se divertir.

Isso era mesmo indiscutível.

Ciente de que a febre da formatura seria contagiosa e que praticamente ninguém do último ano iria para a aula, a escola nos deu a tarde de sexta-feira para os preparativos. Claro que ninguém foi capaz de se concentrar nos estudos na parte da manhã, e a maioria dos professores sequer tentou se fazer ouvir acima da algazarra que pairava em todas as classes.

Molly e as amigas já tinham começado os preparativos na noite anterior e chegaram à escola parecendo amêndoas torradas, após um banho de spray bronzeador. Já tinham feito luzes nos cabelos, e as unhas estavam pintadas à francesinha. O cabelo de Taylah, mais louro impossível, dava a impressão de ter recebido talco.

Quando o sinal tocou às onze horas, Molly agarrou meu braço e me arrastou da sala de aula. Seu passo não diminuiu, nem meu braço foi liberado até estarmos apertadas pelos cintos de segurança no banco traseiro do carro de Taylah. Dava para perceber pelas expressões em seus rostos que todas estavam realmente empenhadas.

— Primeira parada, maquiagem — entoou Molly, em seu melhor tom de comando. Enfiando a cabeça entre os dois bancos da frente, completou: — Vamos lá!

Seguimos até a rua principal e paramos em frente ao Swan Aesthetics, um dos dois salões de beleza da cidade. O lugar cheirava a baunilha, com espelhos em todas as paredes, onde também ficavam expostas as novidades em produtos de beleza. Os proprietários tinham optado por um ambiente boêmio, naturalista, com colares de contas ornamentando as portas e incenso queimando em pequenos potinhos enfeitados com pedras semipreciosas, enquanto alto-falantes ocultos derramavam sons de floresta tropical. Na sala de espera, cheia de almofadões no chão e arranjos de flores, podia-se tomar chá de ervas, bastando servir-se nos samovares dispostos numa mesinha baixa.

As funcionárias que nos receberam não pareciam nem um pouco antenadas com a natureza, com seus cabelos louros, suas camisetas colantes e suas maquiagens teatrais. Deu para ver que Molly era íntima das duas, pois foi abraçada carinhosamente ao entrar. Apresentou-as como Melinda e Mara.

— Hoje é a noite especial! — exclamaram as duas em uníssono. — Vocês estão a mil por hora, hein? Bem, meninas, mãos à obra. Temos que dar tempo para a maquiagem assentar.

Sentaram a gente em cadeiras giratórias altas diante de uma parede de espelhos. Torci para que a maquiagem que elas usavam não fosse um prenúncio de como ficaria a nossa depois de pronta.

— Quero um *look* de bonequinha — ronronou Taylah. — Sombra cintilante, batom rosa-claro...

— Quero uma maquiagem clássica de Mulher-Gato dos anos sessenta. Muito delineador e, sem dúvida, cílios postiços — decretou Hayley.

— Quero uma aparência suave e misteriosa — disse Molly.

— Eu só quero que não pareça que estou maquiada — pedi quando chegou a minha vez.

— Acredite, você não precisa mesmo — disse Melinda, estudando a minha pele.

Escutei as profissionais listarem os tratamentos de beleza programados para a tarde, tentando não me contorcer na cadeira. Para mim, elas nem pareciam estar falando a nossa língua.

— Primeiro, vamos extrair todas as impurezas da pele de vocês, usando uma máscara de ervas e um esfoliante suave — explicou Mara. — Depois, aplicamos uma camada de *primer* e usamos um bastão corretor marfim para esconder todas as manchas e imperfeições. Em seguida vem a base, seja num tom amarelado ou cor-de-rosa, para combinar com a cor da pele. Por último, é a vez do *blush*, da sombra, dos cílios e do brilho labial!

— Você não tem manchas nem tons desiguais na pele — disse Melinda. — Que produtos você usa?

— Não uso nada. Apenas lavo o rosto à noite.

Melinda revirou os olhos.

— Segredo absoluto, hein?

— Não. Estou falando sério. Não uso produtos de beleza.

— Certo, como quiser.

— É verdade, Mel — interveio Molly. — A família de Beth provavelmente nem acredita em produtos de beleza. Eles são meio parecidos com os amish.

— Pelo jeito, a leitura da Bíblia opera milagres na pele — murmurou Melinda.

Embora Melinda não me parecesse calorosa, tive que admitir que de maquiagem ela entendia. Quando me mostrou o resultado no espelho, perdi a fala. Pela primeira vez havia cor no meu rosto, que cintilava, suavemente rosado. Meus lábios pareciam carnudos e vermelhos, ainda que um pouco brilhantes demais. Cílios delicados emolduravam meus olhos, que estavam enormes e brilhantes com as pálpebras cobertas por uma leve camada de sombra prateada e os contornos acentuados por uma fina linha de delineador preto. Quase não me reconheci de tão glamorosa que estava. A melhor parte é que eu continuava com o meu rosto, ao contrário de Molly e das outras, que pareciam estar usando máscaras com aqueles rostos bronzeados e cheios de maquiagem pesada.

Da Swan Aesthetics, Molly e as amigas seguiram diretamente para o cabeleireiro, mas eu resolvi voltar para casa e deixar que Ivy se ocupasse do meu penteado. Já me cansara daquela maratona e não teria condições de aguentar mais nenhum ritual de produção. Além do mais, não havia ninguém em quem eu confiasse mais do que em Ivy.

Quando cheguei em casa, Gabriel e Ivy já tinham terminado de se aprontar. Gabriel estava sentado à mesa da cozinha, vestindo um smoking. O cabelo louro, penteado para trás, fazia com que ele parecesse um misto de astro de Hollywood e nobre inglês do século XVIII. Ivy, em pé diante da pia, lavava louça usando um vestido longo verde-esmeralda. O cabelo estava preso em um coque frouxo na base do pescoço. Era estranho vê-la; parecia mais uma miragem do que um ser humano, junto à pia e com as mãos enfiadas em luvas de borracha cor-de-rosa. Isso só comprovava quão pouco ela se importava com a beleza física. Acenou para mim quando entrei, ainda segurando a esponja.

— Você está linda — observou. — Vamos subir e preparar seu penteado?

Primeiro, Ivy me ajudou com o vestido, alisando e ajustando o tecido para que ficasse com o caimento perfeito. O vestido me fazia lembrar um raio de luar cintilante. A pontinha das delicadas sapatilhas prateadas aparecia por baixo das camadas. Meu encantamento era evidente.

— Que bom que gostou — disse minha irmã, radiante. — Sei que as coisas não saíram exatamente como você queria, mas continuo torcendo para que você brilhe e se divirta como nunca.

— Você é a melhor irmã que eu poderia ter — disse eu, abraçando-a.

— Não vá com tanta pressa — recomendou ela, rindo. — Primeiro é melhor ver o que consigo fazer com seu cabelo.

— Nada de complicado — pedi, enquanto ela começava a soltá-lo. — Só quero... ficar com a minha cara.

— Não se preocupe — disse ela, passando a mão na minha cabeça. — Sei exatamente o que você quer dizer — tranquilizou-me.

Não demorou muito para que os dedos ágeis de Ivy arrumassem lindamente o meu cabelo, deixando-o cair em ondas naturais. Ela pegou duas mechas grossas de cada lado, as trançou e prendeu no alto da minha cabeça, como se fosse uma tiara, finalizando com um cordão de pérolas minúsculas que combinava admiravelmente com o vestido.

— Perfeito — elogiei. — Não sei o que faria sem você.

Às seis em ponto, Xavier chegou para me ver com o vestido, de modo a podermos fingir, ao menos por alguns momentos, que a nossa noite perfeita não tinha sido estragada por uma trombada inoportuna. Eu o ouvi conversar com Gabriel lá embaixo e, na mesma hora, senti um enorme frio na barriga. Não entendi o motivo do meu nervosismo, já que a presença de Xavier sempre me deixava tão à vontade. Acho que era apenas porque queria impressioná-lo e me assegurar do seu amor vendo sua expressão ao me ver.

Ivy pulverizou um pouco de spray no meu cabelo, pegou minha mão e me levou à escada.

— Você desce primeiro? — perguntei, engolindo em seco.

— Claro — respondeu ela. — Mas acho que não é a mim que ele quer ver.

Observei-a descer graciosamente e me perguntei por que eu lhe pedira para ir na frente. Ninguém era capaz de parecer elegante a seu lado, uma missão impossível, e eu já podia me dar por vencida. Ouvi Xavier aplaudir baixinho e fazer elogios. Sabia que Gabriel a estaria esperando ao pé da escada para lhe dar o braço. Então foi minha vez, e haveria um grupo me aguardando silenciosamente lá embaixo.

— Você está vindo, Bethany? — ouvi Gabriel perguntar.

Respirei fundo e comecei minha descida hesitante. E se Xavier não gostasse do vestido? E se eu tropeçasse? E se ele me visse e concluísse que eu não estava à altura da imagem que idealizara mentalmente? Os pensamentos se atropelavam na minha cabeça como pequenos relâmpagos, mas assim que, do alto da escada, vi Xavier me esperando, todas as minhas preocupações e inibições se dispersaram, como poeira ao vento. Seu rosto, erguido na minha direção, se iluminou, os olhos se arregalaram, virando duas reluzentes piscinas, e a boca se abriu levemente de surpresa. Ele estava encostado ao corrimão da escada, com o tornozelo esquerdo engessado. Parecia zonzo, e me perguntei se a reação era causada por mim ou se era resultado da concussão.

Quando cheguei lá embaixo, ele tomou a minha mão e me ajudou a descer o último degrau, em nenhum momento desgrudando os olhos de mim, percorrendo os contornos do meu rosto e do meu corpo, absorvendo tudo com o olhar.

— O que achou? — indaguei, mordendo o lábio.

Xavier abriu a boca, balançou a cabeça e fechou a boca novamente. Os olhos azuis me fitaram com uma expressão que nem eu fui capaz de traduzir.

Ivy riu.

— Xavier, você é um homem de poucas palavras.

— É que elas fugiram de mim — disse ele, aparentemente recuperado. O canto da boca se elevou para formar o conhecido meio sorriso. — Palavras serviriam apenas para dizer o óbvio. Beth, você está deslumbrante.

— Obrigada — murmurei. — Não precisa me elogiar.

— Não. Estou dizendo a verdade. Mal posso acreditar que você seja real. Tenho a impressão de que você vai sumir se eu fechar os olhos. Daria tudo para estar lá e ver a cara de todo mundo quando você entrar por aquela porta.

— Não seja bobo — repreendi. — Todos vão estar lindos.

— Beth, você se olhou no espelho? — perguntou Xavier. — Você irradia luz. Nunca vi ninguém tão parecido com... Bem, com um anjo.

Corei, e ele carinhosamente prendeu um pequeno buquê de minúsculos botões de rosa brancos em torno do meu pulso. Tive vontade de abraçá-lo pela cintura, afundar meus dedos naquele cabelo de garoto, acariciar a pele macia do seu rosto e beijar seu lábios perfeitos. Mas me detive para não arruinar o cuidadoso trabalho de Ivy e, em vez disso, inclinei-me com cuidado e lhe dei um único beijo.

Tive a impressão de que mal havíamos trocado duas palavras quando ouvimos uma batida à porta. Gabriel foi atender e voltou acompanhado de Jake Thorn.

Não sei se foi imaginação minha, mas Gabriel, que segundos antes parecia perfeitamente à vontade, assumia uma postura mais ereta. Sua boca estava cerrada, e dava para ver as veias do pescoço latejarem. Ivy também se retesou ao avistar Jake, e seus olhos cinza-chuva assumiram uma incomum expressão vidrada que significava que algo a estava deixando assustada.

A reação de ambos foi perturbadora e fez com que minhas próprias dúvidas sobre Jake brotassem novamente. Vi de relance o olhar desconfiado de Xavier, o que me levava a crer que a sensação de desconforto era mútua.

Gabriel pousou uma das mãos pesadamente em meu ombro antes de partir para a cozinha para providenciar bebidas para os convidados. Meus irmãos costumavam ser cautelosos com estranhos. Já tinham se acostumado com Xavier e Molly e os acolhido calorosamente, porém essas eram exceções. Ainda assim, a desconfiança que demonstraram com relação a Jake me deixou nervosa. O que teriam sentido? O que Jake teria feito na vida para que sua presença causasse tanto alarme em anjos? Eu sabia que Ivy e Gabriel jamais estragariam a minha noite fazendo uma cena, então me convenci a tentar tirar ideias tolas da cabeça e aproveitar a festa o máximo possível. Percebendo meu nervosismo, Xavier postou-se ao meu lado, com a mão quente e reconfortante apertando de leve a base do meu pescoço num gesto de apoio.

Jake, por outro lado, aparentou não ter percebido nem um pouco o efeito que tivera sobre nós. Não usava um smoking, como eu já esperava, mas uma calça preta justa e uma jaqueta de couro de aviador. "Pode apostar que ele vai fazer uma opção pouco convencional", pensei. O figurino era radical, do jeito que ele gostava das coisas.

— Boa noite a todos — saudou, vindo em minha direção. — Oi, meu bem. Você está linda.

— Oi, Jake.

Dei um passo à frente para cumprimentá-lo, e ele pegou minha mão e levou-a aos lábios. Vi Xavier assumir uma expressão fechada, mas em instantes voltou ao normal, e também deu um passo à frente para apertar a mão de Jake.

— Prazer em conhecê-lo — disse ele, mas com uma leve aspereza na voz.

— Igualmente — respondeu Jake. — Já era tempo de sermos apresentados.

Ao contrário de Xavier, Phantom não fez esforço algum para ser sociável. Sentou-se num baque e soltou um rosnado gutural.

— E aí, garoto? — disse Jake, inclinando-se e estendendo a mão.

Phantom se pôs de pé num salto, latindo furiosamente e mostrando os dentes. Jake retirou a mão, e Ivy o arrastou pela coleira para a cozinha.

— Desculpe — disse eu a Jake. — Ele não costuma se comportar assim.

— Não se preocupe.

Tirando do bolso da jaqueta uma caixa pequena, ele me disse.

— Para você. Acho que buquês para amarrar no pulso já estão meio ultrapassados.

Xavier fechou a cara, mas refreou qualquer comentário.

— Obrigada! Não precisava — agradeci, pegando a caixinha. Dentro, havia um par de delicados brincos de ouro branco. Fiquei meio sem graça diante de um presente tão caro.

— Não é nada — interveio Jake —, apenas uma lembrancinha.

Xavier escolheu esse momento para intervir.

— Obrigado por cuidar da Beth esta noite — atalhou num tom agradável. — Como pode ver, estou meio indisposto.

— O prazer é meu de ser útil a Bethany — retrucou Jake. Como sempre, seu tom soou artificial e um tanto pretensioso. — Lamento sobre o seu acidente. Uma pena ele acontecer justamente às vésperas da formatura. Mas não se preocupe, farei tudo para que Beth se divirta. É o mínimo que cabe a um *amigo*.

— Bom, como *namorado* dela, gostaria de poder estar presente — rebateu Xavier. — Mas vou compensá-la de alguma forma.

Foi, então, a vez de Jake ficar com a expressão fechada. Xavier lhe deu as costas e pegou meu rosto nas mãos, dando um beijo suave na minha bochecha antes de envolver meus ombros com o xale prateado.

— Todos prontos? — indagou.

Na verdade, tudo o que eu queria era ficar em casa encolhida no sofá com Xavier e esquecer totalmente a formatura. Queria tirar o vestido, pôr uma calça de moletom e me aninhar nos seus braços, onde me sentia segura. Não queria sair de casa, muito menos de braço dado com outro garoto. Mas não lhe disse nada disso. Abri um sorriso forçado e fiz que sim com a cabeça.

— Cuide bem dela — disse Xavier a Jake. Sua expressão era amistosa, mas havia um certo tom de advertência em sua voz.

— Estarei de olho nela a noite toda.

Jake me ofereceu o braço e saímos. Lá fora, uma limusine nos aguardava. Percebi, pela expressão de Gabriel, que ele achava aquilo um exagero. Antes que eu saísse, Ivy se inclinou para mexer na alça do meu vestido.

— Estaremos por perto a noite toda, se precisar de nós — sussurrou.

Achei que ela estava sendo um tantinho dramática demais. O que poderia acontecer de ruim em um salão de baile em meio a centenas de pessoas? Ainda assim, suas palavras me confortaram.

A limusine parecia uma nave alienígena, brilhante, comprida e com vidros escuros. Achei-a mais vulgar do que glamorosa.

Dentro, era ainda mais espaçosa do que eu havia imaginado. Um assento modulado em couro branco margeava as paredes internas. A iluminação era roxa e azul e vinha de luzes halógenas presas ao teto. À direita, um bar embutido continha abajures azuis que iluminavam fileiras de copos e as garrafas de bebida trazidas por festeiros menores de idade. Uma tela de televisão ocupava uma lateral inteira, e havia alto-falantes no teto. Uma música que falava de garotas se divertindo tocava a todo volume, fazendo o interior do veículo vibrar. O carro já estava quase cheio quando entramos, pois fomos os últimos a ser apanhados. Molly abriu um enorme sorriso quando me viu e mandou beijinhos para mim do lado oposto do carro, em vez de me dar um abraço. Algumas das outras meninas me olharam de cima a baixo, e seus sorrisos congelaram.

— Que doença terrível é a inveja — sussurrou Jake no meu ouvido. — Você é, de longe, a mais deslumbrante, além de séria candidata ao título de rainha do baile.

— Esse título não significa nada para mim. Além disso, você não viu o restante da concorrência.

— Nem preciso — respondeu Jake. — Estou apostando tudo em você.

26
A FESTA DE FORMATURA

A festa de formatura acontecia no Pavilion Tennis Club. Com seu terreno espaçoso e inúmeros salões com vista para a baía, sem dúvida era o melhor local da região para abrigar recepções.

A limusine passou deslizando diante do alto muro de pedra e atravessou os portões de ferro batido para entrar em um caminho sinuoso de cascalho cercado de gramados e arbustos. Fontes de pedra ornamentavam o jardim, uma delas no formato de um majestoso leão com uma pata erguida em posição de ataque e um arco de água escorrendo em cascata de cada uma das garras. Havia até um pequeno lago com uma ponte e um caramanchão, que mais pareciam pertencer a um castelo antigo de algum lugar da Europa do que a uma cidade tão descontraída quanto Venus Cove. Era impossível não ficar maravilhada com tanto luxo. Jake, por outro lado, me passou uma impressão de indiferença. Manteve a expressão perpetuamente entediada e a boca enrugada num sorriso forçado sempre que nossos olhares se cruzavam.

Conforme a limusine prosseguia, passamos pelas quadras de tênis, que reluziam como piscinas verde-esmeralda sob a iluminação, e nos aproximamos do pavilhão em si, um prédio envidraçado, grande e circular, com um telhado inclinado e contornado por amplas varandas brancas. Uma fila interminável de casais ia entrando, os rapazes empertigados e as moças agarradas a suas bolsas de festa e ajeitando as alças dos vestidos. Embora estivessem deslumbrantes nos smokings, os rapazes não passavam, na verdade, de acompanhantes. A noite pertencia nitidamente às garotas. Cada rosto feminino que vi estampava a mesma expressão de expectativa.

Alguns grupos tinham chegado em limusines e carros com motoristas, enquanto outros haviam optado por um ônibus fretado de dois andares, que acabara de encostar para permitir que seus passageiros empolgados desembarcassem. Percebi que o interior do ônibus fora redecorado para parecer uma boate, com direito a luzes estroboscópicas e música alta.

Ao menos por essa noite, a filosofia feminista tinha sido abandonada, e as meninas, como princesas de contos de fadas, se permitiam ser conduzidas escada acima até o salão. À minha direita, Molly estava entretida demais com o cenário para conversar com Ryan Robertson, que definitivamente estava elegante de terno. À minha esquerda, Taylah tirava centenas de fotos, ansiosa para registrar os mínimos detalhes. Não parava de lançar olhares furtivos para Jake, sempre que achava que ele não estava vendo. Até que Jake percebeu um desses olhares e a recompensou com uma piscadela. As bochechas dela coraram tanto que achei um milagre a maquiagem não ter derretido.

Dr. Chester, o diretor da Bryce Hamilton, se postara logo na entrada do salão, vestindo um terno cinza-claro e cercado de pedestais com arranjos de flores. Outros funcionários haviam se posicionado estrategicamente, a fim de admirar a entrada dos jovens casais. Notei algumas gotas de suor brotando na testa imponente do dr. Chester, o único sinal que denunciava o estresse de forma explícita. Apesar do sorriso de orelha a orelha, seus olhos confessavam que ele preferia ter ficado em casa sentado em sua poltrona favorita, em vez de supervisionar um grupo de formandos mimados decididos a fazer daquela noite a mais memorável de suas vidas.

Jake e eu entramos na fila de casais produzidos que aguardavam para entrar. Molly e Ryan estavam à nossa frente, e eu os observei atentamente para memorizar o protocolo e não passar vergonha.

— Dr. Chester, meu par, Molly Amelia Harrison — apresentou Ryan num tom formal.

Parecia um comportamento estranho, vindo de um rapaz que costumava se divertir com os amigos desenhando genitais gigantes no asfalto na frente da escola. Eu sabia que Molly o instruíra para ser o mais comportado possível nessa noite.

O dr. Chester sorriu, benevolente, apertou a mão de Ryan e fez sinal para o casal entrar.

Vínhamos em seguida. Jake enlaçou meu braço no dele.

— Dr. Chester, meu par, Bethany Rose Church — disse galantemente, como se estivesse numa corte imperial.

O dr. Chester me lançou um caloroso sorriso de aprovação.

— Como você sabe meu nome do meio? — indaguei depois de entrarmos.

— Não cheguei a comentar que sou vidente? — respondeu Jake.

Seguimos uma onda de gente até o salão de baile, que era ainda mais luxuoso do que eu imaginara. As paredes eram envidraçadas do teto ao chão, o carpete exuberante era cor de vinho escuro, e a pista de dança de parquete reluzia sob os lustres de cristal, que projetavam pequenas meias-luas de luz ao redor. Através do vidro dava para ver um pedaço do oceano oscilando e uma pequena coluna branca que lembrava um saleiro. Levei alguns segundos para perceber que se tratava do farol. Havia mesas espalhadas por todo o salão, cobertas por toalhas brancas e com porcelana de boa qualidade. Os centros de mesa eram arranjos de botões de rosa amarelos e cor-de-rosa, e as toalhas tinham sido salpicadas de lantejoulas prateadas. Nos fundos do salão, a orquestra afinava os instrumentos, e garçons corriam de lá para cá, carregando bandejas de ponche sem álcool.

Vi Gabriel e Ivy sozinhos num canto observando a movimentação, parecendo tão surreais que quase doía olhar para os dois. A expressão de Gabriel era indecifrável, mas percebi que não estava curtindo a noite. Os alunos admiravam Ivy num silêncio embevecido ao passar, mas ninguém tinha coragem de chegar mais perto. Vi os olhos de Gabriel varrerem o salão até encontrarem Jake Thorn. Sua visão de laser estudou-o com uma intensidade penetrante durante alguns segundos antes de se desviar.

— Vocês estão na nossa mesa! — exclamou Molly, me abraçando por trás. — Vamos sentar, meu sapato já está me matando.

No entanto, depois que pôs os olhos em Gabriel, emendou:

— Pensando bem, é melhor primeiro eu dar boa-noite ao seu irmão... Não quero parecer mal-educada!

Encarregamos Jake de encontrar nossos lugares e nos dirigimos aonde estava o meu irmão. Gabriel, em pé com as mãos para trás, exibia uma expressão fechada, observando a cena.

— Oi — disse Molly, equilibrando-se sobre os sapatos de tirinhas e salto agulha.

— Boa noite, Molly — retribuiu Gabriel. — Você está cativante esta noite.

Molly me lançou um olhar desconfiado.

— Ele quis dizer que você está bonita — sussurrei, vendo o rosto dela se iluminar.

— Obrigada! — agradeceu. — Você também está muito *cativante*. Está se divertindo?

— Essa talvez não seja a palavra mais apta para descrever minha disposição — respondeu Gabriel. — Nunca apreciei muito os eventos sociais.

— Entendi — concordou Molly. — A parte do baile é sempre meio chata. As coisas ficam boas mesmo na pós-festa. Você vai?

O rosto de pedra de Gabriel suavizou-se durante um momento, e os cantos da boca começaram a formar um sorriso. Em segundos, porém, ele se recompôs.

— Como professor, acho que é meu dever fingir que não ouvi falar de uma pós-festa — disse Gabriel. — O dr. Chester as proibiu.

— É. Bem, ele não pode fazer grande coisa quanto a isso, não é? — indagou Molly, rindo.

— Quem é seu par? — perguntou Gabriel, mudando de assunto. — Acho que não o conheço.

— O nome dele é Ryan, está sentado ali naquela mesa.

Molly apontou para onde Ryan e um amigo disputavam queda de braço na mesa impecavelmente arrumada. Um deles derrubou um copo, que saiu rolando pelo chão. Gabriel observou os dois com um olhar repreendedor.

O rosto de Molly enrubesceu de vergonha, e ela olhou em outra direção.

— Ryan é meio imaturo às vezes, mas é um bom rapaz. Bem, acho melhor eu voltar antes que ele destrua algo de valor e expulsem a gente! Nos vemos mais tarde. Guardei uma dança para você.

Fui obrigada a praticamente empurrar Molly até a nossa mesa, onde ela continuou olhando para Gabriel, sem disfarçar que estava absolutamente hipnotizada. Ryan não chegou a perceber.

Logo me dei conta de que, a despeito do ambiente mágico, eu também não estava me divertindo. Minhas conversas eram triviais, e várias vezes me peguei olhando em volta à procura de um relógio. Comecei a pensar se eu poderia pedir licença e me afastar por um tempo para ligar para Xavier. No entanto, ainda que pedisse emprestado o celular de Molly, não havia nenhum lugar para falar com privacidade. Os professores estavam parados à porta principal a fim de impedir que alguém fugisse para o jardim, e os banheiros estavam repletos de garotas retocando a maquiagem.

A noite me parecia sem brilho depois de tanta expectativa. A culpa não era de Jake. Dava para ver que ele estava se esforçando. Era um acompanhante atencioso e ora queria saber se eu me divertia, ora contava piadas aos outros ocupantes da mesa. Porém, quando olhei à volta para as garotas que beliscavam a comida e espanavam com a mão fiapos imaginários dos vestidos, não pude deixar de pensar que aparentemente a única finalidade do evento era ficar sentada ali toda produzida. Depois de todo mundo olhar todo mundo de cima a baixo, restava pouco a fazer.

Mesmo enquanto batia papo com os outros, os olhos de Jake raramente se desviavam de mim. Dava a impressão de que fazia questão de seguir todos os meus movimentos. Às vezes eu tentava me incluir na conversa fazendo perguntas, mas respondia à maioria delas de forma monossilábica, sem tirar os olhos das mãos. Não era minha intenção estragar a noite de ninguém ou ficar lá de cara emburrada, mas meus pensamentos giravam apenas em torno de Xavier. A certa altura, me peguei pensando no que ele estava fazendo, imaginando como a noite poderia ser diferente se ele estivesse ao meu lado. Eu estava no lugar certo, usando o vestido certo, mas com o garoto errado, e não conseguia impedir que isso me deixasse um pouco melancólica.

— Qual é o problema, princesa? — indagou Jake, quando me pegou lançando um olhar nostálgico para o mar.

— Nenhum — respondi rapidamente. — Estou adorando.

— Que mentira! — brincou ele. — Que tal jogarmos um joguinho?

— Se você quiser.

— Tudo bem... Como você me definiria em uma única palavra?

— Motivado? — sugeri.

— Errado. Motivado é a última coisa que sou. Engraçado você dizer isso, porque nunca faço meus trabalhos. O que mais me torna único?

— Seu gel de cabelo? Seu jeito galante? Seus seis dedos do pé?

— Ora, essa foi injusta. O sexto dedo foi amputado anos atrás — disse ele, abrindo um sorriso. — Agora, defina a você mesma em uma só palavra.

— Ai... — hesitei. — Não sei... É difícil.

— Ótimo! Eu jamais poderia gostar de uma garota que se definisse em uma palavra. Não há complexidade nisso. E sem complexidade não há empolgação.

— Você gosta de empolgação? — perguntei. — Segundo Molly, tudo que um rapaz quer é uma garota tranquila.

— "Tranquila" significa fácil de ser levada para a cama — respondeu Jake —, mas suponho que não haja nada de errado nisso.

— Não seria o oposto de empolgada? Decida-se!

— Um jogo de xadrez pode ser empolgante.

— Ah... Pode, sim. Talvez garotas e peças de xadrez sejam mais ou menos a mesma coisa para você.

— De jeito nenhum — disse Jake. — Você já partiu algum coração?

— Não — respondi. — E espero nunca partir. E você?

— Já. Muitos. Mas nunca sem um bom motivo.

— Que tipo de motivos?

— As garotas não eram certas para mim.

— Espero que você tenha terminado pessoalmente — observei. — Não pelo telefone ou algo assim.

— O que você acha que eu sou? — indignou-se Jake. — Isso é o mínimo que elas mereciam. Aquele tantinho de dignidade foi tudo que lhes restou no final.

— Não entendi — disse eu, curiosa.

— Digamos que você ama e você perde — respondeu Jake.

Ouvimos um discurso chatérrimo do dr. Chester sobre como essa era a nossa "noite especial" e como todos esperavam que agíssemos com responsabilidade e não fizéssemos nada para manchar a reputação da Bryce Hamilton. O dr. Chester afirmou ter certeza de que voltaríamos direto para casa quando a festa terminasse. Houve alguns risinhos contidos na plateia a essa altura, que o diretor optou por ignorar. Em vez disso, nos lembrou de que tinha enviado cartas a nossos pais desencorajando pós-festas e alertando-os para pensar duas vezes antes de oferecer a casa para esse tipo de evento.

O que o dr. Chester não sabia era que a pós-festa tinha sido planejada meses antes, e os organizadores não eram tão ingênuos a ponto de achar que conseguiriam se safar usando a casa de alguém enquanto os pais dormiam no andar de cima. A pós-festa aconteceria numa velha fábrica abandonada, nos arredores da cidade. O pai de um dos formandos era um dos arquitetos responsáveis por converter o imóvel em um prédio de apartamentos. Ele enfrentara protestos dos grupos ambientalistas locais, e o projeto estava temporariamente suspenso enquanto as licenças não saíam. A fábrica era espaçosa, escura e, o mais importante, isolada. Ninguém na cidade poderia imaginar que seria o local da pós-festa. Por mais alta que fosse a música, ninguém reclamaria, porque não havia ruas residenciais nas proximidades. Um dos alunos conhecia um DJ profissional que oferecera seus serviços de graça. Todos mal podiam esperar o término da festa de formatura para que "a festa de verdade começasse", mas mesmo que Xavier estivesse comigo eu não consideraria a hipótese de ir. Eu tinha comparecido a uma única festa em toda a minha vida humana e já estava traumatizada a ponto de não querer repetir a dose.

Após o discurso veio o jantar, e, quando terminamos de comer, ficamos em fila num palco improvisado para tirar fotos para a revista da escola. A maioria dos casais adotou uma pose padrão, com o braço em volta do seu par, as garotas sorrindo recatadamente e os rapazes retos e imóveis, com medo de fazer um movimento errado e estragar a fotografia — crime pelo qual jamais seriam perdoados.

Eu devia ter adivinhado que Jake escolheria algo diferente. Quando chegou a nossa vez, ele pôs um joelho no chão, arrancou uma rosa do arranjo de mesa e a prendeu entre os dentes.

— Sorria, princesa — sussurrou no meu ouvido.

O fotógrafo, que vinha batendo as fotos de forma absolutamente mecânica, animou-se quando viu a cena, grato pela variação. Quando descemos do palco, vi outras garotas olhando de esguelha para seus pares. Seus olhos diziam: "Será que você não podia ser romântico como Jake Thorn?" Senti pena do rapaz que tentou imitar o gesto de Jake e acabou machucando o lábio nos espinhos da rosa, tendo que ser levado ao banheiro pela companheira, roxa de raiva.

Depois das fotos, foi a hora da sobremesa, um *crème brûlée*. Em seguida, veio a dança, e, finalmente, fomos convidados a voltar para nossos lugares para ouvir o anúncio dos vencedores do concurso. Observamos o comitê de formatura, que incluía Molly e Taylah, subir ao palco levando envelopes e troféus.

— Temos o enorme prazer de anunciar os vencedores do concurso de formatura da Bryce Hamilton deste ano — começou uma garota chamada Bella. — Refletimos muito até a escolha dos nomes e, antes de começar, queremos dizer que todos vocês são vencedores!

Ouvi Jake reprimir o riso.

— Este ano acrescentamos mais categorias à lista, reconhecendo o esforço que todos fizeram esta noite — prosseguiu a garota. — Vamos começar com o prêmio de Melhor Penteado.

Tive a impressão de que o mundo havia enlouquecido. Devolvi o olhar de desânimo de Jake enquanto eram anunciados os vencedores dos prêmios de Melhor Penteado, Melhor Vestido, Melhor Transformação, Melhor Gravata, Melhor Sapato, Melhor Maquiagem, Mais Glamorosa e Beleza Natural. Finalmente, tendo sido entregues os prêmios menores, chegou a hora que todos aguardavam: o anúncio de Rei e Rainha do Baile de Formatura. Sussurros excitados tomaram conta do salão.

Esse era o prêmio mais disputado. Todas as garotas da plateia prenderam o fôlego, enquanto os rapazes fingiam não estar ligando. Eu não sabia ao certo o motivo de tanto alvoroço. Não se tratava, exatamente, de algo a ser incluído no currículo.

— Os vencedores deste ano são... — começou a encarregada de apresentar o prêmio, que fez uma pausa para aumentar o suspense. A plateia gemia de frustração. — Bethany Church e Jake Thorn!

O salão explodiu em aplausos, e por uma fração de segundo cheguei a olhar em volta à procura dos ganhadores, até me dar conta de que o meu nome é que havia sido chamado. Devia estar com uma expressão bem diferente quando subi ao palco com Jake, embora seu desagrado aparentemente tivesse se transformado em divertimento. As coisas simplesmente não pareciam fazer sentido enquanto Molly me coroava e me entregava a faixa. Jake, em compensação, dava a impressão de estar adorando ser o centro das atenções. Era dever do rei e da rainha abrir o salão com uma valsa. Dei minha mão a Jake, e ele me enlaçou pela cintura. Embora tivesse treinado valsa com Xavier, não me sentia tão confiante sem ele. Felizmente, os anjos contam com a vantagem de aprender qualquer coisa com relativa facilidade. Segui Jake, e logo o ritmo da música registrou-se em minha mente. Minhas pernas se moviam como água, e fiquei surpresa ao ver que Jake também deslizava pelo salão com movimentos graciosos.

Ivy e Gabriel passaram por nós, seus corpos em sincronia, flutuando como seda. Os pés mal tocavam o chão. Mesmo com a expressão fria que estampavam no rosto, era tão fascinante observá-los que todos paravam para admirar, abrindo espaço para o casal na pista de dança. Meus irmãos logo se cansaram de ser a atração da noite e voltaram para a mesa.

Aproveitando a deixa de uma mudança na música, Jake me fez rodopiar até a lateral da pista. Inclinou-se para frente, e seus lábios roçaram meu ouvido.

— Você está deslumbrante.

— Você também — retribuí, rindo e tentando manter o clima leve. — Todas as garotas acham isso.

— E *você?*

— Bom... Acho você bastante charmoso.

— Charmoso — repetiu ele, pensativo. — Acho que por ora vou ter que me contentar com isso. Nunca conheci uma garota com um rosto como o seu, sabia? Sua pele tem a cor do luar, e seus olhos são indecifráveis.

— Você já está exagerando — brinquei. Percebi que Jake se preparava para uma de suas tiradas e tentei impedi-lo a todo custo.

— Você não sabe receber elogios, não é? — disse ele.

Senti minhas bochechas ficarem vermelhas.

— É verdade. Nunca sei como responder.

— Que tal um simples "obrigada"?

— Obrigada, Jake.

— Não doeu, doeu? Eu bem que podia respirar um ar fresco, você não?

— É meio difícil sair — respondi, apontando com a cabeça para os professores que vigiavam as saídas.

— Bolei uma rota de fuga. Venha, vou lhe mostrar.

A rota de fuga de Jake se baseava em uma porta nos fundos que, aparentemente, havia sido esquecida. Ficava depois dos banheiros e do almoxarifado, na parte de trás do prédio. Jake me ajudou a driblar os baldes e escovões junto às paredes. De repente, me vi sozinha com ele na varanda que contornava toda a parte externa do pavilhão. A noite estava clara, e o Céu, cheio de estrelas. A brisa refrescou minha pele. Pelas janelas pude ver que os casais ainda dançavam, as meninas, já abatidas pelo cansaço, permitiam agradecidas que seus pares as sustentassem. A alguma distância dos demais, vi Gabriel e Ivy, cintilando como se estivessem cobertos de poeira de estrelas.

— Tantas estrelas... — murmurou Jake, tão baixinho que parecia falar consigo mesmo. — Mas nenhuma é tão bonita quanto você.

Ele estava tão próximo que pude sentir seu hálito no meu rosto. Baixei os olhos, torcendo para que parasse de me elogiar. Tentei voltar o foco da conversa para ele.

— Quem me dera ser tão segura assim. Nada abala você.

— Por que abalaria? — perguntou Jake. — A vida é um jogo, que, por acaso, sei jogar.

— Mas todos nós cometemos erros de vez em quando.

— É precisamente esse tipo de postura que impede as pessoas de vencerem — disse ele.

— Todo mundo passa pela experiência de ser derrotado, mais cedo ou mais tarde. Mas a gente aprende com a derrota.

— Quem disse? — gracejou ele, balançando a cabeça, os olhos cor de esmeralda fixos nos meus. — Não gosto de perder e sempre consigo o que quero.

— Quer dizer que no momento você tem tudo que quer?

— Quase — respondeu. — Está faltando uma coisa.

— E o que é? — perguntei, cautelosa. Algo me dizia que estava entrando em terreno perigoso.

— Você — respondeu Jake.

Eu não sabia como reagir. Não me agradava o rumo que a conversa vinha tomando.

— O comentário foi lisonjeiro, Jake, mas você sabe que não estou disponível.

— Isso é irrelevante.

— Não para mim! — exclamei, dando um passo atrás. — Estou apaixonada por Xavier.

Jake me olhou com frieza.

— Não lhe parece óbvio que você escolheu a pessoa errada?

— Ele não é a pessoa errada — retorqui. — Suponho que você seja arrogante o suficiente para se considerar a certa.

— Só acho que mereço uma chance.

— Você prometeu não tocar mais nesse assunto — recordei. — Somos amigos, e você devia dar valor a isso.

— Eu dou, mas não é o bastante para mim.

— Não cabe a você decidir! Não sou um brinquedo. Você não pode, simplesmente, apontar o dedo para mim e me ter.

— Discordo.

De repente, ele se inclinou, agarrando meus ombros e me puxando para mais perto. Fez nossos corpos colarem e buscou meus lábios com os seus. Virei o rosto em protesto, mas com a mão ele me forçou a desvirá-lo. Sua boca se fechou sobre a minha. Algo faiscou no Céu, embora não houvesse sinal de chuva. O beijo de Jake foi duro e insistente, e suas mãos me seguravam como garras de ferro. Lutei, empurrando seu peito, e finalmente consegui me afastar.

— O que acha que está fazendo? — gritei, dominada pela raiva.

— Dando a nós dois o que ambos queremos — respondeu ele.

— Eu não quero isso! — insisti. — O que foi que eu fiz para que você pensasse o contrário?

— Conheço você, Bethany Church. Você não tem nada de boba — rosnou Jake. — Vi o jeito como olha para mim e senti uma ligação entre nós.

— Não tem ligação nenhuma — teimei. — Não com você. Lamento se você interpretou as coisas de outra maneira.

Seus olhos cintilaram de forma ameaçadora.

— Você está realmente me dispensando?

— Estou, não há dúvida — respondi. — Eu namoro o Xavier. Já lhe disse mil vezes. Não tenho culpa se você optou por não acreditar.

Jake deu um passo na minha direção, o rosto tomado por ódio.

— Tem certeza de que sabe o que está fazendo?

— Nunca tive tanta certeza de alguma coisa — respondi friamente. — Jake, você e eu podemos ser apenas amigos.

Ele deu uma gargalhada gutural.

— Não, obrigado. Não estou interessado.

— Será que você não pode ao menos tentar ser maduro quanto a isso?

— Acho que você não entendeu, Beth. O destino nos quer juntos. Esperei por você a minha vida toda.

— Como assim?

— Procuro você há séculos. Já tinha quase perdido a esperança.

Senti um frio estranho no peito. Do que ele estaria falando?

— Nunca, nem nos mais loucos devaneios, poderia imaginar que você seria... *um deles*. No início, lutei contra isso, mas não adiantou. Nosso destino está escrito nas estrelas.

— Deve ser um engano — atalhei. — Não temos nenhum destino juntos.

— Você sabe o que é vagar sem rumo pela Terra em busca de alguém que pode estar em qualquer lugar? Não estou disposto a desistir agora.

— Talvez não lhe reste alternativa.

— Vou dar mais uma chance a você — insistiu ele, num tom grave. — Não sei se tem noção disso, mas está cometendo um erro terrível, um erro que vai lhe custar muito caro.

— Não tenho medo de ameaças — respondi com desdém.

— Muito bem — retorquiu Jake, fechando a expressão em seu rosto e dando um passo para se afastar. Seu corpo estremeceu violentamente, como se o mero ato de olhar para mim o enfurecesse. — Cansei de ser bonzinho com os anjos.

27
BRINCANDO COM FOGO

No momento seguinte, Jake virou as costas e desapareceu, voltando pelo mesmo caminho que havíamos feito. Permaneci ali, grudada ao chão, um arrepio perpassando meu corpo. Perguntei a mim mesma se teria interpretado mal a ameaça implícita nas suas palavras de despedida. Mas sabia que não. De repente me senti como se a noite estivesse me sufocando. De duas coisas eu tinha certeza: primeiro, Jake Thorn sabia a verdade a nosso respeito; segundo, ele era perigoso. Percebi que estava totalmente cega por não ter enxergado isso antes. Desejara de tal maneira ver seu lado bom que ignorei os sinais evidentes denunciando o contrário. Esses sinais faiscavam como luzes de neon.

Alguém agarrou meu cotovelo, e prendi a respiração. Vi, com alívio, que era Molly.

— O que está havendo? — perguntou ela. — Vimos você pela janela! Está com Jake agora? Você e Xavier brigaram?

— Não! — explodi. — Não estou com Jake, nem pensar! Ele só... Não sei o que houve... Preciso ir para casa.

— O quê? Por quê? Você não pode ir embora. E a pós-festa? — quis saber Molly, mas a essa altura eu já tinha saído dali em disparada.

Encontrei Gabriel e Ivy sentados à mesa dos professores e os chamei de lado.

— Temos que ir embora — pedi, puxando a manga do paletó de Gabe.

Fiquei na dúvida se ele já sabia ou não o que tinha acontecido ou se apenas sentiu a urgência em minha voz. O fato é que não fez nenhuma pergunta. Ele e Ivy recolheram silenciosamente seus pertences e saíram comigo. No jipe, a caminho de casa, os dois ouviram calados enquanto eu explicava o ocorrido com Jake e repetia as palavras ditas por ele ao se despedir.

— Não acredito que fui tão burra — gemi, pondo a cabeça entre as mãos. — Eu devia ter notado... Eu devia ter percebido.

— A culpa não é sua, Bethany — disse Ivy.

— Qual é o meu problema? — indaguei. — Por que não vi logo? Vocês sentiram algo de errado, não foi? Vocês souberam, assim que ele pôs os pés lá em casa.

— Sentimos uma energia negativa — admitiu Gabe.

— Por que não disseram nada? Por que não me impediram de sair com ele?

— Não tínhamos certeza — justificou Gabriel. A mente dele estava bem-defendida, era praticamente impossível obter alguma informação. — Podia não ser nada de mais, e não quisemos preocupar você à toa.

— Humanos problemáticos às vezes têm auras negativas — acrescentou Ivy —, devido a uma série de experiêncas: tragédias, luto, sofrimento...

— E más intenções — acrescentei.

— Também — admitiu Gabriel. — Não queríamos que você tirasse conclusões apressadas, mas se esse rapaz sabe o que somos é bem provável que ele seja... Bem, que seja mais forte do que um humano normal.

— Mais forte quanto?

— Não sei — respondeu Gabriel. — A menos que... Você não acha que o Xavier...

Lancei um olhar furioso na direção do meu irmão.

— Xavier jamais contaria a alguém o nosso segredo — disse eu. — Não acredito que você sequer tenha coragem de pensar nessa possibilidade. A esta altura, já devia conhecê-lo o suficiente.

— Certo. Digamos que Xavier não tenha nada a ver com isso. Existe algo nesse Jake Thorn que não é natural. Posso sentir, e você também, Bethany.

— Então, o que fazemos? — perguntei.

— Precisamos ter paciência — respondeu Gabriel. — Os fatos vão se desenrolar de forma natural. Não podemos nos apressar. Se ele é mesmo perigoso, vai se revelar mais cedo ou mais tarde.

Quando chegamos em casa, Ivy se ofereceu para preparar um chocolate quente, mas recusei. Subi para o quarto e tirei o vestido com a sensação de que um grande peso tinha caído sobre meus ombros. As coisas vinham correndo tão bem, e esse garoto ameaçava destruir tudo. Arranquei as pérolas do cabelo e tirei a maquiagem, me sentindo de repente nada mais que uma impostora. Era tarde demais para ligar para Xavier, embora eu soubesse que falar com ele me faria bem. Em vez disso, vesti meu pijama e me enfiei na cama, abraçada com um bicho de pelúcia que Xavier me dera de presente. Deixei que as lágrimas corressem dos meus olhos fechados e molhassem o travesseiro. Não estava mais com raiva nem amedrontada, mas simplesmente triste. Queria tanto que as coisas pudessem ser mais fáceis e simples. Por que a nossa missão envolvia tantas complicações? Eu sabia que era uma postura infantil, mas só conseguia pensar na injustiça daquilo tudo. Meu cansaço me obrigou a adormecer, mas eu estava convencida de que uma tempestade estava a caminho.

Xavier não me ligou durante todo o fim de semana. Supus que ele não estivesse a par do incidente na festa de formatura, e eu não quis estressá-lo. Jake tinha me deixado tão agoniada que sequer parei para pensar por que Xavier não ligava. Raramente passávamos mais de algumas horas sem nos falarmos.

Por outro lado, não precisei esperar muito para ter notícias de Jake Thorn. Na segunda de manhã, na escola, quando abri meu armário, um pedaço de papel escapou e caiu lentamente, flutuando até o chão, como uma pétala enrugada. Apanhei o papel, achando que era um bilhete de Xavier, que me faria suspirar de paixão ou rir como uma bobinha. Mas a caligrafia não era a dele, mas aquela, elaborada e firme, que eu conhecia da aula de literatura. Quando li o que estava escrito, meu sangue congelou nas veias.

O anjo veio
O anjo viu
O anjo caiu

Mostrei o bilhete a Gabriel, que o leu e depois amassou, frustrado, sem dizer uma palavra. Tentei não pensar em Jake pelo resto do dia, mas não foi fácil. Xavier não estava na escola, e eu queria desesperadamente falar com ele. Tive a sensação de que se passara uma eternidade desde sexta-feira, com tanta coisa acontecendo.

O dia transcorreu em meio a uma névoa. Fiquei um pouco animada durante uns cinco minutos, no almoço, quando pedi emprestado o celular de Molly para ligar para Xavier. Mas meu estado de ânimo logo voltou a ficar encoberto quando a ligação caiu na caixa postal. Ficar sem contato com ele me deixava letárgica e pesada. Uma nuvem parecia ter se instalado em minha mente, e eu não era capaz de captar nenhum dos pensamentos que me passavam pela cabeça, pois eles desapareciam rápido demais.

No final do dia, voltei para casa com meus irmãos e nada de Xavier. Liguei novamente para ele de casa, mas a mensagem da caixa postal só me deu vontade de chorar. Sentei e esperei a tarde toda e durante o jantar por um telefonema ou uma visita dele, mas nada aconteceu. Será que não estava interessado em saber sobre a formatura? Qual seria o motivo do silêncio repentino? Eu não conseguia entender.

— Não consigo falar com o Xavier — comentei com voz de choro durante o jantar. — Ele não foi à escola e não atende aos meus telefonemas.

Ivy e Gabriel se entreolharam.

— Não precisa entrar em pânico, Bethany — disse Ivy, carinhosamente. — Existem muitos motivos que podem explicar o fato de ele não ter atendido.

— E se estiver doente?

— Nós teríamos sentido — garantiu Gabriel.

Assenti e tentei engolir meu jantar, mas a comida grudava como cola na garganta. Não falei mais nada com Ivy ou Gabriel, simplesmente me arrastei até a cama sentindo as paredes se fecharem à minha volta.

Quando notei que Xavier faltara novamente à escola no dia seguinte, meus olhos começaram a arder e me senti tonta e febril. Queria me encolher no chão e esperar que alguém me levasse embora. Não seria capaz de passar mais um dia sem ele, mal aguentaria mais um minuto. Onde ele estava? Por que estava fazendo aquilo comigo?

Molly me viu abatida, encostada no armário. Aproximou-se e pôs a mão, delicadamente, no meu ombro.

— Bethie, tudo bem com você?

— Preciso falar com Xavier, mas não consigo encontrá-lo.

Molly mordeu o lábio.

— Acho que você precisa ver uma coisa — disse ela baixinho.

— O quê? — perguntei, num leve tom de pânico. — Xavier está bem?

— Está ótimo — respondeu Molly. — Vem comigo.

Ela me levou ao terceiro andar, e entramos num dos laboratórios de informática. Era uma sala fria, com carpete cinza e sem janelas. Fileiras de computadores com as telas desligadas nos encaravam. Molly ligou um deles e puxou duas cadeiras. Batia as unhas de acrílico na mesa, impaciente. Quando o computador entrou em atividade, ela clicou num ícone e rapidamente digitou alguma coisa na barra de ferramentas.

— O que você está fazendo? — perguntei.

Ela se virou para mim.

— Lembra de quando eu falei do Facebook e de como era incrível?

Assenti sem entender.

— Bem, tem uma parte que não é tão incrível assim.

— Como o quê?

— Bom... Não tem muita privacidade, para começar.

— Não entendi.

Molly queria chegar a algum lugar, mas não conseguia saber aonde, e, a julgar pela expressão dela, desconfiei que talvez não quisesse descobrir. Molly me olhava com um misto de preocupação e temor. Ela tinha tendência a exagerar as coisas, então tentei não entrar em pânico. Nossas noções de tragédia eram totalmente diferentes.

Molly respirou fundo.

— Muito bem... Vou lhe mostrar uma coisa.

Ela pressionou uma tecla, e sua página no Facebook apareceu na tela. Em voz alta ela leu o slogan escrito no cabeçalho: "O Facebook ajuda você a se conectar e partilhar seus momentos com as pessoas da sua vida."

— Só que, nesse caso, trata-se de uma coisa que não queríamos partilhar — explicou, enigmática.

Eu já estava ficando cansada de tanto mistério.

— Diga logo do que se trata. Não pode ser tão ruim assim — pedi.

— Está bem, está bem. Prepare-se.

Então ela clicou num álbum de fotos intitulado "Fotos da festa de formatura, por Kristy Peters".

— Quem é essa?

— Uma garota da nossa série que tirou fotos a noite toda.

— Espere, está dizendo aí que apareço nesse álbum.

— Isso mesmo — confirmou Molly. — Você e... mais alguém.

Molly clicou numa imagem em miniatura e esperei que a foto em tamanho real carregasse na tela. Meu coração batia disparado. O que poderia ser? Será que Kristy conseguira pegar minhas asas com a câmera? Ou seria apenas uma foto pouco favorável que Molly rotulara de "emergência"? Quando, porém, a fotografia encheu a tela, percebi que não se tratava de nada disso. Era pior, muito, muito pior. Fui tomada por um acesso de náusea, e, com a visão turva, tudo que pude ver foram dois rostos: o meu e o de Jake Thorn colados num beijo. Sentei-me e fixei os olhos na tela durante um bom tempo. As mãos de Jake me agarravam pelas costas, e as minhas encostavam em seus ombros, tentando empurrá-lo. Meus olhos estavam fechados, em choque. Quem não tivesse assistido à cena teria a impressão de que estava absorta num momento de paixão.

— Precisamos nos livrar disso — gritei, agarrando o mouse. — Jogar fora!

— Não podemos nos livrar disso — retrucou Molly.

— Como assim? — perguntei numa voz sufocada. — Não podemos simplesmente apagar?

— Só a Kristy pode tirar as fotos do Facebook dela — respondeu Molly. — A gente pode apagar seu nome, mas todo mundo continuará vendo sua foto na página da Kristy.

— Mas tem que haver um jeito! — implorei. — Xavier não pode ver!

Molly me olhou, solidária.

— Beth, querida. Acho que ele já viu.

Saí em disparada do laboratório e corri até chegar à rua. Não sabia onde estava Gabriel, mas não podia me dar ao luxo de esperá-lo. Xavier tinha de ouvir a história toda, e tinha de ser imediatamente.

A casa dele não ficava longe dali, e corri até lá, com meu senso de direção infalível mostrando o caminho. Como o dia estava bem na metade, Bernie e Peter estavam trabalhando, Claire, na costureira com as damas de honra para uma prova do vestido de noiva, e os outros, na escola. Assim, quando toquei a campainha, o próprio Xavier atendeu. Vestia um moletom cinza folgado e uma calça de corrida, e não fizera a barba. Tinha tirado o gesso do tornozelo, mas vi que ainda se apoiava nas muletas. O cabelo estava ligeiramente revolto, e o rosto estampava a mesma beleza e sinceridade de sempre. Havia, entretanto, alguma coisa diferente em seus olhos. Os conhecidos olhos azul-turquesa, que sempre brilharam para mim, pareciam hostis.

Xavier não disse nada quando me viu. Simplesmente virou as costas, deixando a porta aberta. Não estava certa se ele queria que eu o seguisse, mas fui em frente mesmo assim. Encontrei-o na cozinha, comendo um prato de cereais quando bati à porta, embora fosse quase a hora do almoço. Ele não olhou para mim.

— Eu posso explicar — comecei, baixinho. — Não é o que parece.

— Não? — indagou ele, também em voz baixa. — Acho que é exatamente o que parece. O que mais poderia ser?

— Xavier, por favor! — insisti, contendo as lágrimas. — Existe uma explicação, me escute.

— Você estava fazendo respiração boca a boca nele? — perguntou Xavier com sarcasmo. — Colhendo amostras de saliva para uma pesquisa? Ele tem uma doença rara, e esse era seu último desejo? Não brinque comigo, Beth, não estou a fim.

Corri para ele e peguei sua mão, mas ele a puxou de mim. Fiquei enjoada. Não era para ser assim. O que estava havendo?

Não dava para aguentar a distância que eu sentia entre nós. Xavier erguera um muro invisível, uma barreira. Essa pessoa fria, desligada, não era o Xavier que eu conhecia.

— Jake *me* beijou — disse eu, com veemência. — E aquela foto foi tirada um segundo antes de eu o empurrar.

— Muito conveniente — murmurou Xavier. — Você acha que sou tão burro assim? Talvez eu não seja um anjo, mas isso não faz de mim um completo idiota.

— Pergunte à Molly — insisti. — Ou ao Gabriel ou à Ivy. Eles dirão a você.

— Eu confiava em você — disse Xavier. — E bastou uma noite sem mim para você me trocar por outro.

— Não é verdade!

— Você podia, pelo menos, ter tido a decência de me contar pessoalmente que estava tudo acabado, em vez de deixar que eu soubesse pelos outros.

— Não está acabado! — exclamei. — Não diga isso! Por favor...

— Você ao menos se dá conta do quão humilhante isso é para mim? Uma foto da minha namorada aos beijos com outro cara, enquanto eu fico em casa cuidando de uma concussão idiota. Todos os meus amigos me ligaram para saber se levei o fora pelo telefone.

— Sei disso — reconheci. — Sei disso e sinto muito, mas...

— Mas o quê?

— Bem... você...

— Sou um idiota, eu sei — interveio Xavier. — Deixar você ir ao baile de formatura com Jake. Acho que confiei demais em você. Não vou cometer esse erro de novo.

— Por que não me escuta? — sussurrei. — Por que está tão decidido a acreditar em todo mundo, menos em mim?

— Achei que a gente tinha uma relação — disse Xavier, me olhando com lágrimas pendendo dos olhos. Ele as engoliu, zangado. — Depois de tudo por que passamos para ficar juntos, você tinha de... O nosso relacionamento obviamente não significava muito para você.

Não consegui me conter e explodi em lágrimas. Meus ombros sacudiam com cada soluço. Vi Xavier instintivamente se levantar para me consolar, mas pensou melhor e desistiu. Seus lábios estavam cerrados, como se doesse me ver tão nervosa e não poder fazer nada a respeito.

— Por favor — voltei a insistir, chorando. — Eu amo você. Eu disse isso a Jake. Sei que sou complicada, mas não desista de mim.

— Preciso ficar sozinho para pensar — disse ele, sem deixar seu olhar cruzar com o meu.

Saí correndo da cozinha e da casa de Xavier. Não parei de correr até chegar à praia, onde desabei na areia e solucei até ficar sem forças. Era como se alguma coisa dentro de mim tivesse se quebrado, como se eu tivesse me despedaçado e não houvesse reparo. Eu amava tanto Xavier que chegava a doer, e mesmo assim ele me dava as costas. Não tentei me consolar, apenas deixei a dor se instalar. Não sei durante quanto tempo fiquei ali, mas a certa altura percebi que as ondas começavam a bater nos meus pés. Não dei bola. Torci para que o mar me levasse, me atirasse para lá e para cá, me obrigasse a ficar debaixo d'água, arrancando a energia do meu corpo e os pensamentos da minha cabeça. O vento uivava, e a maré subia cada vez mais, porém não me mexi. Seria essa a maneira escolhida por Nosso Pai para me punir? Meu crime tinha sido tão grave a ponto de ser isso que eu merecia — experimentar o amor e depois tê-lo arrancado de mim, como os pontos de uma ferida? Será que Xavier ainda me amava? Será que me odiava? Ou teria simplesmente perdido por completo a confiança em mim?

A água já estava chegando à minha cintura quando Ivy e Gabriel me encontraram. Eu tremia, mas praticamente sem me dar conta. Não me mexi ou falei, nem mesmo quando Gabriel me ergueu nos braços e me levou para casa. Ivy me ajudou a entrar no banho e voltou meia hora depois, vendo que eu mal sabia onde estava, inerte sob o chuveiro aberto. Gabriel levou o jantar para mim, mas não consegui comer. Sentei na cama, olhando para o vazio sem fazer coisa alguma, a não ser pensar em Xavier e, ao mesmo tempo, tentar não pensar nele. A separação me fez perceber o quanto eu me sentia segura com ele. Ansiava pelo toque das suas mãos, pelo seu cheiro, pela certeza de tê-lo por perto. Mas agora era como se ele estivesse a quilômetros de distância e eu não pudesse alcançá-lo, o que me deixava prestes a me desfazer, a não mais existir.

Quando o sono finalmente chegou, foi um alívio, ainda que eu soubesse que pela manhã tudo começaria de novo. Mesmo dormindo, continuei a ser assombrada. Naquela noite o pesadelo foi pior.

Sonhei que estava do lado de fora do farol da Costa do Naufrágio. Estava escuro, e eu mal podia ver em meio à neblina, mas vislumbrei uma figura encolhida no chão. Quando a pessoa gemeu e se virou, reconheci imediatamente o rosto de Xavier. Gritei e tentei correr até ele, mas dezenas de pares de mãos pegajosas me impediram. Jake Thorn saiu do farol, os olhos brilhantes e afiados como vidro partido. O cabelo comprido estava afastado do rosto, e ele vestia um longo casaco de couro preto com a gola levantada por causa do vento.

— Eu não queria que chegasse a este ponto, Bethany — murmurou. — Mas às vezes não nos resta alternativa.

— O que você fez com ele? — perguntei, soluçando, enquanto Xavier se contorcia no chão. — Solte-o.

— Estou apenas terminando o que devia ter começado há muito tempo — rosnou Jake. — Não se preocupe, não vai doer. Afinal, ele já está semimorto...

Com um movimento, Jake pôs Xavier de pé e o empurrou para a beira do penhasco. Xavier teria derrotado Jake com facilidade numa briga, mas não podia competir com poderes sobrenaturais.

— Sonhe com os anjos — disse Jake, no preciso momento em que os pés de Xavier escorregaram da borda do precipício.

Meus gritos foram engolidos pela noite.

Os DIAS QUE SE SEGUIRAM FORAM como um borrão. Não parecia que eu estivesse vivendo de verdade, apenas observando a vida de longe. Faltei à escola, e Ivy e Gabriel não fizeram menção de me obrigar a ir. Quase não comi. Não saí de casa. Na verdade, pouco fiz durante aqueles dias além de dormir. O sono era a única maneira de escapar à dor que a saudade de Xavier provocava em mim.

Phantom foi meu único consolo. Pareceu perceber o meu desespero e passava o tempo todo comigo, me obrigando a sorrir com suas brincadeiras. Tirou peças de roupa íntima das minhas gavetas abertas e espalhou-as pelo quarto, enrolou-se no tricô de Ivy precisando ser libertado e levou um pacote inteiro de biscoitos caninos para o meu quarto na esperança de ser premiado com um. Essas travessuras me faziam esquecer brevemente do silêncio interminável e o vazio que se estendia diante de mim, mas quando acabavam eu me prostrava novamente naquele coma.

A preocupação de Ivy e Gabriel aumentava a cada dia. Transformei-me no fantasma de uma pessoa e de um anjo. Já não contribuía com nenhum afazer na administração da casa.

— Isso não pode continuar assim — decretou Gabriel uma tarde ao voltar da escola. — Não é jeito de viver.

— Desculpe — disse eu com uma voz sem entonação. — Vou me esforçar mais.

— Não. Ivy e eu trataremos desse assunto hoje à noite.

— Como?

— Você vai ver — respondeu meu irmão, recusando-se a fornecer detalhes.

Depois do jantar, ele e Ivy saíram juntos, enquanto fiquei deitada na cama, olhando para o teto. Achava que nada que eles fizessem solucionaria o problema, embora estivesse grata pela tentativa.

Levantei da cama com esforço e fui ao banheiro me olhar no espelho. Definitivamente, eu estava diferente. Mesmo vestindo meu pijama folgado, dava para ver que eu emagrecera muito em questão de dias. Meu rosto encovado e os ossos aparentes perto do pescoço comprovavam isso. O cabelo parecia sem brilho nem graça, assim como meus olhos, grandes, sombrios e tristes. Meu rosto estava sem vida e, em vez de uma postura ereta, eu me vi encurvada, como se mal pudesse suportar meu próprio peso. Perguntei-me se algum dia seria capaz de colar os pedaços da minha vida na Terra, estilhaçada no instante em que Xavier me abandonou. Ocorreu-me por um momento que ele não tinha rompido formalmente o namoro, mas deixara isso implícito. Eu tinha visto a sua expressão. Não éramos mais namorados. Voltei para a cama arrastando os pés e me encolhi debaixo do edredom.

Cerca de uma hora mais tarde, alguém bateu na porta do quarto, mas mal ouvi a batida em meio ao miasma que me envolvia. Bateram de novo, dessa vez com mais força. Ouvi a porta se abrir e alguém entrar. Cobri a cabeça com o travesseiro. Não queria que me obrigassem a descer.

— Nossa, Beth! — exclamou a voz de Xavier. — O que está fazendo consigo mesma?

Fiquei imóvel, recusando-me a acreditar que era mesmo ele. Prendi a respiração, convencida de que quando erguesse a cabeça o quarto estaria vazio. Mas então ele voltou a falar.

— Beth? Gabriel explicou tudo... O que Jake fez e como ameaçou você. Meu Deus, me desculpe.

Sentei-me na cama. Lá estava ele, usando uma camiseta branca folgada e uma calça jeans desbotada, alto e bonito, exatamente como na minha memória. O rosto estava um pouco mais pálido que o habitual, e ele tinha olheiras — os únicos sinais de sofrimento. Percebi que se encolheu quando viu como eu estava exausta e abatida.

— Achei que nunca mais fosse ver você — sussurrei, olhando-o de cima a baixo, a fim de provar a mim mesma que ele era real e que viera me visitar.

Xavier se aproximou da cama e pegou minha mão, apertando-a contra o peito. Estremeci com seu toque e fitei aqueles olhos cor de safira tão cheios de preocupação. Não consegui impedir as lágrimas.

— Estou aqui — murmurou Xavier. — Não chore. Estou aqui. — Ele repetiu essas palavras vez após vez, e deixei que me envolvesse em seus braços. — Eu jamais devia ter deixado você sair da minha casa daquele jeito. Mas estava zangado. Achei... Bom, você sabe o que eu achei.

— Sei — concordei. — Você podia ter confiado em mim e me deixado explicar.

— Tem razão. Eu amo você e devia ter acreditado quando me contou a verdade. Não sei por que fui tão burro!

— Pensei que tinha perdido você para sempre — sussurrei, com as lágrimas ainda rolando em meu rosto. — Achei que você tinha desistido de tudo porque fracassei, porque destruí a única coisa importante para mim. Esperei por você, mas você não apareceu.

— Desculpe. — A voz de Xavier falhou. Ele engoliu em seco e olhou para as mãos. — Faço o que for preciso para você ficar bem. Eu...

Impedi que continuasse pondo um dedo sobre seus lábios.

— Está tudo bem agora. Quero esquecer que isso aconteceu.

— Claro — concordou ele. — Como você quiser.

Ficamos deitados em silêncio na minha cama durante algum tempo, felizes na companhia um do outro. Continuei segurando forte a sua camisa, como se tivesse medo de que ele sumisse. Xavier me contou que Gabriel e Ivy foram à cidade para nos dar espaço para esclarecer tudo.

— Sabe — começou Xavier —, ficar sem falar com você esses dias foi a coisa mais difícil que já fiz na vida.

— Sei muito bem como foi — emendei, baixinho. — Eu só queria morrer.

Ele me soltou bruscamente.

— Nunca pense nisso, Beth, não importa o que aconteça. Eu não tenho esse valor.

— Acho que tem, sim — discordei, e ele suspirou.

— Não digo que não entendo — admitiu. — Parece o fim do mundo, não é?

— O fim de toda a felicidade — acrescentei. — De tudo que conhecemos. É o que acontece quando transformamos alguém em tudo.

Xavier sorriu.

— Acho que não fomos muito espertos. Mas eu não voltaria atrás.

— Nem eu. — Fiquei calada alguns momentos e depois cutuquei os dedos dele com a pontinha do nariz. — Xavier...

— O quê?

Inclinando a cabeça, ele encostou seu nariz no meu.

— Se uns diazinhos de afastamento quase nos mataram, o que vai acontecer quando...

— Agora não — interrompeu ele. — Acabei de recuperar você. Não quero pensar em perdê-la novamente. Não vai acontecer.

— Você não vai poder impedir — insisti. — Ser um jogador de rúgbi não significa ter poderes para enfrentar as forças do Céu. Não há nada que eu deseje mais do que ficar com você, mas tenho muito medo.

— Um homem apaixonado é capaz de feitos extraordinários — afirmou Xavier. — Não me importa que você seja um anjo, você é o meu anjo e não vou deixar que vá embora.

— E se não nos derem nenhum aviso? — indaguei, desesperada. — E se um dia eu acordar e estiver de volta ao lugar de onde vim? Já pensou nisso?

Xavier apertou o olhar.

— Qual você pensa que é o meu maior medo, Beth? Será que sabe como me assusta a possibilidade de um dia chegar à escola e não encontrar você? De vir aqui atrás de você e ninguém atender a campainha? Ninguém na cidade ia saber para onde você foi, com exceção de mim, que terei a certeza de não poder trazer você de volta. Por isso não me pergunte se já pensei nisso, porque a resposta é sim, e diariamente.

Ele tornou a se deitar e olhou zangado para o ventilador de teto, como se toda a situação fosse culpa daquele aparelho com espátulas giratórias.

Enquanto o observava, percebi que todo o meu mundo estava ali na minha frente, tinha um pouco mais de um metro e oitenta de altura e estava deitado na minha cama. Percebi, ao mesmo tempo, que jamais poderia deixá-lo. Jamais poderia voltar para casa, porque *ele* era a minha casa. E fui tomada por um desejo estranho e avassalador de me aproximar dele o máximo possível, de me fundir a ele numa promessa de que eu jamais permitiria que nos separássemos.

Levantei da cama e comecei a roçar o tapete com os dedos dos pés. Xavier me lançou um olhar curioso. Devolvi seu olhar sem dizer uma palavra e lentamente tirei a blusa e a deixei cair no chão. Não senti nem um pingo de vergonha, apenas uma grande sensação de liberdade. Tirei a calça do pijama e deixei que se enroscasse aos meus pés, ficando exposta e vulnerável diante dele, deixando que ele me visse totalmente indefesa.

Xavier não disse nada. Isso teria quebrado o mantra do silêncio que preenchia o quarto. Um segundo depois, ficou em pé e imitou meus movimentos, deixando a camiseta e o jeans se amontoarem no chão. Aproximou-se de mim, e suas mãos percorreram as minhas costas. Suspirei e me deixei mergulhar em seu abraço. O toque da sua pele na minha fez uma onda de calor correr por todo o meu corpo, e o abracei ainda mais forte, sentindo-me plena pela primeira vez em dias.

Beijei seus lábios macios e passei as mãos em seu rosto, sentindo os contornos familiares. Seria capaz de reconhecer o formato do seu rosto em qualquer lugar; podia lê-lo como um cego lê em braile. Seu cheiro era puro e doce, e eu apertei meu peito contra o dele. Aos meus olhos, Xavier não tinha um único defeito, mas não me importaria se tivesse. Eu o amaria ainda que ele tivesse alguma deformidade ou fosse um mendigo maltrapilho, apenas porque era Xavier.

Voltamos a deitar na cama e assim permanecemos até ouvirmos os passos de Ivy e Gabriel lá embaixo — só nós dois, abraçando um ao outro. Molly acharia isso loucura, mas queríamos o contato. Queríamos nos sentir como um só ser, em vez de dois indivíduos autônomos. As roupas nos escondiam. Sem elas, não havia como nos escondermos, como encobrir qualquer parte de nós. E era isso que queríamos — ser nós mesmos de forma completa e nos sentirmos absolutamente seguros.

28
O ANJO DA DESTRUIÇÃO

Na manhã seguinte Xavier foi tomar café conosco antes da aula. Enquanto comíamos, Gabriel tentou convencê-lo sobre a conduta certa a adotar. Todos sabíamos que Xavier estava furioso com a falsidade de Jake e pronto para enfrentá-lo cara a cara. Gabriel pretendia impedir a todo custo que isso acontecesse, sobretudo porque não conhecíamos a extensão do poder de Jake.

— Seja como for, não o enfrente — advertiu Gabriel.

Xavier fitou-o por cima da caneca de café, que tinha levado à boca.

— Ele ameaçou a Beth — observou, com os ombros tensos. — Impôs-se a ela. Não podemos deixar que se safe numa boa.

— Jake não é como os outros alunos. Você não pode lidar com ele sozinho — disse Gabriel. — Não sabemos do que ele é capaz.

— Não pode ser tão perigoso. Ele é todo magrelo — murmurou Xavier, meio que para si.

Ivy lançou-lhe um olhar severo.

— Você sabe que a aparência dele não diz nada.

— O que querem que a gente faça, então? — indagou Xavier.

— Não podemos fazer nada — respondeu Gabriel —, não sem chamar atenção desnecessariamente. Vamos esperar que ele não queira fazer mal a ninguém.

Xavier deixou escapar um risinho breve e depois fitou Gabriel.

— Está falando sério?

— Seriíssimo.

— E quanto ao que ele fez na festa de formatura?

— Eu não diria que isso é um indício — respondeu Gabriel.

— E o acidente da cozinheira da escola com a fritadeira? — indaguei. — E a batida de carro no início do semestre?

— Você acha que Jake teve algo a ver com esses acontecimentos? — perguntou Ivy. — Ele sequer estava na escola quando houve a batida.

— Bastava estar na cidade — argumentei. — E definitivamente ele estava na cantina naquele dia. Eu o vi lá.

— Li sobre um acidente de barco no cais, há dois dias — acrescentou Xavier. — E houve alguns incêndios, que, segundo os jornais, foram criminosos. Isso nunca aconteceu por aqui antes.

Gabriel apoiou a cabeça nas mãos.

— Deixem-me pensar sobre isso.

— E não é só — atalhei, sentindo-me culpada por ser mensageira de más notícias. — Ele tem *seguidores*. Aonde quer que vá, eles vão atrás, como se seguissem um líder. Começou com uns poucos alunos, mas toda vez que o vejo na escola o grupo está maior.

— Beth, vá se aprontar para a aula — disse Gabriel calmamente.

— Mas...

— Vá. Ivy e eu precisamos conversar.

Depois da formatura, a popularidade de Jake cresceu a uma velocidade alarmante, e o número de seguidores em seu encalço dobrou. Quando voltei à escola, reparei que todos andavam de um lado para o outro com olhares vagos, como se estivessem drogados, as pupilas estranhamente dilatadas e as mãos enfiadas nos bolsos. Seus rostos apenas se animavam ao verem Jake, assumindo uma expressão perturbadora, reverente, que sugeria que seriam capazes de se afogar no oceano se ele assim ordenasse.

De repente, os atos de vandalismo gratuito também ficaram mais frequentes. As portas da igreja Saint Mark foram pichadas com obscenidades, e vândalos quebraram as janelas da prefeitura usando explosivos de fabricação caseira. Fairhaven notificou um surto virulento de intoxicação alimentar, e vários residentes precisaram ser transferidos para o hospital.

Aparentemente, onde quer que alguma calamidade ocorresse, Jake estava por perto, nunca diretamente envolvido, mas como observador. Em minha opinião, ele decidira causar dor e sofrimento, e eu não podia deixar de pensar que fazia aquilo por vingança. Estaria querendo me mostrar as consequências da minha rejeição?

Na quinta-feira à tarde, planejei sair mais cedo da escola e pegar Phantom na *pet shop*. Gabriel não fora dar aula porque supostamente estava doente. Na verdade, ele e Ivy recuperavam as forças depois de passar uma semana consertando os estragos de Jake. Não tinham o hábito de agir com tanta frequência e, apesar de serem fortes, o esforço constante os exaurira.

Tinha acabado de pegar a mochila e me dirigia à porta para encontrar Xavier em seu carro, quando reparei numa aglomeração no corredor do lado de fora do banheiro feminino. Algo relampejou na minha cabeça, como uma espécie de aviso para me manter afastada, mas o instinto e a curiosidade me atraíram. O grupo de alunos era compacto, e eles falavam de forma atropelada. Vi que alguns choravam. Uma menina soluçava com o rosto encostado na camisa de um formando jogador de hóquei, ainda vestido com o uniforme. Obviamente, tinha sido chamado às pressas durante o treino e olhava fixamente para a porta do banheiro com um misto de angústia e descrença.

Atravessei a multidão como se me movesse em câmera lenta, com a sensação de estar distante do meu próprio corpo — como se a minha mente visse a cena da perspectiva de um espectador olhando um aparelho de televisão. Misturados aos demais alunos, notei a presença de membros do grupo de Jake Thorn. Eram fáceis de identificar, devido à expressão vazia e à roupa preta, sua marca registrada. Alguns me encararam quando passei, e me dei conta de que todos tinham os mesmos olhos profundos, esbugalhados e negros como piche.

Ao me aproximar do banheiro, vi o dr. Chester parado à porta, acompanhado de dois policiais, um deles falando com Jake Thorn. O rosto de Jake estava coberto por uma máscara de sinceridade e preocupação, mas seus olhos felinos faiscavam perigosamente, e o lábio ligeiramente erguido deixava os dentes à mostra, como se quisesse cravá-los na garganta do homem. Tive a impressão de que apenas eu era capaz de perceber a ameaça por trás da sua expressão e que, para todos os demais, ele não passava de um adolescente inocente. Aproximei-me mais para ouvir o que diziam.

— Não imagino como isso possa ter acontecido numa escola como esta — ouvi Jake dizer. — Foi um choque para todos nós.

Então ele virou o corpo, e não pude escutar muito mais, apenas um punhado de palavras soltas: "tragédia", "ninguém por perto" e "notifiquem a família". A certa altura, o policial fez que sim com a cabeça, e Jake se afastou. Percebi que seus seguidores se entreolhavam, com os olhos risonhos e vestígios de sorrisos nos lábios. Pareciam ávidos, quase famintos, e todos aparentavam estar secretamente satisfeitos com o ocorrido.

Jake fez um sinal, e eles começaram a se dispersar, afastando-se sutilmente do grupo. Tive vontade de gritar para que alguém os detivesse, avisar a todos como eles eram perigosos, mas a voz me faltou.

Percebi de repente que me aproximava cada vez mais da porta do banheiro, como se atraída por uma força invisível. Dois paramédicos levantavam uma maca coberta com um pano azul. Reparei que uma mancha vermelha começava a empapar o tecido, crescendo a cada segundo e se espalhando como uma coisa viva. Uma mão longa e pálida pendia da maca, as pontas dos dedos já arroxeadas.

Uma onda de dor e medo me deixou sem fôlego. Mas essas sensações não eram minhas, pertenciam a outra pessoa, à garota na maca. Senti suas mãos segurando o cabo de uma faca. Senti o medo em sua mente misturar-se à impotência quando uma compulsão misteriosa guiou a lâmina até sua garganta. Ela lutou, mas parecia não ter controle sobre o próprio corpo. Senti o choque da dor quando o metal gelado rasgou a pele e ouvi a gargalhada cruel ecoar em seu cérebro. A última coisa que vi foi o rosto dela, atravessando meu campo de visão como um relâmpago. Eu conhecia aquele rosto. Quantas vezes eu não tinha rido de suas brincadeiras durante o almoço ou ouvido seus conselhos? O rosto de Taylah estava cravado em minha mente. Senti seu corpo pender para a frente, senti quando lutou para respirar no momento em que o sangue esguichou do corte na garganta e lhe escorreu pelo pescoço. Vi o terror e o pânico em seus olhos um segundo antes que eles vidrassem e ela caísse morta. Abri a boca para gritar, mas nenhum som saiu.

No exato momento em que meu corpo começou a tremer violentamente, alguém se pôs à minha frente e me segurou pelos ombros. Arfei e tentei me soltar, mas as mãos eram firmes. Ergui os olhos, esperando encontrar um olhar cortante e um rosto encovado, mas, em vez disso, era Xavier, que me envolveu nos braços e me afastou da multidão, saindo comigo da escola.

— Não! — exclamei, mais para mim mesma que para ele. — Por favor, não...

Ele manteve o braço ao redor da minha cintura e praticamente me carregou até o carro, pois eu parecia ter desaprendido a usar as pernas.

— Tudo bem — disse ele, pondo uma das mãos no meu rosto e me olhando nos olhos. — Vai ficar tudo bem.

— Isto não pode estar acontecendo... Aquela era... aquela garota era... — Meus olhos ardiam, cheios de lágrimas.

— Entre no carro, Beth — disse Xavier, escancarando a porta e me ajudando a entrar.

— Jake é o responsável! — gritei, quando ele ligou a ignição. Ele parecia estar com pressa para encontrar logo Ivy e Gabriel. Pensando bem, eu também estava. Eles saberiam o que fazer.

— A polícia está convencida de que foi suicídio — explicou Xavier num tom neutro. — É trágico, mas não tem nada a ver com Jake. Aliás, foi ele que notificou o desaparecimento dela e alertou as autoridades.

— Não — insisti, balançando a cabeça com veemência. — Taylah jamais faria algo assim. Tem o dedo de Jake aí.

Xavier não parecia convencido.

— Jake pode ser um monte de coisas, mas não é um assassino.

— Você não está entendendo — atalhei, enxugando as lágrimas. — Eu vi tudo. Como se estivesse presente quando aconteceu.

— O quê? — Xavier se virou para mim. — Como?

— Quando vi o corpo, foi como se de repente me transformasse na vítima — expliquei. — Ela cortou a própria garganta, mas não queria fazer isso. Alguém a obrigou. Jake estava no comando e riu quando ela morreu. Era ele, eu sei.

Xavier fechou os olhos e balançou a cabeça.

— Tem certeza?

— Eu pude sentir a presença dele. Foi ele.

Ficamos em silêncio até que perguntei.

— O que aconteceu depois que ela morreu? Não vi mais nada.

Xavier parecia abalado, mas sua voz mostrou-se impassível.

— Ela foi encontrada morta no banheiro. É tudo que sei. Uma das garotas do primeiro ano entrou e a viu deitada numa poça de sangue. A única coisa que havia ali era uma faca de cozinha.

Xavier apertava o volante com tanta força que as articulações dos dedos estavam brancas.

— Por que você acha que Jake a escolheu? — indaguei.

— Acho que foi apenas falta de sorte — respondeu Xavier. — Ela estava no lugar errado na hora errada. Sei que era sua amiga, Beth, sinto muito.

— Será que a culpa é nossa? — perguntei, num tom de voz quase inaudível. — Ele fez isso para se vingar da gente?

— Ele fez isso porque é um doente — respondeu Xavier, olhando sem piscar para a pista, como se tentasse refrear tudo que sentia por dentro. — Eu só queria que você não tivesse visto — disse ele zangado, mas eu sabia que sua raiva não se dirigia a mim.

— Já vi coisas piores.

— Sério?

— De onde viemos se vê muita coisa ruim — confirmei, sem acrescentar quão diferente é vivenciar a perda diretamente na Terra, quando a vítima é sua amiga e a dor é multiplicada por dez. — Você também a conhecia?

— Estou nesta escola desde a primeira série. Conheço todo mundo.

— Sinto muito.

Pus a mão em seu ombro, que estava tenso e rígido.

— Eu também.

Gabriel e Ivy já sabiam do acontecido quando chegamos em casa.

— Precisamos agir agora — disse Ivy. — Isso já foi longe demais.

— E o que acha que temos a fazer? — perguntou Gabriel.

— Precisamos detê-lo — intervim —, destruí-lo, se for preciso.

— Não podemos simplesmente destruí-lo — disse Gabriel. — Não podermos tirar vidas sem motivo.

— Mas ele tirou a vida de outra pessoa! — gritei.

— Bethany, não podemos feri-lo a menos que tenhamos certeza absoluta de quem ou o que ele é. Assim, por mais que queiramos, confrontá-lo está fora de questão por enquanto.

— Talvez vocês não possam feri-lo — argumentou Xavier —, mas eu posso. Deixem-me lutar com ele.

O olhar de Gabriel era inflexível.

— Morto você não ajudará a Bethany em nada.

— Gabe! — exclamei, perturbada pela mera ideia de alguém encostar a mão em Xavier. Eu sabia que ele não pensaria duas vezes antes de entrar numa briga se achasse que assim me protegeria.

— Sou mais forte que ele — insistiu Xavier. — Sei que sou. Deixem-me resolver isso.

Ivy pôs uma das mãos no ombro de Xavier.

— Você não sabe quem é Jake Thorn.

— Ele é só um garoto — respondeu Xavier. — Quão ameaçador pode ser?

— Ele não é só um garoto — contestou Ivy. — Temos sentido sua aura, e ela fica cada vez mais forte. Está ligado a forças do mal que nenhum humano é capaz de entender.

— Está dizendo que ele é um demônio? — indagou Xavier, incrédulo. — Isso é impossível.

— Você já sabe que anjos existem. É tão difícil assim imaginar que tenhamos uma contraparte maligna? — perguntou Gabriel.

— Tenho tentado não pensar nisso — disse Xavier.

— Assim como existe um Céu, existe um inferno — afirmou Ivy, baixinho.

— Então vocês acham que Jake Thorn é um demônio? — sussurrei.

— Acreditamos que ele talvez seja um agente de Lúcifer — respondeu Gabriel —, mas precisamos de provas antes de agir para detê-lo.

A prova surgiu quando desfiz minha mochila um pouco depois naquela tarde. Havia um pedaço de papel preso no zíper. Desdobrei-o, revelando a caligrafia peculiar de Jake:

Quando as lágrimas dos anjos inundarem a Terra
Os portões do inferno verão a vida renascer.

Quando iminente for o fim dos anjos
O rapaz humano deverá perecer.

Senti um aperto súbito na garganta. Jake ameaçara Xavier. Sua vingança não era mais dirigida apenas a mim. Agarrei o braço de Xavier. Dava para sentir os músculos sob meus dedos. Ainda assim, tratava-se puramente de força humana.

— Isto é prova suficiente para você? — indagou Xavier num tom grave.

— É um poema, nada mais — rebateu Gabriel. — Ouçam bem. Acredito que Jake esteja por trás do homicídio e de todos os acidentes. Acredito que ele pretenda causar destruição, mas preciso de provas *concretas* para agir. As leis do Reino assim exigem.

— E se conseguir as provas, o que vai fazer? — quis saber Xavier.

— O que for necessário para manter a paz — respondeu Gabriel.

— Mesmo que signifique matá-lo? — indagou Xavier, sem rodeios.

— Sim — respondeu Gabriel friamente. — Porque, se ele for o que suspeitamos que seja, tirar sua vida humana fará com ele volte para o lugar de onde saiu.

Xavier refletiu sobre isso um instante e depois assentiu.

— Mas o que ele quer com a Beth? O que ela tem a lhe oferecer?

— Beth o rejeitou — respondeu Gabriel. — Alguém como Jake Thorn está habituado a conseguir o que quer. Sua vaidade foi ferida.

Mexi os pés, constrangida.

— Ele disse que me procurava há séculos...

— Disse *o quê*? — explodiu Xavier. — O que significa isso?

Gabriel e Ivy se entreolharam preocupados.

— Os demônios quase sempre procuram um humano para tomar como propriedade — disse Ivy. — É a concepção torta que eles têm do amor, imagino. Eles atraem o humano para o mundo das trevas e o forçam a permanecer lá. Com o tempo, o corrompem e conseguem despertar nele sentimentos por seu opressor.

— Mas qual é a finalidade disso? — perguntou Xavier. — Os demônios agora têm sentimentos?

— Basicamente, a ideia é ir de encontro a Nosso Pai — respondeu Ivy. — A corrupção da Sua criação Lhe causa uma enorme angústia.

— Mas nem sou humana de verdade! — argumentei.

— Isso mesmo — disse Gabriel. — O que poderia ser um troféu melhor do que um anjo com a forma de humano? Capturar um de nós seria a maior das vitórias.

— A Beth corre perigo? — indagou Xavier, aproximando-se de mim.

— Acho que todos corremos — respondeu Gabriel. — Tenham paciência. Nosso Pai há de revelar, no devido tempo, a conduta a ser adotada.

Insisti para que Xavier passasse a noite conosco, e, depois do recado de Jake, Ivy e Gabriel não se opuseram. Embora não chegassem a dizê-lo, eu sabia que ambos estavam preocupados com a segurança de Xavier. Jake era imprevisível, como fogos de artifício que podem explodir a qualquer momento.

Xavier ligou para os pais e disse que passaria a noite na casa de um amigo para estudar para uma prova no dia seguinte. Sua mãe jamais permitiria que ele ficasse se soubesse que se tratava da minha casa. Bernie era conservadora demais para isso. Ela e Gabriel teriam se dado incrivelmente bem.

Demos boa-noite a Ivy e Gabriel e subimos para o meu quarto. Xavier ficou na varanda enquanto eu tomava banho e escovava os dentes. Não perguntei no que estava pensando ou se sentia o mesmo medo que eu. Sabia que ele jamais admitiria, ao menos não para mim. Para dormir, Xavier ficou apenas com uma cueca samba-canção, que tinha o dizer "não esquenta" na parte de trás, e uma camiseta regata que usava sob a camisa. Vesti uma *legging* e uma camiseta folgada.

Não conversamos muito naquela noite. Fiquei quieta, escutando o som da sua respiração regular, vendo seu peito subir e descer. Senti-me segura e aconchegada com o corpo dele curvado junto ao meu, seus braços me envolvendo de forma protetora. Embora não passasse de um humano, tinha a impressão de que Xavier era capaz de me proteger de tudo e de todos. Com Xavier a meu lado, não me assustaria nem mesmo se um dragão cuspindo fogo arrancasse o telhado. Por um momento, me passou pela cabeça que eu esperava demais dele, mas afastei esse pensamento.

Acordei no meio da noite, assombrada por um sonho do qual não consegui me lembrar depois. Xavier dormia ao meu lado. Ficava lindo dormindo, os lábios perfeitos entreabertos, o cabelo bagunçado sobre o travesseiro, o peito bronzeado subindo e descendo ritmadamente com a respiração. Minha ansiedade me venceu e levei a mão até ele, que despertou com facilidade. Seus olhos eram incrivelmente azuis mesmo à luz do luar.

— O que é aquilo? — sussurrei, subitamente vislumbrando sombras. — Ali, está vendo?

Sem retirar o braço que me envolvia, Xavier sentou-se e olhou à volta.

— Onde? — indagou, com a voz rouca de sono.

Apontei para o canto direito do quarto. Xavier levantou-se da cama e caminhou até o lugar que indiquei. — Aqui? — perguntou ao chegar lá. — Garanto que isto é um cabideiro.

Concordei com a cabeça antes de me dar conta de que ele não podia me enxergar no escuro.

— Achei que tinha visto alguém de pé aí. Um homem com um casaco comprido usando chapéu.

Dita em voz alta, a ideia soou ridícula.

— Parece que você anda vendo fantasmas, meu bem.

Xavier bocejou e cutucou o cabideiro com o pé.

— Definitivamente um cabideiro.

— Desculpe — disse eu, quando ele voltou para a cama. Enrosquei-me contra seu corpo quente.

— Não fique com medo — murmurou ele. — Ninguém vai machucá-la enquanto eu estiver aqui.

Confiei nele e, passado um tempo, parei de prestar atenção a ruídos e movimentos.

— Eu amo você — disse Xavier, antes de adormecer novamente.

— Eu amo mais — retorqui, provocando.

— Sem chance — insistiu ele, totalmente desperto. — Sou maior, posso abrigar mais amor.

— Sou menor, logo minhas partículas de amor são mais compactas, o que significa que posso armazenar uma quantidade maior.

Xavier riu.

— Esse argumento não faz sentido. Anulado.

— Estou apenas me baseando no quanto sinto sua falta quando você está longe — contestei.

— Como você poderia saber quanta falta *eu* sinto de *você*? — perguntou Xavier. — Será que tem um saudadômetro em você para fazer a contagem?

— Sou uma garota. Claro que tenho um saudadômetro em mim.

Adormeci reconfortada pela sensação do peito dele colado às minhas costas. Podia sentir sua respiração na parte de trás do meu pescoço. Afaguei a pele macia dos seus braços, bronzeados devido às atividades ao ar livre. Ao luar, dava para ver cada pelinho, cada veia, cada sarda, e eu amava tudo aquilo. Esse foi o meu último pensamento naquela noite, e descobri que o medo tinha me abandonado por completo.

29
UMA AMIGA NECESSITADA

Taylah assombrou meus sonhos. Sua imagem era como um fantasma sem rosto, tentando em vão alcançar alguma coisa com as mãos ensanguentadas. Então, me descobri em seu corpo, deitada numa poça de sangue quente e grudento. Ouvi o som irritante da torneira pingando no banheiro feminino, enquanto ela escorregava para a morte, inconsciente. Em seguida, senti a dor avassaladora da família, que se culpava por não ter notado a depressão da menina, imaginando se a tragédia poderia ter sido evitada. Jake também apareceu no sonho, sempre numa posição coadjuvante, meio fora de foco e rindo baixinho.

Acordei de manhã e as cobertas estavam reviradas, o lugar ao meu lado, vazio. Se encostasse o rosto no travesseiro onde Xavier deitara a cabeça, ainda dava para sentir, muito de leve, seu cheiro suave. Levantei da cama e abri as cortinas para deixar entrar a luz do sol.

Na cozinha, era Xavier, e não Gabriel, quem preparava o café da manhã. Vestira a calça jeans e estava com a camiseta amarrotada e o cabelo despenteado. Disposto e bonito, quebrava ovos com todo cuidado na beira da frigideira quente.

— Achei que um bom café da manhã cairia bem — disse ele ao me ver.

Gabriel e Ivy já estavam sentados à mesa, os pratos cheios de ovos mexidos cobrindo torradas de pão de centeio.

— Está uma delícia — elogiou Ivy, entre uma garfada e outra. — Como você aprendeu a cozinhar?

— Não tive escolha — explicou Xavier. — Toda a minha família, com exceção da minha mãe, é uma negação na cozinha. Quando ela faz serão na clínica, os outros sempre pedem pizza ou comem qualquer coisa que mande "acrescentar água e mexer". Por isso, cozinho para todos quando minha mãe não está em casa.

— Xavier é um homem cheio de talentos — acrescentei para Ivy e Gabe, entusiasmada.

Ele tinha passado apenas uma noite conosco, mas me encantava o fato de ter se integrado tão facilmente. Não parecia um hóspede da casa, mas sim um membro de nossa pequena família. Até Gabriel aparentemente tinha o aceitado e providenciara uma camisa branca limpa para ele ir à escola.

Reparei que todos procurávamos, cuidadosamente, evitar falar no que acontecera na tarde anterior. Eu, com certeza, tentava bloquear essa lembrança.

— Sei que ontem foi um dia chocante para todos nós — disse Ivy, finalmente. — Mas vamos lidar com essa situação.

— Como? — perguntei.

— Nosso Pai mostrará o caminho.

— Só espero que Ele faça isso logo, antes que seja tarde demais — murmurou Xavier, sendo eu a única que o escutei.

Uma onda de choque se abatera sobre a escola após o suicídio de Taylah. Embora as aulas prosseguissem, na tentativa de manter a normalidade, tudo parecia funcionar a meia bomba. Cartas tinham sido enviadas aos pais oferecendo a ajuda de psicólogos e estimulando as famílias a apoiarem os filhos de todas as maneiras possíveis. Todos andavam como se estivessem pisando em ovos, sem querer chamar muita atenção ou parecer insensível. Percebia-se que Jake Thorn e os amigos andavam ausentes por aqueles dias.

Uma reunião foi convocada para a parte da manhã, na qual o dr. Chester explicou aos alunos que a direção não sabia precisamente o que havia sido dito, mas uma investigação vinha sendo conduzida pela polícia. Em seguida, ele adotou um tom menos mecânico.

— A perda de Taylah McIntosh foi chocante e trágica. Ela era uma ótima amiga e aluna e sentiremos imensamente a sua falta. Se alguém quiser se manifestar sobre o ocorrido, por favor, marque uma hora com a srta. Hirche, nossa psicóloga-orientadora.

— Estou com pena do dr. Chester — disse Xavier. — Ele não fez outra coisa senão atender telefonemas a manhã toda. Os pais estão em pé de guerra.

— Como assim? — perguntei.

— As escolas sempre saem prejudicadas com incidentes como esse. Todo mundo quer saber o que aconteceu, por que a escola não se esforçou para impedir. Os pais começam a se preocupar com os próprios filhos.

Fiquei indignada.

— Isso nada tem a ver com a escola!

— Mas os pais não veem dessa maneira — disse Xavier.

Depois da reunião, Molly veio falar comigo, os olhos vermelhos e inchados de tanto chorar. Xavier percebeu que ela queria conversar em particular e pediu licença dizendo que ia a um encontro dos jogadores de polo aquático.

— Como você está segurando a barra? — indaguei, pegando na mão dela. Molly balançou a cabeça, e mais lágrimas rolaram pelo seu rosto.

— Parece tão estranho estar aqui agora — respondeu, numa voz embargada. — Não é a mesma coisa sem ela.

— Eu sei — concordei baixinho.

— Não consigo entender — prosseguiu Molly. — Não acredito que ela tenha feito uma coisa dessas. Por que não conversou comigo? Eu nem sabia que ela estava deprimida. Sou uma péssima amiga! — exclamou, soluçando, e eu me apressei em abraçá-la. Tive a impressão de que ela poderia desabar a qualquer momento se ninguém a segurasse.

— A culpa não é sua — afirmei. — Às vezes acontecem coisas que ninguém pode prever.

— Mas... — começou Molly.

— Não — intervim, interrompendo-a. — Confie em mim. Não há nada que você pudesse fazer para impedir.

— Eu adoraria acreditar nisso — sussurrou Molly. — Você soube que ela foi encontrada numa poça de sangue? Parece até um filme de terror.

— É — concordei. A última coisa que eu queria era relembrar a experiência. — Molly, talvez você devesse falar com a psicóloga — sugeri com delicadeza. — Pode ser que ajude.

— Não — discordou Molly, balançando a cabeça com veemência e, em seguida, rindo. O riso soou estridente e histérico. — Só quero esquecer que isso aconteceu. Quero esquecer que ela existiu.

— Mas, Molly, não dá para fingir que está tudo bem.

— Quem disse? — indagou ela, num tom falsamente animado e alegre. — Uma coisa boa aconteceu outro dia — disse ela, abrindo um amplo sorriso, as lágrimas ainda brilhando em seus olhos. Era assustador testemunhar aquela mudança repentina.

— O quê? — indaguei, pensando que ela desistiria daquele fingimento se eu entrasse no jogo.

— Bem, a novidade é que Jake Thorn está na minha aula de informática.

— Não diga! — exclamei, pasma de ver como a conversa ia rapidamente descendo a ladeira. — Que ótimo!

— É mesmo. Porque ele me convidou para sair.

— O quê? — perguntei, virando-me para encará-la.

— Incrível, não? Também não acreditei. — Estava claro que o choque havia virado a cabeça dela, que estava disposta a se agarrar a qualquer distração que a impedisse de pensar na dor da perda que sofrera.

— O que você respondeu? — indaguei.

Ela riu rispidamente.

— Não seja boba, Beth. O que acha que respondi? Vamos sair no domingo com alguns amigos dele. Ah, já ia me esquecendo. Tudo bem para você, depois do que aconteceu na festa de formatura? Porque você disse que não sentia nada por ele...

— Não! Quer dizer, claro que não sinto nada por ele.

— Então não se importa?

— Molly, eu me importo, sim, mas não pelo motivo que você supõe. Jake é sinônimo de encrenca, você não pode sair com ele. E dá para parar de agir como se estivesse tudo bem? — O tom da minha voz subira, e eu sabia que soava estressada.

Molly me olhou confusa.

— Qual o problema? Por que está reagindo dessa maneira? Achei que ficaria feliz por mim.

— Ah, Molly, eu ficaria, se você fosse sair com qualquer outro, a não ser ele — lamentei. — Não confie em Jake. Não é possível que você não veja que ele não é de confiança. Tem a palavra "encrenca" escrita na testa.

De repente, Molly assumiu uma postura defensiva.

— Você não gosta de Jake porque ele criou problemas para você e Xavier, só isso — acusou Molly, exaltada.

— Não é verdade. Não confio nele, e você não está raciocinando direito!

— Talvez você esteja com inveja por ele ser tão bacana — rebateu Molly. — Ele disse que um pessoal aqui na escola é assim.

— O quê? — perguntei, zangada. — Isso não faz nenhum sentido.

— Claro que faz — retrucou Molly. — Você acha que só você e Xavier merecem ser felizes. Eu também mereço, Beth, principalmente agora.

— Que loucura, Molly! Claro que não acho isso.

— Então, por que não quer que eu saia com ele?

— Porque ele me assusta — respondi com sinceridade. — E não quero ver você cometer um erro por estar transtornada com o que aconteceu com Taylah.

Mas Molly aparentemente já não me ouvia.

— Você quer ficar com ele? É isso? Bom, não dá para ter todos os caras do mundo, Beth, é preciso deixar alguns para o restante de nós.

— Não quero que ele sequer chegue perto de mim ou de você...

— Por que não?

— Porque ele matou Taylah! — gritei.

Molly parou e me encarou de olhos esbugalhados. Não pude acreditar que tinha dito aquilo em voz alta, mas se era o único jeito de fazer Molly cair na real, se pudesse evitar que ela virasse presa fácil para Jake, valeria a pena. Um instante depois, porém, Molly fechou a cara.

— Você está fora de si — disse ela entre os dentes, dando um passo atrás.

— Molly, espere! Pelo menos me escute...

— Não! — interrompeu ela. — Não quero escutar nada. Você pode odiar o Jake, se quiser, mas mesmo assim vou sair com ele porque *eu quero*. Ele é o cara mais incrível que já conheci e não vou abrir mão dessa oportunidade porque você está tendo um surto de TPM. — Ela me fitou com um olhar enfurecido. — E para sua informação, ele disse que você é uma vaca.

Eu ia abrindo a boca para responder, quando uma sombra projetou-se na calçada e alguém surgiu ao lado de Molly. Jake me lançou um olhar malicioso, enlaçando o ombro de Molly e puxando-a para si. Ela se aninhou, à vontade, no peito dele e riu satisfeita.

— Inveja é um pecado mortal, Bethany — ronronou Jake. Seus olhos estavam tão negros que não dava para distinguir a pupila da íris. — Você deveria saber disso. Por que não dá simplesmente os parabéns a Molly de forma educada?

— Ou, quem sabe, começo a escrever o obituário dela — rebati.

— Aí você pegou pesado — queixou-se ele. — Não se preocupe, vou cuidar da sua amiga. Parece que temos muito em comum.

Então, ele me deu as costas levando Molly embora. Observei-a sumir de vista, com os cachos avermelhados balançando ao vento.

Passei o resto da tarde procurando desesperadamente por Molly para tentar explicar tudo a ela de um jeito mais fácil de entender, mas não consegui encontrá-la. Contei a Xavier o que havia acontecido e vi os músculos do seu rosto se contraírem, ainda que muito levemente. Juntos, corremos a escola toda em busca de Molly, e a cada sala vazia eu sentia a ansiedade fazer meu corpo se revolver por dentro. Minha respiração ficou ruidosa e irregular, e Xavier me obrigou a sentar num banco.

— Ei, ei... — disse ele, erguendo meu rosto para me olhar diretamente nos olhos. — Calma. Não vai acontecer nada a ela. Vai dar tudo certo.

— Como? — perguntei. — Ele é perigoso e totalmente desequilibrado! Sei o que ele está tentando fazer: me atingir através dela, porque sabe que somos amigas.

Xavier sentou-se ao meu lado.

— Pense um instante, Beth. Jake Thorn não feriu ninguém do próprio grupinho até agora. Sua intenção é recrutar pessoas, é isso o que ele faz. Enquanto estiver do lado dele, Molly não corre grande perigo.

— Você não tem como saber. Ele é totalmente imprevisível.

— Imprevisível ou não, ele não irá machucá-la — insistiu Xavier. — Precisamos ficar tranquilos. Não podemos nos dar ao luxo de perder a cabeça. É fácil exagerar as coisas depois do que aconteceu.

— O que você acha que devemos fazer, então?

— Acho que Jake talvez tenha nos dado uma dica para encontrar a prova que Gabriel procura.

— Sério?

— Molly disse aonde Jake ia levá-la?

— Só disse que o encontro ia ser no domingo... E que os amigos dele também irão — respondi.

Xavier assentiu.

— Muito bem. Venus Cove não é tão grande assim. Descobriremos onde vai ser o encontro e iremos atrás deles.

Partilhamos nossa preocupação com Ivy e Gabriel. O problema era imaginar aonde Jake levaria Molly. Podia ser a qualquer lugar em Venus Cove, e não podíamos errar, pois era a nossa única chance de descobrir o que de fato ele pretendia, e não estávamos dispostos a perdê-la.

— Aonde ele iria? — conjeturou Ivy. — Há alguns lugares óbvios na cidade, como o cinema ou o Sweethearts, o boliche...

— Não adianta pensar como um adolescente normal — intervim. — Ele é tudo menos isso.

— A Beth tem razão — disse Xavier. — Vamos tentar pensar como ele.

Pedir a um anjo para entrar na cabeça de um demônio era bastante ousado, mas Gabriel e Ivy tentaram disfarçar a repulsa e seguir a sugestão de Xavier.

— Não vai ser um lugar público — observou Ivy, repentinamente —, sobretudo se ele planeja levar os amigos também. O grupo é grande demais, muito chamativo.

Gabriel concordou.

— Vão preferir um local tranquilo e isolado, onde nada os interrompa.

— Existe alguma casa ou fábrica abandonada nos arredores da cidade? — perguntei. — Como aquela onde fizeram a pós-festa da formatura? Seria bastante conveniente para Jake.

Xavier balançou a cabeça.

— Jake me parece um pouquinho mais radical que isso.

— Então, vamos extrapolar de vez — sugeriu Ivy.

— Isso mesmo — concordou Xavier, me lançando um olhar penetrante. — Seus seguidores... Vamos pensar na aparência que têm, em como se vestem.

— Góticos — respondi.

— E qual é o grande núcleo da cultura gótica? — indagou Gabriel.

Ivy olhou para o irmão com os olhos bem abertos.

— A morte.

— Isso — confirmou Xavier, com uma expressão sombria. — Então, qual seria o melhor local para um bando de doidos obcecados pela morte?

A conclusão me atingiu como um raio, e respirei fundo. Era óbvio, era mórbido, era *dark* e era o local perfeito para Jake encenar seu show.

— O cemitério — sussurrei, e Xavier assentiu.

— Também acho.

Ele se virou para os meus irmãos, que pareciam abatidos. Os dedos de Gabriel apertaram com força a caneca de café.

— Acho que estamos no caminho certo — disse ele.

— Honestamente, seria de se esperar que o garoto fosse um pouco mais original — rebateu Ivy. — O cemitério! Bem, suponho que um de nós terá que segui-los até lá no domingo.

— Deixem comigo — ofereceu-se Gabriel imediatamente, mas Xavier balançou a cabeça.

— Isso seria um convite para uma briga. Até eu sei que não se pode juntar um anjo e um demônio. Acho que eu devo ir — disse Xavier.

— É perigoso demais — argumentei.

— Beth, não tenho medo deles.

— Você não tem medo de nada — devolvi —, mas talvez devesse ter.

— É o único jeito — insistiu Xavier.

Olhei para os meus irmãos.

— Tudo bem, mas, se ele for, vou junto.

— Nenhum dos dois vai a lugar algum — interveio Gabriel. — Se Jake se voltar contra vocês tendo o apoio dos outros...

— Vou cuidar dela — disse Xavier. Ele parecia ofendido com a insinuação de Gabriel de que não seria capaz de me proteger. — Você sabe que eu não deixaria nada acontecer.

Gabriel estava cético.

— Não duvido da sua força física — começou —, mas...

— Mas o quê? — perguntou Xavier em voz baixa. — Eu daria a minha vida por ela.

— Não duvido, mas você não faz ideia do que vai enfrentar.

— Preciso proteger a Beth...

— Xavier...

Ivy encostou em seu braço, e logo percebi que estava transmitindo uma energia calmante para o corpo dele.

— Por favor, nos ouça — disse ela. — Não sabemos quem é essa gente... Não conhecemos a força deles, não sabemos do que são capazes. Pelo que já vimos, parece que eles não têm ressalvas para matar. Por mais corajoso que você seja, não passa de um ser humano contra... Só Nosso Pai sabe o quê.

— O que sugerem, então?

— Que não façamos nada até consultarmos uma autoridade superior — disse Gabriel, com uma expressão impassível. — Farei contato com a Aliança imediatamente.

— Não há tempo para isso! — exclamei. — Molly pode estar correndo grande perigo.

— Nossa prioridade é proteger vocês dois!

A raiva na voz de Gabriel fez com que um silêncio se abatesse sobre a sala. Ninguém abriu a boca até Ivy nos encarar com uma determinação repentina.

— Xavier, seja o que for que a gente decida, você não poderá voltar para casa este fim de semana — decretou ela. — É perigoso demais. Você vai ter que ficar conosco.

A CENA NA CASA DE XAVIER NÃO FOI BONITA. Gabriel e Ivy aguardaram no carro enquanto Xavier e eu fomos dizer a seus pais que ele passaria o fim de semana comigo.

Bernie fulminou-o com o olhar quando ouviu a notícia.

— Essa é nova. — Seguiu Xavier até o quarto e ficou na porta com as mãos na cintura, enquanto ele enchia uma mochila. — Você não pode ir. Temos planos para o fim de semana.

Aparentemente, ela não entendeu que ele estava *comunicando* que ia, e não pedindo.

— Sinto muito, mãe — disse ele, andando para lá e para cá no quarto, pegando as roupas no armário e jogando-as na mochila —, mas preciso ir.

Os olhos de Bernie se esbugalharam. Ela me lançou um olhar acusador, nitidamente me responsabilizando pela transformação ocorrida em seu filho exemplar. Era uma pena, porque vínhamos nos dando muito bem. Desejei que houvesse um modo de lhe contar a verdade, mas ela jamais entenderia que era perigoso demais deixar Xavier desprotegido.

— Xavier — atalhou Bernie, num tom ríspido —, eu *disse* que não.

Mas Xavier não estava escutando o que ela tinha a dizer.

— Volto no domingo à noite — arrematou ele, fechando o zíper da mochila e pendurando-a no ombro.

— Já chega. Vou chamar seu pai.

Bernie virou e saiu em disparada pelo corredor.

— Peter! — gritou ela. — Peter, venha cá falar com seu filho. Ele perdeu o juízo!

Xavier me pediu desculpas com o olhar.

— Desculpe fazer você presenciar isso — disse ele.

— Eles só estão preocupados. É natural — respondi.

Alguns momentos depois, o pai de Xavier surgiu à porta, com a testa franzida de preocupação e as mãos enterradas nos bolsos da calça.

— Você deixou a sua mãe nervosa — disse ele.

— Desculpe, pai — começou Xavier, pondo a mão no ombro de Peter. — Não posso explicar agora, mas preciso ir. Confie em mim.

Peter virou-se para mim.

— Vocês dois estão bem?

— Ficaremos bem — disse eu. — Depois deste fim de semana tudo ficará bem.

Peter aparentemente sentiu a urgência em nossas vozes e pôs a mão sobre a de Xavier.

— Eu cuido da sua mãe. E vocês dois tratem de cuidar de si. — Apontou então para a janela. — Vão por ali. — Olhamos para ele sem entender. — Rápido!

Xavier deu um sorriso triste, abriu a janela e atirou a mochila antes de me ajudar a descer.

— Obrigado, pai — agradeceu e seguiu atrás de mim.

Lá de fora, encostados nos tijolos frios para não sermos vistos, ouvimos Bernie voltar ao quarto.

— Aonde eles foram? — perguntou ela.

— Não sei — respondeu Peter, inocentemente. — Devo ter me desencontrado deles.

— Você está bem? — perguntei a Xavier quando já estávamos no carro. Eu sabia como me sentira mal mentindo para Ivy e Gabriel, e sabia que Xavier devia estar sentindo o mesmo agora, já que tinha muito respeito pelos pais.

— Mamãe supera essa — disse ele, sorrindo para mim. — Você é a minha prioridade, não se esqueça disso.

Voltamos para casa calados e pensativos.

30
PINTANDO O DIABO

Por mais que eu tentasse, não conseguia aceitar a sugestão de Gabriel de aguardar orientação divina. Não era da natureza dele reagir com tanta cautela, o que me dizia tudo que eu queria saber: que Jake Thorn representava uma ameaça séria, e eu não podia cruzar os braços enquanto Molly estava em suas garras.

Molly foi a primeira amiga que fiz em Venus Cove. Me pôs debaixo da sua asa, confiou em mim e se esforçou para me ver aceita. Se Gabriel — logo ele — não se sentia seguro para agir sozinho, então algo estava muito errado. Por isso, não pensei duas vezes. Sabia exatamente o que fazer.

— Vou ao armazém — avisei a Gabriel, tomando cuidado para manter uma expressão impassível para que ele não detectasse a mentira.

Meu irmão franziu a testa.

— Não é preciso. Ivy fez compras ontem.

— Bem, preciso distrair a cabeça de toda essa situação com Jake — argumentei, tentando uma tática diferente. Gabriel me lançou um olhar fixo, com uma expressão séria e os olhos prata desconfiados. Contar mentiras a ele nunca era fácil.

— Preciso sair um pouco de casa.

— Então vou com você — disse ele. — Não quero você sozinha na rua nas atuais circunstâncias...

— Não vou sozinha — insisti. — Xavier vai comigo. Além disso, volto logo, no máximo em dez minutos.

Senti-me péssima mentindo descaradamente para ele, mas não havia alternativa.

— Não se preocupe tanto — disse Ivy para ele, dando uma palmadinha em seu braço. Ela confiava em mim com mais facilidade. — Um pouco de ar fresco fará bem aos dois.

Gabriel estalou a boca e entrelaçou as mãos atrás da cabeça.

— Está certo. Mas voltem direto para casa.

Dei a mão a Xavier e o empurrei em direção à rua. Ele ligou o carro sem falar nada. Pedi que virasse à esquerda no final da rua.

— Você tem um péssimo senso de direção — brincou ele, dando um sorriso que não condizia com seu olhar.

— Não estamos indo ao armazém.

— Sei disso. E acho que você é louca.

— Preciso fazer algo — confessei baixinho. — Vidas já foram perdidas por causa de Jake. Jamais nos perdoaríamos se Molly fosse a próxima.

Xavier não se convenceu.

— Beth, você acha realmente que vou levá-la ao encontro de um assassino? O sujeito é perturbado. Você ouviu o que o seu irmão disse.

— Não se trata mais de mim. Não estou preocupada.

— Pois eu, sim! Será que não percebe o risco que está correndo?

— Mas é minha obrigação! Por que acha que me mandaram para cá? Não foi para vender adesivos e trabalhar no sopão. A hora é esta, este é o nosso desafio! Não posso vacilar por excesso de medo.

— Talvez Gabriel tenha razão. Às vezes o medo é um bom conselheiro.

— E às vezes você precisa pegar o touro à unha — insisti.

Xavier se irritou.

— Escute aqui, eu vou ao cemitério e trago a Molly. Você fica aqui.

— Ótima ideia — observei com sarcasmo. — Se há uma pessoa que Jake odeia mais que a mim, é você. Venha comigo ou volte para casa. Seja como for, eu vou ajudar a Molly. Vou entender se você não quiser participar...

Xavier fez uma curva ab-rupta na esquina seguinte e continuou dirigindo, em silêncio. À nossa frente havia um trecho reto da estrada. Reparei que as casas ficavam mais escassas à medida que seguíamos.

— Aonde você for, vou junto — disse ele.

O cemitério ficava no final de uma estrada larga e comprida, na saída da cidade. Paralelamente, corria uma ferrovia desativada, com vagões abandonados e corroídos pelo tempo. Os únicos prédios vizinhos eram velhas mansões caindo aos pedaços, com varandas cobertas de mato e janelas tapadas com tábuas.

O cemitério era da época em que a cidade começara a ser ocupada, mas tinha crescido bastante desde então, refletindo a chegada de ondas de imigrantes. A ala mais nova continha monumentos de mármore e santuários, todos meticulosamente conservados. Em vários dos santuários havia fotos dos mortos cercadas de velas que tremeluziam em vidros foscos, assim como pequenos altares, crucifixos e imagens de Jesus Cristo e da Virgem Maria com as mãos unidas em oração.

Xavier estacionou o carro do outro lado da rua, ligeiramente afastado do portão principal, para não chamar atenção. A essa hora do dia, os portões ficavam abertos, então atravessamos a rua e entramos. À primeira vista, o lugar parecia tranquilo. Vimos um visitante solitário e uma mulher idosa vestida de preto, cuidando de uma das sepulturas mais recentes. Ela limpava o revestimento de vidro e substituía as flores já murchas por um ramo de crisântemos frescos, aparando os caules com uma tesoura. Estava tão absorta em sua tarefa que mal notou nossa presença. No mais, o lugar parecia deserto, a não ser por um ou outro corvo voando em círculos no céu e o suave zumbido de abelhas em torno dos arbustos de lilases. Embora não houvesse qualquer movimento humano, senti a presença de várias almas perdidas que assombravam o lugar onde haviam sido enterradas. Gostaria de parar e ajudá-las em sua jornada, mas tinha coisas mais urgentes na cabeça.

— Sei onde poderemos encontrá-los — disse Xavier, seguindo à minha frente para a parte mais antiga do cemitério.

Ali, uma cena diferente nos aguardava. Os túmulos eram velhos e abandonados, seus arremates de ferro batido cobertos de ferrugem. Um emaranhado de hera, com o passar do tempo, sufocara qualquer outra vegetação que possa ter havido ali e crescia indomado, enroscando as gavinhas obstinadas nas hastes de ferro, como se fossem cordas. Esses túmulos eram mais modestos e ficavam no chão. Alguns não ostentavam senão uma placa para identificar seu ocupante. Vi um trecho de grama cheio de pequenos cataventos e brinquedos de borracha que há muito tinham perdido o aspecto brilhoso e me dei conta de que se tratava da ala infantil. Parei para ler uma das lápides: "Amelia Rose, 1949-1949, aos cinco dias de vida". Pensar nessa alminha que alegrou a Terra durante meros cinco dias me encheu de uma tristeza indescritível.

Xavier e eu seguimos caminhando em meio às lápides em ruínas. Poucas se encontravam intactas. A maioria afundara na grama, com as inscrições já desbotadas e quase ilegíveis. Outras não passavam de um emaranhado de pedras quebradas e mato. De vez em quando, topávamos com a escultura de um anjo, algumas enormes, outras pequenas, mas todas com semblante sombrio e braços abertos, como se dessem as boas-vindas.

Enquanto caminhava, eu estava ciente dos corpos que havia debaixo daquelas camadas de pedras lascadas. Minha pele formigava. Não eram os seres adormecidos sob nossos pés que me perturbavam, e sim o que poderíamos descobrir cada vez que virávamos uma esquina. Pude sentir o arrependimento de Xavier quanto à decisão de vir comigo, mas ele não demonstrava qualquer sinal de medo.

Paramos de súbito ao ouvir o som de vozes. Pareciam entoar algum tipo de lamento fúnebre. Prosseguimos, um passo após o outro, até que o volume das vozes aumentou e nos escondemos atrás de um enorme vidoeiro. Espreitando por entre os galhos, avistamos um pequeno grupo. Calculei que devia haver umas 25 pessoas ali. Jake estava de pé sobre um túmulo coberto de musgo diante delas, as pernas afastadas e as costas retas como uma tábua. Vestia um casaco de couro preto e tinha um pentagrama invertido preso a um cordão no pescoço. Na cabeça, usava um chapéu de feltro cinza. Reconhecia aquele chapéu de algum lugar. Sua imagem despertou uma lembrança guardada no meu subconsciente. Então, atinei: a figura estranha e solitária no jogo de rúgbi. Ele surgira nas laterais, com o rosto encoberto, e, depois que Xavier se machucou, desapareceu como fumaça. Isso significava que Jake orquestrara a coisa toda! A ideia de que ele tentara ferir Xavier fez com que uma raiva ardente pulsasse em meu corpo, mas tentei abafá-la. Mais do que nunca, era preciso manter o sangue-frio.

Atrás de Jake, havia um anjo de três metros de altura feito de pedra. Acho que era uma das coisas mais assustadoras que eu já tinha visto na minha estada na terra. Apesar de se parecer com um anjo, transmitia uma sensação sinistra. Seus olhos eram pequenos, e ele tinha enormes asas negras que se destacavam majestosamente nas costas de um corpo imponente, que parecia capaz de esmagar qualquer coisa ou pessoa. Uma longa espada de pedra se encontrava presa à cintura musculosa. Jake estava sob sua sombra, como se o anjo o protegesse.

O grupo formava um semicírculo à sua volta. Seus componentes usavam roupas estranhas, alguns com capuzes que lhes encobriam totalmente o rosto e outros com trajes de renda preta esfarrapada e correntes, as faces brancas como giz e os lábios pintados de vermelho-sangue. Não davam a impressão de interagir, mas se aproximavam de Jake, um por um, faziam uma reverência e depositavam uma oferenda a seus pés. Era um espetáculo deplorável no meio da tarde, sob a claridade suave do sol. Perguntei-me como e com que tipo de promessas Jake afastara esses jovens de suas atividades normais para se juntarem a ele aqui e perturbar os que já se foram.

Jake ergueu as mãos, e o grupo ficou imóvel. Ele jogou o chapéu para o lado, e vi que seu cabelo comprido e escuro estava despenteado e embaraçado. Parecia quase um selvagem. Quando falou, sua voz deu a impressão de sair do próprio anjo de pedra.

— Bem-vindos ao lado negro — disse ele, soltando uma gargalhada macabra. — Embora eu prefira imaginá-lo como o *lado divertido*. — Ouviram-se murmúrios de admiração entre os seguidores. — Posso garantir a vocês que nada é mais gratificante do que o pecado. Por que não nos voltarmos para o prazer, se a vida nos trata com tamanha indiferença? Estamos aqui, todos nós, porque queremos nos sentir vivos!

Ele passou a mão magra na pedra áspera da coxa do anjo e voltou a falar, com a voz escorrendo como uma substância pegajosa.

— Dor, sofrimento, destruição e morte são como música para nossos ouvidos, como doce para nosso paladar. É o que nos nutre, o que alimenta nossas almas. Vocês precisam aprender a rejeitar uma sociedade que promete tudo e não dá nada. Estou aqui para lhes mostrar como construir um significado próprio, por meio do qual irão se libertar dessa prisão onde todos se encontram acorrentados como animais. Vocês foram criados para governar, mas se tornaram tolos e fracos. Reivindiquemos nosso poder sobre a Terra!

Ele olhou para o grupo e sua voz tornou-se, repentinamente, aduladora como a de um pai persuadindo um filho. Sua mão agarrou o punho da espada de pedra do anjo.

— Vocês estão indo bem até agora, e estou satisfeito com esse progresso. Mas chegou a hora de dar adeus aos passos de formiga. Incito vocês a fazerem mais, a serem mais e a se livrarem dos grilhões que os prendem à sociedade bem-comportada. Invoquemos os espíritos perturbados da noite para nos ajudarem.

Suas palavras provocaram uma espécie de transe nos seguidores, como se eles tivessem se submetido a uma hipnose em massa. Jogando a cabeça para trás, eles começaram a dizer coisas incoerentes para o ar, alguns sussurrando, outros urrando. Era um som cheio de dor e vingança.

Jake deu um sorriso de aprovação e, em seguida, consultou seu relógio de ouro.

— Não temos muito tempo. Vamos ao trabalho. — Examinou, então a multidão. — Onde estão? Tragam-nos a mim.

Duas figuras foram empurradas, caindo aos pés de Jake. Ambas usavam casacos com capuz. Jake agarrou a mais próxima e tirou-lhe o capuz, revelando o rosto comum de um garoto que reconheci da escola, um aluno bastante reservado, que era discreto e fazia parte do clube de xadrez. Não tinha olheiras, e seus olhos eram verde-claros, e não pretos, como os dos demais. Apesar da aparência saudável, ele parecia abalado.

Jake pôs a mão na cabeça do garoto.

— Não tenha medo — ronronou numa voz sedutora. — Estou aqui para ajudá-lo.

Lentamente começou a desenhar sinais em espiral no ar, acima do garoto ajoelhado. De onde eu estava agachada, vi o garoto seguir os movimentos da mão de Jake e examinar os rostos de seus seguidores, obviamente tentando avaliar a gravidade da situação. Talvez estivesse se perguntando se aquele não seria apenas um trote mais elaborado, um rito de iniciação que precisava ser enfrentado para obter a aceitação do grupo. Temi que se tratasse de algo bem mais sinistro.

Então, um dos seguidores entregou um livro a Jake. Era encadernado em couro preto e tinha as páginas amareladas.

Jake ergueu o livro em reverência e o deixou cair, aberto. Na mesma hora, uma rajada de vendo balançou as árvores e levantou poeira em torno das lápides atarracadas. Reconheci o livro pelas aulas a que assisti em meu outro lar.

— Não! — murmurei.

— O quê? — Xavier também ficou alarmado quando pôs os olhos no livro. — O que é aquilo?

— Um grimório — respondi. — Um livro de magia negra. Contém instruções para invocar espíritos e ressuscitar os mortos.

— Você só pode estar brincando.

Xavier parecia a ponto de se beliscar para tentar acordar do pesadelo em que caíra inesperadamente. Fiquei chocada com a sua inocência e quase morri de culpa por tê-lo arrastado até ali. Mas não era hora de perder a cabeça.

— Este é um mau sinal — comentei. — Os grimórios são muito poderosos.

Ainda sobre o túmulo, o peito de Jake começou a arfar quando a cantoria cresceu em ritmo e veemência, à medida que ele lia o livro. Abrindo os braços, exortou:

— *Exorior meus atrum amicitia quod vindicatum is somes.*

Aquilo era latim, mas não se assemelhava a nada que eu já tivesse ouvido antes; fora alterado, e, não sei como, eu sabia que era a línguagem do submundo.

— *Is est vestri pro captus* — entoou Jake, com as mãos contraídas no ar.

— O que ele está dizendo? — sussurrou Xavier.

Fiquei surpresa ao descobrir que podia traduzir perfeitamente aquelas palavras.

— Aproxima-te, amigo sombrio, e reivindica este corpo. Ele é teu, toma-o.

Os seguidores o observavam prendendo a respiração. Ninguém se mexia, ninguém emitia um som, sem ousar interromper qualquer que fosse o processo sobrenatural em curso.

Xavier estava tão hipnotizado a meu lado que precisei tocar sua mão para me assegurar de que ele continuava consciente. Ambos demos um salto quando um som como o de uma pedra se partindo encheu o ar e tivemos que resistir ao impulso de tapar os ouvidos. Era um ruído estridente, como o de unhas arranhando um quadro-negro. O barulho cessou de repente, e uma nuvem de fumaça negra saiu da boca do enorme anjo de pedra. A fumaça desceu na direção de onde Jake estava e pareceu sussurrar em seu ouvido. Jake agarrou a cabeça do garoto e a inclinou para trás, obrigando-o a abrir a boca.

— O que você está fazendo? — perguntou o rapaz.

A nuvem negra pareceu rodopiar por um instante no ar antes de mergulhar na boca aberta do garoto e lhe descer pela garganta. Jack soltou-o, e o menino imediatamente emitiu um urro gutural. Agarrou a própria garganta e enfiou as unhas no corpo enquanto sofria uma convulsão, caído no chão. Seu rosto contorceu-se como se estivesse em profunda agonia. A meu lado, senti o braço de Xavier estremecer de raiva.

O garoto ficou deitado imóvel e, um instante depois, sentou-se e olhou à volta, com a expressão desnorteada transformando-se numa de prazer. Jake estendeu-lhe a mão e o pôs de pé. O garoto flexionou o corpo como se o descobrisse pela primeira vez.

— Seja bem-vindo de volta, amigo — disse Jake, e, quando o garoto se virou, vi que seus olhos verdes estavam negros como piche.

— Não acredito que eu não tenha percebido isso antes — me recriminei, pondo a cabeça entre as mãos. — Fiz amizade com ele, quis ajudá-lo... Eu devia ter pressentido que era um demônio.

Xavier pôs a mão no meu ombro.

— A culpa não é sua. — Seus olhos percorreram a congregação reunida aos pés de Jake. — São todos demônios?

Balancei a cabeça.

— Acho que não. Jake parece estar invocando espíritos vingativos para possuírem seus seguidores.

— Isso vai de mal a pior — murmurou Xavier. — De onde vêm esses espíritos? São os corpos enterrados nestas covas?

— Acho difícil — respondi. — Provavelmente são as almas dos amaldiçoados do submundo, bem diferentes dos demônios. Um demônio é uma criatura criada pelo próprio Lúcifer, e só adora a ele. É o mesmo que acontece com os anjos do Céu. Existem milhões de almas que vão para o Céu, mas elas não se tornam anjos. Anjos e demônios jamais foram humanos. Pertencem a uma classe diferente.

— Esses espíritos ainda são perigosos? — indagou Xavier. — O que acontece às pessoas que eles possuem?

— O maior objetivo deles é causar destruição. Quando se apoderam do corpo de um humano, são capazes de obrigar essa pessoa a fazer qualquer coisa. É como se duas almas ocupassem o mesmo corpo. A maioria pode sobreviver, a não ser que o espírito tenha a intenção de danificar seu corpo. Eles não representam grande ameaça para nós, pois nosso poder é muito maior que o deles. Jake é o único que devemos temer.

Xavier e eu nos calamos quando Jake recebeu a vítima seguinte. Mas eu não estava preparada para o que iria acontecer. Quando Jake baixou o capuz da figura à sua frente, vi uma familiar cascata de cachos avermelhados e um par de olhos azuis esbugalhados e temerosos.

— Não se preocupe, minha querida — disse Jake, descendo lentamente o dedo pelo pescoço de Molly até o peito. — Não vai doer muito.

Agarrei o braço de Xavier.

— Precisamos detê-lo. Não podemos deixar que faça mal a Molly!

O rosto de Xavier estava pálido.

— Também quero acabar com Jake, mas, se interrompermos agora, não teremos como ganhar de todos eles. Precisamos dos seus irmãos — disse ele, balançando a cabeça. Percebi que Xavier finalmente reconhecera que não poderia derrotar Jake sozinho.

Dominada pelo ciúme e pelo desejo, uma das seguidoras de Jake atirou-se no chão e começou a se debater, com os olhos revirados, de forma que era possível ver suas pupilas, e a boca se abrindo e fechando. Identifiquei-a na mesma hora. Era Alexandra, da minha turma de literatura. Jake se abaixou e fez cessar sua agitação agarrando-a pelos cabelos com uma das mãos. Correu um dedo, sugestivamente, pelo pescoço exposto até a boca, onde parou. Ela respirava de forma pesada, e seu corpo arqueou-se contra o dele em êxtase, mas Jake se afastou e usou a ponta da bota para traçar uma linha de cima a baixo no corpo dela.

— Vamos embora — sussurrou Xavier. — Não dá mais para aguentar isso.

— Não posso ir sem a Molly.

— Beth, Jake não pode saber que estamos aqui.

— Não posso deixá-la, Xavier.

Ele soltou um suspiro.

— Está bem, acho que tive uma ideia para resgatá-la, mas você terá que confiar em mim e me ouvir. Um movimento errado pode custar a vida dela.

Fiz que sim com a cabeça e esperei que Xavier prosseguisse, mas um grito de gelar o sangue chamou minha atenção. Molly estava de joelhos, com a mão de Jake agarrando com força a parte de trás do pescoço dela. A nuvem negra saía da boca do anjo de pedra. O rosto de Molly estava pálido de dor e perplexidade, mas seus olhos continuavam fixos em Jake. Não consegui continuar olhando. Saí aos tropeços de trás da árvore, ignorando o grito de protesto de Xavier.

— O que está fazendo? — gritei. — Pare, Jake! Solte a Molly!

Quando olhei para Jake, seu rosto estava contorcido de fúria. Senti a presença de Xavier a meu lado. Ele se interpôs protetoramente entre mim e Jake.

Ao vê-lo, a raiva de Jake pareceu dissipar-se e ele cruzou os braços e ergueu uma sobrancelha, numa expressão de quem estava se divertindo.

— Ora, ora. O que temos aqui? O Anjo da Misericórdia e seu...

— Molly, desça daí — gritou Xavier, e ela obedeceu sem dizer uma palavra, atônita demais para esboçar qualquer tipo de reação. Jake fechou a cara.

— Não se mexa — ordenou, e Molly congelou.

— Você! — Apontei um dedo para Jake. — Sabemos o que você é.

Ele bateu palmas de forma lenta e zombeteira.

— Muito bem, nota dez. Você é uma detetive de primeira linha.

— Não vamos deixar que você se safe — disse Xavier.

— Somos quatro, e você é um só.

Jake soltou uma gargalhada, apontando para o grupo em torno de si.

— Na verdade, existem muitos de nós, e o número cresce a cada dia — corrigiu, rindo. — Ao que tudo indica, sou muito popular.

Fitei-o horrorizada, percebendo que o pouco de otimismo que me restara se esvaía por completo.

— Vocês e suas boas ações não têm chance alguma — ameaçou Jake. — É melhor desistirem.

— Nem pensar — rosnou Xavier.

— Que gracinha! — rebateu Jake. — O garoto humano acha que pode defender o anjo.

— Acredite. Eu posso e vou.

— Você acha, realmente, que é capaz de me fazer algum mal? — indagou Jake.

— Tente feri-la e você vai descobrir — respondeu Xavier.

Os lábios de Jake se contraíram, revelando dentes pequenos e afiados.

— É bom saber que está brincando com fogo — alertou.

— Não tenho medo de me queimar — provocou Xavier.

Os dois se encararam durante um bom tempo, como se um estivesse desafiando o outro a agir primeiro. Dei um passo à frente.

— Solte a Molly — pedi. — Não há necessidade de machucá-la. Você não tem nada a ganhar com isso.

— Posso soltá-la de bom grado — concordou Jake sorrindo —, com uma condição...

— E qual é? — quis saber Xavier.

— Ficar com Beth no lugar dela.

O corpo de Xavier se enrijeceu de ódio, e seus olhos azuis faiscaram.

— Vá para o inferno!

— Pobre humano impotente — zombou Jake. — Você já perdeu um amor e agora vai perder outro.

— O que você disse? — perguntou Xavier, estreitando a vista. — Como você sabe isso?

— Ora, eu me lembro muito bem dela — respondeu Jake, sorrindo de um jeito doentio. — Emily, não é mesmo? Você nunca estranhou o fato de toda a família sobreviver, menos ela?

Xavier parecia prestes a vomitar. Agarrei sua mão, enquanto Jake prosseguia.

— Foi facílimo... Bastou amarrá-la à cama, enquanto a casa era consumida pelas chamas. Todo muito achou que ela morreu dormindo, ninguém a ouviu gritar por causa do barulho do fogo ardendo.

— Seu filho da mãe!

Xavier foi na direção de Jake, mas não foi muito longe. Jake sorriu com arrogância e seus dedos se contraíram. Antes que pudesse alcançá-lo, Xavier dobrou-se de dor, apertando o estômago. Tentou se endireitar, mas Jake atirou-o no chão com um movimento do pulso.

— Xavier! — gritei, correndo até ele. Senti seus ombros estremecerem de dor. — Deixe-o em paz! — implorei a Jake. — Pare, por favor!

Mentalmente, tentei invocar a ajuda de Deus recitando, silenciosamente, uma prece.

— *Pai Todo-Poderoso, Criador do Céu e da Terra, livrai-nos do mal. Enviai Vosso espírito para nos ajudar e convocai os anjos da salvação. Pois Vosso é o reino, o poder e a glória para sempre...*

Os poderes de Jake, porém, encobriram a minha prece como se uma névoa negra e espessa se abatesse sobre mim, obrigando as palavras a grudarem em minha mente até eu ficar com a cabeça a ponto de explodir. Jake Thorn se alimentava de sofrimento e dor, e eu sabia que não seria capaz de derrotar alguém como ele sozinha. Xavier tinha razão. Quisera eu tê-lo ouvido. Já que ninguém viria em meu socorro, só havia um jeito de ajudar Xavier e Molly.

— Fique comigo! — gritei, abrindo os braços.

— Não! — exclamou Xavier, fazendo grande esforço para ficar de pé. Infelizmente, ele não era páreo para a força maléfica de Jake e voltou a desabar no chão.

Não hesitei. Corri e me atirei no meio do círculo. O grupo se fechou em torno de mim, entoando os cânticos numa voz enlouquecida, até Jake erguer a mão ordenando que recuassem.

Estendi a mão para Molly e consegui empurrá-la para longe das garras de Jake.

— Corra! — gritei, quase sem fôlego.

Senti o ar me fugir dos pulmões quando Jake me alcançou. A névoa negra me envolveu, e caí no chão, batendo forte com a cabeça na quina da base de pedra da estátua do anjo. Devo ter me cortado, pois senti um filete de sangue quente escorrer pela sobrancelha. Tentei me levantar, mas meu corpo se recusou a obedecer. Era como se a energia tivesse sido drenada de mim até a última gota. Abri os olhos e vi Jake de pé ao meu lado.

— Meus irmãos jamais deixarão você se safar dessa — murmurei.

— Acho que já me safei — rosnou Jake. — Dei a você a oportunidade de se juntar a mim, e você, boba, rejeitou.

— Você é maligno. Jamais me juntaria a você.

— Ah, ser travesso pode ser tão bom... — gargalhou Jake.

— Prefiro morrer.

— E de fato vai.

— Afaste-se dela — gritou Xavier, com a voz embargada de dor. Continuava ferido no chão e incapaz de se mexer. — Não ouse tocá-la!

— Ora, cale a boca! — cortou Jake. — Seu rostinho bonito não pode salvá-la agora.

A última coisa de que me lembro, antes de tudo escurecer, é do brilho ávido nos traiçoeiros olhos verdes de Jake e da voz de Xavier a me chamar.

31
LIBERTAÇÃO

Acordei no banco traseiro de um carro espaçoso. Quando tentei me mexer, descobri que alguma força invisível me prendia ali. Vi Jake Thorn ao volante e percebi que eu estava entre Alicia e Alexandra, as meninas da aula de literatura. As duas, com os rostos inexpressivos e brancos como giz, me observavam como se eu fosse um objeto raro num museu, mantendo as mãos enluvadas no colo. Fiz um esforço para me mexer e quase consegui, batendo com o cotovelo nas costelas de Alexandra.

— Ela está ficando difícil — queixou-se a garota, e Jake lhe jogou um pacotinho embrulhado em papel de alumínio.

— Uma dessas deve resolver — disse ele.

Alicia me obrigou a abrir a boca com sua mão enluvada, enquanto Alexandra me enfiou uma pílula verde-claro garganta abaixo, ajudando-a a descer com um líquido que estava num cantil de prata. A bebida escorreu um pouco da minha boca e ardeu ao passar pela garganta. Fiquei engasgada, e não me restou alternativa senão engolir. Tossi e cuspi, e as duas trocaram um sorriso satisfeito. Seus rostos fantasmagóricos e seus olhos fundos começaram a ficar borrados, envoltos numa névoa azulada, e um zumbido no meu ouvido abafou qualquer outro som vindo do ambiente. A última coisa que registrei foi que meu coração batia mais rápido que o normal. Depois desabei no colo ossudo das duas garotas e mergulhei na escuridão.

Quando abri novamente os olhos, estava sentada no chão sobre um tapete desbotado, com as costas apoiadas em uma parede fria de gesso. Concluí que já devia estar ali há algum tempo, porque a friagem do aposento tinha penetrado a minha roupa e chegado à pele. Estava com as mãos amarradas, e meus dedos formigaram quando os flexionei. Os braços doíam depois de tanto tempo na mesma posição. Alguém amarrara uma corda apertada em torno da minha cintura e tapara minha boca com um pano sujo, que dificultava a respiração. Senti cheiro de gasolina.

Olhei à volta para averiguar o lugar sob a penumbra, tentando descobrir para onde Jake teria me levado. Não se tratava de um calabouço, como de início imaginei. Em vez disso, se parecia com uma sala de estar formal de uma mansão vitoriana. O cômodo era amplo e arejado, com tetos altos e luminárias em forma de botões de rosa entrelaçados. Os tons quentes do tapete sugeriam que fosse persa, mas ele cheirava a mofo. Havia um odor de fumaça de charuto no ar. Dois sofás *chesterfield*, que já tinham visto dias melhores, ficavam de frente um para o outro, ladeados por mesinhas com tampo de mármore e pernas de metal. Sobre um aparador de mogno viam-se garrafas de cristal tão empoeiradas que mal era possível distinguir os líquidos âmbar e cor de ameixa que continham. No meio da sala, havia uma mesa de jantar comprida de cedro encerado com pernas laboriosamente esculpidas. As cadeiras de espaldar alto que a circundavam eram estofadas de veludo vinho. No centro, um imenso castiçal de prata chamava atenção, cujas velas, acesas, projetavam sombras alongadas de um lado a outro do aposento. Litografias estranhas e mapas de mundos antigos estavam por todo canto, pendurados sobre um papel de parede listrado em mau estado. Retratos em molduras pesadas com detalhes dourados pendiam acima da lareira, e os rostos retratados me observavam com malícia, como se soubessem de um segredo que eu ainda não descobrira. Um dos retratos era de um cavalheiro de aparência renascentista com o pescoço adornado por uma gola de pregas. No outro, via-se uma mulher cercada pelas cinco filhas, que lembravam ninfas, todas com penteados pré-rafaelitas e vestidos esvoaçantes.

Uma camada de pó cobria tudo à volta, inclusive os quadros. Perguntei-me há quanto tempo a casa, que parecia congelada no tempo, estaria abandonada. Uma gigantesca teia de aranha estendia-se graciosamente de um lado a outro do teto, como um lençol de musselina. Examinando mais atentamente, vi que em tudo havia indícios de decadência. As cadeiras da mesa de jantar pareciam comidas por traças, as molduras dos quadros estavam tortas, os sofás de couro, gastos, e manchas de umidade no teto denunciavam infiltrações. Tudo continuava no lugar, como se os proprietários tivessem saído às pressas um dia, esperando voltar, o que nunca aconteceu. As janelas tinham sido tapadas com tábuas, de modo que apenas algumas réstias de luz natural penetravam, projetando-se aqui e ali no tapete.

Todo o meu corpo doía, e minha cabeça estava pesada e zonza. Dava para ouvir vozes distantes vindas de algum lugar, mas ninguém aparecia. Fiquei ali sentada, ao que tudo indica durante horas, e comecei a sentir na pele o que Gabriel quis dizer quando falou sobre certas necessidades do corpo humano. Sentia-me prestes a desfalecer de fome, minha garganta estava seca e irritada por falta de hidratação, e eu precisava desesperadamente ir ao banheiro. Deslizei para um estado de semiconsciência até que, por fim, percebi que alguém tinha entrado na sala.

Quando foquei o olhar e me sentei, vi Jake Thorn sentado na cabeceira da mesa de jantar. Vestia um paletó de smoking, por mais estranho que possa parecer, e tinha os braços cruzados. No rosto, trazia seu já familiar sorriso forçado.

— Lamento ter acabado assim, Bethany — disse ele. Aproximou-se de mim para desamarrar o pano que tapava minha boca. Sua voz era pegajosa. — Tentei lhe dar a chance de uma vida a dois.

— Uma vida com você seria pior que a morte — rebati num sussurro rouco.

Vi o rosto dele endurecer. Os felinos olhos negros cintilaram.

— Seu estoicismo é admirável. Na verdade, acho que talvez seja uma das coisas que mais admiro em você. Neste caso, porém, acredito que vá se arrepender da escolha que fez.

— Você não pode me fazer mal — respondi. — O máximo que pode acontecer é eu voltar para a vida de antes.

— Essa é a pura verdade — confirmou Jake, sorrindo. — Que pena que a sua *outra metade* ficará para trás. Não sei o que será dele quando você não estiver mais aqui.

— Não ouse ameaçá-lo!

— Toquei na ferida? — indagou Jake. — Realmente me pergunto como Xavier irá reagir quando descobrir que a sua preciosidade desapareceu misteriosamente. Espero que ele não parta para algum ato radical. A dor é capaz de levar os homens a se comportarem das maneiras mais estranhas.

— Deixe Xavier fora disso. — Lutei para me libertar da corda. — Podemos resolver isso entre nós dois.

— Acho que você não está em posição de negociar, não é mesmo?

— Por que está fazendo isso, Jake? Que vantagem pensa que vai ter?

— Depende da sua definição de vantagem. Sou um servo de Lúcifer, afinal. Sabe qual foi o maior pecado de Lúcifer?

— O orgulho.

— Exatamente. E por isso, você não devia ter ferido o meu. Eu não gostei.

— Não foi minha intenção, Jake...

Ele me cortou.

— Esse foi seu erro, e é aqui que ficamos quites. Será um belo espetáculo ver o exemplar representante da escola tirar a própria vida. Nossa, o que será que vão dizer?

— Xavier jamais faria isso! — gritei entre os dentes, sentindo meu coração parar por um instante.

— Não, ele não faria — concordou Jake. — Não sem uma ajudinha minha. Posso entrar na cabeça dele e fazer algumas sugestões úteis. Não deve ser difícil. Ele já terá perdido o amor da vida dele, não é? Isso o deixará muito vulnerável. O que devo obrigá-lo a fazer? Atirar-se dos penhascos da Costa do Naufrágio? Bater o carro numa árvore, cortar os pulsos, afogar-se no mar? São tantas as opções...

— Você faz isso porque está ferido — argumentei. — Matar Xavier não vai trazer a sua felicidade de volta. Matar a mim não vai lhe dar satisfação.

— Chega desse papo furado!

Tirando uma faca afiada de dentro do paletó, Jake se inclinou e, com movimentos curtos e precisos, cortou as cordas que me amarravam. Meus braços e minhas mãos doeram ainda mais depois de libertos. Jake me puxou, e eu fiquei ajoelhada a seus pés. Vi seus sapatos pretos lustrosos com as biqueiras pontudas, e, naquele momento, não me importei com a dor no meu corpo ou o latejar na minha cabeça, nem mesmo com as sensações de enjoo e de fraqueza decorrentes da fome. Tudo em que pensava era tentar ficar de pé. Não iria fazer reverência para um Anjo das Trevas. Preferia morrer a trair minha fidelidade ao Céu me rendendo a Jake.

Estendi uma das mãos e me apoiei à parede, usando esse artifício para me levantar. Gastei toda a minha energia e não sabia se daria conta de prosseguir. Meus joelhos queriam dobrar-se sob o meu peso.

Jake me observava se divertindo.

— Não é o momento mais propício para se preocupar com lealdade — zombou. — Não percebe que tenho a sua vida na palma da mão? Idolatre-me se quiser viver e ver seu amado Xavier novamente.

— Renuncio a você e todas as suas obras — respondi calmamente.

Minhas palavras o enfureceram. Ele me ergueu no ar e me atirou contra a mesa de jantar. Minha cabeça bateu no tampo com um baque, antes que eu escorregasse para o chão e desabasse de vez. Uma substância grudenta começou a escorrer pela minha testa.

— Tudo bem aí embaixo? — indagou Jake, presunçoso, de onde estava, encostado à beira da mesa. Ele tocou com rudeza a ferida no meu rosto, e suas mãos irradiaram calor. — Não precisa ser desse jeito — murmurou ele. Esperou que eu consentisse, mas permaneci muda. — Bem, se a sua resposta é essa, não me resta alternativa. Vou ter que arrancar de você todo e qualquer vestígio de bondade e retidão — alertou-me gentilmente. — Quando eu terminar, não terá sobrado nem um vestígio de integridade ou franqueza.

Ele se inclinou sobre mim, fazendo com que seu cabelo caísse sobre os olhos faiscantes. Estava a centímetros, e eu podia ver cada traço, a curva das maçãs do rosto salientes, a linha fina da boca, a barba crescendo no queixo.

— Vou deixar sua alma absorver as trevas e depois reivindicá-la para mim.

Meu corpo começou a tremer quando ouvi essas palavras. Agarrei-me desesperadamente às pernas da mesa, à procura de apoio, um meio de escapar. Jake passou uma das mãos lentamente ao longo de todo o meu braço, saboreando o contato. Minha pele queimava e latejava, e, quando baixei os olhos, vi um lanho vermelho onde seu toque me queimara.

— Acho que você não voltará para o Céu, Bethany, porque, quando eu terminar com você, eles não vão querê-la de volta.

Ele afagou meu rosto com um único dedo e depois seguiu o contorno dos meus lábios. Senti minha pele transformar-se numa máscara em chamas.

Virei-me e me debati furiosamente, mas Jake me segurou firme e me obrigou a olhar para ele. Seus dedos pareciam furar minhas bochechas.

— Não fique nervosa, meu anjo, somos muito hospitaleiros no inferno.

Ele me beijou num gesto rude, com o peso do corpo me pressionando antes de se afastar. Espasmos de calor atravessaram todo o meu corpo, como se eu estivesse queimando.

— Está na hora de dizer adeus, srta. Church.

Jake fechou os olhos e se concentrou tanto que vi brotarem gotas de suor em sua testa. Uma veia pulsava junto às têmporas. Então, lentamente endireitou-se, estendeu as mãos e segurou minha cabeça.

Foi quando aconteceu. A sensação de inúmeras agulhas quentes, penetrantes, perfurando a minha mente tomou conta de mim, e num único momento vi, concentrado, todo o mal já perpetrado desde a aurora dos tempos, todas as calamidades conhecidas pelo homem reunidas em imagens desconexas, uma série de flashes tão intensos que achei que meu cérebro fosse explodir.

Vi crianças ficando órfãs em tempos de guerra, cidades transformadas em pó por causa de terremotos, homens sendo mortos por armas de fogo, famílias passando fome devido à seca. Vi homicídios. Ouvi gritos. Senti todas as injustiças do mundo. Todas as doenças conhecidas pela humanidade perpassaram meu corpo. Todos os sentimentos de medo, dor e impotência tomaram conta de mim. Senti cada morte violenta com precisão. Estava no carro em que Grace sofreu a batida. Fui um homem em um acidente de barco, me afogando no oceano, esmagado pelo peso das ondas. Fui Emily, devorada viva em sua cama pelas chamas. E enquanto passava por tudo isso ouvia ao fundo uma gargalhada impiedosa que sabia ser de Jake.

A dor de milhões de pessoas penetrou minha carne terrena como cacos de vidro. Estava vagamente ciente do meu corpo contorcendo-se no chão, das minhas mãos apertando as têmporas. Eu era um anjo e ia sendo tomada por toda a agonia e escuridão existentes no mundo. Abri a boca para implorar a Jake que pusesse fim ao meu sofrimento, mas não consegui emitir som algum. Não me sobrara voz sequer para implorar que ele me matasse. O cerco prosseguiu, as imagens tenebrosas fluindo de Jake para mim até que respirar tornou-se uma tarefa quase impossível.

Jake retirou as mãos da minha cabeça, e senti meu corpo afundar, experimentando um momento de puro alívio. Foi então que vi o fogo, crescendo e tomando tudo em seu caminho, e percebi de repente que a sala estava cheia de fumaça. O lustre estremeceu e depois caiu, e pedaços do teto cederam, fazendo com que gesso e minúsculas contas de vidro desabassem como uma cascata sobre a mesa de jantar. A alguns metros de distância, as cortinas pegaram fogo, espalhando uma chuva de brasas em todas as direções. Cobri a cabeça, mas algumas brasas aterrissaram em minhas mãos. Meu corpo ainda latejava e tremia sob o impacto daquelas terríveis lembranças. Meus pulmões estavam saturados de fumaça, os olhos ardiam, e a cabeça rodava. Percebi que estava ficando inconsciente. Lutei, mas era uma batalha praticamente perdida. Só conseguia ver o rosto de Jake emoldurado por um círculo de fogo.

Foi então que a parede da outra extremidade da sala foi derrubada como se numa explosão. Por um instante, vi a rua deserta do outro lado, antes que uma claridade estonteante tomasse conta de tudo. Jake cambaleou e retrocedeu, protegendo os olhos com as mãos. Gabriel surgiu dos escombros, com as asas abertas e a espada cintilando como uma coluna de luz branca em sua mão. O cabelo ondulava em suas costas como fitas de ouro. Xavier e Ivy vinham logo atrás, e ambos correram até onde eu estava. Xavier, com o rosto lavado de lágrimas, já ia me tomando nos braços quando Ivy o impediu.

— Não a movimente — disse minha irmã. — Seus ferimentos são muito graves. Temos que dar início ao processo de cura aqui mesmo.

Xavier apanhou meu rosto com as mãos.

— Beth? — Senti seus lábios próximos à minha face. — Está me ouvindo?

— Ela não pode responder — explicou Ivy numa voz doce, e senti seus dedos tocarem minha testa. Sacudi-me no chão enquanto a energia curativa de Ivy fluía para mim.

— O que está acontecendo com ela? — gritou Xavier, ao me ver estremecendo. Senti meus olhos se revirarem e abri a boca num grito mudo. — Você está machucando a Beth!

— Estou drenando as memórias negativas do corpo dela — disse Ivy. — Elas irão matá-la se eu não o fizer.

Xavier estava tão perto de mim que pude ouvir as batidas do seu coração. Agarrei-me a esse som, acreditando que fosse a única coisa capaz de me manter viva.

— Vai dar tudo certo — disse Xavier devagarzinho. — Acabou. Estamos aqui. Ninguém pode machucar você agora. Ouça a minha voz, Beth, fique aqui comigo.

Fiz força para me sentar e vi meu irmão surgir em meio a uma parede de chamas. Ele emitia ondas de luz e quase doía olhar, tão luminosa e bela era sua imagem. Atravessando o fogo, Gabriel postou-se cara a cara com Jake Thorn, e, pela primeira vez, vi uma expressão de medo tomar o rosto de Jake, que rapidamente se recompôs e contraiu os lábios em seu conhecido sorriso forçado.

— Estou vendo que veio brincar, hein? Como nos velhos tempos...

— Vim pôr um ponto final em seus joguinhos — respondeu Gabriel num tom grave.

Meu irmão endireitou os ombros, e um vento uivante soprou, sacudindo os vidros das janelas e arremessando ao chão os quadros das paredes. Relâmpagos cortaram o Céu escarlate, como se o Firmamento se rebelasse. No meio de tudo impunha-se Gabriel, o corpo potente ondulando e cintilando como uma coluna de ouro. A espada reluzia incandescente, zunindo em sua mão como se estivesse viva. Jake Thorn vacilou diante do que viu. Quando Gabriel falou, sua voz lembrava um trovão.

— Vou lhe dar uma única chance — disse ele. — Você ainda pode se arrepender dos seus pecados. Você ainda pode virar as costas a Lúcifer e renunciar a suas obras.

Jake cuspiu no pé de Gabriel.

— É tarde demais para isso, não acha? De qualquer forma, gentileza sua em oferecer.

— Nunca é tarde demais — respondeu meu irmão. — Sempre há esperança.

— A única esperança que tenho é de ver seu poder destruído — sibilou Jake.

O rosto de Gabriel se endureceu, e quaisquer traços de piedade desapareceram de sua voz.

— Então suma — ordenou. — Não há lugar para você aqui. Volte para o inferno, onde foi exilado desde o princípio.

Levantando a espada, Gabriel fez as chamas se erguerem como criaturas vivas para envolver Jake, dando voltas acima da sua cabeça como abutres prestes a atacar a presa. Porém, de repente, elas congelaram. Algo as mantinha afastadas — o poder de Jake parecia protegê-lo. E assim ficaram ambos, anjo e demônio, presos a uma silenciosa batalha comandada pelo pensamento, a espada incandescente entre os dois marcando a divisão entre dois mundos. Os olhos de Gabriel faiscavam com a fúria dos Céus, e os de Jake, com a sede de sangue do inferno. Em meio à névoa de dor que me dominava corpo e mente, senti uma onda de medo fria e terrível. E se Gabriel fracassasse na missão de derrotar Jake? O que seria de nós? Reparei que havia enlaçado meus dedos nos de Xavier — suas mãos estavam refrescando minha pele ferida pelo fogo. Quando ele me abraçou, notei que uma luz estranha brilhava nos lugares onde nossos dedos se uniam. Logo, ela nos envolveu, estendendo-se o suficiente para cobrir os corpos de nós dois. Percebi que, se apertasse um pouco mais a mão de Xavier e o puxasse para perto de mim, a luz parecia reagir e espalhar-se mais, como um escudo protetor. O que era aquilo? O que significava? Xavier sequer notara, de tão concentrado em tentar acalmar meu corpo trêmulo, mas Ivy, sim. Ela se inclinou e sussurrou em meu ouvido.

— É seu dom, Bethany. Use-o.

— Não entendo. Como?

— Você tem o dom mais poderoso de todos. Sabe o que fazer com ele.

Minha mente não captou a mensagem de Ivy, mas de alguma forma meu corpo soube o que fazer. Agarrei-me ao restante de energia que sobrara em mim, tentando afastar a dor que ameaçava me dominar e erguendo a cabeça, chegando perto de Xavier. Quando nossos lábios se encontraram, todos os pensamentos negativos desapareceram da minha mente e tudo que vi foi ele. Jake Thorn deu um pulo para trás quando a luz explodiu em raios estonteantes, emanando dos nossos corpos entrelaçados e inundando o ambiente. Jake gritou e tentou usar os braços para se proteger, mas a luz o envolveu como tentáculos de fogo. Ele se debateu e contorceu brevemente, antes de se render e permitir que as chamas lambessem seu torso e se enroscassem como tentáculos em seu corpo.

— O que é isso? — perguntou Xavier, enquanto protegia os olhos contra o brilho ofuscante. Ivy e Gabriel, que estavam imóveis, calmamente deixando que a luz os banhasse, viraram-se para encará-lo.

— Você mais do que ninguém deveria saber — respondeu Ivy. — É o amor.

Xavier e eu permanecemos abraçados enquanto a sala sacudia e a luz abria um buraco no chão.

Foi nesse abismo que Jake Thorn desapareceu. Nossos olhares se encontraram antes que ele caísse. Apesar de torturado, Jake continuava a sorrir.

32
APÓS A TEMPESTADE

Nas semanas seguintes, meus irmãos fizeram o possível para consertar os estragos que Jake deixara para trás. Visitaram as famílias afligidas pelos crimes que ele cometeu e levaram bastante tempo tentando restabelecer a confiança dos moradores de Venus Cove.

Ivy cuidou de Molly e dos outros que tinham sucumbido ao feitiço de Jake. Os espíritos das trevas que se apoderaram de seus corpos foram sugados de volta ao inferno juntamente com aquele que os ressuscitara. Minha irmã apagou a lembrança das atividades de Jake da mente dos jovens, com o cuidado de não interferir em outras memórias. Foi como apagar palavras de um livro de histórias — era preciso selecioná-las com muito cuidado ou corria-se o risco de descartar algo importante. Quando Ivy terminou, eles se lembravam do novato Jake Thorn, mas ninguém se recordava de ter qualquer ligação com ele. Foi enviada uma mensagem à direção da escola, informando que Jake tinha sido tirado da Bryce Hamilton por desejo do pai e que voltaria para o colégio interno na Inglaterra. O fato deu margem a fofocas durante um ou dois dias, até que os alunos o abandonaram em benefício de preocupações mais imediatas.

— O que será que aconteceu com aquele bonitão inglês? — perguntou-me Molly, duas semanas após ter sido resgatada. Sentada na minha cama, ela lixava as unhas. — Qual era mesmo o nome dele? Jack, James...?

— Jake. Ele voltou para a Inglaterra.

— Que pena — comentou Molly. — Eu gostava das tatuagens dele. Você acha que devo fazer uma? Pensei em escrever "leirbag".

— Está pensando em tatuar o nome de Gabriel ao contrário?

— Droga. É tão óbvio assim? Preciso pensar em outra coisa.

— Gabriel não gosta de tatuagens. Ele diz que o corpo humano não é um quadro de avisos.

— Obrigada, Bethie — agradeceu Molly. — Sorte a minha contar com você para me impedir de tomar decisões ruins.

Era difícil conversar com Molly como eu costumava fazer. Algo em mim estava diferente. Fui o único membro da família que não se recuperou do embate com Jake. Na verdade, haviam se passado semanas desde o incêndio, e eu ainda não tinha saído de casa. No início, foi por causa das minhas asas, que sofreram queimaduras sérias e precisavam de tempo para sarar por completo, depois simplesmente me faltou coragem. Contentei-me em ser um fantasma. Passada a minha sede inicial por experiências humanas, tudo que eu queria era o santuário do lar. Não conseguia pensar em Jake sem que as lágrimas brotassem em meus olhos. Tentava esconder dos outros, mas quando não havia ninguém por perto meu autocontrole falhava e eu chorava copiosamente — não só por causa do sofrimento que ele provocara, mas também porque tudo poderia ter sido diferente, caso ele tivesse me deixado ajudá-lo. Eu não o odiava. O ódio era uma emoção muito forte, e não me sobrara energia suficiente para nutri-lo. Deparei-me pensando em Jake como uma das criaturas mais tristes do Universo. Ele viera com o propósito de cobrir nossas vidas de trevas, mas, na verdade, não conseguira nada. Ainda assim, eu tentava não pensar no que poderia ter acontecido se Gabriel não invadisse o local onde eu estava aprisionada naquele momento. Mas a ideia teimava em surgir na minha mente e me empurrar de volta para a segurança do meu quarto.

Às vezes eu observava, da janela, a vida passar. A primavera virou verão, e senti os dias ficarem mais longos. Reparei que o sol chegava mais cedo e ficava mais tempo. Admirava os pardais tecendo seus ninhos nos beirais da casa. Via as ondas lambendo preguiçosamente a areia ao longe.

A visita de Xavier era a única hora do dia que eu esperava ansiosamente. Claro que Ivy e Gabriel me deram todo o apoio, mas sempre pareciam meio distantes, ainda muito ligados ao nosso velho lar. Na minha cabeça, Xavier era a personificação da Terra — sólido como rocha, estável e seguro. Eu me preocupara com o fato de que a experiência com Jake Thorn pudesse mudá-lo, mas sua reação a tudo que aconteceu foi nula. Ele mergulhou na missão de cuidar de mim, tendo aparentemente aceitado o mundo sobrenatural sem questionamentos.

— Talvez eu não queira respostas — disse ele, quando toquei no assunto uma tarde. — Já vi o suficiente para acreditar.

— Mas você não fica curioso?

— É como você falou — argumentou, sentando-se ao meu lado e prendendo uma mecha de cabelo atrás da minha orelha. — Há certas coisas que estão além da compreensão humana. Sei que o Céu e o inferno existem e vi o que pode sair de um e de outro. Por enquanto é tudo que preciso saber. Perguntas não teriam qualquer finalidade agora.

Sorri.

— Quando você se tornou tão sábio?

Xavier deu de ombros.

— Bom, tenho andado com um pessoal que está por aí desde a criação do mundo. Espera-se que eu adquira alguma perspectiva tendo um anjo como minha outra metade.

— Você me chamaria de sua outra metade? — indaguei sonhadoramente, passando o dedo no cordão de couro em seu pescoço.

— Claro. Quando não estou com você, parece que estou usando óculos que fazem o mundo ficar cinza.

— E quando está comigo? — perguntei baixinho.

— Tudo fica em tecnicolor.

As provas finais de Xavier se aproximavam, mas nem por isso ele deixava de me visitar diariamente, sempre atento, sempre examinando meu rosto em busca de sinais de melhora. Todo dia me trazia alguma coisa: um artigo de jornal, um livro da biblioteca, uma história para contar ou biscoitos que ele mesmo tinha preparado. Autopiedade não era uma opção com ele por perto. Se houve momentos no passado em que duvidei do seu amor, essas dúvidas não mais existiam.

— O que acha de tentarmos sair para uma caminhada hoje? — sugeriu Xavier. — Talvez até a praia? Você pode levar o Phantom se quiser.

Às vezes me sentia tentada, mas em seguida a ideia do mundo lá fora me sufocava e eu me enfiava debaixo das cobertas.

— Tudo bem. — Xavier não insistia no assunto. — Quem sabe amanhã? Que tal ficarmos em casa e prepararmos o jantar juntos?

Assenti calada, chegando mais perto dele e olhando seu rosto perfeito com aquele meio sorriso divertido e a mecha de cabelo castanho caindo na testa. Tudo era maravilhosamente familiar.

— Você tem uma paciência de santo — comentei. — Acho que teremos que pedir sua canonização.

Ele riu e pegou minha mão, satisfeito de ter um vislumbre do meu antigo senso de humor. Eu o segui até lá embaixo, de pijama, ouvindo-o sugerir receitas. Sua voz era tão relaxante que parecia um bálsamo acalmando minha mente ansiosa. Sabia que ele ficaria comigo conversando e me falando coisas até que eu pegasse no sono. Cada palavra sua me empurrava, suavemente, de volta à vida.

Mas nem mesmo a presença de Xavier me protegia dos pesadelos. Toda noite era a mesma coisa, e eu acordava suando frio. Logo me dava conta de que estivera sonhando, mesmo enquanto o sonho se desenrolava na minha cabeça. Há semanas vinha tendo o mesmo sonho, mas ele ainda conseguia me aterrorizar e me fazer acordar com o coração na boca e os punhos cerrados.

No sonho, eu voltava ao Céu, tendo abandonado para sempre a Terra. A profunda tristeza que eu sentia era tão real que, quando despertava, parecia ter uma bala no peito. O esplendor do Céu não me dizia nada, e eu implorava ao Nosso Pai que me desse mais tempo na Terra. Defendia meu caso com afinco e chorava lágrimas amargas, mas meu pedido não era atendido. Em desespero, via os portões se fecharem atrás de mim e sabia que não havia como escapar. Eu já tivera minha oportunidade e a deixara passar.

Embora estivesse em casa, sentia-me uma estranha. Não era o retorno em si que me doía tanto, mas a lembrança do que eu deixara para trás. A ideia de nunca mais tocar em Xavier, de nunca mais ver seu rosto, me atacava como as garras de uma ave de rapina. No sonho, eu o perdera. Seus traços ficavam borrados quando eu tentava recordá-los. O mais difícil é que eu nem mesmo tivera a chance de lhe dizer adeus.

A vastidão da eternidade se estendia bem à minha frente, e tudo que eu desejava era a mortalidade terrena. Mas não havia nada a fazer. Não podia desafiar as leis imutáveis da vida e da morte, do Céu e da Terra. Não podia sequer alimentar qualquer esperança, pois nada havia a esperar. Meus irmãos e irmãs se revezavam me oferecendo palavras de conforto, mas eu estava inconsolável. Sem ele, nada no meu mundo fazia sentido.

Apesar da aflição causada pelo sonho, não me importava com a insistência daquelas imagens perturbadoras, desde que eu pudesse acordar e saber que Xavier logo estaria comigo. O importante era acordar. Acordar para sentir o calor do sol entrando pelas janelas francesas, para encontrar o meu fiel

Phantom dormindo aos meus pés e as gaivotas voando em círculos acima de um mar azul-celeste. O futuro podia esperar. Tínhamos enfrentado uma grande provação juntos, ele e eu, e tínhamos sobrevivido. Saíramos dela feridos, porém mais fortes. Eu não podia crer que o Céu que eu conhecia pudesse ser tão cruel a ponto de nos separar. Não sabia o que o futuro reservava, mas tinha certeza de que, o que quer que fosse, o enfrentaríamos juntos.

Fazia semanas que eu sofria de insônia. Sentava na cama e observava lascas de luar refletidas no chão. Tinha desistido de dormir — toda vez que fechava os olhos, me dava a impressão de sentir mãos passando no meu rosto ou uma sombra escura esgueirando-se pela porta do quarto. Uma noite, cheguei a olhar pela janela e pensar ter visto o rosto de Jake Thorn nas nuvens.

Levantei da cama e abri as portas da sacada. Um vento frio varreu o quarto, e vi nuvens negras baixas no Céu, anunciando uma tempestade. Desejei que Xavier estivesse comigo. Imaginei-o me envolvendo em seus braços e colando seu corpo quente no meu. Ele encostaria os lábios na minha orelha e me diria que tudo ia dar certo, que eu sempre estaria segura. Mas Xavier não estava ali, e me vi de pé sozinha quando as primeiras gotas de chuva molharam meu rosto. Sabia que me encontraria com Xavier pela manhã quando ele viesse me apanhar de carro rumo à escola, mas a manhã parecia tão distante que a ideia de esperá-la sozinha no escuro me provocou enjoo. Encostei-me ao corrimão de ferro da sacada e inspirei o ar frio. Vestia apenas a minha camisola fina de algodão, que esvoaçou à minha volta como se o vento tentasse me derrubar. Via o mar ao longe, e ele lembrava um animal negro adormecido. As ondas subiam e desciam quase como se respirassem. Quando o vento uivante me alcançou, um estranho pensamento brotou na minha cabeça. Era quase como se o vento tentasse me erguer, me fazer voar. Consultei o rádio-relógio na mesinha de cabeceira. Passava da meia-noite, então toda a vizinhança estaria dormindo. Por um instante foi como se o mundo inteiro me pertencesse. Antes que eu me desse conta, tinha subido na grade e me balançava. Estendi os braços acima da cabeça. O ar era refrescante. Peguei uma gota de chuva com a língua e ri alto, de tão relaxada que estava subitamente me sentindo. Um relâmpago iluminou o horizonte, onde Céu e mar se encontravam. Uma sensação inexplicável de aventura tomou conta de mim, e então pulei.

Por um momento, me perguntei se estaria caindo, antes de perceber que algo me segurava no ar. Minhas asas tinham rompido o tecido fino da camisola e batiam suavemente. Deixei que me levassem mais alto e agitei as pernas como uma criança empolgada. Dentro de instantes, os telhados estavam abaixo de mim, e eu subia e descia no Céu noturno. Trovoadas faziam a Terra estremecer, e relâmpagos iluminavam a escuridão, mas não tive medo. Sabia exatamente aonde queria ir. Sabia de cor o caminho até a casa de Xavier. Era surreal sobrevoar a cidade adormecida — passei pela Bryce Hamilton e as conhecidas ruas vizinhas. Senti como se voasse sobre uma cidade fantasma, mas no fundo tinha a noção de que a qualquer momento podia ser vista, e isso me deliciava. Sequer tentei me esconder atrás das nuvens carregadas de chuva.

Em pouco tempo me vi no gramado macio da casa de Xavier. Fui, com um passo após o outro, até os fundos da casa, onde ficava o quarto dele. A janela estava aberta para deixar entrar a brisa noturna, e o abajur ao lado da cama ficara aceso. Xavier dormia com o livro de química aberto sobre o peito. Por algum motivo, o sono fazia com que ele parecesse muito mais jovem. Ainda vestia sua calça de moletom desbotada e a camiseta branca folgada. Um braço descansava atrás da cabeça, e o outro, ao lado do corpo. Seus lábios estavam entreabertos, e observei o suave movimento do seu peito subindo e descendo. Sua expressão era tranquila, como se não tivesse uma única preocupação no mundo.

Recolhi minhas asas e entrei silenciosamente. Na ponta dos pés me aproximei da cama e estendi a mão para pegar o livro. Xavier se mexeu, mas não acordou. Fiquei parada ao pé da cama, observando-o dormir e, de repente, me senti mais perto do Criador do que jamais me sentira no Reino. Ali, diante de mim, dormia a Sua maior criação. Os anjos foram criados para montar guarda, mas era como se eu pudesse sentir em Xavier um enorme poder — o poder de mudar o mundo. Ele era capaz de fazer o que quisesse, de ser quem quisesse. De repente, percebi o que eu mais desejava no mundo: que ele fosse feliz, estando ou não em minha companhia. Por isso, me ajoelhei, baixei a cabeça e rezei a Deus, pedindo-Lhe que abençoasse Xavier e o protegesse de qualquer perigo. Rezei para que ele tivesse uma vida longa e próspera. Rezei para que todos os seus sonhos se realizassem. Rezei para que eu pudesse sempre estar em contato com ele de alguma forma — ainda que já tivesse partido da Terra.

Antes de ir embora, dei uma última olhada em seu quarto. Registrei a flâmula do L.A. Lakers presa à parede, li as inscrições nos troféus alinhados nas prateleiras. Passei o dedo pelos objetos espalhados na escrivaninha. Uma caixa de madeira entalhada chamou minha atenção. Parecia deslocada em meio aos pertences juvenis. Puxei-a para mim e a abri devagarzinho. O interior era forrado de cetim vermelho. No meio havia uma única pena branca. Eu a reconheci imediatamente: a pena que Xavier encontrou no carro depois do nosso primeiro encontro. Sabia que ele a guardaria para sempre.

EPÍLOGO

Três meses depois, as coisas haviam se acalmado e voltado mais ou menos ao normal. Ivy, Gabriel e eu tínhamos nos esforçado para recuperar a cidade e os alunos da Bryce Hamilton de forma que as terríveis aflições sofridas ou testemunhadas fossem reduzidas a nada mais que imagens nebulosas, fragmentadas, ou a palavras impossíveis de serem unidas para formar qualquer tipo de sequência lógica. Xavier foi o único que teve acesso pleno às lembranças. Mesmo não tocando no assunto, eu sabia que ele não o tinha esquecido, que jamais as esqueceria. Mas ele era forte; mesmo jovem, já tinha lidado com cargas enormes de dor e sofrimento, e sabíamos que não desmoronaria sob esse peso extra.

Com o passar das semanas, conseguimos retomar a rotina, e cheguei a fazer progressos na tentativa de cair novamente nas graças de Bernie.

— Numa escala de um a dez, quais você acha que são as chances de a sua mãe me perdoar totalmente? — perguntei a Xavier, no caminho para a escola numa manhã ensolarada.

— Dez — respondeu ele. — Sei que minha mãe é durona, mas por quanto tempo você acha que ela é capaz de ficar aborrecida? Isso já é passado.

— Tomara.

Xavier estendeu o braço e pegou minha mão.

— Não há mais nada a temer.

— Exceto um demônio ou outro de vez em quando — brinquei. — Mas não deixe que isso estrague o bom humor.

— Nem pensar — concordou Xavier. — Eles eram penetras na *nossa* festa.

— Você de vez em quando se preocupa com o fato de eles poderem aparecer de novo e botar tudo abaixo?

— Não, porque juntos você e eu podemos erguer tudo novamente.

— Você sempre sabe o que dizer — comentei, sorrindo. — Por acaso ensaia em casa?

— Faz parte do meu charme — respondeu, dando uma piscadela.

— Bethie! — exclamou Molly, correndo para nos alcançar quando chegávamos ao portão da escola. — O que vocês acham do meu novo *look*?

Ela deu uma voltinha, e vi que passara por uma transformação completa. Baixara a saia até cobrir o joelho, abotoara a blusa até o pescoço e dera um nó caprichado na gravata. O cabelo estava preso em uma trança alinhada, e ela não usava uma única joia. Chegara a calçar as meias oficiais do uniforme.

— Você parece pronta para entrar para o convento — disse Xavier.

— Ótimo — exultou Molly. — Estou tentando parecer madura e responsável.

— Ai, Molly... — suspirei. — Isso não tem a ver com Gabriel, tem?

— O que você acha, gênio? Que outro motivo me faria sair por aí parecendo uma tonta?

— Hã-rã — assentiu Xavier. — Nota dez pela maturidade.

— Não acha melhor simplesmente ser você? — perguntei.

— A Molly verdadeira talvez o assustasse — observou Xavier.

— Pare com isso — repreendi, dando uma palmadinha de leve em seu braço. — Só acho, Molly, que Gabriel deveria gostar de você pelo que você é...

— Pode ser — esquivou-se Molly. — Mas não me importo de mudar. Posso ser quem ele quiser.

— Ele quer que você seja a Molly.

— Eu, não — começou Xavier. — Quero que você seja... — Quando o cutuquei, ele não conseguiu conter o riso.

— Será que ao menos dá para tentar ajudar?

— Está bem, está bem — concordou Xavier. — Olhe aqui, garotas falsas ou que se esforçam demais não estão com nada. Você precisa ficar na sua e parar de correr atrás dele.

— Mas não devo mostrar a ele que estou interessada? — indagou Molly.

— Acho que ele já sabe — respondeu Xavier, revirando os olhos. — Agora você precisa esperar que ele venha até você. Aliás, por que não tenta sair com outro cara...?

— Por que eu faria isso?

— Para ver se ele fica com ciúme. A forma como ele reagir vai lhe dizer tudo que você precisa saber.

— Obrigada, você é o máximo! — agradeceu Molly, radiante. Soltou o cabelo, desabotoou a parte de cima da blusa e saiu correndo, provavelmente em busca de algum pobre garoto para usar como namorado em seu grande plano para conquistar o coração de Gabriel.

— A gente não devia incentivá-la — observei.

— Nunca se sabe — retrucou Xavier. — Talvez ela faça o tipo de Gabriel.

— Gabriel não tem um tipo — contestei, rindo. — Ele já vive uma relação de compromisso.

— Os humanos podem ser curiosamente tentadores.

— Eu é que sei — completei, ficando na ponta dos pés para lamber carinhosamente a pontinha da sua orelha.

— Acho que este é um comportamento impróprio para o pátio da escola — implicou Xavier. — Sei que é difícil resistir ao meu charme, mas, por favor, tente se controlar.

Nos despedimos no corredor da Bryce Hamilton. Enquanto eu o via se afastar, tive uma estranha sensação de segurança que há muito não experimentava. Por um instante, acreditei de verdade que o pior já tinha passado.

Mas estava errada. Devia ter visto que não tinha chegado ao fim, que não podia ter acabado com tanta facilidade. Nem bem perdi Xavier de vista, um pequeno cilindro de papel escorregou do alto do meu armário. Quando o desenrolei, já sabia que veria a caligrafia negra enroscada nele como uma aranha. O medo se abateu sobre mim como uma névoa quando as palavras se cravaram em meu cérebro.

O lago de fogo aguarda a minha senhora

AGRADECIMENTOS

A série Halo é um projeto no qual investi muita emoção e energia. No entanto, ela não existiria sem a contribuição das seguintes pessoas:

Minha agente, Jill Grinberg, pelo entusiasmo e pela total confiança na história.

Minha mãe, pelo apoio e pela honestidade impiedosa.

Jean Feiwel, Liz Szabla e a equipe da Feiweil and Friends, por dedicarem tanto tempo e esforço ao projeto.

Lisa Berryman, por ter sido minha mentora desde que eu tinha 13 anos.

O diretor que me inspirou, dr. David Warner, por compreender os jovens e seus sonhos.

Um agradecimento especial para Matthew DeFina (Moo-Moo), pela inestimável percepção da psique masculina, por suas atenciosas respostas às minhas perguntas inacabáveis e por me fazer sorrir quando as coisas ficavam difíceis demais.

Editora responsável
Gabriela Nascimento

Produção editorial
Ana Carla Sousa
Ângelo Lessa

Revisão de tradução
Lucas Vieira Nunes

Revisão
Flávia Midori
Gabriel Machado
Guilherme Bernardo

Diagramação
Filigrana

Este livro foi composto em Iowan Old Style,
corpo 10,5/14,5, e impresso pela Edigráfica
sobre papel avena 70g/m² para a Agir em 2014.

HEAVEN

HEAVEN

ALEXANDRA ADORNETTO

Tradução

Carolina Caires Coelho

AGIR

Título original: Heaven

Editora Nova Fronteira Participações S.A.
Rua Nova Jerusalém, 345 — Bonsucesso — CEP 21042-235
Rio de Janeiro — RJ — Brasil
Tel.: (21) 3882-8200 — Fax: (21) 3882-8212/8313
www.ediouro.com.br

CIP-BRASIL. CATALOGAÇÃO NA FONTE
SINDICATO NACIONAL DOS EDITORES DE LIVROS, RJ

A185h Adornetto, Alexandra.
Heaven / Alexandra Adornetto ; tradução Carolina Caires Coelho. - Rio de Janeiro : Agir, 2013.
(Halo ; 3)

Tradução de: Heaven
Continuação de : Hades
ISBN 978-85-220-1408-8

1. Anjos - Literatura infantojuvenil 2. Ficção infantojuvenil australiana. I. Coelho, Carolina Caires. II. Título.

CDD: 028.5
CDU: 087.5

Para quem acredita.

Não quero ir para o céu. Nenhum de meus amigos está lá.
— Oscar Wilde

Se o céu não for como Dixie, não quero ir para lá
Se o céu não for como Dixie, é em casa que quero ficar.
— Hank Williams Jr., "If Heaven Ain't a Lot Like Dixie"

SUMÁRIO

1

ATÉ A MORTE

TUDO COMEÇOU A CHACOALHAR.

Segurei a beirada da mesa e observei minha aliança de noivado cair no chão quadriculado do Sweethearts. O tremor durou apenas alguns segundos, mas o jukebox parou de tocar e as garçonetes assustadas hesitaram, tentando equilibrar as bandejas cheias.

Do lado de fora, vi o céu escurecer como hematoma na pele e o topo das árvores tremer como se estivesse sendo sacudido por uma mão invisível. A expressão distante e satisfeita de Xavier desapareceu, sendo substituída pelo olhar áspero e combativo que tenho visto muitas vezes ultimamente. Segurei a mão dele com mais força, fechei os olhos e esperei pela luz ofuscante que com certeza viria para me levar de volta à minha prisão no Céu.

Mas, depois de um instante, a terra estava parada de novo e as atividades normais tinham sido retomadas ao nosso redor. Todos estavam esperando por algo pior e juntos suspiraram de alívio ao perceber que nada grave tinha acontecido. Agora, estavam rindo, comentando sobre a imprevisibilidade da Mãe Natureza, enquanto as garçonetes se apressavam a limpar a sujeira causada pelas bebidas derrubadas. Ninguém daria muita atenção ao que havia ocorrido: provavelmente seria notícia por um dia ou dois, e então seria esquecido. Mas eu e Xavier não nos deixaríamos enganar. Problemas estavam surgindo no Reino, conseguíamos sentir. Pensei em dizer a Xavier que talvez aquela não fosse uma ideia muito boa, que deveríamos devolver o anel de sua avó, voltar para Bryce Hamilton e assistir ao restante da cerimônia de formatura. Se corrêssemos, provavelmente chegaríamos a tempo de ele fazer seu discurso. Porém, quanto mais eu o observava, mais incerta ficava sobre o que fazer.

O meu lado responsável reconhecia que o mais inteligente a fazer seria obedecer ao aviso, agir de acordo com as regras e não brincar com o Céu. No entanto senti uma revolta que me dizia ser tarde demais para voltar. Deixei a menina tímida que existe dentro de mim se recolher a um canto e permiti que a nova Beth tomasse o controle. Não a conhecia muito bem, mas, de certa forma, tinha a sensação de que ela sempre estivera ali, escondida, uma atriz substituta pronta, esperando o seu momento de brilhar.

Foi essa Beth que ficou de pé e pegou a bolsa.

— Vamos.

Xavier jogou algumas notas em cima da mesa e me seguiu na rua. Olhou para cima, estreitando os olhos sob o Sol, que reaparecera discretamente, e soltou um longo suspiro.

— Você acha que isso foi direcionado a nós?

— Não sei — respondi. — Podemos estar exagerando, interpretando de um jeito errado.

— Talvez — disse Xavier. — Mas nada assim tinha acontecido antes e vivo aqui desde que nasci.

Olhei para os dois lados da rua principal. As pessoas pareciam levar a vida normalmente. Notei o delegado ali fora, tranquilizando alguns turistas nervosos. Ele ergueu a voz para nós.

— Não precisa ficar assustada, menina. Os tremores são esparsos por essas bandas, não há com o que se preocupar.

Os turistas pareceram se acalmar com as palavras dele, mas eu sabia que o tremor não podia ser mera coincidência. Com certeza foi um aviso lá de cima, não havia a intenção de causar nenhum dano, mas, sim, de chamar a nossa atenção. E conseguiu.

— Beth? — chamou Xavier. — O que faremos agora?

Olhei para o Chevy estacionado do outro lado da rua — demoraríamos cinco minutos para chegar à praia, onde o padre Mel estava à nossa espera na capela. Eu me lembro de tê-lo visitado com Gabriel e Ivy quando chegamos a Venus Cove, e, ainda que não tivéssemos declarado abertamente, ele sabia o que éramos. O seu olhar nos dissera tudo. Pensei que, se um homem tão correto como o padre Mel havia concordado em nos casar, ele devia acreditar na nossa união. Era reconfortante saber que tínhamos pelo menos um aliado.

Fiquei pensando nisso por um momento, mas logo vi um casal de idosos sentado em um banco de madeira na praça. O homem segurava a mão da esposa e sorria sozinho enquanto o vento bagunçava o seu cabelo branco e o sol esquentava a sua nuca. Tentei imaginar desde quando eles estavam juntos, quanto do caminho da vida eles tinham compartilhado. A tarde estava ensolarada e as bétulas na calçada brilhavam ao sol. Observei um corredor passar, ouvindo seu iPod, e um menininho fazendo caretas para os pedestres pela janela de um carro. Posso não ter nascido neste mundo, mas sei que ganhei o direito de estar nele. Não iria abrir mão desse direito facilmente.

Segurei o rosto de Xavier.

— Se me lembro bem... você acabou de me pedir em casamento.

Ele me observou com incerteza por um tempo até compreender o que eu dizia. Então abriu um sorriso. Segurou a minha mão com um fervor renovado e atravessamos a rua em direção ao Chevy. No banco de trás, estavam as becas da formatura que havíamos deixado ali mais cedo, mas nenhum de nós as notou. Não conversamos enquanto Xavier acelerava e corríamos em direção à praia. Qualquer dúvida que tínhamos desapareceu. Independentemente do que acontecesse, manteríamos o nosso plano.

A capela de são Marcos era feita de pedras e foi construída por colonos europeus logo depois da Guerra Civil. Uma cerca de ferro forjado a cercava e um caminho de pedras pontuado por jacintos azuis levava às portas abobadadas de carvalho. Era a primeira igreja católica da região, e uma parede de memorial contornava a lateral do jardim, em homenagem aos soldados confederados mortos. São Marcos significava muito para Xavier e sua família. Ele fazia estudos bíblicos ali desde a infância e participou de todas as peças de Natal até crescer e começar a sentir vergonha. Padre Mel conhecia cada um dos filhos da família Woods pessoalmente. Em poucas semanas, ele casaria a filha mais velha, Claire. Por ser irmão dela, Xavier seria um dos padrinhos.

Assim que entramos, o barulho do mundo lá fora ficou totalmente abafado. Os nossos passos ecoavam no mármore vermelho do chão da capela e pilares de pedra iam até o teto abobadado. Uma estátua de Cristo crucificado dominava o espaço, com Sua cabeça coroada abaixada, mas com os olhos Dele olhando para o Céu. Mosaicos de santos mártires olhavam para nós do teto. Uma luz dourada preenchia a capela, refletindo no tabernáculo que mantinha os consagrados. Nas paredes, pinturas das 14 estações da Via Crúcis eram expostas em molduras pesadas e entalhadas.

Os bancos eram de madeira escura polida e o cheiro de incenso tomava conta do ar. Os vitrais acima do altar mostravam um Gabriel de cabelo dourado, com rosto sério e roupa vermelha, passando a sua mensagem a Maria, ajoelhada e surpresa. Foi estranho ver a interpretação do meu irmão arcanjo feita por um artista. O verdadeiro Gabriel era tão lindo e encantador que a sua beleza não podia ser transmitida com fidelidade. Ainda assim, as cores dos vitrais se destacavam, fazendo as figuras ganharem vida diante dos nossos olhos.

Paramos na entrada, para molharmos os dedos na água benta de uma pequena fonte, e fizemos o sinal da cruz. O ruído suave do tecido da roupa do padre Mel anunciou a sua presença. Quando apareceu, percebemos que ele emitia um som enquanto descia os degraus acarpetados, para nos receber. Era um homem calvo com olhos brilhantes e que não pareceu surpreso ao nos ver. Abraçou Xavier com afeto e segurou a minha mão como se fôssemos velhos conhecidos.

— Estava à espera de vocês — disse ele, de modo encorajador.

O padre nos levou para a frente da igreja, onde nós dois nos ajoelhamos diante do altar. Ele analisou nossos rostos, procurando a sinceridade de nossa intenção.

— O casamento é um compromisso sério — começou. — Vocês dois são muito jovens. Já pensaram com cuidado sobre o que estão prestes a fazer?

— Sim, padre, pensamos — respondeu Xavier, em um tom que teria convencido até mesmo a pessoa mais descrente. — O senhor vai nos ajudar?

— Hmmm — murmurou, preocupado. — O que a família de vocês tem a dizer sobre isso? Com certeza eles querem estar presentes em um momento tão importante, não é? — O olhar do padre Mel ficou mais sério quando encontrou o meu.

— Esta é a nossa decisão — respondeu Xavier. — Gostaria que eles estivessem aqui... mas eles não entenderiam. — O padre assentiu ao considerar o sentido das palavras de Xavier.

— O que temos não é um namorico adolescente — interrompi, acreditando que talvez ele precisasse de mais argumentos. — O senhor não faz ideia das coisas pelas quais passamos para chegar aqui.

Por favor, não podemos passar nem mais um dia sem pertencer um ao outro sob os olhos de Nosso Pai. — Percebi que o padre estava tendo dificuldades em ignorar a nossa urgência, mas sua intuição devia estar lhe recomendando cuidado. Eu precisava ser mais incisiva para convencê-lo. — É a vontade de Deus — disse, de repente, e vi que os olhos dele se arregalaram. — Ele nos uniu por um motivo. O senhor, mais do que ninguém, deve saber que Ele tem um plano para todas as pessoas, e este é o nosso. Não devemos questioná-Lo, apenas queremos assumir o que Ele criou entre nós.

Minhas palavras pareceram decidir a questão. Ele não podia rejeitar o que parecia ser uma ordem direta dos Céus. O padre ergueu as mãos em um gesto de consentimento.

— Muito bem, então. Não vai adiantar deixar vocês esperando mais. — Fez um sinal para alguém que, até então, estava escondido. — Tomei a liberdade de pedir à sra. Alvarez que servisse como testemunha.

Nós nos viramos e vimos uma mulher rezando em silêncio em um dos últimos bancos. Quando ficou de pé e se aproximou do altar, a reconheci como a faxineira do presbitério. A sra. Alvarez alisou vincos imaginários de sua blusa estampada. Não conseguia esconder a animação por participar, ainda que com um pequeno papel, do que poderia ter-lhe parecido uma aventura maluca e romântica. Quando começou a falar, até pareceu meio ofegante.

— Você é o filho de Bernadette, não é? — perguntou com um sotaque hispânico carregado. Xavier assentiu e olhou para o chão, esperando uma reprimenda. No entanto, ela apenas segurou o braço dele. — Não se preocupe. Em breve todos ficarão felizes por você.

— Podemos começar? — perguntou o padre Mel.

— Por favor... *un rato*. — A sra. Alvarez balançou a cabeça e me observou com tristeza antes de se afastar. Ficamos confusos por um momento, e então ela voltou e me presenteou com um buquê de margaridas que ela colheu rapidamente no jardim da capela.

— Obrigada. — Sorri para ela de modo agradecido. Na nossa pressa de chegar lá, não havíamos pensado muito nos detalhes. Ainda estávamos com nossos uniformes de escola.

— De nada — disse ela, e seus olhos se semicerraram em um sorriso. A luz do Sol que passava pelos vitrais iluminou Xavier com tons dourados. Não teria importado se ele estivesse usando seu short velho da academia. A sua presença era maravilhosa. Pelo canto dos olhos, vi rapidamente o meu cabelo castanho, com um toque de cobre e bronze. Eu parecia estar brilhando. Uma parte de mim quis interpretar isso como um sinal de que, talvez, a nossa união pudesse estar agradando aos Céus. Afinal, a terra havia parado de tremer e o teto não indicava sinal de abalo. Talvez, quem sabe, o nosso amor fosse tão grande que até o Céu tivesse que aceitar.

Quando olhei para Xavier, percebi que algo dentro de mim havia mudado. Não estava tomada pela onda de emoção de sempre — um amor tão intenso que às vezes tinha a sensação de que o meu corpo não podia contê-lo. Eu me senti totalmente em paz, como se o meu universo estivesse se formando exatamente como deveria. Apesar de conhecer o rosto de Xavier como a palma da minha mão, sempre que olhava para ele, era como se o estivesse vendo pela primeira vez. Nas lindas linhas do seu rosto, encontrei muita profundidade e complexidade: os seus lábios esboçavam um sorriso, o seu rosto bem-desenhado e olhos amendoados da cor azul, como a profundeza do mar. Feixes de luz do Sol dançavam pelo seu cabelo loiro, fazendo-o brilhar como ouro. O uniforme dele, blusa azul-escura com o brasão da Bryce bordado no bolso, parecia adequado para a solenidade da ocasião. Xavier levantou as mãos para ajeitar a gravata pela última vez. Eu não soube dizer se ele estava nervoso ou não.

— Preciso ficar muito bonito hoje — disse ele, piscando para mim, brincalhão.

O padre Mel estendeu as mãos e as manteve separadas.

— Vocês vieram juntos para esta igreja para que o Pai possa consagrar e selar o seu amor por meio do matrimônio sagrado. Que vocês dois assumam as obrigações do casamento com respeito mútuo e fidelidade duradoura. E assim, diante da Igreja, peço a vocês que expressem as suas intenções. Vocês amarão e honrarão um ao outro como marido e mulher pelo resto da vida?

Nós olhamos para a frente de repente, como se tivéssemos tomado consciência da importância daquele momento. Não hesitamos e respondemos juntos, como se já estivéssemos unidos.

— Sim.

— Unam as mãos direitas e afirmem diante de Deus e de Sua Igreja. Xavier, repita comigo.

Xavier pronunciou cada palavra com cuidado, como se cada uma delas tivesse um peso e não pudesse ser apressada. A sua voz parecia música. Fiquei tão animada que precisei segurar as suas mãos com mais força, com medo de sair flutuando. Ele não tirou os olhos dos meus enquanto falava.

— Eu, Xavier Woods, aceito você, Bethany Church, como minha legítima esposa, e prometo amá-la e respeitá-la, a partir de hoje, na alegria e na tristeza, na saúde e na doença, na riqueza e na pobreza, até que a morte nos separe.

E, então, foi a minha vez. Acho que estava nervosa, porque percebi a minha voz tremer ao dizer as mesmas palavras, com o padre Mel me observando. A sra. Alvarez pegou um lenço de renda que mantinha guardado em uma das mangas e secou os olhos. Enquanto eu falava, não consegui conter as lágrimas. Mas só naquele momento descobri o que era chorar lágrimas de felicidade. Senti Xavier acariciando a minha mão com o polegar e, por um momento, me perdi nos seus olhos profundos. A voz do padre Mel me trouxe de volta ao presente.

— Está na hora das alianças, que vocês devem dar um ao outro como símbolo de amor e fidelidade.

Xavier segurou minha mão e colocou a aliança da avó no meu dedo. Serviu muito bem, como se estivesse se prendendo a mim para sempre. Chateada por não termos tido mais tempo para planejar, tirei o meu anel de formatura e tentei colocá-lo no dedo anelar de Xavier. É claro que era pequeno demais e só entrou no dedo mínimo. Paramos, pensando que podíamos ter estragado tudo. Mas nós dois relaxamos quando a sra. Alvarez cobriu a boca com a mão e começou a rir.

— Que a união de vocês seja aprovada pelo Senhor — concluiu o padre Mel. — Que ela traga paz e harmonia a suas vidas. Eu os declaro marido e mulher.

Pronto. A cerimônia terminou e estávamos casados.

Durante toda a minha vida, me senti como alguém de fora, analisando um mundo do qual nunca fiz parte. No Reino eu existira, mas nunca vivera nele, exatamente. Conhecer Xavier mudou tudo. Ele havia me deixado entrar, havia me amado e cuidado de mim. Nunca se importou com o fato de eu ser diferente e deu vida a meu mundo apenas com a sua presença. Eu sabia que ainda teríamos batalhas pela frente, mas minha alma, agora, estava intrinsecamente ligada à dele, e nada, nem o Céu nem o Inferno, poderia nos separar.

Nós nos esquecemos de esperar pela orientação do padre Mel e instantaneamente nos beijamos. Havia algo totalmente diferente na essência da nossa união. Ali, parecia sagrada. As minhas asas começaram a tremer sob a camiseta e a minha pele toda começou a formigar, espalhando um brilho quente pelo meu corpo. Então, a luz da minha pele se fundiu com a luz do Sol que passava pelo vitral. Explodiu em um flash, prendendo eu e Xavier dentro de um prisma brilhante. Padre Mel e a sra. Alvarez se surpreenderam, mas, um segundo depois, o prisma se desfez e o Sol se escondeu atrás de uma nuvem.

A sra. Alvarez ficou tão animada que começou a nos parabenizar em espanhol e a nos beijar sem parar, como se fôssemos parentes que ela não via fazia muito tempo. Só parou quando padre Mel nos levou discretamente ao altar para assinar o papel.

Eu havia acabado de soltar a caneta quando as portas da capela se abriram com um estrondo, fazendo todos se sobressaltarem. Um adolescente de andar relaxado, rosto afeminado e cabelo penteado parou na porta. Ele vestia um roupão preto de capuz, e três pares de asas pretas se abriam atrás dele. Fez uma reverência formal, não tirando os olhos do padre Mel, e aproximou-se do altar com um andar ensaiado, como se estivesse em uma passarela. Levava uma foice brilhante na lateral do corpo. Logo de cara, o reconheci: o Ceifador de Almas, treinado pelo próprio Anjo da Morte. A sra. Alvarez começou a gritar, histérica, enquanto buscava se proteger atrás do altar. Orações rápidas proferidas em espanhol podiam ser ouvidas do local onde ela se escondia. Tradicionalmente, os ceifadores só são visíveis por aqueles que eles buscam, mas, naquela situação, os bons modos tinham sido deixados de lado.

Todos os movimentos pareciam meticulosamente pensados, feitos para passar uma mensagem clara a todos nós. A morte estava nos rondando. Por instinto, puxei Xavier para o chão. Nesse mesmo instante, as minhas asas se abriram e o protegeram — um ceifador não pode levar uma alma que esteja sob os cuidados do seu guardião. Mas logo descobri que o Ceifador não queria levar Xavier.

O seu olhar intenso estava fixo no padre Mel, e o seu dedo fino apontava diretamente para ele. O padre hesitou, confuso, e logo começou a recuar, até ficar pressionado contra o altar, com os óculos de aros grossos tortos no rosto.

— Só queria ajudar. Só queria ajudar — repetia ele.

— A sua intenção é irrelevante — retrucou o Ceifador, com frieza. O padre Mel parou por um momento, e então se endireitou. — Fui chamado pelo Senhor e atendi.

— Você sabe o que ela é? — perguntou o Ceifador. — Ela não é um ser humano.

O padre não pareceu surpreso. Desde o começo, percebeu que eu era diferente, apesar de nunca ter feito qualquer pergunta ou me tratado de modo diferente.

— Deus age de maneiras misteriosas — respondeu ele, com coragem.

O Ceifador inclinou a cabeça.

— De fato.

Observei, assustada, quando ele ergueu uma das mãos e o padre Mel instantaneamente dobrou o corpo para a frente, sentindo dor, levando a mão ao coração. Tentou respirar caído no chão.

— Deixe-o em paz! — gritou Xavier, tentando se livrar dos meus braços. Eu o prendi usando uma força que não sabia ter. O Ceifador pareceu olhar para nós pela primeira vez e virou os olhos sonolentos e lânguidos para Xavier. O seu sorriso era quase insolente.

— O meu problema não é com você — respondeu. Então, encurtou a distância entre ele e o padre, que se encontrava deitado no chão de mármore, prostrado. Xavier tentou se soltar, mas o meu poder angelical o manteve no lugar.

— Beth, me solte — pediu ele. — O padre precisa de ajuda!

— Não podemos ajudá-lo agora!

— O que há com você? — perguntou ele, olhando para mim com uma expressão esquisita, como se não me reconhecesse.

— Não se pode lutar contra um Ceifador — sussurrei. — Ele está agindo conforme orientações que recebeu. Se você entrar no caminho dele, também será levado. Não me torne uma viúva minutos depois de ter se casado comigo.

Isso pareceu fazer com que ele se acalmasse. Xavier parou de tentar escapar e ficou em silêncio, mas os seus olhos estavam tomados de angústia enquanto olhava para o padre e seu mentor. O corpo do padre Mel se remexeu um pouco e então ficou parado. O Ceifador se afastou e se reposicionou perto da cabeça do corpo. Eu sabia pelo que ele esperava. Uma sombra parecida com fumaça saiu da boca entreaberta do padre e pairou no ar — uma réplica do corpo sem vida no chão.

— Siga-me — ordenou o Ceifador. Ele pareceu quase entediado. A alma do padre Mel pareceu perdida por um momento, à procura de direção, e então obedeceu. Juntos, o Ceifador e a alma mortal subiram para o teto abobadado da igreja.

— Para onde vai levá-lo? — perguntei, temendo que o padre fosse jogado na cratera por ter tentado nos ajudar.

— Os motivos dele eram puros, então o lugar dele no Céu permanece intacto — respondeu o Ceifador sem olhar para trás nem parar. — Mas os seus dias na Terra acabaram.

2

CORRA, QUERIDA, CORRA

Só QUANDO O CEIFADOR desapareceu me senti segura para soltar Xavier. Ele correu e se ajoelhou ao lado do corpo inerte do padre Mel. Os olhos do homem ainda estavam abertos, agora parados e vidrados.

A sra. Alvarez, sem fôlego, apareceu de trás do altar, tremendo e com cara de espanto. Parou no corredor, com as mãos inquietas segurando o crucifixo incrustado de joias pendurado em seu pescoço.

— *Santo cielo*! Que Deus tenha piedade de todos nós — disse ela antes de sair desesperada da capela.

— Espere! — gritei, indo atrás dela. — Sra. Alvarez, por favor! — Mas ela não olhou para trás. Estava determinada a sair dali o mais rápido possível, fugir do que havia acabado de testemunhar.

Quando ela se foi, Xavier olhou para mim, com o rosto transformado pela dor.

— Beth, o que fizemos? Matamos uma pessoa.

— Não, não matamos. — Eu me ajoelhei ao lado dele e segurei as suas mãos. — Escute bem, Xavier, isto não é sua culpa.

— Eles o levaram por vingança — murmurou Xavier, virando o rosto para que eu não visse sua reação. — Por ter aceitado este casamento. Se ele não tivesse tentado nos ajudar, ainda estaria vivo.

— Não sabíamos disso. — Segurei o seu queixo, tentando fazer com que ele olhasse para mim. — Não somos assassinos.

Passei a mão em cima das pálpebras do padre Mel, fechando os seus olhos. Senti a raiva crescendo no meu peito por toda aquela injustiça, mas sabia que nada resolveria nutrir tal sentimento. Então, fiz uma prece silenciosa, pedindo para que o padre Mel encontrasse a paz.

Xavier continuou olhando, boquiaberto, para o corpo no chão.

— Eles só interromperam a vida dele aqui na Terra — disse eu.

Xavier concordou com a cabeça e tentou afastar as lágrimas que se reuniam em seus longos cílios. O barulho de um carro cantando pneu ao estacionar chamou a nossa atenção e foi seguido imediatamente pelo som de portas batendo e pés pisando no chão de cascalho.

Quando Ivy e Gabriel entraram correndo na igreja, demoraram um pouco para entender o que havia acontecido. Atravessaram o corredor rapidamente, e só consegui vê-los direito quando já estavam bem na nossa frente. O belo rosto de Gabriel expressava dor e ele passou uma das mãos pelo cabelo loiro, frustrado. O cabelo loiro e solto de Ivy estava molhado e a sua expressão era sombria.

— O que vocês fizeram, pelo amor de Deus? — perguntou ela em um tom que eu nunca havia escutado. A sua voz estava mais baixa e parecia vir do fundo do seu peito. Gabriel abria e fechava a boca, sem conseguir falar.

— Chegamos tarde demais — disse ele, por fim. Viu a nossa aliança de casamento e o corpo no chão. Não demonstrou surpresa ao ver a primeira baixa do nosso complicado caso de amor.

— Isso é um absurdo. — Ivy balançou a cabeça, abismada. — Não podemos aceitar essa rebelião. — Seus olhos calmos e acinzentados de sempre ganharam um tom amarelado estranho e acreditei ter visto pequenas chamas dentro deles.

— Não agora. — Gabriel fez um gesto indicando a saída. — Precisamos sair daqui.

Eles nos pegaram pelos ombros e foram nos arrastando pelo corredor. Estávamos assustados demais para resistir. O jipe preto estava esperando do lado de fora da igreja. Ivy abriu as portas com mais força do que o necessário. Por um momento, o carro balançou para a direita.

— Entrem — ordenou ela. — Agora.

— Não — respondi, tentando me afastar dela sem muita força. — Estou cansada de ver todo mundo nos dizendo o que fazer!

— Bethany, você deveria ter conversado comigo antes — disse Gabriel, com a voz carregada de decepção. — Eu poderia ter ajudado você a tomar a decisão certa.

— Esta é a decisão certa, Gabe — disse de modo firme.

— Vocês desobedeceram às leis do Céu e causaram a morte de um homem de Deus — disse minha irmã, com raiva. — Não se arrependem?

— Não sabíamos que isso aconteceria!

— Claro que não — disse Ivy, e de repente eu compreendi como era ser esfaqueada com o olhar. — Vocês esperam que continuemos defendendo vocês independentemente do que fizerem?

— Não, só queria que vocês conseguissem ver as coisas da maneira como vemos!

— Só queríamos ficar juntos — disse Xavier. — Só isso.

A explicação dele pareceu apenas irritar ainda mais a minha irmã.

— Entrem no carro! — gritou. Sua grosseria pegou todos nós de surpresa. Então, ela deu as costas para nós e se recostou na porta do passageiro com os ombros tensos de raiva.

— Vamos com vocês — disse eu, com calma, tentando restaurar certa tranquilidade em meio a toda tensão. — Mas diga para onde vamos.

— Vocês dois precisam sair de Venus Cove. Agora. Não temos tempo a perder — disse Gabriel. — Vamos explicar no caminho.

De repente, percebi as veias do pescoço de Gabriel pulsando. Ivy estava remexendo as mãos e olhava nervosa para a rua. Será que eu havia perdido alguma coisa? Entendi por que eles estavam irritados com a nossa decisão impulsiva de nos casarmos, mas também vi que havia mais coisa por trás. Se não os conhecesse bem, poderia dizer que estavam com medo.

— Gabe, o que está havendo? — Toquei o ombro dele com medo.

Nunca tinha visto aquela expressão no seu rosto. Era um olhar de derrota.

— Não é mais seguro para vocês ficar aqui.

— O quê? — Xavier me abraçou automaticamente. — Por quê?

— Sei que causamos um problema — disse eu. — E nunca vou me perdoar pelo que aconteceu ao padre Mel, mas não compreendo! Isto não deveria envolver ninguém além de nós. Só queríamos nos casar. Por que é tão errado?

— Aos olhos do Céu, é errado — disse Ivy, com os olhos intensos encontrando os meus com calma pela primeira vez.

— Não é justo — protestei, e ao mesmo tempo senti lágrimas ameaçando cair. Entrei no banco de trás, arrasada por ver que a nossa felicidade tinha sido destruída tão cedo.

No banco da frente, Gabriel se virou. Olhou para Xavier com intensidade.

— Escutem bem o que vou dizer.

O rosto de Xavier ficou pálido, e ele hesitou.

— Vocês não têm só que partir — disse ele. — Têm que correr.

O meu irmão dirigiu para longe da cidade, em direção às montanhas, a toda velocidade. Ivy mordia com força o lábio inferior e se segurava no painel. Apesar de terem prometido explicar, nenhum dos dois disse nada. Xavier e eu ficamos abraçados e tentamos não pensar no pior. Aquela não era exatamente a lua de mel que eu imaginava. Só esperava que Xavier não estivesse arrependido. Estiquei o pescoço e vi a minha querida cidade desaparecendo pelo espelho retrovisor. A última coisa que vi foram as pontas da torre do sino da Bryce Hamilton por cima dos montes antes do meu irmão entrar à esquerda em uma rua de terra e Venus Cove desaparecer de vista. O único lugar que já havia chamado de lar na vida estava ficando para trás. Não sabia quanto tempo demoraria para vê-lo de novo, se é que o veria. Pensar nisso fez a minha cabeça girar.

De repente, percebi o motivo pelo qual Gabe estava com tanta pressa. Ele queria nos tirar de vista. Ele não desacelerava. A estrada era cheia de buracos; pedregulhos voavam por baixo dos pneus e galhos baixos raspavam nas laterais do jipe. Até mesmo as árvores pareciam se chocar contra nós. Observei as nuvens se estenderem, torcendo e formando imagens estranhas. Uma massa de nuvens pesadas se estendia até dar a impressão de que uma mão a atravessava, com o dedo indicador esticado apontando diretamente para nós. Um segundo depois, o dedo se retraiu e se tornou uma massa de nuvens de novo. Imaginação minha ou não, eu sabia que aquele era um símbolo do julgamento. O meu casamento com Xavier sem dúvida seria visto como um ato de rebeldia, de ataque contra o Reino, digno de punição pelas leis que eu não tinha idade suficiente para entender. Além disso, as minhas características humanas eram dominantes agora, e todas as leis do Céu pareceriam estranhas. Conhecer Xavier havia transformado minha lealdade; eu não sentia mais nenhum elo com minha casa.

Percebi que estávamos ganhando altitude, pois o vento que entrava pela janela estava mais leve. Tentei contar o número de cavalos pastando nos campos para não pensar no que nos esperava. Torci para que os meus irmãos direcionassem a raiva que sentiam a mim, e não a Xavier. Sabia que pediria desculpas e que admitiria que nós havíamos cometido um erro. Mas não estava arrependida pelo que havíamos feito. Ainda não.

O dia que parecera tão perfeito horas antes agora estava destruído. Estávamos dentro do carro havia tanto tempo que fiquei tentando imaginar quantas horas fazia que pegáramos a estrada. Será que já havíamos cruzado os limites do estado? Tinha a sensação de que já tínhamos saído de Georgia. O terreno havia mudado, com certeza. As árvores estavam mais grossas e mais altas. O ar estava fresco como maçãs recém-colhidas. Estávamos seguindo para o norte; consegui ver os contornos azuis das montanhas à distância, mas não tive coragem de perguntar o que eram. Xavier olhava pela janela sem dizer nada. Eu sabia que continuava pensando no padre Mel, repassando a cena na mente e tentando descobrir se podia ter feito algo diferente. Eu queria muito poder confortá-lo, mas nada do que dissesse faria diferença agora nem aliviaria a dor e a culpa que o tomavam.

Enfim, paramos diante de uma casinha de madeira que combinava tanto com o ambiente ao redor que só a notei quando ficamos diante da sua porta verde.

— Onde estamos? — perguntei, sentindo cheiro de pinheiro no ar.

— Nas Montanhas Fumegantes. — A voz do meu irmão era um ronco baixo. — Carolina do Norte.

Só tive tempo de ver o nome da casa de madeira: Chalé Salgueiro, e as duas cadeiras de balanço na varanda, porque Gabriel rapidamente pegou algumas chaves do bolso e nos levou para dentro. Havia pinhas espalhadas pelo chão e uma fogueira aberta com lenha e grelha.

Sabia que deveria me sentir grata a Gabriel por ter nos socorrido, mas estava cansada naquele momento e fui percebendo que as atitudes dele só me irritavam cada vez mais. Ele estava agindo da maneira como agia antes, olhando para nós como se fôssemos criminosos, repreendendo-nos como se fôssemos crianças. Eu podia ser uma de suas servas, mas qual era o direito que o Céu tinha de ditar a vida de Xavier? Ele era humano e no seu mundo, nossas atitudes eram verdadeiras, até louváveis. E o mundo dele era o único com que eu me preocupava. Talvez tivéssemos sido apressados e impulsivos, mas isso não justificava os olhares de reprovação que estávamos recebendo. O que dava aos meus irmãos o direito de nos julgar? Não precisávamos nos sentir envergonhados.

Dentro da casa de madeira, foi a vez de Gabriel perder a compostura. Ele me segurou pelos ombros e me sacudiu.

— Quando você vai crescer? Quando vai perceber que está vivendo uma vida roubada que não pertence a você? Você não é um ser humano, Bethany! Por que não consegue enfiar isso na cabeça?

— Calma, Gabriel. — Xavier deu um passo adiante, de modo defensivo. — Ela não é mais sua responsabilidade.

— E quem é responsável por ela agora? Você? Como pretende protegê-la?

— Não sou responsabilidade de ninguém — afirmei. A última coisa de que precisava era um confronto entre o meu irmão e o meu marido de poucas horas. — Tomei uma decisão e estou disposta a lidar com as consequências. Nós nos amamos e não permitiremos que ninguém nos impeça de ficar juntos.

Eu me senti forte por dizer isso em voz alta, mas ouvi Gabriel grunhir irritado.

— Você está delirando.

— Não posso viver como você — respondi. — Não posso enterrar minhas emoções e fingir que elas não existem.

— Você não sente as emoções, Bethany... Você se afoga nelas, é controlada por elas, e tudo o que você fez foi totalmente baseado nos seus próprios interesses.

— Só porque você não entende o amor não quer dizer que ele é errado!

— Não estamos mais falando de amor, mas, sim, de obediência e de responsabilidade. Dois conceitos que você parece não compreender.

— Será que todo mundo pode se acalmar? — sugeriu Ivy. Eles pareciam estar se revezando para extravasar a frustração. Agora que Gabe estava mais alterado, Ivy se mostrou mais calma, como se para equilibrar os sentimentos dele. — Brigar não nos levará a lugar algum. O que está feito está feito. Precisamos encontrar uma maneira de ajudar Beth e Xavier agora.

O seu comportamento mais calmo fez com que parássemos e analisássemos o que ela dissera. Gabriel olhou para ela, confuso, e vi que os dois se entreolharam, como se guardassem um segredo. E, então, o momento passou. Quando Gabriel voltou a falar, foi de um modo muito mais comedido.

— Eu e Ivy precisamos partir, mas voltaremos logo. Enquanto isso, fiquem escondidos, e, Beth, fique longe da janela. A sua presença será facilmente percebida pelos... — Ele parou.

— Quem está à minha procura? — quis saber.

— Conversaremos mais tarde. — A maneira irritada com que ele disse isso me deu um sinal de que a situação estava ruim. E, quando nos entreolhamos, vi que realmente estava preocupado. Senti uma pontada forte de culpa. Não podia julgá-lo por sua irritação. Ele sempre dava um jeito de reparar os meus erros, consultando autoridades e pedindo desculpa pelos deslizes de outra pessoa. A nossa decisão de fugir e nos casarmos criou um drama que ninguém precisava no momento, quando as coisas estavam começando a se estabilizar.

— Mais uma coisa — acrescentou Gabriel, com a mão na maçaneta da porta. — Se não for muito difícil de controlar, sugiro que vocês evitem... o contato físico.

Ele falou como se esse pedido fosse a coisa mais natural do mundo! Como se estivesse pedindo que não nos esquecêssemos de apagar as luzes.

— O quê? — perguntei, fazendo cara feia. — Podemos, pelo menos, saber o motivo?

Gabriel franziu o cenho, hesitando.

— Pode ser que eles sejam mais benevolentes se o casamento não for consumado — respondeu Ivy por ele.

— Pode não fazer diferença — disse Gabriel. — Mas a minha intuição diz que seria inteligente se Bethany e Xavier dessem a impressão de... — Ele parou, buscando a palavra certa. Mais uma vez, Ivy completou seu pensamento.

— Penitência? — perguntou ela, e Gabriel balançou a cabeça, indicando que ela estava correta.

— Isso seria uma mentira! — disse eu, sem pensar. — Não estamos arrependidos. — Eu me lembrei do padre Mel e parei. — Mas não queríamos que ninguém sofresse.

— Sejam espertos — disse Gabriel. — É um sacrifício pequeno.

Estava claro que ele não queria discutir o assunto.

— Não acho que você possa opinar sobre isso, não é? — disse Xavier lançando-lhe um olhar desafiador.

— Estamos tentando ajudá-los — disse Ivy, irritada. — Mas para isso precisamos descobrir o que está havendo. — Esse comentário me irritou mais do que qualquer coisa que havia acontecido até então.

— Quer dizer que não sabem? — disse eu, surpresa. Eles sempre sabiam tudo sobre a vontade do Céu.

— Não temos precedentes nesse caso — explicou minha irmã. — Só aconteceu uma vez antes e foi há muito tempo.

Eu e Xavier não entendemos nada. Se deveríamos adivinhar a que Ivy se referia, ela teria de ser mais clara. Inesperadamente, Gabriel nos ajudou:

— Ivy está se referindo aos Nefilins — disse, de modo direto.

— Ah, por favor! — respondi. — Isto é totalmente diferente.

— Quem diabos são os Nefilins? — perguntou Xavier.

— Eles foram filhos criados há muito tempo quando os "filhos de Deus" vieram do Céu e ficaram encantados com a beleza das "filhas dos homens" — expliquei. — Eles mantiveram relações sexuais e criaram uma raça meio humana, meio anjo.

— É sério? — disse Xavier, erguendo as sobrancelhas. — Devem ter pulado essa parte, nas aulas de catequese.

— Não é uma doutrina aceita por todos — explicou Gabriel de modo seco.

— E o que isso tem a ver com a gente? — perguntou Xavier.

— Nada — respondi enfaticamente. — Não é a mesma coisa. Aqueles anjos que se deitaram com as mortais não eram obedientes. Eles se rebelaram contra Deus. O Céu não deveria ter considerado a nossa atitude uma transgressão grave... não é?

— Não sei — respondeu Ivy com calma. — Você se prendeu ao mundo mortal, assim como eles.

Tive que admitir que Ivy estava certa. Era ao mundo mortal que eu sentia mais lealdade agora. Gabriel me viu passar o dedo pelos contornos da aliança em minha mão esquerda. Dei uma olhada nela, e vi o brilho suave dos diamantes refletido na luz fraca. Já parecia ser parte de mim, como se eu tivesse nascido para usá-la. Sem dúvida eu não abriria mão dela, não facilmente.

— Você provavelmente deveria colocar essa aliança em uma gaveta — sugeriu Gabriel.

— Como é?

— Pode ser melhor não exibi-la — disse, permanecendo sério.

— Não vou tirar a minha aliança — disse a ele com firmeza. — Não me importa se o Reino todo ficará irritado.

Gabriel começou a discutir, mas Ivy passou por ele e murmurou algo no seu ouvido, baixinho para que não ouvíssemos. Só ouvimos o final.

— Deixe, Gabe — disse ela. — Tirar a aliança não mudará nada.

Apesar da minha coragem, percebi que havia começado a tremer. Xavier, que me abraçava de modo protetor pela cintura, também sentiu.

— Você está bem? — perguntou, preocupado. Ele não sabia, mas eu havia acabado de me lembrar que os anjos responsáveis por criar os Nefilins tiveram um destino muito cruel. Será que eu havia acabado de assinar uma sentença de morte... para nós dois? Os meus irmãos entenderam exatamente a mudança dos meus pensamentos.

— Não seja apressada nas conclusões — disse Gabriel, mais gentil dessa vez. — Nada é definitivo ainda.

— Você só precisa esperar e ser paciente — aconselhou Ivy. — Descobriremos tudo o que pudermos e contaremos assim que voltarmos.

Ela pegou as chaves do carro na mesa do corredor, mas Gabriel colocou a mão sobre a dela.

— Deixe o carro com eles. — Ele deve ter lido a mente de Xavier, porque olhou para ele. — Não se preocupe. Saberemos se vocês tiverem qualquer problema. Qualquer coisa, saiam depressa. Vamos encontrá-los.

— Entendido — disse Xavier, mais disposto a aceitar as orientações deles do que eu. Ele atravessou a sala e fechou as cortinas.

— Voltaremos assim que pudermos — avisou Gabriel. — Lembrem-se: fiquem longe das janelas e tranquem a porta quando sairmos.

— Ei, espere — chamou Xavier ao pensar em algo. — O que devo fazer com os meus pais? Eles já devem estar preocupados.

Gabriel olhou para o chão por um momento e eu sabia que ele estava pensando com arrependimento na família Woods. Será que eles voltariam a ver o primogênito?

— Já cuidei disso — respondeu ele.

— Uau, como? — Xavier deu um passo à frente, alterado. Até aquele momento, a sua família não sabia dos nossos dilemas e eu sabia que ele queria que as coisas continuassem assim. — Eles são a minha família. O que você fez?

— Até onde eles sabem, você foi visto pela última vez na Bryce Hamilton antes da formatura — disse Gabriel com seriedade. — Você desapareceu e não há qualquer registro do seu paradeiro. Em 24 horas, a polícia vai considerá-lo desaparecido. Daqui a duas semanas, eles acreditarão que você não quer ser encontrado.

Xavier parou.

— Você só pode estar brincando... Você quer que eu permita que meus pais pensem que simplesmente saí da cidade?

— É para o bem de todos.

— De jeito nenhum.

— Pode telefonar para eles, se quiser — disse Ivy, mais fria do que de costume. — Mas vai colocar todos em risco. Não é seguro para ninguém saber onde você está.

— Eles estão correndo perigo? — Xavier arregalou os olhos, assustado.

— Não, desde que você não dê informações a eles — disse a minha irmã. — Se eles descobrirem alguma coisa, acabarão se tornando úteis. Você compreende? Neste momento, eles não têm qualquer informação que valha a pena ser obtida.

Pela maneira com que Gabriel e Ivy falavam, pareciam personagens de um filme de espionagem. Nada fazia sentido. Por mais confuso que estivesse se sentindo, Xavier engoliu em seco e não disse nada. Não tinha opção além de aceitar o que eles diziam. Não colocaria a própria família em risco... ainda que fosse muito doloroso deixá-los preocupados e sentindo a perda que acreditariam ter sofrido.

— Você os verá de novo — disse Gabriel. — Quando tudo isso terminar. — Então, ele e Ivy passaram pela porta e desapareceram.

— Tomara — murmurou Xavier. Eu sabia o quanto Xavier me amava, só queria que ele não tivesse que pagar um preço tão alto por isso. A sua voz parecia muito embargada, queria poder fazer alguma coisa para acabar com o seu sofrimento. Tentei me aproximar, mas Xavier me deu as costas e ficou olhando para o relógio sobre o mantel.

Percebi que estava preso na sua tristeza.

Fiquei curiosa para saber aonde Ivy e Gabriel estavam indo e se pretendiam voar à vista de todos. Eu me agachei perto da porta e espiei pelo buraco da fechadura. Vi os meus irmãos desaparecerem de mãos dadas entre as árvores que cercavam a casa de madeira. Entre os troncos retorcidos, percebi um brilho no ar e, de repente, dois feixes brilhantes apareceram no céu e sumiram entre as nuvens carregadas. Gabriel e Ivy eram vistos apenas como raiozinhos de luz aqui e ali, como aqueles emitidos por vaga-lumes. Um instante depois, desapareceram por completo. Eu me virei e me apoiei na porta, desejando poder desaparecer. Sem os meus irmãos para nos proteger, me sentia exposta, como se a casa de madeira fosse uma placa brilhante de neon, anunciando a nossa presença.

3

HOMENS DE PRETO

De repente, me senti um tanto zonza e me sentei numa poltrona perto da lareira. Perdi o controle e algumas vezes pensei que pudesse acabar vomitando. Rangia os dentes e não conseguia parar de tremer. O barulho deve ter tirado Xavier dos seus pensamentos, pois se virou e olhou para mim como se tivesse acabado de se lembrar da minha presença. No mesmo instante, ele se ajoelhou do meu lado.

— Ei, você está bem?

— Estou.

— Não parece estar. — Xavier me olhou com atenção.

— Tudo vai ficar bem — disse, e repeti a mesma frase para mim, em silêncio, como um mantra.

— Você sabe como Ivy e Gabriel são — disse Xavier, esforçando-se para parecer otimista. — Eles sempre preveem a pior situação.

Fiquei tensa quando ouvi o farfalhar de folhas do lado de fora. Até mesmo o barulho do velho relógio do mantel parecia exageradamente ameaçador.

— Beth — Xavier tocou em minha testa com as costas da mão —, você precisa se acalmar... vai acabar doente.

— Não consigo evitar — retruquei. — Tudo está saindo terrivelmente errado. Deveríamos estar na nossa lua de mel agora. Mas estamos presos aqui, no meio do nada, com alguém, ou algo, à nossa caça.

— Eu sei. Vem aqui. — Xavier se sentou na ponta da cadeira e me puxou para perto dele, e recostei a cabeça no seu peito. — Linda... você não está se esquecendo de algo? Você já esteve no Inferno, voltou e sobreviveu. Já viu os seus amigos morrerem e quase morreu muitas vezes. Nada deveria assustá-la. Você não sabe que é forte... muito forte?

Engoli em seco e apertei o rosto no tecido da camiseta dele, deixando que os seus batimentos cardíacos e também o seu cheiro familiar me acalmassem. Estava dando certo, consegui fazer a minha coragem voltar. As minhas emoções estavam à toda, mudando a cada minuto.

— Amo muito você, Xavier — sussurrei. — E não me importo que o universo todo esteja contra nós.

Ficamos sentados dentro da casa e observamos a luz começar a desaparecer pela fresta sob a porta. Por fora, podíamos parecer tranquilos, mas, por dentro, estávamos nos preparando para enfrentar outra batalha, uma nova luta para preservar o que era nosso.

Essa parecia ser a história das nossas vidas. Será que o destino nos ajudaria, mesmo que fosse por um dia?

Os primeiros dias passados no Chalé Salgueiro foram alguns dos mais nervosos da minha vida. As horas passavam, os dias terminavam e permanecíamos presos ali. Normalmente, aquele teria sido o tipo de lugar que eu sonharia visitar com Xavier: faríamos chocolate quente, trocaríamos carinhos diante da lareira e teríamos a sensação de que o restante do mundo não existia. Mas agora desejávamos voltar para a civilização e fugir daquela prisão surreal. Tínhamos perguntas demais sem resposta para sentirmos qualquer prazer que fosse naquele ambiente perfeito.

O Chalé Salgueiro ficava atrás de muitas árvores, com beiral baixo e uma varanda confortável. Cortinas de tecido estampado com barras esgarçadas cobriam as janelas. Na sala de estar havia sofás macios e xadrez e lenha muito bem-organizada em um cesto. A cozinha continha móveis de madeira de pinheiro com panelas de cobre penduradas em ganchos compridos, presos a uma trave acima do balcão. No banheiro, uma banheira de ferro forjado e papel de parede de margaridas. Vários degraus levavam ao mezanino, no qual havia uma grande e aconchegante cama com dossel e uma janela com vista para os topos das árvores, cobertos pela névoa.

Mas não reparamos em nada daquilo. Em outra situação, poderia ter sido o melhor retiro romântico. Porém, naquele momento, mais parecia uma prisão.

Nós nos sentamos juntos em uma das grandes poltronas de linho. Eu sabia em que ele estava pensando: que sua imprudência havia nos colocado naquela situação. Olhou para mim e fez uma careta, como que se desculpando. Mas não era preciso. Eu não estava arrependida de nada.

— Pare com isso — disse a ele com seriedade. — Pare de culpar a si mesmo.

— Foi ideia minha — respondeu ele.

— Foi ideia *nossa* — retruquei. — E culpa nenhuma vai fazer com que me arrependa de ter me tornado sua esposa. Se tivermos que lutar, lutaremos.

— Nossa! Você está se tornando uma soldadinha, não é? — brincou ele.

— Você era quem dizia: *lute ou vá para casa*.

— Eu me referia ao futebol — disse Xavier. — Mas acho que esta frase pode ser usada aqui.

— Podemos encarar tudo como um jogo — respondi. — Estamos disputando o direito de ficarmos juntos... é o nosso objetivo, e estamos jogando contra uma equipe difícil. — Xavier sorriu ao ouvir a minha analogia.

— Você acha que podemos vencê-los? — murmurou ele, prendendo uma mecha de cabelo atrás da minha orelha. O seu toque quente fez com que me esquecesse dos medos.

Fechei os olhos, distraída pelo toque de seus dedos contra a minha pele.

— Claro — disse. — Eles não têm nenhuma chance.

Os nossos corpos ficaram mais próximos e Xavier passou o polegar pelo contorno da minha boca. Percebi que os meus lábios se entreabriram automaticamente. O clima estava prestes a mudar. O ar estava a segundos de se tornar incandescente. Percebemos isso e nos afastamos depressa. Xavier se balançou para a frente e para trás apoiado nos calcanhares, abrindo uma distância segura entre nós. *Nada aumenta mais o desejo do que o medo*, pensei. *Ainda mais quando o medo nos faz pensar que a pessoa amada pode ser prejudicada.*

— Que droga — disse eu. — Gabriel não deveria ter pedido o que pediu.

— Não é nada que não possamos controlar — respondeu Xavier.

— Você tem tanto autocontrole! Acho que você deveria ser o anjo da relação.

— Não, obrigado — disse, sorrindo. — Tenho medo de altura.

— É mesmo? Nunca me disse isso.

— Estava tentando impressionar você. Precisei guardar alguns segredos.

— E agora não precisa mais me impressionar? Está meio cedo para relaxar. Estamos casados há apenas alguns dias.

— Na alegria e na tristeza, lembra?

— Não pensei que a tristeza viria tão depressa.

Xavier acariciou o meu cabelo para me acalmar, mas isso deu espaço a outros sentimentos.

— Quero beijar você — disse eu, de repente. — Quero beijar o meu marido.

— Acho que você precisa pensar em outra coisa — disse Xavier, suspirando.

— Concordo totalmente.

— Não *nisso*...

Xavier ficou de pé e começou a mexer nos armários dos dois lados da lareira. Eles estavam repletos de edições antigas das revistas *National Geographic* e *Reader's Digest*, além de um trem de madeira antigo. Deitei no sofá e resmunguei. Xavier continuou, decidido a encontrar algo que nos fizesse esquecer a tensão pairando no ar.

— Deve ter alguma coisa útil por aqui — resmungou, e pegou dois jogos de tabuleiro com aparência de velhos e os ergueu ab-ruptamente. — Master ou Banco Imobiliário? — perguntou ele, animado.

— Master — respondi, sem empolgação.

— Ah, não é justo. Você parece uma enciclopédia ambulante.

— As suas irmãs me disseram que você sempre rouba jogando Banco Imobiliário.

— Financiar propriedades quando o seu fluxo de caixa é baixo não é roubar. As minhas irmãs detestam perder.

Do lado de fora, uma garoa começou a cair, acompanhada pelo rufar de um trovão distante. Não consegui ver a chuva, mas escutei as gotas batendo nos degraus lá fora. Eu me ajeitei no sofá, brincando com as almofadas de franja.

— Não sabemos nem mesmo quem está atrás de nós — sussurrei.

— Não importa — disse Xavier com firmeza. — Eles não vão nos encontrar. E, se encontrarem, fugiremos.

— Eu sei — respondi. — Só queria saber exatamente o que está acontecendo. Ninguém nunca nos conta nada. Não consigo tolerar a ideia de alguém querendo nos separar de novo...

— Não vamos pensar nisso agora — Xavier me interrompeu para que o clima não ficasse pesado demais.

— Tem razão. Vamos jogar.

Xavier assentiu e começamos a jogar Banco Imobiliário em silêncio. Por um tempo, o jogo conseguiu nos distrair, mas percebi que estávamos agindo de modo pouco natural. Nós levantávamos a cabeça juntos quando escutávamos qualquer farfalhar de folhas ou um galho se quebrando. Em determinado momento, Xavier ligou o telefone e viu que havia 12 ligações perdidas e diversas mensagens de texto preocupadas de seus pais e irmãs. A mensagem de Claire era: "Xav, não sei onde você está, mas precisa telefonar para nós quando ler esta mensagem." A mensagem de texto de Nicola refletia perfeitamente a sua personalidade mais impaciente: "Porra! Cadê você? A mamãe está ficando doida. Telefone para ela." Xavier jogou o telefone no sofá, frustrado, e o aparelho escorregou entre as almofadas. Eu sabia que devia ser muito difícil para ele ignorar a sua família, uma vez que poucas palavras poderiam acalmar todo o sofrimento.

Não soube o que dizer a ele, por isso não disse nada. Joguei os dados e movi minha peça para a praça Trafalgar.

Só quando escutamos o jipe parar do lado de fora, percebemos como estávamos com fome e frio. Por sorte, Ivy e Gabriel haviam trazido comida.

— Está congelando aqui dentro. Por que não acendem a lareira? — perguntou Ivy.

Dei de ombros. Não consegui dizer a ela que a nossa energia havia sido direcionada apenas para nos mantermos distraídos e não consumarmos o casamento, não aumentando ainda mais a fúria celestial.

Gabriel balançou a mão por cima da lenha e o fogo pegou. Eu me aproximei e esfreguei os braços, que estavam arrepiados de frio. Tinham trazido comida chinesa, e comemos diretamente das caixas, que apoiamos no colo, e bebemos cidra. Não fosse pelos rostos sérios e pelo silêncio carregado, quem visse poderia pensar que éramos um grupo de amigos divertindo-se em um fim de semana. Todos sabíamos que havia um assunto a ser tratado esperando para ser abordado, mas ninguém quis começar. Eu poderia apostar que Ivy seria a primeira a quebrar o silêncio.

— A Sétima Ordem assumiu o controle — disse ela, apoiando os braços nas coxas, como se precisasse se controlar fisicamente. — Eles estão sempre se metendo onde não são chamados!

Eu sabia vagamente a que ela se referia. A Sétima Ordem era uma facção de anjos criada para atuar como cuidadores dos países do mundo todo, mas não estava conseguindo entender o que eles tinham a ver conosco.

— Não acredito que isto está acontecendo. — Meu comentário foi direcionado a ninguém em especial.

Gabriel virou a cabeça para me encarar.

— O que você esperava? Uma suíte de lua de mel em um hotel bacana?

— Não, mas é difícil imaginar que eles estejam vindo para cá. Por nossa causa.

— Eles não estão vindo — disse Ivy com seriedade. — Já estão aqui.

— O que eles querem? — perguntou Xavier de uma vez. — Independentemente de quem sejam, não permitirei que eles se aproximem de Beth.

— Continua um cabeça-dura — murmurou Gabriel, olhando para o fogo. Ivy continuou sem ele:

— Vocês dois precisam ficar abaixados e escondidos. Dizem que eles já começaram a caça.

— Caça? — repetiu Xavier. — Ainda estamos falando sobre anjos, certo?

— Antes de mais nada, eles são soldados — disse Ivy. — E têm um único objetivo: encontrar a renegada.

O meu cérebro precisou de um tempo para entender que a renegada era eu.

Eu me esforcei para lembrar o que sabia sobre os Setes. Era esse o apelido que os Guardiões tinham dado a eles, e pegou. Formalmente, eles eram conhecidos como os Principados — ou, às vezes, príncipes —, por causa do seu status. Depois de alguns anos como os Guardiões, os anjos receberam a permissão de serem treinados como os Setes, mas não eram todos. Era mais ou menos como a versão do Céu para o serviço militar — uma existência estrita de treinamento rigoroso com pouca ou nenhuma interação com as almas humanas —, por isso, o seu apelo era limitado.

Falar sobre eles me fazia lembrar de algo muito forte de muito tempo atrás. Não havia pensado em Zach desde que descera para a Terra, mas, no Reino, ele já tinha sido meu amigo. Zach tinha sido um

Guardião talentoso. Brincávamos de chamá-lo de O Flautista, porque ele só andava seguido por um monte de almas de crianças. Por motivos que ele não revelava a nós, Zach logo ficou decepcionado com o seu papel e estabeleceu padrões mais altos. Talvez tenha sido a atração pelo prestígio que fizera com que se unisse aos Setes. Ele nunca me contou. E nunca mais o vi depois daquilo. Eu não conseguia parar de pensar que a sua partida tinha sido uma grande perda para nós. Zach fazia parecer que a transição da existência terrena para a celestial era algo fácil, e as crianças confiavam totalmente nele. Poucos Guardiões podiam se gabar disso. E, ainda assim, ao que parece, não tinha sido o suficiente para deixá-lo satisfeito. Eu ainda conseguia ver a sua pele branca coberta de pequenas sardas e seus olhos claros, como se estivesse bem na minha frente. Zach não parecia um soldado convencional, e eu não conseguia imaginar como podia estar agora.

A voz de Gabriel me trouxe de volta à realidade.

— A nossa única chance é confundi-los — disse ele. — Continuemos a nos mover, a mudar de lugar.

— Essa é a sua solução? — perguntei sem acreditar.

— Por um curto período — respondeu o meu irmão, com frieza. — Tem alguma ideia melhor?

Eu conhecia Xavier bem o suficiente para saber que ele não ficaria contente com aquilo. Precisava conhecer todos os fatos, e os meus irmãos pareciam estar escondendo algo.

— Não estou entendendo muito bem — disse Xavier, esforçando-se para não demonstrar a sua frustração. — Olha, sei que não obtivemos a permissão dos Céus para isso, mas eles nos deram sinal verde para ficarmos juntos certa vez. Nós só demos um passo além.

— O problema é que vocês não tinham o direito de dar esse passo — disse Ivy. Eu quase não a reconheci. Ela parecia um serafim falando, não a minha irmã. — O relacionamento de vocês foi tolerado. Vocês não deveriam ter dado o passo que deram sem pedir autorização.

— A Beth cometeu uma transgressão grave — disse Gabriel, para o caso de precisarmos de mais explicação. — O casamento é um compromisso indissolúvel entre uma mulher e um homem. Vocês dois se atreveram no passado, mas agora ultrapassaram todos os limites. Não podem ir contra a ordem da Criação sem sofrerem as consequências. Então, preparem-se para uma reação. E não acho que vai ser legal.

4

A PROTEÇÃO DAS ÁRVORES

Apesar das palavras duras, os olhos de Gabriel demonstravam piedade. No fundo, tive a sensação de que se culpava por minhas atitudes. Eu me lembrei do olhar confuso que ele lançara a mim poucos dias antes, no gramado da Bryce Hamilton, enquanto eu e Xavier nos afastávamos dos alunos vestidos com suas becas. Um dos seus mais jovens coristas o distraiu com uma pergunta e ele voltou a ser o professor de música, não dando mais atenção a nós dois. Quando deve ter procurado, já estávamos longe. Gabriel gostava de pensar que era infalível. Sem dúvida, se sentiu um fracassado por não ter percebido o que estava ocorrendo bem debaixo do seu nariz.

Xavier olhou para o meu irmão com irritação.

— Estou de saco cheio dessa porcaria — disse, enfim.

— Você não é o único — respondeu Gabriel com frieza. — Mas Bethany, como você insiste em se esquecer, não pertence a este mundo.

— Ah, não me esqueci. — Algo no seu tom de voz me incomodava. Será que ele já estava se arrependendo da sua decisão?

— Se vocês tivessem sido razoáveis e tivessem nos procurado antes, poderíamos ter encontrado outro jeito — disse meu irmão.

— Não somos crianças — retrucou Xavier de modo enfático. — Podemos tomar as nossas próprias decisões.

— Bem, vocês não são muito bons nisso — retrucou Gabriel. — Por que não pensam melhor da próxima vez?

— Por que você não cai fora das nossas vidas?

— Adoraria, se as suas decisões não afetassem todos ao redor.

— Pelo amor de Deus! — disse Ivy. — Estamos todos do mesmo lado aqui. Precisamos parar de acusar uns aos outros e nos concentrar na melhor maneira de lidar com isso.

— Você tem razão. Sinto muito — disse Xavier. Depois de um momento, ele voltou a atenção para Gabriel. — Acho que a grande pergunta aqui é: seria possível derrubar um desses Setes, se fosse preciso?

Uma coisa de que me lembrava ter ouvido sobre os Setes é que se consideravam um grupo de elite; se reuniam e trocavam informações até encontrarem a sua presa. Não podíamos iludi-los para sempre, em algum momento eles nos pegariam. Torci para que Gabriel tivesse um plano de longo prazo.

— Se viessem um de cada vez, os meus poderes os venceriam — respondeu Gabriel. — Mas é bem provável que eles venham juntos. Existem dezenas deles, e são guerreiros bem-treinados.

— Que ótimo.

— O que exatamente vai acontecer se eles nos encontrarem? — perguntei.

— Boa pergunta — respondeu Ivy. Pela cara que fez, percebemos que ela não tinha uma resposta.

— Vocês não podem esperar que simplesmente fiquemos sentados aqui esperando a vinda deles! — disse eu.

— Vocês não conseguirão ficar aqui muito mais. Estamos apenas ganhando tempo até decidirmos o que fazer — explicou Gabriel. — Enquanto isso, não há nada que possamos fazer exceto ficarmos em alerta. — Vi as possibilidades percorrendo a mente de Xavier.

— Podem, pelo menos, dizer como esses Setes são? Seria possível reconhecer um deles na multidão? — perguntou Xavier.

— Eles costumavam aparecer vestindo roupões e cintos dourados, mas isso foi há muito tempo — explicou Ivy.

— Parecem meio bobos — murmurou Xavier.

A minha irmã suspirou, impaciente.

— Eles se adaptaram aos tempos modernos. Atualmente, aparecem vestindo preto.

— Então, não há nada que possamos fazer para nos preparar? — perguntou Xavier.

— Há sinais que geralmente precedem a chegada deles — respondeu Ivy com seriedade. — Fiquem atentos à Lua vermelha ou quando virem um cavalo-fantasma branco. Se virem um, um Sete não estará longe.

— Uma Lua vermelha ou um cavalo branco? — perguntou Xavier, desconfiado. — Sério?

— Você duvida da veracidade disto tudo? — questionou Gabriel, sentindo-se afrontado.

— Não quero desrespeitá-lo, Gabriel, mas você não pode achar que vou deixar um cara qualquer que usa um cinto, em cima de um cavalo branco, levar a Beth, não é?

Gabriel bufou exasperado. Ele estava prestes a dizer mais coisas, mas Ivy levantou o braço para nos calar. Ela olhou para Xavier.

— A sua coragem é admirável, mas prometa uma coisa: se vir um deles, não tente lutar; apenas leve Beth para o mais longe que conseguir.

— Tudo bem — disse Xavier, com muita seriedade. — Prometo.

Alguns minutos depois, Gabriel e Ivy partiram de novo. Disseram que sairiam para investigar e procurar informações que pudessem ser úteis. Mas não tínhamos ideia de para onde estavam indo ou quais eram os seus planos. Éramos como duas crianças, seguindo ordens, sem saber de nada. Eu sabia que era para a nossa proteção, mas, ainda assim, era ruim.

Passamos aquela noite com o coração apertado. Ficamos sentados no sofá de veludo verde diante da janela, olhando para o topo das árvores que balançavam na floresta prateada. Um vento forte havia começado a soprar, fazendo coisas caírem no telhado e os galhos se curvarem sobre as cercas.

— Pelo visto, não vamos conseguir dormir muito bem esta noite — disse eu.

— Duvido — respondeu Xavier, beijando a minha cabeça. Eu me ajeitei, observando o contorno escuro das árvores pela janela. À luz azulada da Lua, o rosto de Xavier estava pálido, como se fosse de outro mundo, e a cor dos seus olhos se destacou quando olhou para mim. — Você não merecia passar por isso. Não depois de tudo o que aconteceu no Dia das Bruxas.

— O que podemos fazer? Não há como prever as coisas ruins.

— Gostaria que tivesse algum lugar para onde pudesse levar você — disse ele, olhando para cima, frustrado. — Onde sei que você ficaria segura.

— Você não deve se preocupar comigo. Já vi muita coisa na vida. Não sou mais tão frágil.

— Eu sei. — Ele ajeitou a manta no sofá para poder cobrir os meus ombros nus. — Nunca conversamos sobre isso, não é? — continuou com cuidado. Eu sabia que ele não queria me pressionar. — Sobre o tempo que você passou no... — hesitou, mas não tive medo de dizer:

— No Inferno? Não tem muito o que contar. Foi tudo como dizem que é.

— Algumas pessoas dizem que não dá para lembrar de uma experiência traumática — disse ele. — Dizem que o subconsciente a bloqueia. Estava torcendo para que esse fosse o seu caso.

Balancei a cabeça com tristeza.

— Eu me lembro — disse a ele. — Eu me lembro de tudo.

— Quer falar sobre isso?

— Não saberia por onde começar. — Eu me ajeitei, tentando me encaixar nele como se fosse uma peça de quebra-cabeça. O calor do seu corpo fez com que me sentisse confiante o bastante para continuar. — A pior parte é que deixei os meus amigos para trás... Hanna e Tuck. Aposto que você acha ser impossível fazer amigos no Inferno, certo? Mas eles eram como a minha família. Hanna foi a menina mais gentil que conheci, e Tuck foi quem me ensinou a me projetar, para que pudesse vir e visitar você.

— Gostaria de poder agradecê-lo por isso — disse Xavier.

— Odeio me lembrar do que fizeram com ele. — Eu me retraí involuntariamente. — Quando estão irados, são capazes de qualquer coisa. — Xavier engoliu em seco.

— Eles... eles fizeram alguma coisa com você?

— Tentaram me queimar na estaca.

— O quê? — O corpo todo de Xavier ficou tenso e ele se endireitou. O seu rosto mudou de repente e percebi que minhas palavras devem ter trazido lembranças dolorosas. Alguns anos antes, a sua namorada, Emily, havia morrido em um incêndio nas mãos dos demônios.

— Tudo bem. — Eu o puxei com delicadeza de novo para perto de mim. — As chamas não me tocaram. Acredito que alguém estava me protegendo, alguém do Céu.

— Nossa! — disse ele, suspirando alto. — Não é fácil entender uma coisa dessas.

— Eu sei. Mas essa não foi a pior parte.

— Você quer dizer que tem coisa pior do que ser queimada na estaca?

— Vi o Buraco.

— O Buraco? — repetiu, com os olhos arregalados. — Está se referindo ao fosso medieval onde...

— As almas são torturadas — completei para ele.

— Beth, sinto muito...

— Não se preocupe — disse eu, interrompendo-o. — Não é sua culpa e não se trata de um problema que você possa resolver por mim. É só algo que aconteceu e com que tenho que lidar.

Xavier olhou para mim, uma expressão estranha dentro dos seus olhos azuis.

— Você é muito mais forte do que as pessoas pensam.

Sorri para ele.

— Se o meu período no subterrâneo me ensinou alguma coisa, é que nada é permanente. Tudo e todos que você conhece podem mudar a qualquer momento. É assim que vejo as coisas agora... Menos você, a única constante em minha vida.

— Você sabe que isso nunca vai mudar, não é? Sempre estarei aqui. — Xavier encostou a testa na minha. — Pode apostar. Além disso, afastar esses Setes deve ser brincadeira de criança depois das coisas pelas quais você passou.

Pensei nisso por um segundo e concluí que ele tinha razão. O que poderia ser pior do que ser arrastada para o Inferno e ficar presa em um submundo onde os seus entes queridos não podiam encontrá-la? Podia haver montes de Setes à nossa procura, mas eu e Xavier continuávamos juntos. E tínhamos Gabriel e Ivy quebrando a cabeça para encontrar uma solução.

— Precisamos tentar dormir um pouco — sugeriu Xavier. Fomos para a cama, tiramos os sapatos e nos deitamos. Depois do que Gabriel dissera, não nos sentimos confortáveis para nos cobrirmos. Fechei os olhos, mas minha cabeça estava a mil. Não consegui desligá-la. Eu me senti sufocada dentro do quarto e quis abrir um pouco a janela para deixar o ar da noite entrar, mas sabia que não podia fazer isso. Será que os Setes podiam sentir o nosso cheiro? Sentiriam o cheiro do medo e da incerteza em nós? Eu não sabia, mas não queria arriscar. Quando a manhã chegou, não conseguia me lembrar se tínhamos dormido ou não, no entanto, foi um alívio não mais precisar lutar contra a consciência. Além disso, o escuro apenas aumentava a minha sensação de claustrofobia. Como saber o que havia ali fora... esperando por nós?

Os dias e as noites seguintes passaram da mesma maneira. Perdemos a noção do tempo. Ficar alerta nos deixava ansiosos e agitados, mas uma letargia mortal também tomou conta de nós. À noite, conseguíamos cochilar um pouco, mas aquilo de que precisávamos — um sono de verdade, reparador — continuava a nos escapar. Não era de surpreender, já que passávamos o dia todo ali dentro com muito pouco o que fazer além de esperar notícias de Ivy e Gabriel. Eles geralmente apareciam de repente no meio da tarde, trazendo mais comida e poucas notícias. Eu estava ficando impaciente e a opinião de Gabriel de que o fato de não haver notícias já era uma boa notícia não me acalmava muito. Xavier, que havia se acostumado a fazer exercícios físicos todos os dias durante grande parte da sua vida, também já estava enlouquecendo.

Estar presa me trazia lembranças dolorosas. Nas poucas vezes em que conseguia dormir, acordava aos prantos por ter tido um pesadelo. Sonhava que a casa na floresta era subterrânea e que estávamos ficando sem ar. Quando tentava abrir uma janela, uma avalanche de terra entrava, ameaçando nos enterrar vivos. Ao mesmo tempo, sabia que não faria diferença fugir, porque o que esperava por nós lá fora não era nem um pouco melhor. Os meus soluços sempre me acordavam. Xavier também despertava e me confortava, acariciando o meu cabelo até eu adormecer de novo.

Na nossa terceira noite juntos, o pesadelo mudou: grupos de Setes sem rosto galopavam pelos céus empunhando espadas em chamas. Os olhos dos cavalos reviravam enquanto as patas batiam no ar. Os cavaleiros de capuz os guiavam até a nossa casa de madeira, onde eles se alinharam como peças de dominó. Havia tantos que perdi a conta. Eles atacaram e, no mesmo momento, abri os olhos. Segurei a manga da camisa de Xavier, acordando-o imediatamente. O seu braço, que já estava sobre meus ombros, ficou tenso na hora. O peso dele fez com que me sentisse protegida e aninhada ao lado dele.

Pensar nos novos pesadelos que estavam à minha espera fazia com que tivesse dificuldade para me acalmar, e não parava de me mexer na cama para encontrar uma posição confortável.

— Sei que é difícil, mas, por favor, tente relaxar — pediu Xavier. — Vai ficar tudo bem, Beth. — Mesmo à luz da Lua que passava pela janela, eu conseguia ver os seus olhos azuis. A maneira firme com que ele olhava para mim me fazia lembrar de que estava preparada para acompanhá-lo até o fim do mundo.

— E se algo acontecer enquanto estivermos dormindo?

— Ninguém vai encontrar este lugar no escuro.

— Talvez não seres humanos... mas e os soldados-anjos?

— Precisamos confiar que Gabriel cuidou disso. Se tivermos cuidado, ficaremos bem.

Queria muito acreditar nele, mas e se Deus não estivesse olhando nesse momento? E tomar cuidado estando sozinhos não era garantia de que ficaríamos bem. A verdade era que não sabíamos o que ia acontecer de um dia para o outro. Naquele mesmo instante, tomei a decisão de me concentrar no futuro e de não me estressar com coisas que não pudesse mudar. Tentei pensar na nossa vida quando tudo terminasse. Eu me forcei a imaginar que tipo de conversa teríamos em circunstâncias normais e decidi tentar.

— Xavier? — Eu me aconcheguei a ele, pressionando o rosto em seu ombro macio e quente. — Você vai dormir?

— Estou tentando.

— Amo você.

— Também amo você. — As coisas sempre ficavam melhores depois de ouvir essas palavras.

— Xavier?

— Sim? — respondeu ele com voz de sono.

— Quantos filhos você quer ter? — Aquela pergunta assustaria qualquer outro rapaz adolescente. Mas, como sempre, Xavier permaneceu tranquilo.

— Provavelmente não mais do que 12.

— É sério.

— Certo. *Falando sério*, você acha que é um bom momento para falarmos disso?

— Só estou curiosa. Além disso, pode ajudar a me distrair.

— Tudo bem. Acho que três é um bom número.

— Também acho. Adoro quando estamos em sintonia.

— Que bom.

— Você acha que há chance de isso acontecer?

— Do que acontecer?

— Termos filhos.

— Claro. Sem dúvida. Um dia.

— O nome do primeiro pode ser Waylon, se for um menino?

— Não.

— Por quê?

— Porque as outras crianças vão rir dele, só por isso.

— Certo. De que nomes você gosta?

— De nomes comuns, como Josh e Sam.

— Tudo bem, mas quero escolher os nomes das meninas.

— Mas teremos que fazer uma lista antes.

— Acho que quero nomes fortes para as minhas filhas... Fortes, mas bonitos, sabe?

— Que bom. Podemos dormir agora? — Xavier se virou e deitou de conchinha comigo. Escutei a sua respiração ficar mais profunda, mas eu ainda estava bem desperta. Sabia que deveria deixá-lo dormir, porém não estava pronta para ficar sem sua companhia ainda.

— Se eu falar alguns nomes de menina, você me diz se eles entrariam na lista?

— Se você insiste... — Xavier piscou e se apoiou no cotovelo para me olhar, tentando levar a brincadeira a sério.

— Caroline?

— Sim.

— Billie?

— De jeito nenhum. Vão pensar que ela é menino.

— Isadora?

— Ela é da Terra Média?

— Tudo bem. E Dakota?

— Não quero nomes de lugares.

— Não é justo — disse, fazendo bico. — A maioria dos nomes que mais gosto são lugares.

— Então tenho o direito de incluir alguns lugares também.

— Por exemplo? — perguntei com curiosidade.

— O que acha de Ohio? — perguntou Xavier. — Ou, melhor ainda, Milwaukee?

Tive que rir.

— Certo, vamos deixar de lado os nomes de lugares.

— Obrigado. — Quando Xavier bocejou e se deitou de costas, fingi estar indignada.

— Você bocejou? Os nossos filhos, que ainda nem nasceram, causam tédio?

— Não, mas me dão sono.

— Tudo bem — ri. — Vou parar. Boa noite.

— Boa noite, sra. Woods.

Isso me fez lembrar: eu era a sra. Woods agora. Esposa de Xavier. Senti uma vontade enorme de me aproximar e me aconchegar a ele, sentir o seu calor e encontrar conforto no seu toque. Mas me controlei, sabendo que era muito arriscado. Não queria tornar as coisas mais difíceis do que já eram. Então, me virei e ajeitei o travesseiro. Já tínhamos feito muitos sacrifícios. Por quanto tempo mais conseguiríamos viver como irmãos?

Antes de fechar os olhos, olhei para o céu escuro pela janela. Alguns raios brilhantes iluminavam as nuvens. Fiquei pensando que uma tempestade podia estar se aproximando. Então, vi um feixe de luz que não parecia um raio. Pensei em acordar Xavier, mas ele havia acabado de cair num sono profundo e eu sabia que não seria justo. O feixe de luz demorou e passou lentamente pelas árvores, varrendo a floresta... à procura de algo.

5

CAMINHANDO SOBRE A ÁGUA

De manhã, acordei com pássaros cantando e cheiro de pinheiro. Num estado de semiconsciência, procurei Xavier na cama e me assustei ao ver que não estava ali. O som da chaleira apitando me acalmou, pois percebi que ele estava no andar de baixo preparando o café da manhã.

Ele havia ligado o rádio e sintonizado em uma emissora de rock clássico.

— Bom dia — cumprimentei, sem conseguir conter um sorriso ao vê-lo bater ovos ao som de "Blue Suede Shoes". Ele vestia um short e uma camiseta branca, e o cabelo ainda estava despenteado. Por ter vivido sob o mesmo teto que ele nos últimos dias, pude ver um lado seu que só conhecia parcialmente. Desde que o conhecera e antes de ele ser arrastado para dentro da nossa confusão sobrenatural, a vida de Xavier tinha sido lotada de atividades, e quase não restava tempo para mais nada. Agora, eu estava percebendo que ele também era muito caseiro.

— Espero que esteja com fome.

Mesmo usando uma calça de flanela grande, ainda tremia de frio. Peguei uma manta do sofá mais próximo, joguei-a sobre os ombros e me sentei aconchegada na cadeira da cozinha. Xavier me serviu uma caneca de chá e eu a segurei para esquentar os dedos.

— Como pode não estar com frio?

— Está na hora de você saber a verdade. Sou um lobisomem — brincou, curvando os ombros e semicerrando os olhos.

— Um lobisomem bem caseiro — provoquei. — Por que não me acordou?

— Achei que você precisava dormir. Os últimos dias foram difíceis. Como está se sentindo?

— Bem.

Xavier me olhou com atenção.

— Vai se sentir melhor depois de comer.

— Não estou com muita fome — disse, esperando não parecer mal-agradecida.

— Você vai rejeitar a famosa omelete dos Woods? — perguntou. Não tive coragem de acabar com o entusiasmo dele. Além disso, já fazia um tempo que não via Xavier tão à vontade e não queria que isso mudasse tão cedo.

— Não ousaria fazer isso — sorri. — Posso ajudar com alguma coisa?

Olhando ao redor, vi bacon sendo frito numa panela e a mesa arrumada com pratos e talheres.

— Não, senhora. Apenas sente-se e aproveite o atendimento.

— Não sabia que você gostava de cozinhar.

— Claro que gosto. E cozinhar para a própria esposa deixa tudo ainda mais divertido.

Ele quebrou outro ovo e deixou que escorresse para a frigideira.

— Um bom marido não faria ovos fritos quando a esposa gosta deles mexidos — disse brincando, tamborilando no balcão.

Xavier olhou para mim, divertido.

— Uma boa esposa sempre aprecia a especialidade do marido e não reclama.

Sorri e me balancei na cadeira, pensando que adoraria poder abrir as janelas e deixar o ar fresco entrar. A casa estava ficando bem abafada.

— Você me chamou de sra. Woods ontem à noite — disse de repente, relembrando a nossa conversa.

— É? E daí?

— Ainda estou me acostumando. É estranho pensar que esse é meu nome agora.

— Você não precisa usar o meu sobrenome se não quiser — disse Xavier. — Fica a seu critério.

— Está brincando? Claro que quero. Não faz muito tempo que sou Bethany Church. Além disso, mudei tanto que não sei mais quem ela é.

— Mas eu sei — disse ele. — É a moça com quem me casei. Ainda que você se esqueça dela, nunca me esquecerei.

O fogo não havia conseguido afastar o frio, por isso fui para a sala de estar me aquecer. Não queria enfrentar mais um dia sentada no sofá, sem fazer nada.

— Acha que podemos ir para a cidade de carro hoje? — perguntei a Xavier, tentando parecer tranquila. — Quero muito sair desta casa.

Ele entrou na sala de estar, franzindo a testa.

— Beth, você não pode estar falando sério! É perigoso demais para nós sermos vistos em público. Você sabe disso.

— Não precisamos sair do carro. Vou cobrir a cabeça com um cobertor, se você quiser.

— De jeito nenhum. É arriscado demais. Além disso, o Gabriel vai enlouquecer quando souber.

— Seria bem feito para ele — resmunguei, e Xavier relaxou.

— Por mais que seja verdade, acho que não devemos dar chance ao azar neste momento. Não se preocupe, vamos encontrar algo para fazer aqui dentro.

— Como o quê?

— Por que você não dá uma procurada por aí enquanto termino de preparar o café da manhã?

De repente, percebi que eu estava sendo muito petulante.

— Está bem.

— Essa é minha garota.

Pensei que Xavier tinha muito mais facilidade de se manter otimista do que eu, que não conseguia parar de reclamar por estar presa. Não deveria estar choramingando pela perda da vida "normal", já que esta vida não era minha, mas era irritante ficar isolada. Desde a minha chegada à Terra, sempre tive pessoas por perto, na praça, levando os cachorros para passear, tomando sorvete no píer, acenando para o outro lado da rua enquanto cortavam a grama. Agora, a ausência delas me deixava desconfortável. Queria desesperadamente ouvir a voz de um ser humano ao fundo ou observar as pessoas ao longe, mesmo que não pudesse falar com elas. Mas as orientações de Gabriel tinham sido claras: ficar longe de vista.

Era terrível ver que depois de tudo o que havíamos passado, ainda não podíamos ser um casal normal, e isso era tudo o que queríamos. Mas tentei me lembrar de que, por mais difíceis que as coisas fossem, pelo menos estávamos juntos. Quando Gabriel e Ivy nos encontraram na capela, tive quase certeza de que nos separariam. Eu não poderia discutir com eles, por isso fiquei feliz por não terem chegado a nos afastar. Deviam saber que nenhum de nós lidaria bem com a distância.

Decidi seguir o conselho de Xavier e encontrar algo para preencher as horas e pelo menos passar impressão de normalidade. Conferi a pilha de revistas sobre o mantel da lareira de pedra, mas a maioria era antiga e sobre decoração de interiores. Então, vi um velho baú de viagem na sala de estar que servia como mesa de canto. Até aquele momento, não havíamos pensado em abri-lo, mas, quando levantei a tampa, vi alguns DVDs escondidos sob uma pilha de jornais velhos amarelados. Os filmes eram, em sua maioria, desenhos da Disney, então concluí que a família proprietária da casa tinha filhos pequenos. Tentei imaginá-los sentados naquela sala, bebendo chocolate quente e assistindo aos filmes preferidos.

— Ei, Xavier, encontrei uma coisa — chamei. Ele espiou pela porta antes de se aproximar.

— Nada mau.

— Não é? Como ficaremos entediados se podemos assistir a um filme sobre... — Virei um dos DVDs com ansiedade. — *Peixes?*

— Não subestime *Procurando Nemo* — provocou Xavier, pegando o DVD da minha mão. — É um clássico contemporâneo.

— É mesmo sobre peixes?

— Sim, mas sobre peixes bem bacanas.

— E este? — Levantei uma cópia velha de *A Bela e a Fera*. — Parece romântico. — Xavier franziu o cenho.

— Disney... Acho que não.

— Por que não?

— Porque se alguém descobrir, seremos motivo de piada para sempre.

— Não conto se você não contar — disse, e Xavier balançou a cabeça, vencido.

— O que não faço por você? — perguntou, suspirando exageradamente.

Depois do café da manhã, enfim conseguimos fazer o aparelho de DVD funcionar, quando encontramos um dos cabos que estava faltando. Pausei o filme toda hora, fazendo um monte de perguntas que Xavier foi respondendo com a maior calma do mundo.

— Quantos anos a Bela deve ter?

— Não sei, provavelmente a nossa idade.

— Você não acha a Fera carinhosa?

— Tenho que responder?

— Por que as louças falam?

— Porque elas são os servos do príncipe que foram enfeitiçados pela mendiga. — Xavier franziu o cenho de repente e se mostrou assustado. — Não acredito que sei isso.

Apesar de ter ficado encantada com a magia da história e de ter gravado a letra das músicas permanentemente em minha memória, fiquei inquieta de novo quando o filme terminou.

Eu me levantei e fiquei percorrendo a sala como um pássaro enjaulado. Assim como a Bela, queria ir para o mundo e viver a minha vida. Ivy e Gabriel não tinham aparecido, como de costume, e não conseguimos informações sobre as *negociações*. Sabia que estavam se esforçando ao máximo para aliviar as coisas para mim. Era grata por tudo o que estavam fazendo, mas queria poder saber o que iria acontecer, para o bem ou para o mal. Se soubesse qual seria o meu destino, pelo menos poderia me preparar para ele.

— Queria que a minha vida fosse mais parecida com um filme da Disney — disse.

— Não se preocupe, ela é. Você não viu o tanto de coisas pelas quais aqueles dois tiveram que passar para poderem ficar juntos?

— Verdade — disse, sorrindo. — E sempre tem um final feliz, não é?

Xavier olhou para mim com os olhos brilhando.

— Beth, quando tudo isso terminar, viveremos muitas aventuras. Prometo.

— Espero que sim — respondi, tentando parecer mais otimista.

Um feixe de luz atravessou as cortinas como uma barra de ouro caindo sobre a mesa da cozinha. Parecia me atrair, tentando fazer com que eu saísse da casa.

— Xavier, olha só... Está sol lá fora... — comecei.

— É... — Xavier não se interessou muito, mas eu sabia que ele detestava me ver infeliz.

— Preciso muito sair daqui.

— Beth, já conversamos sobre isso.

— Só quero caminhar um pouco. É tão simples.

— Mas a nossa vida não é simples. Pelo menos, não neste momento.

— Que coisa ridícula. Não podemos sair por alguns minutos?

— Não acho que é uma boa ideia — disse ele. Mas vi que não estava tão certo assim. Ele queria tomar decisões e exercer controle sobre as nossas vidas tanto quanto eu.

— Quem vai nos ver aqui? — insisti.

— Acho que ninguém, mas não interessa. Gabriel e Ivy foram muito claros.

— Vamos até o quintal e voltamos — propus.

A ideia de ter um pouco de liberdade, por mais breve que fosse, me animou tanto que Xavier não pôde dizer não.

— Tudo bem — disse, suspirando. — Mas, se vamos sair, você precisa se cobrir para não ser reconhecida.

— Por quem? — perguntei com sarcasmo. — Pelos *paparazzi*?

— Beth...

— Está bem, está bem! O que você estava pensando em fazer?

Ele não respondeu, mas saiu da sala e escutei os barulhos que fazia lá em cima, procurando algo no armário. Quando voltou, trazia uma jaqueta militar grande e um boné de caçador.

— Use isto. — Olhei para ele meio insegura. — E não reclame.

Eu sabia que Xavier estava apenas sendo cuidadoso, mas até aquele momento nada de anormal havia acontecido. É claro que eu tinha visto aquelas luzes misteriosas no céu, mas convenientemente deixei de mencionar esse fato. Xavier já estava tenso o suficiente e, além disso, havia a possibilidade de não ser nada de importante. Não havíamos visto cavalos brancos nem ninguém havia batido à porta. Na verdade, os últimos dias tinham sido tão normais que era difícil acreditar que corríamos de fato perigo. Até comecei a me perguntar se os meus irmãos não tinham entendido errado. Talvez os seus contatos não entendessem tanto das leis do Céu como acreditavam.

Mas eu deveria saber que na nossa vida qualquer período de calma geralmente precede uma tempestade.

CHEGAMOS AO QUINTAL nos fundos da casa de madeira, onde encontramos plantas em vasos e um balanço feito com pneu preso a um galho forte de carvalho. Havia uma pinguela coberta por lodo levando a um lago que atravessava a parte de trás da propriedade. Respirei fundo, sentindo o corpo tremer com a energia. Nós nos agachamos na beira do lago, onde havia muitos trevos, e passamos a mão pela água. Estava muito fria e era tão límpida que conseguíamos ver as pedras no fundo. Havia um zumbir de abelhas no ar e uma brisa suave soprava ao nosso redor. O sol esquentava o nosso rosto e, depois de ficarmos trancados por tanto tempo, a luz estava tão clara que quase fazia os olhos doerem.

Caminhamos sem pressa. Naquele momento, era difícil acreditar que estávamos sendo procurados, a ideia de que eu era um anjo sendo caçado parecia quase absurda. Por um instante, fomos apenas um casal apaixonado. Olhamos ao redor como se víssemos o mundo pela primeira vez. Xavier pegou algumas pedras para ver até onde conseguia lançá-las pelo lago. Tentei imitá-lo quando fez uma pedra quicar na superfície da água, mas a minha afundou com um *splash*. Eu não tinha a menor dúvida de que trocaria num piscar de olhos a minha imortalidade pela chance de envelhecer com Xavier. Queria muito que Ivy e Gabriel compreendessem isso. É claro que não esperava que os Setes entendessem. Nunca conseguiria explicar isso a eles. Na minha cabeça, os via como uma matilha de lobos à espera do prêmio. Quem conseguisse me encontrar e me entregar em troca da recompensa sem dúvida seria considerado um herói no Reino.

Apesar de todos os anjos terem sido criados sem ego, os Setes eram uma exceção. Alguns diziam que eles eram movidos pela necessidade de serem reconhecidos. Ao me lembrar de como Zach havia mudado um pouco antes de sua promoção, confirmei essa teoria. Eu sabia que as hierarquias existentes na Terra eram refletidas no Céu e até onde algumas criaturas — humanas ou angelicais — eram capazes de chegar em busca de poder. Já havia lutado contra demônios e vencido. Mas esses eram seres fundamentalmente simples. As suas motivações eram claras: manipular os seres humanos e tirá-los do caminho do bem. Um grupo de anjos ambiciosos guiados pela sede de justiça podia ser bem mais difícil de lidar.

Estávamos caminhando havia menos de dez minutos quando vi Xavier olhar para o relógio. Percebi que o Sol nascia e se punha cedo naquela parte do mundo e, de repente, a luz foi ficando mais fraca.

— Vamos, Beth. É melhor voltarmos.

— Já?

— Sim, estamos fora há bastante tempo.

— Tudo bem, estou indo.

Apesar de saber que Xavier me esperava um pouco adiante, resolvi aproveitar o local mais alguns instantes, antes de voltar à prisão que nos esperava na casa. A vegetação densa ao nosso redor tinha uma atmosfera mágica e eu queria explorá-la. O Sol que driblava as nuvens claras enviava feixes de luz que dançavam sobre a água. Olhei ao redor pela última vez. Não sabia quando poderíamos passar mais tempo cercados pela beleza da natureza de novo. Se Gabriel soubesse da nossa saída, poderia decidir que não poderíamos ficar sem supervisão.

Dei as costas para a linda paisagem e caminhei até onde Xavier estava. Ele estendeu o braço para me ajudar a subir a parte íngreme do barranco, me puxou na direção do seu corpo e ajustou o boné sobre minha cabeça.

— Acha seguro tirar o boné agora? — perguntei, brincando.

Xavier não respondeu. A princípio, pensei que não concordasse com a sugestão, mas, logo em seguida, vi o seu rosto ficar pálido e a mandíbula tensa quando algo do outro lado do barranco chamou a sua atenção. Quando falou, quase não mexeu os lábios.

— Não se vire — advertiu.

— O quê? Por quê? — Segurei a mão dele com mais força quando o pânico tomou conta de mim.

— Tem alguém do outro lado do lago.

— Um morador da região?

— Acho que não.

Fiquei de joelhos, fingindo pegar algo caído no chão. Quando me endireitei, virei a cabeça um pouco e dei uma olhada no lago. Balancei a cabeça, pensando que podia estar tendo alucinações. A certa distância de nós, entre as árvores frondosas, havia um cavalo branco. O seu pelo e crina tinham um tom etéreo prateado, diferente dos cavalos comuns, e os cascos, que batiam no chão, eram dourados.

— Um cavalo branco. — As palavras pareceram sair da minha boca repletas de choque.

— Onde? — Xavier pareceu não acreditar ao espiar pela mata.

Ele não havia visto o cavalo, porque estava concentrado demais na pessoa que o montava. Muito bem-paramentado, o indivíduo parecia vestido para um velório. Apesar de as órbitas dos olhos serem vazias, senti que olhava bem para mim. Eu nunca tinha visto um Sete antes, mas sabia que a criatura que estava me olhando era um deles. Não havia a menor dúvida.

Aquele era o momento que pensei que nunca viria. Enfim, estava cara a cara com um membro da Sétima Ordem, seres sobre quem, até aquele instante, eu só tinha ouvido falar.

Desmontou do cavalo e ficou de pé, perto da água, na parte mais larga, onde o rio fazia uma curva. As palavras de Ivy ressoaram na minha mente e eu sabia que deveria fugir, mas não consegui me mexer. Estava congelada. Percebi que o Sete tinha mãos muito brancas, pousadas uma sobre a outra enquanto ele nos observava. Então, de repente, começou a se aproximar. Um pouco antes, ele estava de pé do outro lado da água. Agora, se aproximava cada vez mais, e os seus pés perturbavam a superfície do lago.

— Beth, estou sonhando ou ele... — Xavier parou de falar e deu alguns passos para trás, levando-me com ele.

— Você não está sonhando — sussurrei. — Ele está andando sobre a água.

6

PRECISAMOS CONVERSAR

O Sete estava vindo na nossa direção. Foi como ver algo acontecer em um sonho: em um minuto, ele estava do outro lado do lago e, no seguinte, estava a poucos metros de nós. A distância, o cavalo branco-prateado relinchava e jogava a cabeça para trás, mas o dono não prestou atenção.

Eu me lembrei do que Gabriel havia nos dito: os Setes eram caçadores, treinados para perseguir a presa. Mas aquele parecia não estar preocupado com o fato de o termos visto. Continuou caminhando com calma. Era como se soubesse que não havia necessidade de se apressar, porque não tínhamos chance de escapar. Se eu não estivesse tentando desesperadamente encontrar uma saída, talvez teria me incomodado com a sua presunção. O Sete apenas parou uma vez e inclinou a cabeça para o lado, como se estivesse confirmando a minha identidade. Percebi algo mecânico no movimento, como se um equipamento estivesse sendo ativado. Fiquei imaginando o cérebro sendo programado para analisar tudo, desde o formato do meu crânio ao cheiro da minha pele. Não havia nada de humano nele, mas também nada de angelical.

Como os outros de sua espécie, esse Sete não tinha rosto. Os lábios e nariz se misturavam tão bem que era quase impossível distingui-los. Não tinha olhos, apenas órbitas vazias cobertas por uma membrana branca e leitosa de pele. Os contornos perfeitos do rosto me fizeram lembrar dos manequins que havia visto nas vitrines das lojas de departamento.

De repente, os meus pensamentos começaram a ficar borrados, fundindo-se como manteiga derretida no pão. Tentei, mas não consegui me livrar. O Sete parecia ter me prendido com uma garra invisível. Felizmente, ele não podia exercer o mesmo tipo de poder sobre Xavier, que rapidamente percebeu o que estava acontecendo. Ele não tentou me tirar do transe. Apenas me pegou no colo, me colocou sobre o ombro e saiu correndo. Depois de alguns instantes, senti que a pressão do Sete sobre mim tinha ficado mais leve. Escorreguei das costas de Xavier e, tomados pela adrenalina, corremos sem olhar para trás.

Eu e os meus irmãos há muito tempo conseguíamos nos comunicar telepaticamente, e estávamos sempre atentos às necessidades uns dos outros. Em silêncio, pedi ajuda ao meu irmão.

— Gabriel, eles estão aqui! Eles nos encontraram! — Não obtive resposta.

Assim que chegamos ao caminho de cascalho do lado de fora da casa, Xavier parou e começou a procurar o celular dentro do bolso. Procurou na sua lista de contatos, os dedos atrapalhados pela tensão. Estava prestes a apertar o botão para fazer uma ligação quando paramos de repente. Eu já estava subindo os degraus da varanda, então recuei, bati em Xavier, que estava de pé logo atrás de mim, e derrubei o celular de sua mão. Antes de um de nós tentar pegá-lo, a porta da frente se abriu. O Sete já estava ali, esperando por nós.

Olhei ao redor, desesperada, procurando um lugar para me esconder, mas sabia que de nada adiantaria.

— Deixe-nos em paz! — gritei, afastando-me da figura imaculadamente vestida. Em resposta, ele deu um passo adiante, como se quisesse me fazer lembrar que não recebia ordens. Uma tábua da casa rangeu sob os seus pés e aquele som me pareceu incrivelmente alto na tarde silenciosa.

Onde Gabriel e Ivy estavam? Por que não tinham atendido ao meu apelo? Será que tinham sido interceptados? Senti um arrepio quando percebi quanta coisa poderia mudar nos próximos segundos. Manter a calma era a nossa única chance. Só esperava que Xavier não fizesse nada precipitado para tentar me proteger. O Sete o mataria num piscar de olhos. As membranas brancas e úmidas que cobriam os olhos tornavam impossível saber exatamente para quem ou para o que ele olhava. Fiquei surpresa quando ele, gentil, estendeu o braço para mim.

— Precisamos conversar — disse ele. A voz não tinha um tom definido, era apenas uma vibração simples no ar. — Importa-se em entrar? — Moveu-se para o lado, abrindo espaço para que eu passasse. De perto, o seu rosto era tão liso que parecia ser feito de gesso. O cheiro me pareceu esquisito; era como perfume de colônia barata misturado com um pouco de gasolina, e fazia as minhas narinas arderem.

— Se liga, amigo — disse Xavier. — A Beth não vai a lugar algum com você.

— Xavier, por favor — sussurrei. — Eu cuido disso.

O Sete não parecia ter percebido que Xavier dissera algo. Apesar de nunca ter visto um Sete antes, senti que seria perigoso demonstrar muito resistência.

— Não vai demorar — continuou o Sete, fingindo educação. Nós dois sabíamos que, se eu entrasse, nunca mais sairia. Dei um passo à frente, hesitante, os pés pesados como blocos de concreto.

— Beth, espere! — Xavier segurou o meu braço e olhou para mim, os seus olhos azuis tomados de terror. — Você não está pensando mesmo em acompanhar esse... *maluco*, não é? — Se o Sete ficou ofendido, não deixou transparecer, pois o seu rosto permaneceu perfeitamente inexpressivo.

— Não tornem isto mais difícil do que já é — avisou ele. Manteve o rosto virado na minha direção. Eu tinha que pensar depressa. Precisava fazer algo para surpreendê-lo, pegá-lo desprevenido. Tentei pensar no que Gabriel diria. Sabia que ele diria algo sem precisar refletir. Talvez fosse esse o segredo.

— Você está se voltando contra um dos seus — disse eu, de repente. — Sabe disso, certo? — Tentei imaginar se o Sete era astuto. Será que perceberia a minha artimanha? Se eu conseguisse prolongar a conversa com ele, mesmo que apenas por alguns minutos, talvez Gabriel e Ivy conseguissem chegar a tempo.

— Sinto muito, srta. Church, mas não fui eu que me virei contra a minha espécie. — Ele falava com tanta autoridade que minha confiança ficou abalada, mas não podia permitir que ele percebesse isso.

— Na verdade, agora sou a sra. Woods — disse corajosamente.

Ele pareceu esboçar um sorriso, o primeiro sinal de emoção até aquele momento. Será que estava rindo de mim?

— Eu a aconselho, *sra. Woods*, a atender o meu pedido, para que sangue não tenha que ser derramado — respondeu ele, lançando um olhar breve na direção de Xavier. Eu sabia que, por baixo da fachada cortês e formal, havia um soldado que não tinha outro objetivo além de cumprir a sua missão... independentemente do que fosse preciso.

Mais uma vez, tive a sensação de que os meus pensamentos ficaram embaçados.

— Claro — disse eu, mecanicamente. — Entendo.

Xavier segurou a minha mão.

— Não permitirei que você se vá.

— Tudo bem — menti. — É só uma conversa. — Xavier não pareceu convencido, mas antes que pudesse reagir, afastei a minha mão da dele e me virei para o Sete. Sabia que Xavier não podia me proteger. Agora era a minha obrigação protegê-lo. Se eu não tivesse escolha, a não ser acompanhar o Sete, teria que cuidar para que Xavier não fosse ferido. Mas ele também não queria ver a minha vida em risco. Xavier se adiantou e me colocou atrás dele, ficando cara a cara com o Sete.

— Se quer conversar com alguém, converse comigo. — O Sete foi obrigado a se dirigir a ele.

— Garoto, o que faz você pensar que pode lutar contra a vontade do Céu?

— Sou simplesmente arrogante, acho.

— Com licença, não tenho nada a tratar com você.

— Os assuntos de Beth são meus também.

O Sete suspirou, impaciente, ou talvez entediado.

— Não diga que não avisei.

— Não o machuque, farei o que você quiser! — gritei, mas era tarde demais.

O Sete levantou a palma da mão e um raio de luz saiu dela. O feixe fino, que eu sabia ser duro como aço, enrolou-se no pescoço de Xavier. Vi quando arregalou os olhos e levou as mãos ao pescoço, mas o esforço era em vão... ele estava sendo sufocado. Aquela não era uma luta que ele pudesse vencer. Xavier caiu de joelhos e vi o seu corpo relaxar, ele perdeu a consciência depressa.

— Ninguém pode ser contra a vontade do Céu — disse o Sete.

Enquanto observava a cena diante de mim, senti que a névoa na minha mente começava a desaparecer, substituída por algo muito mais forte: a ira. A raiva fervia pelo meu corpo, afastando tudo no seu caminho. Percebi que ela se acumulava, como água em uma barragem depois da chuva torrencial. Em poucos momentos, arrebentaria as comportas.

— Disse que você não devia machucá-lo. — Não aumentei o tom de voz, mas percebi a raiva nela. Algo dentro de mim havia mudado.

A ira costuma distorcer a percepção que se tem da realidade, porém, naquele momento, vi as coisas com extrema clareza. Ela me libertou do poder do Sete sobre mim. Quase senti o cérebro maquinando e, por um momento, vi o mundo com lentes de aumento. Consegui ver a composição molecular da casa, indicar com exatidão quais eram os seus pontos fracos e sentir os lugares onde a umidade penetrava as paredes. Sabia de coisas que ninguém poderia saber, até onde a última gota de chuva da tempestade de verão havia caído. Continuava olhando para o Sete, mas agora conseguia enxergar através dele. Naquele momento, tudo em mim que era humano pareceu se dissolver e me senti em harmonia com o Universo — eu era o ar, a rocha, a madeira, a terra. Soube ali o que precisava fazer, o que era capaz de fazer.

Rapidamente, me abaixei para pegar um tijolo solto entre alguns que eu sabia haver no último degrau. Eu o lancei como um *frisbee*, tentando acertar o pescoço do Sete antes mesmo de ele se dar conta. Os seus reflexos aguçados deveriam ter permitido que ele o tivesse pegado no meio do ar e lançado de volta sem força suficiente para me derrubar. Se ele fosse capaz de expressar sentimentos, com certeza teria feito cara de surpresa. Mas ele não estava preparado para a minha reação e o ataque o pegou desprevenido.

A sua cabeça parecia ter sido lançada para trás, e ele deu alguns passos incertos em direção à casa. Com uma explosão repentina de força, estiquei o braço e puxei a porta para fechá-la. As pontas dos meus dedos começaram a formigar e, quando me dei conta, havia fumaça escapando pelo teto. O que aconteceu em seguida quase saiu do meu controle. O fogo se espalhou diante dos meus olhos, envolvendo a madeira da varanda e explodindo os vidros das janelas. Em questão de segundos, o Chalé Salgueiro ficou tomado pelas chamas. Quando as paredes começaram a cair, vi o Sete, de pé, tomado pelo fogo. As chamas não o matariam... provavelmente nem sequer deixariam uma marca. No entanto, temporariamente, fez com que ele se atrapalhasse. Eu não sabia por quanto tempo e não pretendia ficar por perto para descobrir.

Só pensava em uma coisa: proteger Xavier. Se o Sete nos alcançasse agora, ele provavelmente o mataria. Corri para o lado de Xavier; ele estava desmaiado, mas continuava respirando. Não poderia despertá-lo nem carregá-lo sozinha. Pela janela, pude ver que o Sete já caminhava em direção à porta como uma tocha viva.

As minhas asas se abriram fazendo barulho. O som ecoou pela floresta e os pássaros voaram do topo das árvores. Abracei Xavier por trás, envolvi o seu peito com os braços e o ergui do chão. As asas eram tão fortes que quase não sentia o peso dele nos braços. Segui em direção à estrada, voando baixo para evitar ser vista. Os pés de Xavier resvalavam nos galhos dos topos das árvores.

Os meus pensamentos ainda não estavam muito coerentes, mas eu pretendia pousar em algum lugar e pegar um carro. Porém, o meu coração acelerou quando vi o conhecido jipe preto descendo a trilha de terra que levava às montanhas. Os meus irmãos me viram no mesmo instante. O carro balançou até parar e Gabriel logo apareceu do meu lado, pegou Xavier no colo e o deitou com cuidado no banco de trás.

— Onde vocês estavam? — perguntei, com lágrimas correndo pelo rosto sujo de cinzas.

— Viemos o mais rápido que conseguimos — disse Ivy, sem fôlego.

— Vocês podem ajudá-lo? — disse, apontando para Xavier.

Ivy colocou a mão fria na testa de Xavier, que logo começou a recobrar a consciência. Ele gemeu e instintivamente levou a mão à cabeça.

— Você está bem — disse a ele. — Estamos bem.

Ao se lembrar dos últimos acontecimentos, ficou tenso e se endireitou.

— Aonde ele foi? — perguntou ele. — Onde estamos?

— Ivy e Gabriel estão conosco. Nós fugimos — disse eu.

— Como? — perguntou Xavier. — O Sete ia levar você...

— Acho... — hesitei. — Acho que coloquei fogo nele.

— *Sério?* — Xavier mostrou-se surpreso por um momento e então não conseguiu mais controlar o riso. — Que maravilha. Ele mereceu.

Ivy teve uma reação levemente diferente.

— Você ficou maluca? — Os seus olhos prateados estavam quase metálicos de choque. — Não pode usar os seus poderes dessa forma contra um Sete. É uma ousadia contra o Reino!

— Não queria fazer isso — protestei. — Ele estava tentando matar o Xavier!

— Bem, agora que você colocou fogo nele, tenho certeza de que estamos no caminho certo para a reconciliação — disse Gabriel, com ironia.

O vento balançou a copa das árvores e, de repente, tomei consciência de que o Sete ainda poderia estar ali.

— Você acha que ele vai tentar nos seguir?

— Não, ele perdeu o faro agora. Vai precisar começar de novo. Mas devemos sair daqui de qualquer jeito. — Gabriel virou a chave na ignição e atravessou a trilha de mato alto.

Eu me senti um tanto orgulhosa. Havia conseguido estragar os planos dos agentes mais formidáveis do Céu. Gabriel deve ter lido a minha mente, pois disse:

— Não fique tão confiante. Você conseguiu afastar *um* deles. Há grupos de Setes. Não podemos lutar contra todos eles.

— *Como* lidaremos com eles?

— Nós nos reunimos com os serafins — disse Gabriel. — Por isso nos atrasamos para voltar para a casa.

— E qual foi o veredicto?

Soube que as notícias eram ruins quando Gabriel permaneceu calado.

— Os Setes estão em busca de sangue. Não estão dispostos a fazer acordo — disse Ivy. — Querem que vocês desfaçam o casamento.

— Pensei que os anjos fossem justos e ponderados — disse Xavier. — Desde quando eles correm por aí tentando matar pessoas? Desde quando o Céu concorda com isso?

— O que faz você pensar que o Céu concorda com isso? — perguntou Gabriel no mesmo instante.

Xavier não conseguiu ficar calado.

— Ele não está fazendo muito para impedi-los.

— Você precisa saber que os Setes foram criados para serem os cães de guarda do Céu, lutam para preservar a ordem. Não têm qualquer entendimento acerca do comportamento humano, por isso é fácil passarem do ponto.

— Você está defendendo os Setes? — Xavier ficou surpreso. Eu não podia culpá-lo por isso. Tudo o que ele havia aprendido a respeito do Céu e dos seus habitantes estava sendo transformado na sua mente.

— Não estou os defendendo — respondeu Gabriel. — Estou tentando explicar como agem. Para eles, estão fazendo apenas o seu trabalho.

— Então alguém precisa demiti-los.

— A Aliança está procurando uma maneira de limitar o poder deles.

— E, enquanto isso, ficarão descontrolados? — perguntei, incrédula.

— Essencialmente, sim — respondeu Ivy. — A percepção que têm da justiça é distorcida. Quando têm uma missão, nada mais importa.

— Pensei que tivessem coisas melhores para fazer — disse Xavier. — Pensei que se preocupassem com a paz mundial, coisas assim.

— Exatamente. — Eu o apoiei. — Por que estão dando tanta atenção ao nosso casamento?

— Não sei — disse Ivy. Mas tive a impressão de que ela escondia algo de nós. Ela uniu os dedos longos e pálidos e fixou o olhar no assento à sua frente.

Gabriel se concentrou na estrada, com o rosto sério, lutando contra um conflito interno. Eu me coloquei entre os dois assentos da frente e o observei. Por fim, ele desviou o olhar da estrada e olhou para mim. Quando vi sua expressão, adivinhei o que ele não queria me contar.

— Pediram para vocês nos entregarem, é isso?

Gabriel franziu o cenho e fechou os olhos por um momento. Eu teria lhe pedido para ficar de olho na estrada, mas sabia que ele era capaz de dirigir perfeitamente mesmo com os olhos vendados.

— Sim — admitiu Gabriel, contraindo os lábios. — Foi exatamente isso o que pediram.

— Como eles ousam? — disse, revoltada.

— Eles dizem que os servos obedientes do Reino não pensariam duas vezes.

— Então, estão questionando o comprometimento de vocês agora?

— Disseram que entregar você é a nossa única opção.

— Não acredito que colocaram vocês nessa situação — disse eu, irada.

— Espere. — Xavier ergueu as mãos, com a voz trêmula. — Gabriel, o que você disse a eles?

O meu irmão ficou calado.

— Gabe? — repetiu Xavier, com a voz tomada de dúvida. Quando voltou a falar, a voz de Gabriel estava carregada de pesar.

— Disse que obedeceria.

Fez-se um silêncio mortal.

— Você o quê? — perguntei baixinho.

— Estão à nossa espera agora. Acreditam que estou levando você a eles.

Em um segundo, o pânico se instalou.

— Não! — gritei. — Como pôde?

Percebi que as portas do carro tinham se trancado automaticamente. Não havia como sair, a menos que tentássemos quebrar uma janela.

— Beth, por favor. — A voz do meu irmão estava calma. — Você não é minha prisioneira. — Ele virou a cabeça e vi que o seu rosto perfeito demonstrava mágoa por eu ter duvidado dele. Senti uma onda de culpa.

— Então, você não está... — hesitei.

— Não vou entregar você à Aliança. Não traí você.

— Espere. — Levei a mão diante da boca. — Isso quer dizer que você mentiu para eles? — A ideia era incompreensível. Ia contra tudo o que eu pensava sobre o meu irmão. Não acreditava que ele havia, por livre e espontânea vontade, se colocado em uma situação tão comprometedora.

— Não tive escolha.

Fiquei surpresa com o sacrifício que ele havia feito.

— Podem expulsá-lo por isso. Não posso permitir.

— Já está feito. — Ele disse isso com seriedade, como se alguém tivesse acabado de morrer... Talvez uma parte dele tivesse, de fato. Só consegui pensar que nunca tinha visto tamanho vazio nos seus olhos.

Até onde me lembrava, Gabriel sempre fora um dos arcanjos mais dedicados e fiéis do Reino. Já se dedicava ao Céu há milhares de anos. O tempo já tinha testado a sua lealdade, e ele sempre se manteve fiel. Ele e Miguel representavam dois alicerces sobre os quais o Arco havia sido fundado. Será que estava mesmo disposto a dar as costas a tudo isso apenas para me proteger?

Como eu retribuiria isso?

— Então, você pretende renunciar a eles? — sussurrei. Não conseguia imaginar qual destino Gabriel teria se abrisse mão de sua identidade angelical. Não quis pensar nisso.

— Não — respondeu ele. — Mas eles renunciarão a mim quando eu não obedecer.

7

UNIVERSITÁRIOS

— Não acredito que isso está acontecendo — disse eu. — Não acredito que Deus ficaria tão irritado conosco a ponto de lançar os seus soldados contra nós. — Não conseguia encontrar um sentido para aquilo na minha mente.

— Beth — disse Ivy, com o rosto oval tomado por tristeza. — Não se trata de uma ação de Deus. Tenho certeza de que você sabe disso.

— Como? — perguntei, confusa. — Tudo o que acontece só acontece porque Ele quis.

— Na Terra, sim — disse a minha irmã. — Mas as hierarquias angelicais estabelecem as suas próprias disputas; não pedem o conselho Dele.

— Principalmente os Setes — interrompeu Gabriel. — Eles são uma facção de rebeldes. A Aliança luta para mantê-los sob controle.

— Está dizendo que Deus não faz ideia do que está acontecendo? — perguntou Xavier.

— Não posso falar por Ele — disse Gabriel. — Mas vocês não devem culpá-Lo por esses problemas. São os Setes que buscam vingança.

Gabriel se recostou no volante e esfregou as têmporas, jogando para trás os cachos loiros que caíam diante do rosto bem-desenhado. Ivy também estava séria. Eu sabia que ela estava preocupada com o futuro. Aquele não era o resultado que os dois esperavam.

— Você não precisa fazer isso, Gabe — disse eu. — Sei quanto isso está custando a vocês.

— Você é da minha família, Beth — respondeu Gabriel. — Não posso simplesmente entregá-la a um destino incerto.

— Obrigada — disse eu de modo modesto. — Nunca me esquecerei disso. Você é, de longe, o melhor irmão que alguém pode ter, humano ou anjo.

Gabriel não soube bem como reagir a tal elogio, mas vi que esboçou um sorriso.

— E agora? — perguntou Xavier, mudando de assunto, tratando de coisas mais práticas.

— Creio que vamos continuar fugindo — disse Gabriel.

Aquele não parecia o meu irmão. Desde quando Gabriel deixara de ter certeza das coisas? Era ele quem eu consultava quando tinha perguntas sem respostas. A vida podia ser um grande mistério para todos os mortais, mas Gabriel conhecia o motivo por trás de tudo. Entre os anjos, sua sabedoria era inquestionável. A sua incerteza fortalecia os meus maiores medos. Os Setes tentariam separar eu e Xavier, e tudo, até então, indicava que conseguiriam. Não havia tantos lugares assim para se esconder nem tantos caminhos pelos quais fugir. Se fosse levada, sabia que só teria Xavier de volta quando a sua alma subisse ao Céu. Isso se eu conseguisse encontrá-lo... o Céu era enorme. E, quando isso acontecesse, talvez eu não passasse de uma lembrança um tanto antiga para ele. Sabia que deveria ficar arrasada, porém estava cansada. Cansada de lutar, cansada de brigar, cansada de sempre errar.

— Então, se você não está nos levando à Aliança... para onde estamos indo? — perguntou Xavier, quebrando o silêncio incômodo que se instalara entre nós.

— Vocês precisam se esconder de novo — disse Ivy.

— Ai, não — resmunguei.

— Mas, dessa vez, precisa ser em um lugar mais difícil de eles encontrarem vocês.

Xavier perguntou:

— Será que existe um lugar assim?

— Ainda não tenho certeza — respondeu Ivy.

— Não me importa onde, desde que Beth não tenha que ficar trancada. Ela não lida muito bem com isso.

O comentário de Xavier parece ter acionado algo na mente de Ivy. Um brilho repentino apareceu nos seus olhos, e uma nova ideia se formou.

— Talvez seja preciso fazer o contrário — murmurou ela, com ar de mistério.

— O contrário? — repeti. — Em que está pensando, Ivy?

— Os Setes pensam que vamos nos esconder em algum lugar afastado. São os lugares onde procuram primeiro. Talvez seja melhor nos misturarmos à multidão.

— Pode ser que dê certo — disse Gabriel, entendendo o que Ivy dizia antes de mim ou de Xavier. — Os Setes têm sensores muito aguçados que captam correntes elétricas emitidas por seres angelicais. Quanto mais seres humanos houver por perto, mais diluídas ficarão essas correntes.

— Então, para onde vai nos levar? Para a China? — perguntou Xavier.

— Talvez um lugar um pouco mais perto de casa.

— Não entendi — disse eu, franzindo o cenho.

— Pense bem — continuou Gabriel. — Se as circunstâncias estivessem normais neste momento, para onde vocês iriam?

— Para casa? — perguntei.

— Pense mais — respondeu Gabriel. — Para onde a Molly está planejando ir no segundo semestre?

— Como vou saber? — perguntou Xavier, irritado com o jogo de adivinhação.

Toquei a mão dele de repente.

— Espere. A Molly está indo para o Alabama... para a faculdade.

— Você está brincando, não é? — Xavier se endireitou, como se a ideia tivesse despertado algo dentro dele. — Está falando da faculdade?

— Os Setes não pensarão que vocês possam estar lá — respondeu Ivy. — Vocês estarão bem debaixo do nariz deles e eles não saberão.

— Tem certeza disso? — duvidou Xavier, franzindo o cenho.

— Vocês não usarão os seus nomes verdadeiros — disse Gabriel. — Assim, não poderão ser localizados por registros e documentos.

— Isso seria como começar uma vida novinha em folha — disse eu. Senti a animação aumentar. — Podemos ser quem quisermos.

— Pensei que teríamos de deixar a faculdade de lado por um tempo — disse Xavier. Ele parecia alguém que havia acabado de retomar uma parte de sua vida.

— Bem, não se animem demais. Não sabemos até quando vocês poderão permanecer lá.

— Acho melhor vivermos um dia de cada vez — concordou Xavier.

— Importa para onde formos? — perguntei a Ivy. Ela leu os meus pensamentos.

— Por que não vão para onde pretendiam ir antes de tudo começar a acontecer?

Ir para a faculdade ainda era um sonho para mim, como um mundo perfeito dentro de um globo de neve, algo que nunca alcançaria. Na minha cabeça, a faculdade representava tudo o que havia para amar no mundo dos humanos. Nunca pensei que teria a sorte de viver aquilo.

— Bem — disse eu. — Acho que vamos para a Oxford.

Abaixei o vidro e respirei fundo enquanto o vento bagunçava o meu cabelo. Mentalmente, estava me preparando para o próximo desafio da nossa vida imprevisível. Paramos rapidamente em Venus Cove durante a noite para nos organizar, o que foi mais difícil do que pensei. Vi Phantom de novo e percebi como sentia falta dele. Xavier teve que lidar com a frustração de estar perto da família, mas não poder entrar em contato com eles. Não parava de caminhar pela sala com os punhos cerrados.

— Sinto muito que as coisas tenham acontecido dessa maneira — disse eu, tentando confortá-lo.

— Eles são os meus pais — disse ele. — Não posso simplesmente cortá-los da minha vida, fingir que os últimos 18 anos não aconteceram. E as minhas irmãs... quero estar perto delas. Quero ver Jasmine e Maddy crescerem.

— Você verá — disse eu. — Você voltará um dia, eu sei.

— E serei o irmão e filho que os abandonou.

— Eles continuarão amando você. E talvez, um dia, você possa contar a verdade a eles.

Xavier riu sem achar graça.

— Duvido um pouco disso.

— Sei que isso deve ser muito duro para você — disse, segurando a mão dele, mas Xavier se afastou de mim. Aquilo não era algo muito comum e me surpreendeu. Se eu não podia oferecer conforto, era sinal de que algo estava muito errado.

— Como poderia saber? Você nunca teve pais.

Fiquei calada por um momento enquanto pensava no que ele havia dito. Xavier cobriu o rosto com as mãos.

— Beth, sinto muito. Não quis dizer isso.

— Tudo bem — disse, sentando-me na beira da mesa de centro. Percebi que o ódio na sua voz e olhar não era direcionado a mim. Ele estava olhando pela janela, para o inimigo invisível que poderia estar em qualquer lugar. — Você tem razão. Nunca tive pais como os seus e não sei como é fazer parte de uma família de seres humanos. Mas tenho um Pai e, no momento, Ele está bem bravo comigo. Tudo o que faço O deixa mais desapontado, quando, na verdade, só quero deixá-Lo feliz. Não sei se o meu Pai um dia vai me perdoar. Pode até ser que me expulse de casa... mas o seu nunca fará isso, tenho certeza. O seu pai sempre vai amar você. — Sorri. — Na verdade, o meu Pai também sempre vai amar você. Você é filho Dele.

Xavier olhou para mim.

— E você não é?

— Tenho um relacionamento um pouco diferente com Ele — disse baixinho. — Sua raça foi criada para amar, a minha foi criada para servir. Ele sempre amou os seres humanos acima de qualquer coisa. Sacrificou o seu único filho, lembra? Ele está vendo e vai proteger você.

Xavier pôs as mãos nos meus ombros, aproximando-se.

— Então, acho que depende de mim proteger *você*.

Por fim, Xavier decidiu escrever uma carta aos pais. Não a leu para mim e não perguntei o que ele tinha escrito. Eu também nem sequer sabia se Ivy e Gabriel permitiriam que ela fosse entregue, mas acreditei que seria importante para ele escrevê-la.

Ivy logo entrou em ação, organizando e guardando o que acreditava ser necessário para a vida na universidade. É claro que precisávamos nos concentrar no essencial. Não tínhamos tempo para pensar em cobertores e quadros, como fazem os outros calouros, e sabia que poderia comprar o que fosse preciso quando me instalasse. Sabia que a nossa experiência na universidade seria totalmente diferente da de outras pessoas. Não haveria pais emocionados, despedidas demoradas nem tempo para nos preocuparmos com cartas de recomendação e inscrições em disciplinas. Mesmo assim, eu estava nervosa.

Xavier passou a vida toda se preparando para o período da universidade. O seu pai e avô tinham pertencido à fraternidade Sigma Chi e o futebol universitário era uma tradição familiar. Eu, por outro lado, não tinha experiência prévia nem histórico familiar para me guiar. Havia me acostumado com a vida no ensino médio, e a ideia de me ajustar a um mundo novo e ainda mais misterioso me deixava um pouco preocupada. Sabia que teria Xavier para me orientar, mas precisava aprender certas coisas sozinha se quisesse me virar bem.

— O que é uma república, exatamente? — perguntei enquanto Xavier colocava as nossas coisas no porta-malas do carro.

— É como uma irmandade — disse ele. — Há casas no campus e você faz a maior parte das atividades nessa irmandade. As fraternidades são grupos equivalentes, mas com rapazes.

— Dá para escolher uma?

— Não exatamente. Eles têm que escolher você e você tem que escolhê-los.

— O que acontece se uma garota escolher uma irmandade que não a quer?

— Ela não entra nela — explicou Xavier. — É preciso escolher com cuidado.

— Como saber como é cada uma?

— Na semana de apresentação. Durante sete dias, todos os calouros conhecem as irmandades e fraternidades. Você faz uma espécie de entrevista. E, então, recebe um cartão com os nomes das irmandades que a convidaram para entrar. Você precisa analisar as suas preferências e fazer o pedido.

— Não há centenas de alunos? Como poderão saber quem querem?

— Eles pesquisam sobre todas as garotas antes de permitir que elas entrem — respondeu.

— Como vou aprender se você não leva as minhas perguntas a sério?

— Não estou brincando. Eles fazem isso mesmo.

— Não é meio exagerado?

— É assim que funciona. É uma tradição antiga. Por exemplo, digamos que uma garota esteja vindo do Alabama para a Universidade do Mississippi. A fraternidade Delta Delta Delta daqui entraria em contato com a Delta Delta Delta do Alabama, que conheceria alguém que estudou com essa garota no ensino médio. É claro que eles não descobrirão muita coisa se tentarem pesquisar sobre você.

— Graças a Deus. Isso me parece malvado.

— Eles fazem um monte de coisas boas também... Ajudam instituições de caridade e atuam na comunidade. Mas você não precisa se preocupar com isso, duvido que cheguemos a nos envolver.

Eu não sabia quase nada sobre a vida nas irmandades. No ensino médio, só sabia em qual irmandade a minha melhor amiga Molly queria entrar porque ela falou sobre isso durante todo o último ano. Hallie já tinha até dito que ela precisava parar com aquilo, pois podia deixar as outras irmandades com raiva. Na época, não prestei atenção, porque era como se estivessem falando outra língua. Era engraçado ver como uma conversa totalmente ignorada no passado podia ser lembrada e se tornar útil em outro momento.

— Quem vai fazer a sua carta de recomendação para a Chi O? — perguntou Hallie a Molly.

— A mãe de Ryan. Ela era da Chi O, em Duke.

— Ela é a sua primeira opção?

— Minha única opção — disse Molly. — É a única irmandade na qual vale a pena entrar.

— Que exagero — respondeu Hallie. — Há tantas outras...

— Não para mim.

— Você sabia que a Chi O quer as alunas com as melhores notas, não é?

— Está dizendo que as minhas não são?

— Não, só estou dizendo que você deveria tomar cuidado antes de ficar espalhando por aí o que quer. Se não for aceita na Chi O, nenhuma outra irmandade vai querer você.

— Não seja boba. Vou ser aceita.

Lembro que deixei o assunto morrer. Agora me arrependo por não ter feito mais perguntas. Apesar da animação inicial, Xavier ficou calado durante o trajeto até a universidade. Por não ter podido ir para casa, foi obrigado a deixar o seu amado Chevy para trás. Eu sabia que ele não estava contente com isso, ainda que soubesse que haveria um carro novo a sua espera quando chegássemos, para compensar. Queria sua antiga vida de volta. Quis levar Phantom comigo, e chorei por ter de deixá-lo, apesar de Ivy ter me garantido que Dolly Henderson cuidaria dele enquanto estivéssemos fora. Torci para que ela encontrasse tempo de passear com ele entre as sessões de bronzeamento artificial e as fofocas com as vizinhas.

Sentiria falta de Molly na universidade. Ela tornaria a transição muito mais fácil. Foi aí que um pensamento me ocorreu.

— Ei, Gabe, não haverá alunos da Bryce Hamilton na Universidade do Mississippi? Pode ser que nos reconheçam.

— A maioria foi para as universidades do Alabama e de Vanderbilt — disse o meu irmão. — Havia um ou outro de Venus Cove, mas já demos um jeito neles.

— Ai, meu Deus, vocês não... — eu me assustei e Gabriel olhou para mim.

— Não seja ridícula. Cuidamos para que recebessem bolsas de estudo irrecusáveis em outras universidades.

— Nossa! — disse, impressionada. — Você é um gênio.

A VIAGEM PARA O MISSISSIPPI foi tranquila, exceto pela discussão sobre que música tocaria no carro. Gabriel tinha o hábito de ouvir músicas religiosas, independentemente da ocasião, mas, dentro do Chevy de Xavier, sempre escutávamos clássicos do rock. Eu queria música country, e Ivy disse preferir o silêncio. Gabriel decidiu ceder e achou que seria uma boa ideia sintonizar uma estação de country gospel do Sul. Apesar de não ter dito, gostei da ideia.

Fiquei encantada com a vegetação que cercava a estrada. Estendia-se ao nosso redor como um manto. O gado pastava nos campos, esquilos subiam em árvores, plantações de algodão eram tomadas pelo vento. De vez em quando, víamos um veado na mata.

Quando pegamos a saída para Oxford, o meu humor melhorou e senti a animação começar a me envolver. Não conhecia a cidade, mas já tinha ouvido muitas coisas sobre ela. Sabia que era a cidade natal de William Faulkner e o lar do Ole Miss Rebels. Desci o vidro e uma brisa suave do Sul entrou. O perfume era de orvalho e percebi que ia gostar de minha nova casa.

A praça da cidade era linda como em um cartão-postal. Parecia que eu havia voltado no tempo. Tudo era muito preservado, não velho, mas bem-mantido, como se as construções fossem novas. Não pensei que encontraria lojas tão bem-cuidadas. Oxford parecia um pouco com Venus Cove.

Os estabelecimentos e as ruas eram cheias de calouros animados e pais orgulhosos. Quando chegamos à universidade, olhei pela janela e vi a rua na qual ficavam as fraternidades, e admirei as construções muito bem-feitas e as letras douradas do alfabeto grego que marcavam cada uma, como um distintivo de honra. Rapazes de camisa polo se reuniam nas varandas, conversando e rindo. Era um oásis para os mauricinhos e patricinhas da elite sulista, seu mundinho particular, e nada ali parecia real. Eu me apaixonei pelo lugar quase de imediato. O ar úmido tinha um aroma doce e me deixou relaxada. Gostei de como tudo parecia mais lento. Comecei a suar assim que saí do carro, mas o ar era tão leve que não me importei. Um pouco antes de Gabe e Ivy nos deixarem sair do carro para poderem encontrar um lugar onde estacionar, deram a cada um de nós uma pasta de papel pardo.

— Estas são suas novas identidades — disse Ivy. — Tudo de que precisam está aí dentro: certidão de nascimento, carteirinha de estudante, relatórios do ensino médio...

Folheei os papéis de matrícula que Ivy havia me dado.

— Adeus, Bethany Church e Xavier Woods — disse eu. — Oi, Ford e Laurie McGraw.

— Espere — observou Xavier. — Temos o mesmo sobrenome? É sério?

— Vocês serão irmãos enquanto estiverem aqui — disse Gabriel. E fez uma cara como se pedisse desculpas. — Acreditamos que faria sentido, já que vocês passarão muito tempo juntos.

— Ótimo — disse Xavier, analisando as folhas.

— Não é o ideal — reconheceu Ivy. — Mas foi o melhor que conseguimos fazer.

— Tudo bem — disse Xavier, mostrando-me os dados nos papéis.

— Somos de Jackson, Mississippi. Somos bons alunos que acabaram de sair do ensino médio e sou um segundo-anista transferido de Bama para a Sigma Chi. — Ele parou e olhou para Gabriel. — Você lembrou?

A Sigma Chi era a fraternidade da qual o pai e o avô de Xavier tinham feito parte. Fiquei surpresa com o cuidado do meu irmão. Gabriel apenas inclinou a cabeça, como se dissesse *Sejam bem-vindos*.

— Aluno do segundo ano, né? — perguntei. — Então você tem quantos anos? Vinte?

— Vinte e um. — Xavier sorriu. — Como pode ver, sou mais velho e, consequentemente, mais sábio, por isso você deve me respeitar.

— Já cuidamos de tudo — disse Ivy. — Vocês só precisam pegar as suas chaves e os livros.

— Obrigada — agradeci. — Vocês não sabem quanto isso representa para nós dois. — Sabia muito bem que Ivy poderia ter dado as costas, mas ela decidiu nos auxiliar. Era uma atitude que eu valorizava muito. — Estão correndo um grande risco tentando nos ajudar. Graças a vocês, teremos um tempo para entender as coisas. Mas independentemente de durar meses ou apenas um dia, quero que saibam que não me esquecerei.

Ela assentiu.

— Se precisarem de nós, sabe o que fazer.

— Então, sou seu irmão? — perguntou Xavier, quando levamos as nossas malas na direção dos quartos. — Que esquisito. O que eles estavam pensando quando decidiram isso?

— Acho que estavam tomando precauções.

— Poderiam ter nos deixado como primos.

— E isso seria diferente? Não se preocupe, é só encenação, poderemos continuar sendo nós mesmos quando estivermos sozinhos.

— E você acha que passaremos muito tempo a sós aqui na universidade? — Xavier pareceu em dúvida.

— Vamos nos acostumar.

— Você acha que vai se acostumar comigo sendo um rapaz solteiro de fraternidade? — Xavier riu. — Isso pode ser um problema.

— Você é um rapaz de fraternidade fugindo de alguém. Se eu fosse você, tentaria ser discreto.

Assim que chegamos ao dormitório, percebi que me destacava. Não por ser anjo, mas simplesmente por estar vestida de um modo totalmente errado. Com o meu vestido de estampa floral com barra rendada, eu estava bem diferente das outras garotas, que usavam shorts da Nike e camisetas largas. Todos me olhavam por onde eu passava. Se o meu objetivo era me misturar às pessoas, não comecei bem. Quando encontramos o meu quarto, segurei a porta do elevador para uma mulher que carregava uma caixa de papelão cheia de travesseiros e porta-retratos entrar.

— Ah, podem ir — disse ela, simpática. — Vocês estão tão bonitos, não quero entrar no elevador e amassar as suas roupas com as minhas coisas.

Xavier sorriu quando as portas se fecharam. Com a sua camisa polo azul-marinho e bermuda creme, ele estava ótimo. Balançou a cabeça.

— Ninguém me disse que havia uma roupa-padrão — resmunguei.

— Você não está preparada para a universidade — brincou ele.

— Não pode ser mais difícil do que o ensino médio — respondi com teimosia.

Xavier apertou o botão do nono andar, onde ficava o meu quarto.

— Bem, então, defina este termo: *os cinco do calouro.*

— Bem, acho que os cinco do calouro deve ser um grupo de cinco alunos com interesses semelhantes...

— Não. — Xavier riu. — Passou longe.

— O que é, então?

— São os cinco quilos que o calouro ganha na faculdade, já que passa a comer frango frito e a beber cerveja.

Fiz uma careta.

— Quer dizer que teremos problemas com comida?

— A comida é sempre um problema na faculdade, mas não se preocupe, encontraremos algo saudável.

Percebi que não tínhamos conversado sobre os Setes e sobre a nossa situação desde que chegamos à universidade. Foi um alívio poder deixar tudo isso de lado por um momento. Xavier voltara a fazer piadas, preocupado com coisas normais, como encontrar a academia do campus. Não consegui afastar a esperança de que, ali, começaríamos um novo capítulo das nossas vida. É claro que sabia que, na verdade, nada havia mudado. Ainda estávamos fugindo, mas, por estarmos cercados por estudantes, tínhamos a ilusão de que colocaríamos a vida de volta nos trilhos. Tirando a história de sermos irmãos, tudo parecia surpreendentemente normal.

Estava absorvendo todos os detalhes — depois de ficar escondida na casa, o mundo da Universidade do Mississippi estava ganhando vida diante dos meus olhos, como um desenho preto e branco repentinamente repleto de cor.

8

A COLEGA DE QUARTO

O QUARTO NÃO ERA tão ruim quanto pensei. Não sabia como faria para usar os banheiros comunitários, mas daria um jeito nisso. As meninas ficaram admirando Xavier enquanto ele passava pelo corredor com a minha mala sobre os ombros. Fiquei feliz por ele estar ali para me ajudar. O caminhar firme e confiante dele contrastava com os olhares nervosos e as perguntas ansiosas que ouvíamos ao nosso redor. Estava feliz por termos tido a chance de frequentar a universidade juntos. Vi muitas meninas perdidas, com cara de assustadas, que olhavam esperançosas sempre que alguém passava.

— Olá. — Ele cumprimentava todas elas com um leve erguer de mão. Elas sorriram com timidez, desviando o olhar e mexendo no cabelo.

Eu havia conseguido um quarto no canto, no fim do corredor. Xavier disse que esses quartos eram sempre um pouco maiores e fiquei pensando que talvez Ivy tivesse algo a ver com isso. Mas, quando entrei, percebi que nem mesmo a sua influência angelical me ajudaria ali. Olhei ao redor, surpresa. Desde o chão de madeira até as cortinas empoeiradas, era um quarto, no mínimo, simples. As camas estavam sem lençóis e não passavam de uma modesta estrutura de madeira com colchões azul-claros. Nas paredes pintadas não havia quadros e o padrão de listras no teto dava a impressão de estarmos em uma prisão. Os meus irmãos chegaram e analisaram em silêncio o quarto.

Ivy se sentou em uma das cadeiras de plástico diante da mesa presa à parede, mas depois mudou de ideia e decidiu ficar de pé.

— Você sabe que poderia dar um jeito nisso com um estalar de dedos — disse a Gabriel, imaginando que ele poderia, com facilidade, transformar o quarto feio em uma suíte de hotel.

— Sim. — Ele sorriu. — Mas isso estragaria o propósito.

— Que seria...

— Dar a você a verdadeira experiência universitária.

Fiz uma careta e me afastei para observar uma mancha esquisita no colchão.

— Vou precisar de desinfetante.

Xavier começou a rir e me deu um beijo na cabeça.

— Espere um pouco — disse ele, e se pôs a trabalhar, reorganizando as camas, para que elas ficassem encostadas na parede, dando a impressão de que havia mais espaço.

— O que acha? Melhorou?

— Para mim, está igual. — Dei de ombros. — Não tem muito o que fazer com um lugar como este.

— Você pode se surpreender — disse Xavier. — Algumas meninas mudam tudo. Compram colchões melhores, colocam carpete no chão. Algumas até contratam decoradores.

— Que absurdo!

— Estamos na universidade.

— Ai, meu Deus. Talvez eu não esteja preparada para isso.

— Bem-vinda ao mundo dos universitários — disse Gabriel. — Boa sorte.

— Espere. Vocês já vão? — Fiquei surpresa.

— Não podemos ficar aqui — disse Ivy. — É fácil demais detectar a nossa presença.

— E a minha não?

— Você está protegida pelo mundo dos humanos.

— É mesmo?

— Claro que sim — disse Gabriel. — Você age como um ser humano, pensa como um ser humano, até tem sentimentos de um ser humano. Esse nível de interação ajuda você a se misturar a eles.

— Mas... — Eu não estava preparada para me despedir deles. — Precisamos de vocês.

— Não se preocupe, não ficaremos longe.

Ivy se virou para sair, mas Gabriel demorou-se, mordendo o lábio inferior como se quisesse dizer algo, mas estivesse procurando as palavras certas.

— Você está bem? — perguntei. Ele me ignorou e olhou para a minha irmã. Eles se entreolharam e, sem dizer nada, Ivy soube o que Gabriel estava pensando. Ele parecia muito desconfortável com o que quer que fosse, mas finalmente expirou e disse:

— Você se lembra do meu conselho de alguns dias atrás?

Será que ele estava fazendo mistério de propósito?

— Não — respondi. — Você me dá muitos conselhos.

— Sobre a abstinência — disse ele, bufando.

— Ah, sim. O que tem?

— Pode ignorá-lo. — Gabriel fingiu não perceber o olhar confuso de Xavier.

— Hmm... — Não me sentia totalmente à vontade para falar sobre a minha vida sexual com Gabriel. — Por que esse mudança?

— Não consigo ver motivos para manter o conselho. Já é tarde demais para acalmar o Céu. Está na hora de fazermos as coisas do nosso jeito.

— Mas e a estratégia de "não pôr lenha na fogueira"? — perguntou Xavier.

— Chega de estratégias. Se eles não sabem ser gentis, também não devemos ser.

Eu e Xavier observamos boquiabertos quando Gabriel se virou e atravessou o corredor, desaparecendo de vista um pouco depois. Com a partida dos meus irmãos, o clima entre nós dois, de repente, ficou esquisito. Xavier sentou-se um tanto desconfortável na ponta da cama, com as mãos nos joelhos; eu caminhei até o armário e me concentrei em pendurar as roupas para evitar a conversa que agora pairava no ar. Queria saber o que ele estava pensando. Era como se uma greve de fome tivesse terminado, mas estávamos com muito medo de dar a primeira mordida. Não porque a tentação havia nos envolvido ali no quarto, mas, sim, por ter sido um tabu por muito tempo e, por isso, não sabíamos como falar sobre aquilo. Fiquei aliviada por ter sido Xavier o primeiro a tocar no assunto.

— Só eu fiquei com essa impressão ou aquela declaração foi mesmo muito esquisita?

— Não foi só você — disse eu, e me sentei com as pernas cruzadas ao lado dele na cama.

— O que aconteceu com Gabriel?

— Não sei bem. — Franzi o cenho. — Mas acho que ele deve estar muito bravo com alguém.

— Acha que ele estava falando sério? — Ele hesitou. — Sobre nós?

— Estava falando sério, sim — respondi. — Gabriel não sabe fazer brincadeiras desse tipo.

— Certo. — Xavier ficou pensativo. — Então ele disse que não haveria problema?

— Não necessariamente. Acho que estava querendo dizer que já estamos tão encrencados que não vai fazer muita diferença.

— Então, você acha que devemos?

— Você acha?

Xavier suspirou profundamente e olhou para o teto.

— Estamos nos controlando há tanto tempo que não sei como ser diferente disso.

— Acho que entendo. — Devo ter parecido um pouco desanimada.

— Mas podemos tentar — disse ele com mais ânimo —, para ver o que acontece. Se você quiser, claro.

— Eu quero. Acho que já esperamos tempo demais.

Xavier analisou o quarto, com as luzes fluorescentes e as paredes claras. Eu tinha que concordar que aquele não era um lugar muito romântico.

— Aqui, não — disse eu, rindo. — Ainda quero que seja perfeito. — Xavier pareceu aliviado.

— Eu também.

— Oi, pessoal! Sou a Mary Ellen, é um prazer conhecer vocês!

Xavier e eu olhamos para a frente, na direção da garota que havia aparecido na porta. Era mais alta do que eu, com cabelo liso e claro e grandes olhos castanhos. Era bronzeada, tinha um porte atlético e usava o mesmo short da Nike e a camiseta larga que eu vira o dia todo.

— Você é a minha colega de quarto? — continuou. Ficou calada por um instante e então abriu um sorrisão. — Estava morrendo de curiosidade para conhecer você! Procurei no Facebook, mas não encontrei nada! De onde vocês são? Qual o seu nome? E o seu curso?

Antes que eu conseguisse formular uma resposta adequada, pessoas começaram a aparecer atrás dela na porta. Diferentemente de nós, que tínhamos poucos pertences, aquela menina havia chegado carregada de coisas, e também com o que parecia ser uma equipe de assistentes para ajudá-la a aprontar tudo.

— Me chamo Mary Ellen — repetiu. — Já disse isso? E estes são a minha mãe, o meu pai, o meu irmão, Jordan, e as minhas primas gêmeas, Jay e Jessica.

Fiquei tão surpresa com a sua desenvoltura e com o excesso de informações que não soube o que dizer. Xavier decidiu romper o silêncio repentino.

— Oi — disse ele. — É um prazer conhecer todos vocês. Sou Ford e esta é a minha irmã, Laurie. Vim ajudá-la com as malas e tudo o mais.

Fiquei contente por ele ter falado antes. Já havia me esquecido dos nossos disfarces e teria nos apresentado com os nomes verdadeiros, estragando o plano logo de cara.

— Ah, não se preocupe — disse a mãe de Mary Ellen. — Deixaremos esse lugar aconchegante em pouco tempo. — Descobri que eles tinham muitas ideias para dar um ar caseiro ao quarto simples. Tinham comprado um carpete macio cor-de-rosa, um minirrefrigerador que também servia de lousa, cortinas de bolinha para as janelas e cestos de papel combinando. Mary Ellen também tinha feito quadros com colagens de fotos de centenas de amigos, que tomaram a maior parte da parede quando foram pendurados.

— Espero ter deixado bastante espaço para você — disse ela.

— Não preciso de muito — respondi. — Pode pendurar o que quiser.

— Viu, querida? — disse a mãe dela. — Eu disse que a sua colega de quarto seria um encanto.

Mary Ellen estava aliviada. Devia estar esperando uma garota infernal que não deixaria a decoração combinando e tocaria heavy metal até de madrugada.

— Sou de Germantown — disse ela, animada. — E vocês?

— Jackson — disse Xavier, com um erguer de ombros adorável e um sorriso tímido. — Como metade da população dessa universidade. Eu estava no segundo ano da Universidade do Alabama, mas decidi pedir transferência.

Fiquei surpresa ao ver a facilidade com que ele vestiu o personagem e a sua naturalidade para falar. Mas, então, me lembrei de que a Universidade do Alabama e a Universidade do Mississippi tinham feito parte da sua vida antes de eu aparecer e virar as coisas de cabeça para baixo. Percebi que Mary Ellen parecia encantada ao conversar com ele.

— Que bom que veio para cá — disse ela em um tom estridente. Revirei os olhos sem que ela visse. Já estava começando. A atenção que as garotas davam a Xavier logo me irritaria, principalmente porque não podia segurar a mão dele nem fazer nada que deixasse o nosso relacionamento claro para todos.

— Pois é, maninha. — Xavier me abraçou casualmente, jogando o braço por cima de meu ombro. — Não está feliz com a minha presença?

Mary Ellen riu e olhei para ele com os olhos semicerrados.

— Não muito — respondi, dando de ombros. — Como poderei paquerar com você por perto?

— Ah, você não vai paquerar ninguém — disse ele. — Nenhum cara vai chegar perto da minha irmãzinha.

— Concordo com você, cara — disse Jordan enquanto ajudava o pai a abrir as malas de roupas de Mary Ellen. Ele era bonito e estava usando uma viseira do Alabama e uma camisa polo azul-marinho. Tinha os mesmos olhos grandes e castanhos da irmã. — Os caras das fraternidades só querem uma coisa. — Jordan analisou um dos vestidos de Mary Ellen que estava no cabide que ele segurava. Era um minivestido tomara que caia jeans, com um zíper de cima a baixo: com uma manobra estratégica, a peça cairia no chão sem maiores problemas. — O que é isso? — quis saber, segurando a peça. Mais parecia um top do que um vestido e vi Xavier disfarçar um sorriso. — Você não vai usar isso.

— Você está falando igual ao vovô — resmungou Mary Ellen quando o seu irmão colocou a peça embaixo do braço. — O que vou usar nas festas?

— Vou confiscar esse vestido. — Jogou para ela uma blusa de moletom larga e uma calça grande. — Pode vestir isso nas festas.

Mary Ellen atravessou o quarto com a cara fechada, colocou um espelho sobre a sua mesa e começou a ajeitar o cabelo. Pegou um frasco de uma das bolsas e, um momento depois, uma nuvem espessa de spray a envolvia. Olhei para Xavier sem entender.

— Cabelo armado. — Ele deu de ombros. — Acho que é uma tendência aqui no Mississippi.

— Então — a mãe de Mary Ellen se recostou na cama e olhou para Xavier com curiosidade —, se você fez o primeiro ano no Alabama, deve conhecer Drew e Logan Spender; eles são de Madison.

— Hmm. — Xavier fingiu pensar. — Não me lembro deles.

— Não? — A mãe da menina pareceu confusa. — Mas todo mundo conhece os dois! Sou a madrinha deles e a tia dos dois é casada com o melhor amigo da minha irmã. Além disso, Logan está namorando uma garota chamada Emma, cuja mãe é da minha cidade natal.

— Vou perguntar a alguns amigos. — Xavier abriu um sorriso muito charmoso. — Com certeza já os vi. — Ele passou os lábios bem perto da minha orelha quando se abaixou para colocar a minha mala sobre a cama.

— Todo mundo conhece todo mundo aqui.

— Mais uma coisa típica do Mississippi? — perguntei.

— Você é muito sabidinha. — Xavier piscou. — Parece uma grande família.

Eu sabia que as vidas interconectadas daquelas pessoas não se limitavam a Mississippi, era algo comum do Sul. Pensei em Dolly Henderson, a nossa vizinha em Venus Cove. Independentemente de quem ou de onde, ela conseguia encontrar uma ligação distante. Conhecia todo mundo da cidade e tudo sobre a vida deles. Eu gostava do modo como a cidade era unida. Os segredos não permaneciam secretos por muito tempo, mas o lado bom é que todos se ajudavam. Queria muito fazer parte de uma comunidade assim, e ser Laurie McGraw, de Jackson, me dava a chance de tentar... ainda que estivesse vivendo a vida de outra pessoa. Sabia que, mais cedo ou mais tarde, teríamos que enfrentar o passado e seríamos forçados a fugir de novo, provavelmente sem dizer adeus ou obrigado às pessoas que, por pouco tempo, tinham tocado o nosso coração.

— Este fim de semana vai ser fantástico. — A voz de Mary Ellen interrompeu os meus pensamentos. — Haverá uma rave no Lyric e a Levee e quase todas as fraternidades vão participar.

O irmão de Mary Ellen olhou para ela com os olhos arregalados.

— Acho que seria melhor se você fosse dormir cedo.

— Não enche, Jordan. — Ela revirou os olhos e se voltou para mim. — Acho que começamos na Sigma Nu e seguimos o pessoal.

— Tudo bem. — Tentei imitar o seu nível de entusiasmo. — Gostei da ideia.

— Mas precisamos ter cuidado!

— É? Por quê? — Fiquei tensa no mesmo instante.

— Tudo o que fizermos será repassado para as irmandades. Então, não se misture com pessoas que não sejam calouros. O fato de um garoto dizer que é solteiro não significa que seja verdade e, se ele namorar uma menina da irmandade, você estará em apuros. Ah, e fiquei sabendo que a Pike teve alguns casos de “boa noite, Cinderela” na Carolina do Norte, por isso é melhor ficarmos espertas.

— Certo — assenti. — Vou me lembrar disso.

Xavier e Jordan fizeram cara feia ao ouvirem o assunto, pensando na possibilidade de as suas "irmãzinhas" caírem nas mãos de rapazes embriagados. Mary Ellen brincou com uma mecha de cabelo nos dedos e olhou para Xavier.

— E então, Ford, você estará aqui esta noite?

— Com certeza — respondeu ele.

— Droga! — Tentei parecer irritada, mas, por dentro, estava me sentindo muito aliviada. Xavier não poderia me deixar sozinha com aquelas meninas. Elas estavam praticamente falando outra língua e eu precisava que ele traduzisse tudo. Todas as meninas da Universidade do Mississippi vinham se preparando para a faculdade havia anos. Eu e Xavier dividimos experiências na Bryce Hamilton, mas eu ainda não sabia quase nada sobre as expectativas dos universitários.

As outras meninas se preocupavam com a vida no campus e com boas notas, mas eu não estava pensando nisso. Apesar de estar ali havia apenas algumas horas, já percebia como era diferente em todos os aspectos. Não que não quisesse me adaptar; mas a minha situação simplesmente não permitia. Como podia me sentir intimidada por garotas da irmandade depois de todas as coisas que havia testemunhado? Como podia me importar se seria julgada pelas minhas colegas quando o Céu e o Inferno já tinham me julgado?

— Está animada? — perguntou Mary Ellen, com um gritinho. — Este é o primeiro dia do resto das nossas vidas.

A primeira coisa que pensei foi que a minha vida já tinha começado. Não precisava entrar em uma viagem de autodescoberta. Mas, pensando bem, talvez a universidade me ajudasse — afinal, já não sabia muito bem quem eu era.

Quando fui buscar mais cabides em uma caixa no corredor, vi um pôster numa porta no qual estava escrito NÓS AMAMOS OS NOSSOS REBELDES. Parece que era assim que chamavam todos que frequentavam a faculdade: rebeldes. Parei por um momento e pensei naquilo. Talvez me encaixasse ali porque havia me tornado outra pessoa. Uma fugitiva. Uma rebelde. Só que com causa.

9

BRILHA, BRILHA, ESTRELINHA

A NOITE VEIO DEPRESSA e, em determinado momento, Xavier precisou me deixar para conhecer os seus colegas de quarto. Por ser do segundo ano, moraria num apartamento fora do campus, mas era bom saber que não estaria muito distante.

Depois do isolamento na casa na floresta, era estranho escutar o barulho que vinha dos corredores repletos de adolescentes. Fui ver os banheiros e descobri que não eram tão ruins quanto tinha pensado, apesar de serem muito diferentes das torneiras douradas e pias de mármore com as quais eu estava acostumada na Byron, a minha casa em Venus Cove. Mas consegui me isolar do ambiente que me cercava, focando no meu interior — Hades havia me ensinado isso.

Enquanto enchia a pia com água quente para lavar o rosto, vi o meu reflexo no espelho da parede. Achava que poderia me fazer passar por uma universitária se despenteasse um pouco o cabelo e fizesse bronzeamento artificial. A única coisa que não se encaixava era o meu olhar... aquele olhar dizendo que eu sabia algo que os outros não sabiam. Era uma expressão distante, como se a minha mente estivesse em outro lugar. Alguns podiam confundi-lo com tédio e outros, simplesmente, concluir que eu vivia no mundo da Lua.

Apesar do meu forte elo com a Terra, a verdade era que ainda estava muito presa à vida sobrenatural, e a minha alma — a minha essência — não era humana. Era impossível esconder.

Quando voltei ao quarto, descobri que Mary Ellen não havia perdido tempo e convidara as nossas vizinhas para conhecer nosso quarto. As meninas, Missy e Erin, eram da mesma cidade, Fort Worth, Texas. Estavam muito animadas para começar a vida de universitárias e dispostas a deixar uma boa impressão. Missy era alegre e sorria muito, e Erin declarou que estava ali apenas para encontrar um marido. Mary Ellen decidiu, naquele momento, que todas elas seriam melhores amigas e imediatamente passou a entrar no quarto delas sem bater.

Eu não tinha roupas adequadas para uma festa de fraternidade e, por isso, precisei pegar algumas peças emprestadas com Mary Ellen. Se as meninas se vestiam de um jeito simples durante o dia, à noite, compensavam, usando saltos altíssimos e saias bem acima do meio da coxa. Mary Ellen me emprestou um vestido de seda azul-escuro e sapatos de salto com tiras. O corte folgado do vestido me fazia parecer alta e esguia e o meu cabelo caía em cachos castanhos pelas costas.

— Você está linda — disse Erin. — Vamos fazer com que esta seja uma noite para ficar na memória.

As garotas ficaram muito tempo se arrumando na frente do espelho e já passava das dez quando saímos. Eu já estava cansada e com sono, mas nunca admitiria isso. Fingi que mexia no cabelo e reaplicava o batom, e também reclamei do meu corpo, assim como elas.

— Minhas coxas ficam enormes nesse vestido.

— Ah, pelo menos você não é pálida como eu, que praticamente brilho no escuro.

— Ah, parem com isso, já viram a foto da minha carteirinha de estudante? E vou ter que ficar com ela durante todo o ano!

— Não consigo fazer o meu cabelo parar quieto — disse. Todas as meninas assentiram de modo compreensivo, e Mary Ellen logo me atacou com um frasco de spray fixador.

Quando enfim partimos para a rua em que se concentravam as fraternidades, descobri que as casas onde elas ficavam eram muito bonitas. Paramos na frente de uma casa branca com letras douradas na qual se lia Σn no beiral. Havia cadeiras de balanço na varanda, onde garotos comiam pizza e bebiam cerveja. Lá dentro havia a sala de jantar com uma mesa comprida de carvalho e uma escada branca que levava aos quartos e à área comum. Havia universitários por todos os lados, sentados nos sofás, conversando nos corredores, deitados nas camas e de pé na varanda dos fundos. Havia um barril de cerveja embaixo da mesa da piscina e copos de plástico vermelho espalhados no chão, que já estava grudendo de cerveja derramada.

As calouras eram identificadas com facilidade. Pareciam apavoradas, de pé em círculos, com medo de beber ou mesmo de falar, temendo irritar as meninas mais velhas da irmandade. Conversavam entre elas, endireitando a postura e mexendo no cabelo sempre que os rapazes passavam. Não havia como não se divertir com elas. Problemas que pareciam tolos para mim eram enormes para elas. Até desejei poder trocar de lugar com essas meninas... Se ao menos a vida fosse tão simples...

— Olá, meninas, como estão? — Os rapazes da varanda nos cumprimentaram com sorrisos encantadores, e as garotas riam com nervosismo e se aproximavam um pouco mais umas das outras.

Quando Xavier chegou, estava totalmente diferente. Eu já tinha me acostumado a vê-lo numa postura defensiva, com todos os problemas do mundo para mantê-lo ocupado. Mas num período de poucas horas, ele tinha mudado, e vi que estava agindo normalmente. Chegou com um grupo de garotos, todos bem-vestidos, com camisa polo e perfume caro. Era fácil ver que aqueles rapazes não sentiam medo, sabiam quem eram, o que queriam e sem dúvida estavam ambientados. As pessoas paravam de falar para observá-los passando. Eles gritavam com os seus amigos como se estivessem ali há anos e não há apenas algumas horas.

— Minha nossa! — disse Mary Ellen, segurando o meu braço. — Eles são do segundo ano. Você precisa pedir ao seu irmão para nos apresentar a eles.

— Quem é o seu irmão? — Missy e Erin esticaram o pescoço.

— Aquele de branco... com cabelo castanho-claro. — Mary Ellen ergueu as sobrancelhas de modo travesso.

— Caramba! É o seu irmão? — Missy suspirou. — Uau.

— Pois é! — respondeu Mary Ellen. — E ele é da Sigma Chi.

Xavier acenou e se aproximou de nós.

— Oi, mana. — Ele me cutucou de leve nas costelas e sorriu para as outras. — Como vocês estão? Estes são os meus colegas de quarto, Clay e Spencer.

— Não acho vocês dois parecidos — disse Spencer, olhando para mim.

— Nós achamos que ela foi adotada — brincou Xavier, e as meninas riram como se ele tivesse acabado de contar a piada mais engraçada do mundo.

Um rapaz que carregava uma caixa de isopor passou e parou para conversar com os garotos.

— Vocês querem alguma coisa? — perguntou.

— Não, obrigada. Não bebo — disse a ele.

Missy e Erin aceitaram cerveja, mas insistiram em beber em copos de plástico para fazer as meninas da irmandade pensarem que estavam bebendo refrigerante.

Demorou um pouco, mas eu e Xavier acabamos conseguindo uma chance de sair da festa sem sermos notados. Pegou um molho de chaves do bolso e se aproximou de uma caminhonete grande e preta.

— Hmm... você vai roubar esse carro? — perguntei.

— Sim... mal entrei na universidade e me tornei um criminoso.

— Xavier!

— Relaxa, Beth! — Ele riu. — É minha. Ivy e Gabriel a deixaram para mim.

— Verdade?

— Sim, eles se sentiram mal por eu ter tido que deixar o Chevy. E, se precisarmos sair correndo daqui, não podemos contar com a Rebel Ride.

— Com o quê?

— Não importa, vamos sair daqui.

Xavier deu a partida, saiu do campus e dirigiu pela estrada pontuada por vegetação densa. Quando teve certeza de que estávamos longe, entrou numa rua de terra batida, parou a caminhonete e desligou os faróis no mesmo instante, tomando o cuidado de manter o veículo às sombras das árvores. Sempre cavalheiro, saiu e deu a volta para abrir a porta para mim.

— Aonde vamos? — perguntei.

— Não sei. Para algum lugar onde ninguém nos encontre.

Estava quente e escuro entre as árvores, e o chão da floresta, coberto de musgo, abafava os nossos passos. De vez em quando, eu via os faróis entre os troncos e sorria ao pensar que ninguém teria como saber onde estávamos. Fiquei feliz por termos nos distanciado do barulho da festa.

— Está gostando de ser Ford McGraw? — perguntei.

— Normal — Xavier se colocou atrás de mim e senti as suas mãos esfregando os meus ombros. Qualquer tensão sentida se derreteu no mesmo instante. — Mas acho que tenho mais vantagens sendo Xavier Woods.

— Por exemplo?

Ele abaixou a cabeça e senti os seus lábios roçarem o meu pescoço.

— Isto...

— Não é um comportamento muito adequado para um irmão... — disse eu, enquanto passava os dedos no seu cabelo. Senti a sua respiração ficar mais pesada quando os nossos corpos se aproximaram, então Xavier escorregou as mãos para a minha cintura. — Tem certeza de que devemos fazer isso? Espero que não estejamos ultrapassando os limites.

— Não ligo mais para isso — murmurou Xavier no meu ouvido, fazendo os pelos das minhas costas se arrepiarem. — Quero mostrar à minha esposa quanto a amo.

Ele parou por um momento, segurando o meu rosto nas mãos. Os seus olhos azuis estavam tomados por algo tão intenso que não consegui olhar para eles.

— Do que me chamou? — sussurrei, desejando ouvir de novo.

— De minha esposa — repetiu ele baixinho.

Xavier tirou uma das alças do vestido do meu ombro com cuidado. O toque, sempre tão familiar, me assustou. Era como se estivesse me tocando pela primeira vez e percebi como ele vinha sendo cuidadoso até aquele momento. Havíamos nos esforçado para evitar contato íntimo. Agora, com os nossos corpos unidos, percebi como teria sido fácil ceder. Não sabia como havíamos aguentado tanto tempo e mostrado tanto controle. Como conseguimos ignorar o incêndio que tinha início sempre que nos tocávamos? Como havia conseguido fingir que eu não ardia por dentro? Era estranho sentir o clima quente e saber que dessa vez não precisávamos ignorá-lo. Segurei a mão de Xavier e a coloquei no meu peito para que ele pudesse sentir as batidas do meu coração. Ele fechou os olhos e pensei ter visto uma expressão de quase dor cruzar o seu rosto.

Ao nosso redor, os carvalhos majestosos subiam ao céu e o ar perfumado parecia nos envolver. A brisa contra a minha pele quente era agradável. Eu estava tão emocionada que pensei que acabaria desmaiando nos braços dele.

— Tudo bem — sussurrou ele. — O céu não vai se abrir e desabar nas nossas cabeças.

Os nossos peitos estavam unidos, então eu conseguia sentir os dois corações batendo. Xavier encostou o rosto no meu pescoço e senti quando respirou profundamente. O meu corpo pareceu derreter, e Xavier me segurou no colo, colocando-me deitada sobre o chão coberto de limo. Estava macio e imaginei que lençóis de seda não poderiam ser mais suaves. Xavier desceu delicadamente, e nossos corpos se encaixaram como peças de um quebra-cabeça. Eu sabia que nunca mais me sentiria completa sem ele. Pela primeira vez na minha vida, angélica e humana, me sentia verdadeiramente inteira.

— Droga! — Xavier se afastou de mim ab-ruptamente e se sentou.

— O que foi? — De repente, voltei à realidade. Será que tinha feito algo errado? Tentei entender, lembrar de todos os meus movimentos até então, mas estava tão envolvida no momento que não consegui perceber.

— Não temos proteção. Pensei que não precisaríamos.

— Esqueça. — Eu o puxei na minha direção, à procura dos seus lábios, sem querer acabar com o clima. Momentos antes, tudo tinha sido perfeito, mas percebi que a atmosfera estava prestes a se desfazer. Xavier resistiu bravamente às minhas investidas.

— Beth, não podemos simplesmente esquecer. Precisamos ser responsáveis.

Suspirei profundamente e me sentei. Estava tão envolvida que não pensei em nada. Detestei a rapidez com que a nossa noite perfeita se desfez.

— Será que isso importa mesmo? — perguntei.

— Claro que sim. Você quer engravidar agora? Não acha que precisamos resolver algumas questões antes?

— Xavier, provavelmente eu nem posso engravidar!

— Você tem um corpo de ser humano, Beth — explicou ele. — É uma possibilidade muito real.

— Tudo bem — concordei. — Você tem razão. — Parei quando um pensamento mais preocupante me ocorreu. — Desde que o motivo não seja outro...

— Como assim? Que outro motivo poderia ser?

— Bem, evitamos isso por tanto tempo... Você ainda... você ainda me quer?

Xavier resmungou.

— Está maluca? É claro que ainda quero você. Tive que tentar não querer.

Ergui o queixo e olhei dentro dos seus olhos.

— Quero que me mostre.

— Beth, pare... — começou Xavier, mas encostei um dedo nos seus lábios.

— Não — disse. — Sem desculpas. Sou a sua esposa agora, lembra? Quero que me mostre quanto me ama.

Xavier olhou para mim por um momento e então, com um rápido movimento, me levantou e me colocou em cima dele. Dessa vez, o seu beijo foi profundo e intenso. Apesar de eu não ter alma, era como se a dele estivesse se unindo à minha, e uma sensação de formigamento se espalhou pela minha pele, onde ele me tocou. Senti os seus músculos tensos e a respiração mais ofegante. Esse beijo durou muito. O tempo parou enquanto nos abraçamos. Por fim, as bocas se separaram e ele correu os lábios pela curva do meu pescoço, dando beijinhos.

— Ainda está em dúvida? — sussurrou ele.

Balancei a cabeça, negando, e o beijei de novo. Os seus lábios eram quentes, macios e perfeitos. O beijo, suave e provocante. Como sempre, me deixava querendo mais. O tempo e o espaço pareciam se fundir quando nos perdíamos num abraço. Senti a intensidade da nossa paixão aumentar, ameaçando bloquear o mundo e todos os seus problemas.

— Não quero que você pare — murmurei.

— Também não quero parar. — Xavier se afastou um pouco e olhou para mim, com os olhos azuis brilhantes e lindos. Dessa vez, pareceria bobagem resistir à atração de algo tão forte.

— Mas... e... — Não quis terminar a frase com medo de Xavier voltar a ser cuidadoso como sempre. Estava tão envolvida que não conseguia pensar direito. Xavier manteve o olhar no meu rosto e então disse:

— Vou tomar cuidado.

A nossa primeira noite como marido e mulher foi como explorar um mundo mágico no fundo do mar, onde nada além de nós dois existia. Só sentia a sua pele quente sob os meus dedos e a pressão dos seus lábios explorando o meu corpo. A floresta parecia um reino particular onde ninguém mais podia entrar. Tudo ganhou vida diante dos meus olhos naquela noite; os galhos das árvores cobertos de orvalho e a mata da floresta estavam repletos de brilho prateado dos reflexos da luz da Lua. O ar ganhara vida, dançava ao nosso redor, trazendo com ele os aromas da terra. Depois, quando abri os olhos, vi uma série impressionante de estrelas tomando o céu como fogos de artifício. Ao pensar naquela noite, me lembro de imagens gloriosas e fragmentadas, e não de uma sequência completa de acontecimentos.

Lembro do meu braço esticado e pálido como uma pedra contra o chão. Lembro dos dedos de Xavier percorrendo os meus ombros e de ter sentido as veias pulsarem com energia sobrenatural. Lembro da camiseta dele amassada no chão e das minhas mãos no seu peito macio. Lembro de ter me sentido cheia como um balão, até ficar prestes a explodir. Acima de tudo, lembro que não sabia onde a pele de Xavier terminava e a minha começava.

Quando uma represa se rompe, o que fazer para conter o fluxo de água? Talvez ela possa ser redirecionada, mas não pode voltar para onde estava. Foi assim que me senti naquele momento: livre das regras celestiais e ligada a Xavier por elos que nem a morte romperia.

10

AMOR

Quando acordei, eu e Xavier estávamos abraçados no chão da floresta, mas me sentia totalmente confortável. Ergui os braços acima da cabeça e me espreguicei, sentindo uma sensação boa. Havíamos dormido profundamente, sem sonhar, à base de um carvalho antigo, enquanto a Lua enorme nos observava, espiando entre o topo das árvores.

Suspirei ao observar o céu tingido de rosa. Antes do nascer do Sol, os montes eram silhuetas escuras e tudo estava silencioso, um silêncio interrompido apenas pelos cantos dos pássaros. Os moradores de Oxford ainda estavam na cama e, sem o barulho do trânsito, o local parecia ainda melhor. Eu me apoiei nos cotovelos e observei Xavier. Ele parecia diferente. O seu rosto era ainda mais lindo enquanto dormia, pois não franzia a testa nem se mostrava o tempo todo preocupado. Satisfação não era algo comum de se ver no seu semblante. Queria que aquele momento durasse para sempre.

— Não gosto que me observem enquanto durmo — murmurou Xavier, mudando de posição. Os olhos continuavam fechados, mas ele já esboçava um sorriso.

— Que azar — disse, voltando a me aconchegar ao lado dele. — Gosto de observar você. Além disso, deveríamos ir logo embora, antes que as pessoas comecem a acordar.

— Por quê? — Xavier piscou os olhos de modo travesso. — Ninguém sabe que estamos aqui.

Permanecemos deitados, deixando de lado todos os pensamentos sensatos. Havia menos urgência no beijo de Xavier dessa vez, mas ainda me dava a impressão de estar caindo de uma altura enorme. As mesmas sensações da noite anterior me tomaram quando voltei ao mar de cores vívidas e sensações agradáveis, um lugar onde apenas nós dois existíamos, em uma dimensão fantástica.

Quando o Sol nasceu, encheu a floresta com uma luz tão forte que machucou os meus olhos. Apesar de estarmos relutando, precisávamos voltar para o campus antes que começassem a perceber a nossa ausência. Apesar de saber que Spencer e Clay não questionariam, tinha certeza de que Mary Ellen faria muitas perguntas.

Nas primeiras horas da manhã, o campus estava deserto. Apenas os copos vermelhos vazios espalhados no salão lembravam os excessos da noite anterior. Sabia que quando os alunos acordassem e comessem algo, a festa começaria de novo até as aulas terem início, na segunda-feira de manhã. Quando cheguei ao meu dormitório, a mulher da recepção me olhou com cara esquisita. Vi o meu reflexo e percebi que pedacinhos de grama estavam presos no cabelo. Corei e passei logo por ela, decidindo subir pelas escadas em vez de esperar o elevador. Entrei no quarto do modo mais silencioso que consegui... mas não foi o suficiente.

— Laurie, onde você estava? — O tom era uma mistura de curiosidade e acusação. Mary Ellen sentou-se na cama assim que a porta se fechou. — Procurei você em todos os cantos!

— Sinto muito — disse a ela. — Você voltou bem com Missy e Erin?

— Sim. — Ela deu de ombros. — Onde você estava?

— Encontrei algumas amigas do ensino médio e saímos.

— É mesmo? — perguntou ela, tentando descobrir mais. — Quem são elas?

— Umas meninas da irmandade — respondi, e me arrependi no mesmo instante.

Mary Ellen arregalou os olhos, admirada.

— Você tem amizade com as meninas da irmandade? Mas elas não podem falar com as calouras. Que irmandade? — perguntou, curiosa.

Poderia ter cavado um buraco para me enterrar, mas, felizmente, consegui me safar. Deixei a minha mente voltar para o momento em que fiz o caminho até o prédio — as letras das casas brilharam na minha mente com uma clareza inesperada. Disse a primeira que me ocorreu: Delta Gama.

— São da DG. — Fiquei surpresa com a minha facilidade para mentir. — Poderia ter ligado para você ir com a gente, mas não tinha o seu número.

— Ah. — Ela parecia decepcionada. — Fica para a próxima. O Ford foi com você?

— Quem? — perguntei.

— Ué... o seu irmão! — disse Mary Ellen, franzindo o cenho, provavelmente pensando que eu havia enlouquecido.

Dizer os nossos novos nomes em voz alta era como vestir uma roupa nova pela primeira vez. Era estranho e não muito confortável, porque ainda não tinha se ajustado ao corpo. Pensei que ser outra pessoa me daria uma visão completamente nova da vida. Mas só me sentia confusa... eu era uma pessoa por fora e outra por dentro. Também estava com medo de me atrapalhar e dizer algo que estragasse o nosso plano.

— Claro, o meu irmão — disse, forçando uma risada. — Bloqueio mental. Não sei onde o Ford estava. Provavelmente com alguma garota. Ele é assim.

Mary Ellen ficou com o olhar perdido e quase consegui ler a sua mente: *Eu poderia ser essa garota.*

— Você acha que pode ser o nosso cupido? — perguntou ela, com olhos de cãozinho sem dono.

Fiquei um tanto surpresa com um pedido tão repentino. Pensei que ela prepararia o terreno para ele, depois de algumas semanas, quando já nos conhecêssemos melhor, mas ela não deu tempo.

— Cupido para você e Ford? — perguntei.

— É — disse ela. — Parece que ele conhece todas as pessoas interessantes e é muito bonito... Você provavelmente ouve isso muitas vezes.

— Olha. — Eu me sentei na beira da cama e fingi pensar. — Detestaria que você se magoasse. Não acho que o Ford está a fim de um relacionamento sério.

— Hmm... — Mary Ellen franziu o cenho e se afundou nos travesseiros. Percebi que ela desistiria facilmente.

— Talvez pudéssemos criar um plano — disse ela.

— Não sei.

— E se você dissesse a ele que acha que nós dois poderíamos dar certo? Ele ouviria o seu conselho.

— Acho que sou a última pessoa que ele escuta.

— Entendi — disse ela, refletindo. — Vou pensar em alguma coisa.

— E Spencer e Clay? — perguntei, tentando distraí-la com outra possibilidade. — Os dois são gatinhos.

— Talvez — disse ela, pegando o seu laptop do chão. — Vou procurar o perfil deles no Facebook.

Precisei controlar o sentimento de posse que surgiu dentro de mim. Queria dizer que um envolvimento entre eles nunca aconteceria, mas é claro que não pude. Já estava começando a sentir antipatia por Mary Ellen; ela era enxerida e exigente demais. Mentalmente, me repreendi por ser tão negativa; um dos princípios básicos do cristianismo era a tolerância. Acredito que o meu lado defensivo aparecia quando o assunto eram outras garotas atrás de Xavier. Deitei na cama e me cobri, tentando ignorar o barulho que Mary Ellen fazia digitando no laptop. Procurei me lembrar de versos bíblicos, mas parei. Será que ainda tinha o direito de buscar auxílio na Palavra? Não sabia e me senti culpada por tentar. De repente, entrei em pânico: seria possível que a lei de Deus não mais se aplicasse a mim? Se não pudesse segui-la, em que me guiaria? Não havia ninguém mais a quem eu quisesse servir. Não queria rejeitar a soberania do Senhor; só queria ficar com Xavier. Mas talvez não pudesse ter as duas coisas. Percebi que a minha respiração estava mais intensa e recitei as palavras de um hino que Gabriel entoava para me acalmar.

— Essência da minha essência, o que quer que aconteça, seja a minha visão, ó, Governador Supremo.

Os dias que se seguiram passaram voando. Logo percebi que a universidade não me dava tempo para pensar nos problemas. Reuniões, compras de vestidos para as festas, idas ao mercado para comprar itens domésticos e os passeios pelo campus para conhecer todas as dependências tomavam todos os minutos do dia. As aulas começaram na segunda-feira, e fiz anotações, mas não absorvi nada. Não conseguia parar de observar os rostos que apareciam nos corredores, sempre em alerta para identificar sinais dos Setes.

Mary Ellen me irritava cada vez mais. O seu interesse por "Ford" logo se tornou uma paixonite e, em seguida, numa completa obsessão. Ela alertou as outras meninas, dizendo que deveriam se afastar, pois ele seria "dela". Espiava o meu celular sempre que eu recebia uma mensagem de texto e aparecia por trás de mim enquanto eu lia os meus e-mails. Quando Xavier veio me visitar depois da nossa primeira noite juntos, ela não nos deixou conversar. Quando ele espiou pela porta, ela quase me empurrou e me derrubou, na sua ânsia de falar com ele. Xavier agia de modo muito educado, ainda que o comportamento dela o irritasse.

— Ford! — Ela segurou o braço dele. — Como conseguiu passar pela recepção? Eles estão muito paranoicos com a presença de rapazes aqui agora.

Xavier deu de ombros.

— Entreguei a minha identidade a eles. Está tudo bem. — Ele se virou para mim, os olhos brilhando num sorriso. — Oi, Laurie. Tudo bem?

— Oi. — Quase me descontrolei ao lembrar de fragmentos daquela noite. Desviei o olhar e escondi um sorriso com a mão. — Tudo — respondi casualmente. — Nada de mais.

— Você se divertiu ontem à noite? — perguntou ele.

Por sorte, Mary Ellen estava encantada demais para perceber um toque de intimidade na voz dele.

— Não foi... como eu esperava — disse devagar. — Foi muito melhor.

— Você não ficou nem cinco minutos na festa — interrompeu a voz estridente de Mary Ellen, pois ela estava determinada a não ficar de fora do assunto. Xavier suspirou. Percebi que ele não se sentia à vontade. — Quanto a você... — Ela apontou um dedo acusatório para ele. — Quase não o vi!

— É — respondeu ele. — Eu estava meio preocupado.

— Preocupado com o quê? — perguntou ela, sem pestanejar.

— Com uma garota da minha cidade. Precisávamos conversar e pôr alguns assuntos em dia.

Não foi a resposta que Mary Ellen queria ouvir. Ficou em silêncio por um minuto e deu uma risada forçada.

— É uma ex-namorada? Que esquisito!

— Não — respondeu Xavier. — Na verdade, eu a conheço muito bem.

— Então foi bom pôr os assuntos em dia? — perguntei timidamente.

Xavier olhou nos meus olhos.

— Bom é pouco.

— Vai voltar a encontrá-la? — perguntou Mary Ellen, tentando parecer casual.

Xavier olhou para ela com aqueles olhos azuis.

— Provavelmente não. Não quero nada sério.

Não consegui segurar o riso diante da piada que só nós dois entenderíamos.

— Você anda ocupado demais vivendo selvagem e livremente, não é? — perguntei.

— Exatamente, mana. — Xavier piscou para mim. — Você me conhece muito bem.

Conforme Mary Ellen foi ficando mais agitada, percebi manchas vermelhas se espalhando no seu pescoço e peito. Felizmente, a conversa foi interrompida pela chegada das nossas vizinhas, Erin e Missy, que bateram à porta.

Eram meninas doces e pareciam gostar de Mary Ellen, mas, em alguns momentos, vi que faziam cara de tédio pelas costas dela. Quando não estavam comentando sobre rapazes, percebi que falavam sobre possíveis irmandades. Eu tentava fingir interesse, mas em geral ficava entediada depois de alguns minutos e me desligava do assunto. Estava ocupada demais absorvendo a agitação do campus e me ajustando à nova cultura. Sempre me surpreendia com a atitude relaxada de todos. Era uma prova triste de como a minha vida com Xavier vinha sendo.

— Estou tão animada com o campeonato de futebol — disse Mary Ellen enquanto caminhávamos para a área de lazer, certa tarde. — Não vamos vencer, mas não tem importância.

— Por que não? — perguntei, um pouco surpresa com a atitude derrotista.

— A nossa faculdade nunca vence. — Ela riu. — Todo mundo sabe disso.

— Mas tenho certeza de que temos chance! — disse, sentindo-me estranhamente chateada ao pensar que a minha equipe temporária poderia perder.

— Não muita. — Ela deu de ombros de novo. — A Universidade do Alabama e a Auburn são as favoritas no futebol.

— Que nada. Talvez a nossa sorte mude este ano.

— Não ficou sabendo? — Mary Ellen sorriu para mim. — Podemos não vencer o jogo, mas nunca perdemos a festa.

Eu e Mary Ellen entramos na área de lazer, e encontramos Xavier com Clay, Spencer e um grupo de garotos da equipe de beisebol. Estavam conversando sobre esportes. Spencer olhou para a frente e acenou quando nos viu. Eu me sentei perto dele, e Mary Ellen se aproximou de Xavier. Não havia percebido antes, mas Spencer era bonito, loiro e tinha olhos azuis.

— Como foi o seu primeiro fim de semana? — perguntou ele.

— Sobrevivi — respondi. — Foi insano.

— Pois é. Aquela festa estava lotada de calouros.

Enquanto conversávamos, dois esquilos começaram a correr um atrás do outro ao redor do tronco de uma árvore, chamando a minha atenção. Os movimentos dos dois eram tão rápidos que pareciam robôs. Um estava claramente tentando pegar o outro.

— Ele não desiste, não é? — perguntei, sorrindo.

Spencer olhou para onde eu estava olhando e sorriu.

— Talvez ela não esteja sendo clara em relação às suas intenções. Ele está bem confuso — respondeu.

— Não. — Balancei a cabeça. — Acho que está na cara que ela não está a fim.

O primeiro esquilo parou de correr e o outro fez o mesmo, confuso. Então, um passou na frente do outro, como se o desafiando a pegá-lo.

— Viu? Agora ela está jogando charme — disse Spencer. — Que vaca manipuladora.

Eu ri. Gostei de Spencer logo de cara; era muito tranquilo e normal. Sentado ali, na área de lazer, eu quase não acreditava que existiam soldados do Céu chamados Setes, e parecia que tudo pelo que havíamos passado fazia parte de um terrível pesadelo.

Então, o meu telefone tocou. Havia acabado de ligá-lo, ignorando o monte de mensagens e ligações não atendidas de pessoas querendo saber onde eu estava. Mas aquele telefonema era de um número que não reconheci.

Xavier ficou tenso no mesmo instante, mas só eu percebi. O telefone ficou em cima da mesa de piquenique, vibrando e girando até Mary Ellen olhar para mim.

— Não vai atender?

— Alô? — disse de modo incerto, sentindo o meu coração acelerado.

— Beth! — A voz estridente do outro lado da linha parecia aliviada e muito familiar. — Pensei que você não fosse atender. Estou ligando há dias!

— Molly? — disse, e vi Xavier respirar aliviado. — É você? De onde está telefonando?

— Claro que sou eu, estou com um número novo — respondeu ela. — Mas quero saber onde você esteve. Você simplesmente foi embora da cidade, todos ficamos preocupados. As coisas têm estado muito esquisitas. Primeiro, você desapareceu, e então o padre Mel morreu inesperadamente. Estão dizendo que foi ataque cardíaco. Foi terrível. Todos pensamos que a sra. Woods teria um ataque.

— Sei, ficamos sabendo — disse. — E é terrível, sim. Queria estar por perto, mas as coisas andam muito complicadas agora.

— Por quê? Você está bem?

— Estou — disse, tranquilizando-a. — É difícil explicar.

— Bem, por que não tenta? Onde você está?

— Espere — disse. — Sei que você está brava, mas prometo visitá-la em breve para contar tudo. Como está aí, na Universidade do Alabama?

— Não sei. Eu saí.

— O quê? Você abandonou?

Xavier arregalou os olhos como se não estivesse acreditando.

— Sim, aconteceu uma coisa... — Molly ficou reticente. — Precisei pedir transferência.

Porque, no mesmo instante, pensei que podia ser algo a ver conosco? Provavelmente era porque o azar andava nos rondando ultimamente.

— Por quê? O que aconteceu? Para onde você foi?

— Para a Universidade do Mississippi — respondeu. — Serei uma "rebelde".

— Minha nossa... — Olhei para Xavier.

— O que foi? — perguntou ela. — Alô?

— Onde você está agora?

— No salão depois do estacionamento. Acabei de chegar aqui.

— Certo, fique onde está — disse. — Vamos encontrá-la em cinco minutos.

— Espere, vocês... — Molly começou a perguntar, mas desliguei.

— O que aconteceu? — perguntou Xavier baixinho para mim, e sorri de modo nervoso.

— A Molly está aqui. Preciso encontrá-la.

— Quem é Molly? — perguntou Mary Ellen, concluindo que era mais uma ex-namorada de Xavier reaparecendo em sua vida. Não me dei ao trabalho de responder. Estava ansiosa demais. Precisava encontrar Molly logo e explicar a situação antes que ela telefonasse para alguém e, sem querer, nos entregasse.

— Vou com você.

Xavier ficou de pé e Mary Ellen tentou fazê-lo se sentar de novo.

— Por que você tem que ir? — resmungou ela.

Ele se livrou dela como quem se afasta de uma criança mimada e me seguiu em direção aos dormitórios. Eu estava quase correndo, com pressa de encontrar Molly. Por que ela havia saído do Alabama? Será que os Setes tinham aparecido e tentado interrogá-la? Enviei uma mensagem telepática a Gabriel e a Ivy, avisando que deveriam estar por perto para o caso de precisarmos de ajuda.

NÓS QUATRO CHEGAMOS ao mesmo tempo e encontramos Molly de pé, sozinha, perto do seu carro. Gabriel e Ivy a rodeavam de modo protetor. Ela estava com a mesma aparência, com os olhos azuis e o narizinho arrebitado, segurando apenas o celular cor-de-rosa e uma bolsa da mesma cor.

— Molly! — Eu a abracei com força. — Estou muito feliz por você estar bem. Independentemente do que tiver acontecido, sinto muito. Não há razão para ter medo. Cuidaremos de tudo.

— Sim — disse Gabriel, a voz mais grave de preocupação. — Vamos cuidar para que você seja protegida.

— Conte o que houve e quem apareceu procurando você — pediu Ivy.

— O que eles fizeram com você? — perguntou Gabriel. — O que disseram?

Molly pousou as mãos na cintura e nos analisou com atenção.

— Sobre o que vocês estão falando?

Percebi, naquele momento, que ela não parecia assustada nem abalada.

— Está dizendo que os Setes não encontraram você?

— Os quem? — Molly olhou para mim. — Estou muito brava com você, mas, tirando isso, está tudo bem.

— Molly. — Gabriel fixou o olhar penetrante nela. — Se está tudo bem, então, por que você está aqui?

— Precisei sair da outra universidade — disse ela simplesmente, e Gabriel franziu o cenho, confuso.

— Podemos saber o motivo? Você teve alguma dificuldade?

— Não — disse ela. — Eu me apaixonei.

Por um momento, Gabriel ficou sério ao se lembrar da paixão de Molly, no ano passado, e da tensão que ela gerou. Mas Molly não estava pensando em Gabriel. Pude perceber, pela maneira com que ela olhava para ele, que havia conseguido superar a sua obsessão e forçava-se a vê-lo como amigo. Ela o olhava naquele momento de modo claro e generoso, sugerindo que as suas expectativas de antes já tinham sido controladas.

— Você mudou de universidade por causa de um *cara*? — perguntou Xavier. Ele não viu o meu sinal para que demonstrasse um pouco mais de sensibilidade. — *Ficou maluca?*

Molly estava emocionada demais para se ofender. Suspirou para Xavier.

— Não foi só um cara. Foi *o cara*.

— Quem é? — perguntei.

— O nome dele é Wade Harper e é do segundo ano. Está estudando medicina e o curso aqui na Universidade do Mississippi é mais especializado, ou algo assim.

— Ele pediu para você vir com ele? — perguntou Xavier. Percebi que estava preocupado com o fato de Molly ter tomado uma decisão tão drástica sem pensar direito.

— Não se preocupem; ele me quer aqui. Ficou muito feliz quando contei para ele. Quero que vocês o conheçam. Ele é incrível.

— Estamos muito felizes por você, Molly — disse Ivy. Gabriel ficou calado, mas franziu o cenho.

— Obrigada — disse ela, sorrindo.

— Posso dar um conselho? — perguntou a minha irmã.

— Claro que sim.

— Vá devagar com esse rapaz. — Percebi um carinho verdadeiro na voz da minha irmã. Ivy não queria que Molly se machucasse de novo.

— Ah, pretendo — respondeu Molly. — Estou fazendo com que ele vá mais devagar, acredita? Ele já está falando sobre ter filhos e tudo! É muito respeitador, frequenta a igreja e tal.

— Parece um cara legal — disse eu.

— É muito sério. Saiu da sua fraternidade porque estava perdendo tempo de estudo e ele não curte festas, mas estou cuidando disso. Olha, vou encontrá-lo agora mesmo no Grêmio. Querem vir comigo?

— Não podemos ficar — disse Gabriel.

— Tudo bem. Beth, você vai, não é? Há muito tempo não conversamos! — Ela se lembrou da presença de Xavier e lançou um olhar para ele. — Você também pode vir, se quiser. — Ela entrelaçou o braço no meu, pedindo a minha atenção.

— Uh... Molly, preciso lhe dizer algumas coisas antes de irmos.

— Sim — disse ela. — Por exemplo, o motivo que fez você desaparecer da formatura e não atender os meus telefonemas.

— É complicado — disse eu. — Nós meio que nos casamos.

— *Não brinca!* — Molly soltou um grito animado e fiz sinal para que falasse mais baixo. — Vocês não fizeram *isso*!

— Sim, fizemos — disse Xavier. — Mas esta é a melhor parte: você não pode contar a ninguém aqui, porque acham que somos irmãos.

Molly piscou, confusa.

— Hã?

Dei um tapinha no seu braço.

— É uma longa história. Vou explicar no caminho.

— Espere! — Molly balançou a cabeça, surpresa, e parou. — Vocês se casaram e não me convidaram?

Xavier olhou para trás e trocou um olhar com os meus irmãos.

— Que bom que você voltou, Molly — disse ele.

Eu me virei e vi Gabriel de pé, perto do carro de Molly. Mantinha as mãos nos bolsos e, mesmo a distância, pude ver que estava ainda mais contrariado. Eu nunca tinha visto aquela expressão em seu rosto e não sabia se estava entendendo direito. Talvez fosse coisa da minha imaginação, mas Gabriel parecia um tanto perdido.

11

OLÁ, SUMIDA

No Grêmio, Xavier se afastou de nós para ir conversar com alguns amigos. Eu não sabia quem eram ou quando ele os havia conhecido, mas Xavier sempre se comportava de um modo tão tranquilo e confiante que as pessoas pareciam sempre querer a sua companhia. Molly e eu ficamos no refeitório.

— Puxa, vocês acabaram de se casar e estão tendo que bancar os irmãos. Deve ser divertido — disse ela de modo brincalhão.

— É um horror — confessei, ignorando a brincadeira.

— Vocês não podem nem ficar de mãos dadas, não é?

— Essa não é a pior parte. O problema são as outras meninas. Vejo como elas olham para ele.

— Isso não é novidade... Xavier sempre teve muitas meninas atrás dele.

— Molly, tem muito mais garotas aqui.

— Sim — concordou ela. — E as alunas daqui foram consideradas as mais atraentes do país.

— Obrigada — disse eu. — Isso ajuda bastante.

— Poxa, não se aborreça com isso — disse ela para me tranquilizar. — Xavier nunca olhou para outra garota. Por que mudaria agora?

— Bem, algumas delas são muito bonitas e *normais*. O Xavier deve pensar, de vez em quando, que as coisas seriam muito mais fáceis se ele escolhesse uma delas.

— Ele não pensa nisso. Você está sendo paranoica.

— Gostaria que elas fossem um pouco mais discretas na paquera, sabe? Elas babam por ele, fico muito irritada! — Cerrei os punhos sem perceber.

— Bem, não tem como culpá-lo por isso. Se ele começar a demonstrar interesse por uma delas, aí, sim, você poderá ficar brava.

— Eu sei — concordei. — O que a deixou tão sábia, assim, de repente?

Molly subitamente ficou muito distante.

— Sei como é amar sem ser amada. Vejo como Xavier olha para essas meninas... ele não as vê.

— Como você sabe?

— Porque alguém já olhou para mim assim, da mesma maneira.

Não precisei perguntar de quem ela estava falando. Ainda me doía pensar na tristeza que ela sentira por causa do meu irmão. Tentei alertá-la na época, mas ela não me deu ouvidos. Meses já tinham se passado, mas senti que a ferida continuava aberta.

— E como você está se sentindo agora? — perguntei, hesitante em dizer o nome dele. — Em relação ao Gabriel?

— Foi difícil esquecer — admitiu Molly, observando os molhos de salada com atenção exagerada. — Mas estou com Wade agora.

— O que mudou?

— Acordei um dia e percebi como havia me tornado desesperada e patética. Não quero ser assim. A vida é curta demais para perder tempo amando alguém que não ama a gente. E então Wade chegou e senti que ele me faria bem.

— Nossa! Você está parecendo tão madura, agora — provoquei. — Quem é você?

— Está dizendo que eu era imatura antes?

— Não diria exatamente imatura... mas maluca.

Molly fingiu estar chocada.

— Bem, agora sou chata e estável.

— Que bom, mas, por favor, tenha cuidado, Molly. Não se precipite e faça coisas das quais possa se arrepender. Se esse cara for tão bom quanto você diz que é, vai esperar as coisas acontecerem no seu tempo.

— Ah, não se preocupe — disse Molly com tranquilidade. — O Wade não é assim. Não acredita em sexo antes do casamento. Nada físico importa para ele... Ele diz que tudo isso pode esperar.

— É mesmo? — Fiquei realmente surpresa. Esse rapaz não parecia fazer o tipo de Molly. Na verdade, ele parecia... bem, o Gabriel. Torci para que ela não tivesse encontrado um substituto humano para ele.

— E o que você acha disso? — perguntei.

— Acho que cometi muitos erros. Wade está me mostrando que passei muito tempo no caminho errado. Ele entende de verdade.

— Entende o quê? — perguntei.

— Tudo. — Molly suspirou. — Contei tudo sobre o meu passado e ele entendeu. Não há segredos entre nós.

— Você não contou sobre mim, não é? — Detestei perguntar, mas precisava ter certeza de que Molly não havia se apaixonado tanto por aquele cara a ponto de revelar o nosso segredo de família.

— Não, claro que não. Não queria que me achasse doida.

— Nossa, que... — Parei de falar ao observar duas meninas se aproximarem de onde Xavier estava com o pretexto de pegar batata frita. Uma delas esbarrou nele de propósito no caminho até o balcão.

— Ah, não. A concorrência está fechando o cerco — observou Molly.

Apesar de Molly estar brincando, me senti desconfortável com toda aquela situação... não conseguia engolir. E, para dizer a verdade, estava começando a me sentir insegura. Aquelas meninas eram lindas, com luzes no cabelo, pernas compridas e bronzeadas. Conseguia ver uma delas de longe. Eram do tipo que conhecia pessoas influentes, dirigia carrões e esquiava no inverno. Tinham o estilo da Universidade do Mississippi e observei quando as duas começaram a conversar tranquilamente com Xavier e os outros rapazes. Mesmo distante, os meus ouvidos aguçados conseguiam entender trechos da conversa: falavam sobre o primeiro jogo da temporada. Alguns detalhes me passaram despercebidos, mas Xavier parecia envolvido. Falavam a mesma língua. Percebi, logo de cara, que não poderia ser amiga delas. Elas me faziam lembrar muito das minhas insuficiências. Quando Molly viu a minha cara, caminhou até Xavier e deu um tapinha no seu ombro. Vi as meninas erguerem as sobrancelhas e se entreolharem.

— Vamos — disse Molly, mandona, direcionando-o. — Venha.

Ela não se explicou e Xavier não questionou nada. Simplesmente deu de ombros e a acompanhou.

Quando Wade apareceu, vi que era bem diferente do que eu esperava. Tinha cabelo muito bem-penteado, olhos claros e um sorriso travesso. Vestia uma camisa xadrez azul e botas de couro desgastadas. Parecia um cara que gostava de atividades ao ar livre e, perto dele, Molly parecia uma princesa mimada. Sorri ao imaginá-la fingindo gostar de acampar apenas para deixá-lo feliz.

— Este é o Ford e a irmã dele, Laurie. — Molly nos apresentou, pronunciando os nomes devagar para não errar. — São os meus melhores amigos.

— Opa, e aí? — Wade apertou a nossa mão. — Prazer em conhecê-los.

— O prazer é nosso — disse Xavier.

— Ei, amor — começou Wade —, você não ia me apresentar aos seus outros amigos que estudam aqui? Beth e... Xavier, certo?

Molly olhou para mim com preocupação e percebi que ela devia ter falado sobre nós quando não sabia do plano.

— Eles mudaram de ideia na última hora — disse ela rapidamente. — Decidiram estudar no... Wyoming. Quase não falo mais com eles.

— Por que Wyoming? — perguntou Wade com um olhar confuso.

— Sei lá. — Ela deu de ombros. — Ar fresco, coisa e tal. Vai entender.

— Você não disse que ela era a sua melhor amiga? — insistiu Wade.

— Estamos na universidade agora — respondeu ela. — Tudo mudou.

Wade não pareceu convencido, mas Xavier interrompeu e mudou de assunto.

— Ficamos sabendo que você tem cuidado bem da nossa amiga — disse ele, passando um braço pelos ombros de Molly.

— Estou fazendo o melhor que posso — respondeu ele, com a expressão séria, apesar de Xavier estar brincando. — Tenho levado Molly à minha igreja e, nesse fim de semana, vamos conhecer alguns curandeiros no Tennessee.

— Curandeiros? — perguntou Xavier, olhando para Molly. — Você está doente?

Molly abriu a boca, mas Wade respondeu por ela.

— Não fisicamente. Mas, espiritualmente, temos que cuidar de algumas coisas. Mas está tudo bem. — Ele sorriu de modo a tranquilizar Molly. — Estarei por perto o tempo todo.

Molly olhou para ele como se estivesse diante de um salvador e se aconchegou nele.

— Que tipo de coisas? — perguntou Xavier, com dúvidas.

— Todos temos problemas, irmão — disse Wade, com ar de sábio. — Só o Senhor pode nos curar. Acredito que Molly compreende isso agora.

— Aprendi tantas coisas com Wade — disse Molly, abrindo um grande sorriso. — Tudo ficará bem daqui em diante.

Os dias passavam e me adaptei a uma rotina familiar. Nada de incomum aconteceu. Nada de cavaleiros sem rosto nem cinzas e fumaça tomando o ar no campo de futebol, nenhuma aparição nos quartos. A minha maior preocupação se tornou o relacionamento de Molly com Wade. Sabia que ela acreditava que ele a salvaria e parecia mais do que disposta a seguir as orientações dele. Molly podia não ser perfeita, mas eu não acreditava que ela encontraria Deus seguindo passo a passo as instruções do namorado. Ele falava de um jeito que dava a impressão de ela ser um projeto: uma dama em apuros que ele precisava salvar. Lembrei-me de algo que Gabriel havia me dito, certa vez:

— Há pessoas que buscam Cristo apenas para conseguir o que querem. Mas Cristo não se deixa usar. É preciso procurá-Lo com total humildade, com disposição verdadeira de aceitá-Lo no seu coração e dar a Ele o poder sobre todos os aspectos da sua vida. Se tentar usar Cristo como solução dos seus problemas, não vai funcionar. É preciso servi-Lo para que Ele sirva você. Ficar dentro de uma igreja por uma hora no domingo não transforma ninguém em cristão.

Era este o meu medo: que Molly estivesse se prendendo a Wade e procurando abrigo na religião apesar de não acreditar nela de coração. Se não tomasse cuidado, não daria certo. Ela não falava mais de Gabriel. Fiquei pensando que ela podia ter trancado aquelas lembranças num lugar onde não mais a ferissem.

Quando Molly conheceu Mary Ellen, uma hostilidade mútua surgiu. Não havia espaço suficiente para as duas na minha vida e Molly tinha chegado antes na vaga de melhor amiga e confidente. Além disso, na maior parte do tempo, Mary Ellen só falava sobre meninos ou, mais especificamente, sobre Ford. Queria saber se ele havia dito alguma coisa sobre ela, que tipo de música ouvia e qual era a sua cor preferida. Só faltava me pedir uma mecha do cabelo dele para deixar embaixo do travesseiro. Havia até descoberto o número de telefone dele e enviado uma mensagem de texto para perguntar se queria bater papo no Grêmio depois da aula. Como não recebeu resposta, me bombardeou com perguntas.

— Por que o Ford não responde à minha mensagem? — Ela balançou o telefone celular na frente do meu rosto. — Olha, leia a mensagem. Não está muito desesperada, está?

— Está normal — disse, afastando-me e esperando, com isso, cortar o assunto.

— Então, por que ele não respondeu?

— Não sei — disse. — Talvez esteja ocupado.

— Fazendo o quê? Ele sempre anda com o telefone.

Eu nunca havia conhecido uma garota como Mary Ellen, que simplesmente se recusava a entender o óbvio. Estava claro que Ford não demonstrava interesse e eu não queria discutir esse assunto, mas ela continuava insistindo.

— Você acha que ele pode ter medo de se envolver emocionalmente?

— Sim, provavelmente — disse eu da maneira mais distraída que consegui.

— Você precisa me ajudar, Laurie — disse ela. — Converse com ele por mim.

— Olha — comecei, tentando disfarçar a minha irritação crescente —, procuro me manter afastada da vida amorosa de Ford. Nenhum cara escuta a própria irmã.

Eu tentava passar o mínimo de tempo possível dentro do quarto. Era chato e claustrofóbico, e sempre acordávamos e encontrávamos as pias dos banheiros sujas de vômito. Depois de viver na Byron a maior parte da minha vida na Terra, foi difícil conhecer esse lado do mundo real dos adolescentes e seus hábitos. Evitava Mary Ellen o máximo que conseguia. Mas, sempre que a encontrava, era impossível tirá-la do meu pé e, independentemente do assunto que eu abordasse, a conversa sempre voltava para o meu irmão, Ford.

MARY ELLEN NÃO ERA A ÚNICA garota que me irritava. Logo passei a ter problemas maiores para resolver.

Três semanas após o início do semestre, Xavier conheceu Peyton Wynn, uma garota perfeita em todos os sentidos e que assistia às aulas no laboratório de biologia com ele. Era de uma boa família, fazia parte da Delta Gama, cristã dedicada, boa aluna e às vezes complementava a sua renda trabalhando como modelo para a Abercrombie & Fitch. O seu currículo era impressionante e diziam que ela era forte candidata a Miss Universidade do Mississippi, indicada pelo seu trabalho de caridade e envolvimento na vida do campus. Normalmente, ela seria o tipo de garota de quem eu seria amiga... se não tivesse convidado Xavier para acompanhá-la no baile.

Ela se aproximou de nós, na tarde de uma sexta-feira, enquanto estávamos juntos no Grêmio.

— Oi, Ford.

Assim que escutamos a voz, o pé de Xavier, que brincava com o meu embaixo da mesa, se afastou. Nós dois nos viramos e a vimos de pé com a mochila sobre um dos ombros. Cada mecha do seu cabelo loiro e comprido estava onde deveria estar e ela estava linda e fresca como uma margarida, apesar da alta umidade do ar. Não era justo... não suar deveria ser uma vantagem minha.

— Oi. — Xavier a cumprimentou com simpatia. — Como vai? — Percebi que ele gostava dela de verdade e não estava apenas tolerando a sua presença, como fazia com Mary Ellen.

— Bem, obrigada. — Peyton abriu um sorriso perfeito. — Finalmente acabei tudo por hoje.

— Aposto que está pronta para o fim de semana — disse Xavier. — Esta é a minha irmã, Laurie. Laurie, esta é Peyton, ela faz biologia comigo.

— Oi! — Peyton apertou a minha mão. — Você vai se afiliar?

— Ainda estou pensando — respondi.

— Você vai conhecer algumas das suas melhores amigas numa irmandade — disse ela. — Por falar nisso, Ford, queria saber se você quer ir ao baile comigo.

Ela perguntou com muita confiança, sem qualquer sinal de nervosismo nem hesitação. Xavier pareceu surpreso.

— Não sabia que havia bailes agendados — disse ele, confuso.

— Sim, teremos um antes de escolhermos as irmandades — explicou ela. — Daqui a duas semanas.

— Ah — disse Xavier, olhando para mim. — Bacana.

Percebi que não estava falando direito, se sentia desconfortável, o que não acontecia com muita frequência. Alguém, na frente da sua esposa, o estava convidando para sair.

— E então, aceita? — perguntou Peyton.

— Claro — disse ele com uma expressão um tanto sofrida.

— Ótimo, me passa o número do seu celular? Enviarei os detalhes por mensagem.

Fiquei olhando para Peyton enquanto Xavier dizia os números. Só consegui perceber o tom de relutância na sua voz. Peyton provavelmente pensou que ele apenas estava nervoso. Eu tinha certeza de que ela estava acostumada a intimidar os garotos do campus com os seus olhos azuis e sorriso de Miss Universo.

— Obrigada — disse ela, colocando o telefone no bolso de trás. — Nós nos vemos na aula. Prazer em conhecer você, Lauren.

— É Laurie — corrigi, um pouco mal-humorada.

Quando Peyton se afastou, cruzei os braços e fiquei olhando para Xavier. Ele resmungou e encostou a cabeça na mesa.

— O que acabou de acontecer? — perguntei.

— Isso foi *bem* esquisito.

— Vai mesmo sair com ela?

— O que poderia dizer? — perguntou ele, desesperado, enquanto eu me levantava e dava a volta no banco, irritada.

— Que tal "não, obrigado"?

— Beth, não é tão fácil — disse ele. — É muito grosseiro recusar um convite sem motivo.

— É muito grosseiro chamar um cara casado para sair — disse eu, enfiando a ponta do sapato na terra, frustrada.

— Não é justo. Ela não sabe...

— Não me interessa. Não gosto dela.

— Pare com isso — disse ele. — Ela é uma menina bacana, não é culpa dela.

— Será que você não podia ter inventado uma desculpa? Podia ter dito que estava ocupado, que estaria fora da cidade, qualquer coisa!

— Fiquei sem saber o que dizer. — Xavier ergueu as mãos de modo defensivo. — Desculpa.

— Ai — disse, voltando a me sentar ao lado dele, tensa. — Isso não é legal.

— Você sabe que eu nunca faria nada. Precisa confiar em mim o suficiente para saber disso.

— Confio em você — disse. — Mas, ainda assim, é estranho.

— Eu sei — disse Xavier. — Só não sei como vou sair dessa.

Para piorar as coisas, no fim do dia, todo mundo já sabia que Ford e Peyton iam ao baile juntos. Mary Ellen enviou uma mensagem de texto arrasada para mim: *F e Peyton vão ao baile? Como isso foi acontecer? Fiquei sabendo que ela sabe ser terrível quando quer. Ele poderia ter dito não!!!!!!*

Eu a ignorei. Apesar de não ser fã de Peyton Wynn, não gostava de como Mary Ellen sempre se fazia de vítima para acalmar o próprio ego. Os rapazes, no entanto, eram só elogios.

— Muito legal. — Spencer deu um tapinha nas costas de Xavier quando este voltou ao quarto. — Ela é uma ótima garota.

Não gostei de ver que as pessoas agiam como se eles já fossem um casal.

— Isso também é bom para você, Laurie — disse Clay. Demorei um pouco para perceber que ele estava falando comigo.

— Como assim? — perguntei de modo seco.

— A Peyton pode ajudar você a entrar para a Delta Gama — explicou ele. — E ela é um ótimo exemplo.

— Verdade. — A namorada de Clay, cujo nome não conseguia me lembrar, se intrometeu. — Peyton Wynn é tipo... tudo que se quer ser como mulher. Ela vai colocar você sob as suas asas.

— Que ótimo — disse, tentando não fazer cara de ódio. — Mal posso esperar.

12

IRMÃ MALUCA

A PARTIR DAQUELE DIA, comecei a dormir mal. Sonhei com o casamento de Peyton e Xavier, cheio de convidados emocionados e buquês de flores, exatamente como deveria ser, e não com alianças improvisadas e um padre morto, como ocorrera no nosso. A família toda de Xavier estava presente e o pai de Peyton a levava ao altar. Mary Ellen também estava ali, puxando a manga do meu vestido a toda hora e chorando por Xavier não notar a sua presença. Porém, a cena mudou e vi Wade pedindo Molly em casamento. Ela aceitou sem hesitação e então ele a guiou pela pista de dança. Ela parecia dançar apoiada nos pés dele, com ele a conduzindo como quem dança com uma boneca de pano. Ela não tinha controle sobre nenhum dos seus movimentos e a sua cabeça pendia para o lado como a de uma boneca. Quando os seus olhos vagos encontraram os meus, não estavam me vendo. Ao longo do sonho, senti um formigar esquisito na nuca, como se estivesse com coceira, uma reação alérgica a algo ou a alguém do salão. Não parava de girar, procurando olhos que se escondiam nas sombras, mas só consegui ver uma figura por um milésimo de segundo, que logo desapareceu. Momentos antes de despertar, eu o vi. Era um Sete, mas diferente dos outros. Usava uma máscara de ferro para cobrir o rosto e luvas de couro sem dedos. A máscara tinha uma abertura para a boca e dois furos na altura dos olhos, dentro dos quais eu só via a escuridão. Conseguia escutar a sua respiração ofegante, mesmo a distância. Tive a estranha sensação de que o conhecia de algum lugar. O sonho me deixou assustada e receosa durante todo o dia.

ENQUANTO XAVIER estava na aula, Ivy e Gabriel apareceram com notícias. Felizmente, Mary Ellen havia ido à biblioteca e não estava no quarto. Não seria seguro para ela conhecer Gabriel; eu não sabia como ela reagiria e não tínhamos tempo para perder nos esquivando das suas investidas amorosas.

— Sonhei com eles — disse a Gabriel quando ele se recostou na cama, de cara séria. O anel do seu dedo indicador fez barulho quando ele bateu a mão na estrutura da cama. A luz do dia que entrava pela janela parecia se misturar ao cinza dos seus olhos, deixando-os com um tom prata muito bonito. Eram tão profundos e claros que às vezes eu acreditava estar olhando diretamente para a sua alma. Mas sabia que ele não tinha uma. Almas eram algo exclusivo dos seres humanos; os anjos só tinham uma essência.

— Eles estão tentando encontrar você por meio dos seus sonhos — disse ele.

— Então, quando eu sonhar com a universidade, saberão onde estou? — perguntei, assustada.

— Os sonhos raramente são específicos — disse Ivy, dando um tapinha nas minhas costas. — Se você sonhar com um quarto de república, poderia estar em qualquer quarto de qualquer universidade do país.

— Acho que sim — respondi, pouco à vontade. — Mas assim que sonhar com o liceu ou com a sala de estudos, pronto. Vou entregar tudo.

— Relaxe — disse Ivy. — O seu subconsciente está preocupado com outras coisas.

— Espero que esteja certa — disse eu. — Quais são as novidades? Souberam de mais alguma coisa?

— Até onde sabemos, os Setes continuam procurando.

— Bem, que ótimo — disse eu, fechando as venezianas empoeiradas de modo automático. — E têm certeza de que não estão seguindo vocês? — Detestava pensar que os meus irmãos poderiam ter problemas por minha causa.

— São espertos demais para fazer isso — disse Ivy. — Sabem que vamos perceber e reagir.

— Mas vocês poderiam vencê-los, não? — perguntei, desconfiada. Não duvidava da força dos meus irmãos; os braços esguios de Ivy eram fortes como aço e tinham mais força do que um caminhão em alta velocidade, mas não gostava de pensar que pudessem ter que enfrentar um exército. Nada poderia mudar o fato de que ficariam em desvantagem numérica.

— Não sei — disse ela com seriedade. — Se atacassem em massa, talvez tivéssemos problemas. Mas não correrão o risco, pois perderiam muitos dos seus.

— Então, continuamos aqui? — perguntei, aliviada por saber que não teríamos que pegar os nossos poucos pertences e fugir em breve.

— Por enquanto — disse Gabriel. — Estamos tentando entrar em contato com a Aliança para dizer o que os Setes estão fazendo. Talvez eles os detenham. Ou, pelo menos, limitem os seus poderes.

— E o Nosso Pai? Onde Ele está? — perguntei, ansiosa.

— Ocupado — respondeu Ivy, lançando um olhar nervoso a Gabriel. — Tem muitas coisas para resolver agora.

— Do que estão falando? — perguntei, confusa.

Gabriel suspirou e fechou os olhos por um momento.

— Acho que você ia acabar descobrindo... — começou ele. — O Inferno se rebelou, os demônios estão enfurecidos.

— O quê? — sussurrei, sentindo o meu coração endurecer.

— A influência deles se espalhou e eles se triplicaram nas últimas semanas — disse Gabriel. — O mundo está com sérios problemas.

A minha irmã confirmou com a cabeça.

— A morte de um Original causou uma grande revolta. Lúcifer está enviando os seus agentes em grande levas, como um doido.

Senti o meu estômago revirar. Aquilo era minha culpa? As pessoas estavam morrendo por minha causa, porque tinha sido tola o bastante para deixar Lúcifer irado? Cobri os lábios com as mãos, mas Gabriel pareceu ler os meus pensamentos.

— Você não é responsável pelo que acontece no submundo, Bethany — disse ele. — Eles não precisam de motivo para causar dor e sofrimento.

Rolei na cama e fiquei deitada com o rosto no travesseiro, desejando poder me esconder e esperar que tudo terminasse. Só me mexi quando Gabriel tocou nas minhas costas com delicadeza.

— Lembre-se: não foi a sua mão que matou Jake. Foi a minha.

As suas palavras não me consolaram muito. Não importava quem havia dado o golpe final, porque as pessoas ainda estavam sofrendo por nossa causa. Os demônios eram sádicos e cruéis quando sentiam sede de vingança. Não conseguia imaginar o sofrimento que causariam a pessoas inocentes apenas para nos afetar. E se o Nosso Pai não tinha tempo para outros assuntos, então as coisas deviam estar bem complicadas.

— Que desastre — murmurei.

— Sim — disse Gabriel, com sinceridade. — Mas não podemos perder a esperança. Pode ser que o Céu esteja ocupado neste momento, mas Ele ouvirá as nossas preces.

— E os demônios? — perguntei. — Eles também estão à nossa procura?

— Não sabemos ao certo — disse Gabriel. — No momento, não há um padrão para os ataques deles, mas parecem estar diminuindo. No entanto... — Ele hesitou, sem querer continuar.

— Tenho certeza de que não se esqueceram de nós — concluí o seu pensamento.

— Também duvido — disse ele. — Mas vamos nos concentrar em uma batalha por vez.

Quando Ivy e Gabriel foram embora, quis encontrar Xavier imediatamente, mas, antes de mais nada, precisava me desvencilhar de Mary Ellen, que havia voltado para o quarto, chata e exagerada como sempre.

— Aonde você vai? — perguntou, pulando da cama e praticamente grudando do meu lado.

— Vou encontrar uma amiga — disse, cansada.

— Ah, que legal! — Ela pegou a bolsa. — Espere, vou dar um jeito na minha maquiagem.

Tentei não demonstrar a minha irritação. Ela era muito inconveniente às vezes. O meu tom de voz deixava claro que eu não queria ser acompanhada, assim como o fato de não tê-la convidado.

— Na verdade — disse, sem jeito —, vou me encontrar com Molly, e ela está tendo alguns problemas no namoro. Acho que ela quer conversar comigo a sós.

— Mas sou boa em dar conselhos amorosos — retrucou Mary Ellen. Tentei imaginar se ela agia daquele jeito de propósito.

— Sim, mas Molly não se sente muito à vontade com pessoas que acabou de conhecer — disse eu.

— Mas...

— Desculpa! Até mais. — Eu a interrompi e saí do quarto antes que ela pudesse protestar mais ainda. Sabia que provavelmente eu estava sendo rude e ferindo os sentimentos dela, mas estava tão ansiosa para ver Xavier que não parei para pensar. Decidi me desculpar com ela mais tarde.

Corri para o campo de beisebol, onde sabia que Xavier havia ido para treinar com os garotos da fraternidade. Todos já tinham ido embora quando cheguei ali, mas Xavier esperava por mim lá dentro, no vestiário. Detestava ter que encontrá-lo escondido. Só conseguíamos ficar à vontade durante alguns minutos por dia. No restante do tempo, levávamos uma vida dupla como Ford e Laurie McGraw. Às vezes, queria poder trocar de lugar com esses personagens e viver normalmente por um tempo. Queria saber como era me preocupar com coisas simples, como notas e jogos de futebol, e poder me esquecer da ira do Céu e da revolta de Lúcifer.

Entrei logo no vestiário para não ser vista. Xavier estava sentado num banco, com uma camiseta branca. Passou os dedos pelo cabelo castanho-claro, úmido do banho que havia tomado. Olhou para mim e sorriu — o mesmo sorriso lindo que sempre tirava o meu fôlego.

— Oi, Beth — murmurou ele baixinho. Eu me aproximei e me sentei no seu colo, recostando a cabeça no seu pescoço e sentindo o seu perfume. A pele dele era muito macia.

— Você está muito cheiroso — disse a ele, abraçando o seu peito, rígido e protetor. — Cheiro de fruta.

— Obrigado. — Xavier revirou os olhos. — Isso faz com que me sinta muito másculo.

Eu ri, e logo fiquei pensativa.

— Este lugar é muito agradável, não é? Gostaria que estivéssemos aqui em circunstâncias diferentes.

— Eu sei — disse ele. — Mas as coisas nunca foram normais para nós. Acho que, assim, passamos a valorizar mais o que temos.

— Precisamos nos manter unidos — disse a ele com sinceridade. — Mesmo se as coisas piorarem antes de melhorarem.

— Claro — disse ele. — Estou nessa para sempre. Mesmo se o mundo desabar, nunca deixarei você, Beth.

— Ótimo. Porque acabei de falar com Ivy e Gabriel... e você não vai gostar do que disseram.

Xavier passou o dedo delicadamente pelo meu rosto, até os lábios. Normalmente, um comentário desse tipo o colocaria em estado de alerta. Ele desejaria conhecer os detalhes, saber exatamente o que tinha sido dito e o que precisaríamos fazer em seguida. Mas percebi que estava cansado, sem vontade de lutar.

— É um problema que Ford e Laurie têm que resolver?

— Não — disse, franzindo o cenho.

— Então, dá para esperar — disse ele. — Não vejo mais você sorrindo. Sinto falta disso.

Concordei e levantei a cabeça para poder olhar nos olhos azuis dele. Aqueles olhos antes brilhavam, como se ele estivesse rindo de uma piada que não contava a ninguém. Agora, ele parecia assustado.

— Não quero que sejamos Ford e Laurie agora — disse eu.

— O que acha de tentarmos ser quem somos? Mas vamos voltar para como éramos no começo, antes de tudo isso acontecer. Vamos voltar para aquela noite na praia, em Venus Cove, na noite da fogueira.

Lembrávamos daquela noite com clareza. Foi a noite em que saltei do abismo e deixei as minhas asas me levarem. Apesar de ter sido a revelação mais assustadora e ousada que eu poderia ter feito, ficamos totalmente à vontade depois. Deitamos na areia por horas e, no fim, sabíamos que tínhamos que ficar juntos. Nem mesmo a ira dos meus irmãos havia conseguido diminuir a sensação boa que se espalhou dentro de mim naquela noite. Apesar de conhecer Xavier tão bem, ele ainda conseguia ser incrível, o meu príncipe encantado saído das páginas dos contos de fada para incendiar o meu mundo. Quando fechei os olhos e senti o calor das mãos deles em mim, fogos de artifício e estrelas cadentes passaram pela minha mente, deixando um rastro de poeira cósmica brilhante.

Levantei a cabeça e toquei o queixo de Xavier com o nariz. Ele se abaixou e os seus lábios roçaram a minha orelha, causando arrepios. Queria ver o garoto tranquilo de 18 anos de novo, não o homem sobrecarregado pelas dores do mundo.

Levantei as mãos e abracei Xavier na altura do pescoço, sentindo o calor do seu corpo se espalhar. Quando os nossos lábios se encontraram, senti uma onda familiar de energia forte arder por dentro e os fogos de artifício explodiram no meu campo de visão. A sensação nunca diminuía, independentemente de quantas vezes beijasse Xavier, pois era sempre como se o estivesse beijando pela primeira vez.

Ele envolveu a minha cintura com os braços e me puxou para mais perto. Segurou o meu rosto e ficamos soltos num mundo onde apenas nós dois existíamos, fora do tempo e do espaço. Estávamos distraídos demais para escutar os passos no concreto do lado de fora.

Um arfar quebrou o encanto. Levantei a cabeça e vi Mary Ellen na porta, com as duas mãos diante dos lábios, chocada. Eu me levantei e me afastei, mas ela já tinha visto tudo. Deve ter desconfiado e me seguido.

— Posso explicar — disse ao bater as costas com força no armário. Senti o metal arranhar o meu ombro, mas ignorei a dor. Foi um clichê horrível, mas não consegui pensar em mais nada. Além disso, era mentira. Não podia explicar. Não acreditava que a desculpa "Ele é meu marido e estamos nos escondendo" ajudaria muito.

— Não acredito — disse ela, afastando-se de nós como se estivesse contaminada. — Que nojo!

— Mary Ellen, por favor, ouça... — Xavier ficou de pé e uniu as mãos em suplício, mas ela o interrompeu.

— Vocês são doentes! Ela é sua irmã. Como pode fazer uma coisa dessas?

— Ela não é minha irmã. — Xavier tentou fazer com que ela entendesse. — Ela é minha esposa.

— Vocês se casaram! — Mary Ellen levou a mão ao peito, como se estivesse tendo um ataque cardíaco, e achei aquela atitude exageradamente teatral. De repente, estreitou os olhos. — Então, é por isso que você não respondia às minhas mensagens e não me dava nenhum sinal. E eu pensando que estava sendo sutil demais!

— Sutil demais? — perguntou Xavier, sem acreditar, começando a se irritar. — Você foi tão sutil quanto um furacão!

— Sinto muito se não pude competir com a sua *irmã*! — gritou Mary Ellen.

— Calem a boca! — explodi, irritada. — Não fizemos nada de errado.

— Vocês podem até achar isso — disse Mary Ellen de modo triunfante. — Mas a comunidade não concorda!

— Eu e ele não somos parentes — disse, de modo enfático. — Estávanos mentindo para você, mentimos para todos.

— Olha. — Mary Ellen levantou as mãos. — Compreendo que vocês devem achar isso normal, mas só porque não batem bem da cabeça. Preciso contar isso a alguém... para o bem de vocês. Vão me agradecer mais tarde.

— Mary Ellen, espere! — gritou Xavier, mas ela já havia saído do vestiário.

Xavier cobriu o rosto com as mãos, mas eu já estava na porta, pronta para ir atrás dela.

— Precisamos falar com ela — disse eu, tentando fazer com que ele se mexesse.

— Para quê? — Olhou para mim sem reação. — Ela nunca vai nos escutar.

— Xavier, pense bem. Estamos falando da Mary Ellen... Ela vai contar *a todo mundo*.

— Deixe. — Ele deu de ombros. — Ela não tem culpa. É a palavra dela contra a nossa.

— Não importa. — Segurei a mão dele. — Ninguém consegue ignorar uma acusação dessas. Mesmo se negarmos, vai atrair muita atenção, o que não queremos. Estamos aqui tentando ser discretos. Se deixarmos Mary Ellen nos colocar no centro das atenções...

— ...eles nos encontrarão — concluiu Xavier com seriedade.

— Exatamente! — Apertei a mão dele. — Vamos.

Não era justo, pensei, enquanto atravessávamos o campo de beisebol. A Universidade do Mississippi era mais do que o nosso esconderijo. Representava tudo o que queríamos, mas não podíamos ter: um futuro juntos na Terra. Não queria ir embora e não estava preparada para deixar Mary Ellen nos expulsar. Apressei o passo e passei a correr tanto que não mais sentia os pés em contato com o chão. Estava correndo com uma velocidade que não sabia ter. Só pensava que não podia permitir que ninguém nos colocasse em perigo, principalmente alguém que nada sabia sobre a nossa história, como era o caso de Mary Ellen. Para quem visse, eu passaria como um raio. Logo deixei Xavier para trás e alcancei Mary Ellen no Grêmio. Eu a puxei para trás pelos ombros e ela gritou.

— Me larga!

— Não! — Eu a virei e a forcei a olhar para mim. — Só quando você ouvir o que tenho a dizer.

Mas Mary Ellen não seria capaz de escutar.

— Socorro! — gritou. — Alguém me ajuda!

Algo dentro de mim veio à tona naquele momento. Não permitiria que nada acontecesse. Xavier e eu havíamos passado por muitas coisas juntos e de jeito nenhum eu deixaria uma universitária fútil nos tirar do único lugar seguro para nós. Apontei um dedo para a boca de Mary Ellen e um segundo depois, uma camada grossa de pele começou a cobrir os seus lábios, fechando-os. Ela arregalou os olhos e tentou arrancá-la com o dedo por um momento, até perceber que seria dolorido romper a pele para abrir os lábios. Ela tremeu e olhou para mim com medo. Não era uma expressão que eu estava acostumada a ver direcionada a mim, mas não tinha tempo para me preocupar com isso. Naquele momento, havia conseguido fazer com que parasse de gritar.

Senti o poder percorrendo o meu corpo, fazendo os meus membros arderem. Senti o meu corpo todo se endireitar, despertado com a energia que tomava conta. Estiquei o braço e coloquei a mão, que agora brilhava, sobre a cabeça de Mary Ellen. Ela caiu de joelhos aos meus pés. Conseguia sentir os seus pensamentos e lembranças se revirando sob o meu toque. Quando fechei os olhos, consegui vê-los, senti-los, como se estivessem ocorrendo naquele momento. Vi Mary Ellen na sua festa de seis anos, vestida como princesa da Disney e percebi que havia retrocedido demais. Foi difícil escolher as lembranças, eram muitas. Na verdade, todos os momentos são lembranças, por isso precisei navegar por todos eles até encontrar o momento exato que pretendia apagar. Sabia que Gabriel fazia isso, mas era uma arte sobre a qual ele tinha domínio. Eu era nova nisso e a minha técnica não era tão refinada. Consegui chegar na semana do nosso encontro no campo de beisebol. Teria que funcionar. Senti as lembranças sendo tiradas da mente de Mary Ellen e sugadas pelas pontas dos meus dedos. Tomei o cuidado de tirar tudo, até os últimos minutos no Grêmio. Então, a soltei e retirei a pele dos seus lábios, e Xavier se aproximou.

Quando terminei, Mary Ellen caiu de joelhos.

— Ei! — gritei e me abaixei para levantá-la. — Você está bem?

Ela ficou de pé tremendo e com cara de desorientada.

— Como vim parar aqui? — perguntou ela. — Estava no quarto. Pensei que fosse de manhã...

Percebi que a última lembrança que ela tinha foi de quando acordara de manhã para as aulas. Xavier olhou para mim com preocupação, mas o ignorei e levei a mão à testa de Mary Ellen.

— Acho que você deve estar ficando doente. Melhor voltarmos para o quarto.

— O que estão fazendo aqui? — perguntou ela, ainda confusa.

— Estávamos caminhando e encontramos você — disse eu. — Você não deve ficar andando por aí sozinha a esta hora da noite.

— Mas não era...

Xavier a apoiou no ombro, o que parece ter conseguido distraí-la um pouco dos pensamentos anteriores.

— Vamos — disse ele. — Vamos levar você para o quarto. Com certeza vai se sentir melhor amanhã cedo.

— Não me sinto bem — disse ela de repente, como se Xavier não tivesse falado. Gabriel, certa vez, me disse que mexer nas lembranças das pessoas poderia deixá-las com dor de cabeça ou náusea.

— Eu sei — disse Xavier. — A Laurie tem razão... você deve estar ficando doente. Vamos levá-la ao ambulatório amanhã cedinho.

— Tudo bem. Obrigada.

Mary Ellen deu alguns passos incertos na direção do quarto, mas logo se ajoelhou e vomitou na base de um velho carvalho. Xavier a segurou antes de ela cair e tirei o seu cabelo do rosto. Ela gemeu baixinho.

Devia ser assustador se pegar andando sozinha no escuro sem ter ideia de como chegou lá.

— Tudo bem — disse Xavier, mantendo a mão nas suas costas e a outra em volta da sua cintura para impedi-la de cair. Ele lançou um olhar para mim quase de acusação.

— Isso foi realmente necessário? — perguntou ele, sussurrando no meu ouvido, enquanto ajudava Mary Ellen a se erguer.

Normalmente, teria me arrependido ou me sentido culpada pelo que havia feito, mas, naquele dia, olhei para o rosto assustado e os olhos amedrontados de Mary Ellen e não senti nada. *Sim, tinha sido necessário*, pensei. *Fiz o necessário para nos proteger*. Estava começando a pensar como os meus irmãos, menos preocupada com a pessoa e mais com a situação geral. Se Mary Ellen tivesse espalhado para todo mundo o que viu, estaríamos em sérios apuros. Olhei para Xavier com firmeza.

— Ela vai sobreviver — respondi.

13

LÁ VEM A NOIVA

Quando Mary Ellen acordou na manhã seguinte, eu estava esperando com uma xícara de café quente e uma torrada. Eu me senti mal por traumatizá-la na noite anterior, apesar de saber que ela não se lembraria. Ela despertou gemendo e enfiou a cabeça embaixo do travesseiro.

— Que horas são?

— Perto de meio-dia — respondi, colocando a comida sobre a mesa dela. — Como está se sentindo?

— Parece que um caminhão me atropelou — disse ela de modo teatral, protegendo os olhos da luz. — O que aconteceu?

— Você passou mal — disse, tentando dar o mínimo de informações para evitar perguntas que não conseguiria responder. Tive a sensação de ter feito uma cirurgia que não deu certo.

— Eu bebi? — perguntou ela, esfregando as têmporas.

Olhei para os seus olhos fundos, com olheiras, os lábios secos, o cabelo bagunçado. O álcool parecia ser uma boa explicação para o seu estado. Era a única coisa plausível que poderia tê-la deixado vagando pela universidade incoerente e sem coordenação.

— Sim — disse. — Acho que bebeu. — As mentiras saíam com muita facilidade nos últimos tempos. Não me enrolava mais nelas e minha linguagem corporal não denunciava nada. Estava me acostumando a criar uma teia de mentiras aonde quer que fosse. Mas aquele não era o momento de me repreender. Primeiro, precisava ajeitar as coisas.

— Nossa, devo ter tomado algo muito pesado — disse ela. — Não me lembro de absolutamente nada.

— Você estava bem perdida quando a encontramos — comentei, dando um pouco de informação. — Mas o importante é que chegou aqui em segurança.

— Laurie... — perguntou Mary Ellen, tímida. — Posso pedir um favor?

— Claro. — Suspirei, disposta a me redimir de alguma maneira.

— Por favor, não conte isso a ninguém. Se descobrirem, a minha imagem será muito prejudicada.

Fui tomada de surpresa, mas concordei na hora. Pensei que Mary Ellen espalharia a história por todo o campus. Com a sua tendência ao exagero, pensei que ela contaria a todo mundo sobre o que passou e que quase tinha morrido. Mas, daquela maneira, as coisas ficariam bem melhores. Na verdade, o medo que Mary Ellen sentia das meninas da irmandade foi o primeiro golpe de sorte que nos ocorria em muito tempo.

Quando tive certeza de que ela ficaria segura sozinha no quarto, fui procurar Xavier no apartamento dele. Spencer abriu a porta. Atrás dele, vi Clay esparramado no sofá, com o livro grande de biologia apoiado no peito.

— Oi, miniMcGraw — disse Spencer com um sorriso meio de lado. — Bem-vinda à caverna dos homens.

— Obrigada, eu acho. — Sorri e entrei. Com quatro rapazes vivendo ali, o apartamento de Xavier mais parecia um templo à vida numa fraternidade do que um quarto de universitários. Xavier era, por natureza, muito organizado, mas a sala de estar era uma bagunça, com caixas de pizza, latas e consoles de jogos espalhados. As peças da mobília não combinavam, tudo estava jogado e claramente só estavam ali para serem funcionais. Não havia nenhum elemento de decoração. A bandeira do estado do Mississippi estava pendurada numa parede ao lado do brasão da Sigma Chi e de uma figura de madeira do mascote da universidade, o Colonel Reb.

— Este lugar cheira a rapazes — disse eu, e Spencer riu.

— Está dizendo que cheira mal?

— Não... é apenas másculo.

— Somos homens muito másculos — concordou Clay.

— O seu irmão está no banho, mas não minta... você veio nos ver.

— Isso mesmo. Não consigo ficar longe.

— Eu sabia. — Spencer piscou para mim para mostrar que estavam brincando. — Você ficou sabendo que Ford se recusou a sair com a gente ontem? Achamos que tem uma mulher misteriosa na jogada.

— Não acredito — disse eu, fingindo seriedade. — Esse menino precisa reavaliar suas prioridades.

— Pois é. — Spencer balançou a cabeça. — Acho bom você conversar com ele sobre isso. Imagine só, colocar uma garota na frente dos irmãos da fraternidade.

— Que desgraça — concordei, e me sentei no sofá para esperar por Xavier. Alguns instantes depois, ele saiu do banheiro com apenas uma toalha enrolada no quadril. Por um momento, o seu corpo me surpreendeu e precisei parar de olhar. Já fazia um tempo que o vira sem camisa e fiquei encantada com o seu corpo firme e definido. Tive a sensação de estar sendo levada ao nosso passado, quando começamos a namorar e eu precisava me esforçar para não escancarar os meus sentimentos. Agora precisava tirar os olhos do peito musculoso antes que alguém notasse.

— Oi — disse Xavier. — Pensei ter ouvido a sua voz.

— Seria legal se você se vestisse — disse eu.

— Pois é, cara, que tipo de show você acha que está rolando aqui? — perguntou Spencer.

— Nada que vocês não tenham visto antes. — Xavier deu de ombros, mas pegou uma camiseta velha da universidade de uma pilha de roupa lavada e entrou no quarto para se vestir. Quando voltou, estendeu a mão para me puxar do sofá.

— Vamos, mana, vou pagar seu almoço. — Eu sabia que ele estava tentando encontrar uma desculpa para sair do apartamento e podermos passar um tempo sozinhos.

— Você nunca paga o almoço *para a gente* — resmungou Spencer. — Por quê, hein?

— Não vou com a cara de vocês — resmungou Xavier, olhando para trás. Spencer jogou uma almofada nele quando passamos pela porta.

Na caminhonete de Xavier, me recostei, enfim podendo agir naturalmente. Quando ele deu a partida, os acordes de Brad Paisley soaram e os meus pés começaram a bater no ritmo.

— Viu o que a universidade fez comigo? — perguntou Xavier. — Estou, por livre e espontânea vontade, sintonizando uma emissora de música country. — Tamborilou no volante enquanto cantava: — “Listenin’ to old Alabama, drivin’ through Tennessee...”

— Você é um caipira, no fundo, no fundo. Aceite esse fato — disse a ele.

Xavier segurou a minha camisa xadrez.

— Só tem uma caipira aqui nesse carro — disse ele de modo brincalhão.

— Sabia que pensam que você tem uma namorada secreta? — perguntei, segurando a sua mão e brincando com os seus dedos. Sentia falta de tocá-lo sempre que quisesse e queria aproveitar aquele momento o máximo que pudesse.

— Quem pensa? Eles? — Xavier usou a mão livre para apontar para trás com o polegar. — Quem se importa? Nunca vão adivinhar.

— Já sentiu vontade de contar a todo mundo? — suspirei. — Sobre nós?

— Sim — disse ele. — Principalmente depois que Spencer espalhou para a fraternidade inteira que a minha irmã é uma gata.

— Não acredito que ele fez isso! — Comecei a rir. Spencer era um palhaço.

— Fez, sim. Agora todo mundo quer conhecer você. — Xavier balançou a cabeça. — Não vai rolar.

— Deixa para lá — disse. — As coisas são piores para mim. As meninas são obcecadas por você.

— Que absurdo! Elas nem me conhecem.

— Sabem o seu signo, todos os esportes que pratica, onde trabalhou no verão passado e com quem você acampou.

— Ué?! — Xavier olhou para mim sem entender. — Como?

— Não subestime a arte da perseguição pelo Facebook — respondi.

— Que maluquice. — Ele riu.

Meu celular vibrou, olhei e vi uma mensagem de texto de Molly, querendo saber como eu estava.

— E lá vamos nós — resmungou Xavier. — Pode dizer a ela que está estudando?

— Ela disse que tem novidades...

— Provavelmente algo a respeito dos Kardashian. — Xavier revirou os olhos.

Decidimos almoçar e nos preocupar com Molly depois.

Encontramos uma mesa vazia no fundo do restaurante e nos sentamos. Passei as mãos sobre a mesa e observei as lâmpadas ovais no teto. Estava escuro e barulhento lá dentro e parecia que ali poderíamos nos esconder do mundo. As paredes eram cobertas por retratos empoeirados e variações da bandeira americana, e o teto, repleto de palitos de dente com papel brilhante nas pontas.

— Que legal — disse. — Adoro estar na universidade.

— Pois é. — Xavier se espreguiçou na cadeira. — Os dias mais tranquilos da nossa vida.

— Até quando acha que vai durar? — Tentei não parecer desanimada.

— Não importa — disse Xavier. — O que importa é que estamos aqui, juntos. Se durar um ano ou apenas mais uma semana, pelo menos vivemos a experiência. E talvez possamos voltar um dia.

— Como teriam sido as coisas se você não tivesse me conhecido? — perguntei de repente. — O que estaria fazendo?

Xavier não hesitou em responder.

— Eu seria o Xavier Woods, estudante de medicina, fã secreto da Universidade do Alabama, membro da Sigma Chi... um galinha de primeira.

— Estou falando sério! — eu o repreendi.

— Que tipo de pergunta é essa? Tudo seria diferente se não tivesse conhecido você.

— Sim, mas como? — insisti.

— Bem, para começar, nunca teria conhecido tantas coisas, o que quer dizer que não valorizaria tanto o que tenho. Provavelmente ainda estaria procurando a garota certa e acabaria arrumando um emprego de escritório, em um bairro bacana, com uma família boa.

— Não me parece tão ruim.

— Eu disse *boa* — enfatizou Xavier. — Não extraordinária. Nunca seria como o que temos.

— Acho que não — disse eu, um pouco desanimada. Não conseguia parar de imaginar a família que ele poderia ter um dia, se eu não tivesse chegado para mudar a sua vida. Não poderia lhe dar filhos. E simplesmente não poderia oferecer um ambiente estável no qual criá-los. Pelo menos não por enquanto, e talvez nunca. Aquela vida perfeita era tudo o que eu queria, e Xavier a estava jogando fora sem pensar. Será que ele estava deixando de valorizar todas essas coisas? Não podia permitir que fizesse isso.

Xavier estendeu o braço em cima da mesa e segurou a minha mão.

— Você quer saber qual é a maior diferença? — perguntou ele suavemente, e olhei para ele. Quase consegui sentir o calor dos seus olhos azuis nos meus. — Eu ainda estaria questionando a minha fé. Estaria em dúvida como todos, tentando entender o mundo. Mas, por sua causa, tenho uma convicção que nunca pensei que teria. Já vi a força do Céu; sei o que os anjos podem fazer. Por sua causa, o Inferno não é apenas um lugar sobre o qual escutei falar nas aulas de catecismo... é uma realidade. Graças a você, sei que existe um Deus e que Ele está me observando em todos os momentos. Por sua causa, agora acredito que existe um Céu e que um dia, chegaremos lá... juntos.

— O Ponto Branco — sussurrei, e senti os dedos dele apertarem os meus. — Sabe, quando olho para você, sinto essa presença... como se o Nosso Pai tivesse planos especiais para você.

Era verdade, a energia de Xavier tomava tudo ao redor, e era impossível se sentir infeliz ao seu lado. Às vezes, parecia que eu conseguia sentir o seu gosto. Tinha gosto de raio de Sol. Como o amor.

— Não tenho mais a impressão de que somos duas pessoas distintas — disse Xavier, sorrindo de modo sonhador por cima da borda do copo. — É como se vivesse dentro de você e você vivesse dentro de mim. Somos praticamente a mesma pessoa.

— Foi assim que o Nosso Pai queria que o homem e a mulher vivessem e se amassem — respondi. — Imitando o relacionamento da Trindade, em união um com o outro.

Percebi que uma menina da mesa ao lado nos olhava e afastei a mão ab-ruptamente. Era difícil lembrar que não podíamos mais ter momentos de muita intimidade em público. Xavier tossiu e pareceu despertar de um sonho.

— Bem — disse ele do modo mais distante que conseguiu. — Vamos ver o que Molly queria?

Sabíamos que era muito mais seguro ficar com Molly do que a sós. A tentação de namorar era forte demais. Enviei uma mensagem a ela pedindo para nos encontrar no refeitório, e ela apareceu 15 minutos depois, saltitante como sempre, vestindo uma camiseta da Universidade de Vanderbilt e um short cor-de-rosa.

Ela se sentou e ficou rindo de orelha a orelha, olhando para nós dois.

— Adivinhem?

— O quê? — Xavier olhou para mim como se já estivesse arrependido de estar ali.

— Tenho novidades.

— Soubemos.

— Grandes novidades — enfatizou. — De mudar a vida.

— Vamos. — Eu ri. — Diz logo.

Molly, de repente, tirou a mão esquerda do colo e a pousou, triunfante, sobre a mesa. Era impossível não ver a aliança de noivado brilhante no seu dedo. Fiquei boquiaberta e ela voltou a abrir um sorriso enorme.

— Digam oi à futura sra. Wade Harper Terceiro.

— Ai, meu Deus... — Foi a única coisa que Xavier conseguiu dizer.

— Não é maravilhoso? — Molly deu um gritinho e me deu um abraço.

— Bem... sim — disse eu, tentando parecer animada. — Mas você tem certeza de que está pronta para isso? Só tem 18 anos.

— Você também, e se casou com Xavier — protestou.

— Sinto muito, mas eu... foi... acho que você tem razão. — Não sabia como dizer a ela que Xavier e eu éramos diferentes sem parecer convencida. Mas era verdade, estávamos numa situação muito diferente, já tínhamos passado por muitas coisas juntos, o nosso relacionamento tinha sido muito testado. Não havíamos tomado decisões precipitadas. Eu me senti péssima pensando nisso, mas o noivado apressado de Molly parecia um casamento de bêbados em Las Vegas. Será que sabiam o que estavam fazendo?

— Molly... — Xavier se inclinou para a frente e começou a falar com o seu tom fraterno. — Tem certeza de que pensou bem? Você conhece o Wade bem o suficiente?

— Você parece o meu pai — respondeu Molly.

— Já contou para ele? — perguntou Xavier.

— Não, mas aposto que diria isso. Os meus pais devem criticar, os meus *amigos* devem ficar felizes por mim. — Ela ficou olhando para nós, claramente desanimada com a nossa reação contida.

— Estamos felizes por você! — disse eu, lançando um olhar a Xavier. — Só nos pegou de surpresa, só isso.

Molly ficou mais tranquila.

— Bem, Wade me pegou de surpresa. Ela remexeu uma mecha de cabelo com o dedo, como uma menininha. — Vai ser tão romântico. Vocês vão ver. Wade e eu seremos tão felizes quanto vocês.

Não contei a ela que a nossa felicidade tinha um preço. Por fora, podíamos parecer o casal mais apaixonado do mundo, mas já tínhamos enfrentado o Inferno, literalmente, lutando pelo direito de estarmos juntos. O amor não era só um sentimento, mas, sim, um compromisso para a vida. Assim era o amor. Assim era o casamento. E eu não tinha certeza de que Molly estava pronta.

14

REVELAÇÃO

— Vou acompanhar você até a sala — disse Xavier. Eu estava vestindo a camiseta larga dele da Sigma Chi, que chegava aos meus joelhos. Tive que ficar erguendo a barra, para que as pessoas vissem que eu estava de short por baixo.

— Não precisa.

— É caminho para mim. — Uma das poucas vantagens de ter que manter o relacionamento secreto era que Xavier havia voltado a me cortejar; ele me levava à sala e me buscava no quarto para podermos sair para almoçar juntos. Todo mundo acreditava que éramos irmãos muito unidos.

— Podemos ir à praça comer? — perguntei.

— Claro. Por que não chamamos a Molly?

— Está falando sério? Quer mesmo? — Xavier nunca sugeria que eu levasse Molly aonde íamos.

— Não — disse ele, suspirando. — Mas não podemos ficar juntos, só nós dois, o tempo todo. Precisamos nos lembrar disso.

— Nunca ficamos sozinhos — resmunguei.

— Em breve, teremos tempo. Muitos alunos viajarão esse fim de semana.

— Por quê?

— Haverá um jogo em outra cidade. — Olhei para ele sem entender. — Ou seja, os Rebeldes jogarão longe daqui.

— Como o futebol pode determinar tudo por aqui? — perguntei, e Xavier olhou para mim como se eu tivesse acabado de dizer algo profundamente ofensivo.

— Beth, o futebol é como uma religião aqui.

— Bem, não compreendo.

— Vou levá-la ao próximo jogo e você entenderá.

— Você sabe como me sinto em multidões.

— Não se preocupe. — Ele riu. — Serão apenas umas sessenta mil pessoas.

Fiquei boquiaberta e ele cutucou o meu cotovelo de modo brincalhão.

— Ai, Laurie, você tem muito o que aprender.

Passamos pela imponente fachada do liceu, o primeiro prédio da universidade, com as suas colunas altas e brancas, que eu sabia, pelas minhas pesquisas, ter servido de hospital durante a Guerra Civil. Os canteiros de flores ao redor estavam repletos de cor, com dentes-de-leão e amores-perfeitos lilases. Fiquei encantada com as instalações perfeitamente conservadas do campus e os esforços que deviam ser feitos para mantê-lo daquela maneira.

Fomos ao antigo anfiteatro, de assentos de madeira e chão de madeira polida. Já estava repleto de alunos tirando os laptops das mochilas e conversando casualmente enquanto esperavam pela chegada do professor de inglês. Percebi que Xavier não estava com pressa de ir embora.

— Então, procuro você quando a aula terminar? — perguntei.

— Acho que vou ficar por aqui se não se importa. Quero ver como é a sua aula.

— Você não tem trabalho em grupo?

— Tenho certeza de que eles podem se virar sem mim.

— Aconteceu alguma coisa? — perguntei, desconfiada.

— Não, só não quero me afastar de você agora.

Não discuti. Sabia o que ele queria. Depois da última conversa com Gabe e Ivy, eu também queria que ficássemos juntos o máximo de tempo possível. Se alguma coisa acontecesse, queria que pudéssemos enfrentar juntos.

Passamos pelos alunos que se reuniam em grupos e caminhamos em direção à fileira do fundo. Posso ter parecido antissocial, mas queria evitar perguntas a respeito do que estávamos fazendo ali juntos. Mesmo tendo certeza de que ninguém me conhecia bem o suficiente para prestar atenção.

Não sabia o motivo, mas estava nervosa. Algo havia mudado; às vezes, sentia o cheiro de algo podre no ar. Eu me endireitava e ficava tensa na cadeira, e o encosto dela arranhava de modo desconfortável a minha coluna. Xavier, por outro lado, parecia à vontade no assento do corredor, com as pernas esticadas e cruzadas na altura dos tornozelos.

Quando o professor Walker enfim chegou com o seu cabelo grisalho arrepiado, como a crista de uma cacatua, não trazia cadernos, mas apenas uma cópia surrada da *Antologia de literatura Norton* embaixo do braço. Olhou para nós com cara de cansado por cima dos óculos de aros grossos, que tinham escorregado para o meio do seu nariz. Assim que a sala fez silêncio, ele nos orientou a abrir o livro na página do poema "Ode on a Grecian Urn", do Keats. Ao meu lado, escutei Xavier resmungar. Algumas meninas na nossa frente se viraram, sorrindo e fazendo careta para concordar com ele.

— Poesia? — sussurrou ele. — Por que não me avisou?

— Foi ideia sua, lembra?

— É tarde demais para fugir?

— Sim. Agora, vai ter que ficar. Além disso, pode até aprender alguma coisa.

— Espero que não seja um poema sobre um baú — disse ele, franzindo o cenho ao se referir ao título.

Cutuquei o braço dele com o meu lápis para que se calasse. Xavier se encolheu ainda mais na cadeira e apoiou o rosto nas mãos como se quisesse ficar invisível. Os seus olhos azuis, que geralmente brilhavam, me lançaram um olhar de quem é traído. Sorri para ele de modo satisfeito. Por mais entediante que ele considerasse o que o professor Walker tinha a ensinar, eu ia gostar de ficar ao lado dele pela próxima hora.

Mas a aula naquele dia não foi tão normal quanto Xavier esperava.

SE TÍNHAMOS QUALQUER DÚVIDA, o fato de os Setes terem escolhido um lugar público para nos atacar confirmava que não valorizavam a vida humana. Pensando bem, percebi que as atitudes deles iam contra tudo o que tinham sido criados para fazer. Deveriam manter a harmonia na Terra, não causar o caos. Mas, ao que parece, a perda de algumas vidas era um preço baixo a pagar pela captura de um anjo errante. Depois do que ocorreu, comecei a ter sérias dúvidas quanto ao envolvimento do Criador nos acontecimentos que se desenrolaram. Os eventos daquele dia foram resultado da atuação de um grupo de vigilantes celestes, uma facção rebelde que havia resolvido fazer justiça com as próprias mãos. A primeira coisa a me deixar alerta foi o estrondo no céu, que todos pensavam ser um trovão. Só eu me lembrei de como o céu estava limpo minutos antes. Esse estrondo foi seguido por um zumbido que mal se ouvia e parecia bem familiar. Aquilo me incomodou tanto que me endireitei para escutar além da ressonância da voz do professor. Queria muito acreditar que era um barulho causado por um ar-condicionado em mau funcionamento, até ver algo que fez o meu sangue gelar. Quando olhei para o teto abobadado, vi o gesso ficar mole como massinha. O teto todo parecia tremer como gelatina, como se a sala toda tivesse, de repente, se tornado maleável.

A porta do salão se abriu e vi um cavalo branco relinchando e batendo as patas no chão. Parecia o rascunho de um desenho inacabado. Agarrei Xavier, batendo a mão em cima da sua mesa. Vi uma sela incrustada de joias quando o cavalo abaixou a cabeça, a crina branca descendo pelas suas costas. Em circunstâncias normais, teria sido bonito, mas não passava de um alerta precedendo a chegada dos seus mestres. Os outros alunos olhavam curiosos para a porta, alheios à sua presença. Os cavalos apareciam apenas para aqueles que sabiam o seu significado.

— Voltaram — sussurrei. — Xavier... são eles.

Assim que disse isso, as figuras mascaradas apareceram como fantasmas no anfiteatro. As mãos e os pés estavam escondidos sob a roupa preta. Se tinham um semblante, este estava escondido atrás das máscaras de gesso branco, que pareciam grudar nos rostos. Tinham aberturas para os olhos, mas as órbitas estavam vazias. Não havia nem uma abertura pela qual pudessem respirar; não tinham essa necessidade, já que não eram deste mundo. A única pele à mostra era a das mãos cheias de calos; uma cor escura, como a de carne em putrefação, parcialmente coberta pelas luvas de couro sem dedos. Eram os Setes do meu pesadelo, mas, no sonho, só tinha visto um deles. Agora, havia pelo menos uma dúzia.

Senti Xavier ficar tenso ao meu lado. Os outros alunos se ajeitaram e começaram a apontar, alguns preocupados, outros curiosos, e alguns riam do que acreditavam ser um truque de alta tecnologia talvez criado por garotos criativos da fraternidade. Poucos entenderam o tamanho da ameaça que enfrentavam.

No instante seguinte, Xavier estava de pé, empurrando-me para o chão de madeira, tentando me esconder. Não esbocei reação e me abaixei sob as cadeiras dobráveis, com as barras de metal pressionando os meus ombros; o meu coração estava cada vez mais acelerado. Estavam tão perto, seria possível que não tivessem me visto? Com certeza, não tinham escolhido aquela aula por acaso. Deviam saber que eu estava ali. Mas, se ainda não tinham me visto, talvez tivéssemos uma chance de sair vivos.

Ali, agachada, tinha uma visão fragmentada do que estava acontecendo. Escutei Xavier gritando, pedindo às pessoas que saíssem.

— Saiam! — gritava. — Não é seguro aqui. Corram!

Cada pessoa reagiu de um jeito diferente. Algumas se recusaram a seguir a orientação, determinadas a ver com os próprios olhos o que era aquilo. O professor Walker havia parado de falar e estava boquiaberto. A antologia pesada que estava lendo escorregou da mesa e caiu no chão. Os Setes estavam bloqueando as saídas; pareciam enormes e intransponíveis, com os roupões volumosos. O som da respiração difícil e ofegante podia ser ouvido por baixo das máscaras, e eles tomavam a sala. Os capuzes pretos que escondiam os rostos se remexiam com um vento invisível e batiam nas faces brancas.

Algumas meninas histéricas se voltaram para Xavier à procura de ajuda, desesperadas por uma figura com autoridade que lhes orientasse quando não encontraram ninguém útil.

— O que devemos fazer? — gritavam elas, agarrando-se umas às outras. — O que está acontecendo?

Xavier viu logo que não havia maneira segura de sair do anfiteatro. Pousou a mão no ombro de uma das garotas, a que parecia menos histérica, e olhou bem fundo nos seus olhos.

— Fique abaixada — disse ele, lançando um olhar para as outras duas que não paravam de chorar, borrando toda a maquiagem. — Cuide delas, elas precisam de você.

A menina concordou e engoliu em seco. Pediu às outras que ainda tremiam para que se abaixassem e observei quando elas rastejaram com mãos e joelhos no chão, tentando se abrigar embaixo das mesas próximas. Outros ainda tentavam passar pelos corredores e juntavam rapidamente as suas coisas dentro das mochilas.

Os Setes reagiram ao ouvir a voz de Xavier e começaram a avançar na nossa direção. Não conseguiam nos ver; eu sabia que eram animais cegos que dependiam dos outros sentidos finamente aguçados para caçar. Viravam a cabeça de um lado a outro enquanto observavam a sala. O que estavam usando para nos detectar? Seria o reconhecimento do odor ou da voz, ou será que conseguiam sentir a vibração das nossas almas e sabiam instintivamente onde estávamos? De qualquer modo, Xavier precisava sair de vista. Estiquei o braço e segurei o seu tornozelo. Ele quase gritou, mas se conteve ao ver o meu rosto olhando para ele de baixo. Xavier conseguiu se afastar silenciosamente e escorregar para baixo de uma mesa ao meu lado. Ficamos parados o máximo que conseguimos, prendendo a respiração, sem ousar mover um músculo.

Os Setes retiraram de dentro dos roupões pretos barras compridas de metal que brilhavam à luz. Precisei de alguns segundos para perceber que se tratavam de espadas os cabos incrustados de joias brilhantes que eles seguravam nas mãos enluvadas. Contra o branco das paredes da sala, vi uma sombra de asas escuras e finas, quase esqueléticas. As penas pareciam estar caindo, deixando as asas um pouco carecas, apenas a estrutura de ossos com poucas penas presas nela. Ao ver as espadas, não demorou muito para que o instinto humano de sobrevivência tomasse o lugar da curiosidade. Os estudantes começaram a correr em pânico, fugindo para todos os lados e protegendo o rosto com livros. As espadas empunhadas pelos Setes pareciam tremer levemente e emitiam um calor forte. Em pouco tempo, a sala parecia uma sauna.

Os Setes percorreram os corredores, de cima a baixo. Um deles passou pela mesa sob a qual me escondia, tão perto que consegui sentir o cheiro das folhas úmidas e podres presas à barra da sua roupa. Segurava a espada pelo cabo perto do peito, com a ponta virada para o chão. Senti o calor irradiado do metal como se tivesse sido atingida por chamas. Da ponta, vi sair um pequeno raio, como um laser, que parecia estar procurando algo. Não tive tempo de me afastar e o feixe passou pela minha mão, que não havia recolhido junto ao corpo depois de tocar Xavier. Senti uma forte dor na pele atingida, o calor ardendo profundamente na minha carne, deixando a minha mão queimada. Mordi os lábios para não gritar e senti os olhos marejados. Uma faixa de bolhas agora marcava a minha mão, desde o punho até as falanges. Tentei não olhar para as bolhas e para a carne vermelha e ferida. O Sete parou por um momento e pensei ter ouvido um farejar parecido com o de um lobo. Será que ele conseguia sentir o cheiro do machucado, do meu medo ou dos dois? Devagar, com muita dificuldade, virei a mão e a pressionei no carpete, esperando bloquear o que o Sete estava detectando. Rangi os dentes e tentei ignorar as fibras ásperas pressionadas contra a pele ferida. Um momento depois, o Sete se mexeu e o feixe da espada prosseguiu... mas, agora, estava indo na direção do tornozelo de Xavier. Ele se preparou, pronto para enfrentar a dor, mas nada aconteceu. O feixe passou por ele, sem causar nenhum dano. Percebi, naquele instante, que as espadas só teriam efeito comigo... e serviam para detectar o meu esconderijo. Se uma delas entrasse em contato direto com o meu corpo, machucaria toda a minha pele até que eu não tivesse saída e gritasse, revelando o meu esconderijo.

As criaturas mascaradas continuaram a analisar os rostos na multidão com olhos que não enxergavam. Escutei a respiração de um deles ao meu lado, ofegante, como se sofresse de enfisema. Fiquei surpresa com a capacidade que tinham de ignorar os gritos de medo e os movimentos desesperados dos alunos humanos ao redor deles e imaginei que não pudessem escutar tal reação por detrás de suas máscaras.

No meio da confusão, uma figura começou a caminhar em direção ao púlpito. A princípio, só consegui ver um par de botas pretas pesadas, e cada passo dado batia no chão como se os pés fossem de pedra. Pressionei o rosto contra o chão, tentando ver bem aquele novo sujeito misterioso. Era alto e forte como uma rocha. A sua pele escura tinha um leve brilho e longos *dreadlocks* desciam pelos seus ombros. Os olhos escuros não tinham expressão. Ele não tinha motivos para usar máscara... eu o reconheceria em qualquer lugar. Aquele era Hamiel, o líder dos Setes e profeta da condenação. Aonde quer que fosse, espalhava sofrimento. Olhou ao redor na sala e começou a esboçar um sorriso.

— Saia, saia de onde estiver — disse ele com a voz profunda e reverberante e com um certo ritmo. — Não pode se esconder para sempre.

A mão de Xavier cobriu a minha de modo protetor e virei a cabeça levemente para olhá-lo. O cabelo cor de mel cobria um lado do seu rosto. Não podia falar, mas os olhos azuis brilhantes expressavam todas as palavras não ditas. Apertou a minha mão como se dissesse *Não ouse. Nem pense em se entregar*.

Olhei, desesperada, para as botas de Hamiel. Ele não seria paciente por muito tempo. Se não me entregasse, tinha certeza de que ele mataria todas as pessoas na sala até me encontrar. Os olhos negros de Hamiel pousaram numa menina que tremia em um canto. Ela gritou quando ele se aproximou dela e a segurou pela parte de trás da blusa, como se ela fosse um cachorro. Eu não sabia o nome da garota, mas reconheci o cabelo ruivo e a pele clara como sendo de alguém do meu prédio. Susie? Ou Sally? Não consegui me lembrar e não importava. Só importava o fato de que Hamiel a mataria se eu não aparecesse. Ele a jogou no chão e girou a espada para que a parte achatada da lâmina brilhante encostasse no pescoço dela. Estava brincando conosco. Só precisaria mudar o ângulo e aplicar um pouco mais de força, e a garota morreria em um segundo.

Estava na hora de agir. Afastei a mão da de Xavier e me estiquei, desajeitada, para beijar o seu rosto. Não foi a despedida que teria escolhido, mas não tive alternativa. Não poderia deixar uma inocente morrer no meu lugar. Podia ser uma desgraça para o Céu, mas ainda era um anjo e era minha obrigação proteger a vida dos seres humanos. Não tinha me esquecido disso.

Não podia falar com Xavier e correr o risco de entregá-lo, por isso olhei para ele e torci para que esse olhar transmitisse uma fração do que sentia por ele. Foi difícil me separar; foi como se estivesse tentando deixar o meu corpo para trás. Mas o olhar petrificado no rosto da menina ruiva me fez agir. A dor de deixar Xavier me deu um aperto no peito, mas eu teria tempo para sofrer mais tarde. No momento, precisava ser forte. Saí de onde estava e cruzei os braços sobre o peito.

— Olá — disse casualmente a Hamiel. — Está me procurando?

15

A AULA ACABOU

Hamiel abriu um sorriso, com os dentes brancos em contraste com o tom escuro da pele. Não havia sinal de diversão na sua expressão, apenas de vitória. Ele havia vencido, conseguido me tirar do esconderijo diretamente para as suas garras. Fez um sinal batendo palmas e os Setes pararam, virando em formação para ele e esperando instruções. Eram como cães treinados, obedeciam cegamente ao comando do mestre. Ele só precisava dizer uma palavra e eu estaria acabada.

Senti um suave movimento no meu ombro e, então, Xavier apareceu do meu lado. Quase senti o coração quebrar ao ver que ele, de modo protetor, se colocou do meu lado. O que mais queria era vê-lo em segurança. Mas devia ter sabido que ele nunca permitiria que eu enfrentasse aquilo sozinha. A minha morte seria a morte dele. Não havia como nos separar agora. Senti vontade de chorar, mas não demonstraria fraqueza desabando na frente de Hamiel. Em vez disso, estiquei o braço e segurei a mão de Xavier, entrelaçando meus dedos nos dele e segurando com força. Ao sentir a minha reação, Xavier se recusou a se deixar intimidar. Ele se recostou numa mesa e tamborilou os dedos da mão livre na madeira.

— Vocês precisam sair mais — disse ele. — E, vem cá, qual é o lance das máscaras? Não estamos no filme *Pânico*.

Apesar dos horrores que podiam estar à nossa espera, me forcei a sorrir de modo desafiador. A situação toda era tão impensável que não havia mais nada a fazer além de mostrar a eles que não podiam nos vencer totalmente. Hamiel estreitou os olhos.

Estava claro que não esperava aquela reação de nós, e, apesar de manter o rosto calmo, consegui ver um brilho de raiva nos seus olhos escuros.

— Quem você pensa que é, garoto?

Xavier deu de ombros.

— Estou com ela.

Hamiel olhou para mim.

— Fiquei sabendo.

— O que vai fazer em relação a isso? — perguntei de modo quase provocador.

Ele abriu um sorriso malvado.

— Vocês já irão descobrir.

A sala ficou escura, o que causou mais gritos estridentes e aterrorizados dos alunos. Xavier e eu nos agarramos, prontos para enfrentar o nosso destino, independentemente de qual fosse. Estávamos preparados para a dor, para o vazio, até mesmo para a morte, desde que pudéssemos enfrentar tudo juntos. Por fora, parecíamos indefesos, mas éramos as maiores armas um do outro.

Quando as luzes voltaram a se acender, percebi que algo estava errado. Hamiel parecia bravo, quase confuso. Não fora ele quem tinha causado aquilo. Foi quando vi Gabriel de pé, descalço no corredor do meio, com o cabelo loiro esvoaçado para trás, como uma bandeira ao vento. Em geral, ele teria vestido uma roupa branca para mostrar a sua posição na hierarquia angelical, mas havia deixado de lado a conduta habitual e usava agora uma calça jeans desbotada. Uma luz forte irradiava da sua pele, fazendo com que os alunos mais próximos dele tivessem que desviar o olhar. A sua camiseta branca estava brilhando tanto que havia se transformado em algo parecido com uma armadura incandescente.

Fez-se silêncio enquanto todos observavam o recém-chegado. Os alunos pareciam ter percebido, ao mesmo tempo, que a ajuda estava ali. Ao olhar para Gabriel, dava para saber de que lado ele estava. Não havia qualquer vestígio de escuridão nele e o seu olhar era de proteção. Estava ali para ajudar as vítimas. Os gritos se tornaram murmúrios interrompidos por alguns pedidos chorosos de socorro.

Hamiel mexeu um dedo e o teto amplo se ergueu, com um ruído profundo, e então foi retirado do lugar, deixando um buraco. Ele partiu em direção a Gabriel, que apenas ergueu o braço e desviou o seu percurso, direcionando-o para que batesse contra uma parede, longe do alcance de todos. Durante muitos minutos, nada aconteceu enquanto Hamiel e Gabriel ficaram olhando um para o outro e o gesso caía no chão ao redor deles. Os Setes, que ainda esperavam por ordens, permaneceram imóveis como estátuas.

Pelo que pareceu uma eternidade, os dois guerreiros celestiais se entreolharam, um tentando calcular o movimento seguinte do outro. Eu sabia que a situação era dramática. Naquele instante, o equilíbrio de poder estava igual, mas, se pendesse um pouco na direção errada, as coisas poderiam terminar em desastre. Gabriel também sabia que, se a situação piorasse, a força dos dois combinadas poderia fazer o prédio desmoronar em cima de nós. Eu sabia que ele não arriscaria que isso acontecesse.

Olhei para os alunos, que não mais sabiam o que pensar e estavam apenas esperando a confusão terminar. Alguns dos garotos tentavam consolar as meninas chorosas, protegendo-as com o corpo, enquanto outros se encolhiam nas cadeiras, com as mãos no rosto. Não podia julgá-los; aquilo devia estar parecendo o fim do mundo.

— Você não tem autoridade para invadir este lugar — disse Gabriel com a voz grave. — A sua presença aqui não é justificável.

— Assim como a sua, irmão — disse Hamiel. — Diga-me, o que o Céu pensa dos traidores?

— Proteger inocentes não me torna um traidor. Quero saber sob a ordem de quem você está agindo.

— Trabalhamos para servir o Reino — disse Hamiel, com orgulho.

— Não minta para mim — atacou Gabriel. Ele ergueu a mão e fez um gesto para toda a sala, irritado. — Ele nunca permitiria uma coisa dessa.

Hamiel apontou um dedo para mim.

— Esse anjo infringiu a lei. As atitudes dela não serão perdoadas.

— Nem as suas — respondeu Gabriel.

— Vocês poderiam ter evitado essa brincadeira de esconde-esconde — disse Hamiel rindo. — Por quanto tempo pensaram que ficaríamos procurando?

— Isso aqui virou questão de honra para você, não é? — perguntou Gabriel, com raiva. — O orgulho é algo perigoso, irmão. Todos deveríamos saber disso.

— Tem a ver com justiça.

— Então, por que não sai de cena? — sugeriu Gabriel. — Deixe que Ele cuide disso como acha que deve. Garanto que não será dessa forma.

— Não — respondeu Hamiel. — Ele não pode resolver isso agora. Depende de nós aplicar o castigo.

Aquela conversa não estava levando a lugar algum. Hamiel estava evitando as perguntas de Gabriel sobre o Nosso Pai. Ele sabia que os Setes estavam pondo em prática a ideia distorcida que faziam da justiça. Eu só queria saber em que momento os grupos que deveriam manter a paz na Terra tinham se tornado rebeldes, sendo temidos em vez de respeitados.

Gabriel abriu as asas devagar e escutou os alunos se assustarem.

— Você não vai julgá-los — disse ele.

— Você não tem autoridade aqui — retrucou Hamiel, sem dar muita atenção.

— Sabe que posso destruí-lo — rebateu Gabriel.

— Sem dúvida, mas não sem a perda de vidas humanas. Sei que isso não é do seu agrado. — Para ter certeza de que havia sido claro, Hamiel olhou diretamente para os adolescentes indefesos no chão.

— Então, abra as portas e permita que apenas os envolvidos permaneçam — disse Gabriel. Mas o seu apelo ao senso de justiça do Sete não parecia estar funcionando.

— Tarde demais — disse Hamiel. — Todos devem morrer.

Alguns alunos começaram a chorar mais alto e a implorar por misericórdia. Outros fecharam os olhos, desejando que aquilo fosse apenas um pesadelo terrível.

— Essas pessoas são inocentes. — A autoridade parecia ter tomado a voz de Gabriel. Agora ele parecia surpreso com a indiferença de Hamiel à vida humana.

— A sua ligação com essas criaturas de argila o enfraquece — disse Hamiel. — Sugiro que pare de pensar nelas e comece a se preocupar com o seu futuro. Além disso, eles não são inocentes. Carregam a culpa do pecado de Adão.

— E por que você acha que Cristo foi enviado? — perguntou Gabriel. — Ele pagou as dívidas, os pecados foram redimidos com o sangue Dele. Por que você manipula a verdade?

— Vai mesmo tentar me deter? — desafiou Hamiel.

— Sim — respondeu o meu irmão. — Você vai se arrepender.

Enquanto ele falava, uma luz apareceu no ar ao lado dele e começou a tomar forma. Soube, antes de ver o cabelo loiro e os olhos azuis, que era Ivy. Ela pertencia às ordens angelicais mais altas e podia se transformar numa bola de luz e percorrer grandes distâncias em questão de segundos. Hamiel deu um passo para trás.

Ivy ergueu a mão e, da sua palma, saíram raios que explodiram pelo ar, atingindo cada Sete e incendiando as roupas pretas. As labaredas envolviam os rostos de gesso sem expressão. Eles se afastaram depressa, desaparecendo, um a um, dentro do buraco que havia surgido no teto acima de nós até Hamiel ficar sozinho. Era o líder deles e não se intimidava com facilidade.

— Vou destruir vocês — vociferou.

Ivy ergueu uma sobrancelha.

— Com que exército?

Hamiel rangeu os dentes e se lançou para a frente como um animal pronto para atacar. Então, inesperadamente, tirou um cetro de dentro da roupa. Tudo aconteceu tão depressa que mal tive tempo de reagir. Ele sabia que não podia tocar em Ivy e Gabriel, mas podia puni-los a seu próprio modo. Apontou o cetro para uma menina agachada à nossa frente e observou quando ela tentou esconder o rosto. Um raio de energia explodiu, sacudindo a sala. O garoto ao lado dela jogou o corpo sobre o dela, tentando protegê-la. Quando o feixe do cetro tocou a lateral do corpo dele, escutei o mesmo barulho que a carne faz ao tocar uma chapa quente. Os seus braços caíram sem vida e controlei um grito ao ver os membros queimados e retorcidos. Quando caiu para trás, sem se mover no carpete, percebi que o rosto, agora enegrecido e coberto por chamas ardentes, era de Spencer. Só ficaram intactos o cabelo loiro e os olhos, ainda abertos e voltados para o teto. Mas não vi medo no seu rosto, apenas determinação.

Xavier olhou para o corpo do seu irmão de fraternidade no chão.

— Não! Seu maldito! — Escutei Xavier gritar com a voz embargada. Spencer era seu colega de quarto, seu amigo, seu companheiro. E agora também estava morto por nossa causa. Xavier deu um passo para trás e se recostou numa mesa. Eu não sabia até quando ele continuaria aguentando tantas mortes. A minha coragem pareceu desaparecer naquele instante.

Vi que Gabriel estava prestes a derrubar o teto, de tão furioso que estava. Ivy pareceu se fechar por um momento e, quando abriu os olhos, abriu fogo contra Hamiel, lançando raios mortais na sua direção. Hamiel deu um salto mortal, desviando-se dos ataques com facilidade apesar do seu tamanho. Gabriel se preocupou em proteger os outros alunos e teias de luz azul começaram a se formar sobre cada corpo retraído, teias aparentemente frágeis, mas, na verdade, fortes e impenetráveis como uma jaula de aço. Hamiel, porém, não se importava mais com eles. Agora, estava de olho em nós.

Eu queria reunir a força que sabia estar adormecida em algum lugar dentro de mim, mas estava tão apática com o que havia testemunhado que não consegui fazer nada. Quando Hamiel esticou o braço para me tocar, ergui as mãos para me proteger. Ele me segurou pelos punhos com as mãos fortes e os torceu para trás, estalando os ossos como se fossem galhos fracos. O barulho foi alto e Hamiel me puxou. Voei no ar como uma boneca de pano, rolei por cima das mesas, com a cabeça batendo diversas vezes contra a madeira. Caí em cima dos punhos quebrados e gritei de dor. Gabriel me abraçou rapidamente, erguendo-me. A minha cabeça continuava confusa, mas consegui pensar no que era importante.

— Xavier — sussurrei, tentando me soltar dos braços de Gabriel e sendo lembrada da minha incapacidade de ajudá-lo pela dor latejante nas mãos. Xavier estava desprotegido.

— Beth! — Ele havia se esquecido da presença de Hamiel, preocupado apenas com a minha segurança. Estava do outro lado da sala e não conseguia me alcançar. Quando eu estava em perigo, ele se retraía e tinha apenas um foco. Mas, de onde eu estava, consegui ver tudo o que estava acontecendo. Vi o corpo enorme de Hamiel aparecer logo atrás de Xavier, com uma expressão faminta. A vitória havia ocorrido mais depressa do que o esperado. Havia muitas coisas que eu queria fazer: implorar, pedir, gritar para Xavier correr, lutar. Mas, quando abri a boca, só consegui chorar, porque tudo o que era importante para mim no mundo estava prestes a ser levado. Os olhos escuros de Hamiel encontraram os meus e ele sorriu, satisfeito, e casualmente estendeu o cetro, fazendo com que um raio atingisse Xavier nas costas.

Xavier parou e a sua mão foi direto para o coração. Demonstrou confusão antes de cair de joelhos. Os seus olhos ainda estavam grudados nos meus e percebi que eles refletiam choque, e então dor, e, depois, aceitação. Um momento depois, as pálpebras se fecharam e ele caiu no chão.

Gritei tão alto que os meus pulmões arderam quando Xavier caiu na minha frente. Tudo aconteceu quase depressa demais para perceber, mas o coração dele havia parado de bater e eu vira a luz se esvair dos seus olhos. Ivy se virou para Hamiel, com cara de ódio. Mas o líder da Sétima Ordem se abaixou e então partiu correndo com a velocidade de um raio, desaparecendo no buraco do teto. A última coisa que vimos foram a roupa balançando ao redor do seu corpo e o olhar triunfante no seu rosto. Pedaços de gesso continuaram a se soltar, caindo ao nosso redor como estilhaços e nos envolvendo numa nuvem de poeira branca.

Gabriel continuava me segurando com força, mas as minhas asas se abriram com tanta impetuosidade que o jogaram para trás e me levaram para onde Xavier estava deitado. Coloquei as mãos moles e quebradas sobre o seu peito e o chacoalhei, deixando de registrar a dor. Senti Ivy e Gabriel ao meu lado, conversando rapidamente, mas não compreendi o que discutiam. Eu me sentia longe, muito longe, e um som alto nos meus ouvidos abafava todos os pensamentos. O meu cérebro se recusava a compreender o que havia acontecido. A confusão me dominava, fazia minha cabeça girar. Senti um buraco enorme dentro de mim. Gabriel pousou a mão no pescoço de Xavier, procurando pulsação. Vi que olhou para Ivy e quase balançou a cabeça. Não podia ser verdade, mas, no fundo, eu sabia que era.

Xavier ficou deitado de costas, o rosto perfeito, tão lindo, mas, ainda assim, petrificado. Os olhos azuis que tanto amava estavam virados para o teto. Toquei a sua mão, que ainda estava quente, e escutei o clique familiar quando as nossas alianças se tocaram. Mas, quando o chacoalhei com mais força, ele não reagiu. Não recebi resposta depois de repetir o seu nome várias vezes. Quando encostei o rosto no dele e pedi para que voltasse para mim, percebi que ele não podia mais me ouvir.

Hamiel o havia matado de propósito e sem misericórdia bem na minha frente. Xavier estava morto.

16

OS ADORMECIDOS E OS MORTOS

Ivy e Gabriel levantaram Xavier e o levaram para o escritório vazio ao lado do anfiteatro. Eles o deitaram delicadamente num sofá velho de couro enquanto Gabriel virava o rosto para olhar os alunos traumatizados ainda ali dentro. Gabriel tinha o poder de apagar a memória de multidões. Não sabia como ele planejava explicar a destruição ou o corpo chamuscado de Spencer, mas aquilo parecia outro mundo para mim. Não conseguia parar de olhar para o corpo inerte de Xavier. Ele estava deitado no sofá, com a mão pendendo na direção do chão.

O coração já havia parado, mas talvez ainda houvesse tempo para fazer alguma coisa... qualquer coisa nos segundos preciosos antes de a sua alma sair do corpo. Mostrei os punhos quebrados a Ivy. Com um toque, as mãos tortas ficaram retas, os ossos se uniram e voltaram ao normal. Comecei a cuidar de Xavier imediatamente. Abri a sua camisa, estourando os botões, e coloquei as mãos sobre o peito macio, mas eu tremia tanto que não conseguia me concentrar. Tentei enviar as correntes de cura que poderiam reiniciar as batidas do coração de Xavier, mas o meu próprio coração estava tão acelerado que eu não conseguia me concentrar.

Olhei desesperada para Ivy, que estava ajoelhada do meu lado. Apesar de ter retomado a forma de ser humano, gotas brilhantes de luz ainda escorriam do seu cabelo liso, dissolvendo-se quando entravam em contato com o carpete. O que ela estava esperando? Ivy era curandeira. Eu sabia que ela era a única pessoa que poderia ajudá-lo agora. Mudei de posição para permitir que ela trabalhasse e me sentei no canto do sofá, com a cabeça de Xavier no colo. Quando afastei o cabelo dele dos olhos, vi que uma palidez moribunda já tomava conta dos seus belos traços.

Implorei para a minha irmã:

— Faça alguma coisa!

Ela olhou para mim com desânimo.

— Não sei o que fazer. Ele já morreu.

— O quê? — disse, quase gritando com ela. — Você já fez isso antes, já trouxe a pessoa de volta! Já vi você fazer isso!

— Pessoas que estavam quase morrendo — disse ela, assentindo. — Quase... Mas ele já passou desse ponto.

— *Não!* — gritei, inclinando-me e massageando o coração de Xavier com as duas mãos. Lágrimas quentes corriam pelo meu rosto e pousavam no seu peito parado. — Precisamos salvá-lo. Não podemos deixar que ele morra.

— Bethany... — começou Ivy, olhando para nós dois como uma mãe olha para os filhos machucados. A aceitação que vi no rosto dela me aterrorizava.

— Não... — Eu a interrompi. — Se ele morrer, também morro.

As minhas palavras pareceram tê-la tirado da passividade, levando-a de volta ao presente.

— Certo. — Ela prendeu o cabelo rapidamente num coque frouxo na altura da nuca. Já tinha visto Ivy curar muitas vezes e nunca tinha sido muito difícil. A sua testa começou a suar. Manteve os olhos fechados, mas percebi que se esforçava. Em silêncio, entoava uma invocação em latim da qual só entendi as palavras *Spiritus Sanctum*. A intensidade aumentava cada vez que repetia, até finalmente parar para retomar o fôlego. — Não está dando certo — anunciou, surpresa por fracassar. Ela parecia muito controlada, mas eu estava desesperada, como se o meu coração tivesse sido arrancado do corpo.

— Por quê? — perguntei sem forças.

— Ou a minha energia está acabando, ou Xavier está resistindo.

— Tente mais!

O corpo de Xavier podia estar resistindo? Talvez ele tivesse acreditado que dar a sua vida em troca da minha fosse um bom acordo. Talvez pensasse que a ira dos Setes, dessa forma, seria satisfeita. Imaginei o que ele diria: *Não me parece uma ideia tão ruim*. Talvez, até na morte, tentasse me proteger. Fazia sentido que, com um de nós morto, a separação estaria completa. A tarefa dos Setes estaria cumprida. Será que Xavier soubera, desde o início, que Hamiel o mataria? Será que ele podia ter se oferecido como um tipo de cordeiro de sacrifício? Não me conformaria com isso. Ele havia aberto mão do direito de agir de modo independente quando o padre Mel nos casou.

De repente, percebi outra presença no quarto. Virei para ver e era o mesmo jovem Ceifador que havia aparecido no nosso casamento. Estava na porta, com o mesmo olhar impertinente e levemente entediado no rosto afeminado. Virou a cabeça e começou a bater os pés de modo impaciente enquanto esperava um sinal para entrar. O bater das suas asas pretas criou uma brisa no escritório e emitiu um cheiro esquisito, como o de óleos perfumados.

— Perdão, cheguei cedo demais — disse ele, entediado.

Eu não tinha tempo para os seus comentários sarcásticos. Xavier estava se distanciando mais a cada segundo.

— Não chegue perto dele! — alertei, enquanto o corpo todo de Ivy ficava tenso com o esforço de tentar ressuscitá-lo. Torci para que ela continuasse firme, que não desistisse e o entregasse ao Céu. Uma luz dourada, cor de milho, cercou o local onde as palmas dela se apoiaram no peito de Xavier. Brilhou e apagou rapidamente. Sabia que ela precisava de tempo para restaurar o poder de cura; tempo que Xavier não tinha.

De repente, percebi que o que restava da sua energia não seria suficiente para ajudar Xavier a atravessar aquela crise.

— Não adianta — disse o Ceifador como se isso fosse óbvio. — Não conseguem ver? A alma dele já se soltou.

— Devolva-o a nós! — gritei. — Saia de perto dele!

— Você sempre me faz parecer o vilão — disse o Ceifador, suspirando.

— Por favor, não o leve — implorei. — Diga a ele que preciso dele, diga a ele...

— Por que não diz você mesma? — perguntou o Ceifador, e vi que olhou para o canto do sofá.

Olhei para a frente e fiquei boquiaberta.

Ele não passava de um contorno apagado, mas estava de pé bem na minha frente. Estava transparente e, se eu não tivesse me concentrado, não teria visto a sua presença. O espírito de Xavier estava de pé ao lado do sofá, com cara de perdido, como se estivesse tentando encontrar o caminho. Puxei o ar com tanta força, que Ivy se assustou, e o Ceifador revirou os olhos.

Ivy se aproximou do espírito, que estava de pé, parado.

— Xavier? Está me ouvindo? Você precisa voltar para nós. Não é a sua hora ainda.

O espírito de Xavier olhou para ela sem compreender e então se virou para olhar para o Ceifador.

— Tem certeza de que não quer vir comigo? — perguntou o Ceifador. — Não se preocupe, pode confiar em mim, sou profissional.

Ivy olhou para ele com fúria.

— Ei — protestou o Ceifador, sorrindo —, fico entediado nesse trabalho. Por que não posso me divertir um pouco?

O espírito permaneceu imóvel, como se não entendesse o que estava acontecendo. Eu sabia que Xavier estava preso entre o mundo dos mortos e o dos vivos. Era uma transição difícil. Para isso serviam os ceifadores e os anjos da guarda, para ajudar as pessoas a saírem deste mundo e a entrarem no próximo. Mas, naquele momento, precisávamos trazê-lo de volta, e não seria fácil.

— Olha para mim — disse Ivy, estendendo o braço. — Você sabe quem eu sou, pode confiar em mim. Vou levá-lo de volta à sua vida de antes.

Quando os dedos dela se entrelaçaram aos deles, pálidos e fantasmagóricos, Xavier pareceu assustado e deu um passo para trás.

— Que discurso mais patético — disse o Ceifador. Ele se virou para Xavier, inclinando a cabeça de uma maneira exageradamente teatral, e sorriu. — Posso fazer com que toda a dor se vá. Pode se esquecer de todas as preocupações que o pressionavam. Vou levá-lo a um lugar onde nunca mais terá que se preocupar. Sem morte, sem destruição, sem sofrimento. Só precisa me seguir.

Ele lançou um olhar triunfante a Ivy, claramente impressionado com a própria performance. O espírito de Xavier inclinou a cabeça como se as palavras do Ceifador o atraíssem, e o vento soprou quando se afastou de nós. Instintivamente, procurei o meu irmão ao redor. Eu estava muito acostumada a ser salva por Gabriel, que solucionava todos os nossos problemas. Mas hoje ele tinha os próprios problemas para resolver. O que eu poderia fazer? Não podia agarrar um fantasma. O corpo de Xavier agora estava abandonado e não havia como deter o Ceifador. Eu não podia matar a Morte.

O espírito de Xavier olhou para mim, confuso. Olhou ao redor como se estivesse tentando decidir qual caminho seguir. O Ceifador sorria.

— Está procurando a saída? Venha comigo. Posso mostrá-la a você. — A sua voz estava carregada de promessa.

— Não escute o que ele diz!

O espírito de Xavier olhou para nós dois, um de cada vez, sem saber em quem confiar. Eu sabia que ele estava muito vulnerável naquele momento, que poderia ser facilmente influenciado.

— Você não deve ir com ele — insisti. — Nunca voltará. Precisamos de você aqui.

— Ela está mentindo — disse o Ceifador. — Só quer prender você porque não quer ficar sozinha. Venha comigo e nada, nunca mais, vai atrapalhar você.

A situação havia se transformado numa competição entre mim e o Ceifador, e a alma de Xavier no meio. Mas eu não permitiria que ele o roubasse de mim.

— Segure a minha mão — pedi. — Vou mostrar como é fácil.

Mas não estava dando certo. Ele só parecia mais perdido e confuso. A qualquer momento, eu o perderia e ele desapareceria para sempre.

Senti os lábios de Ivy na minha orelha.

— Só você pode ajudá-lo agora. Faça isso!

Mas como? Senti vontade de gritar. Não tinha força nem poder. Comparada ao Ceifador, eu era fraca. Mas não tinha tempo para pensar nisso. Eu me lancei e me posicionei firmemente na frente do espírito, com as mãos no quadril. Ele parou quando me reconheceu.

— Escute bem o que vou dizer, Xavier Woods — gritei, tentando segurar os seus ombros. As minhas mãos passaram diretamente por ele e eu as abaixei. — Nem pense em nos deixar! Lembre-se de que *prometemos que estaríamos juntos nessa*. Fizemos um pacto: *aonde você for, eu vou*. Se você morrer agora, terei que encontrar uma maneira de acompanhá-lo. Está tentando me matar? Se não voltar agora mesmo, nunca vou perdoá-lo. Está me ouvindo? Não pode me deixar sozinha aqui!

A minha reação foi tão pessoal que percebi que Ivy estava se sentindo uma intrusa. Até mesmo o Ceifador ficou olhando para o teto enquanto esperava eu terminar. O espírito olhou para mim por um momento e então estendeu a mão na minha direção.

— Venha — sussurrei. — Volte.

Quando os dedos de Xavier entrelaçaram nos meus, estavam sólidos e consegui segurá-los com força. Sabia que não duraria muito tempo, mas não podia apressá-lo. Devagar, o afastei do Ceifador e o levei na direção do sofá, onde estava o corpo sem vida. Quando Xavier olhou para a cena da sua morte, Ivy agiu. Moveu as mãos brancas de modo a deixá-las pairando sobre as têmporas de Xavier. Isso criou uma rede de luz ao redor da cabeça dele. A luz começou a descer, espalhando-se pelo seu corpo como uma névoa fina. Ela continuou a se estender até chegar ao espírito, envolvendo-o, puxando-o para trás. De repente, Ivy caiu de joelhos e ergueu os braços. Surgiu um raio de luz quando a névoa se fundiu e então desapareceu, levando o espírito com ela.

No sofá, Xavier arfou como se estivesse voltando a respirar depois de um afogamento, de volta à superfície. Abriu os olhos e gemeu. Soluçando, me lancei a ele, com os braços envolvendo o seu pescoço, sem querer soltar. Na porta, vi o Ceifador ficar ressentido.

— Você venceu — disse, e fez uma breve reverência. Virou-se e desapareceu no corredor, dizendo algo sobre não se divertir mais como antes naquele trabalho.

Xavier ainda parecia desorientado, por isso Ivy precisou me tirar de cima dele.

— Está tudo bem, Beth — disse ela, entregando um lenço para mim. O meu rosto estava todo manchado de lágrimas, e o nariz escorria. Chorava tanto que senti a pele repuxar e os olhos incharem. — Ele vai ficar bem — repetiu Ivy para me acalmar. Ainda assim, eu observava o movimento do seu peito de perto, duvidando dos meus olhos e recusando-me a acreditar no que a minha irmã dizia.

— Beth? — perguntou Xavier um pouco grogue, sem conseguir focar o olhar direito.

— Estou aqui — disse a ele, chorando de novo.

— Você está bem? Está machucada?

— Estarei bem se você estiver — disse, deitando-me ao lado dele. — Como está se sentindo?

— O meu corpo está meio esquisito — disse Xavier, e eu automaticamente me recostei.

— Calma — disse Ivy. — É normal. Ele só precisa descansar.

Xavier murmurou algo incoerente e fechou os olhos, caindo num sono profundo. Envolvi o meu corpo no dele, sentindo o seu calor, e fiz uma promessa a mim mesma. Enquanto eu vivesse, e independentemente do que me custasse, nunca mais permitiria que alguém voltasse a feri-lo.

AGORA QUE SABIA que ele estava bem, Xavier poderia dormir por um mês seguido, não me importaria. Gabriel entrou na sala com as asas retraídas. Parou para bater a poeira da roupa e fragmentos de gesso do cabelo e sorriu quando viu Xavier.

— Como está o nosso Lázaro? — perguntou ele.

— Ficará bem — respondeu Ivy, sentando-se, exausta. — Não foi fácil.

— Com certeza não. — Gabriel observou o meu rosto molhado de lágrimas e os olhos vermelhos. Percebi que também parecia exausto, com o rosto esgotado.

— Como foi? — perguntei.

— Terminou — respondeu ele. — Os alunos estão culpando a Mãe Natureza e os serviços de emergência foram chamados.

— E o Spencer? — perguntei, com os olhos ardendo por chorar de novo ao lembrar o último olhar que havíamos trocado antes de ele morrer.

— Ele nunca esteve ali. — Pela maneira sucinta como o meu irmão falou, sabia que seria mais inteligente não pedir detalhes. Não sabia o que tinha feito com o corpo de Spencer, mas deve ter sido difícil para ele. Alterar estados mentais e apagar lembranças eram duas das coisas que ele considerava mais difíceis. Só fazia isso quando não tinha alternativa. Sabia que ele devia estar se sentindo muito desconfortável no momento. Ivy decidiu falar de coisas mais práticas.

— É melhor sairmos daqui — disse ela. — Antes que as pessoas comecem a chegar.

Pelo menos por enquanto, a crise havia sido controlada e saímos dela relativamente ilesos. Não sabia se os Setes estavam impondo a lei de Deus ou não, mas, ainda assim, fiz uma oração. *Obrigada, Pai, por tirar Xavier das mãos da morte e devolvê-lo para nós são e salvo. Mantenha-o afastado do mal e farei qualquer coisa que o Senhor pedir.*

ESTÁVAMOS SENTADOS num salão tradicional de uma pensão que ficava próxima à cidade onde havíamos nos escondido, deixando uma distância segura entre nós e o campus que os Setes haviam atacado. Não estávamos preocupados com a retaliação. Sabíamos que demoraria um pouco para que eles se recompusessem.

— Afaste-se da besta — disse Xavier, abrindo os olhos, e logo vimos que ele estava totalmente assustado.

— Seja bem-vindo — disse Gabriel, um pouco confuso. Xavier olhou para ele sem reconhecê-lo. O seu olhar estava um tanto perdido, como quem delira de febre. Toquei a sua testa e percebi que ardia em febre.

— A besta está surgindo do mar — continuou ele, remexendo-se na cama, não parando de olhar na direção da porta trancada.

— O que está acontecendo? — perguntei.

— Não sei bem — respondeu Gabriel. — Ele está dizendo frases do livro do Apocalipse.

— Está tudo bem, Xav — disse eu, pensando que ele podia estar sofrendo de estresse pós-traumático. — Não há besta nenhuma. Está seguro aqui.

Xavier encostou a cabeça de novo nos travesseiros, o peito começando a suar. Rangeu os dentes como se estivesse sentindo dor.

— Beth, não. — Ele estendeu o braço e segurou a minha mão com força. — Você precisa sair. Vá, agora! Promete que fará isso?

— Os Setes se foram — disse eu, com calma. — Gabriel e Ivy cuidaram deles. Não voltarão tão cedo.

— Você não consegue entender? — De repente, Xavier se sentou, assustado. — Ninguém está seguro. Ele está aqui.

— Ivy, sobre o que ele está falando? — Eu me virei para a minha irmã. Nada que Xavier dizia fazia sentido. — O que ele tem?

— Acalme-se, Beth. Dê um tempo a ele. Acho que só está desorientado. Estava morto, não lembra?

Xavier tentou ficar de pé e o seu rosto ficou pálido no mesmo instante. Ele se balançou perigosamente e precisou se segurar na cabeceira da cama para se estabilizar.

— Calma — disse Gabriel, preocupado. — Não precisa ter pressa.

Xavier olhou para cada um de nós, totalmente confuso. Então, de repente, a sua expressão mudou.

— Bom, foi divertido. Podemos repetir em breve? — A princípio, não entendi de onde estava vindo aquele tom de voz. Já havia visto Xavier ser sarcástico antes, mas não parecia ser a mesma pessoa falando naquele momento. Estiquei uma das mãos para ele, mas a recolhi em seguida. Nada havia mudado, mas, ao mesmo tempo, tudo era diferente. A suavidade havia desaparecido do seu rosto, como se alguém tivesse acabado de remodelar os contornos para fazê-lo ficar sério. O rosto ficou mais magro e nunca o vira estreitar os olhos de modo tão forçado. Gabriel e Ivy se entreolharam, um olhar de inquietação.

— O que foi? O que está acontecendo? — Olhei para um e depois para o outro, mas o que quer que estavam pensando decidiram não me contar.

— Você está se sentindo bem? — perguntou Gabriel com delicadeza. Parecia ter ideia do que estava havendo, mas queria ter certeza absoluta. Talvez não estivesse pronto para aceitar.

— Nunca me senti melhor! — Xavier sorriu, satisfeito. Saiu da cama e se sentou no sofá, sem parar de olhar para o meu irmão.

— Xavier? — Vi o seu sorriso desaparecer quando olhou para mim, de cima a baixo. Senti vontade de me aproximar dele e de chacoalhá-lo para que voltasse a si. Para mostrar que poderíamos vencer aquele obstáculo se voltasse a ser ele mesmo. Mas tive a sensação de que as minhas palavras não fariam sentido para ele e que qualquer gesto de carinho não seria bem-recebido.

— Estou a fim de correr. — Xavier começou a apressar o passo, a flexionar os braços e a dar pulos. Ele não era do tipo hiperativo. Não o reconheci agindo daquela maneira, comportando-se como um tigre enjaulado.

— Talvez fosse melhor você se deitar — disse eu, dando um passo incerto à frente.

— Beth, não faça isso — alertou-me o meu irmão.

— Não, não quero *me deitar* — disse ele, imitando a minha voz num tom mais fino, extremamente frio.

Dei um passo na direção dele e senti os dedos de Gabriel apertarem o meu ombro. Olhei nos seus olhos brilhantes.

— Xavier nunca me machucaria — protestei.

— Não — disse Gabriel. — O *Xavier*, não.

Algo na maneira como disse aquilo me deixou desconfiada.

— Ele só está cansado — disse em voz alta, recusando-me a aceitar qualquer outra alternativa. O meu limite emocional havia sido atingido ao ver Xavier morrer diante dos meus olhos. Não sabia quanto mais toleraria.

Aquilo só podia ser uma reação ao estresse extremo. Afinal, os seres humanos, assim como os anjos, não tinham reservas ilimitadas de energia. Xavier havia passado por tantas coisas nas últimas semanas que era um milagre não ter explodido antes. Mas todos tinham um ponto de ebulição, e o do Xavier acabara de ser atingido. Eu me lembrava de ter lido sobre isso nos livros de psicologia. Quando alguém era pressionado, começava a demonstrar estresse e a agir de maneiras bizarras. Mas não pensei que o surto de Xavier resultaria em raiva direcionada a mim. O que estava acontecendo com ele? A hostilidade na sua voz agora era pior do que a picada de um escorpião. Era difícil ignorar a maneira como estava olhando para mim, como se eu fosse a sua pior inimiga.

— Deve haver algo que eu possa fazer — sussurrei para enganar as lágrimas que ameaçavam rolar. Precisava me manter forte por nós dois naquele momento.

— Na verdade, há. — Xavier nunca havia falado comigo com formalidade. Será que tinha batido a cabeça com força ao cair no chão? Olhei para ele com ansiedade, disposta a atender qualquer pedido que fizesse. Caminhei até onde ele estava, atrás do sofá, afastado de nós. Ele inclinou a cabeça ao segurar o meu rosto com as mãos, observando-me como se me visse pela primeira vez.

— Diga o que posso fazer — pedi.

Xavier encostou a boca na minha orelha e sussurrou baixinho:

— Pode ficar bem longe de mim, sua vaquinha enjoada.

E então percebi. A voz que falava comigo pelo corpo de Xavier não era dele, reconheci na hora de quem era. Eu a reconheceria em qualquer lugar. Não havia mudado nada desde a última vez em que a escutara num lugar que eu queria esquecer desesperadamente.

A voz de Lúcifer continuava sendo aquela mistura estranha de aspereza e suavidade, uísque e mel.

17

INQUILINO RUIM

Levei as mãos ao estômago como se tivesse sido esfaqueada. Pode ter sido uma reação infantil, mas ouvir a ira na voz de Xavier foi como ser atacada fisicamente.

Eu me afastei dele e caminhei apática até a janela. Do lado de fora, o Sol ainda estava brilhando e os carros passavam num rastro de cor, os motoristas alheios ao que acontecia a poucos metros. Pensamentos confusos se chocavam na minha mente como uma tempestade de meteoros. Como isso podia ter acontecido? O que faríamos? Será que Xavier seria libertado antes que algo desastroso ocorresse? Mas o que poderia ser mais desastroso do que aquilo que já tínhamos encarado nas últimas 24 horas?

— Como isso pode ter acontecido? — perguntei em voz alta dessa vez, e me virei para olhar para os meus irmãos. — Não entendo.

— A possessão pode acontecer com qualquer pessoa — respondeu Ivy, com delicadeza.

— Não. — Balancei a cabeça vigorosamente. — Coisas desse tipo não acontecem do nada com pessoas como ele. Ele deveria ser protegido pela sua fé. Não deveria haver a possibilidade do seu corpo ser invadido assim!

— Bethany, pense bem — disse Gabriel, com calma. — O Xavier morreu... Aqueles minutos entre a vida e a morte foram mais do que o suficiente para deixar a escuridão entrar.

— Mas... — Senti o peito se contrair e os olhos arderem, porque sabia que o meu irmão tinha razão. — Eu o trouxe de volta.

— Não perca a esperança — aconselhou Ivy. — Isso só significa que a luta não terminou ainda.

Quase não estava escutando o que ela dizia. Pensar que Lúcifer estava nos observando, esperando uma oportunidade de atacar foi o bastante para me fazer tremer. Havíamos nos concentrado tanto em evitar a ira do Céu que havia me esquecido de que estávamos na mira de um predador mais perigoso. O Céu queria que ficássemos separados, mas, pelo visto, o Inferno queria vingança.

Os Setes sem rosto não eram nada perto do que estava prestes a enfrentar. Uma lembrança assustadora me ocorreu: a imagem do rosto da irmã Mary Clare, a freira do convento no Tennessee. Entre o sangue e os arranhões, o lábio mordido e os dentes quebrados, percebi um olhar totalmente vago — esse olhar sugeria que ela não estava ali. O demônio havia tomado o seu corpo, espírito e mente por completo. Aquela experiência tinha sido prejudicial o bastante para mim, mesmo estando presente apenas na forma astral e a pessoa envolvida sendo uma completa desconhecida. Dessa vez, estava acontecendo com Xavier. Não sabia se teria coragem para lidar com aquilo.

Mantive o rosto escondido de Gabriel e Ivy, sabendo que o decifrariam se o vissem. Não era ingênua o bastante para achar que podia esconder qualquer coisa deles — só precisava de um momento para absorver o que estava acontecendo e para controlar as minhas emoções.

— Vamos — disse Ivy. — Precisamos ir. Não podemos permanecer aqui. — Ela procurou parecer objetiva, mas havia algo novo na sua voz.

— Para onde vamos? — perguntou Xavier com animação. A sua alegria era quase infantil e não combinava com ele.

— Vamos levar vocês de volta para a nossa casa — respondeu Gabriel, observando Xavier. — Você poderá ficar lá até... se sentir melhor.

— Espere, vocês têm uma casa? — interrompi. — Onde?

— Aqui — respondeu Ivy. — Em Oxford.

— Desde quando? — perguntei.

— Desde que chegou aqui. Estamos mais próximos do que você achava, ficamos de olho nas coisas.

— Por que não me contaram?

— Achamos que seria mais seguro se não soubesse. Se mantivéssemos contato constante, poderíamos ser descobertos. Só queríamos manter uma base próxima, para o caso de você entrar em apuros. Ainda bem que ficamos por perto.

— Estou me sentindo bem agora — interrompeu Xavier, sem se preocupar em conversar. Para provar, começou a flexionar os membros como faz um atleta ao se aquecer para os exercícios. Ele queria se exibir, não estava agindo normalmente. Fiquei pouco à vontade.

Xavier se virou para mim. — Tenho muita sorte por ter uma namorada que não desistiu de mim. — Estava sendo um tanto forçado, e o sorriso malicioso não ajudou a melhorar muito as coisas.

— Vocês têm razão, precisamos tirá-lo daqui — disse. Tanta coisa estava errada que não tinha força para fazer nada além de concordar com os meus irmãos. — Antes que ele faça algo que chame a atenção.

— Que ótimo! — exclamou ele. — Não vamos ficar juntos. Que bela esposa.

Assenti para Gabriel, que atravessou a sala em duas passadas e segurou Xavier pelos ombros.

— Ivy... — chamou ele. — Talvez precise de sua ajuda.

— Opa, opa, vai devagar, paizinho — disse Xavier, cantarolando e erguendo as mãos para mostrar que estava cooperando. — Não vou fugir, isso está divertido demais para perder. — Riu e começou a cantar baixinho: — *Vou ficar do seu lado, juntinho, grudado.*

Gabriel o empurrou sem cerimônia em direção à porta, onde Ivy estava, um tanto confusa. Será que ele tentaria fugir? Eu não acreditava nisso. Os demônios queriam nos ferir e a melhor maneira de fazer isso seria continuar ali e nos obrigar a vigiá-lo. Enquanto Xavier caminhava até a porta, parou e olhou para mim, com os olhos azuis de repente tomados por uma familiaridade assustadora.

— Você vem, não é, Beth? — perguntou ele. — Não vai me deixar com eles?

Quando olhava para mim daquela maneira, com sinceridade nos olhos arregalados, era difícil saber quem estava falando.

— Estou indo — disse, tentando manter a voz normal, mas as minhas mãos inquietas me traíam. Segui os meus irmãos em silêncio até o estacionamento, com Xavier logo atrás, cantarolando uma música irritante. Era como se ele tivesse uma bomba-relógio nas mãos, pronta a explodir a qualquer momento. Percebi, naquele instante, que seria essencial tirá-lo de vista. Não podia ficar num hotel e não podíamos deixá-lo perto do campus. Não tínhamos ideia do que fazer.

O comportamento de Xavier continuou imprevisível durante o trajeto para a casa onde Gabriel e Ivy agora moravam. Apesar de antes ter demonstrado vontade de ficar comigo, Xavier agia como se eu fosse o seu pior inimigo. Sentou-se o mais longe que pôde de mim no banco de trás do carro, com o queixo apoiado nas mãos, o corpo curvado a ponto de ficar todo torto. Mantinha o olhar fixo nas construções pelas quais passávamos e apenas se virava para mim a fim de lançar olhares de raiva. Decidi testar a reação de Xavier estendendo o braço e apoiando a mão no seu joelho. Seu corpo todo ficou tenso e ele rosnou baixo, como um animal ferido. Pensei que fosse me morder e rapidamente afastei a mão.

Em pouco tempo, Gabriel entrou numa garagem e estacionou na frente de uma casa azul-clara com teto baixo e rodeada por uma cerca. Havia crisântemos em vasos do lado de fora. Olhei ao redor com certa curiosidade. Até aquele momento, não tinha visto onde os meus irmãos viviam. Na verdade, não havia pensado nisso. A casa era velha e, como a maioria das casas do Sul, parecia estar presa no passado, como se tivesse uma história própria. Quase conseguia ver a esposa do soldado se despedindo dele, que partia para lutar pelo Velho Sul. Mas também tinha uma atmosfera esquisita, como se fosse um amigo nos recepcionando. Passamos por um curto corredor até uma cozinha estilo campestre com armários e paredes azuis. Lâmpadas antigas ficavam penduradas sobre o balcão, no meio do cômodo, e estantes brancas acima da pia exibiam uma coleção de louças coloridas antigas. Vi o violão de Gabriel encostado numa penteadeira pintada. Por um instante, pensei na Byron e nos momentos felizes por que passamos lá. Depois, voltei a prestar atenção ao presente.

Eu me sentei num dos banquinhos da mesa e esperei alguém dizer algo que quebrasse a tensão, que só aumentava. Gabriel observava Xavier como um gavião.

— Bacana — comentou Xavier enquanto caminhava, pegando livros, xícaras e velas, virando-os nas suas mãos, algo que não fazia normalmente. — O que temos para beber aqui? Onde vocês deixam as coisas boas? — Ele se sentou na cadeira perto da janela, na mesa do café da manhã, ignorando o olhar de reprovação de Ivy.

— Não temos álcool aqui — disse ela, e caminhou até a geladeira para pegar uma garrafa de refrigerante. Sem avisar, lançou a garrafa como um disco, tentando acertar a cabeça de Xavier. Ela rodopiou no ar, mas, um pouco antes de acertá-lo, Xavier, casualmente, esticou o braço e a pegou. Nem sequer se mexeu na cadeira. Nenhum atleta mortal, por melhor que fosse, tinha reflexos como aquele para reagir assim.

— Belo lance. — Ele tirou a tampa e bebeu metade do líquido sem parar. Quando terminou, ficou de pé e jogou a garrafa no chão.

— Onde fica o banheiro? — perguntou com um sorriso vitorioso. — Preciso muito de um banho.

— No andar de cima, primeira porta à esquerda — explicou Ivy. Ela olhou para Gabriel de modo inseguro.

Mas Xavier não chegou a sair da cozinha. Um milésimo de segundo depois, as asas de Gabriel se abriram, derrubando no chão objetos que estavam em cima do balcão. Gabriel as dominou em poucos instantes, mas Xavier não se entregou facilmente. Com o que parecia ser uma demonstração de poder sobrenatural, usou as pernas para jogar Gabriel para o outro lado da cozinha. O meu irmão bateu no balcão com tanta força que uma rachadura se abriu no mármore. Um segundo depois, estavam de pé, encarando um ao outro, em posição de luta.

— Parem! O que estão fazendo? — gritei. Eu me lancei para a frente, esperando ficar entre eles e fazer com que retomassem o bom senso. Mas Gabriel se virou para mim e a intensidade do seu rosto me assustou.

— Afaste-se. Ele vai machucar você.

Sem querer, eu havia distraído Gabriel tempo suficiente para dar vantagem a Xavier. Ele se lançou para a frente e escutei um barulho forte quando acertou a mandíbula do meu irmão. O golpe o pegou de surpresa, ele ficou atordoado por um momento, porém devolveu com um soco nas costelas de Xavier, que se curvou, sem fôlego, mas se recuperando a tempo de desferir o golpe seguinte. Ao ver que a porta da frente havia sido deixada aberta, Xavier viu uma chance de escapar e correu pelo corredor, na direção da porta. Gabriel correu atrás dele, mas se viu impedido pelas suas asas, que batiam nas paredes. Ele as encolheu e partiu atrás de Xavier, segurando-o pelos tornozelos. Os dois bateram juntos na porta de tela, caíram por cima da grade da varanda e pousaram no tapete de folhas secas no quintal da frente.

Anjo e mortal brigavam na poeira enquanto eu e Ivy ficamos de pé, impotentes, assistindo. Do outro lado da rua, havia duas senhoras bebendo chá em cadeiras de balanço na varanda. Esticaram o pescoço como duas girafas ao perceberem o alvoroço e olharam para nós, sem acreditar no que testemunhavam. Eu duvidava que presenciassem muitas brigas naquele bairro. Na verdade, tinha a impressão de que aquela era a primeira vez que uma confusão acontecia naquela rua de pessoas de respeito. Uma delas ficou de pé, abismada, com a mão sobre o peito, e a outra fez uma careta e entrou depressa.

— A sra. Bishop vai chamar a polícia — alertou Ivy, dando a impressão de que também desejava pedir ajuda.

— Devemos ir até lá e tentar impedi-la? — perguntei, apreensiva.

— Não agora. Gabriel precisa de nós.

Observamos Gabriel pegar Xavier e jogá-lo de cara no chão de cascalho. Senti vontade de correr para ajudá-lo, mas Ivy me deteve.

— Gabriel está machucando ele! — gritei. — Faça-o parar!

— Ele está tentando ajudar. — Ivy me segurou pelos ombros e me sacudiu. — Se o Xavier fugir, não sabemos o que pode fazer... quantas pessoas pode ferir, incluindo a si mesmo. Você precisa confiar em nós, Bethany.

Olhei dentro dos seus olhos claros e concordei, tentando não ver a briga. Nunca havia me sentido tão dividida. Era capaz de fazer praticamente qualquer coisa que o meu irmão pedisse. Ao mesmo tempo, não podia abandonar o meu marido quando ele mais precisava.

Xavier se levantou com cara de perdido, o que deu ao meu irmão a chance de que precisava. Gabriel rapidamente se colocou atrás de Xavier. Tentei imaginar o que pretendia fazer, até vê-lo passar os dois braços pelas axilas de Xavier e unir as mãos na nuca dele. Nessa posição, Gabriel conseguiu imobilizar Xavier tempo suficiente para levá-lo de volta para dentro da casa. Fiquei pensando se as pobres irmãs Bishop do outro lado da rua se recuperariam dos sacrilégios gritados por Xavier.

— Vocês não passam de putas — gritou ele ao passar por nós. — Putas com asas! Vejo vocês no Inferno!

— É... ele é um primo distante — explicou Ivy à senhora boquiaberta na rua, que parecia prestes a ter um ataque. — Está num dia ruim. Sinto muito.

Então, Ivy entrou e fechou logo a porta.

— ABRAM O PORÃO! — gritou Gabriel quando entramos. Ivy obedeceu e Gabriel e Xavier desceram os degraus estreitos de concreto que levavam ao porão da casa. Espiei pela escuridão com nervosismo. Não gostava de estar embaixo da terra.

— Não podemos conversar aqui em cima? — perguntei.

— Com essa bagunça que ele está fazendo? — Ivy balançou a cabeça. — Seria mais fácil anunciar no noticiário.

Desci os degraus atrás do meu irmão, mantendo uma distância segura das pernas de Xavier, que não paravam de dar chutes. As suas tentativas de lutar não tiveram efeito sobre Gabriel, cujo corpo, ao que parecia, havia se transformado em pedra.

Estremeci. O porão era frio e tinha cheiro de mofo.

O local, com o piso manchado e teias de aranha pendentes das ripas de madeira, parecia uma tumba. Não havia janelas, apenas uma pequena grade de ventilação, estreita demais para permitir que qualquer coisa além de um feixe de luz entrasse. As paredes e o piso do porão eram de concreto reforçado, como muitos na região, feitos para suportar a força de um tornado. Havia os itens normais: caixas para guardar coisas, uma máquina de lavar/secadora e uma geladeira. Mas também havia uma cama de ferro antiga e um colchão listrado roído por traças, com molas expostas entre o estofamento. Ver as algemas de ferro presas nas barras da cabeceira da cama me causou uma náusea que tomou todo o meu corpo. Parecia que Gabriel e Ivy tinham previsto tamanha emergência, porque sabiam exatamente o que fazer. Gabriel se esforçou para manter Xavier na cama tempo suficiente para Ivy conseguir prender os punhos e tornozelos. Xavier se debatia e rosnava como um animal selvagem. Por fim, os dois deram um passo para trás. Xavier devia estar cansado, porque se deitou na cama, imóvel, os olhos fixos no teto.

— Ivy, pode cuidar disso? — Fiquei tentando imaginar a que Gabriel se referia, até ouvir o som de sirenes segundos depois. Xavier riu baixinho, satisfeito por estar causando problemas.

— Tem certeza de que está tudo bem aqui? — perguntou ela, e o meu irmão assentiu.

— Mas vá depressa.

Ivy calou-se, mas Xavier, ciente da possibilidade de escapar, começou a gritar tão alto que Gabriel precisou tapar a sua boca com a mão. Escutamos portas de carro batendo e vozes na porta da frente. Ouvi a voz de Ivy desculpando-se. Entendi trechos da explicação; ela dizia que o primo estava sofrendo uma crise de abstinência depois de ter deixado a reabilitação. Ela sabia mentir, e fez um discurso sobre envolvimento com pessoas erradas, prometendo mantê-lo sob vigilância até que se recuperasse totalmente.

A voz do policial, por sua vez, era muito compreensiva. Era evidente que estava encantado com Ivy, e dizia que ela era uma "moça muito corajosa", a aconselhando a se manter firme nos momentos difíceis. Também disse que ela deveria telefonar para ele sempre que precisasse de ajuda. Ivy agradeceu de modo educado e fechou a porta.

Voltou com o rosto sério, trazendo vários saleiros da cozinha. Começou a espalhar o sal num círculo bem-feito ao redor da cama.

— O que está fazendo? — perguntei.

— O sal e o ferro repelem os demônios — explicou, de modo firme. — Usaremos todos os recursos que pudermos.

Senti vontade de dizer que aquele não se tratava de um demônio comum, mas achei que não ajudaria muito.

— Você se lembra por quê? — perguntou ela. Pensei no meu treinamento básico como anjo.

— Eles são compostos puros, e os demônios, por serem a essência da impureza, não podem chegar perto deles — respondi.

— Isso mesmo — disse Ivy.

— Mas não será o suficiente, certo? Não pode ser tão fácil.

— Infelizmente, não. O demônio já entrou nele. Mas isso o impedirá de escapar, até descobrirmos como destruí-lo.

— Posso ficar com ele?

— Definitivamente não — respondeu Gabriel.

— Por que não?

— Não entendeu ainda? Você está emocionalmente envolvida. Isso pode torná-la vulnerável. Não podemos correr o risco de você ser enganada.

— Não permitirei que isso aconteça.

— Bethany... — disse Gabriel, com um tom de alerta tão forte que percebi que deveria me calar.

— Tudo bem. Mas não podem me impedir de falar com ele.

Gabriel não tentou me impedir de me aproximar da cama. Os olhos de Xavier ainda estavam voltados para o teto e havia arranhões no rosto, por ter sido jogado contra o chão. Apesar do corpo surrado e dos olhos selvagens, ele continuava dolorosamente familiar e eu ainda me sentia emocionada perto dele. Inclinei-me com cuidado sobre ele para poder dizer um pouco do que sentia, mas as palavras não vinham. A pessoa deitada na cama era um desconhecido. O que poderia dizer a ele que fizesse diferença? Ainda tentava buscar as palavras certas quando Xavier, de repente, virou a cabeça e me fitou com um olhar tão penetrante que me prendeu. Eu me esqueci de Gabriel e

Ivy, que estavam ali, bravos comigo. Olhei profundamente para o azul cristalino dos olhos de Xavier à procura de um sinal de reconhecimento. Por um segundo, algo esquisito aconteceu. Pensei tê-lo visto. A expressão nos seus olhos ficou mais suave e vi o rapaz que amava. Mas também percebi como aquilo era difícil para ele. Foi como ver um homem se afogando tentando se agarrar à superfície, sendo puxado de volta para dentro da água por uma onda mais forte do que a sua vontade de sobreviver. No entanto, ele se foi e o olhar malicioso voltou. Mas não importava. Sabia que Xavier estava ali, em algum lugar. Era o único incentivo de que precisava. Apesar de todo o meu ser me mandar fugir, sabia que nunca o deixaria enfrentar aquilo sozinho.

18

CONFUSÃO

Gabriel franziu o cenho, perdido nos seus pensamentos. Percebi que estava escondendo algo.

— Vamos lá em cima — disse ele, de repente. — Precisamos conversar.

Olhei para ele decidida.

— Não vou deixar Xavier.

— Ele ficará bem.

— Você acha que ele está *bem*? — perguntei, sem acreditar.

— Não disse que ele *está* bem. Disse que ficará bem aqui embaixo por um tempo. Você vem ou não?

Decidi ser firme.

— Não — respondi com teimosia. — Você e Ivy sabem o que estão fazendo. Não precisam de mim.

Gabriel suspirou alto. Eu sabia que estava cansado e que eu estava testando sua paciência.

— E o que exatamente você espera conseguir ficando aqui embaixo?

Dei de ombros.

— Ainda não sei. Vou subir daqui a pouco. Só gostaria de passar um tempo sozinha com Xavier, se não houver problema.

— Há problema, com certeza — disse Gabriel irritado. — Ficou maluca?

— Já não está na hora de parar de me dar ordens?

— Ele só está preocupado com você — disse Ivy. — Não pode ajudar Xavier agora e provavelmente será mais seguro não ficar sozinha com ele.

— Ele está acorrentado! — exclamei. — O que poderia fazer?

— Bethany, agora não é hora de discutir. Xavier precisa que trabalhemos juntos. Quanto mais tempo perdermos, mais aquela coisa vai ficar dentro dele. E então? Vai nos ajudar ou não?

Diferentemente de Gabriel, que ainda precisava ter mais tato com as pessoas, apesar de meses de interação com seres humanos, Ivy sempre sabia dizer a coisa certa. Como sempre, conseguiu fazer com que me sentisse petulante e limitada. Com relutância, segui os dois, olhando para trás para ver Xavier. Ele não havia se mexido e ainda olhava para o teto sem piscar. Parei no topo da escada.

— E se acontecer alguma coisa?

— Garanto que ouviremos.

— Tudo bem — disse com mau humor. — Vamos depressa.

Mas não foi depressa. Devia conhecer os meus irmãos o suficiente para saber que não tomariam decisões precipitadas. Lidar com algo tão delicado era como andar na corda bamba. A vida dos seres humanos era frágil, e os demônios, destrutivos. Um pequeno erro poderia nos custar tudo. Fiquei de pé na cozinha, sentindo a frustração aumentar enquanto Ivy caminhava de um lado ao outro, preparando um chá. Com calma, tirava as folhas dos galhos e as misturava com água quente. Gabriel também estava procurando nos armários, pegando caixas de sal e colocando-as sobre a mesa. Estavam agindo como dois feiticeiros excêntricos e não como anjos com o poder de arrancar o demônio de dentro de Xavier se quisessem.

— Ele vai matá-lo, você sabe — disse Gabriel, lendo os meus pensamentos. — Se tentarmos arrancá-lo... seria como arrancar os pontos de uma ferida. Xavier não sobreviveria à dor. Precisamos enfraquecê-lo antes.

— Certo — disse. Não podia argumentar contra isso. Fiquei atenta a qualquer som que viesse do porão, mas só escutei a respiração de Xavier, que agora parecia mais ritmada. Só esperava que tivesse se cansado e enfim adormecido. Morria por dentro ao imaginá-lo assim, acorrentado lá embaixo, preso dentro do próprio corpo. Sabia que não podíamos apressar as coisas, mas também não tínhamos todo o tempo do mundo. Como Gabriel e Ivy não tinham qualquer compreensão sobre o amor humano, não entendiam a minha pressa. Não entendiam que o meu marido estava ali, sendo arrebentado de dentro para fora.

— Acho que precisaremos de reforço — disse Gabriel, pensativo. Disse isso casualmente, como se estivéssemos discutindo o que preparar para o jantar.

— Concordo — disse Ivy, mostrando-se menos à vontade com a ideia.

— Vocês não são bons? Não conseguem enfrentar isso?

— Se fosse algo comum, conseguiríamos, mas isso é bem diferente.

— Como? — perguntei, e Gabriel olhou para mim de modo impaciente.

— Acho que sabe como.

— Porque é *ele*?

Não sei por que não conseguia dizer o nome. Talvez o nome e tudo o que trazia à lembrança fossem tão desagradáveis que eu não conseguia dizê-lo em voz alta. Talvez também houvesse o medo de que reconhecê-lo pudesse trazer uma onda de lembranças que eu desesperadamente tentava esquecer. Parte de mim ainda se prendia à ideia infantil de que, se o mal não tiver um nome, podemos nos convencer de que ele só existe na imaginação. Independentemente do motivo, sabia que precisava manter o controle pelo bem de Xavier. Ver a pessoa que mais amava e a coisa que mais detestava dentro de um corpo só era impraticável. O que eu deveria sentir: amor ou ódio?

Gabe demorou um pouco para responder, como se tivesse que pensar bem nas palavras.

— Porque não podemos falhar.

— Como assim?

— Se falharmos, Xavier pode não sair dessa vivo.

O pensamento interrompeu o meu raciocínio, e o mundo escureceu por um instante, mas consegui me recuperar.

— Por que falhariam? O trabalho de vocês é expulsar demônios. É o que fazem, não é?

— Sim. — Gabriel hesitou. — Mas apenas com o poder que recebemos lá de cima.

De repente, entendi.

— Ah, já sei. — Cerrei os punhos. — Dados os acontecimentos recentes, você não tem mais certeza do apoio que receberia.

— Essa é uma das razões.

— Então, o Céu não está do nosso lado. Isso nos deixa numa posição muito vulnerável.

— Não sabemos ao certo — disse Ivy. — Ainda podemos encontrar aliados.

— Considerando que não temos mais nenhum — murmurei, e a minha irmã ergueu uma sobrancelha.

— Não pense assim.

— Somos párias. — Tentei não me alterar. — Ninguém virá nos ajudar! Por que ajudariam?

— Porque fazemos parte da mesma família.

— Estamos ferrados — disse.

— Você não tem mais nenhuma fé? — perguntou o meu irmão, surpreso.

— Como posso ter fé, se Deus parece ter nos abandonado?

— É nesse momento que você mais precisa ter fé — disse Gabriel. — Não quando tudo está indo bem, não quando tem muito a agradecer, mas, sim, quando a escuridão cerca. Ele está sempre presente, Ele está sempre observando, e, de um jeito ou de outro, Ele colocará você no caminho certo.

Às vezes, detestava o meu irmão por ser tão sábio. Tudo o que ele dizia fazia sentido, e eu sabia que ele estava certo, mas ainda não havíamos atravessado a tempestade. Eu, mais do que qualquer pessoa, devia ter tido fé, mas estava tão cansada e tinha aprendido rápido que nem mesmo os anjos podem errar. Mas, em algum lugar dentro de mim, apesar de toda a preocupação, mágoa e raiva, ainda sentia uma mão consoladora, como um sussurro no ouvido que me guiava adiante e me mostrava que não estava sozinha.

A porta do porão ainda me atormentava, e Ivy percebeu os olhares que eu lançava na direção dela. Por fim, ficou com pena de mim.

— Beth não vai ajudar muito se não vir como Xavier está.

Gabriel inclinou a cabeça levemente, mostrando que compreendia. Agradeci e me forcei a não correr pelo corredor.

— Cinco minutos — gritou Gabriel quando me afastei. — Deixe a porta aberta. Independentemente do que ele disser, não o solte.

— Entendi — disse.

— Espere! — disse Ivy, que me entregou uma caneca de louça de onde saía um cheiro estranho e forte. — Veja se consegue fazer com que ele beba isto.

— O que é?

— Chá de mandrágora.

— Não tem um cheiro muito bom. Para que serve?

— Espero que para fazer com que ele durma por um tempo. Assim, não teremos que manter vigília durante a noite. As coisas estarão melhores de manhã.

— Talvez — respondi.

— Até lá, saberemos se temos ajuda. — Ivy tentou parecer animadora. — Depois de ver Xavier, é melhor tentar dormir. Está abatida.

— Boa ideia. — Tentei esboçar um sorriso, sabendo muito bem que havia poucas chances de eu conseguir dormir. — Já volto. Só vou ver se Xavier está bem e vou dormir. — Fingiria obedecer a Gabriel e a Ivy até poder sair do quarto e ficar ao lado dele.

Ao entrar no porão pela segunda vez, achei difícil me controlar ao ver Xavier sem camisa, ensanguentado e preso à cama. Apesar do seu corpo bem-definido e forte, nunca aparentara tanta vulnerabilidade como naquele momento. O rosto parecia exausto, os lábios estavam rachados e a barba por fazer já era evidente. Mas a sua expressão perdida foi o mais difícil de aguentar. Eu sabia que devia ser enlouquecedor para ele saber o que estava acontecendo e não poder fazer nada. Xavier não era do tipo que se afasta dos desafios — sempre escolhia enfrentar os inimigos em vez de fugir deles. Mas como combater um inimigo que vive dentro de você?

Levei a bebida quente e a coloquei com cuidado em cima de uma velha vitrola ao lado da cama, para que esfriasse. Fui até a pia enferrujada e molhei uma toalha que Ivy havia trazido e a usei para cuidar dos arranhões no rosto dele.

Ao sentir o meu toque, ele abriu os olhos. A princípio, pareceu aliviado por me ver e então surgiu a lembrança das últimas horas e uma expressão de terror tomou conta do seu rosto.

— Beth! — disse ele. — Me desculpa!

— Xavier, o que foi? — Coloquei uma mão na sua testa, por força do hábito.

— Aquelas coisas terríveis que disse... não quis dizer aquilo... nada daquilo!

Foi difícil acreditar que estava realmente conversando com ele. Não sabia quanto tempo tínhamos até a escuridão nos envolver de novo. Vi que o seu esforço para lutar contra ela era grande, ele suava e rangia os dentes. Era admirável que quisesse vencer aquela luta, pois não era fácil tirar Lúcifer do caminho. Xavier devia ser mais forte do que todos nós pensávamos. Mas eu não podia perder tempo pensando naquilo àquele momento.

Coloquei o meu dedo sobre os seus lábios para silenciá-lo.

— Está tudo bem. Não foi você. Não pense nisso. Tome... — Segurei a caneca de chá perto dos seus lábios, sabendo que, em poucos minutos, talvez segundos, a criatura horrenda dentro dele ressurgiria e ele desapareceria de novo. — Você precisa beber isto, vai ajudar.

Xavier levantou a cabeça, obediente, e tomou alguns goles, fazendo careta.

— Sinto muito — disse eu. — O gosto é tão ruim quanto o cheiro?

— Sim.

As vozes abafadas dos meus irmãos conversando chegaram até nós.

— O que estão fazendo? — perguntou Xavier. Eu sabia que ele devia estar se perguntando por que não estavam ali, cuidando da situação com a autoridade de sempre.

— Estão tentando entender as coisas. — Apertei a mão dele. — Eles resolverão isso, prometo. Você só precisa aguentar esta noite.

Xavier fechou os olhos com força e gemeu de dor quando algo invisível se torceu dentro dele, lutando para retomar o controle.

— A noite? — repetiu ele, e percebi um tom de pânico na voz. — Por que precisamos esperar? Por que eles podem fazer algo agora?

— Eles estão cuidando disso, Xav — sussurrei, tentando encontrar algo mais animador para dizer. — Não vai demorar muito.

Esperava que minhas palavras o confortassem, mas Xavier virou o rosto.

— Você precisa ir. Não quero que me veja assim.

— Não vou a lugar algum — disse, aproximando-me dele para enfatizar. — O casamento é assim. As pessoas devem ficar juntas na alegria, na tristeza e quando as coisas ficam feias.

— Acho que elas estão feias demais — disse Xavier, com expressão de agonia.

— Não me importo, então pare de discutir comigo — disse, decidida.

— Beth... — Os dedos dele se entrelaçaram nos meus. — Não sei quanto tempo tenho até... ele voltar. Não consigo controlar, é como se alguém apertasse um botão no meu cérebro e perco o controle.

Eu me inclinei até nossos narizes quase se tocarem.

— Ninguém pode controlar você, Xavier. Você é forte demais para isso.

— E se não for? — sussurrou.

— Sei que é. Quer que diga como sei?

Olhou para mim com o primeiro brilho de esperança que via desde que o trouxemos de volta.

— Como?

— Porque é *você* que está falando comigo agora. Sabe como é difícil fazer isso? Como é quase impossível? Mas você lutou contra ele, e isso é uma grande vitória. Você é forte o bastante para vencer, só precisa acreditar. Pode fazer isso por mim.

Xavier sorriu de modo distante.

— Vou tentar, Beth.

— É assim que eu gosto.

— Mas quero que faça algo por mim. — Os olhos de Xavier pareciam mais brilhantes do que o normal. Estaria ele prestes a chorar? — Se as coisas não saírem do jeito que esperamos...

O restante da frase ficou engasgado na garganta.

— O que foi, Xavier? — perguntei, apesar de saber o que estava prestes a dizer. A emoção que tomava conta de mim foi quase grande demais para suportar.

— Promete que não vai ficar chateada?

— Hmm... — disse eu, sem querer falar mais nada.

— Eu sei que Gabriel e Ivy farão tudo o que puderem, mas, se não conseguirem me ajudar...

— Vão conseguir, Xavier — insisti. — É claro que vão.

Mas não ouviu o que eu disse, pois estava muito concentrado em dizer o que pretendia.

— Tem algo mortal dentro de mim, Beth. Vou lutar contra ele, mas, se não vencer, você tem que me prometer que vai me trancafiar em algum lugar, me manter num local onde eu não possa ferir ninguém.

— Não chegará a esse ponto.

— Mas se chegar... prefiro morrer.

— Não diga isso. — A minha voz estava embargada, mas Xavier continuou pressionando, determinado a terminar.

— Você vai ter que me deixar morrer.

— Não! — gritei.

— Se chegar ao ponto de ser a minha vida ou a de outra pessoa, você terá que abrir mão de mim, Beth. Não quero mais nenhuma morte nas minhas costas. Não saberia lidar com isso.

— Prometo que não deixarei você ferir ninguém — disse. — É o melhor que posso fazer. Por favor, não peça mais do que isso.

— Certo — murmurou Xavier. Parecia que estava perdendo a consciência. — Até mais. Não se esqueça de mim.

— O quê? — perguntei, mas ele já havia adormecido. O chá de Ivy era bem poderoso.

— Não vou me esquecer de você — sussurrei, pressionando os lábios na testa dele. — Seria mais fácil eu me esquecer de mim.

Fui para o andar de cima pegar um cobertor, para me cobrir, e sentei numa cadeira de balanço antiga do porão para ficar de vigília. Ivy e Gabriel não tentaram me impedir dessa vez — as lágrimas silenciosas que desciam pelo meu rosto devem ter sido um sinal para que me deixassem em paz. No escuro, comecei a cochilar, mas despertava com qualquer barulhinho de movimentação. Era como se, a cada vez que abrisse os olhos, estivesse testemunhando uma transformação física na cama à frente. O rosto de Xavier parecia mais magro e havia uma expressão de tristeza nele nem um pouco familiar. Mas disse a mim mesma que era a escuridão do porão aplicando truques na minha mente.

Só percebi que a manhã se aproximava por causa do canto estridente de um galo no quintal de alguém. Xavier despertou do sono e olhou para mim. Os olhos continuavam brilhantes, claros e azuis, mas não eram os dele. Quando começou a falar, era uma voz rouca tão diferente da dele que me sobressaltei.

— Um recipiente maravilhoso.

— O quê? — Não tinha certeza de que havia escutado bem e me aproximei um pouco.

— Este. — Ele abaixou o queixo para olhar para o próprio corpo. — Quase fico com pena de destruí-lo.

— Você... — comecei a falar num ataque repentino de raiva, mas todas as coisas que eu queria dizer, gritar para ele, pareciam presas na minha garganta, e não consegui dizer nada. Sabia que Xavier não estava ali, mas havia um novo inquilino ocupando o seu corpo e gabando-se do novo ambiente.

— O gato comeu a sua língua? — Sorriu e remexeu as correntes que o prendiam como se não passassem de brinquedos. A sua voz tinha um sotaque texano. — É bom vê-la de novo, anjinho. É bom estar aqui. Na verdade, gostei tanto que devo ficar.

— Você não vai ficar — disse eu, tão calma que surpreendi até a mim mesma.

— É mesmo? O que faz você ter tanta certeza?

— Você pode tentar, mas não vai vencer. Não de nós.

— Depende do que você chama de vencer. — A voz se tornou mais baixa e mais cheia de ódio. — Estou aqui, não estou?

— Não por muito tempo. — Dei de ombros, mas a minha atitude de "vá para o inferno" não o convenceu. Acho que não funcionava muito bem com o demônio.

— Você pode se surpreender com a minha força.

— Gabriel é um anjo muito poderoso — disse eu. — Vai cuidar de você em breve. Já pode ir desistindo, porque não terá a menor chance.

— *O meu irmão vai cuidar de você. Temos que ajudar o pobre Xavier, porque eu o amo muuuuiiito.* — A voz fina e a risada alta me atingiram como uma chicotada. — Ah, Bethany, minha cara, a sua ingenuidade é adorável. Agora, acho que tenho uma chance. Sabe por quê? Porque não vou desistir e, enquanto estiver aqui, o seu namoradinho estará sob o meu controle. Não aconselho você a tentar me afastar. Posso causar muitos danos aqui dentro, literalmente.

A cabeça de Xavier rolava de um lado a outro como se ele estivesse tentando despertar de um pesadelo. Os olhos estavam abertos, mas desfocados. De repente, o corpo foi sacudido por fortes espasmos, como alguém tendo um ataque.

— Está vendo o que quero dizer?

— Xavier! — gritei, levando as mãos ao peito dele.

— Desculpa, mas Xavier não está em casa agora, quer deixar recado?

Lúcifer riu da própria piada.

— Ele não consegue me ouvir — murmurei.

— Ah, ele consegue ouvir, sim — respondeu Lúcifer, satisfeito. — Só não consegue responder. Lembre-se de que este ainda é o corpo dele. Ele sente tudo... de modo agudo.

Observei o rosto de Xavier à procura de algum sinal, mas não recebi nenhum.

— O que está fazendo com ele? — perguntei.

— Apenas puxando as cordinhas.

As minhas mãos se fecharam em punhos. Não havia palavras que bastassem para expressar o tamanho do ódio que sentia por ele, mas pelo menos eu sabia que não faria bem algum a Xavier se deixasse isso transparecer. Precisava ser inteligente.

— Sei que está bravo comigo — disse, implorando. — Sendo assim, desconte a sua raiva em mim. Vingue-se de mim. Não faça isso com ele. Não é culpa dele.

— Ai, menininha — disse Lúcifer. — Estou me vingando de você. Quer uma maneira melhor do que esta? Fazê-la ver a pessoa que ama morrer diante dos seus olhos... e de modo tão lento e doloroso? — Ele balançou a cabeça. — É quase cruel demais.

— Não faça isso. Saia de dentro dele, deixe-o em paz!

Ele olhou para a minha aliança.

— Puxa vida, o que estou vendo? Você será uma viúva, anjinho? Que coisa mais trágica perder o seu jovem marido tão pouco tempo depois do grande dia.

— Se o matar, o meu irmão vai acabar com você — rebati. — Todos faremos isso. Pode ter certeza.

Lúcifer me ignorou e continuou falando.

— Acho que a vida de casada combina com você. Perdeu aquele olhar de coelhinha assustada. Está se tornando uma bela mulher. — Olhou para mim, observando-me, e, apesar de ser o rosto de Xavier, a sua expressão era tão maldosa que estremeci.

— Sabe de uma coisa? — disse de repente, sentando-me na cama ao lado dele. Lúcifer ergueu uma sobrancelha. — Minutos atrás, acreditava detestar você, mas não acho que seja raiva o que sinto... é pena.

— Isso é muito nobre de sua parte, mas você deve sentir pena de si mesma. Tem sido um caminho difícil, não é? Escolher amar um mortal. O seu namoradinho já morreu uma vez, os seus irmãos se ressentem de você, e o Papai colocou os micos amestrados atrás de vocês.

— Meu Pai não teve participação nisso. Não ouse citar Seu nome.

— Pode acreditar no que quiser — disse Lúcifer, dando de ombros. — Mas pensei que Ele soubesse de tudo... Ele não tinha que ser onipresente, coisa e tal?

— Ele tem muitas coisas para fazer — rebati. — Tem que arrumar a bagunça que você e os seus vermes espalharam por todo o planeta.

— Não é divertido? — disse Lúcifer, sorrindo. — Que pena que você está na lista negra do Papai agora.

— Você não consegue entendê-Lo, não é? — perguntei, abruptamente. — Deus é amor e a Sua misericórdia é enorme. Só porque expulsou você, não quer dizer que vai abandonar todos nós. Afinal, é esse o seu problema, não é? O menininho que se sente rejeitado pelo Papai.

Lúcifer olhou para mim por um momento e os seus olhos ficaram frios como gelo.

— Não fale de coisas sobre as quais não entende — disse ele em tom ameaçador.

— Compreendo mais do que você pensa — respondi. — E sei que nem sempre você foi assim, certo?

— Como assim?

— Todos sabemos as histórias. Você era uma das figuras principais do Céu. Nosso Pai amava você; Ele tinha grandes planos para você. Mas você estragou tudo. Colocou a culpa Nele, mas foi você quem errou.

Lúcifer mostrou os dentes para mim.

— Você deve parar enquanto ainda pode, menininha. Não vai querer me irritar.

— Já desejou ter feito as coisas de modo diferente? — perguntei. — Aposto que se arrepende todos os dias. Já deve ter sentido o amor alguma vez.

— E talvez você queira ver o seu queridinho com uma hemorragia interna.

— Não! — gritei. — Sinto muito! Não o machuque.

Lúcifer, que havia erguido o corpo e se inclinava para frente o máximo que podia, deitou-se de novo. Parecia estar respirando de modo mais ofegante. Estava claro que algo que eu havia dito tinha tocado fundo.

— Temos mais coisas em comum do que você pensa — disse ele por fim, lambendo os lábios rachados.

— Duvido muito disso — respondi.

— Não acha que sofre do pecado do orgulho? — perguntou ele. — Não vejo você obedecendo à vontade do Céu.

O comentário me pegou de surpresa, e senti que corei. Esperava que ele não percebesse.

— Ah, sim — continuou. — Sei muito mais coisas sobre você do que pensa.

— Não sabe nada sobre mim.

— Sei que nunca vi alguém tão pequena e indefesa colecionar tantos inimigos.

— Por que está perdendo tempo conosco? — explodi. — Não valemos a pena, você não tem nada a ganhar aqui.

— Não é perda de tempo, estou me divertindo horrores.

— O que você quer? — Eu me inclinei para ele, exigindo uma resposta.

— Só quero fazer parte da família — disse ele, de modo inocente.

— Sei que tem um plano. E não é só acabar com a minha vida. Mas pode acreditar quando digo que não vai conseguir. Não permitirei. — Observei o rosto de Xavier, lembrando como ele era. — Você está atrás do cara errado. Por ele, não há nada que eu não faria.

— Então vai ser interessante ver como isso vai se desenrolar. — Lúcifer sorriu satisfeito. — Estou aqui para ver tudo... até o fim.

19

VELHAS FERIDAS

Como se tivesse sido combinado, um estrondo foi ouvido, e a máquina de lavar/secadora começou a balançar tão violentamente que caiu no chão de concreto. Olhei ao redor assustada, sabendo que a máquina não estava ligada. O som de passos começou a soar pelas paredes, e a velha vitrola produziu um som de arranhão, enchendo o porão com um barulho rouco. Por fim, a lâmpada do teto tremeu e se apagou, deixando-nos na escuridão total.

Tentei parar de ouvir os sons e fechei os olhos, mas me recusei a fugir. Lúcifer podia lançar mão de todos os truques que tinha na manga, mas não me tiraria de perto de Xavier. Fiquei sentada; os meus membros pareciam pesados e o meu cérebro estava tomado pelo clamor que ameaçava me enlouquecer. De repente, tudo ficou em silêncio e, quando abri os olhos, entendi o motivo. Gabriel e Ivy estavam de pé no topo da escada, e a presença dos dois havia mudado os ânimos totalmente. Eles tinham a capacidade de afastar até mesmo a escuridão mais penetrante com as suas auras claras.

Ao vê-los, logo me senti melhor. De banho tomado e descansados, pareciam novos em folha, formidáveis e prontos para encarar qualquer coisa. Não sabia se tinham se vestido daquela maneira de propósito, mas estavam resplandecentes com roupas brancas: Ivy com um vestido que marcava a cintura e botas de caubói, e Gabriel com uma camisa branca e os jeans desbotados de sempre.

Desceram a escada lentamente, como se estivessem prestando atenção a mensagens secretas reveladas no ar que ninguém além deles poderia escutar.

— Há quanto tempo está aqui embaixo? — perguntou Gabriel de modo casual. Não havia acusação na sua voz, como se soubesse muito bem que me encontraria ali.

— Há algumas horas — disse, tentando ser vaga.

— Dormiu?

— Não muito — admiti.

— Por que não subimos? — perguntou com uma gentileza surpreendente. — Vamos conversar.

Queria ir, correr para cima e enfiar a cabeça embaixo de um travesseiro, na esperança de que, quando acordasse, tudo estivesse melhor. Mas não podia fazer isso, porque havia prometido a Xavier e a mim mesma. Além disso, se Lúcifer queria ficar até o fim, eu também queria. Estava abalada e esgotada, mas nada me convenceu a sair... Não poderia fazer isso sem ter a certeza de que Xavier estava seguro. Então, percebi que os meus irmãos estavam sozinhos. Será que os anjos tinham se recusado a nos ajudar?

— Vamos tentar sozinhos primeiro — disse Ivy, e balancei a cabeça por instinto, pensando que ela estava xeretando os meus pensamentos. Mas não estava, ela era a minha irmã e me conhecia perfeitamente bem. Gabriel estava concentrado demais na tarefa para prestar atenção em mim. Ele me olhou como se dissesse: *Se quiser ficar, permaneça calada*. Balancei a cabeça para mostrar que compreendia e que aceitava as condições.

Quando se aproximaram, vi Xavier ficar um pouco tenso. Manteve o olhar desviado, recusando-se a reconhecer a presença deles. Quando ergueram as mãos acima dele, foi banhado por uma luz amarela. A princípio, ele riu e então lutou violentamente contra as correntes que o prendiam.

Ivy encheu um balde cinza de plástico com água da pia e o colocou aos pés de Gabriel. Xavier parecia estar ficando cada vez mais assustado enquanto Gabriel murmurava as orações de renovação, abençoando a água e transformando-a em água-benta. Quando Ivy a pegou com as mãos pálidas em concha e se aproximou, era como se estivesse carregando uma arma letal, pela forma como Xavier olhou para ela. Mas Ivy não se deteve, mesmo quando ele mostrou os dentes e rosnou como uma fera. Com calma, espalhou a água em cima do peito nu de Xavier. As gotas pareciam estar caindo sobre uma chapa quente, e não sobre uma pele macia, pois evaporavam fazendo barulho. Xavier gritava de dor, um som tão insuportável que me apressei para ajudá-lo, mas Ivy me deteve.

— Ele não está machucado — disse ela com firmeza.

— Está!

— Faz parte do ritual de limpeza.

Gabriel me entregou uma garrafa de água e bebi metade do líquido sem parar para respirar. Precisava preparar os nervos para atravessar aquele momento. Um pouco depois, uma risada maquiavélica tomou conta do porão e a expressão sofrida desapareceu do rosto de Xavier. Agora, ele sorria de orelha a orelha.

— É sério? — disse ele entre risos que sacudiam o seu peito. — Água benta? Em mim? O que é isso? Um filminho chinfrim de terror?

— Ele estava fingindo! — gritei, esquecendo a minha promessa de me calar. — Não sentiu nada!

— Pode rir, se quiser — disse Gabriel com calma. — Estamos apenas começando.

Como uma vingança, a sombra de uma serpente apareceu acima da cabeça de Xavier. Começou a fazer uma dança macabra pelo porão, enrolando-se nos pés da cama, deslizando pelo chão e envolvendo a grade de ventilação, espalhando nuvens de poeira no ar. Enfim, parou aos meus pés, onde formou um redemoinho de névoa escura ao redor dos meus tornozelos. Sempre que a afastava com chutes, se dispersava por aguns segundos, mas voltava a se formar. Parecia estar mandando uma mensagem clara: *Você não pode me pegar*.

Os meus irmãos continuaram sem se abalar. Ivy acendeu velas e as organizou num triângulo no chão de concreto, para que lançassem sombras alongadas pela sala. De algum lugar, uma rajada de vento soprou e as apagou. Assim que isso aconteceu, Ivy balançou um dedo, e as chamas voltaram. Isso continuou por algum tempo, numa brincadeira tediosa de gato e rato. Por fim, as rajadas de vento pararam, e as velas permaneceram acesas. Ivy esboçou um sorriso. Será que havíamos conseguido uma pequena vitória? Ou Lúcifer só estava entediado e pronto para ver o próximo truque que tínhamos na manga? Não soube dizer. Só sabia que aquilo estava demorando demais. Eu estava esperando uma batalha longa, mas já começava a perder a paciência.

Gabriel enfim se aproximou da cama e tamborilou na estrutura de ferro forjado.

— Quem é você? Diga o seu nome — começou ele.

— Ela sabe. — Xavier fez um meneio de cabeça na minha direção. — Por que não pergunta a ela?

— Porque estou perguntando a você — respondeu Gabriel. Não era segredo quem era o demônio dentro do corpo de Xavier, mas era parte essencial de um exorcismo fazer com que admitisse a sua identidade. Eu sabia que Gabriel não poderia começar sem que isso acontecesse.

— Quem é você? — repetiu de modo áspero.

De repente, as portas dos armários da parede mais distante se abriram e diversos objetos — chaves de fenda, martelos e potes de vidro com pregos dentro — se espalharam pela sala. Precisei me abaixar e cobrir a cabeça com os braços para evitar o ataque. Vi um martelo indo direto na direção de Gabriel e me assustei. Porém, ao bater no seu ombro, o objeto quicou como se fosse feito de borracha e caiu no chão sem deixar nenhuma marca. Gabriel se aproximou da cama e segurou o queixo de Xavier, virando o rosto para o dele, mas Xavier se recusou a olhar nos seus olhos.

— Quero saber o seu nome — disse Gabriel, com menos paciência.

Uma língua sub-humana respondeu, sem qualquer semelhança com a voz tranquila de Xavier.

— Não brinque comigo, arcanjo. Você sabe quem sou. Olhe aqui dentro e vai me encontrar.

— Diga o seu nome — insistiu Gabriel e, de modo irreverente, começou a cantarolar: — A menos que não queira dizer porque tem medo de mim.

Se aquilo tinha sido uma atitude calculada, deu certo. A expressão no rosto de Xavier mudou de diversão para superioridade. Por fim, olhou diretamente para Gabriel.

— Atendo por muitos nomes, mas saiba que sou seu adversário, aquele que você ajudou a lançar no abismo.

Não era nenhuma novidade, mas, ainda assim, senti calafrios. Quando Ivy falou pela primeira vez, foi com sua voz de serafim, mas sem doçura.

— O que quer aqui?

— Estou colocando os assuntos em dia — respondeu a criatura, de modo misterioso.

— Fale com clareza.

— Tudo bem. — Xavier virou a cabeça de uma maneira pouco natural a fim de olhar para ela. — Estou aqui em busca de vingança. Acharam que não me vingaria pela perda que sofri? Qual é a expressão que os humanos usam? Ah, sim: *É preciso acertar as contas com o Diabo*.

— Não devemos nada a você — disse Gabriel.

— Vocês mataram o meu filho.

— Ele era um monstro.

— Com toda a sua ladainha sobre o amor de um Pai, deveriam entender como me sinto — vociferou Lúcifer. — Por falar nisso, onde estão os seus irmãos? Abandonaram vocês num momento de necessidade... Pobrezinhos. — Era desconcertante escutar a mudança de voz, agora com um tom infantil.

Gabriel revirou os olhos.

— Não desconte o seu complexo de inferioridade em mim. Você realmente esperava que nós o defendêssemos?

Fiquei um pouco confusa, até perceber que não estavam mais falando sobre o presente. Os dois tinham viajado para o passado em suas mentes, de volta ao começo, onde tudo havia começado.

— Esperava receber um pouco de apoio dos meus irmãos — respondeu Lúcifer. — Mas todos estavam mais interessados em me ver queimar.

— Você queria ser servido — argumentou Gabriel com frieza. — Servimos apenas a um Mestre. Você nunca entendeu a soberania Dele.

— Ele não devia ter favorecido os homens em nosso detrimento — disse Lúcifer. — Homens, seres tão fracos.

— Talvez seja exatamente por isso que Ele os tenha escolhido — respondeu Gabriel. — Porque todos os dias eles travam uma nova batalha que não conseguimos entender. A fé dos homens é mais forte do que a fé dos anjos, porque eles sofrem mais escolhendo caminhar com Ele. Além disso... — Ele cruzou os braços. — Não cabe a você questionar quem é favorecido aos olhos do Senhor.

— Achei que a experiência faria você mudar — disse Lúcifer. — Mas vejo que continua sendo o mesmo tolo certinho de sempre, entoando elogios a Ele como um bobo cego.

— Me poupe — murmurou Gabriel. — Nada do que você diz me afeta. Só estou aqui para devolver você ao fim do mundo, onde todos os pecadores devem ficar.

— Quero ver conseguir! — respondeu ele com a voz carregada de malícia.

Gabriel respirou fundo e fechou os olhos.

— Em nome de tudo que é sagrado, exijo que você deixe esse corpo!

O corpo de Xavier se sacudiu levemente na cama. Esperamos ansiosos, mas nada aconteceu. A risada baixa e rouca que se seguiu pareceu durar muito tempo.

— Mas é só o que tem? Não vai bastar, irmão. Ele ainda é meu.

Observei Xavier se revirar de dor, contraindo e soltando a mandíbula. Do canto da sua boca, escorreu um pouco de sangue escuro. Devia ter mordido a língua com força. Fiquei desesperada para ajudar. Aquilo devia estar acabando com o corpo dele. Xavier já tinha morrido no dia anterior e trazê-lo de volta uma vez já tinha sido um sacrifício. Até quando o seu corpo aguentaria antes de entrar em colapso? Sabia que deveria ficar calada, mas as palavras escaparam sem que eu conseguisse me controlar.

— Sinto muito pelo que aconteceu com Jake! — disse. Gabriel me olhou com um olhar de reprovação, mas fingi não perceber. — Não foi minha culpa. Não foi culpa de ninguém, só dele. Queria que as coisas tivessem sido diferentes, queria ajudá-lo... Tentei, mas não consegui. Sinto muito por ele ter morrido, mas não desconte em Xavier.

— *Sente muito?* — repetiu a voz maléfica. — Bem, acho que isso melhora tudo.

— Machucar o Xavier não vai trazer o seu filho de volta.

— Verdade. — Fez-se uma longa pausa. — Só você pode trazê-lo de volta.

— Como assim? — Quase caí para trás de susto.

— Ele voltará por você — disse ele —, se você o chamar pelo nome.

— O quê... — gaguejei. — Por que eu faria isso? De que adiantaria? Ele continuaria morto.

— Não tive a chance de me despedir. — Lúcifer pareceu quase sincero. — Quero dar a ele a chance de acertar as coisas, de deixar a sua alma em paz.

— Que alma? — perguntou Gabriel.

— Não faça isso, Bethany — alertou Ivy.

O corpo de Xavier balançou a cabeça desapontado.

— O único erro que ele cometeu foi amar você, e você retribuiu o matando.

— Não foi isso que aconteceu.

— Beth, não dê atenção a ele. Ele está tentando fazer você cair numa armadilha. — Gabriel olhou para Ivy muito preocupado. — É melhor a tirarmos daqui.

— Como assim, acertar as coisas? — perguntei, ignorando a movimentação dos meus irmãos atrás de mim.

— Tenho uma proposta — disse Lúcifer. — Você é a única conectada o suficiente para despertar o espírito dele. Por que não o chama e deixamos que ele decida o que é justo?

A sua voz parecia um laço, envolvendo-me e me atraindo para escutar. De um modo bizarro, fazia sentido. Talvez trazer Jake fosse a única coisa que acalmasse Lúcifer.

— Essa é a pior ideia que já ouvi — disse Gabriel. — Você acha que ela é idiota?

Mas eu estava me aproximando da lateral da cama.

— Quer que deixemos Jake decidir se Xavier deve viver ou morrer?

— Não — disse Lúcifer, irritado. — Todos sabemos como isso terminaria. Quero que dê a Jake algo que ele quer... e, em troca, devolverei o seu marido.

Ergui o queixo de modo desafiador.

— E se as condições não forem razoáveis?

— Você poderá não concordar com elas — disse Lúcifer, como se fosse a coisa mais simples do mundo. — Vamos trazê-lo aqui para ver o que ele tem a dizer.

Senti os dedos de Gabriel no meu ombro. Será que ele sabia que eu aceitaria a proposta?

— Não seja tola. — Ele se inclinou e sussurrou no meu ouvido. — Confie *em mim.*

— Confie nele o quanto quiser — insistiu Lúcifer. — Mas, até agora, ele não ajudou Xavier. Sou o único que pode libertá-lo.

Eu sabia que a ideia era arriscada, e uma parte de mim não conseguia acreditar que estava chegando a pensar em aceitar. E não aceitaria, se Ivy e Gabriel tivessem a situação sob controle. Mas pareciam não ter poder algum sem qualquer orientação do Céu. Será que fazer um acordo com o Diabo seria bom? Não importava muito, porque eu não tinha escolha. Era difícil pensar em trazer de volta alguém que lutei tanto tempo para tirar da minha vida. Jack Thorn havia me atormentado, me deixado maluca e quase me matara. Não queria ver a sua cara de novo pelo resto da vida. Mas, se não visse, talvez nunca mais teria Xavier. E eu sabia que o lado positivo pesava mais do que o risco na minha mente. Uma atitude desesperada era melhor do que não fazer nada.

— Bethany... por favor. — Gabriel estava quase implorando, mas eu estava obcecada, olhando dentro dos olhos azuis que eram tão familiares e tão desconhecidos ao mesmo tempo.

— Faça isso, Bethany. — A voz me envolveu como fumaça. — Ouça o seu coração. Chame-o. Que mal pode fazer?

— *Arakiel.* — Foi um sussurro que mal se ouviu, mas senti a palavra pairar no ar como um ser. Sabia que algo estava prestes a acontecer pela mudança no rosto de Gabriel e pela maneira como Ivy passava as mãos pelo braço, como se estivesse com frio.

O vento que soprou ali fora foi tão forte que conseguíamos ouvi-lo do porão. Assim que parou, a fumaça começou a passar pela grade de ventilação, espalhando-se pelo chão, assumindo, aos poucos, uma forma, até o corpo de Jack Thorn aparecer diante de nós. Apesar de estar quase transparente, estava exatamente como no dia em que nos vimos pela primeira vez. A mesma pele pálida, as mesmas faces protuberantes e olhos de gato, com o tom verde destacado pelas mechas escuras. A mesma boca bem-desenhada, rosada, quase afeminada, e o nariz fino e comprido. Estava vestido da mesma maneira de quando morreu: com camisa branca e fraque. A sua expressão era muito familiar: uma mistura estranha de beleza e crueldade.

— Bethany — disse ele com uma voz que parecia ser de alguém mais velho. — Que bom vê-la de novo.

A maneira casual com que ele falou me surpreendeu. Era difícil fingir que não estava impressionada e aterrorizada pelo que estava acontecendo. Estava bem ali, conversando com o fantasma de um demônio morto que eu mesma tinha ajudado a matar.

— Jake? É você mesmo? — Hesitei. — Hmm... como você está?

— Bem, tecnicamente, estou morto. — Cruzou os braços e lançou um sorriso amargo na direção de Gabriel. — Então, já estive melhor.

Lúcifer, encantado, observou o fantasma pelos olhos de Xavier. Jake flutuou em direção à cama e ergueu as sobrancelhas ao ver a situação de Xavier.

— Ah, que bom, o meu pai está aqui.

— Arakiel, seja bem-vindo.

— Devo dizer... — Jake balançou a mão indicando o corpo ferido de Xavier acorrentado à cama. — Gostei da sua ideia.

— Realmente — respondeu Lúcifer, mas um franzir de testa logo substituiu a sua expressão de prazer. — Fico triste por vê-lo reduzido a isto. — As palavras saíram estranhas da boca de Xavier, ásperas, como se fossem feitas de cacos de vidro.

— Ah, sabe como é — respondeu Jake. — Estou me virando... como você me ensinou.

— Chamamos você aqui por um motivo — disse Lúcifer. — Para dar-lhe um tipo de recompensa.

— É mesmo? — Jake inclinou a cabeça.

— Queremos que nos ajude numa decisão. — Xavier sorriu.

Jake concordou levemente com a cabeça.

— Fico feliz por poder ajudar. — Apoiou o queixo na mão, como se fosse um médico. — Qual é o problema?

— Eles querem que eu liberte este mortal. Ficarei feliz em fazer isso... mas não será de graça. Você deve determinar o preço, meu filho.

Como se fosse a sua deixa para falar, Gabriel surgiu das sombras.

— O que você quer em troca da vida do garoto? — perguntou ele.

De repente, senti um enjoo que não consegui explicar. Os meus irmãos pareciam estar se oferecendo em sacrifício e não gostei da expressão de vitória no rosto de Jake.

— Ora, ora... então agora o arcanjo está preparado para negociar?

— Diga quais são as condições — disse Gabriel sem mudar o tom de voz.

Lúcifer virou a cabeça de modo convidativo em direção ao fantasma de Jake.

— Vá em frente.

Fantasma ou não, Jake não deixaria de aproveitar aquele momento.

— Hmm... vejamos — disse ele de maneira teatral, tamborilando e aproveitando aquele retorno momentâneo à glória. — O que posso pedir?

— Seja rápido — disse Ivy, quase rosnando para ele. — Antes que mudemos de ideia.

— Não estou com pressa.

— Jake... — disse eu, para alertá-lo.

— Tudo bem. — Ele levantou a mão e riu. — Proponho uma troca.

— Que tipo de troca? — perguntei.

— Não com você — respondeu Jake. — Em primeiro lugar, você não é o foco aqui, Bethany. Além disso, não foi a sua mão que me matou.

Senti como se alguém me chutasse no peito quando ele olhou para Gabriel. Será que me pediria para entregar o meu irmão em troca do meu marido? Abri a boca para dizer que nunca faria isso, mas Gabriel parou na minha frente.

— Eu cuido disso — avisou. — Essa vingança é comigo.

— Mas Gabe... — Segurei a sua mão, e minha voz, de repente, ficou baixinha como a de uma criança. — Você é meu irmão.

— Sim. — Gabriel encostou a testa na minha e uma mecha de cabelo loiro caiu sobre os seus olhos. — Sou seu irmão, então me deixe fazer isso por você.

Da cama, Lúcifer soltou uma risada alta, e Jake sorriu.

— Se o melodrama já tiver acabado, estou pronto para dizer as minhas condições.

— Vá em frente — respondeu Gabriel em um tom mais sério.

— A vida dele... — disse Jake, sorrindo — em troca das suas asas.

A PRINCÍPIO, pensei que não tivesse ouvido bem. A exigência era absurda demais para ser levada a sério. Quase ri, mas Lúcifer riu primeiro.

— Ah, Arakiel — disse ele entre acessos de riso que reverberavam pela sala. — Em momentos assim, sinto orgulho de chamá-lo de meu filho.

— O que você disse? — perguntou Ivy, com os olhos arregalados numa mistura de ódio e surpresa. Lúcifer tentou fazer cara de pena.

— Não se preocupe, elas voltarão a crescer dentro de poucos séculos. Isso só significa que o seu irmão se tornará mortal por um tempo.

As esperanças que tive de estabelecer um acordo acabaram ali. Eles deviam saber que o pedido feito a Gabriel equivalia a acabar com a sua vida. Sem as asas, ele seria forçado a viver uma meia vida, sem propósito e sentido. Jake sabia muito bem o que estava fazendo — o pedido parecera sem sentido, mas eu sabia que ele havia pensado muito bem e escolhido aquilo para nos magoar da pior maneira. Com Gabriel sem poderes, Ivy perderia o parceiro, e Xavier e eu ficaríamos sem o nosso protetor, mentor e guia. Sem falar que o Inferno ficaria em polvorosa. Se um arcanjo abrisse mão das suas asas por causa de um demônio, seria como entregar a sua divindade de mão beijada... O maior sacrifício de todos. Significaria mais do que eu compreendia, além de impedir o retorno de Gabriel ao Céu. Ele estaria perdido.

— Você é tão idiota! — gritei para Jake. Teria dado um soco nele, mas não havia nada que eu pudesse acertar.

— Cuidado com o que diz. — Balançou um dedo na minha direção. — Acho que é um preço justo, já que ele tirou a minha vida.

— Você é o único responsável pela sua morte — rebati. — Por ser tão egoísta e destrutivo.

— O que vem de baixo não me atinge... — respondeu Jake, dando de ombros.

— Por que quer as asas dele? — perguntei, apesar de saber a resposta. — O que você ganha com isso?

— A vitória — disse Jake. — Satisfação.

— Ele sente muito prazer em ver um dos mais poderosos de Deus sem poderes — disse Ivy, respondendo por ele.

— Você me conhece bem — disse Jake, e piscou. — E então? Fechado ou não? Vamos logo com isso, tenho lugares para visitar, pessoas para assombrar...

— É claro que não — disse eu, de modo enfático. — Você enlouqueceu.

— Isso é um absurdo — completou Ivy. — Ele nunca permitirá algo assim.

— Eu aceito — disse Gabriel.

Parei na hora, sem acreditar no que ouvia. Parecia que ele estava falando outro idioma, e as palavras não faziam sentido.

Gabriel se virou, mantendo o rosto escondido, como se temesse mudar de ideia se olhasse para nós. A angústia tomava conta do seu rosto.

— Gabriel — sussurrou Ivy, aproximando-se dele. — Por favor, Gabriel, não faça isso.

Mas ele apenas ergueu a mão para detê-la. Eles se entreolharam por um momento e vi desespero no rosto da minha irmã e um tipo de aceitação trágica no de Gabriel.

— Não seja um mártir! — gritou Ivy. — Nem sabe se ele está dizendo a verdade!

— Acordo é acordo — disse Gabriel de um jeito tão simples que quase não o reconheci. — Ele vai cumprir o que prometeu.

— Os demônios mentem! — protestou minha irmã. — Você é nobre demais para isso. Não pode se submeter a Lúcifer!

— Não estou me submetendo a ele — respondeu Gabriel. — Estou protegendo o homem, como Nosso Pai desejaria. — Ele se aproximou da cama e colocou a mão no travesseiro ao lado da cabeça de Xavier. — O nosso amor pela humanidade já torturou você demais, não é, irmãozinho? Mas defenderei a criação do meu Pai até o fim.

Então, observei o meu irmão, arcanjo e guerreiro, reverenciado pelo Céu e pela Terra, cair de joelhos. Ele abaixou a cabeça em um gesto de submissão que nele mais parecia uma aberração da natureza. Devagar, abriu os botões da camisa e deixou que ela caísse. Na escuridão, o seu corpo brilhou suavemente. A sala ficou tomada por um cheiro de chuva quando Gabriel abriu as lindas asas. Elas tomaram o espaço, macias e com as pontas douradas. Pareciam pesadas como concreto, mas sabia que o peso era quase nulo. Eram tão leves como uma teia de aranha, mas, ao mesmo tempo, tão protetoras quanto um porto numa tempestade.

A luz do dia começou a entrar por uma abertura na parede acima dele, misturando-se ao cabelo como o luar na areia.

— Gabriel, por favor! — gritou Ivy. — Vamos encontrar outro jeito. — Mas os protestos dela não foram ouvidos. Eu quis falar, mas não conseguia encontrar as palavras. Queria lançar meu corpo sobre o dele e protegê-lo, mas sabia que não adiantaria. Então, não fiz nada, apenas cobri os olhos e chorei como uma criança. E foi quando eles vieram, uma massa rastejante de ghouls demoníacos foi solta no porão. A cara deles era como cera e tinha cor de camarão. Pareciam surgir por baixo, mas eu não tinha certeza. Tinham dentes parecidos com facas e línguas compridas. Notei que não conseguiam ficar de pé, mas percorriam o chão agachados, como enormes e monstruosos insetos. Atrás deles, asas atrofiadas se debatiam como papel amassado.

Por mais tenebrosos que fossem, o que traziam consigo me assustou ainda mais. Nas mãos curvadas, parecidas com garras, cada um empunhava um aparelho de corte no formato de serrote enferrujado.

20

RAFAEL

GABRIEL NEM SEQUER RESISTIU. Foi terrível e arrasador ver. O meu irmão, que para mim sempre havia sido uma fortaleza, estava de joelhos, sucumbindo à vontade dos demônios. Subiram nele, com as garras arranhando a pele das suas costas e do peito, até que só ficassem visíveis o cabelo loiro e o brilho prateado das suas asas.

As criaturas gostaram da mutilação — ficou óbvio. Tiraram as asas primeiro, espalhando pontas prateadas pelo ar. Depois, começaram a dilacerá-las, e o sangue de cor amarela correu sem parar, empoçando-se no chão sujo, onde brilhava como mirra. Isso pareceu incitar o fervor. O sangue de um arcanjo era conhecido por ter propriedades de vida; uma gota poderia tornar imortal quem o consumisse. As criaturas vis começaram a enfiar as mãos nele e o usaram para molhar o rosto. Sugavam-no, fazendo barulho com as línguas compridas. Durante todo o tempo, empunhavam as armas horrorosas, festejando a vitória, enquanto, no corpo de Xavier, Lúcifer olhava, aprovando.

Durante todo o processo, Gabriel se manteve imóvel, com a cabeça abaixada e os olhos fechados. As únicas mudanças foram a palidez no seu rosto e as olheiras agora aparentes. Deve ter sido doloroso, arrasador e tenebroso, mas ele se recusou a dar a eles a satisfação de emitir qualquer som. Os seus lábios se moviam em silêncio e eu sabia que devia estar rezando, pedindo força.

Ivy manteve-se paralisada, com lágrimas rolando pelo seu rosto macio. Gabriel era seu parceiro havia milhares de anos. O elo entre eles era profundo e inquebrantável. Eu não sabia como ela estava aguentando. Aproximei-me dela e segurei sua mão, o que pareceu tê-la assustado e tirado do transe. Não disse nada; só segui o exemplo de Gabriel, abaixei a cabeça e comecei a rezar. Numa situação como aquela, não havia nada que pudéssemos fazer, apenas contar com as forças superiores. Ivy olhou para mim por um momento, com os olhos tomados pela tristeza. Mas, então, senti seus dedos apertarem os meus, e as suas pálpebras se fecharam. Conseguia sentir a energia combinada das suas orações passando pelos nossos corpos. Eu me senti tomada por essa energia, como se estivesse forçando os limites do meu corpo, desejando se libertar. Toda oração tem uma força intensa e a nossa foi respondida quase de imediato.

Mais alto do que os sons da sala, escutei pneus cantando quando um carro estacionou do lado de fora. Bateram a porta da frente e percebi passos no corredor. O homem que apareceu no porão não se parecia com um anjo, mas eu sabia que era um. Na minha cabeça, sempre mantive a imagem dos anjos como uma variação do meu irmão, mas aquele era mais baixo, com cabelo ruivo e um rosto simpático — muito menos sério do que o de Gabriel. A maior diferença era a sua aparência surpreendentemente humana.

Olhei para ele descendo os degraus da escada e percebi as sardas sobre o nariz e o cachecol verde-esmeralda pendurado no pescoço. Senti um cheiro de perfume caro.

— Rafael — sussurrou Ivy. Apesar de não ser uma atitude muito comum, ela correu e encostou o rosto no peito dele. — Graças a Deus você está aqui.

— Olha, esta festa está uma porcaria — disse Rafael, afastando-se de Ivy para avaliar o estrago. — Não acredito que deixei um cruzeiro no rio Nilo para vir até aqui.

Eu não sabia se ele estava brincando, mas então ele piscou para mim. Os demônios, por sua vez, pararam o que estavam fazendo e permaneceram imóveis e assustados. Rafael sorriu para eles, apontou um dedo e começou a recitar algumas palavras. Os raios que saíram do seu dedo fizeram com que os demônios se desintegrassem violentamente diante dos nossos olhos, deixando para trás pequenos montes de cinzas. Quando os demônios se foram, Ivy correu até Gabriel, que parecia estar prestes a desmaiar. As mãos dela entraram em ação, gerando estalos enquanto correntes de cura passavam pela área onde antes havia as asas dele. Onde ela tocava, vi a pele se unir e as feridas se fecharem, interrompendo a perda de sangue, mas os membros arrancados não voltaram a crescer. Xavier estava deitado imóvel na cama. Será que Lúcifer o havia deixado?

Rafael se aproximou de mim com a mão estendida. Percebi que a sua gravata tinha estampa de peixinhos amarelos.

— Prazer em finalmente conhecê-la, Bethany.

— Igualmente — disse eu, apertando a mão dele e tentando entender como me conhecia e o que lhe fazia achar que havia tempo para amenidades. — Fiquei sabendo que você é meio rebelde. — Pela maneira como disse isso, a rebeldia até pareceu ser algo bom.

— Acho que é verdade — murmurei. Era estranho conversar com aquele desconhecido enquanto as vidas do meu irmão e do meu marido continuavam sem definição.

— Você é mais bonita do que pensei — elogiou Rafael.

— Ahn... obrigada. Mas eu não...

— Espere, espere — interrompeu ele. — É melhor alguém chamar Deus. Porque está faltando um anjo no Céu.

Começou a rir e deu um tapa na própria coxa.

— O quê? — perguntei.

— Encontrei um livro — explicou Rafael — com as cem melhores cantadas.

— Você sabia que Xavier e eu somos casados? — Dessa vez, semicerrei os olhos.

— E como anda o casamento?

— Será que você pode tentar se concentrar? O Xavier está possuído... se é que você ainda não percebeu.

Rafael continuou olhando para mim, sem pressa de agir.

— Sabe qual é a melhor maneira de se livrar de um demônio, não sabe? — perguntou com seriedade. Vi Ivy revirando os olhos quando neguei com a cabeça. — Com muitos *exorcícios físicos*!

Ivy viu a minha cara de espanto.

— Está tudo bem, Beth. Ele é conhecido pelas piadas sem graça. Ainda estamos esperando que cresça.

— E, assim como Peter Pan, espero evitar isso custe o que custar — disse ele.

Pensar num arcanjo com senso de humor era inusitado. Não estava a fim de piadas.

— Pode nos ajudar ou não?

— Claro que posso — disse ele. — Tenho jeito pra coisa.

— Ótimo — murmurei. — Seja lá o que isso quer dizer.

— Quer dizer — disse, caminhando na minha direção — que os seus irmãos estão agindo com uma força extra. Mas não se preocupe, estou com a bateria carregada.

— E tem certeza de que sabe o que está fazendo? — perguntei.

— Pode confiar. — Ele piscou. — Sou médico.

Em circunstâncias diferentes, eu o teria confundido com um universitário tentando impressionar as pessoas. Por fim, Rafael se concentrou na tarefa e caminhou com leve interesse em direção à cama.

— Lúcifer, e aí, cara?

Fiquei surpresa, sem acreditar na maneira descontraída com que Rafael se dirigia a ele.

Os olhos de Xavier se abriram, e ele sorriu.

— Não me diga que você é o reforço.

— Ficou surpreso?

— Surpreso? Um pouco. Você não está correndo risco se envolvendo nisso?

— Ah, tudo bem. — Rafael suspirou. — O que seria da vida sem alguns riscos?

— Eu que o diga — respondeu Lúcifer.

— Bom... — Rafael uniu as mãos. — Adoraria ficar para bater papo, saber das novidades, mas acho melhor acabarmos logo com isso.

Lúcifer ergueu uma sobrancelha.

— Vá em frente.

O fantasma de Jake só ficou olhando. Era estranho vê-lo presente e, ainda assim, tão passivo. Ele observava com olhos arregalados, como um menininho numa peça de teatro.

— Preciso do garoto de volta — disse Rafael.

— Desculpa, mas não posso lhe ajudar.

— Não vamos brincar. Seria uma ofensa a nós dois.

— Não é brincadeira. Fizemos um acordo. Pode perguntar para a Beth.

— Olha só. — Rafael ajeitou o cachecol de lã. — Podemos dar um jeito nisso numa boa ou podemos complicar tudo.

— Não estou com pressa, então vamos complicar tudo.

Rafael não se deixou irritar.

— Por mim, tudo bem, mas você está perdendo o seu tempo.

— Estou?

— Tem uma coisa que você não sabe. — O tom de voz de Rafael era levemente provocador.

— Por favor, me diga o que é.

— Nada que abalará as suas estruturas. — Rafael sorriu com simpatia. — Mas é que... bem, sou mais forte do que você.

— Tem certeza?

As palavras de Lúcifer pairaram no ar por um momento, e então Xavier começou a tossir. As veias do seu pescoço pulsavam durante o acesso de tosse. Ficamos esperando a tosse passar, mas não havia sinais de melhora. Xavier revirou os olhos e se segurou nas barras da cama. Um tom azulado tomou conta dos seus lábios. Apesar da estatura mediana, quando Rafael falava com a sua voz angelical, causava medo.

— Deixe o templo do Senhor! Não mostre mais o seu rosto.

— Ele está engasgado! — gritei. — Faça alguma coisa!

Rafael correu para tirar as correntes dos braços de Xavier e, juntos, nós o ajudamos a se sentar. Rafael bateu com a palma da mão com força nas costas de Xavier, várias vezes, até que a obstrução fosse desfeita.

A tosse se transformou numa respiração entrecortada, e Xavier se deitou na cama. Percebi como estava cansado quando a sua cabeça pendeu para o lado como se fosse feita de pano. Ao lado dele, no colchão, vi o problema: um monte de unhas manchadas de sangue por terem arranhado a garganta dele. Peguei uma delas e a examinei. Era cinza e curvada, com pontas afiadas, como se fosse feita para prender a presa. Parecia pertencer a uma ave de rapina.

Rafael parou o que estava fazendo para realizar o ritual de exorcismo, falando com a voz controlada, mas sem parar para respirar, como se a pausa pudesse interferir nos resultados:

— Ordeno, em nome do seu Criador, que deixe este filho de Deus. Vá embora, Alienador de Homens, Corruptor de Nações, Príncipe das Trevas. Você deve se submeter a um poder muito maior do que o seu.

— Não existe poder maior. — A voz de Lúcifer já estava mais fraca, entrecortada, como se chegasse a nós por meio de uma ligação telefônica ruim.

— Não resista. Os seus planos não darão em nada. Saia agora desse corpo sagrado. Dragão teimoso, quanto mais demorar, pior será a punição. Repelimos a sua força. Afaste-se, *afaste-se*! — Ele repetiu a última palavra como se fosse um mantra poderoso.

Fiquei arrasada quando a tosse de Xavier recomeçou. Isso era sinal de derrota? Mas percebi que a tosse estava diferente. Xavier não estava tossindo, estava tentando expelir algo. Da boca aberta, algo comprido, escuro e reptiliano apareceu. Era preto e escamoso, e tinha uma garganta pulsante como a de um sapo. Demorei um pouco para perceber que se tratava de uma serpente. Saiu do corpo de Xavier, onde devia estar enrolada. Escorregou pela cama para o chão de concreto até encontrar o que procurava. Ela se enfiou numa abertura que começou a aumentar imediatamente, fazendo um som de madeira rangendo. Quando ficou grande o bastante, a fenda engoliu toda a serpente com apenas uma sucção e logo se fechou, deixando apenas um cheiro de podre e uma mancha preta de óleo por onde a serpente passou. O fantasma de Jake desapareceu com ela.

— Beth? — A voz que cortou o silêncio era rouca, mas não havia dúvidas de que era a de Xavier.

Cai de joelhos ao lado dele e pressionei o rosto contra o seu pescoço.

— Estou aqui, amor. Acabou. Acabou.

— Conseguimos?

— Eu disse que conseguiríamos.

As minhas lágrimas e o meu riso se misturaram livremente, acionados pelo alívio. Ivy trouxe um copo de água para ele. Xavier agradeceu e bebeu tremendo — metade do líquido caiu no seu peito. Então, segurou as minhas mãos e as pressionou contra o coração, deitando-se na cama, mais do que exausto, mas enfim livre. Ao ver os seus olhos azuis de novo, me senti quase eufórica. Eu o abracei com força. Queria absorvê-lo dentro do meu próprio corpo para que ninguém mais o pudesse ferir.

Rafael pigarreou educadamente para nos lembrar da sua presença. Parecia sem jeito por invadir o nosso momento de intimidade.

— Este é o Rafael — apresentei. — Ele salvou a nossa vida. — Não havia mais a minha vida e a vida dele. As nossas vidas estavam totalmente entrelaçadas; quando um se feria, o outro sentia também, e se um morresse... Estremeci ao pensar o que seria daquele que ficasse.

— Obrigado — agradeceu Xavier. Falar devia ser doloroso, porque ele mantinha a mão na garganta.

— Não há de quê.

— Espere — disse Xavier, apoiando-se nos cotovelos para se erguer. — Rafael... o arcanjo? Santo padroeiro dos viajantes?

— Você entende de anjos. — Rafael mostrou-se impressionado.

— Já fui coroinha — explicou Xavier.

Vi os punhos marcados de Xavier. Estavam arranhados e inchados no local onde o ferro havia cortado a carne. Há algum tempo eu não praticava a cura. Será que ainda tinha esse dom? Ou esse poder tinha sido confiscado como castigo? Xavier fez uma careta quando toquei a pele ferida, mas não se afastou. Concentrei-me com firmeza para enviar vibrações de cura e logo a minha mão começou a tremer. Enquanto pousava as mãos nele, o inchaço diminuiu e então os ferimentos desapareceram devagar, deixando apenas a pele sem marcas no lugar dos ferimentos.

— Você ainda tem o dom — disse Xavier, e sorri para ele, feliz com a minha conquista. Decidi entender o fato de a minha habilidade não ter sido tirada como um sinal de que ainda havia esperança.

Um movimento no outro lado do cômodo chamou a minha atenção. Ivy estava ajudando Gabriel a ficar de pé. Ele ainda parecia instável. Vi a sua careta de dor ao recolher as asas rapidamente, para que nenhum de nós visse o seu estado deplorável. O rosto estava pálido e ele mantinha o braço apoiado nos ombros de Ivy para se sustentar. Eu o vi engolir em seco e erguer o queixo para falar com o seu irmão.

— O que fez você decidir vir? — perguntou ele a Rafael.

— Acho que curto uma causa perdida.

— Então, acha que podemos vencer essa? — Gabriel ficou um pouco zonzo e se desequilibrou, mas Ivy o segurou.

— Tenho minhas dúvidas — respondeu Rafael, sorrindo. — Mas tentar pode ser divertido.

Gabriel contraiu os lábios e, sem dizer nada, foi para o andar de cima, ainda apoiando-se em Ivy. Ajudei Xavier a sair da cama, e Rafael nos observou, com um sorriso nos lábios, mas tristeza nos olhos. E todos subimos os degraus de volta para casa, uma procissão de feridos e arrependidos.

21

VAMOS CONSEGUIR, PESSOAL

NA COZINHA, O CAFÉ E OS BROWNIES que Ivy preparou nos reanimaram. Eu ainda tinha a impressão de ter sido atropelada por um caminhão, assim como Xavier — e Gabriel devia estar se sentindo dez vezes pior. Sabia que me recuperaria do esgotamento físico, mas o trauma de quase perder Xavier duas vezes na mesma semana iria me assombrar para sempre. Comemos calados, com os ombros curvados e a cara fechada. Gabriel não comeu nada; apenas ficou ali, sentado, com as mãos cobrindo o rosto. Somente Rafael estava animado. Olhou para o corpo de Ivy quando ela foi até a geladeira para pegar leite.

— Continua sendo o anjo mais jeitoso que conheço — disse ele.

— Fico impressionada por você ainda fazer parte do quadro de servos — respondeu Ivy.

— Talvez porque Ele goste do meu senso de humor. Nem todo mundo deve ser tão sério. — Ele olhou ao redor, para nós. — Já tem bastante gente assim.

Apesar do nosso mau humor, a animação de Rafael era contagiosa. Nem mesmo Ivy conseguiu conter um sorriso.

— Você deveria sorrir com mais frequência — observou ele. — O seu rosto fica iluminado.

— Vocês querem parar de flertar? — protestou Gabriel, sem tirar o rosto das mãos. — É indecoroso.

— Bem, vocês todos não têm um parentesco? — perguntou Xavier.

— O lance de irmão e irmã é muito mais simbólico do que genético. — Rafael abriu um sorriso.

— Mas os anjos não costumam sentir... — Xavier coçou a cabeça, sem entender. — Eles não devem... ter esses sentimentos... uns pelos outros, não é?

— Não — respondeu Ivy com firmeza. — Mas, de vez em quando, nós ousamos. — Eu sabia que ela estava brincando, mas pensei que era daquela forma que ela e Gabriel me viam.

— Em geral, por fraternizarmos demais com os humanos — acrescentou Gabriel de modo seco.

— Considero os humanos bons companheiros. Beth e eu temos isso em comum. — comentou Rafael.

— É por isso que viaja com eles? — perguntou Xavier.

— Isso e também pelo fato de me entediar com facilidade. — Bebericou o café com calma. — Os seres humanos podem causar muitos problemas e nos deixar malucos. — Olhou para mim por cima da borda da caneca, com um sorriso nos olhos. — Mas valem muito a pena.

Um momento de silêncio se fez enquanto todos analisavam aquelas palavras. Rafael interrompeu o momento ficando de pé e enfiando as mãos nos bolsos.

— Alguém sabe que horas são? — perguntou ele. — Não consigo encontrar o meu celular.

— Passa das seis horas — respondeu Ivy, sem precisar checar. — Tem alguma festa hoje?

Rafael ignorou a piadinha.

— Diga-me que há uma televisão aqui.

— Sim.

— E... — Ele balançou as mãos de modo impaciente. — Onde ela está?

— Na sala de estar.

Seguimos Rafael enquanto caminhava para a parte da frente da casa e se dirigia ao sofá. Não se preocupou em tentar encontrar o controle remoto: com um estalar de dedos, ligou a televisão.

— Futebol? — perguntou Ivy. — Sério?

Na tela, a partida estava prestes a começar, o primeiro jogo da temporada, os Rebels contra os Razorbacks. As pessoas tinham passado a semana toda falando sobre aquilo.

— Vocês não curtem? — perguntou Rafael, surpreso. — Não sabem o que estão perdendo.

— Ótimo, ainda não começou — disse Xavier, acomodando-se na outra ponta do sofá. — Não se esqueça de conferir o placar do jogo do Alabama.

Fiquei olhando para Xavier, preocupada que aquele retorno repentino à normalidade pudesse ser sinal de que estava reprimindo sentimentos perigosos.

Ele sorriu quando viu o meu rosto.

— Relaxe — disse para mim. — O jogo vai me ajudar a esquecer as coisas. — Deu um tapinha no espaço ao seu lado. — Quer se sentar aqui comigo?

Olhei para a tela e para a imagem do estádio com a palavra REBELDES sendo formada no campo, com letras enormes. Reconheci alguns dos rostos quando a câmera passou pelo mar de fãs vestidos de azul e vermelho. Sabia que Molly devia estar entre eles, em algum lugar. Ela não havia parado de falar do jogo desde a sua chegada. Observei as rebeldetes com as suas roupas brilhantes balançando os pompons no ar. A frase VOCÊ ESTÁ PRONTO? brilhava no painel de luz, e a multidão entoava os gritos de guerra.

AO FIM DO PRIMEIRO TEMPO, estávamos perdendo. Deixei Xavier e Rafael gritando na frente da televisão e fui para a cozinha ficar com Ivy. Gabriel havia ido para o seu quarto e trancado a porta. Eu queria ver como ele estava, mas Ivy me disse que ele precisava de um tempo para pensar e se recuperar.

Quando o jogo terminou, Rafael reapareceu, espreguiçando-se lentamente. Xavier veio atrás dele, relaxado, mas um pouco envergonhado por ter se ausentado.

— Desculpa, não achei que fosse assistir ao jogo todo.

— Tudo bem. — Dei um tapinha no seu braço. — Você precisa relaxar um pouco mesmo.

— Vencemos? — perguntou Ivy.

— Não... mas fizemos dois pontos, o que não é ruim.

— Preciso ir — disse Rafael, pegando o casaco e caminhando em direção à porta. — Obrigado pela hospitalidade. Foi um prazer, como sempre.

Levamos Rafael até o carro. Perto da calçada, havia um Porsche verde-metálico estacionado. Era uma cor que eu nunca tinha visto num carro, mas tinha que admitir que combinava bem com o arcanjo extravagante.

— Bela máquina — disse Xavier, dando uma volta ao redor do veículo.

— Dê uma volta, qualquer dia desses.

— Esse cara — Xavier apontou com o polegar — é bacana.

— Está falando sério? — perguntou Ivy, surpresa.

— Homens sempre serão homens... — disse Rafael. — Não tente nos mudar.

— Futebol e carros — disse eu, sorrindo. — Na verdade, é bom mudar de assunto.

— Este não é apenas um carro — disse Xavier. — É uma obra de arte.

— Elas não entendem. — Rafael piscou para mim. — Talvez a levemos para dar uma volta. — Deu um pulo para entrar no carro e ligou o motor. Enfiou a cabeça pela janela e gritou: — A propósito, Xavier, a medicina ainda é o seu dom. Não se esqueça disso.

Então, ele partiu pela rua tão depressa que os pneus cantaram e o escapamento soltou uma bola de fumaça no ar.

— Ele adora chamar a atenção — murmurou Ivy, e Rafael buzinou no fim da rua como se dissesse: *Eu ouvi!*

Quando se foi, Xavier e eu já estávamos mais do que cansados. Ivy nos levou para o andar de cima, para o quarto de hóspedes, que ainda não tínhamos visto. Era bonito, com mobília polida e uma cama *king size* cheia de almofadas fofinhas. A janela era circular e dava para a mata. Quando me sentei na cama, pensei que Xavier e eu não dividíamos uma cama já havia algum tempo. Esperava que nada tivesse mudado entre nós.

Xavier se deitou e fui tomar um banho, deixando a água quente escorrer pelo meu corpo e embaçar o vidro. Parecia um ritual de purificação, como se estivesse deixando todos os meus problemas escorrerem pelo ralo. Usei metade de um frasco de sabonete líquido, ensaboei e reensaboei os músculos, massageando-os suavemente com os dedos e sentindo a tensão sumir. Por fim, saí do banheiro depois de secar o cabelo com a toalha e com o corpo todo quente e cheirando a lavanda.

Xavier estava dormindo, a exaustão do dia era visível em seu rosto. Ele se remexeu quando me deitei e me abraçou.

— Você está cheirosa. — Ele encostou a boca no meu pescoço, respirando profundamente.

Ri ao sentir a sua barba na minha pele.

— Você não está.

— Que deselegante! — respondeu ele, rindo. — Mas deve ser verdade.

Saiu da cama.

— Minha vez de tomar banho. Não saia daqui.

Tirou a roupa, jogou-a no cesto e entrou no banheiro. Eu me aconcheguei sob os lençóis e rocei os dedos do pé no tecido. Escondi o rosto no travesseiro limpo, que tinha um perfume suave de talco de bebê, e me espreguicei como um gato. O meu corpo estava prestes a se entregar ao sono. Estava me esforçando para manter os olhos abertos quando Xavier saiu do banheiro apenas com uma toalha enrolada na cintura. Sempre que via o seu corpo, me surpreendia. Ainda havia gotículas de água sobre os ombros, e a luz que vinha por trás dava um tom dourado à pele. Tinha o corpo tão bem-proporcionado que me lembrava uma estátua num pedestal de um museu.

— Que rápido! — disse, tentando não olhar tanto para o seu corpo.

— Quem tem irmãs aprende a não demorar muito no banho. — O seu sorriso diminuiu um pouco.

— Sente saudade delas, não é?

— Mais do que pensei que sentiria — respondeu. — Mas, mais do que tudo, odeio pensar que estão preocupadas comigo. Sei que Claire deve estar péssima com o meu desaparecimento e Nic deve estar me detestando por sumir desse jeito.

— Você pode se desculpar — prometi. — Quando tudo isso terminar.

— Acha mesmo que vai terminar? — perguntou Xavier, de modo distante.

— Sim — disse com toda a firmeza que consegui. — Isso não vai durar para sempre. Prometi a você.

— Ei — disse Xavier, olhando para o próprio corpo. — Acabei de me dar conta de que não tenho roupa limpa.

Joguei o cobertor sobre o lado dele na cama. Aquele não era o momento para discussões pesadas, já estávamos cansados delas. Era o momento de amar o meu marido.

— Você não precisa de roupa.

— É mesmo? — Xavier abriu um sorriso. — Essa porta tem tranca?

— E você se importa? — perguntei, desafiadora.

Xavier ergueu uma sobrancelha e deixou a toalha no chão, deitando-se na cama ao meu lado. Senti a sua presença me envolver, a sua pele ainda quente do banho. Ele me beijou com suavidade, indo da ponta do meu queixo até o fim do pescoço.

Passei os dedos pelos arranhões do seu corpo e instintivamente o abracei com mais força, afundando os dedos na sua pele quente. Lembrei-me do seu corpo amarrado à cama, dos olhos azuis tomados por uma crueldade que não pertencia a ele. Senti a garganta seca.

— Você está bem? — perguntou.

— Sim. — Mordi o lábio e tentei afastar as lembranças ruins.

Xavier percebeu que eu estava tensa e olhou para o meu rosto.

— Tem certeza de que não está cansada demais para fazer isso?

A sua consideração me tocou. Era o velho Xavier ressurgindo, aquele que colocava as minhas necessidades acima de qualquer coisa.

— Eu? — Sorri. — Acho que eu deveria estar perguntando isso a você.

— Estou bem — disse ele, surpreso. — Só não consigo afastar a sensação de que o meu corpo está sendo controlado por outra pessoa.

— Estava — disse, acariciando o seu peito com os dedos. — Mas não mais. Estamos aqui juntos, eu e você.

Xavier me ergueu com facilidade e me colocou deitada sobre ele. O seu corpo firme sob o meu parecia um porto seguro.

— Quer ouvir algo engraçado? — perguntou ele quando encostei a cabeça no seu pescoço, fazendo com que o crucifixo de madeira que ele usava deixasse uma marca no meu rosto. — O que aconteceu hoje foi muito difícil, uma das coisas mais duras pelas quais passei. Lúcifer estava dentro de mim. E, mesmo depois de ele ter saído, tive a sensação de que havia deixado uma marca, uma mancha na minha alma.

— Isso não é engraçado — disse a ele.

— Espera, você não me deixou terminar. Sempre que você me toca, parece que está me purificando, lavando a escuridão. Está curando o meu corpo com o seu e renovando a minha alma com a sua.

— Não tenho alma — murmurei.

— Tem, sim — insistiu Xavier, segurando o meu queixo. — Talvez não seja como a minha, mas está aí. Você tem tanta luz. Sinto isso sempre que olho para você. Foi assim que Deus fez você.

— Quer saber o que acho? — perguntei. — Acho que tudo pelo que passamos até agora pode parecer uma maldição, mas é, na verdade, uma bênção. O Nosso Pai nos colocou neste caminho porque queria nos levar a algum lugar... a um lugar maravilhoso. Ele nos deu tudo de que precisamos para a viagem... Temos um ao outro.

Xavier olhou para mim por um momento e então me beijou. O seu beijo dessa vez foi demorado e profundo. Era como se pequenas chamas internas tivessem aparecido em algum lugar dentro de mim e agora estavam acendendo todas as partículas do meu corpo. Essa vez foi diferente do nosso primeiro encontro na mata. O clima estava mais leve, havia menos pressa. Não sentíamos medo de sermos descobertos e tínhamos mais tempo para explorar. Era assim que imaginava a intimidade no casamento. Eu me senti segura, protegida e quente, da cabeça aos pés.

O SOL SILENCIOSO DA MANHÃ entrando pelas cortinas abertas dividiu-se entre nos acordar e a incerteza de atrapalhar o nosso descanso. Saí da cama, tentando não despertar Xavier, que estava deitado de barriga para baixo. Queria que dormisse o máximo que pudesse antes de ter que enfrentar os desafios que o novo dia podia trazer.

Eu me enrolei em um roupão cor-de-rosa e desci a escada para a cozinha, onde encontrei Ivy preparando um café da manhã para um batalhão. Havia muffins cheios de amoras, ovos e salsichas quentes no fogão e copos de iogurte com granola. Ivy virava panquecas com destreza e as colocava num prato. O cheiro de café moído tomou conta da cozinha. Gabriel não estava por perto.

— Espero que esteja com fome — disse Ivy. Vi que estava tentando aliviar o estresse dos últimos dias e valorizei os seus esforços.

— Que cheiro bom — disse.

— Onde está Xavier? Ainda dormindo?

— Sim. Cadê Gabriel?

Ivy deu de ombros de modo resignado.

— Já tinha saído quando acordei hoje.

— Como ele está? — perguntei.

— Não sei — disse Ivy. — Não quer falar sobre o assunto.

— Certo — disse, tentando esconder a minha ansiedade. — Acho que ele precisa de um tempo.

Quando voltei ao quarto, a cama estava vazia, sinal de que Xavier estava de pé. Espiei no banheiro e não me preocupei por não encontrá-lo lá. Mas, ao ver que não estava na varanda nem no corredor, o meu coração acelerou. Suspirei aliviada ao ver uma luz vindo por baixo da porta de um cômodo em frente ao nosso quarto. Abri a porta delicadamente e o encontrei no escritório.

Estava sentado a uma mesa ampla analisando um livro que havia retirado da estante. Com o barulho da porta, olhou para a frente.

— Bom dia.

— Estou atrapalhando?

— Claro que não, entre.

Eu me aproximei dele e espiei sobre o seu ombro. O livro que estava lendo era um Atlas da Anatomia Humana aberto na página em que havia o esqueleto do pé.

— Sabe quantos ossos tem um pé?

Eu deveria saber, mas a minha mente ainda estava um pouco confusa por ter despertado pouco tempo antes.

— Quantos?

— Vinte e seis. É incrível como não fazemos ideia de coisas assim.

— É, sim. Hmm... você está bem?

— Estou ótimo. — Sorriu. — É que o que o Rafael disse me fez pensar, só isso.

Franzi o cenho.

— O que ele disse?

— Que a medicina ainda era o meu dom. Acho que ele tem razão, é a minha maneira de colaborar. Quando tudo se resolver, quero voltar a estudar. Quero ser médico.

— Você sempre quis isso.

— Não. — Balançou a cabeça. — Antes eram os meus pais que estavam escolhendo por mim. Agora sinto que é o que quero.

— Que bom — disse. — Porque você será um médico maravilhoso.

— Um dia.

22

FALE AGORA OU CALE-SE PARA SEMPRE

Decidimos não voltar à faculdade por alguns dias. Xavier precisava de tempo para se recuperar fisicamente, e eu estava emocionalmente esgotada por causa do estresse. Nós nos escondemos na casa, passando a maior parte do tempo dormindo, e só íamos ao andar de baixo para comer e interagir com os meus irmãos por pouco tempo. Ivy parecia ter voltado rapidamente ao normal, mas eu não via Gabriel com frequência. Ele passava muito tempo trancado no seu quarto e quase não conversava conosco. Ainda estava surpresa com o tamanho do sacrifício que ele tinha sido capaz de fazer por nós. Rezava todas as noites por ele e agradecia ao Pai por ter poupado a vida de Xavier. Quando enfim me lembrei de checar o celular, encontrei um monte de ligações perdidas de Molly, Mary Ellen e até algumas dos amigos de Xavier, que queriam saber o que havia acontecido conosco. Eu me lembrei de Molly me contando sobre o noivado com Wade, mas não tinha espaço no meu cérebro para me preocupar com isso naquele momento.

Eu me deitei aconchegada a Xavier, encolhendo-me contra a sua camiseta cinza e sentindo os pelos finos fazendo cócegas no meu nariz.

— Me desculpa — disse-lhe pela centésima vez desde que havíamos acordado.

— Beth, por favor. — Rolou na cama e ficou olhando para o teto. — Não foi sua culpa. Eu é que preciso me desculpar por você ter me visto daquele jeito.

— Não era você — respondi. — Em nenhum momento.

— Mas o deixei entrar.

— Você estava morto. Ele invadiu o seu corpo. Você não teve como evitar aquilo.

— É muito estranho pensar que eu estava morto — murmurou ele. — Gostaria de poder dizer que vi uma luz forte ou algo assim, mas só via você.

— Eu?

— Sim — assentiu. — Variações diferentes de você: na varanda, com o Phantom dormindo no sofá na Byron, com o vestido na noite da formatura. Eu devia estar vendo o Céu, mas só queria ver o seu rosto. Acho que o meu Céu é você.

— Senti tanto medo. — Virei o rosto no travesseiro para olhá-lo. — Pensei que você fosse morrer. Isso me fez pensar que não existe lugar aonde eu não iria com você.

Xavier abriu um sorriso.

— Sabe de uma coisa? O Céu deve estar muito irritado conosco neste momento... Deveríamos ter morrido muitas vezes, mas ainda estamos aqui. Sabe o que isso significa?

— Que somos como gatos? — perguntei. — Temos sete vidas.

— Talvez. — Ele riu. — Mas acho que quer dizer que alguém está cuidando de nós.

— Espero que sim — disse, afastando o cobertor da perna para deixar o sol esquentar os meus dedos. — Quero acreditar nisso.

Quando o meu celular tocou pela quinta vez em menos de vinte minutos, suspirei e me inclinei para fora da cama para pegá-lo. Não foi surpresa ver que a ligação perdida era de Molly. Chamei Ivy, que estava no quarto ao lado, e ela espiou pela porta.

— O que devo fazer em relação à Molly? — perguntei. — Ela está enlouquecendo sem notícias.

— Deixe ela vir aqui — disse Ivy. — Deixá-la de fora dos acontecimentos geralmente é pior.

Era verdade. Molly detestava ser ignorada ou excluída e, quando ficava preocupada, era capaz de colar cartazes do tipo pessoas desaparecidas por todo o campus. Xavier cobriu o rosto com o cobertor.

— Não faça assim. Ela é nossa amiga. Deveríamos ficar felizes por vê-la — disse, dando um cutucão em Xavier.

— Oba — respondeu ele, sem ânimo.

QUANDO MOLLY CHEGOU, parecia mais calma do que o normal, menos hiperativa e agitada.

— Fiquei preocupada — disse ela, sentando-se à mesa da cozinha enquanto Ivy servia um pouco de chá e colocava um prato de cookies na nossa frente. — Está tudo bem?

— Não — disse, com sinceridade. — Mas vai ficar. Estamos cuidando de tudo.

Molly assentiu e olhou para as próprias mãos.

— Posso fazer alguma coisa?

— Comer um cookie — disse-lhe.

— Beth, fala sério.

— Agradecemos o seu apoio — interrompeu Ivy. — Mas não há nada que possa fazer para nos ajudar. A situação já está bem complicada.

— Como assim, complicada? — perguntou Molly.

— Gostaria de não contar — disse Ivy, com delicadeza. — Odeio envolver você nessas coisas.

— Mas vocês ficarão bem, não é? — Molly apontou para Xavier. — Ele não parece estar muito bem. E, não me leve a mal, Beth, mas nem você.

— Ficarão bem — respondeu Ivy. — Só estão cansados.

Normalmente, contávamos as coisas a Molly, afinal, ela já conhecia as nossas verdadeiras identidades. Mas compreendi que o motivo do silêncio da minha irmã não era falta de confiança. Quanto menos Molly soubesse, mais protegida ficaria. Não queríamos ver mais amigos sofrendo.

— Não se preocupe — disse a ela com o meu sorriso mais convincente. — Voltaremos ao normal rapidinho.

— Tudo bem — disse Molly, mostrando-se surpreendentemente madura. — Não quero piorar a situação.

— Então, conte-nos sobre Wade — pedi, disposta a mudar de assunto.

Ao escutar o nome dele, os olhos de Molly brilharam.

— Ele é tão lindo — disse ela, suspirando. — Queria poder dizer a todo mundo, mas é claro que não posso.

— Por quê?

— Bem, não posso contar às pessoas que não foram convidadas para o casamento. Wade não quer convidar pessoas que não têm fé.

Xavier e eu nos entreolhamos, confusos. Até onde sabíamos, não era preciso ser religioso para ir a um casamento.

— Mas Wade não é cristão? — perguntei.

— Sim — disse Molly. — Bem, mais ou menos. A família dele fundou a própria igreja. Ainda é bem pequena, mas está crescendo. Não querem se associar a pessoas de fora, acham perigoso.

— Perigoso? — repetiu Xavier. — Como assim?

— Por causa de influências estranhas e tal — explicou Molly, de modo distraído. — Wade diz que a televisão é a voz do Diabo e que as mensagens negativas podem ser transmitidas por meio de grupos sociais também.

— De que tipo de mensagens negativas ele tem medo? — perguntei. Aquilo não estava me parecendo normal. — Você não acha que a fé precisa ser testada para ser comprovada?

— Não sei. Mas Wade diz que, se me isolar das coisas ruins, ficarei mais perto de Deus. — Ela parecia estar repetindo frases de um manual.

— Parece uma seita — disse Xavier, com sinceridade, expressando o que todos nós estávamos pensando.

— Não é — disse ela. — Eles podem não ser muito conhecidos, mas sabem bem o que estão dizendo.

— Sob que denominação eles se classificam? — perguntei.

— Ahn? — perguntou Molly.

— Eles são batistas, metodistas, presbiterianos...? — perguntou Xavier, com impaciência.

— Já disse. É uma religião de família.

— Então é inventada?

— Não — insistiu ela, irritada. — É só uma das muitas versões do cristianismo.

— Não se pode alterar o cristianismo! — exclamei. — Apenas a Bíblia é a Palavra... não se pode inventar as próprias regras!

— Olha. — Molly pousou as mãos na mesa. — Não me importa o que vocês pensam. Wade e a família dele me ensinaram muitas coisas. Mostraram tudo o que estava fazendo de errado na vida.

Não gostei nem um pouco daquilo. Qualquer um que pegava a Palavra de Deus e a manipulava para formar uma nova religião estava tentando fazer as coisas do próprio jeito e fingindo que isso era ter fé.

— O que disseram a você? — perguntou Ivy.

— Ah, coisas pequenas — disse ela. — Como devo me vestir e que não devo conversar com homens além do meu marido. — Ela balançou a mão para Xavier. — Não se preocupe, você tem esposa, por isso não tem problema.

— Molly... — disse Xavier devagar. — Você não deve acreditar em tudo o que eles dizem.

— Bem, Wade é meu noivo. Preciso ser obediente a ele.

— Obediente? — repetiu Xavier. — Como uma cachorrinha?

A antiga Molly ficaria irritada, mas ela simplesmente balançou a cabeça com tristeza.

— Você não entende mesmo. Wade está tentando salvar a minha alma do Inferno. Diz que o marido deve ser o Deus terrestre da esposa.

— O quê? — Os meus olhos quase saltaram das órbitas. — Isso é sacrilégio.

— Não é — disse ela. — Faz sentido.

— Está desobedecendo a um dos mandamentos: o de não adorar outro deus.

— Ele não disse que *era* Deus, apenas acha que... Olha, não importa, Wade sabe o que está falando.

— Acho que não sabe, não. — A voz veio da porta; nos viramos e vimos Gabriel ali. O cabelo loiro estava preso num rabo de cavalo, e o rosto parecia mais magro depois de todo o sofrimento pelo qual passara. Mas estava lindo como sempre. Escutei o coração de Molly acelerar quando o viu.

— O que você disse? — perguntou ela, de modo desafiador.

Gabriel não se mexeu, manteve os braços cruzados. Os olhos azuis não piscavam.

— Acho que você está cometendo um grande erro.

Molly soltou um suspiro.

— Bem, mas a minha vida não lhe diz respeito, certo?

— Não, mas o seu noivo parece ser um idiota completo.

Percebi Ivy levantar a cabeça. Gabriel nunca havia falado daquele jeito com ninguém. Era sempre distante e alheio, dizendo as coisas de modo claro e racional. Agora, parecia estar emocionalmente envolvido. Seria possível?

— Como ousa? — Molly ficou de pé, arrastando a cadeira para trás. — Você não tem o direito de julgá-lo.

— Não quero ver você triste — disse Gabriel. — Passando o resto da vida num casamento sem amor.

— Como sabe que seria sem amor?

— Vejo nos seus olhos. Está fingindo, tentando convencer a si mesma de que está feliz. Acha que, se Wade lhe der algo em que possa acreditar, a sua vida terá sentido. Mas Wade e as regras dele não preenchem o vazio que você sente, Molly.

— Você não se preocupa comigo! — gritou Molly de repente. — Você não me quis, não se lembra? Sou humana demais, tenho falhas demais para você se importar comigo, então por que não me deixa em paz?

— Acho que eu estava errado — disse ele delicadamente.

Nós três viramos para olhar para ele, surpresos.

— Você... — gaguejou Molly. — Você o quê?

— Não pensei que as coisas fossem acabar desse jeito — disse Gabriel. — Não era para terem acontecido assim.

— Do que está falando? — Molly olhou para mim e para Ivy. — Do que ele está falando?

— Gabe? — perguntou Ivy devagar. — O que está acontecendo?

— Estou cansado de lutar. — Gabriel deu de ombros. — Estou cansado dessa guerra sem fim entre anjos e demônios e de ver nada além de dor e de morte ao nosso redor. É preciso que haja algo melhor. É preciso haver outro jeito. Quando teremos paz, Ivy? A batalha já dura séculos. Quando vai terminar?

— Não sei — disse minha irmã. — Mas a nossa vida sempre foi assim, desde o começo.

— Então, talvez, a Bethany esteja certa desde sempre. Talvez seja melhor sermos seres humanos ou, pelo menos, nos permitirmos amá-los.

— O que está dizendo? — disse Molly, arregalando os olhos azuis.

— Estou dizendo que sim, você tem falhas. É impulsiva e tem pavio curto, é infantil e tola. O seu coração é sensível e o seu humor muda mais depressa do que o vento. Mas é *por isso* que é humana e essa é a sua beleza.

— Você me acha bonita? — Molly mal conseguia acreditar naquelas palavras.

Gabriel atravessou a sala com dois passos, e Molly ficou de frente para ele. Ele colocou as mãos sobre os ombros dela.

— Você não é de ninguém — disse ele. — Diferentemente de mim, você não tem dono. Foi criada para ser livre, para viver, amar e encontrar a felicidade. Não fui feito para a felicidade; fui feito para nada além da servidão. Mas você... você sente intensamente e de modo tão apaixonado que acho isso bonito.

— Isso é ruim — sussurrei para Xavier. — Ruim, muito ruim.

— O que está acontecendo? — perguntou ele.

— Um momento de dúvida. Com as asas feridas, nem mesmo Gabriel é infalível. Ele está questionando a sua fé... como faria um ser humano.

— Não estou gostando disso — disse Xavier, desconfortável. Molly e Gabriel permaneceram parados, olhando um para o outro.

— A minha vida é guiada por regras — disse Gabriel, quase para si mesmo.

Ainda confusos, observamos Gabriel segurar o rosto de Molly, inclinar-se e beijá-la. Foi como assistir a uma cena da mitologia antiga, o lendário herói e a donzela se unindo. Apesar de não ter durado mais do que dez segundos, era como se o tempo tivesse parado enquanto os dois se abraçavam. O corpo forte de Gabriel envolvendo o dela, pressionando-o, os seus dedos entre os cachos ruivos. Foi tão repentino que quase não acreditei que havia acontecido. Parecia que Molly estava se esforçando para entender também. Quando ele a soltou, ela estava encantada e se sentou na cadeira sem dizer nada.

— Uau. — Isso foi tudo o que ela conseguiu dizer quando, enfim, conseguiu recuperar o fôlego.

— Uau! — repetiu Xavier.

Ivy se aproximou de Gabriel e segurou o seu braço.

— Pare com isso! Sei que as coisas têm sido difíceis ultimamente, mas isso já é demais.

— Não — respondeu Gabriel com uma risadinha. — Ter as asas cortadas e ser obrigado a hospedar Lúcifer foi demais. O que estou fazendo é um alívio.

— Por favor — pediu Ivy, insistindo. — Você vai se arrepender. Eu sei disso.

— Não vou me arrepender — disse Gabriel. — Porque essa é a primeira coisa que já fiz para mim.

Ao ouvi-los, uma expressão estranha tomou conta do rosto de Molly. Enquanto continuavam a falar, ela se movimentou e ficou de pé, atrás do meu irmão. Então, lentamente, esticou a mão e levantou a ponta da camisa dele. Todos se calaram quando ela escorregou as mãos pelas costas dele e as pousou em cima das asas quebradas. Vi Gabriel estremecer e abaixar a cabeça. Ele não disse nada e era difícil determinar o que estava sentindo, mas não se mexeu nem se afastou. Nenhum dos dois pareceu perceber que estavam sendo observados. Ou talvez simplesmente não se importassem. Estavam envolvidos demais pelo momento.

— Tudo bem — disse Molly a ele, acariciando as asas sob a camiseta. — Vai ficar tudo bem.

— Me desculpa — disse Gabriel, sem olhar para ela.

— Não tem problema — respondeu Molly. — Você não tem que assumir a responsabilidade por tudo e por todos. Também pode errar, sabia?

Ivy, Xavier e eu nos entreolhamos. Estava claro que aquele momento era intensamente pessoal, por isso ficamos com a impressão de que não deveríamos estar ali. O telefone de Molly vibrou sobre a mesa da cozinha e ela pareceu sair do seu transe. O nome de Wade piscou na tela. Depressa, abaixou as mãos e recolheu as suas coisas.

— Preciso ir... — gaguejou. — Eu não... eu só queria... preciso ir.

Um instante depois, escutamos a porta da frente sendo fechada.

Todos olhamos para Gabriel.

— O que foi? — perguntou ele, irritado.

— Você... hmm... quer falar sobre isso?

— Não, obrigado, Bethany — disse ele de modo quase sarcástico. — Não preciso de conselhos amorosos dados pelo casal do ano.

Olhou para nós dois com hostilidade por um instante, e saiu pela porta dos fundos.

Xavier se virou para Ivy, sem saber o que dizer.

— Você... Ele precisa de um terapeuta?

— Gabriel tem visto todas as atrocidades humanas desde o começo dos tempos — respondeu minha irmã. — Seria um tratamento bem longo.

— Mas isso é temporário, certo? — perguntei, preocupada. — Quando as asas dele se curarem, ele voltará ao normal?

— Vai, sim — disse Ivy. — Devemos agradecer por não ter sido pior. A destruição das asas de um anjo pode causar danos difíceis de reparar. Mas Gabriel vai se curar.

— Não consigo entender como um problema nas asas pode fazer com que aja dessa maneira — disse Xavier. — Quero dizer... é sério?

— A nossa essência está nas asas — respondeu Ivy. — Elas são a fonte de todo o nosso poder, como as raízes de uma árvore. Quando as raízes estão envenenadas, a árvore toda sofre. Ele foi enfraquecido, se tornou suscetível à dúvida e à preocupação e a uma série de emoções às quais nunca tinha sido exposto.

— Então, o que devemos fazer?

— Nada — respondeu a minha irmã. — Ele só precisa de tempo.

— Mas e a Molly? — perguntei.

— Os novos sentimentos dele por ela desaparecerão, e ele voltará a ser o arcanjo Gabriel — disse Ivy.

— Que ótimo — disse Xavier. — Isso seria bom.

Deixei os dois conversando, abri a porta dos fundos e encontrei o meu irmão sentado nos degraus da varanda, olhando para a grama do quintal. Estava observando as folhas secas sob os sapatos, com o cenho franzido, demonstrando confusão. Qualquer um poderia ver que não estava no seu estado normal.

— Você sabe que não está bem — disse, sentando-me ao seu lado. — Tudo isso é apenas temporário, vai passar.

Era estranho eu dar conselhos a ele. Sempre tinha sido o contrário.

— Como você lida com isso? — perguntou. — Com a instabilidade da vida humana. Por que quer sentir o que eles sentem? É um caos. Não consigo encontrar paz para pensar.

Eu sorri.

— Não é assim com todo mundo.

Quando Gabriel olhou para mim, percebi que os seus olhos estavam mais escuros, como uma tempestade interna prestes a cair. Pela primeira vez, ele parecia me entender, como se conseguisse até se identificar comigo um pouco.

— Sei que as minhas atitudes foram descuidadas. Eu me odeio por isso.

— Não. — Pousei a mão no seu ombro largo. — Você fez um enorme sacrifício por mim. Gostaria que não estivesse sofrendo por isso agora, mas você salvou a vida de Xavier... e a minha. Ninguém está bravo com você. Estamos aqui para ajudá-lo a passar por isso.

— Obrigado — murmurou Gabriel. — Espero que a recuperação seja rápida. Eu não me reconheço.

— Você se conhece, Gabriel — respondi. — Sempre soube exatamente quem é e quais são os seus propósitos. — Apertei a mão dele. — Ele pode estar escondido agora, mas o Gabriel que conhecemos e amamos continua aqui. E não se preocupe, ele vai voltar.

23

SEI UMA COISA QUE VOCÊS NÃO SABEM

— Vocês não podem voltar para a faculdade — Ivy disse a mim e a Xavier.

Apesar de saber que o assunto teria de ser discutido, foi como levar um tapa. A Universidade do Mississippi representava a pouca normalidade que havia nas nossas vidas. Naquele momento, me senti como Peter Pan, com o nariz pressionado contra o vidro do jardim de infância, observando a vida da qual havia sido expulsa e as pessoas que logo me esqueceriam. Apenas Peter Pan permanecia jovem para sempre. Eu tinha a impressão de que Xavier e eu tínhamos cem anos, cansados do mundo, sem vontade de continuar lutando.

Desejava voltar para a faculdade e começar do zero. Queria estudar e ir aos jogos de futebol, ficar cercada pela movimentação das atividades humanas. Mas havia apenas o silêncio solitário e o peso das conversas que ainda precisariam acontecer pairando no ar. Xavier e eu sempre teríamos um ao outro, mas não sabia mais se isso significava que dividiríamos o peso ou se o teríamos em dobro. Havia destruição demais ao nosso redor para compreendermos. Eu queria fazer tudo aquilo desaparecer. Até sentia saudade de Mary Ellen e desejava ter uma conversa tediosa com ela sobre esmalte ou a seleção da irmandade — qualquer coisa que não envolvesse a bagunça em que a nossa vida havia se transformado.

Gabriel havia desaparecido em algum lugar da mata sem nos dizer aonde ia. Ivy disse que ele precisava de tempo para entender o que havia acontecido.

— Pode ser que não volte ao normal enquanto as asas não forem totalmente recuperadas — disse ela.

— É mesmo? — perguntei. — Vai demorar tanto tempo assim?

— As nossas asas são como a nossa alma — explicou ela de modo seco. — Imagine se alguém pegasse uma faca e a fincasse na sua alma. Demora um tempo para melhorar.

— Gostaria de poder ajudá-lo.

— Você não pode — disse a minha irmã, e acreditei ter notado um tom de amargura na sua voz. Não ficaria surpresa se ela colocasse toda a culpa em mim. Eu havia colocado a bola em jogo assim que enfiei a aliança no dedo. Mas já era tarde demais para mudar as coisas. Ivy suspirou.

— Vá pegar as suas coisas do campus e volte logo. Não converse com ninguém, se for possível.

— Certo — concordei. Já havia causado muitos problemas; o mínimo que podia fazer era obedecer àquele pedido.

De volta ao campus, entrei no meu quarto, rezando para que Mary Ellen não estivesse ali, e, pela primeira vez na semana, tive sorte. Peguei a minha bolsa no armário e comecei a tirar as roupas dos cabides, colocando-as dentro dela. Foi bom não ter muitos pertences e, dez minutos depois, já tinha terminado. Decidi que seria melhor deixar um bilhete para Mary Ellen, para o caso de ela querer registrar o meu desaparecimento na polícia. Fiquei pensando numa boa desculpa para explicar a minha ausência depois de um mês. Por fim, não consegui pensar em nada, então apenas escrevi: *Problemas familiares. Precisei partir. Boa sorte na correria!* Sabia que isso não era nem um pouco plausível, mas torci para que fosse suficiente para impedi-la de fazer qualquer registro na delegacia.

Encontrei Xavier do lado de fora e, juntos, rumamos para o estacionamento. Ele havia ido ao seu quarto para pegar as coisas e, assim como eu, tinha apenas uma mala cheia de pertences.

Eu sabia o porquê: qualquer coisa que não fosse necessária tinha que ser deixada. Era assim que viviam os fugitivos.

— O que você disse aos garotos? — perguntei.

— Nada. Eles não estavam lá.

Eu sabia que, para ele, era doloroso deixar os amigos daquela maneira, sem explicação. Havia vivido com eles e já conhecia a todos muito bem. Eu sabia que eles levavam a sério o elo da fraternidade. Mas que explicação ele poderia dar? Ninguém compreenderia a nossa partida tão repentina, nem mesmo os amigos mais próximos.

Enquanto colocávamos as coisas no carro, olhei para trás pela última vez, tentando reter o máximo que conseguisse da faculdade e gravá-la na memória. Fiquei imaginando se voltaria a ver o campus de novo, com os seus prédios antigos e alunos que adoravam se divertir — a mistura perfeita de passado e presente. Olhei para o monte onde as pessoas caminhavam sob a luz do Sol em direção à aula, com mochilas nos ombros e livros acomodados embaixo do braço. Paravam para conversar uns com os outros e enviavam mensagens de texto pelo celular. Era maravilhosamente normal. Mas me forcei a afastar o olhar.

Estávamos fechando o porta-malas quando ouvimos alguém nos chamando.

— Ei! Aonde vocês vão?

Era Clay, o ex-colega de quarto de Xavier. Eu me virei para pedir desculpas. Clay tinha sido um excelente amigo para nós, fizera com que nos sentíssemos bem-recebidos e gostávamos dele de verdade.

— Oi, cara. — Xavier mordeu o lábio. — Vamos viajar.

— Para onde? — perguntou Clay. — E por onde estavam?

— Queria poder contar — respondeu Xavier. — Mas não posso. Vai ter que confiar em mim.

— Cara — disse Clay, sem acreditar. — Vocês não podem simplesmente cair fora.

— Não temos tempo para explicar agora — disse eu. — Precisamos ir.

Olhou para a minha mala pelo vidro de trás. Eu estava com tanta pressa de sair que sequer havia me dado ao trabalho de fechar o zíper, e as minhas roupas estavam saindo da mala.

— Vocês não vão voltar, certo? — Clay pareceu chateado. — E não iam nos contar?

— Queríamos contar — expliquei. — Mas, quanto menos vocês souberem, melhor. Não queremos envolvê-los nos nossos problemas.

Clay arregalou os olhos.

— O que vocês fizeram?

Antes que eu pudesse responder, senti Xavier segurar o meu braço. Desviei o olhar de Clay por um momento e vi. O Sete estava de pé a poucos metros à direita. Usava a mesma capa preta e comprida, com as mãos enfiadas nos bolsos. As órbitas horrivelmente vazias pareciam direcionadas para nós. Não consegui me controlar: arfei com o susto, e Clay se virou.

— O quê? — perguntou ele, nervoso. — O que houve?

Percebi, assustada, que ele não conseguia ver. Estava bem atrás dele, e ele não tinha a menor percepção da sua presença. Depois do último confronto, os Setes estavam aparecendo apenas para aqueles a quem assombravam. Seria uma ordem dada pela Aliança? Ou será que só estavam sendo cuidadosos?

— Entre no carro! — gritou Xavier ao abrir a porta e girar a chave na ignição.

— Vá para casa, Clay! — gritei ao me sentar no banco do passageiro. — Você precisa ir embora agora!

— O que está havendo? — gritou Clay enquanto Xavier dava a ré e pisava no acelerador, saindo do estacionamento à toda velocidade. O Sete não correu atrás: nunca fazia isso. Apenas observou e esperou. Eu sabia que viria atrás de nós, mas com calma.

Xavier só desacelerou quando saímos de Oxford, na estrada. Mesmo assim, a tensão não diminuiu. Estávamos cansados de sermos perseguidos e, ainda assim, não podíamos baixar a guarda; sabíamos quais seriam as consequências.

— É melhor parar — disse a ele quando já tínhamos aberto uma distância segura da cidade. — Precisamos telefonar para Gabriel e Ivy, para dizer o que aconteceu.

Normalmente, teríamos ido para casa, mas não queríamos levar o Sete diretamente para o nosso esconderijo. Era mais seguro pedir ajuda e deixar os meus irmãos cuidarem do resto. Torci para que o estresse que a situação traria não piorasse o estado de Gabriel.

— Não posso parar aqui — disse Xavier. — A estrada é aberta demais.

— Bem-pensado. — Apontei para um celeiro desocupado mais à frente. — Está vendo aquele lugar? Pare na parte de trás e ligarei quando estivermos lá dentro, fora de vista.

Xavier tirou o carro da estrada e o estacionou perto do velho celeiro. Havia lotes de capim amarelado lá dentro e vi um maquinário enferrujado que parecia não ser usado havia anos.

— Vou ser rápida — prometi e entrei. Xavier caminhou de um lado a outro enquanto eu apertava as teclas.

— O que houve? — A voz de Ivy estava tensa de preocupação quando atendeu. Eles já deviam ter sentido que estávamos em apuros.

— Um Sete — respondi, sem fôlego. — Um deles apareceu quando estávamos saindo.

— Eu disse que vocês tinham que ser rápidos! — gritou Ivy.

— Não grite comigo — respondi. — Ficamos lá apenas meia hora!

— Tudo bem. — Ela suspirou alto. — Onde estão agora?

— Acabamos de sair da estrada depois de Oxford. Ainda estamos em Lafayette County.

— Fiquem exatamente onde estão — disse ela. — Vamos buscar vocês.

— Certo. — Passei a falar mais baixo. — Gabriel está vindo com você?

— Talvez seja o que ele precisa — respondeu — para sair dessa situação. Fiquem abaixados e escondidos. Não saiam ao ar livre. Até daqui a pouco.

A ligação foi encerrada e me virei para Xavier.

— Estão vindo — disse, forçando um sorriso. — Não devemos nos preocupar.

Xavier atravessou o celeiro, com palha presa nos sapatos, e chutou um monte de feno. Vestindo uma camisa xadrez e calça jeans surrada, parecia à vontade naquele ambiente. Uma ferramenta que estava pendurada fez barulho e balançou. Xavier olhou para cima e franziu o cenho. Tentei me aproximar dele, mas acabei tropeçando num balde cheio de água suja.

— Este local é uma armadilha da Morte — disse ele sorrindo ao me ajudar a ficar de pé, limpando as minhas roupas.

— Não ficaremos aqui por muito tempo — respondi.

— Estou quase torcendo para eles nos encontrarem — sussurrou. — Para podermos acabar logo com isso.

— Não vão nos pegar — disse. — Não permitirei que isso aconteça.

— Teremos que enfrentá-los em algum momento — disse ele. — Não podemos fugir para sempre.

— Não sabemos o que acontecerá se nos encontrarem. Não podemos nos arriscar.

— Olha, essa brincadeira de gato e rato já está ficando cansativa.

— Também acho — concordei.

Olhamos para a frente e vimos o Sete de pé, com o seu sobretudo preto, bloqueando a entrada do celeiro. Olhei ao redor, mas não havia como escapar.

Segurei o braço de Xavier com força, como se isso pudesse impedir a nossa separação.

— Finalmente — disse o Sete. — Vocês dois têm nos enganado há algum tempo.

— Sai fora — disse Xavier, com coragem. — Não queremos ser seus amigos.

— Que engraçado — disse o Sete, secamente.

— Por que não nos deixam em paz? — Parei na frente de Xavier, apesar de ele ser bem mais alto do que eu.

— Acho que isso será impossível.

— O que exatamente querem de nós? — perguntou Xavier, erguendo-me com facilidade para me colocar atrás dele.

— Queremos restaurar a ordem — respondeu o Sete com o seu tom áspero. — É nossa obrigação manter a ordem.

— Fizeram um bom trabalho por enquanto. — Xavier fez sinal de positivo, sarcástico.

— Olha, entendi — disse eu, cansada de tudo aquilo. — Sei que é contra todas as nossas leis se apaixonar por um ser humano, mas agora já foi. Não há nada que possa ser feito para mudar isso.

— Humano? — O Sete sorriu. — Você acha que ele é isso mesmo?

— Como assim? — perguntei.

— Ei! — Xavier se endireitou, um pouco ofendido. — O que quer dizer com isso?

— Vocês não sabem, não é? — disse o Sete, como se esse desconhecimento lhe causasse grande satisfação.

— Não, então por que não conta? — respondi.

— Há forças que cercam esse rapaz.

— Pode explicar melhor? — pediu Xavier. A atitude reticente do Sete era muito irritante.

— Perdemos você há muitos anos — começou o Sete. — Você desapareceu numa multidão caótica de seres humanos. Mas sempre soubemos que, um dia, você encontraria o caminho de volta. E encontrou mesmo.

— Do que está falando? — insisti. — Pensei que estivessem *me* procurando.

— Estávamos — respondeu o anjo. — Até descobrirmos a verdadeira identidade dele. Agora, ele deve nos servir.

— Ei, ele não é sua propriedade — respondi, tomada pela indignação.

Xavier se aproximou de mim, e ficamos lado a lado.

— Não sou seu servo.

Senti um aperto no peito ao me dar conta. Eles não estavam mais atrás de mim, não queriam me punir e me arrastar de volta para a minha antiga casa. Era pior... eles queriam Xavier.

— O que querem dele? — perguntei.

— Temos planos para ele — disse o Sete, virando a cabeça careca e apontando um dedo torto para Xavier. — O Céu precisa de você.

— Ficou maluco? A Terra precisa de mim. Tenho uma vida, tenho uma família. E não vou deixar a Beth.

— Logo imaginei — disse o Sete, e ergueu a mão na nossa direção.

Mas antes que o seu poder pudesse nos atingir, estiquei o braço e peguei na mão de Xavier, deixando toda a raiva e mágoa que tinha se acumulado dentro de mim sair do meu corpo.

— Somos só nós dois — disse a ele. — Nós dois contra o mundo.

Xavier apertou a minha mão e então, pela primeira vez, senti um poder diferente unir-se ao meu, e percebi que vinha dele. Não era angelical, como o poder de Ivy e Gabriel, mas com certeza não era humano. Passava a sensação de raio de Sol, e a minha mente foi tomada por um azul-claro lindo, que fez a minha preocupação desaparecer como uma onda recuando. Ela se remexeu e percebi que era água... água fria e refrescante, revigorante. Senti uma brisa bater no meu corpo, seguida por um calor pulsante e uma firmeza que parecia plantar os meus pés no chão, como se nem mesmo um tornado fosse capaz de levar-me.

E, então, lentamente, me dei conta: ar, fogo, terra. Eu estava sentindo todos os elementos de uma vez. Mas não era eu quem estava produzindo essas sensações — o meu poder parecia a luz: a luz clara e forte que me dava a impressão de estar flutuando. Tal poder vinha de Xavier. Ele era a personificação da terra, e era isso o que sentia na ponta dos seus dedos. Tudo de mais maravilhoso que a Terra podia produzir, as fontes mais fortes da natureza, parecia estar surgindo do seu corpo. O que aquilo significava? Os elementos estavam sob o controle dele? Eu só sabia que Xavier parecia ter a Mãe Natureza ao seu lado, como se o Nosso Pai estivesse comandando a Terra para que ela se erguesse e ficasse do lado dele. Os olhos de Xavier estavam fechados, e eu sabia que não podia perturbá-lo. Em vez disso, me concentrei em ajudar com cada porção de energia que tinha, a fim de que as nossas habilidades alimentassem umas às outras.

Então, quando o poder do Sete nos atingiu, foi como se batesse num escudo invisível e se desfizesse em mil pedaços de argila no chão. Ele formou uma bola brilhante alarajanda nas mãos e a lançou à nossa direita, como um tiro. Dessa vez, ela explodiu em chamas a um metro de nós, e as cinzas flutuaram como confetes brilhantes. A órbita seguinte explodiu num surpreendente arco de água, ensopando o Sete da cabeça aos pés.

— Que truque é esse? — perguntou o Sete.

— Afaste-se — disse Xavier. — Você não pode nos atingir.

— O meu poder é maior do que o seu — disse o Sete, apesar de não parecer mais tão confiante.

— É mesmo? Prove — desafiou Xavier.

— Garoto arrogante. — O Sete fez um som parecido com um rosnado.

— Sim, sou mesmo. — Xavier deu de ombros.

O Sete recuou alguns passos.

— Deveriam saber que a rendição de vocês é iminente — disse o Sete. — Não podem lutar conosco para sempre.

— Bem, faremos o melhor que pudermos.

— Muito bem — disse a criatura. — Mas estão apenas postergando o inevitável.

E, então, com um som parecido com o bater de asas, ele se foi.

Xavier soltou a minha mão e se curvou, apoiando as mãos nos joelhos. Vi uma camada de suor em sua testa.

— Caramba — disse ele. — O que foi aquilo?

— Eu... não sei — respondi. — Acho que foi você.

— Não. — Balançou a cabeça, ainda ofegante. — Fomos nós dois.

— Vencemos um Sete? — Quase ri diante do absurdo. — Sem ajuda? Nós o mandamos embora, mesmo.

— Sim, mandamos. — Os olhos azuis brilhantes de Xavier me observaram, e ele sorriu. — Acho que somos mais fortes do que pensávamos.

E parecia que de fato éramos. Quando Gabriel e Ivy chegaram alguns minutos depois, a crise havia passado. Não havia mais nada para eles fazerem. Nós havíamos nos salvado.

24

O SEGREDO MAIS BEM-GUARDADO

Havia uma conversa esperando para acontecer. Xavier e eu sabíamos disso quando entramos com os meus irmãos em casa. Podíamos estar contentes por termos derrotado um dos maiores caçadores do Céu, mas não conseguimos ignorar o que ele havia dito: *Humano? Você acha que ele é isso mesmo?* As palavras ressoavam na minha mente. O que significava aquilo? É claro que Xavier era um ser humano. Já o vira sangrar. Já o vira quase morrer. Isso o tornava um ser humano, não é? Concluí que o Sete só queria nos abalar. Ivy e Gabriel explicariam tudo quando chegássemos em casa. Na cozinha, Xavier hesitou na porta.

— Certo, podem me contar — pediu Gabriel. — O que ele disse a vocês?

Ele parecia melhor do que estivera alguns dias antes, mas ainda não estava normal. Demonstrava impaciência e não fazia rodeios para dizer a verdade. O Gabriel de antes colocava as palavras de modo mais cuidadoso, tentava desviar a conversa para a direção que queria. Mas não queria perder tempo e foi direto ao ponto. Foi um alívio, de certo modo.

— Disse que não sou humano. — Xavier cruzou os braços. — E que o Céu precisa de mim, que eles têm planos para mim, ou algo assim. Isso é maluquice, certo?

— Xavier, você precisa entender uma coisa — começou Ivy.

— Ah, por favor — interrompeu Gabriel. — Diga de uma vez. Já está mesmo na hora de eles saberem.

— Hora de sabermos o quê? — perguntei, alterada. Não gostei nada daquilo. — O que vocês têm escondido?

Ivy pressionou os dedos finos nas têmporas.

— Acho que devem se sentar. Não vai ser fácil para nenhum de nós.

— Certo. — Xavier riu de modo inquieto. — Vocês estão começando a me assustar de verdade. O que está acontecendo?

— Pode se sentar? — pediu Ivy. — Por favor?

Puxei Xavier para o sofá ao meu lado e segurei a manta de crochê. Gabriel olhava com seriedade pela janela, esperando Ivy começar.

Percebi que ela não conseguia manter as mãos paradas e que devia ser algo muito grave para abalá-la daquele jeito.

— Acho que vou começar do começo — disse ela, de modo distraído.

— Vai ser uma longa história? — perguntou Xavier. — Seria melhor se você resumisse as coisas.

— Escute — disse ela, séria. — Se não contar tudo, não terá sentido. — Olhou para Gabriel, que assentiu para encorajá-la. — A última vez em que estive na Terra foi há quase vinte anos. Estava indo a Charlotte, mas errei o caminho e fui parar em Birmingham. Não queria conversar com ninguém, mas conheci um casal cujo carro havia quebrado, e eles pediram o meu telefone emprestado. Começamos a conversar, e eles disseram que estavam se tratando numa clínica de fertilidade. Mas não estava dando certo. Não conseguiam engravidar.

— Muito interessante — disse eu. — Mas não entendo como isso pode ter a ver com nós dois.

Gabriel levantou a mão.

— Espere a sua irmã terminar. Precisamos ouvir a história toda.

— Não devia ter me envolvido. — Ivy balançou a cabeça. — Mas a mulher me disse que eles estavam rezando para que um milagre acontecesse. Eu não podia ir embora, pois tinha o poder de ajudá-los.

— O que você fez? — perguntei.

— Dei um filho a eles — disse ela. — Quando a mulher se despediu de mim naquele dia, ela estava grávida, mas não sabia. Restaurei o corpo dela para que voltasse a ser totalmente saudável e pudesse conceber no futuro.

— Você agiu sem permissão? — perguntei. — O Céu tentou castigá-la?

— Atraí o castigo para mim mesma.

— Como assim?

— Nada aconteceu durante muito tempo — disse ela, suspirando. — Mas, um dia, descobri que o casal havia dado à luz um filho e que, desde então, tinham tido mais cinco filhos saudáveis.

Percebi Xavier se remexer ao meu lado.

— O que aconteceu com a criança?

— O meu envolvimento parou na concepção — respondeu ela. — Eu o deixei em paz para viver uma vida normal. Pensei que não o veria mais.

— Não acredito — sussurrei. — Por que nunca nos contou?

— Estava envergonhada. E, depois de repreender você, por ter se envolvido demais na vida dos seres humanos, como poderia revelar o que eu tinha feito? Fui uma hipócrita.

— Ah, Ivy — disse. — Poderia ter confiado em mim. Eu teria compreendido.

— Bethany, não terminei. — A minha irmã me interrompeu. — Tem mais. O Céu me disse que eu veria o menino de novo, e que, de um jeito ou de outro, ele voltaria e se misturaria ao mundo dos anjos.

— Está dizendo que vamos encontrá-lo?

Gabriel se virou e me olhou diretamente nos olhos.

— Bethany, você já o encontrou.

A minha mente se esforçou para entender o que tinha acabado de ser dito.

— Não entendo... — disse.

— Eu, sim — disse Xavier com a voz rouca. — O que estiver tentando dizer, diga de uma vez.

A minha irmã olhou para a frente devagar.

— O casal que conheci tantos anos atrás... o nome deles era Peter e Bernadette Woods. A criança é você. Sinto muito, Xavier.

Fez-se um longo silêncio. Era como se a Terra tivesse parado. Xavier não se mexeu. Ficou sentado e calado, olhando para as próprias mãos. Esperamos que ele falasse. Gabriel se sentou e pousou a mão no seu ombro. Xavier se levantou.

— Xavier, por favor, tente se acalmar — disse minha irmã.

— Acalmar? — Xavier riu. — Você acaba de me dizer que sou uma espécie de milagre da Concepção Imaculada e tenho que me acalmar?

— Você continua sendo um ser humano — explicou Ivy rapidamente. — Você é de carne e osso, mas não como as outras pessoas.

— Há quanto tempo sabem disso? — perguntou Xavier de repente.

— Desde que vi você. — Ivy não conseguia olhar direto nos olhos dele. — No começo, não tivemos certeza, mas logo ficou claro. Em parte, foi por isso que tentamos afastar você de Beth. Um humano comum não seria capaz de lidar com a realidade do nosso mundo... teríamos apagado a lembrança dele e pronto. Mas você... você é diferente.

— Vocês sabiam disso todo esse tempo? — Xavier parecia verdadeiramente arrasado. — E esperaram para me contar só agora?

— Você estava preocupado com outras coisas — disse Ivy, tentando se desculpar. — O seu caminho não tem sido fácil. Não queria aumentar a sua carga de preocupação.

— E os meus irmãos e minhas irmãs? — perguntou Xavier, com certo receio. — Eles...?

— Foram concebidos naturalmente. Só participei da sua criação.

— Então... — Xavier parecia um pouco enojado. — Você... isso a torna... como... você é minha mãe?

O susto que levei foi incontrolável.

— Ai, meu Deus... — resmunguei. — Por favor, não.

— Não sou sua mãe — disse Ivy com firmeza. — Não tenho DNA que possa ser passado. Você é filho da Bernadette. Mas dei a você a nossa essência, o nosso espírito. O sangue dos anjos corre nas suas veias, assim como o sangue dos seus pais, seres humanos.

— Então, que diabos eu sou? Anjo ou humano?

— Acho que é as duas coisas — respondeu Ivy.

— Que ótimo. Isso é maluquice.

— Não queria que descobrisse dessa maneira.

— Não tem um momento bom o suficiente para se descobrir que se é um tipo de cruza maluca — disse ele.

— Não diga isso — disse eu. — Você é a mesma pessoa que sempre foi.

— Como você sabe, Beth? — perguntou ele.

— Você sempre soube que era extraordinário — respondi. — O destino não nos teria unido se fosse diferente. Você sobreviveu a muita coisa, tem muita força, e agora entende o motivo.

— O que os Setes querem comigo? — perguntou Xavier. — O que acham que posso fazer por eles?

— Os meios-anjos têm poderes — disse Gabriel. — Poderes que não entendemos muito bem. Acho que eles querem descobrir quais são.

— Então, querem me usar? — perguntou Xavier com a voz áspera. — Como uma cobaia?

— Provavelmente. — Gabriel não hesitou.

— Com certeza não sou o primeiro. — Xavier revirou os olhos ao dizer aquilo. — Meio-anjo.

— Você é o primeiro que eles encontraram — respondeu Gabriel. — Houve outros com o passar do tempo, mas os anjos que os criaram não souberam do paradeiro deles, e eles viveram como seres humanos normais. Assim, não fica fácil localizá-los.

— E agora que me encontraram... — disse Xavier, reticente.

— Agora que sabem a sua identidade, não o deixarão em paz — disse Ivy. — Mas nós faremos de tudo para proteger você.

— Querem que você e Bethany se separem — disse Gabriel. — Principalmente depois do que aconteceu hoje. Os seus poderes combinados são fortes demais. Eles se sentem ameaçados.

— Está dizendo que, se não estivéssemos juntos, nos deixariam em paz? — perguntei, sem acreditar

— Continuariam controlando Xavier de longe — respondeu Gabriel. — Mas ele não seria uma ameaça tão grande.

— Ele não é uma ameaça! — gritei. — Ele não fez nada!

— Os Setes são criaturas competitivas — disse Ivy. — Sabem que a sua união é maior do que os poderes deles e não conseguem lidar com isso.

— E se prometermos que não vamos atrapalhar?

— Dificilmente faria diferença — disse Gabriel. — Você já deve ter percebido como eles são.

— Tudo bem. — Mordi o lábio e tentei não remexer as mãos.

— O que faremos agora?

— Eles voltarão — disse Ivy. — Quando chegarem, estaremos prontos para eles.

Esperei Xavier falar. Devia haver mil coisas na sua cabeça naquele momento, coisas que ele precisava absorver, perguntas sem resposta, e acusações.

— Então, é... — Ele levantou a mão e deixou-a cair solta no sofá. — Não sei o que dizer.

— Xavier... — comecei, mas ele me interrompeu.

— Como posso não ter percebido? Devia haver sinais. Será que ignorei todos eles?

— *Houve* sinais — insisti. — Mas não foram importantes o bastante para você perceber. Pense em tudo o que aconteceu desde que nos encontramos. Quantas pessoas podem ver os seus amigos morrerem bem diante dos seus olhos, quantas pessoas podem testemunhar um exorcismo completo sem se traumatizar? Quantas pessoas poderiam invadir o Inferno para salvar alguém que amam? E quantas pessoas poderiam ser possuídas por Lúcifer, literalmente tê-lo dentro de si, e sobreviver? Você é especial, Xavier. Os anjos escolheram você.

Ele ficou olhando para o nada.

— Sinto que não sei mais quem sou.

— Não — disse eu, balançando a cabeça com veemência. — Não, é exatamente o contrário. Agora, você sabe quem é. É abençoado e está no caminho que o levará para coisas grandes. Deus está cuidando de você.

— Parece que eu O estou irritando — respondeu Xavier, com a voz séria.

— Os Setes — corrigi. — Você está irritando os Setes. Mas Deus ama você. Ele marcou você como um dos Dele.

— Então, por que é tudo tão difícil? — Xavier olhou para mim com persistência, precisando de uma resposta minha para entender. — Por que parece que estamos sendo punidos?

— Porque o caminho do homem justo nunca foi fácil — sussurrei. — Aqueles que são escolhidos pelo Senhor trilham um caminho difícil. As recompensas virão depois. E, se Ele é o Pai misericordioso que conheço, teremos a paz eterna juntos. Só precisa confiar Nele. Acredite no Seu plano e confie Nele com todo o coração. Sei que é difícil, mas veja a prova que você teve por meio de mim e dos meus irmãos. A maioria das pessoas precisa manter a fé cega, mas você, não. Você teve uma prova.

— Está bem. — Xavier olhou para mim, pensativo. — Está bem — repetiu. Eu sabia que devia ser muita informação para assimilar e que não deveríamos apressá-lo.

— Espere... — Um pensamento repentino me ocorreu. — Vocês sempre falavam que sou diferente, que *sinto coisas* que não deveria sentir por um ser humano. Seria por isso? Porque Xavier não é... — eu me corrigi a tempo: — totalmente humano?

— É a explicação mais provável — respondeu Gabriel. — O elo entre vocês vai além da experiência humana. Caso contrário, é improvável que o seu relacionamento tivesse sobrevivido a tantos problemas.

— Estão dizendo que eu não a amaria se eu fosse normal? — perguntou Xavier.

— Não. — A voz de Gabriel estava controlada. — Estou dizendo que talvez você não tivesse os recursos para lidar com as coisas que viu e com as verdades que lhe foram reveladas.

— Xavier. — Ivy colocou a mão no ombro dele. — O sangue dos anjos corre nas suas veias. Isso quer dizer que os anjos sempre estarão com você. Quer dizer que está protegido e está destinado a ser um protetor dos homens. Mas a escolha é sua. Você pode usar essa informação ou pode fingir nunca ter descoberto.

— Não acho que se trate de uma opção — respondeu Xavier. — Acho que só preciso de tempo para absorver tudo.

Eu não sabia por que a nova informação não havia me deixado abalada. Talvez porque Xavier já tivesse abalado o meu mundo e a ideia de que a sua criação era extraordinária parecia natural para mim. Na minha cabeça, ele nunca tinha sido um ser humano comum; a sua presença era como fogos de artifício, e a simples menção ao seu nome fazia as minhas pernas tremerem. Obviamente, ele era especial, como poderia não ser? Acredito que o fato de a minha irmã ter tido participação na concepção dele tenha sido um pouco esquisito, mas eu tinha que lembrar a mim mesma que Ivy não era minha irmã biológica. Estávamos ligadas a uma família do Céu, mas não havia DNA em comum. Essa característica era totalmente humana.

E, assim, aceitei o fato de que Xavier era meio-anjo sem questionar. Na verdade, senti orgulho.

25

VEJA-ME QUEIMAR

Todos concordamos que não fazia sentido tentar calcular quando o próximo ataque dos Setes aconteceria. Estávamos cansados de esquemas e estratégias. Sabíamos o que podíamos fazer e não sentíamos medo. Claro, a luta não estava terminada, mas eu duvidava que os Setes tivessem muitos planos na manga que pudessem nos derrubar.

Xavier ainda estava tentando entender o fato de que sangue de anjo corria nas suas veias e não parecia querer falar mais sobre isso. Não insisti no assunto, sabendo que ele precisaria de tempo para entender uma informação tão assustadora. Então, decidi me preocupar com Molly.

Na tarde do dia seguinte, arrastei Xavier para fora de casa para que fosse procurá-la comigo. Ela vinha nos evitando desde o espetáculo com Gabriel na cozinha, e eu estava preocupada com ela. Oxford era uma cidade pequena, não havia muitos lugares onde se esconder, e acabamos por encontrá-la sentada num canto do Starbucks, olhando para o celular, com um muffin intacto no prato ao seu lado. Decidimos agir como se nada tivesse acontecido.

— Notícias ruins? — perguntou Xavier, aparecendo atrás dela.

— Não — disse ela, virando o celular para baixo rapidamente. Molly nunca soube mentir.

— Então, por que essa cara triste? A sua manicure foi embora?

— Ha-ha. Que engraçado. — Ela abriu um sorriso forçado.

Percebi que Molly estava diferente. Os cachos rebeldes tinham sido domados numa longa trança que pendia por um dos ombros, como uma corda cor de fogo. Havia deixado o short e a camiseta de sempre e passado a vestir uma blusa florida de gola alta, calça jeans desbotada e tênis. A Molly de antes não usaria jeans e tênis nem morta.

Sem dúvida era um visual novo para ela, e pensei que devia ser uma tentativa de agradar Wade. Os seus grandes olhos azuis não tinham mais o brilho de sempre, porém pareceram brilhar ao nos ver. Ela nos observou com atenção quando puxamos as cadeiras para nos sentarmos com ela, e a velha Molly que eu conhecia pareceu surgir por um momento.

— Vocês estão péssimos!

— Nossa! Obrigado! — disse Xavier.

— Sinto muito, mas precisam dormir mais e transar menos.

Xavier sorriu.

— Não é bem assim.

Fez-se uma pausa, porque ninguém queria tocar no assunto da cena com Gabriel no último encontro deles. Molly parecia querer fingir que nada havia acontecido. Será que ela temia se machucar de novo?

— E aí, quais são as novidades? — perguntou ela. — Como estão as coisas?

— Estão um pouco melhores — respondi com cuidado.

— Vocês sempre passam por novas crises — disse ela, irritada.

— É — concordei. — Mas, olha, no momento, parece que não conseguiremos voltar para a faculdade.

— Não acredito! Vão desaparecer de novo!

— Claro que não — disse eu, rapidamente. — Ainda estaremos na cidade, só que não nos verá no campus. Dissemos às pessoas que tivemos um problema familiar, então, se alguém perguntar, foi o que aconteceu. Diga que não sabe de mais nada.

— Tudo bem. — Molly passou o dedo pela borda do copo. — Acho que vou rezar por vocês.

Xavier ergueu as sobrancelhas. Não era a frase que o surpreendia, mas, sim, o fato de ter sido dita por Molly. Ela manteve os olhos voltados para baixo ao dizer aquilo, como se simplesmente estivesse repetindo algo que Wade gostaria que ela dissesse.

— Obrigado — respondeu Xavier, deixando o estranhamento passar.

— Então, eu poderei visitar vocês? — perguntou ela.

— Claro que sim — respondi, de modo incentivador. — Sempre que quiser. Mas telefone com antecedência.

Molly concordou, mas parecia um pouco desconfortável, olhando para a entrada. Tive a impressão de que algo, além da nossa vida de nômades, a estava deixando ansiosa.

— Mas não pode contar a ninguém onde estamos — disse Xavier. — Nem mesmo ao Wade.

— Não se preocupem. Ficarei de boca fechada.

— Ótimo. Confiamos em você. — disse Xavier.

Estava quente dentro do café. Quando Molly, distraidamente, ergueu as mangas da blusa, vi hematomas ao redor de um dos seus punhos, como se alguém a tivesse segurado com muita força. Já estava sumindo, com uma mancha verde-amarelada nas bordas.

— Molly, o que aconteceu com o seu braço?

Ela abaixou a manga, subitamente tomando consciência do deslize.

— Sou uma estabanada. Caí da escada enquanto estava de salto alto.

— Onde você estava?

— Numa festa de uma fraternidade.

— Com Wade?

— Não! Ele não sabe, então, por favor, não contem a ele. Ele não aprovaria.

— Ele me parece meio controlador — disse Xavier. — Você não pode ser sincera com ele?

— Não, não, ele não é controlador — insistiu Molly. — Wade é bom para mim. Só preciso de tempo para alcançá-lo espiritualmente.

— Como vai fazer isso?

— Bem... — Molly franziu o cenho. — Não sei muito bem. Mas Wade tem uma ideia.

— Claro que tem — murmurou Xavier, olhando para mim. — Por falar nele...

Nós três olhamos para a frente e vimos Wade entrar com uma camisa polo abotoada até o pescoço.

— Ah, não. — Molly segurou a minha mão embaixo da mesa. — Não vai dizer nada, certo?

Era a primeira vez que ela dizia aquilo. Sabia que ela devia estar reprimindo muitas emoções e isso não era saudável. Mas cuidaríamos disso mais tarde.

— Eu nunca faria isso — disse eu, quase ofendida. — Que tipo de amiga acha que sou?

— Obrigada. — Molly mordeu o lábio e enfiou o celular na bolsa quando Wade se aproximou. Ela não conseguiu desfazer a cara de culpada e Wade, logicamente, percebeu. Mas ele nos cumprimentou com um sorriso simpático.

— Oi. Sobre o que estão fofocando?

— Coisas de menina — disse Molly.

— Com Ford aqui?

— Nós o consideramos uma das meninas.

— Geralmente me desligo — corrigiu Xavier, arrancando uma risadinha de Wade, que normalmente ficava sério. Deu um beijo no rosto de Molly, franziu o cenho e se afastou ab-ruptamente.

— Molly, senti cheiro de brilho labial?

— Você percebeu! É novo. Ele se chama Campos de Morango, ou Beijo de Morango, alguma coisa assim.

— Pensei que tivéssemos combinado que você deixaria de usar maquiagem. — O seu olhar de reprovação fez Molly corar.

— Wade, não chamaria brilho labial de *maquiagem*.

Ela olhou para nós para tentar obter apoio, mas estávamos surpresos demais para dizer qualquer coisa.

— Isso melhora a aparência natural dos seus lábios?

— Hmm... acho que sim. Sim.

— Então, Molly, você não precisa dele. Você é perfeita do jeito que Deus a fez. Por que mexer na obra Dele?

— Sinto muito. — Ela abaixou a cabeça. — Nunca analisei as coisas dessa maneira.

— Porque é fácil demais ser influenciada pelas mentiras que as empresas de cosméticos dizem às mulheres. Isso é obra do Satanás, você não acha, Xavier?

— Hmm... é. — Xavier e eu nos entreolhamos, sem entender. — Mas não tem nada demais. Molly sempre usou brilho labial.

— E agora ela está tentando melhorar — interrompeu Wade. — Está na sua bolsa?

— O quê?

— O brilho labial. — Pelo jeito como ele falava, mais parecia que ela estava levando drogas ilegais na bolsa. Molly pegou um frasco em forma de bastão com tampa dourada. Não consegui ver a etiqueta, mas vi que era de uma famosa linha de cosméticos. Provavelmente havia demorado muito para escolher. Wade esticou o braço.

— Me dê. Com certeza vai ser mais fácil para você se eu jogar no lixo.

Olhei de modo ansioso para Molly, esperando por um ataque de raiva ou pelo menos por um comentário cínico, mas não vi nenhum dos dois. Apenas manteve o olhar baixo enquanto Wade guardava o item no bolso.

— Mas a Molly gosta de maquiagem — disse eu. Era um desafio, e não apenas uma observação. — Por que precisa parar de usar?

— Beth, deixe — pediu Molly.

— Tudo bem, querida. — Wade olhou para mim com seriedade. — A Laurie tem direito a ter a opinião dela. Provavelmente é ingênua demais para perceber as mensagens prejudiciais por trás da publicidade.

— É só um brilho labial — disse eu, sem acreditar. Xavier balançou a cabeça quase imperceptivelmente, indicando que aquele não era o momento para dar início a uma discussão acalorada.

— Os cosméticos são feitos para transformar as mulheres em objetos — disse Wade. — Como justificar o seu uso?

Xavier se levantou de repente e olhou para todos nós.

— Vou pegar um frapê. Querem alguma coisa?

— Quero um café *latte* de baunilha — disse eu.

Wade balançou a cabeça para indicar que não beberia nada conosco.

— Acho melhor irmos embora. — E começou a ajudar Molly a reunir os seus pertences, mas ela pareceu relutante em nos deixar.

— Querem lanchar mais tarde conosco, ou algo assim? — sugeriu ela. — Estão com tempo?

— Claro — respondeu Xavier. — Laurie, você está a fim?

Wade tossiu de modo forçado para chamar a atenção de Molly.

— Hmm, amor, temos estudo bíblico. Não me diga que se esqueceu?

— Ai, caramba. — Molly pareceu triste por um momento. — É que faz muito tempo que não converso com os meus amigos.

— Não se preocupe — disse Wade. — Posso ir sem você. Pode ficar com os seus amigos. — As suas palavras diziam uma coisa, mas a linguagem corporal dominadora contava outra história totalmente diferente. Os braços cruzados e o pé batendo no chão indicavam que não queria que Molly o deixasse. Ela ficou indecisa.

— Não se preocupe — eu a tranquilizei. — Podemos lanchar outro dia.

— Tudo bem. — Molly correu para o lado de Wade, mas olhou para trás por um bom tempo. — Não esquece.

— Claro que não.

— Certo. Mando uma mensagem de texto para você amanhã.

— Molly... — interrompeu Wade. O som da sua voz estava começando a me irritar de verdade. — Precisamos ir embora se não quisermos nos atrasar. Você sabe como detesto ser o último a chegar.

— Estou indo!

Wade abraçou Molly e a levou para fora do café. Eu os observei partir, pensando que a mão dele sobre o ombro dela parecia pesada demais. Xavier voltou com as nossas bebidas.

— Nossa! Aquele cara é esquisito — disse ele, colocando o café na minha frente.

— Sem dúvida — confirmei. — Será que devemos nos preocupar?

— Não sei. Molly não é criança. Pode tomar suas próprias decisões.

— Você teve a impressão de que ela estava tentando... pedir ajuda?

Xavier franziu o cenho.

— Ela sabe que estamos aqui se precisar de nós, não é?

— Sim, mas e se ela estiver com problemas? — persisti.

— Acho que vamos descobrir — disse ele. — Mas você não chegará a lugar algum com Molly se tentar confrontá-la. Ela própria precisa tomar essa decisão.

Não entendi o tipo de relacionamento que Molly tinha com Wade, mas já tinha visto o suficiente para saber que não devia ser saudável. O simples fato de eles estarem juntos não me parecia bom. Ele não era o tipo dela, e estava claro que ela tinha dificuldades para se expressar com ele. Eu não conseguia parar de pensar que ela havia se envolvido naquela relação para tentar esquecer Gabriel. E agora ela estava noiva. Devia ser confuso, no mínimo. Secretamente, me repreendi por estar tão preocupada com os meus problemas a ponto de não ter percebido o que estava acontecendo na vida da minha melhor amiga. Mas não deixaria Molly cometer esse grande erro. De um jeito ou de outro, precisava tirá-la daquela situação.

Mais tarde, em casa, abordei o assunto durante o jantar e contei sobre a conversa no café enquanto Ivy enchia o meu prato com carne e salada.

— Tenho um mau pressentimento sobre o namoro de Molly e Wade.

— Por que está dizendo isso? — perguntou minha irmã. Gabriel, que estava perto do banco, não olhou para mim.

— Acredita que ele a proibiu de usar brilho labial?

— Isso quer dizer que ele é controlador, não um psicopata — disse Ivy. — Não julgue de modo precipitado.

— O que devemos fazer?

— Nada. Não cabe a nós interferir nos relacionamentos dos outros. Molly dirá se precisar de ajuda.

— Foi o que eu disse — acrescentou Xavier, abrindo uma lata de Coca-Cola e lançando um olhar para mim, como se dissesse: *Eu disse.*

— E se ela estiver com medo?

— Você tem evidências de que ela corre perigo? — perguntou Ivy.

— Não.

— Então, acho que devia ficar fora disso.

— Vi alguns hematomas — disse eu. Por algum motivo estranho, falar sobre aquilo parecia trair a confiança de Molly.

Gabriel, por fim, levantou a cabeça.

— Hematomas?

Ele havia evitado comentar até aquele momento. Na verdade, eu mal conversara com ele desde aquela noite no porão. Algumas vezes, acordei no meio da noite, desci para beber água e encontrei o seu quarto vazio. Ele vinha se afastando enquanto tentava se curar e, assim como Molly, não voltou mais a falar sobre o encontro dos dois. Eu achava que eles não tinham conversado, decidindo fingir que nada havia acontecido. Porém, Gabriel parecia incomodado ao pensar que alguém poderia estar machucando Molly.

— Na parte interna do braço. Quando perguntei, ela disse que havia caído da escada por causa do salto alto.

— Parece plausível — disse Ivy.

Mas Gabriel estava de pé e balançava a cabeça.

— Não para a Molly — disse ele.

— Como? — Xavier não entendeu.

— Molly usa salto alto desde a quinta série — disse eu. — Nunca a vi nem sequer tropeçando. E, além disso, como alguém consegue cair e machucar apenas um dos punhos?

— Não sei. — Xavier mexeu as mãos em ângulos diferentes, tentando encontrar uma solução. — Acho que poderia acontecer.

— Talvez devêssemos ir vê-la — sugeriu Gabriel. — Só para termos certeza.

— Mas acabei de fazer o jantar. — Ivy pareceu irritada.

— Espere — interrompeu Xavier. — Como vão explicar uma visita assim, tão repentina? É meio esquisito, não acham?

— Não precisamos conversar com ela — disse eu. — Só quero ver como estão as coisas, ter certeza de que ela está bem. Depois disso, podemos ir embora.

— Onde eles estão agora? — perguntou Gabe.

— No estudo bíblico.

— Certo. Vamos lá.

Ao entardecer, a capela do campus ficava linda, com a torre do sino e passagens abobadadas. Funcionava como um santuário no centro do campus movimentado. Passar por suas portas era sempre como entrar em uma dimensão mais calma, em que as preocupações terrenas não penetravam. Fiquei pensando se Wade tinha permissão para usar aquele lugar para as suas reuniões.

A porta estava aberta e ouvimos uma estranha voz hipnótica. Não parecia estudo da Bíblia, e imaginei que aquela talvez fosse apenas a desculpa que Wade dera à universidade para poder usar o local.

— A única maneira de dominar a carne é humilhando-a — dizia a pessoa. — Pressioná-la, destruí-la.

Gabriel e Xavier se entreolharam, e o meu irmão fez cara feia. Caminhei na ponta dos pés para espiar atrás da porta, longe o bastante para ver o que estava ocorrendo ali dentro sem revelar a nossa presença. No interior, vi um grupo de cerca de dez pessoas reunidas. Wade era o orador e três outros homens estavam ao seu lado. O restante era formado por garotas, e elas estavam ajoelhadas. Mas Molly estava diante do altar e, por algum motivo desconhecido, estava praticamente nua, vestindo apenas uma camisola de seda, que parecia ser de outro século.

Mesmo à distância, percebi que ela sentia frio, pois a pele estava arrepiada e pálida por causa da baixa temperatura. Os olhos de Wade brilhavam, e ele estava tão envolvido no que dizia que não olhou na nossa direção. Parecia estar falando apenas com Molly.

— Você deve reconhecer a sua fraqueza diante do Senhor. Deve rejeitar aqueles que a tiram do caminho e dedicar a sua vida à contemplação.

— Eu sei — murmurou ela, concordando, mas parecia menos convencida do que as suas palavras demonstravam.

— Quero ajudá-la, mas você precisa trabalhar comigo, Molly — disse ele. — Está pronta a dedicar a sua vida a esta igreja?

— Estou.

— Está pronta para fazer o sacrifício necessário para servir como deve?

Será que aquilo era algum tipo de iniciação estranha?

— Estou — sussurrou ela, mas Wade ainda não tinha terminado.

— Está pronta para deixar de lado a vaidade terrena como sinal da sua dedicação?

— Sim. — A sua voz estava embargada, como se ela estivesse prestes a chorar.

Wade caminhou até onde Molly estava ajoelhada, aproximando-se dela como um executor. Segurava algo, mas só consegui ver o que era quando ergueu o braço acima da cabeça. Então, a luz que vinha dos vitrais refletiu no metal e percebi ser uma tesoura.

— Apenas quando dominarmos as fraquezas da carne poderemos ser verdadeiramente livres. — Segurou o cabelo dela com a mão livre como se os pesasse. Será que Molly realmente permitiria que fizesse aquilo com ela? Com o rosto limpo, sem maquiagem, suas sardas ficavam mais evidentes, e ela parecia uma criança. Olhei para Gabriel, cujo rosto estava sério e os olhos brilhantes pareciam duas fendas cheias de ira.

— Afaste-se dela. — A voz dele reverberou nas paredes da capela. Wade, pego de surpresa, abaixou o braço e olhou ao redor, procurando o invasor. Quando me viu, voltou a se recompor, mas a presença de Gabriel o havia abalado.

— Quem é você? — perguntou ele. E olhou para Molly. — Pediu a eles para virem?

— Não. — Ela gaguejou, levantando-se, trêmula: — Eu... eu... — Olhou ao redor de modo incerto, para Wade, depois para Gabriel. Então, Gabriel disse o nome dela, não como se a estivesse chamando ou pedindo que fizesse alguma coisa. Apenas disse o nome baixinho, como se estivesse triste de verdade por vê-la naquela situação. Então, Molly se mexeu. Ela se livrou das mãos de Wade e caminhou para a frente, correndo diretamente para os braços de Gabriel, onde começou a chorar.

Wade ergueu as mãos de modo impotente, como se não soubesse o que fazer. Molly continuava a chorar abraçada a Gabriel, e a mão dele permanecia apoiada na sua nuca, protegendo-a.

— O que você tem na cabeça? — perguntou ele.

— A oração e o jejum nos colocam mais perto de Deus — gritou Wade para se defender. — Apenas desse modo Ele revela o Seu verdadeiro propósito para nós, como fez com Daniel.

— Daniel era um profeta, seu idiota — respondi.

— Beth, já chega. Insultos não nos levarão a lugar algum.

— Mas ele é louco.

— Ele só está muito desorientado — disse Gabriel. — O caminho para Deus é uma trajetória pessoal. Wade, você não pode forçar alguém prendendo essa pessoa e cortando o cabelo dela.

Molly levantou a cabeça para olhar para ele, e a ponta do nariz estava vermelha de tanto chorar.

— Eu estava tentando me livrar dos meus pecados passados, porque pensei que era por causa deles que você não podia retribuir o meu amor.

Gabriel franziu o cenho por um momento.

— Molly, você se redime mudando a sua vida, não permitindo que alguém a mude por você.

— Você não se torna cristã só porque vai à missa, assim como não se torna um carro só porque fica na garagem — disse eu, citando uma frase de um livro que havia lido recentemente. — Depende de como você se sente por dentro, Molly, e, no momento, você está arrasada.

— Molly, não escute o que estão dizendo. Você é uma pecadora — disse Wade. — Você é má, e eu sou a única pessoa que pode redimi-la.

— Cristo é a única pessoa capaz de redimir alguém — gritei com ele. — Você pensa que é Deus, cara!

— Quem é você para julgá-la? — perguntou Gabriel, olhando fixamente para Wade. — Você é tão pecador quanto qualquer outra pessoa.

— Ela é uma mulher. — Wade balançou a cabeça. — Isso a torna corrupta e cheia de desejos por natureza. Foi Eva quem levou o homem ao pecado. Isso me torna menos pecador do que ela.

— É mesmo? — perguntou Gabriel. — Que interpretação interessante.

— Molly, você está cometendo um erro enorme — disse Wade, ignorando o meu irmão. — Estou tentando ajudá-la porque a amo.

— Não me faça rir — disse eu.

— Você. — Gabriel apontou um dedo para Wade. — Se vir você falando com ela de novo, terá que se ver comigo. Entendeu?

— E quem você pensa que é? — A autoconfiança de Wade estava de volta. Ele não entregaria Molly a um desconhecido sem resistir.

Gabriel sorriu levemente quando as luzes começaram a piscar e as janelas tremeram. A porta da capela se abriu e um vento forte o envolveu.

— Você não faz a menor ideia.

Wade deu alguns passos para trás, assustado, e a sua pequena congregação arfou. Talvez não soubessem exatamente quem Gabriel era, mas estava claro que estavam diante de algo grande. Gabriel segurou a presilha de metal que prendia a trança de Molly e a retirou. Ela permaneceu parada enquanto ele desprendia os seus cachos para que caíssem soltos. Então, sem dizer mais nada, ele a levou para fora.

— Íamos nos casar — disse Molly com tristeza quando entramos no carro de Gabriel.

— Aquela não era uma relação de amor — disse Gabriel —, mas, sim, de poder.

— Sou ótimo mesmo para escolher namorados. Qual é meu problema?

— Todo mundo toma decisões ruins de vez em quando — respondeu Gabriel.

Era estranha a maneira como se incluiu nessa observação. O antigo Gabriel poderia ter comentado que errar era da natureza dos seres humanos, mas, naquele momento, parecia que ele estava do nosso lado, e não apenas observando de fora.

— É mesmo? — Molly assoou o nariz com um lenço que Xavier havia lhe entregado. — Então, vocês não estão me julgando?

— Não, quem fazia isso era Wade — respondeu Xavier. — Não nós.

Ela fungou e olhou pela janela do carro.

— Tenho a sensação de que fracassei em tudo.

— Você não fracassou — respondeu Gabriel, sentado no banco do passageiro. — Só é jovem e está confusa. É normal.

— Quanto tempo levou para você se tornar tão sábio?

Gabriel olhou para ela pelo espelho retrovisor.

— Uns duzentos anos.

Mesmo chorando, Molly sorriu.

— Um dia, você encontrará o seu lugar no mundo — disse Gabriel. — E tudo isso não passará de uma lembrança distante.

Eu queria saber se ele se incluía naquela afirmação. Será que, dali a alguns anos, ele seria apenas uma lembrança na mente de Molly? Eu só sabia que o meu irmão não era fácil de se esquecer e; pela cara de Molly, percebi que ela também sabia disso.

26

LEVE-ME PARA CASA

Molly ainda estava abalada por causa da cena na capela, e nem mesmo a presença tranquilizadora de Gabriel fez com que parasse de tremer.

— Está tudo bem, Molly. — Gabriel se inclinou para ela e sussurrou: — Acabou. Wade não vai mais machucar você.

— Molly deveria passar um tempo conosco — sugeri. — Só até as coisas se acertarem.

— Boa ideia — concordou Gabriel. — Não gosto de imaginá-la sozinha agora.

— Obrigada — disse Molly com a voz tímida. — Sinto muito por ter sido tão tola em relação a tudo.

— Não é culpa sua — disse Xavier. — Todos nós nos enganamos com as pessoas de vez em quando.

— Fiz coisa pior — disse eu. — Certa vez, achei que Jake Thorn só precisava de um amigo.

Xavier passou o braço pelos meus ombros, como se quisesse apagar aquelas lembranças ruins.

Antes mesmo de pararmos o carro diante da casa, percebemos que havia algo errado. A lata de lixo estava virada na calçada, com o conteúdo disperso no chão, como se alguém o tivesse espalhado aos chutes. Gabriel desacelerou. Quando nos aproximamos da casa, vimos algo ainda mais esquisito. A porta da frente estava escancarada e um pouco solta das dobradiças. Xavier me segurou com mais força quando vimos o vidro das janelas destruídas espalhado na varanda.

Quando saímos do carro, Gabriel analisou a rua, observando tudo rapidamente. Nós o seguimos para dentro da casa. O sofá havia sido virado e todos os armários remexidos. A maioria dos pertences de Gabe e Ivy estava caída e quebrada pelo chão. O vinho que havia vazado de uma garrafa virada tinha manchado o tapete branco na porta da frente.

— Não acredito nisso — gritou Molly. — Vocês foram roubados! Só para piorar o dia! — Ela rapidamente enfiou a mão no bolso, procurando o celular. — Vou chamar a polícia.

— Molly, espere. — Gabriel estendeu o braço e segurou as mãos dela para acalmá-la. — Isso não parece um assalto.

Xavier e eu olhamos para onde o meu irmão olhava, para o outro lado da sala de estar, onde uma palavra havia sido escrita na parede com uma caneta vermelha: PUTA.

— Ai, não — gemi.

Molly levou as mãos diante dos lábios e os seus olhos ficaram marejados.

— Molly, ele é louco. — Xavier tentou acalmá-la. — Você não pode levar isso a sério.

— Ai, meu Deus. — Ela começou a balançar as mãos ao lado do corpo. — Ele vai me *matar*!

— Ninguém vai matar ninguém — disse Xavier.

— Isso não é bem uma surpresa — disse Gabriel. — Sempre soubemos que Wade era instável.

— O que faremos agora? — perguntou Molly.

— Vamos sair daqui — respondi.

Quando disse isso, a porta do andar de cima bateu e uma sombra se moveu ali. Wade ficou imóvel ao nos ver — segurava um pé de cabra e estava com cara de louco.

— Sim — murmurou Xavier. — Eu diria que realmente está na hora de irmos.

Molly gritou quando Wade desceu correndo a escada na nossa direção. Com um mover do punho, Gabriel derrubou o corrimão, fazendo Wade tropeçar e bloqueando o caminho.

— Vamos — disse meu irmão, levando-nos para fora.

Enquanto corríamos para fora e entrávamos no carro, fiquei pensando por que Gabriel, um arcanjo poderoso, estava fugindo de um ser humano, ainda que fosse um ser humano maluco. Quando ele pisou no acelerador, uma preocupação ainda maior me ocorreu.

— Espere! Cadê a Ivy?

Xavier olhou para trás, assustado.

— Estava em casa quando saímos!

— Ivy consegue cuidar de si mesma — respondeu Gabe. Ele me pareceu tão certo disso que não duvidei dele nem por um segundo.

Quando descemos a avenida, não demorou muito para deixarmos as luzes de Oxford para trás. Enquanto a estrada escura e infinita nos envolvia, a tristeza por estarmos fugindo de novo me pegou com força.

— Para onde vamos agora? — gemi, sem tentar esconder o cansaço. — Não sei mais se consigo continuar.

— Sim, consegue — disse Xavier com firmeza. — Já fizemos isso antes e podemos fazer de novo.

— Por que estamos fugindo? — protestou Molly, mais confusa do que assustada. — Por que não podemos simplesmente chamar a polícia?

— Wade não é a única ameaça nesta cidade — explicou Gabriel. — Algo me diz que ele não causou todo o prejuízo sozinho. Pode confiar em mim. Neste momento, é mais seguro sairmos.

— Aonde vamos, dessa vez? — perguntei baixinho, entendendo agora por que Gabriel tinha fugido. — Temos mais algum lugar aonde ir?

Quando Gabriel olhou para mim pelo espelho retrovisor, foi como se conseguisse ler sua mente.

— Talvez esteja na hora de irmos para casa — disse ele.

Naquele instante, não havia nada que pudesse me animar mais. Casa. Ela parecia tão longe, como uma lembrança distante de um lugar sobre o qual eu havia apenas lido em histórias. Sabia que a batalha com os Setes estava longe de acabar, mas acreditava que seria uma vantagem estarmos na nossa área.

Senti o cheiro da nossa casa antes mesmo de avistarmos a cidadezinha de Venus Cove. O cheiro do mar chegou até nós. Entrou pelas janelas abertas e nos envolveu como os braços de um velho amigo. Quando passamos pela cidade, vi que nada havia mudado. Continuava calma e normal como da primeira vez. As vitrines da loja em estilo antigo e o prédio branco do Tribunal, com as suas colunas e a torre do relógio, pareceram apagar num passe de mágica a incerteza dos últimos meses.

Já era tarde quando paramos na rua principal, procurando um lugar onde comer. Queria ir ao Sweethearts, mas Gabriel disse que muitas pessoas nos reconheceriam ali e que precisávamos ser discretos por um tempo. Então, escolhemos uma churrascaria onde os garçons não nos conheciam. Mas os clientes ainda assim nos olharam com curiosidade quando entramos. Olharam para Gabriel e para mim com suspeita, como se tivessem nos reconhecido de algum lugar.

— Acha que eles são vampiros? — Ouvi o sussurro de uma mulher que limpava o balcão.

— Menina, você precisa parar de assistir a *True Blood* — disse a amiga, balançando a cabeça e fingindo preocupação. Molly e Xavier riram enquanto Gabriel e eu ficamos sérios.

Xavier deu um tapinha no meu joelho.

— Explico depois.

Depois do jantar, eu queria muito passar a noite no meu quarto na Byron, mas Gabriel tinha outra ideia.

— Acho que é muito perigoso agora. É o primeiro lugar onde procurariam.

— Quem está à nossa procura? — perguntou Molly, confusa.

— Vou contar tudo mais tarde — disse Gabriel, sério.

— Onde ficaremos, então? — perguntei.

— Vamos nos hospedar num hotel. Pelo menos até decidirmos qual será o próximo passo.

Por mais que eu não tenha gostado da ideia, o plano de Gabriel fazia sentido. Não podíamos nos arriscar voltando para Byron. Além disso, qual era o sentido de voltarmos para a nossa velha casa se seríamos expulsos mais uma vez de onde estávamos quando o ataque seguinte acontecesse? Não conseguiria passar por aquilo de novo. Já estava com a impressão de que não tinha lugar no mundo. Antes de irmos para o hotel, Xavier e eu nos oferecemos para passar numa farmácia para comprar algumas escovas de dentes e outros itens básicos que tínhamos deixado para trás, em meio a tanta pressa.

Gabriel e Molly foram acertar a nossa hospedagem no Fairhaven, na esplanada, e então tentariam saber o que havia acontecido com Ivy. Gabriel não parecia muito preocupado, mas eu sabia que ele se sentiria melhor quando a nossa irmã voltasse. Fomos até o mercado Walgreens com pressa, quase sem conferir o que colocávamos na cestinha de compras. Quando terminamos, Xavier me surpreendeu ao pegar um retorno da rua principal. Adivinhei o que queria fazer assim que estacionou do lado de fora do nosso antigo ponto de encontro, o Sweethearts.

— O que acha de relembrarmos o passado? — perguntou ele. Olhando para Xavier, com uma das mãos no volante e a outra apoiada no meu encosto de cabeça, voltei ao nosso primeiro encontro. Nada havia mudado. Consegui ver, ao fundo, o cinema Mercury pela janela de trás, tão antigo que parecia ser do começo dos tempos. O rapaz à minha frente também não tinha mudado. Ainda tinha o mesmo cabelo macio e castanho-claro que caía delicadamente sobre a testa, ainda usava o mesmo crucifixo que ia até logo abaixo da base do seu pescoço, e os olhos ainda tinham o mesmo brilho e pareciam refletir todas as cores do mar. Mas, agora, havia algo diferente neles. A sua expressão era de alguém mais sábio, talvez mais sério do que antes. Ele havia visto coisas, lutado pela sua vida e pela vida das pessoas que amava. Fiquei me perguntando se os outros também percebiam isso.

— Você acha uma boa ideia? — perguntei, com cautela.

— Não vamos demorar.

O Sweethearts não havia mudado nada. Mas nós, sim. Foi estranho ver rostos novos às mesas, tomando refrigerante e comendo batata frita. Muito tempo havia se passado desde a minha primeira chegada a Venus Cove. Os dias de Molly e de sua turma já tinham passado. O jukebox ainda tocava rock antigo, e as garçonetes ainda usavam patins, mas não reconhecemos ninguém ali. Os nossos amigos da escola tinham se mudado para universidades do país todo. Não tínhamos mais lugar ali.

— Sou só eu ou... — começou Xavier.

— Não. — Segurei a mão dele. — Isto está esquisito. Estou me sentindo velha.

Passamos perto da nossa mesa de sempre, mas já estava ocupada. Ficamos de pé sem saber o que fazer por um momento, e uma voz chamou a nossa atenção.

— Ei, querido, há quanto tempo! — Era uma das garçonetes mais antigas, que reconheceu Xavier. — É sempre bom quando os alunos antigos voltam para visitar.

— Oi. — Xavier lançou a ela seu melhor sorriso. — Senti falta deste lugar.

— E ele sentiu falta de você. — Ela piscou para ele de modo brincalhão. — Se está procurando a sua irmã, ela está nos fundos. — Apontou em direção à saída e ergueu as sobrancelhas para enfatizar.

Xavier franziu o cenho.

— A Nikki está aqui? — Ele conferiu o relógio. — Já passa das 11.

Reconheci a voz da irmã dele, Nicola, assim que passamos pela porta da cozinha do café. Era animada, estridente e autoconfiante demais. Saímos e vimos um monte de alunos do primeiro ano do ensino médio sentados na parte de trás de uma picape enferrujada, estacionada perto dos cestos de lixo. Todos falavam e enviavam mensagens de texto ao mesmo tempo. Alguns bebiam cerveja em lata e passavam cigarros uns para os outros. O garoto sardento ao volante mal parecia ter idade para dirigir, apesar das tatuagens que ostentava nos bíceps e do palito de dentes na boca.

Xavier cruzou os braços e fez cara feia para a cena.

— Não acredito — murmurou ele.

Se eu esperava um encontro emocionado, me enganei completamente. Nikki ficou paralisada ao ver o irmão e uma série de emoções ficou explícita no seu rosto: de surpresa a alívio e, então, pura raiva. Ela havia mudado durante o tempo em que ficamos afastados. Havia emagrecido e parecia mais alta. O cabelo encaracolado descia pelas costas, e as unhas roídas estavam pintadas de preto. A saia era curta demais, e os cadarços dos tênis estavam desamarrados. A sua atitude travessa havia dado espaço à autoconfiança. Olhou para Xavier com frieza e continuou fumando e balançando as pernas, sentada na lateral da picape.

Xavier se aproximou dela com calma, sem descruzar os braços. Eles se entreolharam por um longo instante. Eu teria desviado o olhar, mas Nikki tragou longamente o cigarro e soltou a fumaça no rosto dele, de propósito.

— Olha só quem voltou.

Xavier não reagiu. E eu o admirei por isso. Parecia saber como lidar com a irmã mais nova e rebelde. Tirou o cigarro dos lábios dela antes que ela pudesse protestar, e o apagou com a sola da bota.

— Sentiu minha falta? — perguntou ele, sorrindo.

A expressão de Nikki ficou séria.

— Você não pode simplesmente aparecer aqui bancando o irmão mais velho. Onde diabos você esteve?

— Beth e eu tínhamos alguns assuntos para resolver.

— *Assuntos para resolver?* Você desapareceu por seis meses. A mamãe ficou maluca.

— Não pude entrar em contato com ela. Nem com vocês.

— Que babaquice! É a desculpa mais absurda que já escutei!

Xavier suspirou quando os garotos riram, divertindo-se com o show.

— Nikki, é complicado.

Ela revirou os olhos.

— Claro que é. Você é inacreditavelmente egoísta.

— Não fale sobre o que você não sabe — rebateu Xavier. — Não faz ideia de onde estive nem dos motivos pelos quais tive que ir embora.

— Então, explique... Estou ouvindo — disse ela de modo sarcástico.

Xavier não soube o que dizer. Não seria possível dar a Nikki uma explicação que fizesse sentido.

— Não posso entrar em detalhes.

— Então, *cai fora*!

— Acho melhor eu levar você para casa.

— Não terminei o que estou fazendo aqui.

— Terminou, sim.

O motorista da picape cuspiu o palito de dentes no chão e se virou para Nikki, mostrando solidariedade.

— Posso dar uma carona para você — ofereceu.

Xavier olhou para ele, sério.

— Ela já tem carona.

O garoto se afundou no assento. Sabendo que o irmão não desistiria, e querendo evitar uma briga em público, Nikki saiu da caminhonete resmungando.

— Isto não terminou — resmungou ela, olhando de soslaio para Xavier. Mas nos acompanhou de volta ao carro.

— Sinto muito se envergonhei você — disse Xavier. Ficou claro que ele não queria brigar com a irmã tão pouco tempo depois do seu retorno. — Mas papai e mamãe devem estar preocupados com você.

— Isso é muito engraçado — disse ela. — Acho que chegar mais tarde do que o combinado bem se compara a sumir da cidade sem contar a ninguém.

— *Touché*.

— E *você*! — disse ela, virando-se para mim. — Não sei se é bom você aparecer lá em casa. A minha mãe não vai muito com a sua cara ultimamente.

Olhei para Xavier com ansiedade.

— Não se preocupe — disse ele. — Vou falar com ela.

— Tem certeza? — sussurrei.

— Ela provavelmente não vai nem notar a sua presença — disse Nikki. — Não depois do retorno do filho pródigo.

— Certo, Nikki. Já chega.

Eu me lembrei da casa de dois andares com jardim comprido na frente e janelas que brilhavam. Duas caminhonetes estavam estacionados lado a lado na garagem. Foi estranho ver como era normal estar ali.

Quando Bernadette Woods abriu a porta preta dos fundos, o pano de prato que segurava caiu da sua mão. Ficou rígida, com os olhos fixos em Xavier.

— Mamãe? — disse ele, tentando prever sua reação.

Esticou o braço para segurar o do filho, ainda sem falar. Nikki passou correndo por nós, subindo a escada com passos pesados. Ouvimos a porta do seu quarto batendo. Mesmo assim, Bernie não reagiu. Parecia não acreditar no que estava vendo. Nikki tinha razão; era como se eu não existisse ali. E fiquei feliz. Foi um alívio ver o pai de Xavier sair da cozinha para ver o que era aquele barulho. Quando Peter nos viu, arfou, e então sorriu. Pareceu entender a situação num instante.

— Não ligue para a sua mãe — disse ele, colocando-a gentilmente para o lado. — Entrem. Querida, por que não preparamos um chá?

Ainda sem nada dizer, Bernie deu um passo para o lado mecanicamente para permitir a nossa entrada.

— Então Nikki não mudou muito — disse Xavier, por fim.

— Ela está com pressa de crescer — respondeu o pai. Era como se eles tivessem se visto no dia anterior.

As coisas deveriam ter sido tensas, mas não foram. Os elos daquela família eram fortes demais para serem apagados pelo tempo. Assim como o meu amor por Xavier, que ultrapassaria a eternidade.

Ficamos sentados olhando uns para os outros nos sofás fofos, na sala de estar. Eu estava nervosa demais para olhar nos olhos de alguém, então fiquei olhando para os brinquedos que Madeline e Michael haviam deixado no chão. Um grande gato malhado estava dormindo num cesto, como na primeira vez em que fui àquela casa. Isso parecia ter acontecido há séculos.

— Pensamos que nunca mais veríamos vocês.

Bernie se atrapalhou com as palavras e os seus olhos ficaram marejados.

Precisei morder o lábio para manter as minhas emoções sob controle. Não ousei falar. Xavier precisava lidar com aquilo. Bernie secou os olhos com as costas da mão.

— Tenho rezado por vocês todos os dias. Tenho rezado para que você estivesse seguro e voltasse para casa.

— Eu sei, mamãe. Sinto muito.

— Onde vocês esta... — começou ela, mas Peter ergueu a mão, como se quisesse dizer que aquela não era a hora de perguntar. O alívio de ver o filho vivo e bem ultrapassava qualquer necessidade de explicação. Bernie entendeu o recado do marido, pigarreou e mudou o tom de voz.

— Tudo o que importa é que estão aqui agora. Vocês comeram? Querem alguma coisa?

— Não precisa.

— E estão em segurança? — perguntou Peter.

— Sim. — Xavier assentiu. — Quero que saibam que não quis magoá-los... nem a nossa família.

Esperei Bernie responder, mas ela havia voltado a se calar. Xavier olhou para onde ela estava olhando, para o brilho do diamante que eu estava usando no dedo anelar — o anel mais antigo da mãe dela. Ela pareceu mais séria, e me remexi no sofá, tentando esconder a mão entre as pernas.

— Mãe, pai, vocês precisam saber de uma coisa — disse Xavier, ainda que agora não tivesse como diminuir o choque.

— Ai, meu Deus. — A mãe dele levou a mão aos lábios. — Não, não pode ser verdade.

— Não se altere — pediu Xavier. — Sei que não estavam esperando isso.

— Vocês se casaram? — Bernie parecia arrasada. — O meu filho se casou?

— Queríamos contar a vocês — disse ele. — Mas não tivemos tempo.

Bernie, de repente, se virou para mim, falando comigo pela primeira vez naquela noite.

— Você está grávida? É isso o que está acontecendo?

— Não! — exclamei, sentindo-me corar. — Nada disso.

— Então, por quê? — Ela apontou para o anel. — E por que não nos contaram?

— Tenho certeza de que eles tiveram um bom motivo — disse Peter, com delicadeza.

Fiquei impressionada com a maneira como o pai de Xavier estava lidando com as coisas. Ele próprio devia ter milhões de perguntas, mas estava se esforçando de verdade para ser nosso aliado e para tornar aquele encontro o mais tranquilo possível. Ele se levantou e pegou a mão de Xavier.

— Parabéns, filho — disse ele, e então me puxou para que eu ficasse de pé e me deu um abraço vigoroso. — Bem-vinda à minha família, Beth. É um orgulho dizer que você é uma Woods.

— Hmm... obrigada — agradeci, surpresa. Com certeza, eles devem ter me culpado por ter levado o filho deles embora. Mas não vi sinais de raiva nem de acusação no rosto de Peter, apenas receptividade e felicidade sincera. O calor da mão de Xavier na minha foi o incentivo de que eu precisava. Era a esposa de Xavier, parte dele agora, parte da sua família. Enfim eu tinha a sensação de fazer parte de algum lugar, e nada mudaria isso.

— Precisamos comemorar com champanhe — disse Peter, esfregando as mãos.

— Pai, não podemos ficar.

Bernie mostrou-se irritada.

— Mas vocês acabaram de chegar!

— Voltaremos assim que pudermos.

— Ah, não gosto disso — disse Bernie. — Não gosto de todos esses segredos. O que está havendo? Por que não nos deixam ajudar?

— Vocês dois são a minha vida — disse Xavier com sinceridade. — E é claro que confio em vocês. Mas a Beth e eu temos que cuidar disso sozinhos. E preciso que confiem em mim. Nunca menti para vocês; nunca os decepcionei. Confiem em mim, está bem?

A mãe dele concordou sem dizer nada. Percebi nos seus olhos que ela nunca entenderia o que havia feito o filho abandonar a sua casa, mas sabia que não podia discutir com ele.

— Você ficará na cidade? — perguntou ela, ansiosa.

— Por enquanto, sim.

— Tem alguma coisa que seu pai e eu possamos fazer? Se estiver com problemas, conhecemos pessoas...

— Não é esse tipo de problema, mãe.

— Deve haver algo! Eu me sinto tão inútil.

— Tem — disse ele, ficando de pé e beijando a minha cabeça. — Devem ficar em segurança.

Além de mim, não havia mais nada com que Xavier se preocupasse mais no mundo do que com a sua família. Era um dos motivos pelos quais eu o amava. Então, naquele momento, não me importava que os Setes pudessem estar nos rondando. Não me importava o fato de o nosso futuro ser incerto e de saber que tudo poderia nos escapar num piscar de olhos. No momento, nada era mais importante do que aquela reunião e o que ela representava para aquela família. Valia a pena correr o risco.

No carro, Xavier e eu ficamos sentados por um momento, olhando para a rua familiar. Pela primeira vez em algum tempo nos sentimos muito à vontade. Não sabia por quanto tempo a sensação duraria, apenas que queríamos aproveitá-la. Era possível que nunca ficássemos verdadeiramente livres dos nossos perseguidores. A nossa união havia perturbado muitos do Céu e do Inferno. Talvez nunca houvesse um tempo em que poderíamos relaxar. Não sabia. Só sabia que todos os dias em que acordávamos juntos eram bênçãos. Então, se o destino nos estava oferecendo um momento breve de felicidade, nós o agarraríamos. E, pela primeira vez em meses, a expressão de culpa que vira no rosto de Xavier havia desaparecido. Pelo menos por enquanto, ele parecia feliz.

27

REFÉM

O CÉU DA NOITE PARECIA VELUDO e estava repleto de estrelas. A Lua cheia iluminava as ruas com um brilho suave. Era bom estar em casa, onde tudo parecia familiar, onde todos os lugares tinham uma lembrança relacionada a eles. Caminhávamos de mãos dadas até chegarmos ao píer onde eu o havia visto pescando e de onde os meus irmãos tinham me tirado. Será que já sabiam quem ele era naquele momento? Será que tinham sentido alguma coisa? Fiquei imaginando se sabiam como a nossa vida seria, se imaginavam a saga na qual nos envolveríamos.

Ainda não queríamos voltar para o hotel. Aquela era a nossa cidade e já estávamos distantes havia muito tempo. Precisávamos de tempo para redescobri-la, visitar os nossos lugares preferidos, mas, principalmente, para termos a certeza de que a cidade não tinha mudado muito durante a nossa ausência.

— Está tão calma como sempre foi — disse eu. — A boa e velha Venus Cove.

— Nada para fazer e nenhum lugar para ir — respondeu Xavier. — Até você aparecer.

— Sei. — Revirei os olhos. — Me desculpa por isso.

— Não precisa se desculpar. — Ele me abraçou e me puxou para mais perto dele. — Não trocaria isso por nada.

Quando chegamos à praia, tirei os sapatos e deixei os pés tocarem a areia. Já fazia um tempo desde a última vez em que pudemos nos desligar de tudo. A praia era mais surreal do que as lembranças que eu tinha. As ondas negras quebravam e se espalhava na areia. Ficamos sentados na areia fria em silêncio por um tempo. O horizonte e a água haviam se misturado há muito tempo, formando uma massa de ondas escuras. Alguns iates atracados ao píer balançavam graciosamente na superfície.

Xavier parou de repente.

— Vem. Vamos caminhar até o Precipício.

— Sério? — perguntei, hesitante. — Tem certeza? Já faz muito tempo que não vamos lá.

— Exatamente — respondeu ele. — E muitas coisas aconteceram ali. Acho que precisamos... de uma despedida, ou algo assim. Vamos mais uma vez e então nunca mais voltaremos.

— Tudo bem. — Fiquei de pé para me juntar a ele. — Combinado.

Caminhamos por uma extensão da praia até chegarmos às piscinas naturais, que pareciam pequenos aquários formados pelo mar. Mesmo no escuro, ainda conseguia ver os peixes na água rasa e os atóis de coral como belos esqueletos na areia.

Seguimos uma curva e então os vimos. Chegamos a eles. Monólitos enormes e pretos banhados pela luz da Lua. Tive a sensação de estar de pé lado a lado com a Bethany de dois anos antes. Quase consegui nos ver — parecíamos muito mais jovens, tão livres, sem imaginar o que o futuro nos reservava. Éramos uma mistura de animação e nervosismo. Mal podíamos esperar pelo desenrolar de nossa história. Acreditávamos que muitas coisas nos aguardavam. E agora nos sentíamos muito mais velhos, mais pesados, sobrecarregados por tantas preocupações.

O Precipício estava deserto, como sempre. Ninguém ia até lá, exceto aqueles que queriam se afastar do mundo ou que estavam atrás de um lugar onde pudessem pensar sem serem incomodados. Todos os sons eram encobertos pelas ondas que batiam nas rochas e o vento uivando ao entrar e sair das cavernas ao nosso redor. Apesar do tempo quente, estava frio sob a sombra do Precipício, num local onde a luz do Sol não chegava. Dei um passo para trás, pressionando o meu corpo no de Xavier e absorvendo o seu calor. Ele me abraçou por trás.

Em algum ponto muito distante, escutamos os sinos da igreja marcando a hora. Será que já era meia-noite?

— Gabriel e Ivy ficarão bravos — resmunguei.

Xavier riu ao esfregar os meus ombros.

— Você ainda acha que está no ensino médio — disse ele. — Está na faculdade agora e é uma mulher casada. Pode fazer o que quiser.

— Hmm. — Parei para analisar aquela frase. — Acho que sim.

— É engraçado ver que você enfrenta um Sete sem problemas, mas ainda teme os seus irmãos.

— Eles são assustadores! — protestei. — Você já viu a Ivy zangada? É capaz de cuspir fogo!

— Isso não assusta — disse Xavier. — É legal.

— Você me achava legal — disse a ele, provocando. — Desculpa se não tenho truques celestiais para mostrar.

— Pois é. — Xavier balançou a cabeça. — É muito decepcionante. Você precisa dar uma variada.

— Ah, é mesmo? — Cruzei os braços. — Nesse caso, nada de amor para você esta noite.

— Já está usando o sexo como arma — respondeu ele. — Também posso entrar nessa dança.

— Você não consegue fazer greve de sexo, porque é homem.

— Um homem com muita força de vontade. — Ele sorriu. — Aposto que você cederia antes.

— Pare com isso — respondi. — Sou um anjo.

Xavier piscou para mim.

— Eu também sou.

Ficamos em silêncio por um tempo, observando as nuvens cobrirem a Lua.

— Vamos. — Segurei a mão dele. — Já passa da meia-noite, é melhor voltarmos.

Xavier concordou e ficou de pé para bater a areia da calça jeans. Estávamos pegando as nossas coisas quando um estalido, como o barulho de um fio entrando em curto-circuito, tomou conta do ar. No mesmo instante, a praia toda se acendeu, como se alguém estivesse estourando fogos de artifício. Quando o clarão diminuiu, vi algo muito familiar. Setes. Estavam ao nosso redor na areia, em cima das rochas, como estátuas, alguns até esperavam dentro da água. Dessa vez, todos usavam ternos pretos, como uma imitação chinfrim de agentes do FBI. Alguns estavam sozinhos e outros em pares. Como sempre, Hamiel ocupava a posição mais alta, no topo rochoso do Precipício, conseguindo ver claramente o que acontecia ao redor. Ele saltou, parando de pé como um gato. Xavier e eu não reagimos para nos defender. Dessa vez, ficamos parados, esperando. Fiquei tentando decidir se deveria usar os mesmos poderes do último ataque, mas eles estavam ali em grande número; certamente seríamos derrotados.

Pensei em tentar entrar em contato com Ivy e Gabriel, mas já os havia colocado em muitas batalhas, e Gabriel já tinha perdido as asas por minha causa. Será que ele tinha força suficiente para vencer um exército como aquele? Não queria correr riscos.

— Olá de novo. — Hamiel uniu as mãos diante do corpo.

— Vocês voltaram? — perguntei. — Sério? Pensei que já estivessem cansados de brincar de gato e rato.

— Na verdade, acho que se trata de um jogo de xadrez — respondeu Hamiel.

Eu já não sentia medo nenhum dele. Apenas o mesmo ódio de sempre. Estava olhando para o homem que havia matado Xavier apenas para provar o que dizia. Eu sabia que aquilo ia contra a minha natureza, mas eu só queria vingança.

— E o que concluíram? — perguntei.

— Bem — Hamiel parecia estar mais tranquilo —, percebemos que não fazia sentido tentar lutar.

— Sim, porque nós venceríamos — respondi. — E vocês sabem disso.

Hamiel riu.

— Porque as consequências fariam com que não valesse a pena. Então, decidimos fazer uma troca.

— Vocês não têm nada que nos interesse — disse Xavier, enojado.

— Será? — Hamiel apontou para alguém que estava de pé, escondido pela sombra de uma caverna. Dois Setes caminharam para a frente, arrastando com eles uma menina. Estava descalça e um saco de pano cobria o seu rosto.

— O quê... — disse Xavier. — Não podem pegar pessoas desconhecidas desse jeito. Solte essa garota.

— Ah, mas ela não é uma desconhecida — respondeu Hamiel, e caminhou em direção à menina que se debatia, com as botas pesadas dele deixando profundas pegadas na areia. Esticou o braço e arrancou o saco de pano, revelando o rosto até então escondido.

A princípio, não a reconheci. O cabelo castanho estava despenteado e o nariz sangrava. Mas era a mesma pessoa esguia e de ombros estreitos que havíamos visto mais cedo, no Sweethearts. Era Nicola Woods, a irmã mais nova de Xavier.

Os meus pulmões doeram quando subitamente puxei o ar gelado. Nikki ainda se debatia. Estava de pijama: short e camiseta de algodão.

Sem a maquiagem nos olhos e as botas, ela aparentava ter a idade que realmente tinha. E parecia assustada.

— Nikki? — Xavier ficou pálido e deu um passo à frente, até um dos Setes segurar Nikki pelo pescoço.

— Não se mexa — ordenou Hamiel.

Xavier se lançou à frente, mas se controlou a tempo. Parou, erguendo as mãos como sinal de derrota. Foi como se tivesse se dado conta de que seria maluquice fazer qualquer movimento naquelas circunstâncias.

— Certo — sussurrou ele. — Mas não a machuquem.

— Xav — disse Nikki. — O que está acontecendo? — Percebi que ela estava tentando ser corajosa, mas a sua voz falhava.

— Está tudo bem, Nic — respondeu Xavier. O seu ímpeto era socorrê-la, percebi que era o que queria fazer desesperadamente: o seu instinto gritava para que ele fizesse alguma coisa. — Vai ficar tudo bem. Prometo.

Nikki virou o rosto para quem a segurava e torceu o corpo violentamente.

— Me solta!

— Fique quieta, Nikki — escutei Xavier murmurar. — Seja esperta.

— Xavier, o que está acontecendo? — gritava ela. Os Setes a seguravam pelos braços; ela tentava dar chutes para se livrar, mas era como bater numa barreira de ferro, pois não conseguia causar nenhum dano. Os Setes não pareciam perceber aqueles movimentos. — Estão me machucando! — dizia ela, e Xavier fez uma careta quando uma onda de frustração tomou conta do seu corpo.

— O que vocês querem? — perguntou ele. — Digam o que querem!

— Queremos que vocês dois se separem — respondeu Hamiel. — Foi o que sempre quisemos.

— Então, estão pedindo para que nunca mais nos encontremos? — perguntou Xavier, como se aquela fosse a coisa mais estúpida que já tinha escutado.

— Não. — Hamiel balançou a cabeça devagar. — Você deve vir conosco.

— Tudo bem. — Xavier não hesitou, e senti o meu coração bater forte. — Vou com vocês. Mas soltem a minha irmã.

— Não você. — Hamiel apontou um dedo grosso na minha direção. — Ela.

— Não — disse Xavier entre os dentes. — Deixe Beth em paz.

Percebi que ele estava pensando, procurando uma solução desesperadamente. Era uma situação impossível: a sua irmã ou a esposa. Mas eu não queria que ele escolhesse. E não podia deixar que Nicola fosse ferida. Xavier já tinha perdido uma namorada, o seu melhor amigo, Henry, o padre que conhecia desde pequeno e um colega de quarto. Já tinha visto mais mortes do que deveria e tinha apenas 19 anos.

Nikki ainda se esforçava e, para controlá-la, o Sete torcia o braço dela atrás das costas, fazendo com que sentisse dor. Senti o corpo de Xavier ficar tenso de raiva e se lançar à frente por instinto. Parecia estar usando todo o autocontrole que tinha para não entrar de cabeça na briga.

Até aquele momento, a ameaça sempre tinha sido direcionada a nós dois; alguém sempre tentava nos prejudicar. Mas, dessa vez, era diferente. Acreditava que não havia nada que Xavier e eu não pudéssemos enfrentar, éramos nós contra o mundo, nós contra o que pareciam ser condições insuportáveis. Sempre escolhíamos lutar, correr riscos, porque o fato de estarmos juntos era mais forte do que tudo. Mas não agora. Estávamos preparados para qualquer eventualidade, menos aquela.

— Não! — repetiu Xavier. — Ela, não. Levem-me no lugar dela. Por favor.

— Não podemos — disse Hamiel com seriedade.

— Por quê?

— Porque você é um dos escolhidos. O Nosso Pai tem grandes planos para você. Não podemos interferir. Se fizermos isso, as consequências podem ser graves. — Os seus olhos negros pararam em mim.

Xavier deu um passo à frente.

— Ela é minha esposa. Não podem levá-la.

Em resposta, Hamiel puxou uma espada prateada do casaco e encostou a ponta no pescoço de Nikki. Ela deu um grito que se tornou um grunhido quando um dos Setes pousou uma das mãos sobre os seus lábios. Mas os olhos dela estavam arregalados de medo. Xavier levou a mão à boca como se estivesse com vontade de vomitar. Havia muita dor nos seus olhos, eu não conseguia aguentar. Sabia que ele nunca me entregaria a Hamiel, mas, ao mesmo tempo, não podia deixar a sua irmã morrer.

— Chega. — Dei um passo à frente dessa vez, sentindo-me oca como um tambor. — Já basta.

Aquela era a gota d'água para mim. Já tinha visto destruição suficiente. Ninguém mais morreria por nossa causa. Se havia algo que me faria deixar de lutar, os Setes tinham acabado de descobrir. E eles sabiam disso. Além disso, não poderíamos continuar fugindo e lutando pelo resto da vida, deixando corpos se amontoarem ao redor. Quem seria o próximo? Alguém precisava pôr fim àquilo. E eu tinha a chance de fazer isso. Olhei para o rosto de Xavier, e todo o pesar que ele havia sofrido, de certo modo, estava refletido no olhar. Eu só queria que aquilo terminasse.

— Sou sua — disse eu a Hamiel. — Eu me entrego.

Atrás de mim, escutei Xavier arfar, um som que parecia um gemido e um grito.

— Não — sussurrou ele. — Beth, não.

Mas me forcei a não dar ouvidos.

— Soltem a garota antes — disse, tentando manter a calma. — Soltem-na e vou com vocês.

— Por quê? Não confia em mim? — Hamiel parecia estar se divertindo.

— Nem um pouco — respondi.

— Temos um código de honra — disse ele. — Os soldados do Céu cumprem os acordos. Mas não sabemos se você faz o mesmo. Como poderei ter certeza de que não está mentindo?

— Porque sei que você poderia matá-la num piscar de olhos — respondi. — Então, você venceu. Mas solte a garota, sim? Não vou tentar fazer nada.

Hamiel pensou por um instante e então assentiu para os Setes que seguravam Nikki. Eles a soltaram, e ela correu na direção de Xavier, caindo nos seus braços. Ele a segurou e a abraçou forte contra o peito, mas continuava olhando para mim. Era tarefa de Xavier cuidar da irmã mais nova e da sua esposa. Percebi o fracasso refletido nos seus olhos. Eu me aproximei dele.

— O que você pensa que está fazendo? — vociferou Hamiel.

— Preciso de um minuto para me despedir — respondi. — Apenas um minuto.

— Depressa.

Foi o minuto mais difícil de toda a minha vida. Ali no Precipício, olhando para Xavier, era como se o mundo tivesse acabado. Pelo menos, o meu mundo tinha acabado. Aquele era o lugar onde tudo havia começado, era adequado que terminasse ali também. Segurei a mão dele, tentando gravar a sensação da sua pele contra a minha, e inclinei a cabeça para beijar o metal frio da sua aliança de casamento.

— Beth... — começou ele.

— Shhh... — pressionei um dedo sobre os seus lábios. — Não diga nada. Apenas saiba que eu amo você. — Passei as mãos pelo cabelo dele mais uma vez. Nunca tinha percebido quantos tons de azul havia em seus olhos. As lágrimas pareciam gotas de cristal no seu rosto.

— Não posso perder você de novo — disse ele.

— Não vai me perder — respondi. — Sempre estarei observando. Serei o seu anjo da guarda.

— Não. — A sua voz estava rouca e embargada. — Não era assim que tinha que terminar.

— Sempre soubemos que eu não poderia ficar para sempre. — Eu escutava o meu coração bater com tanta força que quase encobria a voz dele. Mas não podia mostrar a Xavier quanto isso me custava. Ele já estava sofrendo demais.

— Íamos encontrar uma maneira — disse ele. — Íamos lutar.

— Lutamos — respondi com delicadeza, olhando para Hamiel. — Mas não vencemos esta.

— Por favor — disse ele, fechando os olhos. — Não faça isso comigo. Não vou conseguir viver sem você.

— Se precisar de mim, feche os olhos — sussurrei.

Era como se o meu peito estivesse sendo rasgado e eu mal conseguisse me manter de pé.

— Você vai me encontrar no Ponto Branco.

Xavier de repente arregalou os olhos e segurou os meus ombros com tanta força que chegou a doer.

— Você precisa encontrar uma maneira de voltar.

— Encontrarei — disse, tentando parecer convencida disso. Como conseguiria escapar do Céu?

— Promete? — perguntou ele. — Promete que vai voltar para mim?

— Prometo — sussurrei. — Se houver uma maneira, vou encontrá-la.

A voz de Hamiel nos interrompeu.

— Acabou o tempo — disse ele, com frieza.

Imagens do passado começaram a surgir em minha mente. Vi a nossa chegada a Venus Cove, o meu antigo quarto na Byron, Molly chorando, Jake rindo, Phantom dormindo em minha cama. Vi os meus irmãos numa luz dourada. Vi labaredas do Inferno e os corpos dos condenados. E, então, vi Xavier: Xavier no píer, Xavier dirigindo o Chevy, Xavier na aula de francês esboçando um sorriso. Eu o vi na praia, no balanço da varanda e de pé no altar, esperando por mim. Pensei que estivesse me afogando no azul dos seus olhos.

A minha realidade começava a ruir. Sabia que ainda segurava as mãos de Xavier, mas, de repente, elas não estavam mais ali, e as mãos seguravam o nada. A areia sob os meus pés começou a mudar, como se me afogasse, e vi uma luz à distância, cada vez mais clara. Tudo ao meu redor se tornou embaçado e desbotado como uma fotografia estourada. Os rostos ao meu redor perderam a definição, as vozes se misturaram e se tornaram apenas um uivo estridente nos meus ouvidos. A luz estava mais forte, absorvia tudo ao redor. Em pouco tempo, me absorveria. Então, não consegui mais ver meus pés no chão. Não mais sentia, via nem ouvia nada além de um vento uivando e do meu cabelo despenteado sobre o rosto.

Intuitivamente, percebi que a Terra estava longe e que os céus se abriam para me receber. E pronto. O momento que temia desde a minha chegada à Terra. Eu estava indo para casa.

28

THEY TRIED TO MAKE ME GO TO REHAB

Tudo ficou ruim assim que cheguei. Apesar de saber que não me sentiria feliz em retornar, não pensei que me sentiria num exílio.

Quando enfim abri os olhos, estava dentro dos portões do Céu. Eram altos, muito mais altos do que eu, desapareciam na brancura dos céus. Eu me virei e me segurei às barras douradas, olhando para o mundo que havia deixado para trás. A Terra já estava muito distante. Daquele ângulo, parecia uma bola de gude azul-escura, suspensa no espaço e coberta por um véu branco. Era tão linda que era difícil imaginar os seus continentes sendo destruídos por guerras, fome ou desastres naturais. Parecia pacífica e protegida, como se coubesse perfeitamente na teia da vida do Nosso Pai. Queria muito poder voltar. Mas não havia retorno.

Eu me virei de novo, dessa vez para ver a terra das maravilhas brancas diante de mim, o ar em tom pastel e leves tons de verde como espuma no mar. Mas não sabia mais como me comportar. Via outros anjos ao meu redor, aparecendo como globos de luz na névoa de um lado a outro enquanto guiavam almas e transmitiam mensagens pela rede de comunicação do Reino.

Todos pareciam ter um propósito... menos eu. O único lugar aonde eu queria ir era para trás.

Não tinha certeza de estar em apuros. Esperava algum tipo de reação, fúria, punição ou castigo, mas todos estavam agindo como se eu não existisse. Então, fiquei ali sem reação, sem saber o que fazer, até que ouvi uma voz.

— Bethany — dizia ela. — Você chegou. Seja bem-vinda.

Ergui o olhar e vi uma mulher diante de mim. Usava um terninho branco, e o cabelo estava preso num coque. As unhas estavam pintadas e os óculos de aro dourado, apoiados na ponta do nariz.

— Quem é você? — perguntei, sem perceber que aquilo poderia parecer grosseiro.

— Sou Eve — disse a mulher, pegando uma prancheta para fazer anotações enquanto me observava por cima dos óculos.

— Venha comigo.

Segui Eve porque não tinha escolha. Não podia ficar parada ali, nos portões, e não sabia a qual divisão pertencia. Será que eu ainda era um anjo de transição, que recepcionava as almas recém-chegadas ao Céu? Duvidava que me considerassem psicologicamente estável para lidar com as almas. Então, o que podia fazer? Aquela era a única vida que eu conhecia.... além da minha vida na Terra. Então, segui Eve a um lugar que se parecia muito com um consultório.

Num momento, eu estava no salão de mármore do Céu e, no seguinte, estava sentada num sofá branco com um tapete de pelo também branco aos pés e um gato gordo ronronando no colo de Eve. Ela estava sentada do outro lado, numa cadeira de encosto de couro, ainda me olhando silenciosamente.

— Então... — disse ela com um leve sorriso, como se fosse um prelúdio para uma conversa que precisávamos ter. Será que esperava que eu dissesse alguma coisa?

— Então... — repeti de modo teimoso.

— Foi uma mudança interessante nos acontecimentos, não foi? — perguntou ela, assentindo como se pudesse entender a situação, como se tivesse empatia. — Conte-me, como se sente em relação a tudo agora?

— Está brincando? — perguntei. — Como acha que me sinto?

— Entendo. — Eve sorriu de novo e fez algumas anotações no bloco de papel. — Bem, acredito que temos alguns assuntos para resolver!

Ela parecia um líder de acampamento tentando motivar os seus alunos.

— Quero ir para casa — disse eu em voz alta, como se isso pudesse tocá-la.

— Não seja tola. — Eve bateu a ponta do lápis na prancheta. — Você está em casa.

— Quem é você? — perguntei de novo. — Por que estou aqui, conversando com você? Se vai me excomungar, faça isso logo.

— Excomungá-la? — repetiu, fazendo uma anotação no bloco. — Ninguém vai ser excomungado hoje. Estou aqui para ajudar você.

— É mesmo? — perguntei com desconfiança. — E como, exatamente, pretende fazer isso?

— Nas nossas sessões — respondeu Eve, abrindo uma gaveta que parecia invisível na madeira branca da mesa de canto e me ofereceu uma tigela de doces listrados. — Aceita um?

— Você disse "sessões"? — perguntei, ignorando a oferta, e empurrei a tigela. — Vamos fazer isso regularmente?

— Ah, sim, todos os dias — respondeu. — Você deve me ver como sua mentora.

— Você é psicóloga, não é? — perguntei com raiva. — A versão celestial de uma médica de loucos?

— Prefiro o termo mentora — respondeu ela, de modo simpático.

Estava claro que eles não sabiam muito bem o que fazer comigo. Meu caso não tinha precedentes, não havia no que se basear. Eu era uma anomalia e, assim, decidiram me colocar em terapia com Eve, que estava se tornando cada vez mais irritante. Ela se recusava a responder às minhas perguntas e esperava que eu respondesse a todas as dela. Dizia que o seu trabalho era me ajudar a me *readaptar*, até me sentir pronta para retomar as minhas antigas responsabilidades. Ela fazia tudo parecer claro e simples. Logo, tudo voltaria a ser como antes, exceto por um grande problema. Eu não queria que as coisas voltassem a ser como eram. Queria voltar para a Terra, para Xavier. Era o meu único objetivo e a minha única ambição.

— Sei que você vivia com um serafim e com um arcanjo, é isso mesmo? — perguntou Eve.

— Não finja que não sabe — rebati, e ela ergueu as sobrancelhas finas.

— Tente responder à pergunta, por gentileza.

— Sim — respondi de modo sarcástico. — Eu vivia com eles e com o meu marido. Você se lembra dele?

— Hmm — disse ela de modo pensativo, e passou a informação para o bloco de anotações.

— Pode parar com isso? — pedi.

— Só estou fazendo observações — respondeu ela, simpática.

A nossa conversa transcorreu dessa forma, em círculos, com Eve não revelando nada e eu tendo acessos periódicos de raiva. Depois do que pareceram horas, ela me dispensou e disse que me chamaria para a sessão do dia seguinte. Se houvesse um penhasco no Céu, eu teria pulado de cabeça. Mas estava de volta à minha forma verdadeira e, claro, não tinha como morrer. Também não podia dormir, logo não havia qualquer maneira de escapar. Não comia. Não fazia nada. Apenas existia. E ser um anjo no Céu sem nada para ocupar o tempo era uma ótima maneira de enlouquecer. A nossa existência tinha o objetivo de servir e de proteger o Reino e as criações do Nosso Pai. Estávamos sempre ocupados porque sempre havia um ser humano em necessidade. Mas me proibiram de interagir com qualquer um além da minha mentora até ser considerada apta para trabalhar. Assim, não tinha nada que preenchesse o tempo infinito que se estendia à minha frente. Queria arranhar as paredes da minha mente. O tédio era insuportável. Sentia vontade de gritar, correr, chorar, lutar, mas não podia fazer nada disso. Queria parar de existir. Além do enorme abismo no meu peito, que clamava por Xavier, eu sentia falta de tudo na Terra: o cheiro de café ou a grama recém-cortada, o resplendor romântico entre o entardecer e o amanhecer, o toque de outro corpo humano ou a sensação da água sobre a minha pele. Percebia a presença de outros anjos ao meu redor, fazendo as suas tarefas, mas nenhum se aproximava para tentar conversar comigo. Será que tinham medo de mim? Ou será que tinham sido instruídos a permanecer distantes? Sabia que dava a impressão de ser uma peça perdida, vagando, falando sozinha e totalmente deslocada, relembrando a minha vida passada.

Todos pensavam que eu estava me perdendo, e era verdade, eu estava. Mas não me importava. Não havia nada nem ninguém que dependesse da minha sanidade no momento. Então, me tornei a maluca do Céu. Tinha certeza de que, se Eve conseguisse o que queria (e ela parecia ser do tipo persistente), me reabilitar, não restaria qualquer vestígio do ser humano que eu tinha sido. Mas, na minha cabeça, eu continuava sendo a garota de Venus Cove. Não estava pronta para deixá-la para trás e acreditava que nunca estaria.

— Queria saber se Xavier tem visto os pais dele — disse eu numa sessão com Eve. Havia me habituado a interromper a análise com comentários aleatórios, porque percebi que isso a incomodava.

Ela havia feito uma pergunta que eu não tinha ouvido. Já estava me irritando mesmo quando calada. Detestava a sua aparência sempre bem-cuidada, com o cabelo loiro preso num coque na altura da nuca. O terninho branco estava sempre perfeitamente asseado, e o seu rosto estava sempre calmo, com olhos bondosos. É claro, Eve não era o seu nome de anjo, era como eles queriam que eu a chamasse para que pudéssemos estabelecer uma "conexão". Pelo padrão dos seres humanos, ela parecia ter cerca de quarenta anos, com o rosto parecido ao de uma diretora de escola.

— Não faz sentido falar sobre o seu período na Terra — disse ela com firmeza. — Já é passado.

Olhei para ela, sentada ali, com a sua beleza nórdica. Por sorte, Eve parecia ter resposta para tudo, e eu achava que poderia fazer a mesma pergunta vinte vezes e, ainda assim, receber a mesma resposta calma e controlada. Mas havia um ar autoritário nela que não me deixava me abrir. Não acreditava que ela de fato estava do meu lado e não gostava dos seus olhos que não piscavam. Ela estava do lado da ordem e eu, de acordo com o seu manual, representava o caos.

— As suas lembranças são pesos. Você deve se livrar delas.

— Cala a boca — disse eu a ela. Eve contraiu os lábios e escreveu algo, decidida, no seu bloco. — Estou quase achando que o Inferno era melhor — comentei baixinho.

— O quê? — perguntou ela. — O que você disse?

— Disse que sinto saudade do Inferno — respondi. — Pelo menos sempre havia algo para fazer lá.

— Acho que você não sabe bem o que está dizendo.

— Acho que você não sabe bem o quanto é chata — rebati.

— Não é chato estar em paz — Eve me informou. — Estar em união com uma energia cósmica coletiva que é maior do que qualquer coisa que você possa entender.

— Que se dane — murmurei. — Não quero fazer parte da sua baboseira cósmica. Você não assistiu ao *Senhor dos anéis*? *Eu escolho uma vida mortal.*

— Quem está lhe dando essa opção? — perguntou Eve, e mudou de tática quando lhe lancei um olhar de ódio. — Às vezes, você precisa confiar que os outros saibam o que é melhor para você. Estamos tentando ajudar.

— Por que eu ainda tenho um corpo? — perguntei. — E por que você também tem? Não era assim que me lembrava do Céu.

— Estamos fazendo concessões — respondeu ela. — Tentando adaptá-la lentamente de volta a esta vida. Acreditamos que, depois de você ter passado anos com um corpo, tirá-lo logo de você pudesse ser prejudicial.

— Quanta consideração — disse eu. — Você é casada?

Eve franziu o cenho, tentando acompanhar os assuntos que eu mudava de minuto a minuto.

— Claro que não. Não podemos nos casar. Sabe disso.

— Vocês não podem me prender para sempre — disse eu a ela. — Vou encontrar uma maneira de sair daqui. Mesmo que tenha que me explodir com kriptonyta cósmica.

— É mesmo? — perguntou ela, confusa.

— Sim — respondi. — Se não conseguir sair daqui, vou causar tanto transtorno que se arrependerão de terem me trazido de volta.

— Percebo que ainda temos bastante trabalho pela frente. — O seu jeito de falar me incomodava. Fazia com que ela parecesse condescendente.

— Até quando? — perguntei com sarcasmo.

— Até você compreender que os prazeres terrenos não são nada se comparados às riquezas eternas do Céu.

— Bem, nesse caso, acho melhor você se esforçar mais — disse eu. — Porque os prazeres terrenos estão vencendo no momento.

— Não se sentirá dessa maneira para sempre — respondeu ela.

— Por que estão fazendo isso? Por que simplesmente não me castigam? Por que não me jogam num buraco com Lúcifer? Seria mais fácil.

— Estamos tentando consertar você — respondeu ela. — Duvido que Lúcifer ajudaria.

— E se eu não quiser ser consertada?

— Você não pode viver dessa forma para sempre.

— Não — concordei. — E essa não é a minha intenção.

Eve e eu claramente tínhamos soluções diferentes em mente. Mas eu tinha algo a mais: indiferença total ao que fosse acontecer comigo. Eles não podiam fazer nada para me assustar. Eu tinha escutado os Setes: a vida de Xavier era valiosa, eles não podiam feri-lo. Então, eu podia dificultar as coisas o quanto quisesse. E tinha a intenção de ser terrível. Só não tinha decidido ainda como fazer isso.

Pensei em começar com alguns jogos psicológicos.

— Os demônios me contaram algumas coisas, sabia? — disse eu a Eve, recostando-me para me aconchegar nas almofadas de seda bordadas. — Várias coisas.

— Como o quê? — perguntou ela, remexendo o nariz como se estivesse com coceira. Pela cara que fazia, percebi que, se o Céu dava cruzes para as pessoas carregarem, eu era a dela.

— Por exemplo, como entrar no Céu. — Abri o sorriso mais angelical que consegui. — Como abrir um portal para eles.

— Isso é um absurdo — disse ela. — Nunca ouvi nada mais ridículo.

— Como sabe? — perguntei a ela. — Estive no Inferno. Vivi ali por meses. Acha que eu não aprendi nada? Eles sabem das coisas. Só precisam de alguém daqui de dentro.

— Não diga mentiras — disse Eve. — Os demônios não podem entrar no Céu.

— Sou um anjo e entrei no Inferno — respondi, olhando casualmente para as minhas unhas. Percebi Eve remexendo-se na cadeira e ajeitando a gola da blusa. É claro que eu estava mentindo. Nunca chegaria ao ponto de pedir ajuda aos demônios, de colocar o Reino do meu Pai em risco. Mesmo que não me adaptasse mais ao Céu, sabia que ele continuava sendo a Terra Prometida sagrada. Mas, se pudesse convencer Eve de que era maluca o suficiente para isso, talvez ela começasse a me levar a sério.

— Bem... — disse Eve. — Então, você deveria ser exilada no Inferno.

— Faça isso — disse eu. — Gabriel vai encontrar uma maneira de me tirar dali. Pode ser que ele não possa questionar o Céu, mas o Inferno não pode detê-lo.

— Isso tudo é muito decepcionante, Beth — disse Eve, como se estivesse repreendendo uma criança mimada. — Muito decepcionante, mesmo.

Quem era ela para me julgar? Como ousava ficar aqui, com o seu terninho asseado, e presumir que entendia tudo da minha vida? Quando me dei conta, estava de pé, gritando com ela, todos os palavrões de que consegui lembrar, mandei-a para o Inferno e fiz todos os tipos de ameaça. Só conseguia pensar na ira que tomava conta de mim. A raiva era incontrolável. A minha vida tinha sido prejudicada por aquelas pessoas. Havíamos lutado tanto, mas fomos vencidos e separados.

Eve ficou de pé e se aproximou de mim. Nem sequer parecia assustada. Precisei admitir que ela estava se controlando muito bem, afinal, eu estava fazendo um escândalo. Mas, quando então esticou o braço para me tocar, algo aconteceu. Ao entrar em contato com a minha pele, faíscas azuis voaram e as pontas do seu cabelo queimaram. Ela gritou assustada e se afastou. Fiquei tão surpresa que interrompi uma frase pela metade. Antes que pudesse dizer algo para me defender, dois homens que pareciam guarda-costas apareceram na sala e me seguraram com os braços musculosos. Segundos depois, eu estava sozinha dentro de uma sala branca.

Não havia nada a fazer além de me deitar no chão e esperar. A brancura parecia um peso sufocante. Aquele não era o Céu do qual me lembrava. Eu me lembrava de uma pirâmide brilhante de cores, espaço, liberdade, e da sensação de que a terra, o céu, e a água se uniam em perfeita sincronia. Mas, agora, tinha a sensação de que alguém havia tentado me enfiar numa caixa pequena demais. Apesar de toda a vastidão do Céu, era como se eu estivesse dentro de uma cela de prisão.

Ouvi a voz de Eve falando comigo por meio das paredes, como num *Big Brother*.

— Pensei que estávamos nos dando bem. Não é legal eletrocutar aqueles que querem nos ajudar.

— Não fiz de propósito — disse eu, sem levantar o rosto do chão.

— Bem, não estou brava. Só vou dar a você um tempo para esfriar a cabeça.

— Que ótimo. Obrigada.

— Você não precisa se castigar, sabia? — disse ela.

— Na verdade, acho que eu estava tentando castigar você.

Ouvi Eve suspirar, mas, em seguida, voltou a demonstrar bom humor.

— Vamos colocar você nos trilhos rapidinho.

— O que você é! Uma palestrante motivacional? Vá embora.

— Tudo bem — disse ela. — Volto mais tarde.

— Não precisa — respondi.

Ouvi os passos de Eve pelo chão do lado de fora enquanto se afastava. Então, de repente, silêncio.

— O que você está fazendo aqui? — perguntou ela para um invasor que eu não conseguia ver. — Você não pode entrar aqui. Tem permissão?

— Onde ela está?

A voz tranquila era do meu irmão, Gabriel.

29

EU VEJO GENTE MORTA

Eu me sentei tão depressa que senti a cabeça girar. Será que Gabriel podia estar ali? Será que havia chegado para me libertar? Escutei a voz de Eve de novo, parecendo irritada agora.

— Você não tem autorização! Pare! Não pode entrar aí!

Não havia portas na minha sala de isolamento. Gabriel atravessou a parede, mais iluminado do que a sua forma terrena. Nunca havia me sentido tão feliz ao ver alguém. Fiquei de pé e me agarrei a ele, absorvendo a sua presença. Fiquei com medo de que ele desaparecesse se eu o soltasse.

— Eles prenderam mesmo você — disse ele.

— É terrível. É um grande nada. Estou enlouquecendo. Você precisa me tirar daqui.

— Não posso — disse ele.

— O quê? — Eu me afastei dele, chocada, sentindo a dor no meu peito, que havia passado por alguns instantes, mas que voltava agora com força total. — Então, o que está fazendo aqui?

— Não posso simplesmente levá-la comigo — explicou ele com a voz baixa, falando rapidamente, como se soubesse que não tínhamos muito tempo. — Mas vim dizer que há pessoas que podem ajudar.

— Quem? Eve, por exemplo?

— Bethany, está claro que este não é mais o seu lugar. Há pessoas que entendem isso. Você precisa encontrá-las.

— Onde? — perguntei, desesperada. — Onde elas estão?

— Pense — insistiu ele. — Os aliados podem vir de qualquer lugar. — Estava confusa demais para entender o que Gabriel estava tentando dizer.

— Não pode me contar?

— Quero que você fique bem.

Ele olhou ao redor e captei a mensagem: ele não sabia quem podia estar ouvindo.

— O que devo fazer agora?

— Entre no jogo — murmurou ele. — Seja esperta.

— O que isso quer dizer? — insisti.

— Você está fazendo um ótimo papel de doida — disse Gabriel. — As mudanças repentinas deixam as pessoas desconfiadas. Tenho certeza de que você está entendendo.

Precisei de um tempo, mas entendi. Tinha que continuar agindo como maluca para que ninguém suspeitasse de nada.

Concordei com a cabeça.

— Como está o Xavier? Ele está bem?

Gabriel olhou para o teto.

— Ele está lidando com a situação.

— Como assim?

— Ele está lidando assim como você.

— Diga a ele que o amo muito. Diga que não paro de pensar nele.

— Se você acha que isso vai ajudar...

Antes que eu pudesse fazer mais perguntas, um corredor brilhante surgiu na parede e Eve entrou, seguida por um grupo de guarda-costas. Gabriel esboçou um sorriso.

— Nós dois sabemos que vocês não podem me prender, Eve — disse ele. — Vamos deixar o teatro de lado.

Gostei de como ele a tratou, como se ela não fosse nada. Percebi que Eve se irritou.

— Talvez não. — Eve se estufou. — Mas posso fazer uma reclamação.

— Pode fazer isso — disse Gabriel, sem dar muita atenção. — Estou indo embora, mesmo.

— O que você queria? — perguntou Eve, olhando para mim de modo suspeito.

— Queria ter certeza de que ela está bem — explicou Gabriel, como se aquilo fosse óbvio. — Ela não está, o que quer dizer que você não está fazendo o seu trabalho direito.

Eve não fazia ideia de que Gabriel a estava enganando.

— Estou fazendo o meu melhor — disse ela. — Não é fácil.

— Bem, faça mais — disse Gabriel. — Ela está péssima. E é o seu trabalho que está em jogo. — Ele se virou para mim. — Sinto muito por não poder ajudá-la mais, Beth.

Ergueu uma sobrancelha indicando a deixa, a hora de eu mostrar as minhas habilidades de atriz. Hesitei um pouco, tentando pensar na melhor reação. Então, caí no chão aos pés de Gabriel e segurei os seus tornozelos.

— Não vá embora! — gritei. — Por favor, não me deixe aqui!

Fiquei aliviada quando o meu cabelo cobriu o meu rosto, pois não sabia muito bem como fazer cara de desespero depois de Gabriel ter me dado esperança.

— Está vendo? — perguntou ele a Eve. — Precisa dar um jeito nisso.

Ele se livrou das minhas garras e deu alguns passos para trás.

— Cuide-se, Bethany. E lembre-se dos seus amigos — disse ele.

— Ela não é minha amiga — disse eu, olhando para Eve e fingindo pensar que era a ela que Gabriel se referia. Mas queria muito saber de quem ele estava falando.

— A sabedoria de Deus é infinita, Bethany. Confie no julgamento Dele. — Gabriel sorriu e foi embora. Eve dispensou os guarda-costas e me analisou com os olhos semicerrados.

— Foi bom vê-lo?

— Não. Ele vai voltar para a Terra e eu, não.

— E isso deixa você numa posição muito melhor — disse ela.

— Pode ir embora? Já aguentei demais as suas bobagens por hoje.

— Bem, pelo menos está sendo sincera — respondeu ela. Fiquei imaginando se haveria alguma coisa que ela não conseguisse transformar em algo positivo.

— Você pode parar agora — disse eu, de modo amargo. — Nunca vou gostar de você.

Eve ergueu as sobrancelhas e foi embora pelo corredor de luz, que se fechou assim que ela passou.

Pensei no que Gabriel dissera: *Os aliados podem vir de qualquer lugar*. Será que isso significava que eu precisava analisar além do que me cercava? Quem estava do meu lado no Céu? Não tinha amigos. Os anjos não se reuniam. Claro que havia Miguel, mas ele sempre seguia as regras. Havia Rafael, mas pelo que eu sabia, ele estava na Terra cuidando de assuntos do seu interesse. Não sabia como chamá-lo, mesmo se quisesse. Era preciso ter poderes mágicos para chamar um anjo. Eu podia rezar, mas milhões de orações eram enviadas ao Céu a todo minuto. Todo anjo tinha uma lista enorme de afazeres. E, além disso, os arcanjos não cuidavam das orações, isso era tarefa dos anjos de ordem inferior — era quase como num correio, havia a separação das orações e elas eram posicionadas em ordem de prioridade. Assim como havia o envio de cartas de modo expresso, havia a priorização das orações. Pensei em entrar em contato com Rafael daquela maneira, mas, de certa forma, não acreditava que isso era o que Gabriel queria. A pessoa de quem ele falara já estava ali.

Ninguém no Céu entendia como eu me sentia. Ninguém ali já havia se apaixonado perdidamente por um mortal. Ninguém compreendia a nossa situação. Mas, quando pensei em quem no Céu poderia entender o nosso sofrimento, a dor da nossa separação, uma pessoa me veio à mente: Emily.

A primeira namorada de Xavier, a primeira garota com quem fez amor, a primeira que ele sentiu que devia proteger. Ela estivera com ele na Bryce Hamilton muito antes de eu aparecer. Eles se conheciam desde pequenos, todos em Venus Cove conheciam uns aos outros. Achavam que se casariam. E, então, ela foi queimada viva na própria cama, assassinada por demônios, ainda que, na época, ninguém soubesse disso. Havia sido separada dele contra a própria vontade, assim como eu. Mas será que ela aceitaria nos ajudar? Será que a sua alma ainda nutria sentimentos por ele? Talvez estivesse feliz com o fato de enfim estarmos separados.

Só havia um jeito de descobrir.

Ainda que fosse difícil chamar um anjo, eu tinha a habilidade de chamar uma alma através da minha mente. Havia milhões delas no Reino e não devíamos procurar entre todas até encontrarmos a pessoa certa. Mas tive que me concentrar. Estava desacostumada e já fazia tempo desde a última vez em que tentara fazer isso. Fechei os olhos e deixei a mente sair da prisão branca e entrar na vastidão do Céu. Consegui sentir a energia das almas dançando na minha mente. Era claro que eu não via o mesmo que eles. Todas as almas viviam no seu Céu pessoal. Estavam lado a lado, mas o Reino permitia que tivessem acesso a lembranças boas do passado ou a um lugar que elas gostavam de visitar quando crianças. Eu sabia que havia muitos jardins e praias tranquilas, mas cada pessoa era diferente. Havia um homem cujo Céu era o interior do seu armário. Ele se escondia ali dentro quando era criança, quando as coisas ficavam difíceis demais, e aquele continuou sendo o seu porto seguro. Foi isso o que a sua alma desejou. Os anjos achavam um pouco estranho, mas não podíamos julgar ninguém.

— Emily. — Eu disse o nome muito delicadamente, bem baixinho. — Emily, preciso da sua ajuda.

Repeti o nome diversas vezes. Conforme a minha mente ficou mais clara e concentrada, a sala branca começou a ruir e as passagens com as cores do arco-íris se abriram diante de mim. Passei por elas sem me mover, como se estivesse sendo sugada através de uma bela piscina de cores, e quando cheguei do outro lado... estava no quarto de Xavier.

A princípio, fiquei confusa, e a emoção me tomou de repente. Então, vi uma garota sentada de pernas cruzadas na cama, e percebi... Aquele era o Céu de Emily. O quarto de Xavier estava diferente, com artigos esportivos espalhados pelo chão e havia uma caixa de doces aberta, em cima da mesa. As fotos das prateleiras também eram outras — mostravam a equipe de natação do primeiro ano e um grupo de amigos que eu não sabia quem eram, e Xavier e Emily estavam entre eles. Logo que vi, não o reconheci, mas então o encontrei entre uma garota de tranças e um menino que usava um boné com a aba virada para trás. Não tive certeza, mas o menino parecia o seu amigo Wesley, porém mais jovem. O cabelo de Xavier estava mais claro e mais curto; não caía na sua testa como agora. Ele não tinha o corpo tão desenvolvido, era mais magro e tinha aparência mais infantil. Estava usando aparelho nos dentes? Já era bonito, mas parecia uma criança, muito diferente do homem que se tornara.

A cena toda foi muito surpreendente. Eu estava de pé no quarto de uma criança. Mas era um quarto de apenas quatro anos antes. Quanta coisa havia mudado em tão pouco tempo... Olhei para os rostos na foto — dava para ver que eles não tinham preocupações na vida. Eram crianças calmas que iam ao cinema e andavam de bicicleta, frequentando as casas uns dos outros.

— Acho que não é assim que você se lembra dele, certo?

Apesar de eu ter invadido o seu Céu, fiquei assustada quando Emily falou comigo, e me virei para vê-la. Eu havia visto apenas fotografias desbotadas de álbuns antigos da escola. Xavier havia se livrado de todas as fotos que tinha — ou as havia colocado num lugar onde não tivesse que vê-las. Emily não era bem como eu esperava, ainda que não soubesse exatamente o que esperar. Era baixa, loira e tinha olhos castanhos. O nariz era levemente arrebitado e as sobrancelhas, arqueadas, fazendo com que ela aparentasse um ar julgador.

Vestia uma blusa preta larga e calça jeans, e estava sentada no meio da cama de Xavier, segurando um ursinho de pelúcia.

— Oi — disse eu, sentindo-me estranha. — Sou...

— Sei quem você é — interrompeu ela.

— Certo. — Mordi o lábio. — E aposto que não está contente em me ver.

— É, estou meio brava com você. — Ela assentiu e se recostou nas almofadas.

— Entendo — disse eu. — Acho que ninguém gosta da namorada seguinte.

— Não é por isso. — Emily franziu o cenho. — Ele acabaria conhecendo alguém e se casaria. Eu queria que isso acontecesse.

— Mas...?

— Mas você fez mal a ele — disse ela, fechando a cara. Percebi que as suas unhas eram roídas. — Ele ia estudar medicina, deveria ter conhecido uma garota legal, casado e ter vivido tudo o que merecia.

— Eu sei — foi tudo o que consegui dizer. Ela estava certa.

— Você o enfiou numa confusão da qual ele nunca vai sair — disse ela, afastando o cabelo loiro que caía diante dos olhos. — Você não sabe quanta coisa ele fez por mim. Começou a cuidar de mim quando tínhamos 14 anos.

— Ele nunca me contou muito sobre vocês dois. Não falava de você... pelo menos, não comigo.

— Ele é um garoto. — Emily deu de ombros. — Os garotos escondem o que sentem.

— Por que Xavier precisou cuidar de você? — perguntei.

— O meu pai foi embora quando eu tinha dois anos — disse ela. — Então, no primeiro ano do ensino médio, a minha mãe perdeu o emprego e ficou numa situação difícil, e a minha irmã mais velha começou a se drogar. Eu não tinha nada de bom na vida, apenas Xavier. E, depois que morri, não quis mais que ele continuasse assim. Ele já havia feito a sua parte. Havia salvado a menina cheia de problemas. O relacionamento seguinte precisava ser diferente, precisava ser normal.

— Emily, sou o mais distante que existe de algo normal — disse eu. — E talvez tenha sido egoísta por deixar isso acontecer, mas não sabia até onde as coisas chegariam. Se soubesse em que o estava envolvendo, eu o teria deixado. Você precisa entender que também o amo.

— Não me importa como você se sente — disse Emily. — Mas me importo com ele. E, para sua sorte, ele também ama você. Continuo brava com você, mas não quero vê-lo perdendo outra pessoa. Ele já perdeu o suficiente, não acha?

— Está dizendo que vai me ajudar?

— Estou dizendo que vou ajudar *Xavier* — corrigiu ela. — E, se isso significa ajudar você, que seja.

— Obrigada. Emily?

— Sim? — Ela olhou para a frente.

— Sinto muito pelo que aconteceu com você. Não foi justo. Ele morreu... o demônio que matou você. Não sei se isso ajuda, mas o meu irmão o matou.

— Sim. — Emily olhou para as unhas roídas. — Fazia parte do plano, certo?

— Não — balancei a cabeça. — Não era parte do plano que Deus tinha para você. Os demônios interferiram porque é o que eles fazem. Mas a sua história não devia ter acabado assim.

— Tudo bem — disse Emily, suspirando. — Não estou mais chateada. Fiquei durante um tempo, mas não havia motivo. Mas é difícil... não poder conversar com a minha família. E então você percebe que a vida continua sem você.

— A vida continua, mas as pessoas não se esquecem — disse a ela. — Você não foi esquecida, Emily.

— Você está enganada — disse ela, com os olhos repletos de tristeza. — As pessoas superam... Precisam fazer isso, é a única maneira de seguirem em frente. Espero que você volte... antes que Xavier supere você.

30

ZACH

Emily teve uma ideia.

— Você precisa ir conversar com Zach — disse ela sorrindo, claramente satisfeita consigo mesma.

— Zach?

— Isso mesmo.

Eu me lembrei do anjo que já tinha conhecido, aquele que guiava as crianças quando entravam no Reino. Pensei que nunca mais o veria desde que havia mudado de função.

Franzi o cenho.

— Mas Zach é um Sete.

— Não mais — disse ela. — Saiu quando eles começaram a perseguir você.

— É mesmo? Ele deixou o trabalho por minha causa?

— Ele não combinava muito com aquele estilo de vida. O Zach é um guardião, sempre foi.

— Como você sabe disso? — perguntei, curiosa.

— Porque ele é o meu guardião — respondeu Emily. — Eles o mandaram de volta para trabalhar com as crianças. Ele me ajudou na minha transição quando cheguei aqui.

— Mas você tinha 16 anos. Não era mais criança.

— Tive dificuldades para me adaptar — disse Emily. — Então, pediram a ele que me ajudasse. E deu certo. Zach fez uma grande diferença, até entrar para os Setes. Ninguém achou aquilo uma boa ideia. Mas ele voltou.

— E você sabe onde encontrá-lo?

— Claro — disse ela, como se fosse óbvio. — Tenho acesso direto a ele.

Em um piscar de olhos, Emily se colocou ao meu lado. Segurou a minha mão e os seus dedos estavam frios e frágeis, como se feitos de vidro. Escutei-a sussurrando e, um momento depois, o quarto começou a se desfazer. A cama de Xavier com a manta azul, a sua mesa e a bola de futebol perto da porta começaram a ficar embaçadas nas pontas. Segurei firme a mão de Emily — aquele chacoalhar todo me deu um pouco de enjoo. Enquanto o quarto continuava a se desfazer, com itens voando de um lado a outro, as mesmas passagens multicoloridas que Eve havia usado começaram a se abrir ao redor, e a luz refletia de todos os ângulos. Emily parecia saber exatamente aonde estava indo e fomos para a frente, deixando os corredores das cores do arco-íris nos engolirem.

Quando abri os olhos, estava num jardim. Olhei para o meu corpo para ter certeza de que estava inteira, percebi que os meus braços e minhas pernas estavam com as cores do arco-íris.

— Elas vão sair — comentou Emily, passando as mãos sobre as coxas, que ficaram cobertas por pó colorido, que ela soprou para longe.

Quando a minha tontura passou, olhei ao redor e vi um lago brilhante à nossa frente e fileiras de árvores altas desaparecendo entre as nuvens. O ar estava quente e tomado pelo canto dos pássaros. Vi Zach sentado a poucos metros de nós, com as pernas cruzadas no chão, num círculo de crianças. Estava como eu me lembrava, forte e com cabelo escuro, pele morena. Os olhos tinham um tom verde brilhante e sempre apresentavam um brilho travesso, como se ele soubesse de algo desconhecido pelas outras pessoas. O nariz era arrebitado e o sorriso, amplo — ele era muito simpático, por isso as crianças gostavam tanto dele. Eu não compreendia por que ele havia se unido aos Setes.

Quando olhou para a frente e me viu, pediu licença para o grupo. As crianças protestaram baixinho, sem querer dividir o seu líder. Um caminho branco se estendeu diante dele, que se aproximou de nós, descalço.

— Você está bonita, Emily. — Ele piscou para ela. — Oi, Beth. Há quanto tempo.

— Verdade — concordei. — Bom ver que nada mudou.

— Ah, eu não diria isso — respondeu ele. — Mas tudo sempre volta ao lugar.

— Você deixou mesmo os Setes? — perguntei. — Não sabia que era possível fazer isso. Pensei que fosse uma prisão perpétua.

Zach olhou ao redor e deu de ombros.

— Senti saudade das crianças. O exército não é o meu lugar.

— Por que se uniu a eles?

Ele me olhou com os olhos cor de esmeralda.

— Ah, sei lá, estava bêbado, tomei uma decisão ruim. — Emily riu, muito impressionada com tudo o que Zach dizia. — Pode chamar isso de jornada da autodescoberta — continuou. — Eu precisava saber onde era o meu lugar. Tive um momento de dúvida, digamos assim.

— Mas ele está de volta agora. — Emily o abraçou.

Zach riu e mexeu no cabelo dela.

— Esta menina é especial. E então... — Zach me analisou. — Acho que você não passou aqui só para bater papo.

— Precisamos da sua ajuda — disse Emily, antes que eu conseguisse responder. — Foi ideia minha.

Ela parecia uma criança ansiosa pela aprovação dele. Não era sua culpa. Ela seria uma criança para sempre: a sua alma tinha a sabedoria que os seus 16 anos permitiam.

— Hmm... — Zach uniu os dedos sob o queixo. — E como posso ajudar?

— Beth quer ir para casa — disse ela.

— Quer ir agora? — Zach ergueu uma sobrancelha para mim. — Imaginei que fosse algo assim. Mas por que acham que tenho o poder de ajudá-la?

— Não sabia que você tinha — respondi. — Mas talvez possa indicar a direção certa. Precisa haver uma maneira de sair daqui.

— Olha, a maioria das pessoas não quer ir embora do Céu — disse Zach. — Aqui é meio que um destino final.

— Não sou como as outras pessoas. Não mais. Detesto estar aqui.

— Não, não detesta. O que você detesta é estar sem Xavier — Zach me corrigiu. — Mas ele virá para cá um dia também.

— Não quero ver Xavier de novo como espírito — disse. — Quero ter uma vida com ele... na Terra.

— Bem... só há uma maneira de fazer isso — disse Zach. — Você teria que perder a sua divindade.

— Perdê-la? — repeti. — Quer dizer, abrir mão dela?

— Sim — disse Zach. — Tudo que a torna um anjo desaparecerá. Se quiser viver como um ser humano, precisa se tornar humana.

— E como, exatamente, devo perder a minha divindade? — perguntei, com cautela.

— Só conheço uma maneira. E você não vai gostar de saber — disse ele com seriedade. — Você precisa arrancar as suas asas.

Na hora, me lembrei de Gabriel e de como as asas arruinadas haviam trazido à tona a sua natureza humana. Porém, as asas dele não tinham sido totalmente arrancadas: Rafael havia aparecido e impedido os demônios de completarem o trabalho. Mas eu sabia que tinha sido extremamente doloroso e causado muitos danos ao meu irmão. Era como pedir a um ser humano que cortasse as próprias pernas.

— Não existe outra opção? — perguntei. — Nada?

— Pode ser que tenha — respondeu ele. — Mas não sei qual é.

— Não posso fugir?

— Você já tentou isso. Não dá muito certo. Não se pode fugir do Céu.

— Estava indo muito bem — disse eu. — Estávamos enfrentando os Setes e vencendo. Só estou aqui porque eles jogaram sujo.

— Sim, a menina — disse Zach. — Eles quebraram muitas regras envolvendo-a na história.

— Quebraram muitas regras aparecendo numa sala repleta de alunos — disse eu, irritada com a lembrança. — Mataram o nosso amigo Spencer!

— Eu sei — disse Zach. — E sinto muito. Eles não tinham autorização para isso.

— Não podemos denunciá-los, ou algo assim?

— Você precisaria contar a alguém que passaria a mensagem ao Nosso Pai. E ele anda ocupado ultimamente. Os humanos estão perdendo a fé, o mundo está caindo nas mãos das pessoas erradas. — Olhou para mim com intensidade. — Tem certeza de que quer voltar?

— Sim — respondi com ênfase. — Prefiro viver num mundo imperfeito com Xavier a passar uma eternidade aqui, sozinha.

— É você quem decide. Mas pense bem. A decisão é irreversível.

— Você pensou na outra possibilidade? — perguntou Emily. — Sei que está tentando voltar para Xavier... mas já pensou que ele talvez pudesse vir até você?

— Como disse? — perguntei a ela. — Está dizendo o que penso que está dizendo?

— Ele vai acabar vindo para cá, mesmo — respondeu ela.

— Xavier tem *19 anos* — disse eu, irritada. — Tem a vida toda pela frente.

— Que não tem sentido para ele sem você — explicou ela. — Vocês dois são tão codependentes que um não pode sobreviver sem o outro.

— Como sabe? — perguntei.

— Tenho uma conexão — respondeu ela de modo seco. — Consigo ver o que acontece na vida das pessoas que deixei para trás.

— Então tem nos espiado?

— Não estou espiando, só observando.

— Bom, isso é assustador, então pare.

— Meninas... — disse Zach com calma. — Não estão ajudando. E, Bethany, Emily tem razão. Ou você encontra uma maneira de voltar para Xavier, ou ele encontrará uma maneira de ir até você. É só uma questão de tempo.

— Acha mesmo que ele faria algo assim? — perguntei.

Zach olhou para mim com atenção.

— Você faria?

— É diferente! — respondi.

— Não, não é. Independentemente do que estivesse disposta a fazer, pode ter certeza de que Xavier faria também.

— Certo. — Respirei profundamente. — Então, está dizendo que é melhor eu voltar depressa... antes que Xavier encontre uma maneira de morrer?

— Sim — respondeu ele. — É isso mesmo o que estou dizendo.

Pensei que nada mais poderia me assustar, mas aquela ideia conseguiu. Estava tão presa na minha depressão que não pensei que Xavier pudesse estar se sentindo da mesma maneira. É claro que ele devia estar tentando encontrar uma maneira de voltar para mim — não era o tipo de pessoa que fica parada sem fazer nada. Já tinha ido ao Inferno e voltado, então por que acreditaria que não podia ir ao Céu? Então, agora, além de ter que perder a minha divindade, eu tinha um prazo, por isso precisava agir depressa.

— Espere — disse eu. — Com certeza Gabriel e Ivy vão mantê-lo em segurança.

— Não podem cuidar dele 24 horas por dia — respondeu Zach. — E você mais do que ninguém deveria saber que, se alguém quer algo demais, acaba conseguindo uma maneira de ter. — Emily observou o meu cenho franzir quando tentei absorver as novas informações.

— Relaxe — disse ela, revirando os olhos. — Ainda temos tempo. Nossa, nunca fui assim tão dramática.

— Fique quieta — respondi. — Com certeza você já teve problemas.

— Certo. — Zach ergueu as mãos. — Parem as duas.

Dei as costas para Emily e tentei me recompor. Discutir com ela não nos levaria a lugar algum. Precisávamos trabalhar juntas.

— Diga o que preciso fazer — disse a Zach. — Diga e eu farei.

— Você precisa encontrar Joseph — respondeu ele. — Ele pode nos ajudar.

Olhou para baixo quando uma criança se aproximou e puxou a manga da sua camisa, tentando levá-lo de volta ao círculo. Todas as crianças esperavam com ansiedade.

— Preciso ir — disse Zach.

— Espere! — gritei. — Quem é Joseph? E como posso encontrá-lo?

— Você não pode — respondeu. — Ele encontrará você. Avisarei que você o está procurando.

— Ele já... — hesitei. — Ele já tentou... enviar alguém de volta?

— Sim.

— E conseguiu?

— Não sei.

— *Não sabe?* — repeti, irritada. — Fala sério!

— Sinto muito, Beth, não tenho nada a dizer. Só sei que é arriscado.

Zach desviou o olhar e se calou. Uma parte de mim queria acabar a conversa ali e pronto. A última coisa de que precisava era de um plano maluco que pudesse dar errado a qualquer minuto. Mas não tive escolha. Não estava temendo pela minha integridade física. É que eu tinha uma chance ali, e, se errasse, nunca mais veria Xavier.

— Então, não há outra maneira? — perguntei baixinho.

— Não que eu conheça.

— Não posso simplesmente fugir?

— Beth, você não pode arrombar as portas do Céu — disse Zach. — E, mesmo que conseguisse escapar, para onde iria? Você correu muito na Terra e não chegou a lugar algum. Ele está por aí desde o começo — explicou Zach ao permitir que as crianças o levassem de volta.

— Desde o começo do quê? — Eu já estava ficando frustrada.

— Desde que o mundo é mundo. Eles ainda estão mantendo você numa cela?

Assenti, percebendo que o nosso tempo estava no fim.

— Saia o mais rápido que conseguir — disse ele com a voz baixa. — Aquele lugar vai enlouquecer você. — Deu um passo para trás, deixando as crianças o puxarem. — Boa sorte, Beth. Rezarei por você.

— Espere! — gritei. — Você ainda não me disse quem é Joseph.

— Ele é o líder de um grupo dissidente.

— Zach! — exclamei. — Não é hora de brincadeiras.

Ele já estava se afastando, voltando para o gramado, guiado pelos seus companheiros de olhos arregalados.

— Não é brincadeira — disse ele. — Eles se denominam a Sociedade dos Anjos Negros. Há muito mais deles por aí do que você pensa. — Ergueu a mão, despedindo-se. — Lembre-se, muitas coisas acontecem aqui em cima que não ficamos sabendo.

E, então, ele se foi.

31

ANJO NEGRO

NÃO QUERIA OUVIR MAIS NADA. Senti as pernas começarem a tremer e as mãos ficarem molhadas de suor. Qualquer ato de violação ao próprio corpo era um ato contra a Criação. Ia contra tudo o que deveríamos ter como verdade. Era sabido que os seres humanos podiam recorrer ao comportamento autodestrutivo quando as coisas ficavam difíceis demais: bebiam muito ou se perdiam nas drogas. Mas eles eram imperfeitos, podiam errar. O perdão era a prerrogativa deles. Era diferente no caso dos anjos; devíamos ser infalíveis. Não havia como voltar atrás do que Zach havia sugerido.

Lembrei-me de Gabriel no porão da casa em Oxford. Eu me lembrei de como as asas arruinadas o haviam mudado, trazido à tona qualidades humanas nele. Apesar da minha cabeça estar rodando, tentei manter os pensamentos em ordem. Mantive a imagem do rosto de Xavier na minha mente e senti o medo encolher, como um vampiro exposto à luz do Sol. Joseph. Por um momento, vi o nome assumir forma e brilhar no ar diante de mim como uma joia. Zach havia dito o nome com tanta autoridade que quase acreditei que a ajuda estava por vir. Então, a frustração tomou conta e suspirei irritada. Quem diabos era Joseph? Onde eu deveria encontrá-lo? Aquilo parecia, cada vez mais, uma perseguição sem fim. Primeiro, eu tive que encontrar Emily, que me levou a Zach, e agora ele estava tentando me direcionar a alguém de quem nunca tinha ouvido falar. Eu não estava mais perto de conseguir o que queria e, a cada segundo, Xavier parecia mais e mais distante.

EU ME AFASTEI SEM OLHAR PARA TRÁS. Ainda me sentia confusa e irritada, mas havia outro sentimento nessa mistura: a esperança. Havia descoberto três coisas que antes não sabia: era possível um anjo renunciar à sua divindade, Zach conhecia alguém que podia me ajudar a fazer isso, e eu não era a única revoltada com o sistema. Pela primeira vez desde o meu retorno, o meu peito parecia mais leve, e esbocei um sorriso.

— Nossa! Muita coisa para absorver — disse Emily, olhando para mim com atenção. — Você está bem?

— Estou — respondi. — Agora sei que posso encontrar uma maneira de voltar para ele... para Xavier, quero dizer.

— Não está mesmo pensando em passar por isso, não é? — perguntou ela, assustada. — Vai arrancar as próprias asas?

— Não tenho escolha.

— Não sabe nem se vai sobreviver.

— Se não sobreviver, pelo menos tentei. Melhor do que ficar aqui, esperando por um milagre.

Emily segurou o meu braço.

— Xavier não iria querer que você fizesse isso, de jeito nenhum.

— Então, ainda bem que ele não está aqui para tentar fazer com que mude de ideia.

— Por que você não está morrendo de medo? — perguntou Emily.

— Você não sabe pelo que já passei — disse a ela. — Já vi coisas mais sombrias do que os seus piores pesadelos e nenhuma delas é mais assustadora do que pensar em viver sem ele.

— Uau! — Emily parecia estar pensando. — Você o ama mesmo, não é?

— Muito.

— Sabe, em alguns momentos, pensei que você era egoísta por se aproximar dele sabendo que teria de partir um dia. Mas você não planejava ir embora, não é?

— Não — disse baixinho. — Desde o dia em que o conheci, sabia que não voltaria.

Percebemos ao mesmo tempo que estávamos na beira do campo, no ponto onde os corredores tinham se aberto no ar e nos levaram ao nosso destino. Eu permaneci ali, sem me decidir.

— O que foi agora?

— Zach disse para não voltar — disse Emily, pensativa.

— Preciso voltar. Se não fizer isso, Eve sairá à minha procura.

— E daí? — Emily deu de ombros.

— Você não a conhece — disse eu. — É totalmente controladora.

— Certo — concordou Emily. — Então, volte e a convença de que você está bem. Peça o seu cargo de volta ou algo assim. Pode dar certo.

Aquela era a maneira de Emily de propor uma trégua?

— Certo — disse eu, incerta. — Vou tentar.

Assim que falei, os túneis coloridos se abriram diante de nós, espalhando feixes brilhantes de luz na grama. Era incrível como eram rápidos, como se alguém tivesse apertado o botão de um elevador.

— Quer que eu vá com você? — perguntou Emily. — Para o caso de a maluca estar esperando do outro lado?

— Obrigada. — Eu ri. — Mas acho que sei lidar com ela.

Eu me mexi para que o corredor pudesse me puxar, mas Emily esticou o braço e segurou o meu cotovelo.

— Espere!

— O que foi?

— Você ouviu isso? — perguntou ela, sussurrando.

— Não ouvi nada... — comecei a falar, mas de repente parei.

Havia um murmúrio que parecia estar aumentando no ar, cada vez mais alto. Seria Eve? Será que já havia mandado um exército atrás de mim? Emily e eu nos agarramos quando uma abertura apareceu no ar, como se feita de tecido. E então partiu na nossa direção, ou nós partimos na direção dela — não soube ao certo, e aconteceu tão depressa que mal tivemos tempo de reagir. Então, batemos de cabeça num piso de mármore.

— O que... — Emily se esforçou para se sentar, com os braços balançando ao afastar as barreiras invisíveis.

— Não precisam se assustar — disse alguém. Olhamos para a frente e vimos três figuras informalmente vestidas sobre nós, entre os enormes pilares. O mais alto deles deu um passo à frente e eu, de certa forma, soube quem era. Eu me senti estranha, como se tivesse chegado para uma entrevista de emprego sem levar o currículo.

Joseph era diferente de todos os anjos que eu já tinha visto. Tinha cabelo castanho ondulado, curto e grosso, e um olhar intenso e afiado, mais assertivo do que distraído, como eu estava acostumada a ver nos anjos. Ele não percebeu a presença de Emily, mas me analisou de cima a baixo e então mostrou-se pouco impressionado. Era compreensível, pelo estado em que eu provavelmente estava.

— Oi, Bethany.

— Você me conhece.

— Já ouvi falar de você.

— Então, acho que Zach contou sobre mim. — Tentei parecer casual, mas as minhas mãos não paravam quietas. — Você não perde tempo.

— Por que perderia?

Percebi que ele não perderia tempo com amenidades. Notei que os seus lábios sérios mal se mexiam quando ele falava. Percebi as botas pesadas — aquele cara realmente estava no lugar errado. Talvez ele ficasse mais à vontade caçando codornas com um rifle apoiado no ombro. O seu olhar era levemente defensivo, como se estivesse se preparando para lutar a qualquer momento.

Olhei rapidamente os rostos dos dois homens ao lado dele. Eles eram fortes e grandes, prontos para a luta. Mas não senti medo deles... No fundo, sabia que aqueles eram os anjos que eu estava procurando.

— Então, o que posso fazer por você? — perguntou Joseph.

Era uma pergunta idiota... Ele obviamente sabia por que eu estava ali. Mas talvez aquela fosse a sua maneira de me testar. Não queria que pensasse que eu estava desperdiçando o seu tempo.

— Zach disse que você poderia me ajudar — disse eu, decidindo ser o mais direta possível.

— É mesmo? — Ele ergueu apenas uma das sobrancelhas.

— É verdade? — perguntei. — Você sabe mesmo como mandar alguém de volta à Terra?

— Sei — respondeu ele, de modo seco.

— Então, por que ainda está aqui?

Ele suspirou, como se a pergunta o decepcionasse.

— Se não estivesse, quem cuidaria da causa?

— Talvez eu pudesse responder a essa pergunta se soubesse qual é *a causa* — disse eu. Joseph riu com dificuldade.

— Você e eu — disse ele. — Nós somos a causa. Há anjos por aí que tiveram experiências como as nossas.

— É mesmo? — Eu estava desconfiada.

— Sim — respondeu Joseph. — Não está certo recebermos a humanidade e depois perdê-la. No mínimo, deveriam nos dar opções. É por isso que estamos lutando.

— Parece... nobre — disse eu, tentando encontrar a palavra certa. Queria dizer *bacana*, mas não queria parecer infantil.

— Não é nobre — respondeu Joseph. — É prático. Os anjos que viveram como seres humanos não conseguem mais ser bons anjos.

— Então... — comecei com cuidado. — Já deve ter estado na Terra. Há quanto tempo foi isso?

Parecia que estava me intrometendo, mas precisava saber mais antes de deixar o meu futuro nas mãos dele.

— Há muitos milênios.

Olhou para mim com os olhos intensos e escuros, sem se preocupar em explicar mais. Fiquei pensando que aquele podia ser um assunto delicado.

— Como era a sua vida? — insisti.

Joseph contraiu os lábios e soltou o ar pelo nariz.

— Durante um tempo, foi feliz. Fiz tudo o que pude para ficar. Eu era casado... assim como você.

— Era? — Não consegui acreditar no que escutei. — O que houve?

— Não pensei nas consequências de envolvê-la numa vida tumultuada.

Podia ser a minha história, narrada com nomes e datas diferentes.

— Então, a sua esposa... Ela deve estar aqui agora.

— Está. Mas em algum lugar onde nunca poderei encontrá-la. É o meu castigo. — Ele fez uma careta de dor ao se lembrar de algo que o tempo não havia apagado.

— Isso é muito cruel.

Ele deu de ombros.

— O Céu é justo, mas nem sempre gentil.

— Então, se eu esperar Xavier vir para cá...

— Será bem provável que o mesmo aconteça com ele — disse Joseph. — O Céu é como um labirinto: há muitas partes e algumas dimensões as quais nem os mais poderosos têm acesso.

— Por que não voltou quando pôde? — perguntei, confusa.

— Porque não sabia naquela época o que sei agora. Mas não estamos aqui para falar de mim. Acredito que você queira ajuda para voltar.

— Sim — disse eu, rapidamente. — Por favor, antes que seja tarde demais.

— E você tem consciência do que é exigido?

Assenti, sentindo um tremor percorrer a espinha. Esperava que Joseph não tivesse percebido.

— E não está com medo? — perguntou ele. Balancei a cabeça com veemência, mantendo o rosto perfeitamente sério. Joseph me analisou com cuidado. — As experiências que você teve a tornaram forte. Ainda assim, quero que pense bem nisso. E me procure.

Estaria ele tentando se livrar de mim? Será que havia me considerado sem valor? Será que eu havia fracassado ao tentar convencê-lo da minha sinceridade? Quase entrei em pânico. Senti lágrimas encherem os meus olhos, mas as afastei e mordi o lábio inferior. Se Joseph era a minha única chance de voltar a ficar com Xavier, eu não podia desperdiçá-la. Ajeitei os ombros e levantei o queixo.

— Não preciso pensar nisso. Preciso que me ajude *agora*.

— Sinto muito. Não ajudo pessoas que tomam decisões repentinas.

Aquilo me irritou. Como ele podia fazer esse tipo de avaliação sobre alguém que havia acabado de conhecer? Eu não queria nem saber se os instintos dele eram afiados, ele não sabia nada a respeito de mim e de Xavier.

— Então, não me ajude! — disse, dando as costas para ele e começando a me afastar. Não conseguia me lembrar de um momento em que havia me sentido mais sozinha. Mesmo nos momentos mais sombrios em Hades, eu tivera aliados para me guiar. — Vou cuidar de mim mesma. Farei tudo sozinha!

O meu acesso de raiva pareceu ter mudado algo em Joseph.

— Você sofrerá uma dor terrível. — Essas palavras me fizeram parar. — Uma dor inimaginável sobre a qual nós, anjos, não temos conhecimento.

Eu me virei devagar para olhá-lo e dessa vez não fugi do olhar sério e inflexível. O seu modo de agir era muito direto e profissional.

— Estou preparada para isso.

Ele se mostrou interessado na minha determinação cega.

— E não tem perguntas?

— Só uma: vai dar certo?

— O que acontecer com você depois não está sob o meu controle.

— Mas é a melhor chance que tenho?

— Sim.

— E existem anjos vivendo como seres humanos agora?

— Apenas aqueles que sobreviveram à transição. — A sua sinceridade era desconcertante. Quase desejei que ele pudesse colorir a verdade. — Se não der certo, não vai ser nada bonito. O trauma físico pode ser fatal. Se você não se transformar, vai sofrer.

— Que tipo de *sofrimento*?

— Ficará na Terra, mas num estado de paralisia. Não servirá para nada.

Aquilo era mais assustador do que qualquer castigo que eu conseguia imaginar. Estar na Terra e viver como um peso para os meus entes queridos... Não poderia haver nada pior.

— Ainda assim você quer continuar?

Engoli o nó que se formou na minha garganta.

— Vamos nessa.

— Prepare-se — disse Joseph. — Voltaremos para buscá-la.

— Aonde iremos?

— Para as regiões mais distantes do Céu, onde não seremos perturbados.

— Você está tentando estabelecer uma conexão entre o Céu e a Terra. Como esconderemos isso?

— Somos muito bons no que fazemos — respondeu ele.

— Não acredito que nunca soube de você antes.

— Você achava que as lutas por poder eram restritas aos seres humanos? Quem você acha que ensinou a eles sobre o poder, para começo de conversa?

— Nunca pensei nisso.

— Estamos lutando para diminuir a distância entre o Céu e a Terra. Já ouviu falar da Terra Prometida? Queremos expandir o Reino... Deixar as almas e os anjos se misturarem livremente. A escuridão será exterminada. Independentemente de você viver até esse dia ou não, decidiu fazer parte. Faça a sua participação valer a pena.

32

TORMENTA

Joseph e os companheiros partiram instantes depois, prometendo que me encontrariam quando a hora chegasse. Não me deram nenhum indício de quanto tempo eu teria que esperar. Emily ainda estava ao meu lado, apesar de quase ter me esquecido da sua presença. Ela se fez lembrar ao pigarrear. Olhei para ela, tentando pensar na maneira mais educada de me livrar dela. Precisava de um tempo sozinha para me preparar psicologicamente para o que me esperava. Emily pareceu ler a minha mente.

— É a minha deixa para ir embora? — perguntou ela.

Sorri, sem querer parecer mal-agradecida, pois ela havia me ajudado até então.

— Me desculpa, mas preciso ficar sozinha.

— Tudo bem. — Ela esboçou um sorriso. — Posso fazer alguma coisa?

— Mantenha Xavier em segurançaa até eu voltar.

— Farei o melhor que puder — disse ela.

— Obrigada. E obrigada por me ajudar. Não teria conseguido sem você.

— Foi bom finalmente conhecê-la — disse ela. — Você não é tão ruim quanto pensei. — Emily parou e olhou dentro dos meus olhos. — Pode me fazer um favor quando chegar em casa?

Gostei de perceber que ela acreditava que eu voltaria inteira. A sua confiança fazia com que me sentisse mais forte.

— Claro.

— Pode dizer a Xavier que estou bem? — Pisquei, surpresa, e ela continuou. — Durante todo esse tempo, ele tem se culpado pelo que aconteceu comigo. Só quero que fique tranquilo.

Concordei sem dizer nada. Naquele momento, o passado e o futuro de Xavier pareciam estar se unindo. A morte de Emily não fizera com que ela deixasse de amá-lo. Pensei que, se as coisas saíssem conforme o planejado, um dia, todos nós nos reuniríamos de novo.

Emily me abraçou de um jeito estranho e então se virou para ir embora. Paramos ao escutar saltos batendo no mármore. A passagem se formara no ar antes de podermos pensar em fugir.

Quando Eve apareceu, olhou para Emily de soslaio e passou por ela como se a garota fosse insignificante demais para merecer atenção. Eve caminhava de modo tão decidido que quase parecia mecânico.

Naquele dia, ela usava sapatos brancos, um macacão bege e brincos de pérola. O cabelo loiro estava perfeitamente penteado, e senti vontade de bagunçá-lo.

Ela parou com os pés levemente afastados e os braços dobrados, os olhos claros me analisavam com desconfiança. A sua postura me fazia lembrar a de uma carcereira, e ela ocupava bem essa função.

— Poderia me dizer o que fez hoje? Hmm? — O seu tom de voz era o de uma professora que adoraria aplicar a palmatória.

— Nada de mais — respondi. — Pensei que você ficaria feliz em me ver passeando.

Eve corou levemente, como sempre fazia quando recebia críticas.

— Você está em um estado muito frágil — disse ela. — E eu, por acaso, sou responsável por você.

A minha boca tremeu ao me esforçar para engolir o comentário maldoso que estava na ponta da língua. Emily lançou para mim um olhar de alerta.

— Não brigue com a Beth, senhora — disse ela. — Foi minha culpa.

Eve virou o pescoço para olhar para Emily, acalmando-se um pouco com o tom de voz respeitoso dela. Eve passava a gostar de qualquer um que a respeitasse.

— Emily, não é? — disse ela, com delicadeza. — Talvez você possa me dizer o que está acontecendo.

— Não há muito o que dizer. — Emily era a personificação da inocência. — Fomos visitar Zach. Ele e Beth são velhos amigos.

A expressão de Eve ficou azeda.

— Por quê, posso saber?

— Pensei que ele pudesse ajudar — respondeu Emily. — Sabe, fazer a Beth se lembrar de como as coisas eram.

Tinha que admitir: ela era boa em argumentar. Eve mostrou-se levemente mais calma. Eu sabia, no fundo, que ela mal podia esperar que me "recuperasse" para deixar de ser sua responsabilidade. E a minha atitude de maluca estava fazendo com que ela fosse malvista pelos seus superiores.

— Bem, esse foi um ato de grande consideração — disse ela, rapidamente. — Mas você deveria ter falado comigo primeiro.

— Sinto muito. — Emily abaixou a cabeça, com cara de cãozinho sem dono. — Não me dei conta.

— Não importa — disse Eve com um tom mais suave. — Cuide para que isso não volte a acontecer.

Virou-se para mim, com os olhos brilhando de interesse.

— E então... como foi?

Vi Emily franzir o cenho para mim atrás de Eve, um sinal para que engolisse meu orgulho e continuasse fingindo.

— Foi bom ver Zach de novo. Acho que me ajudou. Ele me fez lembrar como é gratificante ser um mentor.

— Que ótimo! — exclamou Eve.

— Haveria algum problema se o visitarmos de vez em quando? — perguntou Emily, cruzando as mãos e arregalando os olhos, de um jeito que seria quase impossível dizer não.

— Bem... — começou Eve. — É um tanto incomum, mas acho que não será ruim.

— Obrigada, senhora. — Emily sorriu respeitosamente para ela, mas Eve ainda não tinha terminado de falar.

— Então, Bethany... Você disse que consegue se ver trabalhando de novo?

— Acho que sim — respondi entre os dentes. Não gostava nem um pouco de Eve, ela era intromedita demais e eu nunca tinha conhecido alguém mais falso. Só queria que eu melhorasse para que a sua reputação não fosse manchada. Mas eu estava interpretando e sabia que só daria certo se fingisse ser sua amiga. — É esse o objetivo — continuei, tentando imitar os modos educados de Emily. — Quero melhorar e sinto falta da minha antiga vida.

Era uma mentira enorme, mas Eve não percebeu.

— E o tal do seu marido? — continuou ela. — Aquele sem o qual você acha que não consegue viver?

Senti a raiva ferver por dentro. Como ela ousava citar Xavier? Não tinha o direito de falar sobre ele. Além disso, eu podia mentir sobre a maioria das coisas, mas mentir sobre ele? Não parecia certo. Mas me lembrei de que estava fazendo aquilo por ele. Se precisasse mentir, enganar e roubar para voltar à Terra, eu faria tudo isso.

Não consegui olhar nos olhos de Eve, por isso olhei para o chão enquanto falava.

— Ele é só um ser humano.

— É mesmo? — Eve ergueu uma sobrancelha.

Será que eu tinha exagerado? Decidi recuar um pouco:

— Bem, sempre vou amá-lo — disse, com desconforto. — Mas vejo agora que não devíamos ter ficado juntos. Preciso deixá-lo em paz para que siga com a sua vida e preciso seguir com a minha.

Fez-se silêncio enquanto Eve analisava o meu rosto. Então, ela riu alto. A princípio, olhei ao redor para ver quem havia se aproximado. Eve riu revelando os dentes brancos e começou a dizer:

— Vocês duas devem pensar que nasci ontem.

— O que disse?

— Boa tentativa, mas a brincadeira acabou. — Apontou um dedo para Emily e a observou. — Esta aqui é excelente atriz. Não sei o que vocês estão aprontando, mas acabou agora. Não conseguirão levar isso à frente.

— Não estamos aprontando nada — respondi, irritada. — Você está imaginando coisas.

Eve riu.

— Certo, Bethany, não importa — disse ela. — Mas, a partir de agora, será vigiada o dia todo. Vou prendê-la: ninguém entra, ninguém sai, entendeu? — O seu tom profissional havia desaparecido. O rosto agora estava sério, revelando a sua real personalidade. — Eu tentei — continuou ela. — Deus sabe que tentei. Mas há coisas melhores que eu poderia estar fazendo em vez de monitorar um anjo na reabilitação. Francamente, não estou nem aí. Quer morrer na sua própria infelicidade? Vá em frente. Daqui a alguns anos, conversarei com você para saber se mudou de ideia.

— O quê? — gritei. — Não pode me prender para sempre!

— Quem disse que não? — perguntou ela. — Você sabe o que acontece com anjinhos teimosos que não largam o seu vício na Terra? — Os seus olhos estavam arregalados, o que a deixava ainda mais assustadora. — Acabam na pilha de lixo celestial. Nós os trancamos até virarem poeira cósmica e ninguém se lembrar do nome deles. Mas não se preocupe, você ainda tem alguns séculos até que isso aconteça.

— Por que está me dizendo isso agora? — perguntei.

— Eu estava guardando o melhor para o final — disse ela, sorrindo. — Quando eu sair daqui, preencherei um formulário recomendando isolamento em razão de instabilidade mental.

— Isso é mentira! — O pânico tomou conta de mim como um incêndio. Seria possível que, depois de tudo, o meu plano estava prestes a dar errado?

Eve procurou um equipamento no bolso. Eu sabia o que estava fazendo. Ia chamar reforços. Quando os guardas chegassem, tudo estaria acabado. Eu nunca mais me livraria deles e não poderia ser ajudada por Joseph. Dei alguns passos para a frente, determinada a fazer com que ela mudasse de ideia, ainda que não soubesse como. Mas, antes de conseguir pensar em algo, Emily pulou em cima de Eve e a derrubou no chão. Eve gritou e tentou se livrar. Dei um pulo para trás, totalmente surpreendida. Eve era grande e forte, mas não uma lutadora, não conseguiria se livrar de uma menina impetuosa de 16 anos. Rapidamente, Emily colocou Eve de bruços no chão, pressionando os joelhos nas costas dela.

— Como uma ratinha de esgoto como você conseguiu vir para cá? — perguntou Eve, ofegante.

— Não é da sua conta — respondeu Emily. Eve fez uma careta, e a ira distorcia os seus traços normalmente calmos. Ela perdeu um dos sapatos e o cabelo estava despenteado, dando a ela uma aparência mais patética do que perigosa. Mas a sua voz, quando começou a falar entre os dentes, havia perdido toda a frieza. — Acho que vocês não têm noção do problema em que acabaram de se meter. Solte-me agora para que não a jogue num poço.

Emily a ignorou.

— Saia daqui, Beth! — gritou ela. — O que está esperando?

— Mas... — hesitei. — Você ficará bem?

— Não se preocupe... Sei me cuidar.

— Sua menina insolente e inútil! — gritou Eve. — Vai se arrepender disso. Quando eu acabar com você... — Ela decidiu parar de falar para canalizar o seu poder angelical. Partes do seu corpo já brilhavam como uma lâmpada. Podia ter sido pega de surpresa pelo ataque, mas o equilíbrio de força estava prestes a favorecê-la. Eu tinha uma única oportunidade antes que tudo mudasse. Não perdi mais tempo.

— Obrigada, Emily — disse.

— Pode me chamar de Em — respondeu ela, sem fôlego. — Todos os meus amigos me chamam assim.

Abri as asas e subi ao céu, para a grande expansão do Reino. Elas vibravam com energia, como o motor de um carro sendo acionado. Todos os músculos do meu corpo se alongaram, mas não pude aproveitar a sensação. Sabia muito bem, e foi doloroso perceber, que aquela podia ser a minha última vez voando. Voar no Céu era muito diferente de voar na Terra. Não havia atmosfera para combater, então era mais livre, sem esforço, como se eu fosse um balão subindo cada vez mais alto, sem destino. Só esperava que alguém contasse a Joseph o que havia acontecido. Éramos nós contra eles agora.

Uma névoa densa me envolvia. Não conseguia ver nada a alguns centímetros à frente, mas voava às cegas mesmo. De repente, percebi dois anjos ao meu lado, e fiquei aliviada ao ver que eram os companheiros de Joseph. Os dois seguraram as minhas mãos e me guiaram na direção certa.

Voamos pelo que pareceram horas. Ninguém falava nem dava sinal de que desaceleraria. Quando pensei que estava cansada demais para prosseguir, a névoa diminuiu o bastante para eu ver uma escada à nossa frente. Os degraus eram transparentes, como se a luz tivesse se materializado apenas para nos ajudar a sair. Não havia corrimão, e cada degrau que subíamos se dissolvia logo depois. Eu me segurei com firmeza nas mãos dos anjos ao meu lado. Quando chegamos ao topo, vi que estávamos de pé no meio de um anfiteatro de vidro suspenso no espaço. Não mais consegui ver os caminhos brancos do Céu acima de mim. A estrutura emanava uma estranha energia que parecia tirar o medo de dentro de mim. Tinha um ar de beleza e grandiosidade, fiquei tentando imaginar qual seria o seu propósito. Será que os outros anjos sabiam daquele lugar? Parecia clandestino, como um tesouro escondido que poucos pudessem encontrar.

Senti uma rajada de vento e, quando me virei, vi uma figura galopando silenciosamente na nossa direção. O cavalo era preto com crina trançada, e a sela brilhava como prata. Os cascos não faziam barulho em contato com o chão. O cavaleiro apeou e caminhou com firmeza até onde estávamos. Joseph vestia uma roupa diferente. Tinha um ar majestoso com a capa esvoaçante e calçava sandálias. O cabo ornamentado de uma espada embainhada no seu cinto era visível, tornando a sua presença ainda mais imponente.

— Ajoelhe-se onde está — disse ele. — Não temos muito tempo.

Obedeci sem hesitar. Ajoelhei-me e cobri o rosto com as mãos. Senti o cheiro de chuva e de gotas de orvalho na grama. Era o cheiro das minhas asas. Eu me despedi delas no meu coração e disse, em voz alta, o que ecoava em minha mente.

— *Pai, me perdoe.*

Eu precisava ficar em paz com Ele. Eu O amava muito e, ainda assim, estava abrindo mão de uma vida eterna no Seu Reino. Havia sido desobediente e fracassei na tarefa que Ele designou para mim. Ou será que não? Uma coisa da qual tinha certeza era que o meu Pai conhecia cada um dos seus filhos profunda e pessoalmente, assim como conhecia todos os homens e mulheres da Terra. Ele sabia qual seria o nosso destino antes de nos criar, então, talvez, a estrada dura pela qual eu passara, todos os obstáculos e testes... talvez tivessem servido para me levar aonde eu estava. Eu acreditava Nele infinitamente e, no fundo do coração, sabia que Ele não me machucaria. Naquele momento, em vez da ira de Deus, como eu vinha esperando, não senti nada além de misericórdia e amor ao meu redor. Foi um momento de pura clareza. Não seria rejeitada pelo que estava prestes a fazer. O meu Pai não me deserdaria. Apesar de toda a minha determinação, eu não havia dado as costas para Ele. Ainda O amava de todo o coração e queria servi-Lo. Como teria conseguido chegar até ali se não fosse a vontade Dele?

De repente, deixei de me sentir inadequada no Céu e passei a me sentir uma filha de Deus, assim como qualquer outra pessoa.

— Vai ser melhor se mantiver os olhos fechados. — Escutei a voz do anjo atrás de mim. — Não espere sentir dor. Não existe dor no Céu. Isso virá depois.

Suspirei aliviada. Pelo menos, Xavier estaria ali para me ajudar a enfrentar a dor, como sempre estivera. Tinha que acreditar que voltaria para ele. Rezei para não ser um peso, para não chegar transformada a ponto de não ser reconhecida.

Estremeci quando Joseph cuidadosamente levantou e arrumou o meu cabelo comprido, para que ele caísse por um ombro, deixando as minhas asas expostas e pulsando levemente depois do longo voo. Ele colocou a mão em cima da minha cabeça em reverência e abaixou a dele. Quando me tocou, uma visão iluminada pela luz da Lua apareceu na névoa dos assentos vazios. Nela, vi Xavier. Ele vestia uma camisa de flanela que reconheci, além de botas sujas de lama nas solas. O rosto estava diferente, mas não entendi por quê. Ele parecia mais velho, estava com a barba por fazer e o olhar parecia ausente. A sua vitalidade havia sido apagada pela tristeza. Parecia cansado e totalmente derrotado. O rosto ainda era lindo, mas era uma beleza cansada, não tendo o charme e o frescor do jovem do qual me lembrava. Esse rosto mostrava o homem que ele estava destinado a se tornar... o homem que ele já era. Quanto tempo havia se passado? Um ano, talvez mais. No Céu, o tempo não era como na Terra. Eu não sabia ao certo. Ele ainda usava a aliança de casamento.

Uma tempestade caía, e Xavier estava de pé, ensopado, no meio dela. Olhava para baixo, para o mar revolto. Observei o ambiente e reconheci a paisagem familiar do Precipício. Ele estava no mesmo lugar onde eu havia ficado ao me revelar para ele. As ondas quebravam forte nas rochas abaixo e movimentavam os pequenos barcos ancorados no cais como se fossem marshmallows. Xavier parecia encantado com a altura. Pela expressão no seu rosto, vi que já não se importava com o que podia acontecer com ele. Estava inclinado para a frente, a chuva o acertava como finas flechas.

Enfiou a mão no bolso da camisa e cerrou o punho ao tirá-la. De alguma forma, eu sabia o que ele segurava. Uma pena perfeitamente branca, com a ponta rosada. Era uma pena que eu havia deixado no carro dele depois do nosso primeiro encontro, que ele guardou como um prêmio importante todo aquele tempo. Queria que ele voltasse a guardá-la no bolso. Era tudo o que ele tinha de mim. Mas, em vez disso, ele estendeu a mão e a ofereceu à natureza. Segundos depois, a chuva molhou a pena e o vento a levou embora. Eu a vi cair em espiral. Xavier a acompanhou com os olhos, inclinando-se ainda mais.

Eu me assustei quando Xavier se transformou num borrão. Então, percebi que isso estava acontecendo apenas porque uma massa de nuvens bloqueara a Lua. Quando ela reapareceu, vi que ele havia mudado de posição. Agora estava de pé na beira do abismo. As suas botas faziam pedras soltas rolarem e as lançavam à escuridão abaixo.

Senti o peito apertado de medo. Ele não podia se jogar! A tempestade o envolvia, o vento batia no seu peito. O menor movimento na direção errada poderia ser fatal.

— Não faça isso! — sussurrei. — Espere por mim. — Então, olhei como se implorasse para Joseph. — Vamos, *agora.*

— Há uma última coisa antes de você ir. — Falou depressa, percebendo a urgência. — Você deve fazer um juramento enquanto ainda está na sua forma celestial. Se você sobreviver e acordar como ser humano, fará tudo o que estiver em seu poder para contribuir para a melhora da humanidade e para a glória de Deus?

— Claro que sim — gritei. — Eu juro! — Nem pensei naquilo. — Juro pela vida de Xavier. Agora faça!

A princípio, não senti nada além de um leve calor a me formigar, como se as asas tivessem sido queimadas pelo Sol. Então, o anfiteatro todo se encheu de uma luz ofuscante. Ela refletia na superfície brilhante de vidro, e os feixes de luz nos envolveram numa dança maluca.

Joseph tinha razão. Não senti dor, apenas uma união com a luz. Ela me consumiu. Senti quando penetrou todas as células e as encheu de vida nova. A minha mente se esforçou para entender o que estava acontecendo. Escutei um som agudo e repentino tão ruim que me fez querer mudar de ideia. Era um rosnado profundo e assustador, como o grito de uma baleia.

Abri os olhos por um segundo e vi Joseph segurando uma lâmina incandescente. Só tive tempo de expressar apenas mais um pensamento antes do meu eu ser transformado. Reuni a força para gritar, esperando que o apelo ressoasse pelo tempo e pelo espaço.

— Xavier... estou indo!

33

METAMORFOSE

O TEMPO PAROU SEGUNDOS ANTES do golpe da espada de Joseph. O anfiteatro se encheu de crianças. Eu conseguia ouvi-las cochichando, apesar dos seus rostos estarem congelados. Soube na hora quem eram; as almas de todas as crianças que eu havia ajudado a entrar no Céu durante o meu período como guardiã. Tinham vindo para dizer adeus. Murmuravam palavras de incentivo. *Seja forte. Não tema. Siga o seu coração e não vai errar.* Elas tinham fé em mim.

Queria agradecer, mas não tive tempo... Tudo aconteceu rápido demais. Senti um calor forte nas costas e logo depois estava olhando para o anfiteatro do lado de fora. Vi o meu corpo se curvar para a frente, sem me mexer. Joseph e as crianças ficaram borrados, como uma foto antiga. Os pilares de vidro se espatifaram ao meu redor. Eu não era mais um corpo sólido, mas, sim, um milhão de fragmentos minúsculos girando no espaço. Tentei prender a respiração para me fortalecer, mas não havia ar para prender. Também não havia dor, como Joseph prometera.

No caminho, vi imagens da beleza inefável do Céu. Passei por uma queda-d'água que parecia cristal líquido. Passei por uma piscina azul com lírios flutuando na sua superfície numa explosão de cores que não conseguia distinguir. Passei por uma árvore antiga com flores e por salas cheias de tronos tão resplandecentes que me fizeram pensar por que desejara sair. Mas tudo derreteu como gelo ao Sol quando o rosto de Xavier apareceu. Eu me lembrei de tudo o que havíamos compartilhado até aquele momento e de como havíamos lutado com unhas e dentes pelo direito de ficarmos juntos. Precisava voltar a tempo de impedi-lo de cometer o maior erro da sua vida. Jurei dedicar a minha vida a Deus se Ele mantivesse Xavier seguro até eu chegar lá. Apesar de não ter sido um anjo exemplar, sabia que o meu Pai me atenderia. Ele não nos daria as costas. Mas, mesmo no meu estado sem corpo, senti o pânico me percorrer. E se eu já estivesse atrasada? E se eu chegasse e Xavier já tivesse partido, perdido numa tentativa desesperada de se unir a mim? Todos os nossos esforços teriam sido em vão. Eu ficaria presa na Terra sem ele, fadada a uma vida de solidão e recolhimento. Por fim, Xavier acabaria indo para o Céu, mas eu nunca o encontraria. Havia milhões de reinos, e ele ficaria escondido de mim para sempre.

Mas não podia me concentrar naquilo agora. Precisava me manter firme. Voltar inteira era o meu primeiro objetivo. O que aconteceria depois da minha volta estava além do meu controle. Mas Xavier e eu encontraríamos uma maneira, como sempre fizemos. Pensei em Gabriel e em Ivy. O que pensariam de mim agora? Será que ainda me considerariam sua irmã?

Quando Joseph concordou em me ajudar, eu havia me imaginado sendo levada de volta à Terra na velocidade da luz. Não pensei que a viagem demoraria tanto tempo. Quando achei que ela nunca mais terminaria, formas começaram a aparecer no espaço. Consegui ver grandes expansões de verde e cadeias montanhosas... Era como olhar para um mapa topográfico por cima. A velocidade com que eu passava pelo espaço começou a diminuir, e eu também tomei forma. As partículas espalhadas do meu antigo eu se reconfiguraram. Percebi que os meus membros começaram a reaparecer como contornos brilhantes. Com certeza a espera estava quase no fim. Eu estava prestes a voltar para Xavier.

Pousei de joelhos na grama macia à beira de um lindo jardim.

Uma espada em chamas guardava a entrada, rodando e cobrindo todas as quatro direções da Terra. Eu sabia onde estava, porque era a imagem da perfeição. Céus vívidos se estendiam acima, flores enchiam o ar de perfume e frutas maduras pesavam nos galhos das árvores. No centro do jardim, estava a mais linda de todas as árvores, com os galhos nodosos estendendo-se na minha direção como centenas de braços, com os frutos brilhando. Por que eu estava vendo aquilo? Quando a pergunta se formou na minha mente, a resposta veio sem qualquer esforço meu. Aquele lugar marcava uma encruzilhada na minha jornada. Eu ainda podia mudar de ideia. Atrás de mim, estava a paz eterna do Céu se eu a desejasse. A coluna de luz que havia me carregado ainda estava presente, esperando pela minha decisão. Se desse as costas para ela, a minha antiga vida desapareceria para sempre e nada seria simples nem calmo de novo. Uma vida de mortal com todas as suas atribulações estava à minha espera adiante: uma estrada cheia de pedras, mas com recompensas. Olhei de novo para a luz que se apagava na atmosfera leitosa, então fiquei de pé com as pernas trêmulas e dei passos incertos pelo jardim. Então, tudo ficou escuro.

ACORDEI COM UMA DOR DILACERANTE. Sabia que estava na praia porque escutava o ronco do mar e sentia o sal nos meus lábios rachados. O meu cabelo estava espalhado pelo meu rosto como algas marinhas. A roupa de anjo havia desaparecido. Eu usava um vestido branco, rasgado e sujo por causa da viagem. Senti algo estranho obstruindo a minha visão. Meu rosto e os meus braços estavam cobertos por uma proteção parecida com um casulo. Senti que ela já se dissolvia na água salgada. Quis rasgar o restante com as unhas, mas qualquer movimento causava uma dor forte, a ponto de eu ser forçada a ficar totalmente parada. Não era uma dor superficial... Era profunda, como se todos os meus músculos e ossos estivessem tentando se unir depois de uma cirurgia enorme. Eu me sentia mole, com os músculos ainda fluidos e o sangue ainda frio. Tinha a sensação de que, a qualquer momento, eu podia me dissolver na areia molhada. A única coisa da qual tinha certeza era que tudo em mim havia mudado. Quando consegui abrir os olhos por completo, vi algo brilhando na água, como tinta dourada. Era sangue de anjo... o meu sangue. Quanto eu havia perdido? Teria força para andar? Será que aquele era o estado de torpor do qual Joseph me alertara? Eu não sabia o que viria em seguida. De repente, percebi como a minha urgência havia me deixado despreparada. Tive tanta pressa de deixar o Céu que não havia sequer perguntado a Joseph o que deveria fazer quando voltasse à Terra. Não esperava uma festa de boas-vindas, mas não pensei que enfrentaria tudo sozinha. E agora a praia estava deserta. A noite estava muito fria e as pessoas estavam dentro de suas casas. Até quando eu teria que esperar até ser encontrada? Senti o peito sacudir involuntariamente, tomada por soluços. Mas cada respiração me dava a impressão de estar inalando fogo.

Depois de um tempo, me acalmei o suficiente para analisar as opções. Até onde sabia, havia apenas duas. Esperar alguém me encontrar ou tentar reunir força para chegar a um lugar onde me veriam. Nenhuma das duas parecia possível. Tentei mexer os dedos, mas eles estavam tão duros quanto a madeira que via ao meu redor. Tentei usar os meus poderes angelicais e me dei conta de como estava sendo tola. Eu havia cortado as conexões, havia me desligado da fonte. Não podia fazer nada agora... Eu era completamente humana.

Então, algo me ocorreu. Isso significava que eu havia conseguido? Eu havia feito o impensável e sobrevivido à metamorfose? Não sabia se devia rir ou chorar.

Acima de mim, surgiu o majestoso Precipício, a luz da Lua o cobria com um manto prata. Virei a cabeça o máximo que consegui e gritei de dor. Observei o topo, delineado contra o fundo do céu, como torres tortas. Senti alívio. Não havia ninguém ali. Só podia significar que Xavier havia tomado juízo e ido para casa. Eu precisava acreditar que ele estava seguro. Com certeza eu sentiria se o seu corpo estivesse jogado nas pedras abaixo. Conseguia escutar o seu coração batendo na minha mente. Sentia o cheiro da sua colônia. Xavier estava vivo e não muito distante.

Escutei risadas e fiquei paralisada. De repente, um grupo de adolescentes apareceu na praia. E pensei na minha situação. Como explicaria o meu estado atual? Algumas das vozes pareciam conhecidas, apesar de estarem alteradas pelo álcool.

De onde estava, só via manchas escuras, mas consegui perceber que eles mantinham a gola das blusas levantada para se protegerem do vento. Alguns ainda levavam garrafas. Conforme se aproximaram, o vento da noite carregou as suas vozes e consegui escutar a conversa com clareza.

— Aquela festa estava horrorosa. Lembre-me de nunca mais ir a uma festa da Beta de novo — disse uma garota cuja voz não reconheci.

— Ei, eu estava me divertindo.

Eu conhecia o garoto que respondeu. Era Wesley, um dos amigos mais próximos de Xavier da época antes de sermos forçados a fugir de Venus Cove. O que ele estava fazendo de volta? Eu me lembro de ter escutado alguém dizer que ele tinha ido para Stanford para estudar engenharia. A sua presença ali só podia indicar que era época de férias. Quanto tempo haveria passado? Quanto eu havia perdido?

— Você se divertiu com o jogo da cerveja? — perguntou a garota.
— Que jogo nojento.

— Você só está irritada porque Colt passou a noite dando uns amassos em outra menina.

— Até parece! Não dou a mínima para o Colt. Ele obviamente não tem classe se gosta de alguém tão fútil como Anna-Louise.

— De quem foi essa ideia? Está frio demais aqui.

— Ei, aonde a Molly foi? Ela não estava bem atrás de nós?

Fiquei atenta quando disseram o nome de Molly. Será que ela estava ali?

— Talvez ela tenha mudado de ideia — respondeu a menina, como se não desse a mínima importância.

— Melhor voltar para procurá-la — disse Wesley.

— Cara, você ainda está a fim dela? — perguntou a amiga. — Precisa se conformar que aquela menina não é para você.

— Cale-se, Cooper. Não estou *a fim* de ninguém, só quero ser um bom amigo.

Alguém diplomaticamente mudou de assunto.

— Pensei que Xavier viria esta noite.

— Ah, ele não sai mais com a gente — disse o rapaz chamado Cooper.

— Dá um tempo para ele, tem muita coisa na cabeça dele agora — disse Wesley.

— Muita coisa na cabeça? — repetiu o amigo. — Aquele cara tem mais problemas do que um livro de matemática.

— Isso é pouco — disse a garota desconhecida. — Mas é culpa dele. Você faz o seu caminho e precisa trilhá-lo, é o que meu avô sempre dizia. É o que dá se apaixonar por alguém de fora.

— Você é uma idiota, Leah. — A voz de Molly soou como um sino. — O que sabe sobre Xavier e as coisas pelas quais ele tem passado? Você nem o conhece. — Leah se sobressaltou como se tivesse sido flagrada. A autoridade de Molly no assunto fez com que ela se sentisse desconfortável.

— Não o conheço pessoalmente, mas já ouvi muita coisa.

— Pois é, mas fofoca não é uma fonte confiável de informação.

Senti orgulho de Molly por defender Xavier. Eu a teria abraçado, se pudesse.

— Relaxa, não estou falando mal. Só acho que ele precisa sair mais.

— Ele vai sair quando estiver pronto — rebateu Molly.

— Vou voltar para a festa — anunciou Wesley de repente, interrompendo a conversa sobre Xavier. Percebi que o assunto ainda o incomodava. — Façam o que quiserem.

Escutei reclamações, mas todos voltaram, e as vozes começaram a se distanciar. Com uma urgência repentina, ergui a cabeça e disse o nome de Molly. Saiu como um sussurro fraco; ela não conseguiria me ouvir. Tê-la tão perto e ao mesmo tempo tão inalcançável foi a gota d'água. Perdi toda a motivação. A vontade de sobreviver me abandonou e me senti um lixo. Não fazia sentido lutar por algo que o Universo não queria que acontecesse. Xavier e eu estávamos fadados ao azar desde o começo. Eles tinham permitido que eu chegasse até ali, me provocaram com o sonho de um novo começo e então o afastaram. Acho que era assim que a minha história tinha que acabar. Estava cansada demais para ficar aborrecida. Em vez disso, fiquei feliz por ter conseguido voltar. Se a minha vida ia acabar, pelo menos seria num lugar que eu amava. Com a aceitação, senti paz. Até mesmo a dor começou a diminuir. Só queria poder dormir.

Os meus olhos se abriram e vi uma mulher vestida com uma camisola antiga e olhando para mim. Por um momento, pensei que estava de novo no Céu, mas percebi que nada havia mudado ao meu redor. A mulher sorriu. Usava um xale de franjas e o cabelo grisalho caía pelos ombros. Eu sabia que ela não era de verdade, porque conseguia ver através do seu corpo. Ela parecia vagamente familiar. Lembranças dela me ocorreram: uma mulher num banco dizendo adeus ao seu querido cachorro, as camas de metal e o cheiro de desinfetante de uma casa de repouso, uma figura fantasmagórica na janela do meu quarto.

— Alice? — chamei. — O que está fazendo aqui?

— Vim ajudá-la, querida. — Ela parecia saída de um conto de fadas. — Você chegou até aqui. Não pode desistir agora. Não vou permitir.

— Por que não a encontrei no Céu? — perguntei.

— Você não tinha permissão para receber visitas — respondeu ela.

— Eve... — Eu me lembrei da prisão na sala branca. A minha voz estava carregada de amargura quando disse o seu nome.

— Não importa mais — disse Alice, com delicadeza. — Você voltou. Eu sabia que conseguiria.

— Não adiantou muito. Acho que estou morrendo, Alice.

— Não diga bobagens. Você precisa se levantar agora.

— Não consigo. Dói muito. Só quero dormir.

— Pode dormir quanto quiser quando chegar em casa. Agora, venha. Vou ajudar você a passar por isso.

— *Não consigo*.

— Xavier está à sua espera.

Ouvir o nome dele mexeu com algo dentro de mim.

— Está?

— Claro, querida. Já está esperando há algum tempo. Mas você terá que se recompor para vê-lo. Sei que ele quer muito ver você.

E aquele foi o incentivo de que precisava. Alice sabia exatamente o que dizer. Eu me concentrei e me apoiei nos joelhos. Consegui me virar melhor do que esperava, mas ainda assim precisei fazer um grande esforço para ficar de pé.

— Devagar — alertou Alice. — Um passo de cada vez. — Segui o seu conselho e esperei um pouco antes de dar um passo à frente. Eu parecia criança dando os primeiros passos incertos. Virei para Alice, esperando a sua aprovação, mas ela não disse nada, porque não estava mais ali. O resto dependeria de mim. Centímetro por centímetro, atravessei a praia, incentivada apenas pela ideia de Xavier esperando por mim.

No píer, encontrei um caminhoneiro sentado do lado de fora do Greasy Joe's — o único restaurante de Venus Cove que ficava aberto a noite toda. Ele pareceu assustado ao me ver, apesar de ele ter os braços cobertos por tatuagens.

— Olá, querida — disse ele de modo incerto. — Precisa de ajuda?

— Estou tentando ir para casa.

— Teve uma noite difícil? — Percebi que ele achava que o uso de substâncias ilegais podia ser responsável pelo meu estado. Assenti. Era mais fácil deixá-lo pensando isso do que tentar explicar.

— O que acha de passarmos no hospital primeiro? Para ver se está tudo bem?

— Por favor, só preciso ir para casa dormir. O meu irmão vai cuidar de mim. Ele mora aqui perto.

Ao falar do meu irmão, consegui o que queria. O rosto dele ficou mais relaxado... Agora estava livre da responsabilidade.

— Certo, você precisa me ensinar o caminho — disse ele, jogando o restante do seu hambúrguer no lixo. Segurou o meu cotovelo e me ajudou a sentar no banco do passageiro na boleia do caminhão. Havia latas de refrigerante vazias e embalagens espalhadas no chão. Senti o cheiro de batata frita misturado ao de couro e tabaco. Não ajudou muito na minha situação. Agora, podia incluir náusea à lista de sintomas. Desci o vidro e deixei o ar da noite entrar. Isso fez o enjoo passar, apesar de saber que não havia nada no meu estômago.

— Como se chama, querida?

— Beth.

— Bonito nome. Me chamo Lewis.

Ele viu a minha cara e me ofereceu a garrafa de água sem tampa que mantinha no porta-copos.

— Tome, você provavelmente está desidratada. Beber demais pode fazer mal.

— Obrigada. — Aceitei a água e bebi tudo. Ela lavou a areia da minha garganta e me fez pensar melhor.

— Quem são os seus amigos? Por que a deixaram sozinha desse jeito?

— Eu saí sozinha.

— Problemas com o namorado?

— De certa forma, sim.

— Ouça o conselho de um cara mais velho, senhorita. Não me importa se esse cara é o rei da Inglaterra, ele não vale a pena.

Felizmente, Lewis conhecia a cidade. Por fim, entramos na Byron Street. Estava vazia, exceto pelas mariposas dançando sob a luz das lâmpadas da rua. Lewis desacelerou, esperando por um sinal para que eu pedisse para ele parar. Passamos pelas ruas de casas com jardins bem-cuidados e caminhos de cascalho. Eu me ajeitei, os meus olhos direcionados para a subida familiar na rua. Quase me esqueci de pedir para Lewis parar, pois fiquei encantada quando vi a casa, bem no topo da ladeira. A casa com varanda ampla e cercas cobertas de hera no quintal da frente parecia uma velha conhecida. Os arbustos cheios de rosas de Ivy estavam enfileirados dentro da cerca de ferro forjado. As cortinas na sala de estar não tinham sido fechadas. Sob o brilho suave da lâmpada da rua, vi grandes prateleiras, um tapete antigo e desbotado e um grande piano também antigo. Os vestígios de uma lareira ainda ardiam na grade.

O meu coração parou quando vi um Chevy de 1956, restaurado, cor do céu, estacionado do lado de fora. Senti a mesma onda de excitação da primeira vez em que vi o garoto de olhos azuis pescando na beira do píer. Parecia ter acontecido muito tempo atrás.

Mas eu sabia de uma coisa: independentemente do que acontecera, não importava mais.

Eu estava em casa.

34

NASCER DO DIA

Foi estranho ficar diante dos portões da Byron de novo. Parecia que o tempo não havia passado. Todas as dificuldades desapareceram, e tive a sensação de que aquela noite marcava o início de uma vida nova. Respirei o ar limpo da noite para acalmar o coração acelerado. Queria me lembrar daquele momento: seria o começo de tudo.

Agora que estava a poucos metros de Xavier, de repente me dei conta do meu estado deplorável. Passei os dedos pelo cabelo e bati a areia dos pés descalços. Então, passei pelos portões de ferro forjado e segui pelo caminho que havia atravessado tantas vezes com o meu corpo de anjo. Agora, eu o atravessava como um ser humano de verdade.

Senti a pedra fria sob os meus pés e senti a primavera no ar. Era estranho como as coisas podiam não mudar e ao mesmo tempo ficarem totalmente diferentes. Entrei na varanda e escutei o ranger do terceiro degrau, como sempre acontecia. De dentro da casa, Phantom começou a latir. Alguns instantes depois, escutei as suas patas arranhando a porta.

— Oi, menino — sussurrei, e Phantom começou a gemer. Escutei passos no corredor.

— Phantom, volte para dentro. O que deu em você? — Prendi a respiração. Conhecia aquela voz, baixa e suave, com um sotaque suave da infância passada na Georgia.

Esperei, paralisada pela ansiedade, incapaz de falar ou de me mover. Por um terrível momento, medos irracionais dominaram a minha mente. E se eu tivesse mudado tanto que não fosse reconhecida? E se Xavier já tivesse me esquecido? Eu tinha o direito de aparecer agora, desejando que ele estivesse me esperando? Na minha cabeça, o nosso encontro seria repleto de paixão, não medo. Por que estava perdendo a coragem agora?

— Venha, garoto, não tem ninguém aí fora. — Havia um cansaço na voz de Xavier que eu nunca tinha percebido antes. — Não acredita em mim, não é? Certo, vou mostrar.

A porta se abriu, e Xavier e eu finalmente ficamos cara a cara. Ele estava descalço, com uma calça de moletom e uma camiseta branca larga. O cabelo loiro caía suavemente sobre os olhos, que tinham um tom azul incrível como o mar e o céu juntos.

A reação dele não foi a que eu esperava. Ele abriu a boca e deu um passo para trás como se eu fosse um fantasma.

— Você não é de verdade. — O jeito como balançava a cabeça sem acreditar era sinal de que ele andava tendo visões, criações da sua mente. Percebi que eu devia estar com uma aparência muito longe da de um ser humano. A luz da varanda não estava acesa e eu estava de pé na sombra.

— Xavier, sou eu — disse com a voz falhada. — Voltei.

Ficou parado, em silêncio. A mão que segurava a porta estava tremendo.

— Não acredito.

— Eu sou humana agora — disse a ele. — Eu me tornei humana... por você.

— Estou sonhando — murmurou ele, quase para si mesmo. — De novo, não.

— Olha! — Estiquei o braço e segurei a mão dele, fazendo carinho com as unhas. — Se não fosse de verdade, você conseguiria sentir isso?

Xavier, hesitante, olhou para mim com uma expressão confusa de cortar o coração.

— Como isso pode estar acontecendo? — perguntou ele. — É impossível!

— Você me disse, certa vez, que um homem apaixonado pode fazer coisas extraordinárias — disse. — Bem... uma mulher também. Estou aqui, sou de verdade, e amo você mais do que nunca.

A expressão de Xavier mudou quando estendeu o braço para segurar meus ombros, sentindo a pele firme sob as mãos. Ele os pressionou e me puxou para ele num abraço desesperado. Nós nos abraçamos com tanta intensidade que pensei que pudéssemos nos transformar em líquido e formar um novo e único corpo. Xavier segurou o meu rosto, e juntos balançamos de um lado a outro, em silêncio. Quando me soltou, o mundo todo girou e me lembrei da dor que tomava o meu corpo.

Fiquei zonza e a minha visão começou a ficar embaçada.

— Ei, ei. — Xavier me segurou. — O que foi? Você está bem?

— Estou. — Sorri. — Estou com você.

— Venha, vamos entrar. — Dei alguns passos incertos atrás dele, e Xavier me pegou no colo e fechou a porta da frente com o pé. — Você está bem agora — murmurou ele, contra o meu cabelo. — Vou cuidar de você.

Ele me deitou no sofá da sala de estar.

— Pensei que nunca mais a veria — disse Xavier. — Pensei que a única maneira seria... — A sua voz ficou embargada, e ele começou a chorar.

— Calma — respondi, acariciando o seu cabelo e percebendo que estava mais comprido. — Sei em que você pensou.

— Não tinha certeza de que daria certo. — A sua voz ficou séria quando ele reviveu o sufoco dos últimos meses. — A vida perdeu o sentido quando você foi embora. Gabriel e Ivy ajudaram, acho que eu não teria conseguido sem eles.

— Onde eles estão? — Olhei para a casa vazia, um pouco menos arrumada do que como a minha irmã a mantinha. Havia uma caneca no chão e uma jaqueta pendurada no corrimão da escada.

— Partiram numa missão... na Romênia — disse ele. — Gabriel tentou trazer você de volta durante meses.

— Tentou?

— Claro. Ele entrou em contato com os arcanjos, tentou fazer um acordo com eles, implorou, mas não funcionou. Acho que isso estava acabando com os dois. Então, eles partiram. Devem voltar nos próximos dias.

Senti os olhos marejados, emocionada com a possibilidade de rever os meus irmãos.

— Mas, Beth... — Xavier parecia cauteloso. — Você precisa me contar... Como voltou? Você fugiu? — O corpo dele ficou tenso. — Eles virão atrás de você de novo? Preciso avisar Ivy e Gabriel...

Fechei a mão com delicadeza sobre a dele, enquanto ele mexia no celular.

— Ninguém virá atrás de mim. Dessa vez, não. Voltei para sempre.

Observei o seu rosto enquanto ele me olhava como se fosse pela primeira vez, percebendo o meu estado. A dúvida nos seus olhos desapareceu e foi substituída pela preocupação.

— O que aconteceu com você? Parece que esteve numa guerra.

Senti o cansaço dentro de mim aumentar quando me aconcheguei nos braços dele, sentindo-me inútil como uma boneca de pano. Queria que ele pudesse me ver radiante e saudável, e não como uma inválida que precisava da sua ajuda para recuperar a saúde.

— Isso vai passar. Só preciso de tempo para que a transição se complete.

— Podemos falar sobre isso mais tarde. — Escorregou um dos braços sob as minhas pernas e o outro ao redor da minha cintura, e me levantou com facilidade. — Venha, vou dar um banho em você e colocá-la na cama.

Xavier me levou escada acima e fomos para o meu velho quarto, onde ele agora dormia. A sua mochila da academia estava atrás da porta e uma pilha de livros se amontoava sobre a mesa branca sob a luminária. À exceção dos novos objetos, o meu quarto estava exatamente como eu o havia deixado. A familiaridade dos móveis brancos e da cama de ferro me confortou. Phantom nos seguiu e decidiu ocupar o seu lugar de sempre, enrolado no tapete. Não fechou os olhos. Manteve o olhar vigilante como se temesse que eu pudesse desaparecer de novo.

— Você dormiu no meu quarto? — perguntei, feliz.

— Era a única maneira de me sentir perto de você — disse ele. — Espero que não se importe.

Balancei a cabeça, negando. Adorava saber que ele havia dormido ali durante o tempo em que estive fora. Xavier me colocou na beira da cama.

— Já volto.

Escutei os seus movimentos no banheiro e o barulho da água. Ele voltou um instante depois com uma pilha de toalhas limpas.

— Xavier, preciso perguntar uma coisa. Quanto tempo fiquei fora?

— Algum tempo... mas vamos falar sobre isso depois, tudo bem?

— Preciso saber. Está me assustando. — Ele se ajoelhou ao meu lado e me ajudou a baixar as alças do vestido imundo.

— Você esteve longe por dois anos, completados hoje — disse ele, suavemente.

— *Dois anos!* Não pode ser.

— Beth, não importa agora...

— Não, não, não pode ser...

— Sinto muito — disse ele. — Tenho quase 22 anos, vou me formar na faculdade no ano que vem.

— Mas... eu perdi tanta coisa. — Eu me senti totalmente enganada. Perder uma hora da vida de Xavier teria sido demais. Dois anos pareciam uma vida inteira. — Você precisa me contar tudo.

— Não tem muita coisa para dizer. Continuei estudando — disse ele casualmente. — A minha irmã teve um bebê. Sou titio.

— Ah, Xavier, estou tão feliz por você. Era o que você sempre quis.

— Beth, você não entende — disse ele. — Eu estava vivendo por viver. Por dentro, não sentia nada, apesar de saber que deveria sentir.

— Mas estou de volta agora — disse eu.

— Sim — disse ele, sorrindo. — Você está inteira. Tudo completo. Você sabe que não tivemos a nossa lua de mel. Acho que deveríamos ir para Paris.

— Está bem — disse eu, sonhando.

Xavier riu.

— Talvez depois que você tomar um banho.

Eu me sentei no banquinho do banheiro e observei os espelhos embaçarem enquanto Xavier enchia a banheira. Ele tirou os restos de alga marinha do meu cabelo.

— Foi um voo difícil? — perguntou ele.

O meu corpo todo estava arranhado e todos os músculos doíam quando me mexia. Mas tentei não deixar Xavier perceber como sofria.

— Você está com dor, não é? — perguntou ele.

— A dor é temporária — respondi. — Nada doeu mais do que perder você.

— O que fizeram com você?

— Nada que eu não tenha pedido.

Xavier olhou para mim desconfiado.

— Vire-se — disse, por fim. — Quero ver as suas costas.

— Por quê?

— Você sabe por quê.

Eu me inclinei para a frente. Xavier ergueu o tecido lentamente e gemeu. Senti os seus dedos contornarem as cicatrizes finas e brancas nas minhas costas. Quando voltou a falar, percebi a raiva crescente na sua voz.

— O que é isso? Quem feriu você desse jeito?

— Ninguém. Foi minha decisão.

— Onde estão as suas asas?

— Elas se foram.

— *Como assim?* — Ele ficou pálido. — Eles tomaram as suas asas?

— Eles não as tomaram. Eu abri mão delas.

— *O quê?*

— Precisei fazer isso.

— Como pôde fazer isso?

— Foi a decisão mais fácil que precisei tomar.

— Como isso aconteceu...

— Não importa — interrompi. — O que importa é que estou aqui.

Xavier olhou para mim por muito tempo.

— Está dizendo que você...

— Sou tão humana quanto você.

— Não acredito.

— Nem eu, no começo. Não tinha certeza de que voltaria inteira. Tudo estava contra mim, mas, de alguma forma, deu certo. Alguém devia estar olhando por nós.

Uma onda de culpa caiu como uma cortina sobre os olhos de Xavier.

— Fico arrasado ao pensar no que você teve que dar.

— Não — rebati. — Apesar de saber que um dia vou morrer, pelo menos terei vivido. No Céu, eu podia ter uma vida eterna, mas estava morta por dentro. Você me deu a vida. É um presente.

Xavier se inclinou para beijar a minha testa. Então, me ajudou a tirar a roupa molhada e me colocou na banheira. No começo, a água quente queimou o meu corpo, fazendo os meus olhos marejarem, mas, um tempo depois, o calor tomou conta de mim, ajudando a diminuir a dor nos ossos. Ainda estava preocupada com a minha aparência, mas Xavier não parecia notar, pois estava muito concentrado cuidando de mim. A água quente e perfumada me fez relaxar.

Ele pegou uma jarra de cerâmica azul de cima da penteadeira e a usou para tirar o sal do meu cabelo. Ele me lavou com delicadeza, da cabeça aos pés, até eu ficar totalmente limpa. Depois, me sentei na cama, enrolada num roupão, enquanto Xavier procurava uma das suas camisetas compridas e uma calça de moletom para eu vestir. Quando levantei os braços para ajudá-lo a me trocar, ele parou por um momento, olhando para a minha barriga.

— Olha, isso é novo — disse ele.

— O que é? — perguntei, assustada. Será que alguma parte do meu corpo estava desfigurada?

— Você ganhou um umbigo... Assim como todos nós.

— Uau. — Olhei para a minha barriga, e ele estava certo. Onde antes era liso, agora havia uma abertura na pele. Xavier circulou o umbigo com a ponta do dedo. Mesmo naquele estado debilitado, o seu toque tinha o poder de fazer o meu corpo se arrepiar.

Deitei na minha cama antiga, afundei a cabeça no travesseiro macio. O meu corpo relaxou instantaneamente quando os cobertores macios me envolveram. Apesar de estar muito cansada, não consegui fechar os olhos.

— Está com fome? — perguntou ele. Pensei e percebi que estava, sim. — Fique aqui. Vou buscar algo para você.

Devo ter cochilado enquanto ele estava no andar de baixo, mas acordei com o cheiro de café feito na hora e bacon. Eu me sentei e olhei para a bandeja cheia que ele posicionou com cuidado no meu colo.

— A famosa omelete dos Woods? — perguntei.

— Claro. Cura tudo. E, por favor, repare: ovos mexidos dessa vez, como você gosta. — Dei uma garfada nos ovos. O sabor explodiu na minha boca e senti o alimento me reanimar.

— Está muito bom — disse eu. — Vai ficar sentado aí, me vendo comer?

— Nunca mais vou tirar os olhos de você — disse ele. — É melhor você se acostumar.

Enquanto eu comia, Xavier observava o meu rosto.

— Tem mais alguma coisa diferente em você. Não sei o que é.

— Muitas coisas mudaram.

— Não, é a sua pele — disse ele. — Não brilha como antes.

— Que bom — respondi. — As pessoas normais não brilham.

— Virou humana, mesmo — disse ele.

Pela porta francesa, vi que o céu estava mudando. Havia apenas um reflexo da Lua e o céu se alterava, iluminado com feixes de luz vermelha e dourada.

— Pode abrir as portas, por favor? — perguntei.

— Tem certeza? Pode ficar doente.

— Quero escutar o mar.

Eu me lembrava de como o som das ondas me fazia dormir no passado.

Xavier ficou de pé e fez o que pedi. O vento soprou as páginas dos livros sobre a mesa e fez as cortinas balançarem.

Xavier se sentou na beira da cama, perdido em pensamentos.

— Está bravo comigo? — perguntei.

— Claro que não. Estou impressionado com você.

— É mesmo?

— Sim. Você disse que encontraria um jeito e encontrou. Salvou a minha vida quando voltou.

— É o que devemos fazer — disse a ele. — Cuidarmos um do outro.

— Você acha mesmo que terminou? — perguntou ele. — Estou quase com medo de acreditar que é verdade.

— Acabou — respondi. — Consigo sentir.

Eu acreditava sinceramente que nada poderia nos atrapalhar de novo. Pela primeira vez na vida, me senti incrivelmente abençoada. Apesar de ter desafiado a vontade do Céu, eu havia recebido misericórdia. Não tinha sido abandonada. O meu Pai havia me levado para casa com segurança.

Xavier se deitou ao meu lado e o seu calor passou pela minha pele como um raio de Sol. Juntos, esperamos pelo nascer do dia. Quando olhava para ele, esquecia o meu cansaço. Não me preocupava quanto tempo a minha recuperação poderia levar. Só sentia uma felicidade pura e infantil. Mas Xavier estava franzindo o cenho. Um olhar de preocupação passou pelo seu rosto e apagou o brilho dos seus olhos.

— O que foi? — perguntei.

Ele suspirou.

— Tem certeza de que sabe do que abriu mão?

— Sei.

— E você não se arrepende?

— Nem por um segundo.

— Não gostaria de ter as duas coisas: o meu amor e a imortalidade?

— Escolheria você mil vezes seguidas.

Xavier segurou a minha mão e senti a superfície dura da sua aliança de casamento contra a palma.

— Acho que você não entende — sussurrou ele, com os olhos azuis cheios de luz. — A partir de agora, você vai sentir dor, vai envelhecer e acabará morrendo, como todos nós.

Apesar do olhar de preocupação dele, eu sorri de orelha a orelha.

— Eu sei — disse. — É o paraíso.

AGRADECIMENTOS

Obrigada, mamãe, por ser a minha melhor amiga — amo você para sempre.

Obrigada, Mississippi, por ser a minha casa e o meu lugar favorito no mundo.

Obrigada, Katie Anderson, por ser uma grande amiga e cuidar de mim.

Obrigada, Clay McLeod. Não me esquecerei das nossas aventuras malucas em Memphis, onde nós duas inspiramos uma à outra. Não perca o seu arco-íris.

Obrigada, May Katherine Breland e Jordan Lee Phillips, por serem como a minha família. Vocês são demais!

Agradeço a Jill Grinberg e à equipe da Feiwel and Friends, por terem embarcado nessa viagem de três anos comigo.

Obrigada, Deus, por inspirar essa série e me inspirar o tempo todo.

Produção
Adriana Torres
Ana Carla Sousa

Produção editorial
Luana Luz
Rachel Rimas

Revisão de tradução
Camila Dias da Cruz

Revisão
Eni Valentim Torres
Guilherme Semionato

Diagramação
Elza Maria da Silveira Ramos

Este livro foi impresso no Rio de Janeiro, em 2014,
pela Edigráfica, para a Editora Agir.
A fonte usada no miolo é Iowan Old Style, corpo 10,5/14,5.
O papel do miolo é Avena 70g/m², e o da capa é cartão 250g/m².